竹内浩三 全作品集

全1巻

日本が見えない

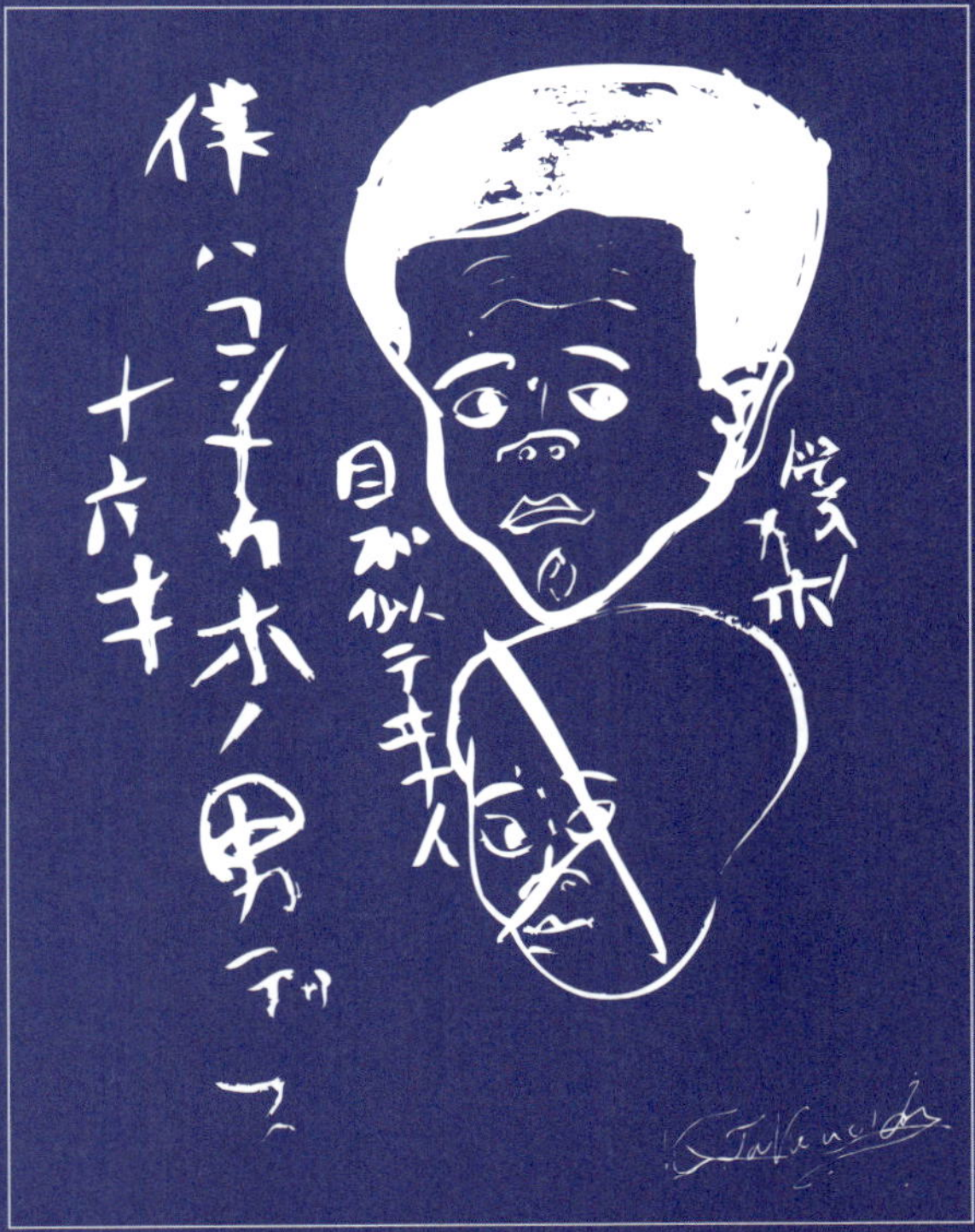

小林察編

藤原書店

浪人時代

竹内浩三遺影・遺稿集

1921（大正10）年5月12日生～
1945（昭和20）年4月9日戦死
（三重県庁公報による）

宇治山田中学4年生

宇治山田中学4年生

※この口絵に掲載された挿し絵は「竹内浩三作品集」「旅」などから抜粋・構成しています。

親族との記念写真、ひときわ背の高い竹内浩三（左より8人目）

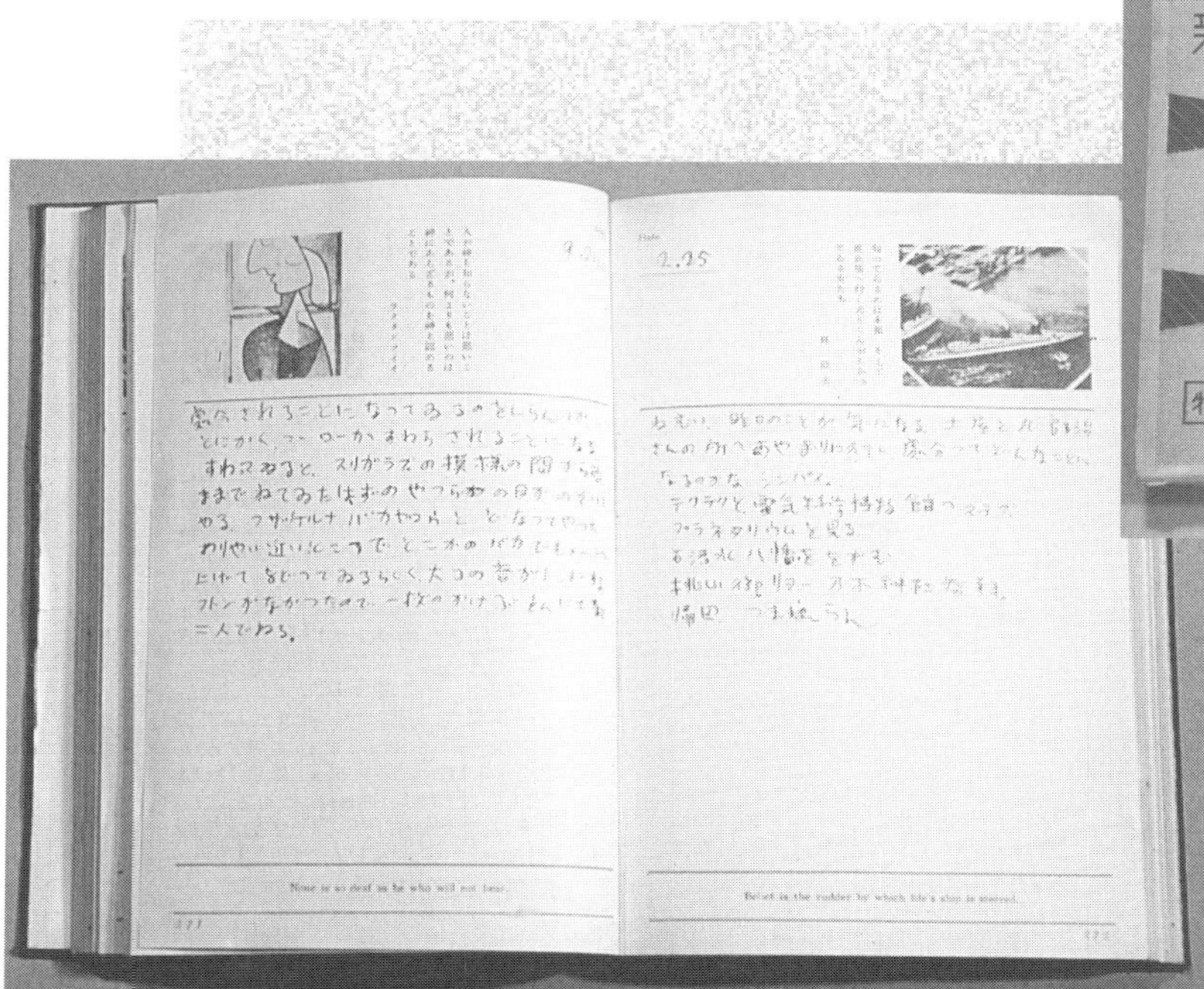

中学生謹慎日記

竹内君
鼻糞をとるの図
ちよっと似て居ませんか…

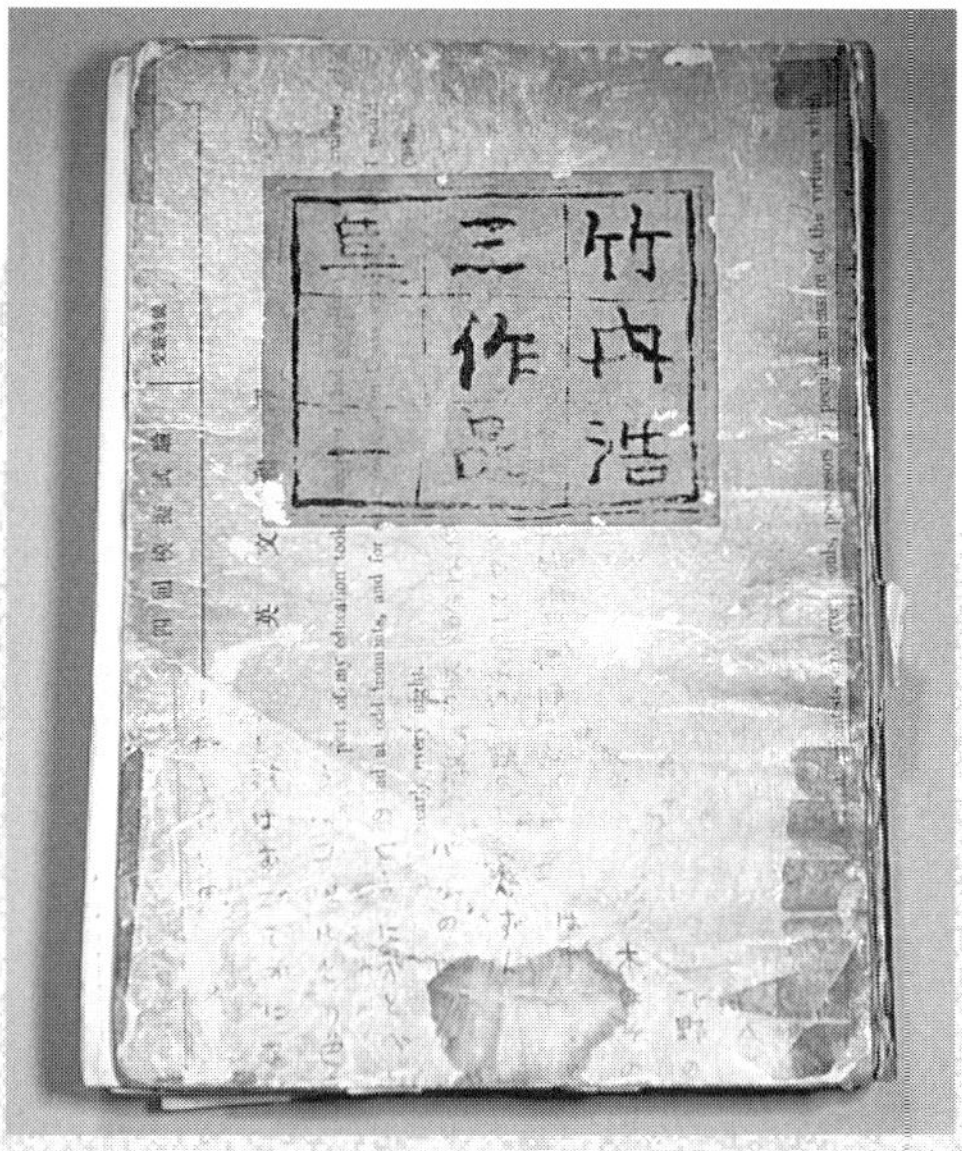

「竹内浩三作品集」。手作りの回覧雑誌数冊を一冊にまとめて浩三自身が編集・製本したもの

友だちが描いた竹内浩三のユーモラスな表情

祖母、姉とその子らと竹内浩三

伊勢文学　第8号　竹内浩三特集号

伊勢文学　創刊号

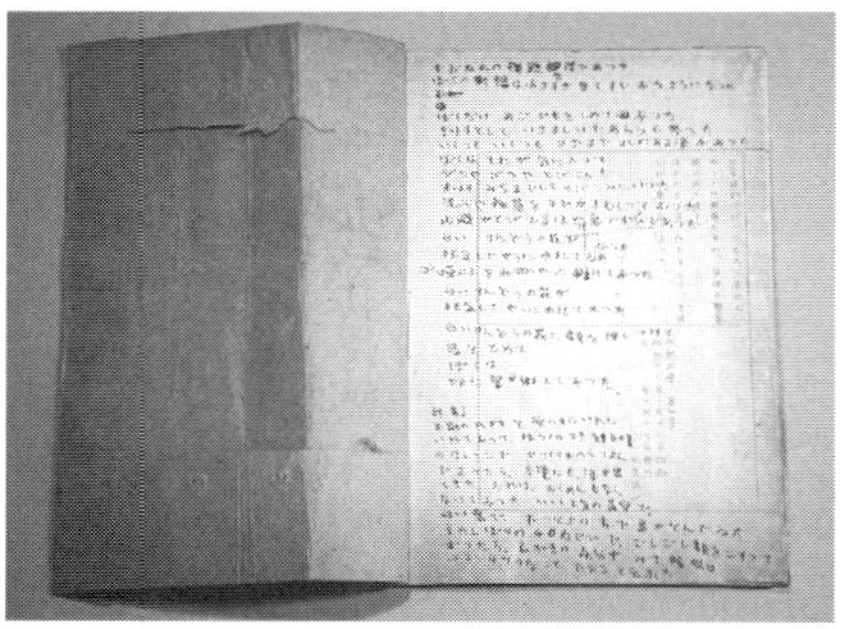

伊勢文学誌面に上書きされた草稿

伊勢文学（上段右より）2、4、3号（中段）創刊号（下段右より）5、6、8号

日大時代の竹内浩三

大学の恩師、同級生と竹内浩三（後列右より8人目）

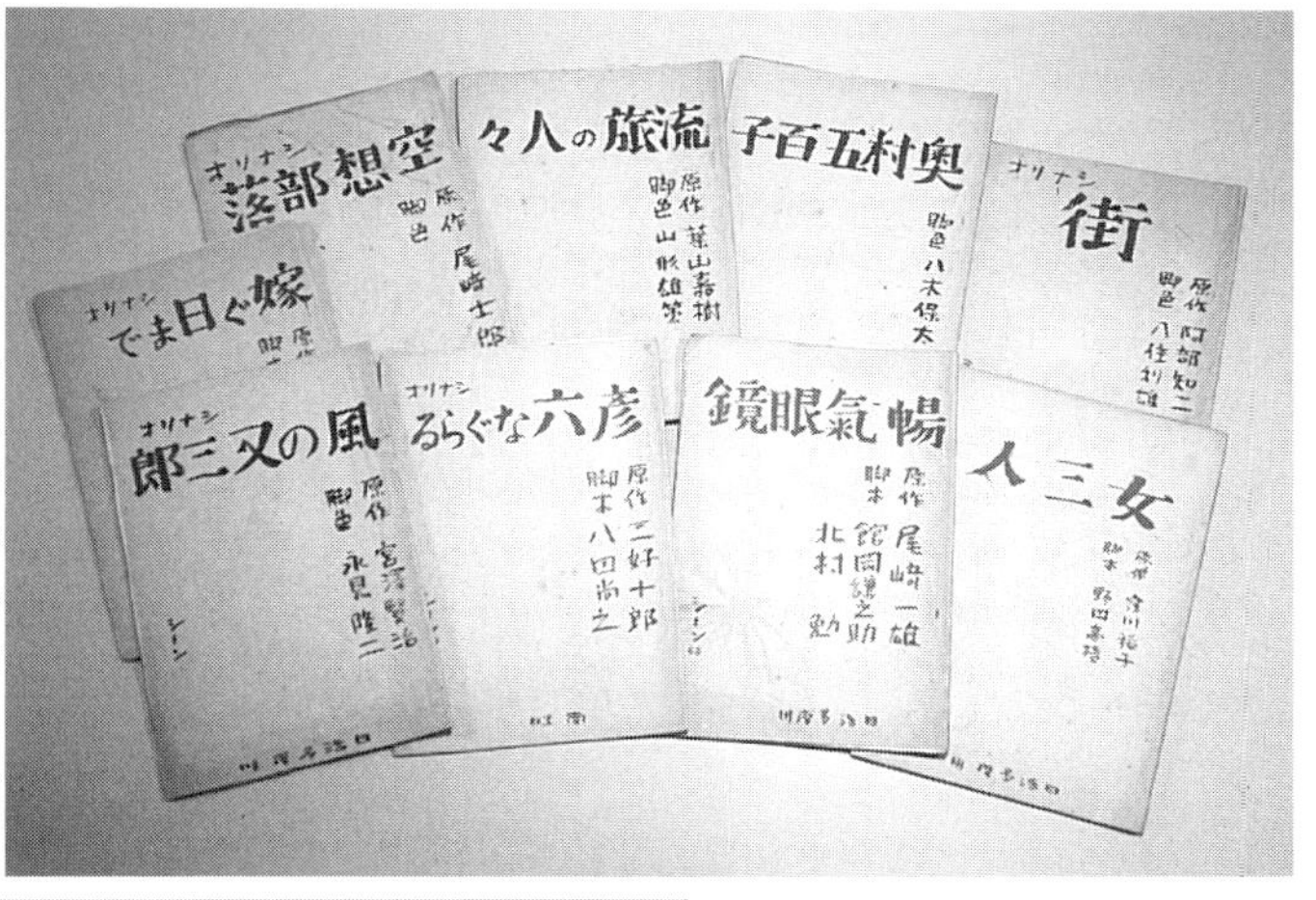

手製のカバーをつけたシナリオ類

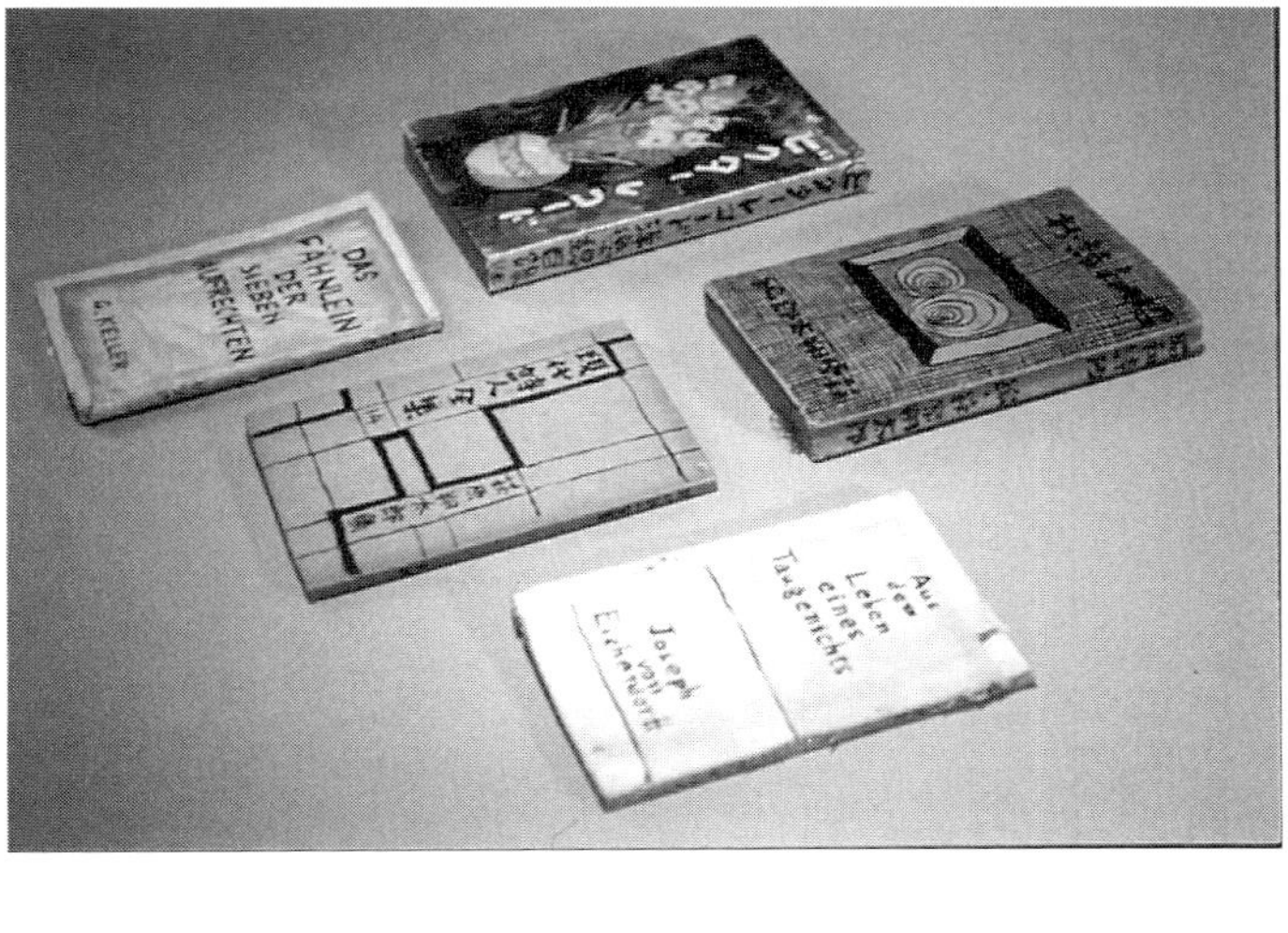

僕は軍歌が大キライです。
あんなヤバンな歌…。
今から新しいレコードを
買って来ます

浩三手製のブックカバー

宇治山田中学同級生の出征壮行会（前列右より6人目）

「竹内浩三作品集」にも紀行作品が掲載されている

「旅」表紙

「旅」中頁

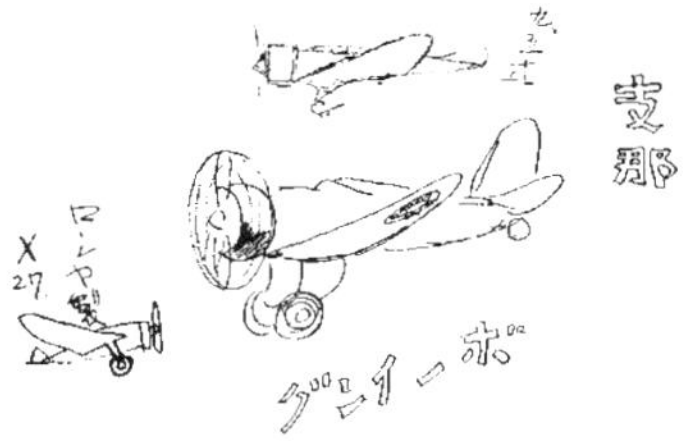

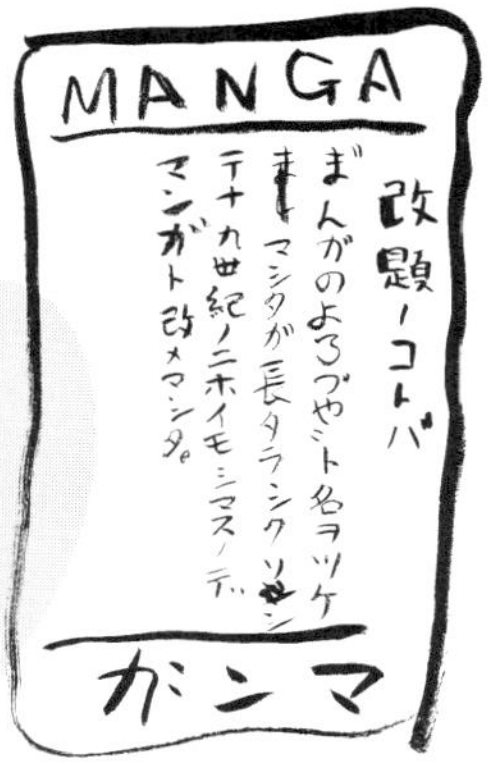

富士山麓まで演習に出かけた日大専門部同級生（矢印が竹内浩三）

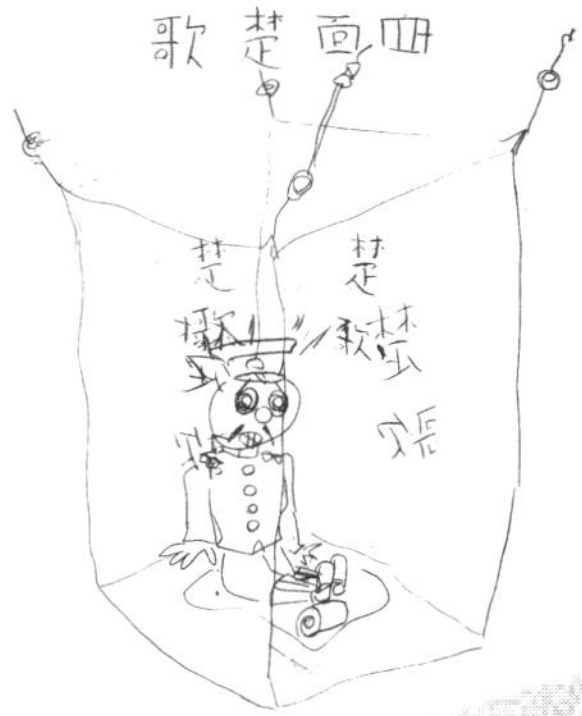

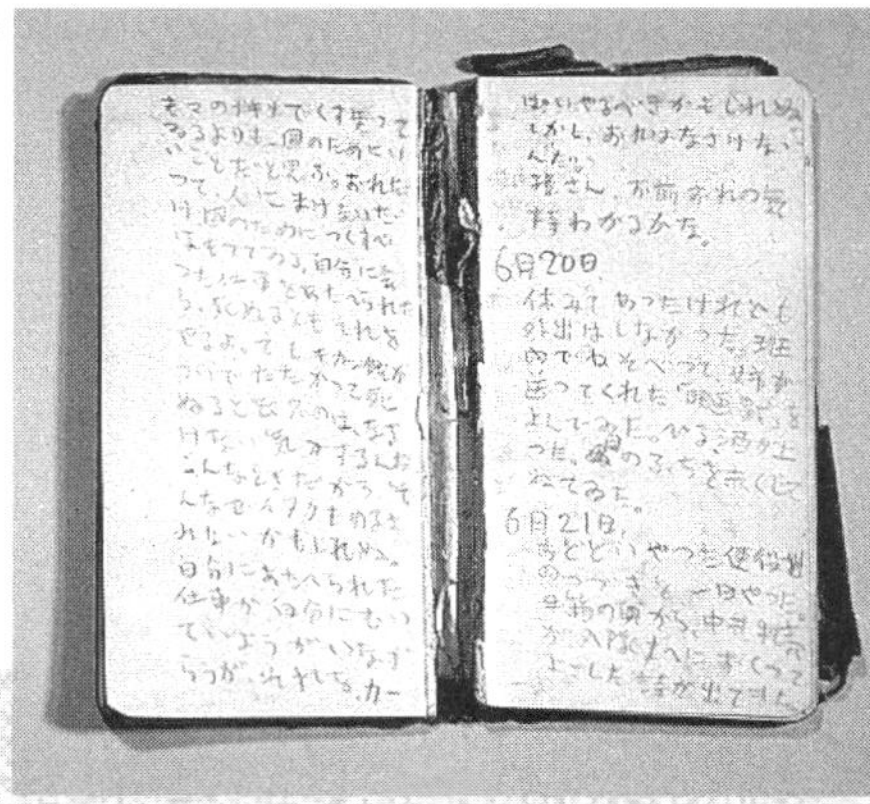

「筑波日記-1」中頁

「筑波日記-1」表紙

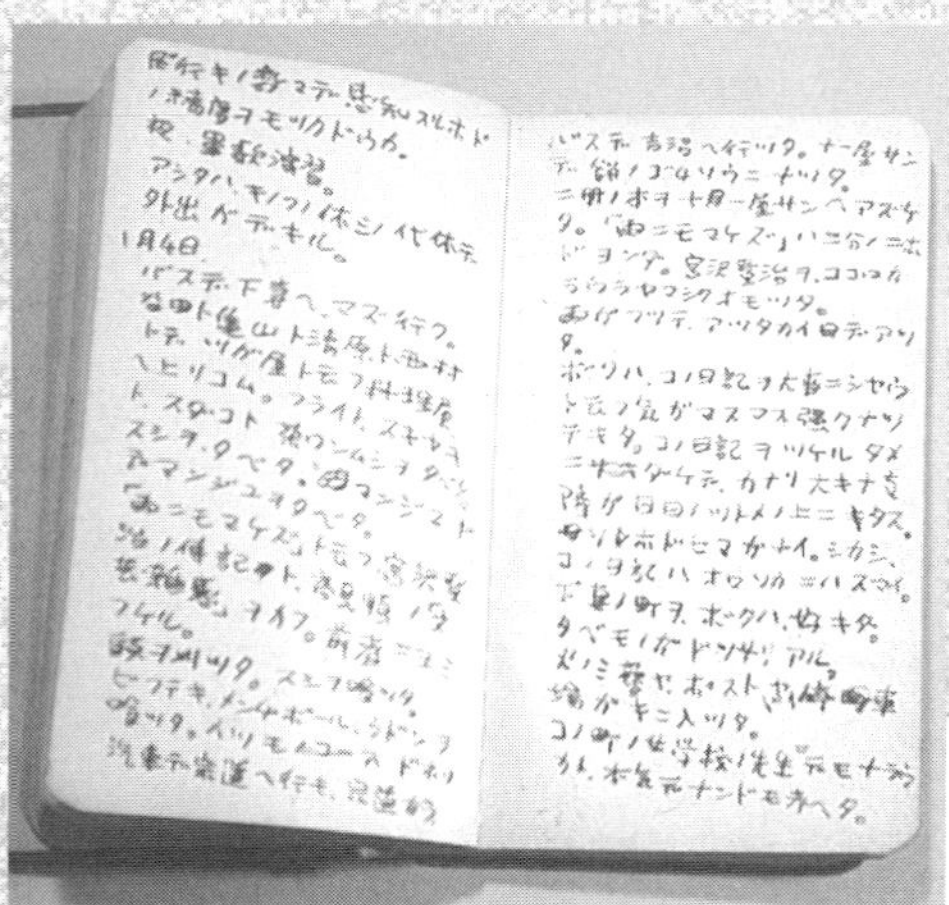

「筑波日記-2」中頁

「筑波日記-2」表紙

出征前日、姉とその子らに囲まれた竹内浩三

富士山麓での演習風景(矢印が竹内浩三)

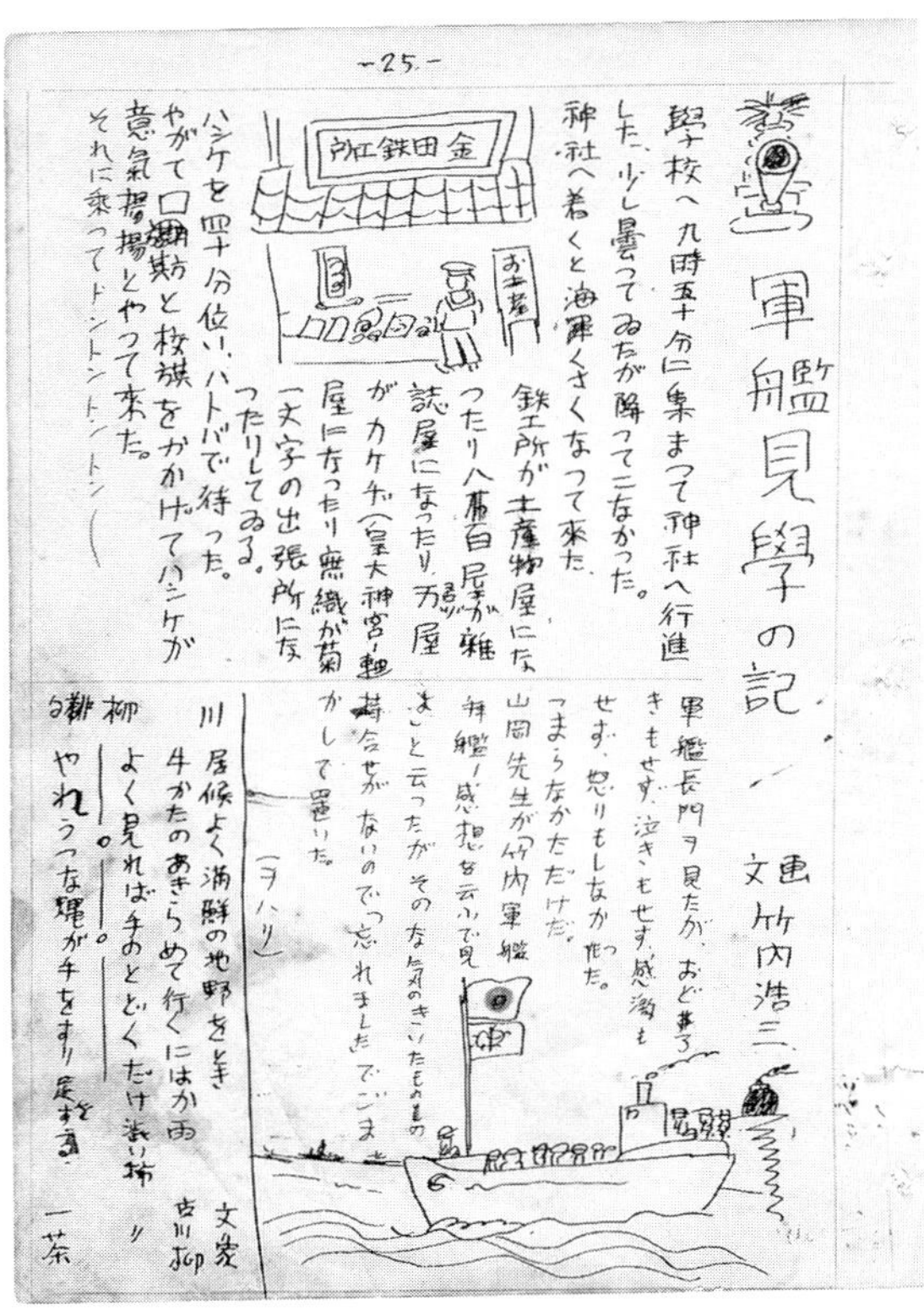

－25－

軍艦見學の記

畫文 竹内浩三

學校へ九時五十分に集まつて神社へ行進した。少し曇つてゐたが降つてこなかつた。神社へ着くと海軍くさくなつて來た。

鉄工所が土産物屋になつたり八百屋が雑誌屋になつたり、万屋がカケ茶（皇大神宮ノ趣）屋になつたり無織が菊一文字の出張所になつたりしてゐる。

ハシケを四十分位、ハトバで待つた。やがて口塲と校旗をかかげてハシケが意氣揚々とやつて來た。それに乘つてトントントントントン——

軍艦長門ヲ見たが、おどろきもせず、泣きもせず、感激もせず、怒りもしなかつた。つまらなかただけだ。山岡先生が竹内軍艦拜觀ノ感想を云ふで見よと云つたが　その在る気のきいたものもの持合せがないので忘れましたでごまかして置いた。

（ヲハリ）

川柳

居候よく満鮮の地野をとき　文象

牛かたのあきらめて行くにはか雨　古川柳

よく見れば手のとどくだけ渋い柿　〃

俳句

やれうつな蠅が手をすり足をする　一茶

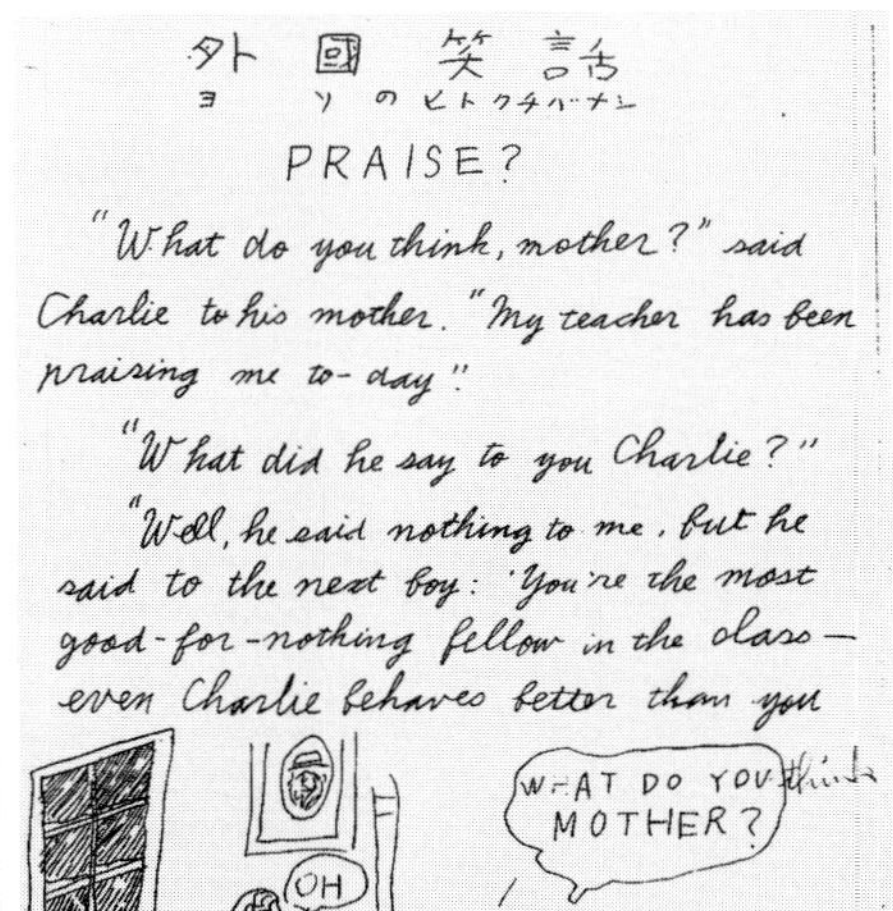

外國笑話

ヨソノヒトクチバナシ

PRAISE?

"What do you think, mother?" said Charlie to his mother. "My teacher has been praising me to-day."

"What did he say to you Charlie?"

"Well, he said nothing to me, but he said to the next boy: 'You're the most good-for-nothing fellow in the class — even Charlie behaves better than you

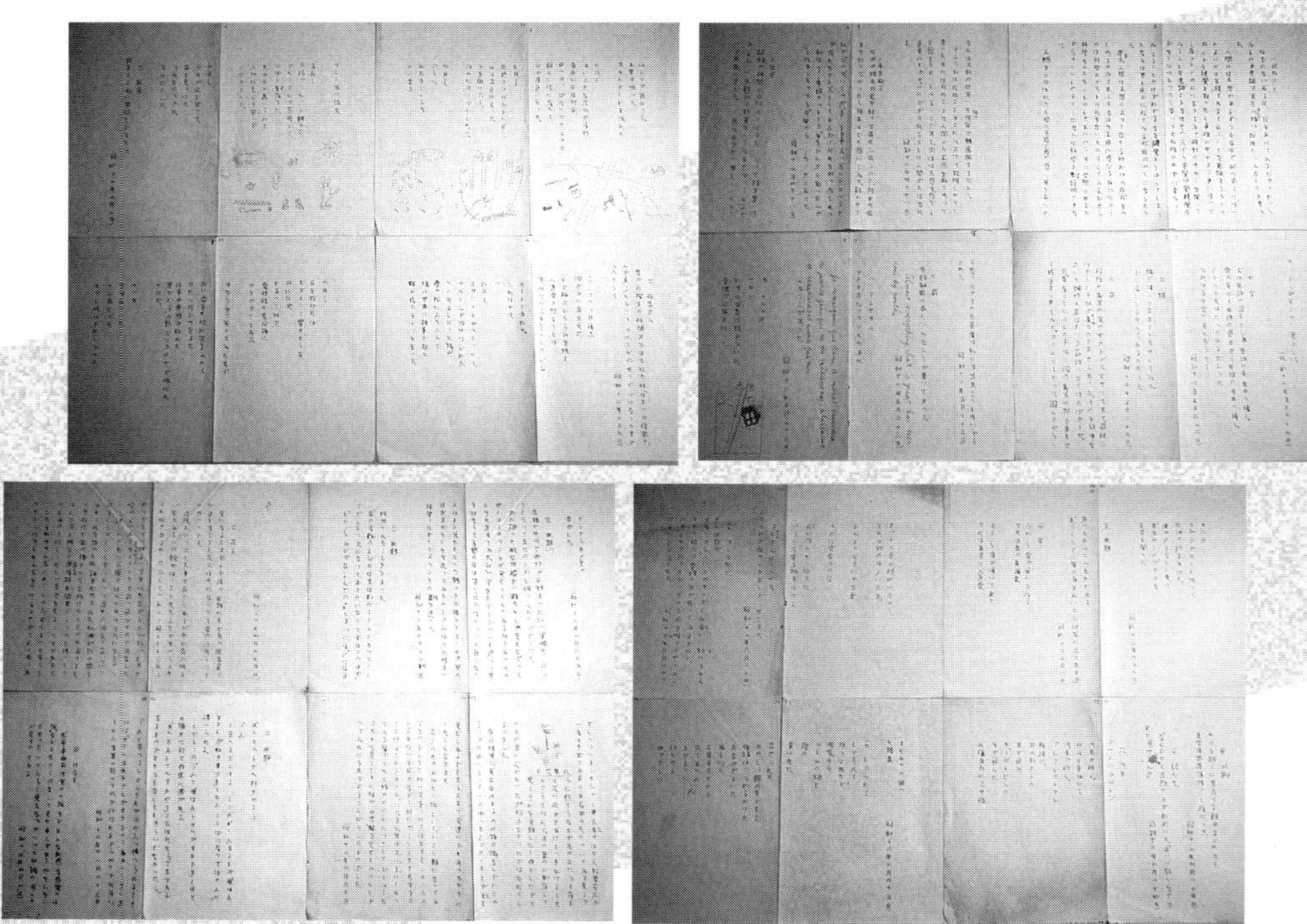

手書き草稿「死ぬこと」他

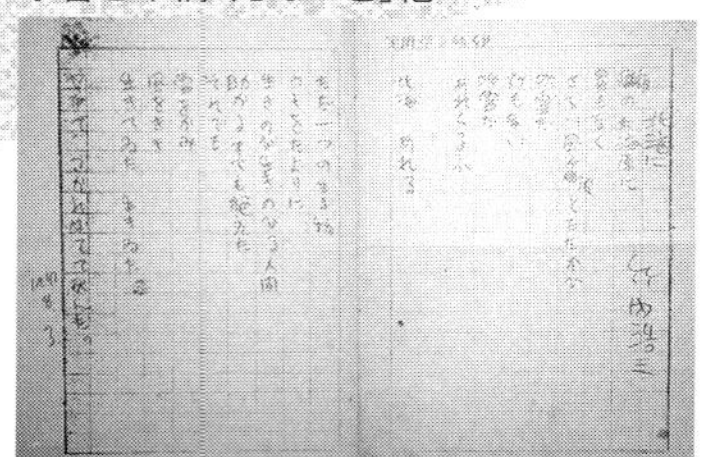

手書き詩草稿「北海に」

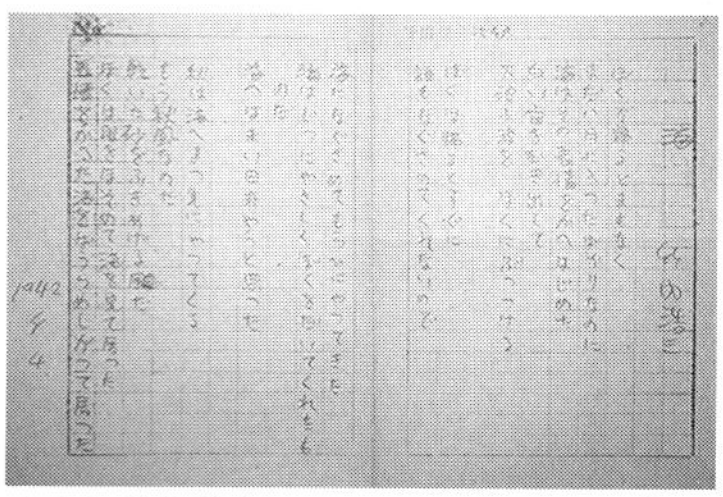

手書き詩草稿「海」

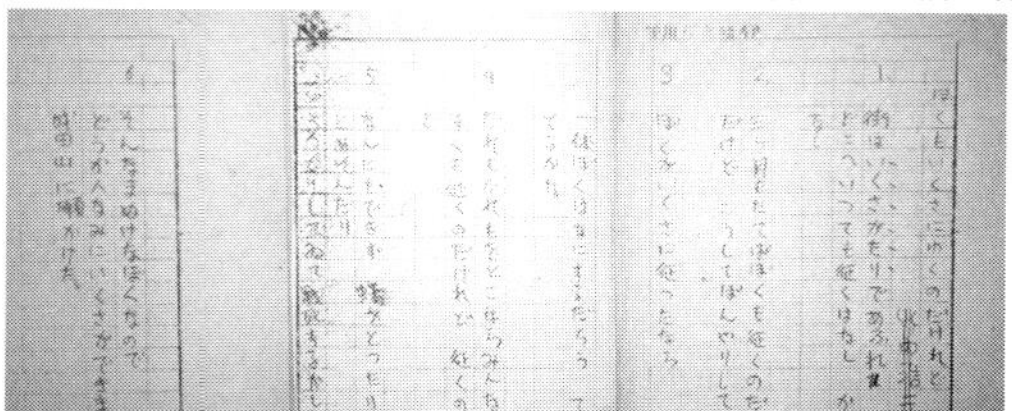

手書き詩草稿
「ぼくもいくさに
征くのだけれど」

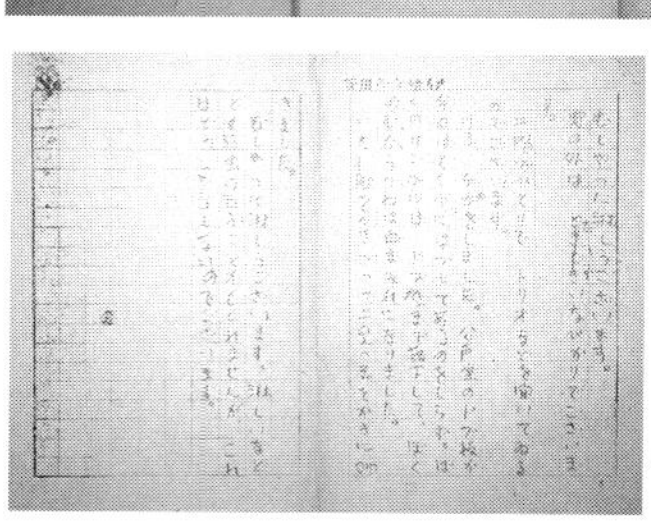

手書き草稿
「むしょうに淋しゅうございます」

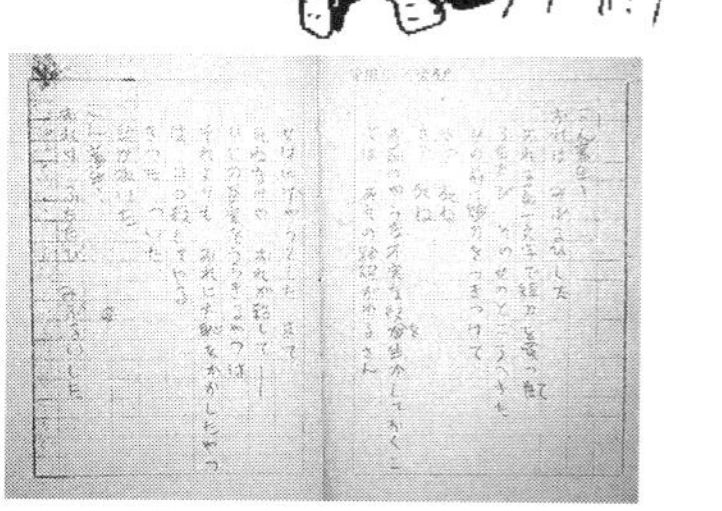

手書き草稿「こん畜生」

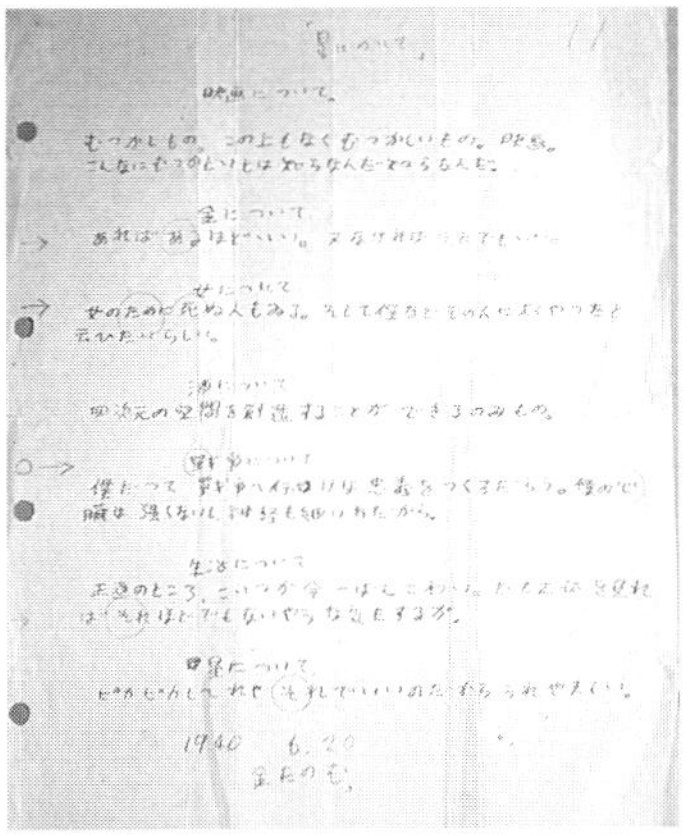

手書き草稿「映画について」他
（本書では「人生」として収録）

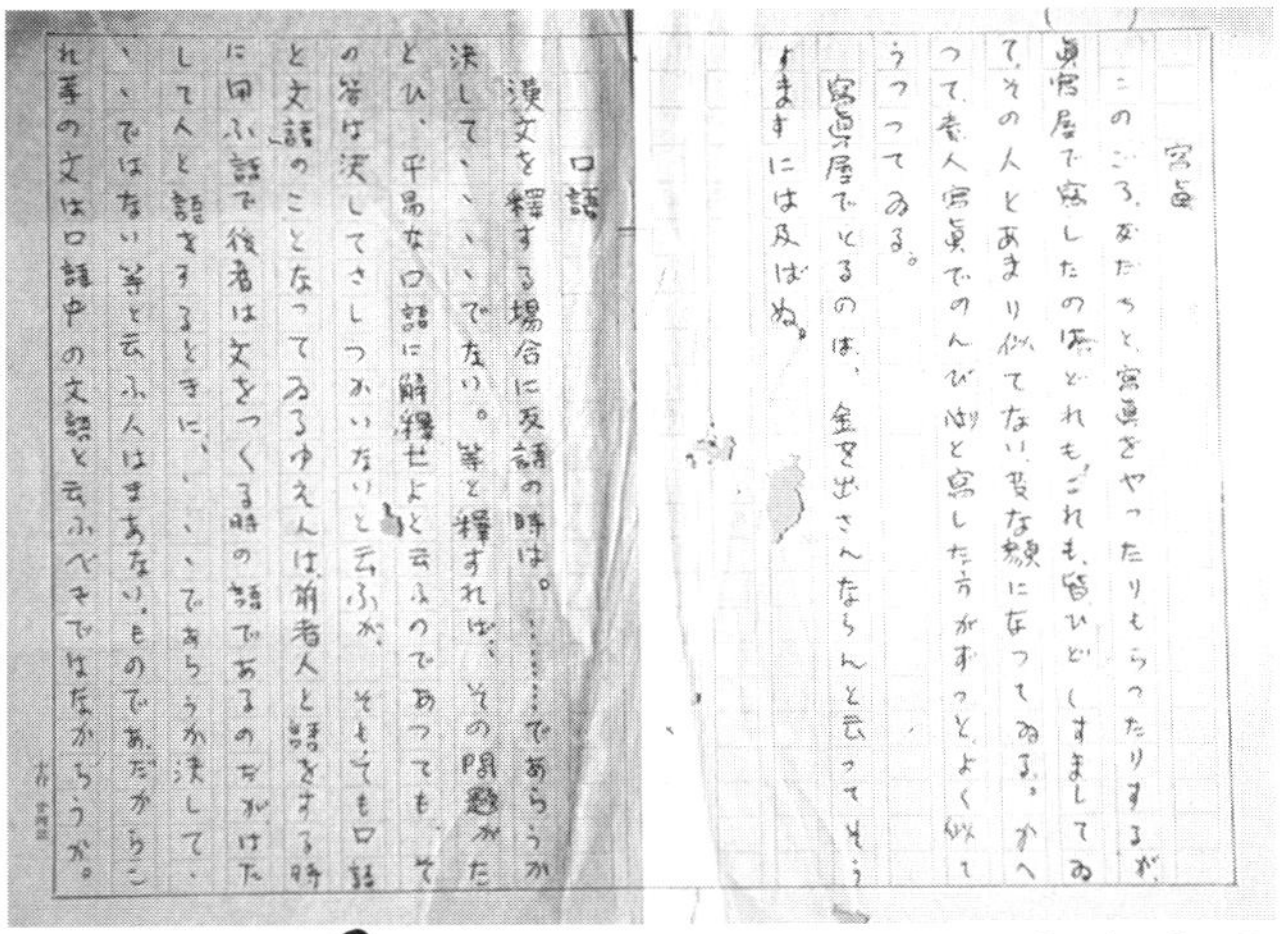
写真

このごろ、友だちと、写真をやったりもらったりするが、写真屋で写したのは、どれもこれも皆ひどくすましてゐて、その人とあまり似てない。変な顔になってゐる。かへって素人写真でのんびりと写した方がずっとよく似てうつってゐる。

写真屋でとるのは、金を出さんならんと云ってそうすますには及ばぬ。

口語

漢文を釋する場合に反語の時は。……であらうか決して、、、でない。等と釋すれば、その問題がたとひ、平易な口語に解釋せよと云ふのであっても、その答は決してさしつかいないと云ふか。そもそも口語と文語のことなってゐるゆえんは前者人と話をする時に用ふ話で後者は文をつくる時の語であるのだがはたして人と話をするときに、、、、であらうか決して、、、ではない等と云ふ人はまあない。ものであるだからこれ等の文は口語中の文語と云ふべきではなからうか。

未発表作品「写真」「口語」

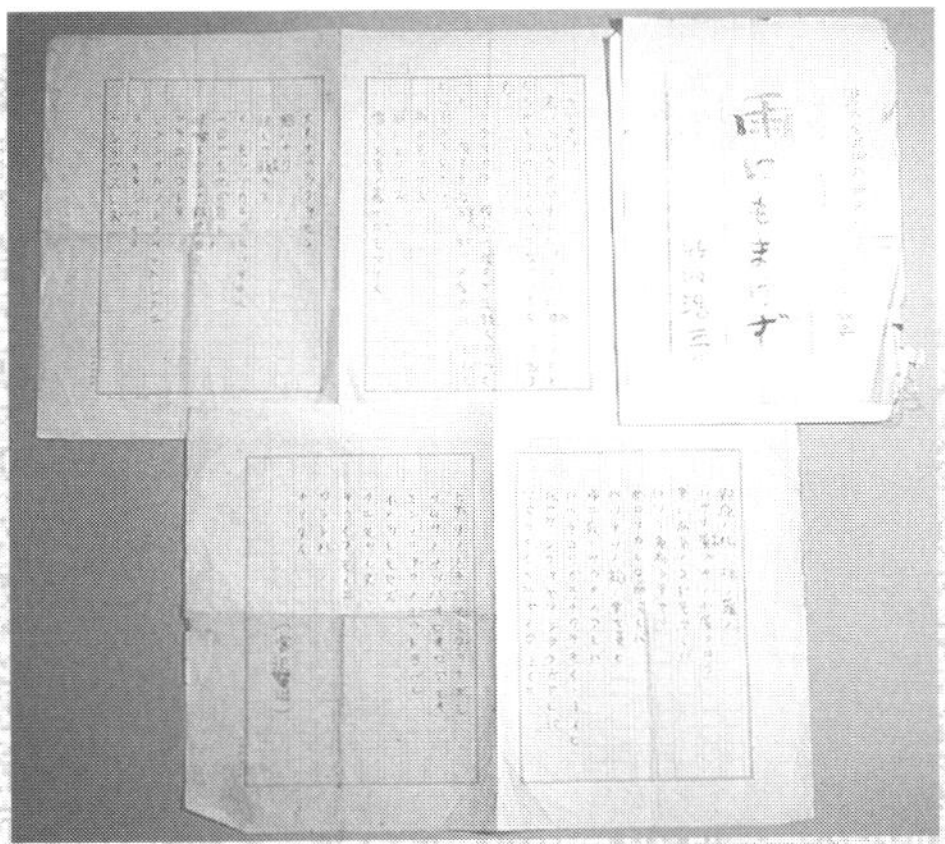

シナリオ「雨にもまけず」

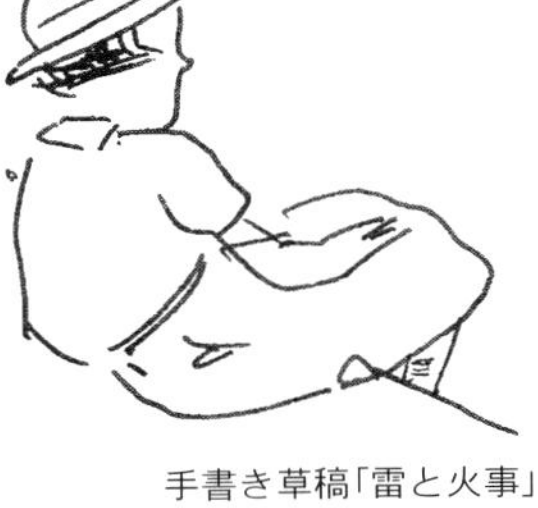

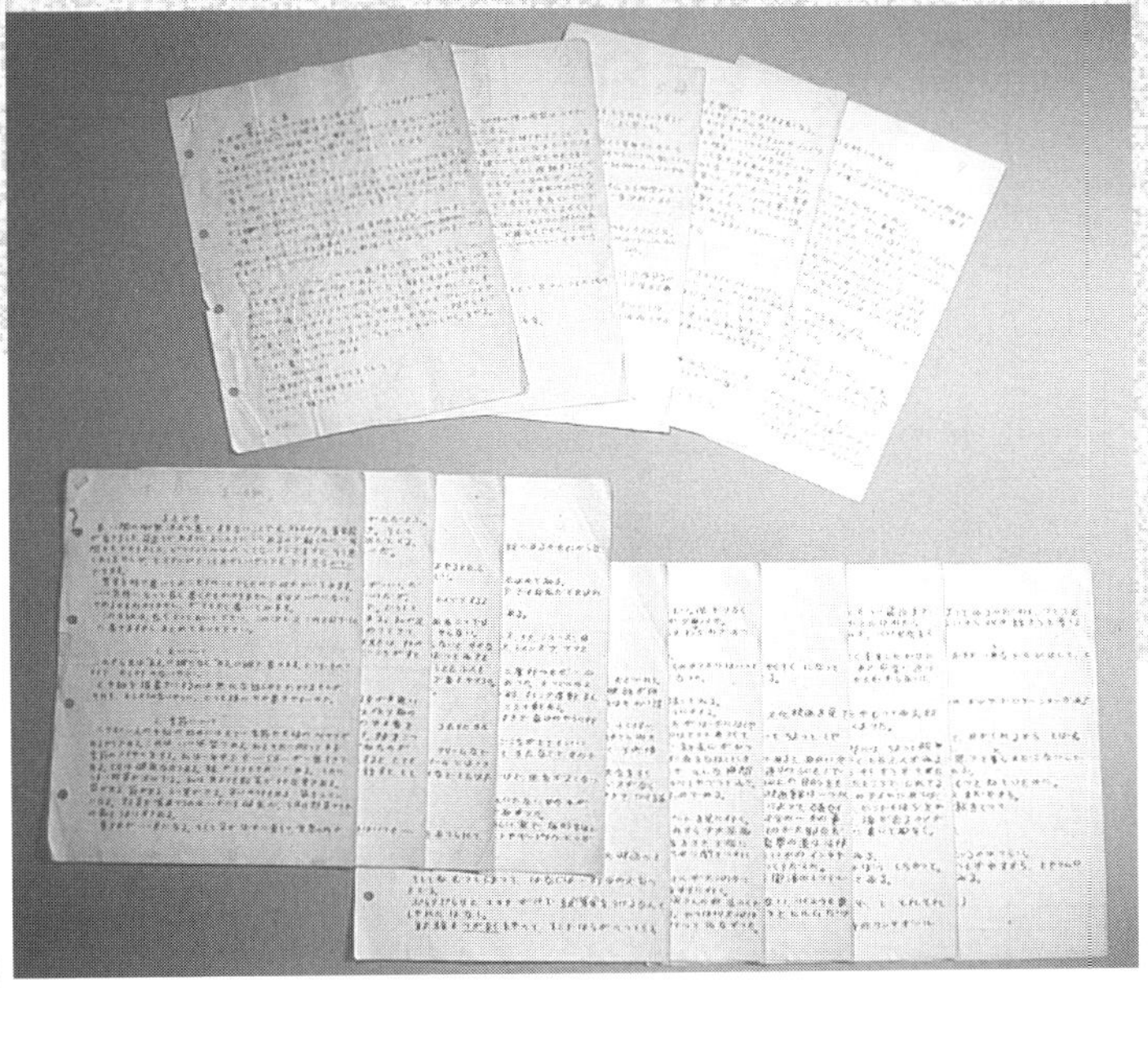

手書き草稿「雷と火事」
「季節について」

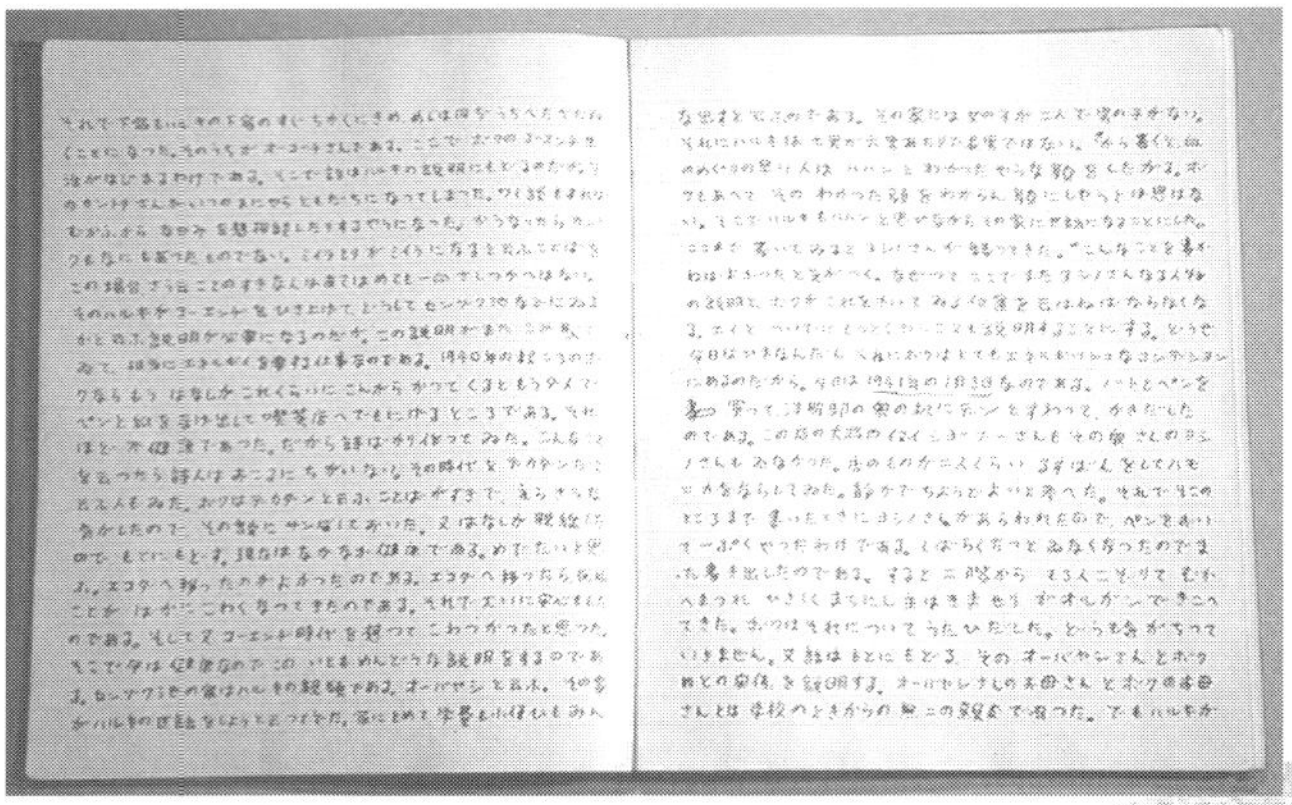

「天気のよい風船」本文

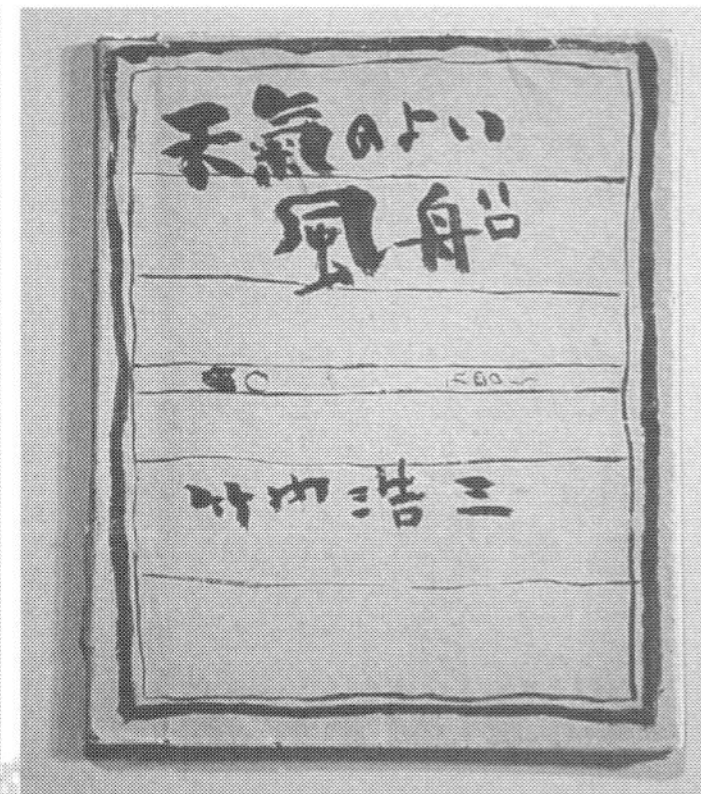

「天気のよい風船」表紙

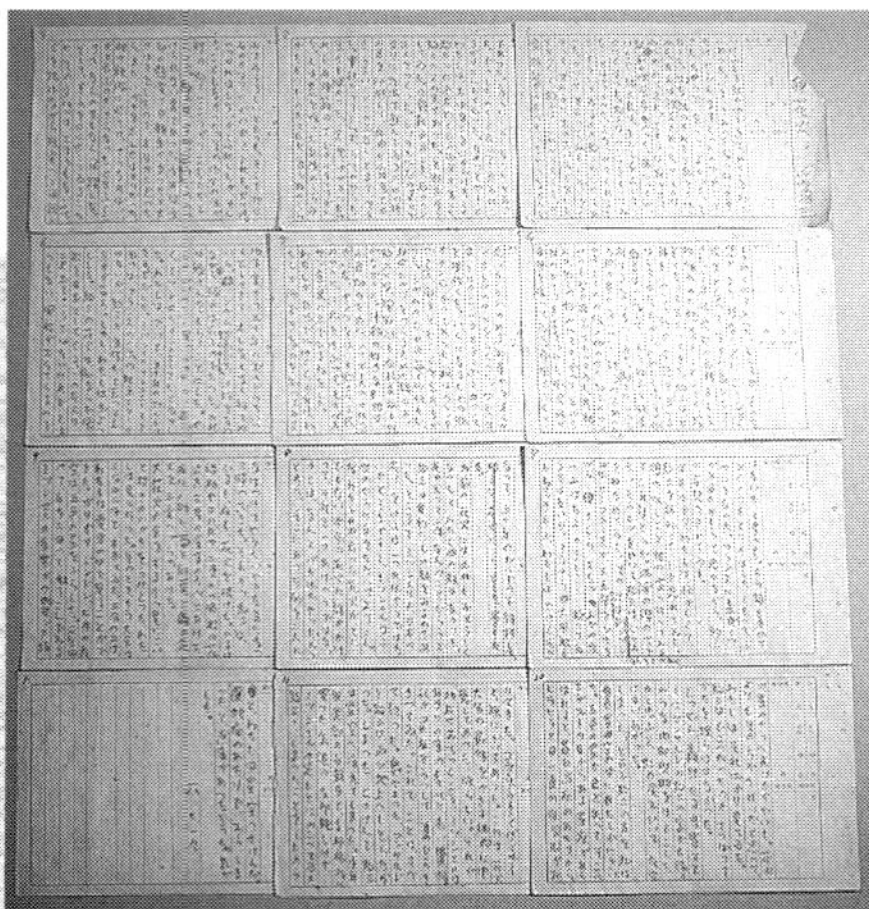

手書き草稿
「花火」

竹内浩三を描いた友だちの漫画

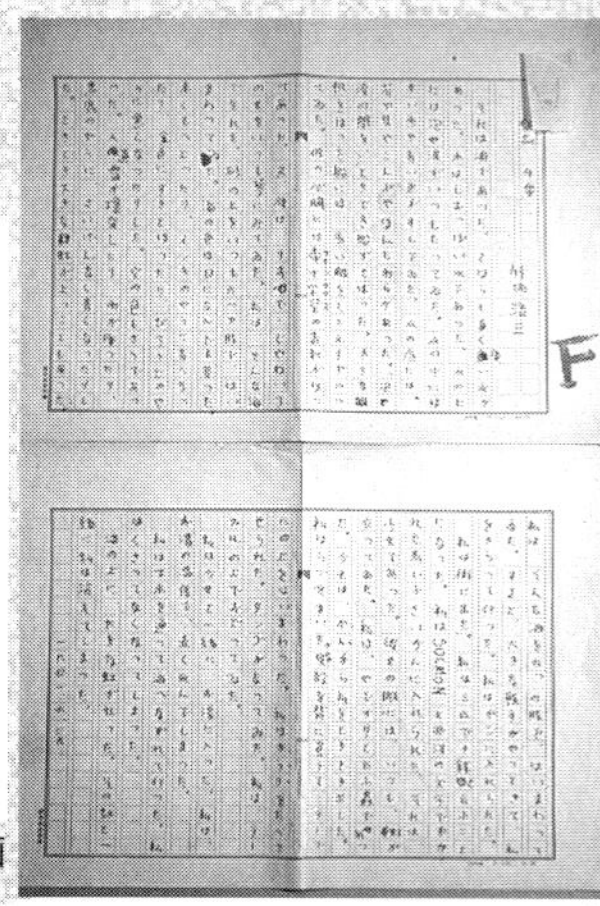

手書き草稿「作品4番」

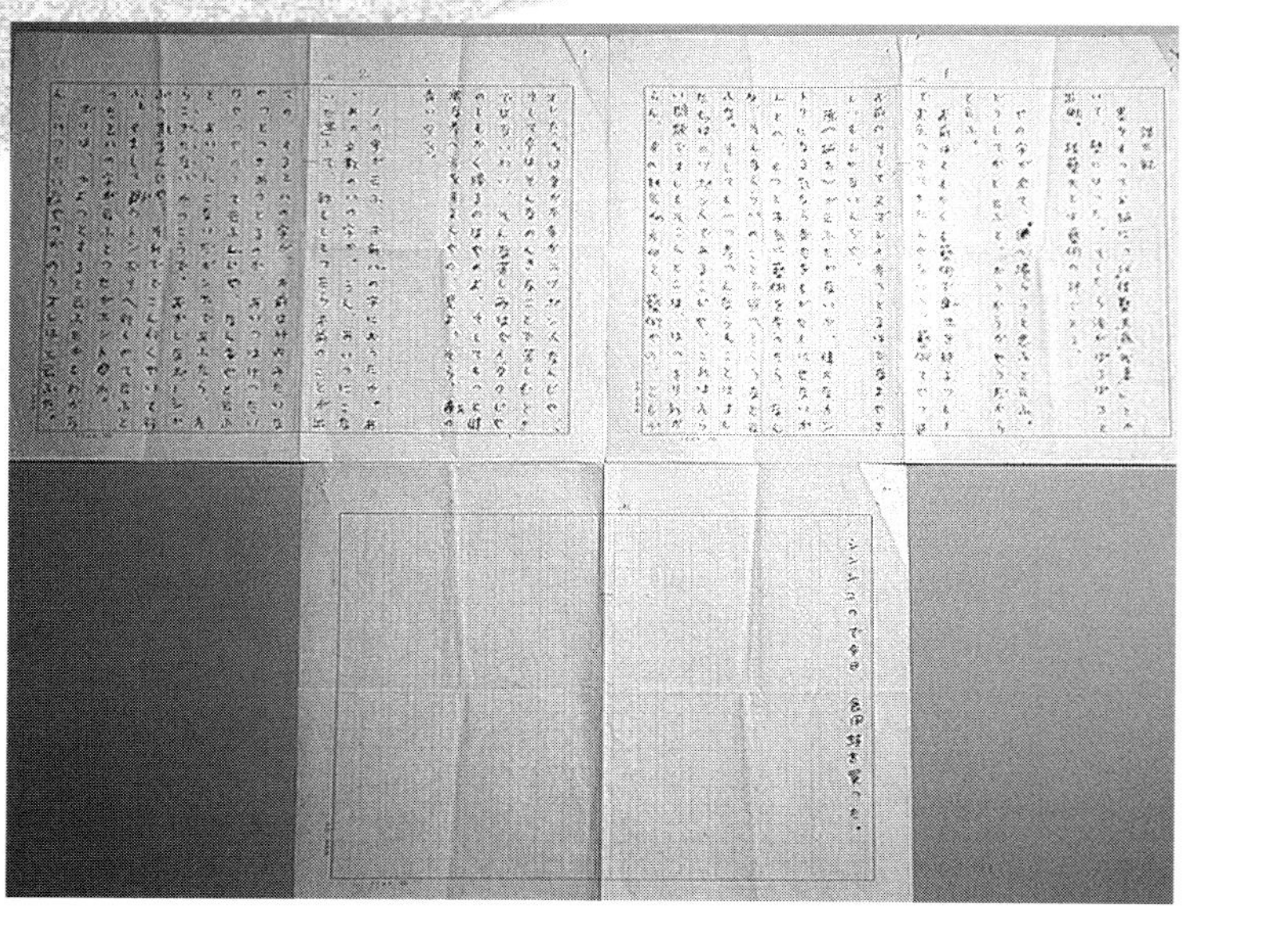

手書き草稿「伎芸天」

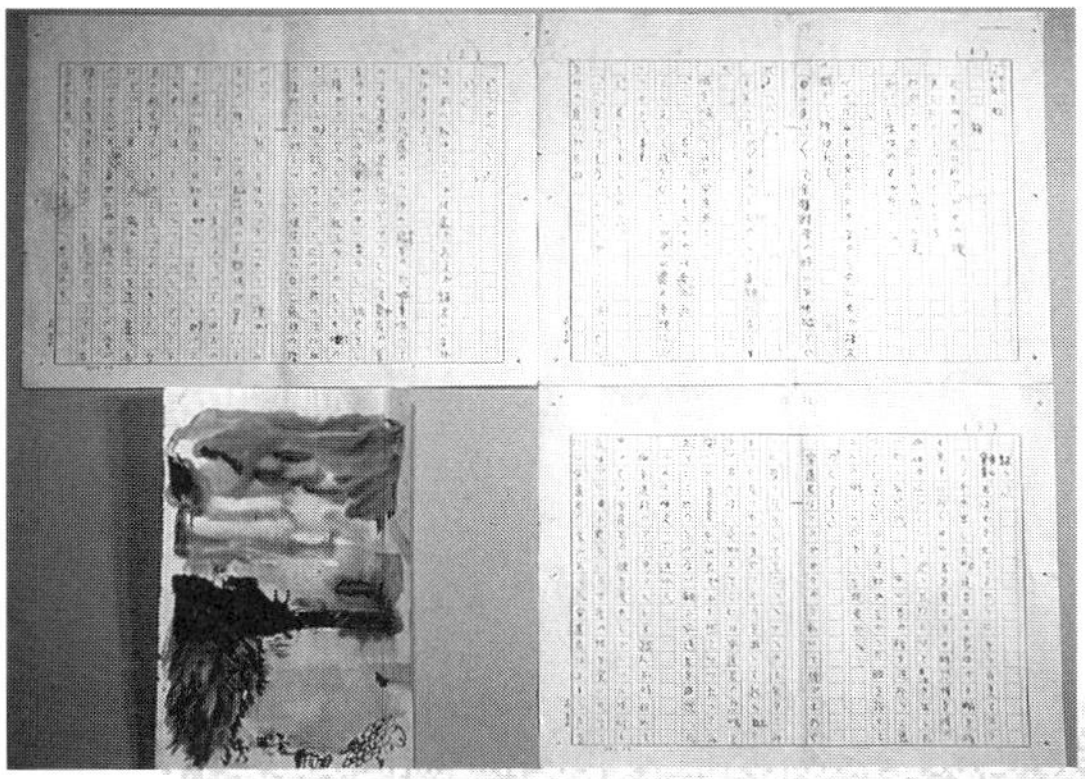

手書き草稿
「タンテイ小説　蛭　1.龍」

(1)

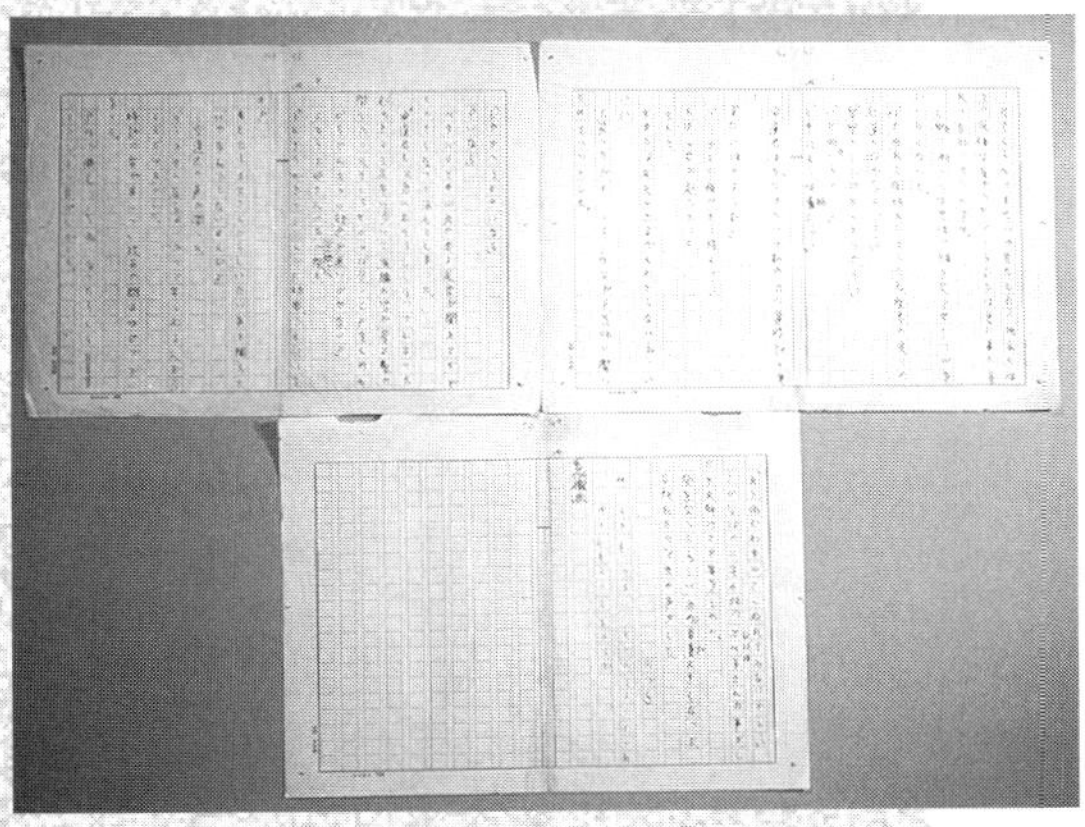

(2)

(3)

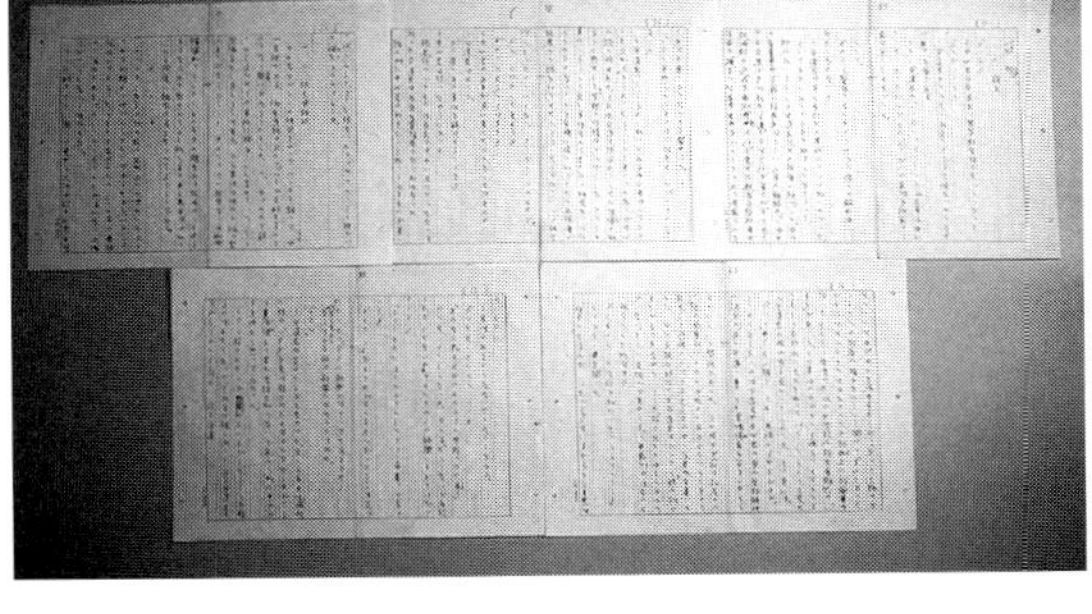

手書き草稿
「タンテイ小説　蛭　2.親友」

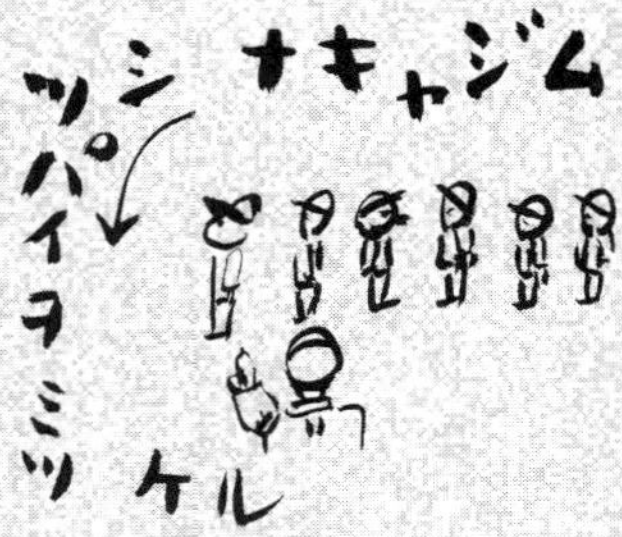

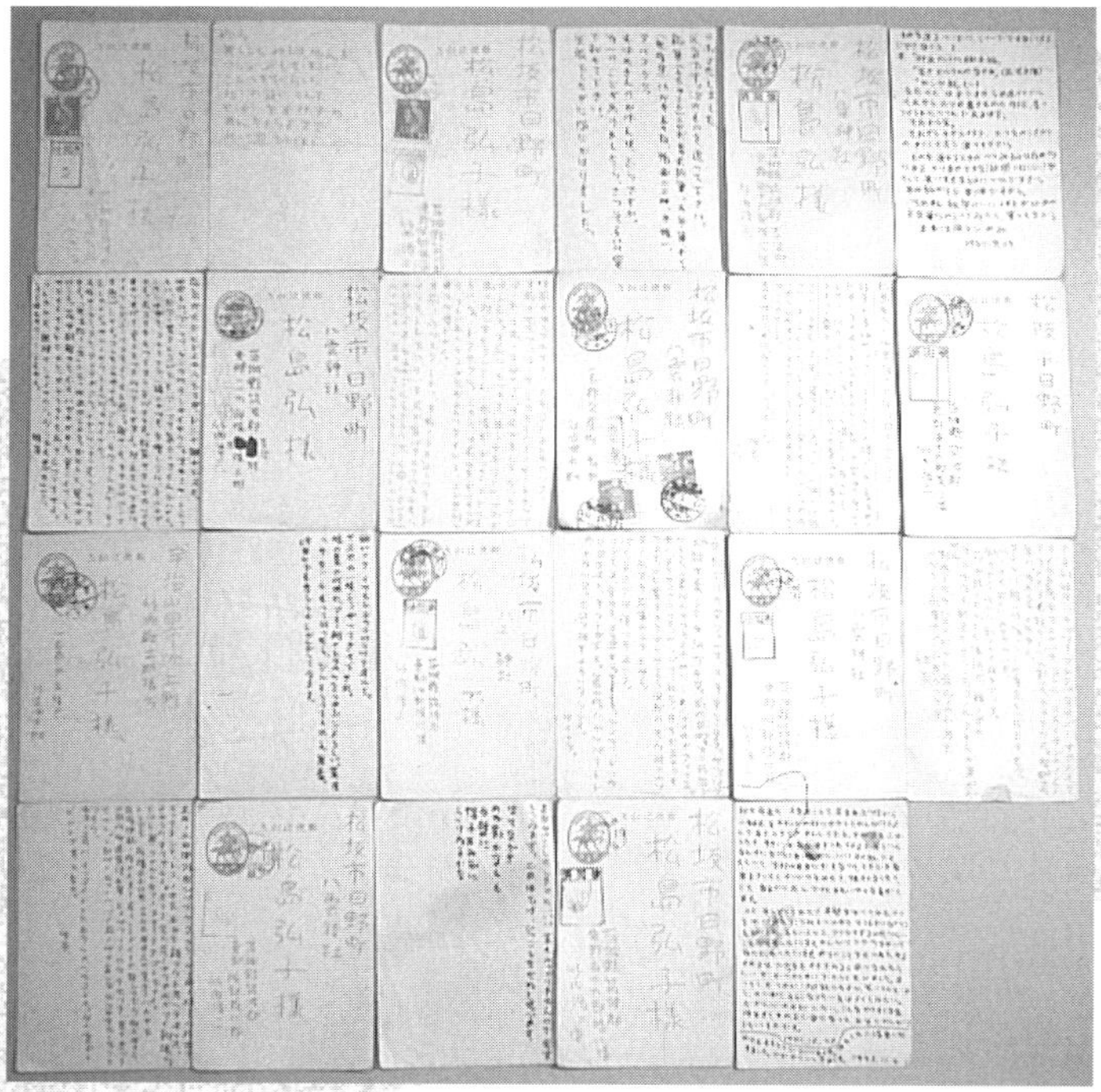

浩三から姉への封書と葉書（上下とも）

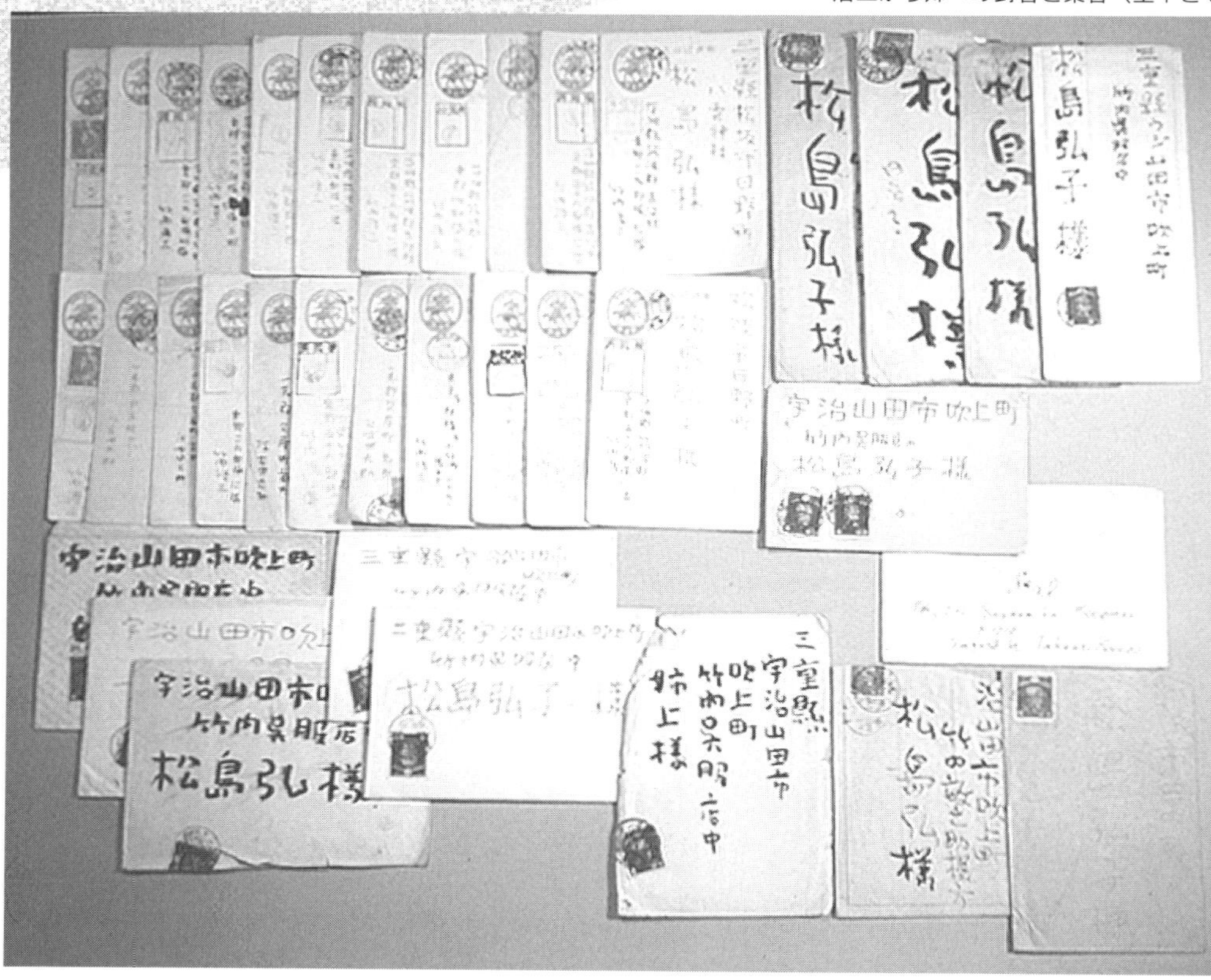

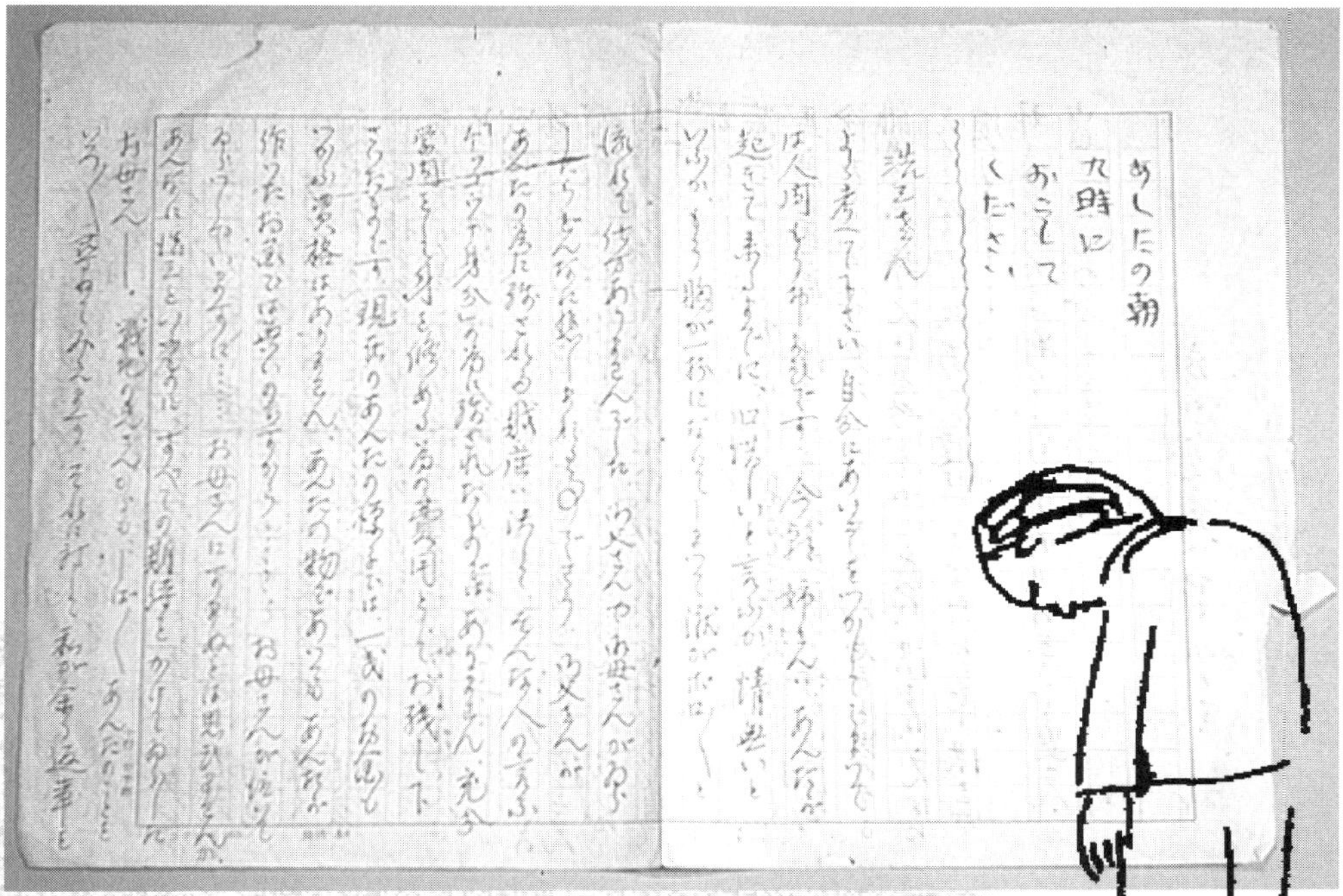

あしたの朝
九時に
おこして
ください

浩三さん

浩三の伝言に対する姉の手紙-1

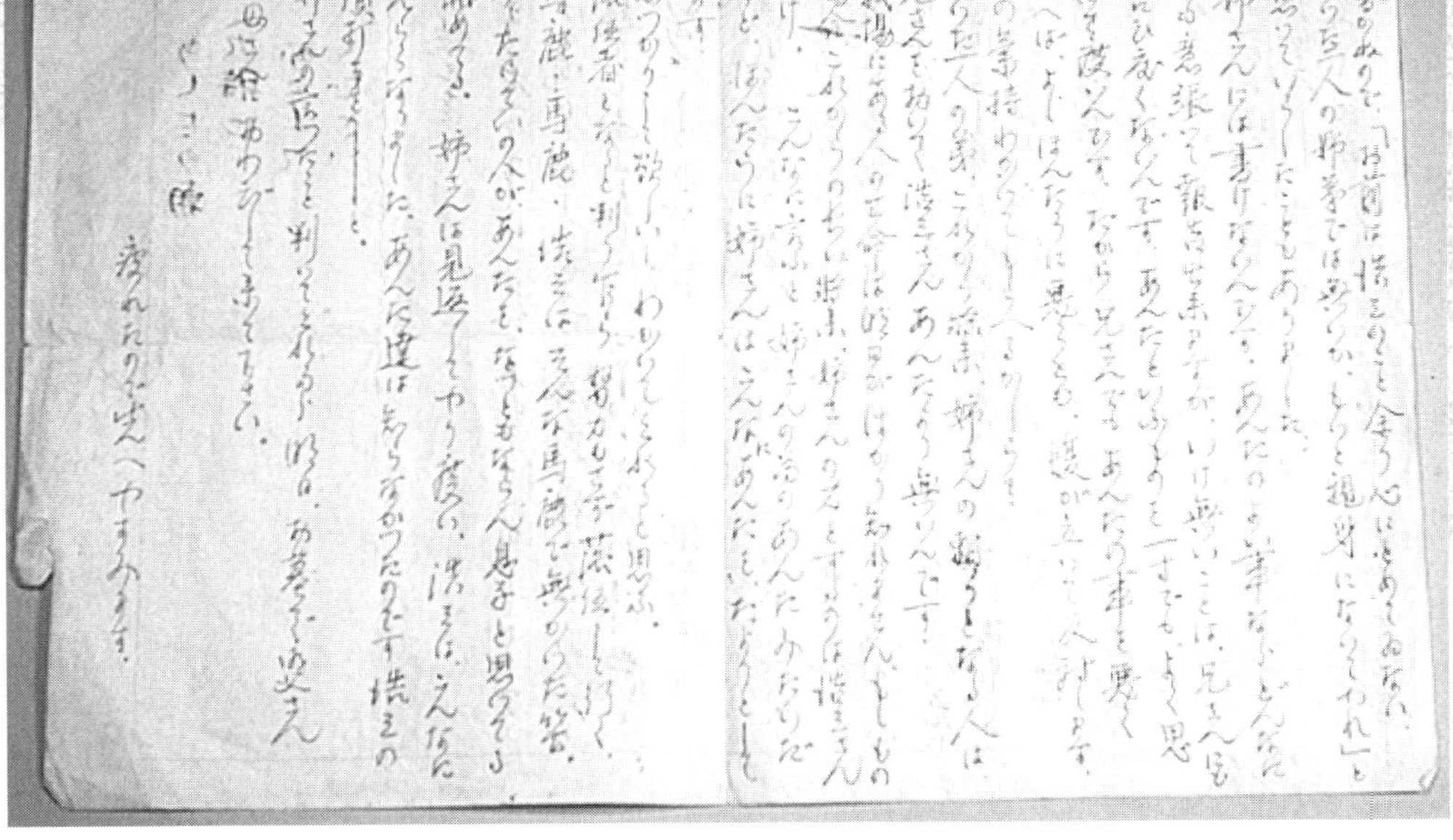

浩三の伝言に対する姉の手紙-2

浩三から姉への手紙／
別の手紙で書いたように

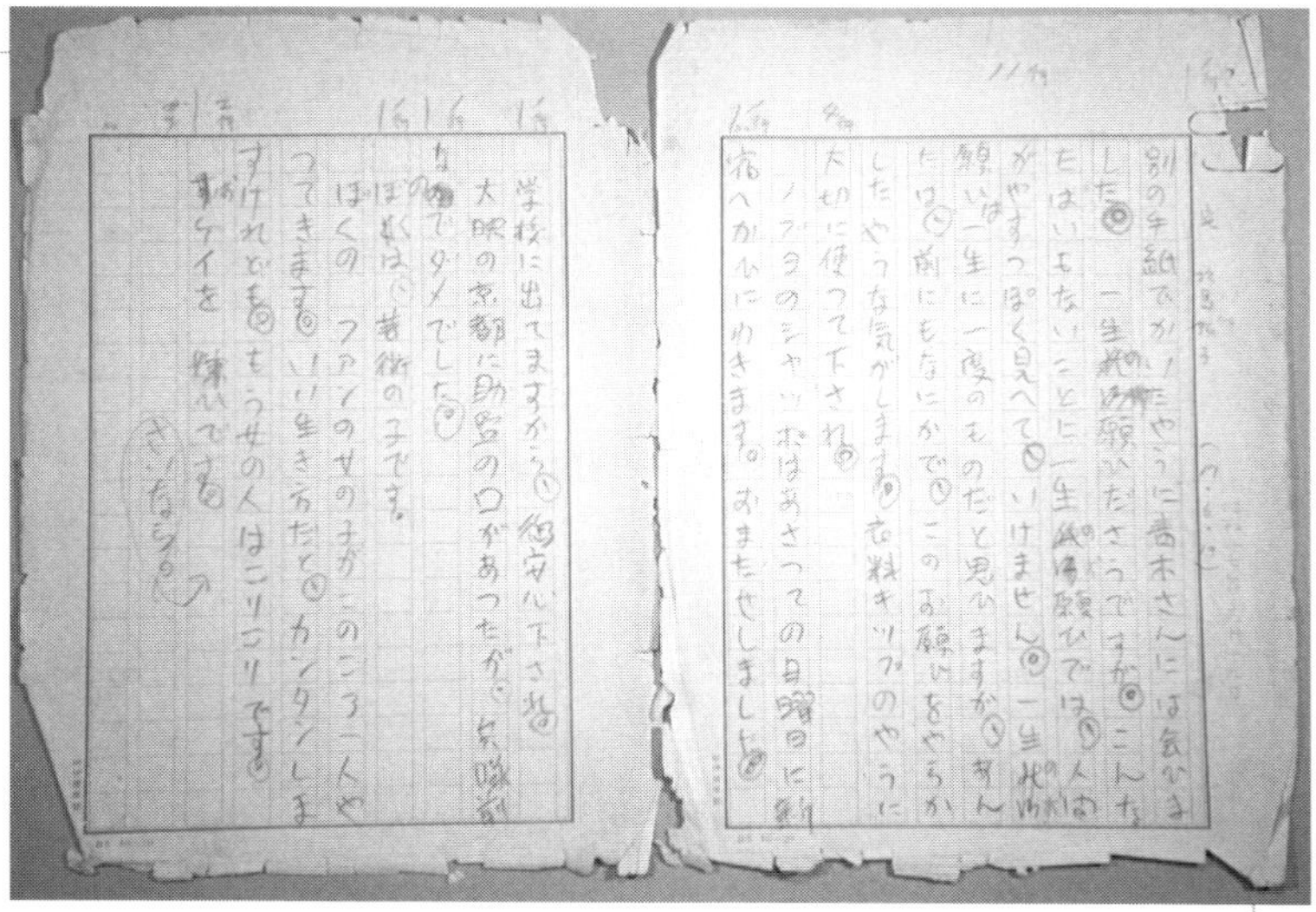
別の手紙でかいたやうに喬木さんには気がま
した。一生のお願ひださうですが、こんな
とはいもない、ことに一生の御願ひでは人間
がやすっぽく見へて、いけません。一生の内
願いは一生に一度のものだと思ひますが、きん
たは、前にもなにかでこのお願ひをやらか
したやうな気がします。衣料キップのやうに
大切に使って下され。
ノブ子のシャツはあさっての日曜日に新
宿へかいにゆきます。おまたせしました。

学校に出てますから御安心下さい。
大阪の京都に助監の口があったが兵隊前
なので、ダメでした。
ぼくは、芸術の子です。
ぼくのファンの女の子がこのごろ一人や
ってきます。いい生き方だとカンタンしま
すけれども、もう女の人はコリゴリです。
さいなら。

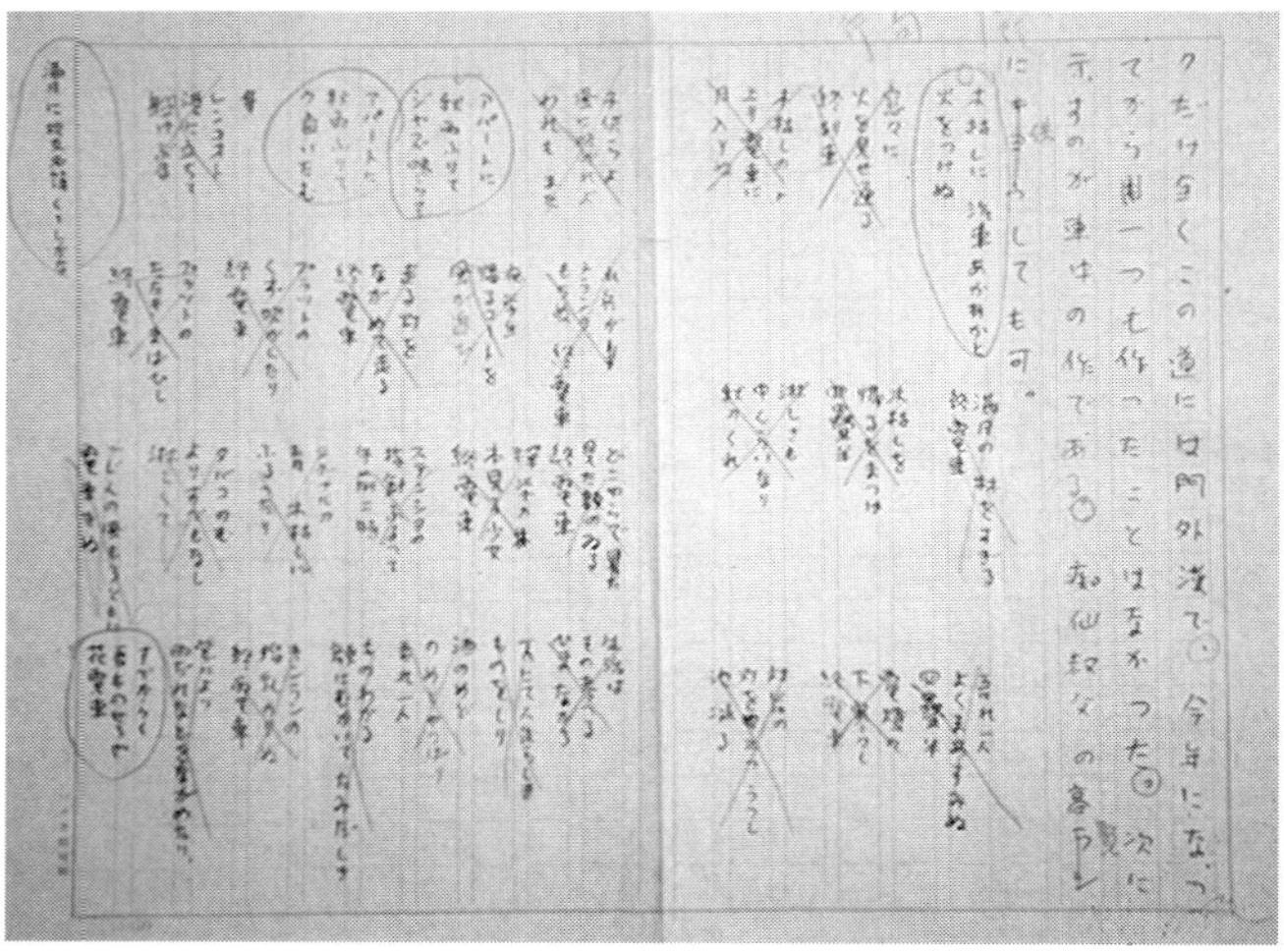

浩三から姉への手紙

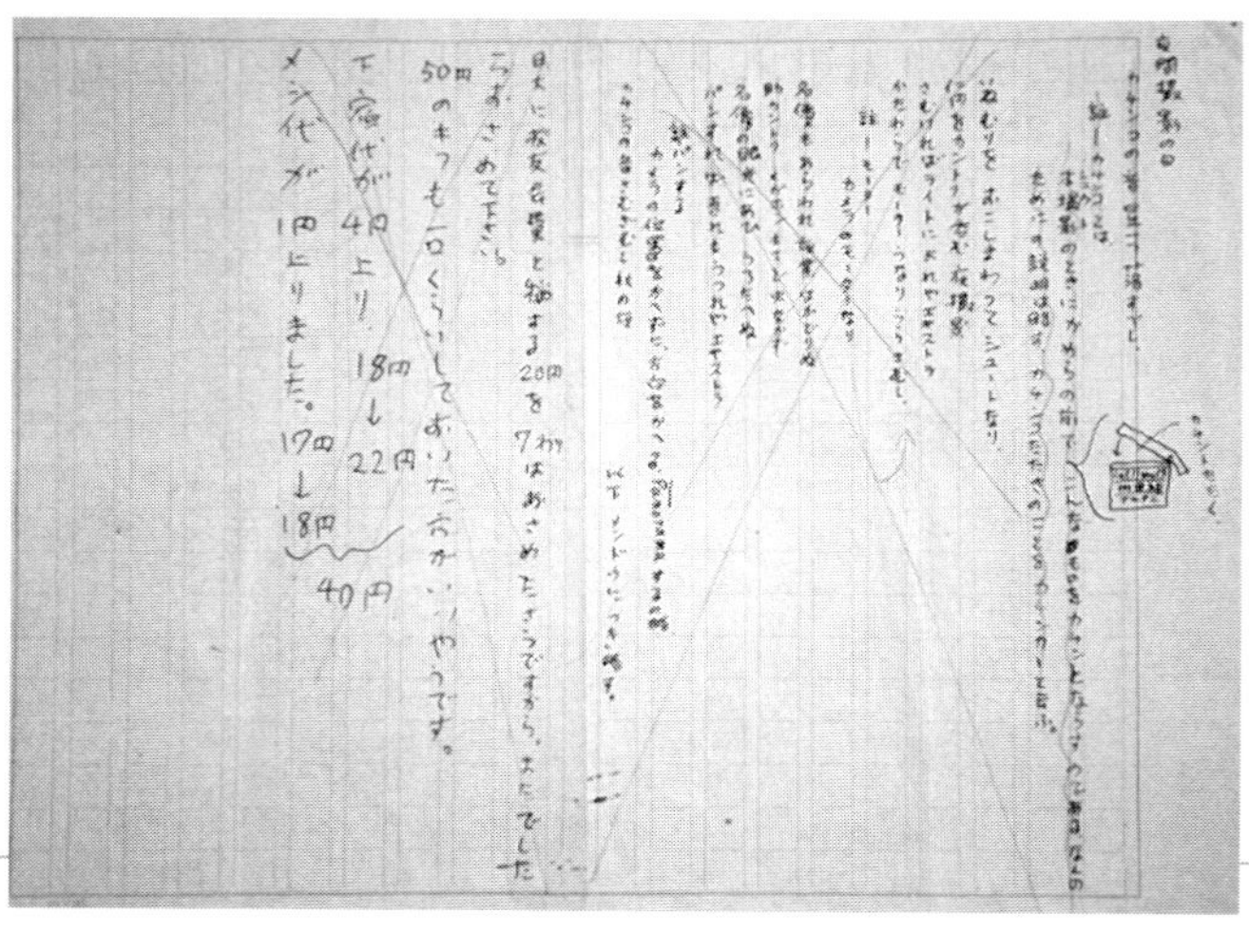
日大に校友会費と称する20円を7月はおさめたさうですから、ただでした
こうさめて下さい。
50円のキップも一口くらいしておいた方がいいやうです。
下宿代が40円上り、18円↓22円
メシ代が1円上りました。17円↓18円
40円

浩三から姉への手紙

浩三から姉への手紙

ずぼらん日記　竹内浩三

また土屋に十円かりた。それですこしいい気になってすしを喰つた。
九日二十一日　土曜日
キモノをきて学校へ行って見やうと考へて、朝学校に行きがけに質屋によって、ナガはかまを出し、そこでそれをはいた。とてもみちがい。
パスも買ってないので、キップを買はねばならぬ。いつも江古田の駅の売店で、その日の最初のバットを買ふことになってゐる。駅から学校まではバットを一ますふだけのきよりである。校門の前のドブにすいがらをシュッとなげこむことになってゐる。出席簿の自分の名前へのところに○を自分でかく

かけはなってゐる。一学期はなんねこんなものと考へて○をつけたりつけなかったりしてゐて、ひどいめに会つたので、つけることにきめてゐる。

土曜だからひるまで。

日本劇場へ旗田に告ぐを見に行かうかと山室に云ふ。金がないと云ふ。今日はオレがもつとゐる。

いつものとこでひる飯を食ふ。金二十三銭の定食である。シャケとオシタシである。

金があると悪いくせで古本屋によることになってゐる。

カネツネキヨスケ博士の音楽と生活を見つける。この人のものは読みたく思ってゐたので、さっそく買ふ。それに古い映画評論を一冊。


二人で省線にのり、有楽町でおりる。やっぱりギンブはいい。みじかいはかまをはいたボクが、われこそはと云ったやうに口の然とかたをそびやかしてあるいてゐる。オヤヂの若いときにとった写真に、はかまをはいた長髪の青年で洋書を二三さつわきにもち口の然と写してゐたのを思ひ出し、オレも一つ駄のオヤヂと同じポーズで写して見やうかと考へた。

日劇にはいる。

ヒビヤからシンジュクまでバスにのり、シンジュクはすどほりして、コーエンジにかへってくる。

ひよっとしたらおやから金がきて居ないかと考へて、部屋に入り、いつもさみしくなる。

しばらく本をよんでみて、町に出る。ウゾームゾーにまじって町をあるく。オレはウゾームゾーかなムゾーかな。

光延堂にちよっとよってゐると、竹内さん日本文学全集と世界文学全集がきてゐますと云ふ。あ、そうですか。とすこし困った。今、金がないから日本の方だけにして下さい。世界はアトからもらひにきます。

そしてまたあるく。さぼてんと云ふキッサ店にはいったが、今かったおが早くよみたくて、すぐにその店を出た。

帰って見てふたころをしらべてみたら、アワレ、昨夜の金ははや一円五十五銭！すべてこんなちようし。あしたから二日休がつづくのに、どこへも行かずおとなしく本を読んでゐるより、しかたあるまい。

金がきたら、
ゲタを買はう。
さうんカゲタばかり、かりてはゐられまい。
金がきたら、
花ビンを買はう
部屋のサウジもして、気持よくしよう。
金がきたら、
ヤカンを買はう。
いくらお茶があっても、水茶はこまる。
金がきたら、

パスを買はう。
すこし高いが、買はぬわけにも行くまい。
金がきたら
レコード入れを買はう
いつふんだわってしまふかわからない。
金がきたら、
金がきたら
ボクはシヤク金をはらはねばならない
すると　又　なにもかへなくなる。
そしたら又シヤク金をしよう。
そして、本や、映画や、うどんや、スシや、バット
に使はう。
金は天下のまわりもんじや。
本がふえたから、も一つ本ばこを買はうか。

手紙―
キフ金一一口50エンと云ふあれ一は少し出しておいた方がいいやうですから浩三さんにさう云っておいて下さい。例のやうに学校へ直送の方が善いかとぞんじます。

九.二十一日

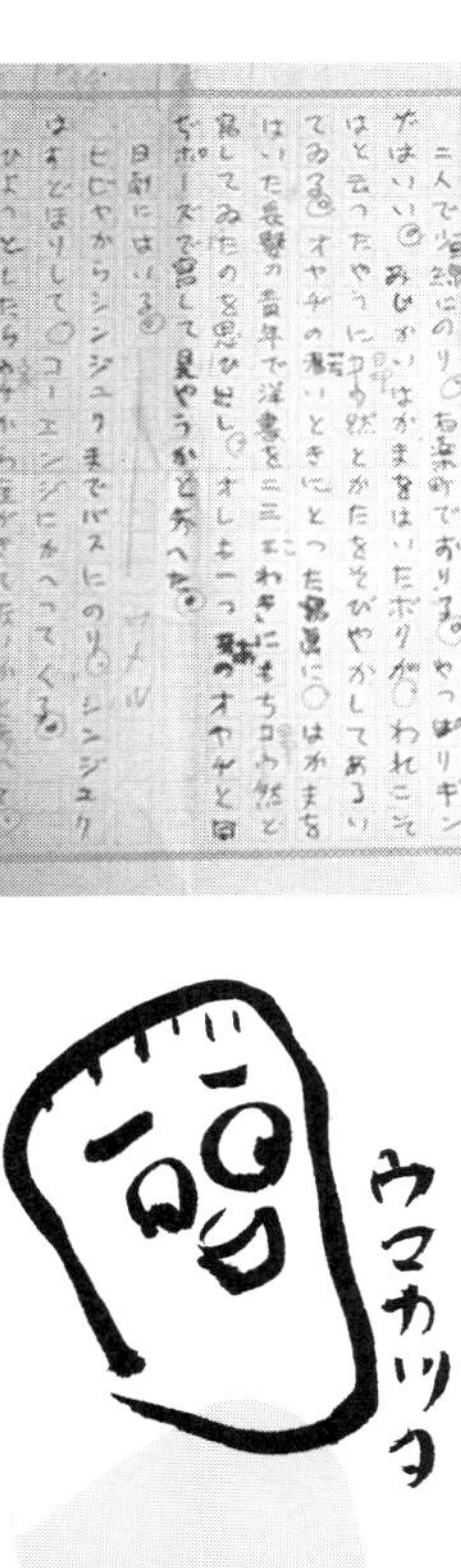

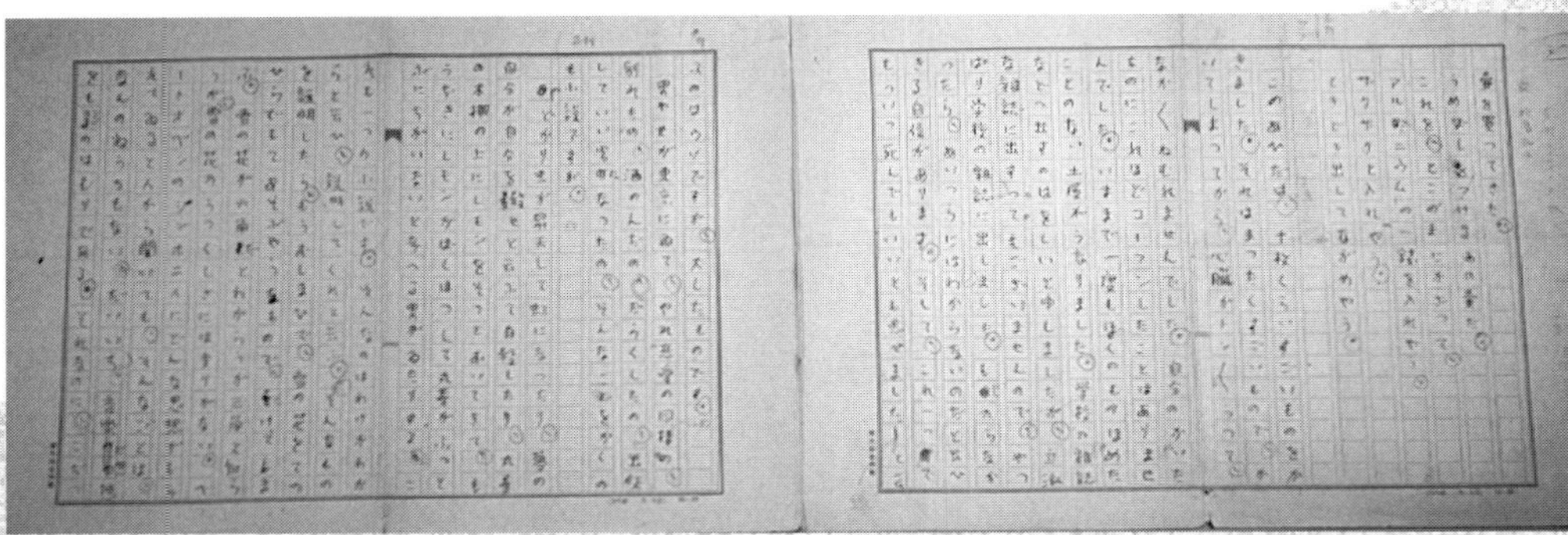

姉への手紙／壺を買ってきた…

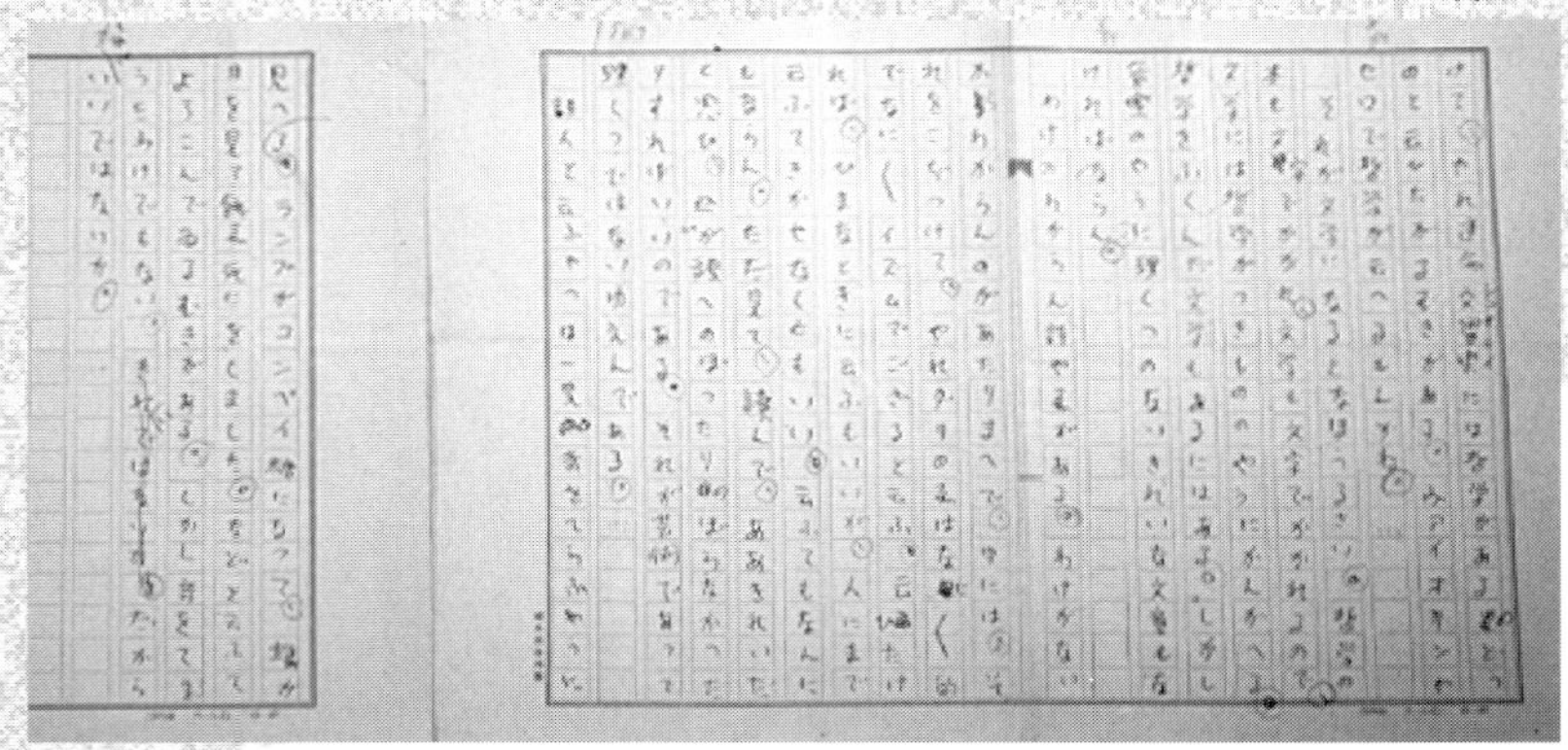

姉への手紙／
壺を買ってきた…

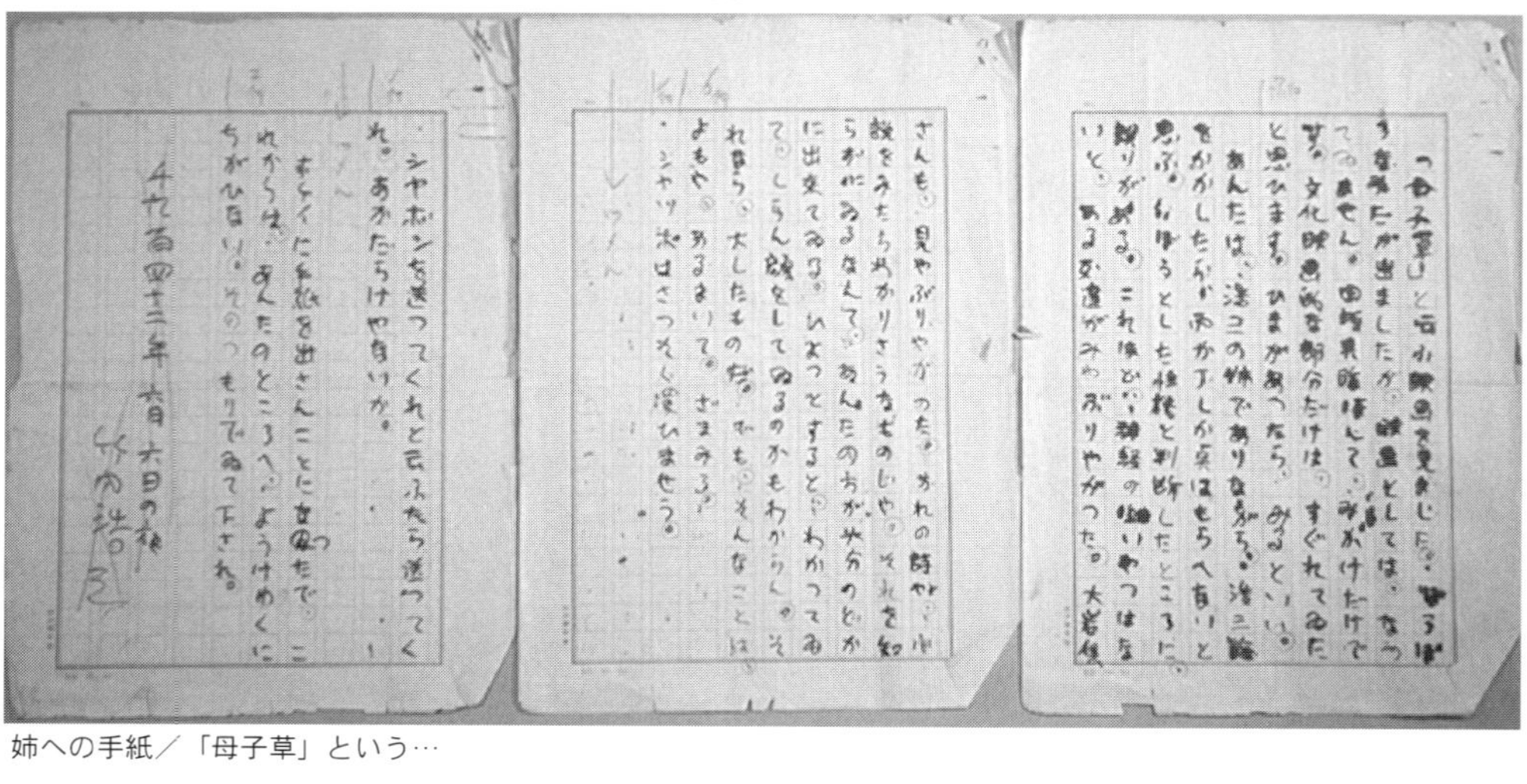

「母子草」と云ふ映画を見ました。母子ぼ
う者等だが出ましたが、映画としては、なつ
てゐません。田坂具隆様して、みかけただけで
す。文化映画的な部分だけは、すぐれてゐた
と思ひます。ひまが有つたら、みるといゝ。
あんたは、淳三の姉でありながら、淳三論
をかかしたら、あかんしか矢はもちへ有りと
思ふ。おばうとした様態と判断したところに
誤りがある。これはどうも神経の細いやつはな
いと。
あるお達がみやぶりやがつた。大宮様
さんも、見やぶりやがつた。おれの時や、小
説をみたらわかりさうなものじや。それを知
らずにゐるなんて。あんたのおかげ分のどか
に出来てゐる。ひよつとすると、わかつてゐ
て、しらん顔をしてゐるのかもわからん。そ
れなら、大したもの様。おもそんなことは
よもや、あるまいて。ざまみろ。
・シヤツ代はさつそく送ひませう。
・シヤボンを送つてくれと云ふたら送つてく
れ。あかだらけや有りか。
まらくに手紙を出さんことに決めたで。こ
れからは、あんたのところへ、ようけめくに
ちがひない。そのつもりでゐて下され。
千九百四十二年一月六日の夜
竹内浩三

姉への手紙／「母子草」という…

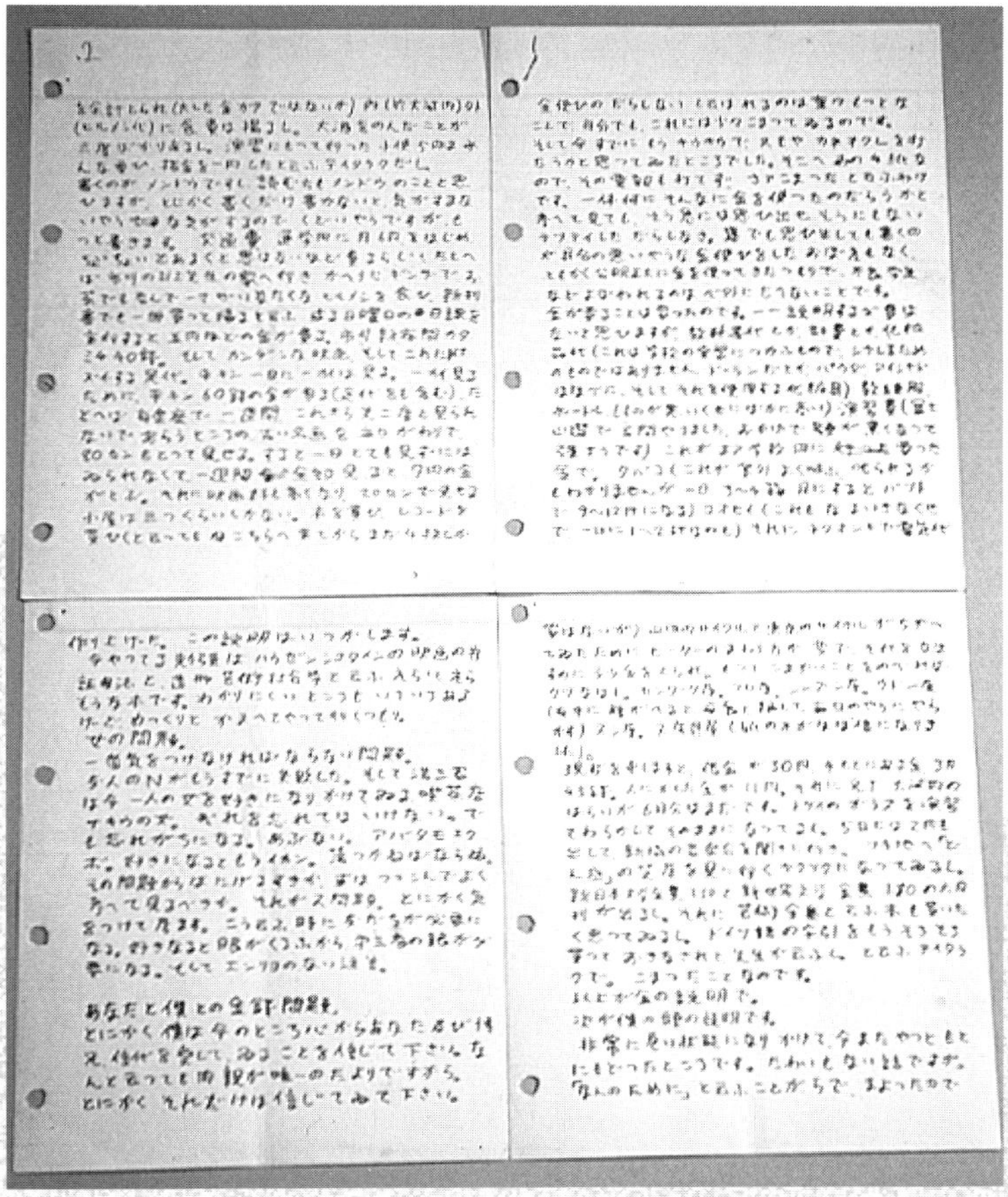

姉への手紙

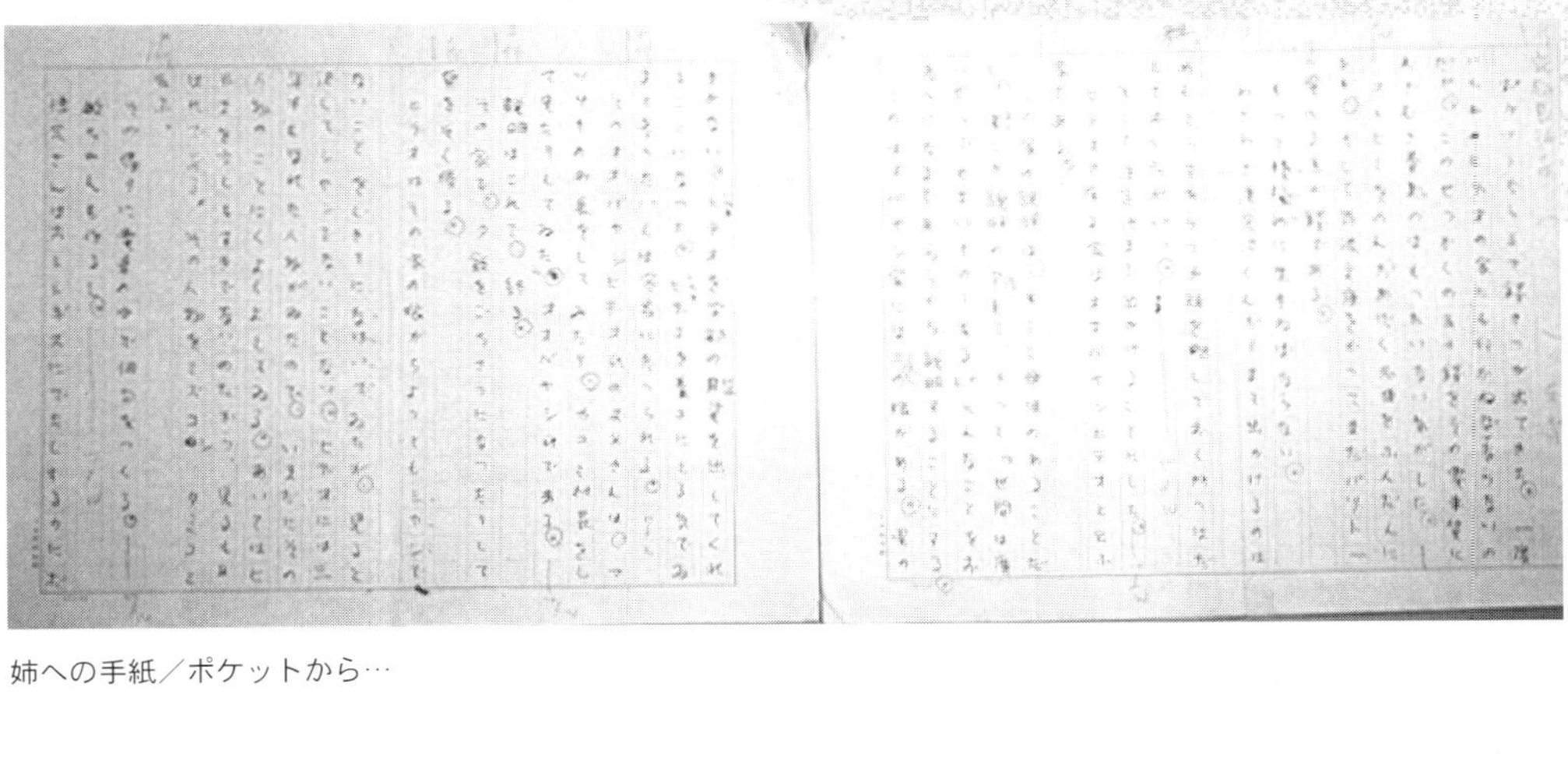

姉への手紙／ポケットから…

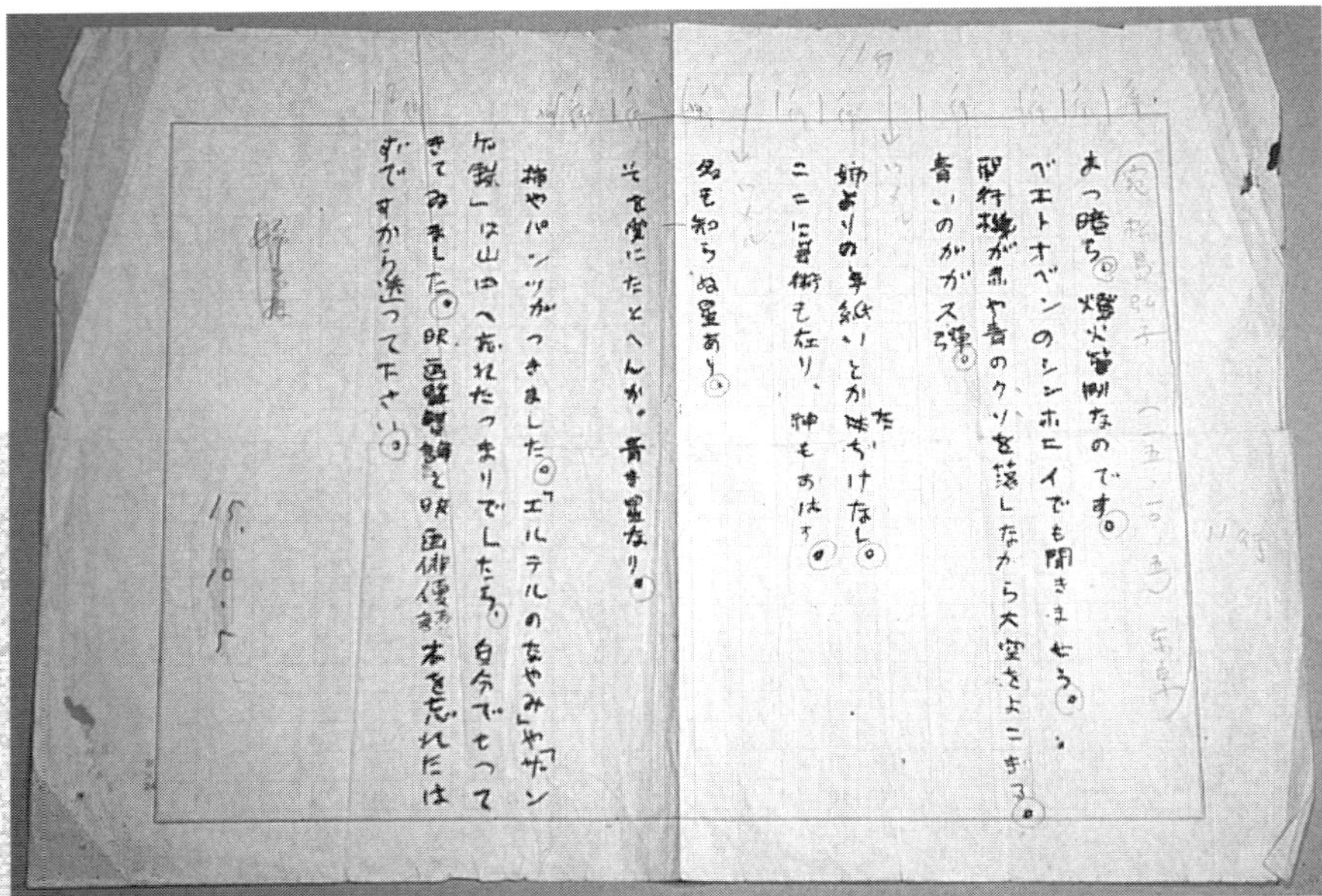

まつ暗ち。燈火管制なのです。

ベエトオベンのシンホニイでも聞きませう。

飛行機が赤や青のクソを落しながら大空をよこぎる。

青いのがガス弾。

姉よりの手紙いとか味ちけなし。

ここに芸術も在り、神もおはす。

名も知らぬ星あり。

そを愛にたとへんか。青き星なり。

帯やパンツがつきました。「エルテルのなやみ」や「ザンゲ録」は山中へ忘れたつもりでしたら、自分でもつてきてみました。BR.西鶴選集を映画俳優の本を忘れたはずですから送つて下さい。

15. 10. 5

姉への手紙（学生時代）

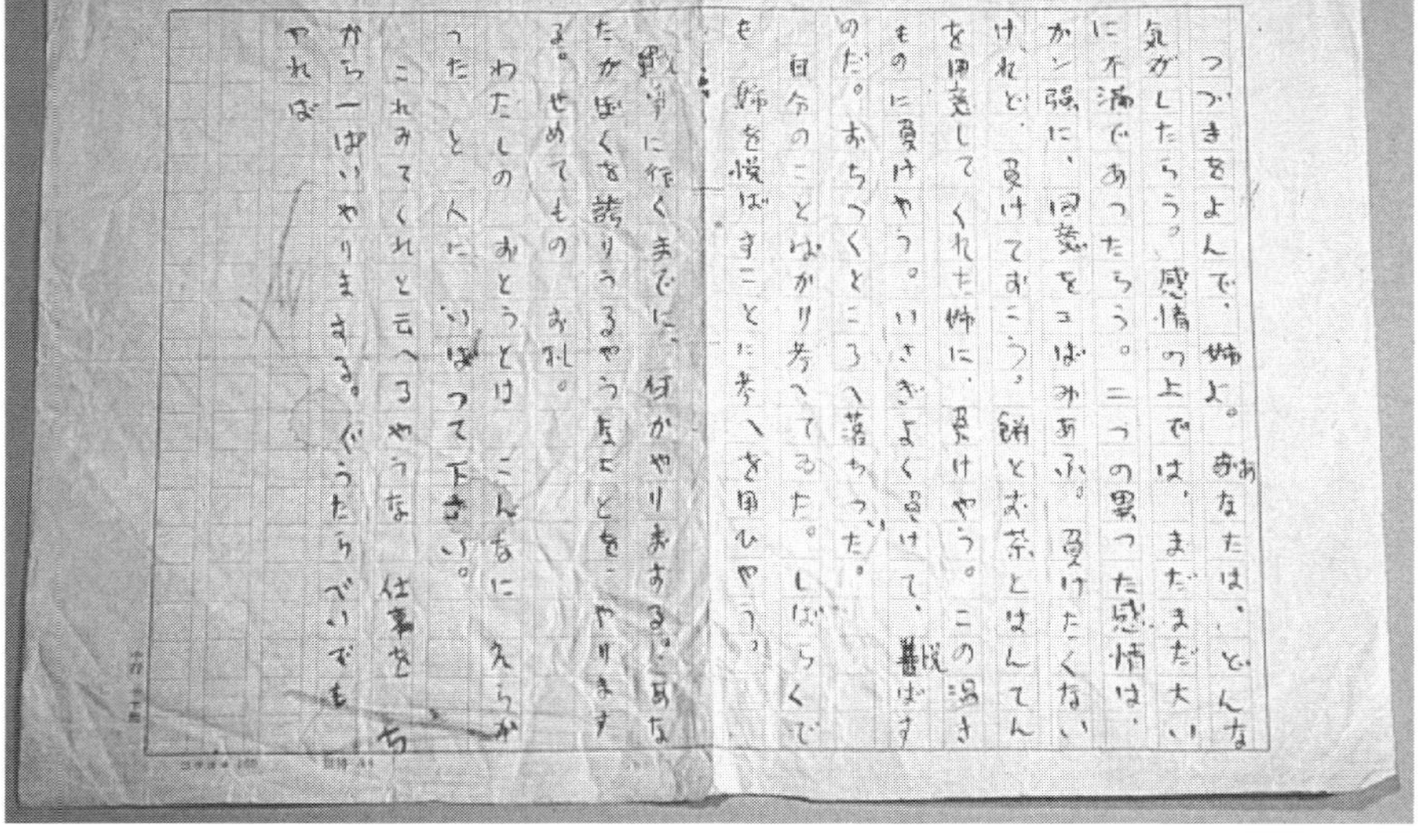

つづきをよんで、姉よ。あなたは、どんな気がしたらう。感情の上では、まだまだ大いに不満であつたらう。二つの異つた感情は、かん強に、闘争をこばみあふ。負けたくないけれど、負けておかう。餅とお茶とはんてんを用意してくれた姉に、負けやう。この涼きものに負けやう。いさぎよく負けて、微笑ばすのだ。おちつくところへ落ちつつた。

自分のことばかり考へてゐた。しばらくでも姉を慢ばすことに考へを用ひやう。

戦争に行くまでに、何かやりまするぢあなたがぼくを誇りうるやうなことをやりまする。せめてものお礼。

わたしのおとうとはこんなにえらかつたと人にいばつて下さい。

これみてくれと云へるやうな仕事をちから一ぱいやりまする。ぐうたらべいでもやれば

姉への手紙／つづきを読んで

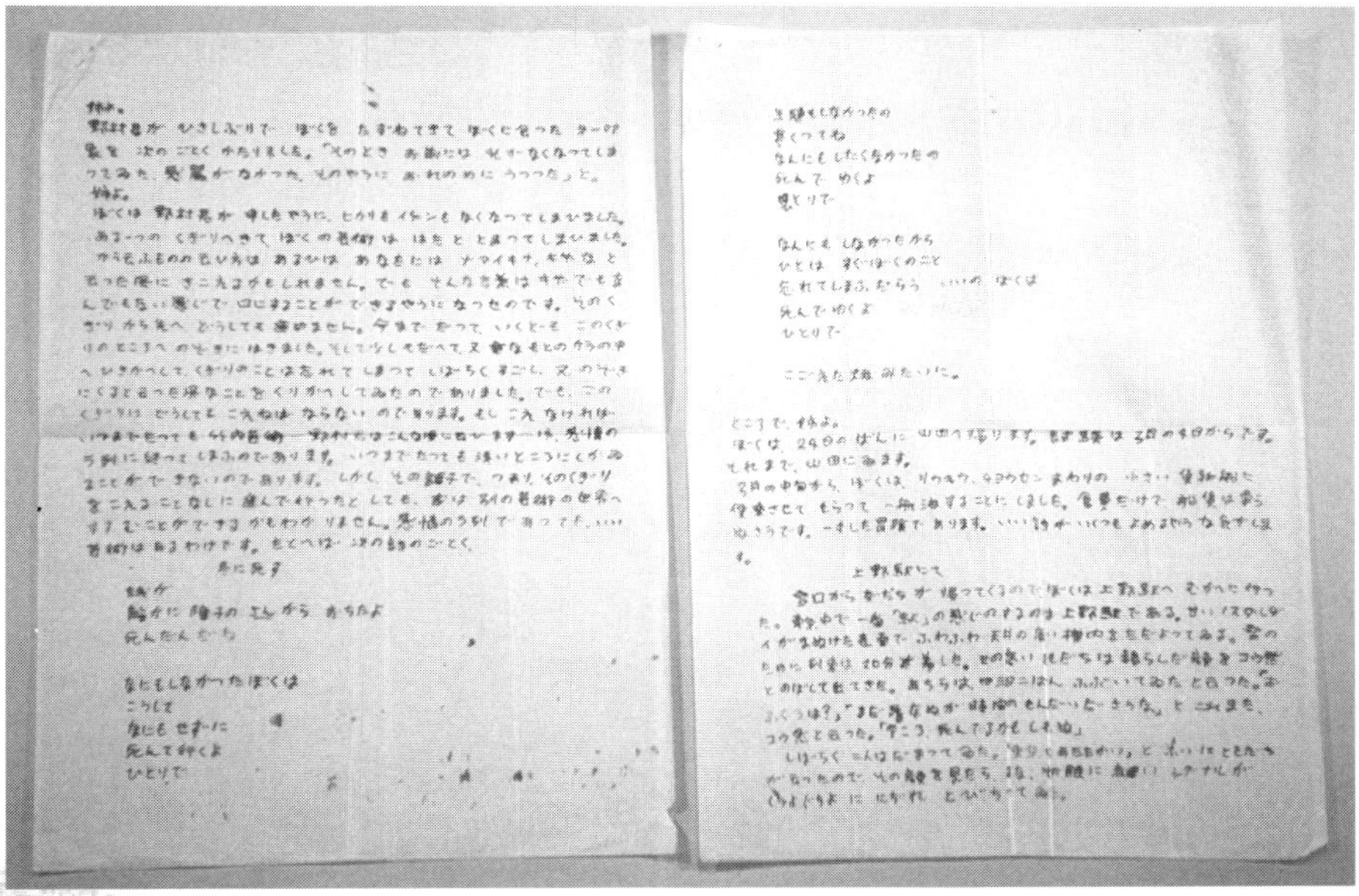

姉への手紙／姉よ、野村君が…

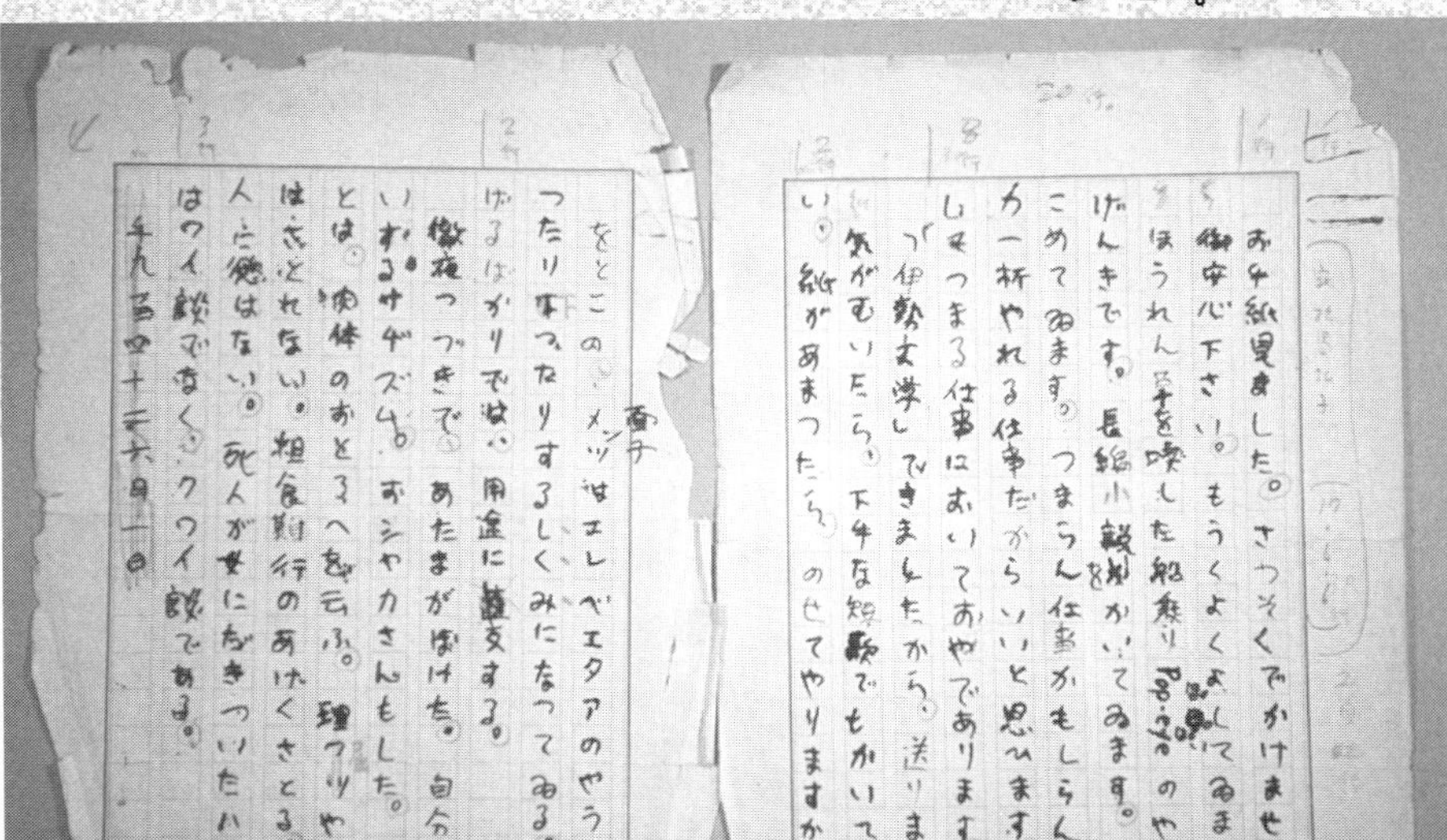

お手紙見ました。さつそくでかけませう。
御安心下さい。もうくよくよしてゐません。
ほうれん草を喫した船乗りのやうに、
げんきです。長編小説かいてゐます。情を
こめてゐます。つまらん仕事かもしらんが、
力一杯やれる仕事だから、いいと思ひます。ま
じめつまる仕事はおいてあります。
「伊勢文学」できましたから、送ります。
気がむいたら、下手な短歌でもかいて下さ
い。紙があまつたら、のせてやりますから。

をとこのメンツはエレベエタアのやうに上
つたり下つたりするしくみになつてゐる。あ
げるはかりで安い。用途に適応する。
徹夜つづきで、あたまが呆けた。
いずるサザズム。おシャカさんもした。自分にた
とは肉体のおとろへを云ふ。悟り
はさとれない。粗食断行のあげくさとる。死
人に慾はない。死人が世にだきついたハナシ
はワイ談でなく、クワイ談である。
千九百四十三年六月一日

姉への手紙／お手紙見ました

ドイツ語の教科書『パウル・ハイゼ傑作抄』に書かれた未発表詩２篇

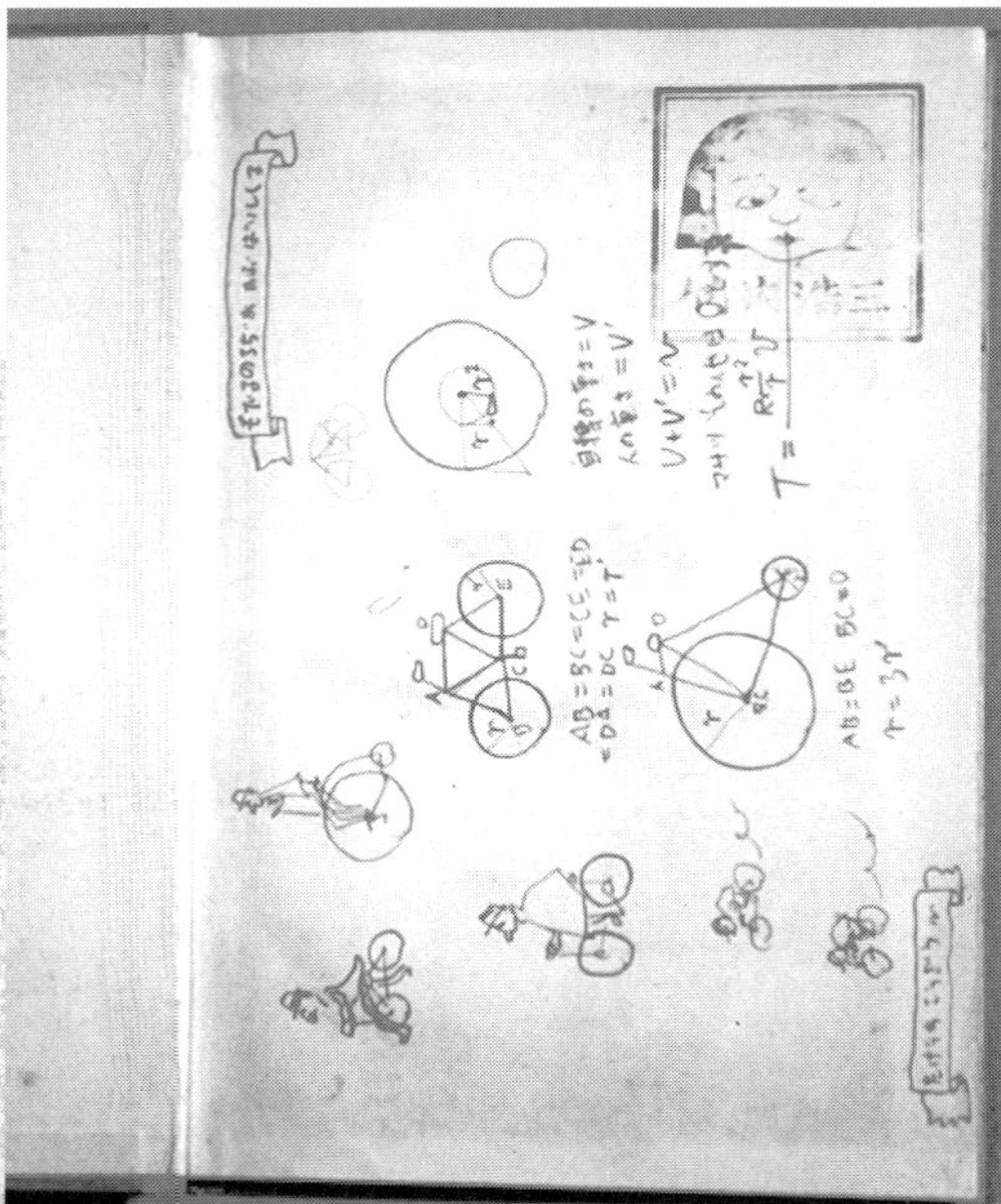

同じ教科書に書かれた浩三の漫画

ドイツ語教科書表紙

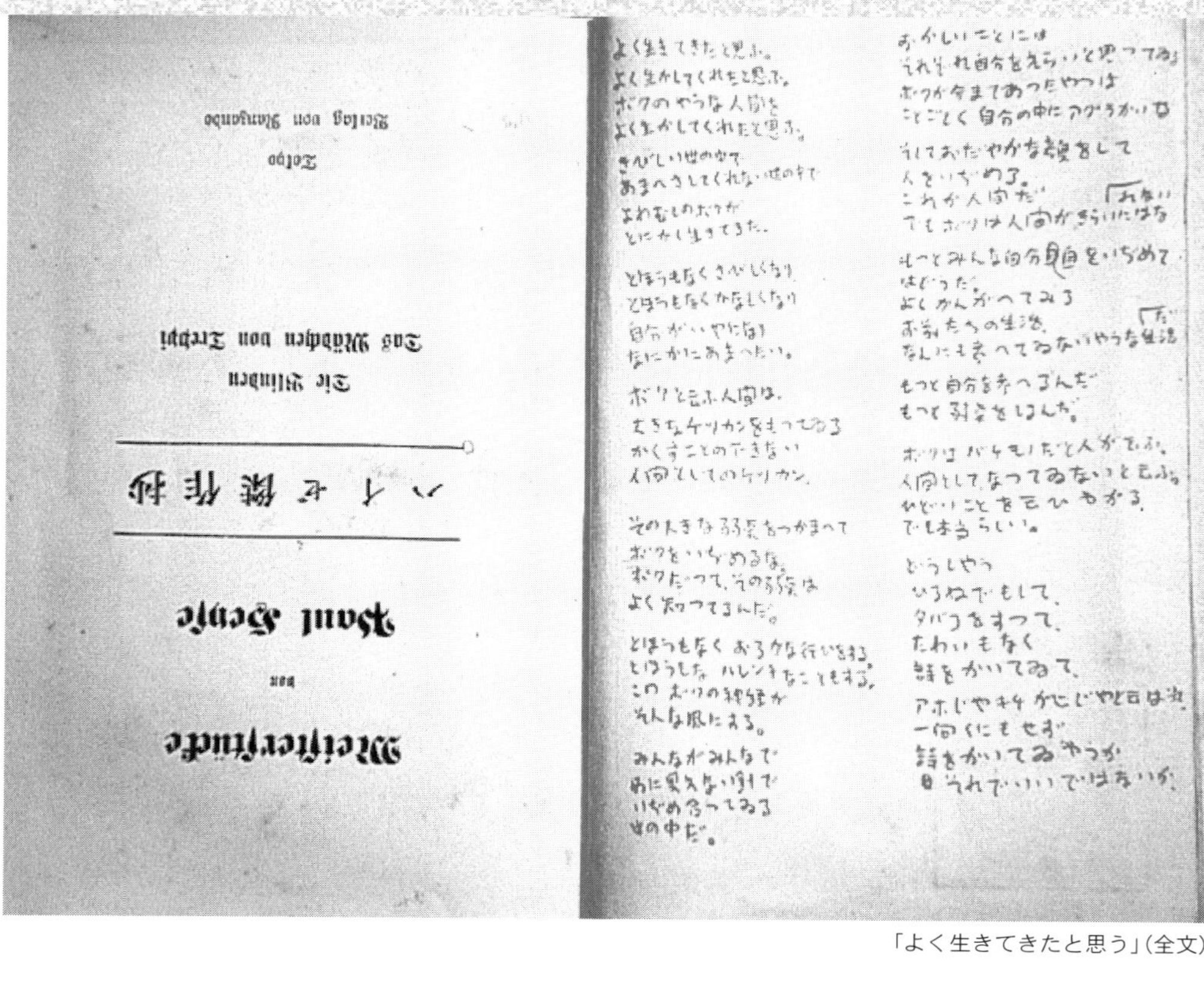

よく生きてきたと思ふ。
よく生かしてくれたと思ふ。
ボクのやうな人間を
よく生かしてくれたと思ふ。
きびしい世のなかで
あまへさしてくれない世の中で
よわむしのボクが
とにかく生きてきた。

とほうもなくさびしくなり
とほうもなくかなしくなり
自分がいやになり
なにかにあまへたい。

ボクと云ふ人間は
大きなケッカンをもってゐる
かくすことのできない
人間としてのケッカン。

その大きな弱点をつかまへて
ボクをいぢめるな。
ボクだって、その弱点は
よく知ってるんだ。

とほうもなくおろかな行いをする
とほうもないハレンチなこともする。
このボクの神経が
そんな風にする。

みんながみんなで
めに見えない針で
いぢめ合ってゐる
世の中だ。

おかしいことには
それぞれ自分をえらいと思ってゐる
ボクが今まであったやつは
ことごとく自分の中にアグラをかいてる

そしておだやかな顔をして
人をいぢめる。
これが人間だ
でもボクは人間がきらいにはなれない

もっとみんな自分自身をいぢめて
はどうだ。
よくかんがへてみろ
お前たちの生活
なんにも考へてゐないやうな生活だ

もっと自分を考へるんだ
もっと弱点をしるんだ。

ボクはバケモノだと人がゆふ。
人間としてなってゐないと云ふ。
ひどいことを云ひもする。
でも本当らしい。

どうしやう
ひるねでもして、
タバコをすって、
たわいもなく
詩をかいてゐて、
アホじゃキチガイじゃと云はれ、
一向くにもせず
詩をかいてゐやうか
それでいいではないか。

「よく生きてきたと思う」（全文）

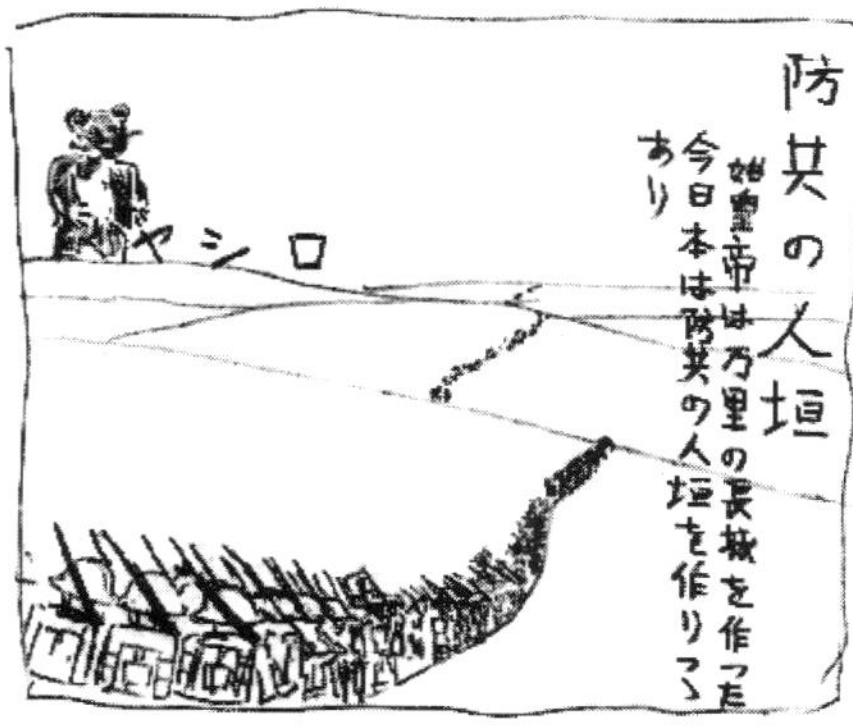

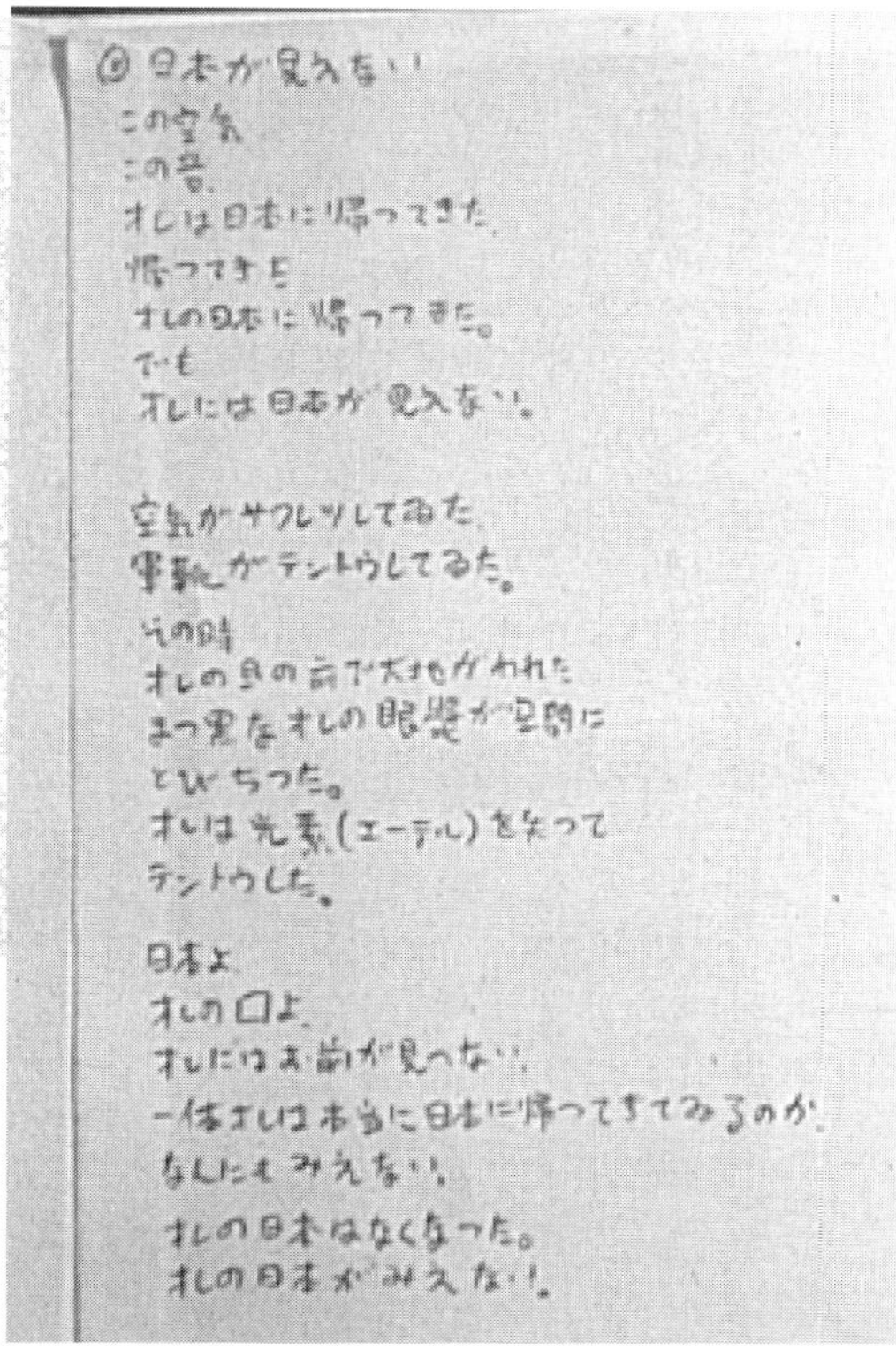
◎日本が見えない
この空気
この音
オレは日本に帰ってきた
帰ってきた
オレの日本に帰ってきた。
でも
オレには日本が見えない。

空気がサクレツしてゐた
軍靴がテントウしてゐた。
その時
オレの目の前で大地がわれた
まっ黒なオレの眼漿が空間に
とびちった。
オレは光素(エーテル)を失って
テントウした。

日本よ
オレの国よ
オレにはお前が見えない。
一体オレは本当に日本に帰ってきているのか
なんにもみえない。
オレの日本はなくなった。
オレの日本がみえない。

「日本が見えない」(全文)

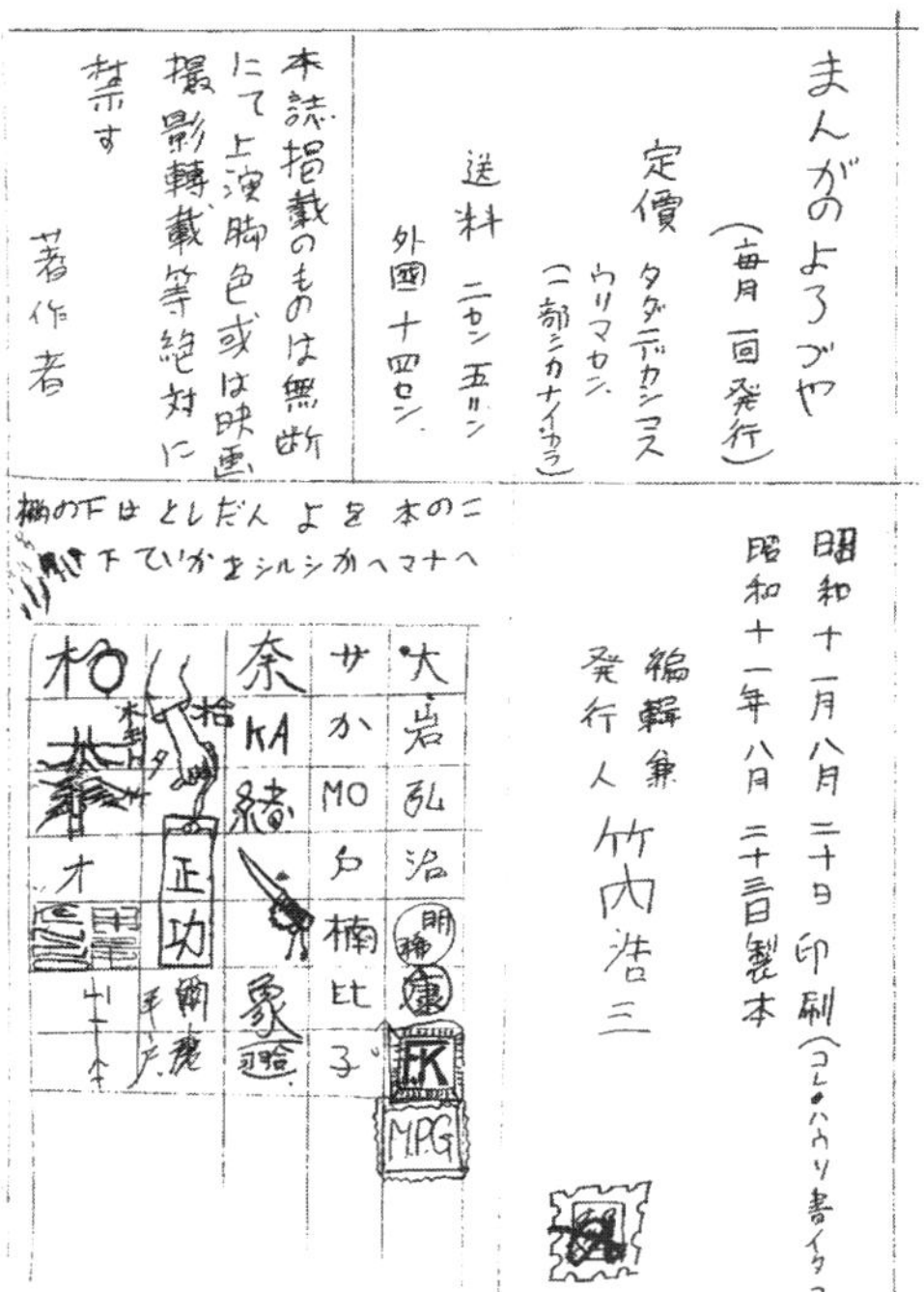
まんがのよろづや
(毎月一回発行)
定價 タダデカシマス ウリマセン (一部シカナイカラ)
送料 ニセン五リン 外國十四セン
本誌掲載のものは無断にて上演脚色或は映画撮影転載等絶対に禁ず 著作者

昭和十一月八月二十日印刷(コレハウソ書イタコト)
昭和十一年八月二十三日製本
編輯兼発行人 竹内浩三

この本をよんだしとは下の欄へナマヘカシルシをかいて下さい

大岩弘治
サカMOト
奈KA緒
正功

◀回覧雑誌「まんがのよろずや」に附された手作りの奥付

日本よ
オレの国よ
オレにはお前が見えない
一体オレは本当に日本に帰ってきているのか
なんにもみえない

オレの日本はなくなった
オレの日本がみえない

― 未発表詩「日本が見えない」より ―

中部三十八部隊(三重県久居町)に入営した頃の竹内浩三一等兵。
1945(昭和20)年4月9日比島バギオ北方「一〇五二高地」にて戦死(三重県庁公報による)。享年23歳

はしがき

第二次世界大戦最末期に、竹内浩三の軍服をまとった肉体はルソン島の山中で仆れ、その地の土塊(つちくれ)と化した。二十四年に満たない生涯であった。彼の遺稿は、姉松島こうさんの手で大切に保存され、まず親友たちの努力によって世に紹介され、ぼくたち同郷の後輩がそれを継承した。ぼく自身が人間竹内浩三に魅せられて、最初の『竹内浩三全集』二巻とそれに続いて彼の伝記を出版してから、もう十六年以上の時が経過している。

けれども、竹内浩三の豊かな人間性から溢れ出てくる独得な「ことば」は、今も静かに波紋を拡げつづけ、時には歌となって歌われたり、時には劇となって上演されたりしている。今日の若者、戦争を祖父の時代の歴史としてしか考えられない若者にも、竹内のことばはストレートに心の琴線にふれて、鳴りひびいているにちがいない。

竹内のことばは、何よりも、わかりやすい。自由であり、自然である。自分の見たまま、感じたままが、ことばとなって湧き出してくる。しかも、その源(みなもと)には、つねに何者にも侵されない天真そのままの「言魂（ことだま）」とでも言うべきものが宿っている。本来、そんな言魂を抱いた人間を「詩人」と呼ぶのであろう。

詩人のことばは、いつも現在形で生まれ出てくる。しかし、詩人の生命は、彼のことばが、読者の心の中でいつまでどれだけ現在形のままで生きつづけていくかだ。ぼくは、かつて「筑波日記」の原本を書写していて、激しい衝撃を覚え、こう記した。

「竹内のことばは、四十年の風雪に少しも色褪せることなく、ぼくたちの心に直接染み込んでくる。たとえば、『筑波日記』は、今日の筑波万博の会場に近接する旧陸軍西筑波飛行場の板張り兵舎の一隅で、滑空部隊の猛訓練の合間をぬって営々と書きとめた手帖のメモにすぎない。（中略）竹内のことばがぼくたちの心を打つのは、彼自身が軍服を着て、銃をかついで、飛行場を舞台に殺人訓練を受けたという事実のためではない。竹内浩三という人間の魂が、たとえどのような非人間的生活を強制されようとも、何一つ変わることなく、ぼくたちの心に直接伝わってくるからである。ぼくたちの心をゆさぶるのは、つねに変わらない純真無垢な一人の人間の存在そのものにほかならない。」（『恋人の眼や　ひょんと消ゆるや』七〇～七一頁、一九八五年）

今年（二〇〇一年）の七夕の日に、ぼくは松阪市の松島家の書庫の中で、偶然未発表の二編の詩と出会った。「日本が見えない」と「よく生きてきたと思う」は、竹内浩三の絶唱として知られる「骨のうたう」の原型と同時期に作られたと推定される。しかし、これらは

『パウル・ハイゼ傑作抄』という日大映画科在学中のドイツ語読本の余白にひそかに書かれていて、これまで六十年間誰一人知る者がなかった。

「日本が見えない」第一節の「日本に帰ってきた」オレは、「骨のうたう」の「白い箱にて故国をながめる」主人公と同じであり、竹内自身の霊にほかならない。第二節は、まさに焼土と化した敗戦後の日本である。そして、第三節でふたたび竹内は見失われた日本に空しく呼びかける。

日本よ
オレの国よ
オレにはお前が見えない
一体オレは本当に日本に帰ってきているのか
なんにも見えない
オレの日本はなくなった
オレの日本がみえない

ぼくは、思わず書庫の高い窓から、空を見上げた。ついさっきまで竹内の霊がそこに居て、教科書の中にこの詩を書きつけていったような錯覚をおぼえたからである。一九八二年の夏、竹内を取材中に急死した西川勉（元ＮＨＫチーフディレクター）の家で、はじめて「骨のうたう」を目にした時にも、ぼくはそんな気分に襲われた。「がらがらどんどんと事務と常識が流れ／故国は発展にいそがしかった／女は化粧にいそがしかった」戦時中（一九四二年）に書かれたこんな詩句が、四十年後のいわゆる高度経済成長を遂げた日本をあまりにも的確に言い当てていると直感したからである。

こんど「日本が見えない」を発見した時、まるで現在の日本人の心底を代弁しているように感じたのは、ぼくの誤解であろうか。物欲をほしいままに充たしてきたバブル経済の崩壊後、未来への指針を見失っている日本。二十一世紀最初の戦争に積極的に参加して、ついに海外派兵に乗り出した日本。主体性を失ってアメリカに追随するしかない今日の日本を、竹内浩三はすでに見通していたのではないか。つまり、戦後の日本をつくり、将来の日本が見えなくなっているのは、われわれ自身であって、詩人の直観力は、六十年も前に、こんな日本の姿をすでに見ていたのではないか。

また、「よく生きてきたと思う」ではじまる五十四行の長い詩も、時空を超えて、ぼくの心にぐさりと突きささって来た。竹内の三倍も人生を生きたぼくに対する叱咤にきこえた。「もっとみんな自分自身をいじめてはどうだ／よく考えてみろ／お前たちの生活／なんにも考えていないような生活だ／もっと自分を考えるんだ／もっと弱点を知るんだ」この詩句は、今日の中学生、高校生の胸にも、また教師や親たち、つまり「自分の中にあぐらをかいている」われわれすべての者の心にくい込んでくるのではないか。

徴兵検査を受けた直後に「伊勢文学」を創刊し、そこに発表した竹内浩三の多くの作品は、すべて彼の遺言と言えるかもしれない。しかし、「日本が見えない」、「骨のうたう」、「よく生きてきたと思う」の三編は、彼がどこにも発表できず、ひそかに書き遺していった「ことば」である。それだけに、個人的な遺言ではなく、後世の日本人一般に宛てた普遍的な遺言状として読むことができる。

また、「伊勢文学」二号（一九四二年七月一日刊）に掲載された散文詩「鈍走記」の伏字部分が、その下書きの出現によって明確になった。「戦争は悪の豪華版である」、「戦争しなくとも、建設はできる」（×印が伏字部分）と、萩原朔太郎編『昭和詩抄』（一九四〇年、冨山房）の目次の余白に書かれていたのだ。これもまた、今日に生きる竹内のことばである。

なによりも、竹内浩三は、一兵卒として「戦争のむなしさ」と「権力の愚かさ」を痛切に体験し、それを平明なことばで詩や日記に書き遺した、かつての日本には稀有な詩人と言ってよい。本書では、初期の作品とくに中学時代の詩やまんがをできるだけ収録した。これから二十一世紀を真剣に生きようとする若い人たちに、この詩人の人間形成の過程を知ってほしいと願うからである。

二〇〇一年十月

小林　察

竹内浩三全作品集 日本が見えない／目次

第1章　詩篇

第2章　創作篇

第3章　日記篇

装幀／口絵構成・久田博幸
まんが構成・松島　新
カット・竹内浩三

竹内浩三全作品集　全一巻

日本が見えない

代表作「骨のうたう」の成立については問題がある。一九五六年、私家版『愚の旗』(中井利亮編)に載って以来、この一編の詩が多くの著名人やメディアによって紹介され、竹内浩三の名をひろめてきた。しかし、この詩にはもう一つの異稿(原型、本文一〇一頁)があって、竹内自身が推敲して改作したのか、それとも編者中井氏が補作したのかという議論が生じた。ぼくの見解は、後者である。中井氏は、親友への共感と思いやりから、原型を見事にアレンジして、竹内を再生させたと考える。そして、今後もこの型が生きつづけ歌いつづけられるだろう。

詩篇は、ほぼ制作年代順に並べてある。「童心の歌」はほとんどが未発表の習作であり、宇治山田中学時代の作品である。「青春の歌」は、一九四〇年、日本大学専門部映画科に入学後、東京の下宿から姉に宛てた手紙の中に入っていたものと「伊勢文学」に発表したものである。「兵隊の歌」は、出征前の「ぼくもいくさに征くのだけれど」を除いては、一九四二年十月一日久居市の中部第三十八部隊へ入隊以後の作である。「演習一」から「射撃について」までは後輩の岡保生に委された「伊勢文学」第六号に載っている。最後の三編は、一九四三年九月、筑波の挺進第五聯隊という特殊部隊へ転属後の作と推定される。

(小林察)

日本が見えない

この空気
この音
オレは日本に帰ってきた
帰ってきた
オレの日本に帰ってきた
でも
オレには日本が見えない

空気がサクレツしていた
軍靴がテントウしていた
その時

オレの目の前で大地がわれた
まっ黒なオレの眼漿（がんしょう）が空間に
とびちった
オレは光素（エーテル）を失って
テントウした

日本よ
オレの国よ
オレにはお前が見えない
一体オレは本当に日本に帰ってきているのか
なんにもみえない
オレの日本はなくなった
オレの日本がみえない

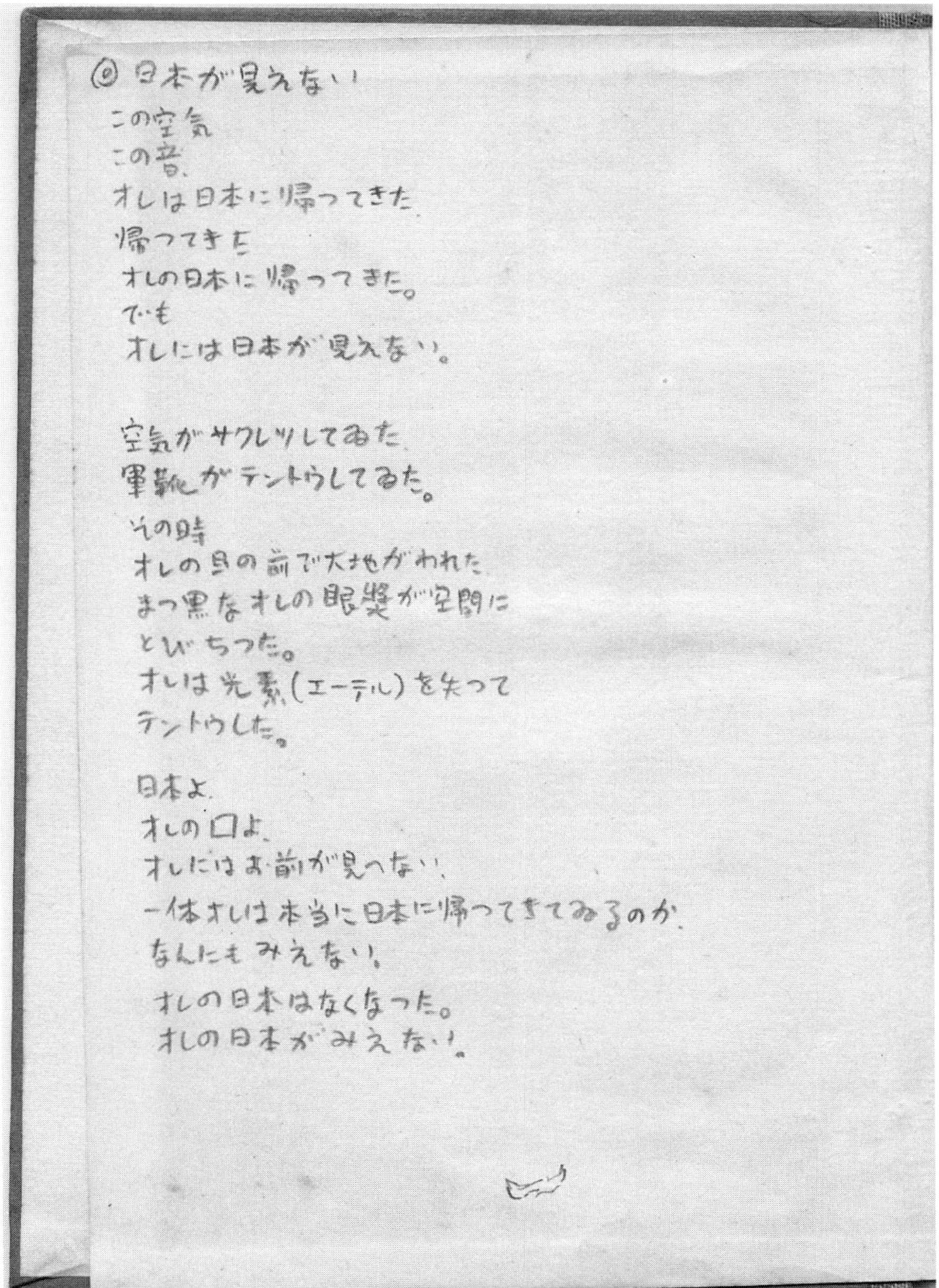
◎日本が見えない
この空気
この音、
オレは日本に帰ってきた、
帰ってきた
オレの日本に帰ってきた。
でも
オレには日本が見えない。

空気がサクレツしてゐた、
軍靴がテントウしてゐた。
その時
オレの目の前で大地がわれた
まっ黒なオレの眼漿が空間に
とびちった。
オレは光素（エーテル）を失って
テントウした。

日本よ
オレの国よ
オレにはお前が見へない、
一体オレは本当に日本に帰ってきてゐるのか
なんにもみえない！
オレの日本はなくなった。
オレの日本がみえない！

骨のうたう

戦死やあわれ
兵隊の死ぬるや　あわれ
遠い他国で　ひょんと死ぬるや
だまって　だれもいないところで
ひょんと死ぬるや
ふるさとの風や
こいびとの眼や
ひょんと消ゆるや
国のため
大君のため
死んでしまうや

その心や

白い箱にて　故国をながめる
音もなく　なんにもなく
帰っては　きましたけれど
故国の人のよそよそしさや
自分の事務や女のみだしなみが大切で
骨は骨　骨を愛する人もなし
骨は骨として　勲章をもらい
高く崇められ　ほまれは高し
なれど　骨はききたかった
絶大な愛情のひびきをききたかった
がらがらどんどんと事務と常識が流れ
故国は発展にいそがしかった
女は　化粧にいそがしかった

ああ　戦死やあわれ
兵隊の死ぬるや　あわれ
こらえきれないさびしさや
国のため
大君のため
死んでしまうや
その心や

よく生きてきたと思う

よく生きてきたと思う
よく生かしてくれたと思う
ボクのような人間を
よく生かしてくれたと思う

きびしい世の中で
あまえさしてくれない世の中で
よわむしのボクが
とにかく生きてきた

とほうもなくさびしくなり

とほうもなくかなしくなり
自分がいやになり
なにかにあまえたい

ボクという人間は
大きなケッカンをもっている
かくすことのできない
人間としてのケッカン

その大きな弱点をつかまえて
ボクをいじめるな
ボクだって　その弱点は
よく知ってるんだ

とほうもなくおろかな行いをする

とほうもなくハレンチなこともする
このボクの神経が
そんな風にする

みんながみんなで
めに見えない針で
いじめ合っている
世の中だ

おかしいことには
それぞれ自分をえらいと思っている
ボクが今まで会ったやつは
ことごとく自分の中にアグラかいている

そしておだやかな顔をして

人をいじめる
これが人間だ
でも　ボクは人間がきらいにはなれない

もっとみんな自分自身をいじめてはどうだ
よくかんがえてみろ
お前たちの生活
なんにも考えていないような生活だ

もっと自分を考えるんだ
もっと弱点を知るんだ

ボクはバケモノだと人が言う
人間としてなっていないと言う
ひどいことを言いやがる

でも　本当らしい

どうしよう
ひるねでもして
タバコをすって
たわいもなく
詩をかいていて

アホじゃキチガイじゃと言われ
一向くにもせず
詩をかいていようか
それでいいではないか

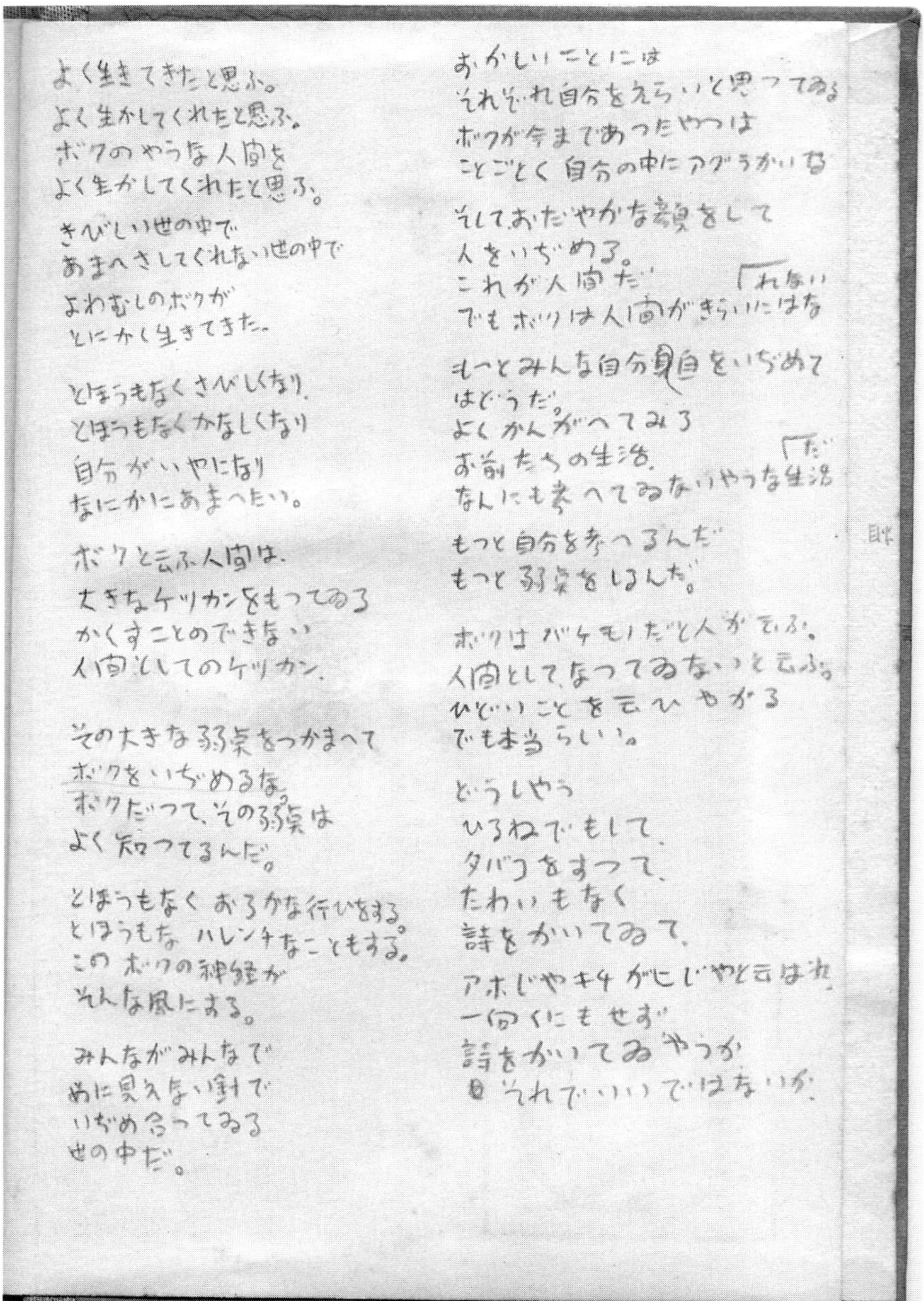

よく生きてきたと思ふ。
よく生かしてくれたと思ふ。
ボクのやうな人間を
よく生かしてくれたと思ふ。

きびしい世の中で
あまへさしてくれない世の中で
よわむしのボクが
とにかく生きてきた。

とほうもなくさびしくなり
とほうもなくかなしくなり
自分がいやになり
なにかにあまへたい。

ボクと云ふ人間は
大きなケッカンをもってゐる
かくすことのできない
人間としてのケッカン

その大きな弱点をつかまへて
ボクをいぢめるな
ボクだって、その弱点は
よく知ってるんだ。

とほうもなくおろかな行ひをする
とほうもなハレンチなこともする。
このボクの神経が
そんな風にさせる。

みんながみんなで
めに見えない針で
いぢめ合ってゐる
世の中だ。

おかしいことには
それぞれ自分をえらいと思ってゐる
ボクが今まであったやつは
ことごとく自分の中にアグラかいてる

そしておだやかな顔をして
人をいぢめる。
これが人間だ
「れない
でもボクは人間がきらいだはな

もっとみんな自分身自をいぢめて
はどうだ。
よくかんがへてみろ
お前たちの生活
「だ
なんにも考へてゐないやうな生活

もっと自分を考へるんだ
もっと弱点をしるんだ。

ボクはバケモノだと人が云ふ。
人間として なってゐないと云ふ。
ひどいことを云ひやがる
でも本当らしい。

どうしやう
ひるねでもして
タバコをすって
たわいもなく
詩をかいてゐて
アホじゃキチガヒじゃと云はれ
一向くにもせず
詩をかいてゐやつか
それでいいではないか。

童心の歌

東　京

東京はタイクツな町だ
男も女も
笑わずに
とがった神経で
高いカカトで
自分の目的の外は何も考えず
歩いて行く

東京は冷い町だ
レンガもアスファルトも

笑わずに
四角い顔で
冷い表情で
ほこりまみれで
よこたわっている

東京では
漫画やオペラが
要るはずだと
うなずける

雲

ふわふわ雲が飛んでいる
それは春の真綿雲
むくむく雲が湧いて来た
それは夏の入道雲
さっさと雲が掃いたよう
それは秋空　よい天気
どんより灰色　いやな雲
それは雪雲　冬の空
まあるい空のカンヴァスに
いろんな雲を描き分ける
お天道(テント)さんはえらい方

夕焼け

赤い赤い四角い形が
障子に落ちている
青い青い丸い葉が
赤い空気に酔っている
ひらひらとコーモリが
躍る

人は
静かに戸を閉めて
電気をつけて
汁をすする

赤い明るい西の空も

灰色にむしばまれる
そしてくろくなって
やがてだいやもんどに灯がつく

そして人は日記などつけて
灯を消し
一日が終ったと考えて
神に感謝して
祈る

YAMA

Ishikoro no michi
Ishikoro no michi
Kaa tto higa sena wo yaku
Aoba no Midori ga me ni itai
Ishikoro no saka
Ishikoro no saka

おもちゃの汽車

ゴットン　ゴットン
汽車が行く
ケムリをはいて
汽車が行く
アレアレアレアレ
脱線だ
お人形さんの
首が飛び
キューピイさんの
手が飛んだ
死傷者優に三十個
オモチャの国の
大椿事

しかられて

しかられて
外へは出たが
我家から
夕餉の烟と
灯火（ともしび）の
黄色い光に
混ぜられた
たのしい飯（めし）の音がする
強情はってわるかった
おなかがすいた
風も吹く
三日月さんも
出て来たよ

あやまりに
行くのも
はずかしい
さらさら木の葉の
音がした

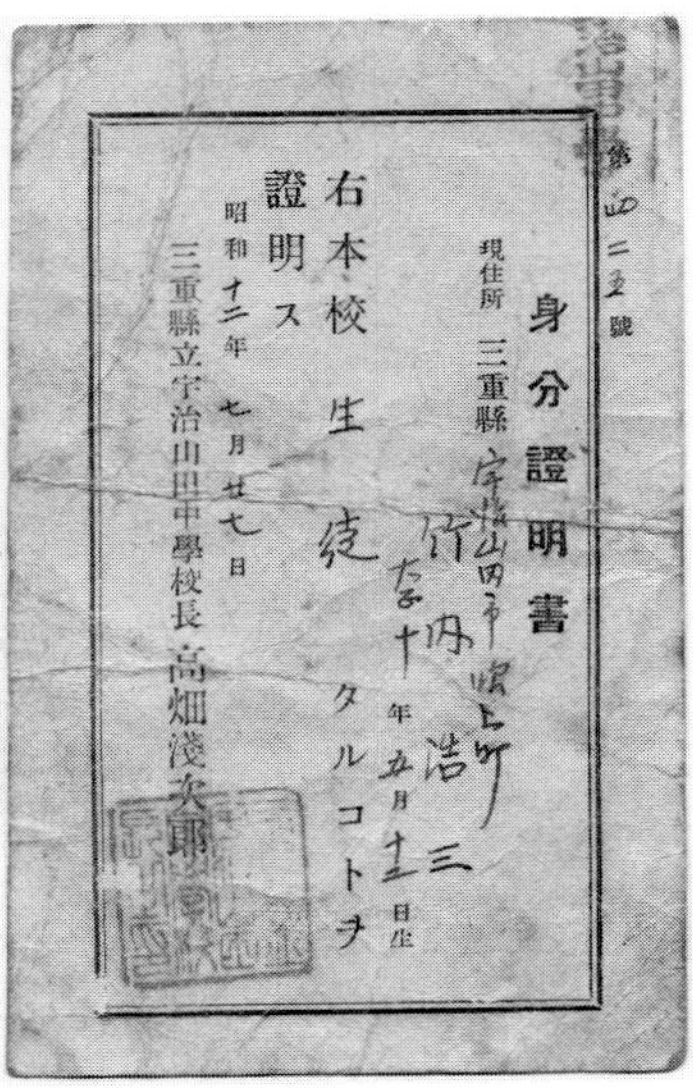
第四二五號

身分證明書

現住所　三重縣宇治山田市吹上町

竹内浩三

大正十年五月十二日生

右本校生徒タルコトヲ

證明ス

昭和十二年七月廿七日

三重縣立宇治山田中學校長　高畑淺次郎

十二ケ月

一月――
凍てた空気に灯がついた
電線が口笛を吹いて
紙くずが舞上った
木の葉が鳴った
スチュウがノドを流れた

二月――
丸い大きな灰色の屋根
真白い平な地面
つけっぱなしのランプが
低うく地に落ちて
白が灰色に変った

三月——
灰色はコバルトに変り
白は茶色に変った
手を開けたら
汗のにおいが少しした

四月——
ごらん
おたまじゃくしを
白い雲を
そして若い緑を

五月——
太陽がクルッと転った
アルコホルが蒸発して
ひばりが落ちた

虫が少し蠢いてみて
また地にもぐりこんで
にやりとした

六月——
少年が丘を登って
苺を見つけて
それを口へ入れ
なみだぐんだ

七月——
海が白い歯を見せ
女が胸のふくらみを現す
入道雲が怒りを示せば
男はそっと手をさしのべる
ボートがゆれた

八月――
ウエハースがべとついて
クリームが溶けはじめた
その香をしたった蟻が
畳の間におちこんで
蟻の世界に椿事が起り
蝉が松でジーッとないた

九月――
石を投げれば
ボアーンと響きそうな
円い月が
だまって　ひとりで
電信柱の変圧器に
ひっかかっていた

十月――

ゲラゲラ笑っていた男が
白い歯を収め　笑いを止めて
ひたいにシワをよせ
何事か想い始めた
炭だわらの陰でコオロギが鳴いた

十一月――
空は高かった
そして青かった
しかし　俺はさみしかった

十二月――
ラムプがじーと鳴って
灯油の終りを告げた
凩（こがらし）が戸をならして
「来年」のしのびやかな
足音も聞えた

ある夜

月が変圧器にひっかかっているし
風は止んだし
いやにあつくるしい夜だ
人通りもとだえて
犬の遠吠えだけが聞こえる
いやにおもくるしい夜だ
エーテルは一時蒸発を止め
詩人は居眠りをするような
いやにものうい夜だ
障子から蛾の死がいが落ちた

三ツ星さん

私のすきな三ツ星さん
私はいつも元気です
いつでも私を見て下さい
私は諸君に見られても
はずかしくない生活を
力一ぱいやりまする
私のすきなカシオペヤ
私は諸君が大すきだ
いつでも三人きっちりと
ならんですゝむ星さんよ
生きることはたのしいね
ほんとに私は生きている

青春の歌

人　生

映画について

むつかしいもの。この上もなくむつかしいもの。映画。こんなにむつかしいとは知らなんだ。知らなんだ。

金について

あればあるほどいい。又、なければそれでもいい。

女について

女のために死ぬ人もいる。そして、僕などその人によくやったと言いたいらしい。

酒について

四次元の空間を創造することができるのみもの。

戦争について

僕だって、戦争へ行けば忠義をつくすだろう。僕の心臓は強くないし、神経も細い方だから。

生活について

正直のところ、こいつが今一ばんこわい。でも、正体を見れば、それほどでもないような気もするが。

星について

ピカピカしてれや、それでいいのだから。うらやましい。

金がきたら

金がきたら
ゲタを買おう
そう人のゲタばかり　かりてはいられまい

金がきたら
花ビンを買おう
部屋のソウジもして　気持よくしよう

金がきたら
ヤカンを買おう
いくらお茶があっても　水茶はこまる

金がきたら

パスを買おう
すこし高いが　買わぬわけにもいくまい

金がきたら
レコード入れを買おう
いつ踏んで　わってしまうかわからない

金がきたら
金がきたら
ボクは借金をはらわねばならない
すると　又　なにもかもなくなる
そしたら又借金をしよう
そして　本や　映画や　うどんや　スシや　バットに使おう
金は天下のまわりもんじゃ
本がふえたから　もう一つ本箱を買おうか

五月のように

なんのために
ともかく　生きている
ともかく

どう生きるべきか
それは　どえらい問題だ
それを一生考え　考えぬいてもはじまらん
考えれば　考えるほど理屈が多くなりこまる

こまる前に　次のことばを知ると得だ
歓喜して生きよ　ヴィヴェ・ジョアイユウ
理屈を言う前に　ヴィヴェ・ジョアイユウ

信ずることは　めでたい
真を知りたければ信ぜよ
そこに真はいつでもある

弱い人よ
ボクも人一倍弱い
信を忘れ
そしてかなしくなる

信を忘れると
自分が空中にうき上って
きわめてかなしい
信じよう
わけなしに信じよう
わるいことをすると
自分が一番かなしくなる
だから

誰でもいいことをしたがっている
でも　弱いので
ああ　弱いので
ついつい　わるいことをしてしまう
すると　たまらない
まったくたまらない

自分がかわいそうになって
えんえんと泣いてみるが
それもうそのような気がして
あゝ　神さん
ひとを信じよう
ひとを愛しよう
そしていいことをうんとしよう

青空のように
五月のように

みんなが
みんなで
愉快に生きよう

大正文化概論

序論

G線の下で
アリアをうたっていた
てるてる坊主が
雨にぬれていた

本論

交通が便利になって
文化はランジュクした
戦争に勝って

リキュウルをのんだ
はだかおどりの女のパンツは
日章旗であった
タケヒサ・ユメジが
みみかくしの詩をかいた
人は死ぬことを考えて
女とあそんだ
女とあそんで
昇天した
震災が起って
いく人もやけ死んだ
やけ死なかったものは
たち上った
たち上った
たち上った
ボクらのニッポンは
強い国であった

結論

ダダがうなっていたけれども
プロがうなっていたけれども
エロがきしんでいたけれども
グロがきしんでいたけれども
芸術はタイハイしていたけれども
ぼくらはタイハイしていたけれども
ぼくらは
たち上った
たち上った

麦

銭湯へゆく
麦畑をとおる
オムレツ形の月
大きな暈(かさ)をきて
ひとりぼっち
熟れた麦
強くにおう
かのおなごのにおい
チイチイと胸に鳴く
かのおなごは
いってしまった
あきらめておくれと
いってしまった

麦の穂を嚙み嚙み
チイチイと胸に鳴く

夜汽車の中で

ふみきりのシグナルが一月の雨にぬれて
ボクは上りの終列車を見て
柄もりの水が手につめたく
かなしいような気になって
なきたいような気になって
わびしいような気になって
それでも　ためいきも　なみだも出ず
ちょうど　風船玉が　かなしんだみたい

自分が世界で一番不実な男のような気がし
自分が世界で一番いくじなしのような気がし
それに　それがすこしもはずかしいと思えず
とほうにくれて雨足を見たら

いくぶんセンチメンタルになって
涙でもでるだろう
そしたらすこしはたのしいだろうが
そのなみだすら出ず
こまりました
こまりました

町角の飯屋で

カアテンのかかったガラス戸の外で
郊外電車のスパァクが　お月さんのウィンクみたいだ
大きなどんぶりを抱くようにして　ぼくは食事をする
麦御飯の湯気に素直な咳を鳴らし　どぶどぶと豚汁をすする
いつくしみ深い沢庵の色よ　おごそかに歯の間に鳴りひびく
おや　外は雨になったようですね
もう　つゆの季節なんですか

横町の食堂で

はらをへらした人のむれに、ぼくは食堂横町へながされていった。
給仕女の冷い眼に、なき顔になったのを、大きなどんぶりでもって人目からおおった。
えたいのしれぬものを、五分とながしこんでいたら、ぼくの食事が終った。
えらそうに、ビイルなどのんだ。ビイルがきものにこぼれて、「しもた」と思った。
金風(あき)の夕焼のなかで、ぼくはほんのりと酩酊して行った。

（注　このあと欄外に「アポリネエルも戦場でいいものを書いた」との書き込みがある。）

空をかける

蛍光を発して
夜の都の空をかける
風に指がちぎれ　鼻がとびさる

虹のように　蛍光が
夜の都の空に散る
風に首がもげ　脚がちぎれる

風にからだが溶けてしまう

蛾が一匹
死んでしまった

あきらめろと云うが

かの女を　人は　あきらめろと云うが
おんなを　人は　かの女だけでないと云うが
おれには　遠くの田螺（たにし）の鳴声まで　かの女の歌声にきこえ
遠くの汽車の汽笛まで　かの女の溜息にきこえる
それでも
かの女を　人は　あきらめろと云う

手紙

午前三時の時計をきいた。

午前四時の時計をきいた。

まっくらな天井へ向けた二つの眼をしばしばさせていた。

やがて、東があかるんできた。シイツが白々しくなってきた。

にこりともせず、ふとんを出た。タバコに火をつけて、机に向かった。手紙を書いてみたかった。出す相手もなかった。でも書いた。それは、裏切った恋人へであった。出さないのにきまっているのに、ながながと書いた。書きあげれば、破いて棄てるのだけれど、息はずませて書きつづけた。

冬に死す

蛾が
静かに障子の桟からおちたよ
死んだんだね

なにもしなかったぼくは
こうして
なにもせずに
死んでゆくよ
ひとりで
生殖もしなかったの
寒くってね

なんにもしたくなかったの

死んでゆくよ
ひとりで

なんにもしなかったから
ひとは　すぐぼくのことを
忘れてしまうだろう
いいの　ぼくは
死んでゆくよ
ひとりで

こごえた蛾みたいに

雨

さいげんなく
ざんござんごと
雨がふる
まっくらな空から
ざんござんごと
おしよせてくる

ぼくは
傘もないし
お金もない
雨にまけまいとして
がちんがちんと
あるいた

お金をつかうことは
にぎやかだからすきだ
ものをたべることは
にぎやかだからすきだ
ぼくは　にぎやかなことがすきだ

さいげんなく　ざんござんごと
雨がふる
ぼくは　傘もないし　お金もない

きものはぬれて
さぶいけれど
誰もかまってくれない

ぼくは一人で
がちんがちんとあるいた
あるいた

鈍走記

生れてきたから、死ぬまで生きてやるのだ。
ただそれだけだ。

＊

日本語は正確に発音しよう。白ければシロイと。

＊

ピリオド、カンマ、クエッションマーク。
でも、妥協はいやだ。

＊

小さな銅像が、蝶々とあそんでいる。彼は、この漁業町の先覚者であった。

＊

四角形、六角形。
そのていたらくをみよ。

＊

バクダンを持って歩いていた。
生活を分数にしていた。

＊

恥をかいて、その上塗りまでしたら、輝きだした。

＊

おれは、機関車の不器用なバク進ぶりが好きだ。

＊

もし、軍人がゴウマンでなかったら、自殺する。

＊

目から鼻へ、知恵がぬけていた。

＊

みんながみんな勝つことをのぞんだので、負けることが余りに余った。それをことごとく拾い集めた奴がいて、ツウ・テン・ジャックの計算のように、プラス・マイナスが逆になった。

＊

××は、×の豪華版である。

＊

××しなくても、××はできる。

＊

哲学は、論理の無用であることの証明に役立つ。

＊

女はバカな奴で、自分と同じ程度の男しか理解できない。しようとしない。

＊

今は、詩人の出るマクではない。ただし、マスク・ドラマなら、その限りにあらず。

＊

「私の純情をもてあそばれたのです」女が言うと、もっともらしく聞こえるが、男が言うと、フヌケダマに見える。

＊

註釈をしながら生きていたら、註釈すること自身が生活になった。小説家。

＊

批評家に。批評するヒマがあるなら創作してくれ。

＊

子供は、註釈なしで憎い者を憎み、したいことをする。だから、好きだ。

＊

おれはずるい男なので、だれからもずるい男と言われぬよう極力気をくばった。

＊

おれは、人間という宿命みたいなものをかついで鈍走する。すでに、スタアトはきられた。

＊

どちらかが計算をはじめたら、恋愛はおしまいである。計算ぬきで人を愛することのできない奴は、生きる資格がない。

＊

いみじくもこの世に生れたれば、われいみじくも生きん。生あるかぎり、ひたぶるに鈍走せん。にぶはしりせん。

鈍走記（草稿）

1 生まれてきたから、死ぬるまで生きてやるのだ。ただそれだけだ。
2 日本語は正確に発音しよう。白ければシロイと。
3 ペリオド、カンマ、クエッションマアク。でも妥協はいやだ！
4 小さい銅像がちょうちょうとあそんでいる。彼はこの漁業町の先覚者だった。
5 四角形、六角形、そのていたらくを見よ。
6 バクダンをもってあるいていた。生活を分数にしていた。
7 恥をかいて、その上ぬりまでしたら、かがやき出した。
8 私は、機関車の不器用な驀進ぶりを好きだ。
9 もし軍人がゴウマンでなかったら、自殺する。
10 どんなきゅうくつなところでも、アグラはかける。石の上に三年坐ったやつもいる。
11 みんながみんな勝つことをのぞんだので、負けることが余りに余った。それをみんなひろいあつめたやつがいて、ツウテンジャックの計算のように、プラス・マイナスが逆になった。

12 戦争は悪の豪華版である。
13 戦争しなくとも、建設はできる。
14 飯屋のメニュウに「豚ハム」とある。うさぎの卵を注文してごらんなされ。
15 哲学は、論理の無用であることの証明にやくだつ。
16 女は、バカなやつで、自分と同じ程度の男しか理解できない。しようとしない。
17 今は、詩人の出るマクではない。ただし、マスク・ドラマはそのかぎりにあらず。
18 註訳をしながら生きていたら、註訳すること自身が生活になった。曰く、小説家。
19 批評家に曰く、批評するヒマがあったら、創作してほしい。
20 子供は、註訳なしで、にくいものをにくみ、したいことをする。だから、すきだ。

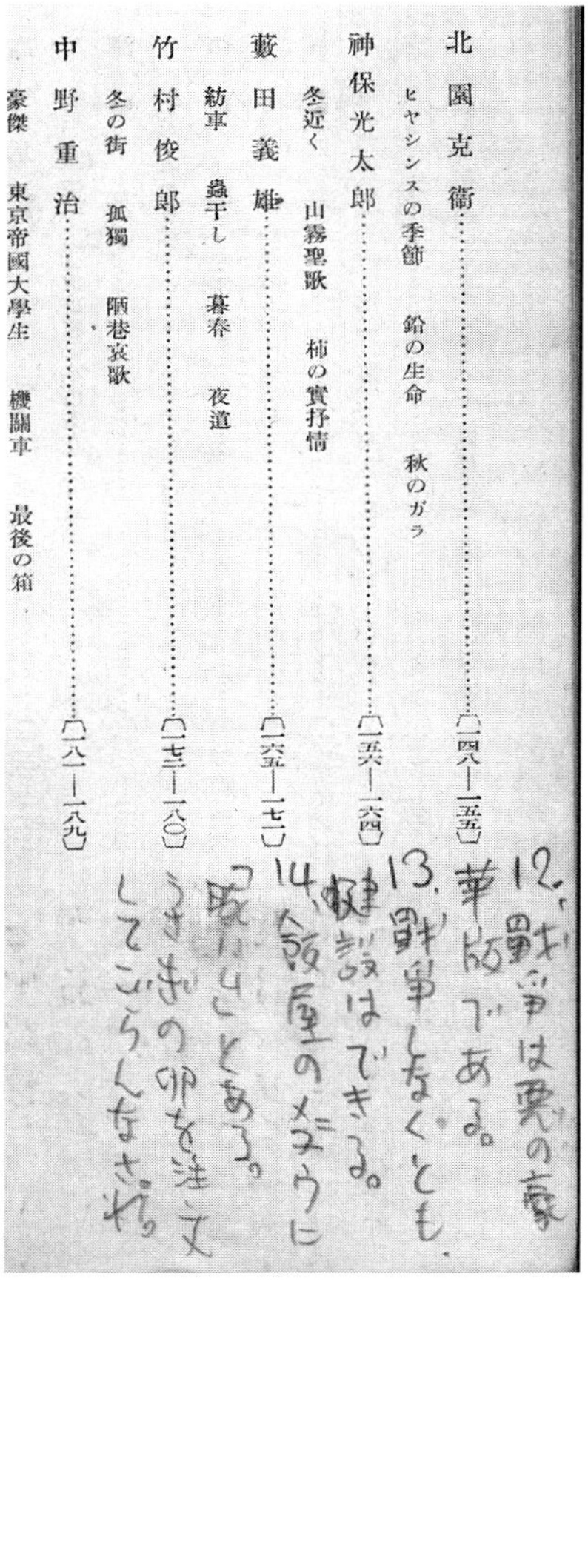
北園克衛……（一四八―一五五）
ヒヤシンスの季節　鉛の生命　秋のガラ
神保光太郎……（一五六―一六四）
冬近く　山霧聖歌　柿の實抒情
藪田義雄……（一六五―一七一）
紡車　蟲干し　暮春　夜道
竹村俊郎……（一七三―一八〇）
冬の街　孤獨　陋巷哀歌
中野重治……（一八一―一八九）
豪傑　東京帝國大學生　機關車　最後の箱

21 ぼくはずるい男なので、だれからもずるい男だと言われないように、極力気をつかった。

22 ぼくは、おしゃれなので、いつもきたないキモノをきていた。ぼくは、おしゃれなので、床屋がぼくの頭をリーゼントスタイルにしたとき、あわてた。

23 ぼくは、自分とそっくりな奴にあったことがない。もしいたら、決闘をする。

24 親馬鹿チャンリンは、助平な奴である。

25 ベートホベンがつんぼであったと言うことは、音痴がたくさんいることを意味するかしら。

26 ちかごろぼくの涙腺は、カランのやぶけた水道みたいである。ニュース映画を見ても、だだもり。

27 ♂♀♂♀♀♂♀♀♀♀♂♂♀　人生である。

28 このおれの右手をジャックナイフでなぶりころしにしてやる。おれは、ひいひいとなきわめいて、ネハンに入る。

29 どこへ行ってもにんげんがいて、おれを嗤う。おれは、嗤われるのはいやだけども、にんげんをすきだ。

30 人相学と映画学とは一脈相通じる。

32

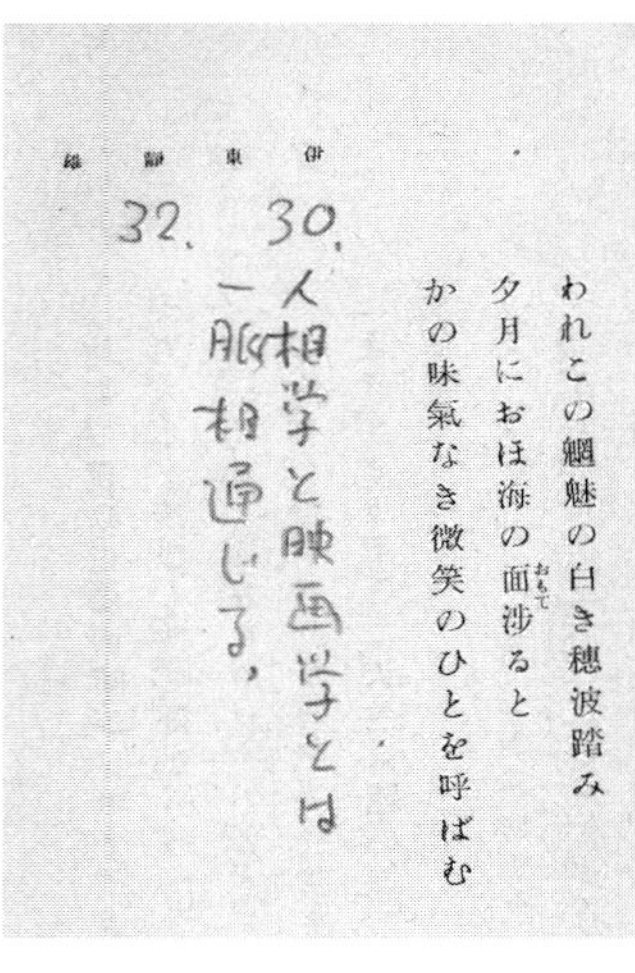

トスカニニのエロイカ

がらがら
まぬけたいかづち
がらがら
トスカニニのゆく
トスカニニのエロイカのゆく
がらがら
花を見
蛇を見
むすめを見
見るものを見
がらがら
帽子を忘れ
ステッキを忘れ

ズボンを忘れ
がらがら
ひたぶる
トスカニニのエロイカのゆく

チャイコフスキイのトリオ

アアちゃん
白い雪のふる
木の葉のちる
寒い風のふく
アアちゃん
ぼくは
たたずみ
うづくまり
寒い風のふく
湯気のちぎれとぶ
アアちゃん
ぼくは
地べたに

爪あとをつけ
ケシの種子を
ほりかえす
アアちゃん

メンデルスゾーンのヴァイオリンコンチェルト

若草山や
そよ風の吹く
大和の野　かすみ　かすみ
そよ風の吹く
おなごの髪や
そよ風の吹く
おなごの髪や
枯草のかかれるを
手をのばし　とってやる
おなごのスカアトや
つぎあとのはげしさ
おなごの目や
雲の映れる

そよ風の映れる
二人は　いつまで　と
その言葉や
その言葉や
そよ風の吹く

モオツアルトのシンホニイ四〇番

大名行列の
えいほ　えいほ
殿
凱風(がいふう)快晴
北斎(ほくさい)の赤富士にござりまする

北海に

夜の大海原に
星もなく
さぶい風が波とたたかい
吹雪だ
　灯もない
吹雪だ
　あれくるう

北海　あれる
ただ一つの生き物
ウキをたよりに
生きのび生きのびる人間
助かるすべも絶えた

それでも
雪をかみ
風をきき
生きていた　生きていた
やがて　つかれはてて　死んだ

海

ぼくが　帰るとまもなく
まだ八月に入ったばかりなのに
海はその表情を変えはじめた
白い歯をむき出して
大波小波を　ぼくにぶっつける

ぼくは　帰るとすぐに
誰もなぐさめてくれないので
海になぐさめてもらいにやってきた
海はじつにやさしくぼくを抱いてくれた
海へは毎日来ようと思った

秋は　海へまっ先にやってくる

もう秋風なのだ
乾いた砂をふきあげる風だ
ぼくは眼をほそめて海を見ておった
表情を変えた海をばうらめしがっておった

こん畜生

こん畜生！
おれは　みぶるいした
おれは菊一文字の短刀を買って
ふたたび　その女のところへきた
さァ　死ね
さァ　死ね
お前のような不実な奴を生かしておくことは　おれの神経がゆるさん
女は逃げようとした　まて
死ねなけゃ　おれが殺して——
ひとの真実をうらぎるやつは
それよりも　おれに大恥をかかしたやつは　ココ殺してやる
きった　ついた
血が吹いた

こん畜生！
おれは　ふたたび　みぶるいした

泥葬

われ、山にむかいて、目をぞあぐる。わがたすけは、いづくよりきたるならん。
（讃美歌第四百七十六）

腐り船

鼻もちならねえ、どぶ水なんだ。屍臭を放つ腐り船が半沈（はん）みなんだ。青みどろなんかが、からみついているんだ。

舷側にたった一つ、モオゼのピストルが置いてあるんだ。しかも、太陽はきらきらしているんだ。

星夜

月はないけれど、星が一杯かがやいていた。気色のわるいほど、星には愛嬌があった。ぼくは、ワイシャツのはじをズボンからはだけさせて、寝静まった街を歩いていた。

日記

ふしぎな日であった。池袋でも、新宿でも、高円寺でも、そして神田でも、友だちに会った。彼らは、みんなぼくにあいそよくしていた。

中野のコオヒイ店で、ぼくに会った時には、ぼくはまったくびっくりしてしまった。

フロイド

女のことばかり考えている日があった。

机の上に、蛾がごまんと止まっている夢を見た日であった。

その日の夕刻には、衛生器具店の陳列棚を眺めて暮らした。

オンナ

そのころ、ぼくは、恋人の家によく泊ったものだ。となりの部屋で、恋人の兄貴と一緒に寝たものだ。

すると、ある夜、恋人が手淫をはじめたらしい物音がしてきたんだ。あのときほど、やるせなく思ったことはなかった。

戦場

十畳の部屋は、戦場のように崩れていった。

裸の書物や、机から落ちたインキ壺や、裏むきになった灰皿や、ゲートルと角力(すもう)を取っている屑フィルムや、フタのないヤカンが、その位置で根を張りだした。手のほどこしようは、もうとっくになくなった。どうにでもなりくされ。

口業（こうごう）

修利修利　摩訶修利　修修利　娑婆訶

己のうたいし　ことのはのかずかずは　乾酪（チイズ）のごと　麦酒（ビイル）のごと　光うしないて　よどみはてしは　わがこころのさまも　かくありなんとの　証（あかし）なるべし

うたうまじ　かたるまじ　ただ黙々として　星など読まん　風などきかん　口業のあさましきをおもいて　われ　黙して　身をきり　臓をさいなまん　ただ苦業こそよけれ　ただに涅槃（ねはん）をおもい　顔色を和らげ　善きことせん　無声もて　善きことせん

愚の旗

人は、彼のことを神童とよんだ。

小学校の先生のとけない算術の問題を、一年生の彼が即座にといてのけた。先生は自分が白痴になりたくなかったので、彼を神童と言うことにした。


人は、彼を詩人とよんだ。

彼は、行をかえて文章をかくのを好んだからであった。


人は、彼の画を印象派だと言ってほめそやした。

彼は、モデルなしで、それにデッサンの勉強をなんにもせずに、女の画をかいていたからであった。


彼はある娘を愛した。その娘のためなら、自分はどうなってもいいと考えた。

彼はよほどのひま人であったので、そんなことでもしなければ、日がたたなかった。

ところが、みごとにふられた。彼は、ひどく腹を立てて、こんちくしょうめ、一生うらみつづけてやると考え、その娘を不幸にするためなら自分はどうなってもいいと考えた。しかしながら、やがて、めんどうくさくなってやめた。

すべてが、めんどうくさくなって、彼はなんにもしなくなった。ニヒリストと言う看板をかかげて、まいにち、ひるねにいそしんだ。その看板さえあれば、公然とひるねができると考えたからであった。

彼の国が、戦争をはじめたので、彼も兵隊になった。

彼の愛国心は、決して人後におちるものではなかった。彼は、非愛国者を人一倍にくんだ。自分が兵隊になってから、なおさらにくんだ。

彼は、実は、国よりも、愛国と言うことばを愛した。

彼は臆病者で、敵がおそろしくてならなかった。はやく敵をなくしたいものと、敵をたおすことにやっきとなり、勲章をもらった。

彼の勲章がうつくしかったので、求婚者がおしよせ、それは門前市をなした。

彼は、そのなかから一番うつくしい女をえらんで結婚した。
私よりもいい人を……と言って、離れていったむかしの女に義理立てをした。

なにをして生きたものか、さっぱりわからなかった。なんにもせずにいると、人から、ふぬけと言われると思って、古本屋をはじめた。

古本屋は、実に閑な商売であった。
その閑をつぶすために、彼は、哲学の本をまいにち読んだ。
哲学の方が、玉突より面白いというだけの理由からであった。

子供ができた。
自分の子供は、自分である。自分は哲学を好む、しかるが故に、この子も哲学を好むとシロギスモスをたてた。
しかし、子供は、玉突を好んだ。
彼は、一切無常のあきらめをもって、また、ひるねにいそしんだ。

一切無常であるが故に、彼は死んだ。

いろはにほへとちりぬるを。

色のない旗

詩を作り、
人に示し、
笑って、自ら驕(たかぶ)る
——ああ、此れ以外の
何を己れは覚えたであろう？
この世で、これまで……
城　左門

できるだけ、知らない顔を試るのだけれど、気にしないわけにはゆかない。だんだん近づいてきた。あと一月、二十九日、二……

帰還

あなたは
かえってきた

あなたは
白くしずかな箱にいる
白くしずかな　きよらかな

ひたぶる
ひたぶる
ちみどろ
ひたぶる
あなたは
たたかった　だ

日は黒ずみ　くずれた

みな　きけ
みな　みよ
このとき
あなたは
ちった
明るく　あかくかがやき
ちった
ちって
きえた

白くしずかに　きよらかに
あなたは
かえってきた

くにが

くにが
手を合す
ぼくも
ぼくも
手を合す
おろがみまする
おろがみまする
はらからよ
はらからよ
よくぞ

骨のうたう　（原型）

戦死やあわれ
兵隊の死ぬるやあわれ
とおい他国で　ひょんと死ぬるや
だまって　だれもいないところで
ひょんと死ぬるや
ふるさとの風や
こいびとの眼や
ひょんと消ゆるや
国のため
大君のため
死んでしまうや
その心や

苔いじらしや　あわれや兵隊の死ぬるや
こらえきれないさびしさや
なかず　咆えず　ひたすら　銃を持つ
白い箱にて　故国をながめる
音もなく　なにもない　骨
帰っては　きましたけれど
故国の人のよそよそしさや
自分の事務や　女のみだしなみが大切で
骨を愛する人もなし
骨は骨として　勲章をもらい
高く崇められ　ほまれは高し
なれど　骨は骨　骨は聞きたかった
絶大な愛情のひびきを　聞きたかった
それはなかった
がらがらどんどん事務と常識が流れていた
骨は骨として崇められた
骨は　チンチン音を立てて粉になった

ああ　戦死やあわれ
故国の風は　骨を吹きとばした
故国は発展にいそがしかった
女は　化粧にいそがしかった
なんにもないところで
骨は　なんにもなしになった

入営のことば

十月一日、すきとおった空に、ぼくは、高々と、日の丸をかかげます。
ぼくの日の丸は日にかがやいて、ぱたぱた鳴りましょう。
十月一日、ぼくは〇〇聯隊に入営します。
ぼくの日の丸は、たぶんいくさ場に立つでしょう。
ぼくの日の丸は、どんな風にも雨にもまけませぬ。
ちぎれてとびちるまで、ぱたぱた鳴りましょう。
ぼくは、今までみなさんにいろいろめいわくをおかけしました。
みなさんは、ぼくに対して、じつに親切でした。
ただ、ありがたく思っています。
ありがとうございました。
死ぬるまで、ひたぶる、たたかって、きます。

兵隊の歌

ぼくもいくさに征くのだけれど

街はいくさがたりであふれ
どこへいっても征くはなし　勝ったはなし
三ケ月もたてばぼくも征くのだけれど
だけど　こうしてぼんやりしている

ぼくがいくさに征ったなら
一体ぼくはなにするだろう　てがらたてるかな

だれもかれもおとこならみんな征く
ぼくも征くのだけれど　征くのだけれど

なんにもできず
蝶をとったり　子供とあそんだり
うっかりしていて戦死するかしら

そんなまぬけなぼくなので
どうか人なみにいくさができますよう
成田山に願かけた

兵営の桜

十月の兵営に
桜が咲いた
ちっぽけな樹に
ちっぽけな花だ
しかも　五つか六つだ
さむそうにしながら
咲いているのだ
ばか桜だ
おれは　はらがたった

雲

空には
雲がなければならぬ
日本晴れとは
誰がつけた名かしらんが
日本一の大馬鹿者であろう

雲は
踊らねばならぬ
踊るとは
虹に鯨が
くびをつることであろう
空には
雲がなければならぬ

雲は歌わねばならぬ
歌はきこえてはならぬ
雲は
雲は
自由であった

演習一

ずぶぬれの機銃分隊であった
ぼくの戦帽は小さすぎてすぐおちそうになった
ぼくだけあごひもをしめておった
きりりと勇ましいであろうと考えた
いくつもいくつも膝まで水のある濠があった
ぼくはそれが気に入って
びちゃびちゃとびこんだ
まわり路までしてとびこみにいった
泥水や雑草を手でかきむしった
内臓がとびちるほどの息づかいであった
白いりんどうの花が
狂気のようにゆれておった

ぼくは草の上を氷河のように匍匐（ほふく）しておった
白いりんどうの花が
狂気のようにゆれておった
白いりんどうの花に顔を押しつけて
息をひそめて
ぼくは
切に望郷しておった

演習二

丘のすそに池がある
丘の薄(すすき)は銀のヴェールである
丘の上につくりもののトオチカがある
照準の中へトオチカの銃眼をおさめておいて
おれは一服やらかした

丘のうしろに雲がある
丘を兵隊が二人かけのぼって行った
丘も兵隊もシルエットである
このタバコのもえつきるまで
おれは薄の毛布にねむっていよう

行軍一

白い小学校の運動場で
おれたちはひるやすみした
枝のないポプラの列の影がながい
ポプラの枝のきれたところに　肋木(ろくぼく)の奇妙なオブジェに
赤い帽子に黒い服の　ガラスのような子供たちが
流れくずれて　かちどきをあげて
おれたちの眼をいたくさせる

日の丸が上っている
校舎からオルガンがシャボン玉みたいにはじけてくる
おれのよごれた手は　ヂストマみたいに
飯盒(はんごう)の底をはいまわり　飯粒をあさっている
さあ　この手でもって「ほまれ」をはさんで

うまそうにけぶりでもはいてやろうか

雲で星がみえなくなった
まっくらになった
みんなだまっていて　タバコの火だけが呼吸している
まだまだ兵営はとおくにある

村をこえて
橋をこえて　線路をよこぎって
ひるま女学生が自転車にのっていた畑もよこぎって
ずんずんあるかねばならぬ
汗がさめてきた　うごきたくない
星もない道ばたで　おれは発熱しながら　昆虫のように脱皮してゆくようだ

行軍二

あの山を越えるとき
おれたちは機関車のように　蒸気ばんでおった
だまりこんで　がつんがつんと　あるいておった
急に風がきて　白い雪のかたまりを　なげてよこした
水筒の水は　口の中をガラスのように刺した
あの山を越えるとき
おれたちは焼ける樟樹(くすのき)であった
いま　あの山は　まっ黒で
その上に　ぎりぎりと　オリオン星がかがやいている
じっとこうして背嚢(はいのう)にもたれて
地べたの上でいきづいていたものだ
またもや風がきて雨をおれたちの顔にかけていった

射撃について

松の木山に銃声がいくつもとどろいた
山の上に赤い旗がうごかない雲を待っている
銃声が止むと　ごとんごとんと六段返しみたいに的(まと)が回転する
おれの弾(たま)は調子づいたとみえて　うつたびに景気のいい旗が上った
おれの眼玉は白雲ばかり見ていた

望郷

東京がむしょうに恋しい。カスバのペペル・モコみたいに、東京を望郷しておる。

あの街　あの道　あの角で
おれや　おまえや　あいつらと
あんなことして　ああいうて
あんな風して　あんなこと
あんなにあんなに　くらしたに

あの部屋　あの丘　あの雲を
おれや　おまえや　あいつらと
あんな絵をかき　あんな詩を
あんなに歌って　あんなにも
あんなにあんなに　くらしたに

あの駅　あのとき　あの電車
おれや　おまえや　あいつらと
あああ　あんなにあの街を
おれはこんなに　こいしがる
赤いりんごを　みていても

夜通し風がふいていた

上衣のボタンもかけずに
厠(かわや)へつっ走って行った
厠のまん中に
くさったリンゴみたいな電灯が一つ

まっ黒な兵舎の中では
兵隊たちが
あたまから毛布をかむって
夢もみずにねむっているのだ
くらやみの中で
まじめくさった目をみひらいている
やつもいるのだ

東の方が白(しら)んできて
細い月がのぼっていた
風に夜どおしみがかれた星は
だんだん小さくなって
光をうしなってゆく

たちどまって空をあおいで
空からなにか来そうな気で
まってたけれども
なんにもくるはずもなかった

南からの種子

南から帰った兵隊が
おれたちの班に入ってきた
マラリヤがなおるまでいるのだそうな
大切にもってきたのであろう
小さい木綿袋に
見たこともない色んな木の種子
おれたちは暖炉に集って
その種子を手にして説明をまった

これがマンゴウの種子
樟(くすのき)のような大木に
まっ赤な大きな実がなるという
これがドリアンの種子

ああこのうまさといったら
気も狂わんばかりだ
手をふるわし　身もだえさえして
語る南の国の果実
おれたち初年兵は
この石ころみたいな種子をにぎって
消えかかった暖炉のそばで
吹雪をきいている

白い雲

満州というと
やっぱし遠いところ
乾いた砂が　たいらかに
どこまでもつづいていて
壁の家があったりする

そのどこかの町の白い病院に
熱で干いた唇が
枯草のように
音もなく
山田のことばで
いきをしていたのか

ゆでたまごのように
あつくなった眼と
天井の
ちょうど中ごろに
活動写真のフィルムのように
山田の景色がながれていたのか

あゝその眼に
黒いカーテンが下り
その唇に
うごかない花びらが
まいおちたのか
楽譜のまいおちる
けはいにもにて

白い雲が
秋の空に

音もなく
とけて
ゆくように

うたうたいは

うたうたいは　うたうたえと　きみ言えど　口おもく　うたうたえず。うたうたいが　うたうたわざれば　死つるよりほか　すべなからんや。魚のごと　あぼあぼと　生きるこそ　悲しけれ。

マッタナシ
マッタ

一九三九年四月に上京して、一浪の後日本大学専門部映画科に入学した竹内浩三は、水を得た魚のように都会の青春を謳歌した。喫茶店と映画館と古本屋には、日課のように通った。そんな生活を長い手紙に書いては、せっせと姉に報告した。「雷と火事」「ふられ譚」「高円寺風景」などは、かなり作品として意識されているが、そんな手紙の一部である。一九四二年春、徴兵検査を終えて十月入隊が決定すると、彼は「伊勢文学」創刊に全精力を傾注する。まず、「吹上町びっくり世古」や「私の景色」など故郷での見聞や失恋体験が題材となる。入隊後も初年兵の間は「ソナタの形式による落語」「花火」など全く非現実的な空想譚を「伊勢文学」に届けている。つまり、竹内浩三の並はずれた想像力は、軍隊という檻の中から飛び出して、天馬の如く空を駈けたのである。筑波山麓の滑空部隊に移ってからも、なお一枚のハガキに一編の小説を毎日書こうとする。竹内の文学的天性が案出した最後の形式である。「ホンノササイナヒマヲミテ、コンナハナシヲマイニチカク」と姉に予告したが、今日二通しか残っていない。

シナリオとしては、卒業制作の台本「雨にもまけず」だけが現存する。「助六のなやみ」や「杉田玄白」など題名のみ知られる自信作があったらしい。天職として映画監督を志した竹内だけに残念である。

（小林察）

〈小説〉

奇談　箱の中の地獄

これは決してユーモアではない。まじめに読んでもらいたい。

昭和十二年もおしつまってあと二日で、オメデトウ！　と言わねばならぬ、二十九日の午後、私はぶらりと出かけて、R墓地を通りぬけようとした。ここは、U市の膨張のためにどんどんくずされて、住宅地帯に化して行くかなしい所で、その時もその作業がはかどっていた。

茶色い葉がカサカサなる凩（こがらし）の中で、土方が三人ほど古墓を掘り起していた。私は、ガイコツでも出るかなと思って足をとめて見ていた。ガツンとツルハシがカンオケらしいものに掘りあたった。そこからその木箱に大きな穴が開いた。中をのぞくと、暗褐色の液がピチャピチャとたまっている。人間の死体のとけた液である。やがてその箱は、なんとも感じんらしい土方の手によってドウところがりだされた。そして、それにともなってその液がヂョボヂョボ流れ出した。土方はその箱を無ぞうさにたたいた。箱はもろくもくずれた。その時、私はその箱の中側の面にぎっしり字がかかれているのを見た。それはその箱の横側にあたる面で、なにかしらこまごまとかかれてあった。カンオケの中へ字等書くってことあるのかしら、それは経文くらいかいてあるのだろうと、私の視線はそこを行きすぎようとしたが、それは決してテイネイにかいた経文らしいものではないことがわかった。

では、なにが書いてあるのだろう。私の好奇心はムラムラと起ってホトンド飽和に達するほどになった。次の時は、もう字のかいてある部分をやぶりとって家へもって帰るべくいそいでいる私の姿があった。土方の目をぬすんでそっとやぶりとったのである、それにしてもよくあんな大胆なことが出来たものだとオドロクほどである。

黒ずんだその面にはサイゼン流れた液の跡が一本すると横ぎっているだけで、大してキタナイこともなかった?が、さて家へかえってオモムロに手を洗ってから、その木片の字をよんで見たのだが、その不明瞭ながてなつづけ字の変体ガナをたどってみる。

気がついた。

といってもそうはっきり「気がついた」と意識することはひどく困難である。

私は先ずこれは「あの世」にちがいないと思った。

しかし、決して死んだという考えはうかばなかった。又生きているという考えもなかった。

ただ私の感能に入る感覚は触覚だけであった。私の手が腹の上にあることもサラサラの着物をきていることもわかった。どうやらこの着物は、死ぬとき着るアレらしいとわかった。そこで私は次の結論に達した。「自分は『この世』から死んだのだ――あの長くやっていた病気で。そして今『あの世』へきたのだ、そしてあの世とは触覚だけがある世だ」と。

しかし、私は又、わずかな土のようなしめっぽい臭を感じて「あの世には臭覚もある」と思った。

次に最もおどろいたことには、私は「音」を聞いた。しかも人間のこえを、そしてそれは「源三ヱ門さんもとうとう……」と言っているのであったが、かなり遠くで言っているらしくもあり又、近くのすぐ頭の上らしくもあった。

そこで私の「考え」の大変化が起った。「今私のあるのは『この世』だ」と。「こんなことを考えるというのもこの世に於てのことであって、あの世――全然別の世――では考え得ることではない」という考えが、それをますます証明してくれた。

人声はまたつづく、

「あとにのこっ……たものが、かわいそうで……」

「ほんに……そうさ……」

この時「生きたい」との考えが私をおそって、ますます大きくなった。矢もタテもたまらなくなって、「オイ！」とどなって見た。その音は私にはバカに大きく聞えて、おどろかした。そして、その音が彼の人等にどんな反響を及ぼすかときき耳をたてた。

「ヤッ、仏が土の下で何か言ったではないか」

「イヤそんなこと気のせいだよ。心配するな」

私はもう自分がこの世にいることが本当にわかった。そして、自分の音が彼等に反応があったのをよろこんだ。も一度、

「ヤイ、オレは生きているんだ。早くだしてくれ」と大声で言った。

「ヒヤッ」

二人の声がした。

そしてパタパタ、足音が遠ざかって行った。

「シマッた」

絶望のドンゾコへツイ落した。

オレは生きている！

しかもカンオケの中でヨミガエッタのだ。しかし、シャバの人はオレを助けだすだろうか。

いや、助けないにちがいない。

オレはもう死んだ、と思いこんでいるのだから。

声でも出そうものなら、さっきのようににげてしまうのだ。じゃオレはどうすればよいのだ。

このままこの箱の中で死になおせというのか。

それはあんまりだ。

オレは生きたい、生きたい、なんとしても生きたい。

オヤ、又足音が近づいた。

オレは考えた。最もカンタンに自分の生きていることを知らす語はないものかと、

「オレは死んだんじゃない。生きかえったのだ。だしてくれ」

「ヤッ、やっぱりそうだ源三ヱ門さんも死にきれぬと見える。それにしてもおそろしいことだ」

と、足音がとおざかった。

アア、モウダメだ。

本当にオレは「死にきれぬ」のだ。

かぎられたカンオケ中のO^2もだんだん少くなってきたようだ。南無阿ミ陀仏

といったようなことが書いてあった。私はこう思った。こんな人が源三ヱ門さんの外に何人もあるのだろう。それ等の人々がどんなにもがいて死になおしをやったことか。現に今でも、一誉坊（いっちょぼ）辺で二人ぐらいやっているかも知れぬ。そんなら大したことだ。すてておけぬことにちがいない。

（注　一誉坊は、伊勢市の墓地の名前。竹内浩三の墓も、ここに現存する。）

雷と火事

N君が雷はこわいので独りでよう居らんと言って、十時すぎにやってきた。東京には珍らしく、今晩はよく鳴る。

雷をこわがる人が相当いるが、僕は一向こわいと思わない。なんとか言うえらい和尚は目の前に落雷した時、眉一つうごかさず、ユカイと叫んだそうだが、そんな話をきいても一向えらいと思わない。そんなことならオレにでも出来ると思う。

雷をこわがる人に言わすと、天がドロドロ鳴り、そしてピカピカ光るなんて気持のいいものではないと言う。なるほどそう言えばそうだが、自分には一向それがピンと来ない。打たれると死ぬると言うのも、こわがる大きな種だがカルモチンのビンを見ても一向こわくないように、僕には一向それもピンと来ない。

「フランケンシュタインの復活」と言う怪奇映画を見た。そのものすごい場面に、ものすごくする道具の一つとしたつもりらしく、稲妻が、しきりにぴかぴかしていた。西洋人も雷をものすごがるらしい。

雨がものすごく降る。これで水道も出るようになるだろう。この頃の東京は火攻め、水攻めである。カランをひねって見ても、口を蛇口に当てて吸って見ても一滴もでない。顔も洗わずに学校へ行く日が続く。するとニキビがはびこる。のどの乾くこと。むやみにタバコばかり吸っている。喫茶店でのむプレンソオダのうまいこと。そのタバコをつけるマッチがない。二階からわざわざ下りて、道を通っている人に「ちょっと火を拝借」をやる。

ここまで書いたとき、女の声、

「リンさん、いませんか？」

下の道路から僕に言ってるらしい。わざわざ窓から顔を出して、

「リンさんて誰です？」

「リンさんいないの？」

「リンさんなんていないよ。隣の人かな。隣はもう寝ているらしいですよ」

「おこしてよ」

「リンさん、おい、リンさん。女のお客さんですよ。ねてるんですか？」

そこで僕はわざわざ下へおりていって、

「リンさんいないらしいよ。あんたは誰です」

「じゃ、また来るわ。どうもすみませんでした」

「もう来なくともいいでしょう」――こんなアホなことまで僕は言う。

ブルーのワンピースに白いクツをはき、帽子も白で、ちょっときれいであった。どっかの喫茶店の人らしい。

そこで又さっきの続きを書く。

と言ったわけで、今や東京は火水攻めである。そこで今晩はものすごい雨、そして雷。中野の電信隊のアンテナが近くにあるので、雷がよく集るらしい。

少々心配になって電気を消した。部屋の中が昼のように明るくなる。そして直ぐにドドンとひびきわたる。近い。一秒もたたずに音がする。空中に電光が走る。

すると東の中天が赤くなっているのに気がつく。

「あれは、なんね」

「火事らしい」

「こんな雨降りに火事があるもんか」

「見に行こか？」とNが言う。

「めんどうくさい。どうせボヤさ」

めんどくさいと言うことになり、二人でうどんを喰いに行く。その時はもう雨は止んでいた。

うどん屋を出たら、すごい。空がまっ赤だ。

「見に行こや」

「電車にのって、中野ぐらいやぞ」

「よし行こ」

そこで二人のアホが火事見に走る。その時の僕の服装は、ユカタにクツをはいている。

駅まで一生懸命に走る。

大久保の駅まで来ると、ますます大きい。この辺で降りようてことになり、電車を下りる。近いようで火事は遠い。なんじゃや、まだ大分先きや、てことで、新大久保からまた山手線に乗り、新宿で中央線に又のりかえる。新宿の駅は停電でまっくら。そして避難する人々がつめかけている。――ほんとはなんでもない人たちなのだが、そんなふうに見えた。そしてこれは大変なことで、五・一五事件のようなやつがまた起ったのにちがいない。そう考えて勇気リンリンで電車にのる。飯田橋。どうも火が近い。ここで降りたらよかろうと考えておりる。火の方に向ってどんどん走る。ヤスクニ神社の高台に出る。火の海。厚生省が焼けた。大蔵省もやけた。これはただごとではない。何かの団体が雷雨に乗じてやったことにちがいない。東京は全滅するであろう。

そしてまた走る。

家に帰ったら三時すぎ。

おかげでその翌日は、窓からさす太陽の影が、頭の先から足の先まで移動しても知らずにねむっていた。めでたし、めでたし。火事の真相は新聞でごらんのとおり、落雷。

ふられ譚

今度ふられたので、これで三度目。三度もふられたとこを見ると、三度もほれたらしい。そして、ふられるごとによく悲しむ。よくふられるかわりによくほれる。

ほれっぽい性らしい。この心理を分析して見せた友だちがいる。「愛にうえている」のだそうな。誰でもいいから愛してくれって言うのである。どうもそうらしい。

だからふられると相当こたえる。泣いたりもする。でも時間がたつと、けろりと忘れるから気楽である。でも今度のは一番深刻で、まだ一向に忘れない。

一寸くわしく説明しようかな。

サンキュウと言う喫茶店の人。一七歳。もちろん女性。山口チエ子と言う名。身長五尺三寸。体重一四・五貫。顔はきれい。ディアナ・ダービンに似ていると言う人もいる。一緒に映画を見たことあり。そしてふられたわけである。以上。

三度目と言っても、本当はもっと多いらしい。今年になって三度目なのである。ひそかに恋し、ひそかにふられるのが二三度ある筈。

浩三君の長編小説「寒いバガボンド」（バガボンドとは、ボヘミヤン・ジプシイ・エトランゼと同じ意味で、放浪民とか言うことらしい）の中で、

温いものをもとめてさまよう浩三さん
　ウドンの温みさえも涙ながする

とこんな文句があります。

ふられるたびに浩三君はうそぶく――女子と小人は養いがたしと。

オレのようなやつを好かない女は、よっぽどアホである。オレみたいなえらい男を、オレみたいなイイ男をふるなんて。アア、おろかなるものよ、ナンジの名は女。

そこで、浩三君は次のことを考える。心配するな。オレを好きになるようなえらい（ものずきな？）女も、どっかにいるにちがいない。大抵の女には、オレが理解できないのだ。でも、オレを理解できる女もいる。きっといる。オレは、そいつを見つけるまでは結婚しない。自分を好かない女と結婚してもはじまらない。道徳や習慣によって、夫であるオレを理解することなく、又好くことなく、ただひたすら盲従されてはこまる。

そして、又次の女にほれ、相手がほれるかどうか待ち、ふられるとまた悲しむのである。

いつか、女にふられてばかりいる息子を持った母親の気持を小説に書いたことがある。

「泣くな、泣くな、つらかろうが、お前は男の子じゃないか。泣くな、母さんがいい人を探してやる。ジュリアなんかよりもっときれいな、そしてもっと気立ての良い子を探してやる。きっと探してやるよ。お前が泣くと、母さんまで泣きたくなるよ。かわいそうな子だネ、お前は……」以上。

高円寺風景

ひょっとすると、これは長編小説になるかもわからない。

I

高円寺は、中央線第一の繁華街だと言われている。又、不良少年のたくさん居ることでは、東京でも有名だと言われている。

したがって、喫茶店もかなりたくさんある。私の知っているだけでも、「サンキュウ」「中央茶郎」「びおれ」「ルネサンス」「ナナ」「ミューズ」「スイング」「さぼてん」「ラジオシティ」「プリンス」「レインボウ」「マツエ」「ダービン」「森田屋」……

また、カフェはすごいという話し。一二度行ったが、一向すごくもなかったが、すごそうではあった。カフェの名は、あまり覚えていないが、「ポプラ」「白船」「オランダ屋敷」「まんだりん」「すみれ」……そんな名のカフェが二三十軒ある。

私は、喫茶店の空気がことのほか好きで、毎日のように行く。

「サンキュウ」は、もっともよく行く家で、居ごこちがとてもいい。高円寺一番によくはやるらしい。せまくて、きたなくて、女の子はまじめで、そして一番よくはやる。

「中央茶郎」は、名曲を聞かすうちだけど、風紀がよくないと言ううわさ。

「びおれ」は、平凡な店で、あまりきれいでない。女の子が、アイスランドの服を着ていたことがあった。

「ルネサンス」は、この上もなくいかめしい家で、病的なほどおとなしい少女がいて、モオツアルトやベートーベンが、いつもいかめしく鳴りひびき、客はもっとも高尚で、絵かきさんなんかもよく来る。

「ナナ」は、きたない薄暗い家で、青い顔の女が一人いて、アイゼンカツラなどを歌い、人相の悪い四十男が、隅の方でにかわのようなコーヒーを飲んで、ごそごそなにかしている。

「ミューズ」は、色気のある店で、はでなドレスの女がいる。

「スイング」は、朝鮮人やよたものがよく来る店で、アメリカのように、むじゃきで、あかるくて、エロティックで、モダンで、やかましく、いつもスイングやジャズが鳴っている。

「さぼてん」は、サンキュウと同じ人によって経営されているのだが、一向はやらない。地の利を得ないとでも言うのだろう。

「ラジオシティ」は、スイングに似ているが、スイングより色気がなく、スイングより馬鹿なやつがいる。

「プリンス」「マツエ」は、一度しか行かないから、書くこともない。

「レインボウ」は、食堂と喫茶店をかねた家で、ギンザ風の家。

「ダービン」も、むかし一度行ったきりで、忘れてしまった。

「森田屋」は、コーヒーが十センの家で、ケーキやフルーツがおいてある。

七月八日、Y君の下宿で目がさめる。昨日、ユカタがけでぷらりと板橋のY君の下宿をおとずれた。試験勉強をするつもりでいたのが、話が映画論になり、文学論になり、恋愛論になり、あわや猥談にまでなりかけた。

Y君は、ルネ・クレール(巴里祭、巴里の屋根の下、ルミリオン、自由を我等に、最後の百万長者の作者)を神様みたいに言う。いい男で、熊本の産。そして、下町情緒のいいものを作ろうと張り切っている。あわや猥談になりかけて、時間が大分遅くなったのに気づき、帰ろうとしたが、もうバスがなくなっている。泊まっていくことにして、さて猥談の花が咲く。

「猥談はフトンの中でするものなり」「猥談は、古来の唯一の性教育」そんな文句があったような気がする。あまり話が下りすぎたと気がつき、また映画にもどる。試験そこのけで、いい気なもの。そして、眠ってしまって、話は一行目の文にもどる。

ぷらりぷらりとユカタがけで試験を受けるなんて、しゃれたもの。試験もつつがなく終えて、そこで腹がへってくる。懐中には、金六銭なり。では、メシも喰えません。

ぷらりぷらり、畑を歩いて板橋の彼の下宿へ行く。日大の芸術科が、日本一いい学校である一つの理由は、いい友だちを持つことができることである、と上級生が言っていたが、これはもっともな話。

彼は、トランクを質に入れて、二十円也を作る。そこで五円也を借りる。バスで池袋まで出て、久しぶりにゴチソウを喰おうやと言うことになり、ハムサラダを喰う。腹がちょっと痛くなる。Y君曰く「日ごろ食べつけないものを喰うからじゃ」コンチクショウ。池袋で別れて、省線で高円寺へかえる。のどがかわいていたので、マツエと言う喫茶店に入る。誰もいない。人の出てくるのを待つ。三十分くらいして出てくる。コーヒーを飲んで、外に出ると、十日ばかり前にサンキュウをやめたエミ子氏に会う。サンキュウで二番目にきれいな人であった。

「今どこにいるの？」

「ここにいるの。」と言って隣りの家を指す。

「また来てね。でも学生服じゃ来られない店なの」

「カフェか？」

「ええ。」

これは、かなしい話である。一人のあわれな乙女が、なんのためかしらないが、落ちて行く風景である。社会ってやつはけったいなやつで、なんの罪もない少女が落ちていく仕掛けになっているらしい。限りなく落ちていくような気がする。末は、ホンモクかタマノイか。その落ちていくのを気の毒がって、こちらもわざわざ追っかければ、こちらが落ちて行く。「これでアンタともアデュー（さいなら）だね」とは言わなかったけれど、そう考えた。そして、そのカフェに入って行く彼女の後ろ姿を見ていたら、とてもさみしくなった。

下宿に帰ると、T君があした試験で勉強している。タバコ一本ふかしてから、ちょっとベンキョウにかかる。大河内さんへ夕飯を喰いに行く。なんだか、ばかにはしゃぎたい気で、一人でしゃべっていた。「今日はとてもあつくて、一二〇度Cもあった」とか、「新高山（にいたかやま）がひっくり返えった」とか、「光下歯科にカミナリさんが歯をなおしに来て、トラの皮のパンツを忘れて行った」とか、そんな間抜けなシュールリアリズムな文句をしきりにしゃべっていた。このごろ、ボクはこう言うことをよく言うのである。

飯を喰ってから、T君と新築のアパートを見に行く。部屋が気に入り、移ろうと考える。それから中央茶廊でコーヒー飲んで、チャイコフスキイの五番を聞き、下宿にかえる。T君は、試験の範囲を友だちに聞きに行くと言って出かけた。

ボクは、風呂へ行くことに決めた。タオルが大河内に置いてあるので、N君の下宿へタオルを借りに行く。N君とは、ハルキ・ヒデヲ君の兄さんの奥さんの弟で、大和町のモリタさんの親類でもある。やっぱり大河内へめしを喰いに来る。N君は、風呂へ行っていなかった。その下宿のおばさんに、

「おばさん、タオル貸して？」真新しいのを貸してくれる。

「そんなに新しいのじゃなくてもいいの」

すると、普通のを貸してくれる。

風呂屋へ行く。N君がはかりで、目方を計っている。自分も計ってみると、十五貫一〇〇。あァ、やせたなァ。二週間も三週間も風呂へ入らないことがあったのに、このごろは毎日のように入る。ウチでも、夏は毎日風呂をたき、冬は一日おきにしていた理由が、やっと近ごろのみこめた。

帰りに、三七十庵で開化丼を喰う。下宿に帰ったら、雨が降ってきた。チャイコフスキイのアンダンテカンタービレをかける。これは、中村百松先生のうちではじめて聞いて、むやみに感激して、蓄音機を買ってすぐに買ったレコードで、とても好きである。失恋したときなんかにかけると涙が出るレコードである。

雨が、本降りになってきた。

どれ、勉強でもしましょうワイ。

Ⅲ

七月十三日、目がさめた。十時十分前。これはいかぬ。十時に人に会う約束になっていた。あわてふためいて、下宿を出る。

高円寺は、上天気だ。そして、熱い。昨夜は三時まで本を読んでいた。

新宿で、「親代（オヤシロ）」という文化映画を見て、興奮して眠れなかった。

ついでに、文化映画なるものについて、ちょっとしゃべらせてもらう。文化映画とは、役者の出ない映画である、と面白い定義を下した人がいた。もっとも、その通りのシロモノである。映画法なるものが、日本映画向上の目的をもって制定され、実施された。映画館は、一つ以上の文化映画の上映をその法律によって強制された。

文化映画は、劇映画の何分の一かの費用で作ることができる。そして、一巻ものが大部分だから、カンタンに作れる。それに、需要の道は、法律が保証している。そこで、あるかないかのインチキ映画製作所までが、文化映画を作りだした。そして、それらのものが、文部省検閲済のレッテルを張られて、どんどん市場に出た。

シナリオもいらない。ただキャメラとフィルムだけあれは、文化映画は出来る！　そんな考えで、いい文化映画が出来るはずはない。

今の日本映画は、それほどダラクしている。

いい文化映画が出ないわけではない。少しはある。十字屋映画部は、まじめに自然物を対象とした科学的なものを造っている。「雪国」のようないいものが、芸術映画社によって造られた。松竹のミズホ・ハルミ監督は、「馬の習性」を作った。「医者のいない村」のようないいものも出た。

そこで、「親代」という一巻を見た。これはたしかにいい。アベ・マリヤのピアノで映画がはじまり、子供たちのヘタクソな童謡で進行し、後の方はモンタージュの使用のうまさ、そして、ファーストと同じ場面でラスト。シミズ・ヒロシ式に、静かに終わる。

そこで、興奮した。その夜は、モンタージュ理論を読んで夜更かしをする。

モンタージュの説明は専門的になるからしないけれど、アウトラインだけ言えば、その昔世界の映画界を牛耳っていたロシヤのエイゼンシュタインとブドーフキン（「アジヤの嵐」の作者）によって唱えられた映画理論で、今でも確固として不動である。

文化映画から話がそれたが、話を元へ戻す。ボクの頭の大部分は、映画でいっぱいである。つい最近まで、女のことで頭がいっぱいのこともあった。何のために生きていくのかと聞かれたら、女のためと断言できた。でも、今はその考えを卒業して、全く卒業したわけではないが、またミレンもたっぷりあるが、まあ、卒業に近い状態である。そして、いつまた落第するかもわからないし、落第してもかまわないと考えている。

駅へ、急ぐ。ハルキ・ヒデヲ君に借りた角帽をかむっている。試験中に、学校で自分のをなくしてしまった。サンダルをはいている。トオキョーでは、どっかへ出かける時には、服装に注意しなければいい恥をかくと言う人がいるが、ウヌボレルナ、服装で恥をかくガラかと言いたい。どれだけめかしこんでみたところで、知れたものだ。二カラットのダイヤも、四カラットのダイヤにあえば、恥をかく。でも、零カラットだったら、どこでも恥をかかない。まずしいゼイタク品を見ると涙が出る癖が、ボクには子供の時からあることを、ついでに書いておく。

高田馬場でおりる。ムトウ・フミコが、ボクを待っている。「おそくなってすまない。寝坊しちゃって」約束の時間を二十分もすぎている。「いえ、いいの」ムトウ・フミコとは、そも何者ぞ、と目の色を変えるな。ムトウ・フミコとは、新興撮影所のワンサガールのムトウ・ハナエ君の妹で、Y君すなわちヤマムロ・タツト君を好いているらしい女の子である。ヤマムロ君は、妹のような気持で好きだ、と説明している。「妹のように」とは、ありふれたキザなことばであるが、彼はそんなキザなことを言える男でなく、本当にそんな気持で言ったのである。「キミを東京へ残してクニへ帰るのは気がかりだけど、タケウチがまだもう少し東京にいてくれるから安心だ。タケウチは、馬鹿みたいな顔をしたノンキモンだけど、いい男だし、頭もアンガイいいから何でもこいつに相談してくれナ」そんなわけで、ヤマムロは、今日国へ帰るのである。フミコ君は、「私も送る」と言い、「そんなら明日の朝ボクの下宿に来てくれ」とヤマムロが言い、「でも、一人で下宿なんかへ行くのオッカナイワ」「そんならタケウチと一緒に来ればいいじゃないか、な、タケウチ、お前かまわないだろう」「うん、一向にかまわん。でも朝起きられるかな」「起きてくれよ」「オレは、朝起きたくないのに起きると、一日機嫌が悪いんだから、そのつもりでいてくれ」

そこで、二人でヤマムロ君の下宿へ行くのだが、道中あんまりだまっていると、タケウチさんは、朝起こされたので怒っていて、あんなにだまっているのだわ、とフミコ君がキガネするかもわからないから、何か話そうと考えるのだが、何もない。結局、「君は、何時に起きた？」と言ってから、「これはしまった。朝起きたことなど言い出して、」と考えて、また困ってしまった。「八時に起きるの、毎朝。」「ネエさんも、八時？」「ネエさん、今朝は早かったのよ。ギンザでロケーションがあるんですって。」「ふうん」

この調子で書いていくと、日が暮れるから、とばす。

ヤマムロ君の下宿へ行くと、「金が家から来ていると思ってたら、まだ来ないんで、今日は帰れない」と言う。「なんじゃいな。そんならもっと寝ていたのに。とにかく、朝めしを喰わせろ。オレはまだだから。」で、彼の下宿で朝めしを喰って、さてどうしましょう。「映画でも見に行こうか。スタンレー探検記。」ムサシノ館を二人分おごるのはつらい。「明日金が来たら、きっと返すから」とヤマムロ君は、しきりにキョウシュクしている。


（つづく）

浩三の蔵書印

吹上町びっくり世古

第一章

白い鶏が一羽と、茶色の鶏が二羽いる。小さい鶏小屋である。鶏は、いつねるのかわからないような生きものである。ゆくと、いつでもおきている。昆二君は、朝、顔を洗うとき、いつも、鶏小屋をのぞくことにしている。昆二君は、朝は、早い。第一回目のラジオ体操のピアノが鳴っている。小屋の中に卵が一つ産んである。昆二君は、それをとって、ズボンのポケットに入れる。小屋のま上で窓のあく音がする。

「昆ちゃん。お早う。」

となりの「貫一」のトシ公である。「貫一」は、ちっともはやらない小料理屋である。トシ公は、夜おそくまで働かされて、朝は、いつも、こんなに早い。

「ああ」

と、返事する。

「今日もええ天気やなあ」

と言う。

「うん」

と、答えて、昆二君は、手拭いをぶらさげて家の中へ入る。茶の間へ上ると、ちゃぶ台があり、その上に、昆二君の朝飯がのっている。昆二君は、ポケットから卵を出して味噌汁の中へ、ぱんと割りおとす。昆二君は、いつもひとりで朝飯をする。味噌汁の中で卵をかきまぜて、その上へ、竹の筒に入った七味とうがらしをかけ、その味噌汁を飯にかけてたべる。二杯目の飯をよそっていると、となりの部屋から、

「昆二」

とよぶ。昆二君は、その方をむいて、

「早いなあ。もう起きたんかん。なんやん。」

すると、ふすまがあいて、ねまきをきた青山国三氏が、出て来る。

「じつはの、ゆうべお前に言おうと思ったけど、わしが帰ってきたときは、お前もうねとったんで、言えなんだが、じつはの、お前、ミイをおぼえとるかい。」

「ミイって、誰やん？……あのおスミさんとこのミイちゃんかん。」

と、昆二君は、なぜか赤くなる。

「うん。ミイや。じつはの、ミイが、今日、山田へ来るんじゃ。」

「ふうん。何しにな？」

「じつはの、おスミが死んでしもての、ミイをうちへ引きとってくれと言うんじゃ。ミイもかわいそうな子やし、わしが引きとらんだら、どこへも行くとこもないし、まア、しかたなしに、引きとることにしたわい。」

おスミさんは、きれいな人であった。そばへゆくと、いつもレモンのにおいがした。昆二君は、おスミさんを好きであったけれど、昆二君のお母さんは、おスミさんのことを、犬畜生かなにかのように、いつも言っ

ていて、昆二君が、おスミさんのところへ遊びにゆくと、おこった。でも、昆二君は、おスミさんのところへゆくのがすきであった。ゆくと、いつでも、バナナの型をしたカステラをくれた。おスミさんのところには、ミイと言う女の子がいた。ミイは、昆二君のことを、「兄ちゃん」とよんでいた。ミイは、目玉の大きい子であった。昆二君は、ミイを好きであった。夏であった。国三氏が、おスミさんとビールをのんでいた。昆二君は、のりのついた白絣（かすり）をきていた。ミイは、お湯から上ったばかりで、なまいきに、白粉までぬっていた。そうだ。その日は、河崎の天王さんのお祭りだった。花火が、いくつも揚った。おスミさんの家は、中学校のちかくにあった。昆二君は、ミイのために、線香花火をたいてやっていた。国三氏は、赤い顔で、おスミさんとなにか話していた。おスミさんは、夕顔の模様のゆかたをきて、国三氏を、うちわでしづかにあおぎながら、ときどきうつくしい歯を出してわらった。国三氏も、ときどき、さも愉快そうにわらった。どんな話をしていたのか、国三氏は、急に立ち上ると、昆二君を電話のところへつれて行って、家へ電話をかけて、お母さんをよび出して、昆二君に、大きな声で「ばかやろ」と言えと言った。おスミさんは、「およしなさいな」と言いながらも、わらっていた。昆二君は、なんだか面白そうないたずらだし、それに、いつもおスミさんのところへ行くでないと言うお母さんにそんなことを言うのが、いい気味のような気もしたので、大きな声で「ばかやろ」と言った。電話のむこうで、お母さんは、しばらくのあいだ、ものも言えない様子であった。その沈黙が昆二君には、不気味であった。お祭りから帰ってくると、お母さんは、死んでいた。そのそばに、湯呑とゆきひらがころがっていた。ゆきひらの中には、茶色い液が入っていた。どろどろになった巻煙草が、液の中にたくさんういていた。昆二君は、さっぱりわけがわからずひたすら泣いた。仕掛花火が、いよいよはじまったらしく、ものすごい音が、とどろいた。

第二章

青山国三氏は、青山家の次男であった。青山家は、当時、岩淵町で宿屋をしていた。梅屋と言って、山田でも大きい宿屋であった。国三氏の兄さんは、治助と言う人で、若くして死んだ。そのとき、国三氏は東京の大学にいて、小説家になるつもりで、文学の勉強をしていた。でも兄さんが死んだので、学校をやめて、帰ってきた。父親は、早くから死んでいたので、国三氏が梅屋の商売をすることになった。しかし、国三氏は、商売が下手であった。下手と言うよりも、身を入れてしようとしないのであった。帳場にいるのをいやがって、たいてい、奥の部屋で本を読んでいた。人は、国三氏のことを、変りものと言った。だから、店のことは、母親のおたねさんがした。国三氏は、別に女遊びをするわけでもなく、ふところに本を入れて、しょっちゅう町をぶらついていた。なかには、国三氏のことを馬鹿扱いする人もいた。国三氏はこいをした。宮後町に、大愚堂と言う人がいた。御師（おし）、つまり詔刀使だった人で、明治の維新とともに、御師が廃止になり、にわかにおちぶれて、やっと、人の世話で、中学校の国語漢文の先生をしていた。大愚堂は、奇人であった。漢詩と、書をよくした。奇人の名をはずかしめないだけの逸話も、大愚堂は、かなり持ち合わせていた。若いとき、古市へ、女を買いに行った。女のもてなしが、ひどく悪くて、大愚堂のプライドは、はなはだしくきずつけられた。その帰途、駕籠が、妙見山にさしかかったとき、彼は、こんこんと狐の鳴まねをしながら、駕籠からとび出して、藪の中へ姿をくらました。駕籠かきは、びっくりして駕籠の中をのぞいてみた。中には、けだものの毛が散乱していた。狐が人に化けて、登楼に及んだものと、駕籠かきは、判断した。かの遊女は、そのことを人から聞き、畜生と一夜をともにしたことを、大いに気に病み、あげくのはては、気が狂って、自害した。大愚堂は、毛のない筆をみつめながら、いたずらがすぎたかなと、後悔した。大愚堂は、当時はまだ御師で、立派な門の家に住んでいた。夜中に、ふと目がさめた。誰かが門のあたりで、なにかごそごそやっている様子なので、そっと行ってみると、ぬす人が、のこぎりで門を切っていた。台所から、ほうちょうをもってきて、こつりとのこぎりに当ててやった。ぬす人は「釘だな」とかなんとか言って、そこを切るのをやめて、又、他のところを切りはじめた。又、ほうちょうを当ててやった。すると、又他のところから切りはじめた。そのようにして、夜のあけるまで、ぬす人に、門をきらせていたと言う。国三氏は、大愚堂を好きであった。よく、大愚堂の家へあそびに行った。二人は、気がよく合った。大愚堂は、一人娘のお貴奴(きぬ)さんと二人ぐらしであった。つまり、国三氏のこいの相手は、お貴奴さんであった。お貴奴さんは、うつくしい娘であった。国三氏の心は、はげしい勢でもえ上った。毎日のように、大愚堂の家へおもむいた。そして、しじゅういらいらした。お貴奴さんの態度があいまいなので、国三氏は、気も狂わんばかりであった。お貴奴さんは、国三氏を好きであったけれども、しずかな性格であったので、国三氏のはげしさについてゆくことが出来なくて、国三氏を、おそれもした。大愚堂も国三氏のことを、こまったものだと思いはじめたけれど、気の弱い人だったので、そのことには、ふれず、奇人らしい無頓着さをよそおって、すましていた。ある日、国三氏の感情は頂点に達したのか、お貴奴さんに、かけおちをせまった。なにも、かけおちをする必要もないのだが、国三氏は、もう夢中であった。お貴奴さんは、泣いて、それを断った。いきり立った国三氏は、そのまま山田から姿をくらました。

十年くらい音信もなかった。すると、ふいに、山田へ、国三氏は帰ってきた。お葉(よう)と言う女をつれていた。お葉は、東京のカフェの女であった。国三氏に言わせると、お葉は、お貴奴さんに生きうつしであり、性格までが、そっくりだと言う。性格はわからないが、そのお葉が、お貴奴さんに生きうつしとは、誰の眼にも、思えなかった。

　山田から姿をくらました国三氏は、東京でいろんな生活をしたそうである。新聞記者をしたり、小学校の先生をしたり、夜学の教師をつとめたり、翻訳をしたり、さてはまた活動写真館のピアノ弾きまでしたと言う。そして、東京にいる間お貴奴さんのことを思わない日は、一日としてなかったとも言う。ピアノ弾きをしているときに、お葉と結婚した。お葉が、お貴奴さんに生きうつしだったので、国三氏は、やや満足した。けれども、山田の人は、お葉を見て、お貴奴さんにそれほど似てるとは、どうしても思えなかった。そこに、国三氏の努力があった。国三氏は、お葉の上に、必死になって、お貴奴さんのイメージをかぶせて生活してきたのであった。そして、山田へ帰ってきた。故郷へ錦をかざったわけでもなく、どちらかと言えば、さびしい帰郷であった。なんとなく帰りたくなって、帰ってきたのであった。母親は亡くなっていて、梅屋は、叔父の孫三郎氏がやっていた。孫三郎氏は、律義な人で、あずかっていた国三氏の財産を、そっくりそのまま国三氏に返して、お前の好きなことをせいと言った。そのとき、国三氏には、男の子が一人出来て、昆二と名づけた。国三氏は、吹上町で「びっくり新聞」を発行した。

　お貴奴さんのことを書くのを忘れていたが、大愚堂は、とっくに死んで居りお貴奴さんは、名古屋の足袋問屋の息子と結婚していた。そのお貴奴さんのつれあいと言うのは、ひどい道楽者だそうなと、人から聞かされて、国三氏は、もうれつに、かなしく思った。新聞の用で、名古屋へ行ったついでにお貴奴さんのところへよってみた。そこで、国三氏は、二重のかなしみを味わされた。お葉が、お貴奴さんにあまり肖（に）ていなかったことを、あからさまに見せつけられ、も一つは、お貴奴さんが、みじめな生活をしているにもかかわらず、それを知られたくなくて、必死になって明るくふるまっているのが、ありありと見えて、お貴奴さんがいたましくてならなかったそうである。

　お貴奴さんに会うまでもなく、国三氏には、お葉をお貴奴さんの生きうつしなりと、きめることが、だんだん苦しいことになり、不可能であるようになってきていたのであった。お葉は、無智な女であったので、国三氏のその必死の努力は、甲斐なくも無惨にぶちこわされていったのであった。国三氏にとっては、あとにもさきにも、お貴奴さんだけがたった一人の女であったのである。そのころから国三氏の放蕩が開始された。その反面「びっくり新聞」の方にも、熱心に力をつくし、かなり盛んなものになり、新聞を出すかたわら、東京時代の友人の谷口と言う画家をまねいて、「伊勢ポンチ」と言う週刊漫画雑誌を刊行し、自分でも漫画をかいたりしたが、この計画は新しすぎて、失敗におわった。おスミさんを知ったのは「伊勢ポンチ」を出している頃で、おスミさんは、谷口が東京からつれてきたモデル女であった。「伊勢ポンチ」が失敗すると、谷口は、おスミさんとそれから、おスミさんとの間にできたミイと言う女の子をのこして、松坂のカフェの女と、上海へにげてしまった。国三氏は、おスミさんをひきとって、自分のめかけにした。お葉は、毎晩のように、顔色をくろくして、ヒステリイをおこすのであった。

「びっくり新聞」社のある横町を、山田の人々はびっくり世古とよんだ。世古と言うのは、山田だけの方言で、横町或は小路の意味である。「大言海」に、

世古（名）谷〔狭所の義〕山ト山ノ間。ハザマ。サク。サコ。阿波、出雲ナドニテ（迫）。小路（伊勢、山田）谷（相模、鎌倉）

と、ある。

第三章

午前九時十五分。東京からの夜行が、山田につく。昆二君は、きょろきょろして、ミイをさがす。

「兄ちゃん」

ミイが、笑いながら立っている。ミイが、非常にきれいになっているので昆二君は、びっくりする。コリンヌ・リシュエーヌに肖ていると、昆二君は、思う。でも、これは、国三氏の場合ではないが、自分勝手な独断が多分にふくまれていることを、勘定に入れねばならぬが、山田では、ちょっと見られないくらいきれいな顔であることは、まちがいない。さあ、これからなんだか面白そうなことが、はじまるぞと昆二君の心の中でうきうきする。ミイの話によると、おスミさんは、東京で喫茶店をしていたそうである。ミイは、女学校へ上るころになると、夜は店に出て、手つだいもした。中野の「リオン」と言う喫茶店であった。

「リオンなら、おれは一度行ったことがあるわ」

昆二君は、とつぜん、さも一大事のように言う。

「そう？　感じのいい店でしょう」

ミイは、一向びっくりもせずに言うので、昆二君は、なんとなく気ぬけした気になる。

昆二君も、東京にいたことがあった。中学校を出て、小石川の川端塾と言う画の塾へ一年ばかり通っていたが、「自分の感覚に失望して」山田へ帰ってきて、明倫学校の代用教員をしているのである。今日は、日曜日である。

（つづく）

天気のいい日に

天気のいい日に、おんながきて、ロケットを忘れて行った。おんなのアパートまでもって行ってやった。わざわざそんなにしなくてもいいのだけれどもした。

ぼくは、あるおんなにうらぎられて、一月ほどは、きちがいのようにしていた。そのおんなのしうちは、ひどすぎた。

そこへ、このおんなが、風のようにやってきて、ぼくの部屋のそうじをした。

おんなの部屋とおんなの歯が白かった。マチスの絵とおんなの唇が赤かった。ぼくの感情は二分しだした、――うらぎったおんなと、このおんなと――。うらぎったおんなに仕返してやる気と、可哀そうに思うこころと。

おんなが、古風な大きなアルバムをみせてくれた。善良そうな家族があそんでいた。

おなかのすいたぼくに、おんなは、うなぎ丼をご馳走した。

月のない夜で、林の中はまっくらであった。どこかで犬が吠えていて、ぼくは心細くなったけれども、つよそうな様子をしていた。くらいところで、おんなはぼくの腕を自分の腕にくんだ。ぼくは、二分した感情を、おんなに説明した。おんなはうらぎったおんなのことを悪いおんなといい、ぼくのことを甘いおとこといった。ぼくの感情は、又ちがう方へ二分した。弁証法のようにである。

うらぎったおんなに、れんれんとしているのは、ばかものである。

植物園は、ばかばかしいほど明るかった。

おんなの気に入るような、ことばやそぶりを、ぼくは考えていたが、いい智慧もでなかった。すなおにふるまえばいいのだと自信した。おんなが芝生へねころがると、ぼくは、おろおろして、急に大喫煙者になった。これもすなおで、なかなかいいと自信した。

雨ニモマケズ
風ニモマケズ
雪ニモ夏ノ暑サニモマケヌ
丈夫ナカラダヲモチ

ぼくが、うたいだすと、おんなが、

欲ハナク
決シテ瞋（イカ）ラズ

つづきをうたいだしたので、ぼくはとてもうれしくおもった。おんなが神さまのように思えてきた。こんなにうれしいことは、さっそく死んだお母さんにも知らせねばならぬとおもった。

喫茶店に入ると、うらぎったおんなが好きであったカルテットが鳴りだした。

だまれ、だまれ。おれが悶絶しそうになっているのを、お前はすましてながめていたぞ。お前はつべ（冷）たかった。

ぼくは、なにかわからぬものにたいして、ひじょうにふんがいした。シラップのコップがふるえだした。

決シテ瞋ラズ
イツモシズカニワラッテイル
おんなが、

「あなたの生き方を、立派だと思うわ」

と言ったので、その白いワンピイスが、コップのそこの氷のかけらにかげって氷がぴかぴかした。

「おれ自身よりも、お前がすきだ」

と、ぼくは、うらぎったおんなにうらぎるまえに言ったことがある。

そのおれ自身の生き方をだ、このおんなが讃美しはじめ、おれがこのおんなを神さまのように思いはじめたと言うことは、一体どうしたことだろう。

しんじつと言うやつは、なんだろう。

作品4番

それは、海であった。とほうもなく広い水があった。水は、しょっぱい水であった。水の上には、泡や波がいつもたっていた。水の中には、赤い魚や青い魚がすんでいた。水の底には、芥(あくた)や貝やこんぶやほんだわらがあった。泡や波の間を、ときどき船がとおった。大きな帆をはった船には、青い眼をした水夫がのっていた。彼の心臓には南十字星(サザンクロス)の刺青がほってあった。又、彼は、りお・で・じゃねいろの女をいつも夢にみていた。私は、そんな海で生れた。砂の上をいつも六つの肢で、はいまわっていた。海の色は日になんども変った。赤くもえ上ったり、インキのように青くなったり、金色にすきとおったり、びろうどのように黒くなったりした。空の色もそうであった。入道雲が爆発したり、雨が降ったり、馬鹿のように、さいげんなく青くなったりした。ときどき大きな虹が立ったこともあった。私は、そんな海を六つの肢で、はいまわっていた。すると、大きな熊手がやってきて、私をさらって行った。私はかごに入れられた。

　私は街に出た。私は三匹で十銭ということになった。私はSOLMONと西洋の文字でかかれた赤い小さいかんに入れられた。それは、少女であった。彼女の眼には、いつも、虹が立っていた。私は、やどかりという虫であった。少女は、かんから私をときどき出した。私はうずをまいた大きな貝殻を背に負うて、テーブルの上をはいまわった。私はきゅうりをたべさせられた。タンゴがなっていた。私は、テーブルの上でおどっていた。

私は少女と一緒に、お湯に入った。私は、お湯の温度で、赤く死んでしまった。
私は下水を通って海へながれて行った。私はくさってなくなってしまった。
海の上に、大きな虹が立った。その虹と一緒に私は消えてしまった。

私の景色

セロハンの袋に入っているその人形を、私は「あるばじる」と名づけ、その旨人形をくれた少女に報告して、私はその手紙の返事をまっていたら、果して返事がきた。あなたが行ってしまってから、私の心のどこかに物置場のようなものができたとあったので、私は、かの女は私がいなくなって寂しがっているのだな、と判断して、かの女を愛しはじめた。

その人形をかの女がくれたのは、去年の夏休みが終って、私が東京へ発つ山田駅であったから、かれこれ一年も前のことである。私のかの女に対する気持は、短時間でものすごくもえ上った。その割には、かの女はもえ上らなかったようである。ふたりの間をゆききした手紙の量がそれを示しているにちがいない。私が出した手紙で御飯がたけるとすれば、かの女がくれた手紙で味噌汁がわかせる、と言った割合である。かの女からの手紙の量の一番多かった時期はこの冬であった。かの女に一つの不幸が見舞ったので、口数が多くなったのである。

五月の神宮の御木曳(おきひき)に私が帰って以来、かの女の手紙が絶えてしまった。御木曳がしたくて帰ったのではなくて、私はかの女に会いたくて帰ったのであった。かの女を愛しはじめてからというものは、学校の休み以外にも、いろんな口実をみつけて山田へちょいちょい帰るという悪癖を身につけたのであった。かの女が口をつぐんでしまってから、私は不味(まず)い行いを連発した。毎日かの女の手紙をまっていて、たそがれになり、もう郵便屋も来ない時期になると、私はまるで狂人のようであった。再びかの女の口をひらけたいものと、私は、手紙でそれを泣かんばかりに嘆願さえしたし、おべっかまでつかったし、からいばりもしたけれども、かの女はまるで唖(おし)であった。

かの女が、以前私にくれた愛の言葉は、といっても、それほど沢山もないのだけれども、それを私は暗記できるほど忘れずにいて、それをまるで借用証書かなにかのようにふりまわして、かの女の唖をなじり、言葉を返せとせめつけたりもしたのである。それでも、かの女は唖をつづけた。

私は学校の野外教練で富士山の麓で五日間をすごして帰ってきた。かの女からハガキがきていた。それには全く事務的な文字しかなく、かの女はどこにも居なかった。私は、ゲートルをまだ脚にまいたまま、縁側にこしかけて、不覚にも泪(なみだ)を落した。

それ以来、私は涙腺に栓をするのを全く忘れてしまったようであった。いたるところで泪をもらした。喫茶店でトリオをきくときも、ニュース映画を見るときも、子供が「父よ、あなたは強かった」を歌っているときも、涙が流れた。

かの女など、ちょっとも美しくないではないか、それにあまり頭もよくないようだし、あんなつまらん女はあきらめてしまえ、星の数ほど女はいるのだ。お前さんはあんな女にほれるほど愚劣なのか。そんな友達の言葉も、私の涙腺の栓としては一向役にたたなかった。涙を流していたら、また、夏休みがやってきた。東京でする私の用事もなくなったようだし、別に行くところもないので、やっぱり帰ってきた。

そんなわけで、山田はそれほど帰りたいところではなくなっていた。しかし、ほんの少しだけでも、案外かの女が涙腺の栓になるのではないか、という期待もないではなかった。かの女は唖になったのではなく、家族の人から猿ぐつわをかまされているのではないか、とも考えたからであった。しかし、その期待はかの女が私にむけた背中によって、見事うらぎられた。その背中を見ながら、私は涙腺の模様を心配したが、涸れてしまったのか一滴も出なかった。それに安心して、私は毎日かの女に会いに出かけた。

かの女の家は蓄音器店で、山田の繁華街にあった。かの女は兄と二人ぐらしであったので、毎日のように、ろくでもない男たちのたまり場となった。そのろくでもない男たちが、私の神経にさわった。以前は、この店の常連ももう少しましであった。それが今ではどうだ。かれらの食物は、蒟蒻だ。かれらの眼は、死んだ魚だ。私はいくらでもかれらを痛罵してやまぬ気持をもった。そして、なんと、かの女は、蒟蒻の間にまじってたのしんでやがる。私は、レコードを買う以外には、もうこの店には行くまい、となんども考えたけれど、日課のように出かけるのである。しかも、笑顔をもって、ろくでもない彼等に接しようとするのである。かの女は、つねに私に背をむけていた。私がかの女の店にゆくと、場をはずした。そのたびに私は言いしれぬ屈辱を感じた。その日も、かの女は私の姿をみると、奥の部屋にひっこんだ。私は、さも気楽そうに大声で、二見へ一緒に行かぬか、とさそってみた。行きたない、と言った。そんなら七日の休みに行け、と言った。連れがあったらな、と言った。なんね、おれと行くんとちがうのかと言った。あんたらと行こかさ、と答えた。こんなみじめな会話は、ちょっとない。私は、私が気の毒だというより、自分をなぐりつけたくなった。それでも、気楽そうな大声をつづけるのである。おケイ、お前はうそ言いや、と咆えた。誰もあんたらと一緒に行こやどき言わへんやないかんと言った。私は一人で汽車にのりながら、かの女を殺すことを考えていた。そのことを、二見の中井利亮に話すと、殺す程の女でもなかろうとの返事をした。

かの女の兄も私をいやがりだした。すべてが悪くなった。そんなにまでされても愛してやる必要があるのか、と私は考えはじめた。必要は断じてない。こんなにまではずかしめを受ける必要はないのだ。

かの女は殺すにもたらぬ奴だ。

私は、かの女をにくまなければならないのだ。いや、にくむとかにくまぬとか問題にしてはいけないのだ。問題にする以上、それは人間としてみとめているからだ。人間じゃない。そんなように興奮した私は考えた。その興奮したあげくが、まずかった。翌朝、かの女が台所に居るのを認めたとたん、私は溝の中へはまりこんで、したたか、むこうずねをうった。びっこをひきながら、私は、かの女について考えをめぐらすのである。あんたは、おたいを多情な女と思とるかん、とある夜かの女が私に言ったものだ。多情でないとすると、一体このごろかの女は何かさっぱりわからぬではないか。そんなような気持をもったことがあるにもかかわらず、がらりと態度をこのように変えるということが、ありうることなのか。私にはその気持が合点がゆかない。私は、一旦好きになったら、それは永久に続くものだと考えておった。それに、かの女は、ごていねいに、ふたりの美しい交りはいつまでも、とさえ言っているのだ。それにもかかわらずこのしまつだ。こういう風なことが、世の中であたりまえのことだとしたら、私はよっぽどまぬけだということになる。一旦愛したのだから、どんなはずかしめをうけても、愛しつづけねば、他にどんな女があらわれても、みむきもせずに、と考える私は、まぬけだということになる。溝になどはまったりして、まぬけの最たるものである。それでも私はそんな風なひたむきな自分を尊いものだ、と信じて生きてきた。それが、ことごとく、まぬけという名によって、世の中から入れられないとしたら、これは一寸考えなおさねばならぬと思う。

ここで、私は、一世一代の大英断をもって、かの女を愛することを、ふっつりと中止しようかと考えはじめた。それは利口なことだし、一番いいことでもあるらしい。かの女を愛していても、ろくなことは一つもないのだ。ろくなことが一つもないから中止するという、私の一番きらいな計算的な考えを、私はしようというのである。私の神経は断然それに反対する。ゆるさないのだ。そんな、きたない計算をはじめた自分をゆるせないのだ。でも、もう一つの弱い私が言う。もうしんぼうしきれん。こんなにまではじをかかされ、それでもがまんして、愛しつづけるなど、それはいいことかもしらんがやりきれんと弱音をはく。ばかを申せ、どんなにつらくとも、どんなにはずかしくとも、さびしくとも、うらぎってはならぬとも言う。はじを知れ、はじを知れ、こんなにはじをかかされてもか、とも言う。いろいろ言わしておいて、私はひるねをした。おれの考えていることなど、全く若いのだ。サンチメンタルなんだ。かの女など、どうなってもいいではないか。かの女は、うらぎったのだ。

私は苦い思いで、悪人になることに成功した。

はは。私は、雨上りの青空を見あげて笑った。おれには、おれの生き方があるのだ。あんなろくでもないやつ、くそくらえだ。いくさから帰ったら、嫁さんをもろて、中井利亮と土屋陽一がいくさから帰るのをまって、そうだ、約束どおり、三人そろって、六人かもしらん、とにかく、そろって巴里へ行くのだ。

それにしても、あいつらはみじめな奴等じゃ。蒟蒻を食って、魚の眼をして、うそをついて、言い古した駄洒落をむし返して、理想もなく、真実もなく、キンタマもなく、血もなく、泪もなく、なんにもなく、生きてけつかる。ざまみくされ。

かの女は、その中で、ふわふわとして、いい加減なことを言って、生きてゆくのか。それもよかろう。

ああ、巴里に早く行きたい。

ネムの樹の茂った家に、早く住みたい。

凱風や吹け。
空は晴れた。

作品7番

にぎりこぶしに、力をいっぱい入れて、ぴいぴいないて、生れてきた。ついたちだったので、朔太郎と名づけられた。伊勢の河崎の古着屋で、ちょっとしたものもちであった。

朔太郎は一人息子だったので、両親は、目に入れてもいたくない思いで、そだてた。かん気の強い子で、夜中にもぴいぴいとよくないた。奉加帖をぶらさげて鉦(かね)をたたいている大津絵の鬼を、さかさまに壁にはりつけてもみたが、それでもよくかんをおこした。かんをおこすたびに、ゴム風船のような脱腸をした。朔太郎は、いつも毛糸の脱腸バンドをしていた。小学校へ上っても、まだその毛糸のバンドをしていた。そのことを、よく友だちにからかわれた。そのたびに、泣いてくやしがり、石板をそいつの頭になげつけたりもした。やがて父親は死んだ。朔太郎は、ときどきかんをおこしたが、おとなしい青年で、遊びもしなかった。

中学校を出ると、両親は、てばなしたくないので、上の学校へもやらず、手もとにおいた。すじむかいに、魚六という魚問屋があった。魚六には、お静という娘があった。お静は、美しい娘であった。朔太郎は、心ひそかに、お静をおもっていた。お静を嫁にもらいたく思って、人にたのんで、その話をしてもらったら、ていよくことわられた。お静はやがて法学士の嫁になった。朔太郎は、くやしさのあまり、一貫五百も体重がへった。よし、もっと別嬪(べっぴん)を嫁にしてみせる、そして、お静を見返したろと思い、酒もろくにのめないくせに、まいにち芸者を買って、お静よりも別嬪な女を物色した。牛若という芸者がいて、それは山田の芸者の中で一番の美人であったし、年齢も丁度よかったので、それにきめ、朔太郎は、毎晩くどいた。牛若は、猿山という代議士のめかけになった。朔太郎は、猿山を殺す気で、空気銃をもって出かけたが、未遂に終った。

そんな風に遊んだので、そう沢山もない財産をつぶしてしまった。朔太郎は、ある人の世話で税務署につとめた。朔太郎をおもっている女が一人いて、それは、赤猫というカフェの女給で、お石という女であった。よくもこんな女が女給になったかと思うほどみっともない女であった。わたしゃ、お前さんの気性にほれた、とお石は言って、よく朔太郎にあいにきた。朔太郎は、母親にも死なれて、岩淵町に下宿すまいをしていた。お石があいにくるたびに、朔太郎はかんしゃくをおこした。あるときは、二階の窓から、飯びつを往来へ投げ落して、じだんだふんだ。それでも、いつのまにやら、二人は家をかまえていた。男の子が二人と女の子が一人できた。朔太郎は、正直さをみこまれて、地位も上った。娘は女学校へやり、息子を商業学校へ入れることもできた。朔太郎は、碁が好きで、碁をよくうった。署長の家へも、よくうちにでかけた。そのときは、どうしたことか、朔太郎は三度も負けつづけた。四度目も負けそうになって、いらいらしているところへ、署長がうれしそうに、やっぱり実力はちがうねと言ったので、朔太郎はかっとなって、碁盤を署長の膝の上へ、がしゃんとひっくりかえしておいて、畳をけって帰り、辞表を書いた。人の世話で、洋服屋の外交員になった。息子は学校を出たので、宇治の生姜糖（しょうがとう）屋につとめた。ある日、生姜糖屋の主人が、店のものに饅頭（まんじゅう）をあたえ、この饅頭はちょっと古いかもしらんが、まあ大丈夫やと思うて食べな、お前らばっかに喰わしてわしが喰わんと悪いで、わしも喰うで、と言った。息子が帰ってきて、そのことを話すと、朔太郎は身ぶるいして怒り、お前らを殺すつもりにちがいない、と言った。それでも、主人も喰っとったんな、と言うと、主人はいくつ喰った、一つか二つやった、お前はいくつ喰った、おれは十（とお）ぐらい喰った、と息子が答えると、どうね、お前らにようけ喰わして、自分は一つ二つしか喰わへんみよ、そんなとこに居（お）ったら、しまいに殺されるわい、あしたからやめとけ、やめるのでも、ただでは面白ねえ、のう、釜の中の煮えた砂糖の中へ砂利をほり込んで、やめるんやと言うて帰ってこい、そうなると砂糖もわやになるで面白い、そのくらいのことしたらな気がおさまらん、そうしてこい、と言った。息子は、朔太郎に言われたとおりにして、もうやめるんや、と言って帰ってきた。朔太郎は、よし、と言った。

洋服屋の主人は、そのことを人から聞いて、そんな物騒な奴をおいておくと、やめさせるときに家に火でもつけられはしないかと心配し、頭をひねって、朔太郎をおだやかにくびにした。

朔太郎は、人の世話で、帽子屋をはじめた。商いは、わりあい順調に行った。ある冬、風邪をこじらせて、どうとねこんでしまった。ねながら、よくかんしゃくをおこして、お石を蹴とばしては、苦しいとみえて、ぜいぜいと喉（のど）を鳴らした。医者がきて、注射をうった。その針が、ぽきりと根元から折れた。医者は、ひどい近眼であったので、まごまごした。ぼやぼやするな、と朔太郎は、ふとんから細い脚を出して、医者を蹴とばした。そのひょうしに、心臓の調子が狂って、腕に針を立てたまま、朔太郎は、死んでしまった。

享年四十二歳であった。

勲章

勲章をはじめてもらったとき、彼は、すぐさま、自分の恋人のところへ、それを見せにいった。彼女は、大きな明るい眼をくりくりうごかせて、

「まあきれい」

と、言った。それは、本当にきれいなかわゆらしい勲章であった。彼女が、その次に、一体どういう手柄で、その勲章をもらったのか、たずねるにちがいないと彼は考えていた。そのために、此処へくる途中ずうっと、その手柄ばなしを、どういう風に話そうかと考えつづけてきたのであった。だのに、彼女は、そのことは一向たずねようともせず、ながいこと、勲章を、子供のような掌の上にのせて眺めていた。ながいまつ毛を上げて、甘えるように、

「下さらない？」

と、言った。

「あなたのほしいと言うものならなんでも上げたいけれど……」

これだけは、どうも、やるわけにはゆかなかった。彼は、困った顔をして「ほまれ」に火をつけた。彼女は、彼が聞いてほしいと思って用意していた手柄話を、とうとう聞かずじまいとなった。彼は、非常にやるせなく思った。中学時代の友だちで絵をかいている男がいた。その男のところへも、彼は勲章を見せに行っ

た。男も彼女と同じように、

「ほう、勲章って、なかなかきれいなものだね」

と、しばらく眺めていた。

「どういう手柄でもらったの？」

とも言ったけれども、それは、まったくのお義理で言ったという風であった。

それでも、彼は、満足して手柄話をはじめた。話していながら、彼はなんとなくあじけない思いがしてきた。まったくばかげたことのような気もしてきた。たったそれだけのことを、鬼の首でもとったかのように話しているのが、ばかばかしく思いはじめた。聞く方にとってみれば、こんな話よりも、岩見重太郎のヒヒ退治の譚（はなし）の方がはるかに面白いにちがいない。最後まで語るのがめんどうくさくなってきたけれども、最後まではとにかく話をつづけた。と言うと、たいそう長い手柄話のようだけれど、時間にしてみれば、タバコに火をつけたり、灰を落したり、お茶を呑んだりする時間も含めて、ものの四五分もあれば終ってしまうほどの話であった。


彼の恋人は、他の男と結婚してしまった。彼は、非常にがっかりした。彼は、生きる元気までなくし、本気で死ぬことを考えたりした。戦場で彼は、いつも危険な仕事をみずから進んでやった。それでも、彼は、死ななかった。死ななかったのみか、彼の胸には、新しい勲章が又一つふえた。

彼は、ある女と、結婚した。

彼の妻は、勲章を大切に扱った。

彼は、何度も、いくさに出て、そのたびに、新しい勲章をぶらさげて、帰ってきた。

彼の妻は、彼が無事で帰れたことを、涙をながしてよろこんだけれども、勲章のことについては、義務としてよろこんで見せるという風であった。

彼は、常に勇敢な軍人であったので、勲章はますますふえて、果実のように、彼の胸に重そうにぶらさがった。

彼は、いつの頃からか、勲章をぶらさげて人前に出るのを好まなくなった。相手もやっぱり軍人で、相手がぶらさげている勲章が、自分のより少いばあいは、はずかしいような、やるせないような気がしてならなかった。ちょうど、自分がポケットから「さくら」の箱を出したのに、相手が「きんし」の箱を出したようなときに感じるはずかしさと同じ性質のものである。「あいにくタバコ屋にさくらしかなくてね」などと弁解がましいことを言わなければならない。

自分より勲章の少い同僚と話しているとき、相手の眼が、ちらっちらっと自分の勲章のところにきて、おびえたように他の所へ視線をはずしてしまう。そんなことを意識しはじめると、話もうわの空になってしまい、その場で勲章をもぎすててしまいたいような気になるのであった。

彼は、どうしても必要なときにしか勲章をつけなかった。

彼は、勲章を、決してきらいではなかった。それどころか、たくさんの勲章をならべて、ひとりでながめるのは、彼の最も楽しいことの一つであった。

勲章は、ますますふえて行った。

彼は、六十一歳で役を退いた。そのとき彼は少将であった。孫は五人もあった。

彼は、弓をしたり、釣をしたり、つまり退役軍人の誰もがするようなことをして静かにくらしていた。ときどき勲章を出してながめたりした。自分を幸福だと思って満足した。

昔の絵かきのともだちも、ちょいちょい遊びにきた。あそびにくるたびに、彼は、君ももういい年になったのだから、もうすこし心をおちつけたらどうだね、と言うのであった。絵かきは、そのたびにおだやかに笑っていた。彼の言うように、絵かきは心のおちつかない生活を、そんな年になってもつづけていた。

ある日、彼は興に乗じて、自分の勲章をもらうために生きてきたようだ。絵かきは、素直に、一つ一つ感心して眺めた。

「たくさんあるね。君はまるで勲章をもらうために生きてきたようだ。立派だよ」

絵かきは、目をかがやかせさえして言った。

「まるで勲章をもらうために生きてきたようだ」

彼は、絵かきが帰ってしまってから、急にふさぎこんでしまった。

「おれのしてきたことは、たったこれだけのことだったのか」

と思って、つくづく勲章をながめた。

「いや、そうではない。おれは、国のために一生をつくしたのだ」

と考えなおしてみた。

「そうだろうか、国のためなどと、えらそうに言えるだろうか、自分のためではなかったろうか」

「自分のためと言わないまでも、たんなるその場かぎりの感激、動物的な本能、ただそれだけで動いてきたのではなかろうか、一体おれは、どれだけ国を愛したろうか」

彼は、くるしくなってきた。きらきらした勲章が、急にいやらしいもののように見えだした。

「くださらない」

途方もないことを言いだして、自分をこまらせたむかしの恋人の大きな目がうかんできた。

「やってしまおうか」

彼は、そう考えると、さっそく彼女に会いに出かけた。

二人は、茶をのみながら静かに坐っていた。孫のことなども話し合った。

彼は、勲章を出した。

彼が最初に彼女に見せにきた、あの小さいかわいらしい勲章を、彼女は、手にとってながめていたが、それを、口の中へ入れてしまった。勲章を舐（な）めながら、彼女は大きな眼で笑った。観音様のようであった。

伝説の伝説

イセのフルイチからウジへ下るところの坂道は、むかし枯野ヶ原になっていた。夜になると、いつもお化けが出た。腕におぼえのあるさむらいたちは、そのお化けを退治に出かけたが、どれもこれも青くなって逃げかえった。してみると、そのお化けはよほど恐しいものであったらしい。ある日の夕方、釜山味噌吉鯉右衛門というさむらいが、そこを通ろうとすると、もしもしおさむらい、もう日が暮れますからそこを通るのは止めときなされと言う。どうしてじゃと言うと、その原には毎晩お化けが出ます。ばかな。いや本当です。それは面白い。いいえ、どんな強いおさむらいもみんな逃げてきます。きっとものすごいお化けにちがいありません。ますます面白いではないかと鯉右衛門はすたすた歩きだした。原のまん中あたりへ来ると一軒の小屋があった。そこへ来ると、どうしたことか、鯉右衛門はねむくてたまらなくなった。よし、あの小屋でねむりましょうと考えて、小屋に入ると、中には枕がちょんとおいてあった。これさいわいとそのままねむってしまった。やがてあたりはまっ暗になった。はっと気がつくと、誰かがものすごい力で枕をひっぱっている。きたなと思って、そっと息をひそめて、えい、と枕をひっぱっている手をつかんだ。ひっ、と音がした。一体お前はなんだと言うと、その手は、私は鼓ヶ岳の頂にすむほらがいでございます。ほう、ほらがいか。あい、そうでございます。なぜおれの枕をひっぱる。それには深いわけがございます。深くとも浅くともいい、そのわけを言うてみよ。あい、申します。この原には、牛鬼というお化けがすんでおります。うん。そのお化けが、毎晩わたしの仲間のほらがいを食べにきます。うん。それでもうあとわたし一人が残りました。

わたしもいつ食べられるかわかりません。うん。それでそのお化けを退治してほしいと思いまして、毎晩ここに来て強いおさむらいを物色したのでございます。うん。でもみんなわたしが枕に一寸さわっただけで、青くなって逃げてしまいました。うん。逃げなかったのはあなただけでございました。うん。どうぞ牛鬼を退治してください。そうか、よしひきうけた。ありがとうございます。してその牛鬼とやらはいつ出てまいる。子（ね）の刻に出ることになっています。そうか、子の刻といえばもう直ぐだ。はい。やがて朝熊山（あさまやま）から月が出た。枯野ヶ原は海のようにひろびろと照らされた。すると地平線から、なにかがとっとっと走ってきた。あ、あれでございます。ほう、と言ってみると、それは頭は鬼でからだは牛のお化けであった。月に照らされて、もーう、とないた。えい、と一刀のもとに斬りすてた。牛鬼は死んだ。月が雲にかくれた。ありがとうございます。ありがとうございます。お礼にあなた様の子孫が食いはぐれのないようにいたしましょう。それは千万かたじけない。鯉右衛門は、今のクスベ村に居をかまえて、そこに住んだ。鯉右衛門の子孫はほらがいの約束したとおり、食いはぐれることもなく、安らかに暮すことができた。それは裏にある楠の幹のわれ目から、食べるだけの米が毎朝出ているというしかけになっていた。すると、子孫の中にふこころえものが出て、あんなに毎朝米が出ているのだから、あの木を切ったらどれだけ出るかわからないと考えて、こっそり朝早く起きて楠をきりたおしてしまった。金の卵をうむ鶏の腹をきったら、金の卵は一つも出なかったのと同じように、楠からは一粒の米も出てこなかった。そこでその男はがっかりして、朝熊山のあかつきの明星を仰ぎみた。

　こんな伝説が山田にあるのに、山田の人々はほとんど知らない。

牛鬼坂由来記である。

ソナタの形式による落語

第一楽章

チャンチャンバラバラをしていると、すすきの枯野からとかげが泣いて出てきた。なぜないているのかと言うと、てなしごをうまされましたと言う。してその子はどこにおるかとたずねたら、重箱の中をさしてあれ見てたもれと言う。見るとオランダの木靴が入っているので、あれがお前の子か、するとお前は木靴の親か。いいえ私はとかげでござんすが、あれは私の子供ですと言う。そうかよしよしと、わかったような顔をすると、あなたはえかきさんでしょうと言う。そうじゃと言うと、そんならあの木靴に幻灯のえをかいてくれと言う。なぜかとたずねると、私は子供に源三郎と名づけましたので、それをシャレて幻灯の刺青を子供にしてやりとうございますと言う。シャレにしてはまずいシャレであったが、その親心にほろりとなって、クレパスで幻灯をかいてやると、目に一ぱいなみだをためて礼を言い、はなはだあつかましいのですが、もう一つたのみをきいてくれと言う。一体何だと言うと、この子のてて親をさがしてくれと言う。お前はこの子のてて親をおぼえているかと言うと、はいおぼえています、この子のてて親はゴムの長靴で、それはきれいな男まえで、いつも私をかわいがってくれました。やいのろけるのは止めてくれ、その長靴の名前はなんと言う。はい、金つぼと申しました。そうかよしわかった、その長靴をさがしてやろう、その礼に何をくれる、と言うと、ガーター勲章ではいけませんかと言う。そんなものいらぬ。では、軍船を上げましょう。それもいらぬ。では、国を上げましょう。それもいらぬ。あなたは一体なにがほしいのです。

そこで、腹の中でにたりとして、パイプのないパイプオルガンがほしいと言うと、こまった顔をしたが、ではそれをあげますからと言う。ではお前の子のてて親をさがしてやると、安うけあいをしてうちへ帰ってくると、下駄ばこの上に金つぼがいた。やい金つぼよ、お前はよくもとかげにててなし子をうませておきながら、すまして居るのう、と言うと、金つぼは、お前は常識的な男じゃ、おれはそんなものにとらわれんと言う。それも一理あると思ったけれども、私はとかげの礼がほしくてたまらぬので、それに耳をかさず、つべこべ言わず、お前はお前のやったことに責任をもたねばならぬ、さあ来いと、金つぼをつかんでとかげのところまでやってきた。ああ、あなたにあいたかったと、とかげは金つぼにだきより、金つぼもまんざらでないらしく、おう、あるばじると、そのとかげの名を呼んでだき合うた。私はそこで、そのとかげがあるばじると言う奇妙な名前であったことを知ったが、そんなことはどうでもよく、私はひたすらそのオルガンがほしかったので、おいおい、おれの前でそいつは一寸あますぎるぞや、それより早く例のものをくれと言うと、あるばじるはしぶしぶ――本当にしぶしぶでした――パイプオルガンをくれた。私はうれしくて一気にそれをうちへはこびこんだ。パイプオルガンにはパイプはなかったけれども、でかいもので家の中におくわけにもゆかず、組長さんにたのんで町内のあき地に置かせてもらった。そのあき地は国策に沿うためにホップ畑にする予定であったので、組長さんは二三日だけと言う条件でそのあき地をかしてくれた。さっそく私はそのオルガンをならしてみた。

私は世の音楽家と同じように、やっぱり音痴であったので、枯すすきのうたしか知らないので、その枯すすきをパイプオルガンで弾いてみた。するとどうしたことであろう。音がしない。私はつんぼになったのであろうか。いやそうじゃない、花火の音はきこえる。ああそうだった、このパイプオルガンにはパイプがなかった。私はひとかどきどったつもりで、詩人ぶって、パイプのないパイプオルガンを所望したのがそもそもまちがいのもとであった。こんなことなら、いっそうのことガーター勲章でも、もらえばよかった。これほどざんねんなことは、世の中にそうあるまい。われながらなさけなくなって、泣き出した。泣いていると、雨がふってきた。私のパイプのないパイプオルガンは、ホップ畑の予定地で雨にぬれていた。私は、カメリアと言うもっともうまいタバコをふかして、それを窓から見ていた。その夜は、雨がふりつづいた。その夜、ずっと私はないていた。朝も雨であった。私は、ギンザへでも行こうと考えた。すると、私のゴムの長靴がなかった。あの長靴は金つぼであった。私は、外へも出られなかった。その日は、一日カメリアをふかして、ホップ畑予定地のパイプのないパイプオルガンをながめてくらしていた。

第二楽章

組長さんから二三日の約束でかりた空地も、その二三日が経ったので、返さねばならなくなった。一体このボウ大な楽器をどこへすてればいいのかわからないので、こまった。かんがえにかんがえたあげく、トラックにつみこんで、スミダ川へほうりこんだ。すると、どうだろう。私のパイプのないパイプオルガンが、スミダ川の水中で枯すすきをうたいだした。どう言うわけでこう言うことになったものか、わからない。川底にある水道が、パイプのはたらきをしたものとも考えられる。くやしくてたまらなかった。けれども、私一人でパイプオルガンを引あげる事もできないので、とぼとぼと帰ってきた。すると、ギンザのハットリの時計屋の大時計の三時の数字のところに、とかげのあるばじるがいた。そんな処でなにをしているのだと言うと、あらと言って、こちらを見て、映画を見ているのだと言う。ほうそんなところから映画が見えるのか、と言うと、ホウガク座のがよく見える、お前さんも上って来て一緒に見ないか、と言う。私はただのものなら大抵すきなので、上って行って見ると、なるほど映画が見える。スクリーンとこの時計とを結ぶ直線上にホウガク座の窓があり、その窓が偶然あいていたので、見えたのであった。あるばじるは一生懸命に見ていたので、私はパイプオルガンのことを話したく思ったが、やめにした。やがて、スクリーンの上にＦＩＮ（ファン）と言う字がでて、どうやら映画は終ったらしい。よかったわねと、あるばじるは溜息まじりに言った。ああよかったねと私も言い、金つぼはどうしたい？　と言うと、タイヤになった。私は私の大切なゴムの長靴がタイヤになったのを知って、ア然としたが、どう言うものか、私はなんだか心楽しくなった。その心理を分析するなら、私はいつのまにやらとかげのあるばじるにホレていたのであった。あのパイプオルガンはどうであったかと言うので、私はうんあれはなかなかよかったとウソを言い、ボクはバハのものを弾いたとも言って、枯すすきのことは言わなかった。すると、そうあんたはバハ（バッハと言う人もあるがバハと言う方が正確なので、あえてバハとかく）を弾けるの、えらいわねと言って、二枚の舌をチロチロ出した。私は、その口もとを見ていたら、たまらなく彼女が可愛くなって、おもわずあるばじるをだきしめて、街へ下りてお茶でものもうと言って、オリンピックに入って、温いコーヒーをのんだ。彼女はうまそうにコーヒーを二口ほどのんだら、コーヒーのタンニンに酩酊して、足をすべらせて、コーヒーの中へ転落した。私はあわててスプンで彼女をさがしたが、なくなったのか、それきり出てこなかった。私は、涙をぽろぽろ落しながら、その茶碗をもって、医者のところへ行くと、ドクトル・ノグチは、コーヒーを分析して、これは四基のズルホンアミド剤であると断定した。私は、彼女が四基のズルホンアミド剤と言う病気で死んだのかと思った。なくなくそのなきがらをもって帰って、その液体をのんでしまった。翌日どうして私の家をさがしあてたのか、幻灯の刺青をした木靴の源三郎君がやってきて、おふくろを知りませんかと言って、私をじろりとにらんだ。

そのおふくろさんをのんでしまった私は、ぎょっとした。だいいちその刺青がきもち悪かった。つばをのみこんで、キ君のおふくろさんはボ僕がのんでしまったよッと言うと、源三郎君は私にとびかかって、親の仇カクゴ、と古風なせりふを言った。私は、マ待ってくれキ君のおふくろさんをのんだのはボ僕だが、殺したのはボ僕じゃない。では一体誰が殺した。ソそれはココーヒーのタンニンだ。コーヒーのタンニンつまりタンニン・ド・カフェ（とわざわざフランス語で言い）は、一体どこに居るのだと言った。コーヒーのタンニンはコーヒーの中にいると言うと、よしと言って、ドスをひらめかしてとんで行った。しばらくするとお茶のタンニンがやってきて、お前がつまらんことを言うので、わしの妹のタンニン・ド・カフェは源三郎に殺されたと言って、よよと泣いた。私はすべてわからなくなってしまった。木靴がドスでタンニンなるものをどうして殺したのかわからないし、だいいちとかげが木靴をうんだと言うことがわからなかった。でも、こんなことはわからないものの初級なもので、世の中にはもっとわけのわからないことがいくらもある。人間が死ぬと言うことが第一奇妙だし、どの人間もが自分のことだけしか考えないのは、なおさら妙な話しである。だから、こう言うことを不思議がるには及ばないと思い、その事を不思議がるのはやめにして、タンニン・ド・カフェの兄のタンニン・ド・テーの話をまじめに聞く気でいると、どうしたことか、パイプのないパイプオルガンのうたう枯すすきがきこえてきた。

第三楽章

パイプのないパイプオルガンのうたう枯すすきをきくと、お茶のタンニンはキッと目をみひらいて、ガラス窓をやぶってとび出て行った。私もそれにつづいてとび出すと、彼は市電にひらりととびのった。電車は、私をすてておいて動き出した。私はボウ然としていると、そこへあらなつかしや、ドクトル・ノグチがやってきて、あの電車は宮城のお溝に落っこちると断定した。私はそれですべてが解決したような気がしたが、事実はなにも解決していないのである。すると、ドクトル・ノグチはおごそかに言った。地球は廻っていると。私はバンザイとさけんで、ドクトルにだきついて、ソットウしてしまった。

花火

いけぶくろ駅の地下道で、わたしは駒三にあった。いまきみの下宿へ行ったけれども、るすだったので、かえってきた、ちょうど会えてよかった、と言った。はな緒のきれた下駄をさげていた。左足は裸足であった。きものは雨にぬれていた。ふたりは、駅を出て、駅前の喫茶店へ入った。席につくやいなや、駒三は、きんしを出して、口にくわえた。駒三は、マッチをもっていたことはなかった。火をつけてくれるまで、そうしているのが駒三のくせであった。マッチと言って、私もたばこをくわえて、女の子に火のさいそくをした。火がつくと、駒三は、しゃべりだした。音楽時計がうたいだしたようなかんじであった。えらいことになったと言った。どうしたのかと言うと、百万円ころがりこんだと言った。なっとや！　とわたしは、たばこを口からはなした。駒三に仁木左門と言う伯父があった。駒三の父の兄であった。食料品屋をしていた。日露戦争のとき、石のカンズメをつくった。レッテルに、石のえのかわりに、牧場で遊んでいる二匹の牛のえを印刷して、牛肉甘露煮とかき、うまいことこの上なし、とまでそえた。軍部へうりこんで、うそのような金がもうかった。一人息子があったけれど、石灯籠の下じきになって死んだ。人は、石を喰った兵隊のうらみがたたったのだと言い、食い物のうらみはおそろしいと言った。そこで、彼は、石のかわりに、犬の肉を入れた。犬に喰いつかれはしないかと心配したが、そんなこともなかった。その伯父の金が、甥の駒三にころがりこむのだと言った。駒三は、空想と現実とのけじめのつけられない男であった。少年倶楽部の懸賞で自転車が当ったと大さわぎをしたので、本当かと思ったら、まだ、ハガキを出したばかりだった。彼の頭脳に於ては、そうなればいいがと言うのが、そうなったと言うところへ、なんの苦もなく飛躍した。そして、それを口に出しているうちに、その空想は、とほうもない花火を揚げながら、現実へと飛躍してゆくのであった。ところが、その空想が、また妙なことに、ことごとく現実となって、空から舞い下りてきた。少年倶楽部の自転車も、支那旅行の大懸賞も、ことごとく現実となって天下ってきた。駒三は、自転車にのって、終日、空想を追いまわしていた。だから、わたしは、その例からして、もう駒三と乾杯する気になっていた。

駒三は、その百万円の費い道について、語るのであった。二千エーカーの緑の畑の中に、駒三のマンサルド型の家がたっていた。屋根には、駒三の好みにしたがって、ＥＷＳＮのかざり文字をつけた風見鶏が南風を俟っていた。南風がふくと、赤いカーテンのある部屋からオルガンがトッカアタをうたった。四匹の牛は、ミルクとバタとチーズとロースを提供した。ハムになるための豚が十二匹かってあった。鶏は、カレンダアの上に、卵を生むことを忘れなかった。ジャムのための苺と砂糖キビ。ポロシャツをつくるための綿の木。駒三には、闇取引も、衣料点数も、縁がなかった。汁粉の好きな彼は、小豆畑のために、二十エーカーの土地をさいた。モンペをはいた駒三は、王侯のように、汁粉をはふって(ママ)、モオパッサン全集の上でひるねをした。わたしが遊びにゆくと、かれは、わたしが酒ずきなのを知っていて、地下室から、五十年のボルドウをいつも出してきて、おし気もなく栓をぬいた。ジャムを浮かした汁粉をなめながら、駒三は言うのであった。

おれは嫁さんをもらうことにした。そうかいいのでも見つかったかと言うと、ミッシェル・リシュエーヌだとぬかした。わたしは、プッと、五十年のボルドウをふきだした。ミッシェル・リシュエーヌと言えば、フランスの一流の映画スターではないか、駒三が金持だと言っても、たかが百万。しかし、わたしは、ぎょっとした。駒三の花火は、かならず風船をおとしてくる。この花火は、二尺玉どころではないけれど、とほうもない風船がおちてくるのではないかと考えた。もう話もきめて、ユイノウもとりかわしたと言って、ジャムをなめた。フランスにもユイノウがあるのかしらと思いながら、駒三の空想をきいていた。

　半年ばかり、わたしは、忙しくて、駒三を訪れることを忘れていた。桜の咲くころ、彼の家へ行ってみると、これはどうだ。満開の桜の下で、赤いモウセンをひいて、駒三は、ジャムをなめていた。そのそばに被布(ひふ)をきたミッシェル・リシュエーヌが、大正琴をひきながら、さくら、さくら、やよいの空はみわたすかぎり……と歌っているではないか。とうとう大風船もおちてきたか。わたしは、やけくそになって、五十年のボルドウで乾杯した。

　お前の花火には、おれもおそろしくなったと、わたしの顔は青かった。花火って一体なんのことだろうと、駒三はわたしの顔をみるのであった。ところで、ミッシェルよ、日本の花火をきょうは一つあげようではないかとうながすと、ミッシェルは子供のように手をたたいてよろこんだ。わたしの言った花火が、とんでもない本当の花火に話がかわって、それを一つあげようではないかとは、なんとバカげたやつだろうと考え、そこにあった砂を二人になげつけてやりたいような気になって帰ってきた。それから、駒三は、ひるも、夜も、花火を揚げた。ひるは、福助や日の丸や三勇士の風船の花火を三度の食事のたびにあげた。夜は、八時に菊と紅葉と龍の花火を三発ずつうちあげた。

　大花火大会をするから見にこいと招きのハガキをうけとったわたしは、見に行った。そのとき、もう大会は三分の二ほど、すぎていた。三分の二は、わたしは、電車の中で見ることができた。ガリガリ、ドンドン、七月の夜空は、五色の星をふらした。口を開けて手をうってよろこんでいるミッシェルの金髪が、クレヨン工場の釜のように光りかがやいた。花火よりもその方がきれいだと思って、わたしは、そればかり見ていた。駒三は、どこへ行ったのか、さっぱりすがたを現わさなかった。

とつぜん、轟然たる音響とともに、マンサルドの駒三の家が、太陽のような内部照明をほどこしたかと思うと、虹の尾をひいて、夜空にまいあがった。

しまった、と言う駒三の声を、わたしは、星空の中にたしかにきいた。五色の星が色を失って、そこにエヂプトの昔からある星座があらわれると、白鳥座のあたりから、ヒラヒラと一連の旗風船がおりてきた。コ・マ・ゾ・ウ・ク・ン・バ・ン・ザ・イと、旗にかいてあった。これは、花火大会の最後をかざる趣向に用意してあった旗らしい。それが地上におちつくころ、ミッシェルは、あまりの事の変化に、青い瞳孔が星座をうつして、ひらききっていた。これで、ことは、すべて終わった。舞い上ったマンサルドと駒三は、再び地上へもどらなかった。しまったとさけんで、駒三は星空へ消えてしまった。少年倶楽部の自転車と支那旅行で買った朱泥の支那鞄だけが、ミッシェルの足もとにのこっていた。

駒三！　しまったことをしたのう、と、わたしは星空へさけんだ。蛇座のあたりで、おう、しまった、と、返事があったような気がした。

ハガキ小説二編

1　バス奇譚

モウコレ以上ノレナイト言ッテイルニモカカワラズ、ソノ上ニ、モウ十人ホドモ兵隊ガノッタ。バスノ中ハ、チョウドウナギノカゴノ中ノヨウニ、兵隊ガクネリクネッテ、暑気ガウンウンシテイタ。バスガソノ目的地ノ小サイ町ニツクト、兵隊ハ、キャラメルノヨウニ、バスカラコボレオチタ。バスノ中ハ、風ガコロゲテイタ。バスノ車掌ガ気ガツクト、カタスミニ巻脚絆ヲマイタ兵隊ノ足ガ、風ノ中ニ忘レテアッタ。

2　鳥ト話ヲスル老人

筑波山麓ニ、小鳥ト話ヲスル老人ガイルト言ウノデ、休ミノ日ニ、会イニ行ッタ。西洋ニエライ坊サンガイテ、ソノ人モ鳥ト話ヲシタソウダガ、コノ老人モ又ソンナフシギヲヤルノカト思ッテ見テイルト、話シダシタ。ヒバリノヨウナ小鳥デ、ピイチクピイト言ウト、老人ハ口ヲスボメテ、パアチクパアト言ッテ、ドウデスコノトオリト、ボクニジマンソウニシ、又パアチクパアパア言ッタ。一体ソレハ人間ノコトバニスルトドウ言ウ意味カ、ソレヲ教エテモラワンコトニハカンシンモデキヌデハナイカト言ウト、西洋ノコトバヲ日本語に訳スルノトコノコトヲ同ジョウニ考エルトハ、小鳥ニ長グツヲハカセルヨウナバカゲタコトデスワイト、笑ッテイタ。

日本大学芸術科映画演出研究部第三回作品

オリジナル・シナリオ

雨にもまけず

竹内浩三　作

スタッフ

原作脚色　竹内浩三
演出　竹内浩三・柿本光也
撮影　柿本光也
美術　竹内浩三・手代木寿雄
記録　仲ゆり子

雨にもまけず

時　現代　五月―十二月
所　東京府下のいなか
人物　佐々木善六　21
佐々木新五　24―画に出ず
太田老人　70位
太田敬助　44
太田ノブ子　19
鳥羽茂吉　48―駅長
鳥羽文平　22―むすこ
鳥羽順子　18―むすめ
田辺　24
川田先生　37
駅員二、三人

F・I

1 麦畑の中を、軽便鉄道が走っている。
のどかに走っている。　　　　（タイトル）

2 終点の駅
機関車がとまる。善六が機関車から、タブレットか何かをぶらさげて、おりてくる。
駅長室の方へゆく――パンする
途中で、帰り仕度の駅長に出あう。駅長のうしろに、むすめの順子が、駅長のカバンをもっている。
駅長、にこにこ。善六、駅長に、

T_1「あしたと明後日は、仕事を休ませていただきます」
駅長、不思議そうな顔をするが、

T_2「ああ、兵隊検査だったね、君なら、甲種合格にきまっているさね」

善六の肩をたたく。

善六、てれくさそうに、うなずく。

順子、にこにこして善六を見ている。

善六、ちょっと一礼して、走って駅員部屋に入り、弁当包をもって出てくる。

駅長と順子は、善六を待っていて、三人一緒に歩き出す。駅長と善六は何か話をしている。夕方である。

3 麦畑の中に、まっ直な道がある。

三人が帰ってゆく。その一丁ほど前を、一人の学生、つまり文平があるいている。

順子は、手でメガホンをつくり、

T_3

「兄イさァアん」

文平は、ふりかえり、にこにこして、三人の近づくのをまち、善六と何か話しながら、あるきだす。

善六は、（オーバーアクトと思えるほどの）手ぶり身ぶりで（自分の胸をポンポンたたいたり、ポパイのように力んだりして）何かしきりに、話している。

4

道が二又（ふたまた）になっている。

道が二又になっているところで、善六は、三人に別れる。文平は、善六の肩をポンとたたいて、シッケイをする。

5

前よりも、少し細い道を、善六がたのしそうに歩いている。みちばたの草花をちぎって、手にもってゆく。

6

太田養鶏場

大きなムギワラ帽をかむり、モンペをはいたノブ子が、ほうきを持って、鶏舎（とや）から出てくる。

善六が、道路からよぶ。

ノブ子は、うれしそうに、善六のそばへやってくる。

二人のあいだに、生垣がある。

善六は、花をノブ子にやる。

ノブ子は、なんとか言って、花のにおいをかいだりする。

二人は、しばらく話している。やっぱり、兵隊検査の話らしい。善六のみぶりで、わかる。

善六は、話をやめて、兵隊のように敬礼をする。ノブ子も、すまして、敬礼をする。
二人は、同時にふきだす。ふきだしながら、さいならをする。

F・O

F・I

7 麦畑の中の、まっ直な道

青年団服の善六が、いきおいよく歩いてゆく。

「甲種合格　佐々木善六」（画の上に、字がダブる）

8 太田養鶏場

善六が、道路からよぶと、ノブ子が、家から出てくる。

善六は、ポパイみたいにして、いばる。

ノブ子は、体をしゃんとして、生真面目な表情で、敬礼をする。家の方をむいてよぶ。

T_4「お祖父さァん」

太田老人、出てきて、よかったよかったという風に、善六にする。

T_5「お父さんや、お母さんが生きてたら、どんなによろこびなさることだろのう」

善六は、感慨ぶかげなおももちで、

T_6「戦地の兄にもさっそく、知らせます」

老人は、ああ、そうするがいいよといった様子で、うなずき、いつくしみぶかそうな眼で、善六を見ている。

善六は、ノブ子に、

T7 「今晩、おれんちでお祝いするから、おいでよ」

ノブ子は、うなずく。

9 善六の家（学校のセットを用いる）

文平と、順子と、善六と、小学校の川田先生とがいる。

ちゃぶ台の上になにか一寸した料理がのっている。ビールも三本ある。たのしそうに、のんだりくったりしている。

ノブ子が、皿に入ったものと一升ビンとをもって入ってくる。

10 月が出ている。

11 善六の家

三人の男は、いささか酩酊している。

二人の女の子は、なにか話している。

善六が先生に、

T8 「先生、外へ出ましょうか」

先生は、うなずき、男三人、出てゆく。

順子が、ノブ子に、

T9 「善六さんは、あなたを好きなのよ」

ノブ子

T10「そんなこと……」

12 月が出ている。

男三人歩いている。

満月である。

ああともだちよ
空の雲がたべきれないように
きみの好意もたべきれない
——宮沢賢治

(画面に文字をダブらせる)

F・O

F・I

13 麦畑の中を軽便鉄道が走っている。

畑の中に、カゴを持って、ノブ子がいて、汽車にむかって、手を上げて、大声で何か言う。

14 麦畑の中のまっ直な道

弁当包みをもって、善六あるいてゆく。うしろから、ノブ子が、よびながらかけてきて、顔一杯でうれしそうにしながら、

T11「戦地から、お父さん帰ってくるって、電報きたの」

善六もうれしそうにする。

15　畑の中のまっ直な道

日の丸の旗をもった人が一杯。

陸軍中尉太田敬助氏が帰ってきたのである。ノブ子は敬助中尉と手をくんで、旗をふってあるいている。善六は、大きな旗をもっている。太田老人も、文平も、駅長も、順子もいる。敬助中尉と善六は、はなしをしている。善六は、なにかてれくさそうに頭をかいている。

F・O

F・I

16　善六の部屋　夜

善六が、つり道具をしらべている。つるマネをしたりする。

ノブ子が、やってくる。

T 12

「あしたは、お休みなの」

善六は、うなずいてつるマネをしている。

17　小川

善六が、つりをしている。

水面に女と男の影がうつる。

見あげると、鉄橋の上に、ノブ子と学生田辺がいる。ノブ子、にこにこしている。

田辺も善六にえしゃくする。善六、奇妙な顔をする。

18　畑の中のまっ直な道

つり道具をもって、善六がかえってゆく。うしろすがた。

19 善六の家

善六が、魚を焼いている。文平はタバコをすてて、

T_{13} 「ノブちゃんは、お嫁にゆくんだって」

善六の背中をみながら言う。

善六は、返事をしない。魚を焼いている。さびしそうな背中が魚を焼いている。順子が文平をむかえにくる。文平帰ってゆく。善六は、立ち上って部屋をのそのそとあるきまわる。壁にはってある自分の写真をみつめ、指先で撫でる。（画に文字がダブる）

私は壁にはってある自分の写真をながめ、すっかりめ入りこんで、心の中でその写真に言う。

「可哀そうなやつだ

可哀そうなやつだ！」

——ルナアルの日記より

20 夜の道

文平が順子に、あるきながら言う。

T_{14} 「あんなに淋しいやつが、この世に、あるものか」

F・O

21 軽便鉄道が走っている。走っている。

F・I

22 終点の駅

機関車から、善六が下りてくる。

駅長が、善六に、

T15「六日には、入営なんだから、もう仕事を休んではどうだい」

T16「どうしてです？　最後の日まで、仕事はやりますよ」

駅長は、大きくうなずいて、たのしそうに善六の顔をみている。

23 畑のなかの、まっ直な道

善六が元気で歩いている。川田先生が、自転車でやってくる。善六は、おじぎをする。先生は、自転車から下りて、

T17「君の入営も、すぐだね」

一緒に歩きだす。

F・O

F・I

24 軽便鉄道が走っている。

25 終点の駅。

順子が、駅長室へいそいで入ってゆく。

26 駅長室

順子が、だまって駅長に紙片を渡して泣く。紙片を見て、駅長は、大きなためいきをして、考え込む。

順子は泣きながら、

T18「善六さんが、善六さんが……あんまりかわいそうだわ。兄さんまで死んでしまうなんて」

27 軽便鉄道が走っている。

28 終点の駅

機関車から善六君下りてきて、手袋をぬぎながら、渋い顔をしている駅長に、

T19「あと一回の運転で、わたしの仕事もおしまいですな」

駅長、それに答えず、善六君の肩を抱くようにして、例の紙片を見せる。善六君の手から手袋が落ちる。善六君、ものを言う元気もなく、背中を見せて、どこへともなく歩き出す。生垣のカラタチの葉をぼんやりとむしり取ったりする。(画にダブって)

負けるな　善六
へこたれては
ならぬ
ならぬ
ならぬ

善六、キッと何かを見つめている。歯をくいしばっているのだ。涙が、つうと流れる。流れる。

善六、ウデ時計を見る。顔を上げて、

T20「駅長、わたしの最後の運転時間です」

駅長、大きくうなずく。

29

善六、機関車に乗りこむ。

軽便鉄道が走っている。

走っている。

走っている。

F・O

THE・END

キャスト

佐々木善六——小畑みのる

太田老人——手代木寿雄

太田敬助——小沢茂美

太田ノブ子——笠原房子

駅長——大塚純一

　文平——今村孝之

順子——山岸房子

田辺——川部守一

川田先生——平山一郎

駅員二、三人

あるシナリオのためのメモ

（傍記）これは二月ほど前にちょっと書いてみたシナリオで、この夏にこれを完成さすつもり。

Ⅰ

1　海——船の上から見た海

海のあちらに突堤がある。白い小さい灯台。そのうしろに漁村。そのうしろに丘。丘の中腹まで、家屋がひろがっている。丘の上に白い大きな灯台。

船はその港に進んでいる。（三〇〇〇トンていどの船）だんだん町がちかづく。

2　その船のデッキに立って、村を見ている男。その顔。

3　1と同じ。船はもう突堤の間を通りかけている。

4　2。つめえりの小倉服。中学の制帽。背高し。ブックバンドでまとめた本。トランクが彼の足もとにある。港を見ている。岸に何か見つける。そして笑う。とてもうれしそう。

おうい、さけぶ。帽子をふる。おうい。

5　岸に立った男。紺がすり。同年ぱい。船の男を発見。おうい。手を揚げる。

6 船から見た景色。船、岸につく。

7 船員。ロープを岸になげる。

8 泡だった水。

9 船員。船から岸に板をわたす。男がその板の上を一番にとんとん渡る。カメラそのあとを追う。岸の男のそばに寄る。笑う。わけもなしに。二人とも笑う。Geta Geta Geta

Uhu Uhuhu

とうとうきた——船の男A

Uhuhu

一年間、先生さんか——岸の男B

A ええとこやのう、ここは。

B 絵が描けるぞ。

A うん、大いに描ける。

二人、あるき出す。カメラ、そのあとを同じ速度で追う。

B 東京はどうやった。

A アホみたいなとこさ。そのくせ、生馬の眼は、みんなぬかれとる。

B お前、よう眼をぬかれんだの。

A ぬかれそうやった。そして、シケンにすべった。アホも多いが、えらいやつも多いらしい。

B 東京か。試験にすべったお前も、アホの方やろ。

A　アホ言え。ジョサイがちょっとありすぎた。

B　Uhuhu（間）

A　なんやかい世話やかして、えらいすまんだ。

B　うん。

A　今からどこへ行くんね。

B　まア、オレの家へこい。そのつもりやったで。

A　そうしよう。オレは養岩寺へ下宿することになっとるのや。

B　うん、知っとる。和尚がオレの家へ来てそう言うとった。あの和尚は、お前のおやじと中学の同級やそうやのう。

A　そうらしい。

B　そら、あれがオレの家や。

10　酒屋（醸造業）。大きな桶——いくつもころがっている。倉庫。赤レンガのエントツ。空青、雲白。岸の男（二川）の家。二人、その家の中へあるいて行く。

11　部屋の中。窓から、さっきの赤レンガのエントツが見える。二人が話している。茶菓子がある。

B　おれも東京へ出たかったなア。

A　それは祭しる。でも、文学をやるのなら、どこにいても出来るさ。

B　文学だけやなしに、やっぱり東京の生活がしてみたい。

A　それもそうだ。

B　行こか。

A　うん。

12　養岩寺の一室。　　Ⅱ

和尚　よう似とるのう。お前さんのお父つァんにさ。お前さんは、二男坊じゃったの。兄さんはいくつになった。

A　二十三になった。

和尚　なにしとる。

A　商売の見習いらしい。

和尚　お前は二男坊やで、しあわせやのう。自分の好きなことが出来る。

A　和尚さんも二男坊か。

和尚　ボーズを好きでやるもんか。オレは長男で、この寺のアトつぎさ。お、それからオレの舎弟が絵かきをしとるぞ。お前さんも絵かきになるんやったのう。

A　その人は、えらい絵かきですか。

和尚　えらくもない。貧乏絵かきさ。あいつは日本画の方じゃった。お前さんはあぶら絵かな。

A　あア

和尚　あの絵をどう思う。

A　あれは雪舟の絵じゃないですか。

和尚　そうや、よう知っとるな。

A　雪舟は、家にも二本あった。

和尚　雪舟、すきか。

A　きらいでもない。

Ⅲ

和尚　これがお前さんの部屋にしておいた。ええ部屋やろ。

A　静かやなア。

窓から灯台が見える。港が見える。船が入ってくる。夕方。

Ⅳ　朝

二人があるいている。

A　あの和尚は、なまぐさも喰いやがる。（中断）

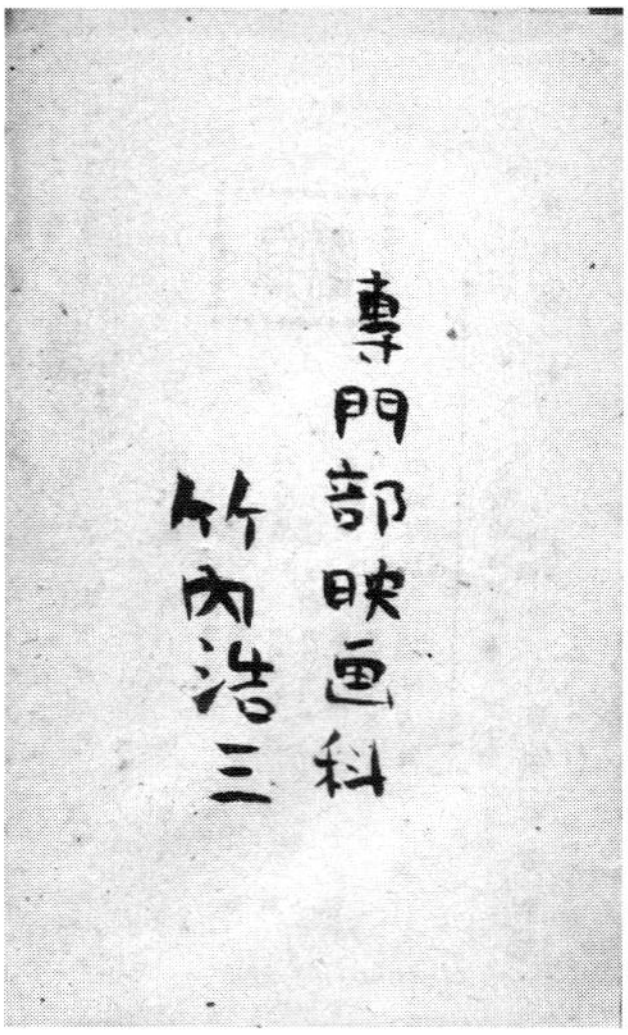

浩三の蔵書『學校教練教科書　前篇』に
記されていた署名

写真版のとおり、「筑波日記」は二冊の小さな手帖に書き直しもなくびっしりと書き込まれている。西筑波飛行場の一角に建てられた挺進滑空部隊（通称東部一一六部隊）の板張り兵舎の中で「ソノトキ、ソノヨウニ考エ、ソノヨウニ感ジタ」事を書きとめた記録である。昭和十九年一月一日から七月二十七日まで二百余日、一日も欠けていない。

そのころ、日本はすでに、サイパン島玉砕、東条内閣崩壊と、破局への道をたどりはじめていた。彼の部隊も、いずれ最前線に投入される予感が迫ってきていただろう。だから竹内浩三は、夜間の猛訓練の中でもこの日記を書きつづけ、それを郷里の姉のもとへ届けるべく苦心した。一冊は、宮沢賢治の本の中に埋めこまれて送られてきた。おそらく三冊目以降も書かれただろう。そして、竹内の肉体とともに異国の土と化したかもしれない。

ぼくは、この日記を読むたびに、クスクスと笑い出す。軍隊内のどんな醜いことも、どんな殺風景なものも、竹内の目にとまり、彼のことばに絡み取られると、ユーモラスな生彩を放ってくる。武器も食物も風景の中に溶け、軍隊用語も詩となる。ぼくは、すぐに悲しくなり、涙をこらえきれなくなる。

もう一冊、中学五年生の日記が残されていた。まんがの筆禍事件などで柔道師範の佐藤純良氏宅に預けられた時の日記である。ここには「中学生謹慎日記」と名付けて抄出した。

（小林察）

筑波日記 1

コノ マズシイ 記録ヲ
ワガ ヤサシキ姉ニ
オクル。

KO.
KOZO

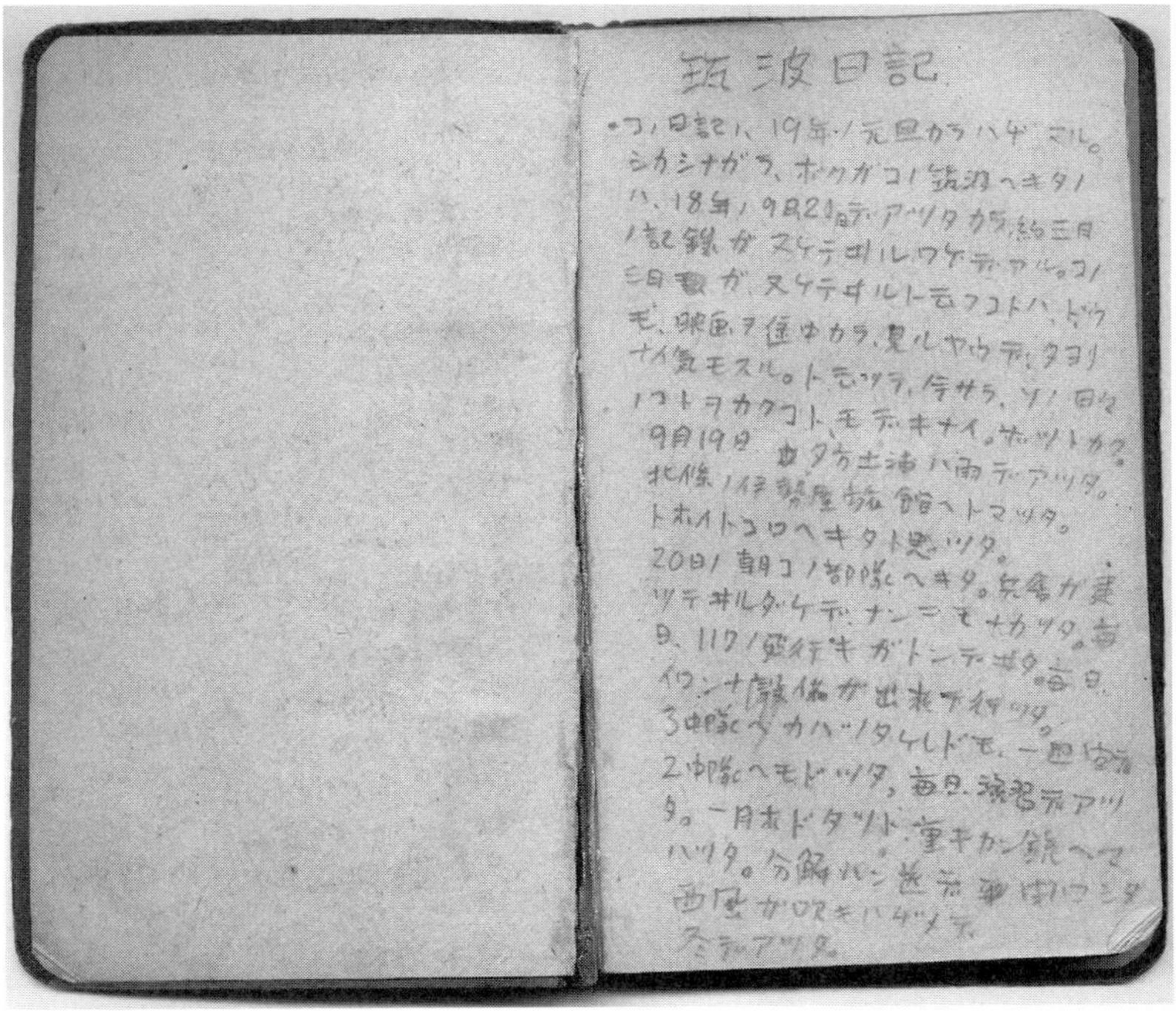

筑波日記

コノ日記ハ、19年ノ元旦カラハジマル。
シカシナガラ、ボクガコノ筑波ヘキタノ
ハ、18年ノ9月21日デアツタカラ、約三月
ノ記録ガヌケテヰルワケデアル。コノ
三日間ガヌケテヰルトユフコトハ、ドウ
モ、服ヲ佳キカラ、見ルヤウデ、タヨリ
ナイ気モスル。トモツテ、今サラ、ソノ日々
ノコトヲカクコトモ、デキナイ。サツトカク。
9月19日 夕方土浦ハ雨デアツタ。
北條ノ仔熊屋旅館ヘトマツタ。
トホイトコロヘキタト思ツタ。
20日 朝コノ部隊ヘキタ。兵舎ガ建
ツテヰルダケデ、ナンニモナカツタ。毎
日、112ノ演行キガトンデヰタ。毎日
イツナ訓練ガ出来ナイツタ。
3中隊ヘカハツタケドモ、一週間ヲ
2中隊ヘモドツタ。毎日、演習デアツ
タ。一日友ドダツド、重キカン銃ヘマ
ハツタ。今度パン兵デ重ケン一ヘフジ
ダ尾長ガ吃ハツノダ、
ヌケデアツタ。

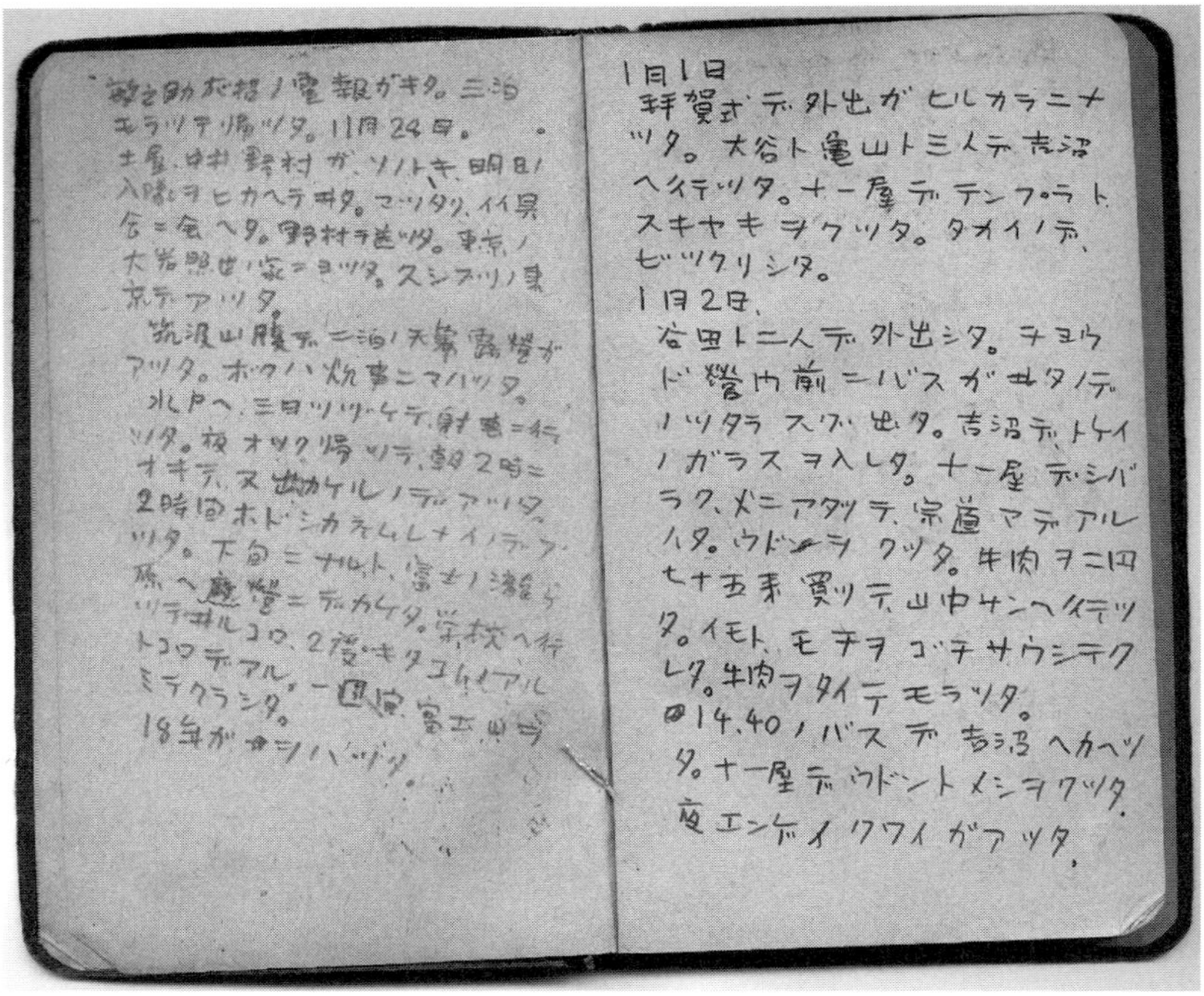
敬之助叔父ノ電報ガキタ。三泊
エラレテ帰ツタ。11月24日。
土屋、中井、野村ガ、ソノトキ明日
入隊ヲヒカヘテヰタ。マツタク、イイ晏
会ニ会ヘタ。野村ヲ送ツタ。東京ノ
大爆撃也。安ヲヨツタ。スシフリニ食
ヘテアツタ。
筑波山腹デ二泊ノ天幕露営デ
アツタ。ボクハ炊事ニマハツタ。
水ヤヘ、三日ツヅケテ、射撃ニ行
ツタ。夜オソク帰ツテ、朝２時ニ
オキテ、又出カケルノデアツタ。
２時間ホドシカネムレナイデアツ
タ。下旬ニナルト、富士ノ演習
隊ヘ慰問ニデカケタ。学校ヘ半
ツテヰル２０、２度キタコトイアル
ミテクランダ。一週間。富士山ヲ
見テ来タ。
18年ガオハツタ。
1月1日
拝賀式デ外出ガヒルカラニナッタ。大谷ト亀山ト三人デ吉沼ヘイテッタ。十一屋デテンプラトスキヤキヲクッタ。
ビックリシタ。
1月2日
谷田ト二人デ外出シタ。
宗道マデアルイタ。ウドンヲクッタ。
イモト、モチヲゴチサウシテクレタ。牛肉ヲタイテモラッタ。
14.40ノバスデ吉沼ヘカヘッタ。十一屋デウドントメシヲクッタ。
夜エンゲイノクワイガアッタ。

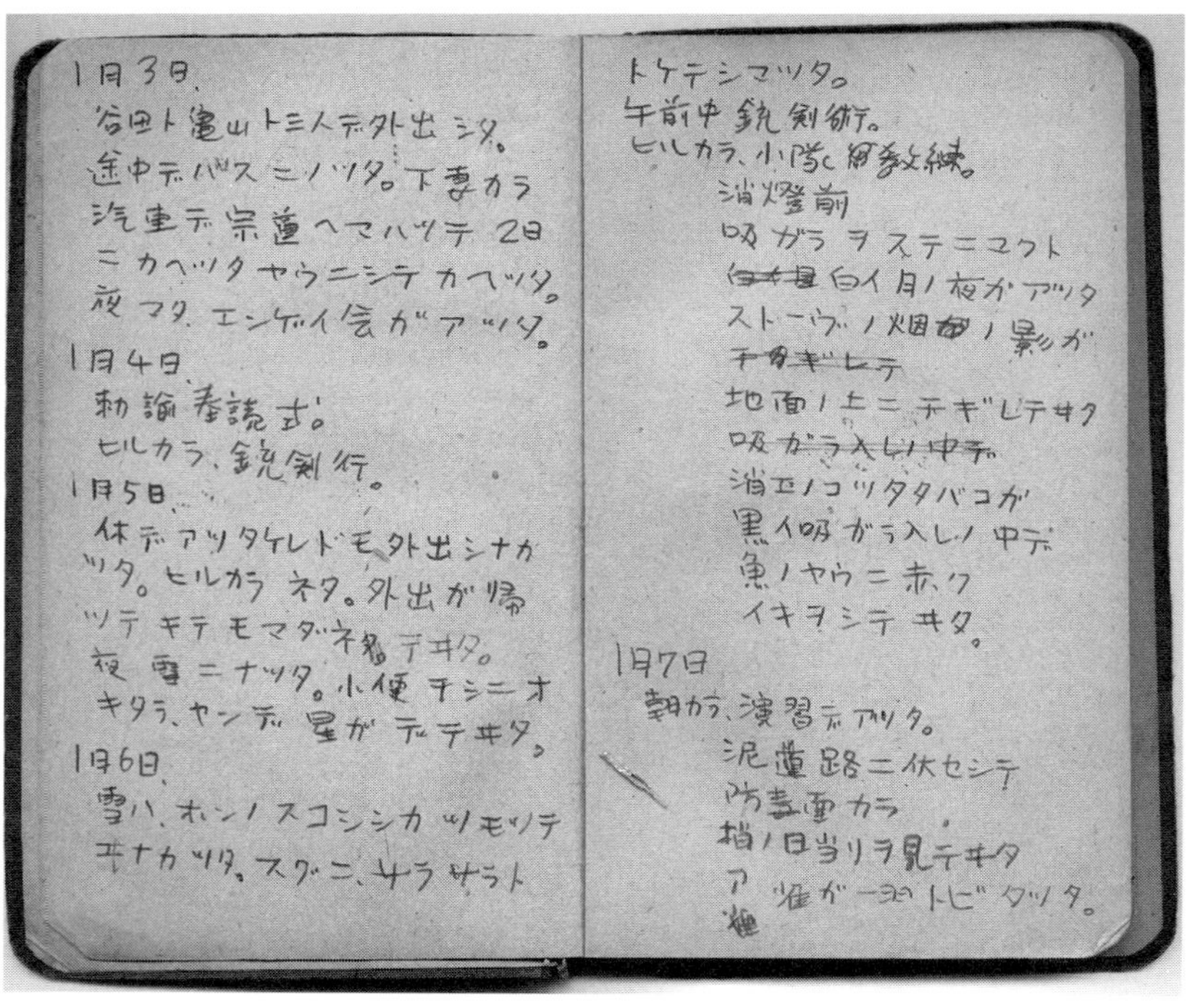
1月3日
谷田ト亀山ト三人デ外出シタ。
途中デバスニノッタ。下妻カラ
汽車デ宗道ヘマハッテ
夜マタ、エンゲイ会ガアッタ。
1月4日
勅諭奉読式。
ヒルカラ、銃剣術。
1月5日
夜雪ニナッタ。
1月6日
トケテシマッタ。
午前中銃剣術。
消燈前
吸ガラヲステニユクト
白イ月ノ夜ガアッタ
ストーブノ煙突ノ影ガ
消エノコッタタバコガ
黒イ吸ガラ入レノ中デ
魚ノヤウニ赤ク
イキヲシテヰタ。
1月7日
朝カラ、演習デアッタ。
泥道路ニ伏セシテ
防毒面カラ
雁ガ一羽トビタッタ。

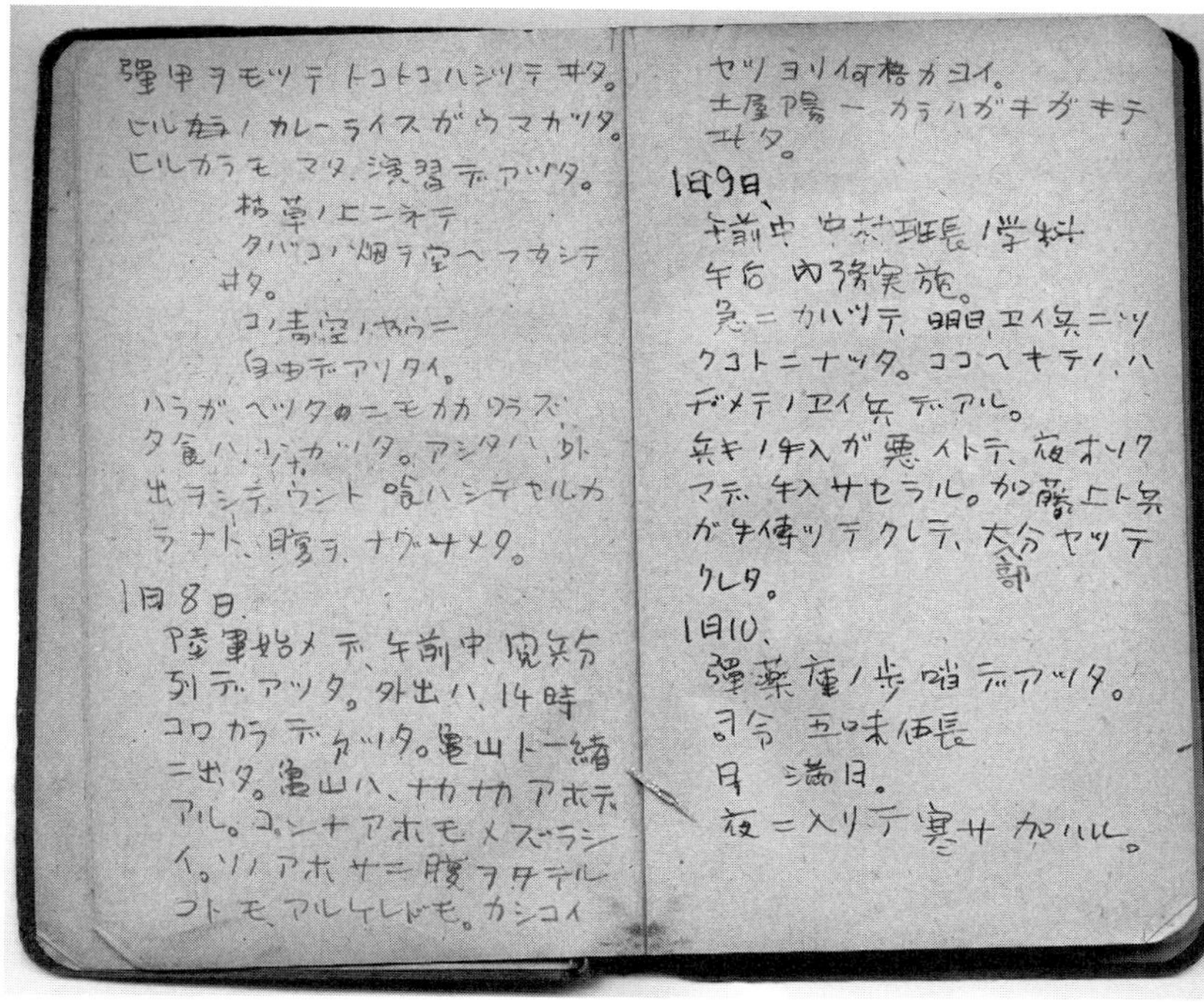

弾甲ヲモッテトコトコハシッテ来タ。
ヒル飯ノカレーライスガウマカッタ。
ヒルカラモマタ演習デアッタ。
枯草ノ上ニネテ
タバコノ烟ヲ空ヘフカシテ
来タ。
コノ青空ノヤウニ
自由デアリタイ。
ハラガヘッタのニモカカワラズ、
夕食ハ少ナカッタ。アシタハ外
出ヲシテウント喰ハシテヤルカ
ラナト、腹ヲナグサメタ。
1月8日、
陸軍始メデ、午前中、観兵分
列デアッタ。外出ハ、14時
コロカラデカケタ。亀山ト一緒
ニ出タ。亀山ハ、ナカナカアホデ
アル。コンナアホモメズラシ
イ。ソノアホサニ腹ヲタテル
コトモアルケレドモ、カシコイ

ヤツヨリ何倍カヨイ。
土屋陽一カラハガキガキテ
来タ。
1月9日、
午前中 中村班長ノ学科
午后 内務実施。
急ニカハッテ、明日、衛兵ニツ
クコトニナッタ。ココヘキテノ、ハ
ジメテノ衛兵デアル。
兵キノ手入ガ悪イトテ、夜オソク
マデ、手入サセラル。加藤上等兵
ガ手傳ッテクレテ、大分ヤッテ
クレタ。
1月10、
弾薬庫ノ歩哨デアッタ。
司令 五味伍長
月 満月。
夜ニ入リテ寒サ加ハル。

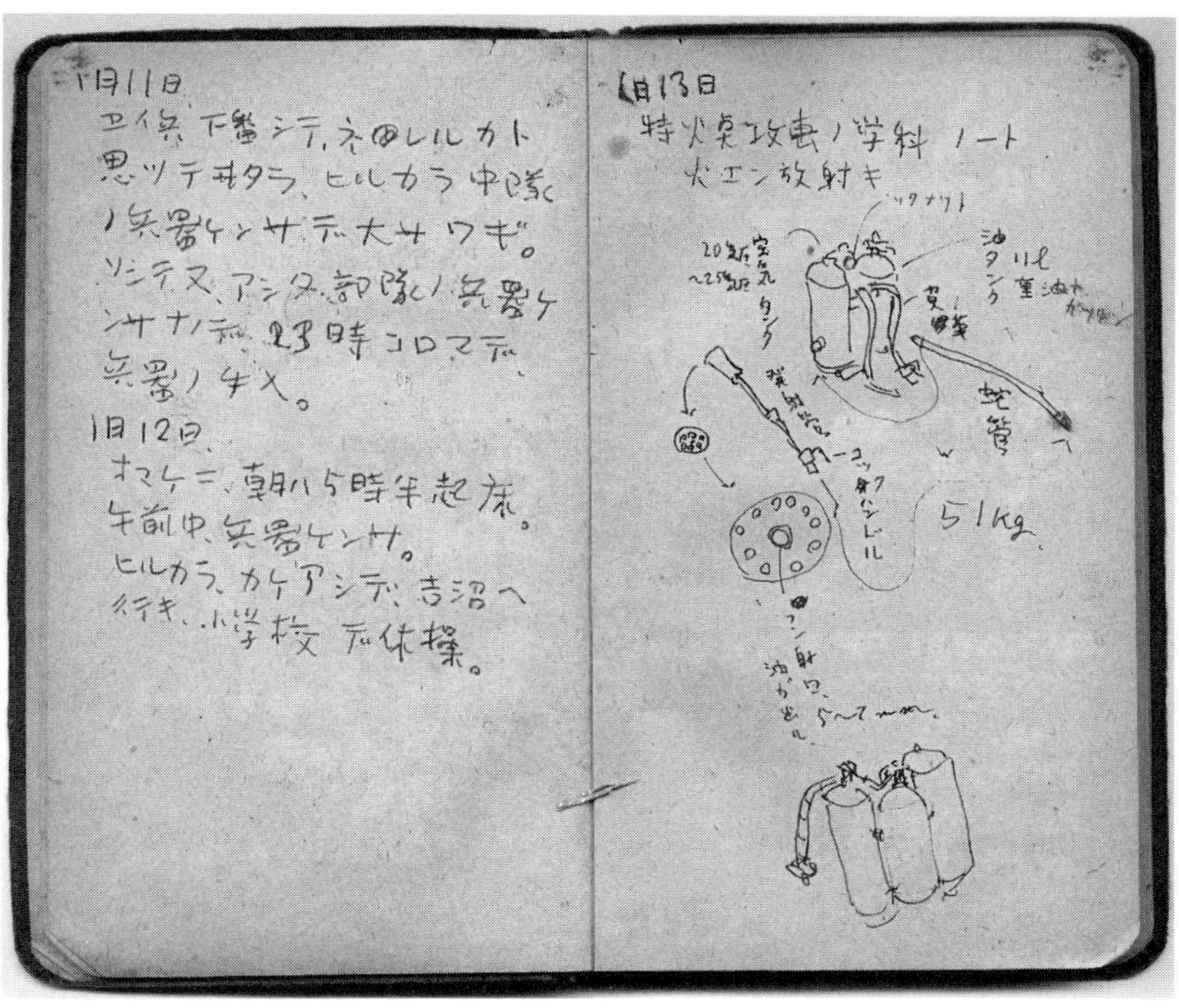

1月11日
衛兵下番シテ、ネむレルカト
思ッテ来タラ、ヒルカラ中隊
ノ兵器ケンサデ大サワギ。
ソシテ又、アシタ部隊ノ兵器ケ
ンサナノデ、21時コロマデ
兵器ノ手入。
1月12日、
オマケニ、朝ハ5時半起床。
午前中、兵器ケンサ。
ヒルカラ、カケアシデ吉沼ヘ
行キ、小学校デ体操。

1月13日
特火点攻撃ノ学科ノート
火エン放射キ

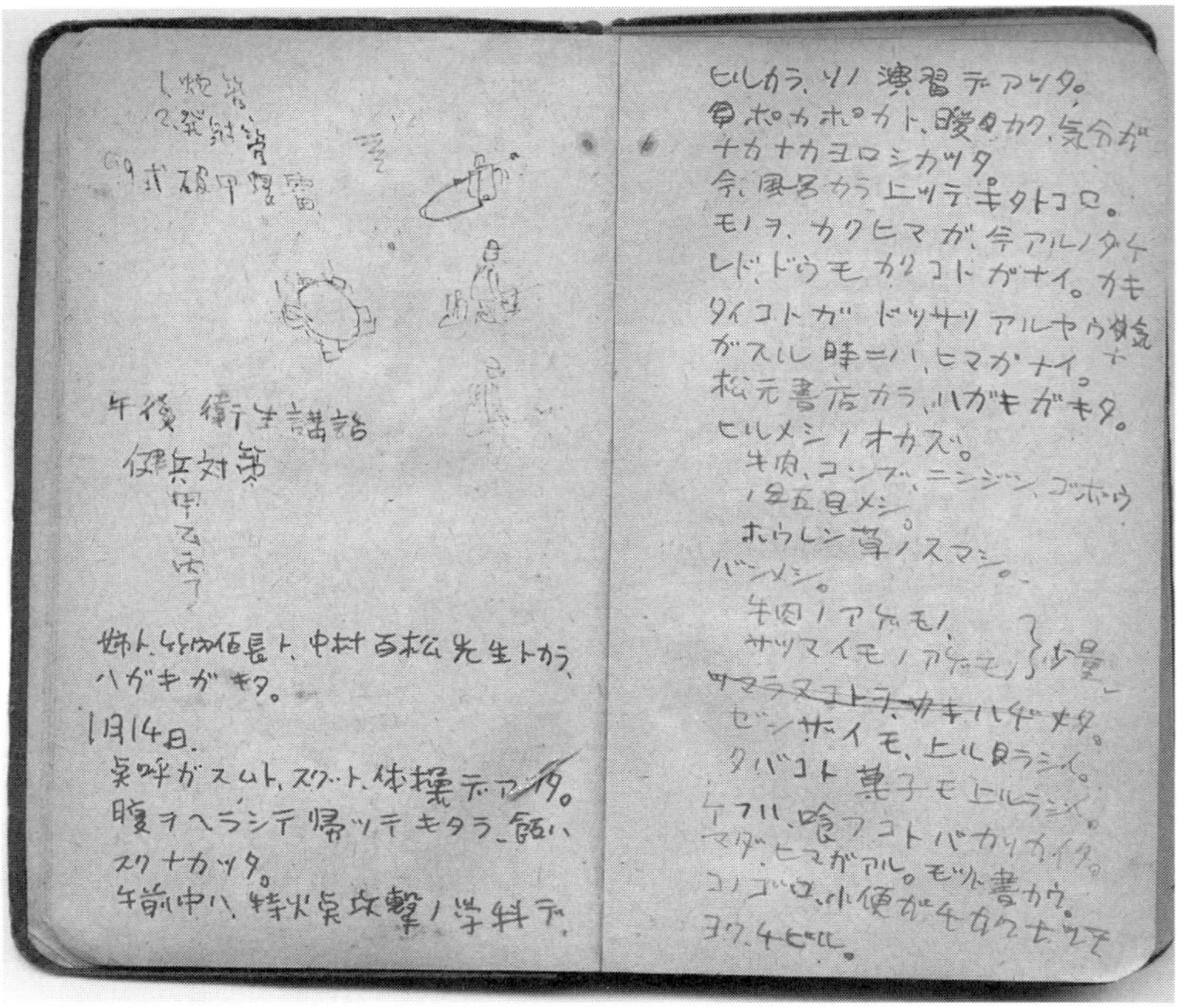

1.炸裂
2.発射管
(3)9式破甲爆雷

午後 衛生講話
傷兵対策
甲
乙
丙

姉ト、竹内伍長ト、中村百松先生トカラ、ハガキガキタ。


1月14日。

点呼ガスムト、スグ一ト、体操デアッタ。腹ヲヘラシテ帰ッテキタラ、飯ハスクナカッタ。

午前中ハ、特火点攻撃ノ学科デ、ヒルカラ、ソノ演習デアッタ。

日ポカポカト、暖タカク、気分ガナカナカヨロシカッタ。

今、風呂カラ上ッテキタトコロ。

モノヲ、カクヒマガ、今アルノダケレドモ、ドウモカクコトガナイ。カキタイコトガドッサリアルヤウナ気ガスル時ニハ、ヒマガナイ。

松元書店カラ、ハガキガキタ。

ヒルメシノオカズ。

牛肉、コンブ、ニンジン、ゴボウノ五目メシ。

ホウレン草ノスマシ。

バンメシ。

牛肉ノアゲモノ
サツマイモノアゲモノ } 少量
~~サツマイモヲ[illegible]~~

ゼンザイモ、上ルラシイ。

タバコト菓子モ上ルラシイ。

ケフハ、喰フコトバカリカイタ。

マダ、ヒマガアル。モット書カウ。

コノゴロ、小便ガチカクテ困ル。

ヨクチビル。

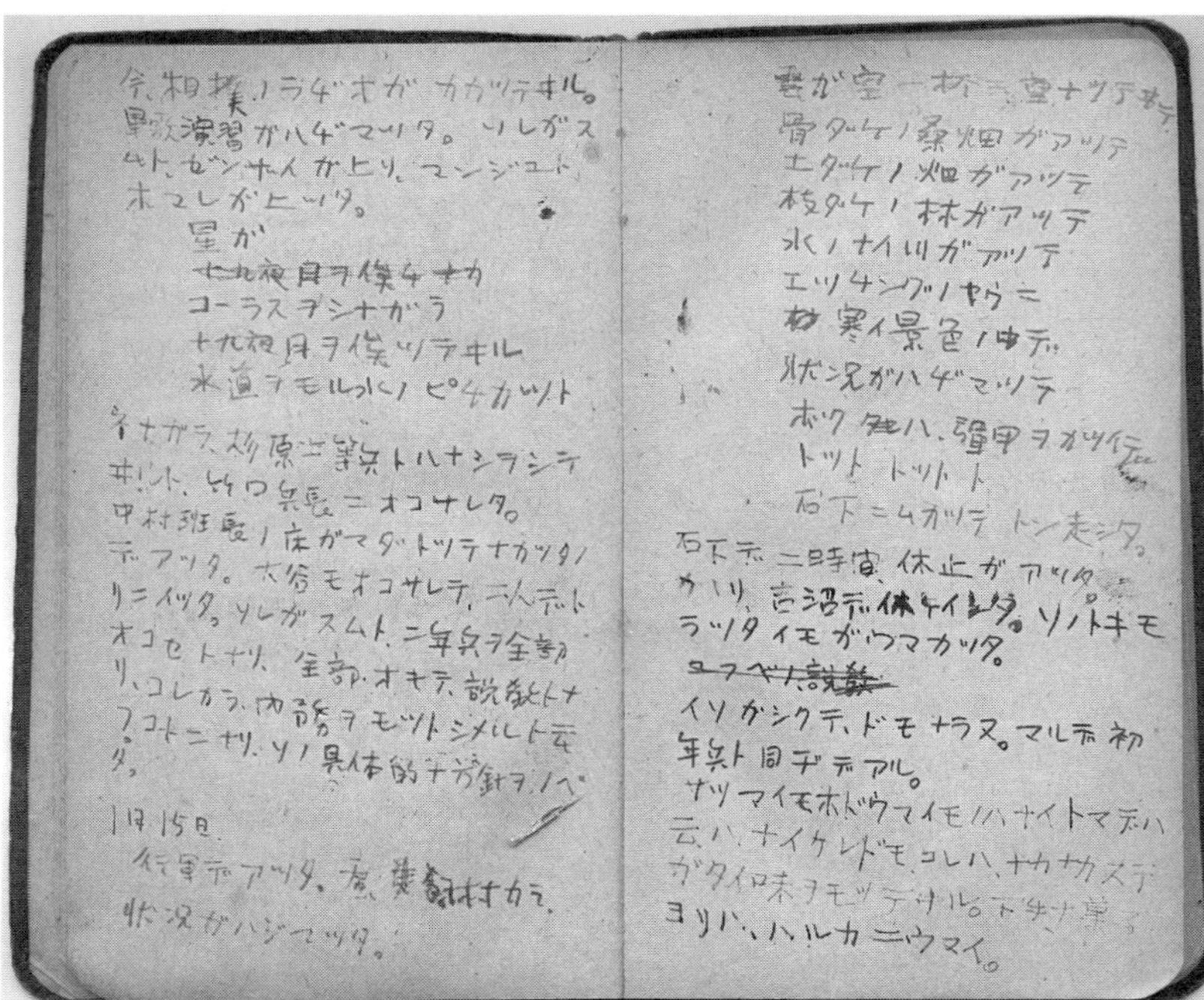

今、相撲ノラヂオガカカッテヰル。
早朝演習ガハジマッタ。ソレガスムト、ゼンザイガ上リ、マンジュウト、ホマレガ上ッタ。
星ガ
~~十九夜月ヲ僕チナカ~~
コーラスヲシナガラ
十九夜月ヲ僕ツテキル
水道ヲモルル水ノピチカツソト
寝ナガラ、杉原二等兵トハナシヲシテヰルト、竹内兵長ニオコサレタ。
中村班長ノ床ガマダトツテナカッタノデアッタ。大谷モオコサレテ、二人デトリニイッタ。ソレガスムト、二年兵ヲ全部オコセトナリ、全部オキテ、説教トナリ、コレカラ、内務ヲモット、シメルト云フコトニナリ、ソノ具体的ナ方針ヲノベタ。

1月15日。

行軍デアッタ。煮美倉村カラ状況ガハジマッタ。

雲ガ空一杯ニ空ナツテヰテ
骨ダケノ桑畑ガアッテ
エダケノ畑ガアッテ
枝ダケノ林ガアッテ
水ノナイ川ガアッテ
エッチングノヤウニ
寒イ景色ノ中デ、
状況ガハジマッテ
ボク等ハ、弾甲ヲオッテ
トットトットト
石下ニムカッテトン走シタ。
石下デ二時間休止ガアッタ。
カリ、吉沼デ休ケイシタ。ソノトキモラッタイモガウマカッタ。
~~ユフベノ説教~~
イソガシクテ、ドモナラヌ。マルデ初年兵ノ日ヂデアル。
サツマイモホドウマイモノハナイトマデハ云ハナイケレドモ、コレハ、ナカナカステガタイ味ヲモッテヰル。下手ナ菓子ヨリハ、ハルカニウマイ。

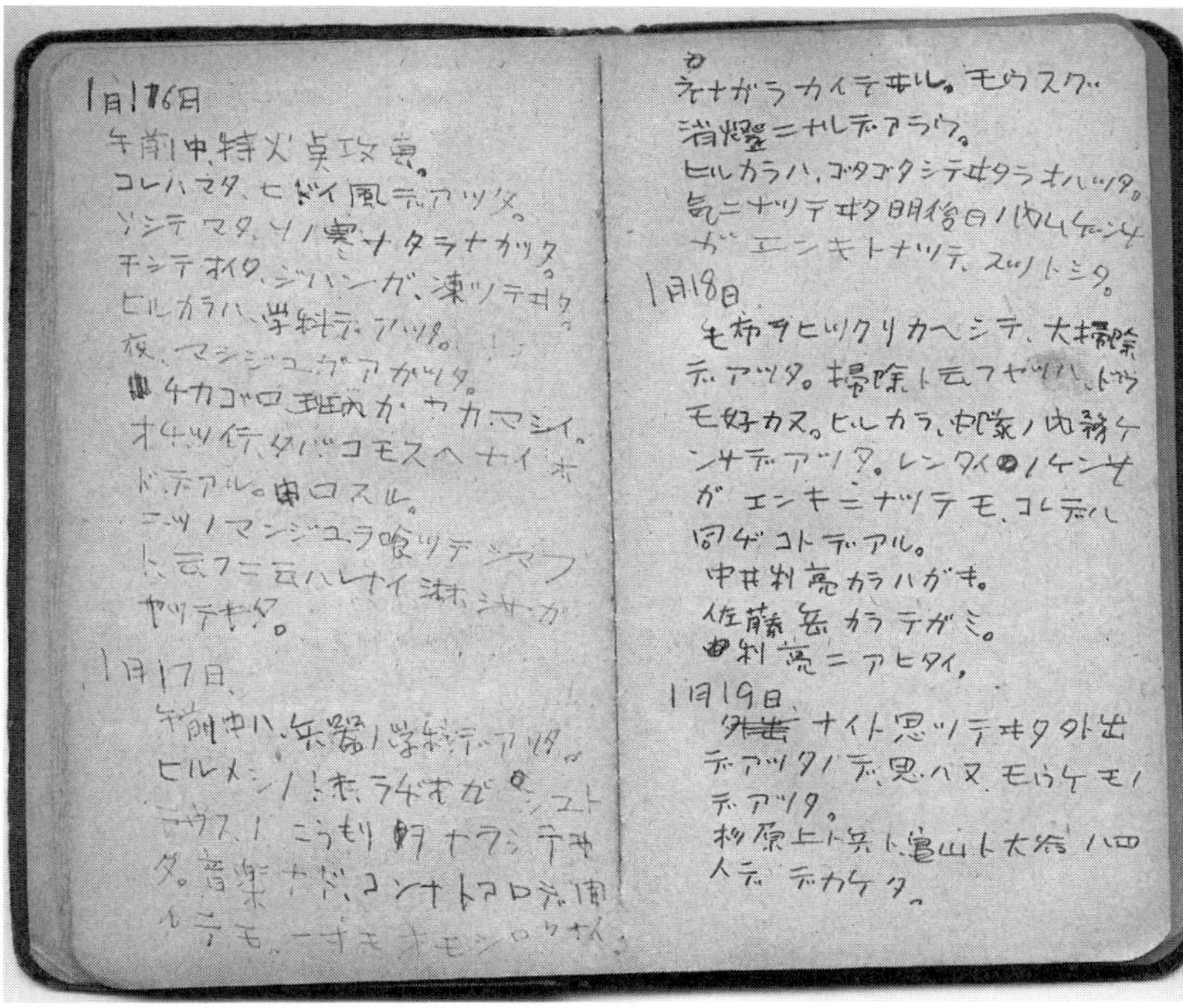
1月16日
午前中、特火点攻撃。
コレハマタ、ヒドイ風デアツタ。
ソシテマタ、ソノ寒サナタラナカツタ。
ヒルカラハ、学科デアツタ。
1月17日
午前中ハ、兵器ノ学科デアツタ。
ヒルメシノトキ、ラヂオガシユトラウスノこうもりヲナラシテヰタ。
ネナガラカイテヰル。モウスグ消燈ニナルデアラウ。
ヒルカラハ、ゴタゴタシテヰタラオハツタ。
1月18日
毛布タヒツクリカヘシテ、大掃除デアツタ。掃除ト云フモノハ、ドウモ好カヌ。
中井利亮カラハガキ。
佐藤岳カラテガミ。
中井利亮ニアヒタイ。
1月19日
ナイト思ツテヰタ外出デアツタノデ、モウケモノデアツタ。
杉原上等兵ト亀山ト大谷ノ四人デ出カケタ。

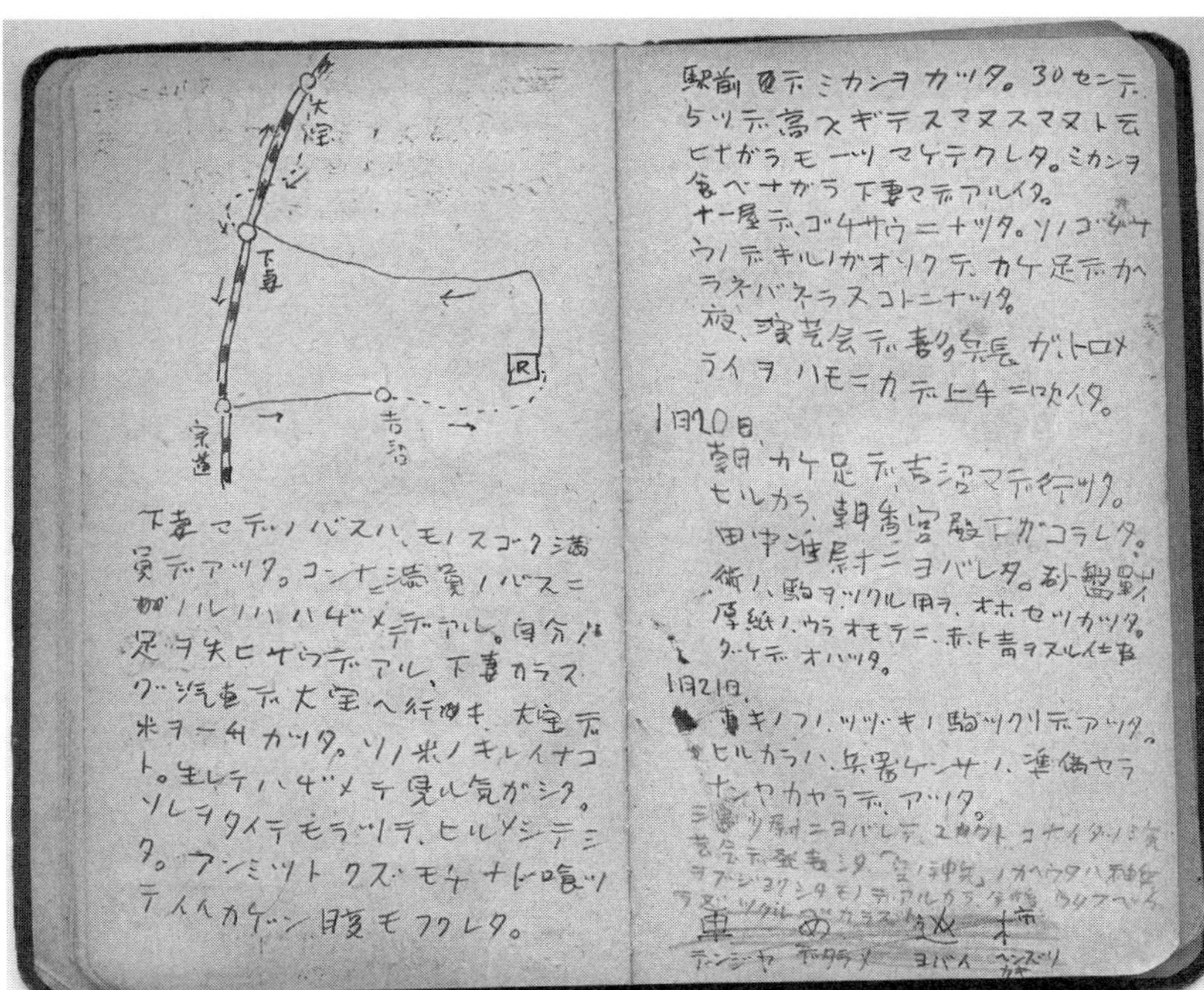

下妻マデノバスハ、モノスゴク満員デアツタ。自分ノ足ヲ失ヒサウデアル。下妻カラスグ汽車デ大宝ヘ行キ、大宝デ米ヲ一升カツタ。ソノ米ノキレイナコト。ソレヲタイテモラツテ、ヒルメシヲシタ。腹モフクレタ。

駅前デミカンヲカツタ。ミカンヲ食ベナガラ下妻マデアルイタ。

十一屋デ、ゴチサウニナツタ。

夜、演芸会デ書記兵長ガトロイメライヲハモニカデ上手ニ吹イタ。

1月20日
朝カケ足デ吉沼マデ行ツタ。

ヒルカラ、朝香宮殿下ガコラレタ。

1月21日
ヒルカラハ、兵器ケンサノ準備デアツタ。

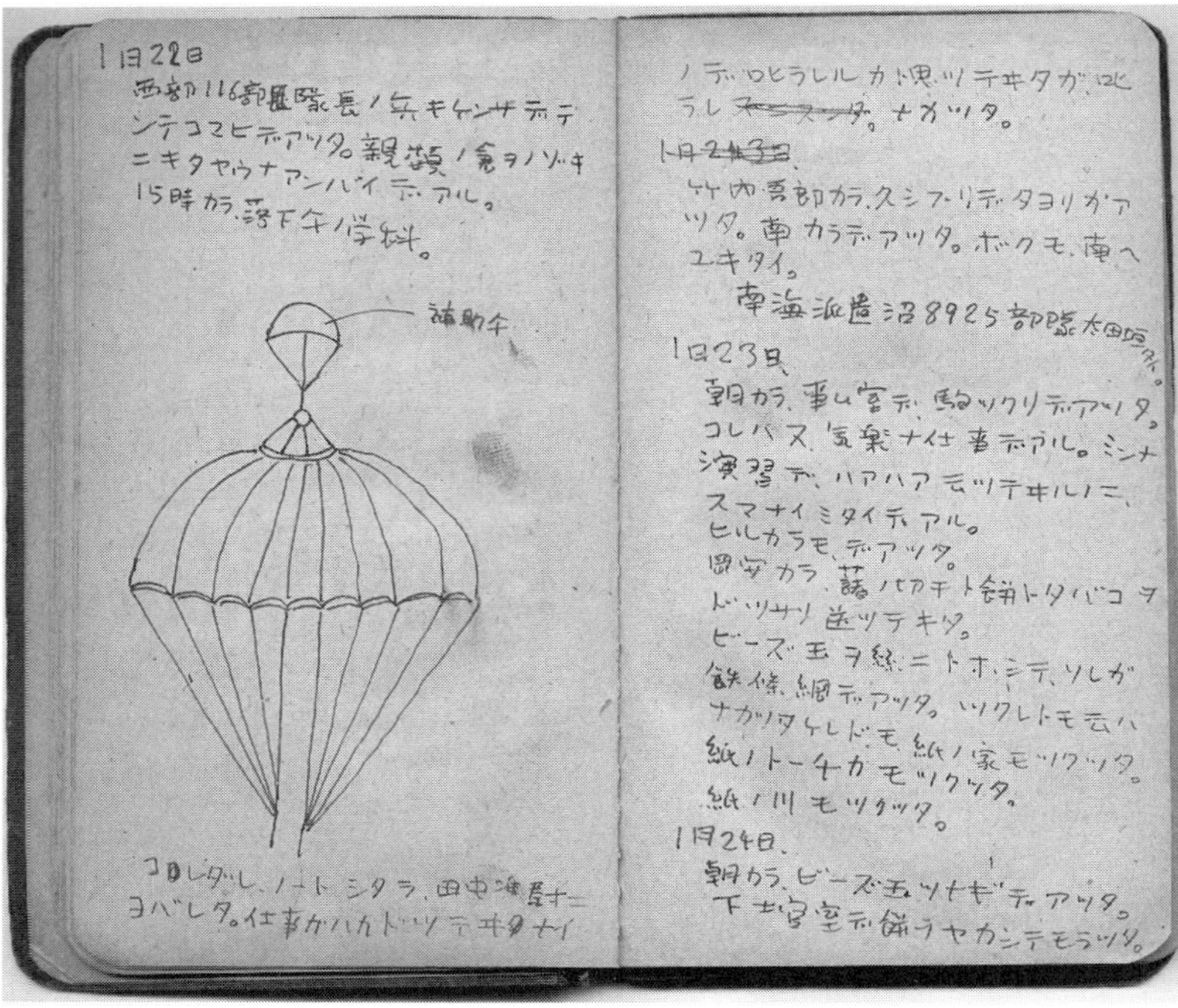

1月22日
西部116部隊長ノ兵キケンサデテ
ンテコマヒデアッタ。親類ノ家ヲノゾキ
ニキタヤウナアンバイデアル。
15時カラ、落下傘ノ学科。

補助傘

コロビダシ、ノートシタラ、田中准尉ニ
ヨバレタ。仕事ガハカドツテヰナイ

ノデ、叱ラレルカト思ッテヰタガ、叱
ラレナカッタ。

竹内喜郎カラ、久シブリデタヨリガア
ッタ。南カラデアッタ。ボクモ、南ヘ
ユキタイ。
南海派遣沼8925部隊太田隊。
1月23日、
朝カラ、事ム室デ、駒ヅクリデアッタ。
コレハ又、気楽ナ仕事デアル。ミンナ
演習デ、ハアハア云ッテヰルノニ、
スマナイミタイデアル。
ヒルカラモ、デアッタ。
慰安カラ、藷ハカチト餅トタバコヲ
ドッサリ送ッテキタ。
ビーズ玉ヲ糸ニトホシテ、ソレガ
鉄條網デアッタ。ツクレトモ云ハ
ナカッタケレドモ、紙ノ家モツクッタ。
紙ノトーチカモツクッタ。
紙ノ川モツクッタ。
1月24日、
朝カラ、ビーズ玉ツナギデアッタ。
下士官室デ餅ヲヤカシテモラッタ。

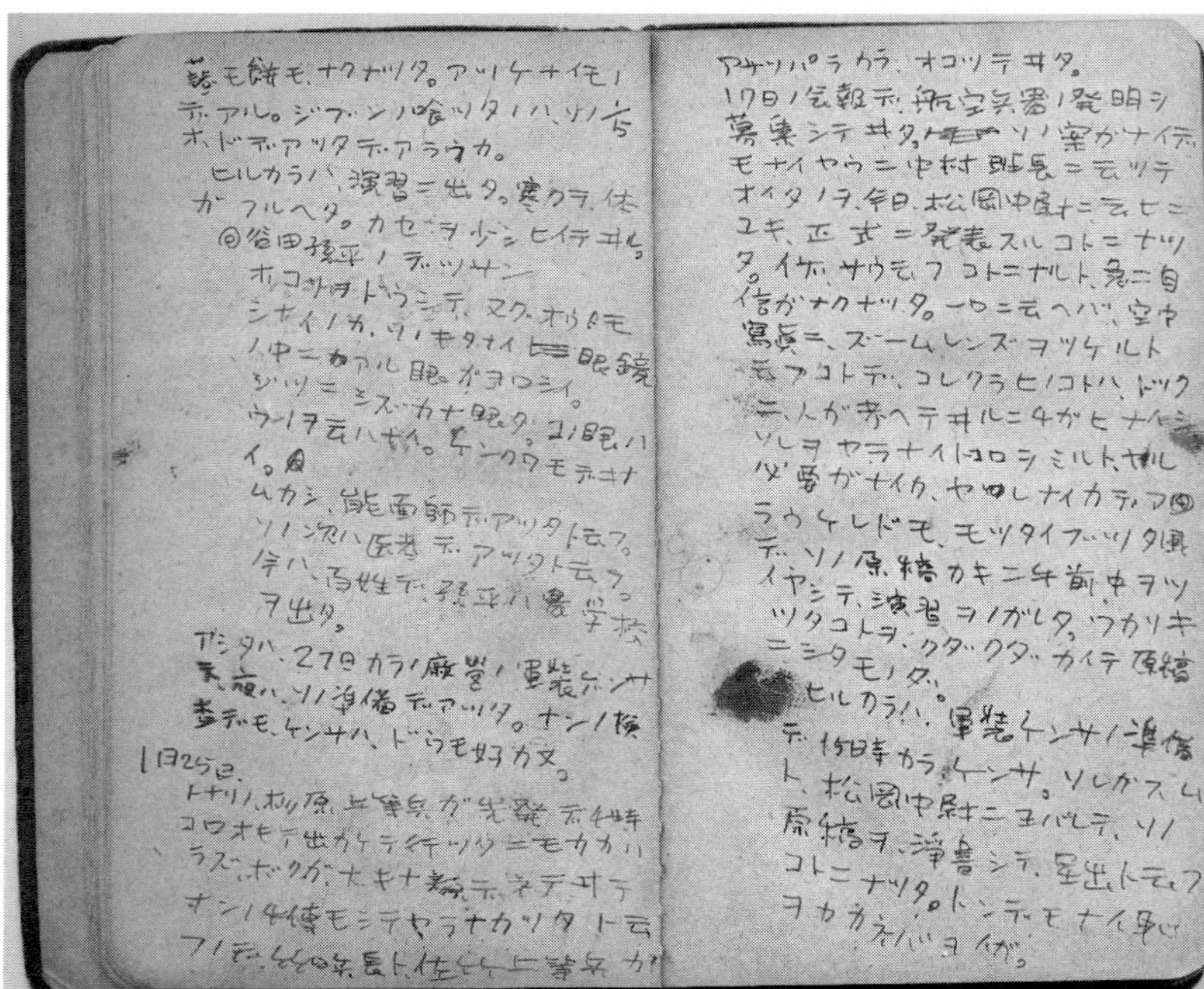

藷モ餅モ、ナクナッタ。アッケナイモノ
デアル。ジブンノ喰ッタノハ、ソノ1/5
ホドデアッタデアラウカ。
ヒルカラハ、演習ニ出タ。寒クテ、体
ガフルヘタ。カゼヲ少シヒイテヰル。
◎谷田孫平ノデッサン
ホコサキヲドウシテ、又クオリトモ
シナイノカ、ソノキタナイ眼鏡
ノ中ニアル眼ガヨロシイ。
ジツニシズカナ眼ダ。コノ眼ハ
ウソヲ云ハナイ。ケンクワモデキナ
イ。
ムカシ、能面師デアッタト云フ。
ソノ次ハ医者デアッタト云フ。
今ハ、百姓デ、孫平ハ農学校
ヲ出タ。
アシタハ、27日カラノ廠営ノ軍装ケンサ
実施ハ、ソノ準備デアッタ。ナンノ検
査デモ、ケンサハ、ドウモ好カヌ。
1月25日、
トナリノ、松原上等兵ガ先発デ4時
コロオキテ出カケテ行ッタニモカカハ
ラズ、ボクガ、大キナ鼾デ、ネテヰテ
ナンノ挨拶モシテヤラナカッタト云
フノデ、竹内兵長ト佐竹上等兵ガ

アサッパラカラ、オコッテヰタ。
17日ノ会報デ、航空兵器ノ発明ヲ
募集シテヰタ。ソノ案ガナイデ
モナイヤウニ中村班長ニ云ッテ
オイタノヲ、今日、松岡中尉ニ云ヒニ
ユキ、正式ニ発表スルコトニナッ
タ。イザ、サウ云フコトニナルト、急ニ自
信ガナクナッタ。一口ニ云ヘバ、空中
写真ニ、ズームレンズヲツケルト
云フコトデ、コレクラヒノコトハ、ドック
ニ人ガ考ヘテヰルニチガヒナイシ
ソレヲヤラナイトコロヲミルト、ヤル
必要ガナイカ、ヤレナイカデアラ
ウケレドモ、モッタイブッタ風
デ、ソノ原稿カキニ午前中ヲツ
イヤシテ、演習ヲノガレタ。ワカリキ
ッタコトヲ、クダクダ、カイテ原稿
ニシタモノダ。
ヒルカラハ、軍装ケンサノ準備
デ、16時カラ、ケンサ。ソレガスム
ト、松岡中尉ニヨバレテ、ソノ
原稿ヲ、浄書シテ、差出ストイフ
コトニナッタ。トンデモナイ恥
ヲカカネバヨイガ。

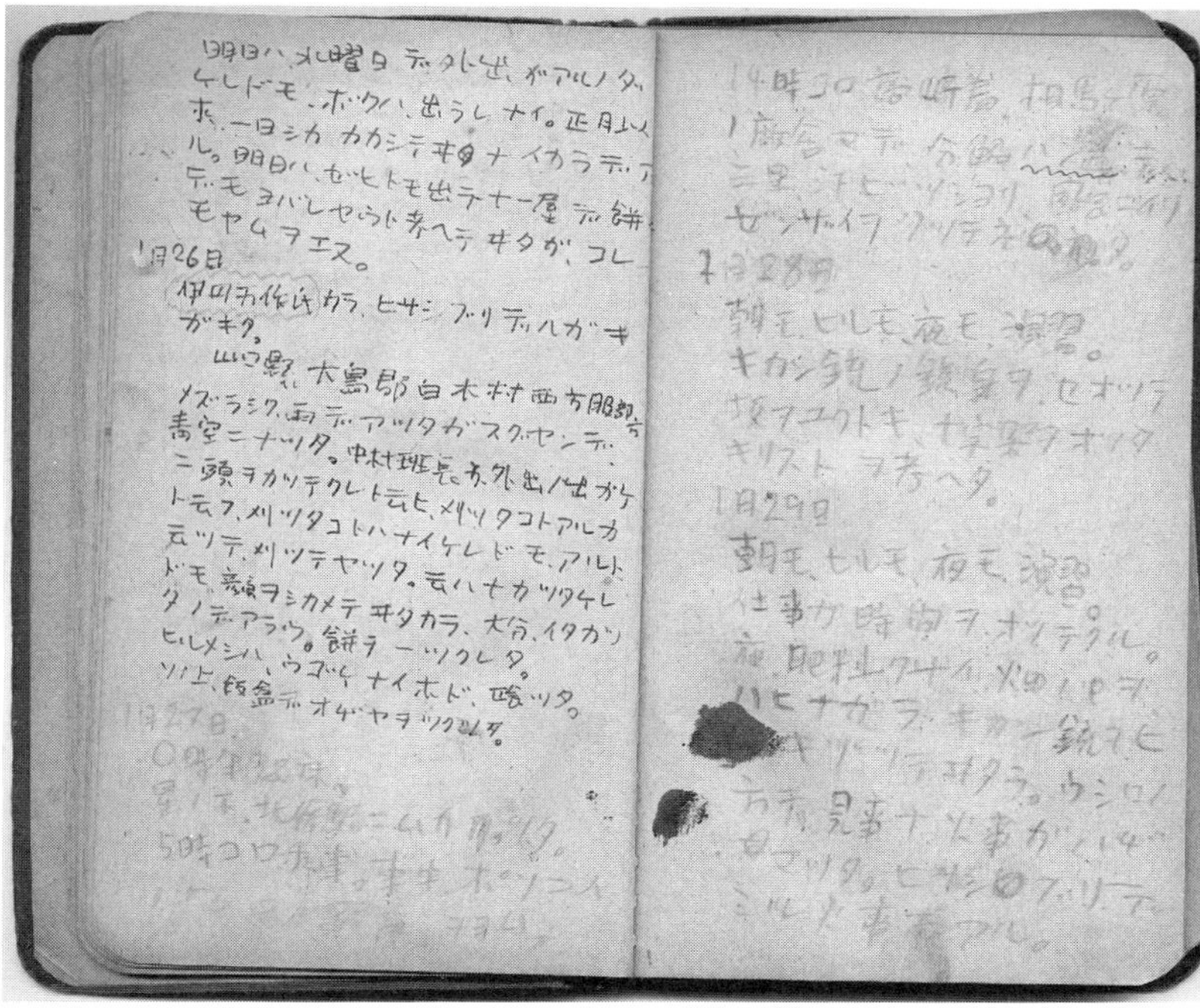

明日ハ、紀元節デ外出ガアルノダ
ケレドモ、ボクハ出ラレナイ。正月以
来、一日シカ外出シテヰナイカラデア
ル。明日ハ、モヒトモ出テ十一屋デ餅
デモヨバレヤウト考ヘテヰタガ、コレ
モヤムヲエヌ。
1月26日
伊田利作氏カラ、ヒサシブリデハガキ
ガキタ。
山口縣大島郡白木村西方服部方
メズラシク、雨デアッタガスグヤンデ、
青空ニナッタ。中村班長ニ、外出ノ出ガケ
ニ頭ヲカツテクレト云ヒ、刈ツタコトアルカ
ト云フ、刈ツタコトハナイケレドモ、アルト
云ツテ、刈ツテヤツタ。云ハナカツタケレ
ドモ、顔ヲシカメテヰタカラ、大分、イタカツ
タノデアラウ。餅ヲ一ツクレタ。
ヒルメシハ、ウゴケナイホド、喰ツタ。
ソノ上、飯盒デオゾヤヲツクツタ。

1月28日
朝モ、ヒルモ、夜モ、演習。
キカン銃ノ銃身ヲ、セオツテ
坂ヲユクトキ、十字架ヲオツタ
キリストヲ考ヘタ。
1月29日
朝モ、ヒルモ、夜モ、演習
仕事ガ時間ヲ、オツテクル。
夜、肥料クサイ畑ノ中ヲ
ハヒナガラ、キカン銃ヲヒ
キズツテヰタラ、ウシロノ
方デ見事ナ火事ガ

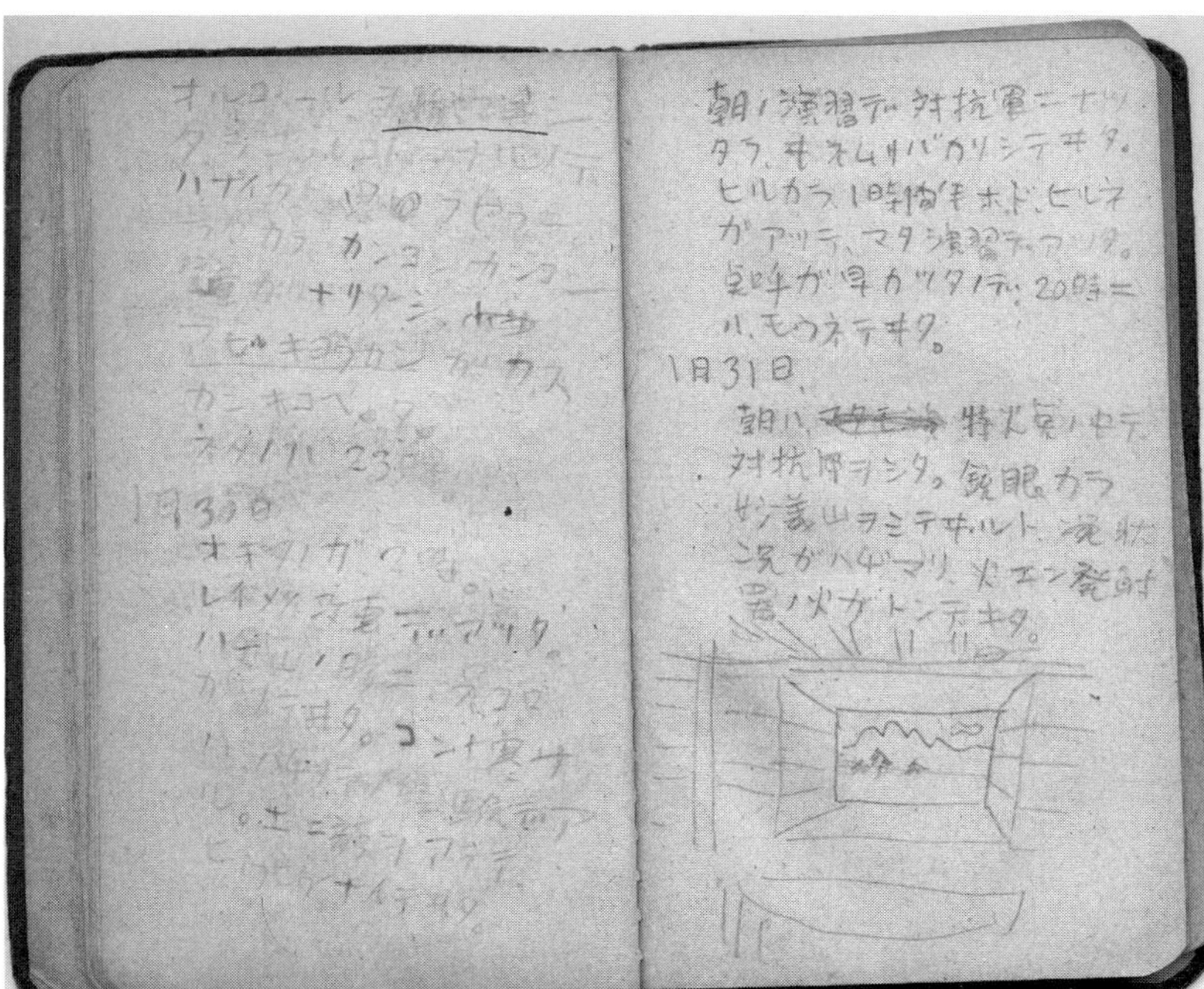

1月30日

朝ノ演習デ対抗軍ニナッ
タラ、モネムリバカリシテヰタ。
ヒルカラ1時間モホド、ヒルネ
ガアッテ、マタ演習デアッタ。
点呼ガ早カッタノデ、20時ニ
ハ、モウネテヰタ。
1月31日
朝ハ、特火点ノ中デ
対抗軍ヲシタ。銃眼カラ
妙義山ヲミテヰルト、戦
況ガハジマリ、火エン発射
器ノ火ガトンデキタ。

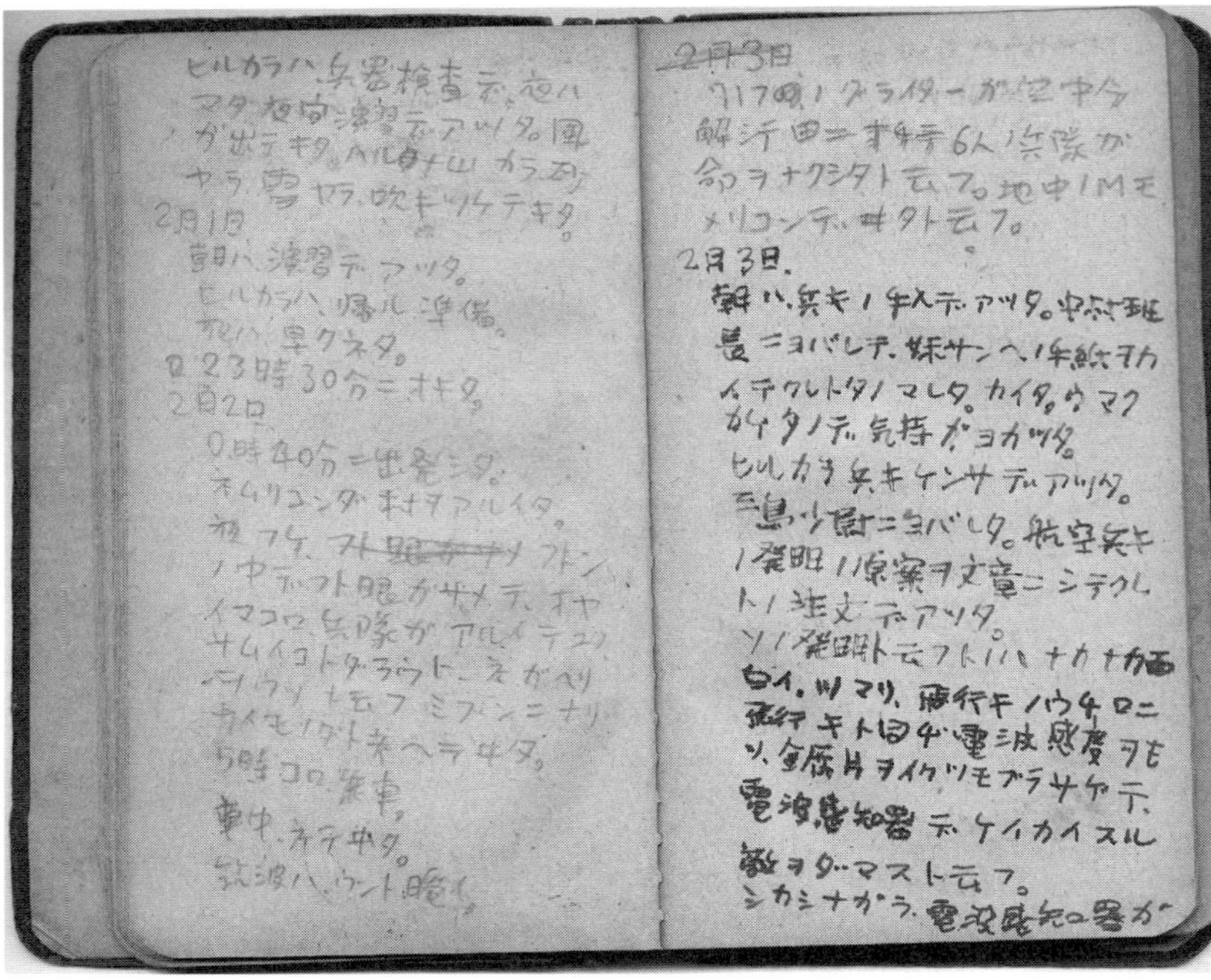

ヒルカラハ兵器検査デ、夜ハ
マタ夜間演習デアッタ。風
ガ出テキタ。ヘルメット山カラ
ヤラ雪ヤラ吹キツケテキタ。
2月1日
朝ハ演習デアッタ。
ヒルカラハ帰ル準備。
夜ハ早クネタ。
2 23時30分ニオキタ。
2月2日
0時40分ニ出発シタ。
ネムリコンダ村ヲアルイタ。
夜フケ、ノフトン
ノ中デフト眼ガサメテ、オヤ
イマゴロ兵隊ガアルイテユク
サムイコトダラウト
トイフミブンニナリ
ナイモノダト考ヘテヰタ。
5時コロ乗車。
車中ネテヰタ。
敦賀ハウント暗イ。
~~2月3日~~
ワレワレノグライダーガ空中分
解シテ田ニオチテ6人ノ兵隊ガ
命ヲナクシタト云フ。地中1Mモ
メリコンデヰタト云フ。
2月3日。
朝ハ兵キノ手入デアッタ。中村班
長ニヨバレテ、妹サンヘノ手紙ヲカ
イテクレトタノマレタ。カイタ。ウマク
カケタノデ気持ガヨカッタ。
ヒルカラ兵キケンサデアッタ。
三島少尉ニヨバレタ。航空兵キ
ノ発明ノ原案ヲ文章ニシテクレ
トノ注文デアッタ。
ソノ発明ト云フノハナカナカ面
白イ。ツマリ、飛行キノウシロニ
飛行キト同ジ電波感度ヲモ
ツ金属片ヲイクツモブラサゲテ、
電波感知器デケイカイスル
敵ヲダマスト云フ。
シカシナガラ、電波感知器ガ

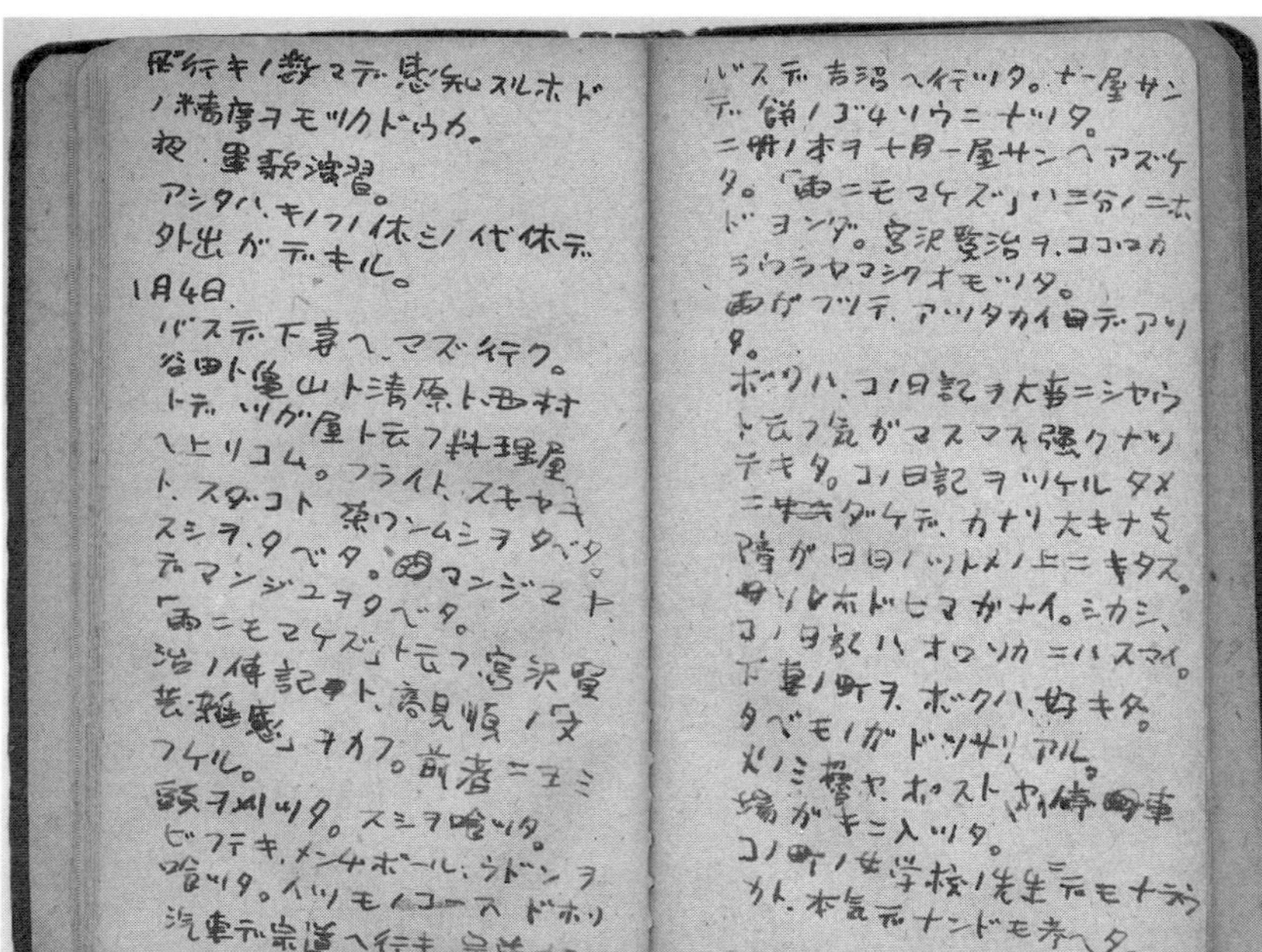

飛行キノ数マデ感知スルホド
ノ精度ヲモツカドウカ。
夜、軍歌演習。
アシタハ、キノフノ休ミノ代休デ
外出ガデキル。
1月4日。
バスデ下妻ヘ、マヅ行ク。
谷田ト亀山ト清原ト西村
トデ、ツガ屋ト云フ料理屋
ヘ上リコム。フライト、スキヤキ
ト、スダコト茶ワンムシヲ
スシヲ、タベタ。マンジ
デマンジュヲタベタ。
「雨ニモマケズ」ト云フ宮沢賢
治ノ伝記ト、斎藤ノ「文
芸雑感」ヲカフ。前者ニヨミ
フケル。
頭ヲ刈ッタ。スシヲ喰ッタ。
ビフテキ、メンチボール、ウドンヲ
喰ッタ。イツモノコースドホリ
汽車デ宗道ヘ行キ、宗道カラ
バスデ吉沼ヘイテッタ。十一屋サン
デ例ノゴチソウニナッタ。
二冊ノ本ヲ十一屋サンヘアズケ
タ。「雨ニモマケズ」ハ三分ノ二ホ
ドヨンダ。宮沢賢治ヲ、ココロカ
ラウラヤマシクオモッタ。
雨ガフッテ、アツタカイ日デアリ
タ。
ボクハ、コノ日記ヲ大事ニシヤウ
ト云フ気ガマスマス強クナッ
テキタ。コノ日記ヲツケルタメ
ニ生キテヰルダケデ、カナリ大キナ支
障ガ日日ノツトメノ上ニキタス。
サリトテ、ホドヒマガナイ。シカシ、
コノ日記ハオロソカニハスマイ。
下妻ノ町ヲ、ボクハ、好キダ。
タベモノガドッサリアル。
メノミ響ヤ、ポストヤ停車
場ガキニ入ッタ。
コノ町ノ女学校ノ先生デモナラウ
カト、本気デナンドモ考ヘタ。

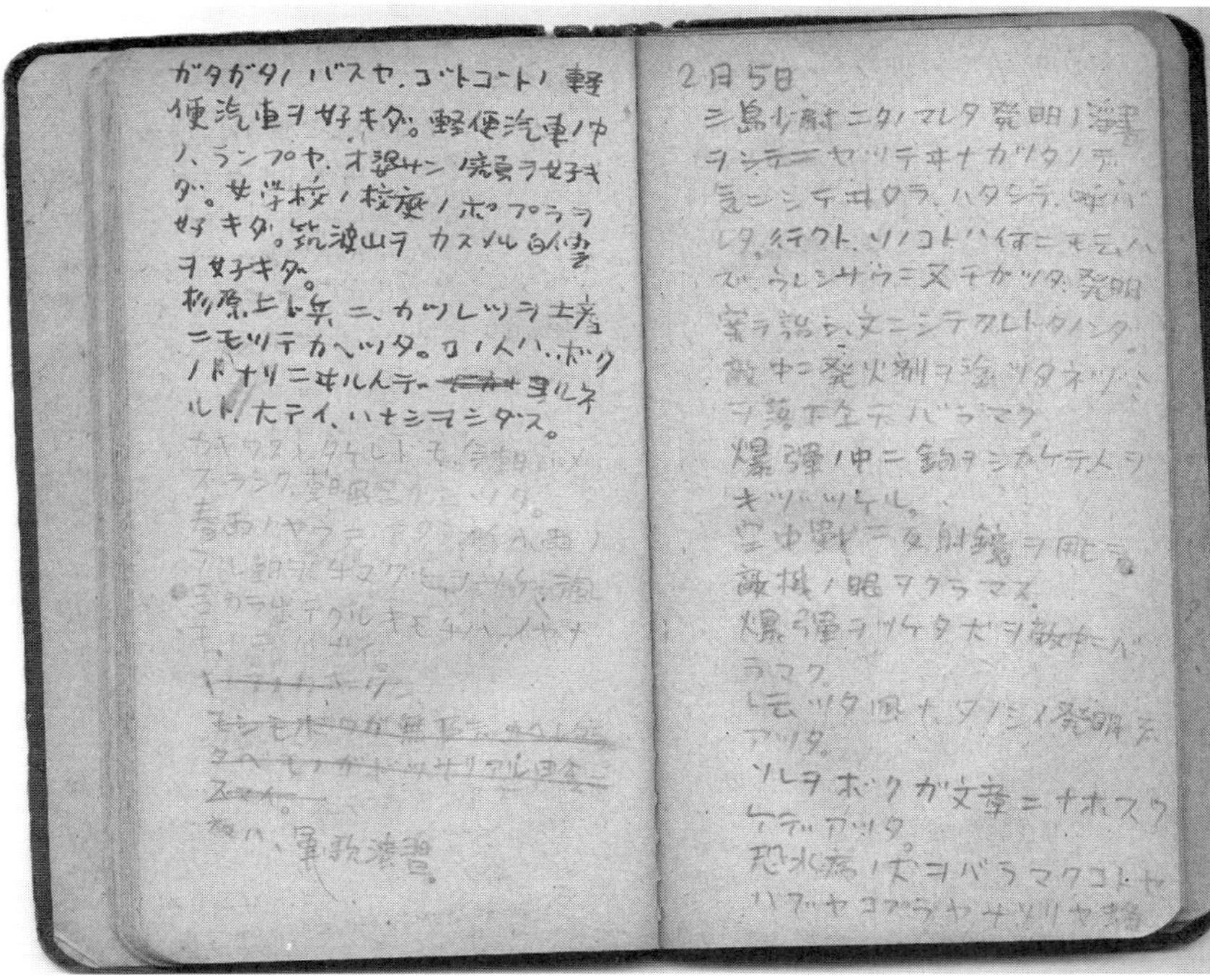

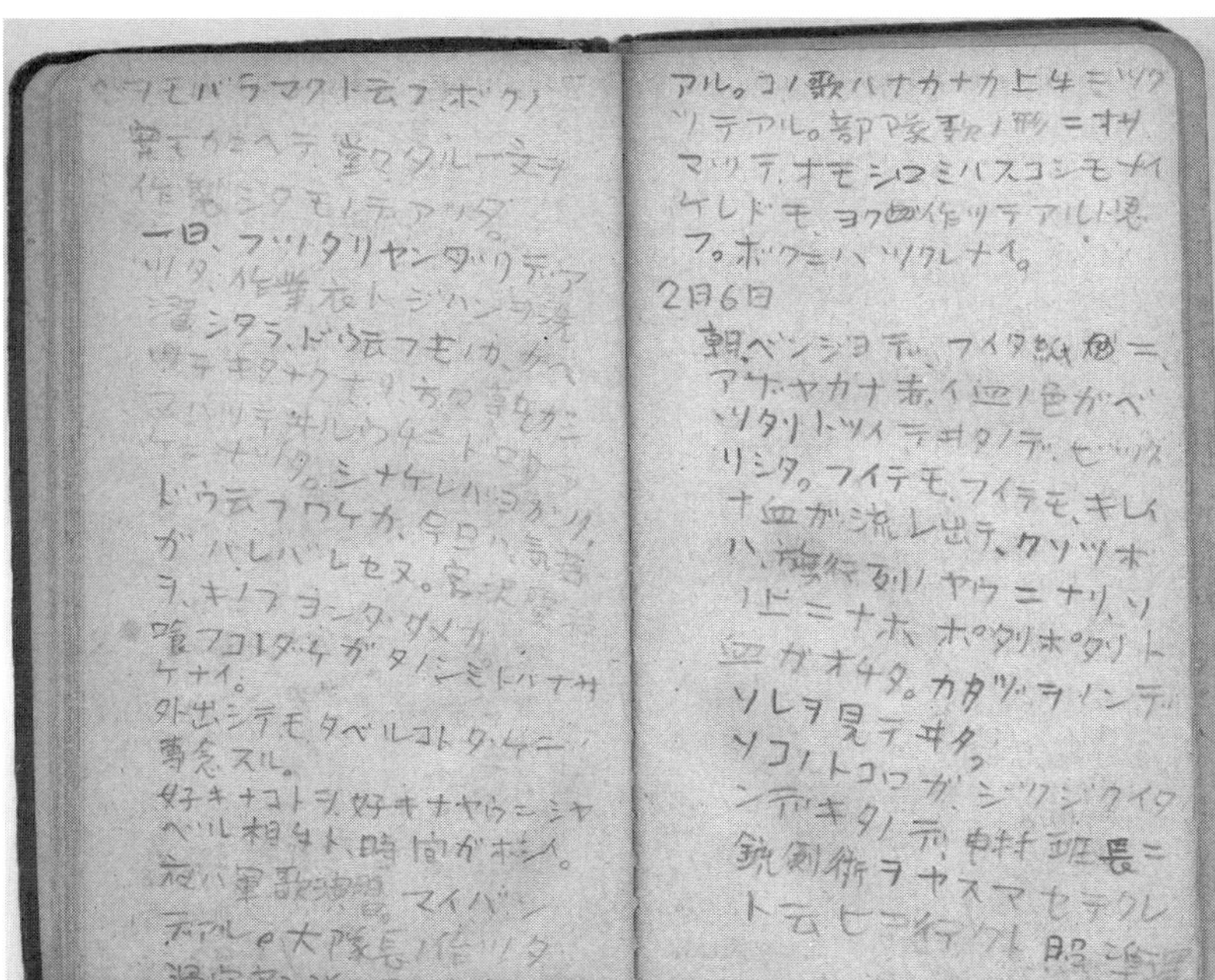

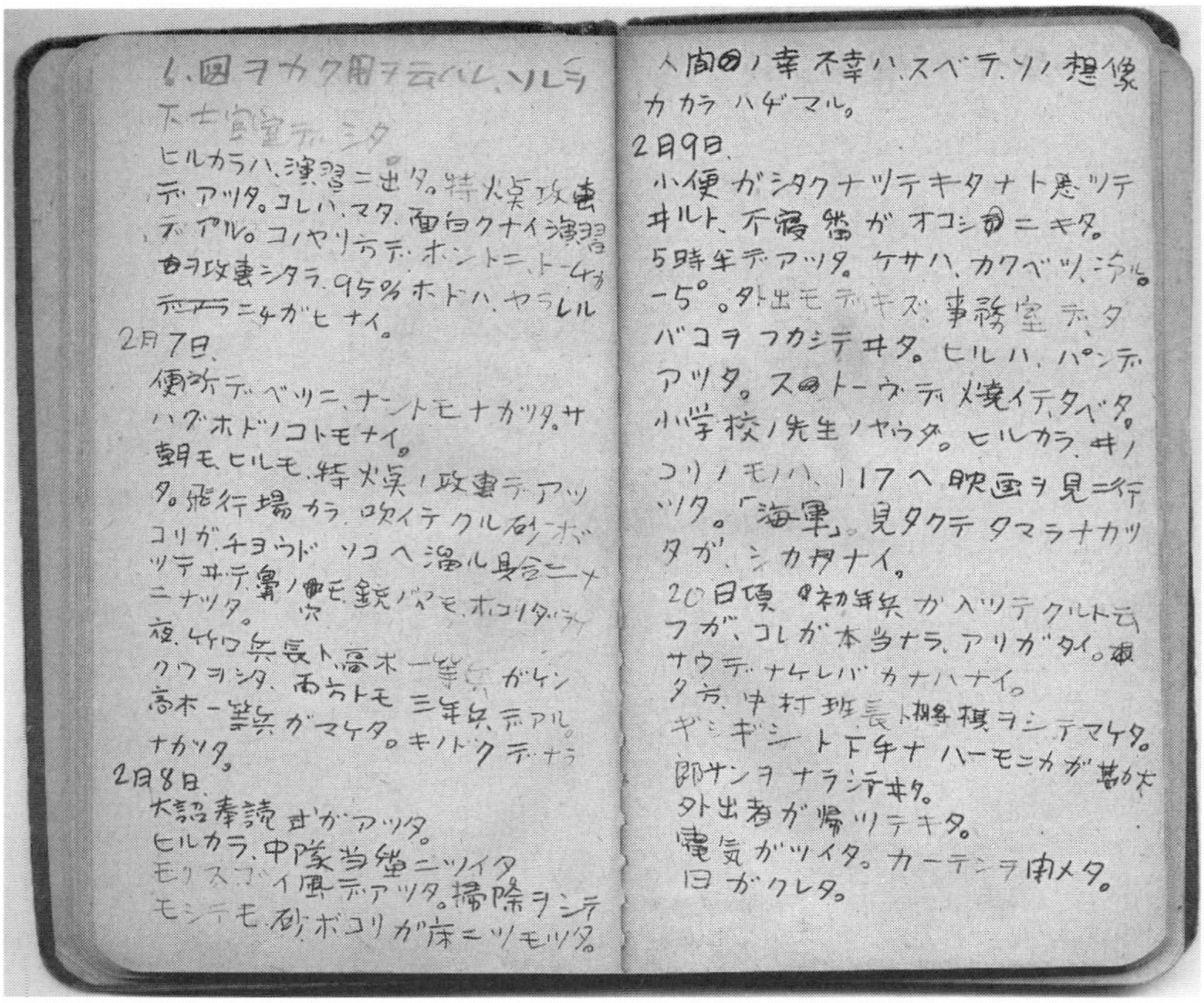
6、四ヲカク用ヲ云ハレ、ソレヲ
下士官室デ、シタ
ヒルカラハ、演習ニ出タ。特火点攻撃
デアッタ。コレハ、マタ、面白クナイ演習
デアル。コノヤリ方デ、ホントニ、トーチカ
ヲ攻撃シタラ、95%ホドハ、ヤラレル
~~デアラウ~~ニチガヒナイ。
2月7日、
便所デ、ベツニ、ナントモナカッタ。サ
ハグホドノコトモナイ。
朝モ、ヒルモ、特火点ノ攻撃デアッ
タ。飛行場カラ、吹イテクル砂ノボ
コリガ、チヨウド ソコヘ溜ル具合ニナ
ッテヰテ、鼻ノ穴モ、銃ノ穴モ、ホコリダラケ
ニナッタ。
夜、竹内兵長ト高木一等兵ガケン
クワヲシタ、両方トモ 三年兵デアル。
高木一等兵ガマケタ。キノドクデナラ
ナカッタ。
2月8日、
大詔奉読式ガアッタ。
ヒルカラ、中隊当番ニツイタ
モノスゴイ風デアッタ。掃除ヲシテ
モシテモ、砂ボコリガ床ニツモッタ。
人間ノ幸不幸ハ、スベテ、ソノ想像
カカラ ハヂマル。
2月9日、
小便ガシタクナッテキタナト思ッテ
ヰルト、不寝番ガ オコシニキタ。
5時半デアッタ。ケサハ、カクベツ、冷ル。
−5°。外出モデキズ、事務室デ、タ
バコヲ フカシテヰタ。ヒルハ、パンデ
アッタ。ストーブデ焼イテタベタ。
小学校ノ先生ノヤウダ。ヒルカラ、ヰノ
コリノモノハ、117ヘ映画ヲ見ニ行
ッタ。「海軍」。見タクテ タマラナカッ
タガ、シカタナイ。
20日頃 初年兵ガ入ッテクルト云
フガ、コレガ本当ナラ、アリガタイ。坂
サウデナケレバ カナハナイ。
夕方、中村班長ト将棋ヲシテマケタ。
ギシギシト下手ナ ハーモニカガ甚太
郎サンヲ ナラシテヰタ。
外出者ガ帰ッテキタ。
電気ガツイタ。カーテンヲ閉メタ。
日ガクレタ。

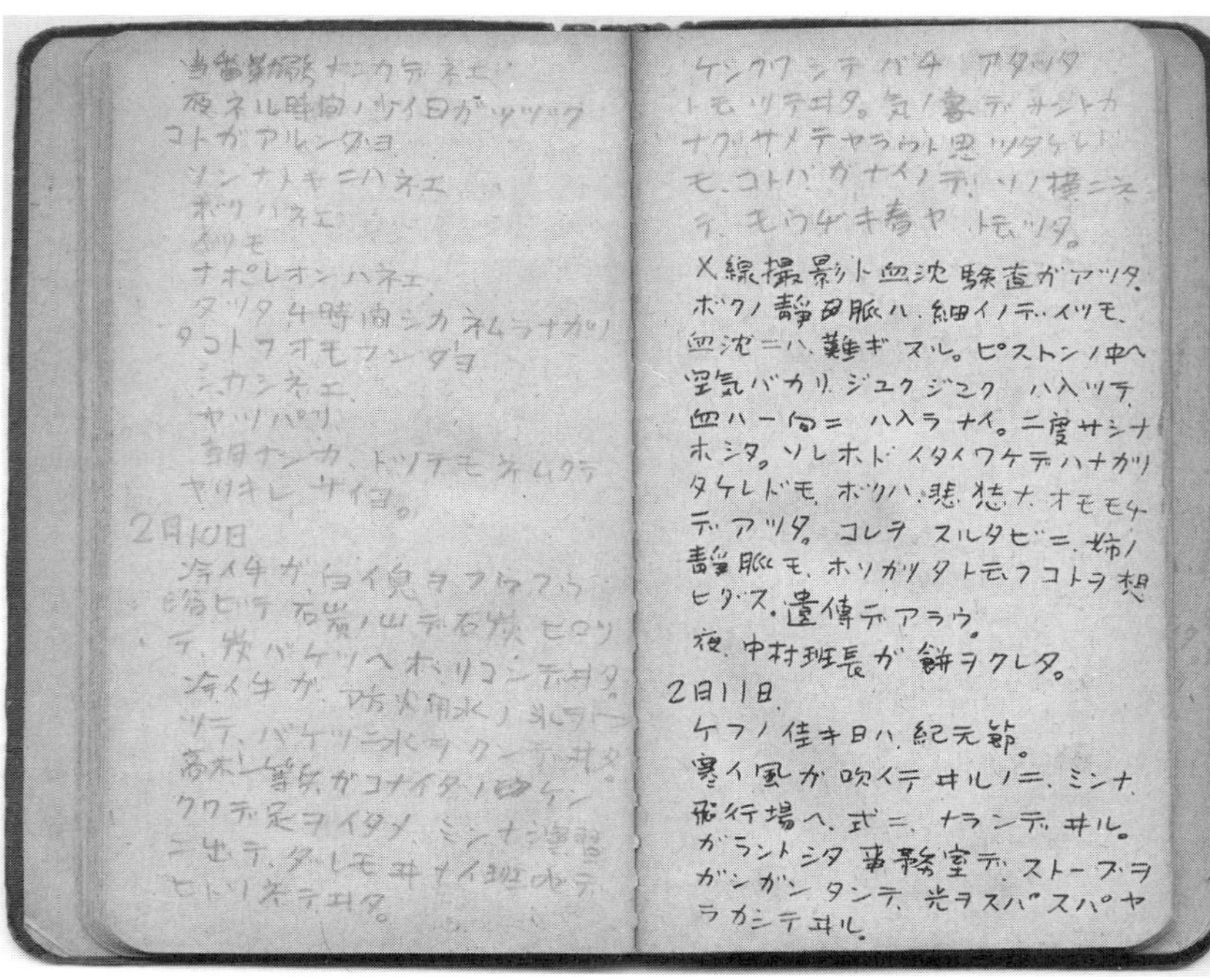
当番勤務ナンカデネエ
夜ネル時間ノナイ日ガツヅク
コトガアルンダヨ
ソンナトキニハネエ
ボクハネエ
イツモ
ナポレオンハネエ
タッタ4時間シカネムラナカッ
タコトヲオモウンダヨ
シカシネエ
ヤッパリ
当番ナンカ、トッテモネムクテ
ヤリキレナイヨ。
2月10日
冷イ手ガ白イ息ヲフクフウ
吹イテ石炭ノ山デ石炭ヒロッ
テ、炭バケツヘホリコンデヰタ。
冷イ手ガ、防火用水ノ氷ヲワ
ッテ、バケツニ水ヲクンデヰタ。
高木一等兵ガコナイダノケン
クワデ足ヲイタメ、ミンナ演習
ニ出テ、ダレモヰナイ班内デ
ヒトリ寝テヰタ。
ケンクワシテ ハチ アタッタ
トモッテヰタ。気ノ毒デ ナントカ
ナグサメテヤラウト思ッタケレド
モ、コトバガナイノデ、ソノ横ニネ
テ、モウ少キ春ヤ トモッタ。
X線撮影ト血沈検査ガアッタ。
ボクノ静脈ハ、細イノデ、イツモ、
血沈ニハ、難ギスル。ピストンノ中ヘ
空気バカリ、ジュクジュク ハ入ッテ、
血ハ一向ニ ハ入ラナイ。二度サシナ
ホシタ。ソレホドイタイワケデハナカッ
タケレドモ、ボクハ、悲愴ナオモモチ
デアッタ。コレヲ スルタビニ、姉ノ
静脈モ、ホソカッタト云フコトヲ想
ヒダス。遺伝デアラウ。
夜、中村班長ガ餅ヲクレタ。
2月11日、
ケフノ佳キ日ハ、紀元節。
寒イ風ガ吹イテヰルノニ、ミンナ、
飛行場ヘ、式ニ、ナランデヰル。
ガラントシタ事務室デ、ストーブヲ
ガンガン タイテ、光ヲスパスパヤ
ラカシテヰル。

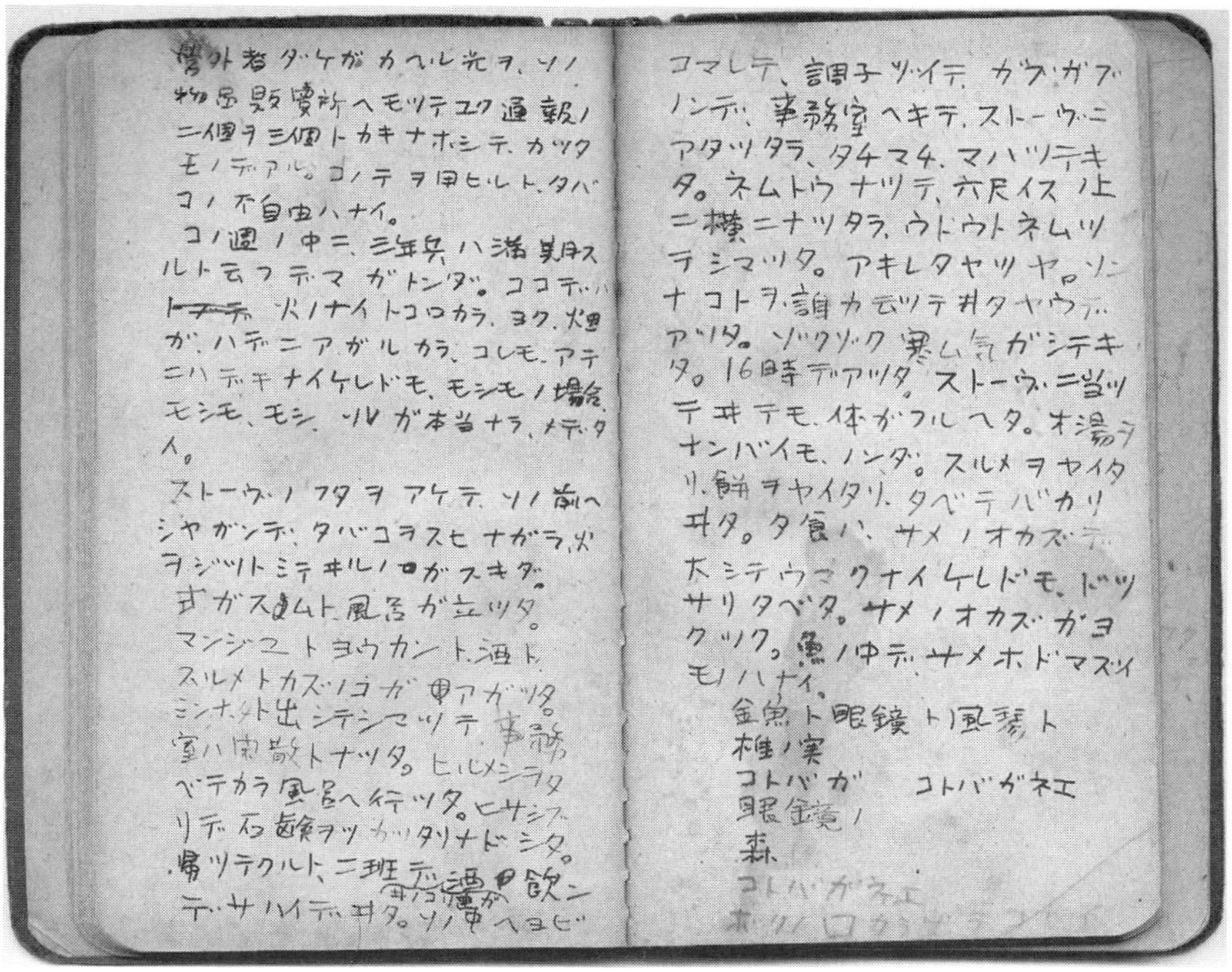
営外者ダケガ カヘル光ヲ、ソノ
物品販売所ヘモッテユク通級ノ
二個ヲ三個トカキナホシテ、カック
モノデアル。コノテヲ用ヒレト、タバ
コノ不自由ハナイ。
コノ週ノ中ニ、三年兵ハ満期ス
ルト云フデマ ガトンダ。ココデハ
~~トヲテ~~ 火ノナイトコロカラ、ヨク、火煙
ガ、ハデニアガルカラ、コレモ、アテ
ニハデキナイケレドモ、モシモノ場合
モシモ、モシ、ソレガ本当ナラ、メデタ
イ。
ストーヴノフタヲアケテ、ソノ前ヘ
シヤガンデ、タバコヲスヒナガラ、火
ヲジッドミテヰルノハ口ガスキダ。
汗ガスムト風呂ガ立ッタ。
マンジユートヨウカントト酒ト
スルメトカズノコガ 申アガッタ。
ミンナ外出シテシマッテ 事務
室ハ閑散トナッタ。ヒルメシヲタ
ベテカラ風呂ヘ行ッタ。ヒサシブ
リデ石鹸ヲツカッタリナドシタ。
帰ッテクルト、二班デ毎日酒盛ガ酒ヲ飲ン
デサハイデヰタ。ソノ中ヘヨビ

コマレテ、調子ヅイテ、ガブガブ
ノンデ、事務室ヘキテ、ストーヴニ
アタッタラ、タチマチ、マハッテキ
タ。ネムトウナッテ、六尺イスノ上
ニ横ニナッタラ、ウトウトネムッ
テシマッタ。アキレタヤツヤ。ソン
ナコトヲ誰カガ云ッテヰタヤウデ
アッタ。ゾクゾク寒ム気ガシテキ
タ。16時デアッタ。ストーヴニ当ッ
テヰテモ、体ガフルヘタ。オ湯ヲ
ナンバイモ、ノンダ。スルメヲヤイタ
リ、餅ヲヤイタリ、タベテバカリ
ヰタ。夕食ハ、サメノオカズデ
大シテウマクナイケレドモ、ドッ
サリタベタ。サメノオカズガヨ
クツク。魚ノ中デ、サメホドマズイ
モノハナイ。
金魚ト眼鏡ト風琴ト
椎ノ実
コトバガ　コトバガネエ
眼鏡ノ
森
コトバガネエ
ボクノ口カラ [illegible]

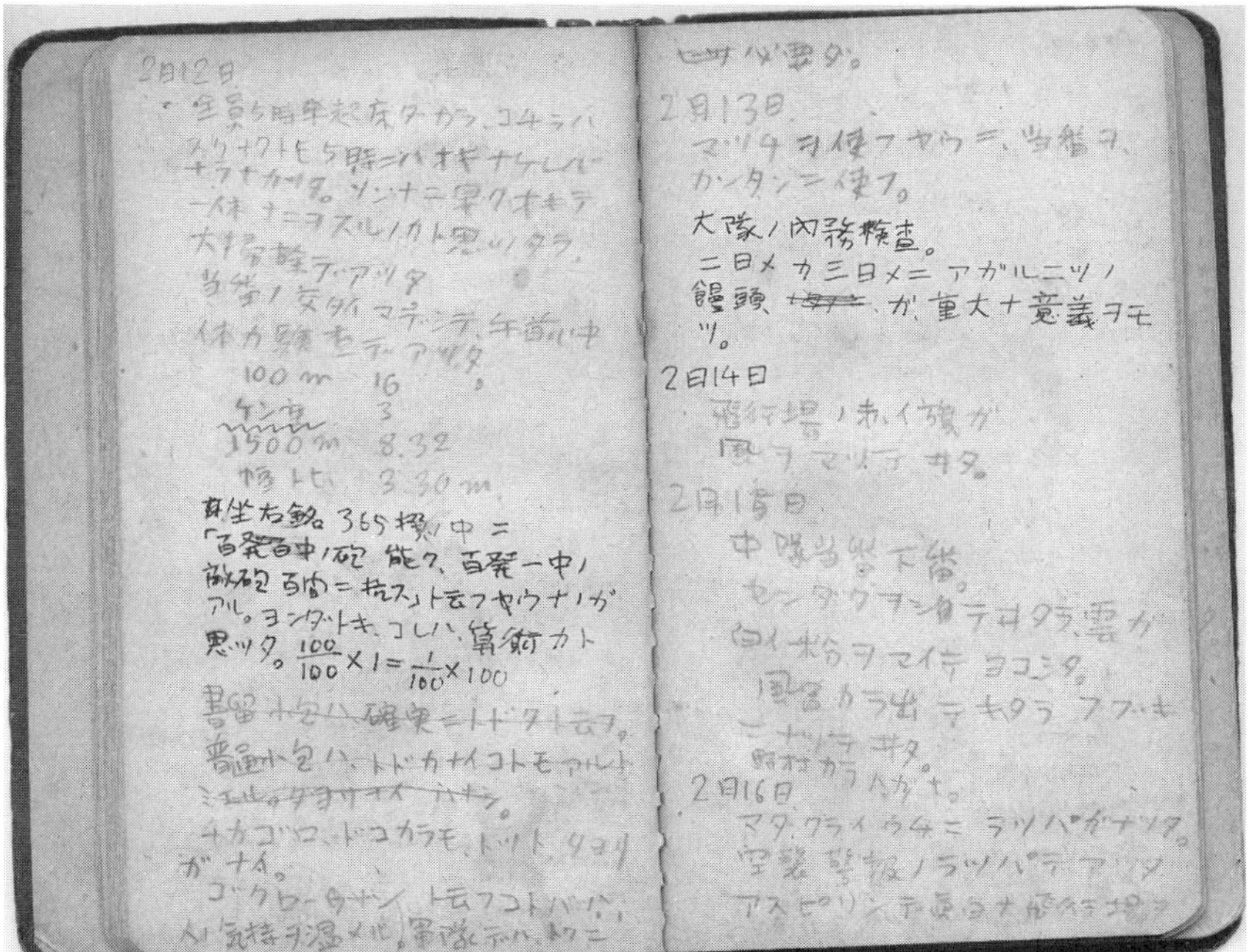
2月12日
全員5時半起床ダカラ、コチラハ
スクナクトモ5時ニハオキナケレバ
ナラナカッタ。ソンナニ早クオキテ
一体ナニヲスルノカト思ッタラ、
大掃除デアッタ
当番ノ女タイマデシテ、午前中
体力験査デアッタ。
100 m　16
ケンテ　3
1500 m　8.32
幅跳　3.30 m
軍隊右銘 365 技中ニ
「百発百中ノ砲一門ハ百発一中ノ
敵砲百門ニ抗ス」ト云フヤウナノガ
アル。ヨンダトキ、コレハ算術カト
思ッタ。$\frac{100}{100}\times 1=\frac{1}{100}\times 100$
~~書留小包ハ確実ニトドクト云フ。~~
普通小包ハ、トドカナイコトモアルト
~~[illegible]~~。
ナカゴロ、ドコカラモ、トットクヨリ
ガナイ。
ゴクロー母サン、ト云フコトバガ、
人ノ気持ヲ温メル。軍隊デハ、オクニ

[illegible]タ。
2月13日
マリチヲ使フヤウニ、当番ヲ、
カンタンニ使フ。
大隊ノ内務検査。
二日メカ三日メニアガルニツノ
饅頭、~~[illegible]~~ガ、重大ナ意義ヲモ
ツ。
2月14日
飛行場ノ赤イ旗ガ
風ヲマッテヰタ。
2月15日
中隊当番下番。
センタクヲシテヰタラ、雲ガ
白イ粉ヲマイテヨコシタ。
風呂カラ出テキタラ、フブキ
ニナッテヰタ。
野村カラ、ハガキ。
2月16日
マタ、グライダーニ ラッパガナッタ。
空襲警報ノラッパデアッタ
アスピリン [illegible]

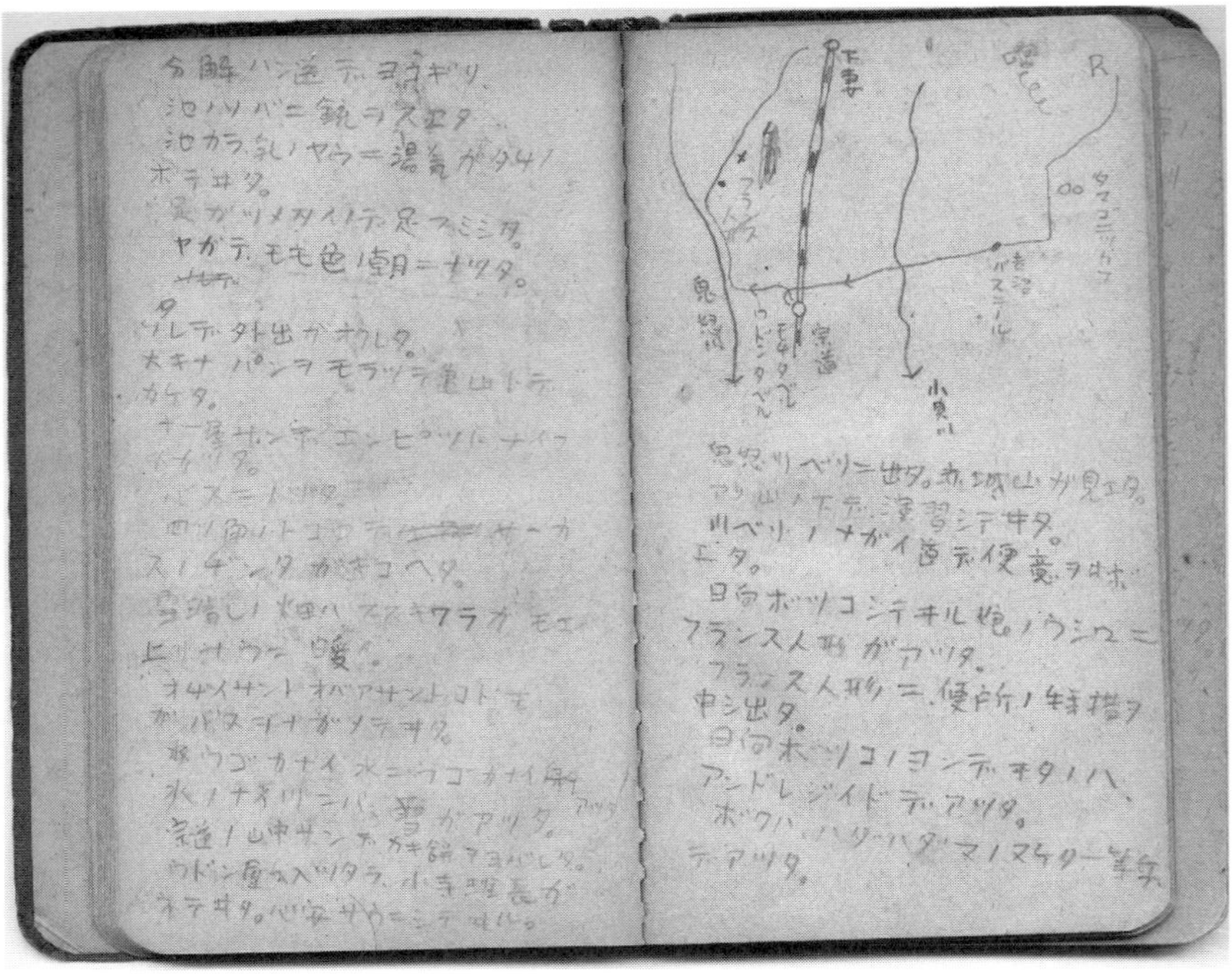

今朝ハ道デヨコギリ、
池ノソバニ鏡ヲ又エタ。
池カラ氣ノヤウニ湯氣ガタチノ
ボテヰタ。
足ガツメタイノデ足ブミシタ。
ヤガテモモ色ノ朝ニナツタ。

ソレデ外出ガオクレタ。
大キナパンヲモラツテ亀山トデ
カケタ。
十一番サンデエンピツトナイフ
ヲカツタ。

四ツ角ノトコロデ　サーカ
スノチンタガキコヘタ。
雪消シノ畑ハススキワラガモエ
上リサウニ暖イ。
オヂイサントオバアサンナコトモ
ガパスヲナガメテヰタ。
水ウゴカナイ水ニウゴカナイ魚
水ノナオリニハ雪ガアツタ。
宗道ノ山中サンガカキ餅ヲヨバレタ。
ウドン屋ヘ入ツタラ小寺班長ガ
ネテヰタ。心安サウニシテヰル。

鬼怒リベリニ出タ。筑波山ガ見エタ。
アソ山ノ下デ演習シテヰタ。
川ベリノナガイ道デ便意ヲオボ
エタ。
日向ボツコシテヰル俺ノウシロニ
フランス人形ガアツタ。
フランス人形ニ便所ノ紙ヲ
申シ出タ。
日向ボツコノヨンデヰタノハ、
アンドレジイドデアツタ。
ボクハ、ハダ・ハダノママノ……
デアツタ。

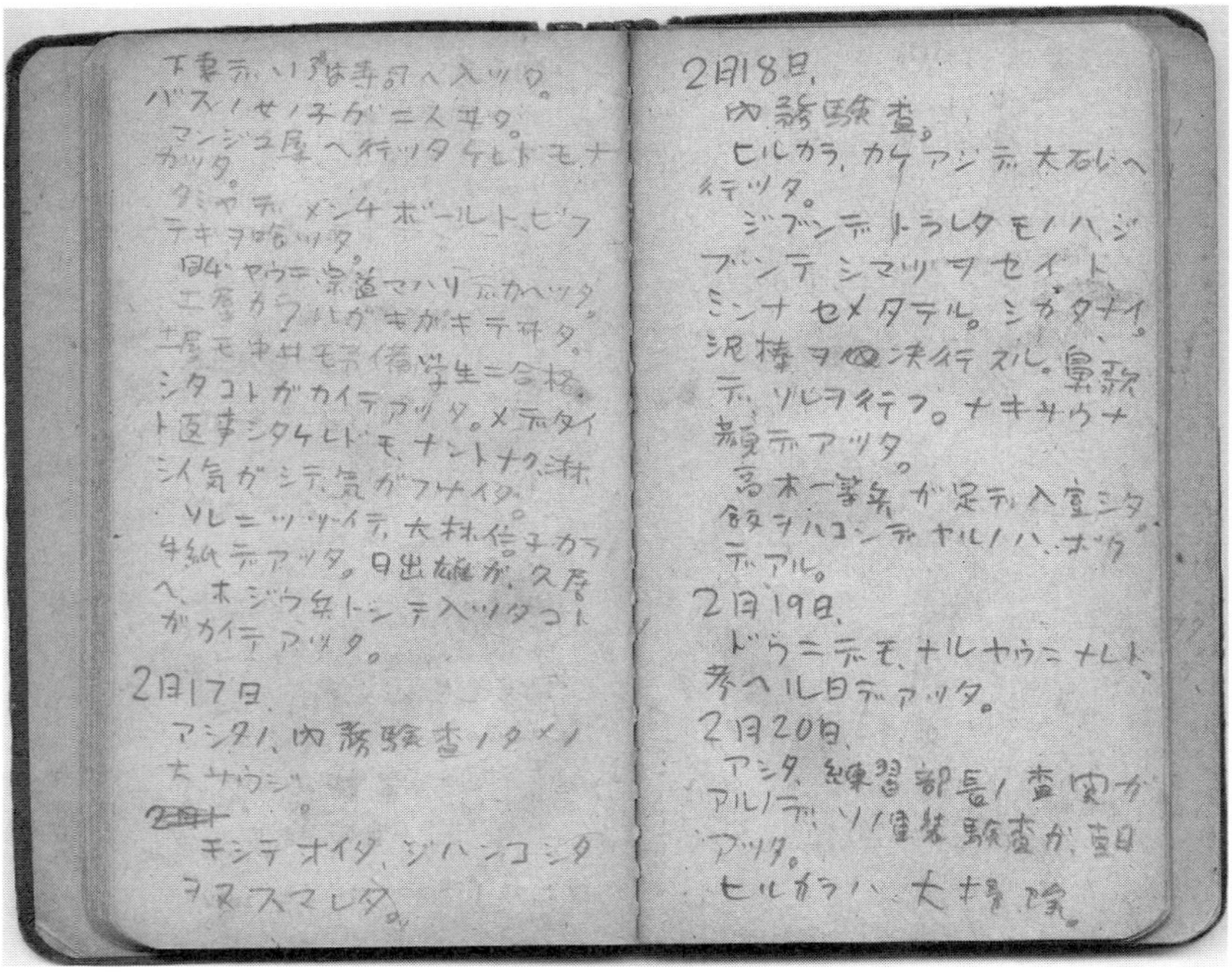

下妻デハ凶作寺ヘ入ツタ。
バスノセノ子ガ二人ヰタ。
マンジユ屋ヘ行ツタケレドモナ
カツタ。
タミヤデメンチボールトビフ
テキヲ喰ツタ。
夜叉ヤウニ宗道マハリデカヘツタ。
二番カラハガキガキテヰタ。
土屋モ中井モ予備学生ニ合格
シタコトガカイテアツタ。メデタイ
ト返事シタケレドモ、ナントナク淋
シイ気ガシテ気ガフサイダ。
ソレニツヅイテ、大林信子カラ
手紙デアツタ。日出雄ガ、久居
ヘ、ホジウ兵トシテ入ツタコト
ガカイテアツタ。
2月17日
アシタハ、内務験査ノタメノ
大サウジ。
~~2月1~~
キシテオイタ、ジハンコシタ
ヲヌスマレタ。

2月18日、
内務験査。
ヒルカラ、カケアシデ大石へ
行ツタ。
ジブンデトラレタモノハジ
ブンデシマツヲセイト
ミンナセメタテル。シカタナイ。
泥棒ヲ公然行テスル。軍歌
デ、ソレヲ行テフ。ナキサウナ
顔デアツタ。
高木一等兵ガ足デ入室シタ
飯ヲハコンデヤルノハ、ボク
デアル。
2月19日、
ドウニデモ、ナルヤウニナレト
考ヘル日デアツタ。
2月20日、
アシタ、練習部長ノ査察ガ
アルノデ、ソノ紫煙験査ガ自爆
アツタ。
ヒルカラハ、大掃除。

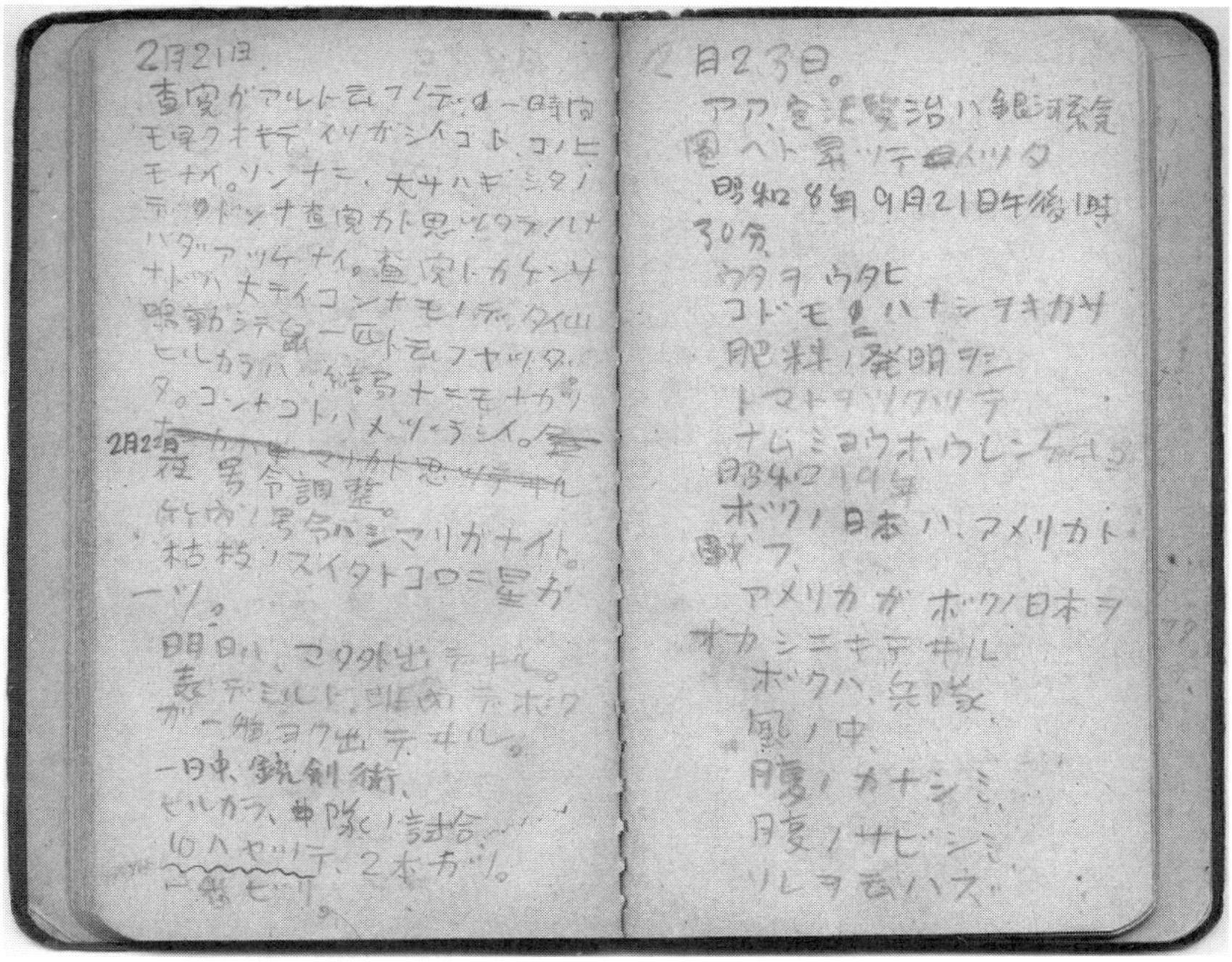

2月21日
査閲ガアルト云フノデ、朝一時間
モ早ク起キテ、イソガシイコト、コノ上
モナイ。ソンナニ、大サハギシタノ
デ、ドンナ査閲カト思ッタラ、ハナ
ハダアッケナイ。査閲トカケンサ
ナドハ大テイコンナモノデ、タイ山
鳴動シテ鼠一匹ト云フヤツダ。
ヒルカラハ、結局ナニモナカッ
タ。コンナコトハメヅラシイ。
~~カハマリカト思ッテヰル~~
2月22日
夜 号令調整。
竹内ノ号令ハシマリガナイ。
枯枝ノスイタトコロニ星ガ
一ツ。
明日ハ、マタ外出デキル。
表デミルト、班内デボク
ガ一番ヨク出テヰル。
一日中、銃剣術。
ヒルカラ、中隊ノ試合。
10ハヤッテ、2本ガツ。
一番モツ[illegible]。

2月23日。
アア、宮沢賢治ハ銀河系気
圏ヘト昇ッテ行ッタ
昭和8年9月21日午後1時
30分。
ウタヲウタヒ
コドモニハナシヲキカセ
肥料ノ発明ヲシ
トマトヲツクリテ
ナムミヨウホウレンゲキヨウ
昭和19年
ボクノ日本ハ、アメリカト
戦フ。
アメリカガボクノ日本ヲ
オカシニキテヰル
ボクハ、兵隊
風ノ中
腹ノカナシミ
腹ノサビシミ
ソレヲ云ハズ

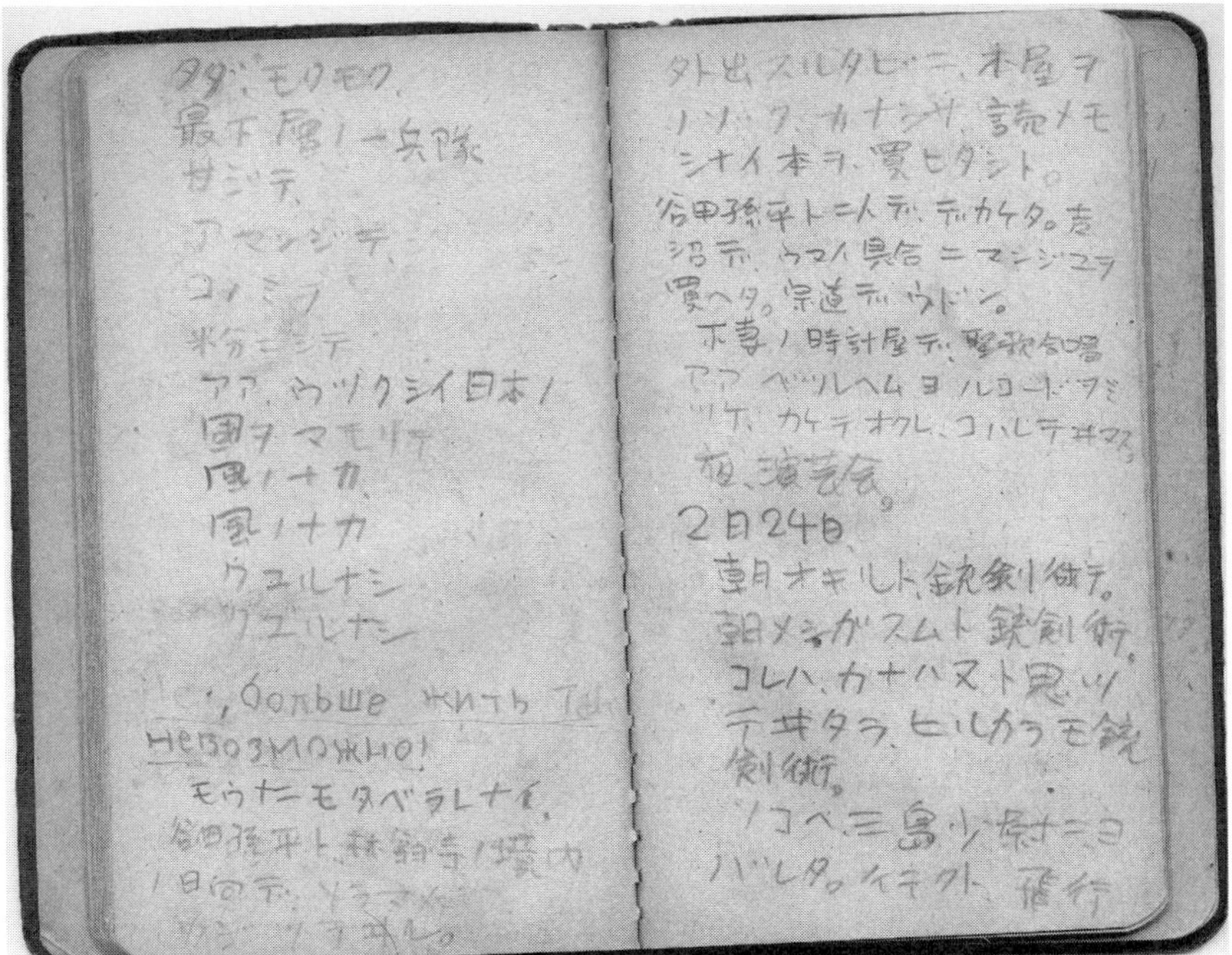

タダ、モクモク。
最下層ノ一兵隊
サジテ、
アセンジテ、
コノミヲ
粉ニシテ
アア、ウツクシイ日本ノ
国ヲマモリテ
風ノナカ、
風ノナカ
ウエルナシ
ウエルナシ
..., больше жить та[illegible]
невозможно!
モウナニモタベラレナイ。
谷田孫平ト、林鈎寺ノ境内
ノ日向デ、[illegible]
[illegible]ヲシテヰル。

外出スルタビニ、本屋ヲ
ノゾクガ、ナンニモ読メモ
シナイ本ヲ、買ヒタシト。
谷田孫平ト二人デ、デカケタ。吉
沼デ、ウマイ具合ニマンジユウヲ
買ヘタ。宗道デ、ウドン。
下妻ノ時計屋デ、聖歌合唱
アア ベツレヘムヨ ノレコードヲミ
ツケ、カケテオクレ、コハレテヰマス。
夜、演芸会。
2月24日
朝オキルト、銃剣術デ。
朝メシガスムト銃剣術。
コレハ、カナハヌト思ッ
テヰタラ、ヒルカラモ銃
剣術。
ノコベ三島少尉ニヨ
バレタ。イテクト、飛行

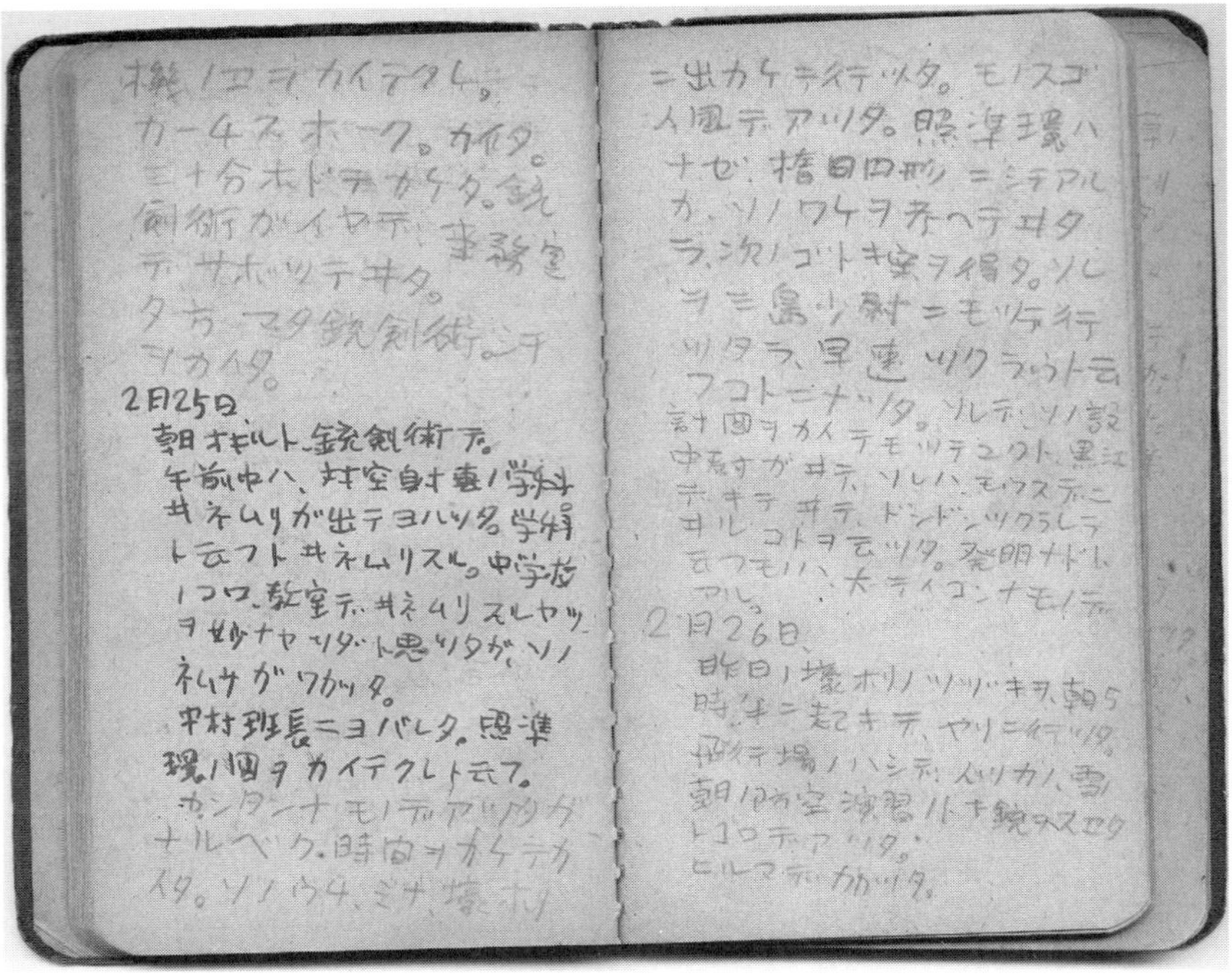

機ノコヲカイテクル。
カーチスホーク。カイタ。
三十分ホドヲカケタ。銃
剣術ガイヤデ、事務室
デサボッテヰタ。
夕方、マタ銃剣術。ニチ
ヲカイタ。
2月25日
朝オキルト、銃剣術デ。
午前中ハ、対空射撃ノ学科
デネムリガ出テヨハッタ。学科
ト云フト ネムリスル。中学校
ノコロ、教室デ ネムリスルヤツ
ヲ妙ナヤツダト思ッタガ、ソノ
ネムサガワカッタ。
中村班長ニヨバレタ。照準
環ノ図ヲカイテクレト云フ。
カンタンナモノデアッタガ
ナルベク時間ヲカケテカ
イタ。ソノウチ、ミナ、壕ホリ
ニ出カケテイッタ。モノスゴ
イ風デアッタ。照準環ハ
ナゼ、楕円形ニシテアル
カ、ソノワケヲ考ヘテヰタ
ラ、次ノコトヲ得タ。ソレ
ヲ三角射ニモッテ行
ッタラ、早速ツクラウト云
フコトニナッタ。ソレデ、ソノ設
計図ヲカイテモッテユクト、黒江
中尉ガヰテ、ソレハ、モウスデニ
デキテヰテ、ドンドンツクラレテ
ヰルコトヲ云ッタ。発明ナドト
云フモノハ、大テイコンナモノデア
ル。
2月26日
昨日ノ壕ホリノツヅキヲ朝5
時半ニ起キテ、ヤリニ行ッタ。
飛行場ノハシデ、ムリガクハ、雪
朝ノ防空演習ハ小銃ヲスエタ
トコロデアッタ。
ヒルマデカカッタ。

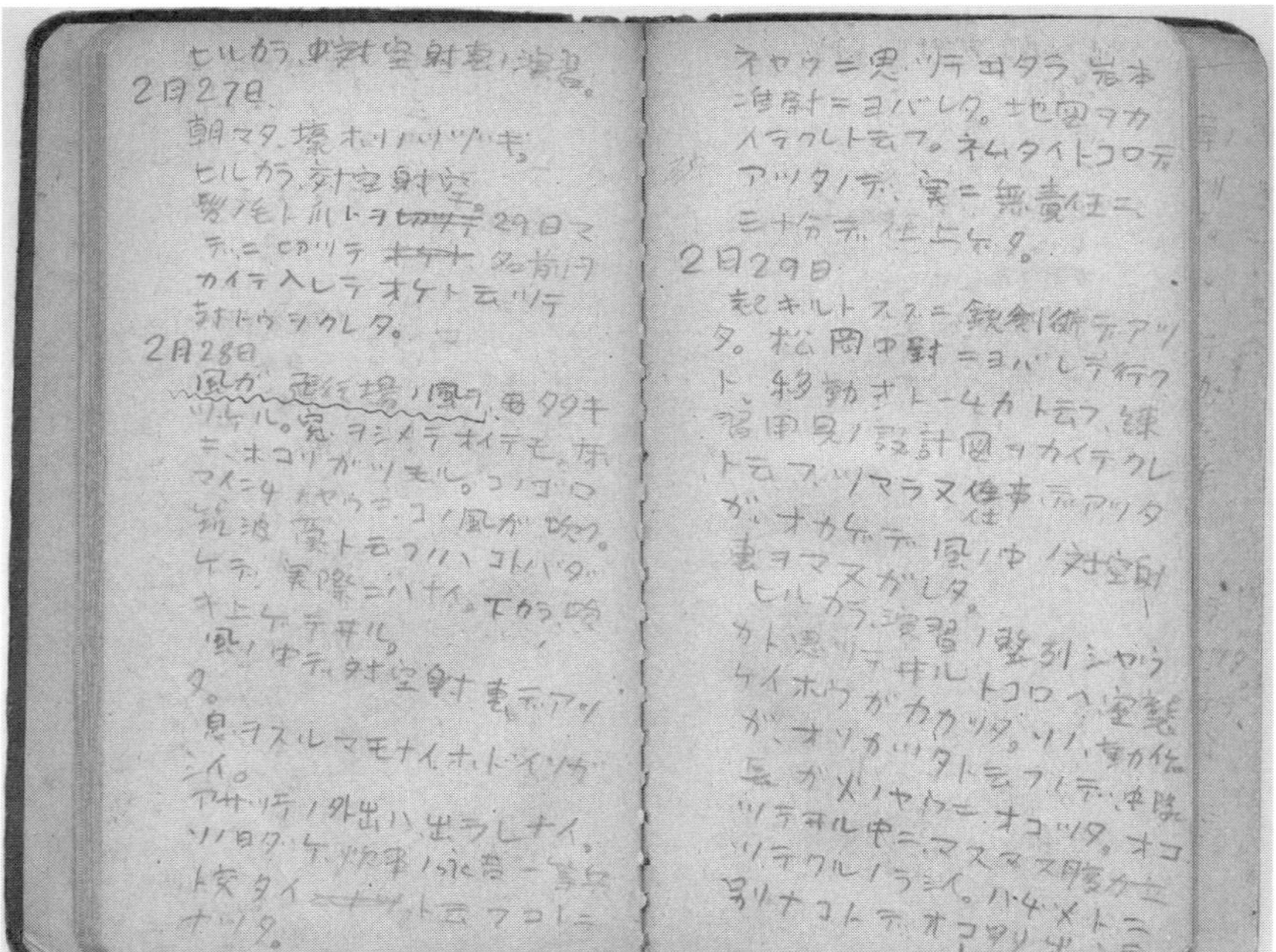

ヒルカラ、中対空射撃ノ演習。
2月27日
朝マタ、壕ホリノツヅキ。
ヒルカラ、対空射撃
撃ノモトノトコヲ 29日マ
デニヒカリテ 名前ヲ
カイテ入レテオケト云ッテ
射トウシクレタ。
2月28日
風ガ、飛行場ノ風ヲ、田タタキ
ツケル。窓ヲシメテオイテモ、床
ニ、ホコリガツモル。コノゴロ
ケデ、実際ニハナイ。下カラ吹
キ上ゲテヰル。
風ノ中デ対空射撃デアッ
タ。
息ヲスルマモナイホドイソガ
シイ。
アサッテノ外出ハ出ラレナイ。
ソノロダケ、外出ノ一番
オッタ。
ネヤウニ思ッテヰタラ、岩本
准尉ニヨバレタ。地図ヲカ
イテクレト云フ。ネムタイトコロ
デアッタノデ、実ニ無責任ニ
三十分デ仕上ゲタ。
2月29日
起キルトスグニ銃剣術デアッ
タ。松岡中尉ニヨバレテ行ク
ト、移動ガ上手イカト云フ。練
習用具ノ設計図ヲカイテクレ
ト云フ。ツマラヌ仕事デアッタ
ガ、オカゲデ風中ノ対空射
撃ヲマヌガレタ。
ヒルカラ演習ノ整列ジャウ
カト思ッテヰルトコロヘ空襲
ケイホウガカカッタ。
ガ、オソカッタト云フノデ、中隊
長ガメノヤウニオコッタ。オコ
ッテヰル中ニ、マスマス腹ガ立
ッテクルノラシイ。ハジメトニ
別ナコトデ、オコリ出シテ

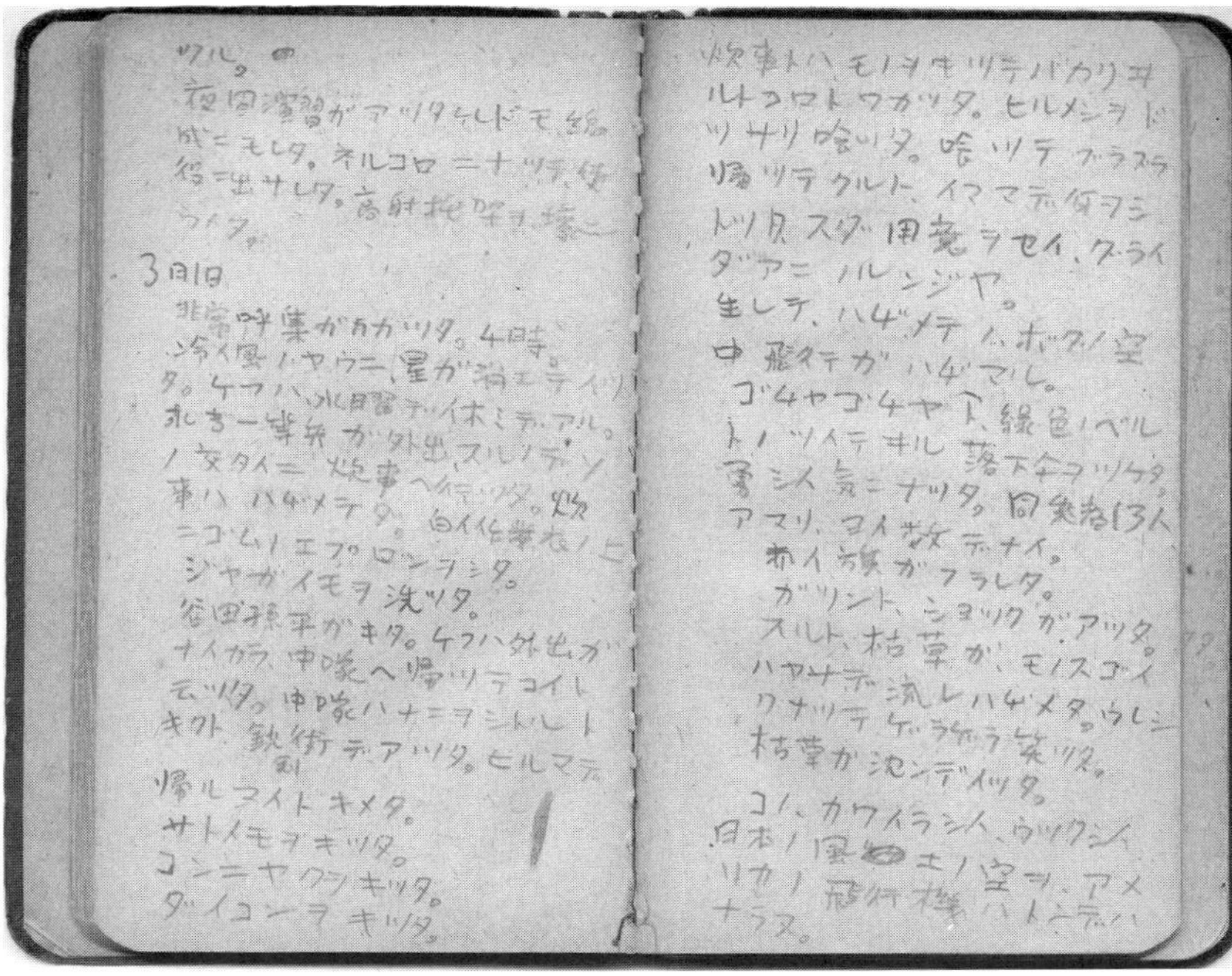

ツクル。
夜間演習ガアッタケレドモ、編
成ニモレタ。ネルコロニナッテ、防
衛ニ出サレタ。高射砲陣地ヲ壊シ
ライタ。
3月1日
非常呼集ガカカッタ。4時。
冷タイ風ノヤウニ、星ガ消エテイッ
タ。ケフハ水曜日デ休ミデアル。
木吉一等兵ガ外出スルノデ、ソ
ノ交タイニ炊事ヘ行ッタ。炊
事ハハジメテダ。白イ作業衣ノヒ
ニゴムノエプロンヲシタ。
ジャガイモヲ洗ッタ。
谷田様平ガキタ。ケフハ外出ガ
ナイカラ、中隊ヘ帰ッテコイト
云ッタ。中隊ハナニヲシトルト
キクト、銃剣術デアッタ。ヒルマデ
帰ルコイトキメタ。
サトイモヲキッタ。
コンニヤクヲキッタ。
ダイコンヲキッタ。

炊事トハ、モノヲキッテバカリヰ
ルトコロトワカッタ。ヒルメシヲド
ッサリ喰ッタ。喰ッテブラブラ
帰ッテクルト、イママデ何ヲシ
トッタ、スグ用意ヲセイ、グライ
ダアニノルンジヤ。
生レテ、ハジメテ、ボクノ空
中飛行ガハジマル。
ゴムヤゴムヤト、緑色ノベル
トノツイテヰル落下傘ヲツケタ。
勇シイ気ニナッタ。同乗者13人
アマリ、ヨイ数デナイ。
赤イ旗ガフラレタ。
ガツント、ショックガアッタ。
スルト、枯草ガ、モノスゴイ
ハヤサデ流レハジメタ。ウレシ
クナッテ、ゲラゲラ笑ッタ。
枯草ガ沈ンデイッタ。
コノ、カワイラシイ、ウツクシイ
日本ノ国土ノ空ヲ、アメ
リカノ飛行機ハトンデハ
ナラヌ。

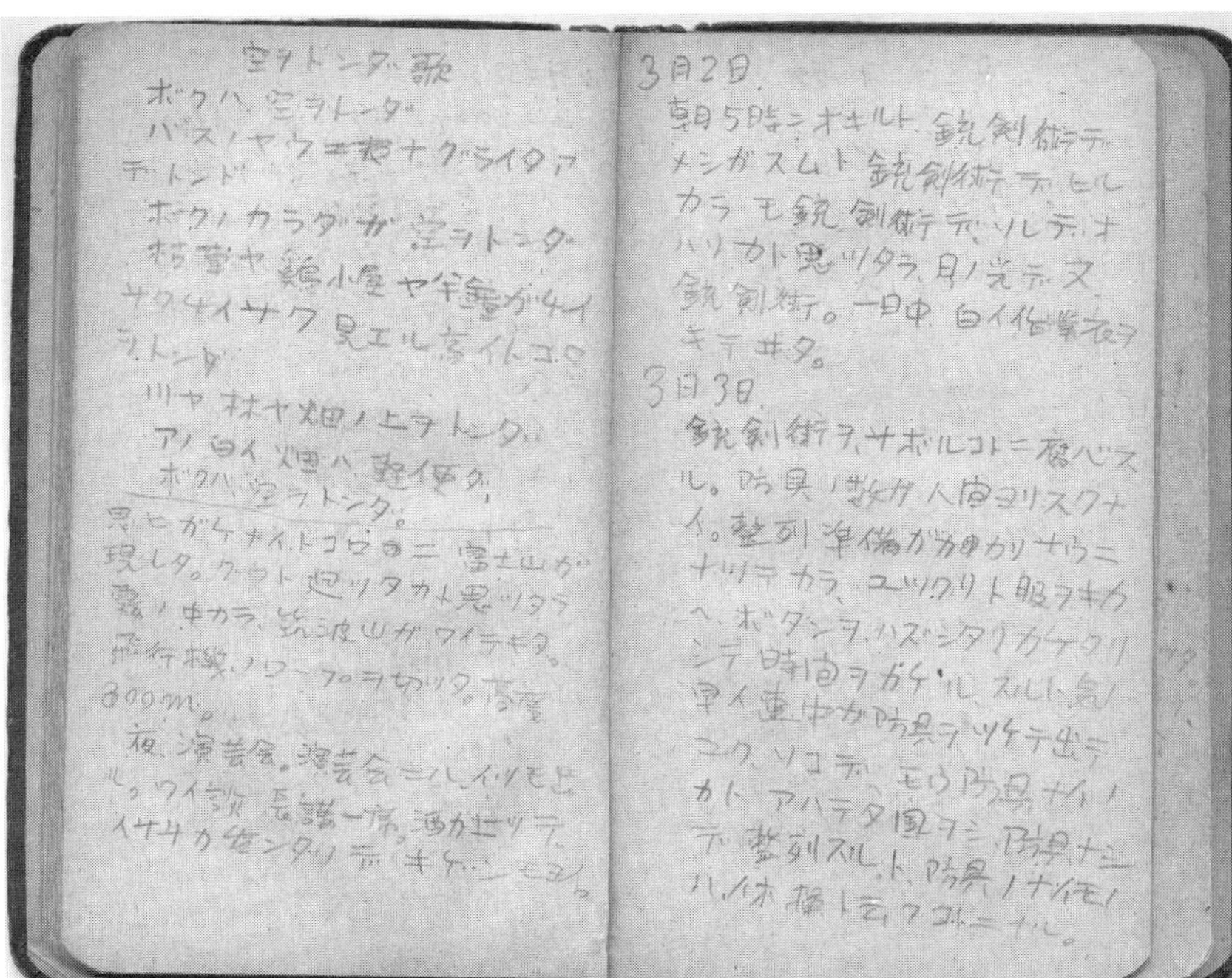

空ヲトンダ歌
ボクハ、空ヲトンダ
バスノヤウニ大キナグライダアデトンダ
ボクノカラダガ空ヲトンダ
枯草ヤ鶏小屋ヤ半鐘ガチイサクチイサク見エル高イトコロヲトンダ
川ヤ林ヤ畑ノ上ヲトンダ
アノ白イ畑ハ[illegible]ダ
ボクハ、空ヲトンダ。
思ヒガケナイトコロニ富士山ガ
現レタ。グウト廻ッタカト思ッタラ
雲ノ中カラ、筑波山ガワイテキタ。
飛行機ハ、ロープヲ切ッタ。高度
800m。
夜、演芸会。演芸会ニハ、イツモ出
ル。ワイ談 長謡一席。酒ガ出ッテ、
イササカ飲ンダリデ、キゲンモヨシ。

3月2日
朝5時ニオキルト、銃剣術デ
メシガスムト銃剣術デ、ヒル
カラモ銃剣術デ、ソレデオ
ハリカト思ッタラ、月ノ光デ又
銃剣術。一日中白イ作業衣ヲ
キテヰタ。
3月3日
銃剣術ヲ、サボルコトニ腐心ス
ル。防具ノ数ガ人員ヨリスクナ
イ。整列準備ガカカリサウニ
ナッテカラ、ユックリト服ヲキカ
ヘ、ボタンヲ、ハズシタリカケタリ
シテ時間ヲカセグ。スルト、気
早イ連中ガ防具ヲツケテ出テ
ユク。ソコデ、モウ防具ナイノ
カト、アハテタ風ヲシ
テ整列スルト、防具ナシ
ハ体操ト云フコトニナル。

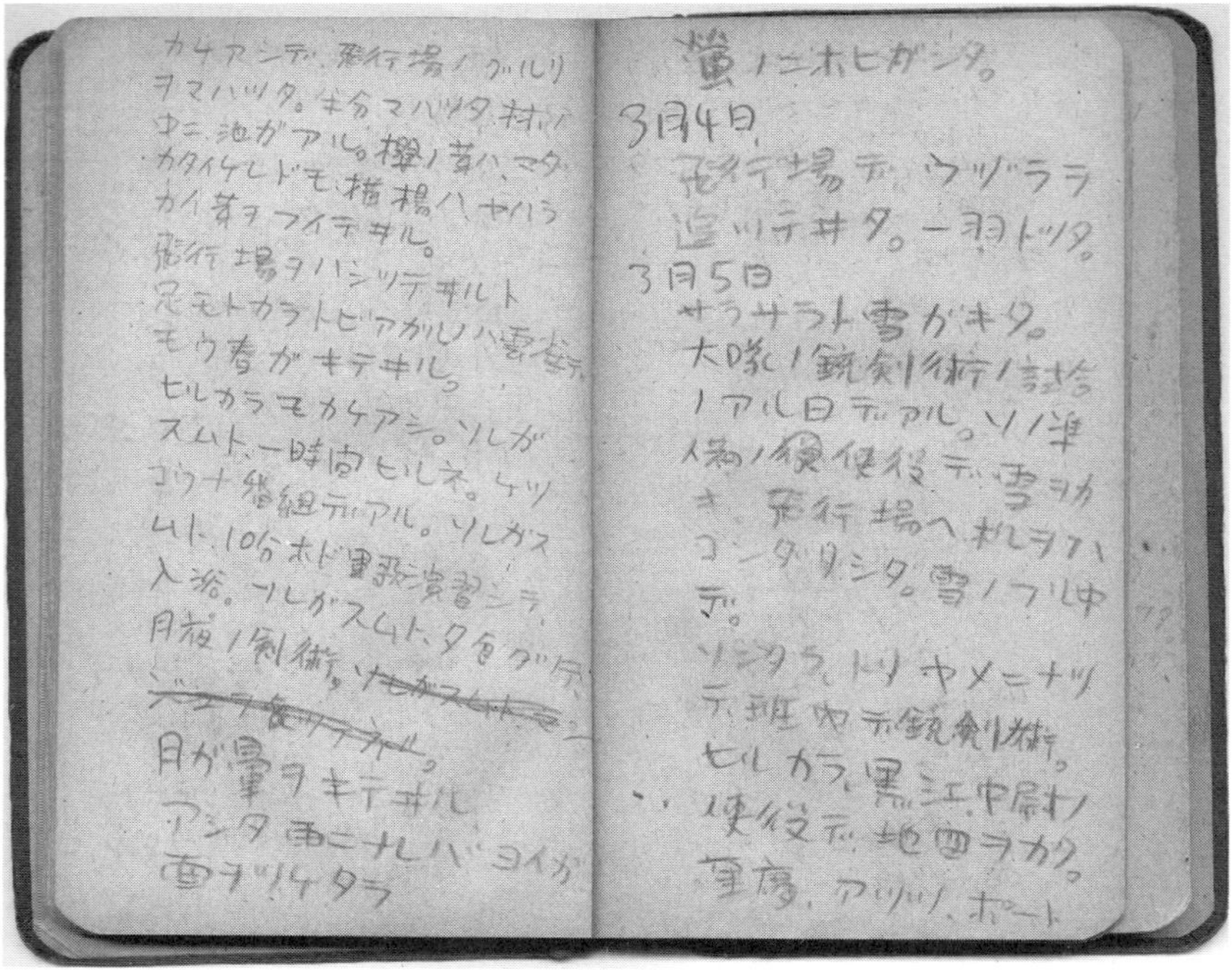

カケアシデ、飛行場ノグルリヲマハツタ。半分マハツタ村ノ中ニ池ガアル。欅ノ芽ハ、マダカタイケレドモ、楊柳ハヤハラカイ芽ヲフイテヰル。
飛行場ヲハシツテヰルト足モトカラトビアガルノハ雲雀デ、モウ春ガキテヰル。
ヒルカラモカケアシ。ソレガスムト、一時間ヒルネ。ケツコウナ番組デアル。ソレガスムト、10分ホド軍歌演習シテ入浴。ソレガスムト、夕食ガデテ、月夜ノ剣術。
月ガ暈ヲキテヰル
アシタ雨ニナルバヨイガ
雨ヲフリツケタラ
鶯ノニホヒガシタ。
3月4日
飛行場デ、ウヅラヲ追ツテヰタ。一羽トツタ。
3月5日
サラサラト雪ガキタ。
大隊ノ銃剣術ノ試合ノアル日デアル。ソノ準備ノ使役デ、雪ヲカキ、飛行場ヘ机ヲハコンダリシタ。雪ノフル中デ。
ソレカラ、トリヤメニナツテ、班内デ銃剣術。
ヒルカラ、黒江中尉ノ使役デ、地図ヲカク。
兵隊、アリゾノ、ポート

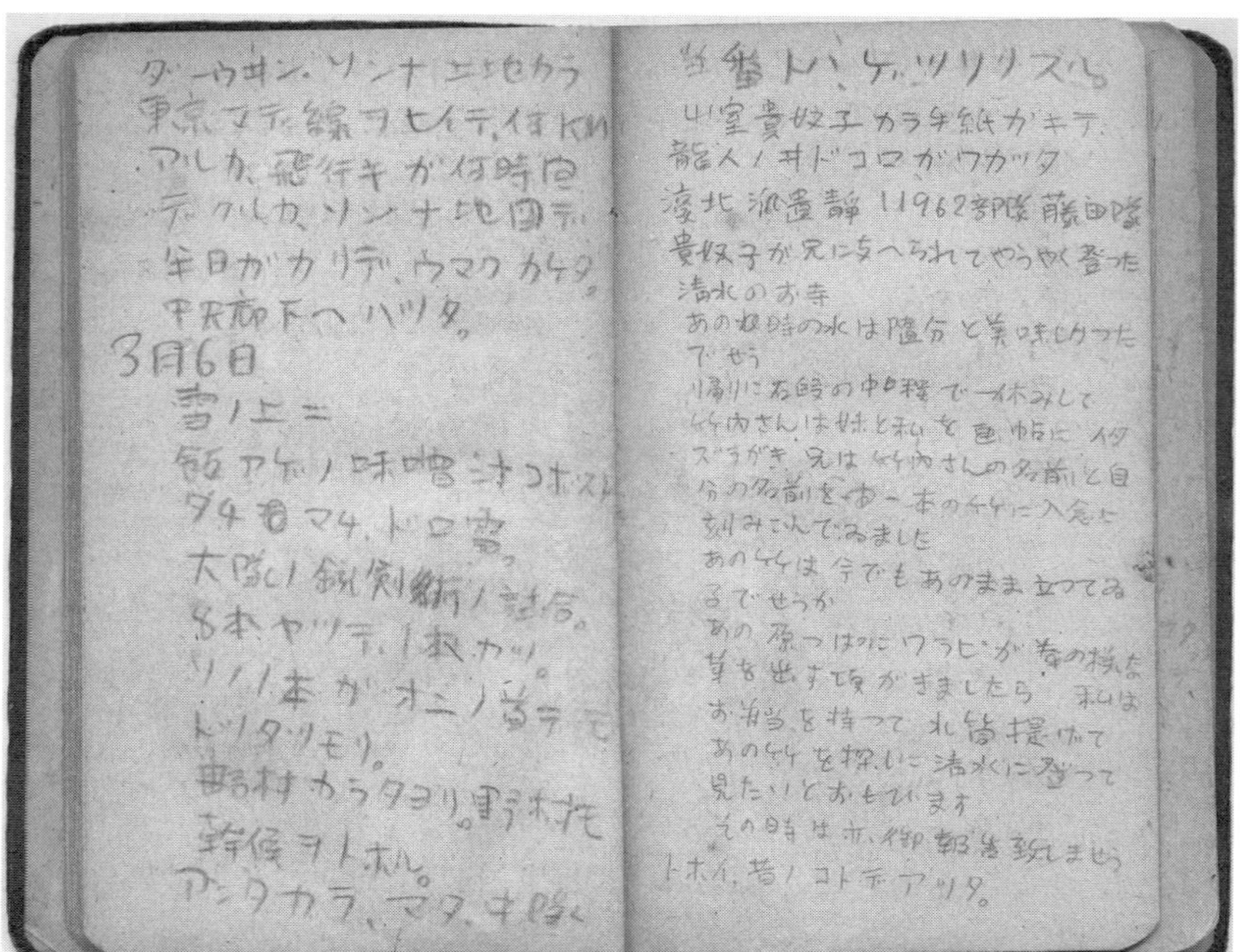

ダーウヰン、ソンナ土地カラ東京マデ線ヲヒイテ、何KMアルカ、飛行キガ何時間デクルカ、ソンナ地図デ、半日ガカリデ、ウマクカケタ。中央廊下ヘハツタ。
3月6日
雪ノ上ニ
飯アゲノ味噌汁コボスル
ダイ君マイ、ドロ靴。
大隊ノ銃剣術ノ試合。
8本ヤツテ、1本カツ。
ソノ1本ガオニノ首デモトツタツモリ。
野村カラタヨリ。野村花幹候ヲトホル。
アンタカラ、マタ、中隊
当番トハ、ケツリリスハ。
小室貴久子カラ手紙ガキテ、龍人ノヰドコロガワカツタ
濠北派遣静11962部隊藤田隊
貴久子が兄に支へられてやうやく登つた清水のお寺
あの時の水は随分と美味しかつたでせう
帰りに石段の中程で一休みして竹内さんは妹と私を画帖にイタズラがき 兄は竹内さんの名前と自分の名前を一本の竹に入念と刻みこんでゐました
あの竹は今でもあのまま立つてゐるでせうか
あの原っぱにワラビが春の様な芽を出す頃がきましたら 私はお弁当を持つて水筒提げて
あの竹を探しに清水に登つて見たいとおもつています
その時は亦、御報告致しませう
トホイ、昔ノコトデアツタ。

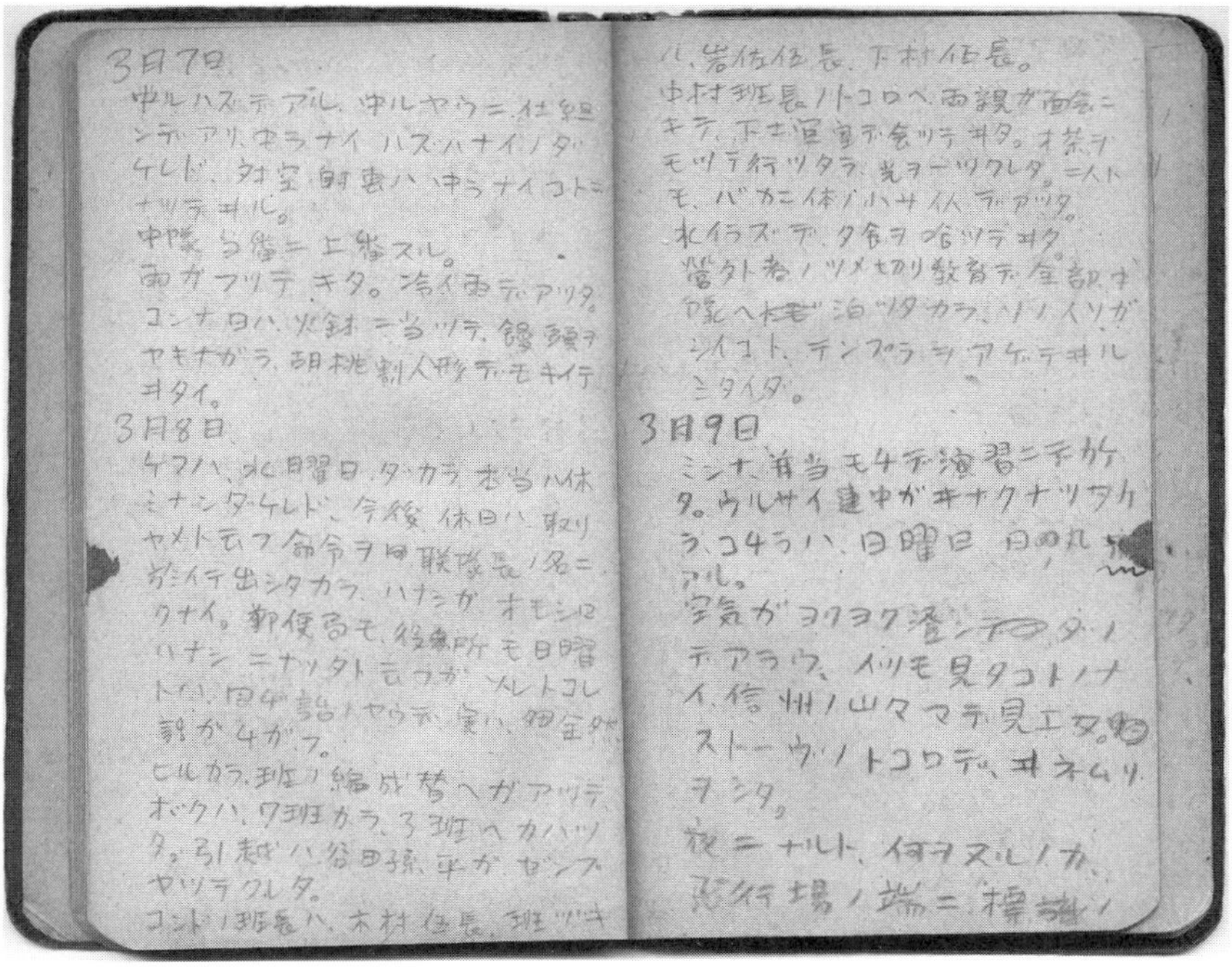

3月7日
中ルハズデアル。中ルヤウニ仕組ンデアリ、中ラナイハズハナイノダケレド、対空射撃ハ中ラナイコトニナツテヰル。

中隊ハ5番ニ上番スル。

雨ガフツテキタ。冷イ雨デアツタ。

コンナ日ハ、火鉢ニ当ツテ、饅頭ヲヤキナガラ、胡桃割人形デモキイテヰタイ。

3月8日
ケフハ、水曜日。ダカラ本当ハ休ミナンダケレド、今後休日ハ取リヤメト云フ命令ヲ聯隊長ノ名ニ於イテ出シタカラ、ハナシガオモシロクナイ。郵便局モ、役場モ日曜ハナシニナツタト云フガ、ソレトコレ話ガチガフ。

ヒルカラ、班ノ編成替ヘガアツテ、ボクハ、7班カラ、3班ヘカハツタ。引越ハ谷田孫平ガゼンブヤツテクレタ。

コンドノ班長ハ、木村伍長。班ツキハ、岩佐伍長、下村伍長。

中村班長ノトコロヘ両親ガ面会ニキテ、下士官室デ会ツテヰタ。オ茶ヲモツテ行ツタラ、羊羹ヲ一ツクレタ。二人トモ、バカニ体ノ小サイ人デアツタ。

水イラズデ、夕食ヲ喰ツテヰタ。

営外者ノツメ切リ教育デ全部ナ隊へ泊ツタカラ、ソノイソガシイコト、テンプラヲアゲテヰルミタイダ。

3月9日
ミンナ、弁当モチデ演習ニデカケタ。ウルサイ連中ガヰナクナツタカラ、コチラハ、日曜日。日の丸デアル。

空気ガヨクヨク澄ンデヰタノデアラウ、イツモ見タコトノナイ、信州ノ山々マデ見エタ。

ストーヴノトコロデ、ヰネムリヲシタ。

夜ニナルト、何ヲスルノカ、飛行場ノ端ニ標識ノ

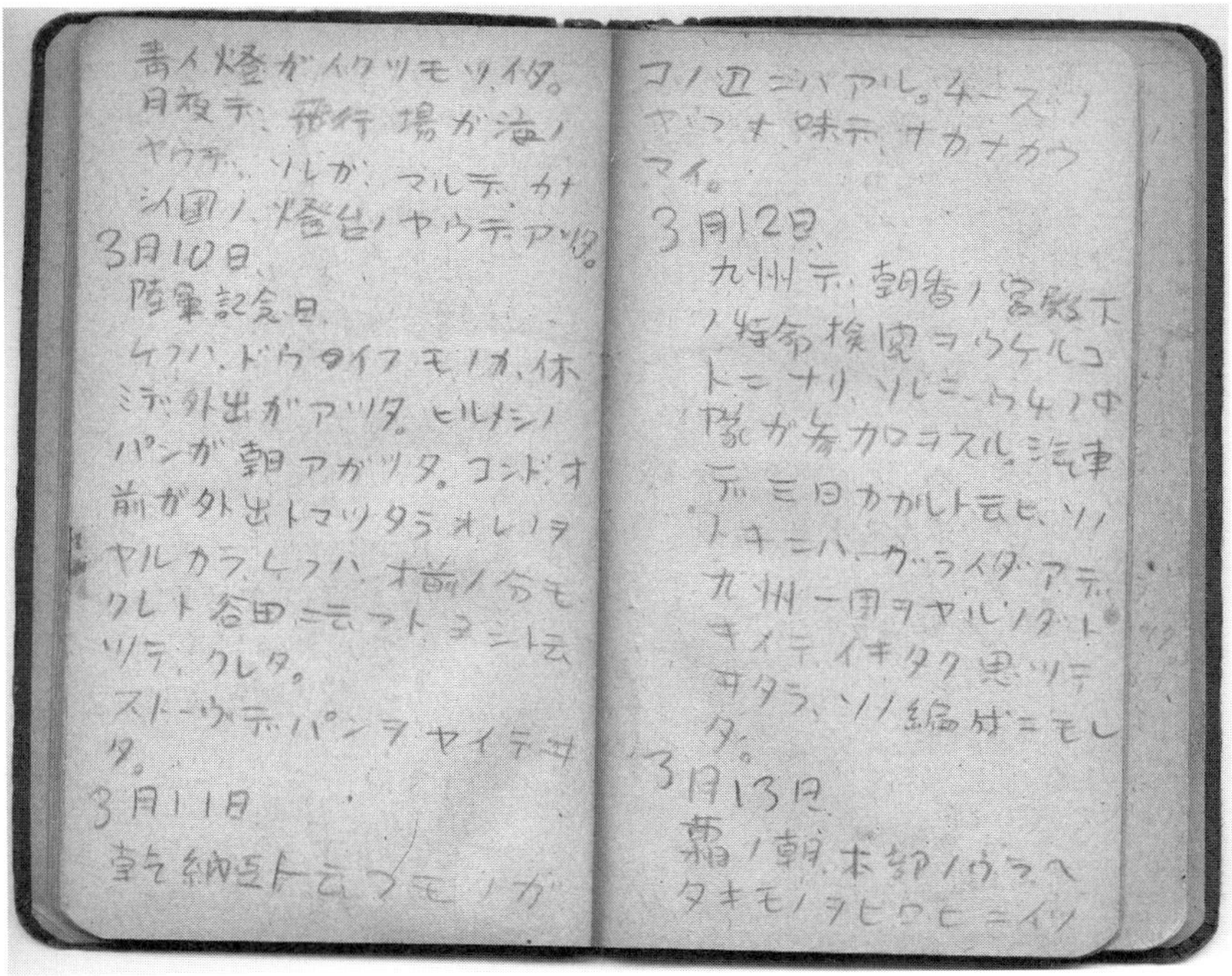

青イ燈ガイクツモツイタ。月夜デ、飛行場ガ海ノヤウデ、ソレガ、マルデ、カナシイ国ノ、燈台ノヤウデアツタ。
3月10日
陸軍記念日
ケフハ、ドウタイフモノカ、休ミデ外出ガアツタ。ヒルメシノパンガ朝アガツタ。コンド、オ前ガ外出トマツタラ、オレノヲヤルカラ、ケフハ、オ前ノ分モクレト谷田ニ云フト、ヨシト云ツテ、クレタ。
ストーヴデパンヲヤイテヰタ。
3月11日
乾燥納豆ト云フモノガコノ辺ニハアル。チーズノヤウナ味デ、ナカナカウマイ。
3月12日
九州デ、朝香ノ宮殿下ノ特命検閲ヲウケルコトニナリ、ソレニ、ウチノ中隊ガ参カヲスル。汽車デ三日カカルト云ヒ、ソノトキニハ、グライダーデ九州一周ヲヤルノダトキイテ、イキタク思ツテヰタラ、ソノ編成ニモレタ。
3月13日
霜ノ朝。本部ノウラヘタキモノヲヒロヒニイツ

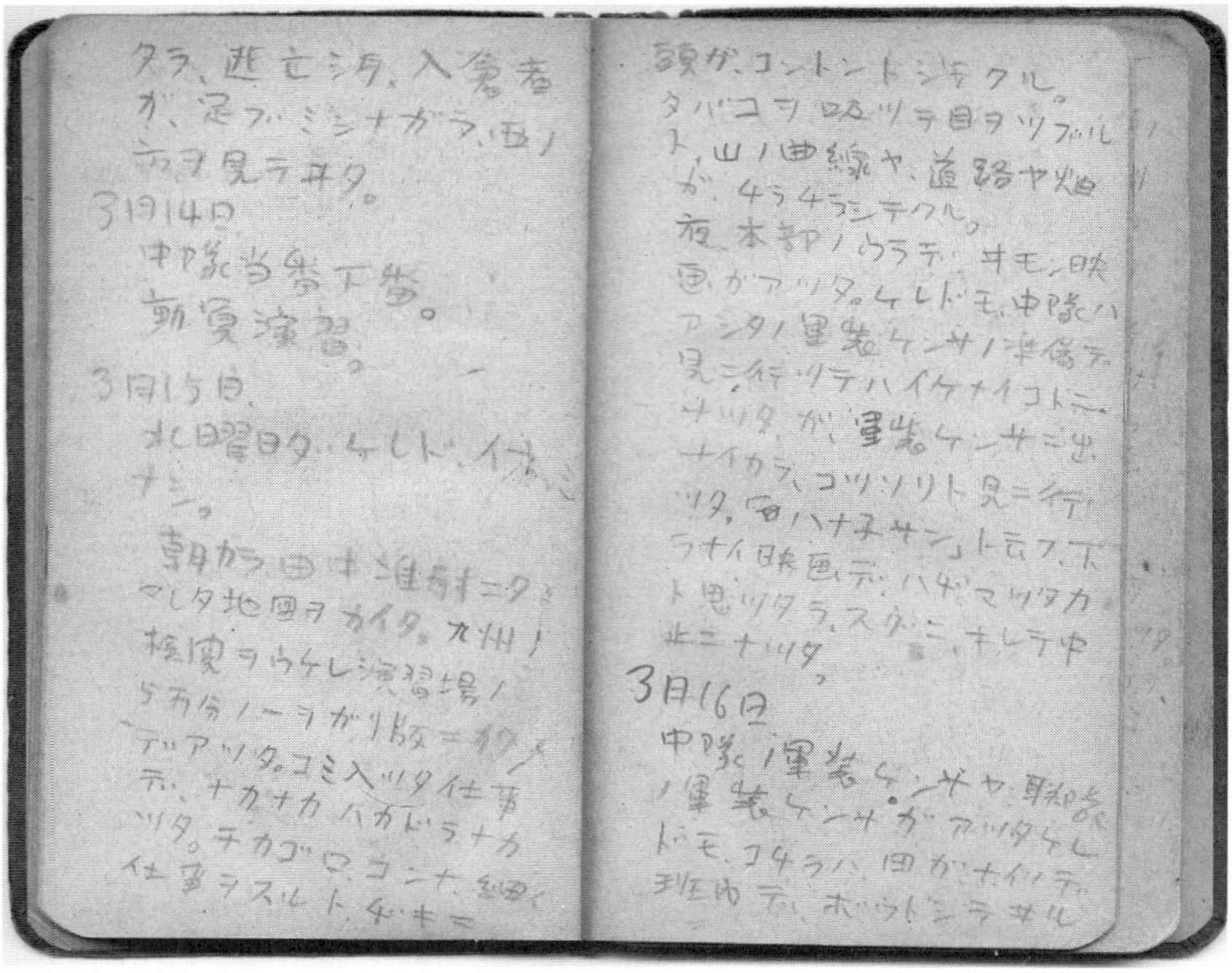
タラ、逃亡シタ、入倉者
ガ、足ブミシナガラ、西ノ
空ヲ見テヰタ。
3月14日
中隊当番下番。
動員演習。
3月15日
水曜日ダ。ケレド、イイ
ナシ。
朝カラ田中准尉ニタノ
マレタ地図ヲカイタ。九州ノ
検閲ヲウケル演習場ノ
5万分ノ一ヲガリ版ニカク
デアッタ。コミ入ッタ仕事
デ、ナカナカハカドラナカ
ッタ。チカゴロコンナ、細イ
仕事ヲスルト、ダキニ

頭ガ、コントントシテクル。
タバコヲ吸ッテ目ヲツブル
ト、山ノ曲線ヤ、道路ヤ畑
ガ、チラチラシテクル。
夜、本部ノウラデ、ヰモン映
画ガアッタ。ケレドモ中隊ハ
アシタノ軍装ケンサノ準備デ
見ニ行ッテハイケナイコトニ
ナッタガ、軍装ケンサニ出
ナイカラ、コッソリト見ニ行
ッタ。「ハナ子サン」ト云フ、ホ
ト思ッタラ、スグニ、キレテ中
止ニナッタ。
3月16日
中隊ノ軍装ケンサヤ、聯隊
ノ軍装ケンサガアッタケレ
ドモ、コチラハ、田ガナイノデ
班内デ、ボウトシテヰル

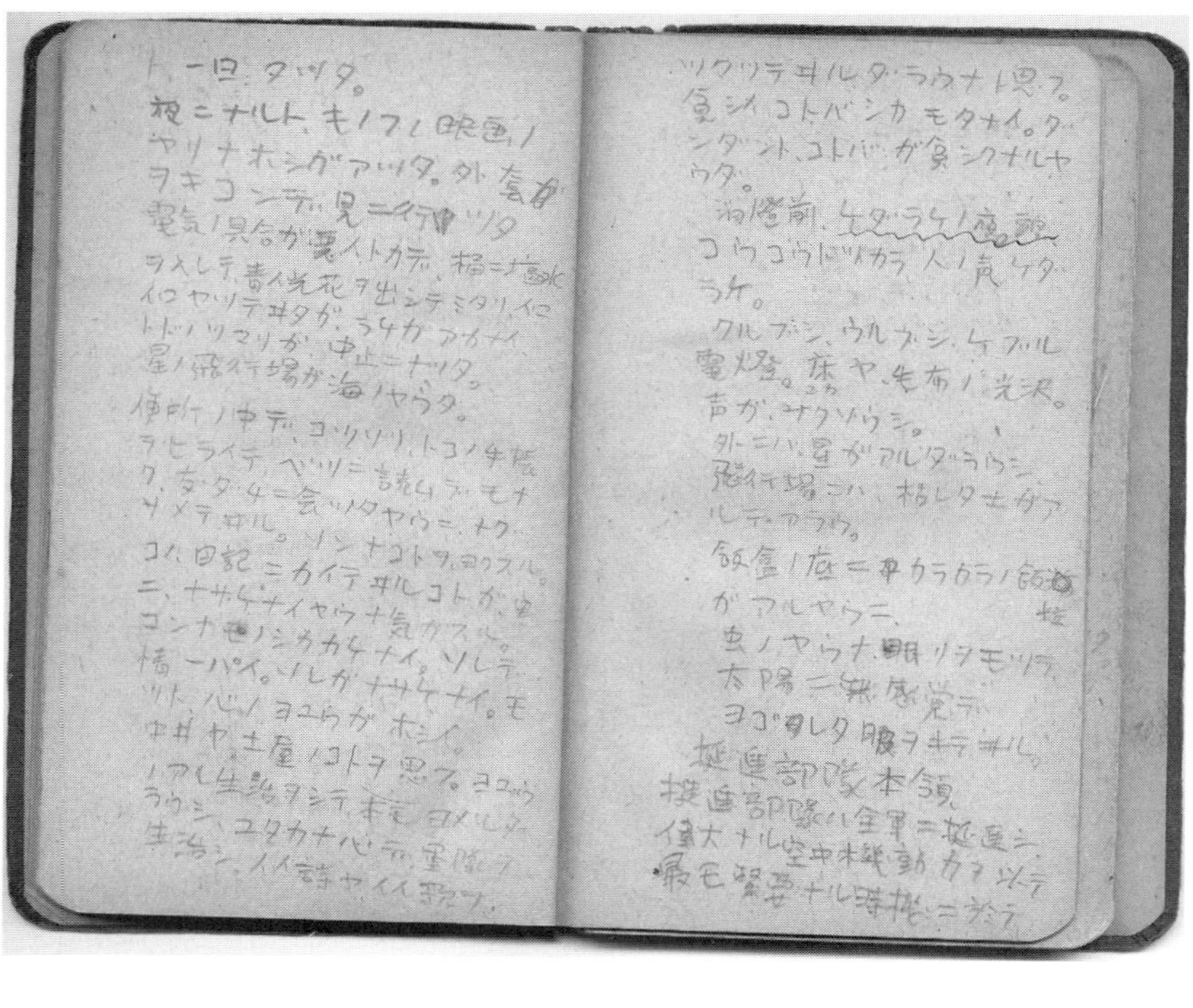
ト一日タッタ。
夜ニナルト、モノフレ映画ノ
ヤリナオシガアッタ。外套ヲ
ヲキコンデ見ニイッタ
電気ノ具合ガ悪イトカデ、桶ニ
ヲ入レテ青イ光ヲ出シテミタリ、イ
ロイロヤッテヰタガ、ラチガアカナイ。
ドドハツマリガ、中止ニナッタ。
星ノ飛行場ガ海ノヤウダ。
便所ノ中デ、コッソリトコノ手帳
ヲヒライテ、ベツニ読ムデモナ
ク、ナガメテヰル。ソンナコトヲ、ヨクスル。
コレハ日記ニカイテヰルコトガ
ニ、ナサケナイヤウナ気ガスル。
コンナ世ノシカタナイ。ソレデ
ツト、心ノヨユウガホシイ。モ
ット生活ヲシテモヨメル
ウラニ、ユタカナ心デ、軍隊ノ
生活ニ、イイ詩ヤイイ歌ヲ。

ツクリテヰルダラウナト思フ。
気シイコトバシカモタナイ。
ンダント、コトバガ気シクナルヤ
ウダ。
消燈前、ケダラケノ寝顔
コウコウトツカウ人ノ貞ケダ
ラケ。
クルブシ、ウルブシ、ケブル
電燈。床ヤ、毛布ノ光沢。
声ガ、ナクソウラシ。
外ニハ、星ガアルダラウシ
飛行場ニハ、枯レタ土ガア
ルデアラウ。
飯盒ノ底ニ、カラカラノ飯粒
ガアルヤウニ
虫ノヤウナ眼ヲモッテ
太陽ニ無感覚デ
ヨゴレタ服ヲキテヰル。
挺進部隊本領
挺進部隊ハ全軍ニ挺進シ
偉大ナル空中機動力ヲ以テ
最モ緊要ナル時機ニ於テ

長距ヨク敵ヲ奇襲シ敵ノ戦
略夢実ヲ破摧シ 戦捷ノ途ヲ
拓クモノトス
3日17日
アケガタ、小便ヲシニオキルト、ト
ナリノ佐藤伍長モオモシサウ
ニテ「ハイルト「モウ、春ラシイ、ナツ
テキタナア」ントモツタ。

九州デ使フ落下傘ラ、汽車ニヨリ
爆発デ、トラックニ倚ラセテ一緒ニ
ハ既ニ北條マデイテタ。北
ベバ出ナイデモ、駅ニツクト、モウ
エ、押兄、ツミコミ、伍役、車両
ガ、ツミコンダリ、伍役、車両押シツケ
タリシテヰタ。ソレト一緒ニビシ
デ、ヤツテキタ。カヘリハ、アルイ
テカヘツタ。

梅ガサイテキタ。
ソノ梅ノ枝ニ、鷲カコウ
カ見ロアツタ。
オシノマウニ大キイタブサ

朝、罐印カン入レラ草デツクツ
タ。
ヒルニ木村班長ガ操縦見習
ラウケルモノハナイカトキニ
キタ。四40分オレ古へテヰタ
ラ、ア、マスモビニイツタ。
ドウシテ、ウケル気ニナツタトキ合
カモツタ。「ヨウシ、イバツテミヨ
ウ」ナツタ。スルト急ニ気持ハ、ヨ
ウカル」トモツタ。腹ノ出セシャ
ウナ気ガシタ。
字野曹長ガ、ボクノ服ノキタ
ナサノヲトガメテ、イツカラ、洗濯
ラシナイカトモツタ。ホントハ
ヨクヘキテカラ、一度モカツ気
キナイノダ。タレド、正月ヤツタ
モアキテヰタ気モトシテ所
トモフンデ、面ガジャージャ

ブツテ、ヰタケレドモ、自ノ作業
衣ニモカヘテ、洗濯シタ。
ロシヤノ小説ヲヨムト、温イ
ペ-モTennroのYK氏ノ風呂コバ
モテクル、タトヘバ、チェホフノ話
ノ中ノ男デモ
ラノ朝ハ朝ノ4時カ白分的ニ寝
ラツク コウシタコトモ、一片ノ
パンノタメ、一晩イー唄ノタメノノ
デスカラネ。
コノ手紙ハ、ボクノ「暗イ一隅」
トモヘル。
風呂ノヌルイコトヲマタ、カクベッテ
アツタ。ツ、カツテヰテ宇フルヘ
タ。外ヘ出タラ雪ニナツテヰ
タ。
3日19日
雪ガツモツテヰタ。右廊下ニ
シテオイタ衣様ガ、マツ白ニ
雪ヲカブッテ、パリンパリン
ニ凍ツテヰタ。
ケレドモ、雲一ツナイ、イ、天気

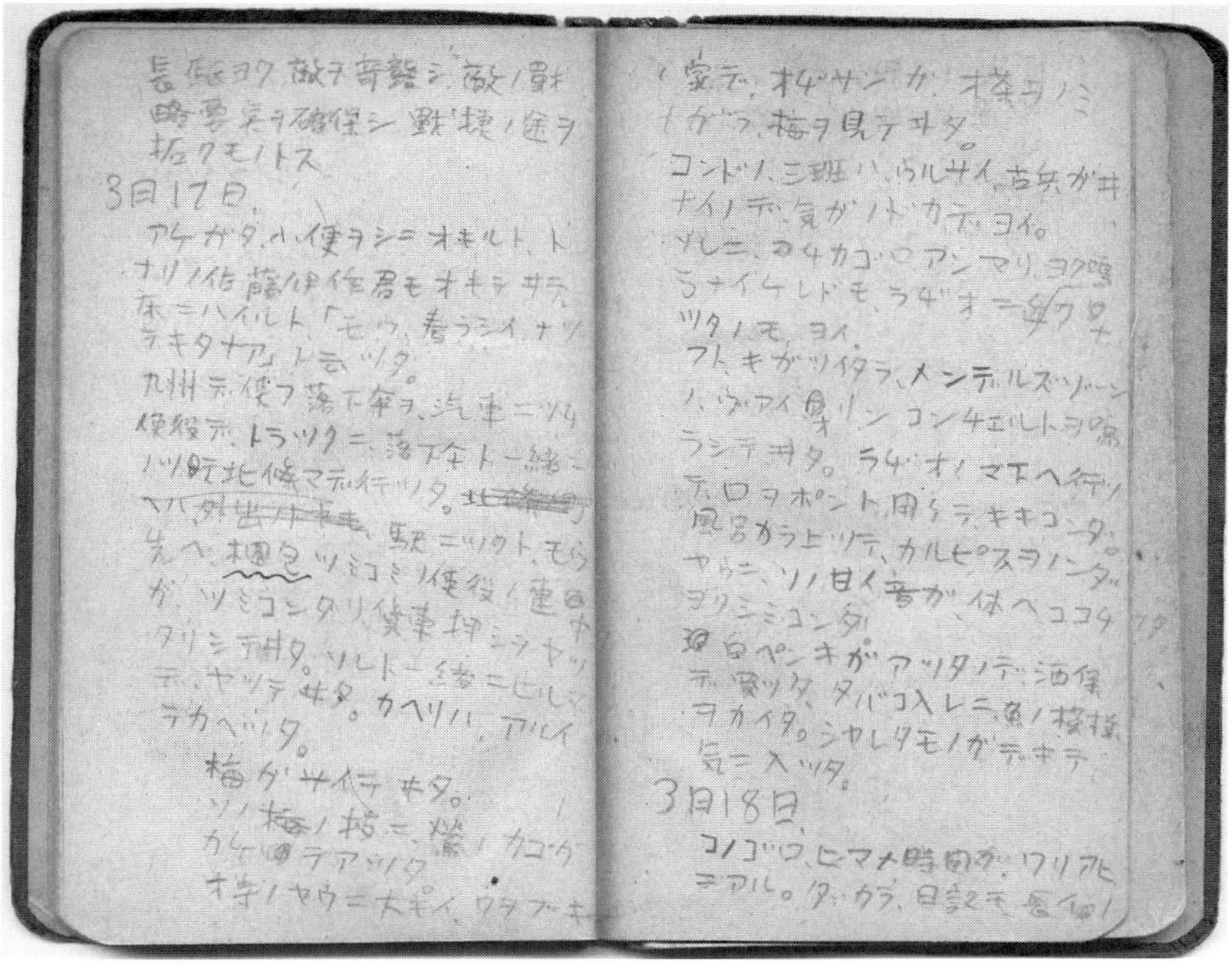

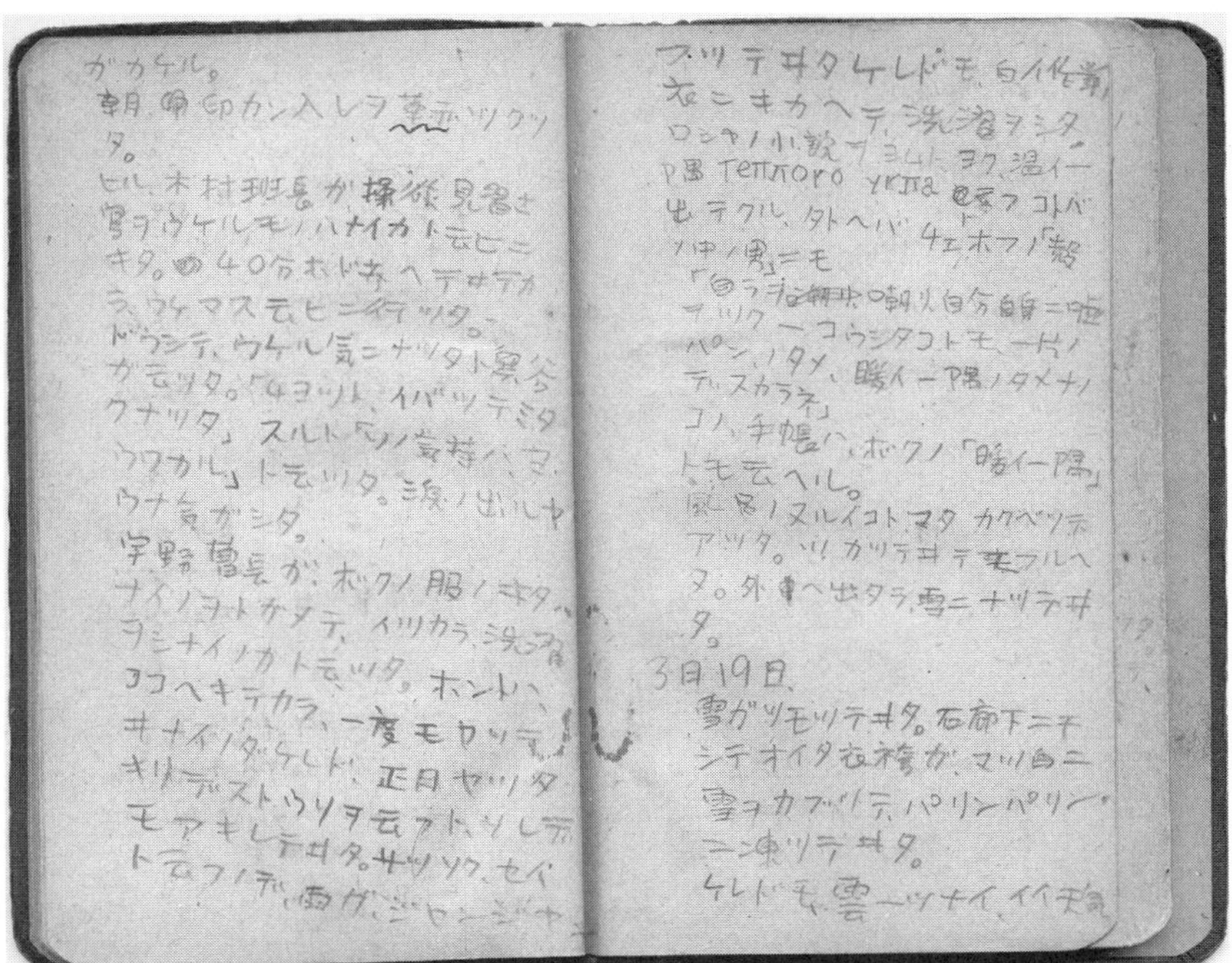

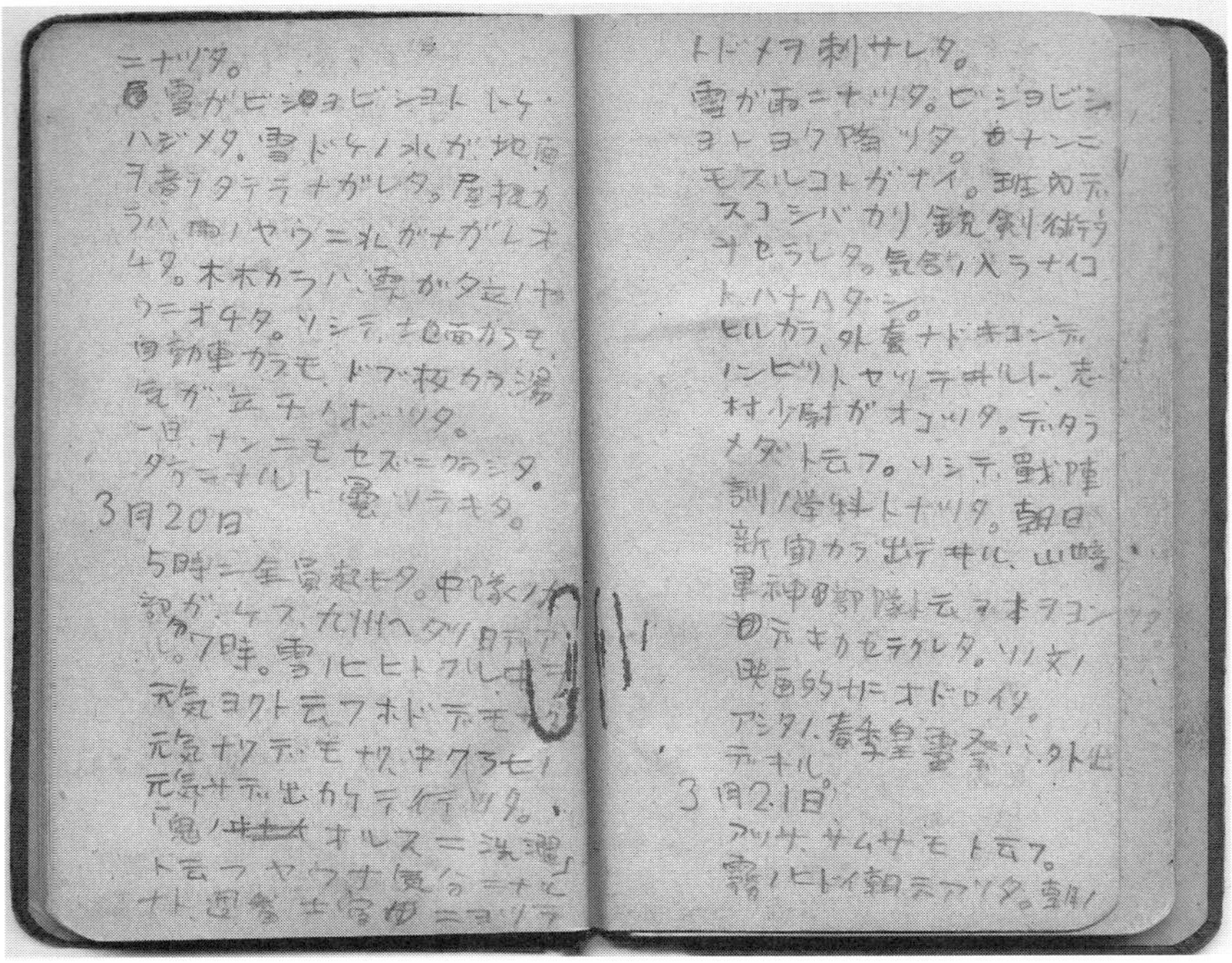

ニナツタ。
昼雪ガビジヨビジヨト トケ
ハジメタ。雪ドケノ水ガ地面
ヲ音ヲタテテナガレタ。屋根カ
ラハ雨ノヤウニ水ガナガレオ
チタ。木木カラハ雲ガ夕立ノヤ
ウニオチタ。ソシテ地面カラモ
自動車カラモ、ドブ板カラ湯
気ガ立チノボツタ。
一日ナンニモセズニクラシタ。
タグテナルト曇ツテキタ。
3月20日
5時ニ全員起キタ。中隊ノ一
部ガ、ケフ、九州ヘタツ日デア
ル。7時。雪ノヒヒトクルシ中
元気ヨクト云フホドデモ
元気ナクデモ坂中クラモノ
元気サデ出カケテ行ツタ。
「鬼ノオルスニ洗濯」
ト云フヤウナ気分ニナモ
ナト、週番士官殿ニヨツテ
トドメヲ刺サレタ。
雪ガ雨ニナツタ。ビジヨビジ
ヨトヨク降ツタ。ナンニ
モスルコトガナイ。班内デ
スコシバカリ銃剣術ヲ
サセラレタ。気合ノ入ラナイコ
トハナハダシ。
ヒルカラ、外套ナドキコンデ
ノンビリトセツテヰルト、志
村少尉ガオコツタ。デタラ
メダト云フ。ソシテ戦陣
訓ノ学科トナツタ。朝日
新聞カラ出テヰル、山崎
軍神部隊ト云フ本ヲヨン
デキカセテクレタ。ソノ文ノ
映画的ナニオドロイタ。
アシタハ春季皇霊祭ハ外出
デキル。
3月21日
アツサ、サムサモト云フ。
霧ノヒドイ朝デアツタ。朝ノ

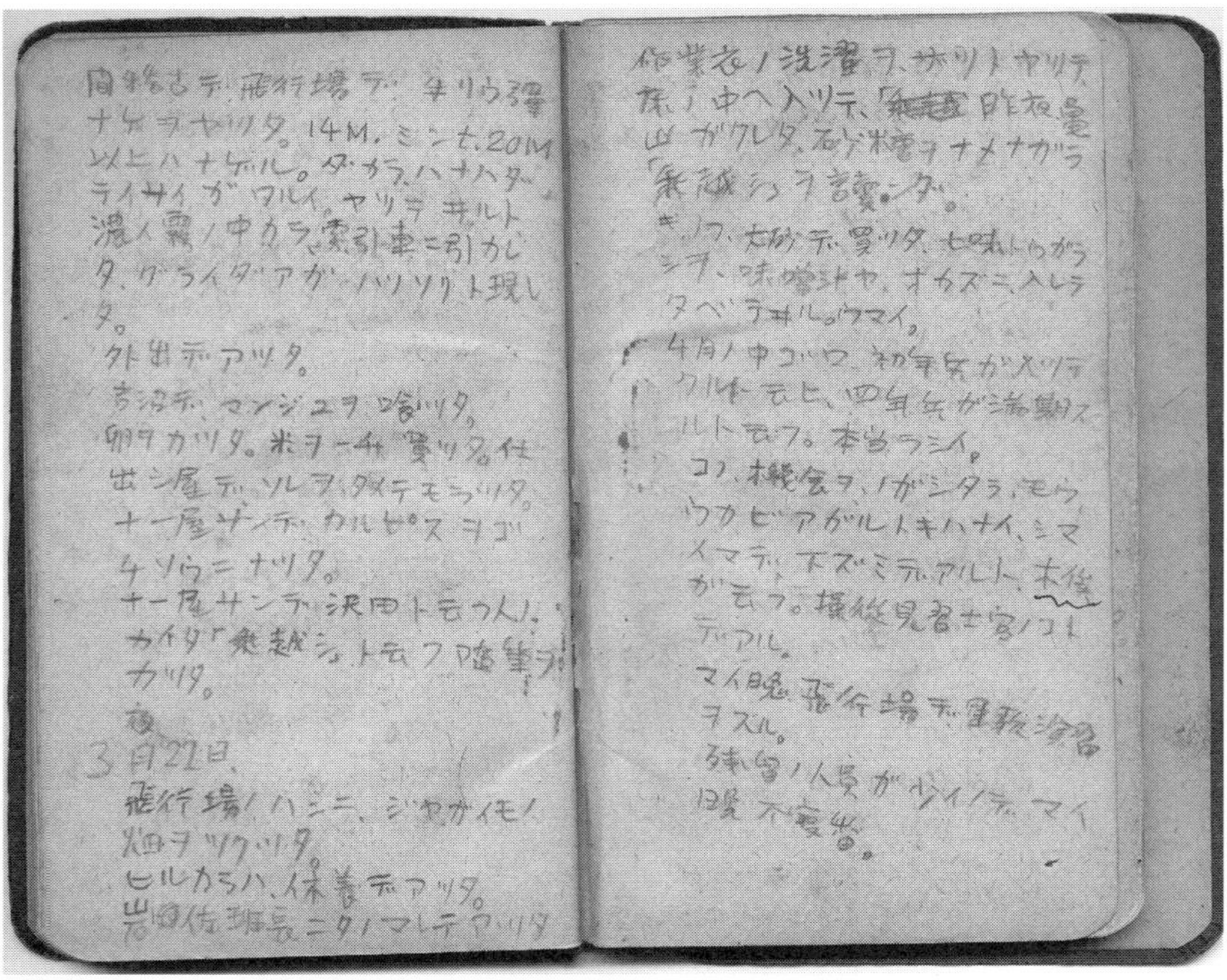

[illegible]デ飛行場デ手リウ弾
ナゲヲヤツタ。14M。ミンナ20M
以上ハナゲル。ダカラハナハダ
テイサイガワルイ。ヤツテヰルト
濃イ霧ノ中カラ、索引車ニ引カレ
タ、グライダアガ、ノツソリト現レ
タ。
外出デアツタ。
吉沼デ、マンジユウヲ喰ツタ。
卵ヲカツタ。米ヲ一升買ツタ。仕
出シ屋デ、ソレヲタイテモラツタ。
十一屋サンデ、カルピスヲゴ
チソウニナツタ。
十一屋サンデ沢田ト云フ人ノ、
カイタ「飛越シ」ト云フ随筆ヲ
カリタ。
夜
3月22日
飛行場ノハシニ、ジヤガイモノ
畑ヲツクツタ。
ヒルカラハ、休養デアツタ。
岩田伍班長ニタノマレテアツタ
作業衣ノ洗濯ヲ、サツトヤツテ、
床ノ中ヘ入ツテ、昨夜[illegible]
山ガクレタ、砂糖ヲナメナガラ
「飛越シ」ヲ読ンダ。
キノフ、太田デ買ツタ、七味トウガラ
シヲ、味噌汁ヤ、オカズニ入レテ
タベテヰル。ウマイ。
4月ノ中ゴロ、初年兵ガ入ツテ
クルト云ヒ、四年兵ガ満期ニナ
ルト云フ。本当ラシイ。
コノ機会ヲノガシタラ、モウ
ウカビアガルトキハナイ、シマ
イマデ、下ズミデアルト、古兵
ガ云フ。操縦見習士官ノコト
デアル。
マイ晩、飛行場デ[illegible]演習
ヲスル。
残留ノ人員ガ少イノデ、マイ
晩不寝番。

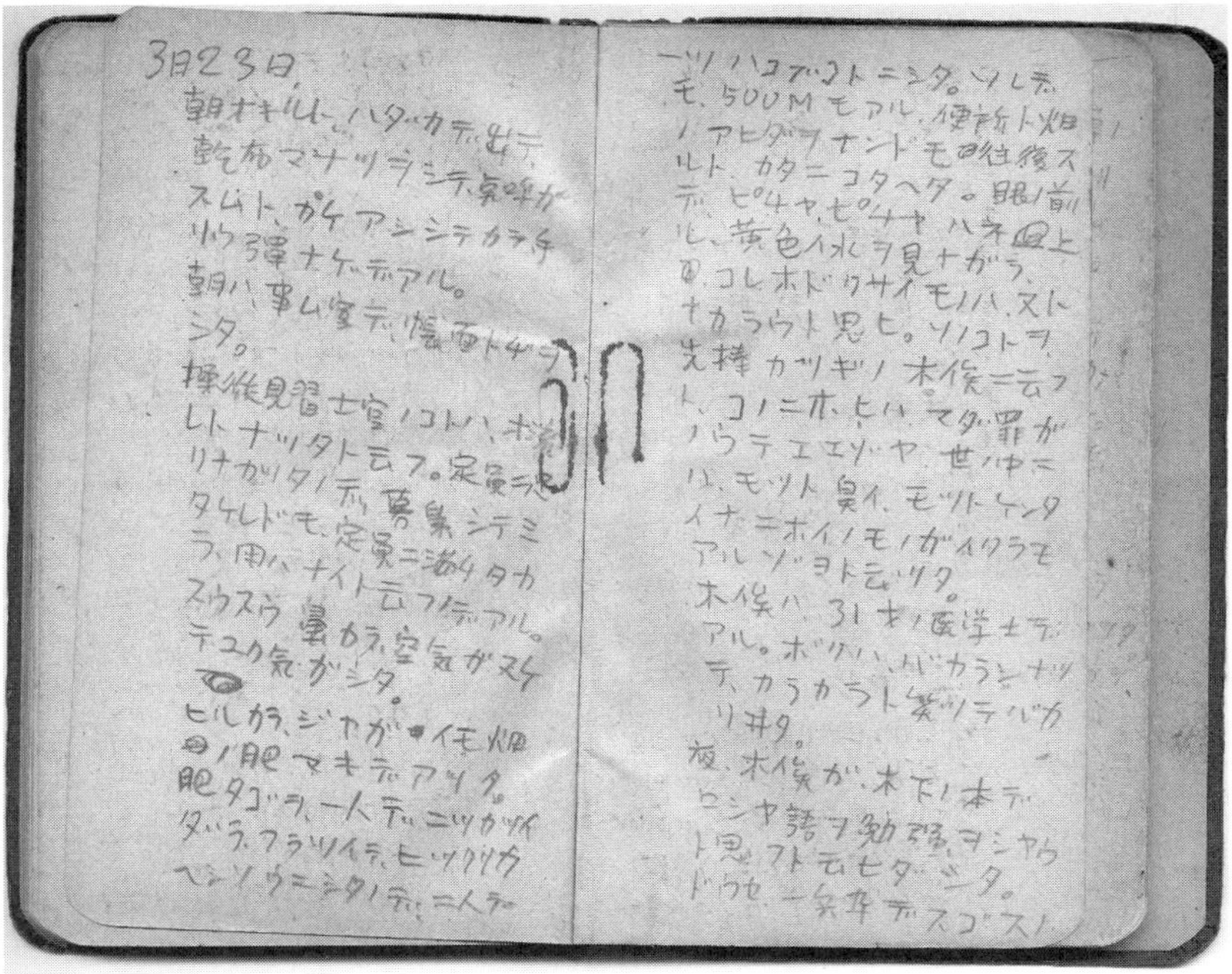

3月23日
朝オキル。ハタ・カデ・出テ
乾布マサツシテ、気持ガ
スムト、ガイアシテカラヰ
バ弾ナケデ・アル。
朝ハ事ム室デ、慌面トヤラ
シタ。
操従見習士官ノコトハ、ポシ
レトナッタト云フ。定員ラ
タレドモ、定員ニ漁々タカ
ラ用ハ、ナイト云フノデアル。
スウスウ曇カラ、空気ガス
テユク気ガシタ。
ヒルカラ、ジャガイモ畑
ノ肥マキデ・アツタ。
肥タゴ二一人デ、ニツカツイ
ダ。ブラフラツイテ、ヒックリカ
ベソウニシタノデ、二人デ

一ツノハコアノトニシタ。ソレデ
モ、500Mモアル。煙植ト畑
ノアヒダフナンドモ往後ス
ルト、カタニコタヘダ。眼ノ前
デ、ピ4ャ、ピツキヤ、ハネ回上
シ、黄色イ水ヲ見ナガラ
コレホドクサイモノハスト
ナカラウト思ヒ、ソノコトヲ
支持カツギノ木俣ニ云フ
ト、コノニホヒハマダ罪ガ
ハクテエエ、世ノ中ニ
ハ、モツト臭イ、モツトヘンダ
イナニオイノガイクラモ
アルゾ、ヨトテ云ツタ。
木俣ハ31才ノ医学士デ
アル。ボタイシガラナイ
デ、カラカラトズツテバカ
リキタ。
夜、木俣ガ、木下ノ本デ
ロシヤ語ヲ勉強シ、ヨシャウ
ト思フトモヒダシタ。
ドウセ、一尺年デスプスノ

デアツテミレバ、ホノモノヲシナ
誰テモヤレヤレミヤバカトモ
赤ベ名ロ日ニ始ノ母ナガ
テクレバ、スコシパ、ヒマチヲ
モクラウシナニカマトマツ
ダウル名ラシヤがト思フコト
スデ、オツトクラシテイルャ
ヤリキレナイ。
2月24日
チカゴロ、ツマラナイコトニョウ
ヘダイタト実ラバカリヰル。
ジヤガノモ畑ニ、タイモテ
ク。里ニツ力ミ、ソニセガツラ
シ力ロ三シヌタツルト云フコト
ヲヒラカカツク。アマ、リダタイ
ヤイチャツタラ、出ルト云フト
カツタ。
ヒルガラハ、野球デ・アツタ。
カクベツ、面向ィフケテモ
タ。ハヤイヤハツツキタノブテ
デモナカツタ。ソノ後
ランオノ英語テキスト
キテタ、笑ツテキタ

3月25日
朝ハ体操デ・アツタ。世ナギノ
上デ、テンプリ反ツクリトシタリ
ハネクリシテキタ。頭ニ血ノンダ
メ白クナツタが、体ガエラ
ヒルカラ、カケアシテ・アツタ。
朝ノ気カコクデ、セタポト
アルノダトモ、ヒルニハレルカ
ラス達ノ苦業がラフヒテ、コ
場ガ有ノアムラシ緯整様
ガ畑リャウニ。ムキシナが
ラシテキタ。
枯草ノアムラカラモ、ちちガ
モ、ハキセルャウニ出テアダ
畑デ、ニシラーツカニテイト子を
頭ニナガスニキタントイレシ
タガニシテウマクモ、ナカツタ。
3月26日
草刈場ノ枯萎カツテ
モ土地屋根カツテ
実畑力らて、地からて
ソワワウワワ
陽気がモエテキタ

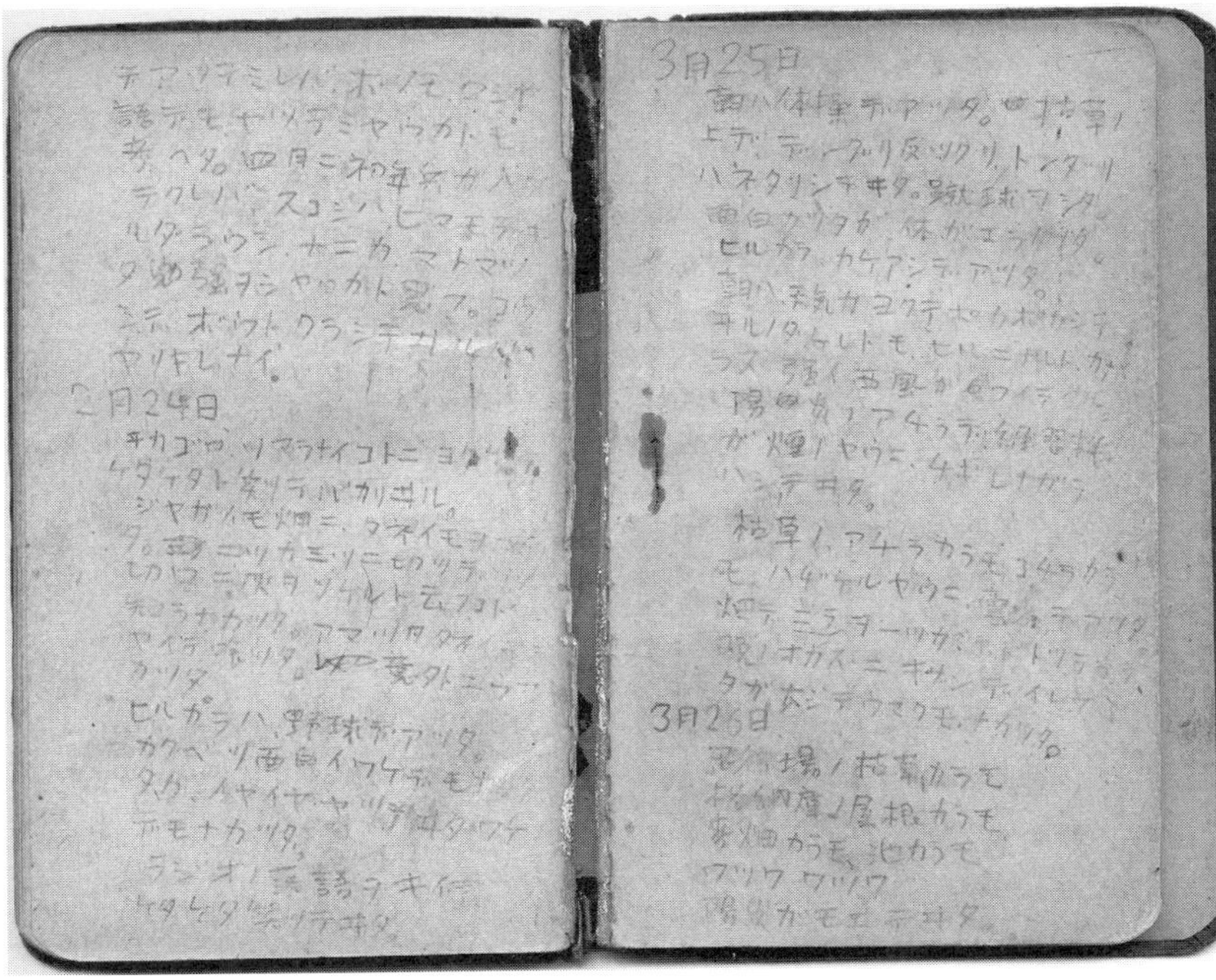

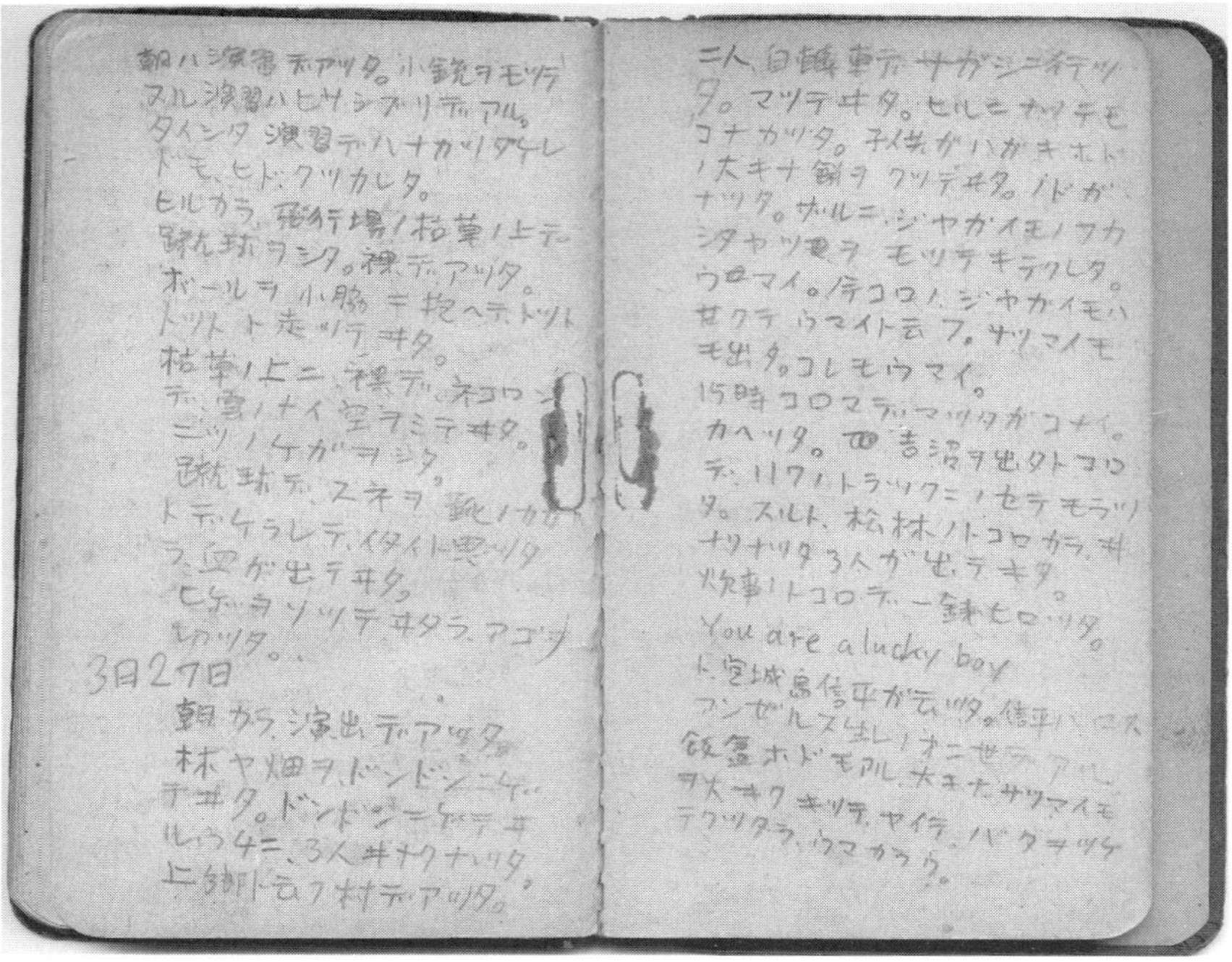
朝ハ演習デアッタ。小銃ヲモッテ
スル演習ハヒサシブリデアル。
タイシタ演習デハナカッタケレ
ドモ、ヒドクツカレタ。
ヒルカラ、飛行場ノ枯草ノ上デ
蹴球ヲシタ。裸デアッタ。
ボールヲ小脇ニ抱ヘテトット
トットト走ッテヰタ。
枯草ノ上ニ、裸デ、ネコロン
デ、雲ノナイ空ヲミテヰタ。
ニツノケガヲシタ。
蹴球デ、スネヲ、靴ノカカ
トデケラレテ、イタイト思ッタ
ラ、血ガ出テヰタ。
ヒゲヲソッテヰタラ、アゴヲ
キッタ。
3月27日
朝カラ演出デアッタ。
林ヤ畑ヲ、ドンドン、ニゲ
テヰタ。ドンドンニゲテヰ
ルウチニ、3人ヰナクナッタ。
上郷ト云フ村デアッタ。

二人自轉車デサガシニ行ッ
タ。マッテヰタ。ヒルニナッテモ
コナカッタ。子供ガハガキホド
ノ大キナ餅ヲクッテヰタ。ノドガ
ナッタ。ザルニ、ジヤガイモノフカ
シタヤツヲモッテキテクレタ。
ウマイ。今コロノジヤガイモハ
サクラ ウマイト云フ。サツマイモ
モ出タ。コレモウマイ。
15時コロマデマッタガコナイ。
カヘッタ。吉沼ヲ出タトコロ
デ、11ワノトラックニノセテモラッ
タ。スルト、松林ノトコロカラ、ヰ
ナクナッタ3人ガ出テキタ。
炊事ノトコロデ、一鉢モロッタ。
You are a lucky boy
ト宮城島信平ガ云ッタ。信平ハロス
アンゼルス生レノオニセデアル。
飯盒ホドモアル、大キナサツマイモ
ヲ大キクキッテ、ヤイテ、バクダッツケ
テクッタラ、ウマカッタ。

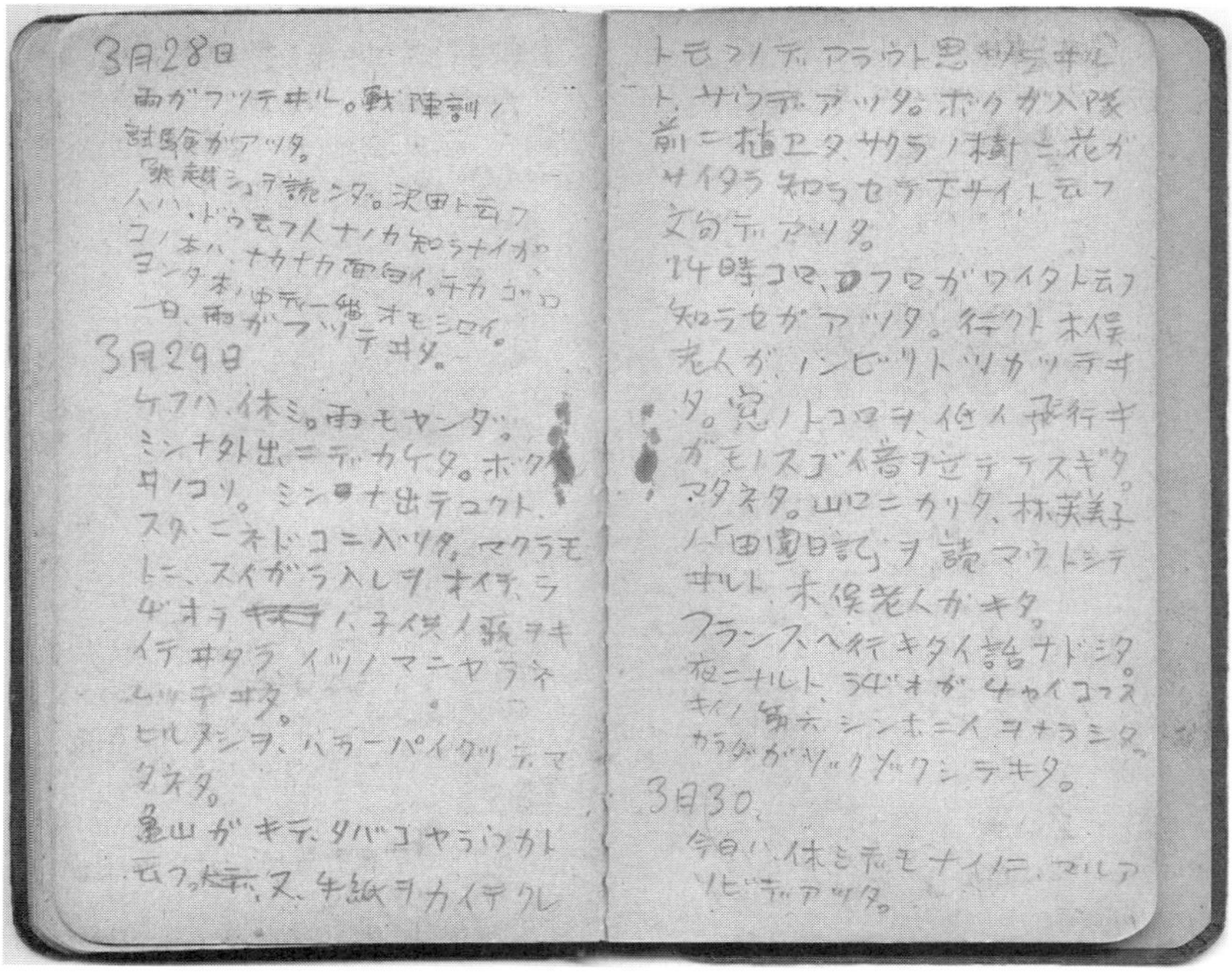
3月28日
雨ガフッテヰル。戦陣訓ノ
試験ガアッタ。
「[illegible]」ヲ読ンダ。沢田ト云フ
人ハ、ドウ云フ人ナノカ知ラナイガ、
コノ本ハ、ナカナカ面白イ。チカゴロ
ヨンダ本ノ中デ一番オモシロイ。
一日、雨ガフッテヰタ。
3月29日
ケフハ、休ミ。雨モヤンダ。
ミンナ外出ニデカケタ。ボク
ヰノコリ。ミンナ出テユクト、
スグニネドコニ入ッタ。マクラモ
トニ、スイガラ入レヲオイテ、ラ
ヂオヲ~~聞キ~~ハ、子供ノ話ヲキ
イテヰタラ、イツノマニヤラネ
ムッテヰタ。
ヒルメシヲ、ハラ一パイクッテ、マ
タネタ。
亀山ガキテ、タバコヤラウカト
云フノデ、又、手紙ヲカイテクレ

ト云フノデアラウト思ッテヰル
ト、サウデアッタ。ボクガ入隊
前ニ植エタサクラノ樹ニ花ガ
サイタラ知ラセテ下サイト云フ
文句デアッタ。
14時コロ、フロガワイタト云フ
知ラセガアッタ。行クト木俣
老人ガ、ノンビリトツカッテヰ
タ。窓ノトコロヲ、低イ飛行キ
ガモノスゴイ音ヲ立テテスギタ。
マタネタ。山口ニカリタ、林芙美子
ノ「田園日記」ヲ読マウトシテ
ヰルト、木俣老人ガキタ。
フランスヘ行キタイ話ナドシタ。
夜ニナルト、ラヂオガチャイコフス
キイノ第六シンホニイヲナラシタ。
カラダガゾクゾクシテキタ。
3月30
今日ハ、休ミデモナイノニ、マルア
ソビデアッタ。

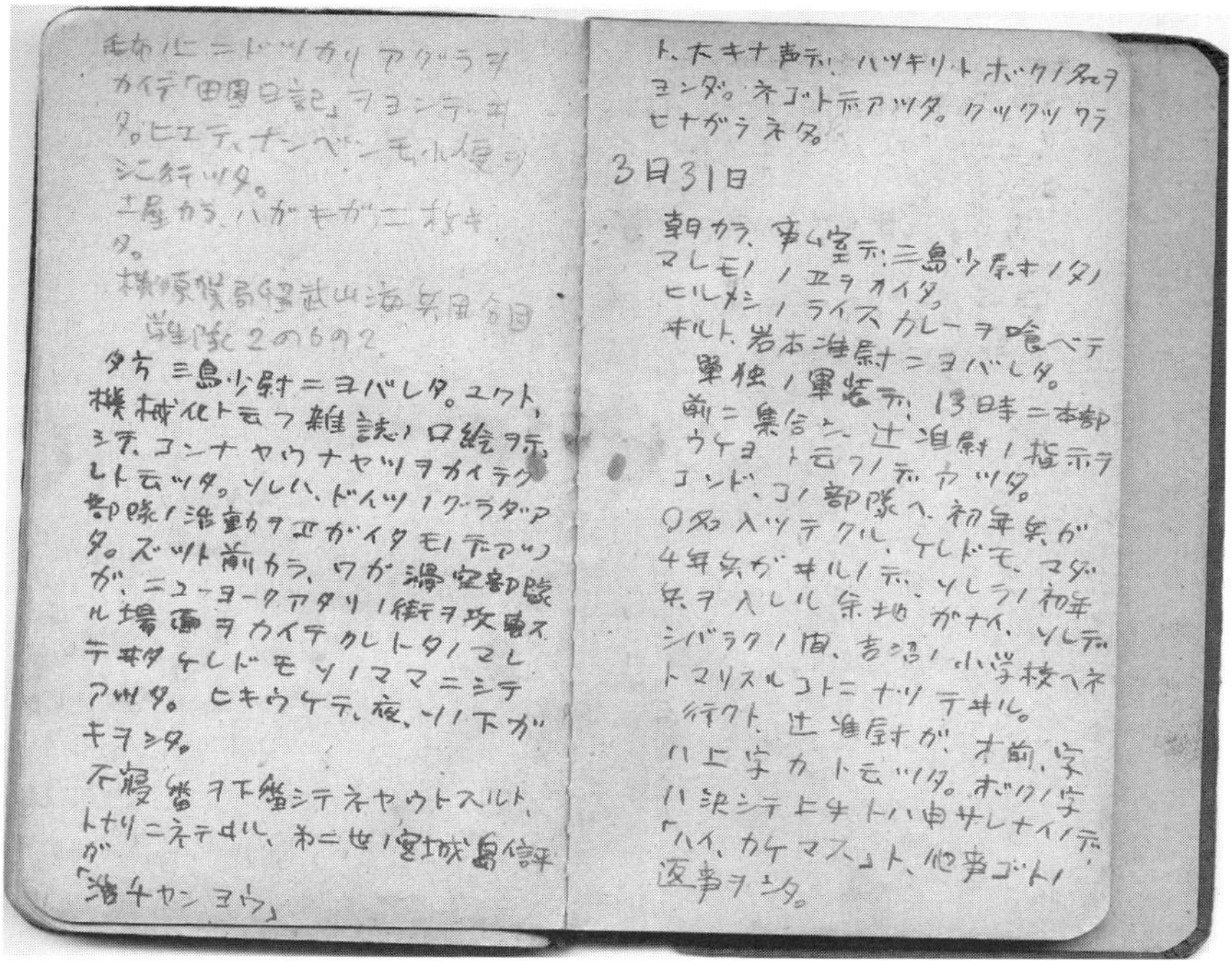

毛布ノ上ニドッカリアグラヲ
カイテ「田園日記」ヲヨンデヰ
タ。ヒエテ、ナンベンモ小便ヲ
シニ行ッタ。
土屋カラ、ハガキガ二枚キ
タ。
横須賀局気付武山海兵団第四
分隊2の6の2
夕方三島少尉ニヨバレタ。ユクト、
機械化ト云フ雑誌ノ口絵ヲ示
シテ、コンナヤウナヤツヲカイテク
レト云ッタ。ソレハ、ドイツノグラダッア
部隊ノ活動ヲ画ガイタモノデアッ
タ。ズット前カラ、ワガ滑空部隊
ガ、ニューヨークアタリノ街ヲ攻撃ス
ル場面ヲカイテクレトタノマレ
テヰタケレドモソノママニシテ
アッタ。ヒキウケテ、夜、ソノ下ガ
キヲシタ。
不寝番ヲ下番シテネヤウトスルト、
トナリニネテヰル、第二世ノ宮城島候補
ガ
「消チヤンヨウ」

ト、大キナ声デ、ハッキリトボクノ名ヲ
ヨンダ。ネゴトデアッタ。クックッワラ
ヒナガラネタ。
3月31日
朝カラ、事ム室デ、三島少尉ノタノ
マレモノノ画ヲカイタ。
ヒルメシノライスカレーヲ喰ベテ
ヰルト、岩本准尉ニヨバレタ。
単独ノ軍装デ、13時ニ本部
前ニ集合シ、辻准尉ノ指示ヲ
ウケヨト云フノデアッタ。
コンド、コノ部隊ヘ、初年兵ガ
9名入ッテクル。ケレドモ、マダ
4年兵ガヰルノデ、ソレラノ初年
兵ヲ入レル余地ガナイ。ソレデ
シバラクノ間、吉沼ノ小学校ヘネ
トマリスルコトニナッテヰル。
行クト、辻准尉ガ、オ前、字
ハ上手カト云ッタ。ボクノ字
ハ決シテ上手トハ申サレナイノデ
「ハイ、カケマス」ト、他事ゴトノ
返事ヲシタ。

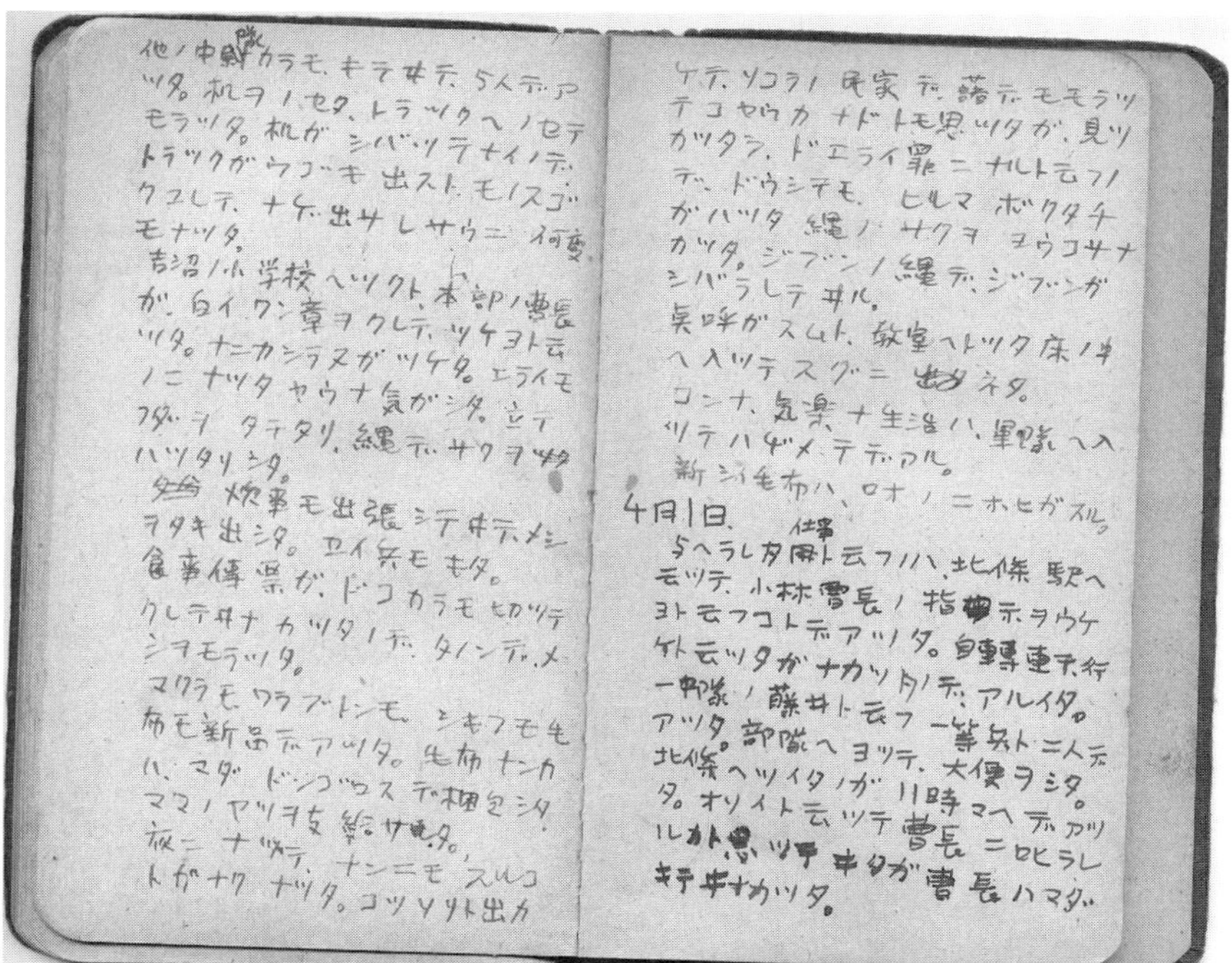

他ノ中隊カラモ、キテヰテ、5人デア
ッタ。机ヲノセタ、トラックヘノセテ
モラッタ。机ガシバッテナイノデ、
トラックガウゴキ出スト、モノスゴ
クユレテ、ナゲ出サレサウニ何度
モナッタ。
吉沼ノ小学校ヘツクト、本部ノ曹長
ガ、白イワン章ヲクレテ、ツケヨト云
ッタ。ナニカシラヌガツケタ。エライモ
ノニナッタヤウナ気ガシタ。立テ
フダヲタテタリ、縄デ、サクヲツク
ッタリシタ。
~~夕食~~ 炊事モ出張シテヰテ、メシ
ヲタキ出シタ。エイ兵モキタ。
食事伝票ガ、ドコカラモヒカッテ
クレテヰナカッタノデ、タノンデ、メ
シヲモラッタ。
マクラモ、ワラブトンモ、シキフモ毛
布モ新品デアッタ。毛布ナンカ
ハ、マダドンゴロスデ梱包シタ
ママノヤツヲ支給サレタ。
夜ニナッテ、ナンニモスルコ
トガナクナッタ。コッソリト出カ

ケテ、ソコラノ民家デ、薪デモモラッ
テコヤウカナドトモ思ッタガ、見ツ
カッタラ、ドエライ罪ニナルト云フノ
デ、ドウシテモ、ヒルマボクタチ
ガハッタ縄ノサクヲヨウコサナ
カッタ。ジブンノ縄デ、ジブンガ
シバラレテヰル。
点呼ガスムト、教室ヘトッタ床ノ中
ヘ入ッテスグニネタ。
コンナ、気楽ナ生活ハ、軍隊ヘ入
ッテハジメテデアル。
新シイ毛布ハ、ロオノニホヒガスル。
4月1日
与ヘラレタ仕事ト云フノハ、北條駅ヘ
行ッテ、小林曹長ノ指揮ヲウケ
ヨト云フコトデアッタ。自転車デ行
ケト云ッタガナカッタノデ、アルイタ。
一中隊ノ藤井ト云フ一等兵ト二人デ
アッタ。部隊ヘヨッテ、大便ヲシタ。
北條ヘツイタノガ11時マヘデアッ
タ。オソイト云ッテ曹長ニ叱ラレ
ルカト思ッテヰタガ曹長ハマダ
キテヰナカッタ。

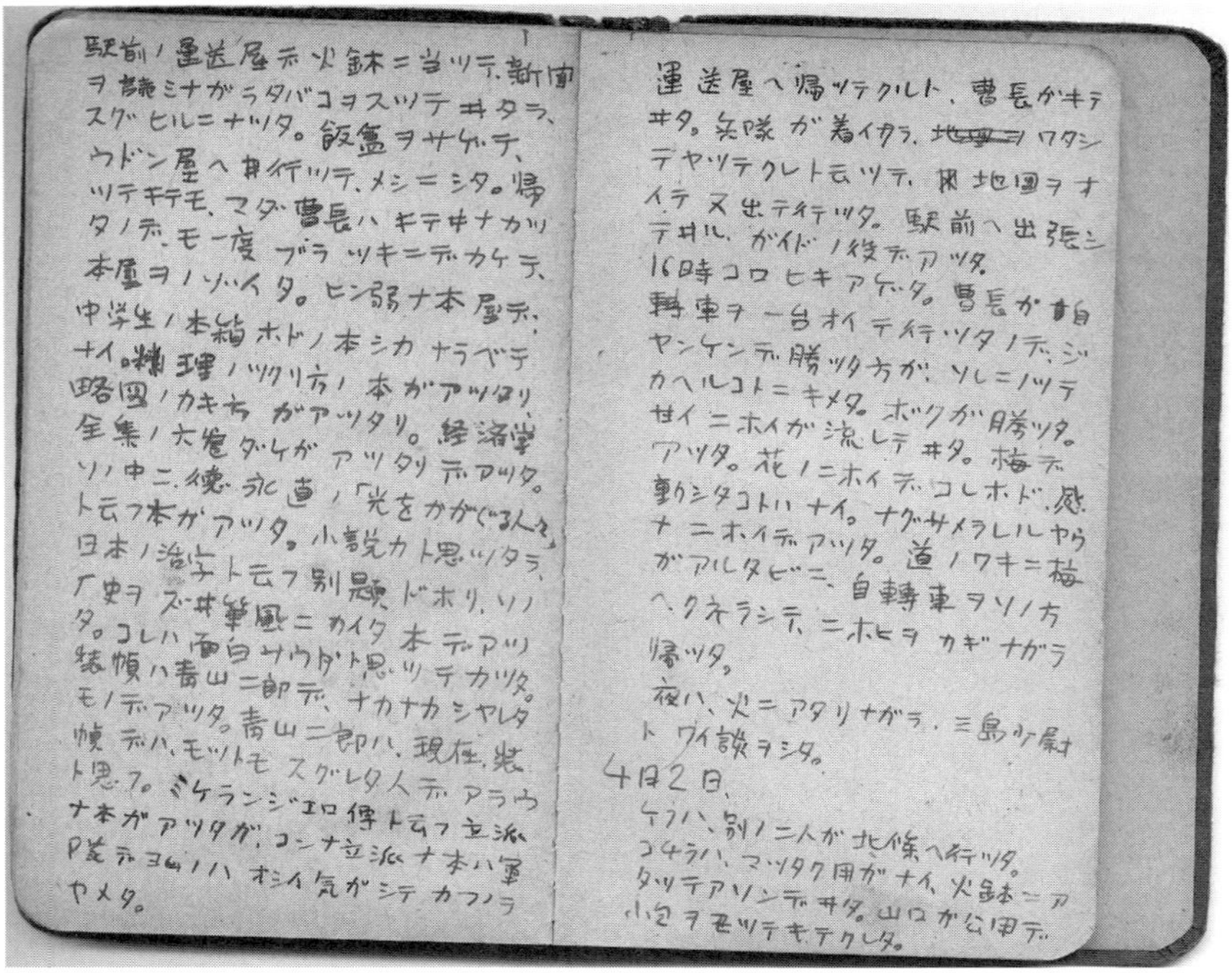
駅前ノ運送屋デ火鉢ニ当ツテ、新聞
ヲ読ミナガラタバコヲスツテヰタラ、
スグヒルニナツタ。飯盒ヲサゲテ、
ウドン屋ヘ出行ツテ、メシニシタ。帰
ツテキテモ、マダ曹長ハキテヰナカツ
タノデ、モ一度ブラツキニデカケテ、
本屋ヲノゾイタ。ヒン弱ナ本屋デ、
中学生ノ本箱ホドノ本シカナラベテ
ナイ。料理ノツクリ方ノ本ガアツタリ
略図ノカキ方ガアツタリ。経済学
全集ノ大倉ダケガアツタリデアツタ。
ソノ中ニ、徳永直ノ「光をかかぐる人々」
トイフ本ガアツタ。小説カト思ツタラ、
日本ノ活字ト云フ副題ドホリ、ソノ
歴史ヲ、ズイ筆風ニカイタ本デアツ
タ。コレハ面白サウダト思ツテカツタ。
装幀ハ青山二郎デ、ナカナカシヤレタ
モノデアツタ。青山二郎ハ、現在、装
幀デハ、モツトモスグレタ人デアラウ
ト思フ。ミケランジエロ伝トイフ立派
ナ本ガアツタガ、コンナ立派ナ本ハ軍
隊デヨムノハオシイ気ガシテカウノヲ
ヤメタ。

運送屋ヘ帰ツテクルト、曹長ガキテ
ヰタ。兵隊ガ着イタラ、~~地図ヲ~~ワタシ
デヤツテクレト云ツテ、地図ヲオ
イテマタ出テイツタ。駅前ヘ出張シ
テヰル、ガイドノ役デアツタ。
16時コロヒキアゲタ。曹長ガ自
転車ヲ一台オイテ行ツタノデ、ジ
ヤンケンデ勝ツタ方ガ、ソレニノツテ
カヘルコトニキメタ。ボクガ勝ツタ。
甘イニホイガ流レテヰタ。梅デ
アツタ。花ノニホイデ、コレホド、感
動シタコトハナイ。ナグサメラレルやう
ナニホイデアツタ。道ノワキニ梅
ガアルタビニ、自転車ヲソノ方
ヘクネラシテ、ニホヒヲカギナガラ
帰ツタ。
夜ハ、火ニアタリナガラ、三島少尉
トワイ談ヲシタ。
4月2日。
ケフハ、別ノ二人ガ北條ヘ行ツタ。
コチラハ、マツタク用ガナイ。火鉢ニア
タツテアソンデヰタ。山口ガ公用デ
小包ヲモツテキテクレタ。

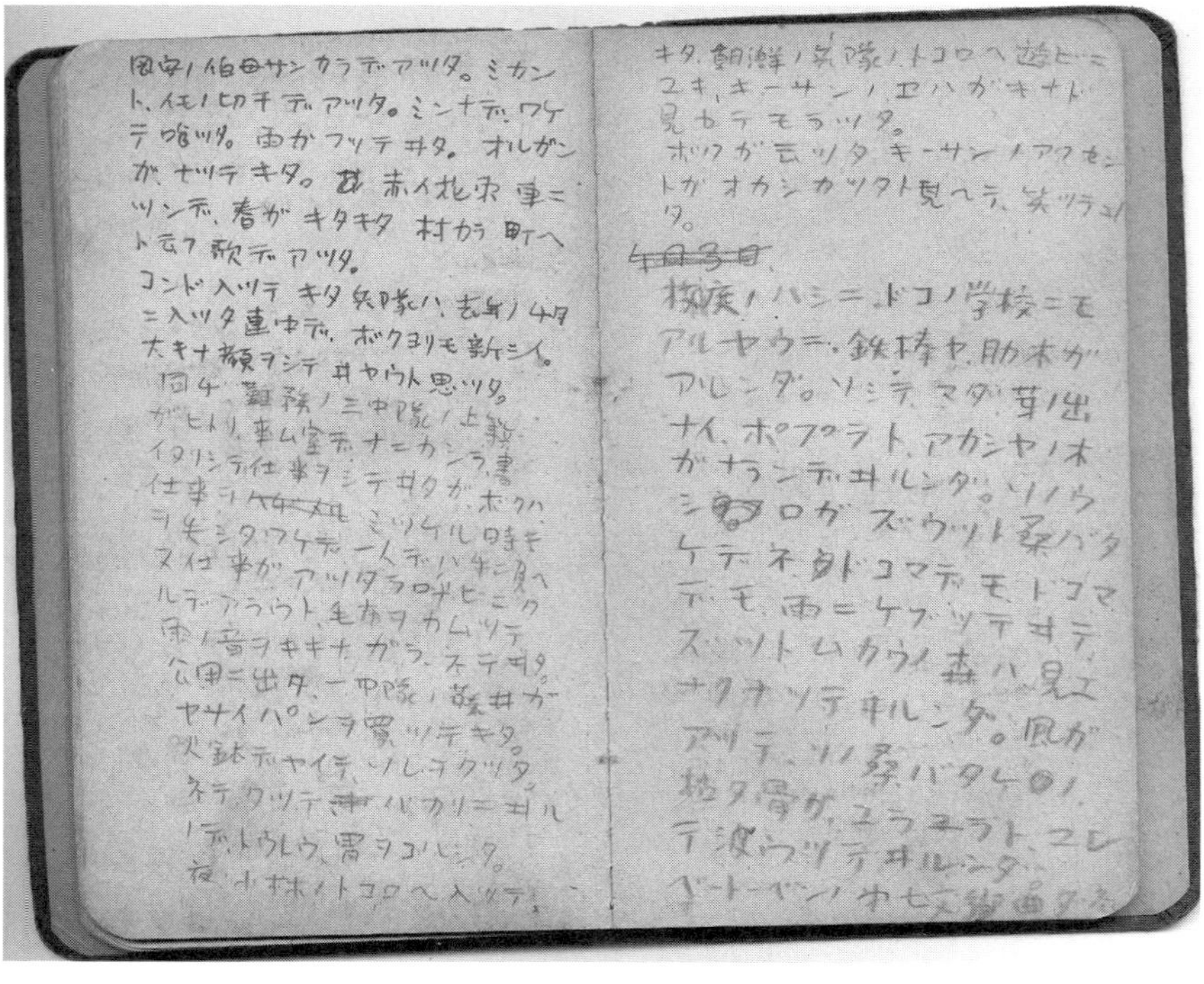
同室ノ伯母サンカラデアツタ。ミカン
ト、イモノ切干デアツタ。ミンナデ、ワケ
テ喰ツタ。雨ガフツテヰタ。オルガン
ガ、ナツテキタ。赤イ花束車ニ
ツンデ、春ガキタキタ 村カラ町ヘ
トイフ歌デアツタ。
コンド入ツテキタ兵隊ハ、去年ノ4月
ニ入ツタ連中デ、ボクヨリモ新シイ。
大キナ顔ヲシテヰヤウト思ツタ。
同年、親孫ノ三中隊ノ上等
ガヒトリ、事ム室デナニカシラ書
イタリシテ仕事ヲシテヰタガ、
仕事ヲ~~欠キ~~、ボクハ
ヲ失シタワケデ、ミツケル時モ
ナイ仕事ガアツタラ呼ビニ来ヘ
ルデアラウト、毛布ヲカムツテ
雨ノ音ヲキキナガラ、ネテヰタ。
公用ニ出タ一中隊ノ桜井ガ
ヤサイパンヲ買ツテキタ。
火鉢デヤイテ、ソレヲクツタ。
ネテクツテ~~[illegible]~~バカリニヰル
ノデ、トウトウ、胃ヲコハシタ。
夜、小林ノトコロヘ入ツテ、

キタ。朝鮮ノ兵隊ノトコロヘ遊ビニ
ユキ、キーサンノヱハガキナド
見セテモラツタ。
ボクガ云ツタキーサンノアクセン
トガオカシカツタト見ヘテ、笑ツテヰ
タ。
~~4月3日~~
校庭ノハシニ、ドコノ学校ニモ
アルヤウニ、鉄棒ヤ、肋木ガ
アルンダ。ソシテ、マダ芽ノ出
ナイ、ポプラト、アカシヤノ木
ガナランデヰルンダ。ソノウ
シロガズウツト桑バタ
ケデ、ネ、ドコマデモドコマ
デモ、雨ニケブツテヰテ、
ズツトムカウノ森ハ見エ
ナクナツテヰルンダ。風ガ
アツテ、ソノ桑バタケノ
枯レ骨ガ、ユラユラト、ユレ
テ波ウツテヰルンダ。
ベートーベンノ田園交響曲ダネ。

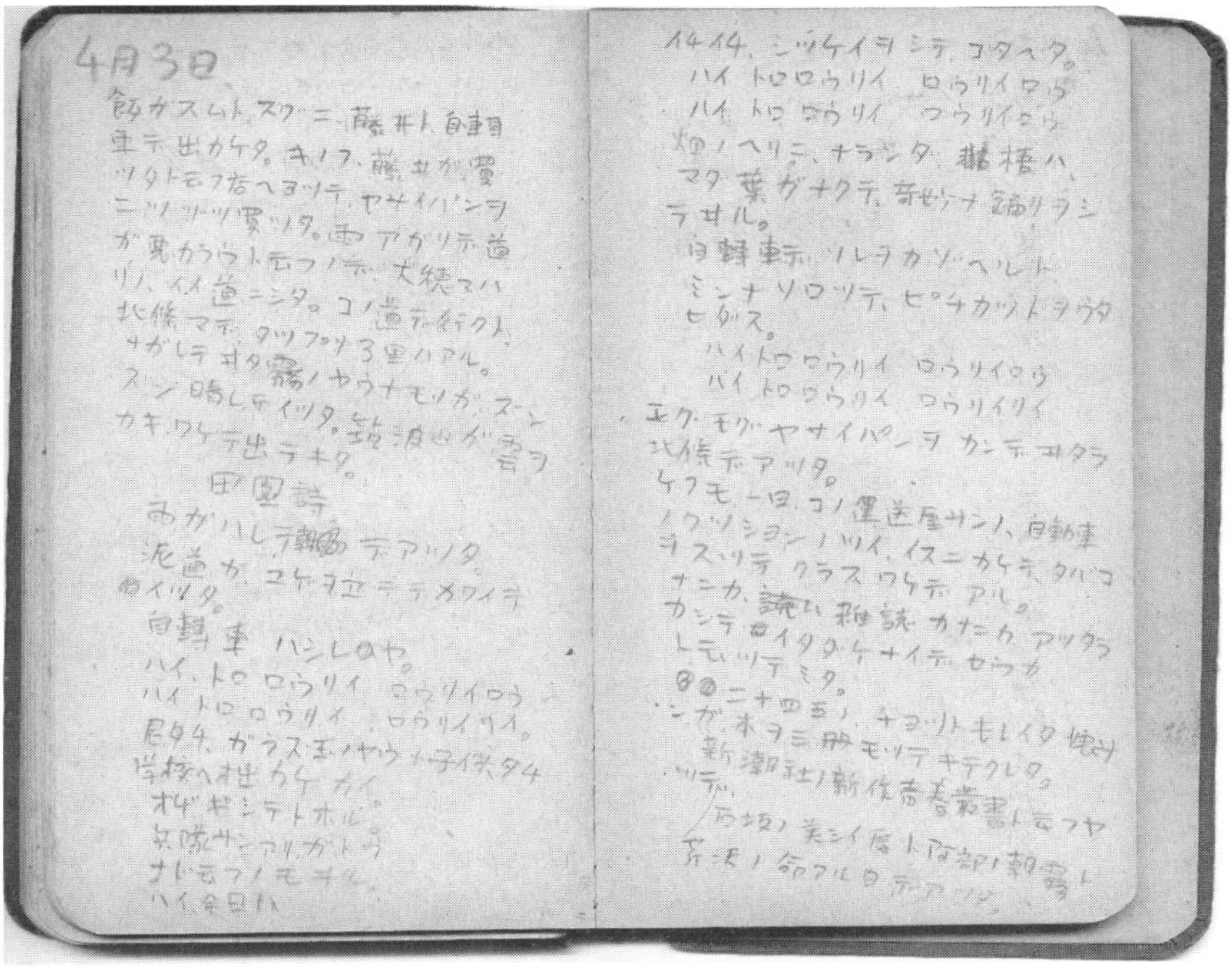
4月3日
飯ガスムト、スグニ、藤井ト自轉
車デ出カケタ。キノフ、藤井ガ買
ツタト云フ店ヘヨツテ、ヤサイパンヲ
ニツヅツ買ツタ。雨アガリデ道
ガ悪カラウト云フノデ、大徳マハ
リハ、イイ道ニシタ。コノ道デ行クト、
北條マデ、タツプリ3里ハアル。
ナガレテヰタ霧ノヤウナモノガ、ズーン
ズーン晴レテイツタ。筑波山ガ雲ヲ
カキワケテ出テキタ。
田園詩
雨ガハレテ朝デアツタ。
泥道ガ、ユゲヲ立テテメクイテ
ヰイツタ。
自轉車　ハシレヨヤ。
ハイ、トロ　ロウリイ　ロウリイロウ
ハイトロ　ロウリイ　ロウリイリイ。
君タチ、ガラス玉ノヤウナ子供タチ
学校ヘ御出カケカイ
オヂギシテトホル。
気嫌サンアリガトウ
ナド云フノモヰル。
ハイ今日ハ
イキイキ、シツケイヲシテコタヘタ。
ハイ　トロロウリイ　ロウリイロウ
ハイ　トロロウリイ　ロウリイロウ
畑ノヘリニ、ナランダ、欅樹ハ、
マダ葉ガナクテ、奇妙ナ踊リヲシ
テヰル。
自轉車デ、ソレヲカゾヘルト
ミンナソロツテ、ピチカツトヲウタ
ヒダス。
ハイトロロウリイ　ロウリイロウ
ハイ　トロロウリイ　ロウリイリイ
モグモグヤサイパンヲカンデヰタラ
北條デアツタ。
ケフモ一日、コノ運送屋サンノ、自動車
ノクツシヨンノツイ、イスニカケテ、タバコ
ヲスツテ　クラスワケデアル。
ナニカ、読ム雑誌カナニカアツタラ
カシテイタダケナイデセウカ
ト云ツテミタ。
二十四五ノ、チヨツトモイイ娘サ
ンガ、本ヲ三冊モツテキテクレタ。
新潮社ノ新作青春叢書
ツテ、
石坂ノ美シイ暦ト阿部ノ朝霧ト云フヤ
芹沢ノ命アル日デアツタ。

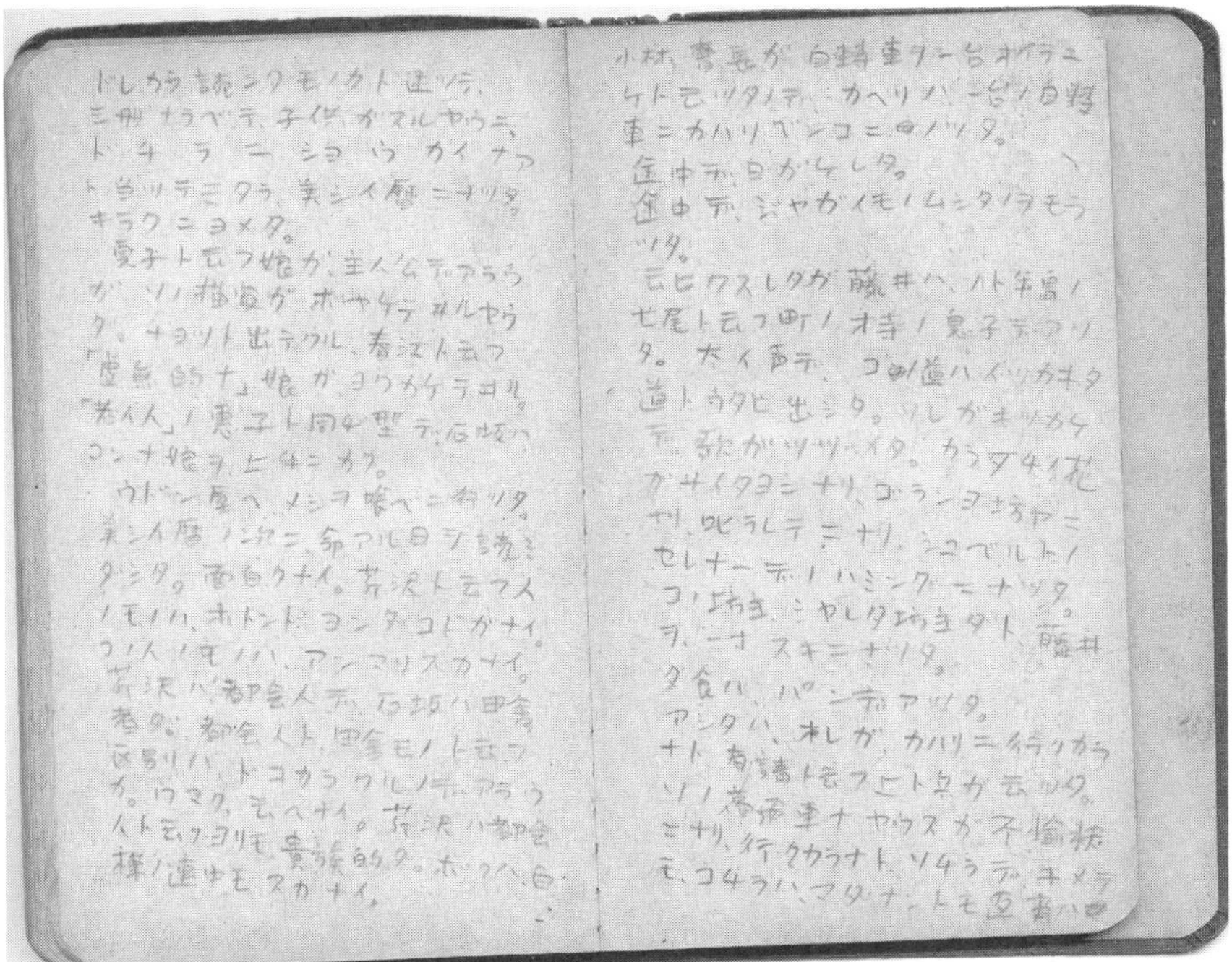
ドレカラ読モウカモノカト迷ツテ、
三冊ナラベテ、子供ガスルヤウニ、
ド　チ　ラ　ニ　シヨ　ウ　カ　イ　ナ　ア
ト当ツテミタラ、美シイ暦ニナツタ。
キラクニヨメタ。
貞子ト云フ娘ガ、主人公デアラウ
ガ、ソノ描写ガボヤケテヰルヤウ
ダ。チヨツト出テクル、春江ト云フ
「虚無的ナ」娘ガ、ヨク描ケテヰル。
「若イ人」ノ恵子ト同ジ型デ、石坂ハ
コンナ娘ヲ上手ニカク。
ウドン屋ヘ、メシヲ喰ヘニ行ツタ。
美シイ暦ノ次ニ、命アル日ヲ読ミ
ダシタ。面白クナイ。芹沢ト云フ人
ノモノハ、ホトンド読ンダコトガナイ。
コノ人ノモノハ、アンマリスカナイ。
芹沢ハ都会人デ、石坂ハ田舎
者ダ。都会人ト、田舎モノト云フ
区別ハ、ドコカラクルノデアラウ
カ。ウマク、云ヘナイ。芹沢ハ都会
人ト云フヨリモ、貴族的ダ。ボクハ、白
樺ノ連中モスカナイ。
小林書長ガ自轉車ヲ一台オイテユ
ケト云ツタノデ、カヘリハ一台ノ自轉
車ニカハリバンコニ乗ツタ。
途中デ、日ガクレタ。
途中デ、ジヤガイモノムシタノヲモラ
ツタ。
云ヒワスレタガ藤井ハ、ノト半島ノ
七尾ト云フ町ノオ寺ノ息子デアツ
タ。大キイ声デ、コノ道ハイツカキタ
道ト、ウタヒ出シタ。ソレガキツカケ
デ、歌ガツヅイタ。カラタチノ花
ガサイタヨニナリ、ゴランヨ坊ヤニ
ナリ、叱ラレテニナリ、シユーベルトノ
セレナーデノハミングニナツタ。
コノ坊主、シヤレタ坊主ダト、藤井
ヲ、一寸スキニナツタ。
夕食ハ、パンデアツタ。
アンタハ、オレガ、カハリニ行クカラ
ナト、有諸ト云フヒトガ云ツタ。
ソノ気楽ナヤウスガ不愉快
ニナリ、行クカラナト、ソレカラデキメテ
モ、コレカラハ、マダナーントモ返事ハ

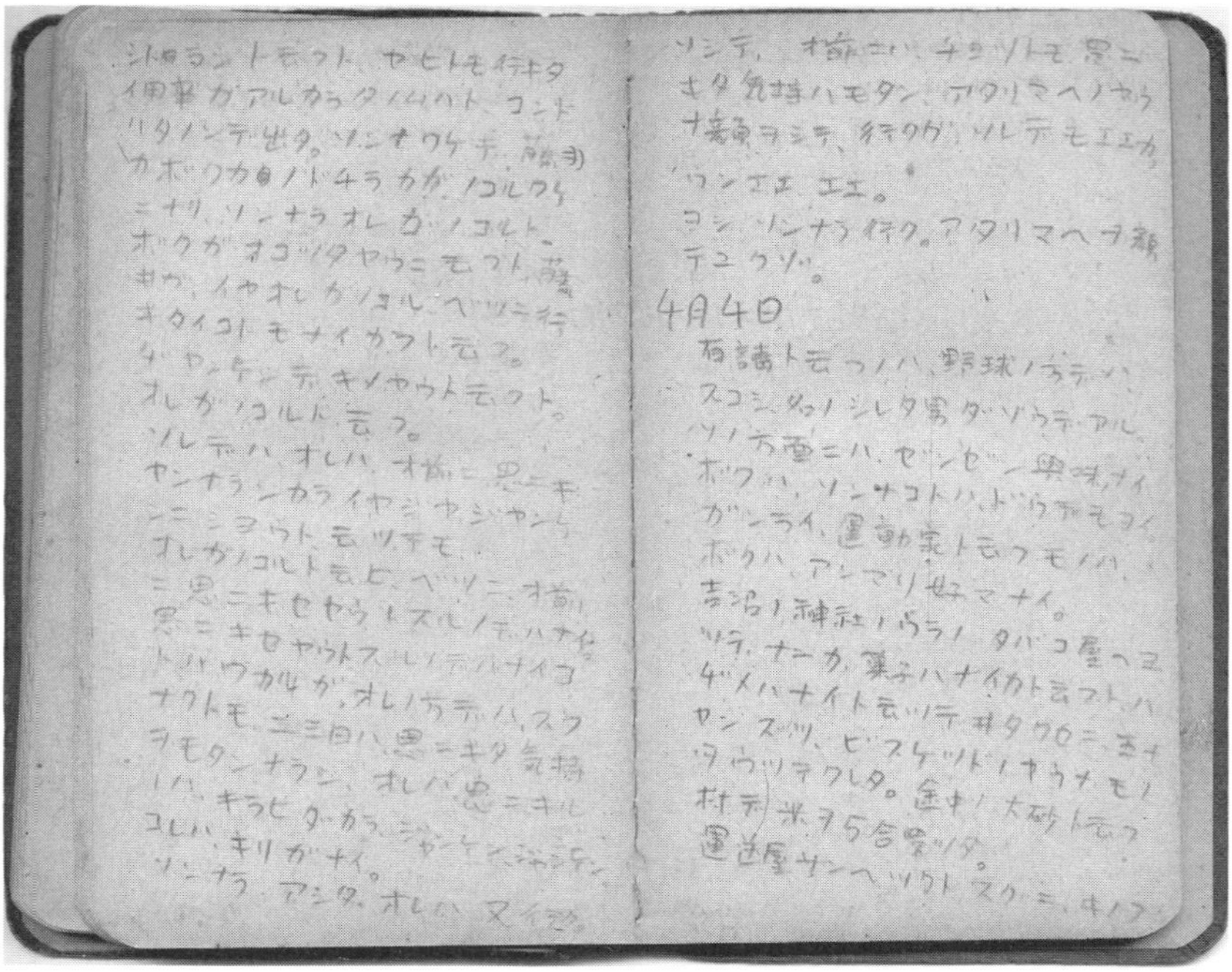
シ知ランント云ウト、ヤヒトモ行キタ
イ用事ガアルカラタノムト、コンド
リタノンデ来タ。ソンナワケデ、藤田
カボクカノドチラカガ、ノコルクラ
ニナリ、ソンナラオレガノコルト、
ボクガオコッタヤウニ云フト、藤
田ガ、イヤオレガノコル。ベツニ行
キタイコトモナイカラト云フ。
ジャンケンデキメヤウト云フト、
オレガノコルト云フ。
ソレデハ、オレハ、オ前ニ恩ニキ
ヤンナランカライヤジャ、ジャンケ
ンニシヨウト云ッテモ、
オレガノコルト云ヒ、ベツニ、オ前
ニ恩ニキセヤウトスルノデハナイ
恩ニキセヤウトスルノデハナイコ
トハワカルガ、オレノ方デハ、スク
ナクトモ、二三日ハ恩ニキタ気持
ヲモタンナラン、オレハ恩ニキル
ノハ、キラヒダカラ、
コレハ、キリガナイ。ジャンケンデキメヨウ
ソンナラ、アシタ、オレハ又行ク。

ソシテ、オ前ニハ、チットモ恩ニ
キタ気持ハモタン、アタリマヘノヤウ
ナ顔ヲシテ、行クガ、ソレデモエエカ。
ウンエエエエ。
ヨシ、ソンナラ行ク。アタリマヘノ顔
デユクゾ。

4月4日

有讃ト云フノハ、野球ノウデハ、
スコシ名ノシレタ男ダソウデアル。
ソノ方面ニハ、ゼンゼン興味ノナイ
ボクハ、ソンナコトハドウデモヨイ
ガ、ガンライ、運動家ト云フモノハ、
ボクハ、アンマリ好マナイ。
吉沼ノ神社ノウラノ タバコ屋ヘヨ
ッテ、ナンカ、菓子ハナイカト云フト、ハ
ジメハナイト云ッテオタクロニ、[illegible]
ヤンズツ、ビスケットノヤウナモノ
ヲウッテクレタ。途中ノ大砂ト云フ
村デ米ヲ5合買ッタ。
運送屋サンヘツクトスグニ、キノフ

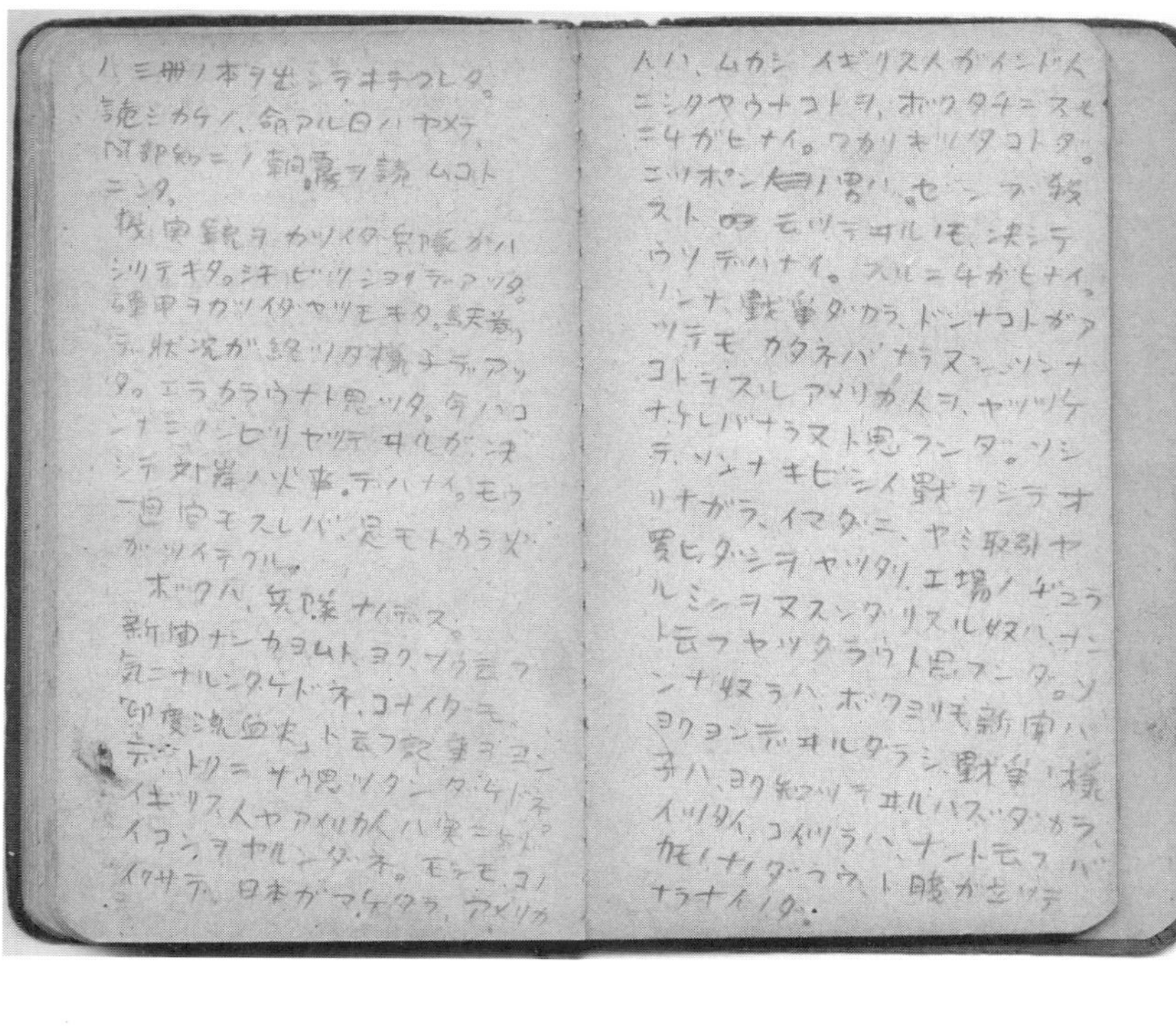
ハ三冊ノ本ヲ出シテオイテクレタ。
読ミカケノ、命アル日ハヤメテ、
内部紀ニノ銅像ヲ読ムコト
ニシタ。
機関銃ヲカツイダ兵隊ガハ
シリテキタ。汗ビッショリデアッタ。
鉄甲ヲカツイダヤツモキタ。緊急
デ状況ガ終ッタ様子デアッ
タ。エラカラウナト思ッタ。今ハコ
ンナニノンビリヤッテヰルガ、決
シテ対岸ノ火事デハナイ。モウ
一旦何カスレバ、足モトカラ火
ガツイテクル。
ボクハ、兵隊ナイデス。
新聞ナンカヨムト、ヨクヨク云フ
気ニナルンダケドネ、コナイダモ、
「印度流血史」ト云フ本ヲヨン
デ、トクニサウ思ッタンダケドネ
イギリス人ヤアメリカ人ハ実ニヒド
イコトヲヤルンダネ。モシモ、コノ
イクサデ、日本ガマケタラ、アメリカ

人ハ、ムカシイギリス人ガインド人
ニシタヤウナコトヲ、ボクタチニスル
ニチガヒナイ。ワカリキッタコトダ。
ニッポン人ノ男ハ、ゼンブ殺
スト云ッテヰルノモ、決シテ
ウソデハナイ。スルニチガヒナイ。
ソンナ戦争ダカラ、ドンナコトガア
ッテモ カタネバナラヌ。ソンナ
コトヲスルアメリカ人ヲ、ヤッツケ
ナケレバナラヌト思フンダ。ソシ
テ、ソンナキビシイ戦ヲシテオ
リナガラ、イマダニ、ヤミ取引ヤ
買ヒダシヲヤッタリ、工場ノジュラ
ルミンヲヌスンダリスル奴ハ、ナン
ト云フヤツダラウト思フンダ。ソ
ンナ奴ラハ、ボクヨリモ新聞ハ
ヨクヨンデヰルダラウシ、戦争ノ様
子ハ、ヨク知ッテヰルハズダカラ、
イッタイ、コイツラハ、ナント云フバ
カモノナンダラウト腹ガ立ッテ
ナラナイノダ。

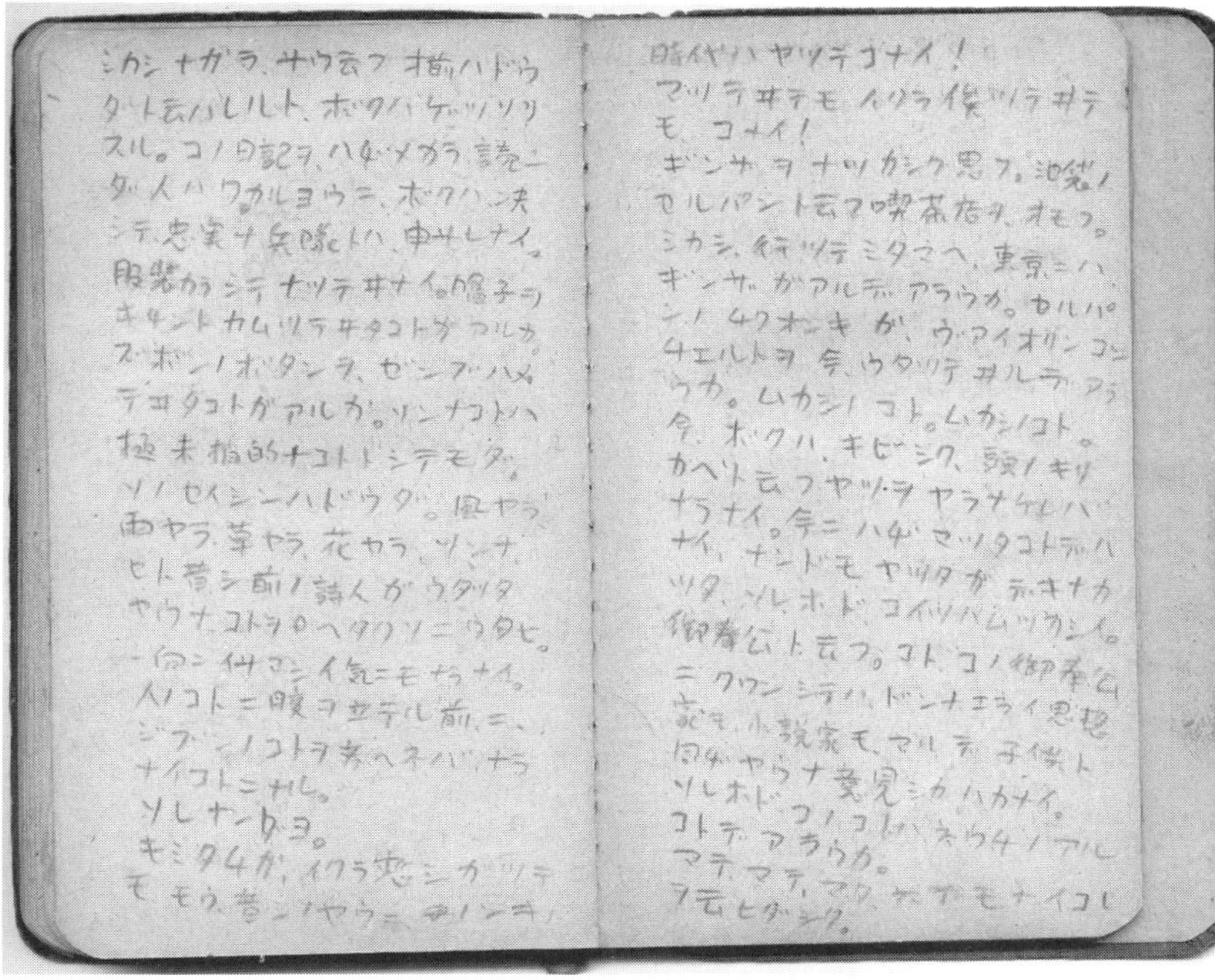

シカシナガラ、サウ云フ才能ハドウ
ダト云ハレルト、ボクハゲッソリ
スル。コノ日記ヲ、ハジメカラ読ミ
ダ人ハワカルヨウニ、ボクハ決
シテ忠実ナ兵隊トハ申サレナイ。
服装カラシテナッテヰナイ。帽子ヲ
キチントカムッテヰタコトガアルカ。
ズボンノボタンヲ、ゼンブハメ
テヰタコトガアルカ。ソンナコトハ
極末梢的ナコトトシテモダ。
ソノセイシンハドウダ。風ヤラ
雨ヤラ草ヤラ花ヤラ、ソンナ
モノ、昔シ前ノ詩人ガウタッタ
ヤウナコトヲヘタクソニウタヒ。
一向ニ勇マシイ気ニモナラナイ。
人ノコトニ腹ヲ立テル前ニ、
ジブンノコトヲ考ヘネバナラ
ナイコトニナル。
ソレナンダヨ。
キミタチガ、イクラ恋シガッテ
モ、モウ昔ノヤウニ、アソンデヰ

時代ハヤッテコナイ！
マッテヰテモ、イクラ待ッテヰテ
モ、コナイ！
ギンザヲナツカシク思フ。池袋ノ
セルパント云フ喫茶店ヲ、オモフ。
シカシ、行ッテミタマヘ、東京ニハ、
ギンザガアルデアラウカ。セルパ
ンノ蓄音キガ、ヴァイオリンコン
チエルトヲ今、ウタッテヰルデアラ
ウカ。ムカシノコト。ムカシノコト。
今、ボクハ、キビシク、頭ノキリ
カヘト云フヤツヲヤラナケレバ
ナラナイ。今ニハジマッタコトデハ
ナイ。ナンドモヤッタガデキナカ
ッタ。ソレホド、コイツハムツカシイ。
御奉公ト云フ。コト。コノ御奉公
ニクワンシテハ、ドンナエライ思想
家モ、小説家モ、マルデ子供ト
同ジヤウナ意見シカハカナイ。
ソレホド、コノコトハ、ネウチノアル
コトデアラウカ。
マテ、マテ、アワテルコトモナイコト
ヲ云ヒダシタ。

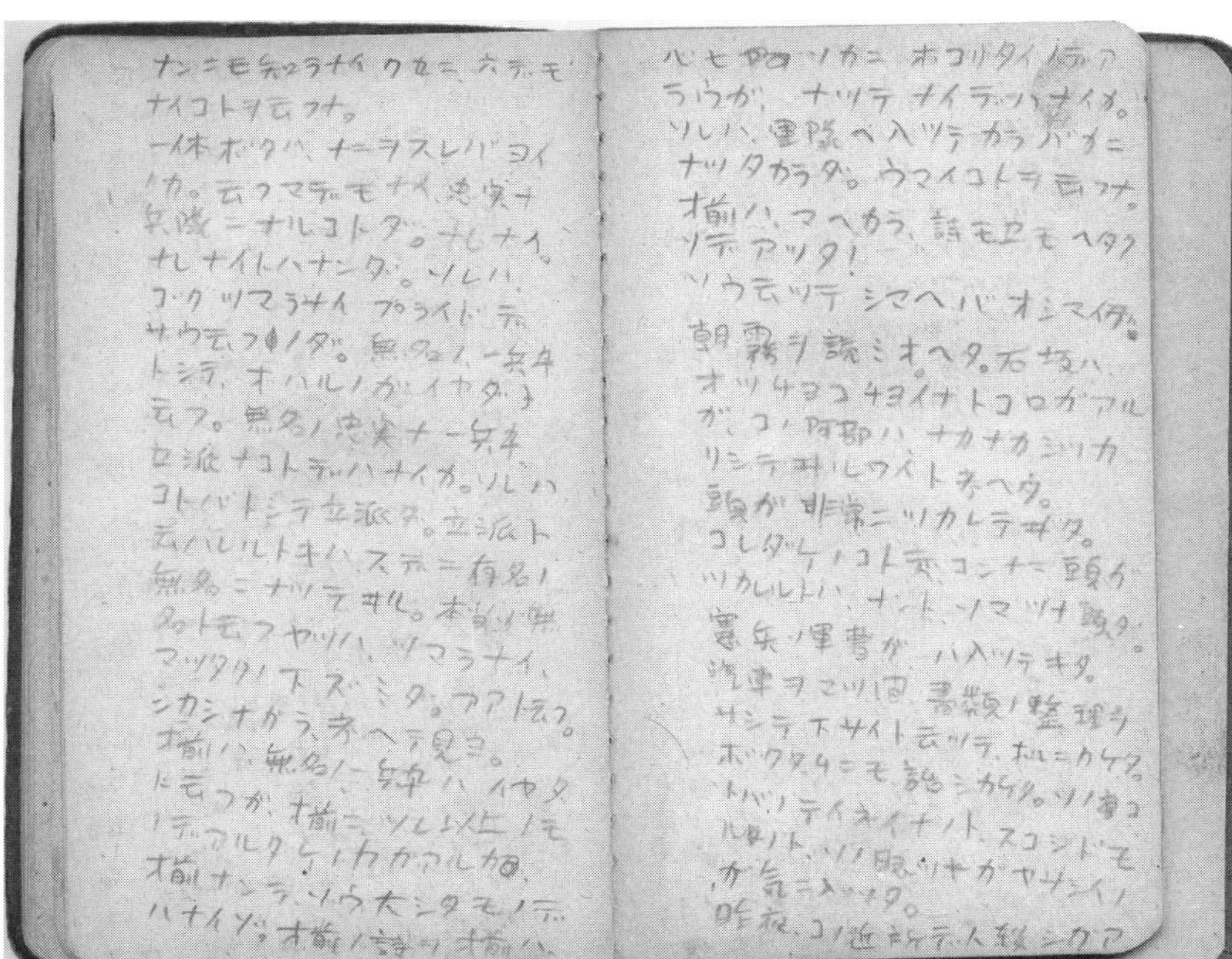

ナンニモ知ラナイクセニ、大ソデモ
ナイコトヲ云フナ。
一体ボクハ、ナニヲスレバヨイ
ノカ。云フマデモナイ。忠実ナ
兵隊ニナルコトダ。ナレナイ。
ナレナイトハナンダ。ソレハ、
ゴクツマラナイプライドデ、
サウ云フノダ。無名ノ一兵卒
トシテ、オハルノガイヤダト
云フ。無名ノ忠実ナ一兵卒、
立派ナコトデハナイカ。ソレハ
コトバトシテ立派ダ。立派ト
云ハレルトキハ、スデニ有名ノ
無名ニナッテヰル。本当ノ無
名ト云フヤツハ、ツマラナイ、
マッタクノドブネズミダ。アア云フ。
シカシナガラ、考ヘテ見ヨ。
才能ハ、無名ノ一兵卒ハイヤダ
ト云フガ、才能ニ、ソレ以上ノモ
ノデアルクダケノ力ガアルカ。
才能ナンテ、ソウ大シタモノデ
ハナイゾ。才能ノ詩ヲ、才能ハ、

ハモヤッソカニホコリタイノデア
ラウガ、ナッテナイデハナイカ。
ソレハ、軍隊ヘ入ッテカラバカニ
ナッタカラダ。ウマイコトヲ云フナ。
才能ハ、マヘカラ、詩モ文モヘタク
ソデアッタ！
ソウ云ッテシマヘバオシマイダ。
朝霧ヲ読ミオヘタ。石坂ハ、
オッチョコチョイナトコロガアル
ガ、コノ阿部ハ、ナカナカシッカ
リシテヰルヒトト考ヘタ。
頭ガ非常ニツカレテヰタ。
コレダケノコトデコンナニ頭ガ
ツカレルトハ、ナントノマヅイ頭ダ。
憲兵ノ軍曹ガハ入ッテキタ。
海津ヲミツ回、書類ノ整理ヲ
サシテ下サイト云ッテ、机ニカケタ。
ボクタチニモ話シカケタ。ソノ言コ
トバノテイネイナノト、スコシドモ
ルノト、ソノ眼ツキガヤサシイノ
ガ気ニ入ッタ。
昨夜、コノ近所デ人殺シガア

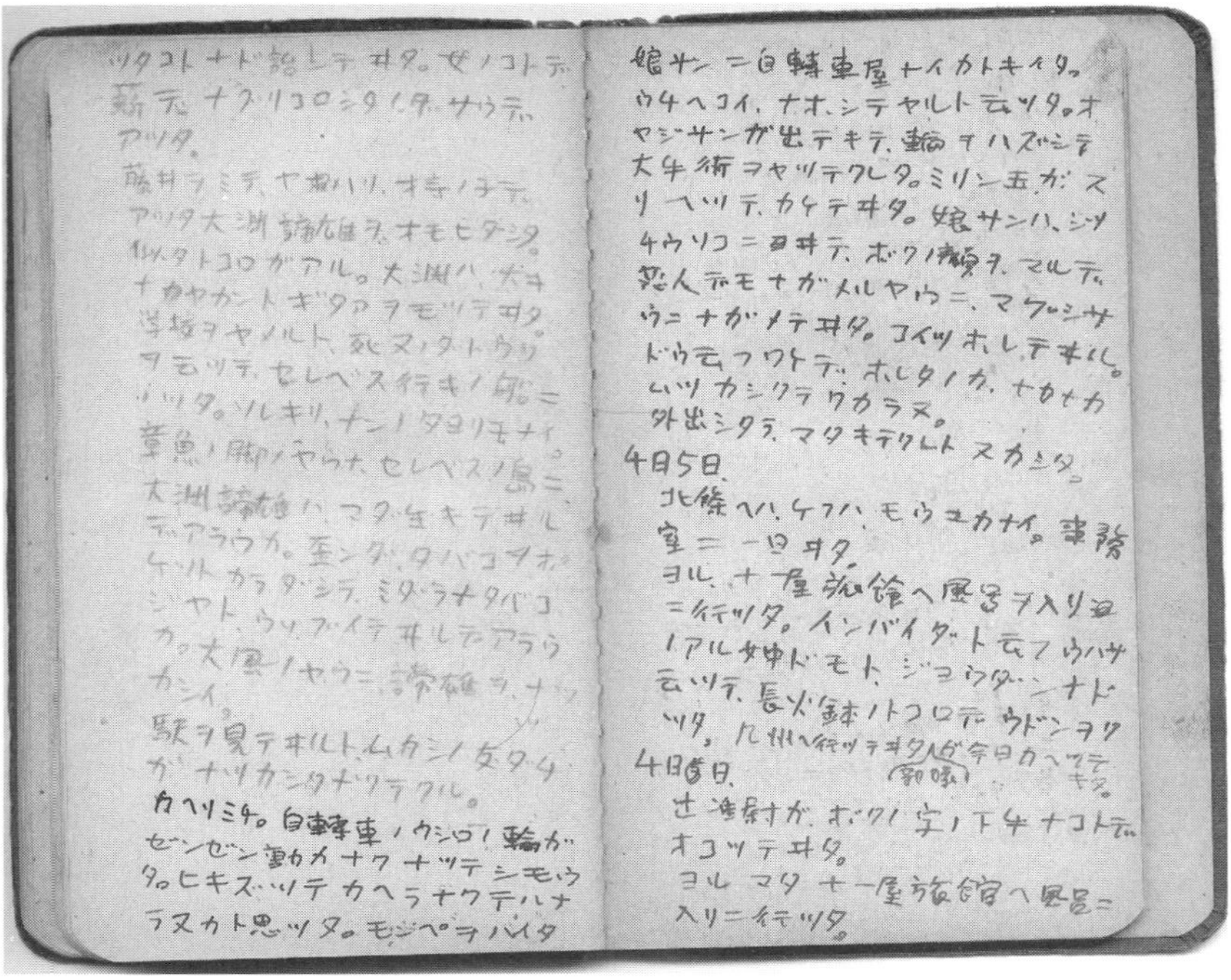

ツタコトナド話シテヰタ。女ノコトデ
話デナグリコロシタノダサウデ
アッタ。
藤井ヲミテ、十数ハリ、オ寺ノ子デ
アッタ大洲諦雄ヲオモヒダシタ。
似タトコロガアル。大洲ハ、大キ
ナカヤカントギタアヲモッテヰタ
洋楽ヲヤメルト、死ヌノダトウソ
ヲ云ッテ、セレベス行キノ船ニ
ノッタ。ソレキリ、ナンノタヨリモナイ。
章魚ノ脚ノヤウナ、セレベスノ島ニ
大洲諦雄ハ、マダ生キテヰル
デアラウカ。死ンダ、タバコヲオ
ケットカラダシテ、ミダラナタバコ
ジヤト、ウツブイテヰルデアラウ
カ。大風ノヤウニ、諦雄ヲ、ナツ
カシイ。
駅ヲ見テヰルト、ムカシノ友ダチ
ガナツカシクナツテクル。
カヘリミチ。自転車ノウシロノ輪ガ
ゼンゼン動カナクナツテシモウ
タ。ヒキズッテカヘラナクテハナ
ラヌカト思ッタ。モンペヲハイタ

娘サンニ自転車屋ナイカトキイタ。
ウチヘコイ、ナホシテヤルト云ッタ。オ
ヤジサンガ出テキテ、輪ヲハズシテ
大手術ヲヤッテクレタ。ミシン油ガス
リヘッテ、カケテヰタ。娘サンハ、シッ
チウソコニヰテ、ボクノ横顔ヲ、マルデ
恋人デモナガメルヤウニ、マブシサ
ウニナガメテヰタ。コイツホレテヰル。
ドウ云フワケデ、ホレタノカ、ナカナカ
ムツカシクテワカラヌ。
外出シタラ、マタキテクレト スカシタ。
4月5日
北條ヘハ、ケフハ、モウユカナイ。事務
室ニ一日ヰタ。
ヨル、十一屋旅館ヘ風呂ヲ入リヨ
ニ行ッタ。インバイダト云フウハサ
ノアル女中ドモト、ジョウダンナド
云ッテ、長火鉢ノトコロデウドンヲク
ッタ。九州ヘ行ッテヰタ人ガ今日カヘッテキタ。
([illegible])
4月6日
出淵尉ガ、ボクノ字ノ下手ナコトデ
オコッテヰタ。
ヨル マタ十一屋旅館ヘ風呂ニ
入リニ行ッタ。

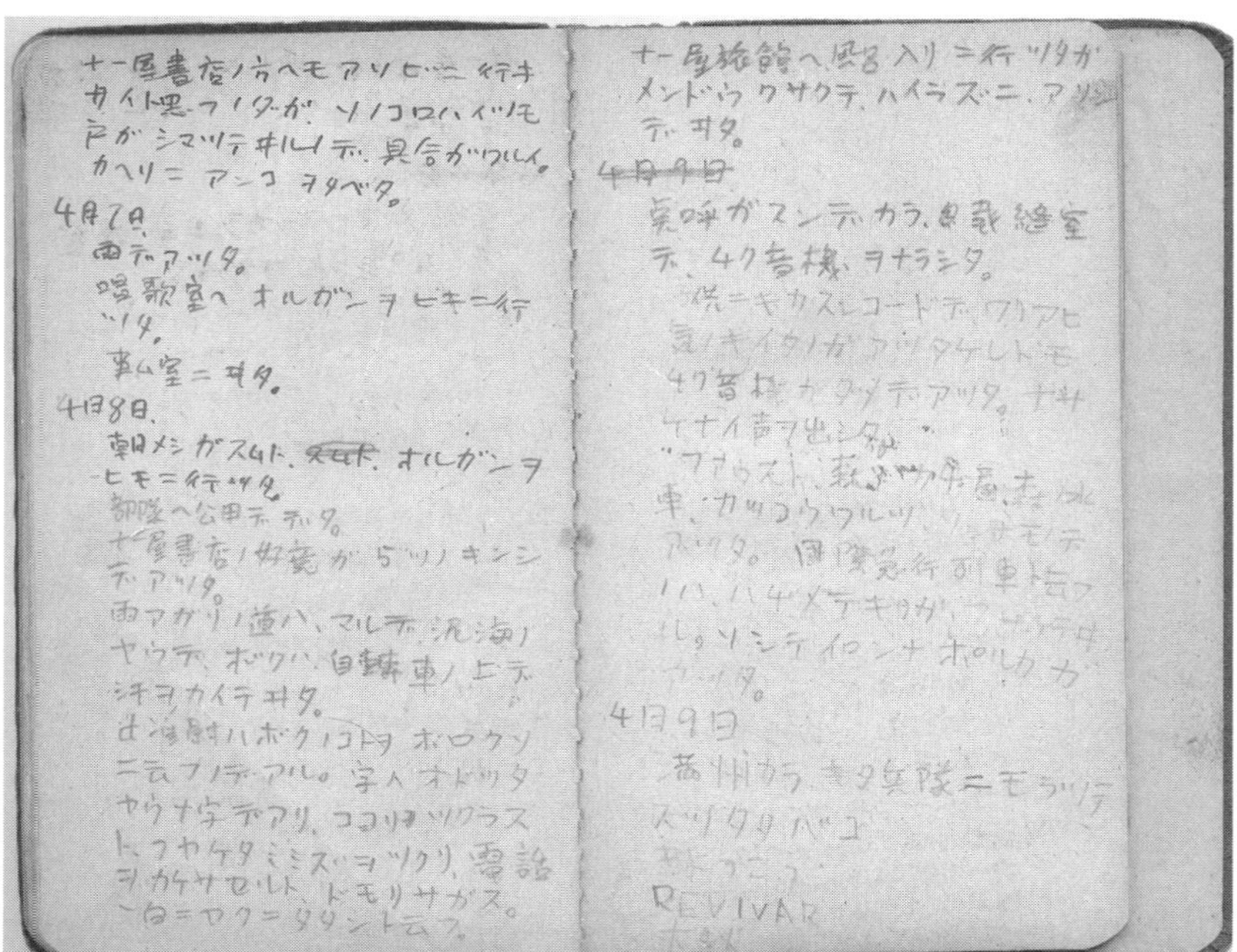

十一屋書店ノ方ヘモアソビニ行キ
タイト思フノダガ、ソノコロハイツモ
戸ガシマッテヰルノデ、具合ガワルイ。
カヘリニ アンコ ヲタベタ。
4月7日
雨デアッタ。
唱歌室ヘ オルガンヲ ヒキニ行
ッタ。
事ム室ニヰタ。
4月8日
朝メシガスムト、~~[illegible]~~、オルガンヲ
ヒキニ行ッタ。
部隊ヘ公用デデタ。
十一屋書店ノ女房ガ 5ツノキンシ
デアッタ。
雨アガリノ道ハ、マルデ泥海ノ
ヤウデ、ボクハ、自転車ノ上デ
汗ヲカイテヰタ。
出淵尉ハボクノコトヲ ボロクソ
ニ云フノデアル。字ハオドッタ
ヤウナ字デアリ、ココロヲツクラスト
ト、コヤケタミミズヲツクリ、電話
ヲカケサセルト、ドモリサガス。
一日ニロクニタタント云フ。

十一屋旅館ヘ風呂入リニ行ッタガ
メンドウクサクテ、ハイラズニ、アソン
デヰタ。
~~4月9日~~
点呼ガスンデカラ、無線室
デ、ムク蓄機ヲナラシタ。
係ニキカスレコードデ、ワリアヒ
気ノキイタノガアッタケレドモ
ムク音機ガダメデアッタ。ナサ
ケナイ音ヲ出シタ。
"ファウスト"、[illegible]
車、カッコウワルッ[illegible]
アッタ。国際急行列車ト云フ
ノハ、ハジメテキクガ、[illegible]
ル。ソシテイロンナ ホルカガ
ウッタ。
4月9日
満州カラキタ兵隊ニモラッテ
スッタタバコ
[illegible]
REVIVAR
[illegible]

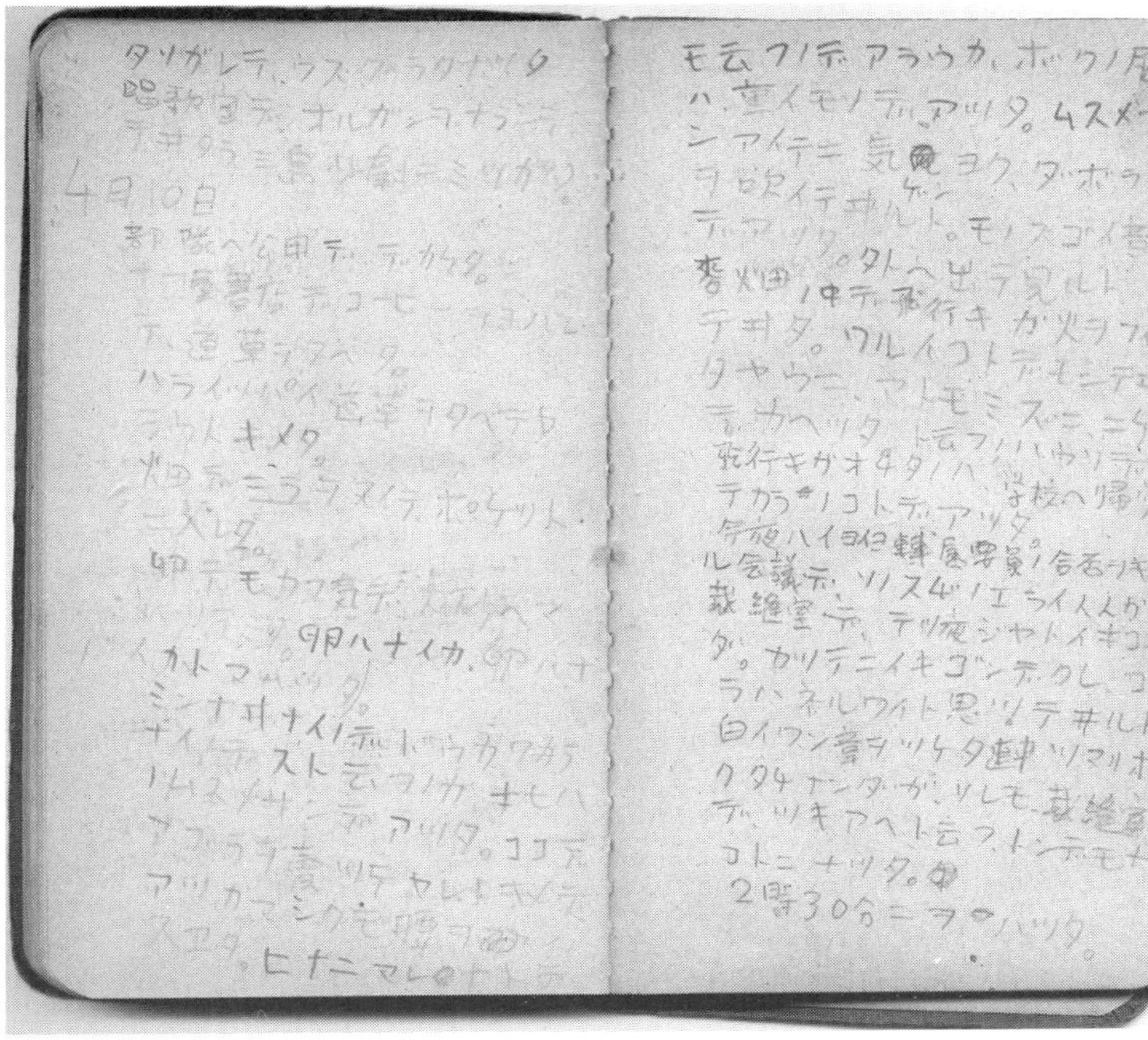
4月10日
卵ハナイカ。
2時30分ニヲハッタ。

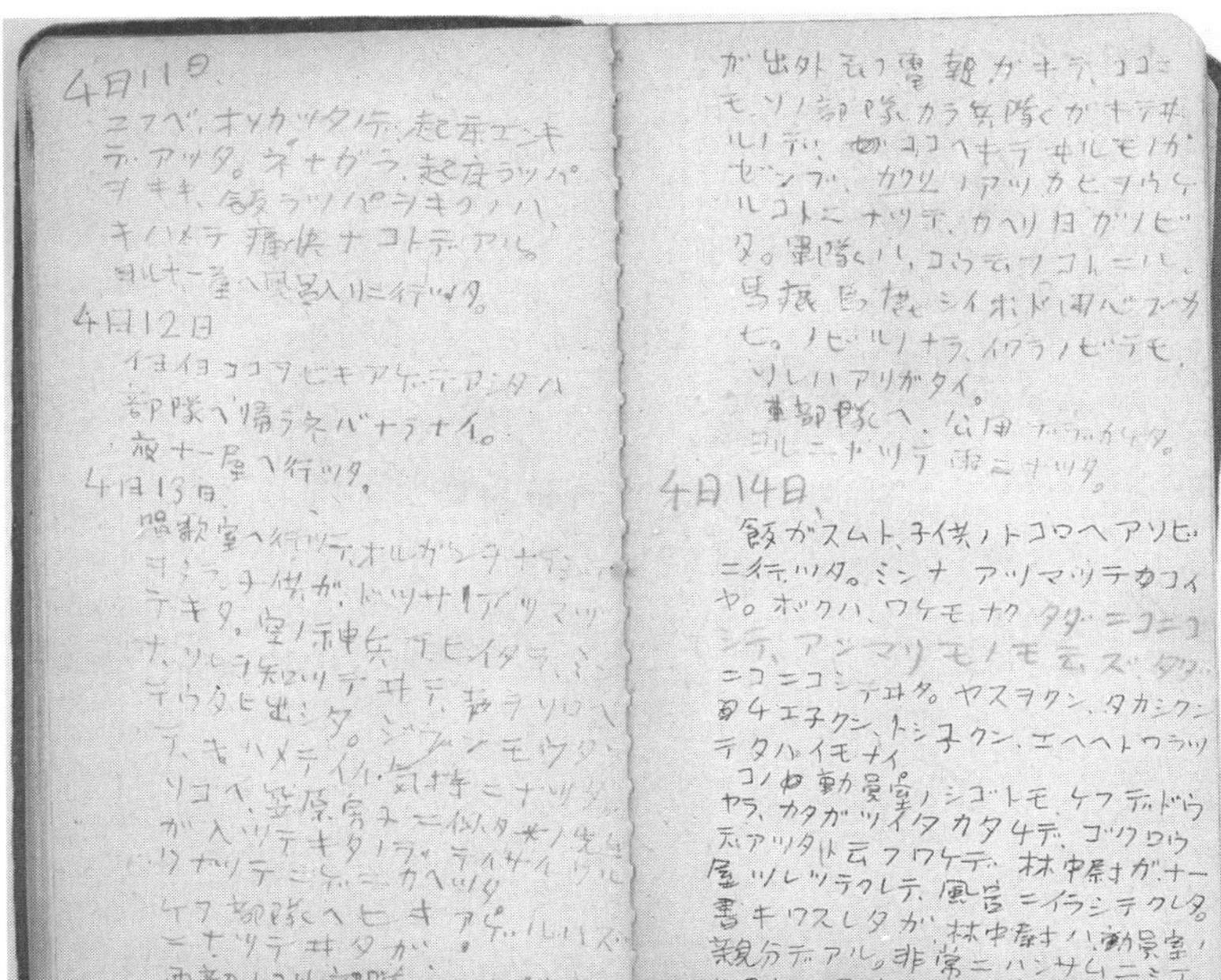
4月11日
4月12日
イヨイヨココヲヒキアゲテアシタハ
部隊ヘ帰ラネバナラナイ。
4月13日
ソレハアリガタイ。

華部隊ヘ、公田ッキウケタ。

ワレニナッテ、気ニナッタ。

4月14日
飯ガスムト、子供ノトコロヘアソビ
ニ行ッタ。ミンナ アツマッテカコイ

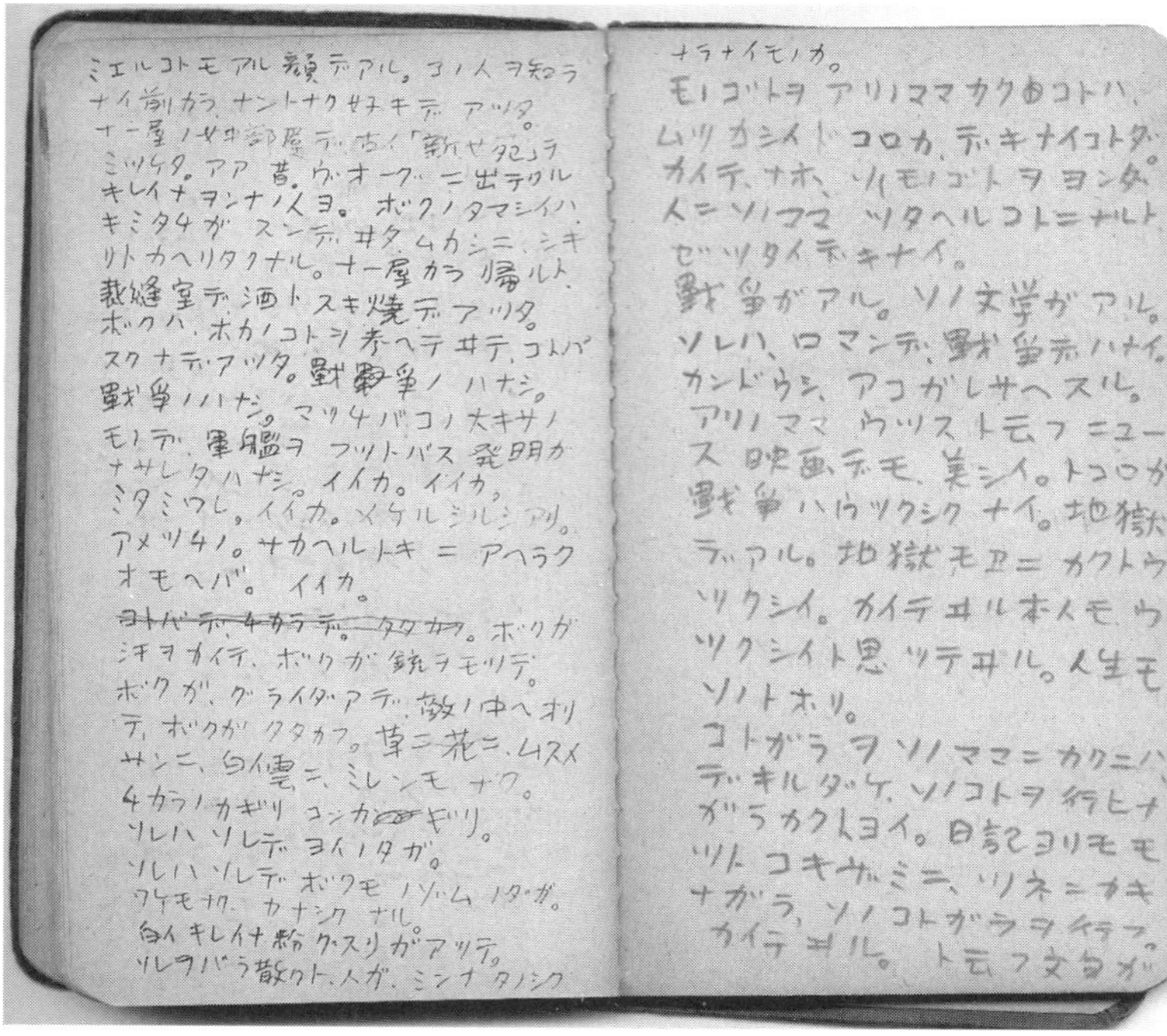
ミエルコトモアル顔デアル。コノ人ヲ知ラ
ナイ前カラ、ナントナク好キデ アッタ。
十一屋ノ女中部屋デ、古イ「新世紀」ヲ
ミツケタ。アア 昔、ヴォーグ ニ出テクル
キレイナヲンナノ人ヨ。ボクノタマシイハ
キミタチガ スンデ井タムカシニ、シキ
リトカヘリタクナル。十一屋カラ帰ルト
裁縫室デ、酒トスキ焼デアッタ。
ボクハ、ホカノコトヲ考ヘテ井テ、コトバ
スクナデアッタ。戦争ノ ハナシ。
戦争ノハナシ。マツチバコノ大キサノ
モノデ、軍艦ヲ フットバス発明カ
ナサレタハナシ。イイカ。イイカ。
ミタミワレ。イイカ。イケルシルシアリ。
アメツチノ。サカヘルトキ ニ アヘラク
オモヘバ。イイカ。
~~コトバデ、チカラデ。~~タタカフ。ボクガ
ジヲカイテ、ボクガ銃ヲモツテ。
ボクガ、グライダアデ、敵ノ中ヘオリ
テ、ボクガ タタカフ。草ニ花ニ、ムスメ
サンニ、白イ雲ニ、ミレンモ ナク。
チカラノカギリ コンカギリ。
ソレハ ソレデ ヨイノダガ。
ソレハ ソレデ ボクモ ノゾム ノダガ。
ウケモナク カナシク ナル。
白イキレイナ粉グスリガアッテ、
ソレヲバラ散クト、人ガ、ミンナ タノシク
ナラナイモノカ。
モノゴトヲ アリノママ カク自由コトハ、
ムツカシイト コロカ、デキナイコトダ。
カイテ、ナホ、ソノモノゴトヲヨンダ
人ニソノママ ツタヘルコトニナルト
ゼッタイデキナイ。
戦争ガアル。ソノ文学ガアル。
ソレハ、ロマンデ、戦争デハナイ。
カンドウシ、アコガレサヘスル。
アリノママ ウツスト云フ ニュー
ス映画デモ、美シイ。トコロガ
戦争ハウツクシク ナイ。地獄
デアル。地獄モヱニ カクトウ
ツクシイ。カイテ井ル本人モ ウ
ツクシイト思ツテ井ル。人生モ
ソノトホリ。
コトガラヲソノママニカクニハ、
デキルダケ、ソノコトヲ行ヒナ
ガラカクトヨイ。日記ヨリモモ
ツトコキザミニ、ツネニカキ
ナガラ、ソノコトガラヲ行フ。
カイテ井ル。ト云フ文句ガ

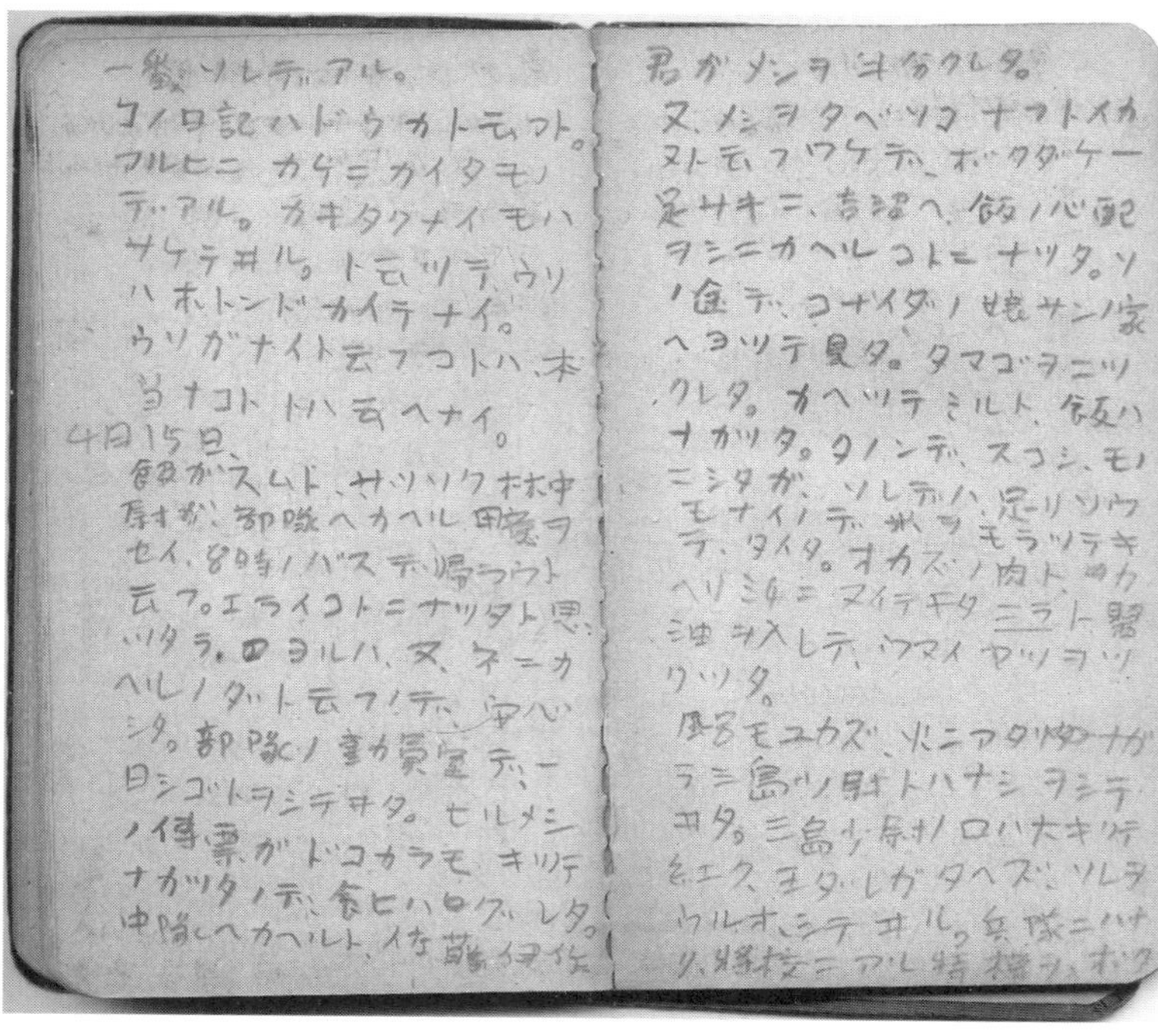
一番ソレデアル。
コノ日記ハドウカト云フト。
アルヒニ カケニカイタモノ
デアル。カキタクナイモハ
サケテ井ル。ト云ツテ、ウソ
ハホトンドカイテナイ。
ウソガナイト云フコトハ、本
当ナコトトハ云ヘナイ。
4月15日
飯ガスムト、サツソク林中
尉ガ、部隊ヘカヘル用意ヲ
セイ、8時ノバスデ帰ラウト
云フ。エライコトニナッタト思
ツタラ、日ヨルハ、又、ネニカ
ヘルノダト云フノデ、安心
シタ。部隊ノ事務室デ、一
日シゴトヲシテ井タ。ヒルメシ
ノ伝票ガドコカラモ キテ
ナカツタノデ、食ヒハグレタ。
中隊ヘカヘルト、佐藤伊佐
君ガメシヲ与ヘテクレタ。
又、メシヲタベツヅケナフトイカ
ヌト云フワケデ、ボクタチケー
足サキニ、吉沼ヘ、飯ノ心配
ヲシニカヘルコトニナッタ。ソ
ノ途デ、コナイダノ娘サンノ家
ヘヨッテ見タ。タマゴヲニツ
クレタ。カヘッテミルト、飯ハ
ナカッタ。タノンデ、スコシ、モノ
ニシタガ、ソレデハ、足リソウ
モナイノデ、米ヲモラッテキ
テ、タイタ。オカズノ肉ト四カ
ヘリ汁ニ 入イテキタ 三ラト醤
油ヲ入レテ、ウマイヤツヲツ
クッタ。
風呂モエカズ、火ニアタリナガ
ラ三島少尉ト話シヲシテ
井タ。三島少尉ノ口ハ大キクテ
紅ク、ヨダレガタヘズ、ソレヲ
ウルオシテ井ル。兵隊ニハナ
少将校ニアル特徴ヲ、ボク

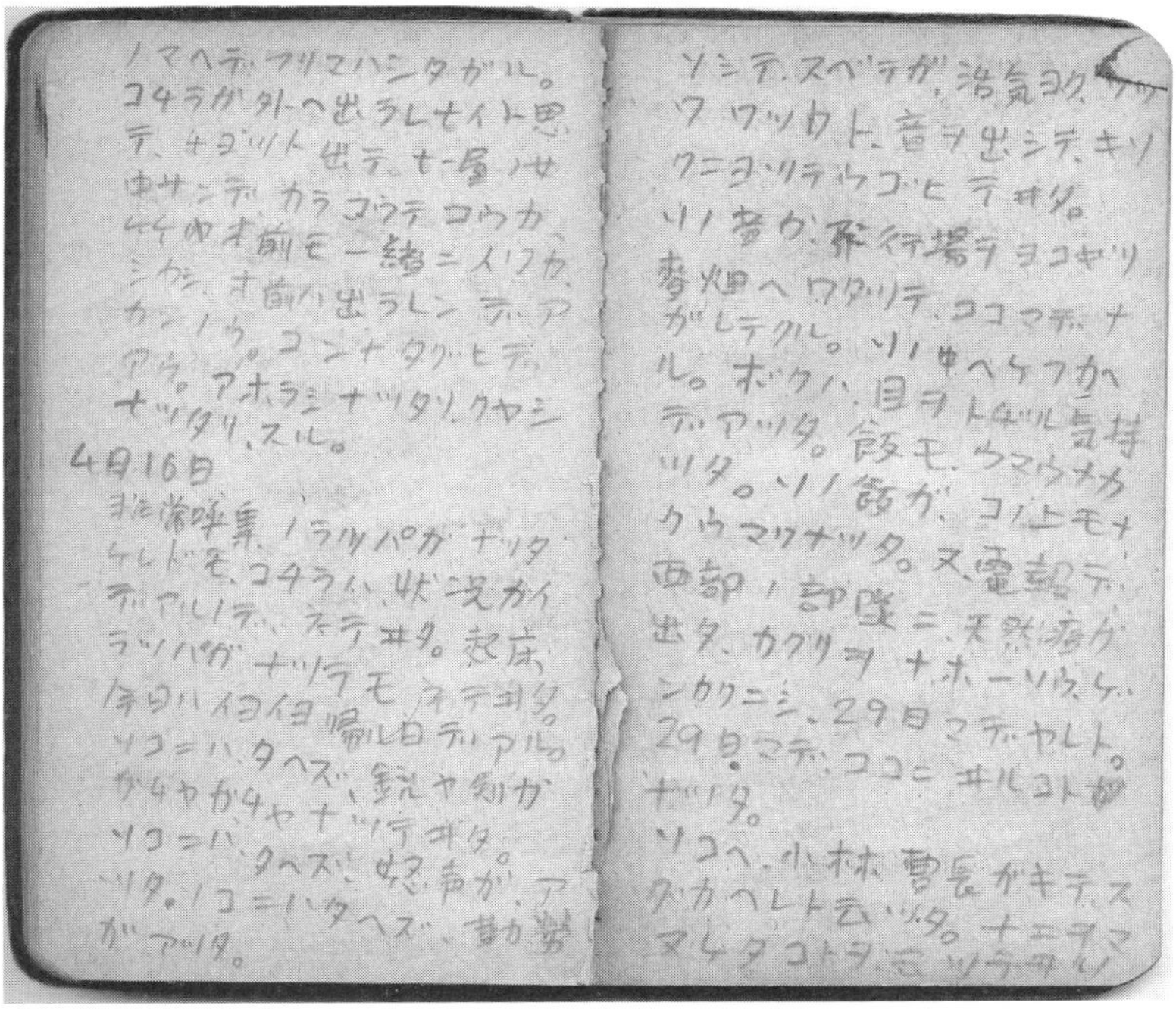

ノマヘデ、フリマハシタガル。
コチラガ外ヘ出ラレセイト思
テ、チヨツト出テ、七一宿ノ世
中サンデ、カラコウテコウカ、
ケイノオ前モ一緒ニイコウカ、
シカシ、オ前ハ出ラレンデハア
カンノウ。コンナタグヒデ、
アウ。アホラシナツタリ、クヤシ
ナツタリ、スル。
4月16日
非常呼集、ノラツパガナツタ
ケレドモ、コチラハ、状況ガイ
デアルノデ、ネテヰタ。起床、
ラツパガナツテモネテヰタ。
今日ハイヨイヨ帰ル日デアル。
ソコニハ、タヘズ、銃ヤ剣ガ
ガチヤガチヤナツテヰタ。
ソコニハ、タヘズ、怒声ガ、ア
ツタ。ソコニハタヘズ、勤労
ガアツタ。

ソシテ、スベテガ、活気ヨク、ツ
ワワツカト、音ヲ出シテ、キソ
クニヨツテウゴイテヰタ。
ソノ音ガ、飛行場ヲヨコギリ
麦畑ヘワタリテ、ココマデナ
ガレテクル。ソノ中ヘケフカヘ
ル。ボクハ、目ヲトヂル気持
デアツタ。飯モ、ウマウメカ
ツタ。ソノ飯ガ、コノ上モナ
クウマクナツタ。又電報デ、
西部ノ部隊ニ、天然痘ガ
出タ、カクリヲナホーソウゲ、
ンカクニシ、29日マデヤレト。
29日マデ、ココニヰルコトニ
ナツタ。
ソコヘ、小林曹長ガキテ、ス
グカヘレト云ツタ。ナニヲマ
ヌケタコトヲ云ツテヰル

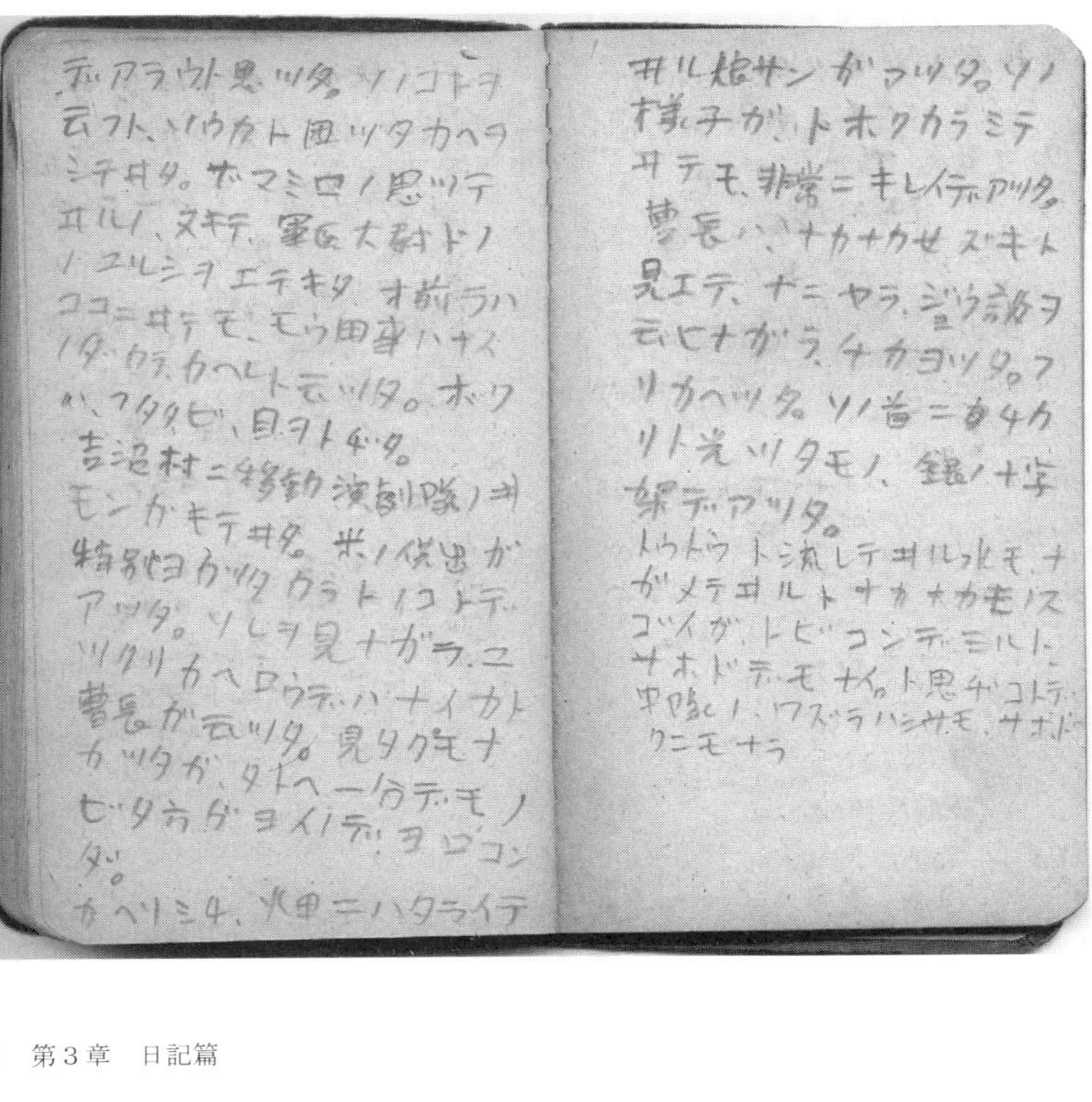

デアラウト思ツタ。ソノコトヲ
云フト、ソウカト困ツタカヘヲ
シテヰタ。ボクモミジメニ思ツテ
ヰルノ、又キテ、軍医大尉ドノ
ノユルシヲエテキタ。オ前ラハ
ココニヰテモ、モウ用事ハナイ
ノダ、ウチ、カヘレト云ツタ。ボク
ハ、フタタビ、目ヲトヂタ。
吉沼村ニ移動演劇隊ノイ
モンガキテヰタ。米ノ供出ガ
特別ヨカツタカラトノコトデ
アツタ。ソレヲ見ナガラ、ユ
ツクリカヘロウデハナイカト
曹長ガ云ツタ。見タクモナ
カツタガ、外ヘ一分デモノ
ビタカタガヨイノデ、ヨロコン
ダ。
カヘリミチ、畑ニハタライテ

ヰル娘サンガアツタ。ソノ
様子ガ、トホクカラミテ
ヰテモ、非常ニキレイデアツタ。
曹長ハ、ナカナカセズキト
見エテ、ナニヤラ、ジヨウ談ヲ
云ヒナガラ、チカヨツタ。フ
リカヘツタ。ソノ首ニピカ
リト光ツタモノ、銀ノ十字
架デアツタ。
トウトウト流レテヰル水モ、ナ
ガメテヰルトナカナカモノス
ゴイガ、トビコンデミルト、
サホドデモナイト思フコトデ、
中隊ノ、ワズラハシサモ、サホド
クニモナラ

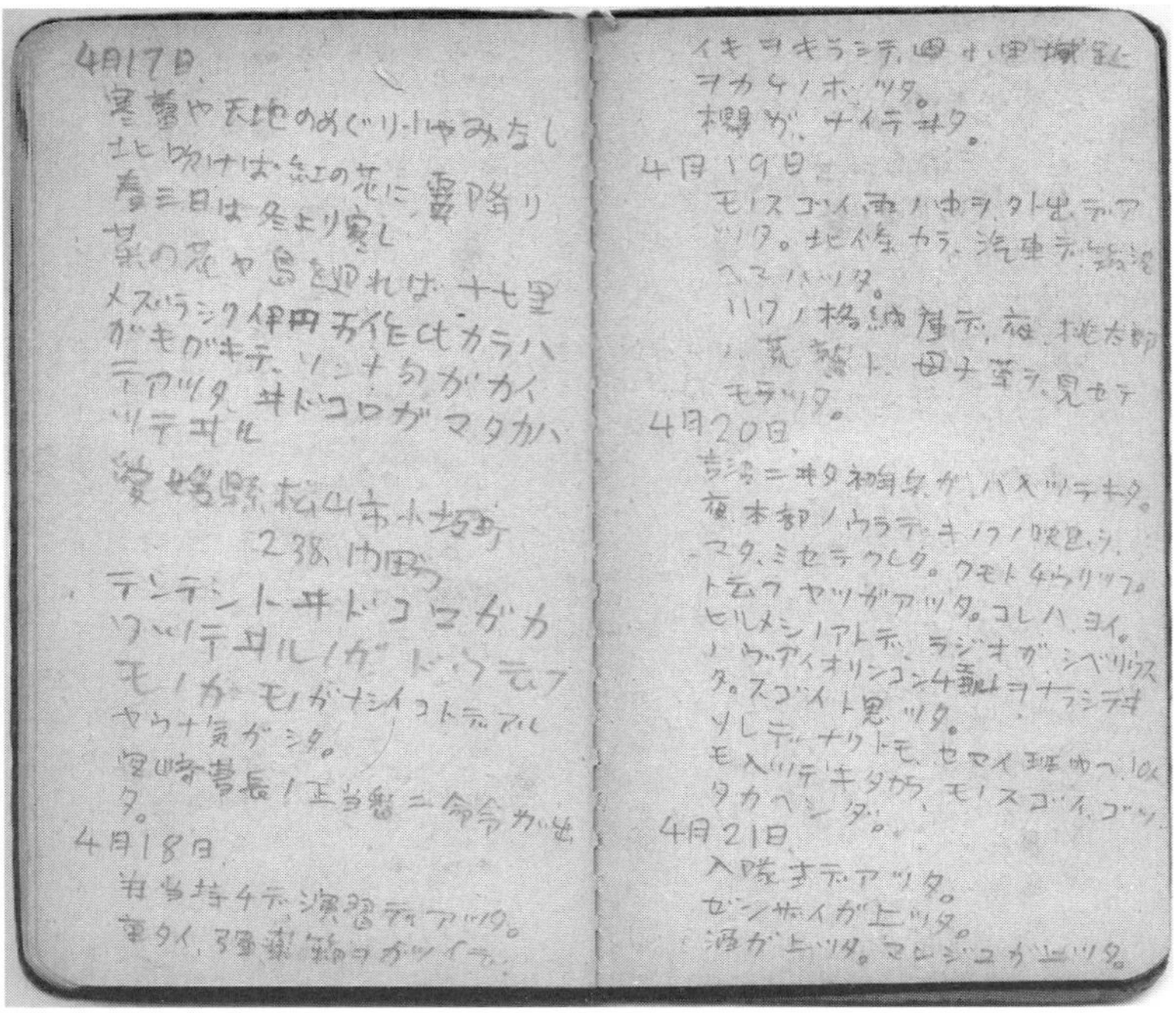
4月17日。
寒暮や天地のめぐり小やみなし
北吹けば紅の花に霰降り
春三日は冬より寒し
菜の花や島を迎れば十七里
メズラシク伊丹万作氏カラハ
ガキガキテ、ソンナ句ガカイ
テアッタ。ヰドコロガマタカハ
ッテヰル
愛媛県松山市小坂町
238 内田方
テンテント井ドコロガカ
ワッテヰルノガ、ドウデモ
モノカ モノガナシイコトデアル
ヤウナ気ガシタ。
宮崎曹長ノ正当番ニ命令ガ出
タ。
4月18日。
当番持チデ演習デアッタ。
軍ダイ、弾薬箱ヲカツイデ。
イキヲキラシテ、田ノ小田城址
ヲカケノボッタ。
桜ガ、ナイテヰタ。
4月19日。
モノスゴイ雨ノ中ヲ、外出デア
ッタ。北條カラ、汽車デ松山
ヘマハッタ。
ハワノ格納庫デ、夜、桃太郎
ノ荒鷲ト、母ナ草ヲ見セテ
モラッタ。
4月20日。
吉浦ニヰタ初年兵ガ、ハヰッテキタ。
夜、本部ノウラデ、キノフノ映画ヲ
マタ、ミセテクレタ。クモトチウリップ。
トイフヤツガアッタ。コレハヨイ。
ヒルメシノアトデ、ラジオガ、シベリウス
ノヴァイオリンコンチエルトヲナラシテヰ
タ。スゴイト思ッタ。
ソレデ、ナクトモ、セマイ班ノ中ヘ10人
モ入ッテキタカラ、モノスゴイ、ゴッ
タガヘシタ。
4月21日。
入隊式デアッタ。
ゼンザイガ出タ。
酒ガ出タ。マンジュウガ出タ。

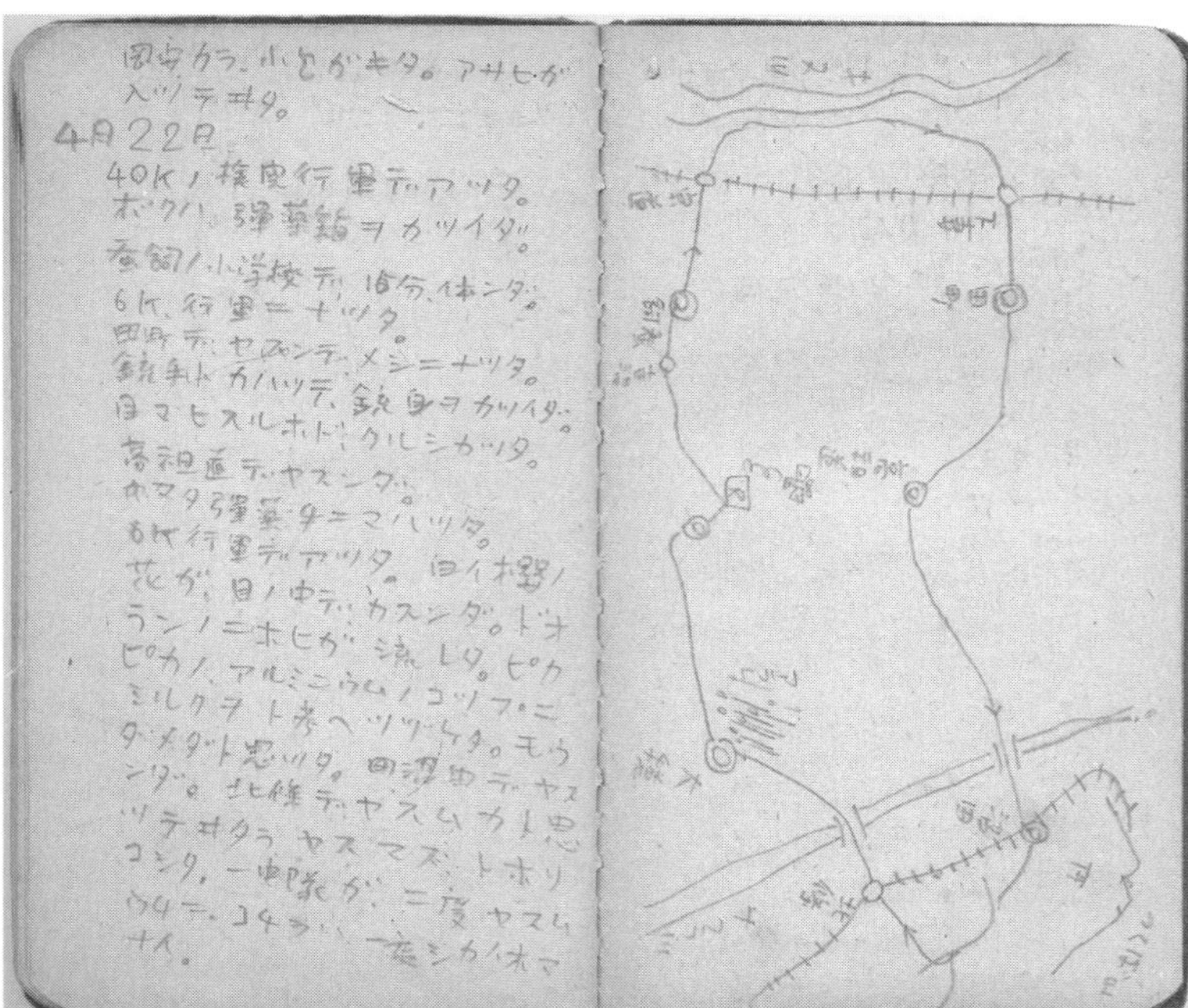
周安カラ、ハトガキタ。アサヒガ
入ッテヰタ。
4月22日。
40Kノ検閲行軍デアッタ。
ボクハ、弾薬箱ヲカツイダ。
香飼ノ小学校デ、15分、休ンダ。
6K、行軍ニナッタ。
田野デ、ヤスンデ、メシニナッタ。
銃手トカハッテ、銃身ヲカツイダ。
目マヒスルホド、クルシカッタ。
高祖道デヤスンダ。
又マタ弾薬箱ニマハッタ。
6K行軍デアッタ。白イ桜ノ
花ガ、日ノ中デ、カスンダ。ドナ
ランノニホヒガ流レタ。ピカ
ピカノ、アルミニウムノコップニ
ミルクヲトポヘツヅケタ。モウ
タメダト思ッタ。田淵曲デヤス
ンダ。北條デヤスムカト思
ッテヰタラ ヤスマズ、トホリ
コシタ。一中隊ガ、二度ヤスム
ウチニ、コチラハ一度シカ休マ
ナイ。

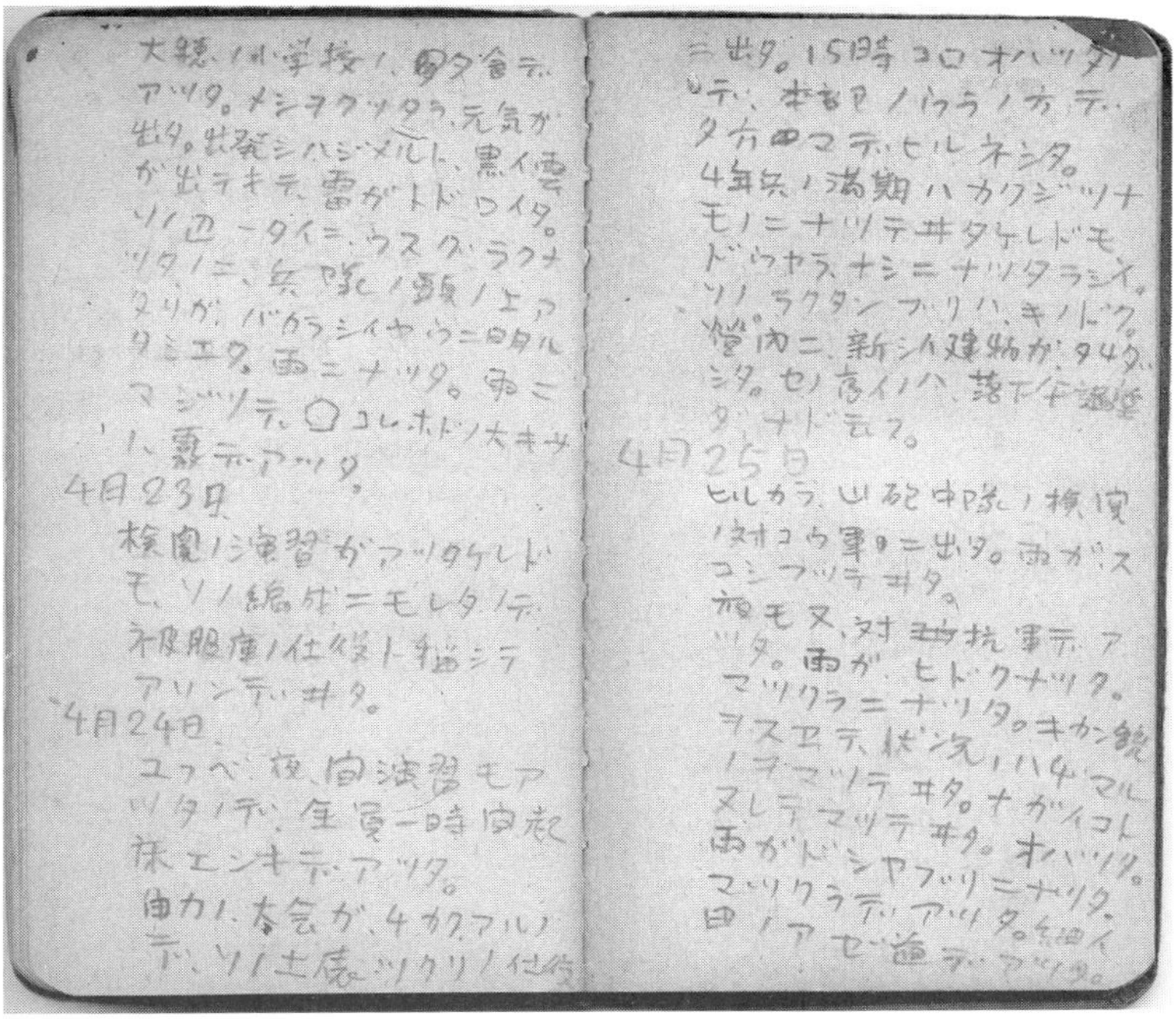

大穂ノ小学校ノ、夕食デ
アッタ。メシヲクッタラ、元気ガ
出タ。出発シハジメルト、黒イ雲
ガ出テキテ、雷ガトドロイタ。
ソノ辺一タイニ、ウスグラクナ
ッタノニ、兵隊ノ頭ノ上ア
タリガ、バカラシイヤウニ明ルク
タミエタ。雨ニナッタ。雨ニ
マジッテ、○コレホドノ大キサ
ノ、雹デアッタ。
4月23日
検閲ノ演習ガアッタケレド
モ、ソノ編成ニモレタノデ
被服庫ノ仕事ト掃除シテ
アソンデヰタ。
4月24日
ユフベ、夜間演習モア
ッタノデ、全員一時間起
床エンキデアッタ。
西方ノ本会ガ、4カクアルノ
デ、ソノ土俵ツクリノ仕事
ニ出タ。15時コロオハッタノ
デ、本部ノウラノ方デ、
夕方四時マデヒルネシタ。
4年兵ノ満期ハカクジツナ
モノニナッテヰタケレドモ
ドウヤラ、ナシニナッタラシイ。
ソノラクタンブリハ、キノドク。
営内ニ、新シイ建物ガ、[illegible]
シタ。セノ高イノハ、落下傘[illegible]
ダナドト云フ。
4月25日
ヒルカラ、山砲中隊ノ検閲
ノ対コウ軍ニ出タ。雨ガス
コシフッテヰタ。
夜モ又、対抗軍デア
ッタ。雨ガ、ヒドクナッタ。
マックラニナッタ。キカン銃
ヲスエテ、状況ノハジマル
ノヲマッテヰタ。
ヌレテマッテヰタ。ナガイコト
雨ガドシヤブリ。オハッタ。
マックラデアッタ。
田ノアゼ道デアッタ。

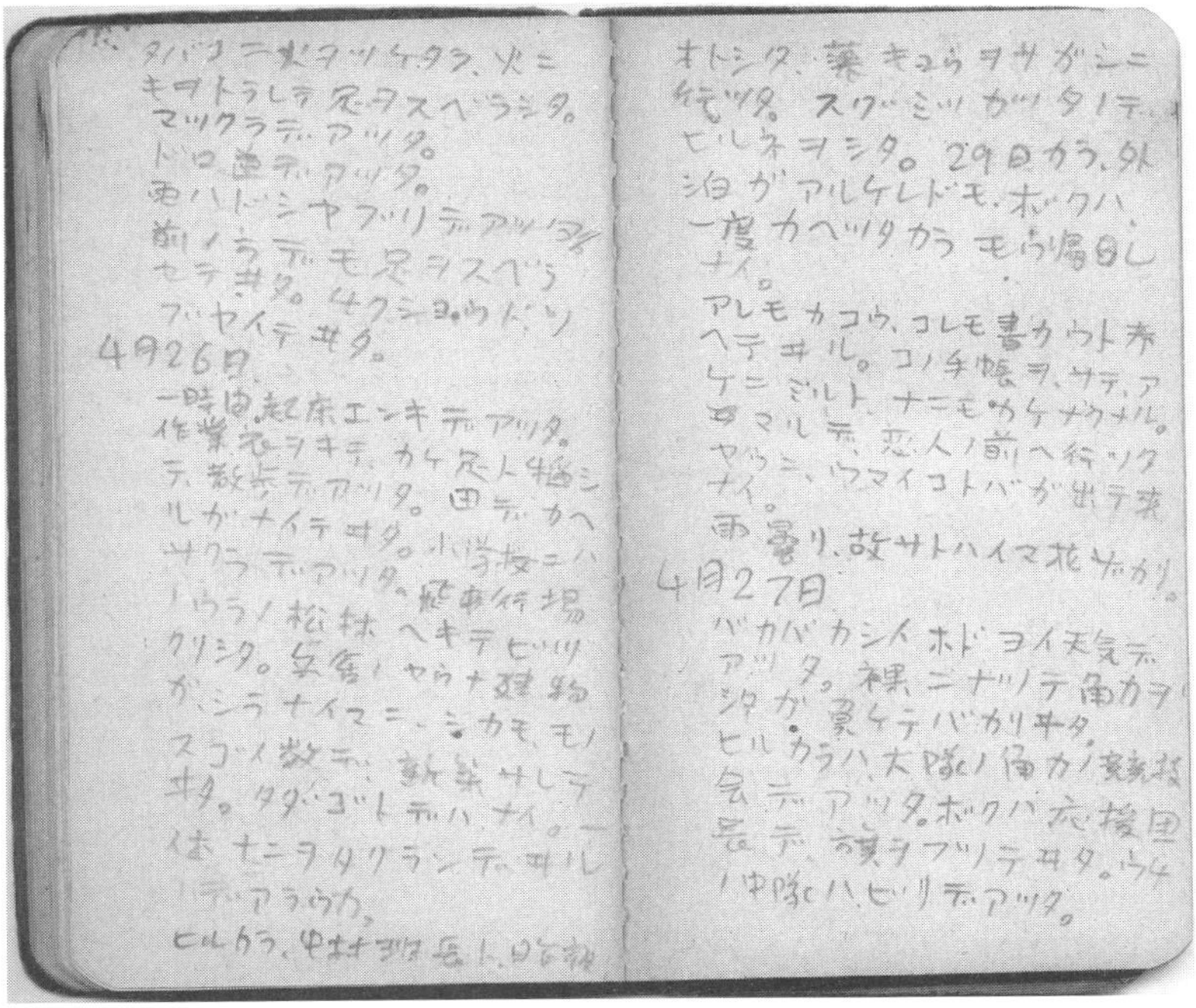

タバコニ火ヲツケタラ、火ニ
キヲトラレテ足ヲスベラシタ。
マックラデアッタ。
ドロ道デアッタ。
雨ハドシヤブリデアッタ。
前ノ方デモ足ヲスベラ
セテヰタ。[illegible]
ブヤイテヰタ。
4月26日
一時間起床エンキデアッタ。
作業衣ヲキテ、カケ足ト[illegible]
テ散歩デアッタ。田デ[illegible]
ルガナイテヰタ。小学校ニハ
サクラデアッタ。[illegible]
ノウラノ松林ヘキテ[illegible]
クリシタ。兵舎ノヤウナ建物
ガ、シラナイマニ、シカモ、モノ
スゴイ数デ、新築サレテ
ヰタ。タダゴトデハナイ。一
体ナニヲタクランデヰル
ノデアラウカ。
ヒルカラ、中村部隊長ト、[illegible]
オトシタ。薬キュウヲサガシニ
行ッタ。スグミツカッタノデ、
ヒルネヲシタ。29日カラ、外
泊ガアルケレドモ、ボクハ、
一度カヘッタカラ、モウ帰レ
ナイ。
アレモカコウ、コレモ書カウト考
ヘテヰル。コノ手帳ヲ、サテ、ア
ケテミルト、ナニモカケナクナル。
ヤウニ、恋人ノ前ヘ行ックト
ナイ、ウマイコトバガ出テ来
雨曇リ、故サトハイマ花ザカリ。
4月27日
バカバカシイホドヨイ天気デ
アッタ。裸ニナッテ角力ヲ
汗ガ[illegible]ケテバカリヰタ。
ヒルカラハ、大隊ノ角力ノ[illegible]
会デアッタ。ボクハ応援団
長デ、旗ヲフッテヰタ。5・4
ノ中隊ハ、ビリデアッタ。

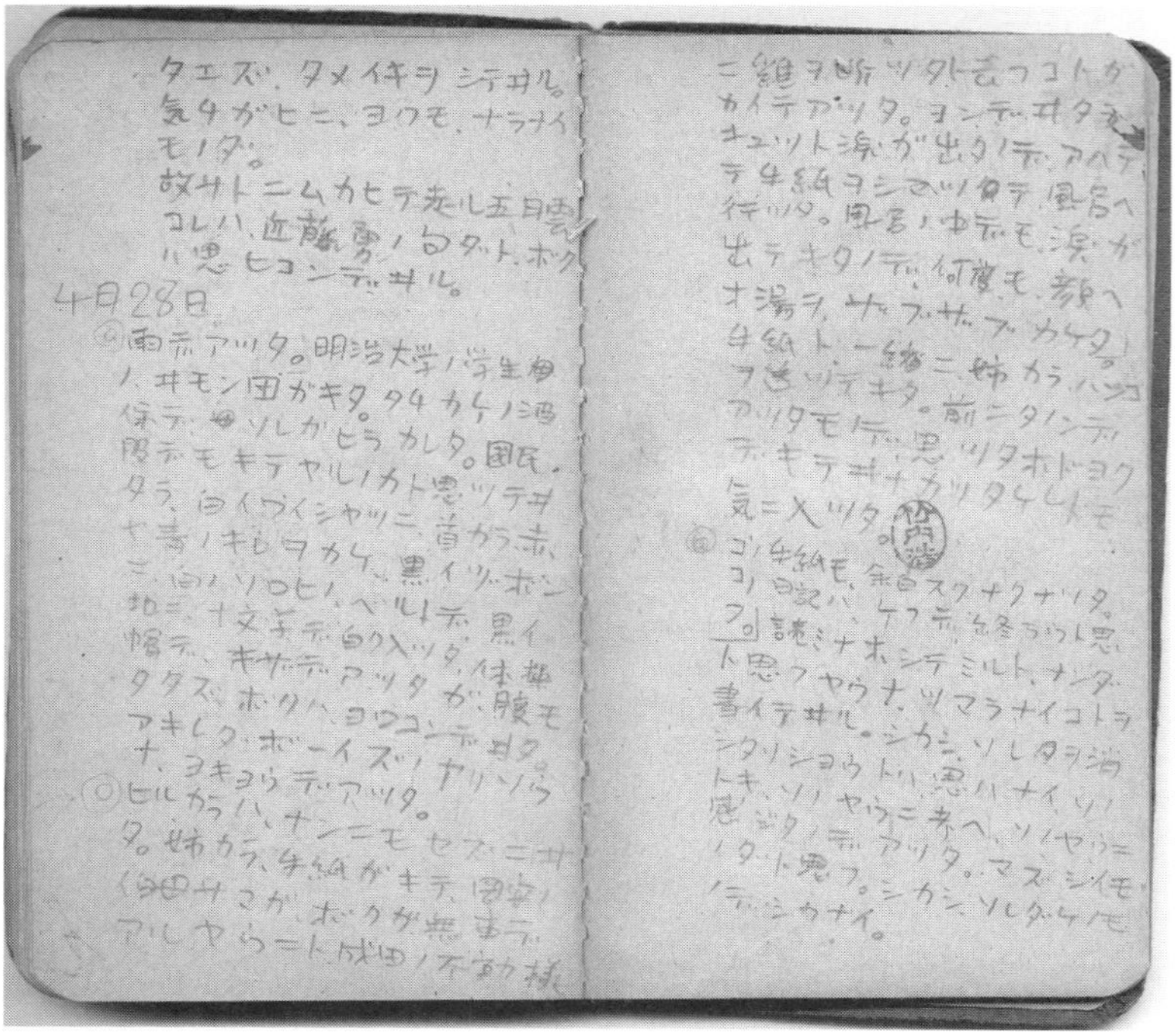

タエズ、タメイキヲシテヰル。
気分ガヒニ、ヨクモ、ナラナイ
モノダ。
故サトニムカヒテ走ル五月雲
コレハ、近藤勇ノ句ダト、ボク
ハ思ヒコンデヰル。
4月28日
◎雨デアッタ。明治大学ノ学生服
ノ井モン団ガキタ。タイカイノ酒
保デ、ソレガヒラカレタ。国民
服デモキテヤルノカト思ッテヰ
タラ、白イワイシャツニ、首カラ赤
ヤ青ノキレヲカケ、黒イヅボン
ニ、白ノソロヒノベルトデ、黒イ
帽デ、キザデアッタ。体操
タクズ、ボクハ、ヨウコンデヰタ。腹モ
アキレタ。ボーイズノ、ヤリソウ
ナ、ヨキヨウデアッタ。
◎ヒルカラハ、ナンニモセズニヰ
タ。姉カラ、手紙ガキテ、田中
サンガ、ボクガ無事デ
アルヤウニト成田ノ不動様
ニ組ヲ断ツタト云フコトガ
カイテアッタ。ヨンデヰタラ
キュツト涙ガ出タノデ、アハテ
テ手紙ヲシマツテ風呂へ
行ッタ。風呂ノ中デモ、涙ガ
出テキタノデ、何度モ、顔へ
オ湯ヲ、ザブザブカケタ。
手紙ト一緒ニ姉カラ、ハンコ
ヲ送ッテキタ。前ニタノンデ
アッタモノデ、思ッタホドヨク
デキテヰナカッタケレドモ
気ニ入ッタ。
◎コノ手紙モ、余白スクナクナッタ。
コノ日記ハ、ケフデ終ラウト思
フ。読ミナホシテミルト、ナンダ
ト思フヤウナ、ツマラナイコトヲ
書イテヰル。シカシ、ソレヲ消
シタリショウトハ思ハナイ。ソノ
トキ、ソノヤウニ考へ、ソノヤウニ
思ッタノデアッタ。マズシイモ
ノデモシカタナイ。

4月モ、ヲハル。
ヤガテ、緑ノ五月ガ、アア緑ノ
五月ガ、クル。
ドウナルカ、ワカラナイ。次ノ日記
ニハ、ドンナコトガ、ドコデカカ
レルカワカラナイ。
今ノキモチハ、ナントモ、ワカラ
ナイ、ワリキレナイ気持ダ。
五月ガクル。五月ガキテモ、
ソレガ、ボクニ、何ノヨロコビ
モ、モタラサナイデアラウガ、
デモ、五月ガクレバト、何カナ
ク、ヨイコトデモアリサウナト
アハイノゾミヲモッテ、コノ日
記ヲヲハラウ。
ヨイ日ガキテ、ヨイコトヲシテ
ヨイ日記ヲカケルヤウニト。

筑波日記
冬カラ春へ　終リ。

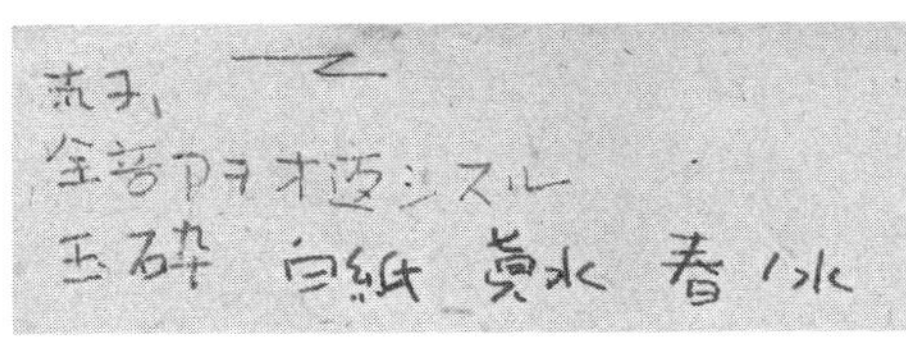
全部アヲオ返シスル
玉砕 白紙 黄水 春ノ水

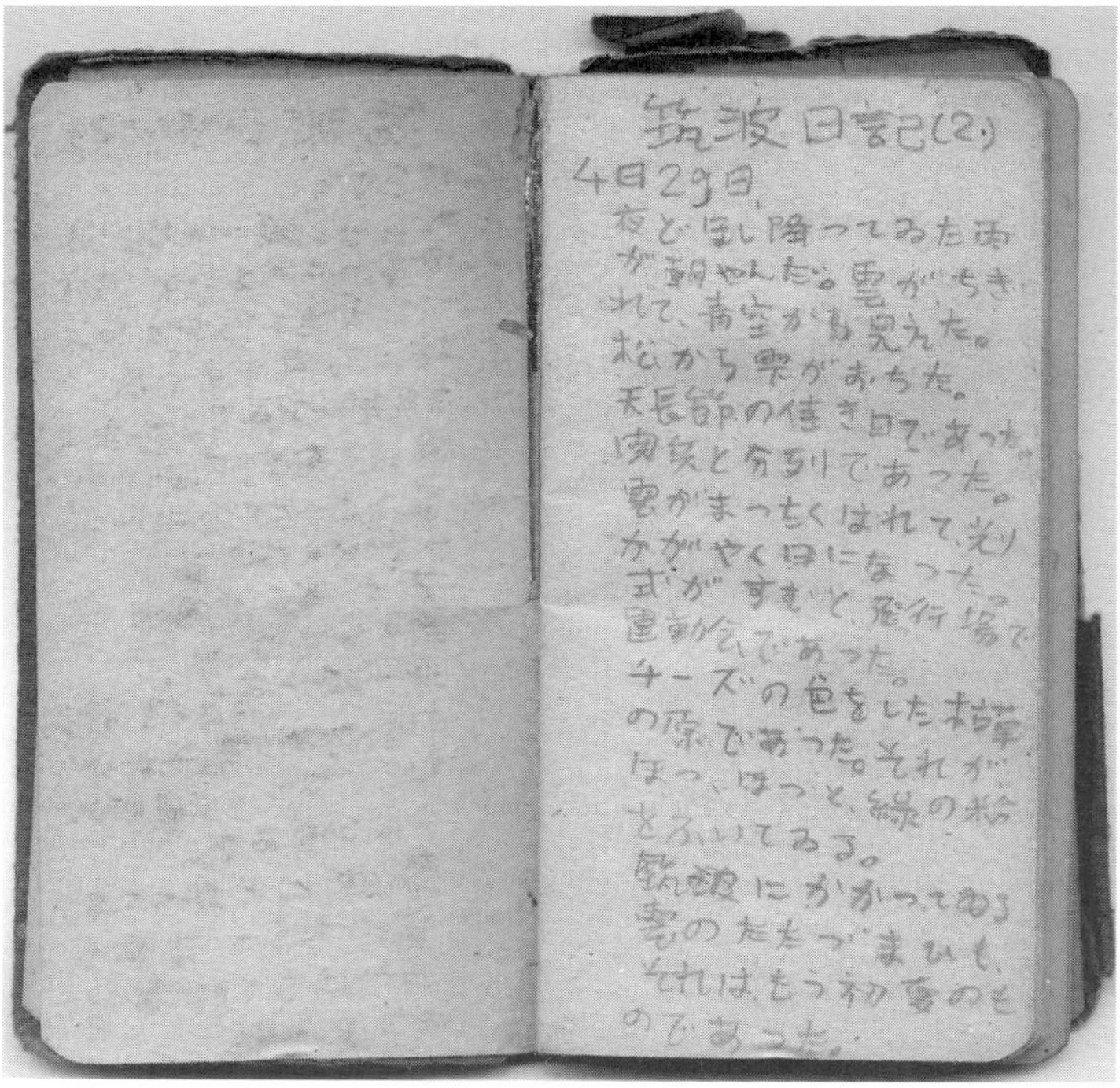
筑波日記(2)
4月29日
夜どほし降つてゐた雨
が朝やんだ。雲がちぎ
れて、青空が見えた。
松から雫がおちた。
天長節の佳き日であつた。
分列であつた。
雲がまつたくはれて、光り
かがやく日になつた。
式がすむと、飛行場で
運動会であつた。
チーズの色をした枯草
の原であつた。それが
ぽつぽつと、緑の粉
をふいてゐる。
筑波にかかつてゐる
雲のたたずまひも、
それはもう初夏のも
のであつた。

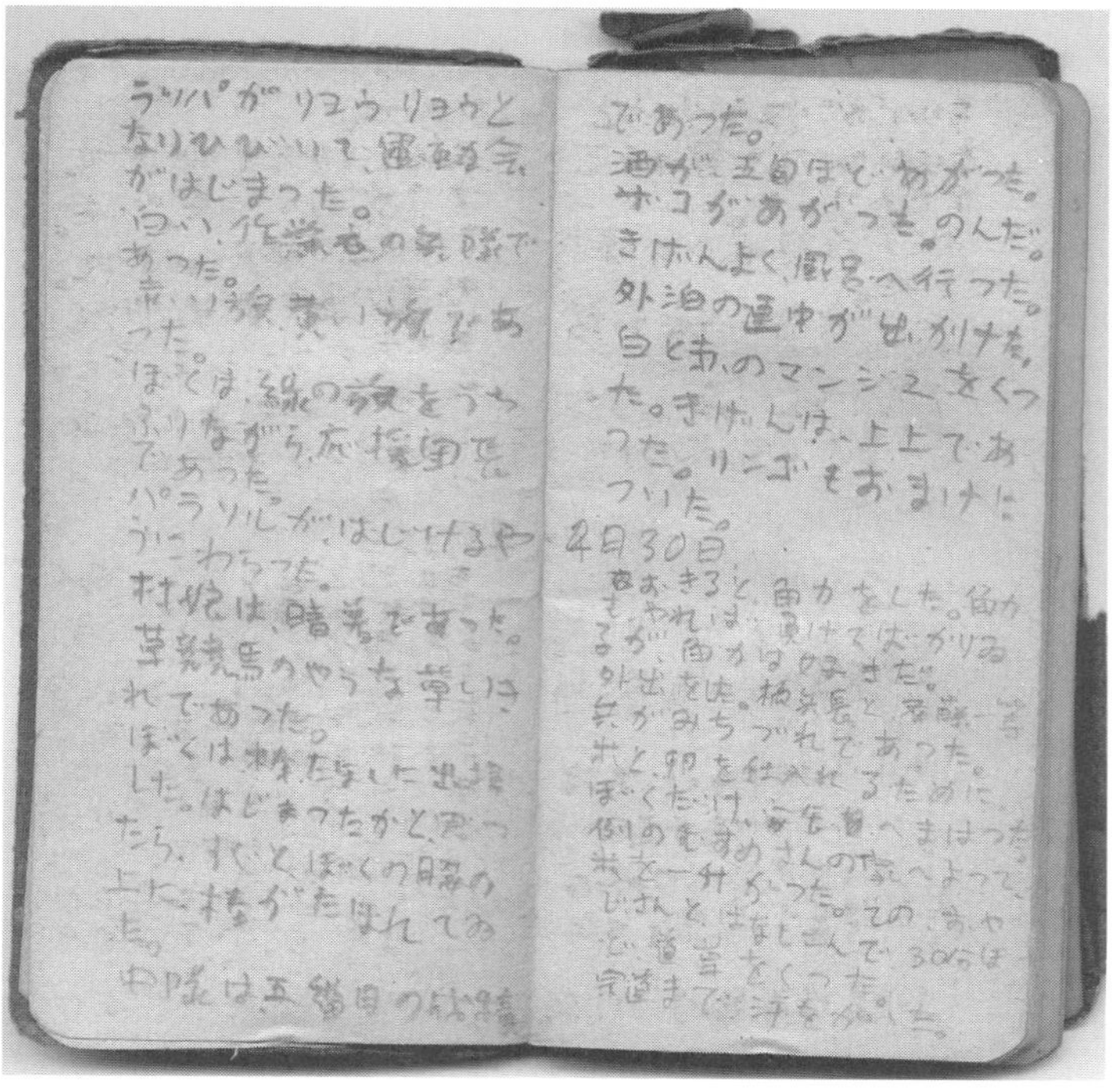
ラツパがリヨウリヨウと
なりひびいて、運動会
がはじまつた。
白い作業衣の兵隊で
あつた。
赤い襷、黄い襷であ
つた。
ぼくは、緑の旗をうち
ふりながら応援団長
であつた。
パラソルがはじけるや
うにわらつた。
れであつた。
はじまつたかと思つ
たら、すぐと、ぼくの肘の
上に棒がたほれてゐ
た。
であつた。
酒が五合ほどあがつた。
きげんよく風呂へ行つた。
外泊の連中が出かけた。
白と赤のマンジユウをくつ
た。きげんは、上上であ
つた。リンゴもおまけに
ついた。
4月30日

うどんをたべた。
汽車にのった。下妻
でおりた。つめたいミ
ルクをのんだ。一杯
のんだ。ピカピカの、アル
ミニウムのゴシクであ
った。汽車にのった。
猿島発車。黒雲が
わいてきた。突風がき
た。稲ソンマが、各所
でくだけて、ドッドッ、
雷流中の定ぶみかきこ
へた。大粒がさっとき
た。白いほこりを上げ
て、道路がおのいた。
駅まではしった。汽車
にのった。夕立はやんで
みた。緑の棚田であ
った。はっきりした筑
波山であった。緑は
緑突破。白い花は
梨畑であった。

下館の町であった。
くさったやうなうら町
であった。濁のそばに、また
いで寝を立てて、夕空
をながしてみた。うけて
あるのは さくらの、はな
びらであった。汽船の
型をした。カフェで、渡し
場と云った。おとしいも
のついた洋酒をなめな
がら、名前をきいた。女と
はぐれてみた。
下妻へもどって、ケツを
くった。かへり、トラックのト
ラックにのせてもらった
5月1日
作業服をきて、弁当もち
で、山へ、材木はこびに
行った。
ひさかたの光のどけき
春の日にしっける心なく
花のちるらん花のちるらん

豊なる鉢面を接木こ
がした。ひるからは、熱を
雪のかけでいるねをし
てサボッてゐた。
5月2日
バスが南下の町まで
はこんでいった。そんな
つもりではなかった。あとで
きふ町はつまらない田で
ある。つまらないのを二回く
った。迷ずれば、稲敷郡と
宝城県佐来と大は谈太。
汽車で　へ行った。大井
はとうかで行ってしまった。
大佐もあきれ、ぼくてーん
になった。大学へ行った。
あんみつ、ま〳〵たべてみ
た。日記を帰のどころへ置
った。金がなくなって云
下妻まであるいた。金がな
くなったが、駅の待合で
ねてゐた。
かへってきた、町会当番

上駅にたる芥の梅は、急出で
あった。
バスの天現どうするる末の校
に日の光りで、螢かが近
後 田当のの五十川文長と游
援をして、二(わり)ともました。
5月3日
五時におきた。私室の窓を
開けたら、霧がながれ
んだ。飛行場は客のない霧
であった。ごみために、霧で有
った。
かぶも外出のある日であった。
私室で このあひだ、買って
きた、紅田作之助の清楚と
云ふ小説をよんだ。軽い気
で、かいたのであろう。んして
おもしろくもなかった。この人に
は三十才とでもぶいいがり誤が
あったはずた。
飛行場で飛行きがさわさ
ちをしてゐた。そうとちゃん
なことをやって
ひるからすこしひるねき

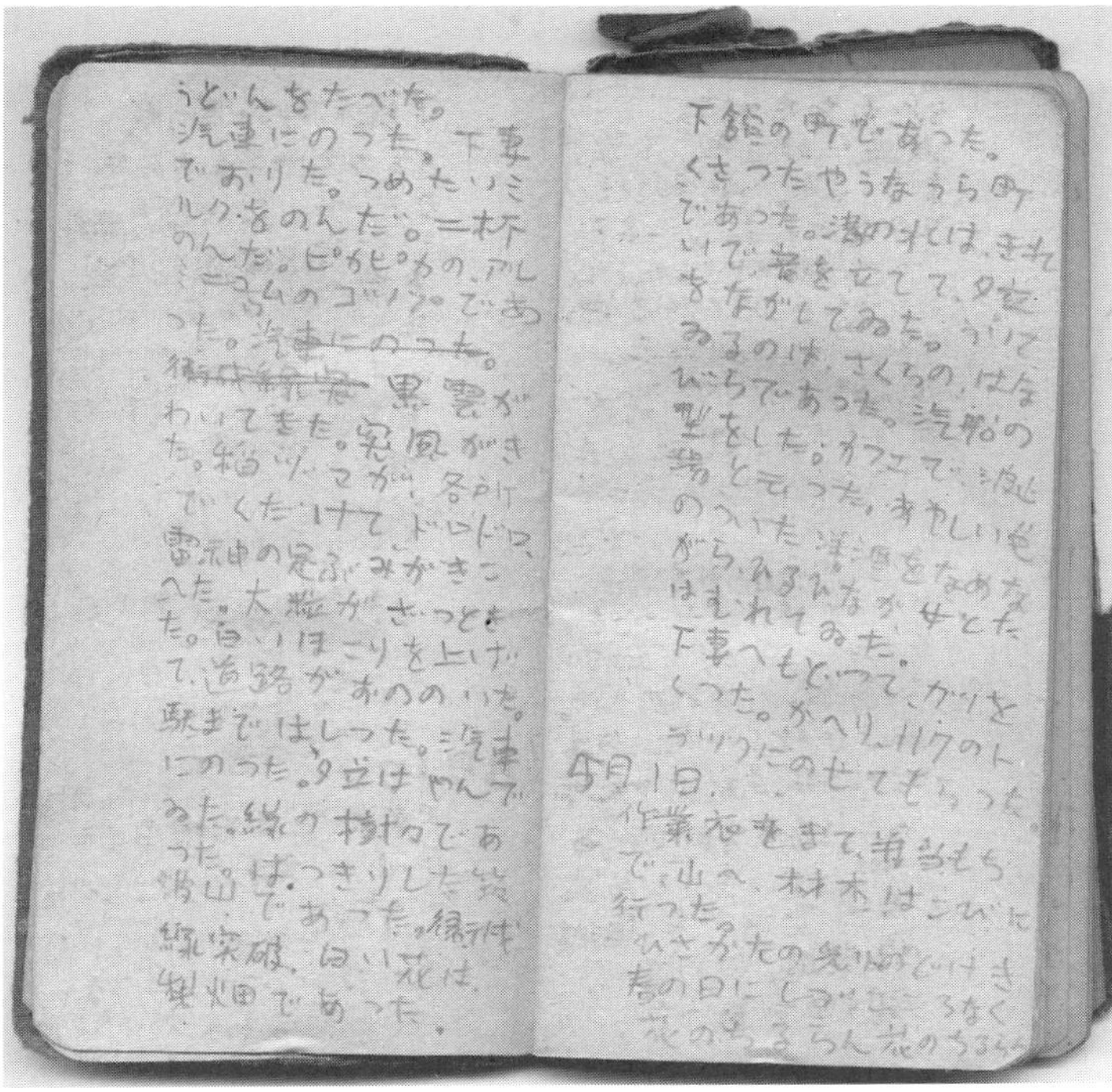

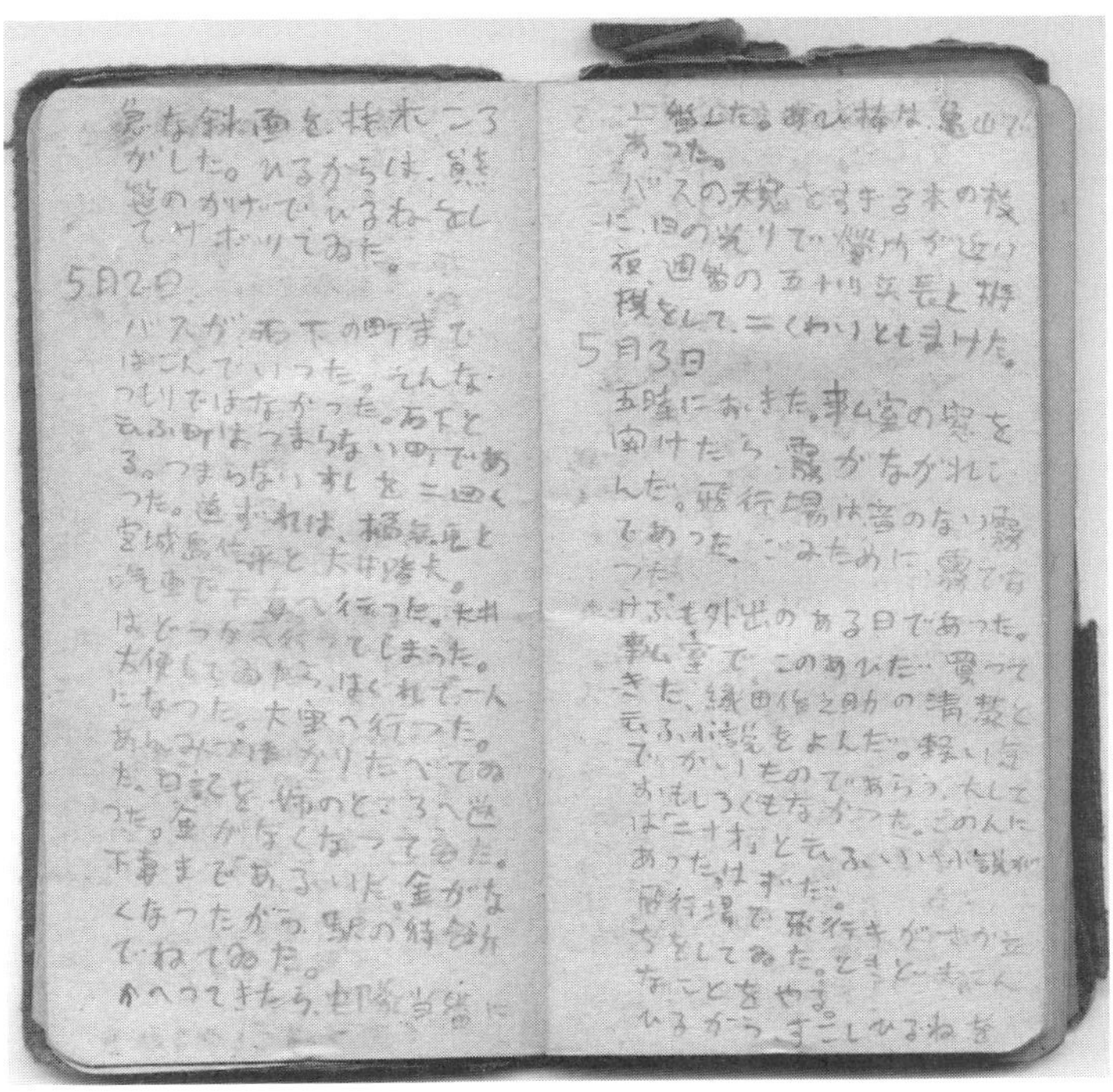

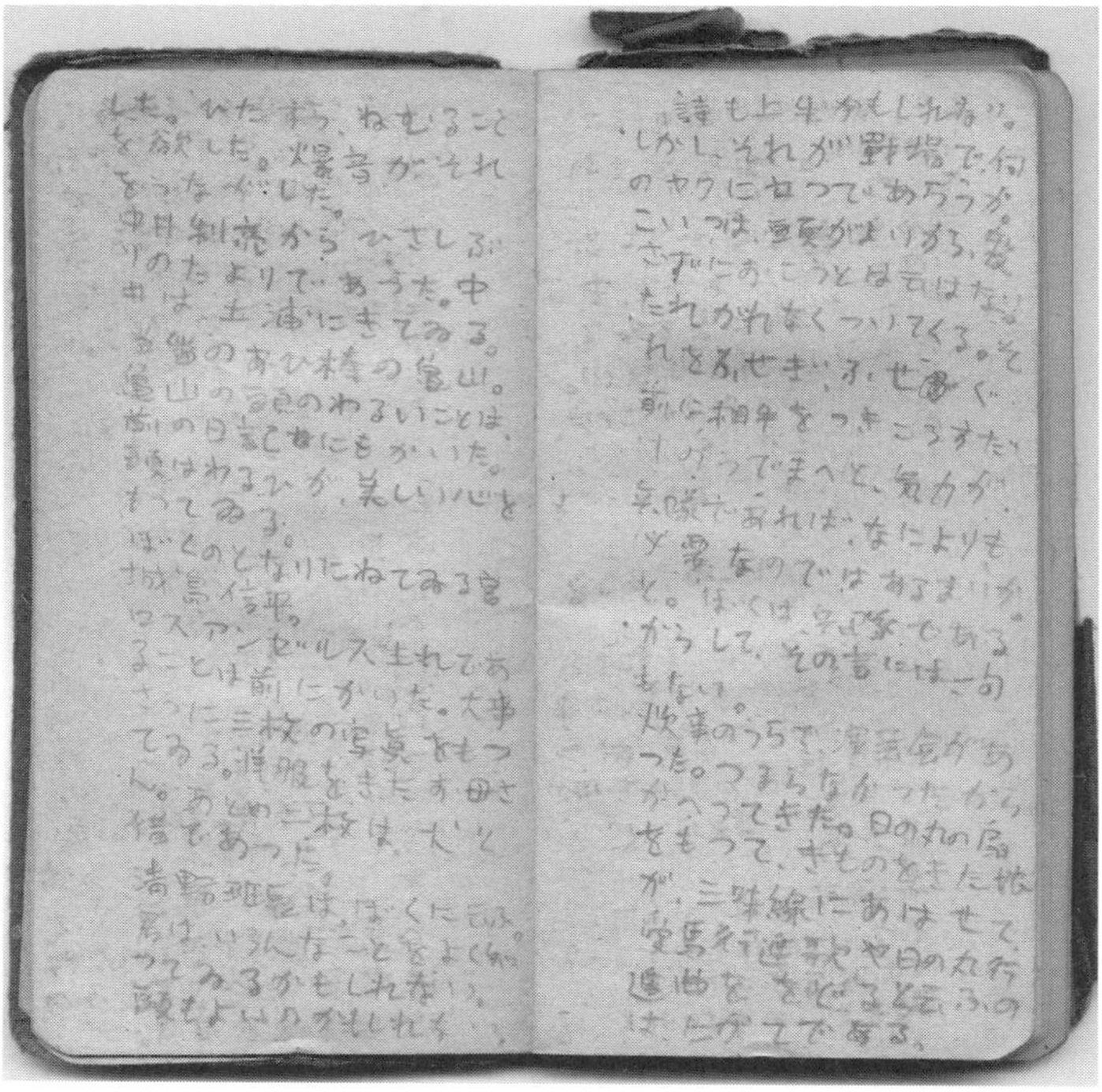

した。ひたすら、ねむることを欲した。爆音がそれをさまたげした。

中村翔亮からひさしぶりのたよりであった。中村は土浦にきてゐる。

弁当のおひ棒の亀山。亀山の頭のわるいことは、前の日記帳にもかいた。頭はわるいが、美しい心をもってゐる。

ぼくのとなりにねてゐる宮城島信平。ロスアンゼルス生れである事は前にかいた。大事さうに三枚の写真をもってゐる。洋服をきたお母さん。あとの二枚は犬と猫であった。

清野班長は、ぼくにとふ。宮城はいろんなことをよく知ってゐるかもしれない。頭もよいのかもしれず、

詩も上手かもしれない。しかし、それが戦場で何のヤクに立つであらうか。こいつは、頭がよいから、愛さずにおこうとは云はない。たれかれなくついてくる。それをふせぎ、ふせぐ前に相手をつきころすだけがつでまへと、気力が、気魄であれば、なによりも必要なのではあるまいか。ぼくは、兵隊である。からして、その言には一句もない。

炊事のうらで、演芸会があった。つまらなかったから、かへってきた。日の丸の扇をもって、きものをきた女が、三味線にあはせて、愛馬行進歌や日の丸行進曲をおどると云ふのは、[illegible]である。

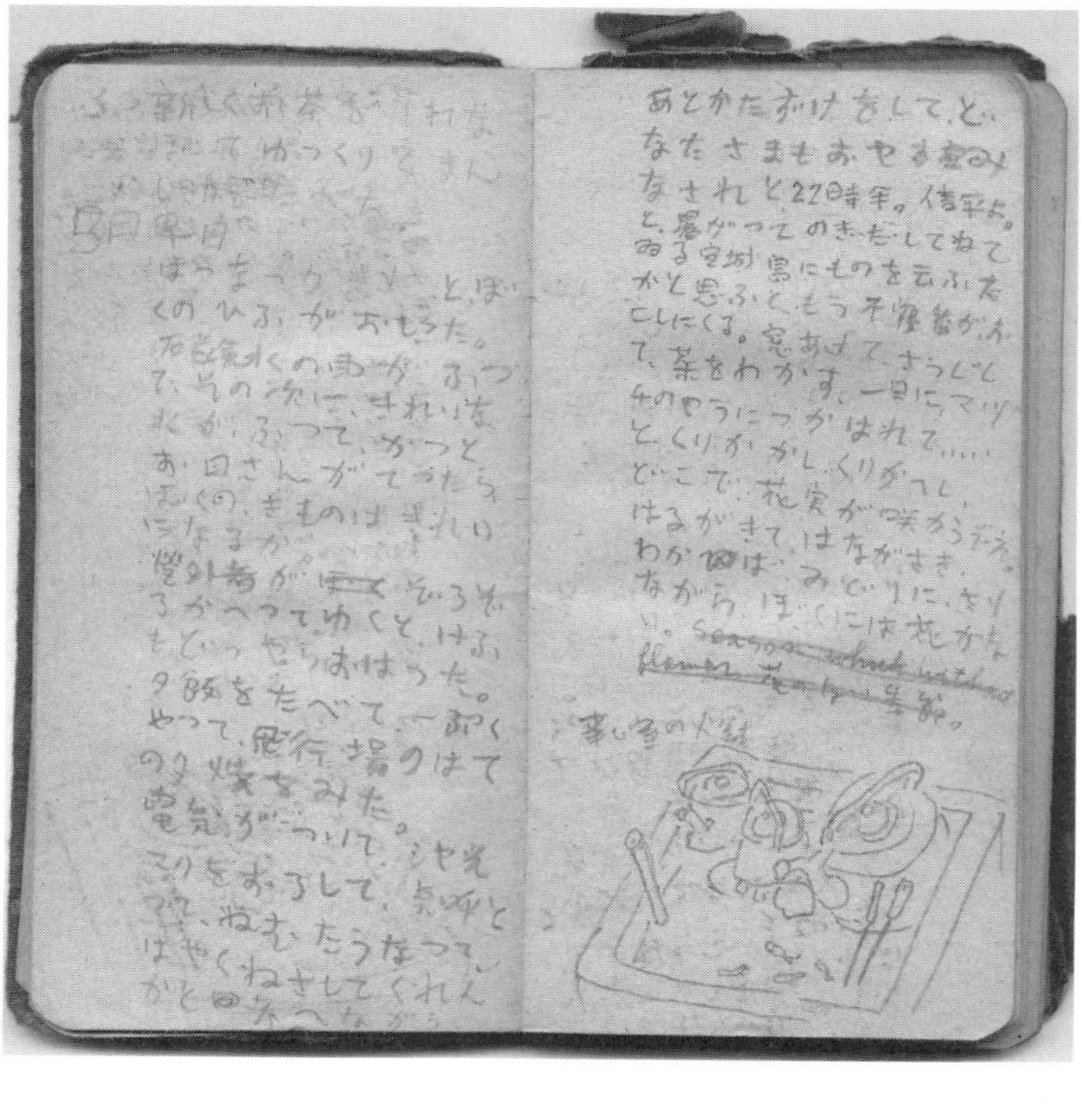

[illegible]
[illegible]
[illegible]
[illegible]
[illegible]と、ぼくのひふがおもうた。[illegible]
[illegible]おかあさんがでてきたら、ぼくの、きものはきれいになるが。
営外者が~~[illegible]~~でひるぞろかへってゆくと、けふもといったにはうた。
夕飯をたべて、[illegible]やつて、飛行場のはての夕焼をみた。
電気がついて、[illegible]をおろして、[illegible]、ねむたうなって、はやくねさしてくれんかと思ひながら

あとかたづけをして、どなたさまもおやすみなされと22時半。信平よ、と暑がってのきだしてねてゐる宮城島にものを云ふたかと思ふと、もう不寝番がおこしにくる。起きて、茶をわかす。一日にマリのやうにつかはれて……くりかへしくりかへし、どこで花実が咲かうぞえ。はるがきてはながさき、わかばはみどりに、きりり。ぼくには花がな ~~[illegible]~~。

楽しみの火鉢

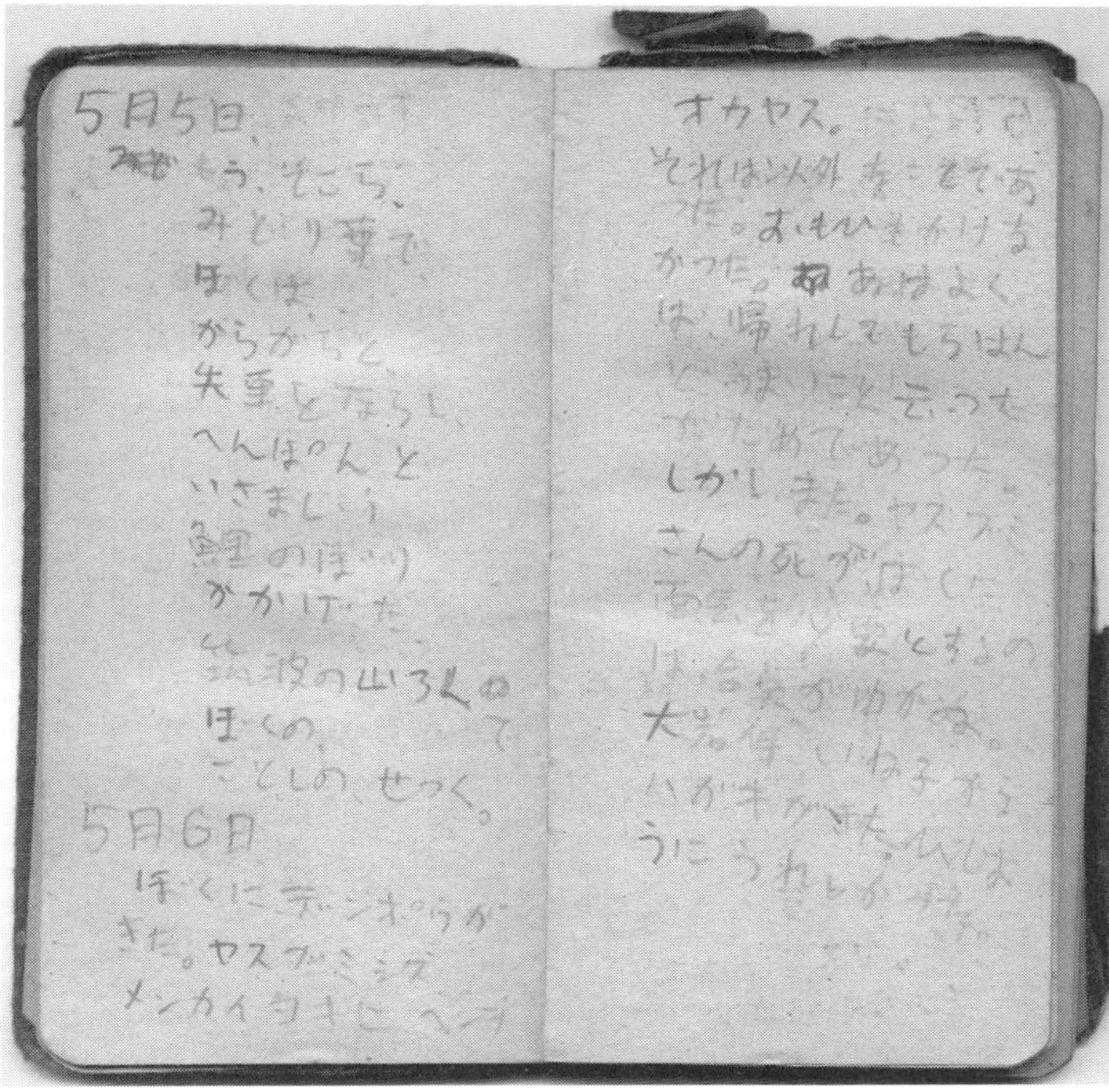
5月5日
もう、そこら、
みどり葉で
ぼくは
からからと
矢車をならし
へんぽんと
いさましう
鯉のぼり
かかげた
ぼくの
ことしの　せっく。
5月6日
ぼくにデンポウがきた。ヤスブミミシズ
メンカイ
オカヤス。
しかし また。ヤスブミさんの死が

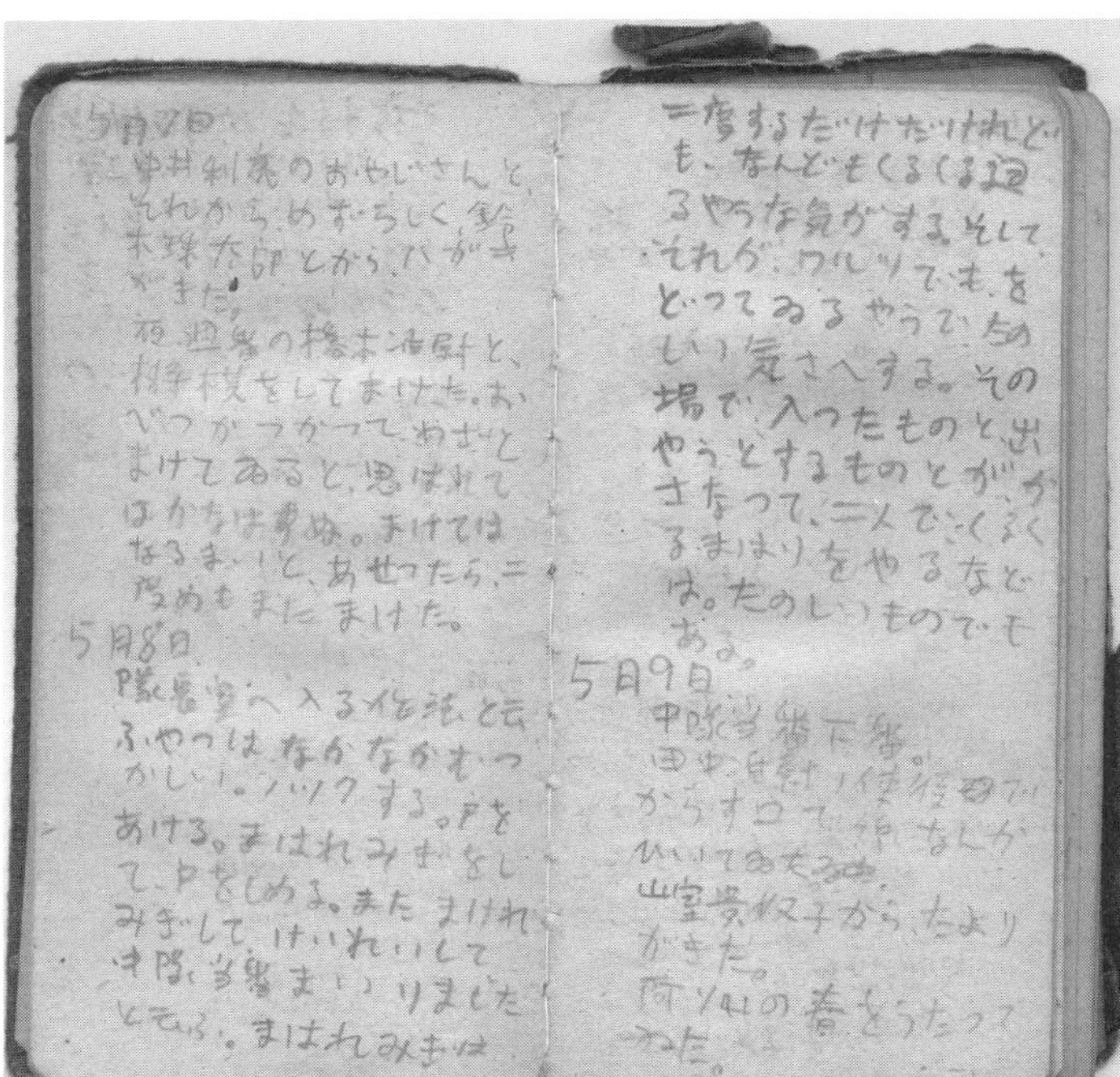
5月7日
中井利亮のおやじさんと、それからめずらしく鈴木梁太郎とから、たよりがきた。
夜、週番の橋本准尉と、相撲をしてまけた。おなかがつかつて、わざとまけてゐると思はれてはかなはぬ。まけてはなるまいと、あせつたら、二度めもまたまけた。
5月8日
隊長室へ入る作法と云ふやつはなかなかむつかしい。ノックする。戸をあける。まはれみぎをして、戸をしめる。またまはれみぎしてけいれいして当番まいりましたとさけぶ。まはれみぎは二度するだけだけれども、なんどもくるくる回るやうな気がする。そしてそれが、ワルツでもをどつてゐるやうで愉しい気さへする。その場で入つたものと出やうとするものとがかさなつて、二人でくるくるまはりをやるなどは。たのしいものでもある。
5月9日
中隊当番下番。
山室貴奴子から、たよりがきた。
阿蘇山の春をうたつてゐた。

5月10日
田中飯村の使役をし
ていた。ゆかいだ紙
やすりをもっていた
がきこないた。小林
が外泊にきたといっ
て……た手紙を開
安のおばさんが（？）
ちがいして、姉夫妻
での小林のふるさと
る京都府　なんとか
郡に、ぼくがゐると
思って面会に行っ
たそうだ。とんでも
ないことだ。

5月11日。
朝のうちは、田本注射
の使役で白った。ひる
からは石炭はこび
をした。
きのふ、いねむりを

みつけた。ズボンの米
ケットに入れてゐた
夕食のオカズのジャガ
イモをーきれやった。
あいひえてゐて、たべ
なかった。雑嚢へ、菜
子のかけらと、一緒に
いれておいた。
けさの夜中渡辺に
雑嚢へいれてつれ
ていった。松林の中
で出したら、一もくさ
んに、にげていった。
風のつよい裕で
あった。

5月12日、
曇みどり葉の五月
ぼくのたん生日で
ある。

外出した。
麦が穂を出してゐた。
十一屋に、大岩照世夫
ききかまであった。
築まであるいた。
みどり葉の五月。
面会にきてくれると、
ぼくは もっと、もっと、
ものをもらいたうと
あせりながら、ものが
あまり云べなくなる。
いつもさうだ。どう
でもいいやうなこと
に、ことばをついや
してしまふ、
かすれた、挨解を
もつ。

あいうまいリンゴで
あった。
下寺でミルクをのんだ
カツとテキをたべた。
フジをたべた。
街をあるきまはって
みた。
クローバーの四草原の
上でやすんだ。もっと
もってみたい、ほどの
時間がすぎた。
酒をのんだ。
みどり葉の五月、
むしむしたけのゆ
帰った。
笛をまちつつ、
「蛙の死え」と「なか

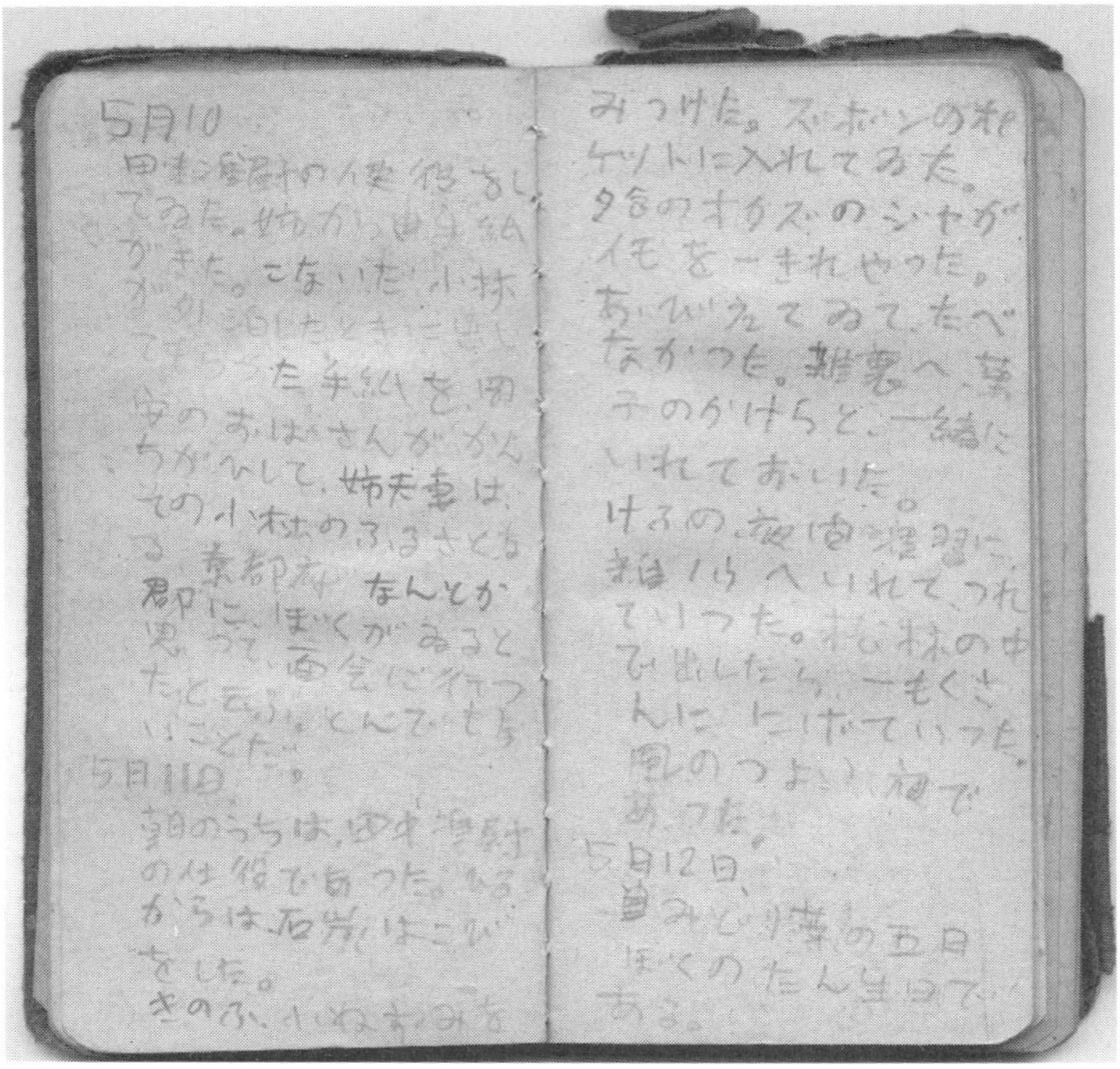

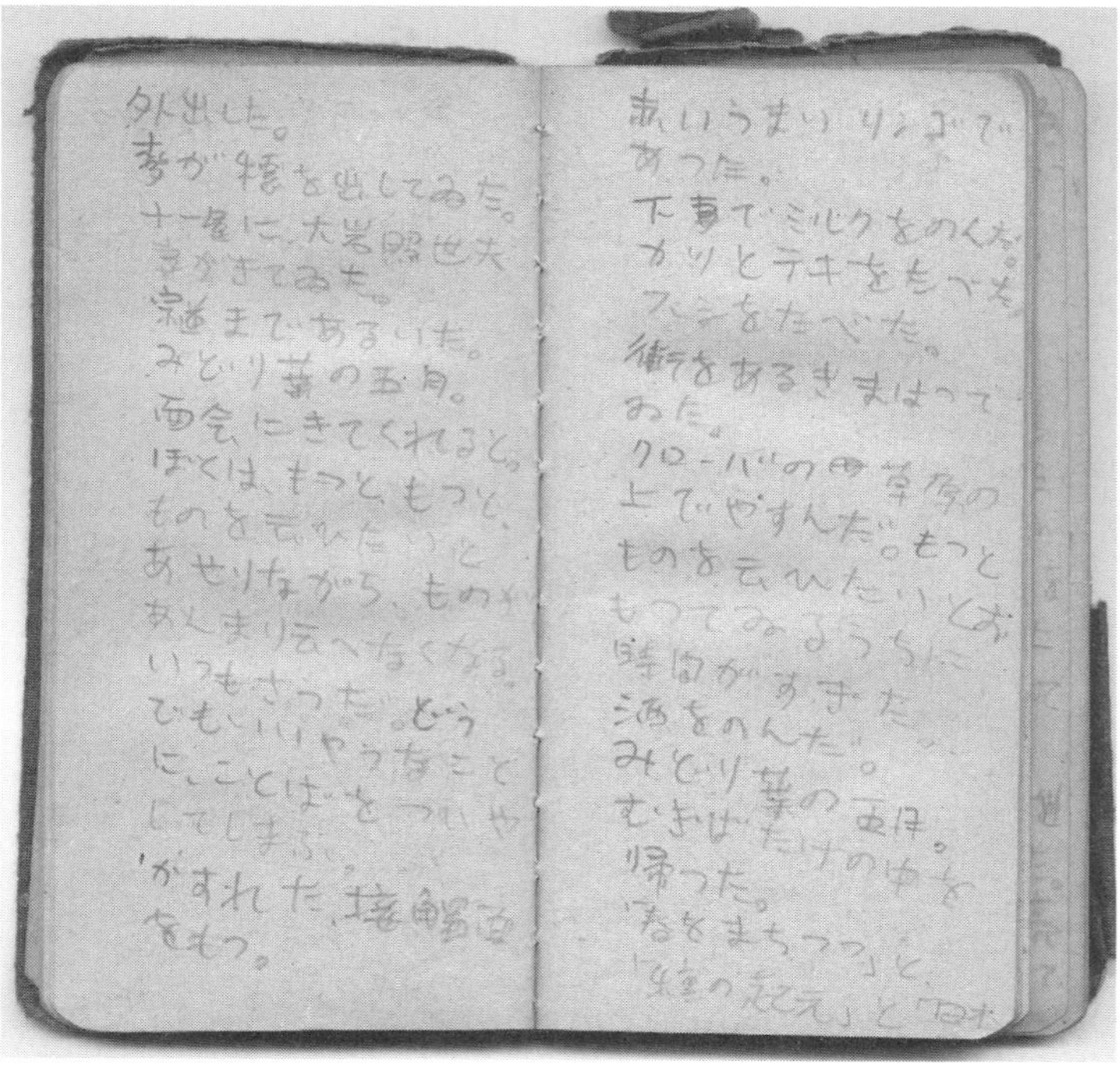

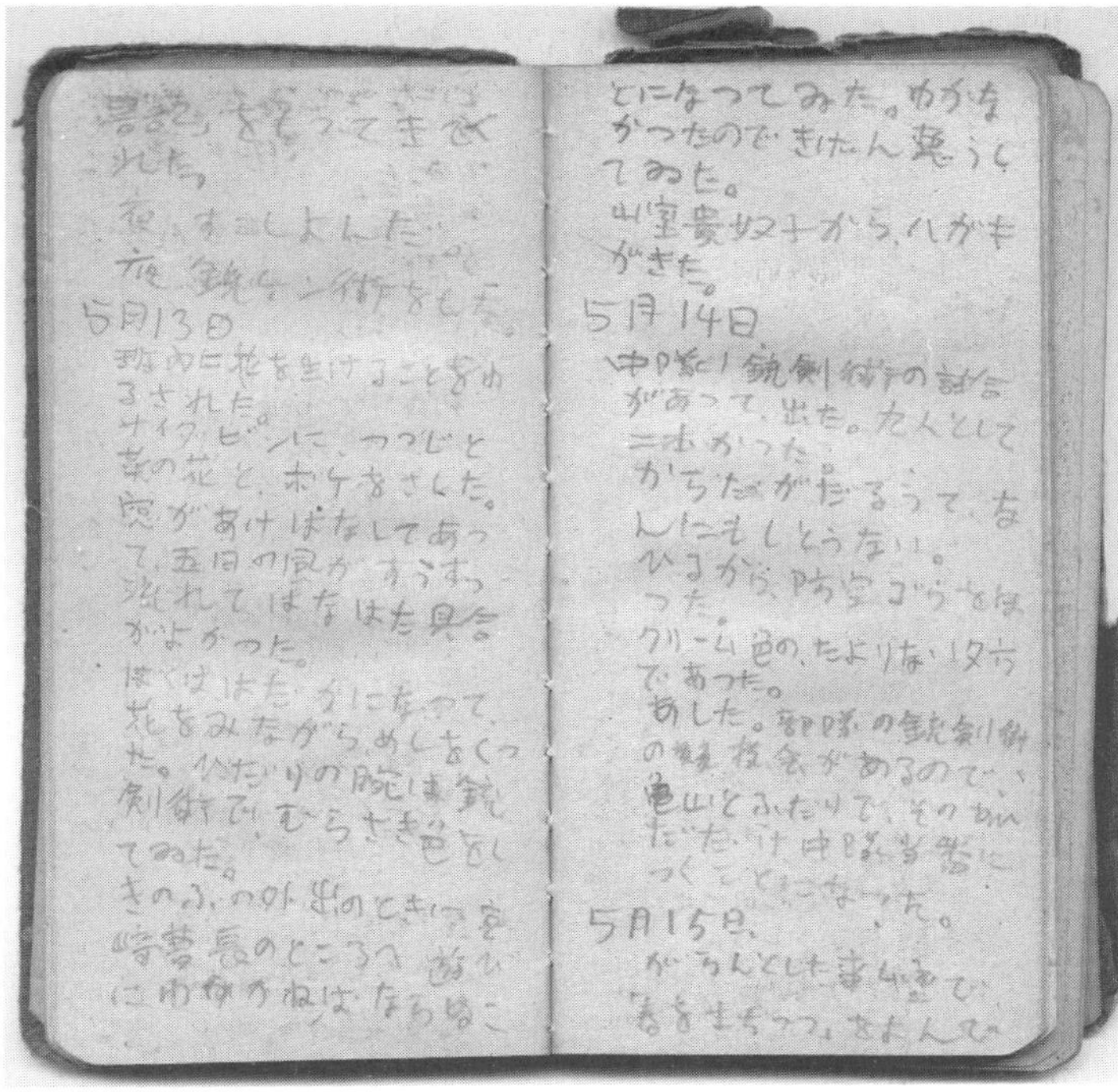
「[illegible]」をもつてきてくれた。
夜 すこしよんだ。
夜 銃剣術をした。
5月13日
班内に花を生けることをゆるされた。
サイダビンに、つつじと
菜の花と、ボケをさした。
窓があけぱなしてあつ
て、五月の風がすうすう
流れて はなはだ具合
がよかつた。
ぼくは はらばいになつて
花をみながらめしをくつ
た。ひだりの腕は銃
剣術で むらさき色をし
てゐた。
きのふの外出のときに[illegible]
曹長のところへ遊びに
ゆかねばならぬこ
とになつてゐた。ゆかな
かつたのできげん悪うし
てゐた。
山室貴奴子から、ハガキ
がきた。
5月14日
中隊の銃剣術の試合
があつて出た。九人として
二本かつた。
かちたがたるうて、な
んにもしとうない。
ひるから、防空ゴウをほ
つた。
クリーム色の、たよりない夕方
であつた。
あした。部隊の銃剣術
の競技会があるので、
亀山とふたりで、そのあい
だだけ中隊当番に
つくことになつた。
5月15日
がらんとした[illegible]で
[illegible]

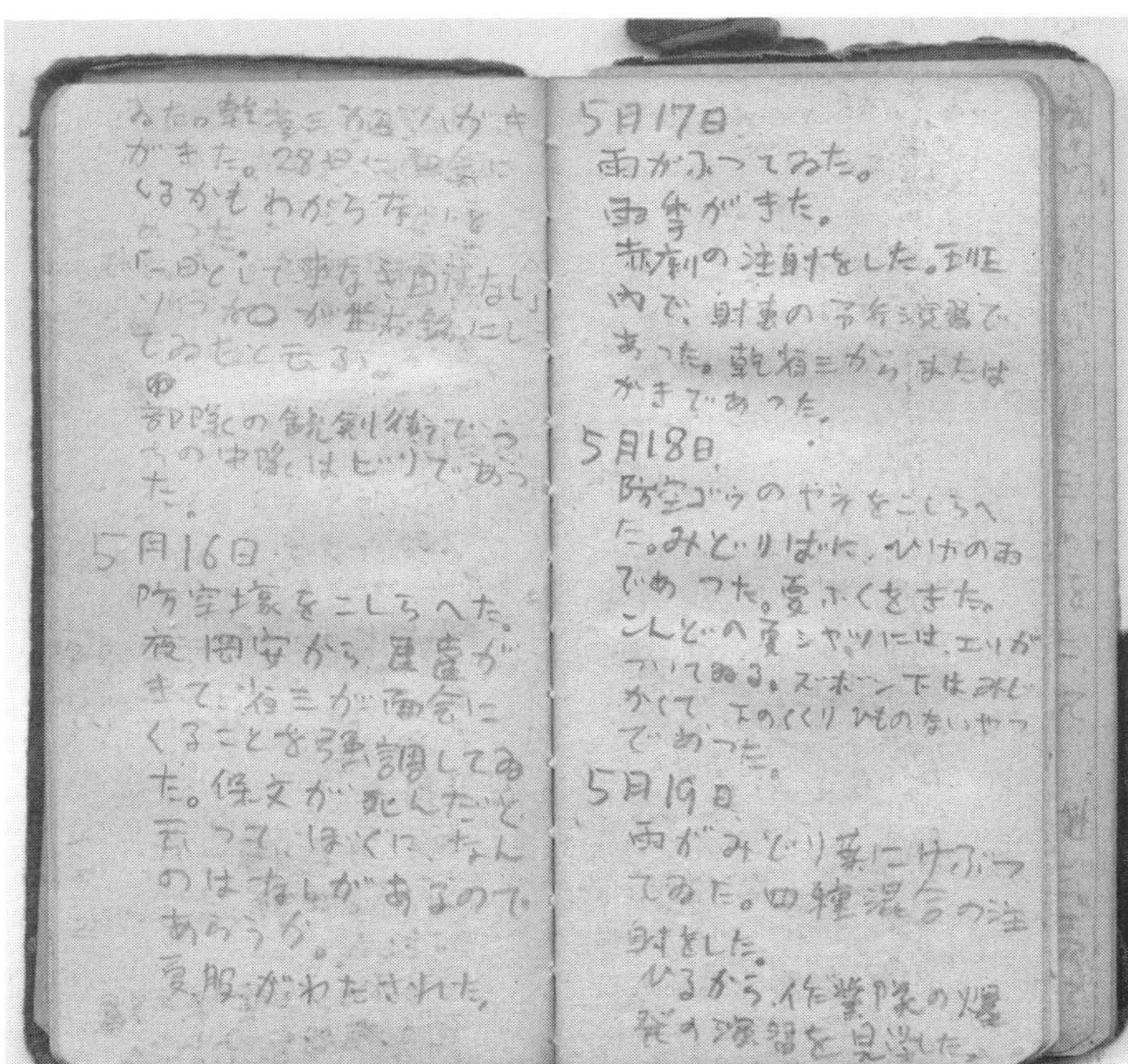
みた。姉から ハガキ
がきた。28日に面会に
くるかもわからないと
あつた。
「一日として事なき日はなし」
という のが 座右銘にし
てゐると云ふ。
部隊の銃剣術で う
ちの中隊はビリであつ
た。
5月16日
防空壕をこしらへた。
夜 岡安から ハガキが
きて 姉が面会に
くることを強調してゐ
た。保文が死んだと
云つて、ぼくに、なん
のはなしがあるので
あらうか。
夏服がわたされた。
5月17日
雨がふつてゐた。
雨季がきた。
[illegible]の注射をした。班
内で、射撃の予行演習で
あつた。姉から、または
がきであつた。
5月18日
防空ゴウのヤネをこしらへ
た。みどりばかりの ひかりの雨
であつた。夏ふくをきた。
こんどの夏シャツには、エリが
ついてゐる。ズボン下はみじ
かくて 下のくくりひものないヤツ
であつた。
5月19日
雨がみどり葉にけぶつ
てゐた。四種混合の注
射をした。
ひるから作業隊の爆
発の演習を見学した。

赤い旗がぬれてゐる
爆発試験をまつ日
それがすむと休養で
ねてもよいことになつ
た。四種混合は、また
杉藥注射とも云ふ。
おすて、吉田絃二郎
の「島の秋」をよんで
ゐた。
ビンにさしたツツヂの
色があせてゐた。
きのう、ラヂオで、ベー
トーベンのロマンスをき
いた。
あしたの外出は、
することにした。
あめのふる窓
に、つつじの花が
咲くやうに、
咲くやうに
咲いてゐた
夕方がきて
さびしさがきた
からいたばこをすつてゐた。
5月20日
外出もしないのだから
洗たくをして、一つ、ゆつく
りひるねでもしやうと考
へてゐたら、宮崎曹長
の引越しの手傳ひにゆ
けと云ふことになつた。
雨外套をきて、
つけて、副当番の小畑安
と北條へでかけた。
トコ屋で、頭を刈つた。うど
んをくつた。ゆくと、曹長
は、大八ぐるまを引いて
出かけた所で、奥さんと
子供がゐた。もうにもつは
ぜんぶもつて行つたか
ら、このふろしきづつみ

みもつて行つてくれと
云つた。こんどの家は、
水戸であつた。きたない
小さい家であつた。電
燈がないので、ランプで
あつた。
るめしをたべてかへつた。
軍歌演習を、夕方して
ゐると、警戒ケイ報のラ
ッパがなつた。
5月21日
夢で、姉が死んだ。ぼく
は、夢で姉さんとよん
だら、その声で、めがさめ
て、小便に行つた。又
すこしねると、おこしにき
た。二時であつた。宮崎
曹長のところへ行つて、
四時までにくるやう
にと云ひにゆくつかひ
であつた。雨で、まつ暗
であつた。なにも見え
なかつた。
曹長と、
きた。もう明るくなつてゐ
た。やれやれと思つて、ね
やうとしてゐたら、全員起床
ときた。四時であつた。
配置についた。
ひるから、飛行場のはじ
の、いつもゆく陣地へ行つ
た。ひるねはゆつくりしてゐた。
5月22日
水戸へ
した
ひるから出かけた。毛布を
二枚もつてゐた。機関
銃をくそおもたくて全身
汗であつた。
北條から汽車にのつた。土
浦で、一時間ほどまつた

ここに、中井剣道がある。そ
のことばかり考へてゐた。
汽車の中で、夕食になった。
赤塚でおりて、3キロほど
汗をかいた。小学校の講
堂へとまった。
5月23日
射撃であった。天気は
よかったけれども、[illegible]
[illegible]。午前中は、監
的壕にゐて、的を[illegible]
[illegible]まはしてゐた。
ひるから、キカン銃をうっ
た。100発で一発で[illegible]
点しかあたらなかった。
35点以上が合格点であ
るから、よいやうなものの、
こんなまずい点は、
いままで、ぼくはうった
ことがない。ぼくは、射
撃はうまいのである。
日がくれてかへった。
赤塚の駅前で、小隊
が、部隊をよこぎった
と云って、中隊長は
力をぬいて、子供をお
っかけた。本気でやっ
てゐるのである。その子
れが一番おそろしか
ったことになるでも
らうと思った。
ねたのは、24日[illegible]すぎ
であった。
5月24日
一時間起床延キで
あった。

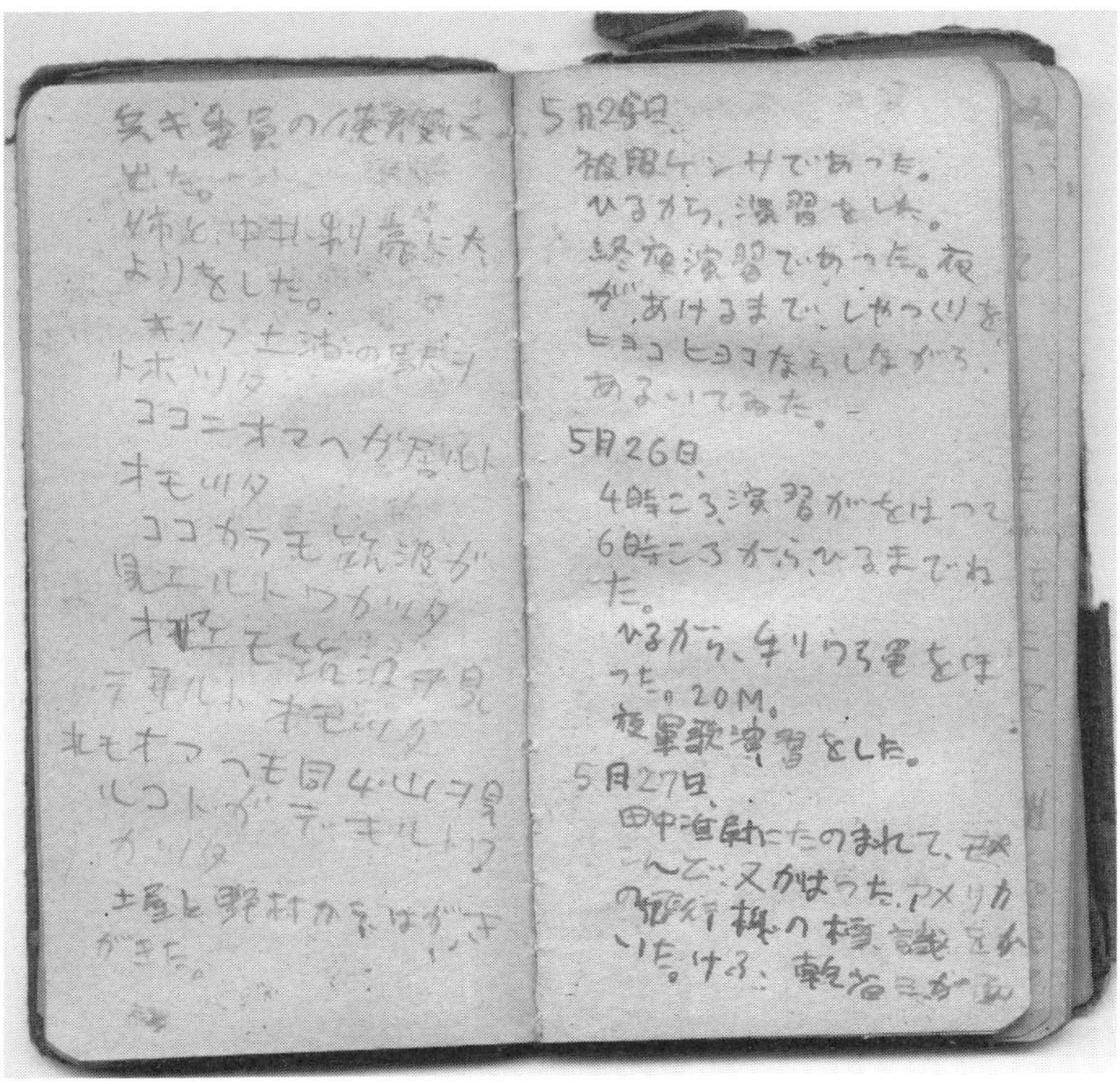

気キ委員の優秀[illegible]
出た。
姉と、中井剣道に大
よりをした。
キシワ土浦の駅ヲ
トホッタ
ココニオマヘガ居ルト
オモッタ
ココカラモ筑波ガ
見エルトワカッタ
オ前モ筑波ヲ見
テヰルトオモッタ
オモオマヘモ同ジ山ヲ見
ルコトガデキルトワ
カッタ
土屋と野村からはがき
がきた。
5月25日
被服ケンサであった。
ひるから、演習をした。
終夜演習であった。夜
があけるまで、しゃっくりを
ヒョコヒョコならしながら
あるいてゐた。
5月26日
4時ころ演習がをはって
6時ころからひるまでね
た。
ひるから、手りう弾をほ
った。20M。
[illegible]軍歌演習をした。
5月27日
田中准尉にたのまれて、[illegible]
[illegible]がはった。アメリカ
の飛行機の標識をか
いた。けふ、[illegible]

会いにくるので、号外をくれとたのんだ。まへからたのんであったので、ひるめしを持くって出た吉沼へ行く金中で、日野さんにのった乾省三に気った十一屋書店の三階の上にゐたのだ。乾省三のカバンの中から、まるで手品つかひのそれのやうに、たべものがすし、うなずし、のりまき、にぎりめし、パイカン、キャラメル、コンドーナツ、バター、カンヅメ、ピーナツ、バター、カンヅメだけ、たべてゐた。サイダーと、親子どんちもしてくれた。


東京へ行かう。

タち、バスにのった。吉沼の曲りかどまで、次のす

が、バスの窓がらすをわった。破片がぼくのかたへこぼれた。京道の山中さんでお茶をのんだ。

東京へきた。もう、夜なかであった。

魚が水にかへったやうに、ぼくは、東京にゐた。椎名町の大器へ行った。たべものを出して、おそくまで電気がついてゐた。

5月28日
窓をあけると、青空と、くるみの、青葉であった。池袋で映画をみた。怒りの海、今井正演出、顔見と、演出者につられた。見たい、一生懸命でつくったので

池袋のまちをもっとみたうつたけれど、時間がなかった。汽車にのった。となりに坐った、若い衆と俳句のはなしをした。大てい和年がしやべってゐた。

宗道の山中さんでちょってやすケイした、吉沼まであるいた。十一屋旅館で夕食とした。誰かのみなが、乾省三と、はなしてゐた。よくまで、ここなるまで、見てくれたと、省三をありがたいと思った。十一屋書店へ、帰らないだぼってゐると、とがかいてあった。梅肉エキスやら、ザンクンやら、ふんどしやら、お金内やら、

が、いやでいやでならないが、まあつくったと云えんばかりであった。エサが悪いと、こんなものしかつくれないのか
どえらいふくざをしてゐる国の古都である。しらやみでは、アピビキが行れる、あかるみで、どえらい大金をぼけてみるやつがゐる。月に、肉の配給が50モンモとか、ビンがビ、牛のゆめてゐる、いろんなムジュンがあるであらうが、要は、戦争だかったことだ。ニッポンの田だけは、ぴったいに、んがへてもムシがよすぎはしないか、とほさないためには、それだけのとしはしなければためだ。

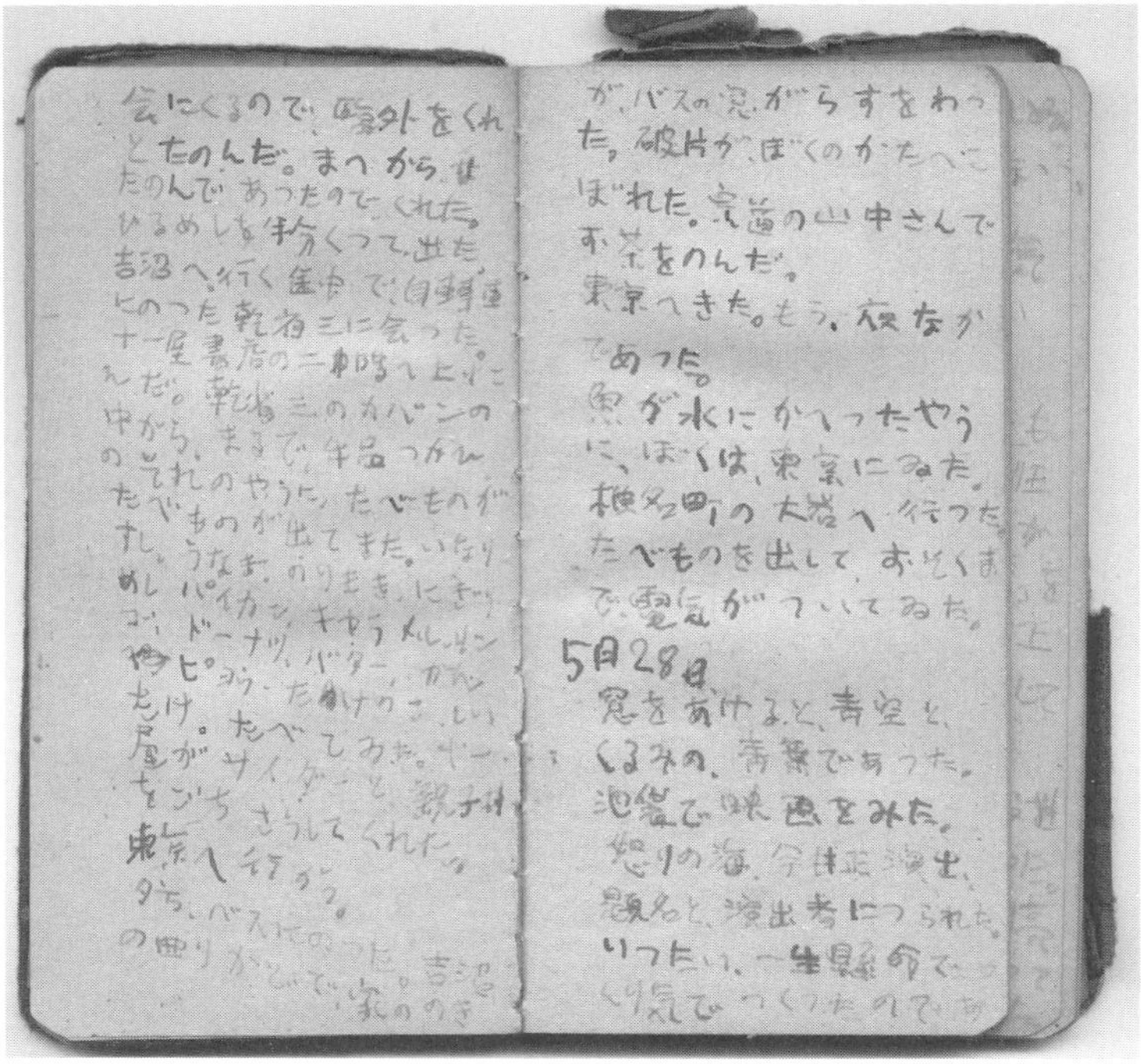

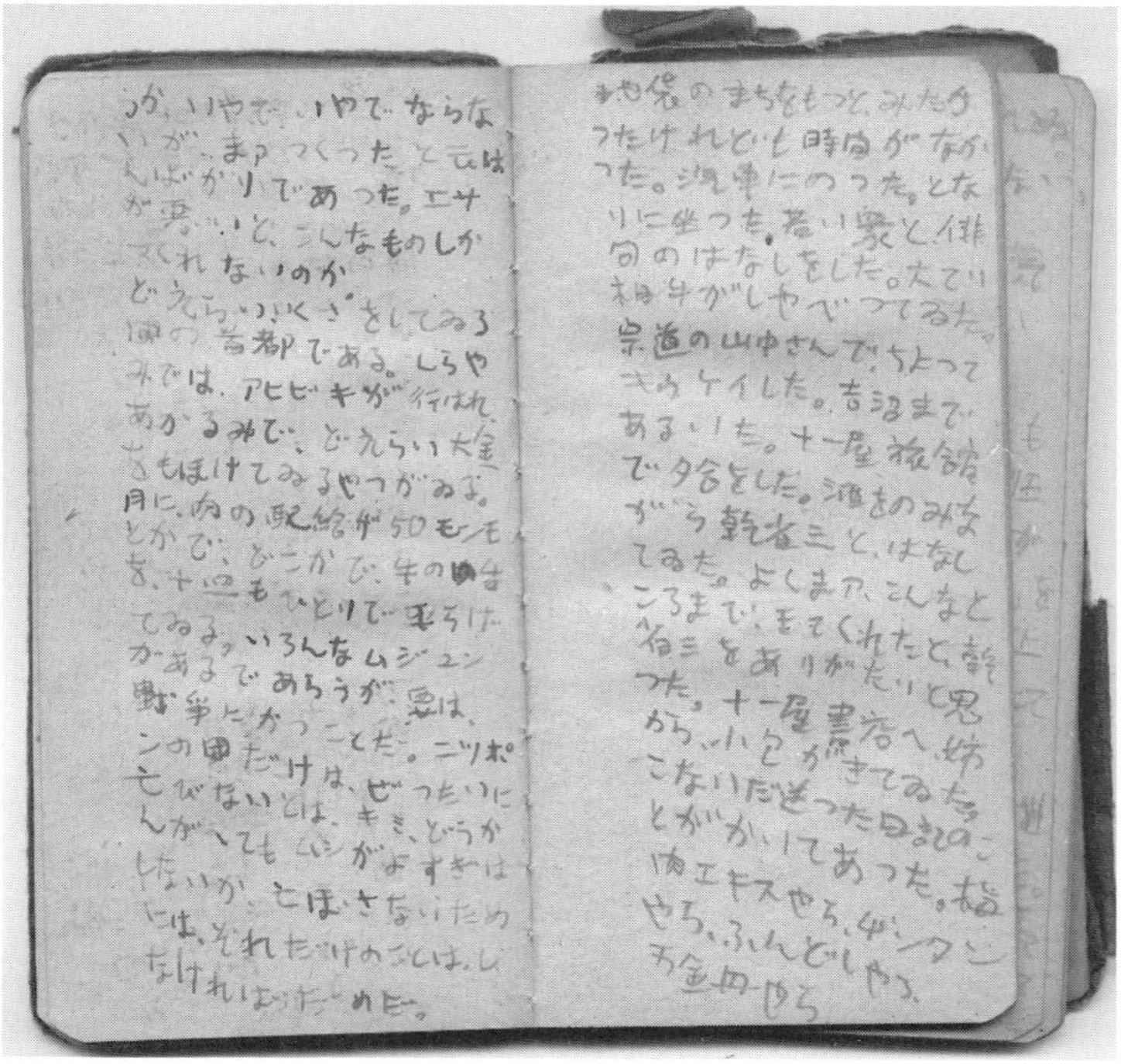

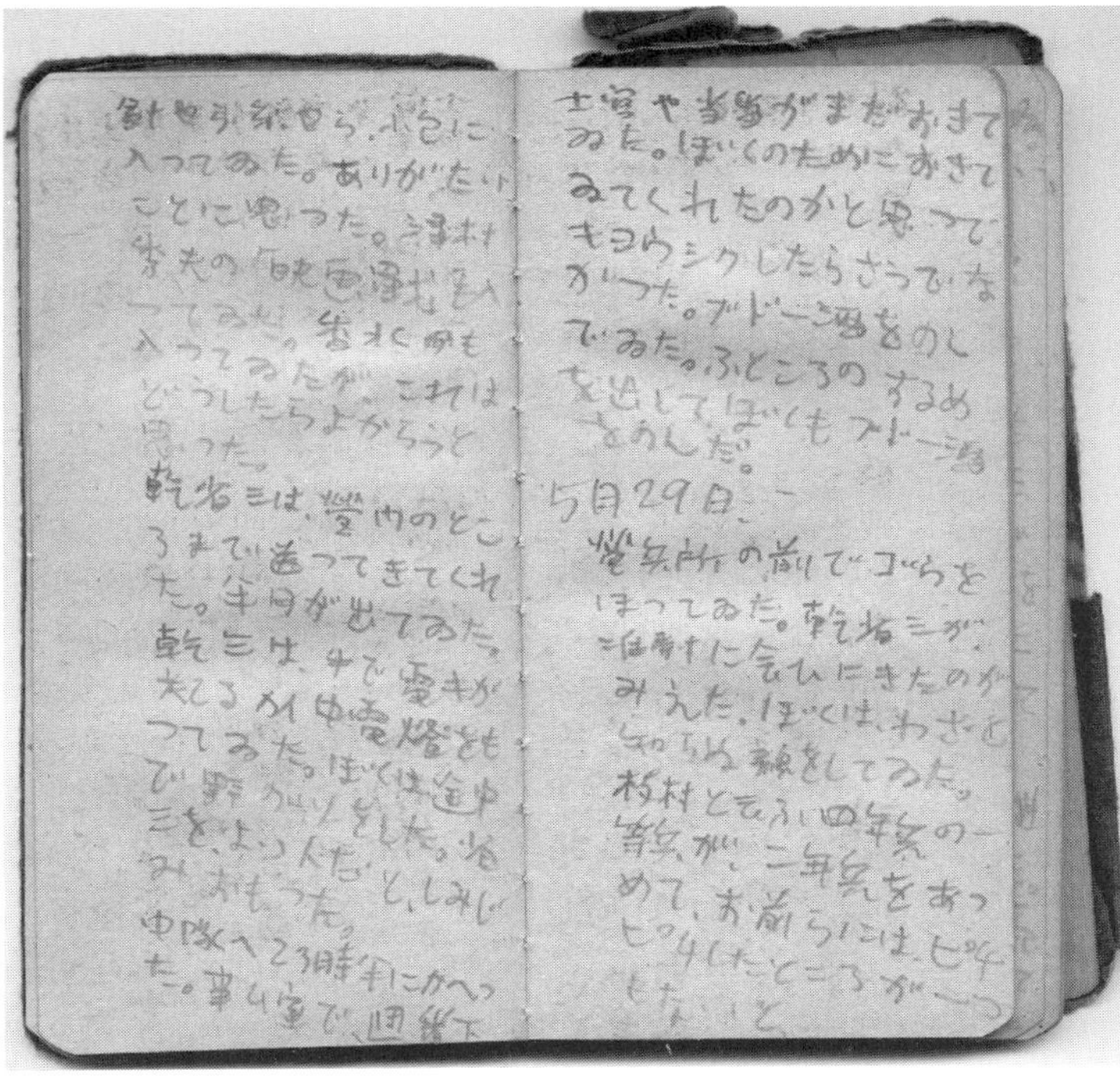

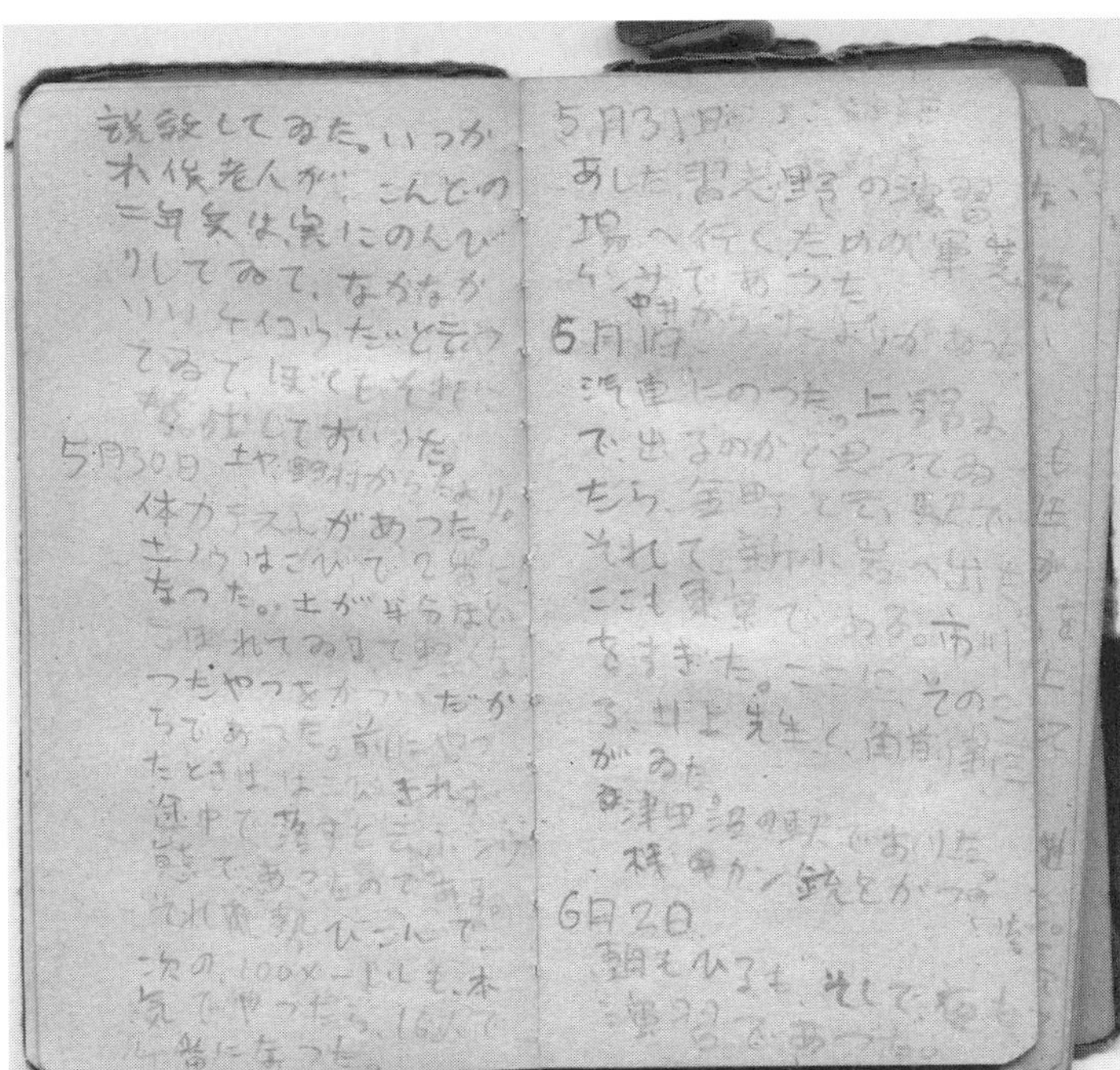

汗とほこりで顔は
土面のやうになつて、[illegible]
20時頃にねた。
6月3日
0時におきた。2日寝
間もかねてゐない。
キカン銃をかついで
出かけた。
つぎつぎ[illegible]と演習に
[illegible]、からだが[illegible]
[illegible]
[illegible]けうきよく
朝めしをくつてひるまでね
た。ひるめしくつて射撃
予行演習とすこしやつて
又たねた。
22時から演習がはじま
つた。
6月4日
夜どほし演習場をあるき
まはつてゐた。キカン銃の
ゴウを二つほつた。
すこしあるいてはなつて伏せ
をしてまたあるいて伏せ
をすると、すぐにゐねむりを
した。ほつたゴウの中で、ゐ
ねむりをした。夜があけるま
で、そんなことをしてゐた。
朝めしをくつてねた。
ひるから射撃であつた。
発つて7発あたつた。20
中れば合格であつた。3発
[illegible]つて、ゴウへ行つて[illegible]
んでゐた。雨になつて[illegible]
なつて本ぶりになつた。夜に
6月5日
5時におきた。一中隊と一緒
に演習であつた。
雨あがりで、草が露で

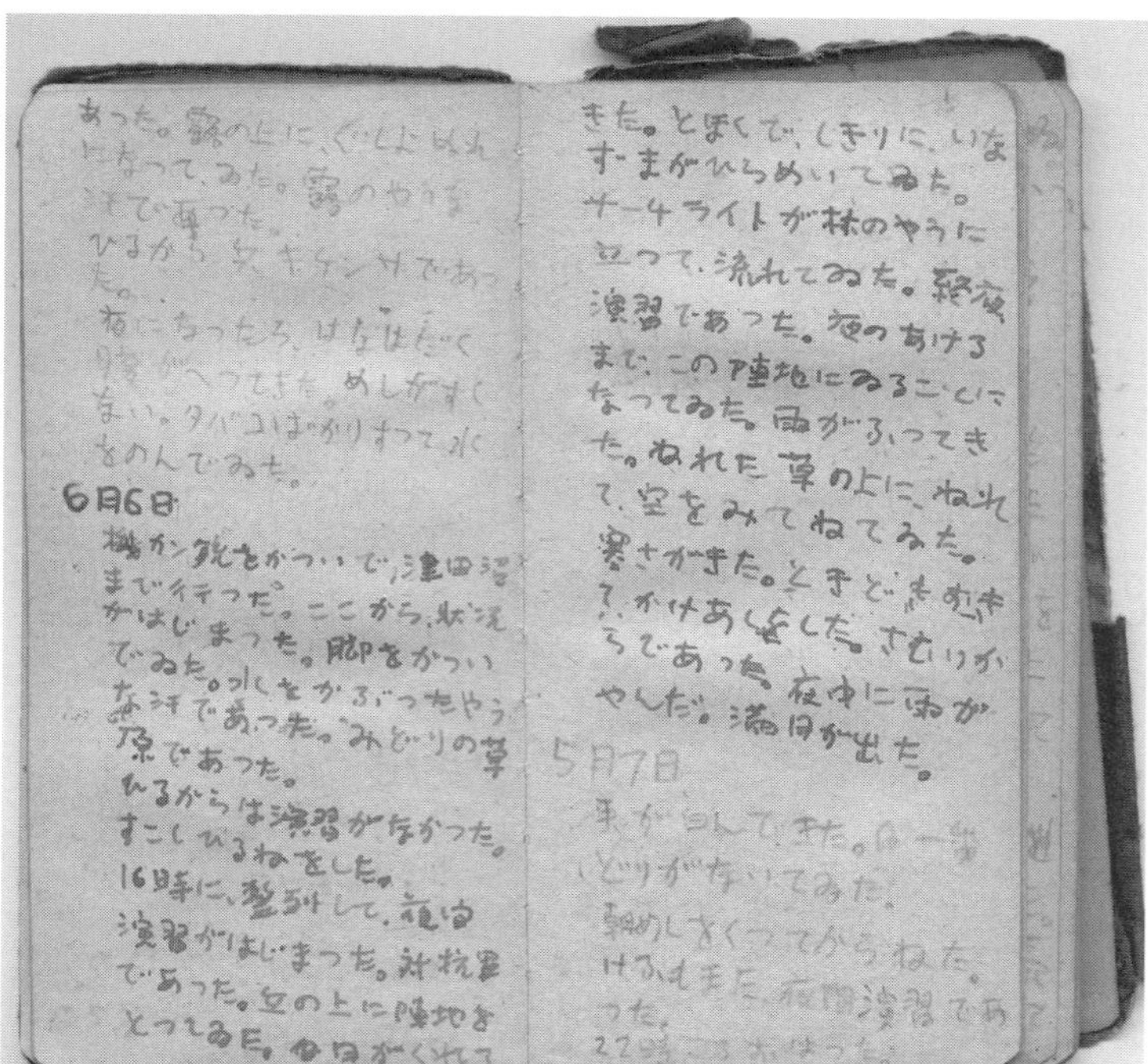
あつた。露の上に、ぐしよぬれ
になつてゐた。露のやうな
汗で[illegible]つた。
ひるから、ケンサであつ
た。
夜になつたら、はなはだしく
腹がへつてきた。めしがすくな
い。タバコばかりすつて水
をのんでゐた。
6月6日
機カン銃をかついで津田沼
まで行つた。ここから状況
がはじまつた。脚をかつい
で[illegible]汗であつた。水をかぶつたやう
[illegible]であつた。みどりの草
原であつた。
ひるからは演習がなかつた。
すこしひるねをした。
16時に、整列して、夜間
演習がはじまつた。対抗軍
であつた。丘の上に陣地を
とつてゐた。日がくれて
きた。とほくで、しきりに、いな
ずまがひらめいてゐた。
サーチライトが林のやうに
立つて、流れてゐた。終夜
演習であつた。夜のあける
まで、この陣地にゐることに
なつてゐた。雨がふつてき
た。ぬれた草の上にねそべ
て、空をみてねてゐた。
寒さがきた。ときどき[illegible]
[illegible]かけあひをした。[illegible]
[illegible]であつた。夜中に雨が
やんだ。満月が出た。
5月7日
朝が白んできた。[illegible]
[illegible]がないてゐた。
朝めしをくつてからねた。
ひるもまた夜間演習であ
つた。
22時から[illegible]

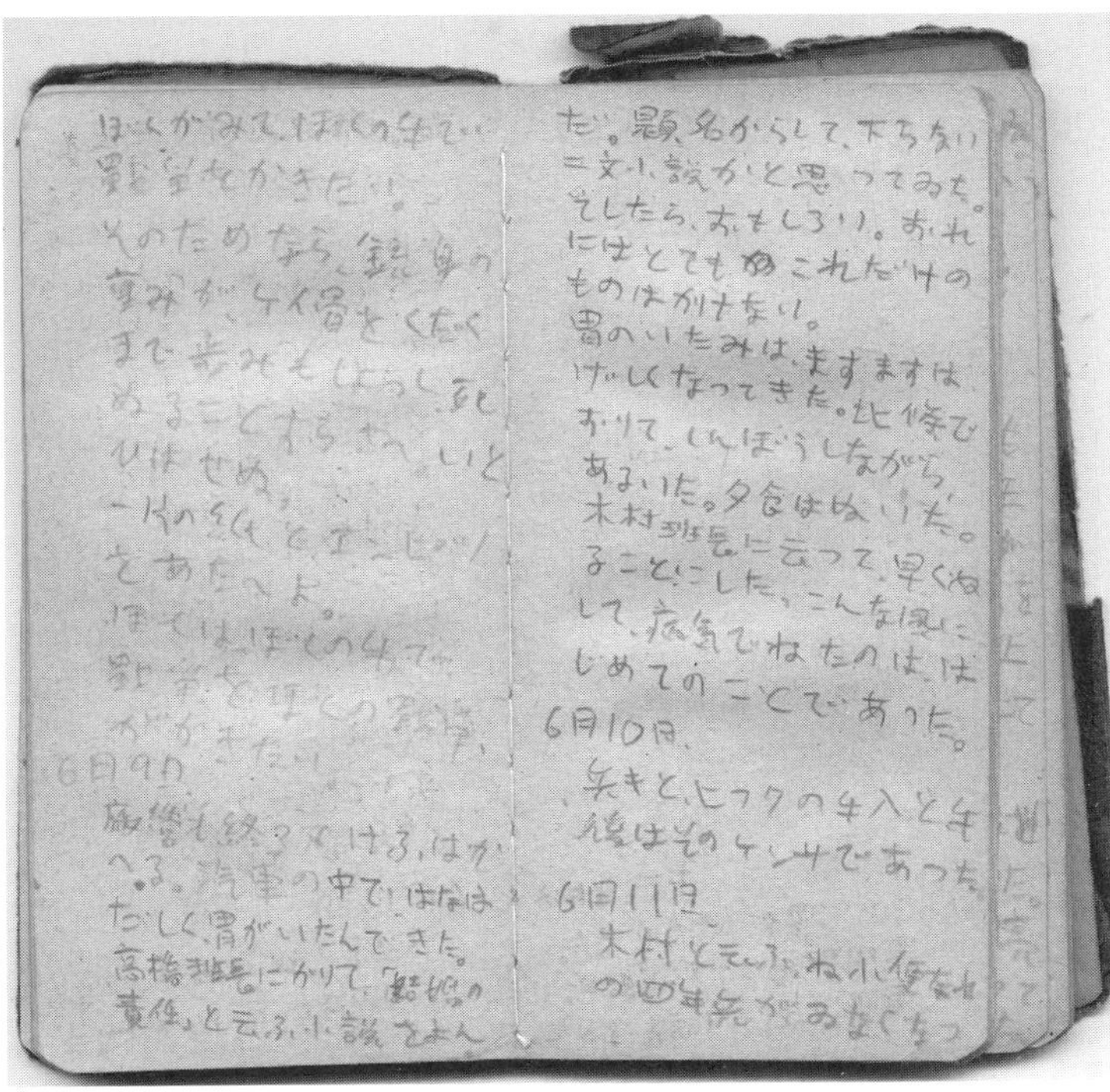
だ。題名からして、下らない
三文小説かと思ってゐた。
そしたら、おもしろい。おれにはとてもぬこれだけのものはかけない。
胃のいたみは、ますますは
げしくなってきた。北條で
おりて、しんぼうしながら
あるいた。夕食はぬいた。
木村班長に云って、早くね
ることにした。こんな風に
して、病気でねたのは、は
じめてのことであった。
6月10日。
兵器と、ヒフクの手入と午
後はそのケンサであった。
6月11日
木村と云ふ、ねん小便も四年気があなくな

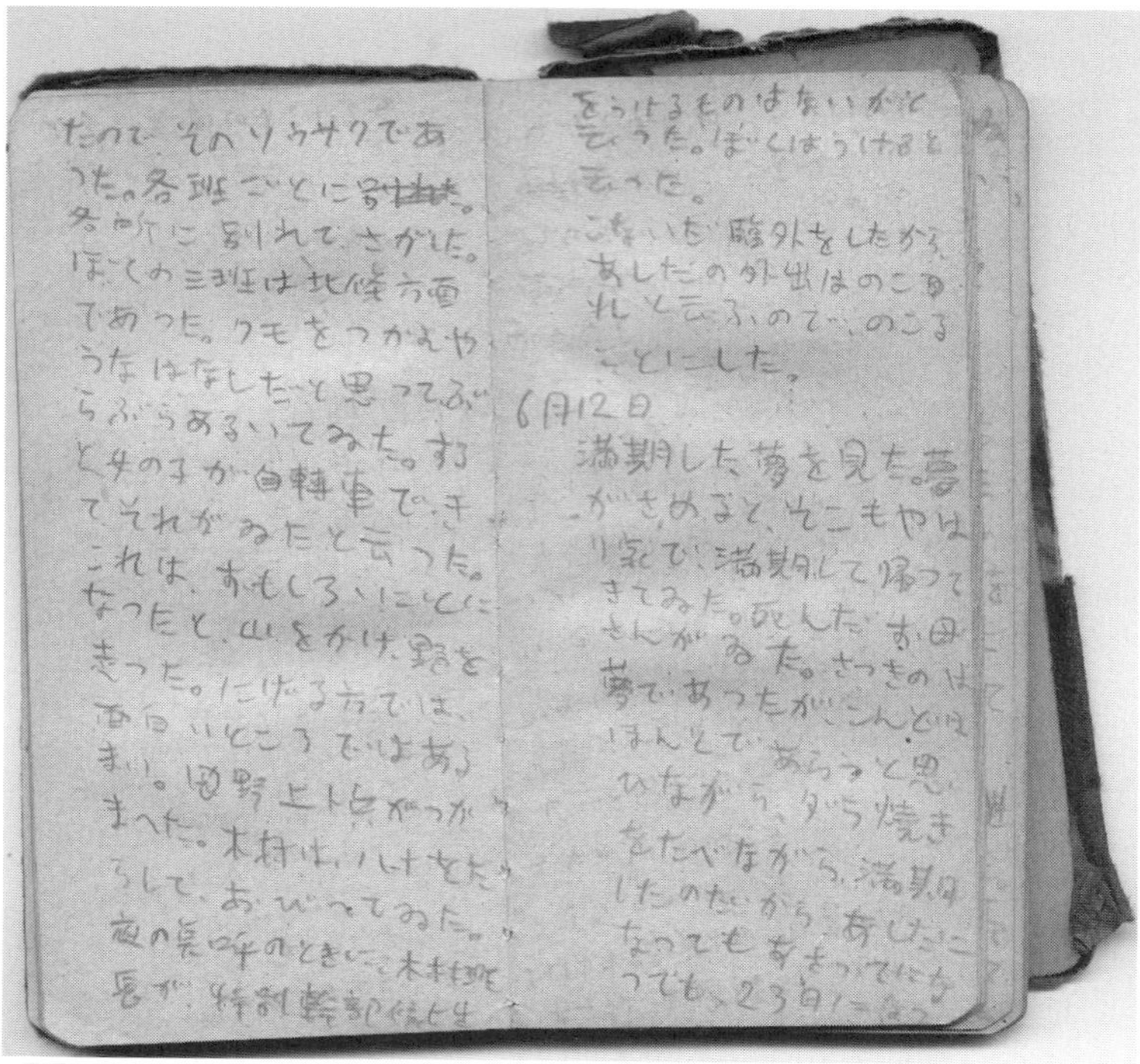

たので、そのソウサクであ
った。各班ごとに別れた。
各所に別れてさがした。
ぼくの三班は北條方面
であった。クモをつかむよ
うなはなしだと思ってぶ
らぶらあるいてゐた。する
と女の子が自轉車できて
それがゐたと云った。
これはおもしろいことに
なったと、山をかけ、野を
走った。にげる方では、
面白いところではある
まい。岡野上等兵がつか
まへた。木村は、ハナをた
らして、おびへてゐた。
夜の点呼のときに、木村班
長が、幹部候補生

をうけるものはないかと
云うた。ぼくはうけると
云った。
こないだ脱外をしたから、
あしたの外出はのこ
れと云ふので、のこる
ことにした。
6月12日
満期した夢を見た。夢
がさめると、そこもやは
り家で、満期して帰って
きてゐた。死んだお母
さんがゐた。さっきのは
夢であったが、こんどは
ほんとであらうと思
ひながら、ダラ焼き
をたべながら、満期
したのだから、あしたに
なっても、あさってにな
っても、23日になっ

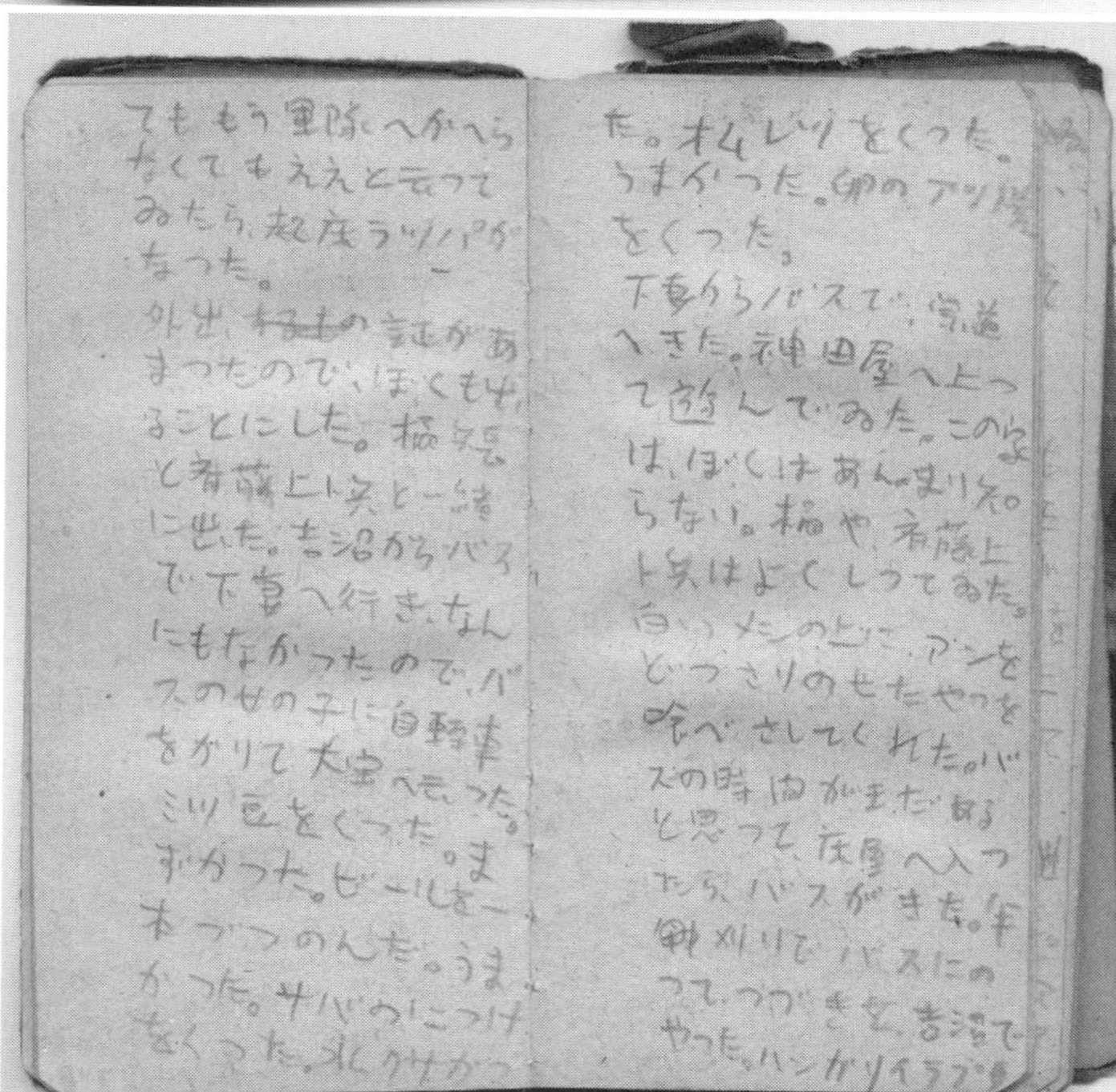

てももう軍隊へかへら
なくてもええと云って
ゐたら、起床ラッパが
なった。
外出の許可があ
まったので、ぼくも出
ることにした。橋兵長
と斎藤上等兵と一緒
に出た。吉沼からバス
で下妻へ行き、なん
にもなかったので、バ
スの女の子に自轉車
をかりて大宝へ行った。
ミツ豆をくった。ま
ずかった。ビールを一
本づつのんだ。うま
かった。サバのにつけ
をくった。ルクサかっ

た。オムレツをくった。
うまかった。卵のフツ焼
をくった。
下妻からバスで宗道
へきた。神田屋へ上っ
て遊んでゐた。この家
は、ぼくはあんまり知
らない。橋や、斎藤上
等兵はよくしってゐた。
白いメシの上に、アンを
どっさりのせたやつを
喰べさしてくれた。バ
スの時間がまだある
と思って、床屋へ入っ
たら、バスがきた。半
顔剃りでバスにの
って、つぎきて、吉沼で
やった。ハンガリイラプ

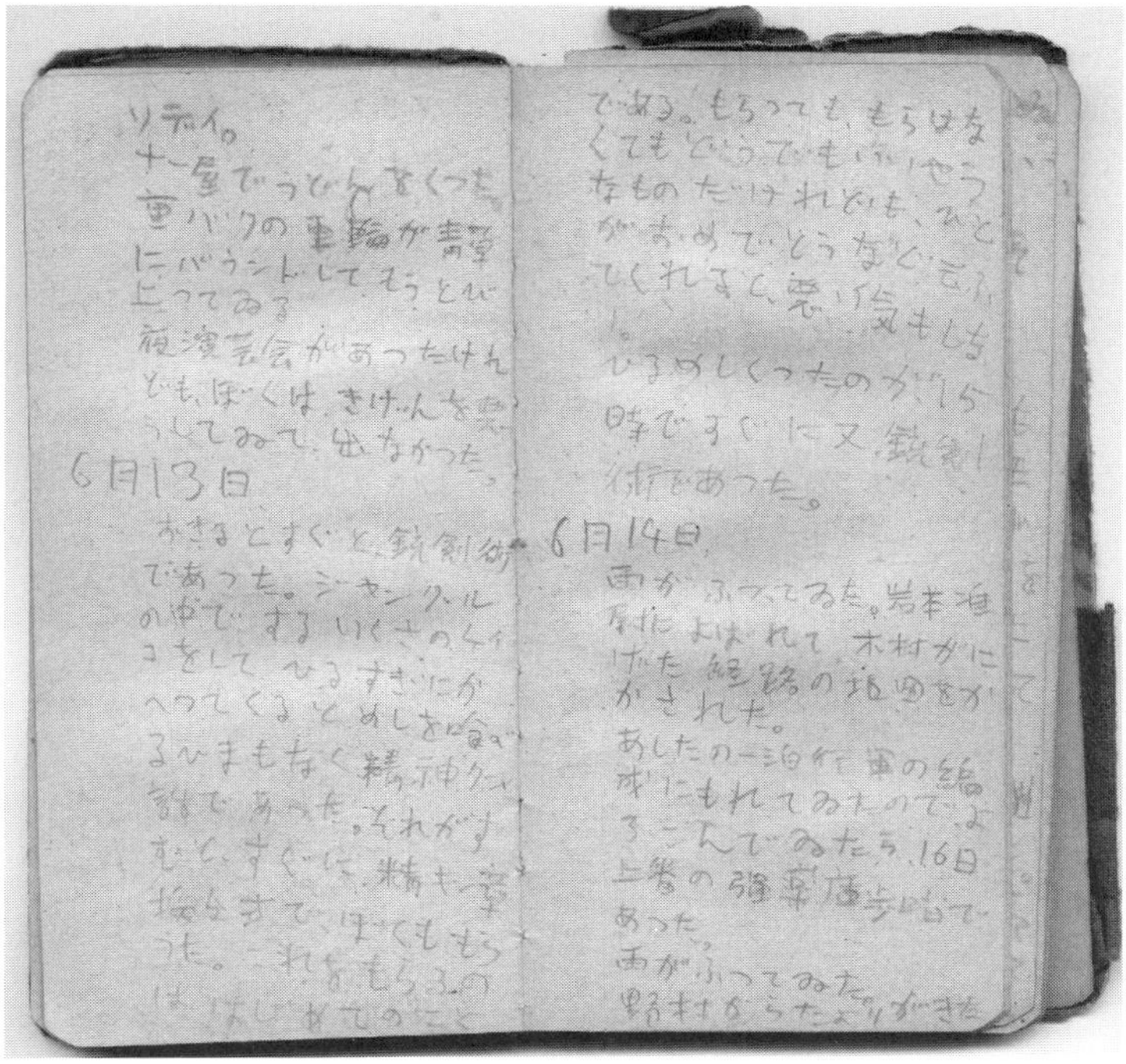

リテイ。
十一星でうどんをくつた。
重バクの車輪が青草
にバウンドして、そうとび
上つてゐる
夜演芸会があつたけれ
ども、ぼくは、きけんを要
うしてゐて、出なかつた。
6月13日
おきるとすぐと、銃剣術
であつた。ジャングル
の中でするけいこのケイ
コをしてゐるすきにか
へつてくるとめしを食べ
るひまもなく精神ク
話であつた。それがす
むとすぐに、精勤章
授与式で、ぼくももら
つた。これをもらふの
は[illegible]

である。もらつても、もらはな
くても、どうでもいいやう
なものだけれども、ひと
がおめでとうなど云つ
てくれると、悪い気もしな
い。
ひるめしくつたのが15
時ですぐに又銃剣
術であつた。
6月14日
雨がふつてゐた。岩本准
尉によばれて、木村がに
げた経路の地図をか
かされた。
あしたの一泊行軍の編
成にもれてゐたので、よ
ろこんでゐたら、16日
上番の弾薬庫歩哨で
あつた。
雨がふつてゐた。
野村からたよりがきた

特別カン候のをうけるも
のは中隊に十四五人ゐ
たが、中隊長がけつた。
かるくけつた。どうせ
どこかで故障が入る
とは思つて、アテにもして
ゐなかつたが、このけり
方は、ひどい。つゆま
るところ、又芽を出すキ
カイをくぢかれたわけ
だ。ナベの中に入れられ
て、下から火を入れて
上から重たいフタを
されてゐるかたちだ。
6月15日
エイ兵の準備を経して一日
あそんでゐた。
空シウケイ報があつた。
北九州がやられてゐると
か云つてゐた。

6月16日
きのふから演習に出てゐ
る連中が、夜をテツし
てあるいてかへつてき
た。
エイ兵であつた。再び
空シウケイ報がかかつ
た。それと同時に、
大きな地震がきた。
土の上に立つてゐても
からだがゆれた。地面
がゆがんだやうであ
つた。空シウとなにか
カンケイがありさうな
サツ覚をあたへたが
なんのカンケイもない
もので、あつた。
夜になつてははなはだ
しいねむさがきた。
弾薬庫に歩哨。

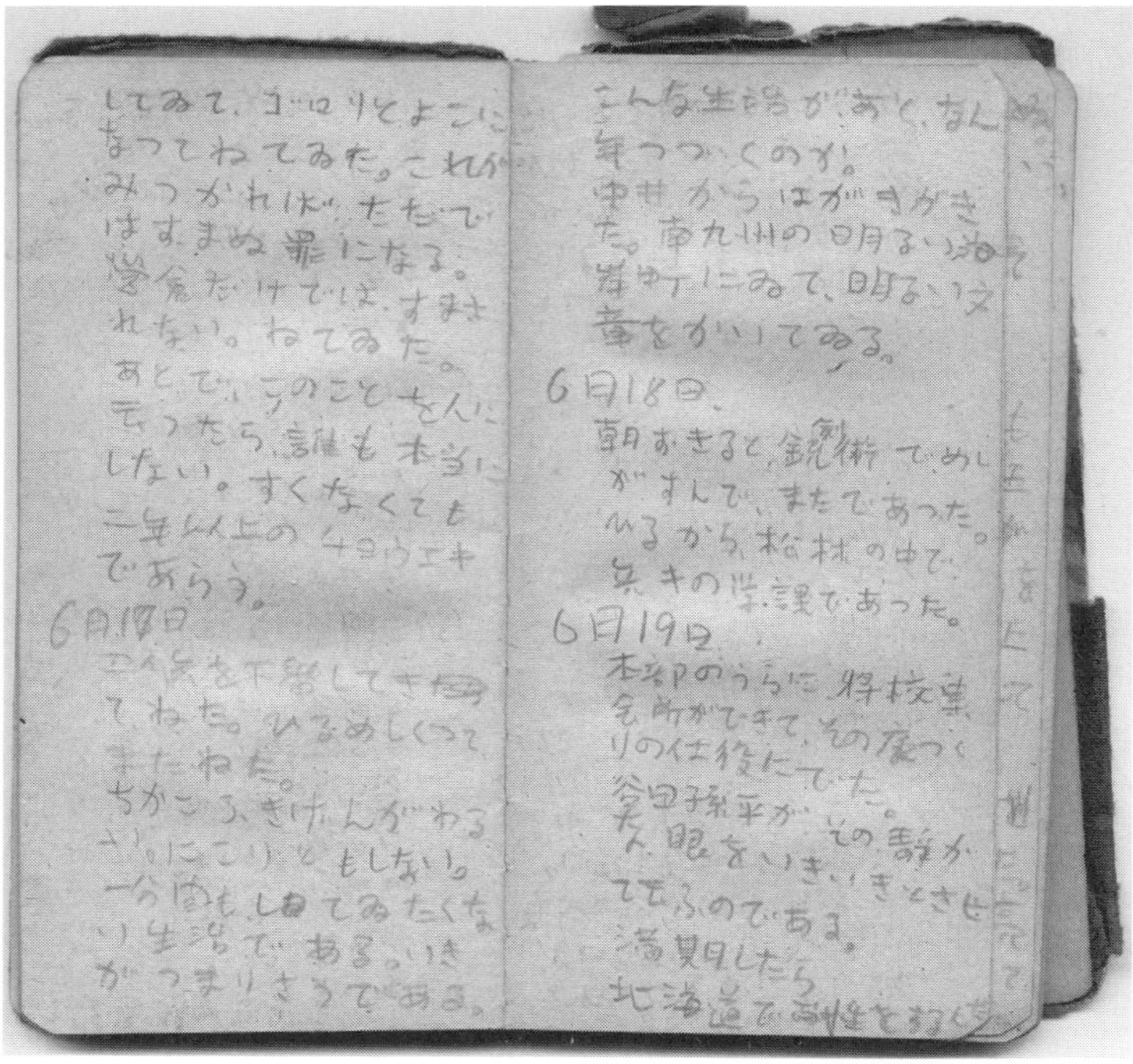

してゐて、ゴロリとよこに
なつてねてゐた。これが
みつかればただで
はすまぬ罪になる。
営倉だけではすまさ
れない。ねてゐた。
あとで、このことを人に
云つたら誰も本当に
しない。すくなくても
二年以上のチョウエキ
であらう。
6月17日
工兵を下宿してきて
てねた。ひるめしくつて
またねた。
ちかごろきげんがわる
さ。にこりともしない。
一分間もしねてゐたくな
い生活である。いき
がつまりさうである。

こんな生活が、あと、なん
年つゞくのか。
中井からはがきがき
た。南九州の明るい海
岸町にゐて、明るい文
章をかいてゐる。
6月18日
朝おきると銃剣術でめし
がすんで、またであった。
ひるから松林の中で
兵キの学課であった。
6月19日
本部のうらに将校集
会所ができて、その飾りつ
けの仕役にでた。
谷田孫平が、その静か
な眼をいきいきとさせ
て云ふのである。
満期したら
北海道で百姓をするんだ

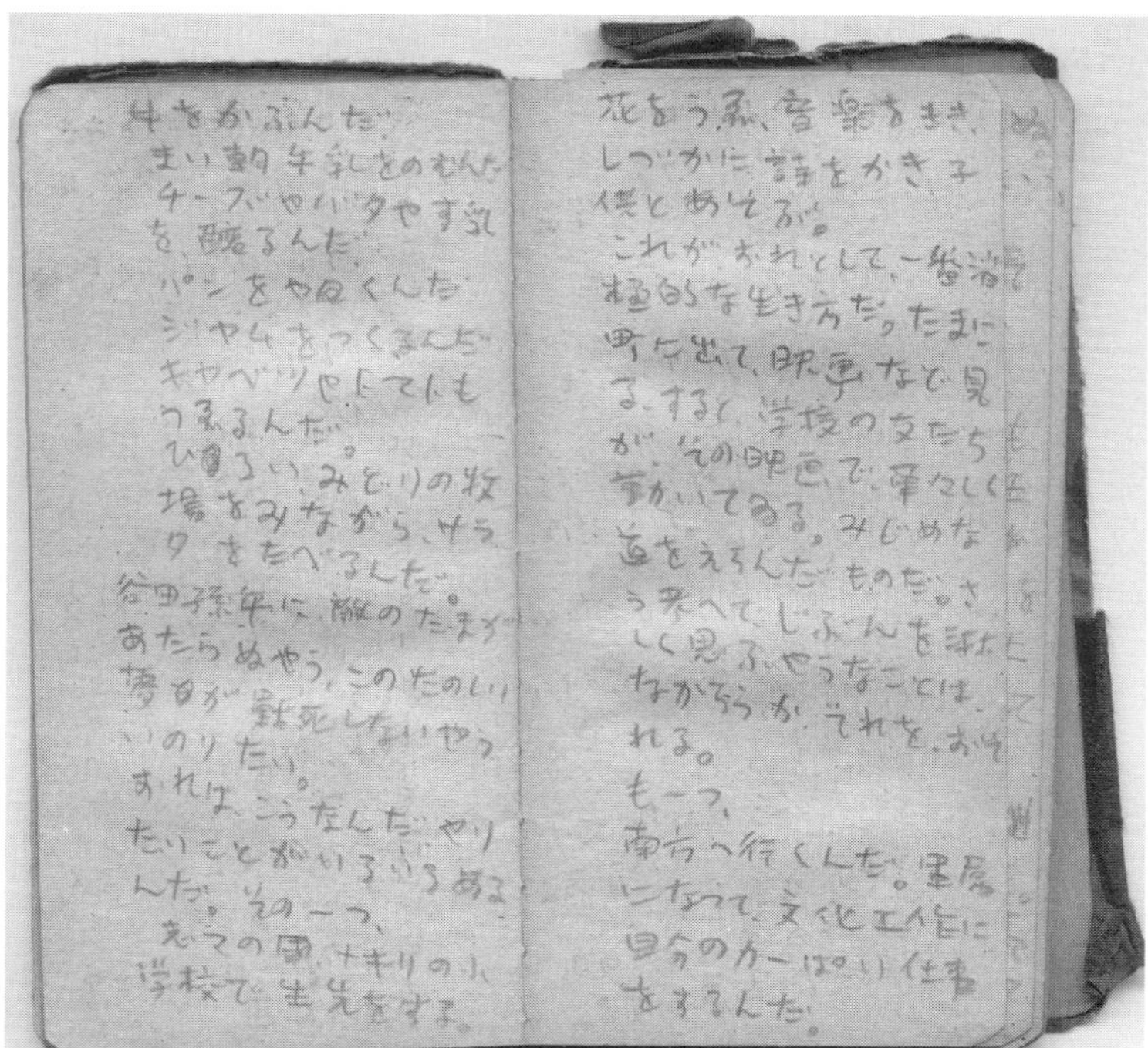

牛をかふんだ。
まい朝牛乳をのむんだ
チーズやバタやす乳
を、醸るんだ
パンをやくんだ
ジャムをつくるんだ
キャベツやトマトも
つくるんだ。
明るいみどりの牧
場をみながら、サラ
ダをたべるんだ。
谷田孫平に、敵のたまが
あたらぬやう、このたのしい
夢が戦死しないやう
いのりたい。
おれは、こうなんだ。やり
たいことがいろいろある
んだ。その一つ、
おれの田舎の小
学校で先生をする。

花をうゑ、音楽をきき、
しづかに詩をかき、子
供とあそぶ。
これがおれとして、一番消
極的な生き方だ。たまに
町に出て、映画など見
る。すると、学校の友たち
が、その映画で華々しく
動いてゐる。みじめな
道をえらんだものだ。さ
う考へて、じぶんを詐ら
しく思ふやうなことは、
ながらうか、それをおそ
れる。
もう一つ、
南方へ行くんだ。軍属
になって文化工作に
自分の力一ぱい仕事
をするんだ。

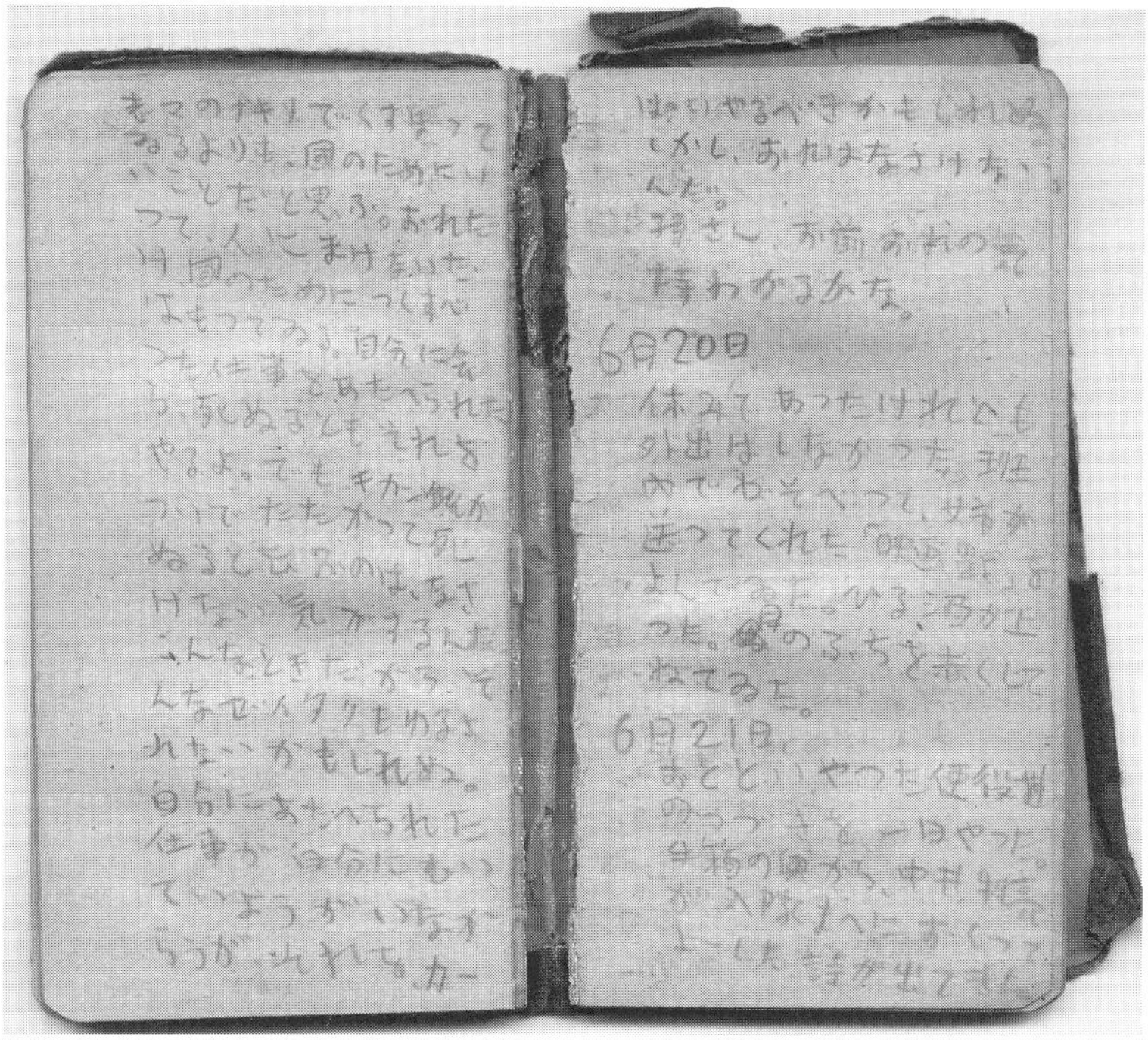
6月20日
6月21日

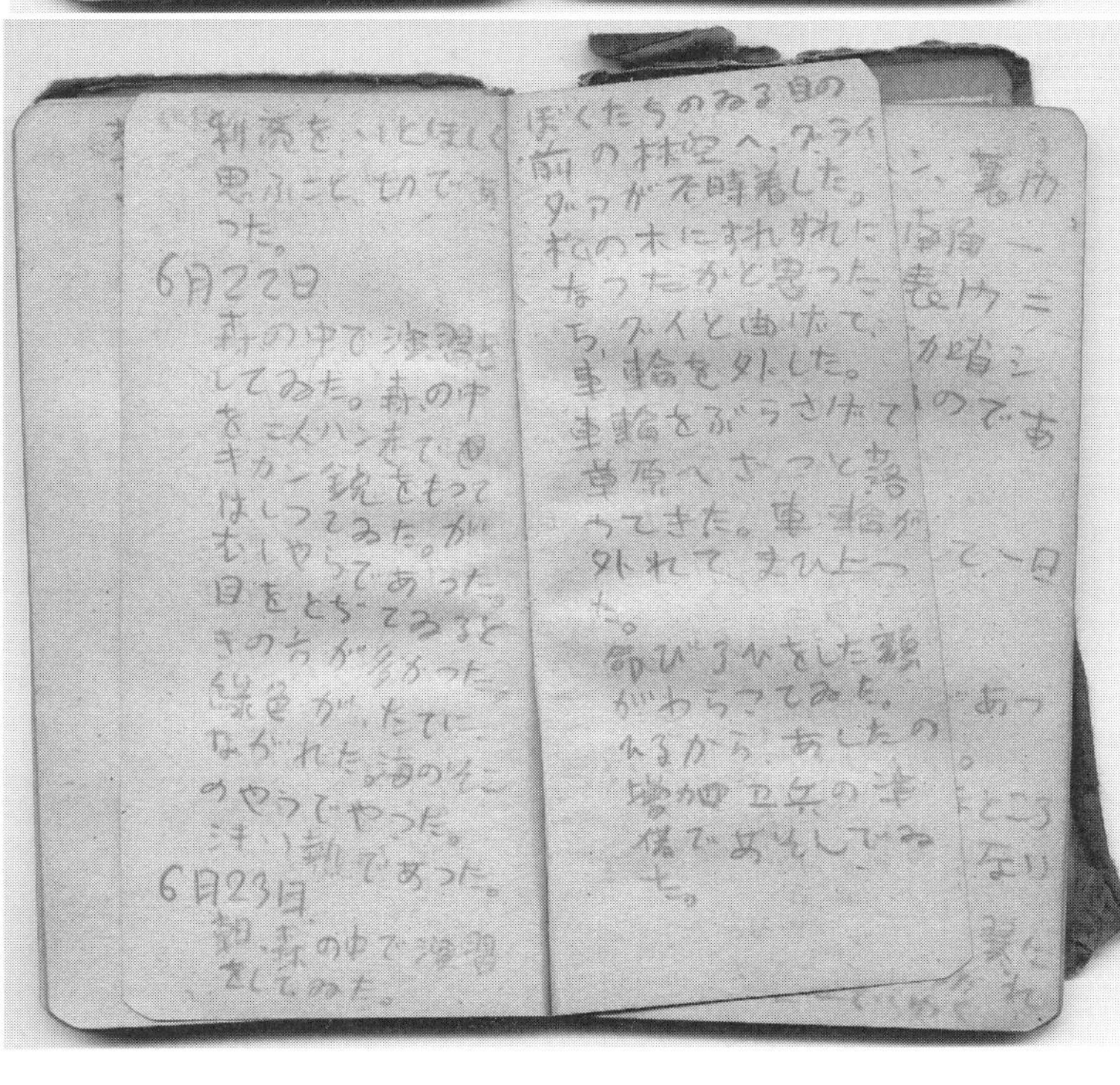
6月22日
6月23日

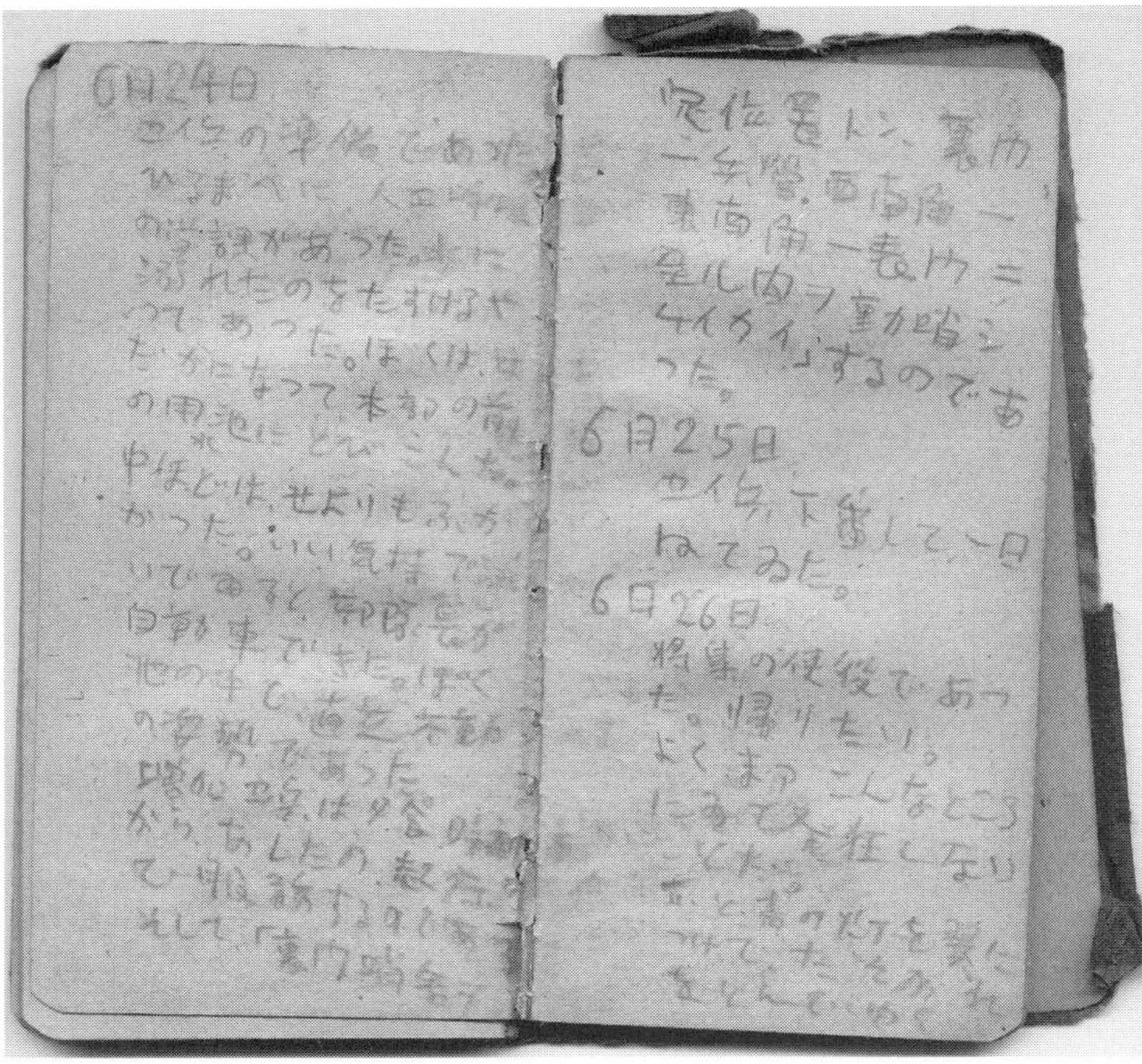
6月24日
西住の準備であった。
ひるまへに、人工呼吸の
講習があった。おぼ
れたのをたすけるや
つてあった。ぼくはせ
だかになって本部の前
の用水池にとびこんだ。水
中ほどは、世よりもふか
かった。いい気持でおよ
いでゐると、部隊長が
自動車できた。ぼく
の [illegible]
[illegible]
[illegible]
[illegible]
[illegible]

完位置トン、基内
一兵營西南角一
東南角一番内ニ
全ル内ヲ重加増シ
サイカイ」するのであ
った。
6月25日
サイ住、下番して一日
ねてゐた。
6月26日
将集の使役であつ
た。帰りたい。
よくまアこんなところ
[illegible]

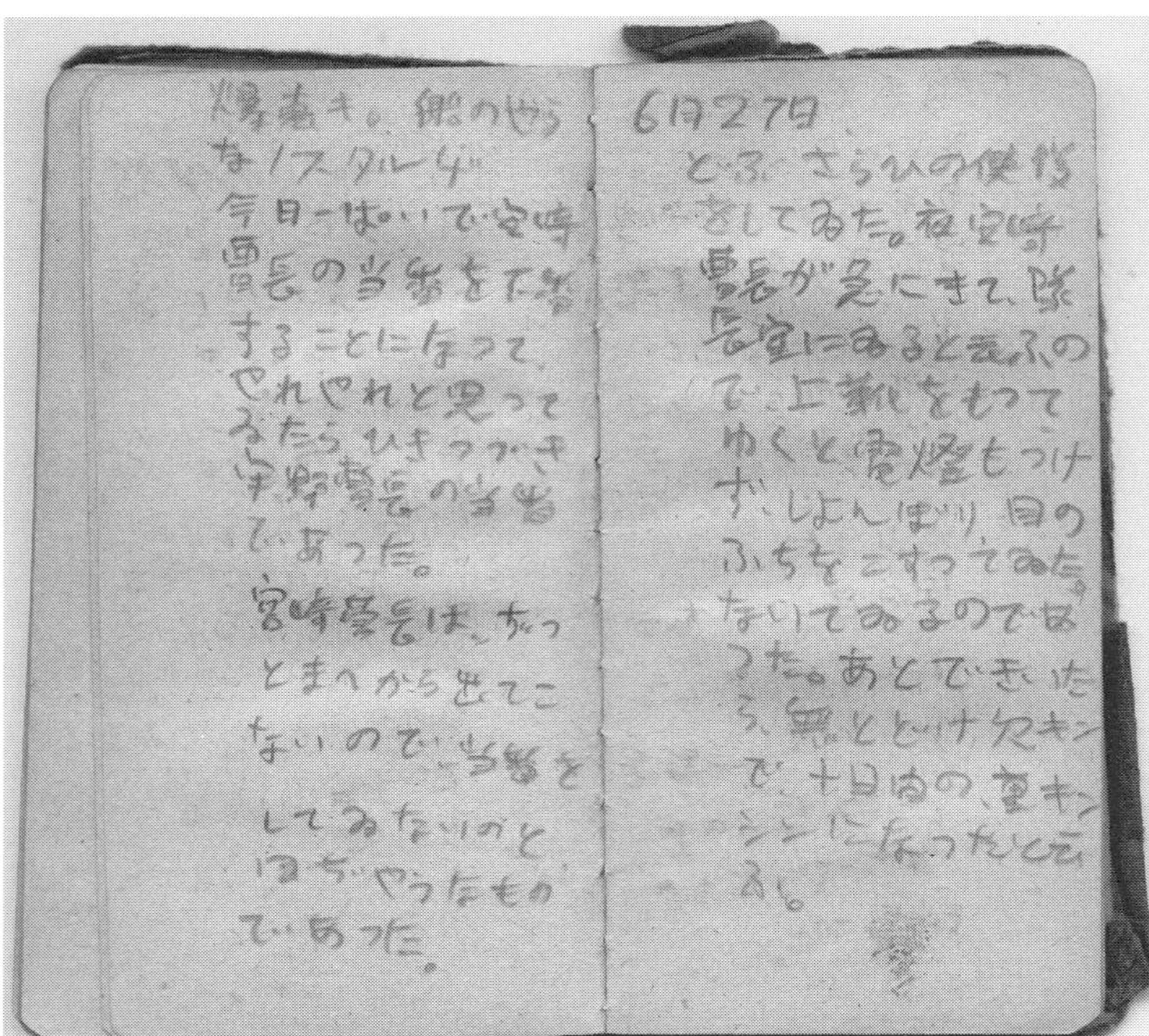
爆撃機の飛行機のやう
なノスタルジ
今日一はいで宮崎
曹長の当番を下番
することになって、
やれやれと思って
ゐたらひきつづき
宇野曹長の当番
であった。
宮崎曹長は、ちっ
とまへから出てこ
ないので当番を
してゐないのと
同じやうなもの
であった。

6月27日
どぶさらひの使役
をしてゐた。夜宮崎
曹長が急にきて、隊
長室にゐると云ふの
で、上靴をもって
ゆくと電燈もつけ
ず、しょんぼり目の
ふちをこすってゐた。
ないてゐるのであ
った。あとできいた
ら、無とどけ欠キン
で、十日間の重キン
シンになったと云
ふ。

6月28日
外出した。中条と一緒
であった。十一屋本屋
でいかにもスをご
うしてくれた。甘った
るいやつで一枚のん
だ。バスで下きべて
った。みどりと三ぷ
家でいいの兵隊の
休憩がりが出た
食ケンをもってゆく
とうってくれましか
ばになってのる
吉橋班も一緒に
いばった。武道
をんした　サイグを
まった。菜子を
くれ、や、た

はりをくって、いったー
イチイもしもっすし食で
すくぐった。ただ食
（サカツをくっ
を飯金のフタ三と
とあかってっうか
った。管沢でとあ
とかった。ふた
あうておた
のベリに　実定のマロ
にッも、さして
くれた
サイパン島か　ないた

6月29日
敵高射連と三ぷい
って
に行っ
であった
とするでなか
いるからりす暗
だけであった。
夜間演習、時
キンム

6月30日
サイパン島が
らなくて、いっぱ
の発音も がみ
しくるかもしれ

ないとのでは
雷林のたたかって
に、ドラムカンが30
も入るたきなあイ
をいくつもこしろへる
もうで何かを明ち
れ
仕事のと中でうう
やきみたいものが
くしなくった
今時に高とびの
処置がこしらべて
あるけれ、もあま
リてれたし
になくはなく
れれなすき

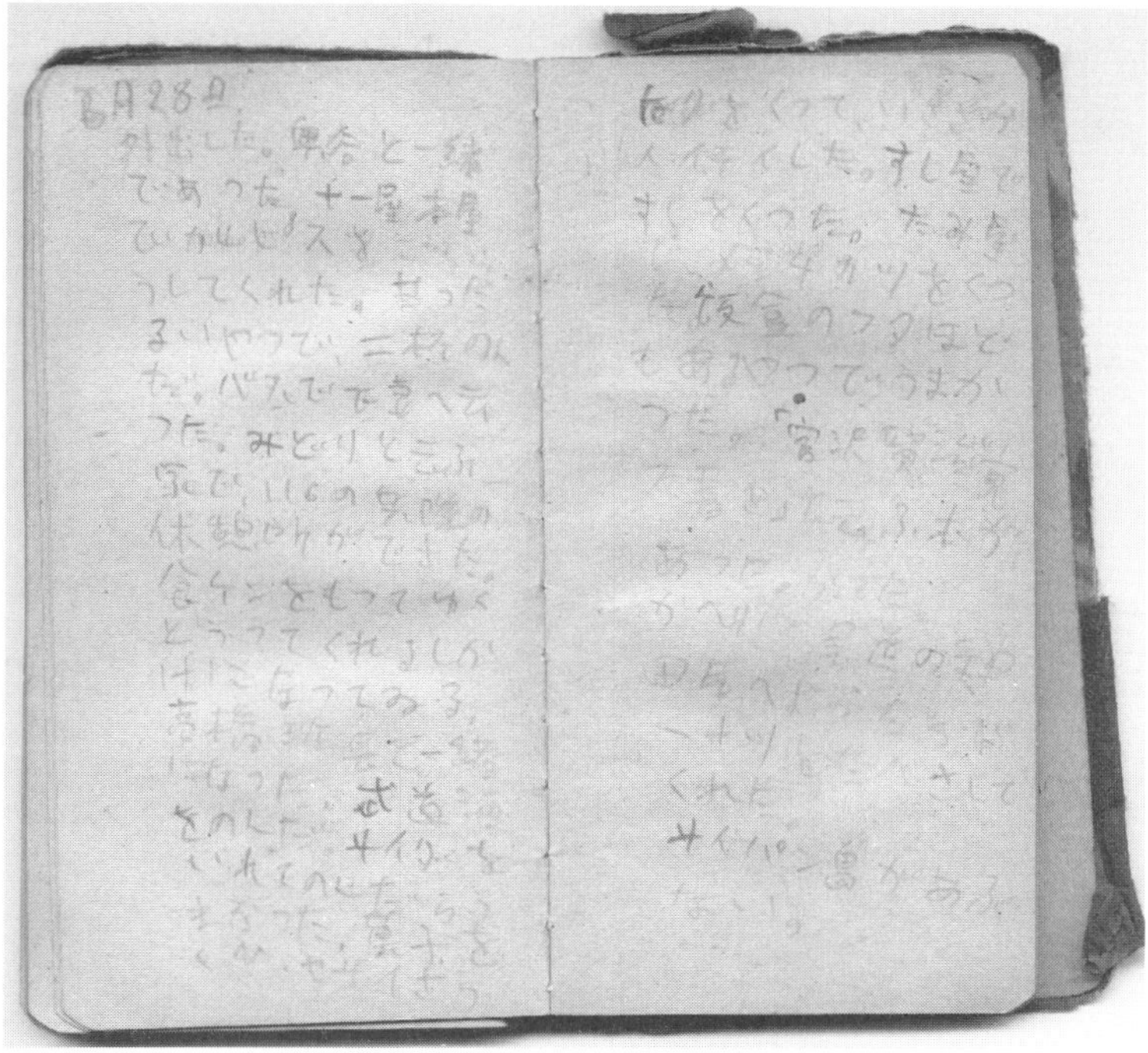

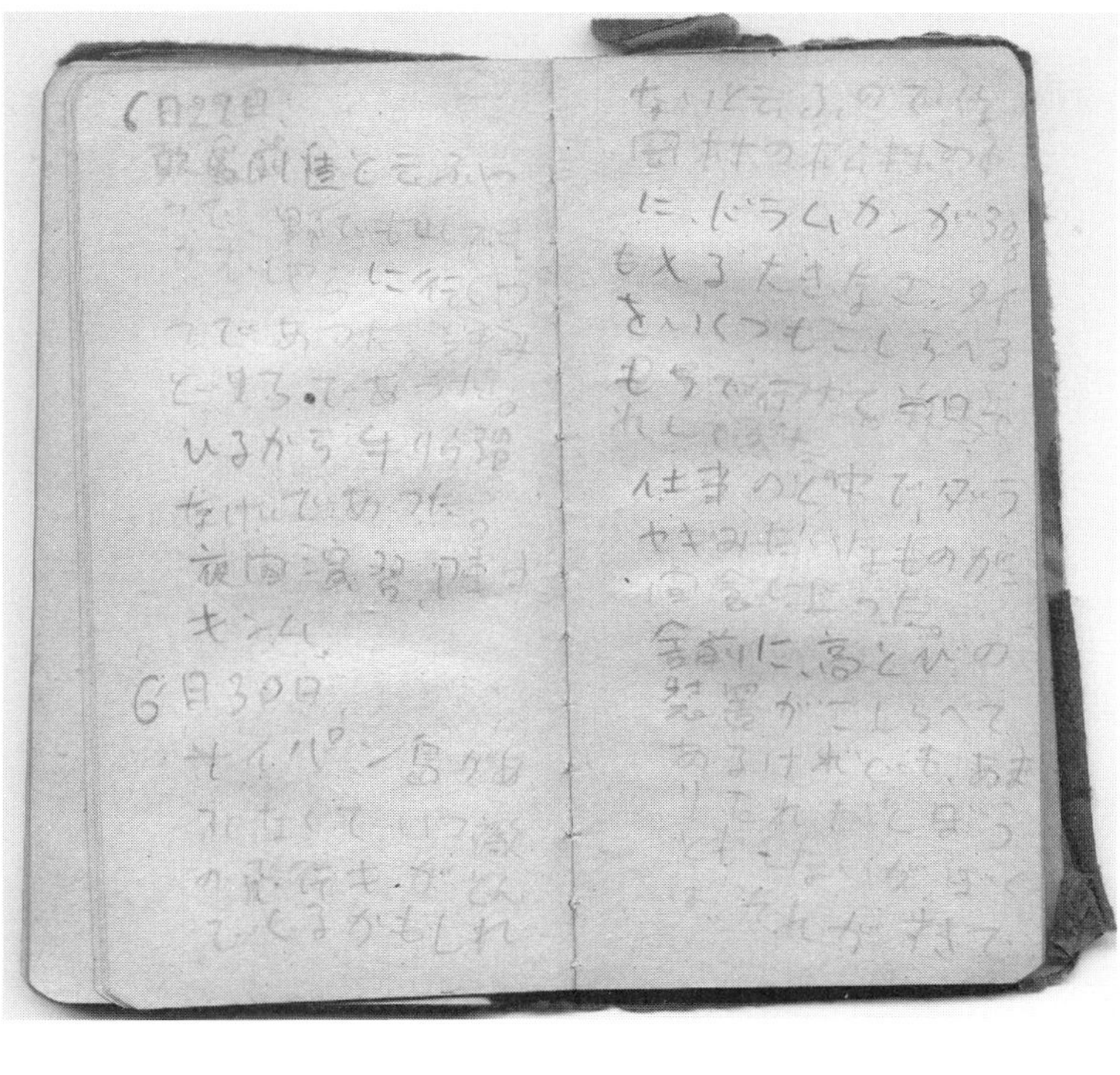

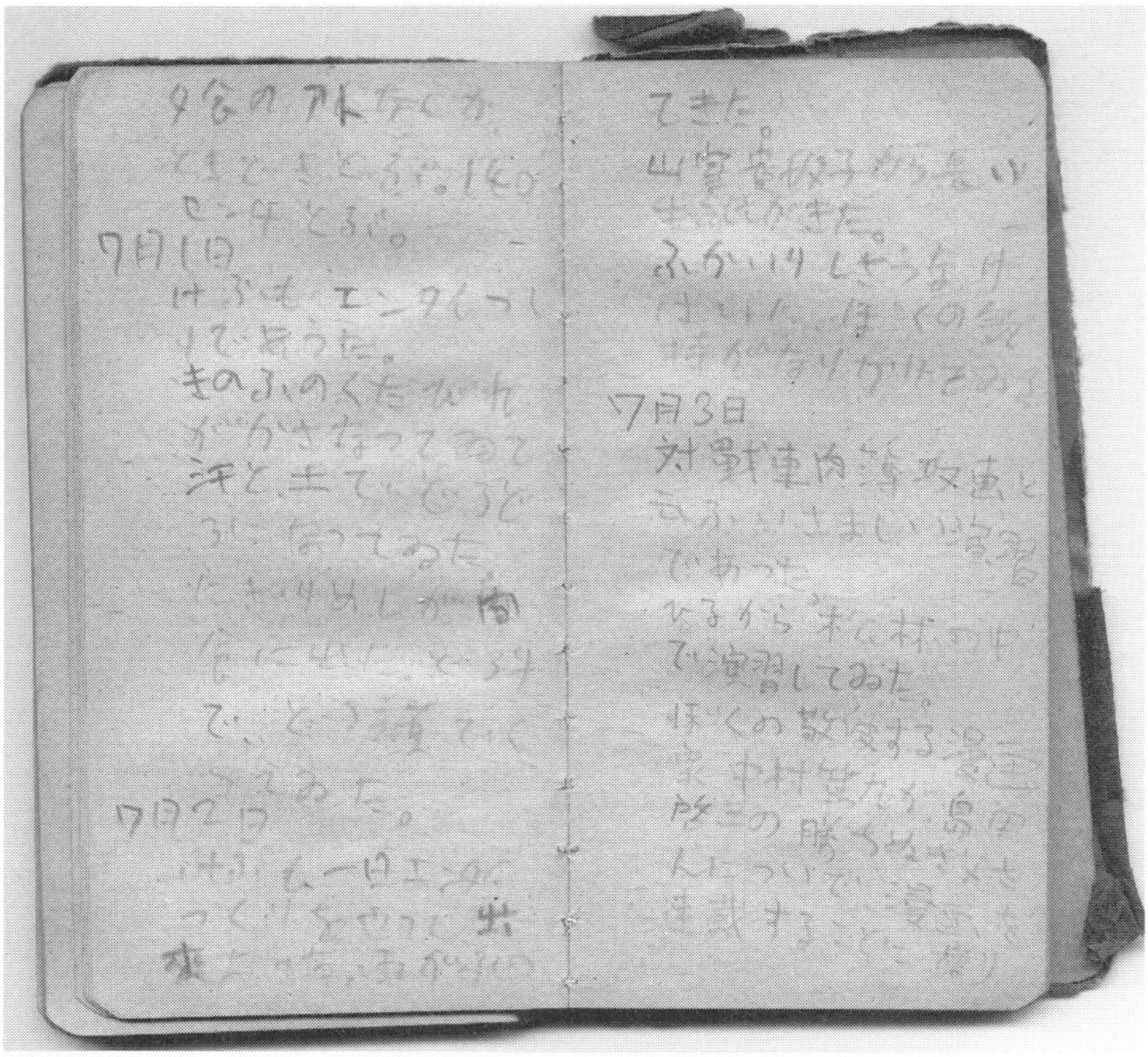
7月1日
7月2日
できた
山宮安次郎から長い
手紙がきた。
7月3日
であった
で演習してゐた。
ぼくの敬愛する漫画
家中村篤九が島田

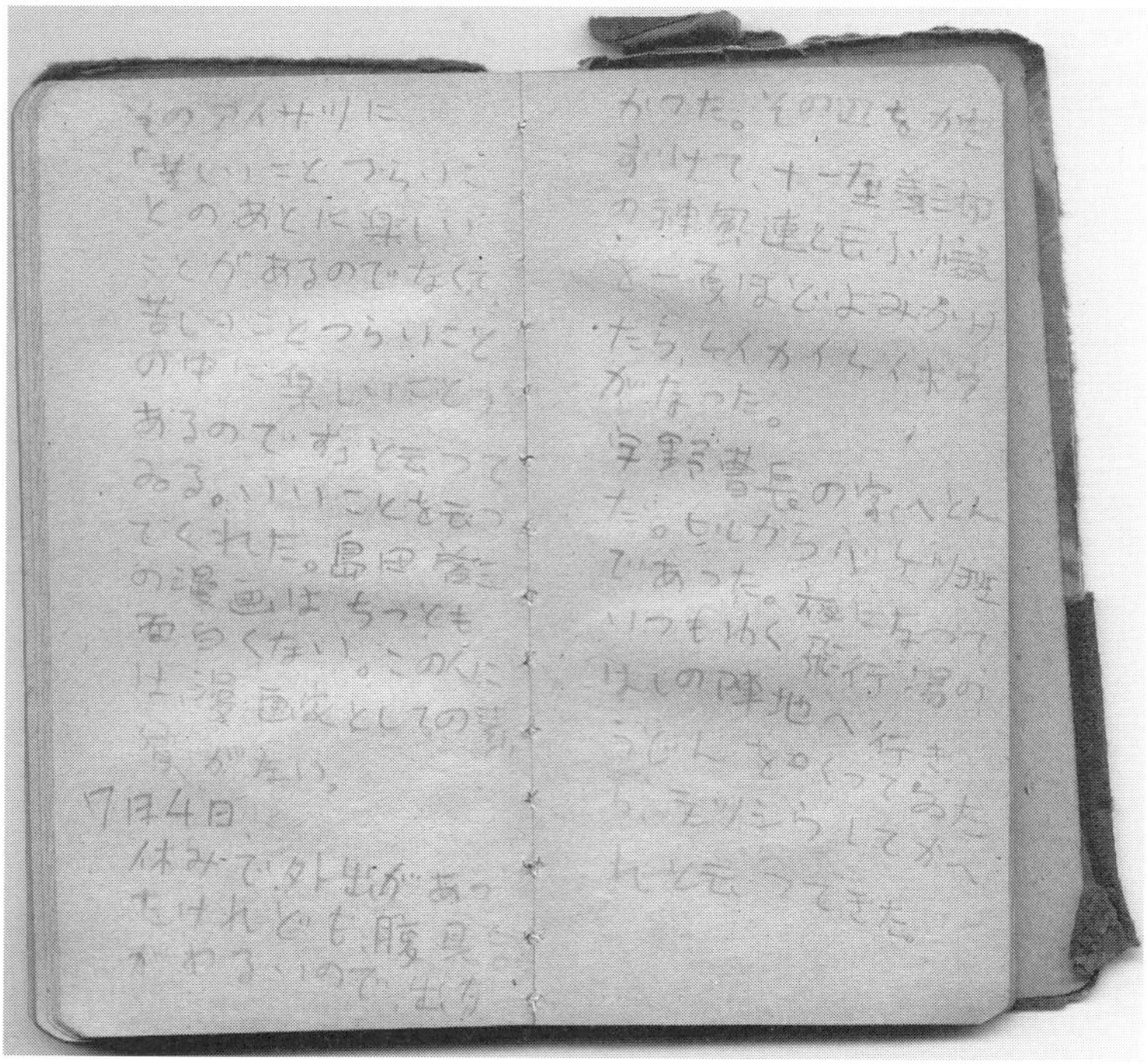
そのアイサツに
「苦しいことつらいこ
とのあとに楽しい
ことがあるのでなくて
苦しいことつらいこと
あるのです」と云ってゐる。いいことを云つ
てくれた。島田啓三
の漫画はちっとも
面白くない。この人に
は漫画家としての素
質がない。
7月4日
休みで外出があっ
たけれども腹具合
がわるいので出な
かった。
がなった。
宇野曹長の家へとん
だ。

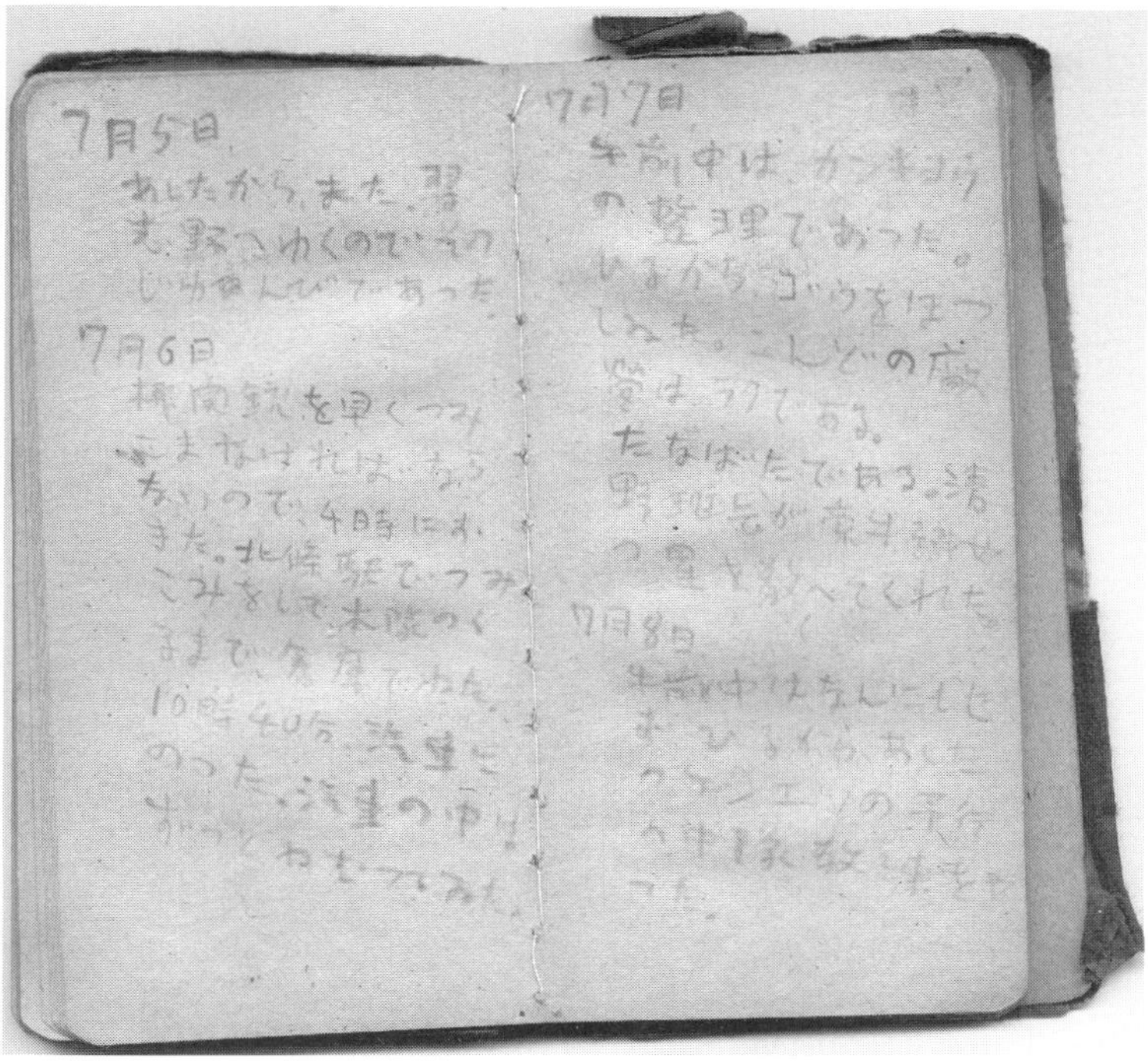
7月5日
あしたからまた演
習野へゆくのでその
じゅんびであった
7月6日
機関銃を早くつみ
こまなければなら
ないので、4時におき
た。北條駅でつみ
こみをして本隊のく
るまで休息であた
10時40分汽車に
のった。汽車の中は
ねむってゐた
7月7日
午前中は
の整理であった。
しゐた。こんどの
はラクである。
たなばたである。
7月8日

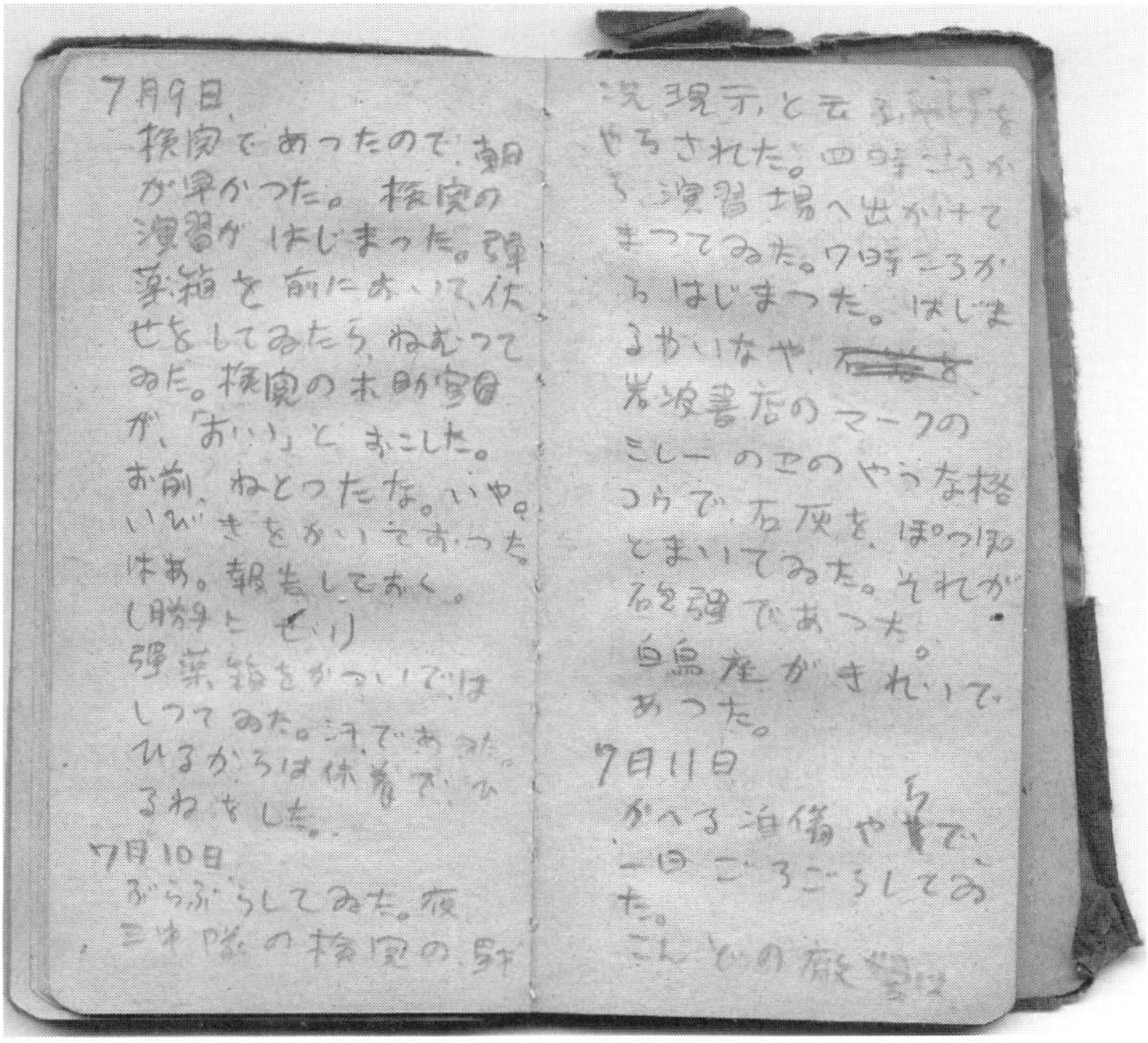
7月9日
機関であったので朝
が早かった。機関の
演習がはじまった。弾
薬箱を前において伏
せをしてゐたら、ねむって
ゐた。機関の
が、「おい」とおこした。
お前、ねとったな。いや。
いびきをかいておった。
休め。報告しておく。
(勝手とせい)
弾薬箱をかついではし
ってゐた。汗であった。
ひるからは休養でひ
るねをした。
7月10日
ぶらぶらしてゐた。夜
三中隊の機関の
洗現示と云ふ
やらされた。四時ごろか
ら演習場へ出かけて
まってゐた。7時ごろか
らはじまった。はじま
るやいなや、~~石灰を~~
岩波書店のマークの
ミレーの画のやうな格
好で石灰を、ぽっぽ
とまいてゐた。それが
砲弾であった。
白鳥座がきれいで
あった。
7月11日
かへる準備やらで
一日ごろごろしてゐ
た。
こんどの

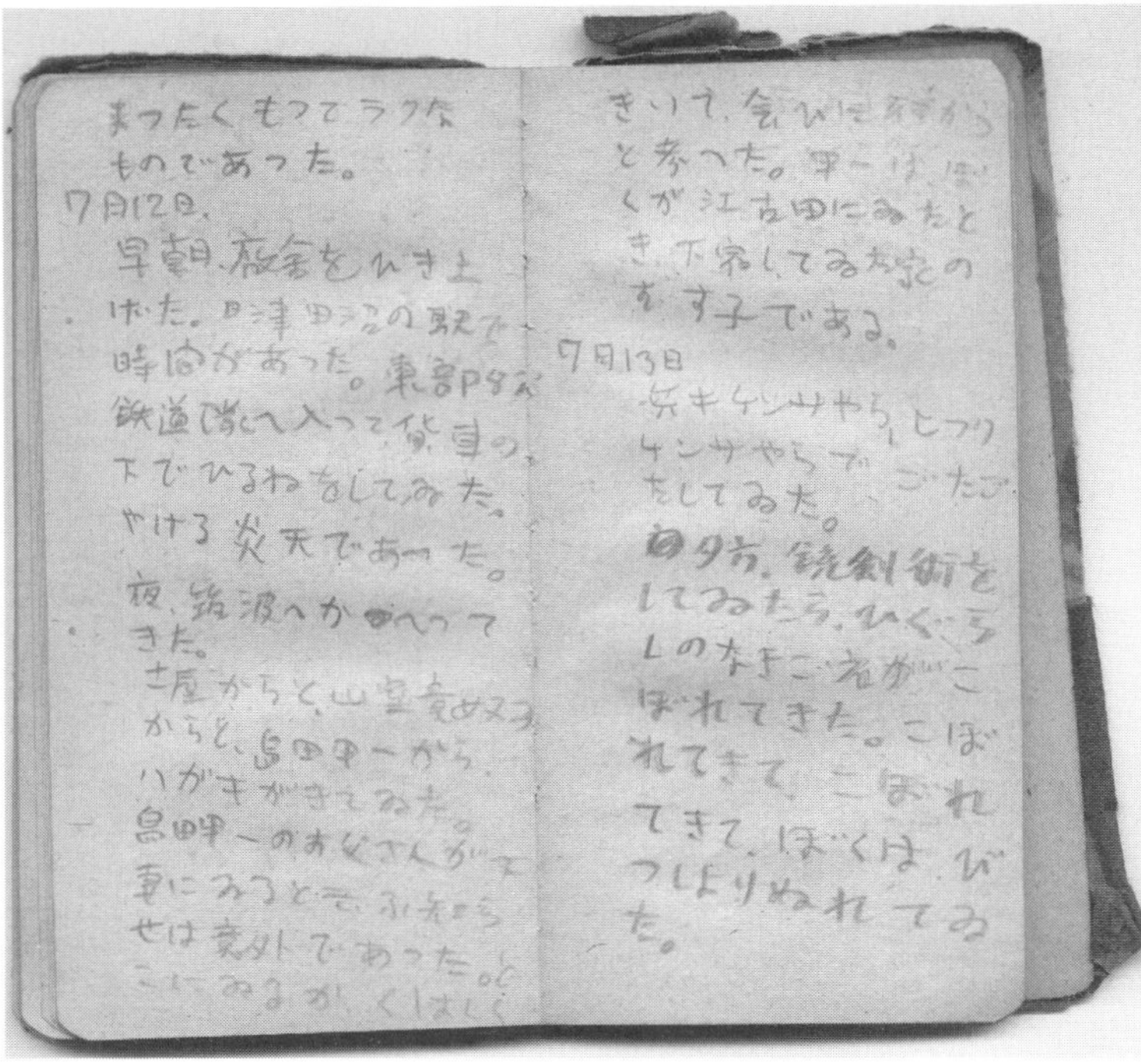

まったくもってラクな
ものであった。
7月12日、
早朝、敷金をひき上
げた。津田沼の駅で
時間があった。東部外
鉄道隊へ入って貨車の
下でひるねをしてゐた。
やける炎天であった。
夜、鋸波へかへって
きた。
土屋からと、山室竟女子
からと、島田甲一から
ハガキがきてゐた。
島田甲一のおとうさんが
車にゐると云ふ知ら
せは意外であった。と
こにゐるかくはしく

きいて、会ひに行かう
と考へた。甲一はぼ
くが江古田にゐたと
き、下宿してゐた家の
むす子である。
7月13日
兵キケンサやら、ヒフク
ケンサやらで、ごたご
たしてゐた。
夕方、銃剣術を
してゐたら、ひぐら
しのなきごゑがこ
ぼれてきた。こぼ
れてきて、こぼれ
てきて、ぼくは、び
っしよりぬれてゐ
た。

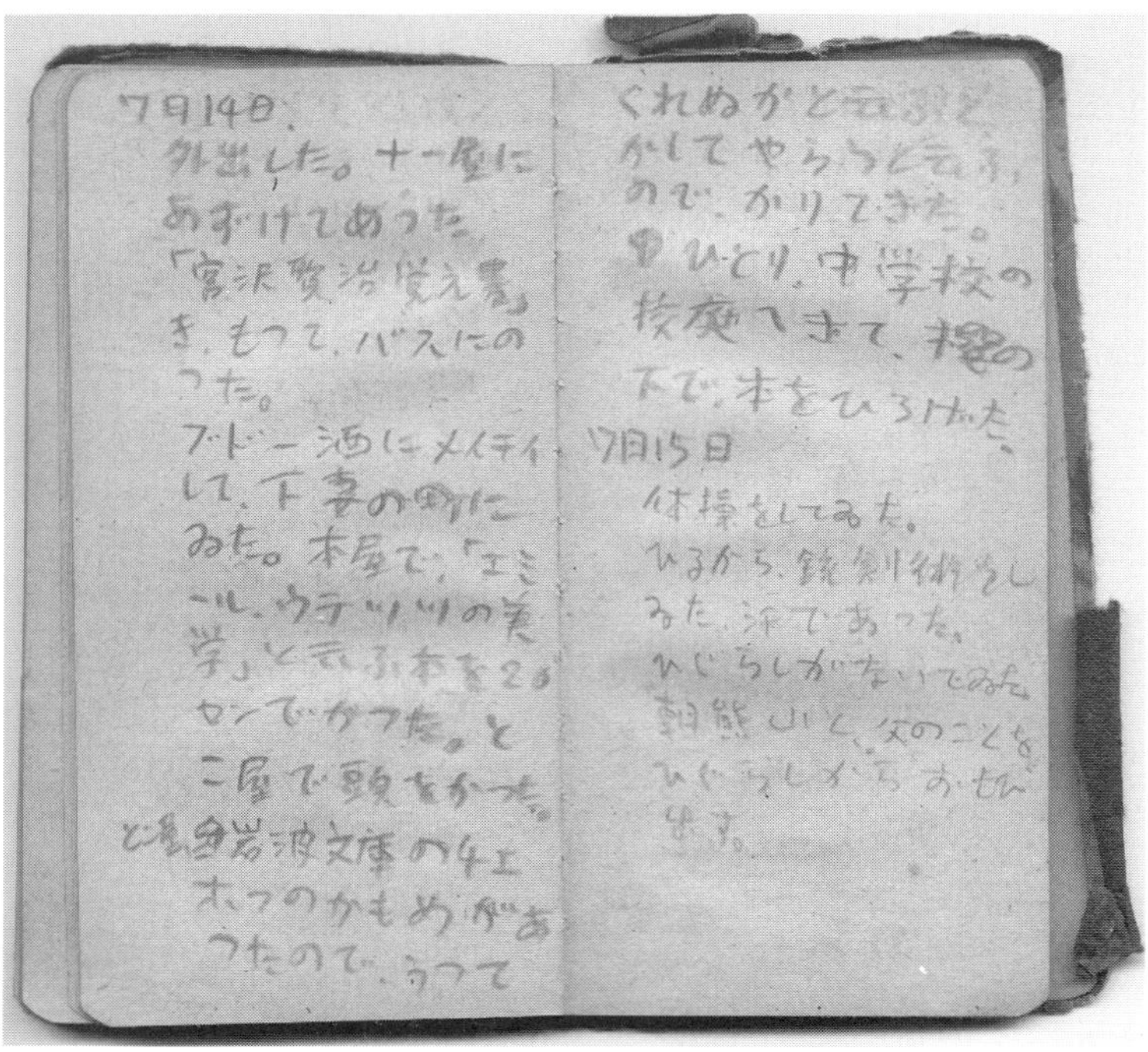

7月14日、
外出した。十一屋に
あずけてあった
「宮沢賢治覚え書」
を、もって、バスにの
った。
ブドー酒にメイテイ
して、下妻の町に
ゐた。本屋で、「エミ
ール、ウテイツの美
学」と云ふ本を2円
センでかった。と
こ屋で頭をかった。
古本屋で岩波文庫のチエ
ホフのかもめがあ
ったので、かって

くれぬかと云ふと
かしてやらうと云ふ
ので、かりてきた。
ひとり、中学校の
校庭できて、桜の
下で、本をひろげた。
7月15日
体操をしてゐた。
ひるから、銃剣術をし
ゐた。汗であった。
ひぐらしがないてゐた。
朝熊山と、父のことを
ひぐらしがおもひ
出す。

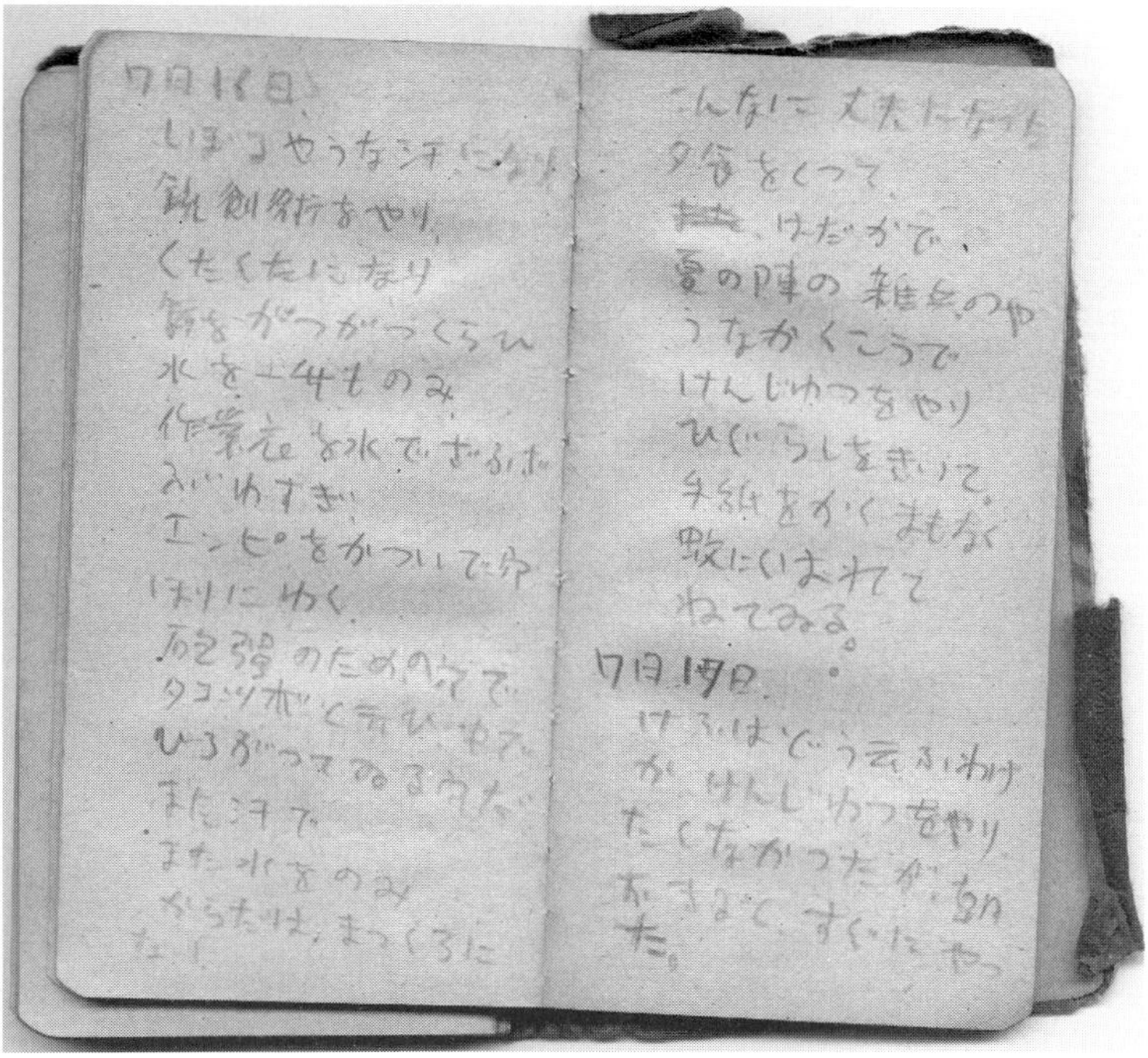
7月16日、
いまるやうな汗になり
銃剣術をやり
くたくたになり
飯をがつがつくらひ
水を一斗ものみ
作業衣を水でざぶざ
ぶゆすぎ
エンピをかついで穴
ほりにゆく
砲弾のための穴で
タコツボと云ひやア
ひるがつてゐるうな
また汗で
また水をのみ
からだは、まつくろに
なり

こんなに丈夫になつた
夕食をくつて
~~[illegible]~~ はだかで、
夏の陣の雑兵のや
うなかくこうで
けんじゆつをやり
ひぐらしをきいて
手紙をかく まもなく
蚊にくはれて
ねてゐる。
7月17日。
けふはどう云ふわけ
か、けんじゆつをやり
たくなかつたが、動
おすなく、すぐにやつ
た。

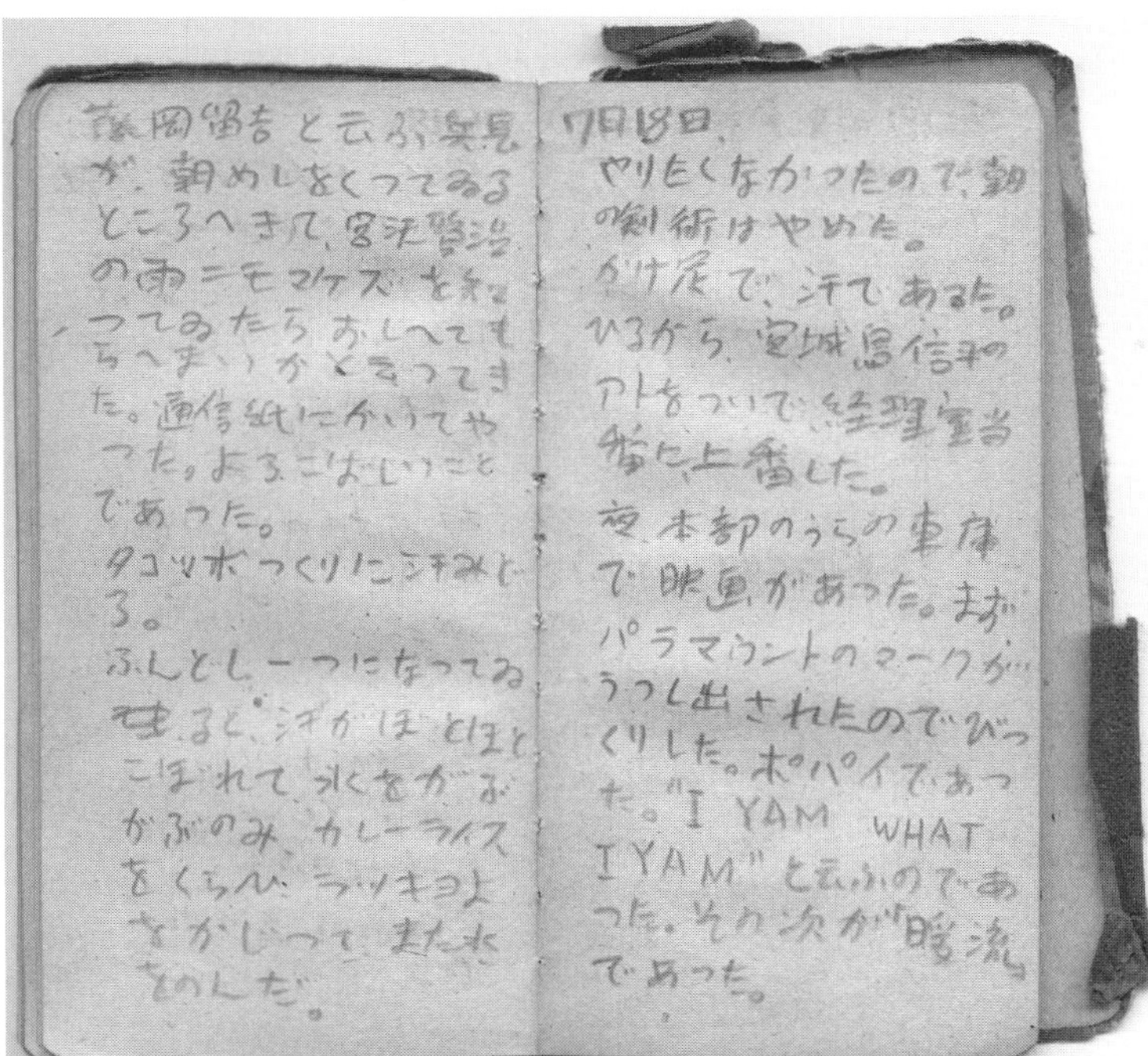
藤岡留吉と云ふ兵長
が、朝めしをくつてゐる
ところへきて、宮沢賢治
の雨ニモマケズを教
つてゐたらおしへても
らへまいかと云つてき
た。通信紙にかいてや
つた。よろこばしいこと
であつた。
タコツボつくりに汗みど
ろ。
ふんどし一つになつてゐ
堀ると、汗がぼとぼと
こぼれて、水をがぶ
がぶのみ、カレーライス
をくらひ、ラツキヨよ
をかじつて、また水
をのんだ。

7月18日、
やりたくなかつたので、銃
の剣術はやめた。
かけ足で、汗であつた。
ひるから、宮城島信平の
アトをついで経理室当
番に上番した。
夜、本部のうらの車庫
で映画があつた。まづ
パラマウントのマークが
うつし出されたのでびつ
くりした。ポパイであつ
た。"I YAM WHAT
I YAM"と云ふのであつ
た。その次が暖流
であつた。

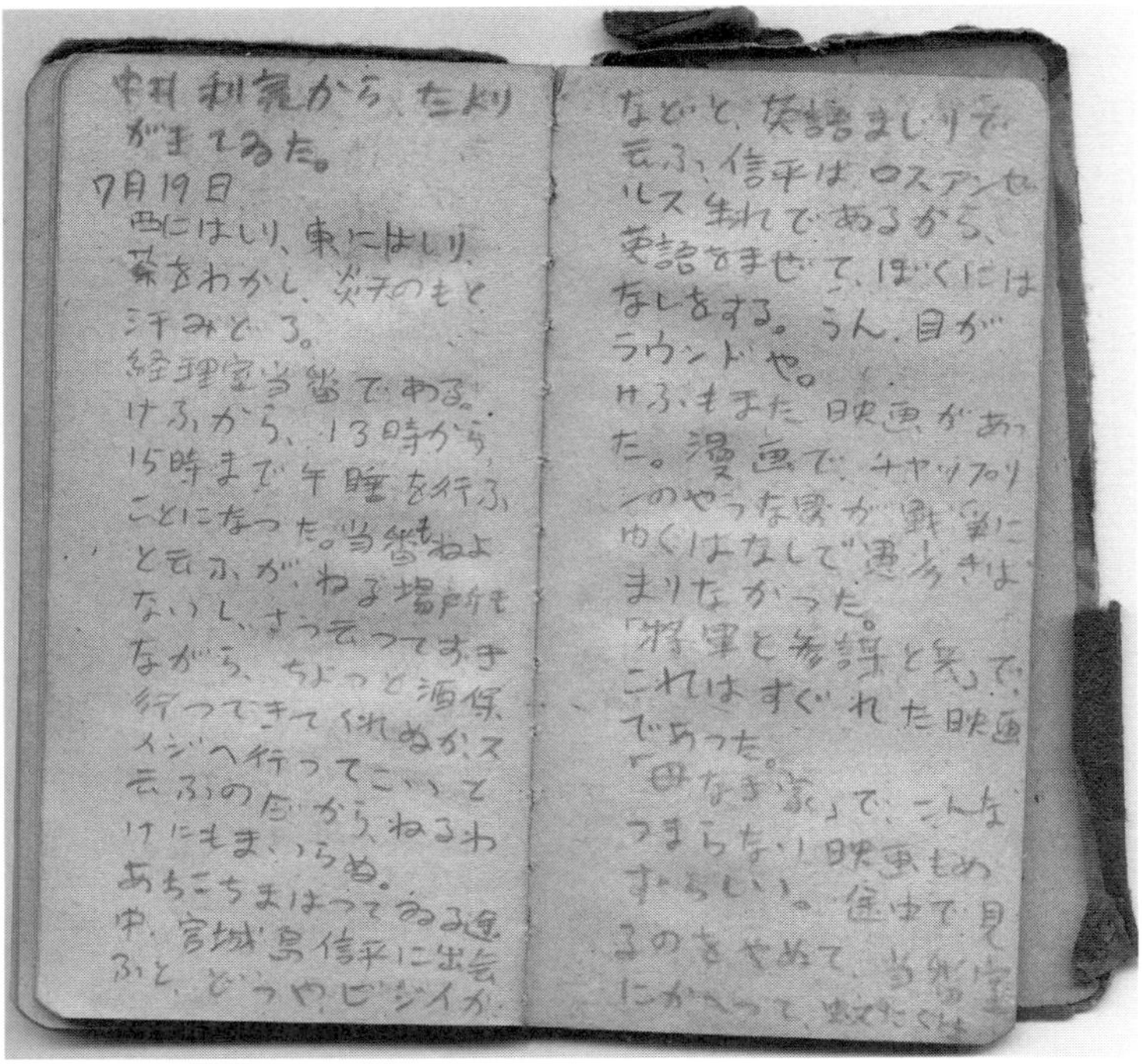
中村利亮から、たより
がきてゐた。
7月19日
西にはしり、東にはしり、
茶をわかし、炎天のもと
汗みどろ。
経理室当番である。
けふから、13時から
15時まで午睡を行ふ
ことになつた。当番もねよ
と云ふが、ねる場所も
ないし、さう云つてすき
ながら、ちよつと酒保
行つてきて呉れぬか、ス
イジへ行つてこいと
云ふのだから、ねるわ
けにもまゐらぬ。
あちこちまはつてゐる途
中、宮城島信平に出会
ふと、どうやビジイか、
などと、英語まじりで
云ふ。信平はロスアンゼ
ルス生れであるから、
英語をまぜて、ぼくには
なしをする。うん、目が
ラウンドや。
けふもまた映画があつ
た。漫画で、チヤツプリ
ンのやうな男が戦争に
ゆくはなしで、愚劣きは
まりなかつた。
「将軍と参謀と兵」で、
これはすぐれた映画
であつた。
「母なき家」で、こんな
つまらない映画もめ
ずらしい。途中で見
るのをやめて、当番室
にかへつて、蚊にくは

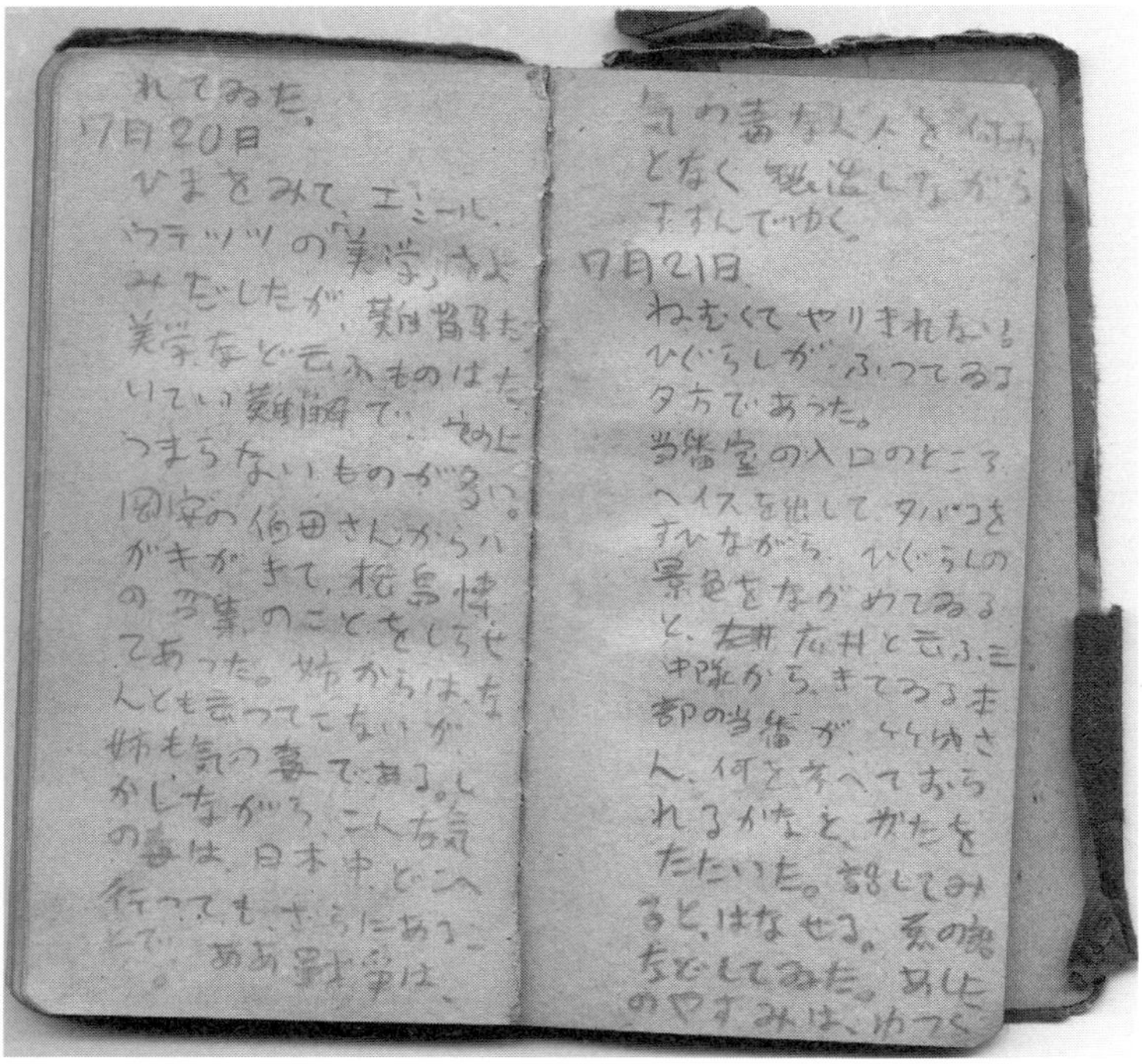
れてゐた。
7月20日
ひまをみて、エミール、
ウテッツの「美学」をよ
みだしたが、難解[illegible]た
美学など云ふものはた
いてい難解で、その上
つまらないものが多い。
図案の仲田さんからハ
がキがきて、桜島情
の召集のことをしらせ
てあつた。妹からはな
んとも云つてこないが
妹も気の毒である。し
かしながら、こんな気
の毒は、日本中どこへ
行つても、ざらにある
ことで。ああ戦争は、
気の毒な人々を何んとなく
製造しながら
すすんでゆく。
7月21日
ねむくてやりきれない。
ひぐらしがふつてゐる
夕方であつた。
当番室の入口のところ
へイスを出して、タバコを
すひながら、ひぐらしの
景色をながめてゐる
と、荒井広井と云ふ三
中隊から、きてゐる本
部の当番が、竹内さ
ん、何を考へておら
れるかなと、かたを
たたいた。話してみ
ると、はなせる。気の毒
などしてゐた。あした
のやすみは、ゆつくり

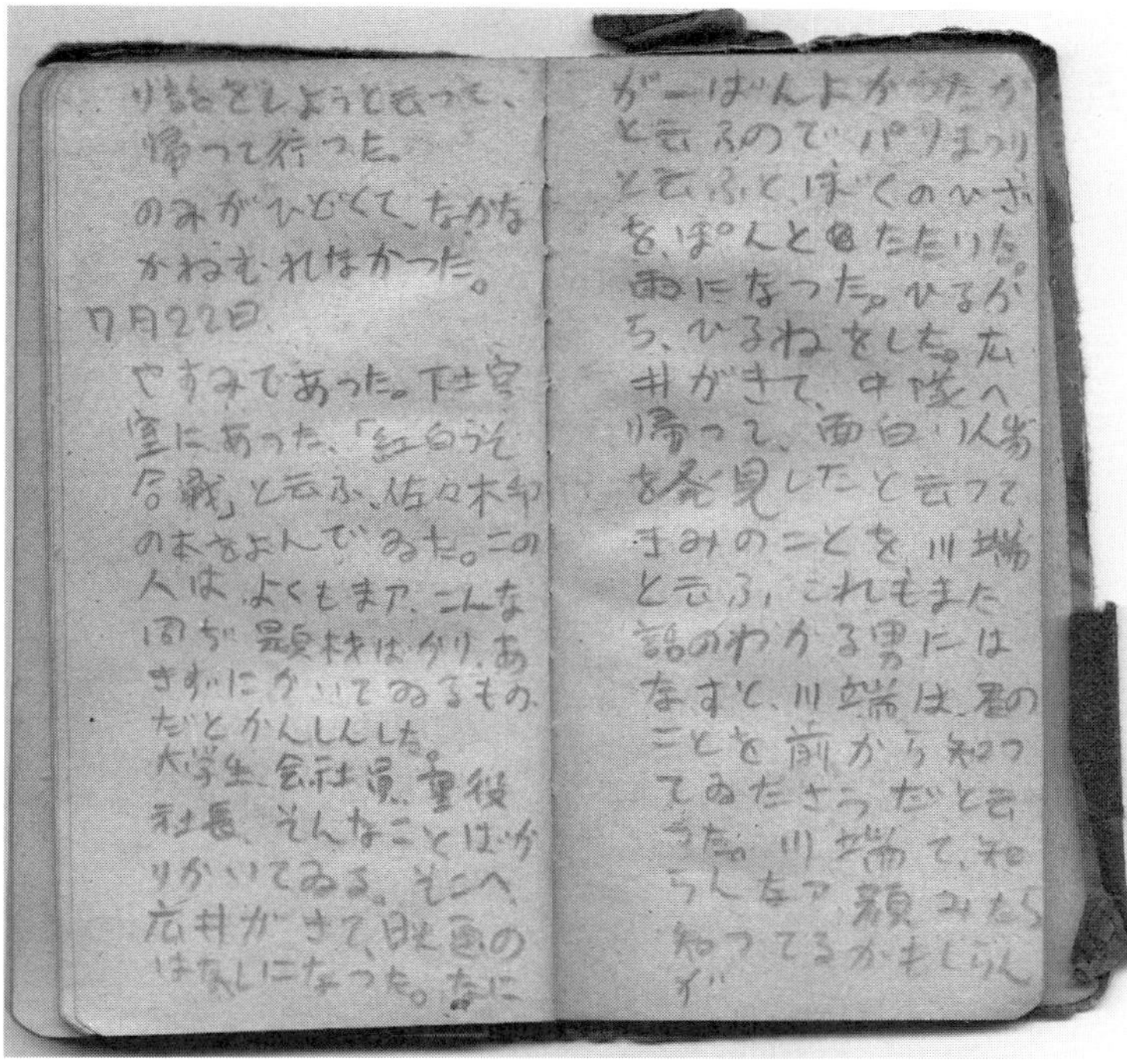

り話をしようと云つて、
帰つて行つた。
のみがひどくて、なかな
かねむれなかつた。
7月22日
やすみであつた。下士官
室にあつた、「紅白うそ
合戦」と云ふ、佐々木邦
の本をよんでゐた。この
人は、よくもまア、こんな
面白い題材ばかり、あ
きずにかいてゐるもの
だとかんしんした。
大学生、会社員、重役
社長、そんなことばかり
りかいてゐる。そこへ、
広井がきて、映画の
はなしになつた。なに
がいちばんよかつたか
と云ふので、パリまつり
と云ふと、ぼくのひざ
を、ぽんとたたいた。
雨になつた。ひるか
ら、ひるねをした。広
井がきて、中隊へ
帰つて、面白い人物
を発見したと云つて
きみのことを川端
と云ふ、これもまた
話のわかる男には
なすと、川端は、君の
ことを前から知つ
てゐたさうだと云
うた。川端て、知
らんなア、顔みたら
知つてるかもしらん
ぜ

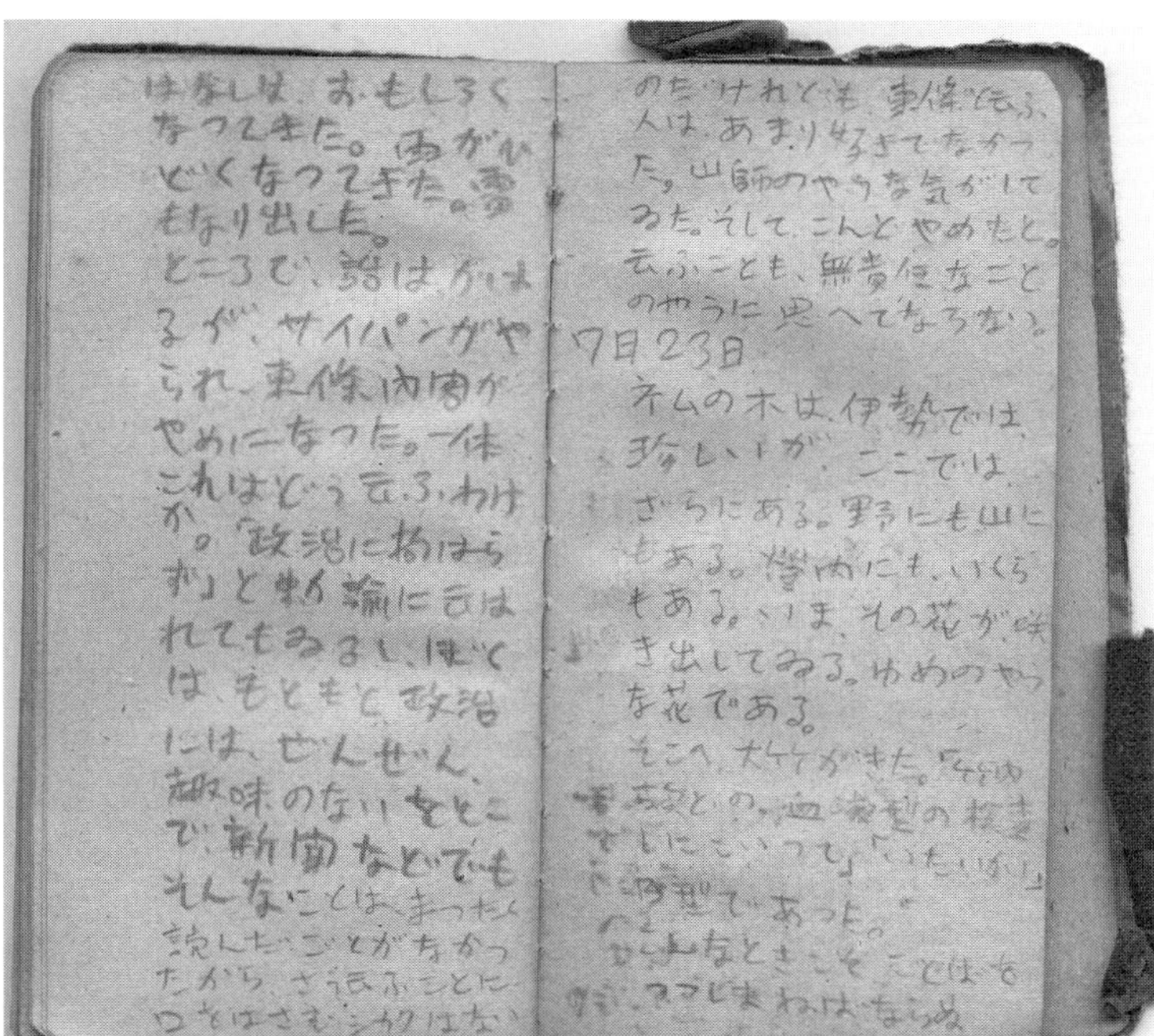

はなしは、おもしろく
なつてきた。雨がひ
どくなつてきた。雷
もなり出した。
ところで、話はかは
るが、サイパンがや
られ、東條内閣が
やめになつた。一体
これはどう云ふわけ
か。「政治に拘はら
ず」と勅諭に云は
れてもゐるし、ぼく
は、もともと政治
には、ぜんぜん、
趣味のないをとこ
で、新聞などでも
そんなことは、まつたく
読んだことがなかつ
たから、さ云ふことに
口をはさむシカクはない
のだけれども、東條と云ふ
人は、あまり好きでなかつ
た。山師のやうな気がして
ゐた。そして、こんどやめたと
云ふことも、無責任なこと
のやうに思へてならない。
7月23日
ネムの木は、伊勢では、
珍しいが、ここでは、
ざらにある。野らにも山に
もある。営内にも、いくら
もある。いま、その花が、咲
き出してゐる。ゆめのやう
な花である。
そこへ、大竹がきた。[illegible]
[illegible]の検査
をしにいつて「いたいけ」
な演技(?)であつた。
[illegible]

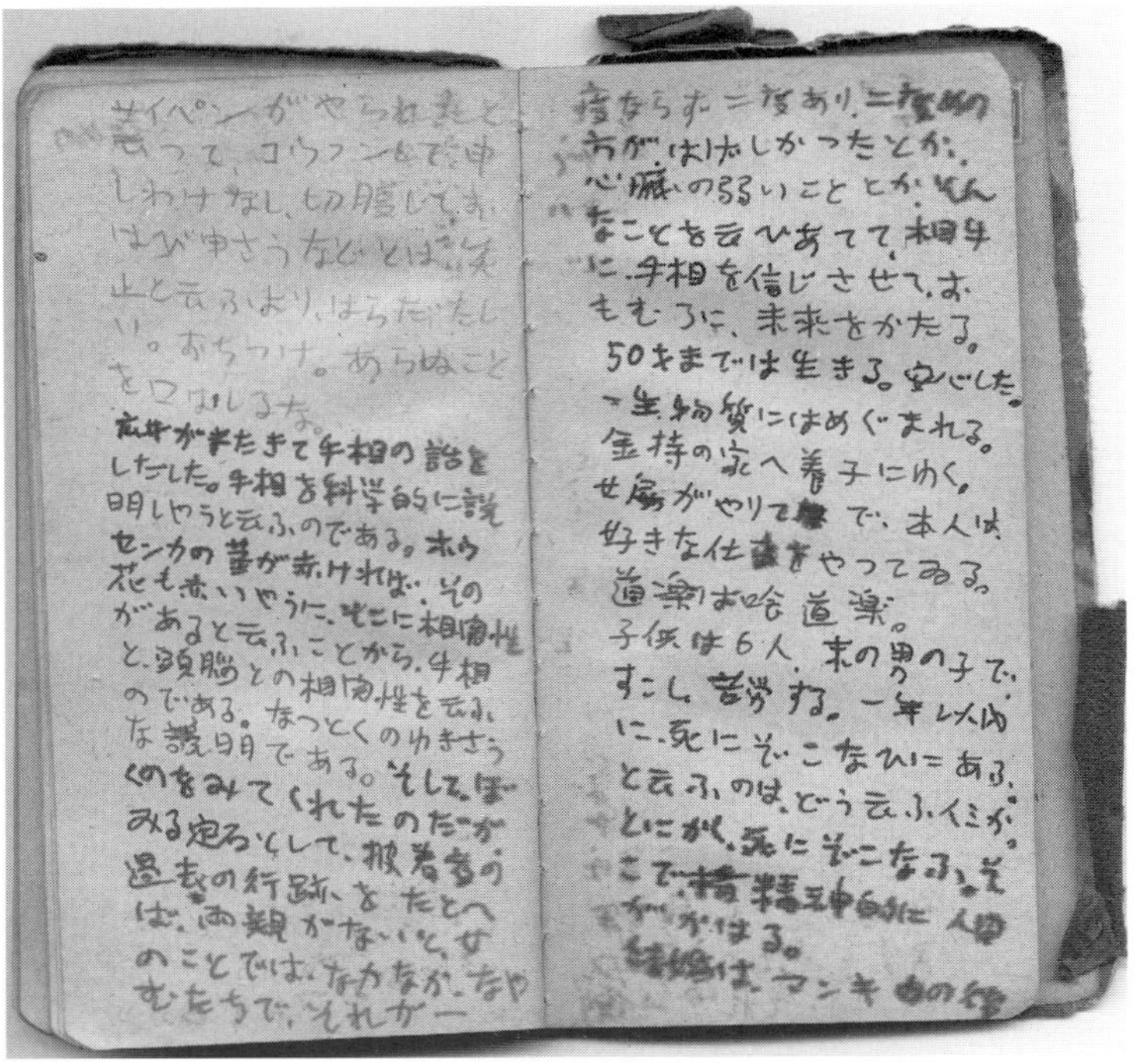

サイパンがやられたと
云つて、コウフンして申
しわけなし、切腹してお
はびゆさうなどとは[illegible]
止と云ふより、はらだたし
い。おちつけ。あらぬこと
を口ばしるな。
[illegible]が来たきて手相の話を
したした。手相を科学的に説
明しやうと云ふのである。ホウ
センカの茎が赤ければ、その
花も赤いやうに、そこに相関性
があると云ふことから、手相
と、頭脳との相関性を云ふ
のである。なつとくのゆきさう
な説明である。そして、ぼ
くのをみてくれたのだが
みる[illegible]として、[illegible]の
過去の行跡をたとへ
ば、両親がないと、そ
のことでは、なかなか、なや
むたちで、それが一

[illegible]ならず二度あり、二度目の
方がはげしかつたとか、
心臓の弱いこととか、そん
なことを云ひあてて、相手
に、手相を信じさせて、お
もむろに、未来をかたる。
50才までは生きる。安心した。
一生物質にはめぐまれる。
金持の家へ養子にゆく。
世帯がやりて[illegible]で、本人は
好きな仕事をやつてゐる。
道楽は[illegible]道楽。
子供は6人、末の男の子で、
すこし苦労する。一年以内
に、死にぞこないにある
と云ふのは、どう云ふイミか。
とにかく、死にぞこなふ。そ
こで、精神的に人[illegible]
が[illegible]がはる。
結婚は、マンキ[illegible]の[illegible]

二年、それと、前後して
君の華々しい時代がく
る。世間的にも名声をハ
クすると云ふつた風で
あつた。
7月24日、
経理室当番下番した。
7月25日
水戸行きの財産にのこる
ことになり、そのかはり、28
日の衛兵にたつことにな
つた。
7月26日
水戸行きで、中隊の大
部分が出て行つた。出て
ゆくのと前後して、ぼく
は、中隊長の家へ公
用に出た。家は安食に
あつた。飛行場を[illegible]
分ほつたところで[illegible]
まり、ここが[illegible]

にある。奥さんは、高峰三枝
子そつくりとかで、見てやらう
といきごんでゐた。ごくろ
うさんと云ふイミで、アメダ
マを九つくれた。十人なみ
であつた。吉沼まはりで帰
ることにきめた。松林のゆ
で、男が二人タバコすつてゐ
たので、そこで、休ケイした。
十一屋書店へよつて、カミソリ
の刃と、[illegible]の
「[illegible]楽聖の話」と云ふ本
とをかつた。カルピスと、
カボチャをごちそうしてく
れた。
帰つたら、午睡の時間で
あつたので、ねた。
班内も五六人で静か
でよい。[illegible]
りと、[illegible]一郎の

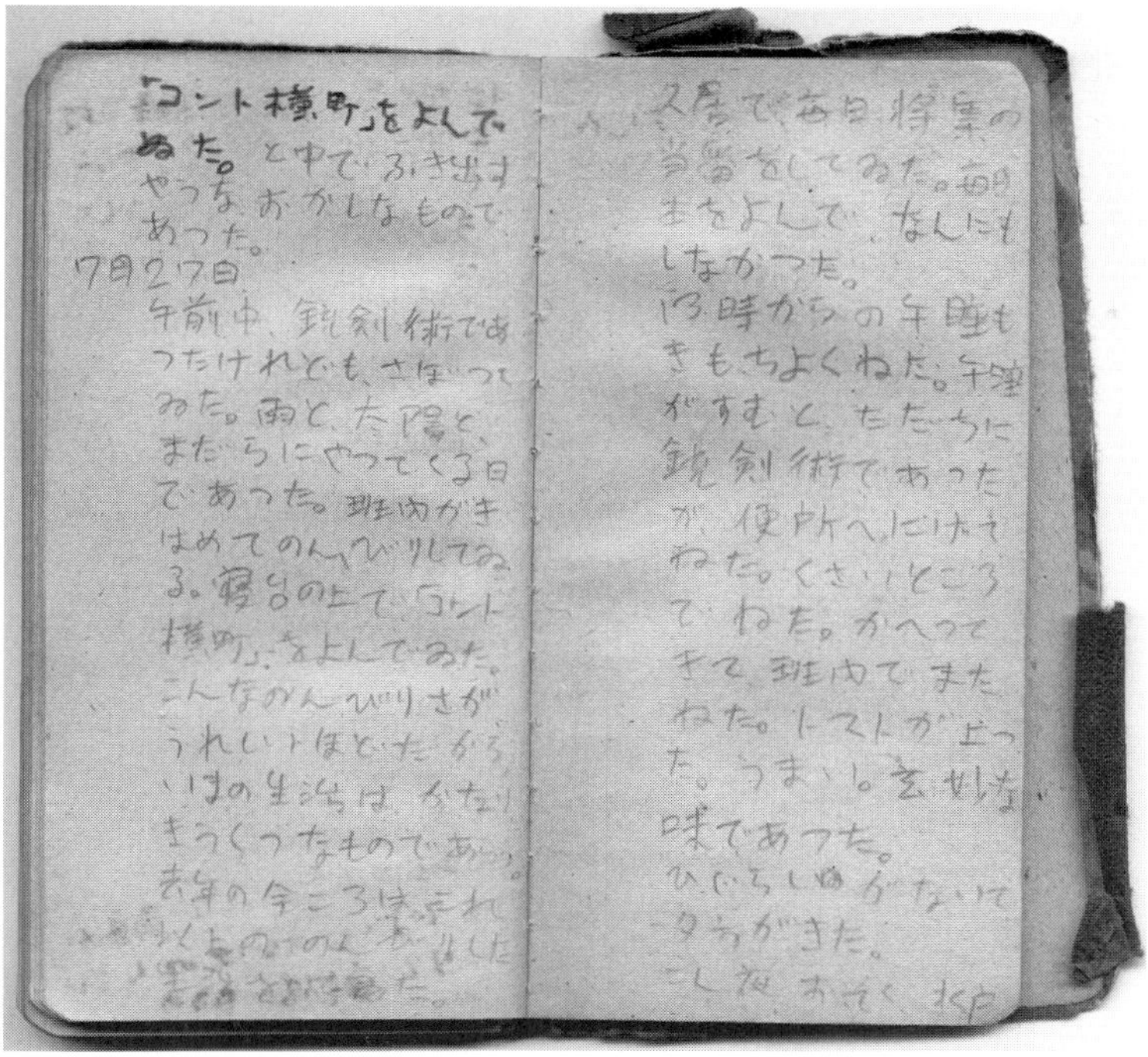
「コント横町」をよんで
ゐた。と中でふき出す
やうなおかしなもので
あつた。
7月27日
午前中、銃剣術であ
つたけれども、さぼつて
ゐた。雨と、太陽と、
まだらにやつてくる日
であつた。班内がき
はめてのんびりしてゐ
る。寝台の上で「コント
横町」をよんでゐた。
こんなのんびりさが
うれしいほどだから
いまの生活は、かなり
きうくつなものであつ。
去年の今ごろは忘れ
[illegible]
[illegible]

久居で毎日将集の
当番をしてゐた。毎
日をよんで、なんにも
しなかつた。
13時からの午睡も
きもちよくねた。午睡
がすむと、ただちに
銃剣術であつた
が、便所へにげて
ねた。くさいところ
でねた。かへつて
きて、班内でまた
ねた。トマトが上つ
た。うまい。玄妙な
味であつた。
ひだらしいのがないで
タ方がきた。
こん夜おそく [illegible]

へ行つた連中が帰
つてきて、班内はま
たうるさくなる。

Simodal	5.10	6.04	6.35	7.56		8.31	9.50	11.50	13.40	16.22	18.45	20.10		
Siwagai	6.00		7.29	8.29				11.46	14.89	16.39	19.18	20.38		
Siwajai	5.00	6.04		8.31		9.50	11.50	13.40	16.56	19.20	21.03			
Sodo	5.05	6.12		8.37		9.15	12.00	14.49	17.03	18.26	21.19			
Tmite	6.38	7.41		7.49	12.57		16.34	19.55	20.49	21.08				
To					14.30	16.00	17.20	19.30						
So	2.20	8.15	10.40		11.50	17.01	19.04	20.08		21.14	22.16			
Si:3	6.32	8.53	10.56		16.13	12.05	17.27	19.11	20.38	21.43	22.23			
Sij	6.39	9.05	11.03		12.07	16.41	17.29	19.19		21.01				
	3.42	9.13	11.30	12.29	12.42	17.51	18.04	20.04						
	7.13	9.57												

3×30 Time Table Down

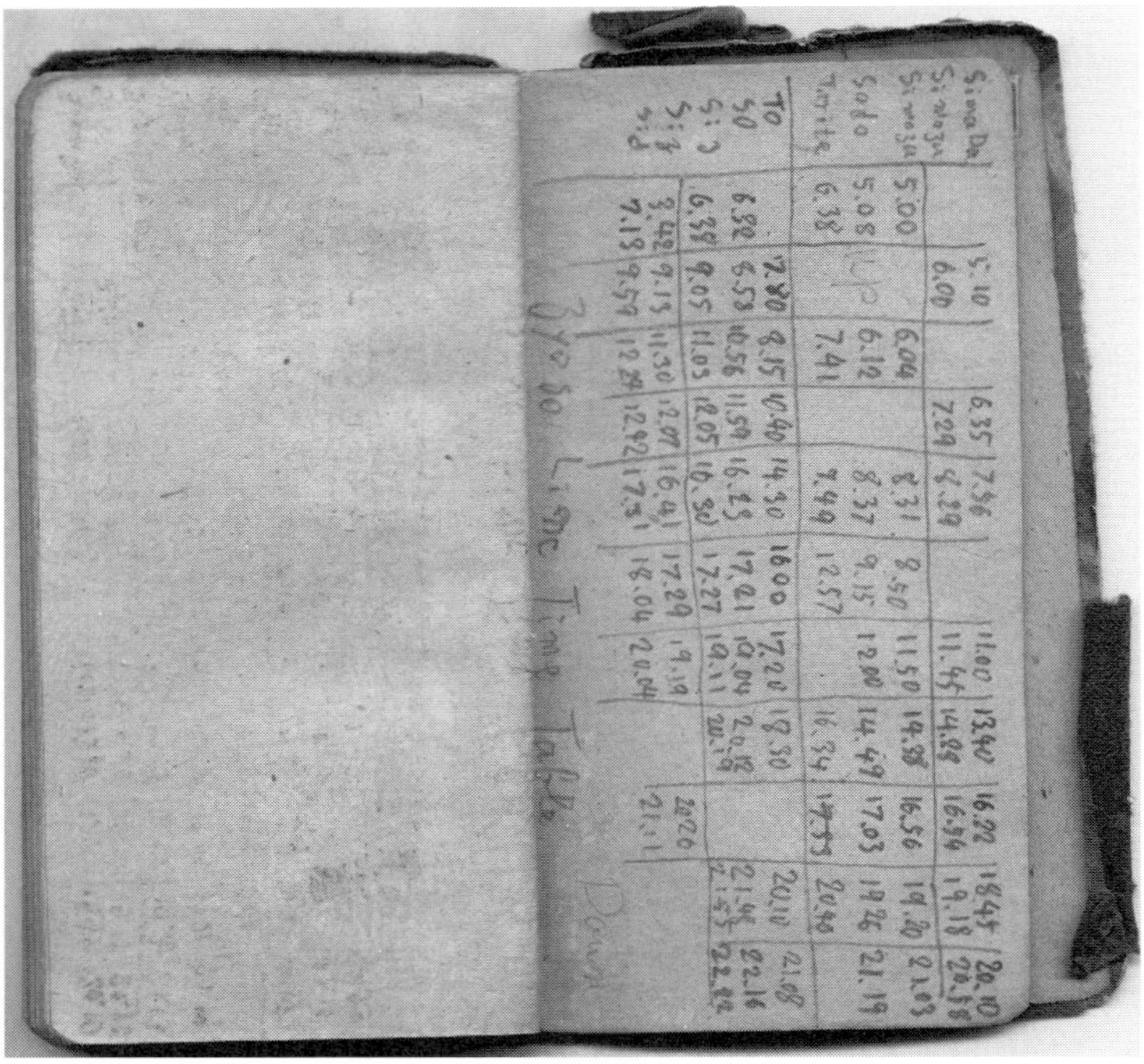

筑波日記　一

冬から春へ

（一九四四年一月一日——四月二十八日）

コノ　マズシイ記録ヲ
ワガ　ヤサシキ姉ニ
オクル

KOZO

コノ日記ハ、（昭和）十九年ノ元旦カラハジマル。シカシナガラ、ボクガコノ筑波ヘキタノハ、十八年ノ九月二十日デアッタカラ、約三月ノ記録ガヌケテイルワケデアル。コノ三月ガヌケテイルト云ウコトハ、ドウモ映画ヲ途中カラ見ルヨウデ、タヨリナイ気モスル。ト云ッテ、今サラ、ソノ日々ノコトヲカクコトモデキナイ。ザットカク。

九月十九日、夕方土浦ハ雨デアッタ。北条ノ伊勢屋旅館ヘトマッタ。トオイトコロヘキタト思ッタ。

二十日ノ朝コノ部隊ヘキタ。兵舎ガ建ッテイルダケデ、ナンニモナカッタ。毎日、一一七（部隊）ノ飛行キガトンデイタ。毎日、イロンナ設備ガ出来テ行ッタ。

三中隊ヘカワッタケレドモ、一週間デ二中隊ヘモドッタ。毎日、演習デアッタ。一月ホドタツト、重キカン銃ヘマワッタ。分解ハン送デ閉ロシタ。

西風ガ吹キハジメテ、冬デアッタ。

敏之助応召ノ電報ガキタ。三泊モラッテ帰ッタ。十一月二十八日。土屋、中井、野村ガ、ソノトキ明日ノ入隊ヲヒカエテイタ。マッタク、イイ具合ニ会エタ。野村ヲ送ッタ。東京ノ大岩照世ノ家ニヨッタ。久シブリノ東京デアッタ。

筑波山腹デ二泊ノ天幕露営ガアッタ。ボクハ炊事ニマワッタ。

水戸ヘ、三日ツヅケテ、射撃ニ行ッタ。夜オソク帰ッテ、朝二時ニオキテ、又出カケルノデアッタ。二時間ホドシカネムレナイノデアッタ。下旬ニナルト、富士ノ滝ヶ原ヘ廠営ニデカケタ。学校ヘ行ッテイルコロ、二度キタコトノアルトコロデアル。一週間富士山ヲミテクラシタ。十八年ガ、オワッタ。

一月一日

拝賀式デ外出ガヒルカラニナッタ。大谷ト亀山ト三人デ吉沼へ行ッタ。十一屋デテンプラトスキヤキヲ喰ッタ。タカイノデ、ビックリシタ。

一月二日

谷田ト二人デ外出シタ。チョウド営門前ニバスガイタノデ、乗ッタラスグ出タ。吉沼デ、時計ノガラスヲ入レタ。十一屋デシバラク火ニアタッテ、宗道マデアルイタ。ウドンヲ喰ッタ。牛肉ヲ一円七十五銭買ッテ、山中サンへ行ッタ。イモト、モチヲゴチソウシテクレタ。牛肉ヲタイテモラッタ。

一四・四〇ノバスデ吉沼へカエッタ。十一屋デウドントメシヲ喰ッタ。夜、エンゲイ会ガアッタ。

一月三日

谷田ト亀山ト三人デ外出シタ。途中デバスニノッタ。下妻カラ汽車デ宗道へマワッテ一日ニカエッタヨウニシテカエッタ。

夜マタエンゲイ会ガアッタ。

一月四日

勅諭奉読式。

ヒルカラ銃剣術。

一月五日

休ミデアッタケレドモ外出シナカッタ。ヒルカラ、寝タ。外出（者）ガ帰ッテキテモマダ寝テイタ。夜、雪ニナッタ。小便ヲシニ起キタラ、ヤンデ星ガデテイタ。

一月六日

雪ハ、ホンノスコシシカツモッテイナカッタ。スグニ、サラサラトトケテシマッタ。午前中銃剣術。ヒルカラ、小隊教練。

消燈前
吸ガラヲステニユクト
白イ月ノ夜ガアッタ
ストーブノ煙ノ影ガ
地面ノ上ニチギレテイタ
消エノコッタタバコガ
黒イ吸ガラ入レノ中デ
魚ノヨウニ赤ク
イキヲシテイタ

一月七日

朝カラ、演習デアッタ。
泥路ニ伏セシテ
防毒面カラ
梢ノ日当リヲ見テイタ
ア　雀が一羽トビタッタ。
弾甲ヲモッテ、トコトコ走ッテイタ。
ヒルノカレーライスガウマカッタ。
ヒルカラモマタ、演習デアッタ。
枯草ノ上ニネテ
タバコノ烟ヲ空ヘフカシテイタ
コノ青空ノヨウニ
自由デアリタイ
ハラガヘッタニモカカワラズ、夕食ハ、少ナカッタ。アシタハ、外出ヲシテ、ウント喰ワシテヤルカラナト、腹ヲ、ナグサメタ。

一月八日

陸軍始メデ、午前中、閲兵分列デアッタ。外出ハ十四時コロカラデアッタ。亀山ト一緒ニ出タ。亀山ハ、ナカナカ、アホデアル。コンナアホモメズラシイ。ソノアホサニ腹ヲタテルコトモアルケレドモ、カシコイヤツヨリ何倍カヨイ。

土屋陽一カラハガキガキテイタ。

一月九日

午前中、中村班長ノ学科。

午後。内務実施。

急ニカワッテ、明日、エイ兵ニツクコトニナッタ。ココヘキテノ、ハジメテノエイ兵デアル。

兵キノ手入ガ悪イトテ、夜オソクマデ手入サセラレル。加藤上等兵ガ手伝ッテクレテ、大部分ヤッテクレタ。

一月十日

弾薬庫ノ歩哨デアッタ。

司令　五味伍長。

月　満月。

夜ニ入リテ寒サ加ワル。

一月十一日

エイ兵下番シテ、寝レルカト思ッテイタラ、ヒルカラ中隊ノ兵器ケンサデ大サワギ。ソシテ又、アシタ部隊ノ兵器ケンサナノデ、二十三時コロマデ兵器ノ手入。

一月十二日

オマケニ、朝ハ五時半起床。
午前中、兵器ケンサ。
ヒルカラ、カケアシデ、吉沼ヘ行キ、小学校デ体操。

一月十三日

特火点攻撃ノ学科ノート。
　火エン放射キ。
午後　衛生講話。
　健兵対策　甲乙丙丁。
姉ト、竹内伍長ト、中村百松先生トカラ、ハガキガキタ。

一月十四日

点呼ガスムト、スグト体操デアッタ。腹ヲヘラシテ帰ッテキタラ、飯ハスクナカッタ。
午前中、特火点攻撃ノ学科デ、ヒルカラ、ソノ演習デアッタ。
ポカポカト、暖カク、気分ガナカナカヨロシカッタ。

今、風呂カラ上ッテキタトコロ。

モノヲ書クヒマガ、イマアルノダケレド、ドウモ書クコトガナイ。書キタイコトガドツサリアルヨウナ気ガスル時ニハ、ヒマガナイ。

松元書店カラ、ハガキガキタ。

ヒルメシノオカズ。

　牛肉、コンブ、ニンジン、ゴボウノ五目メシ。

　ホウレン草ノスマシ。

バンメシ。

牛肉ノアゲモノ
サツマイモノアゲモノ　｝少量
ツマラヌコトヲ、書キハジメタ。

ゼンザイモ、上ルラシイ。

タバコト菓子モ上ルラシイ。

キョウハ、喰ウコトバカリ書イタ。マダ、ヒマガアル。モット書コウ。

コノゴロ、小便ガチカクナッテ、ヨク、チビル。

今、相撲ノラジオガカカッテイル。

軍歌演習ガハジマッタ。ソレガスムト、ゼンザイガ上リ、マンジュトホマレガ上ッタ。

星ガ

コーラスヲシナガラ
十九夜月ヲ俟ッテイル
水道ヲモル水ノ　ピチカット
ネナガラ、杉原上等兵トハナシヲシテイルト、竹口兵長ニ起コサレタ。
中村班長ノ床ガマダトッテナカッタノデアッタ。大谷モ起コサレテ、二人デトリニイッタ。ソレガスムト、
二年兵ヲ全員起コセトナリ、全部起キテ説教トナリ、コレカラ、内務ヲモットシメルト云ウコトニナリ、ソ
ノ具体的ナ方針ヲ述ベタ。

一月十五日

行軍デアッタ。蚕飼（コガイ）村カラ、状況ガハジマッタ。
雲ガ空一杯ニ重ナッテイテ
骨ダケノ桑畑ガアッテ
土ダケノ畑ガアッテ
枝ダケノ林ガアッテ
水ノナイ川ガアッテ
エッチングノヨウニ
寒イ景色ノ中デ
状況ガハジマッテ

ボクハ　弾甲ヲカツイデ
トツト　トツト　ト
石下ニムカツテ　トン走シタ
石下デ二時間、休止ガアツタ。
帰リ、吉沼デ休ケイシタ。ソノトキモラツタイモガウマカツタ。
イソガシクテ、ドモナラヌ。マルデ初年兵ト同ジデアル。
サツマイモホドウマイモノハナイトマデハ云ワナイケレドモ、コレハ、ナカナカステガタイ味ヲモツテイル。下手ナ菓子ヨリハ、ハルカニウマイ。

一月十六日

午前中、特火点攻撃。
コレマタ、ヒドイ風デアツタ。
ソシテマタ、ソノ寒サタラナカツタ。干シテオイタジバンガ、凍ツテイタ。
ヒルカラハ、学科デアツタ。
夜、マンジユガ上ツタ。
チカゴロ、班内ガヤカマシイ。オチツイテタバコモスエナイホドデアル。閉口スル。
二ツノマンジユヲ喰ツテシマウト、云ウニ云ワレナイ淋シサガヤツテキタ。

一月十七日

午前中ハ、兵器ノ学科デアッタ。

ヒルメシノトキ、ラジオガ、シュトラウスノコウモリヲ鳴ラシテイタ。音楽ナド、コンナトコロデ聴イテモ、一寸モオモシロクナイ。

寝ナガラ書イテイル。モウスグ消燈ニナルデアロウ。ヒルカラハ、ゴタゴタシテイタラ、オワッタ。

気ニナッテイタ明後日ノ内務検査ガエンキトナッテ、スットシタ。

一月十八日

毛布ヲヒックリカエシテ、大掃除デアッタ。掃除ト云ウヤツハ、ドウモ好カヌ。ヒルカラ、中隊ノ内務検査デアッタ。聯隊ノ検査ガエンキニナッテモ、コレデハ同ジコトデアル。

中井利亮カラハガキ。

佐藤岳カラテガミ。

利亮ニアイタイ。

一月十九日

ナイト思ッテイタ外出ガアッタノデ、思ワヌモウケモノデアッタ。

杉原上等兵ト亀山ト大谷ノ四人デ、デカケタ。下妻マデノバスハ、モノスゴク満員デアッタ。コンナニ満員ノバスニノルノハ、ハジメテデアル。自分ノ足ヲ失イソウデアッタ。下妻カラスグ汽車デ大宝ヘ行キ、大宝デ米ヲ一升買ッタ。ソノ米ノキレイナコト。生レテハジメテ見ル気ガシタ。ソレヲタイテモラッテ、ヒルメシニシタ。アンミツト、クズモチナド喰ッテ、イイカゲン腹モフクレタ。

駅前デミカンヲ買ッタ。三十センデ五ツデ、高スギテスマヌスマヌト云イナガラ一ツマケテクレタ。ミカンヲ食ベナガラ下妻マデ歩イタ。

十一屋デゴチソウニナッタ。ソノゴチソウノデキルノガオソクテ、カケアシデ帰ラネバナラヌコトニナッタ。

夜、演芸会デ、喜多兵長ガ、トロイメライヲハモニカデ上手ニ吹イタ。

一月二十日

朝、カケアシデ吉沼マデ行ッタ。

ヒルカラ、朝香宮殿下ガコラレタ。

田中准尉ニ呼バレタ。砂盤戦術ノ、駒ヲツクル用ヲオオセツカッタ。原紙ノウラオモテニ、赤ト青ヲヌル仕事ダケデオワッタ。

一月二十一日

キノウノツヅキノ駒ツクリデアッタ。

ヒルカラハ、兵器ケンサノ準備ヤラナンヤラデアッタ。

三島少尉ニ呼バレテ、ユクト、コナイダノ演芸会デ発表シタ「空の神兵」ノカエウタハ、神兵ヲブジョクシタモノデアルカラ、今後ウタウベカラズ、作ルベカラズト。

一月二十二日

西部一一六部隊長ノ兵器ケンサデ、テンテコマイデアッタ。親類ノ倉ヲノゾキニキタヨウナアンバイデアル。十五時カラ落下傘ノ学科。

コレダケノートシタラ、田中准尉ニ呼バレタ。

仕事ガハカドッテイナイノデ叱ラレルカト思ッテイタガ、叱ラレナカッタ。

竹内吾郎カラ、久シブリデタヨリガアッタ。南カラデアッタ。ボクモ、南へユキタイ。南海派遣沼八九二五部隊太田垣隊

一月二十三日

朝カラ、事務室デ、駒ツクリデアッタ。コレハ又、気楽ナ仕事デアル。ミンナ演習デ、ハアハア云ッテイルノニ、スマナイミタイデアル。

ヒルカラモ、デアッタ。

岡安カラ、イモノ切干ト餅トタバコヲドッサリ送ッテキタ。

ビーズ玉ヲ糸ニトオシテ、ソレガ鉄条網デアッタ。作レトモ云ワナカッタケレド、紙ノ家モ作ッタ。紙ノトーチカモ作ッタ。紙ノ川モ作ッタ。

一月二十四日

朝カラ、ビーズ玉ツナギデアッタ。

下士官室デ餅ヲヤカシテモラッタ。

諸モ餅モナクナッタ。アッケナイモノデアル。ジブンノ喰ッタノハ、ソノ五分ノ一ホドデアッタデアロウカ。

ヒルカラハ、演習ニ出タ。寒クテ、体ガフルエタ。カゼヲ少シヒイテイル。

◎谷田孫平ノデッサン

ホコリヲドウシテ、ヌグオウトモシナイノカ。ソノキタナイ眼鏡ノ中ニアル眼ガヨロシイ。ジツニシズカナ眼ダ。コノ眼ハウソヲ云ワナイ。ケンカモデキナイ。

ムカシ、能面師デアッタト云ウ。ソノ次ハ医者デアッタト云ウ。今ハ、百姓デ、孫平ハ農学校ヲ出タ。アシタハ、二十七日カラノ廠営ノ軍装ケンサデ、夜ハソノ準備デアッタ。ナンノ検査デモ、ケンサハ、ドウモ好カヌ。

一月二十五日

トナリノ杉原上等兵ガ、先発デ四時コロ起キテ出カケテ行ッタニモカカワラズ、ボクガ、大キナ顔デ寝テイテ、ナンノ手伝モシテヤラナカッタト云ウノデ、竹口兵長ト佐竹上等兵ガ、アサッパラカラオコッテイタ。

十七日ノ会報デ、航空兵器ノ発明ヲ募集シテイタ。ソノ案ガナイデモナイヨウニ中村班長ニ云ッテオイタノヲ、今日、松岡中尉ニ云イニユキ、正式ニ発表スルコトニナッタ。イザソウ云ウコトニナルト、急ニ自信ガナクナッタ。一口ニ云エバ、空中写真ニ、ズームレンズヲ付ケルト云ウコトデ、コレ位ノコトハ、トックニ人ガ考エテイルニチガイナイシ、ソレヲヤラナイトコロヲミルト、ヤル必要ガナイカ、ヤレナイカラデアロウケレドモ、モッタイブッタ風デ、ソノ原稿書キニ午前中ヲツイヤシテ、演習ヲノガレタ。ワカリキッタコトヲ、クダクダ書イテ原稿ニシタ。

ヒルカラハ、軍装ケンサノ準備デ、十五時カラケンサ。ソレガスムト、松岡中尉ニ呼バレテ、ソノ原稿ヲ浄書シテ呈出ト云ウコトニナッタ。トンデモナイ恥ヲカカネバヨイガ。

明日ハ、水曜日デ外出ガアルノダケレドモ、ボクハ出ラレナイ。正月以来、一日シカ欠カシテイナイカラデアル。明日ハゼヒトモ十一屋デ餅デモヨバレヨウト考エテイタガ、コレモヤムヲエヌ。

一月二十六日

伊丹万作氏カラ、ヒサシブリデ、ハガキガキタ。
山口県大島郡白木村西方　服部方
メズラシク雨デアッタが、スグヤンデ、青空ニナッタ。中村班長ガ外出ノ出ガケニ頭ヲ刈ッテクレト云イ、刈ッタコトガアルカト云ウ。刈ッタコトハナイケレドモ、アルト云ッテ刈ッテヤッタ。云ワナカッタケレドモ、顔ヲシカメテイタカラ、大分痛カッタノデアロウ。餅ヲ一ツクレタ。
ヒルメシハ、ウゴケナイホド喰ッタ。ソノ上、飯盒デオジヤヲツクッタ。

一月二十七日

○時半起床。
星ノ下、北条駅ニムカッタ。

五時コロ乗車。車中、ポソニイノ『今日の戦争』ヲ読ム。

十四時コロ高崎着。相馬ヶ原ノ廠舎マデ、分解ハン走デ、三里。汗ビッショリ、風呂ニ入リ、ゼンザイヲ喰ッテ、寝タ。

一月二十八日

朝モ、ヒルモ、夜モ、演習。

キカン銃ノ銃身ヲ背オッテ坂ヲ行クトキ、十字架ヲ負ッタキリストヲ考エタ。

一月二十九日

朝モ、ヒルモ、夜モ、演習。

仕事ガ時間ヲ追ッテクル。

夜、肥料クサイ畑ノ中ヲハイナガラ、キカン銃ヲヒキズッテイタラ、ウシロノ方デ、見事ナ火事ガハジマッタ。ヒサシブリデミル火事デアル。

オルゴールヲ（二字不明）マキシタラ、コンナコトニナルノデハナイカト思ウヨウニ、方々カラ、カンコン、カンコン鐘ガナリダシ、アビキョウカンガ、カスカニキコエタ。

寝タノハ二十三時。

一月三十日

オキタノガ二時。

レイ明攻撃デアッタ。

ハゲ山ノ腹ニ寝コロガッテイタ。コンナ寒サハ、ハジメテノ経験デアル。土ニ顔ヲアテテ、ヒウヒウ泣イテイタ。

朝ノ演習デ対抗軍ニナッタラ、イネムリバカリシテイタ。ヒルカラ一時間半ホドヒルネガアッテ、マタ演習デアッタ。

点呼ガ早カッタノデ、二十時ニハモウ寝テイタ。

一月三十一日

朝ハ、特火点ノ中デ対抗軍ヲシタ。銃眼カラ妙義山ヲミテイルト、状況ガハジマリ、火エン発射器ノ火ガトンデキタ。

ヒルカラハ、兵器ケンサデ、夜ハマタ夜間演習デアッタ。風ガ出テキタ。ハルナ山カラ、砂ヤラ雪ヤラ吹キツケテキタ。

二月一日

朝ハ、演習デアッタ。

ヒルカラハ、帰ル準備。

夜ハ早クネタ。

二十三時三十分ニオキタ。

二月二日

○時四十分ニ出発シタ。
ネムリコンダ村ヲ歩イタ。

夜フケ、フトンノ中デフト眼ガサメテ、オヤ、イマゴロ兵隊が歩イテユク、サムイコトダロウト、寝ガエリヲウツト云ウ身分ニナリタイモノダト考エテイタ。

五時ゴロ乗車。車中、寝テイタ。

筑波ハ、ウント暖イ。

一一七部隊ノグライダーガ空中分解シテ、田ニオチテ、六人ノ兵隊ガ命ヲナクシタト云ウ。地中へ一米モ入リコンデタト云ウ。

（注　竹内のいた滑空機搭乗部隊が東部一一六部隊、滑空機操縦部隊が東部一一七部隊と呼ばれていた。）

二月三日

朝ハ、兵キノ手入デアッタ。中村班長ニ呼バレテ、妹サンへノ手紙ヲ書イテクレトタノマレタ。書イタ。

ウマク書ケタノデ気持ガヨカッタ。

ヒルカラ兵キケンサデアッタ。

三島少尉ニ呼バレタ。航空兵キノ原案ヲ文章ニシテクレトノ注文デアッタ。

ソノ発明ト云ウノハナカナカ面白イ。ツマリ、飛行キノウシロニ飛行キト同ジ電波感度ヲモツ金属片ヲイクツモブラサゲテ、電波感知器デケイカイスル敵ヲダマスト云ウ。

シカシナガラ、電波感知器ガ飛行キノ数マデ感知スルホドノ精度ヲ、モツカドウカ。

夜、軍歌演習。

アシタハ、キノウノ休ミノ代休デ外出ガデキル。

二月四日

バスデ下妻ヘ、マズ行ク。

谷田ト亀山ト清原ト西村トデ、ツガ屋ト云ウ料理屋ヘ上リコム。フライト、スキヤキト、スダコト、茶ワンムシヲタベタ。スシヲ、タベタ。マンジュ屋デマンジュヲタベタ。

『雨ニモマケズ』ト云ウ、宮沢賢治ノ伝記ト、高見順ノ『文芸雑感』ヲ買ウ。前者ニ読ミフケル。

頭ヲ刈ッタ。スシヲ喰ッタ。ビフテキ、メンチボール、ウドンヲ喰ッタ。イツモノコースドオリ汽車デ宗道ヘ行キ、宗道カラ、バスデ吉沼ヘ行ッタ。十一屋サンデ餅ノゴチソウニナッタ。

二冊ノ本ヲ十一屋サンヘアズケタ。『雨ニモマケズ』ハ三分ノ二ホド読ンダ。宮沢賢治ヲ、ココロカラウラヤマシクオモッタ。

雨ガフッテ、アッタカイ日デアッタ。

ボクハ、コノ日記ヲ大事ニショウト云ウ気ガマスマス強クナッテキタ。コノ日記ヲツケルタメニダケデ、カナリ大キナ支障ガ日日ノツトメノ上ニキタス。ソレホドヒマガナイ。シカシ、コノ日記ハオロソカニハスマイ。

下妻ノ町ヲ、ボクハ好キダ。タベモノガドツサリアル。火見櫓ヤ、ポストヤ、停車場ガ気ニ入ッタ。コノ町ノ女学校ノ先生ニデモナロウカト、本気デナンドモ考エタ。

ガタガタノバスヤ、ゴトゴトノ軽便汽車ガ好キダ。軽便汽車ノ中ノ、ランプヤオ婆サンノ顔ヲ好キダ。女学校ノ校庭ノポプラヲ好キダ。筑波山ヲカスメル白イ雲ヲ好キダ。

杉原上等兵ニ、カツレツヲ土産ニ持ッテ帰ッタ。コノ人ハ、ボクノトナリニイル人デ、夜寝ルト、タイテイ、ハナシヲシダス。

書キワスレタケレドモ、今朝ハメズラシク朝風呂ガ立ッタ。春雨ノヨウニアタタカイ小雨ノフル朝ヲ、手ヌグイヲサゲテ風呂カラ出テクルキモチハ、イヤナモノデハナイ。

夜ハ軍歌演習。

二月五日

三島少尉ニタノマレタ発明ノ浄書ヲヤッテイナカッタノデ、気ニシテイタラ、ハタシテ呼バレタ。行クト、ソノコトハ何モ云ワズ、ウレシソウニ又チガッタ発明案ヲ話シ、文ニシテクレトタノンダ。

敵中ニ発火剤ヲ塗ッタネズミヲ落下傘デバラマク。

爆弾ノ中ニ鉤ヲシカケテ人ヲキズツケル。

空中戦ニ反射鏡ヲ用イテ、敵機ノ眼ヲクラマス。

爆弾ヲツケタ犬ヲ敵中ニバラマク。

ト云ッタ風ナ、タノシイ発明デアッタ。

ソレヲボクガ文章ニナオスワケデアッタ。恐水病ノ犬ヲ、バラマクコトヤ、ハブヤコブラヤサソリヤ蜂ヲモバラマクト云ウ、ボクノ案モ加エテ、堂々タル一文ヲ作製シタモノデアッタ。

一日、フッタリヤンダリデアッタ。作業衣トジバンヲ洗濯シタラ、ドウ云ウモノカ、カエッテキタナクナリ、方々乾カシマワッテイルウチニドロダラケニナッタ。シナケレバヨカッタ。

ドウ云ウワケカ、今日ハ気持ガハレバレセヌ。宮沢賢治ヲキノウ読ンダタメカ。

喰ウコトダケガタノシミトハ、ナサケナイ。外出シテモ、食ベルコトダケニ専念スル。

好キナコトヲ、好キナヨウニシヤベレル相手ト、時間ガホシイ。

夜ハ軍歌演習。マイバンデアル。大隊長ノ作ッタ滑空部隊ノ歌ノケイコデアル。コノ歌ハナカナカ上手ニ作ッテアル。部隊歌ノ形ニオサマッテ、オモシロミハスコシモナイケレドモ、ヨク作ッテアルト思ウ。ボクニハ作レナイ。

二月六日

朝ベンジョデ、フイタ紙ニ、アザヤカナ赤イ血ノ色ガベッタリトツイテイタノデ、ビックリシタ。フイテモ、フイテモキレイナ血ガ流レデテ、クソツボハ、旗行列ノヨウニナリ、ソノ上ニナオ、ポタリポタリト血ガオチタ。カタズヲノンデソレヲ見テイタ。

ソコノトコロガ、ジクジク痛ンデキタノデ、中村班長ニ銃剣術ヲ休マセテクレト云イニユクト、照準環ノ図ヲ書ク用ヲ云ワレ、ソレヲ下士官室デシタ。

ヒルカラハ、演習ニ出タ。特火点攻撃デアッタ。コレハマタ、面白クナイ演習デアル。コノヤリ方デ、ホントニ、トーチカヲ攻撃シタラ、九十五%ホドハ、ヤラレルニチガイナイ。

二月七日

便所デ、ベツニナントモナカッタ。サワグホドノコトモナイ。

朝モ、ヒルモ、特火点ノ攻撃デアッタ。飛行場カラ、吹イテクル砂ボコリガ、チョウドソコへ溜ル具合ニナッテイテ、鼻ノ穴モ、銃ノ穴モホコリダラケニナッタ。

夜、竹口兵長ト、高木一等兵ガケンカヲシタ。両方トモ三年兵デアル。高木一等兵ガマケタ。気ノ毒デナラナカッタ。

二月八日

大詔奉読式ガアッタ。

ヒルカラ、中隊当番ニツイタ。

モノスゴイ風デアッタ。掃除ヲシテモシテモ、砂ボコリガ床ニツモッタ。

人間ノ幸不幸ハ、スベテ、ソノ想像力カラハジマル。

二月九日

小便ガシタクナッテキタナト思ッテイルト、不寝番ガ起コシニキタ。五時半デアッタ。ケサハ、カクベツ冷エル。マイナス五度。

外出モデキズ、事務室デ、タバコヲフカシテイタ。ヒルハ、パンデアッタ。ストーブデ焼イテタベタ。小学校ノ先生ノヨウダ。

ヒルカラ居残リノモノハ、一一七ヘ映画ヲ見ニ行ッタ。「海軍」。見タクテタマラナカッタガ、シカタナイ。

二十日頃初年兵ガ入ッテクルト云ウガ、コレガ本当ナラ、アリガタイ。ソウデナケレバカナワナイ。

夕方、中村班長ト将棋ヲシテ、マケタ。

下手ナハーモニカガ「勘太郎さん」ヲナラシテイタ。

外出者ガ帰ッテキタ。

電気ガツイタ。カーテンヲ閉メタ。日ガクレタ。

当番勤務ナンカデネェ

夜寝ル時間ノ少ナイ日ガツヅクコトガアルンダヨ

ソンナトキニハネェ

ボクハネェ

イツモ

ナポレオンハネェ　タッタ四時間シカネムラナカッタコトヲオモウンダョ

シカシネェ

ヤッパリ
朝ナンカ　トッテモネムクテ
ヤリキレナイヨ

二月十日

冷タイ手ガ、白イ息ヲフウフウ浴ビテ、石炭ノ山デ石炭ヒロッテ、炭バケツヘホリコンデイタ。

冷タイ手ガ、防火用水ノ氷ヲワッテ、バケツニ水ヲクンデイタ。

高木一等兵ガ、コナイダノケンカデ足ヲ痛メ、ミンナ演習ニ出テ、ダレモイナイ班内デヒトリ寝テイタ。ケンカシテ、バチガアタッタト云ッテイタ。気ノ毒デナントカナグサメテヤロウト思ッタケレドモ、コトバガナイノデ、ソノ横ニ寝テ、モウジキ春ヤ、ト云ッタ。

X線撮影ト血沈検査ガアッタ。ボクノ静脈ハ細イノデ、イツモ血沈ニハ難ギスル。ピストンノ中ヘ空気バカリジュクジュク、入ッテ、血ハ一向ニ入ラナイ。二度サシナオシタ。ソレホドイタイワケデハナカッタケレドモ、ボクハ悲壮ナオモモチデアッタ。コレヲスルタビニ、姉ノ静脈モホソカッタト云ウコトヲ想イダス。遺伝デアロウ。

夜、中村斑長ガ餅ヲクレタ。

二月十一日

キョウノ佳キ日ハ、紀元節。

寒イ風ガ吹イテイルノニ、ミンナ、飛行場へ。式ニ、ナランデイル。

ガラントシタ事務室デ、ストーブヲガンガンタイテ、「光」ヲスパスパヤラカシテイル。

営外者ダケガ買エル「光」ヲ、ソノ物品販売所へモッテユク通報ノ二個ヲ三個ト書キナオシテ、買ッタモノデアル。コノ手ヲ用イルト、タバコノ不自由ハナイ。

コノ週ノウチニ、三年兵ハ満期スルト云ウデマガトンダ。ココデハ、火ノナイトコロカラ、ヨク、烟ガハデニアガルカラ、コレモ、アテニハデキナイケレドモ、モシモノ場合、モシモ、モシ、ソレガ本当ナラ、メデタイ。

ストーブノフタヲアケテ、ソノ前へシャガンデ、タバコヲスイナガラ、火ヲジット見テイルノガ、スキダ。

式ガスムト、風呂ガ立ッタ。

マンジュトヨウカント、酒トスルメトカズノコガ上ッタ。

ミンナ外出シテシマッテ、事務室ハ閑散トナッタ。ヒルメシヲ食ベテカラ風呂へ行ッタ。

ヒサシブリデ石鹼ヲ使ッタリナドシタ。

帰ッテクルト、二班デ居残リ連ガ酒ヲ飲ンデサワイデイタ。ソノ中へ呼ビコマレテ、調子ヅイテ、ガブガブ飲ンデ、事務室へキテ、ストーブニアタッタラ、タチマチ、マワッテキタ。ネムトウナッテ、六尺イスノ上ニ横ニナッタラ、ウトウト眠ッテシマッタ。「アキレタヤツヤ」ソンナコトヲ誰カ云ッテイタヨウデアッタ。ゾクゾク寒気ガシテキタ。

十六時デアッタ。ストーブニアタッテイテモ、体ガフルエタ。オ湯ヲナンバイモ、ノンダ。スルメヲヤイタリ、餅ヲヤイタリ、食ベテバカリイタ。夕食ハ、サメノオカズデ大シテウマクナイケレドモ、ドッサリ食ベタ。サメノオカズガヨクツク。魚ノ中デ、サメホドマズイモノハナイ。

金魚ト眼鏡ト風琴ト
椎ノ実
コトバガ　コトバガネェ
眼鏡ノ
森ノ
コトバガネェ
ボクノロカラ　出テコナイ

二月十二日

全員五時半起床ダカラ、コチラハスクナクトモ五時ニハ起キナケレバナラナカッタ。ソンナニ早ク起キテ、一体ナニヲスルノカト思ッタラ、大掃除デアッタ。当番ノ交替マデシテ、午前中体力検査デアッタ。

百米　十六秒
懸垂　三回
千五百米　八分三十二秒
巾トビ　三・三米

『座右銘三百六十五撰』ノ中ニ「百発百中ノ砲、能ク、百発一中ノ敵砲百門ニ抗ス」ト云ウヨウナノガアル。読ンダトキ、コレハ算術カト思ッタ。$\frac{100}{100}\times 1 = \frac{1}{100}\times 100$

近頃、ドコカラモ、トント、タヨリガナイ。

ゴクローサント云ウコトバハ、人ノ気持ヲ温メル。軍隊デハ、トクニ必要ダ。

二月十三日

マッチヲ使ウヨウニ、当番ヲ、カンタンニ使ウ。

大隊ノ内務検査。

二日目カ三日目ニ上ル二ツノ饅頭ガ、重大ナ意義ヲモツ。

二月十四日

飛行場ノ赤イ旗ガ、風ヲ待ッテイタ。

二月十五日

中隊当番下番。

センタクヲシテイタラ、雲ガ白イ粉ヲマイテヨコシタ。

風呂カラ出テキタラ、吹雪ニナッテイタ。

野村カラハガキ。

二月十六日

マダクライウチニ、ラッパガ鳴ッタ。
空襲警報ノラッパデアッタ。
アスピリンデ真白ナ飛行場ヲ
分解ハン送デヨコギリ
池ノソバニ銃ヲスエタ。
池カラ乳ノヨウニ湯気ガ立チノボッテイタ。
足ガ冷タイノデ足踏ミシタ。
ヤガテ、モモ色ノ朝ニナッタ。
ソレデ外出ガオクレタ。大キナパンヲモラッテ、亀山ト出カケタ。
十一屋サンデエンピツトナイフヲ買ッタ。バスニノッタ。
四ツ角ノトコロデ、サーカスノジンタガ聞コエタ。
雪晴レノ畑ハ、ススキワラガモエ上リソウニ暖カイ。
オジイサントオバアサント子供ガバスヲ眺メテイタ。
ウゴカナイ水ニウゴカナイ船ガアッタ。
水ノナイ川ニハ、雪ガアッタ。
宗道ノ山中サンデカキ餅ヲヨバレタ。
ウドン屋ヘ入ッタラ、小寺班長ガ寝テイタ。心安ソウニシテイル。

鬼怒川ベリニ出タ。赤城山ガ見エタ。アノ山ノ下デ演習シテイタ。

川ベリノナガイ道デ便意ヲオボエタ。

日向ボッコシテイル娘ノウシロニ、フランス人形ガアッタ。

フランス人形ニ、便所ノ拝借ヲ申シ出タ。

日向ボッコノ読ンデイタノハ、アンドレ・ジイドデアッタ。

ボクハ、ハナハダマヌケタ一等兵デアッタ。

下妻デ、いろは寿司へ入ッタ。

バスノ女ノ子ガ二人イタ。

マンジュ屋へ行ッタケレドモナカッタ。

タミ屋デ、メンチボールトビフテキヲ喰ッタ。

同ジヨウニ宗道マワリデカエッタ。

土屋カラハガキガ来テイタ。土屋モ中井モ予備学生ニ合格シタコトガ書イテアッタ。メデタイト返事シタケレドモ、ナントナク、淋シイ気ガシテ、気ガフサイダ。ソレニツヅイテ、大林信子カラ手紙デアッタ。日出雄ガ、久居へ補充兵トシテ入ッタコトガ書イテアッタ。

二月十七日

アシタノ、内務検査ノタメノ大ソウジ。干シテオイタ、ジバンコシタヲ盗マレタ。

二月十八日

内務検査。

ヒルカラ、カケアシデ大砂へ行ッタ。

ジブンデ盗ラレタモノハ、ジブンデ始末セイト、ミンナセメタテル。シカタナイ。泥棒ヲ決行スル。鼻歌デ、ソレヲ行ウ。ナキソウナ顔デアッタ。

高木一等兵ガ足デ入室シタ。飯ヲハコンデヤルノハ、ボクデアル。

二月十九日

ドウニデモ、ナルヨウニナレト、考エル日デアッタ。

二月二十日

アシタ、練習部長ノ査閲ガアルノデ、ソノ軍装ケンサガ、朝アッタ。

ヒルカラハ、大掃除。

二月二十一日

査閲ガアルト云ウノデ、一時間モ早ク起キテ、イソガシイコト、コノ上モナイ。ソンナニ大サワギシタノデ、ドンナ査閲カト思ッタラ、ハナハダアッケナイ。査閲トカ検査ナドハタイテイコンナモンデ、泰山鳴動シテ鼠一匹ト云ウヤツダ。ヒルカラハ、結局ナニモナカッタ。コンナコトハメズラシイ。

二月二十二日

夜、号令調整。

竹内ノ号令ハシマリガナイト。

枯枝ノスイタトコロニ、星ガ一ツ。

明日ハ、マタ外出デキル。表デミルト、班内デボクガ一番ヨク出テイル。

一日中、銃剣術。ヒルカラ、中隊ノ試合。十本ヤッテ二本勝ツ。一番ビリ。

二月二十三日

アア、宮沢賢治ハ銀河系気圏ヘト昇ッテイッタ。

昭和八年九月二十一日午前一時三十分。

ウタヲウタイ

コドモニハナシヲ聞カシ

肥料ノ発明ヲシ

トマトヲ作ッテ

ナンミョウホウレンゲキョ

昭和十九年

ボクノ日本ハ　アメリカト戦ウ

アメリカガボクノ日本ヲ犯シニキテイル

ボクハ兵隊
風ノ中
腹ノカナシミ
腹ノサビシミ
ソレヲ云ワズ
タダ　モクモク
最下層ノ一兵隊
甘ンジテ
アマンジテ
コノ身ヲ
粉ニシテ
アア　ウツクシイ日本ノ
国ヲマモリテ
風ノナカ　風ノナカ
クユルナシ
クユルナシ

Нет, больше жить так невозможно!（注　ロシヤ語——もうこれ以上生きられない）

モウナニモ食ベラレナイ。

谷田孫平ト林翁寺ノ境内ノ日向デ、ソラ豆、カジッテイル。

外出スルタビニ、本屋ヲノゾクカナシサ。読メモシナイ本ヲ、買イタシト。

谷田孫平ト二人デ、出カケタ。吉沼デ、ウマイ具合ニマンジュガ買エタ。宗道デウドン。

下妻ノ時計屋デ、聖歌合唱「アア、ベツレヘムヨ」ノレコードヲ見ツケ、カケテオクレ、コワレテイマス。

夜、演芸会。

二月二十四日

朝起キルト、銃剣術。

朝メシガスムト、銃剣術。

コレハカナワヌト思ッテイタラ、ヒルカラモ銃剣術。

ソコヘ、三島少尉ニ呼バレタ。行クト、飛行機ノ画ヲ書イテクレ。カーチスホーク。書イタ。三十分ホドデ書ケタ。銃剣術ガイヤデ、事務室デサボッテイタ。

夕方マタ銃剣術。汗ヲカイタ。

二月二十五日

朝起キルト、銃剣術。

午前中ハ、対空射撃ノ学科。

イネムリガ出テヨワッタ。学科ト云ウトイネムリスル。中学校ノコロ、教室デイネムリスルヤツヲ、妙ナヤツダト思ッタガ、ソノネムサガワカッタ。

中村班長ニ呼バレタ。照準環ノ図ヲ書イテクレト云ウ。カンタンナモノデアッタガ、ナルベク時間ヲカケテ書イタ。ソノウチ、ミナ、壕掘リニ出カケテ行ッタ。モノスゴイ風デアッタ。

照準環ハ、ナゼ楕円形ニシテアルノカ、ソノワケヲ考エテイタラ、次ノゴトキ案ヲ得タ。ソレヲ三島少尉ニ持ッテイッタラ、早速作ロウト云ウコトニナッタ。ソレデ、ソノ設計図ヲ書イテ持ッテユクト、黒江中尉ガイテ、ソレハモウスデニデキテイテ、ドシドシ作ラレテイルコトヲ云ッタ。発明ナドト云ウモノハ、タイテイコンナモノデアル。

二月二十六日

昨日ノ壕掘リノツヅキヲ、朝五時半ニ起キテヤリニ行ッタ。飛行場ノハシデ、イツカノ雪ノ朝ノ防空演習ノトキ銃ヲスエタトコロデアッタ。ヒルマデカカッタ。

ヒルカラ、対空射撃ノ演習。

二月二十七日

朝マタ壕掘リノツヅキ。ヒルカラ対空射撃。

髪ノ毛ト爪トヲ、二十九日マデニ切ッテ、名前ヲ書イテ入レテオケト云ッテ、封筒ヲクレタ。

二月二十八日

風ガ、飛行場ノ上ヲタタキツケル。窓ヲシメテオイテモ、床ニホコリガツモル。コノゴロ、マイニチノヨウニコノ風ガ吹ク。筑波颪ト云ウノハコトバダケデ、実際ニハナイ。下カラ吹キ上ゲテイル。

風ノ中デ、対空射撃デアッタ。

息ヲスルヒマモナイホドイソガシイ。

アサッテノ外出ハ出ラレナイ。ソノ日ダケ、炊事ノ永吉一等兵ト交替ト云ウコトニナッタ。

寝ヨウト思ッテイタラ、岩本准尉ニ呼バレタ。地図ヲ書イテクレト云ウ。ネムタイトコロデアッタノデ、実ニ無責任ニ三十分デ仕上ゲタ。

二月二十九日

起キルトスグニ銃剣術デアッタ。松岡中尉ニ呼バレテユクト、移動式トーチカト云ウ、練習用具ノ設計図ヲ書イテクレト云ウツマラヌ仕事デアッタガ、オカゲデ風ノ中ノ対空射撃ヲマヌガレタ。

ヒルカラ、演習ノ整列ショウカト思ッテイルトコロヘ、空襲ケイホウガカカッタ。ソノ動作ガオソカッタト云ウノデ、中隊長ガ火ノヨウニ怒ッタ。怒ッテイルウチニ、マスマス腹ガ立ッテクルラシイ。ハジメト別ナコトデ怒リ出シテクル。

夜間演習ガアッタケレドモ、編成ニモレタ。

寝ルコロニナッテ、使役ニ出サレタ。高射托架ヲ壕ニ埋メタ。

三月一日

非常呼集ガカカッタ。四時。

冷タイ風ノヨウニ、星ガ消エテイッタ。キョウハ、水曜デ休ミデアル。永吉一等兵ガ外出スルノデ、ソノ交替ニ炊事ヘ行ッタ。炊事ハハジメテダ。白イ作業衣ノ上ニゴムノエプロンヲシタ。

ジャガイモヲ洗ッタ。

谷田孫平ガキタ。キョウハ外出ガナイカラ、中隊ヘ帰ッテコイト云ッタ。中隊ハナニヲシトルト聞クト、銃剣術デアッタ。ヒルマデ帰ルマイトキメタ。

サトイモヲ切ッタ。

コンニャクヲ切ッタ。

ダイコンヲ切ッタ。

炊事トハ、モノヲ切ッテバカリイル所トワカッタ。

ヒルメシヲドッサリ喰ッタ。喰ッテ、ブラブラ帰ッテクルト、イママデ何ヲシトッタ、スグ用意ヲセイ、グライダァニ乗ルンジャ。

生レテ、ハジメテノ、ボクノ空中飛行ガ始マル。

ゴチャゴチャト、緑色ノベルトノツイテイル落下傘ヲ着ケタ。勇マシイ気ニナッタ。同乗者十三人。アマリヨイ数デハナイ。

赤イ旗ガ振ラレタ。

ガツンと、ショックガアッタ。

スルト、枯草ガ、モノスゴイ速サデ流レハジメタ。ウレシクナッテ、ゲラゲラ笑ッタ。

枯草ガ沈ンデ行ッタ。

コノ、カワイラシイ、ウツクシイ日本ノ風土ノ空ヲアメリカノ飛行機ハ飛ンデハナラヌ。

空ヲトンダ歌

ボクハ　空ヲトンダ
バスノヨウナグライダァデトンダ
ボクノカラダガ空ヲトンダ
枯草ヤ鶏小屋ヤ半鐘ガチイサクチイサク見エル高イトコロヲトンダ
川ヤ林ヤ畑ノ上ヲトンダ
アノ白イ畑ハ軽便ダ
ボクハ空ヲトンダ

思イガケナイトコロニ、富士山ガ現レタ。グット廻ッタカト思ッタラ、霧ノ中カラ、筑波山ガ湧イテキタ。

飛行機ノロープヲ切ッタ。高度八百米。

夜、演芸会。演芸会ニハイツモ出ル。ワイ談長講一席。酒ガ上ッテ、イササカ呑ンダノデ、キゲンモヨイ。

三月二日

朝五時ニオキルト、銃剣術デ、メシガスムト銃剣術デ、ヒルカラモ銃剣術デ、ソレデオワリカト思ッタラ、月ノ光デ又、銃剣術。一日中、白イ作業衣ヲ着テイタ。

三月三日

銃剣術ヲサボルコトニ腐心スル。防具ノ数ガ人間ヨリスクナイ。整列準備ガカカリソウニナッテカラ、ユックリト服ヲ着カエ、ボタンヲハズシタリカケタリシテ時間ヲカケル。スルト気ノ早イ連中ガ防具ヲ付ケテ出テ行ク。ソコデ、モウ防具ハナイノカト、アワテタ風ヲシ、防具ナシデ整列スルト、防具ノナイ者ハ体操ト云ウコトニナル。

カケアシデ、飛行場ノグルリヲマワッタ。半分マワッタ林ノ中ニ池ガアル。桜ノ芽ハ、マダカタイケレドモ、猫柳ハ、ヤワラカイ芽ヲ吹イテイル。

飛行場ヲ走ッテイルト、足モトカラトビアガルノハ雲雀デ、モウ春ガ来テイル。

ヒルカラモカケアシ。ソレガスムト、一時間ヒルネ。ケッコウナ番組デアル。ソレガスムト、十分ホド軍歌演習ヲシテ入浴。ソレガスムト、夕食喰ッテ、月夜ノ剣術。

月ガ暈（かさ）ヲキテイル
アシタ雨ニナレバヨイガ
面ヲツケタラ
螢ノニオイガシタ

三月四日

飛行場デ、ウズラヲ追ッテイタ。一羽トッタ。

三月五日

サラサラト雪ガキタ。

大隊ノ銃剣術ノ試合ノアル日デアル。ソノ準備ノ使役デ、雪ヲカキ、飛行場へ机ヲハコンダリシタ。雪ノフル中デ。

ソシタラ、トリヤメニナッテ、班内デ銃剣術。

ヒルカラ、黒江中尉ノ使役デ地図ヲ書ク。重慶、アッツ、ポートダーウィン。ソンナ土地カラ東京マデ線ヲヒイテ、何粁アルカ、飛行機ガ何時間デクルカ、ソンナ地図ヲ半日ガカリデ、ウマク書ケタ。中央廊下へ貼ッタ。

三月六日

雪ノ上ニ
飯アゲノ味噌汁コボスト
タチマチ　ドロ雪。
大隊ノ銃剣術ノ試合。八本ヤッテ、一本勝ツ。ソノ一本ガ、オニノ首デモトッタツモリ。
野村カラ便リ。野村モ幹侯ヲトオル。

アシタカラ、マタ中隊当番トハ、ゲッソリスル。
山室貴奴子カラ手紙ガ来テ、竜人ノ居ドコロガワカッタ。
濠北派遣静一一九六二部隊　藤田隊
「貴奴子が兄に支えられてようやく登った清水のお寺
あの時の水は随分と美味しかったでしょう
帰りに石段の中程で一休みして
竹内さんは妹と私を画帖にイタズラがき
兄は竹内さんの名前と自分の名前を一本の竹に入念に刻みこんでいました
あの竹は今でもあのまま立っているでしょうか
あの原っぱにワラビが拳の様な芽を出す頃がきましたら　私はお弁当を持って　水筒提げて　あの竹を
探しに清水に登って見たいとおもいます
その時はまた御報告致しましょう」
トオイ、昔ノコトデアッタ。

三月七日

中(アタ)ルハズデアル。中ルヨウニ仕組ンデアリ、中ラナイハズハナイノダ。ケレド対空射撃ハ中ラナイコトニナッテイル。
中隊当番ニ上番スル。

雨ガフッテキタ。冷タイ雨デアッタ。

コンナ日ハ、火鉢ニアタッテ、饅頭ヲ焼キナガラ、「胡桃割人形」デモ聴イテイタイ。

三月八日

キョウハ、水曜ダカラ、本当ハ休ミナンダケレド、今後休日ハ取り止メト云ウ命令ヲ聯隊長ノ名ニ於イテ出シタカラ、ハナシガオモシロクナイ。郵便局モ、役所モ日曜ハナシニナッタト云ウガ、ソレトコレトハ、同ジ話ノヨウデ実ハ全然話ガチガウ。

ヒルカラ、班ノ編成替エガアッテ、ボクハ七班カラ三班ヘカワッタ。引越ハ谷田孫平ガゼンブヤッテクレタ。

コンドノ班長ハ、木村伍長。班付ハ岩佐伍長、下村伍長。

中村班長ノトコロヘ、両親ガ面会ニキテ、下士官室デ会ッテイタ。オ茶ヲ持ッテイッタラ、「光」ヲ一ツクレタ。二人トモバカニ体ノ小サイ人デアッタ。水イラズデ、夕食ヲ喰ッテイタ。

営外者ノ詰メ切リ教育デ、全部中隊ヘ泊ッタカラ、ソノイソガシイコト、テンプラヲアゲテイルミタイダ。

三月九日

ミンナ、弁当持チデ演習ニ出カケタ。ウルサイ連中ガイナクナッタカラ、コチラハ「日曜日ノ丸」デアル。

空気ガヨクヨク澄ンデイルノデアロウ。イツモ見タコトノナイ信州ノ山々マデ見エタ。

ストーブノトコロデ、イネムリシタ。

夜ニナルト、何ヲスルノカ、飛行場ノ端ニ、標識ノ青イ燈ガ、イクツモツイタ。月夜デ、飛行場ガ海ノヨウデ、ソレガ、マルデカナシイ国ノ灯台ノヨウデアッタ。

三月十日

陸軍記念日。

キョウハ、ドウイウモノカ休ミデ、外出ガアッタ。ヒルメシノパンガ朝上ッタ。コンド、オ前ガ外出止マッタラ、オレノヲヤルカラ、キョウハオ前ノ分ヲクレト谷田ニ云ウト、ヨシト云ッテ、クレタ。ストーブデパンヲ焼イテイタ。

三月十一日

乾納豆ト云ウモノガコノ辺ニハアル。チーズノヨウナ味デ、ナカナカウマイ。

三月十二日

九州デ、朝香宮殿下ノ特命検閲ヲ受ケルコトニナリ、ソレニ、ウチノ中隊ガ参加ヲスル。汽車デ三日カカルト云イ、ソノトキハ、グライダァデ九州一周ヲヤルノダト聞イテ、行キタク思ッテイタラ、ソノ編成ニモレタ。

三月十三日

霜ノ朝、本部ノウラヘタキモノヲ拾イニイッタラ、逃亡シタ入倉者ガ、足ブミシナガラ、西ノ方ヲ見テイタ。

三月十四日

中隊当番下番。

動員演習。

三月十五日

水曜日ダケレド、休ミナシ。

朝カラ田中准尉ニタノマレタ地図ヲ書イタ。九州ノ検閲ヲウケル演習場ノ五万分ノ一ヲガリ版デ書クノデアッタ。コミ入ッタ仕事デ、ナカナカハカドラナカッタ。近頃コンナ細カイ仕事ヲスルト、ジキニ頭ガコントントシテクル。

タバコヲ吸ッテ目ヲツブルト、山ノ曲線ヤ、道路ヤ畑ガ、チラチラシテクル。

夜、本部ノウラデ、慰問映画ガアッタ。ケレドモ、中隊ハアシタノ軍装ケンサノ準備デ、見ニ行ッテハイケナイコトニナッタガ、軍装ケンサニ出ナイカラ、コッソリト見ニ行ッタ。

「花子さん」ト云ウクダラナイ映画デ、ハジマッタカト思ッタラ、スグニ切レテ中止ニナッタ。

三月十六日

中隊ノ軍装ケンサヤ聯隊ノ軍装ケンサガアッタケレドモ、コチラニハ用ガナイノデ、班内デボウトシテイルト、一日タッタ。

夜ニナルト、キノウノ映画ノヤリナオシガアッタ。外套ヲ着コンデ見ニ行ッタ。

電気ノ具合ガ悪イトカデ、桶ニ塩水ヲ入レテ青イ火花ヲ出シテミタリ、イロイロヤッテイタガ、ラチガアカナイ。トドノツマリガ、中止ニナッタ。

星ノ飛行場ガ海ノヨウダ。

便所ノ中デ、コッソリトコノ手帳ヲヒライテ、ベツニ読ムデモナク、友ダチニ会ッタヨウニ、ナグサメテイル。ソンナコトヲヨクスル。コノ日記ニ書イテイルコトガ、実ニ、ナサケナイヨウナ気ガスル。コンナモノシカ書ケナイ。ソレデ精一ッパイ。ソレガナサケナイ。モット心ノヨユウガホシイ。

中井ヤ土屋ノコトヲ思ウ。ヨユウノアル生活ヲシテ、本モ読メルダロウシ、ユタカナ心デ軍隊ヲ生活シ、イイ詩ヤ、イイ歌ヲ作ッテイルダロウナト思ウ。

貧シイコトバシカ持タナイ。ダンダント、コトバガ貧シクナルヨウダ。

消灯前、ケダラケノ夜。頭、コウコウ(後頭骨カ?)トツカラ人ノ声、ケダラケ。クルブシ、ウルブシ、ケブル電灯。床ヤ毛布ノ光沢。声ガ錯綜シ。外ニハ星ガアルダロウシ、飛行場ニハ、枯レタ土ガアルデアロウ。飯盒ノ底ニカラカラノ飯粒ガアルヨウニ、虫ノヨウナ眠リヲモッテ太陽ニ無感覚デ、ヨゴレタ服ヲキテイル。

挺進部隊本領

挺進部隊ハ全軍ニ挺進シ、偉大ナル空中機動力ヲ以テ最モ緊要ナル時機ニ於テ、長駆ヨク敵ヲ奇襲シ、敵ノ戦略要点ヲ確保シ、戦捷ノ途ヲ拓クモノトス

三月十七日

明ケガタ、小便ヲシニ起キルト、トナリノ佐藤伊作君モ起キテイテ、床ニハイルト、「モウ、春ラシクナッ

テキタナア」ト云ッタ。

九州デ使ウ落下傘ヲ、汽車ニツム使役デ、トラックニ落下傘ト一緒ニ乗ッテ北条マデ行ッタ。駅ニ着クト、モウ先ニ梱包積ミ込ミノ使役ノ連中ガ、ツミコンダリ、貨車押シヲヤッタリシテイタ。ソレト一緒ニヒルマデ、ヤッテイタ。帰リハ、歩イテ帰ッタ。

梅ガ咲イテイタ。

ソノ梅ノ枝ニ、鶯ノカゴガカケテアッタ。

オ寺ノヨウニ大キイ、ワラブキノ家デ、
オジサンガオ茶ヲノミナガラ、
梅ヲ見テイタ。

今度ノ三班ハ、ウルサイ古兵ガイナイノデ、気ガノドカデヨイ。

ソレニ近頃、アンマリ鳴ラナイケレドモ、ラジオニ近クナッタノモ、ヨイ。

フト気ガツイタラ、メンデルスゾーンノ、ヴァイオリンコンチェルトヲ鳴ラシテイタ。ラジオノ真下ヘ行ッテ、口ヲポカント開ケテ、聴キコンダ。風呂カラ上ッテ、カルピスヲ飲ンダヨウニ、ソノ甘イ音ガ、体ヘコチヨクシミコンダ。

白ペンキガアッタノデ、酒保デ買ッタタバコ入レニ、魚ノ模様ヲカイタ。シャレタモノガデキテ、気ニ入ッタ。

三月十八日

コノ頃、ヒマナ時間ガワリニアル。ダカラ、日記モ長イノガ書ケル。

朝、印カン入レヲ革デツクッタ。

ヒル、木村班長ガ、操縦見習士官ヲ受ケルモノハイナイカト云イニキタ。四十分ホド考エテイテカラ、受ケマスト云イニ行ッタ。ドウシテ受ケル気ニナッタト、奥谷ガ云ッタ。「チョット、イバッテミタクナッタ」スルト「ソノ気持ハヨウワカル」ト云ッタ。涙ノ出ルヨウナ気ガシタ。

宇野曹長ガ、ボクノ服ノキタナイノヲトガメテ、イツカラ洗濯シナイノカト云ッタ。ホントハ、ココヘ来テカラ、一度モヤッテイナイノダケレド、正月ヤッタキリデストウソヲ云ウト、ソレデモアキレテイタ。サッソクセイト云ウノデ、雨ガジャンジャン降ッテイタケレドモ、白イ作業衣ニ着カエテ、洗濯ヲシタ。

ロシヤノ小説ヲ読ムトヨク、温イ一隅 Теплого угла ト云ウコトバガ出テクル。タトエバ、チェホフノ「殻の中の男」ニモ「自ラヲ嘲リ、自分自身ニ嘘ヲツク――コウシタコトモ、一片ノパンノタメ、温イ一隅ノタメナノデスカラネ」

コノ手帳ハ、ボクノ「温イ一隅」トモ云エル。

風呂ノヌルイコト、マタカクベツデアッタ。ツカッテイテモフルエタ。外ニ出タラ、雪ニナッテイタ。

三月十九日

雪ガツモッテイタ。右廊下ニ干シテオイタ衣袴ガ、マッ白ニ雪ヲカブッテ、パリンパリンニ凍ッテイタ。ケレドモ、雲一ツナイ、イイ天気ニナッタ。

雪ガ、ビショビショトトケハジメタ。雪ドケノ水ガ、地面ヲ音ヲタテテナガレタ。屋根カラハ、雨ノヨウニ水ガナガレオチタ。木々カラハ、雫ガ夕立ノヨウニオチタ。ソシテ、地面カラモ、自動車カラモ、ドブ板カラモ、湯気ガ立チノボッタ。

一日、ナンニモセズニクラシタ。

夕方ニナルト、曇ッテキタ。

三月二十日

五時ニ全員起キタ。中隊ノ大部分ガ、キョウ、九州ヘ立ツ日デアル。七時。雪ノヒヒト降ルナカヲ、元気ヨクト云ウホドデモナク、元気ナクデモナク、中グライノ元気サデ出カケテ行ッタ。

「鬼ノオ留守ニ洗濯」ト云ウヨウナ気分ニナルナト、週番士官ニヨッテトドメヲ刺サレタ。

雪ガ雨ニナッタ。ビショビショトヨク降ッタ。ナンニモスルコトガナイ。班内デスコシバカリ銃剣術ヲサセラレタ。気合ノ入ラナイコト、ハナハダシ。

ヒルカラ、外套ナド着コンデ、ノンビリトヤッテイルト、志村少尉ガ怒ッタ。デタラメダト云ウ。ソシテ戦陣訓ノ学科トナッタ。朝日新聞カラ出テイル『山崎軍神部隊』ト云ウ本ヲ読ンデ聞カセテクレタ。ソノ文ノ、映画的ナノニオドロイタ。

アシタノ春季皇霊祭ハ、外出デキル。

三月二十一日

アツサ、サムサモ……ト云ウ。

霧ノヒドイ朝デアッタ。朝ノ間稽古デ、飛行場デ手リウ弾投ゲヲヤッタ。十四米。ミンナ二十米以上ハ投ゲル。ダカラ、ハナハダテイサイガワルイ。ヤッテイルト、濃イ霧ノ中カラ、牽引車ニ引カレタグライダァガ、ノッソリト現レタ。

外出デアッタ。

吉沼デ、マンジュヲ喰ッタ。卵ヲ買ッタ。米ヲ一升買ッタ。仕出シ屋デ、ソレヲタイテモラッタ。十一屋サンデカルピスヲゴチソウニナッタ。

十一屋サンデ、沢田ト云ウ人ノ書イタ、『乗越し』ト云ウ随筆ヲ買ッタ。

三月二十二日

飛行場ノハシニ、ジャガイモノ畑ヲツクッタ。

ヒルカラハ、休養デアッタ。

岩佐班長ニタノマレテイタ作業衣ノ洗濯ヲ、ザットヤッテ、床ノ中へ入ッテ、昨夜亀山ガクレタ砂糖ヲナメナガラ『乗越し』ヲ読ンダ。

キノウ、大砂デ買ッタ七味トウガラシヲ、味噌汁ヤオカズニ入レテ食ベテイル。ウマイ。

四月中頃、初年兵ガ入ッテクルト云イ、四年兵ガ満期スルト云ウ。本当ラシイ。

コノ機会ヲノガシタラ、モウウカビアガルトキハナイ。シマイマデ下積ミデアルト、木俣ガ云ウ。操縦見習士官ノコトデアル。

毎晩、飛行場デ軍歌演習ヲスル。

残留ノ人員ガ少ナイノデ、毎晩不寝番。

三月二十三日

朝起キルト、ハダカデ出テ、乾布マサツヲシテ、点呼ガスムト、カケアシシテカラ手リウ弾投ゲデアル。

朝ハ、事務室デ、帳面トジヲシタ。

操縦見習士官ノコトハ、オ流レニナッタト云ウ。定員ニ足リナカッタノデ募集シテミタケレドモ、定員ニ満チタカラ、用ハナイト云ウノデアル。スウスウ鼻カラ、空気ガヌケテユク気ガシタ。

ヒルカラ、ジャガイモ畑ノ肥マキデアッタ。肥タゴヲ、一人デ二ツカツイダラ、フラツイテ、ヒックリカエシソウニナッタノデ、二人デ一ツ運ブコトニシタ。ソレデモ五百米モアル便所ト畑ノアイダヲ、ナンドモ往復スルト、肩ニコタエタ。眼ノ前デ、ピチャピチャハネ上ル、黄色イ水ヲ見ナガラ、コレホド臭イモノハ、マタトハナカロウト思イ、ソノコトヲ、先棒カツギノ木俣ニ云ウト、コノニオイハ、罪ガノウテエエゾヤ、世ノ中ニハ、モット臭イ、モットケッタイナニオイノモノガ、イクラモアルゾヨト云ッタ。

木俣ハ、三十一歳ノ医学士デアル。ボクハ、バカラシクナッテ、カラカラト笑ッテバカリイタ。

夜、木俣ガ、木下ノ本デロシヤ語ヲ勉強ショウト思ウト云イダシタ。ドウセ一兵卒デスゴスノデアッテミレバ、ボクモ、ロシヤ語デモヤッテミヨウカトモ考エタ。四月ニ初年兵ガ入ッテクレバ、スコシハヒマモデキルダロウシ、ナニカマトマッタ勉強ヲショウカト思ウ。コウシテ、ボウト暮ラシテイルノハ、ヤリキレナイ。

三月二十四日

チカゴロ、ツマラナイコトニヨク笑ウ。ケタケタト笑ッテバカリイル。

ジヤガイモ畑ニ、タネイモヲ蒔イタ。二ツカ三ツニ切ッテ、ソノ切リ口ニ灰ヲツケルト云ウコトハ知ラナカッタ。アマッタタネイモヲ焼イテ喰ッタ。意外ニウマカッタ。

ヒルカラハ、野球デアッタ。カクベツ面白イワケデモナカッタガ、イヤイヤヤッテイタワケデモナカッタ。

ラジオノ落語ヲ聴イテ、ケタケタ笑ッテイタ。

三月二十五日

朝ハ体操デアッタ。枯草ノ上デ、デングリ返ッタリ、トンダリハネタリシテイタ。蹴球ヲシタ。面白カッタガ、体ガエラカッタ。

ヒルカラ、カケアシデアッタ。

朝ハ、天気ガヨクテポカポカシテイルノダケレドモ、ヒルニナルト、カナラズ強イ西風ガ吹イテクル。

陽炎ノアチラデ、練習機ガ烟ノヨウニチギレナガラ、走ッテイタ。

枯草ノ、アチラカラモコチラカラモ、ハジケルヨウニ、雲雀ガ上ッタ。

畑デ、ニラヲ一ツカミホド取ッテ来テ、晩ノオカズニキザンデ入レテミタガ、大シテウマクモナカッタ。

三月二十六日

飛行場ノ枯草カラモ

格納庫ノ屋根カラモ
麦畑カラモ　池カラモ
ワッワ　ワッワ
陽炎ガモエテイタ

朝ハ演習デアッタ。小銃ヲ持ッテスル演習ハヒサシブリデアル。タイシタ演習デハナカッタケレドモ、ヒドクツカレタ。

ヒルカラ、飛行場ノ枯草ノ上デ蹴球ヲシタ。裸デアッタ。ボールヲ小脇ニ抱エテ、トット、トットト走ッテイタ。

枯草ノ上ニ、裸デ寝コロンデ、雲ノナイ空ヲミテイタ。

二ツノケガヲシタ。

蹴球デ、スネヲ靴ノカカトデケラレテ、イタイト思ッタラ、血ガ出テイタ。

ヒゲヲソッテイタラ、アゴヲ切ッタ。

三月二十七日

朝カラ、演習デアッタ。

林ヤ畑ヲドンドンニゲテイタ。ドンドンニゲテイルウチニ、三人イナクナッタ。

上郷ト云ウ村デアッタ。

二人、自転車デサガシニ行ッタ。待ッテイタ。ヒルニナッテモコナカッタ。

子供ガ、ハガキホドノ大キナ餅ヲ喰ッテイク。ノドガナッタ。ザルニ、ジャガイモノフカシタヤツヲ、持ッテキテクレタ。ウマイ。今ゴロノジャガイモハ、甘クテウマイト云ウ。サツマイモモ出タ。コレモウマイ。

十五時コロマデ待ッタガコナイ。帰ッタ。吉沼ヲ出タトコロデ、一一七ノトラックニノセテモラッタ。スルト、松林ノトコロカラ、居ナクナッタ三人ガ出テキタ。

炊事ノトコロデ、一銭ヒロッタ。

You are a lucky boy!

ト、宮城島信平ガ云ッタ。信平ハ、ロスアンゼルス生レノ第二世デアル。飯盒ホドモアル大キナサツマイモヲ、大キク切ッテ、ヤイテ、バターヲ付ケテ喰ッタラ、ウマカロウ。

三月二十八日

雨ガフッテイル。

戦陣訓ノ試験ガアッタ。

『乗越し』ヲ読ンダ。沢田ト云ウ人ハドウ云ウ人ナノカ知ラナイガ、コノ本ハナカナカ面白イ。チカゴロ読ンダ本ノ中デ一番オモシロイ。

一日、雨ガフッテイタ。

三月二十九日

キョウハ、休ミ。雨モヤンダ。

ミンナ外出ニ出カケタ。ボクハ居ノコリ。

ミンナガ出テイクト、スグニ寝床ニ入ッタ。マクラモトニ、スイガラ入レヲ置イテ、ラジオノ子供ノ歌ヲ聴イテイタラ、イツノマニヤラネムッテイタ。

ヒルメシヲ、ハラ一パイ喰ッテ、マタ寝タ。

亀山ガ来テ、タバコヲヤロウカト云ウ。又、手紙ヲ書イテクレト云ウノデアロウト思ッテイルト、ソウデアッタ。「ボクガ入隊前ニ植エタサクラノ樹ニ、花ガサイタラ知ラセテ下サイ」ト云ウ文句デアッタ。

十四時コロ、風呂ガワイタト云ウ知ラセガアッタ。ユクト、木俣老人ガノンビリトツカッテイタ。

窓ノトコロヲ、低イ飛行機ガモノスゴイ音ヲ立テテスギタ。

マタ寝タ。山口ニ借リタ林芙美子ノ『田園日記』ヲ読モウトシテイルト、木俣老人ガ来タ。フランスヘ行キタイ話ナドシタ。夜ニナルト、ラジオガチャイコフスキーノ「第六シンホニイ」ヲナラシタ。カラダガゾクゾクシテキタ。

三月三十日

今日ハ、休ミデモナイノニ、マルアソビデアッタ。毛布ノ上ニドッカリアグラヲカイテ、『田園日記』ヲ読ンデイタ。ヒエテ、ナンベンモ小便ヲシニ行ッタ。

土屋カラ、ハガキガ二枚キタ。

横須賀局留武山海兵団分団学生隊二の六の二

夕方、三島少尉ニ呼バレタ。行クト、「機械化」ト云ウ雑誌ノ口絵ヲ示シテ、コノヨウナヤツヲ書イテクレト云ッタ。ソレハ、ドイツノグライダァ部隊ノ活動ヲエガイタモノデアッタ。ズット前カラ、ワガ滑空部隊ガ、ニューヨークアタリノ街ヲ攻撃スル場面ヲ書イテクレトタノマレテイタケレドモ、ソノママニシテアッタ。ヒキウケテ、夜、ソノ下書キヲシタ。

不寝番ヲ下番シテ、寝ヨウトスルト、トナリニ寝テイル、第二世ノ宮城島信平ガ、「浩チャンヨウ」ト、大キナ声デ、ハッキリトボクノ名ヲ呼ンダ。ネゴトデアッタ。クックッワライナガラ、寝タ。

三月三十一日

朝カラ、事務室デ、三島少尉ノタノマレモノノ絵ヲカイタ。

ヒルメシノライスカレーヲ喰べテイルト、岩本准尉ニ呼バレタ。

単独の軍装デ、十三時ニ本部前ニ集合シ、辻准尉ノ指示ヲ受ケヨ、ト云ウノデアッタ。今度、コノ部隊へ、初年兵ガ○名入ッテクル。ケレドモ、マダ四年兵ガイルノデ、ソレラノ初年兵ヲ入レル余地ガナイ。ソレデシバラクノ間、吉沼ノ小学校ヘ寝泊リスルコトニナッテイル。

行クト、辻准尉ガ、「オ前、文字ハ上手カ」ト云ッタ。ボクノ字ハ決シテ上手トハ申サレナイノデ、「ハイ書ケマス」ト、ヨソゴトノ返事ヲシタ。

他ノ中隊カラモ来テイテ、五人デアッタ。机ヲ乗セタトラックヘ、ノセテモラッタ。机ガシバッテナイノデ、トラックガ動キ出スト、モノスゴクユレテ、投ゲ出サレソウニ何度モナッタ。

吉沼ノ小学校ニ着クト、本部ノ曹長ガ、白イ腕章ヲクレテ、付ケヨト云ッタ。ナニカシラヌガ、付ケタ。エライモノニナッタヨウナ気ガシタ。立テフダヲタテタリ、縄デサクヲハッタリシタ。

炊事モ出張シテイテ、メシヲ炊キ出シタ。衛兵モ来タ。食事伝票ガドコカラモ切ッテクレテイナカッタノデ、頼ンデメシヲモラッタ。

マクラモ、ワラブトンモ、敷布モ毛布モ新品デアッタ。毛布ナンカハ、マダドンゴロスデ梱包シタママノヤツヲ支給サレタ。

夜ニナッテ、ナンニモスルコトガナクナッタ。コッソリト出カケテ、ソコラノ民家デイモデモモラッテコヨウカ、ナドトモ思ッタガ、見付カッタラドエライ罪ニナルト云ウノデ、ドウシテモ、昼間ボクタチガハッタ縄ノサクヲ、ヨウ越サナカッタ。ジブンノ縄デ、ジブンガシバラレテイル。

点呼ガスムト、教室ヘトッタ床ノ中ヘ入ッテ、スグニ寝タ。コンナ気楽ナ生活ハ、軍隊ヘ入ッテハジメテデアル。

新シイ毛布ハ、蠟ノニオイガスル。

四月一日

与エラレタ仕事ト云ウノハ、北条駅ヘ行ッテ、小林曹長ノ指示ヲ受ケヨト云ウコトデアッタ。自転車デ行ケト云ッタガ、ナカッタノデ歩イタ。

一中隊ノ藤井ト云ウ一等兵ト二人デアッタ。部隊ヘ寄ッテ、大便ヲシタ。

北条ヘ着イタノガ十一時マエデアッタ。オソイト云ッテ曹長ニ叱ラレルカト思ッテイタガ、曹長ハマダ来テイナカッタ。

駅前ノ運送屋デ火鉢ニアタッテ、新聞ヲ読ミナガラタバコヲ吸ッテイタラ、スグヒルニナッタ。飯盒ヲサゲテ、ウドン屋へ行ッテ、メシニシタ。

帰ッテ来テモ、マダ曹長ハ来テイナカッタノデ、モ一度ブラツキニ出カケテ、本屋ヲノゾイタ。ヒン弱ナ本屋デ、中学生ノ本箱ホドノ本シカナラベテナイ。料理ノ作り方ノ本ガアッタリ、略図ノ書キ方ガアッタリ、経済学全集ノ六巻ダケガアッタリシタ。ソノ中ニ、徳永直ノ『光をかかぐる人々』ト云ウ本ガアッタ。小説カト思ッタラ、日本ノ活字ト云ウ副題ドオリ、ソノ歴史ヲ、随筆風ニ書イタ本デアッタ。コレハ面白ソウダト思ッテ買ッタ。装幀ハ青山二郎デ、ナカナカシャレタモノデアッタ。青山二郎ハ、現在、装幀デハモットモスグレタ人デアロウト思ウ。『ミケランジェロ伝』ト云ウ立派ナ本ガアッタガ、コンナ立派ナ本ハ軍隊デ読ムノハオシイ気ガシテ、買ウノヲヤメタ。

運送屋へ帰ッテクルト、曹長ガ来テイタ。兵隊ガ着イタラ、渡シテクレト云ッテ、地図ヲオイテ又出テ行ッタ。駅前へ出張シテイルガイドノ役デアッタ。

十六時ゴロ引キアゲタ。曹長ガ自転車ヲ一台オイテ行ッタノデ、ジャンケンデ勝ッタ方ガソレニ乗ッテ帰ルコトニキメタ。ボクガ勝ッタ。

甘イニオイガ流レテイタ。

梅デアッタ。花ノニオイデコレホド感動シタコトハナイ。ナグサメラレルヨウナニオイデアッタ。

道ノワキニ梅ガアルタビニ、自転車ヲソノ方へクネラセテ、ニオイヲカギナガラ帰ッタ。

夜ハ、火ニアタリナガラ、三島少尉トワイ談ヲシタ。

四月二日

キョウハ、別ノ二人ガ北条ヘ行ッタ。

コチラハ、マッタク用ガナイ。火鉢ニアタッテアソンデイタ。山口ガ公用デ小包ヲ持ッテキテクレタ。岡安ノ伯母サンカラデアッタ。ミカント、イモノ切干デアッタ。ミンナデワケテ喰ッタ。

雨ガ降ッテイタ。オルガンガ鳴ッテキタ。赤イ花束　車ニツンデ　春ガキタキタ　村カラ町ヘ……ト云ウ歌デアッタ。

今度入ッテキタ兵隊ハ、去年ノ四月ニ入ッタ連中デ、ボクヨリモ新シイ。大キナ顔ヲシテイヨウト思ッタ。

同ジ勤務ノ三中隊ノ上等兵ガヒトリ、事務室デナニカシラ書イタリシテ仕事ヲシテイタガ、ボクハ仕事ヲ見付ケル時機ヲ失シタワケデ、一人デハ手ニ負エヌ仕事ガアッタラ呼ビニクルデアロウト、毛布ヲカムッテ、雨ノ音ヲ聴キナガラ寝テイタ。

公用ニ出タ一中隊ノ藤井ガ、野菜パンヲ買ッテキタ。火鉢デ焼イテ、ソレヲ喰ッタ。寝テ喰ッテバカリイルノデ、トウトウ胃ヲコワシタ。

夜、小林ノトコロヘ入ッテキタ朝鮮ノ兵隊ノトコロヘ遊ビニユキ、キーサンノ絵葉書ナド見セテモラッタ。ボクガ云ッタ、キーサンノアクセントガオカシカッタト見エテ、笑ッテイタ。

　校庭ノハシニ　ドコノ学校ニモアルヨウニ鉄棒ヤ肋木ガアルンダ
　ソシテ　マダ芽ノ出ナイポプラトアカシヤノ木ガ並ンデイルンダ
　ソノウシロガズウット桑バタケデネ　ドコマデモドコマデモ雨ニケブッテイテ
　ズットムコウノ森ハ見エナクナッテイルンダ

風ガアッテソノ桑バタケノ枯レタ骨ガ　ユラユラト揺レテ波ウッテイルンダ
ベートーベンノ第七交響曲ダネ

四月三日

飯ガスムト、スグニ藤井ト自転車デ出カケタ。キノウ、藤井ガ買ッタト云ウ店ヘヨッテ、野菜パンヲ二ツズツ買ッタ。雨アガリデ道ガ悪カロウト云ウノデ、大穂マワリノ、イイ道ニシタ。コノ道デ行クト、北条マデタップリ三里ハアル。

流レテイタ霧ノヨウナモノガ、ズンズン晴レテイッタ。筑波山ガ、雲ヲカキワケテ出テキタ。

田園詩

雨ガハレテ　朝デアッタ
泥道ガ　湯気ヲ立テテカワイテイッタ
自転車　走レヤ
ハイ　トロロウリイ　ロウリイロウ
ハイ　トロロウリイ　ロウリイリイ
君タチ　ガラス玉ノヨウナ子供タチ
学校ヘオ出カケカイ
オジギシテトオル
兵隊サンアリガトウ　ナド

云ウモノモイル
ハイ　今日ハ
イチイチ　シッケイヲシテコタエタ
ハイ　トロロウリイ　ロウリイロウ
ハイ　トロロウリイ　ロウリイリイ
畑ノヘリニナランダ梧桐ハ　マダ葉ガナクテ　奇妙ナ踊リヲシテイル
自転車デ　ソレヲカゾエルト
ミンナソロッテ　ピチカツトヲウタイダス
ハイ　トロロウリイ　ロウリイロウ
ハイ　トロロウリイ　ロウリイリイ

モグモグ野菜パンヲカンデイタラ、北条デアッタ。

キョウモ一日、コノ運送屋サンノ、自動車ノクッションノ付イタイスニカケテ、タバコヲ吸ッテクラスワケデアル。

ナニカ、雑誌カナニカアッタラ貸シテイタダケナイデショウカ、ト云ッテミタ。
二十四、五ノ、チョットキレイナ娘サンガ、本ヲ三冊モッテキテクレタ。新潮社ノ新作青春叢書ト云ウヤツデ、石坂ノ『美しい暦』ト阿部ノ『朝霧』ト芹沢ノ『命ある日』デアッタ。ドレカラ読ンダモノカト迷ッテ、三冊並ベテ、子供ガスルヨウニ、ド　チ　ラ　ニ　シヨウ　カイナァ　ト当ッテミタラ、『美しい暦』ニナッタ。キラクニ読メタ。

貞子ト云ウ娘ガ主人公デアロウガ、ソノ描写ガボヤケテイルヨウダ。チョット出テクル春江ト云ウ「虚無的ナ」娘ガ、ヨクカケテイル。『若い人』ノ恵子ト同ジ型デ、石坂ハ、コンナ娘ヲ上手ニ書ク。

ウドン屋ヘメシヲ食ベニ行ッタ。『美しい暦』ノ次ニ、『命ある日』ヲ読ミダシタ。面白クナイ。芹沢ト云ウ人ノモノハ、ホトンド読ンダコトガナイ。コノ人ノモノハ、アンマリスカナイ。芹沢ハ都会人デ、石坂ハ田舎者ダ。都会人ト田舎者ト云ウ区別ハ、ドコカラクルノデアロウカ。ウマク云エナイ。芹沢ハ、都会人ト云ウヨリ貴族的ダ。ボクハ白樺ノ連中モスカナイ。

小林曹長ガ、自転車ヲ一台オイテユケト云ッタノデ、帰リハ一台ノ自転車ニカワリバンコニ乗ッタ。

途中デ日ガ暮レタ。

途中デ、ジャガイモノムシタノヲモラッタ。

云イワスレタガ藤井ハ、能登半島ノ七尾ト云ウ町ノオ寺ノ息子デアッタ。太イ声デ、コノ道ハイツカキタ道……トウタイ出シタ。ソレガキッカケデ、歌ガツヅイタ。カラタチノ花ガサイタヨニナリ、ゴランヨ坊ヤニナリ、叱ラレテニナリ、シューベルトノセレナーデノハミングニナッタ。コノ坊主、シャレタ坊主ダト、藤井ヲ一寸、スキニナッタ。

夕食ハ、パンデアッタ。

アシタハ、オレガカワリニ行クカラナト、有請ト云ウ上等兵ガ云ッタ。ソノ高飛車ナヨウスガ不愉快ニナリ、行クカラナトソチラデ決メテモ、コチラハマダナントモ返事ハシトラント云ウト、ゼヒトモ行キタイ用事ガアルカラタノムワト、今度ハ頼ンデ出タ。ソンナワケデ、藤井カボクカノドチラカガ残ルコトニナリ、ソンナラオレガ残ルト、ボクガオコッタヨウニ云ウト、藤井ハ、イヤオレガ残ル、ベツニ行キタイコトモナイカラト云ウ。ジャンケンデ決メヨウト云ッテモ、オレガ残ルト云ウ。

ソレデハ、オレハオ前ニ恩ヲキヤンナランカライヤジャ、ジャンケンニショウト云ッテモ、オレガ残ルト云イ、ベツニオ前ニ恩ニキセヨウトスルノデハナイ。恩ニキセヨウトスルノデハナイコトハワカルガ、オレノ方デハ、スクナクトモ二、三日ハ、恩ニキタ気持ヲモタンナラン、オレハ恩ニキルノハキライダカラ、ジャンケン、ジャンケン。

コレハ、キリガナイ。

ソレナラ、アシタ、オレハ又行ク。ソシテ、オ前ニハ、チョットモ、恩ニキタ気持ハモタン、アタリマエノヨウナ顔ヲシテ、行クガ、ソレデモエエカ。

ウン、エエ、エエ。

ヨシ、ソンナラ行ク。アタリマエナ顔デ行クゾ。

四月四日

有請ト云ウノハ、野球ノ方デハスコシ名ノ知レタ男ダソウデアル。ソノ方面ニハゼンゼン興味ノナイボクハ、ソンナコトハドウデモヨイ。ガンライ、運動家ト云ウモノハ、ボクハ、アンマリ好マナイ。

吉沼ノ神社ノウラノタバコ屋ヘヨッテ、ナニカ菓子ハナイカト云ウト、ハジメハナイト云ッテイタクセニ、五十銭ズツ、ビスケットノヨウナモノヲ売ッテクレタ。

途中ノ大砂ト云ウ村デ、米ヲ五合買ッタ。

運送屋サンニ着クト、スグニ、キノウノ三冊ノ本ヲ出シテクレタ。読ミカケノ『命ある日』ハヤメテ、阿部知二ノ『朝霧』ヲ読ムコトニシタ。

機関銃ヲカツイダ兵隊ガ走ッテキタ。汗ビッショリデアッタ。弾甲ヲカツイダヤツモキタ。駅前デ状況ガ終ッタ様子デアッタ。エラカロウナト思ッタ。今ハコンナニノンビリヤッテイルガ、決シテ対岸ノ火事デハナイ。モウ一週間モスレバ、足モトカラ火ガツイテクル。

ボクハ兵隊ナノデス。

新聞ナンカ読ムト、ヨクソウ云ウ気ニナルンダケドネ。コナイダモ「印度流血史」ト云ウ記事ヲ読ンデ、トクニソウ思ッタンダケド、イギリス人ヤアメリカ人ハ実ニヒドイコトヲヤルンダネ。モシモコノイクサデ、日本ガマケタラ、アメリカ人ハ、ムカシイギリス人ガインド人ニシタヨウナコトヲ、ボクタチニモスルニチガイナイ。ワカリキッタコトダ。ニッポンノ男ハ、ゼンブ殺スト云ッテイルノモ決シテウソデハナイ。スルニチガイナイ。

ソンナ戦争ダカラ、ドンナコトガアッテモ勝タネバナラヌシ、ソンナコトヲスルアメリカ人ヲヤッツケナケレバナラヌト思ウンダ。

ソシテ、ソンナキビシイ戦争ヲシテオリナガラ、イマダニヤミ取引ヤ買イダシヲヤッタリ、工場ノジュラルミンヲ盗ンダリスル奴ハ、ナント云ウヤツダロウト思ウンダ。ソンナ奴ラハ、ボクヨリモ新聞ハヨク読ンデイルダロウシ、戦争ノ様子ハヨク知ッテイルハズダカラ、イッタイ、コイツラハ、ナント云ウバカモノナノダロウト腹ガ立ッテナラナイノダ。

シカシナガラ、ソウ云ウオ前ハドウダト云ワレルト、ボクハゲッソリスル。コノ日記ヲハジメカラ読ンダ人ハワカルヨウニ、ボクハ決シテ忠実ナ兵隊トハ申サレナイ。

服装カラシテナッテイナイ。帽子ヲキチントカムッテイタコトガアルカ。ズボンノボタンヲゼンブハメテイタコトガアルカ。ソンナコトハ極末梢的ナコトトシテモダ。ソノセイシンハドウダ。風ヤラ雨ヤラ、草ヤラ花ヤラ、ソンナヒト昔前ノ詩人ガウタッタヨウナコトヲ、ヘタクソニウタイ、一向ニイサマシイ気ニモナラナイ。人ノコトニ腹ヲ立テル前ニ、ジブンノコトヲ考エネバナラナイコトニナル。

ソレナンダヨ。

キミタチガ、イクラ恋シガッテモ、モウ昔ノヨウニノンキナ時代ハヤッテコナイ！　マッテイテモ、イクラ俟ッテイテモ、コナイ！

ギンザヲナツカシクオモウ。池袋ノセルパント云ウ喫茶店ヲ、オモウ。シカシ、行ッテミタマエ、東京ニハ、ギンザガアルデアロウカ。セルパンノ蓄音器ガ、バイオリンコンチェルトヲ、今、ウタッテイルデアロウカ。ムカシノコト、ムカシノコト。

今、ボクハ、キビシク頭ノキリカエト云ウヤツヲヤラナケレバナラナイ。今ニハジマッタコトデハナイ、何度モヤッタガデキナカッタ。ソレホド、コイツハムツカシイ。

御奉公ト云ウ。コト、コノ御奉公ニ関シテハ、ドンナエライ思想家モ、小説家モ、マルデ子供ト同ジヨウナ意見シカハカナイ。

ソレホド、コノコトハ、ネウチノアルコトデアロウカ。

マテマテ、マタロクデモナイコトヲ云イダシタ。ナンニモ知ラナイクセニ、ロクデモナイコトヲ云ウナ。

一体ボクハ、ナニヲスレバヨイノカ。

云ウマデモナイ。忠実ナ兵隊ニナルコトダ。

ナレナイ。

ナレナイトハナンダ。ソレハゴクツマラナイプライドデソウ云ウノダ。

無名ノ一兵卒トシテオワルノガイヤダト云ウ。

無名ノ忠実ナ一兵卒、立派ナコトデハナイカ。

ソレハコトバトシテ立派ダ。

立派ト云ワレルトキハ、スデニ有名ノ無名ニナッテイル。本当ノ無名ト云ウヤツハ、ツマラナイ、マッタクノ下ヅミダ。アアト云ウ。シカシナガラ考エテ見ヨ。オ前ハ、無名ノ一兵卒ハイヤダト云ウガ、オ前ニハソレ以上ノモノデアルダケノ力ガアルカ。オ前ナンテ、ソウ大シタモノデハナイゾ。オ前ノ詩ヲ、オ前ハ心ヒソカニ誇リタイノデアロウガ、ナッテナイデハナイカ。

ソレハ、軍隊へ入ッテカラバカニナッタカラダ。

ウマイコトヲ云ウナ。オ前ハ、マエカラ詩モ絵モヘタクソデアッタ！

ソウ云ッテシマエバ、オシマイダ。『朝霧』ヲ読ミオエタ。石坂ハオッチョコチョイナトコロガアルガ、コノ阿部ハナカナカシッカリシテイルワイ、ト考エタ。頭が非常ニツカレテイタ。コレダケノコトデ、コンナニ頭ガツカレルトハ、ナントソマツナ頭ダ。

憲兵ノ軍曹ガ、入ッテキタ。

汽車ヲ待ツ間、書類ノ整理ヲサシテ下サイト云ッテ、机ニカケタ。ボクタチニモ話シカケタ。ソノコトバノテイネイナノト、スコシドモルノト、ソノ眼ツキガヤサシイノガ気ニ入ッタ。

昨夜、コノ近所デ人殺シガアッタコトナド話シテイタ。女ノコトデ、薪デナグリコロシタノダソウデアッタ。藤井ヲミテ、ヤハリオ寺ノ子デアッタ大淵諦雄ヲオモイダシタ。似タトコロガアル。大淵ハ大キナヤカントギターヲ持ッテイタ。学校ヲヤメルト、死ヌノダトウソヲ云ッテ、セレベス行キノ船ニ乗ッタ。ソレキリ、ナンノタヨリモナイ。章魚（タコ）ノ脚ノヨウナセレベスノ島ニ、大淵諦雄ハマダ生キテイルデアロウカ。歪ンダタバコヲポケットカラ出シテ、ミダラナタバコジャト、ウソブイテイルデアロウカ。大凧ノヨウニ、諦雄ガナツカシイ。駅ヲ見テイルト、ムカシノ友ダチガナツカシクナッテクル。

帰リ道、自転車ノウシロノ輪ガゼンゼン動カナクナッテシモウタ。ヒキズッテ帰ラナクテハナラヌカト思ッタ。モンペヲハイタ娘サンニ、自転車屋ナイカト聞イタ。

ウチヘコイ、直シテヤルト云ッタ。オヤジサンガ出テキテ、輪ヲハズシテ、大手術ヲヤッテクレタ。ミリン玉ガスリヘッテ、欠ケテイタ。

娘サンハ、始終ソコニイテ、ボクノ顔ヲマルデ恋人デモナガメルヨウニ、マブシソウニナガメテイタ。コイツ、ホレテイル。ドウ云ウワケデホレタノカ、ナカナカムツカシクテワカラヌ。外出シタラ、マタ来テクレトヌカシタ。

四月五日

北条ヘハ、キョウハモウ行カナイ。事務室ニ一日イタ。

ヨル、十一屋旅館ヘ風呂ニ入リニ行ッタ。インバイダト云ウウワサノアル女中ドモト、冗談ナド云ッテ、長火鉢ノトコロデウドンヲ喰ッタ。

九州ヘ行ッテイタ部隊ガ、今日帰ッテ来タ。

四月六日

辻准尉ガ、ボクノ字ノ下手ナコトデオコッテイタ。

ヨル、マタ十一屋旅館ヘ風呂ニ入リニ行ッタ。十一屋書店ノ方ヘモアソビニ行キタイト思ウノダガ、ソノコロハイツモ戸ガシマッテイルノデ、具合ガワルイ。帰リニ、アンコヲタベタ。

四月七日

雨デアッタ。

唱歌室ヘオルガンヲヒキニ行ッタ。

事務室ニイタ。

四月八日

朝メシガスムト、オルガンヲヒキニ行ッタ。

部隊ヘ公用デ出タ。

十一屋書店ノ好意ガ五ツノ「キンシ」デアッタ。

雨アガリノ道ハ、マルデ泥海ノヨウデ、ボクハ自転車ノ上デ汗ヲカイテイタ。

辻准尉ハボクノコトヲボロクソニ云ウノデアル。字ハオドッタヨウナ字デアリ、ココヨリヲ作ラストフヤケタミミズヲツクリ、電話ヲカケサセルト、ドモリサラス。一向ニ役ニ立タント云ウ。

十一屋旅館へ風呂ニ入リニ行ッタガ、メンドウクサクテ、ハイラズニアソンデイタ。

点呼ガスンデカラ、裁縫室デ蓄音器ヲナラシタ。

子供ニ聞カスレコードデ、ワリアイ気ノキイタノガアッタケレドモ、蓄音器ガダメデアッタ。ナサケナイ声ヲ出シタ。ファウスト、森ノ鍛冶屋、森ノ水車、カッコウワルツ、ソンナモノデアッタ。国際急行列車ト云ウノハ、ハジメテ聞イタガ、フザケテイル。ソシテイロンナポルカガアッタ。

四月九日

満洲カラ来夕兵隊ニモラッテ吸ッタタバコ。きょっこう。REVIVAR。大秋。

タソガレテ、ウスグラクナッタ。

唱歌室デ、オルガンヲナラシテイタラ、三島少尉ニ見ツカッタ。

四月十日

部隊へ公用デ出カケタ。

十一屋書店デコーヒーヲヨバレテ、道草ヲ喰ッタ。腹イッパイ道草ヲ食ベテヤロウトキメタ。

畑デニラヲヌイテ、ポケットニ入レタ。

卵デモ買ウ気デ大砂ニマワッテミタ。卵ハナイカ、卵ハナイカトマワッタ。ミンナイナイノデ、ドウカワカラナイノデスト云ウノガ、十七、八ノ娘サンデアッタ。

ココデ油ヲ売ッテヤレトキメテ、アツカマシクモ腰ヲスエタ。ヒナニマレナトデモ云ウノデアロウカ。ボクノ尻ハ重イノデアッタ。娘サン相手ニ気ゲンヨク、ダボラヲ吹イテイルト、モノスゴイ音ガシタ。外ヘ出テ見ルト、麦畑ノ中デ飛行機ガ火ヲ吹イテイタ。ワルイコトデモシテイタヨウニ、アトモミズニ逃ゲテ帰ッタ。ト云ウノハウソデ、飛行キガ落チタノハ、学校ヘ帰ッテカラデアッタ。

今夜ハ、イヨイヨ転属要員ノ合否ヲ決メル会議デ、ソノ筋ノエライ人々ガ裁縫室デ徹夜ジヤトイキゴンデイタ。勝手ニイキゴンデクレ、コチラハ寝ルワイト思ッテイルト、白イ腕章ヲツケタ連中、ツマリボク達ナンダガ、ソレモ裁縫室デツキアエト云ウ。トンデモナイコトニナッタ。

二時三十分ニオワッタ。

四月十一日

ユウベ遅カッタノデ、起床エンキデアッタ。寝ナガラ起床ラッパヲ聞キ、飯ラッパヲ聞クノハ、キワメテ痛快ナコトデアル。

ヨル、十一屋ヘ風呂ヘ入リニ行ッタ。

四月十二日

イヨイヨココヲ引キアゲテ、アシタハ部隊ヘ帰ラネバナラナイ。

夜、十一屋ヘ行ッタ。

四月十三日

唱歌室へ行ッテ、オルガンヲナラシテイタラ、子供ガドッサリ集ッテキタ。「空の神兵」ヲヒイタラ、ミンナ、ソレヲ知ッテイテ、声ヲソロエテ歌イダシタ。自分モ歌ッテ、キワメテイイ気持ニナッタ。ソコへ、笠原房子ニ似タ女ノ先生ガ入ッテ来タノデ、テイサイ悪クナッテ逃ゲテ帰ッタ。

キョウ、部隊へ引キアゲルハズニナッテイタガ、西部ノアル部隊ニ天然痘ガ出タト云ウ電報ガ来テ、ココモソノ部隊カラ兵隊ガ来テイルノデ、ココへ来テイルモノガ全部、隔離ノ扱イヲ受ケルコトニナッテ、帰リ日ガノビタ。軍隊ハ、コウ云ウコトニハ馬鹿馬鹿シイホド用心深イ。ノビルナラ、イクラノビテモソレハ有難イ。

部隊へ公用デ出カケタ。

ヨルニナッテ、雨ニナッタ。

四月十四日

飯ガスムト、子供ノトコロへ遊ビニ行ッタ。ミンナ集ッテコイヤ。ボクハ、ワケモナク、タダニコニコシテ、モノモ云ワズ、タダニコニコシテイタ。ヤスヲクン、タカシクン、チエ子クン、トシ子クン、エヘヘト笑ッテ、タワイモナイ。

コノ動員室ノ仕事モ、キョウデドウヤラ片ガ付イタカタチデ、ゴクロウデアッタト云ウワケデ、林中尉ガ十一屋へ連レテッテクレテ、風呂ニ入ラシテクレタ。書キワスレタガ、林中尉ハ動員室ノ親分デアル。非常ニハンサムニ見エルコトモアルシ、猴類ニ似テ見エルコトモアル顔デアル。コノ人ヲ知ラナイ前カラ、ナントナク好キデアッタ。

十一屋ノ女中部屋デ、古イ「新女苑」ヲ見ツケタ。アア、昔。「ヴォーグ」ニ出テクルキレイナオンナノ人ヨ。ボクノタマシイハ、キミタチガスンデイタ昔ニ、シキリトカエリタクナル。

十一屋カラ帰ルト、裁縫室デ、酒トスキ焼デアッタ。ボクハホカノコトヲ考エテイテ、コトバ少ナデアッタ。

戦争ノハナシ。戦争ノハナシ。マッチ箱ノ大キサノモノデ、軍艦ヲ吹ットバス発明ガナサレタハナシ。イイカ。イイカ。

ミタミワレ。イイカ。イケルシルシアリ。アメツチノ。サカエルトキニアエラクオモエバ。イイカ。

ボクガ汗ヲカイテ、ボクガ銃ヲ持ッテ。

ボクガ、グライダァデ、敵ノ中ヘ降リテ、
ボクガ戦ウ。

草ニ花ニ、ムスメサンニ、
白イ雲ニ、ミレンモナク。

チカラノカギリ、コンカギリ。

ソレハソレデヨイノダガ。

ソレハソレデ、ボクモノゾムノダガ。

ワケモナク、カナシクナル。

白イキレイナ粉グスリガアッテ、
ソレヲバラ撒クト、人ガ、ミンナタノシクナラナイモノカ。

モノゴトヲ、アリノママ書クコトハ、ムツカシイドコロカ、デキナイコトダ。書イテ、ナオ、ソノモノゴトヲ読ンダ人ニソノママ伝エルコトニナルト、ゼッタイ出来ナイ。

戦争ガアル。ソノ文学ガアル。ソレハロマンデ、戦争デハナイ。感動シ、アコガレサエスル。アリノママ写スト云ウニュース映画デモ、美シイ。トコロガ戦争ハウツクシクナイ。地獄デアル。地獄モ絵ニカクトウツクシイ。カイテイル本人モ、ウツクシイト思ッテイル。人生モ、ソノトオリ。

コトガラヲソノママ書クニハ、デキルダケ、ソノコトヲ行イナガラ書クトヨイ。日記ヨリモ、モットコキザミニ、ツネニ書キナガラ、ソノコトガラヲ行ウ。「書イテイル」ト云ウ文句ガ一番ソレデアル。

コノ日記ハドウカト云ウト、フルイニカケテ書イタモノデアル。書キタクナイモノハサケテイル。ト云ッテ、ウソハホトンド書イテイナイ。

ウソガナイト云ウコトハ、本当ナコトトハ云エナイ。

四月十五日

飯ガスムト、サッソク林中尉ガ、部隊へ帰ル用意ヲセイ、八時ノバスデ帰ロウト云ウ。エライコトニナッタト思ッタラ、ヨルハ、又寝ニ帰ルノダト云ウノデ、安心シタ。

部隊ノ動員室デ、一日仕事ヲシテイタ。ヒルメシノ伝票ガドコカラモ切ッテナカッタノデ、喰イハグレタ。中隊へ帰ルト、佐藤伊作君ガメシヲ半分クレタ。

又、メシヲ食ベソコナウトイカヌト云ウワケデ、ボクダケ一足サキニ、吉沼へ飯ノ心配ヲシニ帰ルコトニナッタ。ソノ途デ、コナイダノ娘サンノ家へヨッテミタ。タマゴヲ二ツクレタ。

帰ッテミルト、飯ハナカッタ。頼ンデ、スコシモノニシタガ、ソレダケデハ足リソウモナイノデ、米ヲモラッテキテ炊イタ。オカズノ肉ト、帰り途ニヌイテキタニラト、醤油ヲ入レテ、ウマイヤツヲ作ッタ。

風呂ニモ行カズ、火ニ当リナガラ三島少尉トハナシヲシテイタ。三島少尉ノ口ハ大キクテ紅ク、ヨダレガ絶エズソレヲウルオシテイル。兵隊ニハナク将校ニアル特権ヲ、ボクノ前デフリマワシタガル。

コチラガ外ニ出ラレナイト思ッテ、チョット出テ、十一屋ノ女中サンデモ、カラカッテコヨウカ、竹内オ前モ一緒ニ行クカ、シカシ、オ前ハ出ラレンデアカンノウ。コンナタグイデアル。アホラシナッタリ、クヤシナッタリ、スル。

四月十六日

非常呼集ノラッパガ鳴ッタ。ケレドモ、コチラハ状況外デアルノデ、寝テイタ。起床ラッパガ鳴ッテモ寝テイタ。

今日ハイヨイヨ帰ル日デアル。

ソコニハ、絶エズ、銃ヤ剣ガガチャガチャガチャナッテイタ。ソコニハ、絶エズ、怒声ガアッタ。ソコニハ絶エズ、勤労ガアッタ。ソシテスベテガ活気ヨク、ワッワワッワト音ヲ出シテ、規則ニヨッテ動イテイタ。

ソノ音ガ、飛行場ヲヨコギリ、麦畑ヲワタッテ、ココマデ流レテクル。ソノ中ヘキョウ帰ル。ボクハ、目ヲトジル気持デアッタ。飯モウマクナカッタ。ソノ飯ガ、コノ上モナクウマクナッタ。

又、電報デ西部ノ部隊ニ天然痘ガ出タ。「カクリヲナオ一ソウゲンカクニシ、二九ヒマデヤレ」ト。二十九日マデココニ居ルコトニナッタ。

ソコヘ、小林曹長ガ来テ、スグ帰レト云ッタ。ナニヲマヌケタコトヲ云ッテイルノデアロウ、ト思ッタ。ソノコトヲ云ウト、困ッタ顔ヲシテイタ。ザマミロト思ッテイルト又来テ、軍医大尉ドノノユルシヲ得テキタ、オ前ラハココニ居テモ、モウ用事ハナイノダカラ、帰レト云ッタ。ボクハ、フタタビ、目ヲトジタ。

吉沼村ニ移動演劇隊ノ慰問ガ来テイタ。米ノ供出ガ特別ヨカッタカラトノコトデアッタ。ソレヲ見ナガラ、ユックリ帰ロウデハナイカト曹長ガ云ッタ。見タクモナカッタガ、タトヘ一分デモノビタ方ガヨイノデ、ヨロコンダ。

帰リ途、畑ニハタライテイル娘サンガアッタ。ソノ様子ガ、トオクカラ見テイテモ、非常ニキレイデアッタ。曹長ハ、ナカナカ女好キト見エテ、ナニヤラ冗談ヲ云イナガラ近寄ッタ。フリカエッタ。ソノ首ニチカリト光ッタモノ。銀ノ十字架デアッタ。

トウトウト流レテイル水モ、ナガメテイルトナカナカモノスゴイガ、飛ビ込ンデミルト、サホドデモナイ。ト同ジコトデ、中隊ノワズラワシサモ、サホド苦ニナラヌ。

四月十七日

寒雷や天地のめぐり小やみなし
北吹けば紅の花に霙降り
春三月は冬より寒し
菜の花や島を廻れば十七里

メズラシク伊丹万作氏カラハガキガ来テ、ソンナ句ガ書イテアッタ。居所ガマタカワッテイル。

愛媛県松山市小坂町二三八　門田方
テンテント居所ガカワッテイルノガ、ドウ云ウモノカ、モノガナシイコトデアルヨウナ気ガシタ。
宮崎曹長ノ正当番ニ命令ガ出タ。

四月十八日

弁当持チデ、演習デアッタ。

重タイ弾薬箱ヲカツイデ、息ヲ切ラシテ小田城跡ヲカケノボッタ。

桜ガ、咲イテイタ。

四月十九日

モノスゴイ雨ノ中ヲ、外出デアッタ。北条カラ、汽車デ筑波ヘマワッタ。

一一七ノ格納庫デ、夜、「桃太郎の荒鷲」ト「母子草」ヲ見セテモラッタ。

四月二十日

吉沼ニイタ初年兵ガ、入ッテキタ。

夜、本部ノウラデ、キノウノ映画ヲマタ見セテクレタ。「クモとチウリップ」ト云ウヤツガアッタ。コレハヨイ。

ヒルメシノアトデ、ラジオガ、シベリウスノバイオリンコンチェルトヲ鳴ラシテイタ。スゴイト思ッタ。

ソレデナクトモセマイ班内へ、十人モ入ッテキタカラ、モノスゴイゴッタカエシダ。

四月二十一日

入隊式デアッタ。
ゼンザイガ上ッタ。
酒ガ上ッタ。マンジュガ上ッタ。
岡安カラ、小包ガキタ。「アサヒ」ガ入ッテイタ。

四月二十二日

四十キロノ検閲行軍デアッタ。
ボクハ、弾薬箱ヲカツイダ。
蚕飼ノ小学校デ、十五分休ンダ。
六キロ行軍ニナッタ。
田町デ休ンデ、メシニナッタ。
銃手ト代ッテ、銃身ヲカツイダ。目マイスルホド、苦シカッタ。
高祖道デ休ンダ。
マタ弾薬手ニマワッタ。
六キロ行軍デアッタ。白イ桜ノ花ガ、目ノ中デカスンダ。ドオランノニオイガ流レタ。

ピカピカノアルミニウムノコップニミルクヲト、考エツヅケタ。モウダメダト思ッタ。

沼田デ休ンダ。北条デ休ムカト思ッテイタラ、休マズ通リコシタ。一中隊ガ二度休ムウチニ、コチラハ一度シカ休マナイ。

大穂ノ小学校デ夕食デアッタ。メシヲ喰ッタラ元気ガ出タ。

出発シハジメルト、黒イ雲ガ出テキテ、雷ガトドロイタ。ソノ辺一帯ニウスグラクナッタノニ、兵隊ノ頭ノ上アタリガ、バカラシイホドニ明ルク見エタ。雨ニナッタ。雨ニマジッテ、大キナ霰デアッタ。

四月二十三日

検閲ノ演習ガアッタケレドモ、ソノ編成ニモレタノデ、被服庫ノ使役ト称シテアソンデイタ。

四月二十四日

ユウベ夜間演習モアッタノデ、全員一時間起床延キデアッタ。

角力ノ大会ガ近クアルノデ、ソノ土俵ツクリノ使役ニ出タ。十五時ゴロ終ッタノデ、本部ノ裏ノ方デ夕方マデ昼寝シタ。

四年兵ノ満期ハ、カクジツナモノニナッテイタケレドモ、ドウヤラ無シニナッタラシイ。ソノラクタンブリハ、気ノ毒。

営内ニ、新シイ建物ガ立チダシタ。背ノ高イノハ、落下傘講堂ダナド云ウ。

四月二十五日

ヒルカラ、山砲中隊ノ検閲ノ対抗軍ニ出タ。雨ガスコシ降ッテイタ。

夜モ又、対抗軍デアッタ。雨ガヒドクナッタ。

マックラニナッタ。機関銃ヲ据エテ、状況ノ始マルノヲ待ッテイタ。ナガイコト、ヌレテ待ッテイタ。オワッタ。

雨ガドシャブリニナッタ。マックラデアッタ。細イ田ノアゼ道デアッタ。タバコニ火ヲツケタラ、火ニ気ヲトラレテ足ヲスベラシタ。

マックラデアッタ。

ドロ道デアッタ。

雨ハドシャブリデアッタ。

前ノ方デモ足ヲスベラセテイタ。チクショウト、ツブヤイテイタ。

四月二十六日

一時間、起床延キデアッタ。

作業衣ヲ着テ、カケアシト称シテ散歩デアッタ。田デ蛙ガ鳴イテイタ。小学校ニハ桜デアッタ。

飛行場ノ裏ノ松林ヘ来テビックリシタ。兵舎ノヨウナ建物ガ、シラヌマニ、シカモモノスゴイ数デ、新築サレテイタ。タダゴトデハナイ。一体ナニヲタクランデイルノデアロウカ。

ヒルカラ、中村班長ト、昨夜オトシタ薬キョウヲサガシニ行ッタ。スグ見ツカッタノデ、昼寝ヲシタ。二十九日カラ外泊ガアルケレドモ、ボクハ、一度帰ッタカラモウ帰レナイ。アレモ書コウ、コレモ書コウト考エテイル。コノ手帳ヲ、サテ、アケテミルト、ナニモ書ケナクナル。マルデ恋人ノ前ヘ出タヨウニ、ウマイコトバガ出テ来ナイ。

雨曇リ　故里ハイマ　花ザカリ

四月二十七日

バカバカシイホドヨイ天気デアッタ。

裸ニナッテ角力ヲシタガ、負ケテバカリイタ。

ヒルカラハ、大隊ノ角力ノ競技会デアッタ。ボクハ応援団長デ、旗ヲフッテイタ。ウチノ中隊ハビリデアッタ。

タエズ、タメイキヲシテイル。

気チガイニ、ヨクモ、ナラナイモノダ。

故里ニムカイテ走ル五月雲、コレハ近藤勇ノ句ダト、ボクハ思イコンデイル。

四月二十八日

雨デアッタ。明治大学ノ学生ノ慰問団ガ来タ。建チカケノ酒保デ、ソレガ開カレタ。国民服デモ着テヤルノカト思ッテイタラ、白イワイシャツニ、首カラ赤ヤ青ノキレヲカケ、黒イズボンニ白ノソロイノベルトデ、黒イ地ニ十文字ニ白ク入ッタ体操帽デ、キザデアッタガ、腹モ立タズ、ボクハヨロコンデイタ。「アキレタボーイズ」ノヤリソウナ余興デアッタ。

ヒルカラハ、ナニモセズニイタ。姉カラ手紙ガ来テ、岡安ノ伯母サマガ、ボクガ無事デアルヨウニト、成田ノ不動様ニ鶏ヲ断ッタト云ウコトガ書イテアッタ。読ンデイタラ、キュット涙ガ出タノデ、アワテテ手紙ヲシマッテ、風呂ニ行ッタ。風呂ノ中デモ、涙ガ出テキタノデ、何度モ、顔ヘオ湯ヲザブザブカケタ。

手紙ト一緒ニ、姉カラハンコヲ送ッテキタ。前ニタノンデアッタモノデ、思ッタホドヨクデキテイナカッタケレドモ、気ニ入ッタ。（注　ここに「竹内浩」の丸印が押されている）

コノ日記モ、余白スクナクナッタ。コノ日記ハ、キョウデ終ロウト思ウ。読ミナオシテミルト、ナンダト思ウヨウナツマラナイコトヲ書イテイル。シカシ、ソレヲ消シタリシヨウトハ思ワナイ。ソノトキ、ソノヨウニ考エ、ソノヨウニ感ジタノデアッタ。マズシイモノダト思ウ。シカシ、ソレダケノモノデシカナイ。

四月モ終ル。

ヤガテ緑ノ五月ガ、アア、緑ノ五月ガ、来ル。

ドウナルカワカラナイ。次ノ日記ニハ、ドンナコトガ、ドコデ書カレルカワカラナイ。

今ノキモチハ、ナントモワカラナイ、ワリキレナイ気持ダ。

五月ガ来ル。五月ガキテモ、ソレガボクニ何ノヨロコビモモタラサナイデアロウガ、デモ、五月ガ来レバト、何トナクヨイコトデモアリソウナト、アワイノゾミヲモッテ、コノ日記ヲ終ロウ。

ヨイ日ガ来テ、ヨイコトヲシテ、
ヨイ日記ヲ書ケルヨウニト。

筑波日記　冬カラ春ヘ　終リ。

注　このあと、裏表紙の扉に、小サク次のことばが書かれている。

「赤子
全部ヲオ返シスル
玉砕　白紙　真水　春ノ水」

筑波日記　二

みどりの季節

（一九四四年四月二十九日――七月二十七日）

世界がぜんたい、幸福にならないうちは、
個人の幸福はありえない。

宮沢賢治

四月二十九日

夜どおし降っていた雨が、朝やんだ。雲がちぎれて、青空が見えた。松から雫がおちた。

天長節の佳き日であった。閲兵と分列であった。雲がまったくはれて、光りかがやく日になった。式がすむと、飛行場で運動会であった。

チーズの色をした枯草の原であった。それが、ほっ、ほっと緑の粉をふいている。

筑波にかかっている雲のたたずまいも、それは、もう初夏のものであった。

ラッパがリョウリョウとなりひびいて、運動会がはじまった。

白い作業衣の兵隊であった。

赤い旗、黄い旗であった。

ぼくは、緑の旗をうちふりながら、応援団長であった。

パラソルが、はじけるように笑った。

村娘は、晴着であった。

草競馬のような草いきれであった。

ぼくは棒たおしに出場した。はじまったかと思ったら、すぐと、ぼくの腰の上に、棒がたおれていた。

中隊は、五番目の成績であった。

酒が五勺ほどあがった。雑魚があがった。飲んだ。きげんよく、風呂へ行った。外泊の連中が出かけた。

白と赤のマンジュを喰った。きげんは、上上であった。リンゴもおまけについた。

四月三十日

おきると、角力をした。角力も、やれば負けてばかりいるが、角力は好きだ。

外出をした。橘兵長と斎藤一等兵が道づれであった。

米と卵を仕入れるために、ぼくだけ、安食(あじき)へまわった。例のむすめさんの家へよって、米を一升買った。その、おやじさんとはなしこんで三十分ほど道草をくった。

宗道まで、汗をかいた。

うどんをたべた。

汽車にのった。下妻でおりた。つめたいミルクをのんだ。二杯のんだ。ピカピカのアルミニュウムのコップであった。

黒雲が湧いてきた。突風がきた。稲ズマが、各所でくだけて、ドロドロ雷神の足ぶみがきこえた。大粒がざっときた。白いほこりを上げて、道路がおののいた。駅まではしった。汽車にのった。夕立はやんでいた。緑の樹々であった。はっきりした筑波山であった。衛戍線突破。白い花は、梨畑であった。

下館の町であった。

くさったようなうら町であった。溝の水は、きれいで、音を立てて、夕立をながしていた。浮いているのは、さくらのはなびらであった。汽船の型をしたカフェで、波止場と云った。あやしい色のついた洋酒をながめながら、ひるひなか女とたわむれていた。

下妻へもどって、カツを喰った。かえり、一一七のトラックにのせてもらった。

五月一日

作業衣をきて、弁当もちで、山へ材木はこびに行った。

ひさかたの光のどけき春の日にしずこころなく花のちるらん、花のちるらん。

急な斜面を、材木ころがした。ひるからは、熊笹のかげで、ひるねをしてサボッていた。

五月二日

バスが石下（いしげ）の町まではこんでいった。そんなつもりではなかった。石下と云う町はつまらない町である。つまらないすしを二皿喰った。道づれは、橘兵長と宮城島信平と大井隆夫。

汽車で下妻へ行った。大井はどっかへ行ってしまった。大便していたら、はぐれて一人になった。大宝へ行った。あんみつばかりたべていた。日記（注　筑波日記一——冬から春へ）を姉のところへ送った。金がなくなっていた。下妻まであるいた。金がなくなったから、駅の待合所でねむっていた。

かえってきたら、中隊当番に上番した。相棒は亀山であった。

バスの天窓をすぎる木の枝に、日の光りで営門が近い。夜、週番の五十川兵長と将棋をして、二回とも負けた。

五月三日

五時におきた。事務室の窓を開けたら、霧がながれ込んだ。飛行場は、音のない霧であった。ごみために霧であった。

今日も外出のある日であった。事務室で、このあいだ買ってきた織田作之助の『清楚』と云う小説を読んだ。軽い気で書いたのであろう、大しておもしろくもなかった。この人には、『二十歳』と云ういい小説があったはずだ。

飛行場で飛行機が逆立ちをしていた。ときどきこんなことをやる。

ひるから、すこしひるねをした。ひたすら、ねむることを欲した。爆音がそれをうながした。

中井利亮からひさしぶりのたよりであった。中井は土浦に来ている。

当番の相棒は亀山。亀山の頭のわるいことは、前の日記にもかいた。頭はわるいが、美しい心をもっている。ぼくのとなりにねている宮城島信平。ロスアンゼルス生れであることは前にかいた。大事そうに三枚の写真をもっている。洋服をきたお母さん。あとの二枚は、犬と猫であった。

清野班長は、ぼくに云う。君はいろんなことをよく知っているかもしれない。頭もよいかもしれない。詩も上手かもしれない。しかし、それが戦場で何のヤクに立つであろうか。こいつは頭がよいから、殺さずにおこうとは云わない。だれかれなく突いてくる。それをふせぎ、ふせぐ前に相手を突き殺すだけのうでまえと気力が、兵隊であれば、なによりも必要なのではあるまいか。ぼくは、兵隊であるからして、その言には一句もない。

炊事室のうらで、演芸会があった。つまらなかったからかえってきた。日の丸の扇をもって、きものをきた娘が、三味線にあわせて、愛馬行進歌や日の丸行進曲をおどると云うのはにがてである。

新しくお茶を入れなおして、ゆっくりまんじゅをたべた。

五月四日

はつなつがきた、と、ぼくの皮膚がおもった。

石鹼水の雨が降って、その次に、きれいな水がふって、かっとお日さんが照ったら、ぼくのきものはきれいになるが。

営外者がぞろぞろかえってゆくと、今日もどうやら終った。夕飯をたべて、一ぷくやって、飛行場の果ての夕焼をみた。

電気がついて、遮光幕をおろして、点呼とって、ねむうなって、はやくねさしてくれんかと考えながら、あとかたづけをして、どなたさまもおやすみなされと、二十二時半。信平よ、と、暑がって脱ぎだしてねている宮城島にものを云うたかと思うと、もう不寝番がおこしにくる。窓あけて、そうじして、茶をわかす。一日、マッチのようにつかわれて……と、くりかえし、くりかえし、どこで、花実が咲こうぞえ。はるがきて、はながさき、わかばみどりになりながら、ぼくには花がない。

五月五日

もう　そこら
みどり葉で
ぼくは
がらがらと
矢車をならし

へんぽんと
いさましい
鯉のぼり
かかげた
筑波山の山ろくで
ぼくの
ことしの　せっく

五月六日

ぼくに、デンポウがきた。ヤスブミシス、メンカイヨキヒ、ヘンヲ、オカヤス
それは意外なことであった。おもいもかけなかった。あわよくば、帰してもらわんと、うまいこと云った
がだめであった。しかしまた、ヤスブミさんの死が、ぼくに面会を必要とするのは合点がゆかぬ。大岩保、
いね子からハガキがきた。ひじょうにうれしかった。

五月七日

中井利亮のおやじさんと、それからめずらしく、鈴木珠太郎とからハガキがきた。

夜、週番の橋本准尉と将棋をしてまけた。おべっかつかって、わざとまけていると思われてはかなわぬ。

まけてはなるまいとあせったら、二度めもまたまけた。

五月八日

隊長室へ入る作法と云うやつはなかなかむつかしい。ノックする。戸をあける。まわれみぎをして、戸をしめる。またまわれみぎして、けいれいして、中隊当番まいりましたと云う。まわれみぎは二度するだけだけれども、なんどもくるくる廻るような気がする。そして、それがワルツでもおどっているようでたのしい気さえする。その場で、入ったものと、出ようとするものとがかさなって、二人でくるくるまわりをやるなどは、たのしいものでもある。

五月九日

中隊当番下番。田中准尉の使役で、からす口で線なんかひいていた。
山室貴奴子からたよりがきた。阿蘇山の春をうたっていた。

五月十日

田中准尉の使役をしていた。姉から手紙がきた。こないだ小林が外泊したときに出してもらった手紙を、岡安のおばさんがかんちがいして、姉夫妻は、その小林のふるさとなる京都府なんとか郡にぼくがいると思って面会に行ったと云う。とんでもないことだ。

五月十一日

朝のうちは、田中准尉の使役であった。ひるからは、石炭はこびをした。

きのう、小ねずみを見つけた。ズボンのポケットに入れていた。夕食のオカズのジャガイモを一きれやった。おびえていて、たべなかった。雑嚢へ菓子のかけらと一緒にいれておいた。

きょうの夜間演習に雑嚢へいれてつれていった。松林の中で出したら、一もくさんににげていった。風の強い夜であった。

五月十二日

みどり葉の五月。ぼくのたん生日である。

外出した。麦が穂を出していた。十一屋に大岩照世夫妻がきていた。宗道まであるいた。

みどり葉の五月。

面会にきてくれると、
ぼくは、もっと、もっと
ものを云いたいと、あせりながら、
ものがあまり云えなくなる。

いつもそうだ。どうでもいいようなことに、ことばをついやしてしまう。

かすれた接触面をもつ。

赤いうまいリンゴであった。

下妻でミルクを飲んだ。カツとテキをたべた。スシをたべた。

街をあるきまわっていた。

クローバの草原の上でやすんだ。もっとものを云いたいとおもっているうちに、時間がすぎた。

酒をのんだ。

みどり葉の五月。むぎばたけの中を帰った。

『春をまちつつ』と『種の起源』と『日本書紀』をもってきてくれた。

夜、すこし読んだ。

夜、銃剣術をした。

五月十三日

班内に花を生けることがゆるされた。

サイダービンに、つつじと菜の花とボケをさした。

窓が開けはなしてあって、五月の風がすうすう流れてはなはだ具合がよかった。

ぼくは、はだかになって、花を見ながらめしを喰った。ひだりの腕は銃剣術で、むらさき色をしていた。

きのうの外出のとき、宮崎曹長のところへ遊びにゆかねばならぬことになっていた。ゆかなかったので、きげんを悪うしていた。

山室貴奴子からハガキがきた。

五月十四日

中隊の銃剣術の試合があって出た。九人として、二本かった。

からだがだるうて、なんにもしとうない。

ひるから防空壕を掘った。

クリーム色のたよりない夕方であった。

あした、部隊の銃剣術の競技会があるので、亀山とふたりで、そのあいだだけ中隊当番につくことになった。

五月十五日

がらんとした事務室で『春をまちつつ』を読んでいた。乾省三からハガキがきた。二十日に面会にくるかもわからないとあった。

「一日として事なき日はなし」

ゾラが坐右銘にしていたという。

部隊の銃剣術でうちの中隊はビリであった。

五月十六日

防空壕をこしらえた。

夜、岡安から速達がきて、省三が面会にくることを強調していた。保文が死んだと云って、ぼくに、なんのはなしがあるのであろうか。

夏服がわたされた。

五月十七日

雨がふっていた。

雨季がきた。

赤痢の注射をした。班内で、射撃の予行演習であった。乾省三から、またはがきであった。

五月十八日

防空壕のヤネをこしらえた。みどり葉に、ひげの雨であった。夏服をきた。こんどの夏シャツにはエリがついている。ズボン下はみじかくて、下のくくりひものないやつであった。

五月十九日

雨がみどり葉にけぶっていた。四種混合の注射をした。

ひるから、作業隊の爆発の演習を見学した。赤い旗がぬれている。爆発試験がすむと休養で、ねてもよいことになった。四種混合は、また極楽注射とも云う。

おきて、吉田絃二郎の『島の秋』を読んでいた。

ビンにさしたツツジの色が、あせていた。

きのう、ラジオでベートーベンのロマンスをきいた。

あしたの外出は遠慮することにした。

あめのふる窓に、つつじの花が、咲くように、咲くように、咲いていた。

夕方がきて、さびしさがきた。

からいたばこをすっていた。

五月二十日

外出もしないのだから、洗濯をして、一つ、ゆっくりひるねでもしようと考えていたら、宮崎曹長の引越しの手伝いに行けと云うことになった。

雨外套をきて、公用腕章をつけて、副当番の小畑家安と北条へでかけた。

トコ屋で頭を刈った。うどんを喰った。ゆくと、曹長は大八車を引いて出かけたアトで、奥さんと奥さんのおふくろさんと子供がいた。もう荷物はぜんぶもって行ったから、このふろしきづつみをもって行ってくれと云った。こんどの家は、水守であった。きたない小さい家であった。電燈がないので、ランプであった。

家主の家で、ひるめしをたべて帰った。

軍歌演習を、夕方していると、警戒警報のラッパがなった。

五月二十一日

夢で姉が死んだ。ぼくは夢で、姉さんと呼んだら、その声で、目がさめて、小便に行った。又、すこし寝ると、おこしにきた。二時であった。宮崎曹長のところへ行って、四時までにくるようにと云いにゆく使いであった。雨でまっ暗であった。なにも見えなかった。

曹長と傘をさしてかえってきた。もう明るくなっていた。やれやれと思って、寝ようとしていたら、全員起床ときた。四時であった。配置についた。

ひるから、飛行場のはしの、いつもゆく陣地へ行った。ひるねばかりしていた。

五月二十二日

水戸へ射撃にゆく用意をした。

ひるから出かけた。毛布を二枚もっていた。機関銃がくそ重たくて、全身汗であった。

北条から汽車にのった。土浦で、一時間ほど待った。ここに中井利亮がいる。そのことばかり考えていた。

汽車の中で、夕食になった。

赤塚でおりて、三キロほど汗をかいた。小学校の講堂へ泊まった。

五月二十三日

射撃であった。天気はよかったけれども、涼しかった。午前中は、監的壕にいて、的をごとん、ごとんまわしていた。

ひるから、キカン銃を射った。一〇〇点マン点で三十六点しか当らなかった。三十五点が合格点であるから、よいようなものの、こんなまずい点は、いままで、ぼくは射ったことがない。ぼくは、射撃はうまいのである。

日がくれて帰った。

赤塚の駅前で、子供が部隊をよこぎったと云って、中隊長は刀を抜いて、子供を追っかけた。本気でやっているのである。その子供の一生のうちで、これが一番おそろしかったことになるであろうと思った。

寝たのは、二十四時すぎであった。

五月二十四日

一時間起床延期であった。
兵器委員の使役に出た。
姉と中井利亮にたよりをした。
　キノウ土浦ノ駅ヲトオッタ
　ココニオマエガ居ルトオモッタ
　ココカラモ筑波が見エルトワカッタ
　オマエモ筑波ヲ見テイルトオモッタ
　オレモオマエモ同ジ山ヲ見ルコトガデキルトワカッタ
土屋と野村からはがきがきた。

五月二十五日

被服ケンサであった。

ひるから、演習をした。

終夜演習であった。夜があけるまで、しゃっくりを、ヒョコヒョコならしながら、あるいていた。

五月二十六日

四時ころ、演習が終って、六時ころから、ひるまで寝た。

ひるから、手榴弾を放った。二十メートル。

夜、軍歌演習をした。

五月二十七日

田中准尉にたのまれて、こんど、又変わったアメリカの飛行機の標識をかいた。きょう乾省三が面会にくるので、臨外をくれとたのんだ。まえからたのんであったのでくれた。ひるめしを半分喰って出た。吉沼へ行く途中で、自転車にのった乾省三に会った。十一屋書店の二階へ上りこんだ。乾省三のカバンの中から、まるで、手品つかいのそれのように、たべものが出てきた。いなりずし、うなぎ、のりまき、にぎりめし、パイカン、キャラメル、リンゴ、ドーナツ、バター、かんぴょう、たけのこ、しいたけ。たべていた。十一屋がサイダーと親子丼をごちそうしてくれた。

東京へ行こう。

夕方、バスにのった。吉沼の曲りかどで、家の軒がバスの窓ガラスを割った。破片が、ぼくの肩へこぼれた。宗道の山中さんでお茶を飲んだ。

東京へきた。もう、夜なかであった。

魚が水にかえったように、ぼくは、東京にいた。

椎名町の大岩へ行った。たべものを出して、おそくまで、電気がついていた。

五月二十八日

窓を開けると、青空と、くるみの青葉であった。

池袋で映画を見た。「怒りの海」、今井正演出。題名と演出者につられた。

いったい、一生懸命でつくる気でつくったのであろうか、いやで、いやでならないが、まァつくったと云わんばかりであった。エサが悪いと、こんなものしかつくれないのか。

どえらい、いくさをしている国の首都である。くらやみでは、アイビキが行われ、あかるみで、どえらい大金をもうけているやつがいる。月に肉の配給が五十モンメとかで、どこかで牛の舌を十皿もひとりで平げている。いろんなムジュンがあるであろうが、要は、戦争に勝つことだ。ニッポンの国だけは、ぜったいに亡びないとは、キミ、どう考えてもムシがよすぎはしないか。亡ぼさないためには、それだけのことは、しなければだめだ。

池袋のまちをもっと見たかったけれども、時間がなかった。汽車にのった。となりに坐った若い衆と俳句のはなしをした。たいてい相手がしゃべっていた。

宗道の山中さんで、ちょっとキュウケイした。吉沼まであるいた。十一屋旅館で夕食をした。酒を飲みながら乾省三とはなしていた。よくまァ、こんなところまできてくれたと、乾省三をありがたいと思った。十一屋書店へ姉から小包がきていた。こないだ送った日記のことが書いてあった。梅肉エキスやら、ジンタンやら、ふんどしやら、万金丹やら、針やら、糸やら、小包に入っていた。ありがたいことと思った。津村秀夫の『映画戦』も入っていた。香水も入っていたが、これはどうしたらよかろう、と思った。

乾省三は、営門のところまで送ってきてくれた。半月が出ていた。乾省三は、手で電気が起る懐中電燈をもっていた。ぼくは途中で野グソをした。省三をよい人だと、しみじみおもった。

中隊へ二十三時半にかえった。事務室で、週番下士官や当番がまだおきていた。ぼくのためにおきていてくれたのかと思ってキョーシュクしたらそうでなかった。ブドー酒を飲んでいた。ふところのするめを出して、ぼくもブドー酒を飲んだ。

五月二十九日

営兵所の前でゴウを掘っていた。乾省三が准尉に会いにきたのが見えた。ぼくは、わざと知らぬ顔をしていた。

枝村と云う四年兵の一等兵が、二年兵をあつめて、お前らには、ピチピチしたところが一つもないと説教していた。いつか、木俣老人が、こんどの二年兵は、実にのんびりしていて、なかなかいいケイコウだと云っていて、ぼくもそれに賛成しておいた。

土屋、野村からたより。

五月三十日

体力テストがあった。土ノウはこびで二番になった。土が半分ほどこぼれていて軽くなったやつをかついだからであった。前にやったときは、はこびきれず、途中で落すと云う醜態であったのである。

それに勢いこんで、次の百メートルも本気でやったら、十六人で四番になった。

五月三十一日

あした習志野の演習場へ行くための軍装ケンサであった。

中井からたよりがあった。

六月一日

汽車にのった。上野まで出るのかと思っていたら、金町と云う駅で外れて、新小岩へ出た。ここも東京である。市川をすぎた。ここに、井上先生と角前新三がいた。

津田沼の駅でおりた。

キカン銃をかついだ。

六月二日

朝もひるも、そして夜も、演習であった。

汗とほこりで、顔は土面のようになっていた。

二十時半に寝た。

六月三日

○時におきた。二時間しか寝ていない。
キカン銃をかついで出かけた。

つぎつぎと演習に追われ、からだが、頭がウットウしいことを考えるひまがないと云うことは、けっきょく、よいことだ。

朝めし喰って、ひるまで寝た。ひるめし喰って、射撃予行演習をすこしやって、また寝た。

二十二時から演習がはじまった。

六月四日

夜どおし、演習場をあるきまわっていた。キカン銃のゴウを二つ掘った。すこしあるいて、じっと伏せをして、またあるいた。伏せをすると、すぐに居眠りをした。掘ったゴウの中で居眠りをした。夜があけるまで、そんなことをしていた。朝めしを喰って寝た。

ひるから、射撃であった。二十発うって七発あたった。三発あたれば合格であった。早いとこ射って、ゴウへ行ってあそんでいた。雨になった。夜になって、本降りになった。

六月五日

五時におきた。一中隊と一緒に演習であった。

雨あがりで、草は露であった。露の上に、ぐしょぬれになっていた。露のような汗であった。

ひるから、兵器ケンサであった。

夜になったら、はなはだしく腹がへってきた。めしがすくない。タバコばかりすって、水を飲んでいた。

六月六日

キカン銃をかついで、津田沼まで行った。ここから、状況がはじまった。脚をかついでいた。水をかぶってきたような汗であった。みどりの草原であった。

ひるからは演習がなかった。すこしひるねをした。

十六時に整列して、夜間演習がはじまった。対抗軍であった。丘の上に陣地をとっていた。日がくれてきた。とおくで、しきりに、いなずまがきらめいていた。

サーチライトが林のように立って、流れていた。終夜演習であった。夜のあけるまで、この陣にいることになっていた。雨がふってきた。ぬれた草の上に、ぬれて空を見て、寝ていた。

寒さがきた。ときどきおきて、かけあしをした。さむいからであった。夜中に雨が止んだ。満月が出た。

六月七日

東が白んできた。一番鶏が鳴いていた。

朝めしを喰ってから寝た。きょうもまた、夜間演習であった。二十二時ごろ、おわった。

六月八日

テキ弾筒の射撃を見学した。居眠りばかりしていた。

ひるから、引卒外出であった。成田行きと千葉行きと船橋行きとにわかれた。木俣老人がどちらにしようと云っていたら、千葉にしようと、ぼくは、即座に云った。軍隊へ入る直前に、辻サチと成田山へ参ったことがあった。ぼくは、成田の不動さまだけが、神さんの中で、一番こわく、これは一つ中間報告と云うようなわけで、この機会に参らねばバチがあたりはせぬかと、おそれた。

渡辺邦男の「命の港」と云う映画を見た。題名と演出者で見る気はせなんだが、みんな見ることになったのだから、見んわけにもいかぬので見た。

映画がすむと、まだすこし時間があったので、本屋をのぞいた。けれどもなんにも買わなかった。

ぼくのねがいは
戦争へ行くこと
ぼくのねがいは
戦争をかくこと
戦争をえがくこと
ぼくが見て、ぼくの手で
戦争をかきたい
そのためなら、銃身の重みが、ケイ骨をくだくまで歩みもしようし、死ぬることすらさえ、いといはせぬ。
一片の紙とエンピツをあたえ（よ。）
ぼくは、ぼくの手で、
戦争を、ぼくの戦争がかきたい。

六月九日

廠営も終って、きょうはかえる。汽車の中で、はなはだしく、胃が痛んできた。

高橋班長にかりて、『結婚の責任』と云う小説を読んだ。題名からして下らない二文小説かと思っていた。そしたら、おもしろい。おれにはとてもこれだけのものは書けない。

胃の痛みは、ますますはげしくなってきた。北条でおりて、しんぼうしながら、あるいた。夕食はぬいた。木村班長に云って、早く寝ることにした。こんなふうにして、病気で寝たのは、はじめてのことであった。

六月十日

兵器とヒフクの手入れと、午後はそのケンサであった。

六月十一日

木村と云う寝小便たれの四年兵がいなくなったので、そのソウサクであった。各班ごとに、各所に別れて探した。ぼくの三班は北条方面であった。クモをつかむようなはなしだと思って、ぶらぶらあるいていた。すると女の子が自転車できて、それがいたと云った。これは、おもしろいことになったと、山をかけ、野を走った。にげる方では、面白いどころではあるまい。岡野上等兵がつかまえた。木村はハナをたらして、おびえていた。夜の点呼のときに、木村班長が特別幹部候補生を受けるものはないかと云った。ぼくは受けると云った。

こないだ臨外をしたから、あしたの外出は残れと云うので、残ることにした。

六月十二日

満期した夢を見た。夢がさめると、そこもやはり家で、満期して帰ってきていた。死んだお母さんがいた。さっきのは夢であったが、こんどはほんとであろうと思いながら、ドラ焼きをたべながら、満期したのだから、あしたになっても、あさってになっても、二十三日になっても、もう軍隊にかえらなくてもええと云っていたら、起床ラッパが鳴った。

外出証があまったので、ぼくもでかけることにした。橘兵長と斎藤上等兵と一緒に出た。吉沼からバスで下妻へ行き、なんにもなかったので、バスの女の子に自転車を借りて大守へ行った。ミツ豆を喰った。ビールを一本ずつ飲んだ。うまかった。サバのにつけを喰った。水クサかった。オムレツを喰った。うまかった。卵のアツ焼を喰った。

下妻からバスで宗道へきた。神田屋へ上って遊んでいた。この家は、ぼくはあんまり知らない。橘や斎藤上等兵はよく知っていた。白いメシの上にアンをどっさりのせたやつを食べさしてくれた。バスの時間がまだあると思って、床屋へ入ったら、バスがきた。半刈りでバスにのって、つづきを吉沼でやった。ハンガリイラプソディ。

十一屋でうどんを喰った。

重爆の車輪が青草にバウンドして、もうとび上っている。

夜、演芸会があったけれども、ぼくは、きげんを悪くしていて、出なかった。

六月十三日

おきるとすぐに、銃剣術であった。ジャングルの中でするいくさのケイコをして、ひるすぎにかえってくると、めしを食べるひまもなく精神クン話であった。それがすむと、すぐに精勤章授与式で、ぼくももらった。もらうのは、はじめてのことである。もらっても、もらわなくてもどうでもいいようなものだけれども、ひとがおめでとうなどと云ってくれると悪い気もしない。

ひるめしくったのが十五時で、すぐに又、銃剣術であった。

六月十四日

雨がふっていた。岩本准尉に呼ばれて、木村がにげた経路の地図をかかされた。

あしたの一泊行軍の編成にもれていたので、よろこんでいたら、十六日上番の弾薬庫歩哨であった。

雨がふっていた。

野村からたよりがきた。

特別幹候を受けるものは、中隊に十四、五人いたが、中隊長がけった。かるくけった。どうせ、どこかで故障が入るとは思って、アテにもしていなかったが、このけり方は、一寸ひどい。つまるところ、又、芽を出すキカイをくじかれたわけだ。ナベの中に入れられて、下から火を入れて、上から重いフタをされているかたちだ。

六月十五日

衛兵の準備と称して、一日あそんでいた。

空襲警報があった。北九州がやられているとか云っていた。

六月十六日

きのうから演習に出ている連中が、夜を徹してあるいて帰ってきた。

衛兵であった。再び空襲警報がかかった。それと同時に、大きな地震がきた。土の上に立っていても、からだが揺れた。地面が歪んだようであった。空襲となにかカンケイがありそうな錯覚をあたえたが、なんのカンケイもないものであった。

夜になってはなはだしい眠さがきた。弾薬庫に歩哨していて、ゴロリと横になって寝ていた。これが見つかれば、ただではすまぬ罪になる。営倉だけでは、すまされない。寝ていた。

あとで、このことを人に云ったら、誰も本当にしない。すくなくても二年以上のチョウエキであろう。

六月十七日

衛兵を下番してきて寝た。ひるめしを喰って、また寝た。

ちかごろ、きげんがわるい。一分間もしていたくない生活である。息がつまりそうである。こんな生活が、あと何年つづくのか。

中井からはがきがきた。南九州の明るい海岸町にいて、明るい文章を書いている。

六月十八日

朝おきると、銃剣術で、めしがすんで、またであった。

ひるから、松林の中で、兵器の学課であった。

六月十九日

本部のうらに将校集会所ができて、その庭つくりの仕役に出た。

谷田孫平がその静かな眼をいきいきとさせて云うのである。

満期したら、北海道で百姓をするんだ。牛を飼うんだ。毎朝牛乳を飲むんだ。チーズやバタやす乳を醸(つく)るんだ。パンを焼くんだ。ジャムをつくるんだ。キャベツやトマトも植えるんだ。ひろいみどりの牧場を見ながら、サラダをたべるんだ。

谷田孫平に、敵のたまがあたらぬよう、このたのしい夢が戦死しないよう祈りたい。

おれは、こうなんだ。やりたいことがいろいろあるんだ。

その一つ。志摩のナキリの小学校で先生をする。花を植え、音楽を聴き、静かに詩をかき、子供とあそぶ。これがおれとして、一番消極的な生き方だ。たまに町に出て、映画など見る。すると、学校の友だちが、その映画で、華々しく動いている。みじめな道を選んだものだ。そう考えて、じぶんを淋しく思うようなことはなかろうか、それをおそれる。

も一つ。南方へ行くんだ。軍属になって、文化工作に自分の力一ぱい仕事をするんだ。志摩のナキリでくすぶっているよりは、国のためにいいことだと思う。おれだって、人に負けないだけ、国のためにつくすすべはもっている。自分にあった仕事をあたえられたら、死ぬるともそれをやるよ。でも、キカン銃かついでたたかって死ぬると云うのは、なさけない気がするんだ。こんなときだから、そんなゼイタクもゆるされないかもしれぬ。自分にあたえられた仕事が、自分にむいていようがいなかろうが、それを、力一ぱいやるべきかもしれぬ。しかし、おれはなさけないんだ。

孫さん、お前おれの気持わかるかな。

六月二十日

休みであったけれども、外出はしなかった。班内で寝そべって、姉が送ってくれた『映画戦』を読んでいた。ひる、酒が上った。目のふちを赤くして寝ていた。

六月二十一日

おとといやった使役のつづきを、一日やった。手箱の奥から、中井利亮が入隊前におくってよこした詩が出てきた。利亮をいとおしく思うこと切であった。

六月二十二日

森の中で演習をしていた。森の中を二人ハン走でキカン銃をもってはしっていた。がむしゃらであった。目を閉じているときの方が多かった。緑色が、たてにながれた。海の底のようであった。熱い汗であった。

六月二十三日

朝、森の中で演習をしていた。ぼくたちのいる目の前の林空へ、グライダァが不時着した。松の木にすれすれになったかと思ったら、グイと曲げて、車輪を外した。車輪をぶらさげて、草原へざっと落ちてきた。車輪が外れて、舞い上った。

命びろいした顔が笑っていた。

ひるから、あしたの増加衛兵の準備であそんでいた。

六月二十四日

衛兵の準備であった。ひるまえに、人工呼吸の学課があった。水に溺れたのをたすけるやつであった。ぼくは、はだかになって、本部の前の用水池にとびこんだ。中ほどは、背よりも深かった。いい気持で泳いでいると、部隊長が自動車できた。ぼくは、池の中で直立不動の姿勢であった。

増加衛兵は、夕食時から、あしたの起床まで服務するのである。そして「裏門哨舎ヲ定位置トシ、裏門―兵営西南角―東南角―表門ニ至ル間ヲ動哨シ、ケイカイ」するのであった。

六月二十五日

衛兵下番して、一日寝ていた。

六月二十六日

将集（将校集会所）の使役であった。帰りたい。

よくまァこんなところにいて発狂しないことだ。

赤と青の灯を翼につけて、たそがれを飛んでゆく爆撃機。船のようなノスタルジィ。

今日一ぱいで宮崎曹長の当番を下番することになって、やれやれと思っていたら、ひきつづき宇野曹長の当番であった。

宮崎曹長は、ずっとまえから出てこないので、当番をしていないのと同じようなものであった。

六月二十七日

どぶさらいの使役をしていた。夜、宮崎曹長が急にきて、隊長室にいると云うので、上靴をもってゆくと、電燈もつけず、しょんぼり、目のふちをこすっていた。泣いているのであった。あとできいたら、無届欠勤で、十日間の重キンシンになったと云う。

六月二十八日

外出した。奥谷と一緒であった。十一屋本屋でカルピスをごちそうしてくれた。甘ったるいやつで、二杯飲んだ。バスで下妻へ行った。みどりと云う家で一一六の兵隊の休憩所ができた。食券をもってゆくと売ってくれるしかけになっている。高橋班長と一緒になった。武道酒（ぶどーしゅ）（注　焼酎のこと）を飲んだ。サイダーをいれて飲んだらうまかった。菓子を喰い、ヤサイサラダを喰って、いささかメイテイした。すし屋ですしを喰った。たみ屋でメンチカツを喰った。飯盒のフタほどもあるやつで、うまかった。

『宮沢賢治覚え書き』と云う本があった。かえりに宗道の神田屋へ寄ったらドーナツをたべさせてくれた。

サイパン島があぶない。

六月二十九日

敢為前進と云うやつで、野でも山でもがむしゃらに行くやつであった。汗みどろであった。

ひるから手榴弾なげであった。

夜間演習、陣中キンム。

六月三十日

サイパン島があぶなくて、いつ敵の飛行機が飛んでくるかもしれないと云うので、作岡村の松林の中に、ドラムカンが三〇〇も入る大きなエンタイをいくつもこしらえる（六字分不明）半日それしていた。

仕事の途中で、ドラヤキみたいなものが間食に上った。

舎前に高跳びの装置がこしらえてあるけれども、あまりだれも跳ぼうともしないが、ぼくは、それがすきで、夕食のアトなんか、ときどき跳ぶ。一四〇センチ跳ぶ。

七月一日

きょうもエンタイつくりであった。きのうのくたびれがかさなっていて、汗と土でどろどろになっていた。

にぎりめしが間食に出た。どろ手で、どろ顔で喰っていた。

七月二日

きょうも、一日エンタイつくりをやって、出来上った。雨がふってきた。

山室貴奴子から長い手紙がきた。

ふかいりしそうな気配に、ぼくの気持がなりかけている。

七月三日

対戦車肉薄攻撃と云ういさましい演習であった。

ひるから、松林の中で演習していた。

ぼくの敬愛する漫画家中村篤九が、島田啓三の「勝ちぬき父さん」についで、漫画を連載することになり、そのアイサツに、

「苦しいことつらいことのあとに楽しいことがあるのでなくて、苦しいことつらいことの中に楽しいことがあるのです」と云っている。いいことを云ってくれた。島田啓三の漫画はちっとも面白くない。この人には漫画家としての素質がない。

七月四日

休みで外出があったけれども、腹具合がわるいので出なかった。その辺をかたづけて、十一屋義三郎の『神

風連』と云う小説を一頁ほど読みかけたら、ケイカイケイホウがなった。

宇野曹長の家へとんだ。ヒルからバケツ班であった。夜になっていつも行く飛行場のはしの陣地へ行き、うどんをつくっていたら、テッシュウしてかえれと云ってきた。

七月五日

あしたから、また、習志野へゆくのでそのじゅんびであった。

七月六日

機関銃を早くつみこまなければならないので、四時におきた。北条駅でつみこみをして、本隊のくるまで、倉庫で寝た。

十時四十分、汽車にのった。汽車の中は、ずっとねむっていた。

七月七日

午前中は、カンキョウの整理であった。

ひるから、ゴウを掘っていた。こんどの廠営はラクである。

たなばたである。清野班長が牽牛織女の星を教えてくれた。

七月八日

午前中はなんにもせずで、ひるから、あしたのケンエツの予行の中隊教練をやった。

七月九日

検閲であったので、朝が早かった。検閲の演習がはじまった。弾薬箱を前において、伏せをしていたら、眠っていた。検閲の補助官が「おい」とおこした。お前、ねとったな。いや。いびきをかいておった。はあ。報告をしておく。

（勝手にせい）

弾薬箱をかついで、はしっていた。汗であった。ひるからは休養で、ひるねをした。

七月十日

ぶらぶらしていた。夜、三中隊の検閲の戦況現示と云うやつをやらされた。四時ごろから、演習場へ出かけて待っていた。七時ころからはじまった。はじまるやいなや、岩波書店のマークのミレーの絵のような格好で、石灰を、ぽつぽつとまいていた。それが砲弾であった。

白鳥座がきれいであった。

七月十一日

帰る準備やらで、一日ごろごろしていた。

こんどの廠営は、まったくもってラクなものであった。

七月十二日

早朝、廠舎をひき上げた。津田沼の駅で時間があった。東部八七鉄道隊へ入って、貨車の下でひるねをしていた。やける炎天であった。

夜、筑波へ帰ってきた。

土屋からと、山室貴奴子からと、島田甲一から、ハガキがきていた。島田甲一のお父さんが下妻にいると云う知らせは意外であった。どこにいるかくわしく聞いて、会いに行こうと考えた。甲一は、ぼくが江古田にいたとき、下宿していた家の息子である。

七月十三日

兵器ケンサやら、ヒフクケンサやらで、ごたごたしていた。

夕方、銃剣術をしていたら、ひぐらしのなきごえがこぼれてきた。こぼれてきて、こぼれてきて、ぼくは、びっしょりぬれていた。

七月十四日

外出した。十一屋にあずけてあった『宮沢賢治覚え書き』を持って、バスにのった。

ブドー酒にメイテイして、下妻の町にいた。本屋で、エミール・ウテッツの『美学』と云う本を二十センで買った。床屋で頭をかった。床屋に、岩波文庫のチェホフの『かもめ』があったので、売ってくれぬかと云うと、貸してやろうと云うので、かりてきた。

ひとり、中学校の校庭へきて、桜の下で、本をひろげた。

七月十五日

体操をしていた。
ひるから、銃剣術をしていた。汗であった。
ひぐらしがないていた。朝熊山と父のことを、ひぐらしからおもい出す。

七月十六日

しぼるような汗になり、
銃剣術をやり、
くたくたになり、
飯をがつがつくらい、
水を一升ものみ、
作業衣を水でざぶざぶゆすぎ、
エンピをかついで穴ほりにゆく。
砲弾のための穴で、

タコツボと云い、中でひろがっている穴だ。
また汗で、
また水をのみ、
からだは、まっくろになり、
こんなに丈夫になった。
夕食をくって、
はだかで、
夏の陣の雑兵のようなかっこうで、
けんじゅつをやり、
ひぐらしをきいて、
手紙をかくひまもなく、
蚊にくわれて、
ねている。

七月十七日

きょうはどう云うわけか、剣術をやりたくなかったが、朝おきると、すぐにやった。

藤岡留吉と云う兵長が、朝めしを喰っているところへきて、宮沢賢治の雨ニモマケズを知っていたら教えてもらえまいかと云ってきた。通信紙に書いてやった。よろこばしいことであった。

タコツボつくりに汗みどろ。

ふんどし一つになっていると、汗がぼとぼとこぼれて、水をがぶがぶのみ、カレーライスを喰らい、ラッキョをかじって、また水を飲んだ。

七月十八日

やりたくなかったので、朝の剣術はやめた。

かけ足で、汗であった。

ひるから、宮城島信平のアトをついで、経理室当番に上番した。

夜、本部のうらの車庫で映画があった。まず、パラマウントのマークが写し出されたのでびっくりした。ポパイであった。"I YAM WHAT I YAM" と云うのであった。その次が「暖流」であった。

中井利亮からたよりがきていた。

七月十九日

西にはしり、東にはしり、茶をわかし、炎天のもと、汗みどろ。

経理室当番である。きょうから、十三時から十五時まで午睡を行うことになった。当番も寝よと云うが、寝る場所もないし、そう云っておきながら、ちょっと酒保へ行ってきてくれぬか、スイジへ行ってこいと云うのだから、寝るわけにもまいらぬ。

あちこちまわっている途中、宮城島信平に出会うと、どうや、ビジイかなどと、英語まじりで云う。信平はロスアンゼルス生れであるから、英語をまぜて、ぼくにはなしをする。うん、目がラウンドや。

きょうもまた映画であった。漫画でチャップリンのような男が戦争に行くはなしで愚劣きわまりなかった。「将軍と参謀と兵」で、これはすぐれた映画であった。

「母なき家」で、こんなつまらない映画もめずらしい。途中で見るのをやめて、当番室にかえって、蚊にくわれていた。

七月二十日

ひまをみて、エミール・ウテッツの『美学』を読みだしたが、難解だ。美学など云うものはたいてい難解で、その上つまらないものが多い。

岡安の伯母さんからハガキがきて、松島博の召集のことをしらせてあった。姉からはなんとも云ってこないが、姉も気の毒である。しかしながら、こんな気の毒は、日本中どこへ行ってもざらにあることで、ああ戦争は気の毒な人々を何万となく製造しながらすすんでゆく。

七月二十一日

ねむくてやりきれない。ひぐらしがふっている夕方であった。

当番室の入口のところへイスを出して、タバコをすいながら、ひぐらしの景色をながめていると、広井と云う三中隊から来ている本部の当番が、竹内さん、何を考えておられるかなと、肩をたたいた。話してみると、はなせる。絵の話などしていた。あしたのやすみは、ゆっくり話をしようと云って、帰って行った。

のみがひどくて、なかなか眠れなかった。

七月二十二日

やすみであった。下士官室にあった『紅白うそ合戦』と云う、佐々木邦の本を読んでいた。この人は、よくまア、こんな同じ題材ばかり、あきずに書いているものだと感心した。

大学生、会社員、重役、社長、そんなことばかり書いている。そこへ、広井がきて、映画のはなしになった。なにが一番よかったかと云うので、「パリ祭」と云うと、ぼくのひざをぽんとたたいた。

雨になった。ひるから、ひるねをした。広井がきて、中隊へ帰って、面白い人物を発見したと云って、きみのことを川端と云う、これもまた話のわかる男にはなすと、川端は、君のことを前から知っていたそうだと云った。川端て、知らんなア、顔見たら知っているかもしらんが、はなしは、おもしろくなってきた。雨がひどくなってきた。雷も鳴り出した。

ところで、話はかわるが、サイパンがやられ、東条内閣がやめになった。一体これはどう云うわけか。「政治に拘わらず」と勅諭に云われているし、ぼくは、もともと、政治には、ぜんぜん、趣味のないおとこで、新聞などでもそんなことは、まったく読んだことがなかったから、そう云うことに口をはさむシカクはないのだけれども、東条と云う人は、あまり好きでなかった。山師のような気がしていた。そして、こんどやめたと云うことも、無責任なことのように思えてならない。

七月二十三日

ネムの木は、伊勢では珍しいが、ここではざらにある。野にも山にもある。営内にも、いくらもある。いま、その花が咲き出している。ゆめのような花である。

そこへ、大竹がきた。「竹内古兵どの、血液型の検査しに来いって」「いたいかい」

B型であった。

こんなときこそ、ことばをつつしまねばならぬ。サイパンがやられたと云って、コウフンして、申しわけなし、切腹しておわび申そうなどとは、笑止と云うより、はらだたしい。おちつけ。あらぬことを口ばしるな。

広井がまたきて、手相の話をしだした。手相を科学的に説明しようと云うのである。ホウセンカの茎が赤ければ、その花も赤いように、そこに相関性があると云うことから、手相と頭脳との相関性を云うのである。なっとくのゆきそうな説明である。そして、ぼくのを見てくれたのだが、みる定石として、被看者の過去の行跡を、たとえば、両親がないと、女のことでは、なかなかなやむたちで、それが一度ならず、二度あり、二度めの方がはげしかったとか、心臓の弱いこととか、そんなことを云いあてて、相手に手相を信じさせて、おもむろに、未来をかたる。

五十歳までは生きる。安心した。一生物資にはめぐまれる。金持の家へ養子にゆく。女房がやりてで、本人は、好きな仕事をやっている。道楽は食道楽。子供は六人、末の男の子で、すこし苦労する。一年以内に、死にぞこないに会う。と云うのは、どう云うイミか。とにかく、死にぞこなう。そこで、精神的に人間が変わる。結婚は、マンキの後、二年。それと、前後して、君の華々しい時代がくる。世間的にも名声をハクすると云ったふうであった。

七月二十四日

経理室当番を下番した。

七月二十五日

水戸行きの射撃にのこることになり、そのかわり、二十八日の衛兵に立つことになった。

七月二十六日

水戸行きで、中隊の大部分が出て行った。出てゆくのと前後して、ぼくは、中隊長の家へ公用に出た。家は安食にあった。飛行場を半分まわったところで、つまり、ここから向い側になる。奥さんは、高峰三枝子そっくりとかで、見てやろうといきごんでいた。ごくろうさんと云うイミで、アメダマを九つくれた。十人なみであった。吉沼まわりで帰ることにきめた。松林の中で、男が二人タバコをすっていたので、そこで、休ケイした。十一屋書店へよって、カミソリの刃と、門馬直衛氏の『楽聖の話』と云う本とを買った。カルピスと、カボチャをごちそうしてくれた。

帰ったら、午睡の時間であったので寝た。班内も五、六人で静かでよい。夜は、のんびりと、乾信一郎の『コント横町』を読んで寝た。途中でふき出すような、おかしなものであった。

七月二十七日

午前中、銃剣術であったけれども、さぼっていた。雨と、太陽と、まだらにやってくる日であった。班内がきわめてのんびりしている。寝台の上で、『コント横町』を読んでいた。こんなのんびりさが、うれしいほどだから、いまの生活は、かなり窮屈なものであろう。去年の今ころは、これ以上ののんびりした生活をしていた。久居で、毎日、将集の当番をしていた。毎日、本を読んで、なんにもしなかった。

十三時からの午睡も、気持よく寝た。午睡がすむと、ただちに銃剣術であったが、便所へにげて、寝た。くさいところで寝た。帰ってきて、班内でまた寝た。トマトが上った。うまい。玄妙な味であった。

ひぐらしが鳴いて夕方がきた。

今夜、おそく、水戸へ行った連中が帰ってきて、班内は、またうるさくなる。

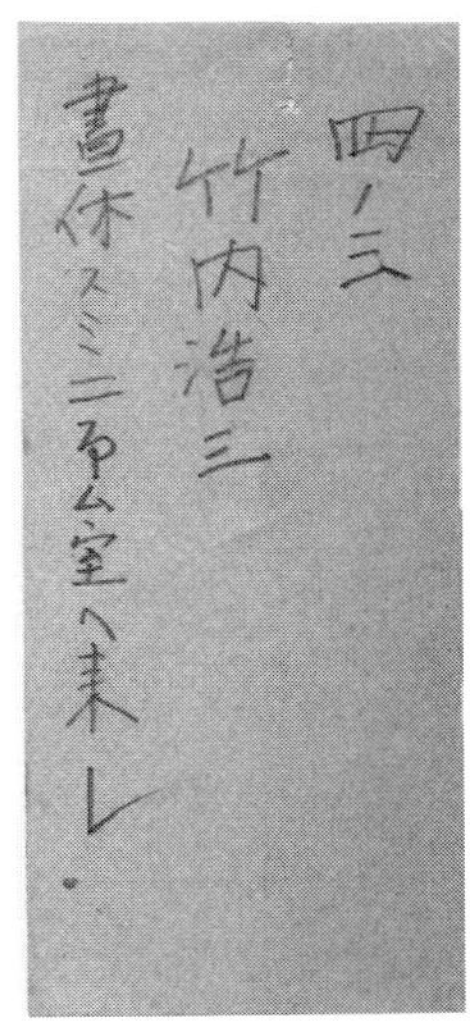

中学生謹慎日記（抄）

（一九三八年四月七日——十二月八日）

昭和十三年四月、竹内浩三は、旧制中学最後の学年を柔道教師佐藤純良氏宅に身柄預りとなり、その家から通学した。この『新学生日記一九三八年版』（三省堂）の四月六日までの頁は、竹内自身によって破棄されているため、その処分の直接の理由は不明である。

四月七日

父のどなりごえがしたので、ねむかったが、すぐにおきて、時計を見たらまだ五時前であった。さっそく先生から言われたとおり、神宮・宮城・仏壇をおがんだ。まだ朝飯までに時間があるので、英語の単語をおぼえたら、よくおぼえられた。朝早くおきるのはよいものだ。課外があるので早く出かけた。キン張していたから今日はなにもまちがいがなかったが、このキン張をずっとつづけねばならぬのだ。それが出来なければ死ぬかくごだ。死ぬかくごになれば、人間、大抵のことはできる。昨日の父の姿や先生達の御言葉は一生わすれられない。

夜、父と伯父とにつれられて、佐藤先生のお宅へうかがった。先生はその時おるすであった。とにかく、二階の一室におちついた。そして、父と伯父とは帰られた。一人のこって深く決心しながら日記をつける。雨はやんだらしい。

四月八日

いつまでねとる、と言う声が夢をやぶる。夢はたのしい夢であった。しかし、現実も又たのしからずやである。とにかくおきて、顔を洗ったりしてから、部屋を掃いたりする。すると、下から朝めしであるむねのホウコクがあるから、ハイと返事してトントンと下りてメシを喰い、そして学校へ行く。学校へ行くと、どうだったなどと大勢ききに来たが、うるさいのでいいかげんにしておいた。

四月九日

例によって例のごとし、ではなかった。帰りに古川（書店）へよった。

なんとか言う西洋のテツガクシャが、「日記にも本当のことはかけなくなった」と言っているようである。

四月十一日

なんとしてくらさん。

四月十四日

山岳部のキャムプに行く。

田丸（駅）で下りて、成川へ行き、成川池の辺でキャムプをした。その夜は月蝕であった。

防寒具を持ってこなかったので、一色に案内してもらって、葛井と二人乗りで中西とこへ自転車で行った。

その途中おまわりさんに無灯をとがめられて、名をつけられた。

四月十五日

寒いので早くおきた。まだ夜であった。月は西の山にかたむき、暁の明星は南にまたたく。池の面には、水蒸気がミルク色をして、白く流れている。寒い風がさっと吹く。そこにあった舟にのって、その池を一周してみた。

味噌汁をたく番になった。

国東山（くずかさん）にのぼり、広泰寺（こうたいじ）へ行き、田丸へ行き、山田で四年生の修学旅行を送った。

五月十六日

山岳部のケイジをかいた。家へかえると松島氏もショウシュウ（召集）であると言っていた。

五月二十一日

鷲嶺（しゅうれい）へのキャムプである。体力テスト等あったので予定の時間におくれて土屋と二人で後を追った。

麦畑のある丘に白い道が曲がりくねって通り、それにそって電柱がならび、西にかたむいた太陽はその電柱の半面を照す。そこを馬車がポカポカと行く。何だか外国映画にでもある図だと、二人でよろこぶ。

夜は、土屋と奥山と三人でぬけて行って、ビールを買ってライトの光でのんだりしてよろこぶ。

五月二十五日

松島氏が出征すると言うので、自宅へ夕飯を喰いに行った。敏ちゃんは頭をボーズにしていた。

五月二十六日

土屋と岡村レコード店へ寄って、

「〝オーケストラの少女〟のヤツあるかん」「あります」「活動（映画）も明日から来るけど、あんたらは見やれんよって、レコードぐらい聞くとえゝなあ」などと愛想も言って、そのレコードを包もうとした。「その前に一回かけてんかん」「はい」
はじめから買う気はないんだから、スタスタ物も言わずに出て来て二丁ぐらいくると、さっきのレコード屋の男がハンナキ（半泣き）の顔をして追って来た。そでをしっかりつかんだまま放さずに、ちょっと家まで来てくれと言う。食い逃げの時といっしょのようだと思った。
そして、聞かし賃に五十センよこせと言う。十センにまけろと言ったが、いかんと言う。道の真中でこんなことをしているのもテイサイがわるいので、しかたなしに五十センやった。しかし、考えてみるといまいましいので、またひきかえしたら、さっきの男、ドキリとした顔をした。そして、もう一円十センだしてそのレコードを買った。

五月二十八日
日の丸もって外宮さんぱい。米本先生が出征された。

五月三十日
どうやってくらしたって一日は一日だ。明日から試験だ。

六月五日
よき日曜日である。
朝、土屋に借りた『続若い人』をよんだりした。昼から大淀(おいず)の土屋とこへ行こうと、有文堂の前でバスを待ったがバスはこなかったので、バスの通るであろうと思われる道をぶらぶらと宮川に向ってあるいた。宮川橋でスケッチ・ブックなどぶらさげていると葛井に会った。魚釣りを見たり、ねころんだり、スケッチしたりしていると、バスが来た。バスには女学生が四五人のっていた。バスは、ゆらゆらと麦畑の中をすすんだ。

女学生はたいがい途中でおりていって、一人がのこった。彼女は、前のトッテに手をかけて、その上に顔を押しあてて、眠っているような泣いているような姿勢をしていた。オカッパのカミが顔の上にたれかかっていた。

こいつは絵になると席を移っていって、彼女のプロフィルをかいた。かき上げてから、しばらくためらったのち、彼女の肩をかるくたたいた。彼女は、おどろいて顔を上げた。鼻の先にそのスケッチをつっつけてやった。

土屋の家へ来た。さっそく例のレコードを聞いた。他は、流行しなかった流行歌のたぐいで、よくなかった。

六月十二日

姉と岡安のオバとで、久居へ松島氏に面会に行った。兵隊は、えらいらしい。米本先生にも会ったが、よわっていた。

六月十三日

土屋がキャムプで赤痢になった。夜、井上先生とこへ行き、十二時近くまでいた。

六月二十七日

土屋から石炭酸くさいハガキが来た。

（注　次のようなハガキが残っている。「手紙受け取った。俺を退屈から救い出してくれて多謝。天井のフシ穴もないし、アニキダマの姿も目に浮かばない。俺の意識を刺戟するのは食欲だけだ。他の欲は何もない。人間は体が衰弱するとこうもなるものか。……後五日位で退院だけは出来そうだ。隔離は実に嫌だ。消毒の関係上葉書しか出せぬ。残念だ。」）

七月十六日

水泳の帰りに二年の来田が、「タナマスのキントキおごってんかい」と言う。オウヨシヨシと、金もないくせにおごることにした。こんどはキャンディ喰おか。オウヨシヨシ。こんどはクリーム。オウヨシヨシ。こんどはイチゴ。オウ、てなぐあいで、三十六センつかわされた。おかげで財政にギャップができた。

七月二十三日

終業式である。成績は二十番くらい上がっていたらしい。教練が「乙」になったのはめでたい。雨ふって地かたまるか。山口と葛井とで水泳に行った。途中、前田で「美味なる神霊の水、ご自由にめし上り下さい。――よろこびの家」の字に引かれて、電車を下りて飲みにいったら、なんだ、ただのカナケくさいポンプの水だ。おまけに電車は我をのこして出て行った。山口と葛井が二見の駅で待っていた。

七月三十一日

土屋と葛井とで上高地へキャムプに行くことになっているのに佐藤先生がやめとけと言うので、大いにこまった。

八月三日

日記を見るやつがいる。

八月四日

そんな奴は、日記を見ることが最大の罪悪であることを知ってか知らでか。そっと見ているときの顔が見たいものだ。もちろんはじめから検閲されるのはカクゴの上だったので、はじめのペイジを破ったり、えらいまじめな心にもない感想を「見てもらうべく」かいた。しかし、その気持もいつのまにやら忘れてユダンしていろいろかいた。ユダンできんことがわかった。これからも見せるための日記をつけることにしよう。

八月十日

いよいよ明日は山行き。しめしめ。土屋が来たりして用意などした。しかるに、ああ、しかるに葛井が行かぬと言う。それで佐藤先生も二人ならいかんと夜になってから言いだした。サーヨワッタ。

八月十一日

よわった、よわった。土屋はもう行くつもりでよろこんで来るだろうし、よわった、よわった。キュウソ、猫をカム。

自転車をとばして、竹善（父）の「二人でもよいから、やって下さい」の意味の字をもらってきてマルサ（佐藤先生）に見せたら、しかたなさそうに、「よし」。テヘ、バンザイ、あわてて用意して駅へ行く。

名古屋だ。名古屋て街は、勝手が知らんのでうろうろして、やっと東宝で「未完成交響曲」と「若い人」を見、松竹で「人生の設計」「恋愛豪華版」を見、日活で「悦ちゃん」と「髑髏銭」を見て、十一時三十分の汽車で松本へ急ぐ。

八月十二日

汽車の中ではかなりねたが、三時間くらいのものだろう。四時何分かに松本についた。電車で島々まで。バスで上高地まで。上高地へついたら、まだ朝の八時ごろであったので、テントを張ったりメシをたいたりしたら昼になった。昼から焼（岳）にのぼろうと言うので、サイダーなど持って出かけたが、かいだるくなって途中で引きかえした。

八月十四日

焼行きを決行する。一つ四センのマンジュを六つとお茶をサイダーびんに入れたのとシーツ二枚とを小さなリュックザックに入れて、出かけた。

峠でサイダーをのんだ。峠の向う側はえらい雲なのに、こちら側はすこしも雲がなかった。ものの二百メートルものぼらないうちに、峠の向う側だけにあった霧がはみでてきて、峠の茶屋も何もかもマッシロに見えなくなってしまった。霧のはれるのを待っておもむろに登った。下りは、峠のすこし下で日が暮れかけ、雨がふりだし、やがて本格的にどしゃぶりになった。ほうほうのていで白樺食堂へたどりつき、うどん二杯を食った。食堂の亭主「テントが雨でうるさいやろで、ワシとこの屋根裏へ一泊五十センでとまらんか」と言う。そりゃよかろうと雨の中でテントをかたづけた。久しぶりで風呂に入った。ランプの光ですだれをかけた風呂は私を大いによろこばした。

屋根裏というからひどいのかと思ったが、ゴザも敷いてあったし、ランプもあったし、フトンもあった。久しぶりにフトンのやわらかさをたのしんだ。

八月十五日

名残り惜しいが、今日は出発だ。バスにゆられ電車にゆられて松本に昼ごろついた。さあ活動が見られる。二つ見た。「人生劇場・残俠編」「エノケンの法界坊」。前者はものすごくよかった。夜行で名古屋に向う。

八月十六日

朝早く名古屋着。大須あたりでパチンコなどして時間をつぶして、チャップリンの「モダンタイムス」を見、朝日会館へ行き「シュバリエ（の放浪児）」と「最後の戦闘機」を見た。後者もかなり見られたが、前者はかくべつよかった。やはり映画はいいもんだわい。

八月三十日

集団作業に行った。帰りに家により店へ行って、夕方まで独りでレコードをかけていた。帰るのがいやになったので泊っていった。久しぶりで自分の部屋でねた。すべてのものがなつかしかった。本箱を開けてみたり、古い雑誌のペイジをめくってみたり、引出しの中のものをみんな出してみたり。

家を離れてこんなに日をおいて帰るのは生れてはじめてのことなんだから、むしょうになつかしい。時計の音も、火の用心の拍子木も、参急（電車）の騒音もなつかしい、なつかしい。じっとねられなかった。

九月十六日

八時半校庭集合。大湊（おおみなと）に向って行進。大湊の海岸で休んだり、歩哨に立ったりした。やがて敵が攻めてきた。世古へかくれて敵の通って行くのを見てよろこんだ。「やぁ、おるぞー」と調子づいてとび出したら、「あぁ、おったー」と囲まれた。ミカン畑へとびこんだ。まわりは鉄条網がめぐらせてあったから、フクロのネズミである。やっと鉄条網の破れをさがし松原をぬけて味方の声のするところへ来た。そこは別の小隊で、五六人のものが一つの機関銃のまわりにいた。ここは秘密の場所で、敵に十字砲火をあびせるんや、と島藤が言った。なるほどと思ってそこにいた。すると山本が一人やって来た。やい、お前は敵やないか。そうや。つかまえたるぞ。つかまえてみよ。柔道初段だから、こちらがよわった。お前の方はみな後へさがったぞと言う。そりゃたいへんだと一人で逃げたら、なんだ、すぐうしろの藪に味方が伏せしていた。やがて月が、赤い半月が海からのぼりかけた。

九月十七日

追撃にうつる。

東紡のあたりから坂口と斥候に出た。坂口が、これがおれの好きな女（やつ）の家やと教えたりした。船江神社の朧ヶ池の前の田へ来た。学校の土手に大勢いるらしく、話声がする。やーい撃ったるぞ！　あっ、おるおる、と今ごろ驚いてやがる。ドン、撃った。ドン、撃った。ドン、敵が撃った。本当の戦争ならソク死だ。

学校の校庭に集まって、磯の渡しへ向った。石のごろごろした河原を歩いて、敵と対峙した。散開などしたりして前進する。朝熊山（あさまやま）から太陽がいざよいかける。

払暁戦。ワァーッ、ワァーッ。

分列をしたり、愛国行進曲をどなったりした。学校で別れ、テッポウみがいたりしてから帰る。夕方の四時までねる。

九月二十三日

橿原神宮の奉仕隊として、橿原神宮へ赴く。建国会館へとまる。

九月二十四日

朝早く八紘舎へ行き、そこで朝食。畝傍山にのぼり、式をし、作業を行う。

夕方近くに記念写真をとって、大阪へ向う。八木で止まると思っていた電車が止まらずにスーッと我々をのせたまま行ったので、我々は、教師が京都行とまちがえたのだ、そして我々は京都へ行かねばならなくなるわい、こいつはおもしれェとよろこんでいたが、西大寺から大阪へ曲がった。生駒トンネルをポッと出ると、目の下に大阪平野がひろがった。電車は山腹にそって下る。

上六からドウトンボリのナニワホテルまで歩く。ホテルはえらいとこにあった。まわりは皆カシザシキと看板が出ている家である。飯を早く食ってフロに入らず、松竹座へ行く。「舞踏会の手帳」までにはまだ時間があるので、ぶらぶらしてコーヒーをのんだ。かなりうまいコーヒーであった。

「舞踏会の手帳」は、思っていたよりはるかによかった。出るときトケイを見ると十時十分であった。テンコは十時にとることになっている。いそいで宿屋につく。十時十五分。

部屋へ行くと、「先生らおこっとったぞ、帰ったらすぐ来いと言うとった」と言う。さあこまったが、しかたない。先生の部屋へ行くと、渡辺九郎治さんが「カツドウへ行っとったんか」と言う。「ハイ」とこたえる。「バカだなあ。ごまかすならいくらでもごまかせたのに。中学校ではカツドウ見たら処分されることになっているのを知らんのか」

とにかく、ローカにすわらされることになる。すわっていると、スリガラスの模様の間から、今までねていたはずのヤツラの目がのぞいている。フザケルナ、バカヤローとどなってやった。近くでどこかのバカでもメートルを上げているらしく、太鼓の音がトントンする。フトンがなかったので、一枚の掛けブトンに土屋と二人でねる。

九月二十六日

心配しながら学校へ行く。井上先生にシマツ書らしきものをかかされる。学校が旅行中に夜間外出を許すんだから、誰だってどこかへ入るさ。カツドウでも見るさ。
土屋がやすむ。シマツ書だけですむらしい。

十月一日

運動会。ワワイ、ワイワイ。日の丸の扇子でメチャクチャ踊ってやった。
教室でも拍子踊りを扇子で二回とバケツで一回した。でたらめの歌もうたってやった。地球がはれつしてもしらずにいるにちがいないほど有頂天になった。もう死んでもよいくらいよろこんだ。
後が悪い。教室の有頂天をタナマスまで延長して、同勢七人、天ぷらうどんとカレーうどんでさかんにメートルをあげた。

十月二日

井上先生とこへこないだのことで敏さんと行く。次のごときものを三枚かかされ、三人で持つことになる。

誓約書

コレヨリ学校ノ規則ニハドンナコトデモシタガイマス。モシシタガワナカッタラ、スミヤカニ学校ヲヤメマス

昭和十三年十月二日

竹内浩三 ㊞

竹内敏之助　㊞

宇治山田中学校長
宮地雄吉殿

そのとき、敏さんがなんの気なしに昨夜のことを言ったら、先生、えらい問題にしてきて、だれといったなどときいた。

十月三日

学校へ行くと、うどん屋へ行った連中の、中井はオヤジがよばれ、田口はオカアさんがよばれ、他のものも大分やられていたことがわかった。シマッタ、言わねばよかった。

第一限の最中、井上先生に第二職員室へよばれた。「あのことはこのますますことはできん、このキカイにいっそのことやめるかどうや」と言った。こりゃ、やめんならんわいと思ったらナミダがでてきた。「やめます」と言った。またナミダがでた。「そうか」と言って外へ出て行った。やがて佐藤先生が来た。自分がやめると言ったことをひどく怒った。「お前のためにどれだけ苦労しとるかわからんのに」と言った。なるほど、すまんと思ったら、又ナミダが出た。先生の顔がクローズアップのようにぼやけて広がった。ボイン、ボイン、と四つなぐられた。先生の顔にフォーカスを合わせて、じっと見つめていた。先生の目がうるんでいた。そのうるみは涙となって右の目から頬を伝わった。偉大なオヤジ、いいオヤジだなと思ったら、こちらの目からも涙が出た。グツグツ泣けてたまらなかった。

先生に伴われて、家へ行く。ゲートルもできるだけゆっくりほどいて、奥へ行く。おやじは、ひたすら怒ってばかりいた。敏さんも出場におよぶ。

また敏さんと学校へ行く。自分一人でカントク室にいると、ネコがまた悪いことをしたぐらい感づいて「もうお前は見かぎった」旨を告げた。しゃくにさわったので、ネコのクビスジをヒットラマエテやろうと思った。その場に広田正容氏など居合わせたのでテイタラクであった。敏さんと家へ帰る。頭が非常につかれた。もう考えるヨチもないのでネル。

四時ごろ佐藤家へ帰る。四日ばかりキンシンすることになる。

おれの一生は、おもしろい一生だ。自分のライフも、伝記か芝居でも見るつもりで見ると、おもしろい。そこに余裕も生ずる。泣いたり、さわいだりするのも、芝居などでよくあるもらい泣き、見泣きみたいなものになる。

十月四日

キンシン第一日目の朝は、どなり起されてはじまる。こんなていたらくは、キンシン生活にはそうふさわしくないわい。しかし、ふさわしいことばかりやっているのは、たいくつなことである。

十月五日

タイクツしたした。ベンキョーした。タイクツした。ベンキョーした。なんと地球の回転のおそき。

自分のライフを芝居として見ることができにくいというのは、その芝居が終ると自分も死ぬんだってことを知っているからである。死刑囚に、死刑直前にちょうど終る喜劇を見せてやると、まあ、それに似た現象を見ることができるでしょう。ハハハハ。

十月八日

外出をゆるされる。キンキとして外に出る。病気上りのように、頭がふらふらする。キンシンなんてものは、だいいち体によくない。

外の空気をうんとすう。外宮に参拝してみる。古川（書店）へ行く。山口立夫の家へ上りこむ。有文堂（書店）へ行く。すると、そこに村田がいた。村田と坂口とこへ上りこむ。帰宅。井上先生が来る。井上先生は苦労をしていない！

十月九日

坂口と友達と称する人物の家へ行く。名は忘れた。この人物について少しかいてみる。

昨日の夜、坂口が彼の家へ行った時も、二人の娘が遊びにきていたと言う。我々が行った時には、彼は活動か何か見にいったとみえて居なかった。彼の部屋を写すことによって彼の人物が知られると思うから、それをくわしくかく。

机の上には、花サシと本が十冊ぐらい。これが彼の持つ本全部であるらしい。『手紙の書き方』『我等の陸海軍』といった本である。ベニヤ板の壁には、レコードが四、五枚リボンでぶらさげてあり、そのレコードには松竹の女優のプロマイドや自分がマフラーをしてとった写真やがとめてあった。

ポータブルがあった。開けるとハヤリウタのレコードがのっていた。坂口がアルバムを出して見せる。見るとエゲツナイ娘連。ハッピイにいた女給や扇月の娘などと一緒にとっている。畑洋子のもあった。彼は、これらの娘と何か関係をもっているという話し。ムラサキのフクサにつつんだタントウも壁にかけてあった。机に少女の持つような赤い小ダンスがある。ヒキダシを開けると、巻タバコとキザミが入っていた。机の上にはキセルがカラリと投げ出してあった。ふとんは敷きっぱなしである。

こうした生活をしている人物もいるのだ。彼も家庭に恵まれない気の毒なやつだ。不良は大抵悪い家庭から出ると言う。実に名言だ。そして、彼等には大きな同情を必要とする。このオレもその一人だ。いつのまにやらオレも一人前の不良になっちゃった。

十一月十四日

マラソン。はじめのうちは、まあ中ぐらいを走っていた。西の口あたりからだんだん抜かれ、馬瀬橋あたりでは後は少しだ。今日はドウモ、コンディションが悪いわい。こうなると、えい歩いたれと言うフテブテしい考えが興ってくる。歩く。空はすみわたっている。昨日にくらべて、なんと暖かい日だろう。大湊の橋のそばで、島村が旗を持って立っていた。「オイ自転車にのせてくれ」「あとから教師から来るとうるさいで、まあ待て」そこで二分ぐらい休憩をした。こんなにフテブテしくなっているのだ。けっきょく七百八十三番となる。

十一月十五日

オレは、えらい悪い子になった。今までそんなに悪い子ではなかったのに、こんな悪い子にしたのは誰だ！　五月以来、オレの行為は悪性をおびてきている。それまではごくおとなしい生徒だったのに、友達もたしかによくない――いな、よい人間なのだが、やることがよくない（よくないことになっている）。もう一つの理由は、学校を出て家につくまでの時間を長くもつようになったことである。これは、たしかに悪い。その間に（学校がきめた）悪いことをしている。

なぜその時間が長くなるか。やはり本当の家の方がきらくだ。よその家はキュウクツだ。自分で自覚していない中に、帰りたくないという気があるらしい。キュウクツなところへ帰るより、友達とわいわい騒いでいる方がはるかによい。だからである。私にとっては、この時間が一日の中で最も気の休まるユカイな時なのである。

この家には、女の子がいる。しかも、女学生である。オレはこの子を愛している。ひそかに。だから、彼女がこの家にいるということは、私の一つのたのしみである。私の友人の中には、女学生やその他とカンケイしたりして、童貞を失っているものがかなりいる。私は、ときどき彼らをうらやましく思うことがあり、又自分もそうすることを欲する。しかし、私にはどうしてもそうしたことをする勇気もなければ、理性の弱さもない。

娼婦などによって童貞をなくしたやつもいる。私は、それも欲することがある。大阪で道頓堀の裏を通った時、あやしげな家から女がまねいていたが、その時などよほど入ろうかとも思った。しかし、入らずにすんでいる。後で入らずにいてよかったと思った。入っていたらよかったのにとも思った。

私は、いまだに（あたりまえのことだが）童貞を保持している。童貞の価値をすこしも認めないでいながら。土屋陽一もまだ童貞であることがうれしいことである。

十一月十九日

山岳部のアルバム写真をとりに松尾山へ行く。オレは、鯵のスボシを買っていった。ハンゴウでメシたいて、カツオのカンヅメ喰って、茶のんで、雑談して、岩窟で火たいて、かなり愉快を味わうことができた。

十一月二十三日

新嘗祭（にいなめさい）。朝、南郷少佐のカツドウを見にいった。つまらないことはなはだしい。まあ、学校の見せてくれるカツドウはあんなものだ。

十二月八日

だんだん卒業の日は近づく。もうあと三月あるかなし。山中ともさらばじや。あゝ、山中。オレの山中に於ける生活は、おもしろいものであった。幸福だった。生活であった。おもしろかった。長かった。

十歳で母親をなくし、十七歳で父親に死なれた竹内浩三にとって、姉松島こうさんはたった一人の肉親であった。上京して日本大学に入ってから、彼はせっせと姉に手紙を送り、何事も打ち明けて相談した。そればかりか題名や前書きのある手紙まであり、用件と一緒に詩や小説などが書かれていた。松島さんは、そんな手紙をはじめ弟が託した遺品のすべてを戦後五十年以上ずっと大切に保存してこられた。それらは、こうさんが八十歳を越えた時、松阪市に寄贈され、現在は本居宣長記念館（館長・高岡庸治氏）に保管されている。

竹内浩三は、恋人や親友たちにもどっさり手紙を書いたらしい。しかし、ほとんどが戦災で焼けたり、長い年月の間になくなってしまった。たとえば、大林日出雄氏の許には二百枚からの手紙類が届き、中にはマンジュウを包んだ皆敷（かいしき）に書かれたものまであったそうだが、東京の空襲で灰燼に帰した。最愛の人森ケイさんに出した手紙は「それで御飯がたける」ほどあったそうだが、これも伊勢市の空襲で焼失した。

最近、ぼくは松島家の書斎から、竹内が投函せずに本の間に挿んでいた数通の手紙を発見した。その一通は、宇治山田中学卒業直前に東京の伯母に受験の相談をした手紙であり、もう一通は、恩師井上義夫氏の近況を友人に伝えた浪人中の手紙であるが、あえて「学生時代」の冒頭に加えることにした。

（小林察）

学生時代（一九三九年二月―一九四二年七月三日）

一九三九・二・？　大岩やゑ宛　佐藤純良氏宅

一年ばかり御無沙汰しまして、ごめんなさい。一月初めに一枚かいてみましたが、キッテはって出すのがメンドウでしたので、どうも出しおくれましたが、その中身が気にいらんようになりましたので、今もう一度かきなおして出します。これもまたキッテはるのがメンドウだといって、出しおくれるかもしれません。

前に出したのは四月でしたから、一年近く消息を伝えんだわけです。その間ボクがどんなことをしていたかは、大岩からの手紙などで大体はわかっていると思いますが、大体をお伝えしましょう。

五月――行状よろしからずして佐藤先生の家にあずけられる。

六月――おとなしくなる。

七月――試験の出来ややよし。

八月――山へ行く。

九月――大阪へ学校から行った時、『舞踏会の手帖』を見に行き、バレて、退校になりかけやっとたすかる。

十月――運動会でチョウシにのりすぎて、一週間のキンシンとなる。

十一月――なにごともなし。

十二月――試験やや悪し。冬休中は家へ帰ることを許される。

一月――一生懸命で勉強せず。

といったようなものでありました。

東京高等工芸の規則をとりよせました。京都高等工芸も受けようかと思っています。しかるに、困ったことにこのごろ、といっても半年ほど前からですが、絵画の方にどうも自信がないような気がしてならないのです。学校では誰も上手だと言うし、自分でも人より大分上手だと思うし、着想もなかなかおもしろいのだが、似顔を描くとすこしも似ていず、また写生をしたり写しをしたりするとうまくいかず、自分にはこの方の才能はないのかな等と思ったりします。三月に上京する時に、ゆっくり相談もし、描いたものなど見てその道に進むべきかそうでないか判断してください。

しかし、今年は工芸をうけることにします。今から学校を変えたりなどするには、すこしおそいから。あるいは、描くことなどは、努力によってかなり上手にもなれるし、また図案家は描くことよりも考えることが主なのだからボクでも充分やって行けるのじゃないかとも思っています。その方の仕事に対する興味も全然減少してもいませんし、一生それをやっていく気も充分あり、野心ももっています。

一九三九・四・？　東太郎宛　椎名町

吾があいする（マイデア）東太郎（ヒガシタロ）よ
いかがですか（ハウアアユウ）。佐藤洋子に会うかい？　東京にだって女の子はタンといるが、どうもホレちまうとしかたがない。まだすきですきでたまらん。（テバナシで言う。だからすごい。）洋子のようすをしらせてくれ。ウソでもなんでもいい。洋子って字をみるだけでうれしい。

井上先生のケッコン、しってるかい？　オレはオトツイ行ってみた。すると女の人がいた。これは！　エヘン、エヘンと腹の中でニヤニヤした。先生はテレくさいような顔をしておちつかない。めでたいこっちゃ。

どんな奥さんだって？　教えてやろう。大里村の帰りに、君とボクと橋川と汽車の中で話したろう、理想のワイフってやつを。ありゃいい話だった。ボクはあんなのを理想とする。ところで、先生の奥さんはだナ、ボクたちの理想とは大分ちごとった。先生ちゅうものは、あまりええワイフようもらわんらしい。コーキさんといい、髙木さんといいナ。どういうイキサツでもらったのか知らんがナ。

キモノをきてな、エプロン（黄地に赤い花のモヨウがある）をしておった。ライスカレーをごちそうしてくれたが、そううまくなかった。マンドリンなどやるらしい。いい奥さんであるとも言える。先生もたのしそうであった。メデタイコトダ。ボクも、じきになかよくなった。カンジもわるくない。なにかオユワイをあげようと思ってカンガエとる。

宇井さんは、あいかわらずであった。見せてくれとも言わんのに青山師範の物理室や準備室のリッパなのを見せてくれた。「どうじゃい」と言わんばかりのカオをしておった。

「大和っちゅうやつしっとるか」「あの四年の」「うん、あいつからきのうけしからん手紙が来ての。どういうつもりで出したんかしらんが、アイツはバカだよ。こっちではわけのわからんことなんだ。藤田先生でも、なんとか言ったのかな。藤田先生っていやなヤツだね。生徒にオレの悪口言ったりして。大和はバカだよ。なっとらん。オレは、あの手紙学校へ送ってやろうと思ったがやめた。そんなことすると、あいつ退学させられるからな」こんなことを言っていた。

オレは第一外語ちゅう予備校へ行っている。

「北方の蜂」第二号できた。

一九四〇・六・四　姉宛　高円寺

学校の説明をします。学校は面白いかときかれたら、とても面白いと答える。

でも、少々ゲンメツを感じたことはたしかです。存外つまらん。でも、いい学校にしようという空気が生徒の間にかなり流れているのは、とてもうれしい。その運動には、大いに活躍するつもり。

他の学校へ変わろうという気は、全然ない。新映画派集団とか言ったような組織を作ろうという、だいそれた計画まで腹の中で立てている。浩三よ、起ち上れと言うから、浩三は起ち上るぞ、といったアンバイで、学校での浩三は、中々勇ましい。
ついでに長らくのゴブサタをおわびします。

日付不明　姉宛　高円寺

金使いのだらしないと言われるのは重々もっともなことで、自分でも、これには少々こまっているのです。そして今、もうキウキウで、又もやカネオクレを打とうかと思っていたところでした。そこへあの手紙なので、その電報も打てず、さァこまったというわけです。一体何にそんなに金を使ったのだろうかと考えて見ても、そう急には思い出せそうにもないテッテイしただらしなさ。でも、思い出しても書くのが具合の悪いような金使いをしたおぼえもなく、ともかく公明正大に金を使ってきたつもりで、不良学生などとよばれるのは心外にたえないことです。

金が要ることは要ったのです。いちいち説明する必要はないと思いますが、教科書代とか部費とか、化粧品代（これは学校の実習につかうもので、シャレるためのものではありません。ドーランだとか、パウダ、アイシャド、ほほべに、そしてそれを使用する化粧具）、教練服、ゲートル（ものが悪いくせにばかに高い）、演習費（富士山麓で五日やりました。おかげで顔が黒くなって強そうです）これがまァ学校用に要った金で。タバコ（これが案外よく吸う。叱られるかもわかりませんが一日三、四箱。月にするとバットで九〜十二円になる）、コオヒイ（これもなまいきなくせで、一日一、二杯はのむ）。それにチクオンキで電気代を余計とられ（大した金ガクではないが）、内（於大河内）外（ヒルメシ代）に食費はあがるし。大酒をのんだことが三度ばかりあるし。演習にもって行った小遣五円はみんなつかい、借金を一円したというテイタラクだし。書くのがメンドウですし、読む方もメンドウのことと思いますが、とにかく書くだけ書かないと気がすまないようなような気がするので、くどいようですが、もっと書きます。

交通費。通学用に月六円をはじめ、ちょいちょい出あるくと思わぬほどかかるらしい。たとえば、市川の井上先生の家へ行き、かえりにギンザでお茶でも飲んで一寸ぜいたくなヒルメシを食い、新刊書でも一冊買って帰るというある日曜日の日課を実行すると、五円ほどの金がかかる。市川—新宿間カタミチ四十銭。

そして、カンジンな映画とこれに付ズイする足代。平均一日に一カイは見る。一カイ見るために、平均六十銭の金が要る（足代をも含む）。たとえば、有楽座で一週間、これから先二度と見られないであろうところの古い名画を日がわりで八十銭もとって見せる。すると、一日とても見ずにはいられなくて、一週間全部見ると七円の金がとぶ。それに映画料も高くなり、二十銭で見せる小屋は三つくらいしかない。

本を買い、レコードを買い（と言っても、こちらへ来てからまだ四枚しか買わないが）、山田のサイクルと東京のサイクルがちがっていたために、モーターのまわり方が変で、それをなおすのに少々金をとられ。もっとこまかいことをのべれば、クツなおし、センタク屋、フロ屋、シンブン屋、ウドン屋（夜中に腹がへると、夜食と称して毎日のようにやらかす）、スシ屋、文房具屋（紙のネがほぼ倍になりました）。

現状を申しますと、借金が三十円。手もとにある金、三円四十三銭。人に貸した金が十一円。それに、光下、大河内のはらいが六月分はまだです。トケイのガラスを演習で割らかしてそのままになっているし、五日には二円も出して新響の音楽会を聞きに行き、築地へ「どん底」の芝居を見に行くヤクソクになっているし、新日本文学全集（一・五円）と新世界文学全集（一・八円）の六月刊が出るし、それに芸術全集という本も買いたく思っているし、ドイツ語の字引をもうそろそろ買っておきなされ、と先生が言うし。というテイタラクで、こまったことなのです。

一九四〇・九・一九　姉宛　高円寺

物を送るついでに（ついでなくとも）、

ジャックナイフ

本、『映画監督と脚本論』

『若きヱルテルのなやみ』（岩波文庫）

『ザンゲ録』（〃）

を忘れたはずですからお送り下さい。それから、ボクの書きためた原稿、青いフロシキにつつんであるはず。それから、金。それからキガムイタラ、かつおのシオカラのすこし上等を送って下さい。

物を送るときの包み紙は、店の倉にある褐色の大きな（新聞二枚くらいの）厚い丈夫な紙につつんで下さい。あの紙が少々入り用ですから。（注「伊勢文学」の表紙に使われているものかもしれない）それから、紙質のいいノオトが山田の文房具屋に残っていたら、買って下さい。

まずは用件のみ。

一九四〇・九・二一　姉宛　高円寺

つまらん日記

また土屋に十円かりた。それですこしいい気になってすしを喰った。九月二十一日。土曜日。キモノを着て学校へ行ってみようと考えて、朝学校に行きがけに質屋によって、はかまを出し、そこでそれをはいた。とてもみじかい。

パスも買ってないので、キップを買わねばならぬ。いつも江古田の駅の売店で、その日の最初のバットを買うことになっている。駅から学校までは、バットを一本すうだけの距離である。校門の前のドブにすいがらをジュッと投げこむことになっている。

出席簿の自分の名前のところにマルを自分で書くしかけになっ

ている。一学期は、なんねこんなものと考えて、マルをつけたりつけなかったりしていて、ひどいめに会ったので、つけることにきめている。

土曜日だから、ひるまで。日本劇場へ「祖国に告ぐ」を見に行こうか、と山室に言う。金がないと言う。今日はオレが持っとる。いつものところで昼飯を喰う。金二十三銭の定食である。シャケとオミオツケである。

金があると、悪いくせで古本屋によることになっている。カネツネキヨスケ博士の『音楽と生活』を見つける。この人のものは読みたく思っていたので、さっそく買う。それに、古い映画評論を一冊。

二人で省線にのり、有楽町でおりる。やっぱりギンザはいい。みじかいはかまをはいたボクが、われこそはと言ったように、昂然と肩をそびやかしてあるいている。オヤジの若い時にとった写真に、はかまをはいた長髪の青年で、洋書を二三こわきにもち、昂然と写していたのを思い出し、オレも一つあのオヤジと同じポーズで写して見ようかと考えた。

日劇にはいる。ヒビヤからシンジュクまでバスにのり、シンジュクは素通りして、コーエンジにかえってくる。

ひょっとしたら、家から金がきていないかと考えて、部屋に入り、いつもさみしくなる。

しばらく本を読んでいて、町に出る。ウゾームゾーにまじって町をあるく、オレは、ウゾーかムゾーかな。光延堂にちょっと寄ってみると、竹内さん、日本文学全集と世界文学全集がきていますと言う。ああ、そうですかと、すこし困った。今、金がないから日本の方だけにして下さい。世界はアトからもらいにきます。

そして、またあるく。さぼてんというキッサ店に入ったが、今買った本が早く読みたくて、すぐにその店を出た。

帰ってみて、ふところをしらべてみたら、アワレ、昨夜の金はもはや一円二十五銭！　すべて、こんなちょうし。あしたから二日休みがつづくのに、どこへも行かず、おとなしく本を読んでいるより、しかたあるまい。

金がきたら

金がきたら
ゲタを買おう
そう人のゲタばかり　かりてはいられまい

金がきたら
花ビンを買おう
部屋のソウジもして　気持よくしよう

金がきたら
ヤカンを買おう
いくらお茶があっても　水茶はこまる

金がきたら
パスを買おう
すこし高いが　買わぬわけにもいくまい

金がきたら
レコード入れを買おう
いつ踏んで　わってしまうかわからない

金がきたら
金がきたら
ボクは借金をはらわねばならない
すると　又　なにもかもなくなる
そしたら又借金をしよう
そして　本や　映画や　うどんや　スシや　バットに使おう
金は天下のまわりもんじゃ
本がふえたから　もう一つ本箱を買おうか

手紙―寄付金（一口五十円というあれ）は少し出しておいた方がいいようですから、省三さんにそう言っておいて下さい。例のように学校へ直送の方が善策かと存じます。

一九四〇・九・二五　姉宛　高円寺

手紙拝見。こまりました、どんな返事をかいたものかと。

あの手紙は不満だらけですが、その不満は書かないことにします。書くだけそんだと考えました。もうこれからは手紙もあんまり書きません。書いたところで、省三さんへ出すような調子で書きます。これはとても悲しい気持です。でもしかたありますまい。

しばらくそういう状態をつづけます。

浩三自身けっしてダラク生だと考えません。

なんど言ってもムダですから言いません。

送るものは送って下さい。

あなたと東京で一緒に住むのはいい方法だと考えますが、それも気がすまなければしかたありません。

「一体人間はどんな生き方をするのが一番いいのだろう。」このことをボクももっと考えますから、あなたも少しは考えて下さい。

泣かない浩三

冬休は帰らないつもりです。

ヤマダはイヤだから。

一九四〇・一〇・五　姉宛　高円寺

まっ暗、灯火管制なのです。

ベエトオベンのシンホニイでも聞きましょう。

飛行機が赤や青のクソを落しながら大空をよこぎる。

青いのがガス弾。

姉よりの手紙いとかたじけなし。
ここに芸術もあり、神もおわす。

名も知らぬ星あり、
そを愛にたとえんか。青き星なり。

柿やパンツがつきました。『ヱルテルのなやみ』や『ざんげ録』は山田へ忘れたつもりでしたら、自分で持って来ていました。映画監督論と映画俳優読本を忘れたはずですから送って下さい。

一九四〇・一〇・二〇　姉宛　高円寺

あの手紙の返事、もっと早く書くべきでしたが、おくれました。ノブヨのオーバーの型を、大河内さんのよっちゃんという子が、よさそうなのを二、三写してくれましたから、それも送ります。この中から気に入ったのを選って、仕立てもしてほしいなら、しますとのこと。

寸法を書いて送るように、寸法の計り方を知らなかったら、洋服部の連中にきけば、よろしかろう。（注　この後に、襟型やスソのスタイル画が入っている）

トルストイ全集をまとめて買いたいと思います。山田の古本屋に『大トルストイ全集』全巻があったら、省三さんに言って買って送って下さい。

一時スランプでなんにもせず、二週間くらいすごしましたが、又もとにもどって、本を読んだり、勉強したり、ハリキッていますから御安心下さい。このスランプは、すこしはげしく（三日間でしたが）、死ぬことばかり考えていたとは、アキレル。

日付不明　姉宛　高円寺

ポケットから五十銭さつが出てきた。一度ハルキ・ヒデオの家にも行かねばならないのだが、このせっかくの五十銭をその電車賃にむざむざ費うのはもったいない気がした。コーヒーをのんだあげく名曲をふんだんにきき、そして岩波文庫をかってまだバット一つ買える五十銭である。

もっと積極的に生きねばならない。

わざわざ洗足池くんだりまで出かけるのはめんどうであろうが、顔を出しておく所へは出しておく方がいい。そこで洗足池まで出かけることにした。

ヒデオの居る家は、オオバヤシ・ヒデオという家である。

この家の説明は、すこし興味のあることだし、またこの説明の後で、きっと「世間は広いようでせまいものである。」そんなことをお考えになるであろうから、説明することにする。

このオオバヤシ家には二人の娘がある。男の子がない。ハルキ・

ヒデオに学部の学費を出してくれることになった。ヒデオを養子にとる気でいると考えたい人は容易に考えられる。

そのオオバヤシ・ヒデオ氏のお父さんは、マツサカの町長をしてみたり、カユミ村長をしてみたりしていたオオバヤシ氏である。

説明は、これで終る。

その家で、夕飯をごちそうになったりして夜おそく帰る。

ヒデオは、その家の娘がちょっともシャンでないことをしきりになげいていたが、見ると決してシャンでないことはない。ヒデオには三年半もほれた人物がいたので、いまだにその人物のことにくよくよしている。あいてはヒデオを少しもすきでないのだから、見るもあわれである。

その帰りに電車の中で俳句をつくる。敏ちゃんも作るし。博兄さんはホトトギスにでたりするのに、ボクだけ全くこの道には門外漢で、今年になってから一つも作ったことはなかった。

木枯しに汽車あかあかと火をつけぬ
アパートに秋雨ふりてジャズ鳴らす
満月に校友名簿くりしかな

一九四一・二・三　姉宛　高円寺

姉上様。

ボクは今こみ上げるくらいたのしいです。今「助六氏のなやみ」というキャクホンしなりおを八枚ばかりかいたところです。読んで見て、うまくできてたのでとてもたのしいのです。たのしいので筆をとりました。このシナリオは同人雑誌にのせるつもりです。この道へ進んだことはいいことだと思います。この「仕事をした楽しさ」は他では味わえないと思うのです。成功するしないのはともかく、この楽しさだけでも充分生きている価値があると思います。

いい友だちもたくさんいます。ボクは女にはあまり好かれも尊敬もされないらしいが、男には好かれ尊敬されるようです。やの字が言いました。「お前さんのよさは女の頭ではわからん」

頭をボーズにしました。いつもカスリのキモノに、つんつるてんのハカマをはいています。学校でもユニークな存在になりました。てらっているわけでもキザなわけでもないつもりです。ただ自然にふるまっています。

おの字が言いました。「お前さんは、あらたまったり、きちんとした服装は似あわない。ボヘミヤンスタイルが板についとる」。又、おの字が言いました。「お前さんになら、オレの妹をやってもいい」「どうしてじゃ」「お前さんは女を不幸にせん男じゃ」めでたいことばかりです。ひょっとしたら、そのおの字の妹をもらおうかなと考えました。この家はお寺です。姉さんは神さん（注　姉の嫁ぎ先は松阪市の八雲神社）で、弟さんは仏さんというわけになります。そうなると、なおめでたい。

めでたくないことには、春木日出雄のお父さんがなくなりました。これで思い出しましたが、大林さんにまだおくりものがしてないらしいですが、するのなら早くしておいて下さい。
この間から少しカゼぎみで学校へ出たり出なかったりしていました。今もまだセキがでますがやがてなおることでしょう。この間のシャシン出来たら送って下さい。よく出来てたらやきましをして下さい。
あまり夜ふかしをすると、又カゼを引きますからこのくらいで寝ます。

一九四一・四・二五　姉宛　高円寺

拝啓、ごぶさた致しております。さて、のぶれば、私の誕生日は五月十二日でございます。そのとき、あなたさまは、私に何か贈物を下さるよし聞き及んでおりました。五円までくらいのもので、なんでもよしとのことでございました。そこで、なにがよかろうかと考えました。れこうども考えましたが、それよりも哲学辞典がよいと思いますから、それにして下さい。
今、古川書店に売っているはずです。今、特価発売中で、三円半ぐらいだと思います。五月になると特価でなくなり、五円になるそうですから、今月中に買っていただく方がよいと考えます（日本評論社発行）。ベートーベンの赤いネクタイも送って下されば幸いと存じます。
当分、見るべき活動写真は山田へ参らないと存じますが、「戸田家の兄妹」がかかったら、一見しておかれればよいと考えます。
その次に属するもの（気がむいたら一見されたいもの）では、
「花は偽らず」（松竹）
「東京の風俗」（〃）
「討入前夜」（日活京都）
「鳥人」（〃）
これくらいのものです。舶来の活動は、何がかかるかわかりませんが、見ておいた方が得だと存じます。「大紐育」という活動は、見るだけ損ですから、御注意まで。
以上。

一九四一・五・一三　姉宛　高円寺

十二日ハ、ボクノ誕生日デシタ。「オ」ノ字ハ、オクリモノニ、キセルヲクレマシタ。
「ヤ」ノ字ハ、カビンヲクレマシタ。椎名町デ、夕飯ヲゴチソウシテクレマシタ。夜ノ八時カラ、池袋デ、オサケヲ飲ミマシタ。「オ」ノ字ト「ヤ」ノ字ト「リ」ノ字デシタ。サケ屋デ、ボクハ、自分ノツクッタ詩ヲ、ロウドクシマシタ。「オ」ノ字ガソノ詩ヲトテモホメテ「ザンネンナガラ、スゴイ詩ジャ」ト言イマシタ。（注　詩「五月のように」のこと）
飲ンデ出テクルト、「ヤ」ノ字ハ、胃ガイタイト言ッテ、道端ニ寝コロンデシマイマシタ。ソコヘ、オ巡リサンガ来テ、ボクタチヲ連レテ行キマシタ。交番ノ前デ三時マデ、セッキョウサレマシタ。オ巡リサンニトッテハ、良イ暇ツブシデショウガ、コチラハ、ソウハマイラズ、ナンダカ、息グルシクナッテキテ、「チョット失礼」ト、セッキョウノ途中デ、隅ニ行ッテ、胃ノ中ノモノヲ、ドードー、ト出シマシタ。スルト、オ巡リサンハ、興ヲソガレテモ、マタ始メカラ、セッキョウヲ始メマス。ソロソロ寒クナッテキテ、ヨウヤク許シガ出タガ、三時デスノデ、電車モアリマセン。椎名町ノ友ダチノ家マデアルイテ、ソコニ泊リ、オカゲデ、今日ハ学校ヲサボッテシマイマシタ。

メデタサモ　チュウクライナリ　オラガハル

チカゴロ、タバコガアリマセン。アッタラ、スコシ送ッテ下サイ。タオルモ、スフデ結構デスカラ、送ッテ下サイ。

（注　小説「雪と火事」につづく）

一九四一・五・一六　姉宛　高円寺（第一信）

手紙。

あい変らず金がない。一々説明はしませんが、どうかよろしくおねがいします。

このあいだの四十円事件の真相がわかりまして、なんじゃアホくさいと思った。省三さんに遠慮せずにどんどんそう言って送って下さい。「ビンボウ」すると、どうもさもしくなって困りますから、なるべくビンボウさせないで下さい。

この夏休はすぐに帰りません。山田に帰るのは八月上旬くらいになるはずです。一寸旅行をします。或はすぐ帰って満州行きをしようかとも思っています。

前に女のことを書いたはずですが、アレにはふられた。それでせっかくふられたのだから、悲しまなければソンだと思い、大いに悲しんだわけです。それでおしまい。

「せっかく楽しいことがあるのだから大いに楽しまねばソンだ」という考えはフツウですが、「せっかく悲しいことが出来たのだから、大いに悲しまねばソンだ」てのは、少々おかしいようですが、この考え方もメデタイ考え方で、こうすると人生大いに生きがいがあるワケなのです。ともかく、人生ってそんなものらしい。

うれしい時は大いによろこびなさい。悲しい時は大いに泣きなさい。そんなうれしいことも悲しいこともメッタにあるもんじゃない。こんな考え方です。

赤ん坊はまだですか。出来たら知らせて下さい。お体、大切に。

さいなら

（注　小説「ふられ譚」につづく）

一九四一・五・一六　姉宛　高円寺（第二信）

あねさんに手紙書いてると、なんだか楽しいのでますます長くなる。でもこの手紙を出すかどうかはっきりわからない。なぜって、フウトウを買ったり、キッテをかったりするのがメンドウだから。――メンドウというより金が惜しい（サモシイ話）。今のとこ一文なし。その日その日の借金ぐらし。はなはだしきは、喫茶店の女の子に五十セン借りる。こんな生活も面白かろうが、当人は一向面白いとも思わない。といって面白くないとも思わない。ひる飯はぬいたりする。そのくせ高い本を買ったり。人におごったり。電車にのって遠い所へ見物に行ったり。買わんでもいいものを買って見てソンをしたと思い、それを又古道具屋に売りこんだり。そして又借金。これは、準禁治産者になる資格が十分ありそう。それほどだらしないわけでもないが、これはまァ誇張で、そう書いただけで、ともかく金にはこまる。

浩三君はさみしがりやで

勉強してるとさみしくなる

サミシサニ　ヤドヲタチイデ　ナガムレバ　イズコモオナジ　アキノユウグレ。そこで喫茶店に行く。そしてアホみたいにコーヒーやらのんでいる。女の子たちと冗談を言うほど、いさましくないので、ただアホみたいにタバコをすっている。きかなくともいいレコードをきいている。なにか話しかけようとして、ボクの見ている新聞をのぞきこみにくる女の子がいる。するとボクはすましてその新聞をその人にわたし、又別の新聞を見る。こんなアンバイ。

そしてスシ屋ですましこんでスシを食っている。ワサビがききすぎて涙をポロポロ落して、ノスタルジヤみたいな気分になるからメデタイ。そして、わけのわからんスシの詩を作ってうそぶく。これがゲイジュツなりと。

学校は芸術運動の団体結成で、ケンケンゴウゴウ。

ボクはクラスの委員になりそこねて、ケンケンゴウゴウ。

江古田の森が新時代の文化の発生地になるのであると、ウソみたいなホントを言う。

そうだそうだとわめく。

いさましいことこのうえなし。

西洋の芸術はくずれつつある。これは、ホントだ。新しい日本芸術はエゴタから生れる。そうだそうだ！　ケンケンゴウゴウ。

そして浩三君は昇天しそうになり、ケンケンゴウゴウ。

創作科にとてもきれいな女の子がいる。そこでまたケンケンゴウゴウ。

Cat（ネコ）もSpoon（シャクシ）もぬかす、あいつはシャンだと。

そこでボクはぬかす。なんじゃ、あんなやつ。なんじゃ、あんなやつ。

もう夜も更けました。おやすみなさいませ。

一九四一・五・一六　姉宛　高円寺（第三信）

非現実的な弟より現実的な姉への手紙

現実的なのと非現実的なのと、どちらがいいのかわるいのかは問題ではない。またそれをきめることは僕にはできないし、きめる必要もみとめない。

人間うまれてきた以上、どっちみち死ぬのである。

自分が生きているということだけが、どうやら事実らしい。

道徳のことを、アクタガワリュウノスケは、左側通行みたいなものだと、人の考えないことを考え出したみたいに、えらそうに言っているが、あたりまえのことで、そんなことなら僕は「テツガクイゼン」にちゃんと知っている。そんなことどうだってよろしい。

習慣なんて、どうでもよろしい。世間のものわらいになっても一向かまわない。「品行の修まらない女」と評されようが、それもケッコウ。ともかく世間のモノサシなんてものはけっとばして、自分のやりたいこと（それは自分の良心によると思うが）をやってればまちがいないと思う。

現実的だと、すくわれないような気がする。岡安のオバさんは宗教のベンキョウに熱心なようだけど、あれですくわれるかどうか。

オカモトカノコは、すくわれた人だ。

浩三君のウワサは、山田で一向かんばしくないようですネ。トオキョーでなにしとるのかしらんが、金づかいはあらいようだし。ヤマダへ帰ってくると、活動みたりムラタヤ（注　喫茶店）へ行ったりしてばかりいて。

そんなに世間のヒョーバンはわるいのだから、せめてえらい人にでもなって世間の人々をみかえしてやりなさい、と誰かが言うかもわからない。するとコオゾオ君は、そうかいナアと言ってすましている。世間のためにオレは生れてきたのかしら。又、オトッツアンやオカヤンのためにえらくならねばならないのかしら。

僕は、孝行ということを否定するつもりではない。また、否定できそうもない。事実、孝行な人々がいるのだから。でも、それは人にすすめるべきものではない。やりたくなったらやればいいし、やりたくなければやらなくともよい。自分のしていることはいいことだと思いながらの孝行なら、やらない方がいい。やむにやまれぬ気持でやればいい。誰だって、やむにやまれぬ気持はもっているはずである。しかし、もしそのやむにやまれぬ気持が一向でてこなければ、それもしかたない。恥じる必要もないし、自分をいつわってウソを行わなくともいい。

孝行にかぎったことではない。世の善行はみんなそうありたい。そうなると、善行悪行なんてものはなくなる。
A、寒い寒い木枯の吹く夜、わが子の急病で、医者の戸をたたく母親。
B、蚊のいっぱいいるヤブの中で、かゆいのをしんぼうして、アイビキの女をまっている男。
前者はうつくしい話で、後者は一向カンバシクない話である。が、コウゾウ君は、困ったことにABとも同じことやという考えが三年半も前から頭の中にあって、いまだにその考えがかわらないとは、アキレハテタ。

そして、こんなことを書くコウゾウ君も又又、アキレハテタヤッ!? みんなして、アキレタ、アキレタ。アキレスの馬。

一九四一・五・二五　姉宛　板橋

カヤよりも、ヨーカンよりも、タオルよりも、ズボンよりも、タバコが一番ありがたかった。タバコは、今はもう又町に沢山出て、なにも不自由はないのに、一番ありがたかった。

涙が出そうであったが、出さなかったが、一番ありがたかった。サクラやヒカリでは、これほどありがたくない。こうしたわけは、かなり複雑でボクにもよくわからない。そして、又わかろうとすべきことではない。わかってしまえば、たわいもないことにちがいない。

省三さんを、今送ってきたところです。

一九四一・七・一三　土屋陽一宛　板橋

お前さんのアパートへ行ってみたら、もう帰ったとみえて、いなかった。ひさしぶりで高円寺へ来てみた。おれは、十七日からフジ山で演習があるので、二十五日ごろ帰る。

下山氏のところへ赤紙がきたとか、こなかったとか。東京は騒然としている。×××人の兵隊が動員されたとか、されなかったとか。えらい世の中になってきた。

おれは、伊勢朝報の小説を四分の一くらいかいて、気をよくしている。お父さんが御病気だそうで心配している。快くなられることを祈ります。

一九四一・一一・四　姉宛　板橋

秋の夜長に火をおこして、足をあぶりながら、小説本をスタンドの灯にかざしてのんびり読んでいて、「キンシ」というタバコをふかしたり、熱いお茶をすすったりすると、偉い人なんかになりたくない気がし、いいヨメさんでももらって、学校の先生にでもなって、ときどき音楽を聞いたり、活動を見たり、旅行をしたりして、静かに死んで行きたいような気がします。

人と争ってみたり、虚勢を張ってみたり、ウソをついてみたり(それでも、心の中で半泣きになって)、偉い人に偉い人にと、アクセクするのは、つらいことだと考えたりします。のんびりアグラをかいていたい、と考えたりします。ある女の子にそのことを言ったら、アグラをかききれる人間になれたらいいが、むつかしいでしょうと言いました。まったく、むつかしい。不可能に近い。若いもんだから、やっぱり偉くなりたい気は捨てられない。だから、心は平和でない。こんなやっかいな気持を捨てきれる人間になって、本当にのんびりしたいものです。(一〇・二八)

山は、おもしろうございました。四万(しま)という温泉へ行きました。無事かえってきました。(一一・四)

一九四一・一一・一三　姉宛　板橋

しまったと思った。椎名町で、そう言っていた。いやまったく、しもた。悪いことはできんですな。こんどからは、椎名町の証明入りで金のさいそくをせにゃ信用すまい。でもいいわけがましいようですが、さいそくの手紙をだすときは行く気だった。急に勤労奉仕となった。でもあとからのハガキで「行ってきた」と書いたのはマズかったですな。

あの手紙を見て、誰も見ていないのに、舌をだしてあたまをかいた。てれくさいですな。

なんがウアハハ……だ。かってにお笑いなされ。

こっちだって、笑ってやることがあるぞ。あんたのムコさんは、ハナの下になんやらかざりをつけたそうですな。ちゃんと知っとるぞ。面白いわい。

「家の職業としては感心しませんが」と。

これは、だれだって一応問題にするはずです。そのことについて、かの女は音楽に関する文の中で、「うちの商売がああいう風でしたので、私にはどちらかと言えば、やっぱり日本音楽の方がきいていていてぴったりくるように思います。」とあっさり言っている。

こちらで、そのことを、さも重大事のように考えていたところ、なんの苦もなく言われたので、ひょうしぬけがした。なんとも思ってないらしいですな。

御注文どおり一つ手紙を送ります。この手紙は説明しなければわからないフシが多々あります。でも、そんな説明はぬきにします。かの女の性格が一番よくでてると思ったからこれをえらびました。以上。

一九四二・二・八　姉宛　板橋

姉よ

野村君が、ひさしぶりで、ぼくをたずねてきて、ぼくに会った第一印象を、次のごとくかたりました。「そのとき、お前には光がなくなってしまっていた。威厳がなかった。そのようにおれの目にうつった」と。

姉よ

ぼくは、野村君が申したように、ヒカリもイゲンもなくなってしまいました。ある一つの区切りへきて、ぼくの芸術は、はたと止まってしまいました。こういうものの言い方は、あるいは、あなたには、ナマイキなキザなといった風にきこえるかもしれません。でも、そんな言葉は、キザでもなんでもない感じで口にすることができるようになったのです。その区切りから先へ、どうしても進めません。今までだって、いくども、この区切りのところへのぞきにはきました。そして、少し悶えて、又楽なもとのカラの中へひきかえして、区切りのことは忘れてしまって、しばらくすごし、又のぞきにくるといったふうなことをくりかえしていたのでありました。でも、この区切りは、どうしても、越えねばならないのであります。もし越えなければ、いつまでたっても竹内芸術（野村君はこんなふうに言います）は、感情の羅列に終ってしまうのであります。いつまでたっても浅いところにしかいることができないのであります。しかし、その調子で、つまり、その区切りを越えることなしに進んで行ったとしても、或は、別の芸術の世界へ進むことができるかもわかりません。感情の羅列であっても、いい芸術はあるわけです。たとえば、次の詩のごとく、

冬に死す

蛾が
静かに障子の桟からおちたよ
死んだんだね

なにもしなかったぼくは
こうして
なにもせずに
死んでゆくよ
ひとりで
生殖もしなかったの
寒くってね

なんにもしたくなかったの
死んでゆくよ
ひとりで

なんにもしなかったから
ひとは　すぐぼくのことを
忘れてしまうだろう
いいの　ぼくは
死んでゆくよ
ひとりで

こごえた蛾みたいに

ところで、姉よ。
ぼくは、二十四日の晩に山田へ帰ります。試験は三月の四日からです。それまで、山田にいます。三月の中旬から、ぼくは、リュウキュウ、チョウセンまわりの小さい貨物船に便乗させてもらって、一航海することにしました。食費だけで、船賃は要らぬそうです。一寸した冒険であります。いい詩がいくつも詠めるような気がします。

上野駅にて

雪国から友だちが帰ってくるので、ぼくは上野駅へむかえに行っ

た。東京中で、一番「駅」の感じのするのは、上野駅である。甘いノスタルジイが、まぬけた表面で、ふわふわ天井の高い構内をただよっている。雪のために、列事は、二十分延着した。背の高い友だちは、赭らんだ顔を昂然と伸ばして出てきた。

あちらは、三日二晩ふぶいていた、と言った。「おふくろは?」

「まだ死なぬが、時間のもんだいだそうな」と、これまた昂然と言った。「今ころ、死んでいるかもしれぬ」

しばらく、二人はだまっていた。「東京はあたたかい」と、ふいに友だちが言ったので、その顔を見たら、あな、その眼に赤いシグナルがぐちょぐちょに滲み、とび散っていた。

一九四二・四・二四　姉宛　板橋

あねさんよ。

手紙みた。あめりかの飛行機がせめてきて、バクダンをおとして行った。国民学校の子供を打ち殺した。ハラがたった。飛んでいるのも見えた。石ぶつけてやろうかと思った。子供を殺したのは、けしからん。ぼくの知っている中学生が、自分の友だちのカタに焼夷弾が当って即死したのを見たそうだ。

五月十二日は、ぼくの誕生日です。なにか下さい。れこおどがよろしい。「チャイコフスキイの円舞曲」を一枚買って下さい。公声堂でたのめば、とっといてくれる。そのかわり、信代の水着を買うたるわさ。「間諜いまだ死せず」は、しなりおの方がはるかに面白かった。

一九四二・六・一　姉宛　板橋

蛾が部屋に集まってきて、器物につきあたって、鱗粉をまきちらす。

生きている理屈が、ますます不明瞭になってくる。弱い神経。虚無への逃避もくわだててみる。なんにもないと思っていたら、無があった。

常識に安住してもいたい。あまく、たのしく、風もない。よろこびもないが、かなしみもない。調節された本能が快哉をさけぶ。理性とは、勇気のないことを意味する。

うみゆかば　みづくかばね　やまゆかば　くさむすかばね
おほきみの　へにこそしなめ　かへりみはせじ

さっきまで、よこにいて、げらげら笑っていた戦友が、どうだ、爆弾が、ボンと炸烈したかと、おもったら、腰から上がなくなって、ズボンの上に、ベロベロと腸がくねりだして、死んでしまった。サンチメンタリズムの、みじんもゆるされないところだ。すごい現実だ。この現実をも、ぼくたちはあえて肯定する。「アルモノハ、正シイ」と。

どこに、自分を置くのか、わからん。

おんなに、たいして、しびれるようなみれんを、おぼえるけれど、それは、それだけのことである。おんなが、畳にふせて、慟哭して言うには、「おたいを、みかえすような、えらい人になってえな」ぼくは、きりきりと歯をならして、えらい人などになるまいと考えた。

おとこの面子は、エレベエタアのように上ったり下ったりする仕組になっている。あげるばかりでは、用途に反する。

徹夜つづきで、あたまがぼけた。自分にたいするサヂズム。おシャカさんもした悟りとは、肉体のおとろえを言う。理屈や本ではさとれない。粗食難行のあげくさとる。死人に慾はない。死人が女にだきついたハナシはワイ談でなく、クワイ（怪）談である。

一九四二・六・六　姉宛　板橋

お手紙見ました。さっそくでかけましょう。御安心下さい。もうくよくよしていません。ほうれん草を喫した船乗りポパイのように、げんきです。長編小説を書いています。情をこめています。つまらん仕事かもしらんが、力一杯やれる仕事だから、いいと思います。まして、つまる仕事においておやであります。「伊勢文学」できましたから、送ります。気がむいたら、下手な短歌でも書いて下さい。紙があまったら、載せてやりますから。

「母子草」という映画を見ました。ぽろぽろ涙が出ましたが、映画としては、なっていません。田坂具隆なんて、見かけだけです。文化映画的な部分だけは、すぐれていたと思います。ひまがあったら、見るといい。

あんたは浩三の姉でありながら、浩三論を書かしたら、丙か丁しか点はもらえないと思う。ぼおっとした性格と判断したところに、誤りがある。これほど神経の細いやつはない、とある友達が見破りやがった。大岩保さんも、見破りやがった。おれの詩や小説をみたら、わかりそうなものじゃ。それを知らずにいるなんて、あんたの方が、大分のどかに出来ている。ひょっとすると、わかっていて、知らん顔をしているのかもわからん。それなら、たいしたものだ。でも、そんなことは、よもやあるまいて。ざまみろ。

シャッポは、さっそく買いましょう。

一九四二・六・一九　姉宛　板橋

別の手紙で書いたように、青木さんに会いました。一生のお願いだそうですが、こんなたわいもないことに一生のお願いでは、人間が安すっぽく見えて、いけません。一生のお願いは、一生に一度のものだと思いますが、あんたは、前にもなにかでこのお願いをやらかしたような気がします。衣料キップのように、大切に使って下され。

ノブヨのシャッポは、あさっての日曜日に新宿へ買いにゆきます。おまたせしました。

学校へ出てますから、御安心下され。

大映の京都の助監督の口があったが、兵隊前なので、ダメでした。ぼくは、芸術の子です。

ぼくのファンの女の子が、このごろ一人やってきます。いい生き方だと感嘆しますけれども、もう女の人はこりごりです。

おケイを、嫌いです。

さいなら

一九四二・七・一　姉宛　板橋

生きていることとは、気色の悪いことに思う。自分を信じることも、気色が悪い。あるていど自分の生き方を楽しんでいると、そこに大きな隙間があって、そこから、にやにや笑っているやつがいる。かんだだ　かんだだ　鉦を打って、もぐらもちのような、奇妙な辺りにネハンがあるのかもしらん。

くずれるものは　くずれ。

去るものは　去る。

大きくなったり　小さくなったり　まるで金魚のように　ふしだらな品物を芸術品と名づけて、ひるねをした。

光っているものが、案外、金ではなく、もし金だとしても、それがなんであろう。

甘いところに、あぐらをかいておれ。

信州ヘロケイションに行っていて、きのう帰って来ました。ボウシを買う買うと言うとまだ買わず、今お金もなく、お金のくるのを待っている始末で、まったく申し訳けなし。


今日、須田という先生の家へ行ったら、フスマからおケイが出てきたので、お茶をこぼした。よくも似ていたもので。手拭いでお茶を拭いた。

疲れたせいか、自信がなくなった。

お前さまの弟は、まったくけったいなやつだと思う。気苦労が大変でありましょう。

二十円のチョコレートとやらは、一向手に入らぬが、ニッポンの郵便制度も信用をなくしはじめた。

夏の計画とやらは、実行しましょう。志摩でなく、もっとほかのところでもいいと思いますが、いい知恵も浮かばず。

うまいお茶を飲みたい。山田で一番上等と称する新茶（新茶でなければならぬ）を用意しといてくだされ。

ひじょうに疲れて、きんかくしに写ったお月さんを眺めていた夜の手紙である。

一九四二・七・三　姉宛　板橋

又も警戒管制で、町がくらく、風呂のかえりに、星がよく見えた。見ていたら、涙がどっと流れ出て、いくらたっても止まらなんだ。一月以上こらえにこらえていたやつが、星を見た拍子に、どういうものか、こらえきれなくなって、だだ漏りをはじめた。

感情に負けまいとして、がむしゃらにいろんなことをした。しているすきま、すきまに底知れぬ悲しみがときどきあらわれ、そのたびに歯を食いしばって、こらえた。夕方になると、いちばんつらくて、いたたまれなくなり、何度も友だちの家へ逃げこんだ。初めの十日ほどは、友だちの家へ寝泊まりしたりした。

人一倍弱虫が、人一倍悲しいめをして、がまんをしていたのだから、よほどの努力を要した。

もう我慢がならず、今もなお、滝ッ瀬のごとく、涙が流れる。おえつがこみあげ、鼻汁がじゅうじゅう出てくる。たたみの上を転げまわり、声をのんで泣きつづける。哭きつづける。何度も死ぬることも考えたけれども、意地か誇りか何か知らんが、そんなものが邪魔して死ぬこともできんだ。死ぬることすら、許されんだ。東が白むころまで、ふとんの上で悶えたことも、一夜や二夜でなかった。

姉やんは、むろんそんなバカげたことは、一日も早くあきらめて、勉強に精を出し、一人前になっておくれとの希望にちがいない。バカげたことに、ちがいない。ダラシないことにもちがいない。人がきいたら、嗤うにちがいない。

でも、ひたすら愛しつづけた。ニッポンよりも、自分よりも、芸術よりも、その方を愛しておった。

実用的なことしか頭を働かすことを好まない姉やんに、わかるかどうか。

気ちがいになりそうである。意地だとか、誇りだとか、名誉にどれだけ人間としての値打ちがあるのだ。どこに人間の値打ちがあるのだろう。それでも、我慢をせんならんのか。なんのための我慢ぞや。いみじくも、鈍走せん。かぎりなき鈍走あるのみ。

みじか夜を、涙流し、バカメとみずからののしり、ののしり、かいなくたたん、寝ころび、空嗤いをこころみ、痴（たわけ）のごと、くるめき、爪かみ、おなごの名を呼びつつ、外に走り出で、星を見て、石をぶち、石をぶち、童のごとく、地に伏し、湿りたる草むしり、哭き叫び、一人芝居のごと、ミエを切り、くぬぎの木をかじり、甘えたし、甘えたし、甘えるもの何もなく、すべて、ことのほか冷たく、濡れて帰り、蚊帳をかぶって、寝たふりなどせん。

日付不明　姉宛　不明

つづきを読んで、姉よ。あなたは、どんな気がしたろう。感情の上では、まだまだ大いに不満であったろう。二つの異った感情は、頑強に、同意をこばみあう。負けたくないけれど、負けておこう。餅とお茶と半てんを用意してくれた姉に、負けよう。この温きものに負けよう。いさぎよく負けて、悦ばすのだ。落ちつくところに落ちついた。

自分のことばかり考えていた。しばらくでも、姉を悦ばすことに考えを用いよう。

戦争に行くまでに、何かやりまする。あなたがぼくを誇りうるようなことを、やりまする。せめてもの、お礼。

わたしの　おとうとは　こんなに　えらかった　と、人にいばって下さい。

これみてくれと言えるような仕事を、ちから一ぱいやりまする。ぐうたらべいでも、やれば……

日付不明　宛先不明　伊勢

むしょうに淋しうございます。

窓の外は、たえずいなびかりでございます。

二階でひとりで、トリオなどを聞いているのでございます。

きょう、ケガをしました。公声堂のドブ板が今日はとくべつにはずしてあるのをしらず。ぼくのサンダルは、ドブ底まで落下して、ぼくのむこうずねは血まみれになりました。

いたむ脚をひきずって二見へ絵をかきにゆきました。

むしょうに淋しゅうございます。淋しいなどとは弱虫の言うことかもしれませんが、これはどうしようもないのでございます。

入隊以後（一九四三年四月七日―一九四四年一〇月一五日）

一九四三・四・七　姉宛　久居（中部三十八部隊）

さくらの花も咲きました。小生、ちかごろ至極いい気持です。さて、四月十一日の日曜日には、花見がてらおこしねがえたら、と考えています。門を開いて、鶴首してお俟ちいたしています。敏之助様のおめでたもいよいよ近づきまして、小生、心からお祝い申し上げます。新聞で見ましたのですが、ルイ・ジュウベの「演劇論」が筑摩書房から出ました。なにぶん当方にはいい本屋もなく、手に入れかねますから、そちらで買っていただければと考えます。　頓首

一九四三・四・？　姉宛　久居

春になりました。せっかくこないだ面会に来ていただいたのに、「面会禁止」のはり紙をごらんに入れるような始末で、なんどもむだ足をお踏ませして、まったく申しわけありませぬ。四日の日曜は、もうはり紙もとるように申してありますから大丈夫です。きて下され。例のテを使って、入門されたく思います。

ハガキ、トケイ、ノオト、食料品御持参の上、にぎにぎしく御来駕下されたく。

追記　四日はダメです。三日の十時ころ来て下され。

一九四三・六・一一　姉宛　久居　江古田大助（匿名）

欲ハナク　イツモシズカニワラッテイル。

十三日の一時ごろやってきて下され。

味の素の代用に、アミノ酸ナトリウムをつかうとよろしい。薬屋へ十センももって行ったら、どんと売ってくれる。無毒。

坊主にでもなろうかとかんがえています。

一九四三・七・一七　姉宛速達　久居

夏になった。太陽をうしろにもった入道雲が、もえてくずれて灰になった。不幸な女中がよくそうするように、バケツをさげて、それを見ていた。

世の中は、戦争をしています。

浩三君に面会に行ってやって下され。十八日のひるから。どさくさにまぎれて、許可証なくとも入れるそうです。たべものよりも、本を。

さいなら

一九四三・七・三〇　姉宛　久居

まだひっこしはしませぬ。いい家もみつかりませんので、思案しています。二日ほどは、ひっこしをせぬと思います。（注　このころすでに転属が問題となっていたのかもしれぬ。）

ほそながき
わが影かなしも
白壁に
帽子あみだに
うつりいるかな

一九四三・九・二六　姉宛　茨城県筑波郡
吉沼村東部一一六部隊ホ隊三班　竹内浩三

（注　以下筑波よりのハガキは特に記載のない限り検閲済）

東京駅へ保さんがきてくれました。例の、きれいな「うちわ」、保さんに送っていただいたですか。大岩へ十円かえすのも忘れないで下さい。

一九四三・一〇・四　姉宛　筑波

ごぶさたしました。

元気です。次のものを送って下さい。鉛筆（四Bか二B）三四本、青赤鉛筆、万年筆、ナイフ（肥後守）、ハガキ五十枚、帳面二三冊、手帳一、タバコ少々。

おばあさんのかげんは、どうですか。万一のことがありましたら、さっそく公電で知らせて下さい。ホ隊でしたが、ニ隊にかわりました。

一九四三・一〇・二五　姉宛　筑波

手紙アリガトウ。一寸スネテミタラ、サッソク効ヲ奏シテ、手紙ガキタ。前の日曜日ニ外出シマシタ。一里以上モアルイテ、ヤット小サナ町ガアリマス。肉ハ、タクサンアリマス。ヤッパリ秋デ、目方ガ三キロモフエテ、一七貫チカクナリマシク。風邪ハ、モウ快クナッタノデスカ。大事ニシテ下サイ。

次ノタヨリヲ俟ッテイマス。ソシテ、又、今日モ二通キタ。アンマリ、ドッサリヨコスト、ネウチガ下ル。第二信ハ、ヤッパリトドカナカッタ。ヒロウ神モナカッタラシイ。

サイナラ

一九四三・一〇・二五　姉宛　筑波

ドッサリ手紙ヲクレタカラ、モウ一枚、フンパツシマショウ。アノ手紙ニヨルト、ドウモボクノ第三信モツカナカッタラシイ。コレハ第五信デス。憶エテイルカドウカ。「ヨクニハ、メノナイ、オバアサン、大キナツヅラヲイタダイテ、雀ニ送ラレ、森ノ道、ミカエリ、ミカエリ、カエリユク」ドウイウワケカ、コノ歌ガ、ヒッキリナシニ、鼻カラ出テクル。外出シテ、小学読本ノヨウナ、田舎道ヲアルイテイルト、コノ歌ガ、ナカナカヨロシイ。誰サンノ作カシラヌガ、ヨク出来タ朗詠調ノ曲デ、ヨロシイ。明日マタ、外出シマス。手紙ヲ、カタカナニシタノハ、万作サンノマネデス。

サイナラ

一九四三・一〇・三〇　姉宛　筑波

病気ガ大分ヒドイヨウデスガ、ドンナ調子デスカ。山田トハ、アンマリケンカヲシナイヨウニ。コチラマデ一緒ニナッテ、立腹シテハ、ネウチガナイ。ホコリヲモッテオラネバナラヌ。松茸クレナカッテモ、ヤッパリ貝ヲモッテ行ッタ方ガヨイ。対立スル必要ハナイケレド、エンリョモイラヌト思ウ。Tサンモ、チカゴロアンマリ感心シナイ。コレモシカタナイ。アレハ、モウアレダケノモノデシカナイ。カワイソウトイエバ、カワイソウ。

万作サンカラ、ヨクタヨリガアル。ナゼソンナニ呉レルノカ、ワカラナイ。「無法松の一生」トユウ映画ガデキタ。ゼヒトモ見ルガヨロシイ。森中尉殿カラ、イイハガキガキタ。実ニイロイロトヤッカイヲカケタカラ、ソチラカラモ礼ヲイッテ下サイ。クレグレモ無理ヲシナイヨウニ。少シデモ悪カッタラ、ネテイルヨウニシテ下サイ。

頓首

一九四三・一一・一九　姉宛　筑波

姉ヨ。松ノ葉ガ散ッテイルノヲ、雪カト思ウホド寒イ日ガヤッテキタ。北風ガ、本気デ仕事ヲシハジメタラ、大シタコトニナルデアロウト思ウガ、寒サニハワリニ鈍感ダカラ、心配ハシテイナイ。

トコロデ、病気ハドンナ様子ナノカ、別居シタトイウトタダナラヌ気ハイヲ感ジルガ、ソウ心配シタコトモナイノカドウカ。詳シク知ラセテホシイ。

中井ヤ土屋ヤ野村ニ、祝イヲトイッテイタガ、サッソク何カシテヤッテホシイ。コチラハ、一向イイ智恵モ出ナイカラ、ソチラデ頭ヲシボッテモラウ。　頓首

一九四四・一・五　姉宛　……　江古田大助（無検閲）

姉よ。寒くとも、わしはげんき。アンシンしてほしい。ここへきていらい、れいの家にとんとやっかいをかけずめ。あんたからも文でれいを言ってほしい。

一九四四・一・六　姉宛　筑波

正月ノ三日間外出シツヅケタカラ、キョウノ休ミハ、外出ヲエンリョシテ、トコノ中デ本デモ読モウト考エテイマス。コチラハ、中々サムイ。ガラス窓ニ花ノヨウナ氷ガ毎朝ハル。モット寒クナルトイウノダカラ、タダゴトデナイ。

トコロデ、板橋区小竹町二二六九有田三七堂カラ、ハガキデ、民族国誌ノ後ガ又来テ居リマスガ、イカガ致シマショウ。御入用ナラ二部代御送金頂キ度ト。サッソクワケヲイッテ、金ヲ送ッテ下サレ。二部代トイウノハ、ソノ前ノ代ヲ含ンデ言ッテイルノデアリマショウ。

来年ノ正月ハ、イッタイドコデ年ヲムカエルコトカ。白イ雲ガチギレトブ寒キ春ヤ。　頓首

一九四四・二・一九　姉宛　筑波

雪ハ、夕方カラフリダシテ、コレハ大分積ルワイト思ッテイルト、夜中ニ小便シニ行クトキハ、モウ星空デ、アシタノ昼コロニハ、サラサラトトケテシマウ。一丈クライツモルト面白イデアロウガ、配給ガナイ。シカシナガラ、奈良ノ水取リサンハ、マダカドウダカシラヌガ、モウ春デ、景色ガ湯気バンデキタ。ゴキゲンヨウ暮シテ下サレ。　頓首

一九四四・二・二五　姉宛　筑波

オ手紙拝見ツカマツリマシタ。久サンノオヨメイリオメデトウ。今年ニナッテ、コレデ三人ノオンナノ人ノオヨメイリノ祝ヲノベル勘定ニナリマス。昭和十九年ハ、カクシテメデタイ。

コチラハ、腹一杯喰ウコトニ専念スル。外出ヲモツ。水ノナイ河ニハ、雪ガアッタ。動カナイ水ニハ、動カナイ舟ガアッタ。頓首

一九四四・三・三〇　姉宛　筑波

松島老人ノ御冥福ヲオ祈リ申シ上ゲマス

枯草ヤ麦畑ヤ池カラ、モエ上ルノガ陽炎デ、春ガキタ。枯草ノ原ヲ走ルト、足モトカラトビタツノガ雲雀デ、春ガキタ。トオクノ林デ、水ノヨウニ流レルノガ陽炎デ、春ガキタ。トオクノ雲デ、スパアクノヨウニハゼルノガ雲雀デ、春ガキタ。

マエノハガキデ、オ守リ袋ヲタノンダ。ソレト一緒ニ印鑑ヲ一ツ送ッテホシイ。ツゲノ木ホドノ安イモノデヨイ。丸形ノ中へ竹内浩ノ三字ヲ入レテホシイ。
朱肉入レノツイタケースヲソエテホシイ。
青木理氏ノ住所ヲ、オシエテホシイ。

頓首

一九四四・五・二七　姉宛　筑波

トントタヨリガナイ。コナイダ、アンタガ死ンダ夢ヲミタノデ、ヒョットシタラソノ夢ノトオリデアッタノカナドト考エテイマス。ワタシガ死ンデモ、ソノコトハ軍隊ニイル弟ニハ知ラセナイデ下サレナドト、二十五センノ芝居デ言ウヨウナコトヲ、ユイゴンジャト称シテ、死ンデシマッタノデハナイカト。
モシモ、生キテイルノナラ、ソノシルシニモノナド言イナサレ。

頓首

一九四四・六・二　姉宛　筑波

死ンダカト思ッテイタラ、生キテイルコトガワカッテ、ボクハヨロコンダ。子供ヲ産ンダソウデスナ。又、女ダトイウ。ソレハザンネンナコトデアッタ、トモ考エマセヌガ、人ハソウ言ッタデショウ。ツヅケテ三人女ダカラ、ソレガ三人男デモ、人ハタイクツシテ、変ッタコトガアッタ方ガヨイト考エル。ボクハ、ドチラデモヨイ。ソウツヅケザマデハ、エラカロウカラ、一プクシテ、マタウムトヨイ。ウンダラ、ボクノコトヲエライ叔父サンダト考エルヨウナ娘ニソダテルトナオヨイ。

一九四四・六・一四　松島芙美代宛　筑波

オ前ガ生レテキタノハ、メデタイコトデアッタ。オ前ガ女デアッタノデ、シカモ三人メノ女デアッタノデ、オ前ノオ母サンハ、オ前ガ生レテガッカリシタトイウ。オ前ハ、セッカク生レテキタノニ、マズオ前ニ対シテモタレタ人ノ感情ガガッカリデアッタトハ、気ノドクデアル。シカシ、オ前マデガッカリシテ、コレハ生レテコン方ガヨカッタナドト、エン世的ニナル必要モナイ。
オ前ノウマレタトキハ、オ前ノクニニトッテ、タダナラヌトキデアリ、オ前ガ育ッテユクウエニモ、ハナハダシイ不自由ガアルデアロウガ、人間ノタッタ一ツノツトメハ、生キルコトデアルカラ、ソノツトメヲハタセ。

一九四四・八・一七　姉宛　筑波

ゴブサタシマシタ。ソチラサンノ方モ、ナオ一層ゴブサタナノデ、ドウシタコトカト思ッテイマス。ゴブサタシテイタカラ、ハガキデモ書カネバナラヌト思ッテ書キハジメルト、ナンニモ書クコトガアリマセヌ。シタガッテ、ハガキガ半分アクワケデナ。

一九四四・月日不明　姉宛　茨城県筑波郡吉沼、十一屋内

軍事用箋一枚（無検閲）

江古田大助様ガコラレマシテ、千人針ト餅ナドヲ、サッソク送ッテホシイト言ッテオラレマシタ。タノミマス。ソレト一緒ニ、金子五十両ヲヒソカニツツンデホシイトノコトデス。ドウモ後者ノ方ガ主デ、前者ハツケタリノヨウナ様子デゴザイマス。シタガッテ、ソレガ千人針デナクトモ、モチデナクトモナンデモヨロシク、五十両サエトドケバイイラシイヨウデゴザイマス。以上ノコトヲ岡安に連ラクシテ、至急タノミマスル。隊ノ方へ直接タノミマスル。　頓首

一九四四・八・二七　野村一雄宛　筑波

ゴブサタシタ。

雨ガヨクフル。雨ノタビニ秋メイテクル。筑波ノ空ノ色ガ、カワッテキタ。雨ガ、空ヲ洗ッテ、キンキラ光ル。秋空ノ用意ヲシテイルワケデアル。雨ト一緒ニ、秋ガフッテクル。南瓜ノ葉ノウラヤ、干シタシャツノカクシニ、秋ガキテイル。

モウカレコレ、アレカラ一年ニナル。オ前モカレコレ一年ヲ軍隊デモツコトニナル。タヨリヲクレ。　頓首

一九四四・九・一一　野村一雄宛　筑波

ハガキミタ。

風宮泰生ガ死ンダト。ソウカト思ッタ。胃袋ノアタリヲ、秋風ガナガレタ。気持ガ、カイダルクナッタ。参急ノ駅デ、風宮ヲ送ッタ。手ニ、日ノ丸ヲモッテイタ。ソレイライ、イチドモ、カレニタヨリヲセンダシ、モライモシナカッタ。ドコニイルカモ知ラナンダ。ソレガ死ンダ。トンデイッテ、ナグサメタイ。セメテ、タヨリデモ出シテ、ナグサメテヤリタイト。トコロガ、ソノカレハ、モウイナイ。消エテ、ナイノデアル。タヨリヲシテモ、返事ハナイノデアル。ヨンデモ、コタエナイ。ナイノデアル。満洲デ、秋ノ雲ノヨウニ、トケテシマッタ。青空ニスイコマレテシモウタ。

秋風ガキタ。

オマエ、カラダ大事ニシテクレ。

虫ガ、フルヨウダ。　頓首

一九四四・月日不明　中井利亮宛　筑波

ことしのはじめ、日記をつけだしたことを君にしらせた。よろこんでくれ。まだつづけている。手帖いっぱいになるたびに家に送っている。二冊送った。これがぼくのただ一つのクソツボ。排泄物はぜんぶここへたまることになっている。小便があったり、ヘドがあったり、あるいは手淫のしずくがあったりで、みぐるしいものであるけれど大事にしている。

一九四四・一〇・一五　野村一雄宛　筑波

ネッカラタヨリヲクレナンダシ、コチラカラモ、ネッカラ出サ

ンダウチニ、気候ガ秋ニナッテシモウタ。

日ノクレルノガ、キワメテ早イ。ココガ東ニヨッテイルセイカ、夜ノ分量ガ、ヒルノ方へ、大分、クイコンデイル。ソノカワリ、夜アケハ、ワリアイニ早イワケニナル。

コナイダノ大嵐ガサイゴデ、ドウヤラ、雨季ガスギタヨウデアル。スルト、コレカラ、マイニチ、クシャミノ出ルヨウナマブシイ光ガミナギリ、富士山ヤ上越ノ山々ガ、薄原ノムコウガワデ、雲トアソブノデアル。

頓首

日付不明　野村一雄宛　筑波

ゴブサタデ、申シワケナシ。ハガキブソクデコマル。コノハガキモ、一度ホカノ人ニカイタノヲ出サズニホッテアッタノデ、消シテカキナオシタ次第。シサイニ見ルト、アテナノトコロニ「森ケイ」トイウ名ヲ見ツケルコトガ出来ルト思ウ。トキドキハガキヲカク気ニナルガ、イツモ出サズニイル女人ノ名デアル。サテ、ハガキ、ウレシク、拝読イタシタ。筑波ノ山モ、上ノ方ガ赤ランデキテ、秋スガタデアル。ハガキモフソクデアルガ、タバコモフソクスル。ソレデ、オレハ、七日ノ日ヲモッテ、タバコヲ止メタ。キミモ、ボクノタバコ好キサハ知ッテイルハズ。一日二三ハコモ四ハコモスッテイタ。ソレガ、フッツリトヤメタ。ヤメヨウト思エバヤメラレル。生理的ナ苦痛ハナイガ、精神的ナサビシサガ、トモナウ。タバコトイウモノガ、ハナハダ重要ナタノシミデアッタコトガ、ワカッタ。今年一パイハヤメテ、来年ノ正月カラ、マタフカス。ケツノアナカラヤニガ出ルホドフカシテ、元旦ヲ祝ウツモリ。

地球の中心

ここに集めた文章は、前章までとちがって、すべて竹内浩三の初期の習作である。次章でくわしく解説する中学時代の七冊のまんが手づくり雑誌は、号が進むにつれて文章の部分が多くなっている。「私ノキライナモノ」から「自転車HIKING」までがその例であり、マンガ少年の眼で描いた文とも言える。最後の雑誌「ぱんち・にういや号」は「奇談　箱の中の地獄」で終わるが、それは小説として「創作篇」の方に入れた。「死ぬこと 他」は、雑誌が一年間休刊処分をくらっている間に、日記のようにして書かれたものである。

大学時代の「季節について」以下は、姉あての手紙として書かれている。竹内独自の形式がおもしろい。最後の「天気のいい風船」だけは、一冊のノートに全く清書したかのようにきれいに書き残されている。「天気のいい風船」の題名は、自分の機嫌のいい時にあれこれ気の向くままに書くという意味だと思う。「伊勢文学」に掲載された小説「吹上町びっくり世古」の草稿が入って終わっている。このノートは、昭和十六年五月の十日間に作成された。やがて日本とアメリカの外交交渉は決裂に向かい、十月には東条内閣が成立して、竹内たちの半年繰り上げ卒業が決定する。戦争の影に脅かされず、安定した視座で観察記録を書き、文章修業ができたのはこの時期までであった。

（**小林察**）

中学時代

（一九三四年四月—一九三九年三月）

私ノキライナモノ

何が好きだい？　何がキライだい？　とたずねる人の半分以上は食物のことを聞いている。それでも、私も食物からまず書こう。

食物

何がキライだい？　と聞かれると十三分ぐらい考えても出てこない位、僕にはキライなものがない。強いて聞くなら、イモ汁（トロロ）とネギの白味である。しかしこの二つとも食わないことはない。

人物

これにはそうとうイヤなのがある。まず男から。

〈男〉

エヘヘと笑う男

こんな人もわりによくあるものだ。

汽車を二等（注　現在のグリーン車）**にする仁**

私はマルキストでもないがこんなのには好感が持ちにくい。

軍人

今ごろこんなこと書いたらなぐられるだろう。しかし、これは私のまわりにいるそれのことで、外には本当の軍人らしいリッパな軍人もいるにちがいない。

ユーモアの解らない奴

学問ばかりやっている人によくあるが、キライなというより気の毒なと思っている。ガサガサの水気のない生活をしているのだから。

悲カンばかりしている人

キの毒なものだネ。

模型製作の好きな中学生

このなかに6なのはいないようだ、——ただし私の知っているハンイに於て。

金を貯めることを趣味としている男

地獄のサタもなんとやらを本当にとっているのか？

えとせとら。まだあるような気がするが思い出さない。思いだしたら後へ書きたす。

〈女〉

ババア

に6なのはない。HOLMONのないくせにハートばかりがいやに発達しやがって。

ゲイシャ

無智な眼。

いやしい口もと。

白粉のにおい。

呼吸器病患者のような肢体。

はっきりカンサツしたことはないがとにかくいやな存在ではある。

ハグキを出して笑う女

井戸バタ会議の議長さん。

オールド・ミス

早くなんとかなさいヨ。

物

男のコシマキ

フンドシをせい！　フンドシを！

シャミセン

ぼうずにくけれや、なんとやらで。

本を包んであるジャリ紙

さてはキサマ立読みの常習犯だな？

くさったチュウインガム

口の中へ入れるとどろどろになってゴムにならないやつ。

ねずみのフン

おわり

私ノスキナモノ

食物

何がスキだい？　とシンルイで飯を食ったりするとよくきかれたものだが、ちかごろ浩三さんは、

うどん

が好きやったなアと向こうで先手を打たれるほど有名になった。ホントはもっと好きなものあるんだけど。ぢやもっと好きなものは？　曰く、

コンビーフ

こいつを飯の上へのせて、ショーユ（タマリ）を一寸かけ、あつい茶をかけて、ガサガサやる。たまりませんや。

ハム

こいつもウマい。これのカンズメなら、間にはさんである紙までねぶる。

ライスカレイ

これは夏やるにかぎる。横へ汗をかいたコップを置いて、水をのんだり。メシをかんだり。

ソーセージ

ムチャムチャと喰うに妙。

その他舶来のニオイのあるものはすべて

他、チキンライス、ハイシライス、オムレツ、オムライス。カツ。コロッケ。フライ、キャベツマキ、えとせとら。これ等のモノは喰う回数が少いせいか、特にうまいように思われる。次、

支那料理

ってのはあまりやったことがないのだが、ウマソウだ。

菓子

ならなんでもスキ、近ごろはアンの入ったものがスキになったらしい。

チョコレート

ネネクサイようだがスキです。

ドーナツ

きんつば

たいやき

等大スキになったりしたり、大キライになったりすることあり。

スイカ

ジュワッとかんだ時！

ナシ

ヨダレが出ますなア。

トマト

珍らしいもの

好きですかと聞くと、スキですとは答える。

は一応喰ってみる。

見物（みもの）

トオキイ
ならメシより……。それを止（と）める学校もあるらしい。

マンガ
ならボクでもスキだとALL・NIPPONBOYが言うハズ。

顔
つくづくながめて見ると、山あり谷あり森林あり。ただし自分のそれを見るのは大キライ。

女学生
遠くからも、近くからも見てよいケシキである、デワないか諸君⁉

見物がまだヨーケある。星、ケダモノ、青空、雪、ナツの夕方の雲、地図、花、えとせとら。

聞き物

香具師の談
ならアンキするまででも聞く自信がある。

面白いこと
ならだれでもスキだよキミイ。

ケンカ
見物の中に属するだろうがオモシロイね。

虫の音
エライ。ジイサン見たいなこと言うが、スミダワラのスミなどでリーリーとないているなど……。

し物（スルコト）

笑う
無我の境。笑いながらハラノヘッタことを考える人はマアなさそうです。

描く。自転車にのる。汽車・電車にのる。飛行キにのる（これはまだやったことがない）。

服装論

「服装について」でも服装論と書くと学術的に見えたり聞こえたりする。芸術論、恋愛論のタグイなり。

女の服装

服装といえばまず女のを書きたい。

男と服装との関係よりはるかに大である故に、又男のそれのようにタンチョウでない故に。

A　赤ん坊　○歳（腹の中の子供）——五歳

やわらかい布目の中にできたての人間の肉カイが包まれている。——あくまで清潔であってほしい。田舎等でよく見る小便は垂れホーダイ、オムツをとると体温でオシッコがユゲになって蒸発している等はたまらない。

B　幼児　六歳——一〇歳

近ごろは大てい洋服になっている、のはケッコウなことだ。キモノをベロベロ着てヘコビを後へ垂れハナを垂れたりなどしているのが姿を消したのはうれしいことで、三年ぐらいはナガイキもできるわけ。

洋服は赤緑黄等の明るいのがよろし。近頃女のくせにバッチ（ケイトの）みたいなもの——おまけに大工さんのそれのようにボタンが三つくらいついている——をはいている等も悪くない。カミノケは、男のように後はバリカンでカリ込んだやつをよくしていて、毛の生えている部分は、ツムジを中心とした三cmの半径の円内位しか生えていないで、走ったりするとボーズ頭の青いのがヌッと出る等はドーカと思うが好感はもてる。

C　少女　一一歳——一五歳

やはり洋服にかぎる。

色は黄緑、カバ、青、ウグイス色、赤——毛糸なら、赤がよい。ワンピースを着たのもフレッシュですこぶるよい、赤と白、青と白等の三cm位のはばのシマのモヨウ等がよい。ヒジとカタの中間位までウデが現われスカートもズロース等の見えない程度のみじかさの方がハツラツとしていてよい。

キモノもユカタなら悪くない。大モヨウの赤と白等のユカタを着た等、よいケシキである。

D　大少女　一六歳——二〇歳

Cの部に似ている。

がスカートはうんと長くなり、ヒダのない曲線および曲面のよく表われるのがよい。この時代に於て女の業が一番よく現われる時であるからうんと現わしてほしい。

女学生の服装は近くで見るより遠くから見る方がよい。夏の白い等は殊にフレッシュである。

カミノケはモモワレとかシマダとかタカシマダとか言って顔の上に変なものをのせる人があるが、背中にアセをかくほどイヤである。ダンパツがよい。長いのも短かいのもよい。黒いのもクリ色のもよい。前ガミを下げたのもよい。ヘヤー・リボンやヘヤー・リング等したのもよい。ウエーブをかけたのはなおよい。

E　青年　二一歳――三〇歳

こう大きくなるとキモノもよくなる。

ダンパツにキモノ等ヨキモノである。がマルマゲはいかん。ワカオクサン型のカミもあまりすかない。色のついたタビなどはくじゃねエ。まア適当にやってくれたまえ。

F　中年　三一歳――四〇歳――五〇歳

にもなってヨウソウでもあるまい。外国人のそれはオバさんになってもよいが、日本人のは三十を越すと見られない。だから中年になってヨウソウでもあるまい。のにアッパッパなるモノが存在しスソの方からへんな色のだしてサッソウ?と歩いてござる。日本人の体は真にヨウフクには合わない。カミノケはソクハツ（と言うのかどうかしらんが）二〇三高地等はやめて下サイ。

それにウドンコのように白粉をたるんだヒフにヌらないこと、じゃがクリームぐらいはつける方がよいダロ

G　老年　五〇歳――THE　END

あまりでしゃばらずツツマシヤカにネ。

映画のペイジ

ヤッカイなページをもうけたものだ。なんにも見ていないのだから、批評のしようもない。又、見ていると書こうものなら、as soon as、Mr田中がカントク室からカシを持って呼びにくる。そしてサン3oilをしぼられて、ミイラみたいになって、キンシンをせんならん。ソヤロ、カツドウは見とらへんよって、カツドウの名前ぐらいかいてごまかしておくのもよかろ。それに本誌を読みたい等いう正月な（失礼ナモノカ）諸君だから、ソヤ〳〵等言うてヨロコンでいるにちがいない。ソヤロ、チガウカ？　チガワヘン。そやけど良心的なる私は、そんなことではすまされぬ。（七五調になってきたな）何、アルコホルは入っとらん。心配するデネエ。テナコト書いて大分行をへらしたが、まだ大分あるな。ヨワッタ。デワ一寸書くY。

そもそも、今秋は洋画輸入禁止となったのである。で、「大地」「踊らんかな」等二流どこのを世界的名作みたいなことを言うてしてござる。

マダ大分行が空いとるナ。

洋画があかんとなると邦画でエエものを作ろうとやる。それで芸術的等言ってハナクソみたいな（小さいのか、つまらないのか、

黒いのか、シオからいのか、ゴマカシテオク）のを出している。

　ＰＣＬでは「若い人」というやつを出したネ。こいつはミタブンガクの石坂洋次郎のやつをモノしたものだが、あんなチャチな役者が出てくる人物の複雑な性格を表現し得たらゴカッサイ。モウこのぐらいでやめさしてくれ。アセヲカイタ、字モカイタ、アタマヲカイタ、ハジカイタ。次号からこの頁は止めや。アーエラカッタ、ゴホン〳〵。

自転車ＨＩＫＩＮＧ(ハイキング)

私は、ぶらりぶらり歩くやつ――すなわちＨＩＫＩＮＧですナ――がすきだ。イトコのＯ(オー)がさそいに来たりすると、日曜はよく出かけたものだ。
　ＨＩＫＩＮＧの名も二三年前が最も盛んであった。ＨＩＫＩＮＧと言うとフレッシュな感じがする。舶来語を使ってみたいやからが、ただワイワイさわいだだけであったが、ＣＡＴ(ネコ)もＳＰＯＯＮ(シャクシ)もＨＩＫＩＮＧ、ハイキングとぬかして、二十七銭のステッキ等ついてサッソーと歩いたものだが、２５９７年（皇紀・西暦一九三七年）になると、ＨＩＫＩＮＧの名にもカビみたいなものが生えて、そんなことを言っても人は一向感心してくれなくなった。
　で、私はそれが好きであったが、アア、カナシイカナ！　２５６５年の今ごろ山岳部のキャプテンの時、堀坂山でへたばってから中止……それいらい松尾山、宮川、虎尾山等半径二㎞の円内にあるコースなら歩かないこともなかった、という有様であった。
　自転車というベンリな乗物があることを気がついた。こいつは非常によく出来たもので、誰が発明したかしらんがカンシャしている。

で、先ず――というと今まで遠乗りをやらんだわけではないが――で先ず五カ所のHの家までのコオスを遠乗った。ユカイだった。車もNEWかったせいもあろうが、初秋の五カ所街道をドラブるのはよかった。が、剣峠を上るのはそうとう骨が折れた。でも、歌を歌いながら車を引っぱって三kmの坂をのぼるのは、不愉快ではなかった。下りはスゴイ。タアッと思ったらもう五カ所だ。Hの家へ一泊して帰った。

次。「登山とスキイ」という雑誌に、自転車ハイキングが云々とえらいエエことが書いてあったので、我意を得たりとヨロコンだ次第。

次。この間の日曜にやったのだが、コースは、宮川の下(しも)の方の渡しを三つ渡り、伊勢湾に一ばんちかくよった道路を昼まで走り、昼になったらそこでメシを喰い、メシを喰った地点からじきに左におれて、伊勢平野を走り帰田てことになったんだが、昨日の大雨で宮川の水量がまして渡しは渡れぬと言うので、ハンナキ(半泣き)になって宮川のツツミの上を宮川橋へ向った。初秋の微風が半パンツの足、半ソデのウデをなでる。あせばんだテノヒラを涼しくする。登山帽を吹きとばしそうにする。ハンナキになったのも忘れる。宮川橋を渡ると急にコースを変えて金剛坂のKの家へ行こうと思い、湯田へ曲り、水のついた道など通って有爾中(ウニナカ)という部落についた。えらい静かな村であった。後で聞いたら流行病が流行していたのだった。それを聞いてベッとツバをはいた。そこを通りぬけて左へ曲り、松原で牛カンとパインアップルを開けてメシを喰い、また乗ったら道がコツ然と消えてなくなった?ので畔道を通って一先ず斎宮へ出て、本道を曲って金剛坂へたどりついた。Kの家は、た易くわかった。その時、Kはユカタ等きてフクをセンダクしていた。

話しすること数十分にして別れて又のった。Nの家へ行くべく山を越えた。よい道を行ったら行けるのだが、わざと山道を取った。途中で道が分らなくなったのでシャニムに笹を分けたり自転車から下りたり藪の中へ突進したりして、やっと田の見えるところへきたが道はない。しかたなく、田の幅三〇cmぐらいの細いアゼミチをソロリ〳〵と自転車を引っぱって進んだが、モノノ五〇cmも行かぬうちにグネンと自転車が田へひっくりかえった。ここで、又ハンナキになる。ハンナキになっただけでは自転車は上りそうもないので、下駄をぬいで田へズブリと足をつっこむと、大分深い。自転車を持って足に力を入れると、ますますフミコムので、稲の根元にのったりヒルにすいつかれたりして、やっと上までそろり〳〵。そして、又はまる。三〇mぐらいの所で四へんもはまって、やっと道らしいところへ出た。ドロダラケになってNの家へついて、水を汲んでもらったりして、足や手を洗った。一時間ぐらいモノを言ったりダラヤキを喰ったりしていたら、五時になったので、GOOD・BYE(サイナラ)して、えらいハヤサで田丸のプールを見たりして帰田した。

つら〱思うに、今日のＨＩＫＩＮＧはすこしも面白いことはなかった。ハアハア言うたり、田ンボへはまったり、ヒルにすいつかれたりすることは、すこしも面白いことではない。そんな面白くないことのレンゾクであった今日のＨＩＫＩＮＧが、面白いはずがない。

ＢＵＴ（シカシ）私はそれをすこしも後悔していない、どころかよろこんでいる。ＵＮＤ（アンド）今日のＨＩＫＩＮＧは今日のＨＩＫＩＮＧは非常に面白かったと思う。そして、今度の日曜にも又やろうとも思う。その次の日曜も、その又次の……天気のよいかぎりエーエンに。

死ぬこと　他

一　死ぬこと

ねむれない或る夜、目をあいているのかつむっているのか意識できないほどの暗い部屋で、こんなことを考えた。

人間には五感があるから、今自分が机の前でにおいのよいバラを視ているということを意識する。もしその人から視覚を取ったら、真暗の中でよいにおいがし、座ぶとんの上に坐っていて時計のキザミを聞いていることを意識する。なお、その人から臭覚、味覚、聴覚などをうばい去ったら、音一つせぬ暗闇の中に坐っていることだけがわかる。なお触覚もうばってしまったならば、夢も見ずにねている状態のようになるだろう。

又、人間は五感によって感じる物だけの存在をみとめるのみである。すなわち五感に感じるもの以外のものは、科学上からもそれをないものとしている。だから、科学などというものもせまいハンイの学問である。だから、ユーレイやタマシイなどは科学では証明できない。

五感をうばわれた人間にX感、Z感、Y感……等を与えたならば、又別の世界いな別の宇宙が展開するだろう。

そこで私は死ぬことをこれによって証明しようと考えた。それは、死ぬことは人間から五感を取り去ってX感をそれに与えることである。肉体は五感を感じる道具にすぎないのだから、死とともに人間からはなれる。

（昭和十二年四月十八日）

二　年を取る

七田が阪本の家を教えてくれと言うので、阪本の家まで行ってやったら、阪本は犬と遊んでいた。話の中で、私が「この犬いくつや」「Xつ（なんと言ってたか忘れたからXとしておく）だいぶ年を取った。」と言う。私は少し冗談のつもりで「年をどこから取ったんやい」と阪本に言ったら「宇宙から……ウソや」と言った。

（昭和十二年四月十八日）

三　答案

試験の時間に、白紙の上に目をつぶって頭を置いていると、一生懸命で計算をして答案をかいているやつが馬鹿に見えた。これは、自分が一番えらいという考えから由来する錯覚らしい。

（昭和十二年五月二十二日）

四　空

空は、無限の過去から無限の未来へ続く。雲の変化も、無限の過去から無限の未来へ続く。どちらが先にへたばるだろうか。それは多分雲の変化だろう？

（昭和十二年五月二十二日）

五　蝿

蝿が障子で足をすり合わしていた。
どんなことを考えているのだろう。

（昭和十二年五月二十三日）

六　苺

松阪の義兄の家の女の子が二人やって来て、苺狩りに行こうと手紙があったので来たと言った。その手紙を出した姉夫婦は、さっき苺狩りに出かけたばかりだ。

気の毒なことに二人の子は、二階の義兄の部屋で音もせず帰りをまっていたので、上がっていって遊んでやろうと思ったが、そんな芸当は私には出来そうもないから止めた。

（昭和十二年五月二十三日）

七　オレは蚊だ

オレは蚊だ。
背中でオレのハネがキチガイみたいに動いている。オレの眼には電灯の球が写っているだけだ。ハタとひふにつき当ったので、血を吸ってやったら、パチンと殺された。

（昭和十二年六月二十日）

八　無　題

髙橋や中川や西村が自転車で上社（かみやしろ）へ軍艦見に行こうと言って来たので、少し降っていたが出かけた。雨に烟った航空母艦一セキしか見えなかったが、イスズのランチが発とうとしている所であったので、それを見ていた。白い泡を立ててグウッと廻って岸をはなれた。多勢の目は皆それの後についた。前に居た人はもう見たといった顔つきで帰ろうとしたが、皆の目がまだランチを追っていたので、さんばしの段を一段登ったきりで、又ランチの後を追った。

（昭和十二年六月二十七日）

九　無　題

姉がこんなことを言った。

「家のな、私のよび方は夏はコウ子さんで、ケッコンしてからコウ子になって、おコウになって、今はコウや」

「だんだんみじかなるんやのオ。しまいにはコになる。」

（昭和十二年六月二十九日）

十　花　火

夏になるとオモチャ屋の店頭に赤や青の線香花火が姿を見せます。花火は今になっても夏のうれしいものの一つです。

近頃、といっても大分前からあるが、赤や青の明るい、見ている人の顔がはっきり見える、火が先からスイスイ吹き出るやつや、太くて一本二十銭もするやつで、先から明るい火を吹きながらポンポンと赤や紫の火の玉を五つも六つも十メートルも前へ飛ばすのや、流星と言って細い竹の先に火薬が結んであって、それに火をつけるとシューンと空へ上って途中で消えて落ちるやつ。いつかもこれを掲げた時、横を向けていた加減か杉の間をつきぬけて家の障子に穴をあけたことがあります。涼んでいる時など、遠くの屋根の間からスウーと揚ってフッと消えていくうれしい景色を見ることも出来ます。

しかし、私はそんなのよりももっと古く、もっと安く、もっとどこにでもある、火をつけるとやがて丸い赤い玉がくっついてシャシャと火花がはじく松葉花火が一番すきであります。あの先についている見るからに熱そうな玉が足の上にでも落ちると足に穴をあけてつきぬけると大人から言われて、木の葉の上に落してみてそれを実験したものでしたが、その木の葉に穴があいたかあかなかったかは、忘れてしまいました。

祭りの時等に屋台店のスルメの箱の隣なんかに、この花火が束になって一たば二銭とか言ってすがたを見せているの見ると、古い友達にでも会ったようにうれしくなります。

花火の中のあばれん坊として、小さく輪になっていてその少し出た所に火をつけて放すとシュンシュン火を吹いて廻りながら、終いにポーンと大きな音をたてて終ると言うやつがあります。これを私等はまいまいと言って、人を驚かしたり、蛙の口にくわえさしてポーンという大きな音とともに蛙が白い腹を見せてひっくりかえって死ぬのを見て、よろこんだりしたものでした。

（昭和十二年六月三十日）

大学時代

（一九四〇年四月―一九四二年）

季節について

まえがき

長い間の御無沙汰で甚だすまないことです。昨日の夕方、蓄音器が着きました。荷造りがあまりに念入りにしてあるので、解くのに一時間半もかかりました。ピックアップは代えてないそうですがそう悪くはありません。が、モオタアがどうもおかしいようです。でも、充分ガマンできます。

意見を時々書いてよこせとのことでしたので、何か書いてみます。いい気持になって長く書くかもわかりません。或はまたいやになってやめるかもわかりません。が、ともかく書いてみます。

この手紙は、長くとっておいて下さい。この次も又、これと同じ紙に書きますから、まとめておいて下さい。

1　文について

これから先は「ます」口調でなく、「ある」口調で書きます。どうぞそのつもりで、おしかりのないように。又、手紙を横書きにするのは無礼な話しかもわかりませんが、それも、おしかりのないように。どうも横の方が書きやすいので。

2　季節について

ニッポン人の手紙の始めには、大てい季節や天候のアイサツがあるようである。これはいい風習である。私もそれに倣ってまず季節のアイサツをする。私は一年中で今（五月）が一番すきである。五月は健康な月である。緑がとてもきれいである。それにうまい野菜が沢山でる。私は魚よりも野菜がすきな男である。筍が出る。蕗が出る。三つ葉が出る。早いキウリも出る。苺もシュンになる。野菜を喰べるのは、いかにも健康だ。五月は野菜サラダの最もうまい月である。

麦畑が、いい色になる。そして、空がばかに青くて、雲の形がいかにものどかである。桜はニッポンの国花かもしれないが、私は、桜の花は好きという方でない。花よりも葉の方がいい。そして、今桜の葉がとてもきれいである。

3　放浪記

私の尊敬する作家の一人である林芙美子女史の小説に放浪記というのがある。私はこの人の作品の中でこれが一番いいのじゃないかと思う。

私にも一寸した放浪癖がある。「なんとかしたヒョウシに」ついふらふらとどっかへ行ってしまう。金が一寸でもあると、もう汽車にのっている。汽車は、田や畑の中をはしっている。テイよく言えば、きわめて風流に、自然を友としてさまようのであるが、テイ悪く言えば、わがまま勝手なのである。急に海が見たくなったので汽車にのり、山の緑が見たくなったので電車にのるというテイタラクである。この私の放浪癖は、東京に出てから急激に出てきた。都会の空気にたえられないのかもわからない。

4　絵について

「絵ごころ」があるというのはいいことだ。文を書く人でも、絵ごころのある人の文は、自然をよく見ている。いい文を書く。見れば見るほど美しいのは自然である。

5　又、季節について

トオキョオの五月の夕方はとてもいい。ヤマダの八月の夕方の空気である。人の声のひびき具合や電灯の光の色や、空気のはだざわりは、ヤマダの八月そっくりである。夕飯をたべて外に出ると、いつもそう思う。ヤマダの夏の夕方はとてもきれいだ。雲がいい。そして、空気がいい具合にしめっぽくて、白い光がただよう。遊んでいる子供の声が変にワンワン響き、そして、カワホリ（注　コウモリのつもりらしい）が飛び出してくる。それが、そっくりトオキョオの五月の夕方なのだ。

6　下駄について

私はクツよりゲタの方が好きだ。はきごこちがいい。だから、私は外に出る時には大抵ゲタをはきたいのだが、トオキョオという町はそうもゆかないらしいので、どうしてもクツをはかねばならないときがあるのはこまる。私の足は汗かきなので、じきにクツがぐちぐちしめってきて、実に不愉快になるのである。私の今使っている下駄は、杉の便所下駄である。とても丈夫で、それにはきごこちがすてきである。

7　トオキョオの子供

私は、トオキョオの子供は虫がすかない。頭が悪いくせにリコウぶるからいやだ。そして、彼等は作り物の無邪気さを持っている。いつか、ベートホベンの第五番をきかせてやったら「トテモすてきだね」とぬかす。頭をこついてやりたい。子供ばかりではない。彼等がひねたのが今のトウキョウ人だ。五分話をするとともリッパで、十分話すとなんでもなくなり、十五分話すとともアホになるのが彼等である。

8　服装について

「まさかハダカではいられまい」

何かを着ていなければならぬ（風呂の中以外はいつも）。ニッポンの法律もハダカは許さない。頭にシャッポをかむり、上衣を着、パンツをはき、クツシタをはき、クツをはけば、まア文句はないわけである。でも、その人間の表面積の八七％までは布や皮でおおわれることになり、人間には自分をキレイにしたい本能があるらしいので、キレイなシャッポ、キレイなパンツ、キレイなクツシタ、キレイなクツを着けたいらしい。では、キレイなとはどんなのか？　というと困る。まさか、男が赤いおべべもきられまい！　でも、それが流行になると、ものすごい。赤いフンドシがはやれば、それをしめ、緑の上衣がはやれば、それを着て、トクイになっている。誰でも、自分の趣味をもっているはずだ。自分の部屋のかざり、机の置きようにその趣味があらわれている。

9　カンニングについて

さもしいはなしで、カンニングがよくはやる。はやるというより、一つの行事みたいなものになっているらしい。みっともない心理状態である。あさましいはなしである。コツコツの点取虫をケイベツするより、ずっと彼等をケイベツせねばなるまい。私はどうかというと、自慢じゃないが、そのどちらでもない。コツコツもやらないし、みっともないこともやらない。気がむくと、へらへらといっぱい書くし、わからないと書かない。こんなアホみたいなモラルをもっていばっていてもケッキョクは世の中のラクゴ者になるであろうという人もあるかもしれないが、そんな世の中ならラクゴ者もケッコウ。世の中には、もっときれいな一面があるはず。

10 又、カンニングについて

オフクロさんの伝記の中に、……小学校時代に、となりの生徒が読方をあてられて、読めないときに、そっと小声で読み方を教えてやった……とさも美談らしく言われているが、どうかな。教えられた方は、いい気持はしないであろう。自尊心があったら、不愉快であろう。愉快なのは教えた方で、優越感を満足でき、そして善行をほどこした気分に酔える。

だから、そんなことを、美談がましく語られると、こちらは面白くない。おふくろさんには、もっといい所があったはずだ。そして、もっと人間的弱点もあったはずだ。そして、美しい人間味もあったはずだ。人間らしさがいい。

ことばについて

1 試験

試験がおわった。大宮に叱られたので、こんどの試験は、われながらようがんばった。人なみに、試験勉強をおそくまで毎晩した。徹夜もした。あたりまえのことかしらんが、いままでそれをせんだ。こんどは、それをした。どうやら、あたりまえの域までこぎつけた。まだまだ。

2 ぜいたく

江戸に長く住むと、口がおごっていかぬ。この唯一の道楽。ゆるしてもらおう。夜おそく、タマゴをポケットに入れて、踏切りのところへ支那そばをたべに行く。足がこごえる。タマゴ入りのそばのぜいたく。オムレツみたいな月が出る。

3 リョウカンさん

そばをたべていると、「リョウカンさん」と呼ぶ。だるま屋のミイだ。どうして、かの女がぼくのことをリョウカンさんと呼ぶのか、その由来はわからぬ。自分のことを自分の気に入った人の名で呼ばれると、まんざらいやな気もしない。いやな気どころか、内心とくいである。自分にリョウカン的なところがあるのだな、と悦に入るのである。

4　アンミツ

そばをすすりながら、「なんじゃい」と言う。ミイはサジを持って、白い息をはいていた。「今夜、うちへこない?」「どうして?」「今日のミツマメはクロミツだから、おいでよ」「お、クロミツか、いぐ(行く)」「ああ、おいでよ」「ミツ、たんと入れろな」「ああ、待ってるよ」「すぐいぐからな」急いでそばをすする。

5　だるま屋

だるま屋のおやじが言う。「竹内さん、試験、今日でおしまいかい?」「うん、どうやら」「つかれたろう」「うん、ねむくってね」この「ねむくってね」と言うのが自慢。試験でねむい思いをしたのは、はじめてだから。

6　ことば

上記の会話は、そのときの会話(ダイアローグ)をそのまま書いた。浩三は、いろんなことばをつかう。山田弁や東京弁や新潟弁や九州弁やフランス弁や活動屋語などが混然となって、一つの竹内弁をつくっている。個性と同じように、各個人にそれぞれ各人のことばがある。そのヴォキャブラリーの範囲も、すこしずつちがっている。

7　方言学

方言学などするやつは、アホである。フクザツな世になると、人のことばはフクザツで、あらゆることばがまざって、その人のことばを、かたちづくる。方言もなくなるし、標準語もなくなり、個人語になり、そのことばの中で、詩が出てくる。

8　口　語

漢文を釈するばあいに「反語」のときは、「……であろうか、決して……ではない。」などと釈すれば、その問題がたとえ「平易な口語に解釈せよ」というのであっても、その答は決して差し支えないというが、そもそも口語と文語のことなっているゆえんは、前者が人と話しをする時に用いる語で、後者は文をつくる時の語であるのだが、果して人と話をする時に、「……であろうか、決して……ではない」などと言う人は、まあないものである。

芸術について

1 写真

このごろ友だちと写真をやったりもらったりするが、写真屋で写したのはどれもこれも皆ひどくすましていて、その人とあまり似ていない変な顔になっている。かえって、素人写真でのんびりと写した方がずっとよく似て写っている。

写真屋でとるのは、金を出さんならんといって、そうスマスには及ばぬ。

2 図案

音楽てものは、想像以上に私の心をなぐさめる。これほど音楽がいいものであるとは知らなかった。

芸術が在るために死にたくなくなった人がいくらもあるにちがいない。なにが人類のためになるかといって、芸術家ほど人類のためになる存在はあるまい。ベートーベン、シューベルトによって、何人の人がなぐさめられたか。

科学者の存在も尊いにはちがいないが、彼らの仕事は、物質すなわち三次元と時間（四次元）との世界に於けるだけである。

画を見てみよ。画は、線（一次元）、面（二次元）、空間（三次元）を表し、時間をも表し、加えて、もう数次元の世界をも表している。

私の従姉の図案家が、私にこう言う。

「この小さい一枚の紙に、全宇宙をおさめることができる。また、ときによってはノミの足さえもおさめることができない」と。

私の図案というものに対する観念はあやまっていた。図案は、芸術家（画家）のすることかと思っていたら、科学者（数学者）のすることだそうだ。さもあらん。

3 伎芸天

墨をすって、半紙に「以二伎芸天一為二我妻一」と書いて、壁にはった。そしたら、涙がぽろぽろと出た。技芸天とは、芸術の神である。

ヤの字が来て、国へ帰ろうと思うと言う。どうしてかと言うと、こうこうかようだからと言う。

お前は、ともかく芸術で一生を終るつもりで東京へ出てきたんやないか。芸術てやつは、お前のそして又オレの考えとるほどなまやさしいもんじゃないんじゃ。

原（研吉）が言うたやないか。偉大なカントクになる気なら青春をもギセイにせないかん、との。もっと本気に芸術を考えたら、なんね、そんなくらいのことで国へ帰ろうなど言うな。そして、も一つ考えんならんことは、オレたちはニッポン人であることじゃ。これはえらい問題で、オレもそこんとこはっきりわからん。今の社会の方向と芸術とやの。ともかく、オレたちは幸か不幸かニッポン人なんじゃ。そして、今はそんなのんきなことで苦しむときではないわい。そんな苦しみはゼイタクじゃ。の、ともかく帰るのはやめよ。そして、もっと健康な考え方をするんやの。見よ、そら、あの青い空を。

ノの字が言う。お前、ハの字に遇うたか。あのハの字か。うん、あいつにこないだ遇うて、話ししとったら、お前のことが出ての。すると、ハの字が、お前は竹内みたいなやつと付き合うとるのか、あいつはけったいなやつやのうて言うんじゃ。なんでやと言うと、あいつにこないだギンザで遇うたら、えらいこぎたないかっこうで、おかしなボーシかぶっとるんじゃ。それで、どこへ行くんやと言うと、すましてドウトンボリへ行くんやて言うとった、とハの字が言うとったがホントか。

ボクは、ひょっとすると言うたかもわからん、けったいなやつやのうオレは、と言うた。

シンジュクで、今日、食用蛙を買った。

4　芸術について

壺を買ってきた
梅干をつけるあの壺だ
これを、床の間に飾って
アルミニウムの一銭を入れよう
ザクザクと入れよう
ときどき出してながめよう

このあいだは、十枚ぐらいすごいものを書きました。それはまったくすごいもので、書いてしまってから、心臓がトントンうって、なかなか眠れませんでした。自分の書いたものにこれほどコーフンしたことはありませんでした。いままで一度もぼくのものをほめたことのない土屋が唸りました。学校の雑誌などへ出すのはおしい、と申しましたが、立派な雑誌に出すってもございませんので、やっぱり学校の雑誌に出しました。もしのらなかったら、あいつらにはわからないのだと言い切る自信があります。そして、これ一つでもういつ死んでもいいとも思いました。——というのはウソですが、大したものです。

男や女が東京にいて、やれ恋愛の、同棲の、別れたの、酒のんだの、だらくしたの、出征していい男になったの、そんなことを書くのも小説ですが。

やどかり虫が昇天して虹になったり、夢の自分が自分を殺せと言うて自殺したり、丸善の本棚の上にレモンをそっと置いてきて、もうじきにレモンが爆発して丸善がふっとぶにちがいないと考える男がいたりする。これも一つの小説です。そんなのはわけがわからんと言い、説明してくれと言う。そんなものを説明したらもうおしまいで、雪の花を手のひらでもてあそぶようなもので、とけてしまう。雪の花が六角だとわかろうが、三角と知ろうが、雪の花の美しさには変わりがない。ベートオベンのシンホニイにどんな思想がもられていると人から聞いても、そんなことは何の値打ちもない。だいいち、音楽に思想をもるのは無理である。それなのに、こじつけて、やれ運命交響楽（シンホニイ）には哲学があるのどうのと言いたがるむきがある。ヴァイオリンやセロで哲学が言えるもんかね。

それが文学になると、なおうるさい。哲学の本も文字で書かれ、文学も文字で書かれるので、文学には哲学がつきもののように考える。哲学をふくんだ文学もあるにはある。しかし、音楽のように理屈のないきれいな文章もなければならん。

わけのわからん詩や絵がある。わけがないからわからんのがあたりまえで、中には、それをこじつけて、やれダリの絵はなになに的で、なになにイズムでござると言う。言いたければ、ひまなときに言うもいいが、人にまで言うてきかせなくともいい。言うてもなんにもならん。ただ見て、読んで、ああきれいだと思い、血が頭へのぼったりのぼらなかったりすればいいのである。それが芸術であって、理屈ではないゆえんである。

詩人と言うやつは、一見、奇をてらうように見える。「ランプがコンペイ糖になって、蟻が月を見て餓え死にをしました」などと言うて喜んでいるむきがある。しかし、奇をてろうたわけでもない。だから、それでいいではないか。

天気のいい風船

（一九四一年一月三日―五月）

冬休み日記　別題――タケウチコウゾーについて

1　まえがき

時間がたつにつれてボクのまわりにもいろんなことがおこる。ボクはそれらのできごとをすべておもしろいと思う。世の中はなかなか目出度い。人間はみんないい。その中にボクも生きている。生きていることはたのしい。それを書くこともたのしい。

2　山田へかえること

二三日にかえることにした。下宿にもそう言って部屋のかぎをあずけて出た。手には三冊の本と姪へのみやげの絵本をもっていた。もう二時まえであるのに、ボクはまだ朝めしをくっていなかった。エコダの駅前のうどん屋で天丼を二つたべた。電車で洗足池の春木の下宿へ行った。レコードをすこしかしてあったので、それをとりに行ったのである。ここでこのハルキという人物の説明をせねばならぬ。ハルキはボクの中学の二年先輩である。トシちゃんの親友である。すると又このトシちゃんなる人物の説明をしなければならないことになるのだが、この説明がまためんどうで、それにこの文にはあまり出場しないだろうから、略す。ただボクの兄だと便宜上おぼえておいて下さい、この説明はこの仮定だけにしておいて、次の説明にうつる。ボクが浪人中の一九三九年七月に上京するときに、トシちゃんがハルキにボクの下宿の世話をたのみ、かつまた、ボクのカントクをたのんだ。カントクと言うとヘンにきこえるが、ほんとにカントクなのである。それほどボクは信用がない。それで下宿もハルキの下宿のすぐちかくにきめ、めしは同じうちへたべに行くことになった。そのうちがオーコーチさんである。ここでボクのコーエンジ生活がはじまるわけである。そこで話はハルキの説明にもどるのだが。そのカントクさんがいつのまにやらともだちになってしまった。ワイ談もすればむこうからなやみを相談したりするようになった。こうなったらカントクもなにもあったものでない。ミイラとりがミイラになるということばをこの場合、そういうことのすきな人はあてはめても一向さしつかえはない。そのハルキがコーエンジをひき上げて、どうしてセンゾク池などにいるかという説明が必要になるのだが。この説明がまたこみ入っていて、相当にエネルギイを要する仕事なのである。一九四〇年の秋ころのボクならもうはなしがこれくらいにこんがらかってくるともうダメで、ペンと紙をなげ出して喫茶店へでもにげるところである。それほど不健康であった。だから詩ばかり作っていた。こんなことを言ったら詩人はおこるにちがいない。その時代をデカダンだと言う人もいた。ボクはデカダンということばがすきで、えらそうな気がしたので、その説に賛成しておいた。又はなしが脱線したので、もとにもどす。現在はなかなか健康である。めでたいと思う。エコダへ移ったのがよかったのである。エコダへ移ったら、死ぬことがばかにこわくなってきたのである。それで大いに安心もしたのである。そして又コーエンジ時代を想ってこわかったと思った。そこで今は健康なのでこのいともめんどうな説明をするのである。センゾク池の家はハルキの親類である。オーバヤシと言う。その家がハルキの世話をしようと言ってでた。家にとめて、学費も小遣いもみんな出すと言うのである。その家には女の子が二人で男の子がない。それにハルキは七男か六男あたりで長男ではない。こう書くと血のめぐりの早い人はハハンとわかったような顔をしたがる。ボクもあえてそのわかった顔をわからん顔にしようとは思わない。そこでハルキもハハンと思いながらその家に世話になることにした。ここまで書いているとヨシノさんが帰ってきた。こんなことを書かねばよかったと気がつく。なぜって、ここでまたヨシノさんなる人物の説明と、ボクがこれをかいている位置を言わねばならなくなる。エイとついでにもっとくわしいことも説明することにする。どうせ今日はひまなんだし、それにボクはとてもエネルギッシュなコンディションにあるのだから。今日は一九四一年の一月三日なのである。ノートとペンを買って、洋服部の奥の机にデンとすわって、かきだしたのである。この店の大将のイヌイショーゾーさんもその奥さんのヨシノさんもいなかった。店のものが二人くらいるすばんをしてハモニカをならしていた。静かでちょうどよいと考えた。それでそこのところまで書いたときにヨシノさんがあらわれたので、ペンをおいて一ぷくやったわけである。しばらくたつといなくなったのでまた書き出したのである。すると二階

から　もろ人こぞりて　むかえまつれ　ひさしく　まちにし　主はきませり　がオルガンできこえてきた。ボクはそれについてうたいだした。どうも気がちっていけません。又話はもとにもどる。そのオーバヤシさんとボクとの関係を説明する。オーバヤシさんのお母さんとボクのお母さんとは学校のときからの無二の親友であった。でもハルキがその家へ行くまでは、そんなむす子さんのいることも知らなかったし、オーバヤシさんのおばあさんのことなど忘れていた。いつかはじめてその家へ行くと、それがわかりハハンと思った。この説明はこれくらいでうちきり本文にもどる。ハルキにあって今晩帰ろうと思うと言うと、おれは二四日にかえるからそれまでまたんかと言う。それもよかろうと考えて、そうすることにきめた。その晩はその家にとまった。その翌日すなわち二五日にレコードをもってコーエンジのヤマムロの下宿へ行くと、キチジョージへ移ったと言う。ヤマムロと言うのは学校のともだちで、キュウシュウのアソの男である。一九四〇年の夏はヤマムロのうちへ二週間もたい在していた。ハルキがセンゾク池へ移ったのでそのあとへヤマムロがやってきたのである。するととつぜん彼の姉さんがアソから出てきた。姉さんは自動車製造会社へつとめた。自スイでもしましょうと考えて、どっかのアパートでもとさがしていた。キチジョージにカントリイアパートと言うのがあいていた。なんだもう移ったのか。オーコーチに行くと、ヤマムロはきのうボクがくるだろうと思って一日まっていたと言う。電車でキチジョージへ行くといなかった。

ここまでかいて、日があらたまって、いまは一九四一年一月五日午前一時三〇分である。このごろは十二時にならないとおきない生活をしているので、今はまだ宵の口である。でも姉が松阪から今日帰ったので、寝る部屋が店の帳場のとなりへかえられ、あしたからは八時にはおこされることになるらしい。さてまた話のつづきをかくのだがどうも脱線ばかりしていてスローモーションだ。もすこしテンポを早めて、ともかく、ヤマダへ帰るまでの部分は大急でかくことにする。キチジョージのヤマムロがいなかったのでレコードをもってシイナ町のオオイワテルヨさんのうちに行った。その晩はヤマムロのアパートにとまった。二四日はカンダへスキーとストックとかなぐをかいに行き、テルヨさんのうちにそれをあずけておいて、コーエンジにまいもどり、オーコーチで夕飯をたべて、ヤマムロとセンゾク池のハルキの家へ行った。こういうやくそくになっていたのだ。時間があるのであがりこんではなしこみ、ゴタンダでヤマムロにわかれた。ハルキとトーキョー駅に行くと、中学のいろいろのともだちにあった。トーキョーへきているやつはたいていこの一〇・三五の汽車でかえるのである。ワカマツやニシイやマツイやヤマグチにあったのである。

どうも書けない。机の位置が悪くて、電燈をうしろからうけているので、頭の影がノートの上にうごめいて、どうもおちつかない。わざわざ机の位置をかえるのもめんどうな気もするから、今はこれくらういでうちきりにしたいと思う。あしたといっても今日なのだが、あしたは少々ばりきをかけて、一九四〇年の分はかき上げたいと思う。では。

3　汽車の中のこと

今日は一月八日なのである。あしたは少々ばりきをかけてかくのだなどと言ったくせに、なにもかかずに三日もたってしまった。頭がさんまんでおちついたことはなにもできないのである。それが証拠に本をいく冊もかってきて、机にならべて、あれをよみ、これをよみといったぐあいで、一〇ペイジくらいよむと本をかえるのである。それに、とても自分がきらいになったのである。おもしろくないのである。

ふみきりのシグナルが一月の雨にぬれて
ボクは上りの終列車を見て
柄もりの水が手につめたく
かなしいような気になって
なきたいような気になって
わびしいような気になって
それでも　ためいきも　なみだも出ず
ちょうど　風船玉が　かなしんだみたい
自分が世界で一番不実な男のような気がし
自分が世界で一番いくじなしのような気がし
それに　それがすこしもはずかしいと思えず
とほうにくれて雨足を見たら
いくぶんセンチメンタルになって
涙でもでるだろう
そしたらすこしはたのしいだろうが
そのなみだすら出ず
こまりました
こまりました

このようなあんばいではなにも書けまいし、かいたところで、犬のウンコくらいのもので、一体オレはなにをかくと言うのだ。本当は東京から山田までの夜汽車の中のもようをかくことになっているのだが、はっきりおぼえていず、それにめんどうにも思うが、それをかかなければ山田でのできごと――と言っても大したことはなにもなかったのだが、――がかけないので、むりをしてかくことにする。

一〇時三五分に汽車がでた。ボクのまえにハルキ、よこにヤマグチタツオ、ハルキのよこにマツイセイイチがこしをかけている。

ボクはハルキとばかりはなしをしていた。ハルキはボクよりも二年先輩であるにかかわらず、それに又ボクのカントクであったにかかわらず、ボクがあまりなれなれしそうになってしまったことはおもしろくないということを、きわめて消極的に、ぼんやりしていたら、その意味がとれないほど消極的に言うた。ボクとハルキとはほんとになかのよいともだちであるのであるが、常にハルキのハラの中には、自分よりも若いくせに、なんでも知ったような顔をして、なまいきなというような考えが、わいたりわかなかったりするのはよくわかるのである。こういうことは、こんなことばにしない方がいいのであって、こんなことばで説明すると白ける一方である。ほんとにハルキはいいともだちだと思っているのだ。ボクの同化力ということについて少々説明したいと思う。ボクのともだちはみんなボクに同化されてしまうのである。

（注　以下一二行分が抹消されている）

同化ということについてかいたのだが、しまいになにをかいているのかわからなくなって消すことにした。よむ人はこの消した部分をよんではいけない、なにをかいたかわからないように黒々と消そうとも考えたが、それは読者をブジョクすることになるのでやめにした。

4　映画に関すること

こんなところへこんな題をもってくるのは考えものどころかまちがったはなしなのだが、かきたくなったのでかくのである。ヤマダへかえってからの話で、一九四〇年一二月三〇日のことである。ボクは親類のオオイワへ行った。そこで叔父さんやいとこのマサヨシ君とはなしをしたのだが、その話の中で明室映画のはなしがでたり、立体映画のはなしがでたりした。前者はただシミズ博士の発明のはなしだけであったが、立体映画について、すこしおもしろい話がでたから説明したいと思う。その前に、映画のことどもにあまり興味をもたず、立体映画とはどういうものか知らない人のためにその説明をしたいと思う。現在の映画は平面の映画であります。そもそも、ものが立体的に見えるためには二つ以上の眼で見なければならない。さいわい人間の眼は二つなのでものが立体的に見える。映画は一つのレンズで撮影するので平面的に見える。なぜ二つの眼で見るとものが立体的に見えるかということは、少々めんどうでボクもうまく説明できるかどうかわからないがともかくやって見ると、一つの眼で見ると第一図のように立方体を見た場合、実線で描いた像を見る。この場合もう一つの眼（左）を用いると、左から見た形は右から見た場合とすこしことなるので（この理屈がなっとくできない人は、左右の眼を一方ずつつかってマッチ箱をながめるという実験をおすすめする）、二つのことなった像が頭でかさなる、

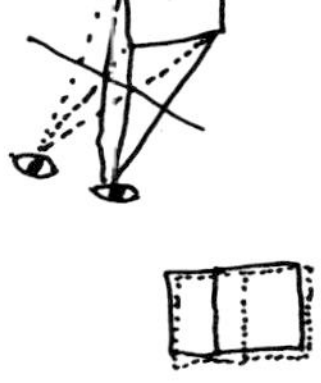

第一図

すると生理的にもののおくゆきを感じるしくみになっている。生理的にと言ったが、そこの理由はボクにもはっきりわからない、経験からそう感じるのかもわからないと思う。

　ここですこしばかり脱線をさしてもらう。右のペイジへ字が一ぱいになると紙をまくって次のペイジへうつるのだが——きわめてあたりまえのこと——インキが乾いてないとそれの乾くあいだタバコを吸うことにしている。しかるに今、タバコをすおうとするともうタバコがないので、火鉢からすいがらをほじりだしてすった。脱線してかきたかったのはこれだけのことで次にすすむ。

　そこで映画を立体的にするには二つのレンズでうつした写真を左のレンズでうつしたものは左の眼だけで見、右は右だけで見るようにしかけたらいいわけである。普通写真の場合にはその理クツを使って第二図のようなしかけが発明されている。

　A、Bハソレゾレ左右ノれんずカラウツサレタ写真デアル。れんずabノ距離ハ眼ノ左右ノ距離ト同ジデアルノハ言フマデモナイ。左ノ眼ヲのぞき穴a、右ノ眼ヲのぞき穴bニオイテナカヲノゾクト左ノ眼ニハAノミ、右ニハBガ見エルワケデアル。

　普通写真ならこれでいいのだが、映画では、このしかけのようなついたてを用いるわけにいかないので、色メガネを用いることが発明された（第三図参照）。すなわち一つのスクリンに、左のレンズの写真を赤でうつし、右を青でうつすのである。するとこの色メガネは左青、右赤のガラスになっているので左の眼には赤でうつされたところの左のレンズでうつされた景色だけが見え、同様に右の眼には右のレンズでうつされた景色だけが見えることになるのである。この発明は実際に興業もされ、ヤマダの帝国座でも上映されたのをボクもおぼえている。しかしあいにくボクはその時中学生であったのでまんまと見そこねてしまったが、これを見たところの叔父さんの言によると、「ピストルをこちらへむけられた写真が出たときには本当にいやらしい気になった」

第二図

　説明はこのくらいにしておいて、オオイワであったおもしろい面というのをのべることにする。それは叔父さんとマサヨシ君の天然色立体映画の発明の案である。さきにのべたようなわけで、現在の立体映画は赤青の色メガネを使用しているので天然色にはならず無色映画であるのである。これを天然色にするには青赤の理クツをはなれて、別な方面から考えねばならなくなる。そこで叔父さんの案を紹介すると、スクリンのまえにメのこまかいタテの格子をつくるのである。絵がうまくいかないのでわかりにくいかと思うが、

第三図

Ｄハタテノ格子デアル。左ノ眼ａカラ格子ゴシニノゾクトすくりん上ノ画ＢＣヲ見ルｂカラノゾクトＡＢヲ見ル、ＡＢニハ左ノれんず画ＢＣニハ右ノれんずカラノ画ヲウツスノデアル、コノ画ハソノ一部分デＤハ小サクテイクツモアルノデアッテ眼トすくりんノ距離ハズットハナレテイルノデアル。

この案もおもしろいと思うのだが、欠点は観客が眼の位置をうごかせないことと、も一つはスクリンの前に格子を立てることができる可能性がなさそうなこととである。次はマサヨシ君の案でこれはボクの考えとしては非のうちどころがないと思う。偏光という現象を応用したものである。この偏光という現象を知っている人は、もう説明しなくともわかると思う。ボクもさいわい中学でならったやつをおぼえていたので、それをきいてハハンうまいことを考えたなと思った。この現象を知らない人のためにすこし説明する。この説明はうろおぼえの中学の物理のボクの知識でかいているのだから、そのつもりでよんでもらいたい。光というものはエーテルの波になって伝わってくる。その波はたてよこの波なのである。それを電気石でさえぎると、その石のスジに直交する方向の波はさえぎられてこちらへはこなくなるのである。第六図をとくとごらんください。この理屈を応用するのであります。と言えば、読者よ、おわかりでしょう。ボクは今すこしねむいので、もうねむろうと思う。この理屈をいかに応用するかはもうのべないことにする。読者諸君はおわかりのことと思うから。ボクが三ペイジもついやして説明しているのだから、これでわからない人がいるのなら、その人はよほど科学的な頭のない人だ。あるいは又ボクがよほど文学的な頭のない人だ。

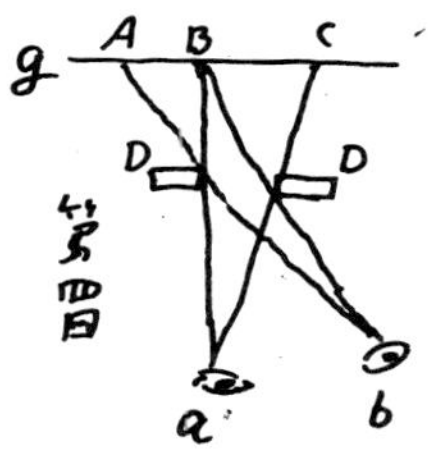

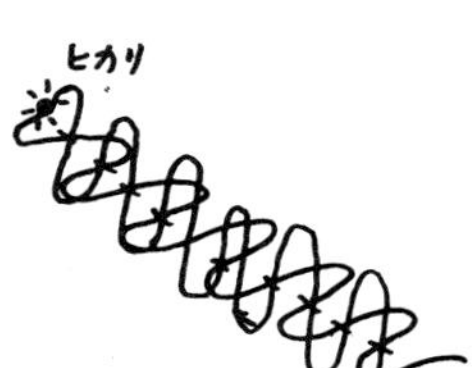

第五図

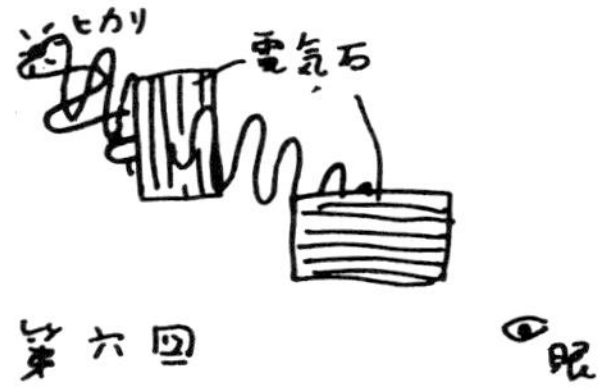

第六図

ずいひつ

文房具について

私は万年筆というものは、ほとんど使ったことがない。ちかごろはぜんぜんつかわない。机のひきだしに一本入っているが、ペン先もまがっているし、ふたもない。この万年筆は、私の中学四年の関東修学旅行のとき、父が買ってくれたものだと記憶している。私が万年筆を親から買ってもらったのは、あとにもさきにも、これ一つである。中学に入ったときには、亡くなった母のをつかっていた。ほそくて、それにぜんたいにこまかい模様が入っていた。しかしそれも好きでなかったのでほとんどつかわなかった。私が字をかくとき大抵用いるのは、ペンである。そして、ペンもはじめのうちの細いのより、使い古して太くなったのが好きである。それと同じように、エンピツもうすいのはきらいで、Bから３Bまでくらいをいつもつかっている。

インキは、いつもパイロットの黒を用いている。他のインキと比較して、これがいいからというわけではなく、ただ習慣で、ずっとまえから、パイロットばかりである。鉛筆も東京へきてからは、トンボを使うくせになってしまった。

女優について

女優を見ると、大ていきれいだと思う。すきなのをあげるなら、ニッポンでは、まず、ハラセツコであろう。タカミネヒデコ、ミハトマリ、コグレミチヨ、くらいである。タカミネミエコは、あまりすきでない。この人を見ると、フタバヤマというすもうとりをいつも思い出す。どこかに類似点があるのにちがいない。ヤマダイスズやイリエタカコやハナイランコはどうしてもすきになれない。趣味の問題であろう。西洋の女優は、名前をおぼえるのが下手で、じきにわすれてしまう。そして、それほど、すきなのもいないようである。言うて見るなら、アナベラ・カザリン・ヘプバン、コリンヌ・リシュエーヌ、くらいのものであろう。それに、マドレーヌ・ルノオがなぜかすきである。かかなくともいいことをかいたようである。

くいしんぼうについて

私はとてもくいしんぼうである。たべることに私の金はたいてい消費される。酒はきらいなので、つきあい以外にはのまない。と言って甘いものもすきでない。自分で菓子を買ってきたこともないし、一人でしるこ屋へ行ったこともない。友だちに酒もすきで、甘いものもすきだと言うやつがいて、しるこ屋へさそわれることがよくある。たべて見ると、決していやではないが、わざわざたべに行く気はしない。みつ豆などと言うやつは、近ごろまで、ほとんどたべたことがなかった。豆もきらいだし、かんテンもいやであった。しかし最近うまいやつを食べて、ちょっとすきになった。

では一体何がすきかと言うと、うまいものがすきである。子供のときに人からそう言われると、西洋料理とうどんとこたえていたそうだが、いまだにそれがすきである。しかし東京のうどんはだめである。すしがうまい。にぎりがばかに高くなって、こまっている。一度うまいすしを飯がわりに、はら一ぱいくいたいと思っている。ちかごろヤサイサラダがばかにうまい。てんぷらにはメがない。エコダにうまいカレーライスをたべさせるうちがある。一度中村屋のカレーライスをたべたいと思っているがまだ実行しない。イケブクロにうまいたらのこをたべさせる家があるが、ちかごろとんと、たらのこは出ていない。

ちかごろ、コーヒーをのんだことがない。本もののコーヒーはめったにないと言うので、のまないことにして、いつも紅茶にしている。ところがイケブクロの6号室と言う喫茶店――ちかごろほとんど毎日行っている――のコーヒーはうまいとある友だちが言うたが、まだのまずにいる。

今日たべたものを書くならば……ちょっとまってくれ。今私は、とてもまぬけたことを一生懸命でかいているようだ。どうかしている。でも書く。エコダでカレーライスをたべた。同じくエコダで十五センのごもくめしをたべた。6号室で紅茶をのんだ。同じくイケブクロのミユワ食堂でサザエの酢の物とみそしるで、めしをくった。夜、エコダで支那そばとシュウマイをたべた。支那そばと言えば、支那そばはほとんど毎日たべている。一日に二かいたべる日もすくなくない。

たべもののことをかいていたら、なんだかかなしくなってきたからやめにする。

父と映画について

私の父は映画を子供だましのものだと思っているらしく、いつもそう言うていた。一生に五六度くらいしか見ていないはずである。私が父と一緒に映画を見たおぼえは三度くらいしかない。一度は、私がまだ小学校へ上ったか上らなかったくらいのとき、山田に商品陳列館が落成して、その夜、その庭で、映画があった。それを父と見に行った。その中で捕鯨船の実況と、それから、マンガがあったのだけをおぼえている。

その次のは、小学校の校庭で、夏の夜、映画があった。そのときも父と一緒であった。その映画のことはなにもおぼえていないが、父の白がすりがばかに白く、そしてのりでごわごわしていたのをおぼえている。

最後に見たのは、私が十四五のときだったと思うが、大阪の弁天座であった。PCLの「わが輩は猫である」と「支那ランプの石油」がかかっていた。映画から音が出ることは、私は自分のことのように自慢してみたが、父はあまり感心したようでもなかった。西洋の男と女とがだき合って、口と口とを当てる場面を父は一体どんな顔で見ているのだろうと、横を向いてみたら、なんだ、その席にはいずに、窓のそばへ行って、女の子にとくべつに窓をすこしあけてもらって、せんすを使って涼んでいた。

母と映画について

私の母は、芝居の好きな家庭にそだったせいか、映画がすきであった。私が、映画を自分の仕事にしようと思うようになったのも、よほど母の影響があると思う。

母と一緒に見に行ったので、おぼえているのをあげると、「松の助の忠臣蔵」「ダグラスの鉄仮面」「ダグラスのバクダットの盗賊」「東洋の母」「火の山」「アジアの嵐」。おぼえていないので、蒲田の映画なぞ、そうとう見たようである。

なにかで、市川百々之助が、女を、雨の夜、井戸ばたで、ころす場面があった。女を一刀のもとにえいところしてしまわず、まんじともえにもつれて、なかなかころさない。なかなかリアルに描けていた場面があった。そこのところを母はしきりにほめて、ほんとに人をころすのならあんなのにちがいないと言うた。

私が、こんど日大の映画科へ入ることについて、親類中、こぞって反対した。もし母が生きていたら、案外反対はしなかったろうと思う。

四書五経について

親の思い出をかいたついでに、も一つかく。

私は、小学校へ上るまえに、四書五経をよんだ。私の父は、子供に早教育をほどこして、人に自慢するのが好きらしく、五つか六つの私をつかまえて、むつかしい漢字をどしどし教えこんだ。すると母が字だけ教えるより、支那のたとえば論語でも教えてやってくれと、これ又大変なことを言い出した。すると父が論語よみの論語しらずになると言うて、それに反対した。そこで一もめあって、やがて母がそんなら私が教えます。かってにせい。そんな場面があったのを私はおぼえているが、母から論語を教わったおぼえはない。それからどうなったのか知らんが、その後、父が四書五経を教え出した。山高きが故にたっとからず、木有るをもってたっとしとなす。読んで見よ。ヤマタカキ　ガ　ユエニ　タットカラズ　キアル　ヲモツテ　タツト　シトナス。このあたりは、大体わかったようであるが、終りの方になると、まったくなんのことかわからなくなってしまった。四書五経よみの四書五経しらずである。

そして又、すまない話ではあるが、四書五経をよんだということが、私の今までにやくだったことは一度もなかったようである。そして今の私は人一倍漢字を知らない。これを名づけて不肖と言わん呵。不肖と言う可矣。

母と文学について

私の母は、その当時のインテリのつもりであったらしい。和歌を佐佐木信綱に学んだ。自分でも自信があったと見えて、勅題に応募などしていたらしい。あの歌なら必ず当選するだろうと思っていた歌の発表日の前夜、ずっと向うからきれいな白馬がはしってきて、それにひらりのろうとしたとたん、ふりおとされて、目がさめて、ああ夢か、こんな夢を見たからダメにちがいないと思っていたら、果たしてダメであったそうである。

死ぬときに一つの辞世の歌をつくった。その歌を信綱大人が書いて、母の石碑にほってある。不肖私はその歌は忘れてしもうた。

母はトルストイの無抵抗主義に共鳴していたようである。私に、イワンの馬鹿をなんどもなんどもよんできかせた。私は一向面白いとも思わなかった。しかし、えらいもので、その無抵抗王義と言うやつが、私の心の中にかなりくいこんでいるのを今になっておどろく。

父の天文学について

私の父は、どうしたものか天文学がすきであった。そしてそれが自慢でもあったらしい。夕方一緒に涼んでいると、かならず宇宙や星や地球や日や太陽の話を私に言うてきかせて、そして終りに、これもかならず、大きなものや、あほみたいなものやと言って天をあおぐのであった。私も大きなものやと思うて、天を見ると、まるいまるい大空に、神武天皇から今までの時が経っても光がとどかないほど遠くにある天の川がとてもきれいに流れているのであった。

父は一度、電車を待ちながら、そこにいたわかものをつかまえて、天文学の話を聞かせたら、その若者は、はなはだ感心して、あなたは天文学者ですかと言うたそうである。そのことがよほどうれしかったと見えて、なんども人に言うていた。

シガレットケースについて

省三さんが上京してきたので、ギンザを見てまわった。そして、シガレットケースを買うてくれと言うて、一つ買ってもらった。

私はシガレットケースをほしいと思ったことは一度もなかった。それにタバコを入れてパチンとあけたり、しめたりしてもってあるくのは私の趣味ではなかった。人がもっていてもいやになることがよくある。これは、と思うような図案のものはなにもなくて、大抵愚劣なものでいやになった。

柿本という友だちが一寸いいのをもっていた。ああいうのなら、もっていてもいいなアとすこし思った。それでも別にほしいとも思わなかった。

ところで、今日、白木屋のチンレツ棚を見ていたら、すごいのがあった。ほしくてたまらなくなって、買うてくれと言うた。手にとると、すぐにタバコを入れて、何度もあけたり、しめたりしてみた。そして今日はいつもの何倍もタバコをすった。

女のアトをつけること

自分のすきな女が他の男とあるいているのをつけるほど自分をかわいそうに思うときはない。一体追いついてどうしようと言うのだろう。もし、声をかけて見たところで、その時の顔ったら、なっていないだろう。でも追っかけずにじっとしていられないきもち。

病気について

いきをしたり、あくびをしたりすると、セナカがいたい。これはロクマクらしい。すこし心配に思う。そして又、すこし、たのしくも思う。でも病気はいやである。医者にみてもらおうかとも考えるが、みてもらうことはなおしてもらうことではないらしいので、それほど気もすすまない。

ロクマクという病気について、私はなにもしらない、死に到る病気ではないだろうと考えている。しかしもしそうでなかったら、すこしアワテねばなるまい。くにへ帰ってブラブラしている病気のような気がする。今のところ、あまり帰りたくないから、病気は、ごめんである。その養生法を知りたい。くすりくらいでなおるのなら、ありがたい。注射はいやである。

あまり勉強してはいけない病気なら、うれしいような気もするが、実のところそれはごめんである。

漫画批評

漫画批評家というものが、映画批評家と同じようなあり方で、世にあってもいい。でもそういうものがあるとも、あったともいうことはきいたことがない。

漫画研究家というものはあったように思うが、それも大抵、専門にそうするのではなくて、漫画家が、それをかねていたようである。たとえばオカモト・イッペイやホソキバラ・セイキのごとくである。

『漫画』五月号について

ところで、オコがましくも私が漫画批評というものをやろうと考えたのであるが、最近大衆雑誌はなにも買わないので、ただ手もとにある『漫画』の五月号について批評することにとどめ、いつかオリがあったら、なにか他の雑誌も買って見るつもりである。

表紙—秋好カオル

えとしてもきたないし、アイデアもチンプである。愚作。

朝に朝刊を焼き—横山隆一

さすがに横山隆一である。構図も立派だし、絵もいい。チャーチルの表情などケッ作である。しかしこれを政治漫画と見れば、その域外で遊んでいるようである。

ヤンキー・ストライキ—小山内龍

政治漫画の定道をふんだ構図であるが、アイデアがツキナミ。

聖戦—杉浦幸雄

おもしろくもないし、政治浸画のハク力にもかけていて、不愉快な絵である。

末路の蒋さん—藤井図夢

これは連載短篇である。下らないし、漫画家の風下にもおけぬやつである。

翼賛一家が従軍したら—西川中尉

軍人の漫画である。えはユカイだが、アイデアがチンプ。でも軍人が漫画をかくとはたのしいことである。

翼賛一家について、一寸かかしてもらう。半年ほど前、漫画家連が翼賛一家というものをつくって、それをそれぞれ新聞や雑誌で発表し、往時のノンキナトウサン、トナリノ大将、ショウチャン、といったようなものと同じものとして、日本中の人気の対象にしようと考えたようである。

でもこれは失敗であったようである。その一つの理由は街に早く出すぎた。つまり、百貨店のショーウインドやポスターや薬の広告に早く使われすぎたわりあいに内容ができるのがおそかった。ショウチャンやノンキナトウサン等は新聞や雑誌にいく年も連載していてから街へ自然に進出してきたのである。

も一つの理由は、同じ人物を何人かの漫画家が、夫々描こうというのが無茶である。その無茶さを知ってか、人物の外面的な個性は、他に類のない、そしてカンタンなものにしてあるが、内面的なものになると、一定していず、まちまちになるのもやむを得ないことである。翼賛一家はもう半年もたてば完全に人々から忘れられるにちがいない。

美しき五月となれば—塩田英二郎

たのしいえだが、まづい。それがいや味にさえなっている。アイデアもチンプ。

操られしか—近藤日出造

この人は政治漫画の性質をよく心得ている。そして二色ずりの性質もうまく使っている。アイデアもよい。

慰問酒—那須良輔

ポンチえの域を脱せず。

眉毛的父—益子善六

つづき漫画はパントマイムでなければならない。えもおもしろいし、いい漫画である。

田園荒れんとす—村山しげる

この連載漫画もすきである。話の途中で筆者なるものがあらわれてきて、その漫画について苦しむというシュコーはいい。私小説の域へ漫画がとびこんだとも言える。

鮎の季節

1

これは小説ではない。小説らしく題までついており、そんなスタイルをしているかもわからないが、けっして小説ではない。私は、小説と言うものは、そんなに気らくにすらすらとかけるものではないと言う気がしてきた。私のかくものはごく気らくに、一度もスイコーせず、かきっぱなしであった。そして、それで小説だと考えていた。おこがましい話である。

2

コウヨウニテカヘル12ヒマデ　ハルキニモイヘトシ
公用ニテ帰ル12日マデ。春木ニモ言エ敏。
六日に、こんな電報がきた。帰れとは言うてなかったが帰ることにした。

敏ちゃんにも会いたいと思ったし、私の今の生活は、変化を欲していた。このままの生活をつづけてたら、まったくやりきれない。だんだんやせて行くような気がしていた。

一〇・三五のトバ行きで、東京をたった。大淵が送ってくれた。

3

私と敏ちゃんとの間には、何かしらんが、もだもだしたものがあったような気がしていた。

二人きりでいると、何時間でもだまっているのである。

そのくせおたがいに仲よくなりたがっているのである。

昨年、敏ちゃんが出征したときも、そんな気持のまま別れてしまった。

この関係をすこしのべねばならない。一寸めんどうだが、おもいきって敢行してみる。

山田に竹内家という家があった。男一人、女二人の子があった。男の子は商売がきらいで、学問をして、農学博士になった。女の子はそれぞれ養子をとった。上の女の子は竹内呉服店の奥さんになった。竹内呉服店へ養子へきたのは、善兵衛すなわち私の父である。その間に正蔵が生れた。

善兵衛は六根の大北家の次男であった。次男なので、山田の島田呉服店へでっちにやられた。そこでみこまれて竹内の養子になった。

正蔵が中学校を出てから、その母である、竹内家のすえ娘はなくなった。すると、そこへ大岩家から私の母が後妻になってきた。

大岩家は代々、医者であった。三人の女の子と、一人の男の子があった。上の二人の娘は、もうよめ入りしていた。そこへ、その子供たちの父、すなわち私の祖父の死がやってきて、一家はひどくこまった。芳逸（という名であった）は、セイレンケッパク、志士型といったような人で、おまけに、神宮の美化などの運動にホンソーしたりしたので、金はすこしものこしていなかった。それで一家はこまった。末の男の子の象三郎はまだ学校へ行っていたし、一番上の娘やゑは、夫が死んだので、一人のむすこ保を、私の母にあずけておいて、京都へ絵の勉強にとび出してしもうた。私の母は、一人であとのめんどうをみなければならなかった。早修小学校の先生をして生活をしていた。象三郎が学校を出て、なんとかなるようになったので、重荷を下した気もちかどうかしらんが、ともかくほっとして、竹内家へ後妻にきた。すると保は、竹内に、だいじな叔母さんをとられたと言うて、石をにぎって、竹内家まできて、雨戸にがんがんと石をぶっつけて、じだんだふんだとかふまなかったとか。

しばらくして、正蔵は河村家の娘つねをめとった。その間に敏之助が生れた。つねは体が弱くて、病気がちであったので、敏之助も私たちと同じように、私の母に育てられ、私とは全く兄弟のような生活をしていた。そして兄弟以上に仲がよかった。

すると、やがて、つねがなくなり、正蔵は坂家から、後妻をめとった。敏之助は、私の母の手もとから、その新しいお母さんの手もとにうつり、その人にそだててもらうことになった。しかし敏之助は、私の母になついていて、新しい母にはなかなかなつこうとしなかった。それでは、その新しいお母さんに気のどくなので、私の母は敏之助にそっけなくあたるように、苦心した。ここのところが私の母の苦しんだところらしい。

今まで、兄弟のように生活していた私と敏ちゃんとは、ここに到って自己のたちばを考えなおすやら、なんやかやで、もっとも仲の悪い時代となった。私は私で、学校のコブンをあつめ、呉服の古ばこで三〇人も子供の入れる陣屋をつくり、敏ちゃんは敏ちゃんでコブンをあつめ、陣屋をつくって、いつもちゃんちゃんばらばらを行った。敵の大将の敏ちゃんが病気でねていると、ねているのが見えるところまで、コブンをつれて行き、ヤーイと言う。このヤーイはまったく効果的で、一日もねかされて、いいかげんにユーウツになっているところへ、敵のコブンたちから、ねているというあまり名誉でもないところを見られて、ヤーイだからたまらない。カンシャクがカーッとおこってきて、かたわらにあった百連発のピストルを、私になげつけた。それは見事に私のヒザに命中して、そこでまた一騒動。それを、私の母が、とめる。そして泣いて私をうつ。

正蔵が一年後になくなり、その又一年後に私の母がなくなり、はなはだあっけないことになってしもうた。

そんなことがあったので、とんと仲が悪くなってしもうて、中学へ入っても、以前のように兄弟のようなアンバイには行かなかった。

ずっと後になって、私の父がなくなると、ここで一層、二人の位置がはっきりしてきた。そして又金の問題などが、その間に入ってきて、一層話がやっかいになってきた。私と敏ちゃんとの二人の間にはなにも金に関して、うるさい気持もなく、いい気持で、ことがうまく行けたのだが、私や敏ちゃんの周囲が、二人を、さえぎった。二人には別な親類がある。私には父系の大北系と母方の大岩系とがあり、敏ちゃんには、父系の竹内系と母方と河村系とがあり。私には新に姉方の松島系というのができた。

私の系は、金のことになると大北系にしろ大岩系にしろ、松島系にしろ全く無知に近く、まったくほがらかなんだが。竹内系というのは、私は好まない、中にいやなのがいて、ことを荒だてようと考えた。しかし、父がうまく死ぬまえにしてあったのと、敏ちゃんがうまく事をはこんだので、まったくめでたくすんだんだが。

その後にやっぱり、二人の間にわりきれん感情がのこっているのは、やむをえないことであった。

そんな気持で、二人は別れたのであった。

4

それでもやっぱりあいたかった。

会うて見ると、にこにこしている以外にすることがなかった。何にも言うことがなかった。でもあってよかった。

私は夜汽車中一睡もしなかったので、ねむかった。

竹内浩三作品集 一

竹内浩三は、まんがが大好きであった。もちろん「少年倶楽部」などの熱烈な読者であったが、中学三年になるころから自分でまんが雑誌を作る計画を立て、将来の明るい夢を描いていた。そのころの学校提出物の中にまぎれこんだ紙片に、こんな文章が残されている。

「人生─中学＼高校─帝大─サラリーマン─The End
／ブラブラ─マンガ─マンガ家─The End

右ハ、アマリニモ平凡ナ一生デス。Ｂｕｔ、左ハ、ドウセ一度ハ死ヌノダカラ何カセネバウソデス。マンガ家ハ決シテイヤラシイ職業デハナイ。若シマンガ家ガナカッタラ、ドンナニサップーケイナコトデショウ。……」

こうしてまんが家志望を決意した竹内は、夏休みになると「まんがのよろずや八月号」を作り、一週間後にはもう「臨時増刊号」を出すという熱の入れようだった。二学期になると、友だちにも好評で、中井利亮や阪本楠彦を同人に加え、「マンガ」と改題して、共同制作を楽しんだ。しかし、二・二六事件以後の厳しい思想統制の波は、すでに田舎の教育現場まで押し寄せていたらしい。今日では想像もできないような一寸した風刺記事がもとで、一年間の発行停止を命じられた。ところが、教師や親たちの期待に反して、竹内は一年後の秋からまた「ぱんち」と改題した雑誌を復刊した。こうして中学五年（昭和十三年）になるまでに作られた手書きのまんが回覧雑誌は、七冊を数える。だが、国民精神総動員をとなえる教師たちの検閲の眼は、少年たちのわずかな反抗も見逃さなかった。雑誌は、「ぱんち・にういや号」を最後に廃刊となり、発行人竹内浩三は自宅から隔離されて、柔道師範の家に預けられた。ブラブラ─マンガ─マンガ家の夢を断念した竹内は、ひそかにもう一つの大きな夢をふくらませた。日本大学が江古田に新設したばかりの専門部映画科（現在の芸術学部映画科）へ進学して、宇治山田中学の先輩小津安二郎のような映画監督になる道である。彼の日記（「中学生謹慎日記」として前章に抄出）によると、中学五年に教師の目をかすめて見た映画の数は三十本を越える。この夢も父親の反対にあうが、その父が病死し、一年間の浪人の後にかなえられる。

ところで、まんが雑誌七冊のすべては、「竹内浩三作品集一」という合本になって残されている。竹内自身の作品と友達の作品を区分けし、堅い厚紙の表紙をつけた本格的な製本である。こんなところに、一見ずぼらなようで実はきちょうめんな竹内浩三の特異な性格が現われているように思う。

（小林察）

旅の手帖から

竹内浩三は、遠足や旅行をする時にいつもメモ帖をポケットに入れていた。ワラ半紙をとじ合わせた手製の粗末なものである。汽車や船やバスの中でも、それをひろげては、車窓の景色や車内の人々の姿などをスケッチした。あるいは「考現学（モデルノロジオ）」と称して、沿線の看板の種類や同乗者の性別・年恰好・持物まで記録していた。そんな手帖が何冊かたまると、一冊の合本に製本し、絵入りのカバーをかけて保存した。この「旅」と題された一冊は、中学三年の夏休みから一年間の旅の手帖をまとめたものであるが、ここでは、とくに中学四年の時の「修学旅行の研究」と「修学旅行日記」の二つを全文収録した。ともに巻末には竹内独得の奥付がついていて、いろいろなことを物語ってくれる。杉原静氏は地理の先生であり、井上義夫氏は担任の先生である。

（小林察）

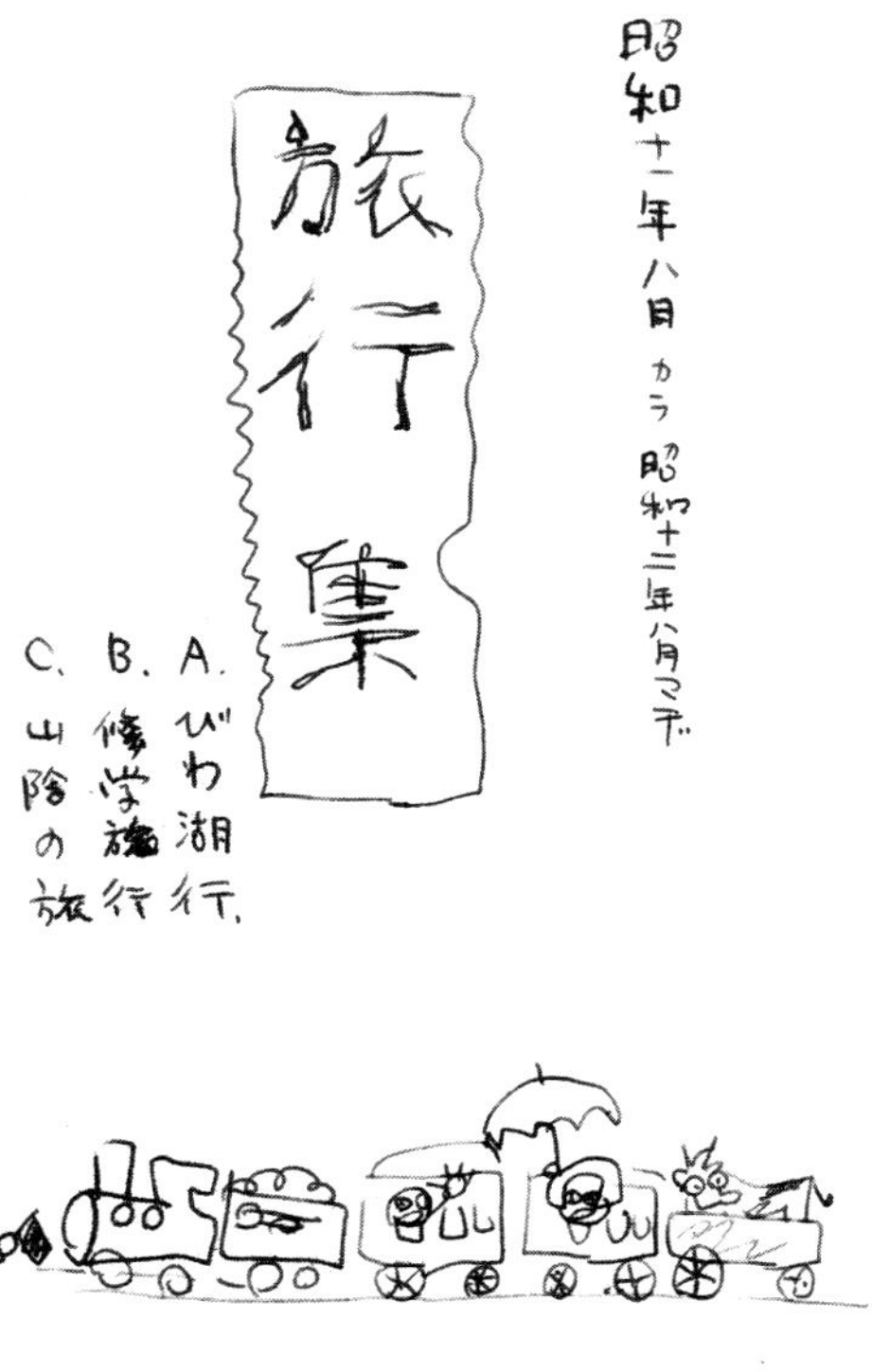

旅行集

昭和十一年八月カラ 昭和十二年八月マデ

A. びわ湖行,
B. 修学旅行
C. 山陰の旅

注　敗戦前の歴史教育は、天皇中心の皇国史観にもとづいていた。小学校でも、神武天皇から始まる124代の天皇の名前を暗記することが第一の課題だった。上の数字は、皇紀2596年８月ということで、西暦1936年に当たる。神話上の天皇神武からの計算らしい。

びわ湖行
電車の中の人間
彼氏
モンペをはいた大原女
STAMP

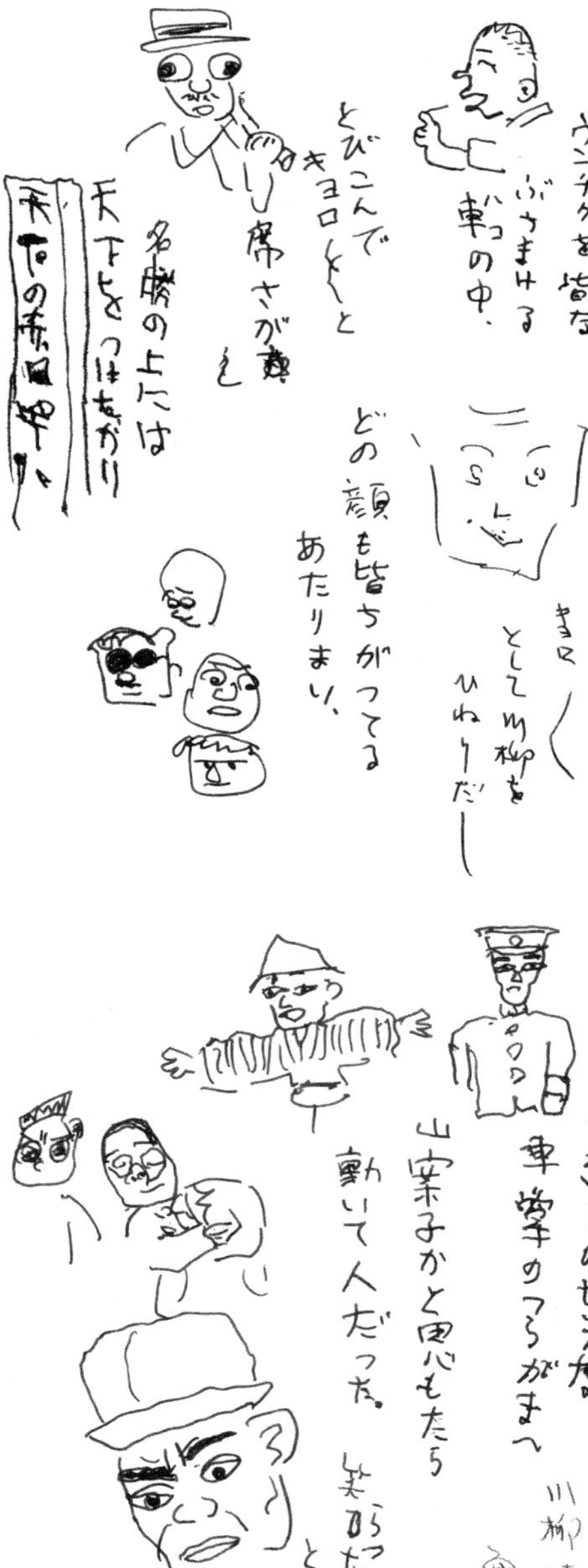

擬古調
ウンチクを皆な
ぶちまける車の中
とびこんで
キョロキョロと
席さがし
名誉の上には
天下をつばをふり
天下の赤田中イ

キョくとして川柳を
ひねりだし
どの顔も皆ちがってる
あたりまい

ロボットのような
車掌のつらがまへ
山案子かと思ったら
動いて人だった。笑ったらゼイキン
とられそう
な顔を
計みて
みる
おれ

川柳はひょうきん
面で失するふ↑

スケッチ

イノチがけ
のシシン
T.K

宇治川
W
E
N
S
びわ湖デハシ
テイサイヨク云フト
石山の暮色

ムラサキ式部女史
源氏物語

船室人間姿正図ニツイテ
Iノ時ハ人間モ甲板ニ出テ
井ハノ示ドンクナリ寝テ井
ルノハ男ダケデアル。
IIニナルト女ガ寝テ
来タ。
IIIニナルト寝ルモノ
ガイチヂルシクフエ
人間モ又フエタ。

The end
まんがちよ

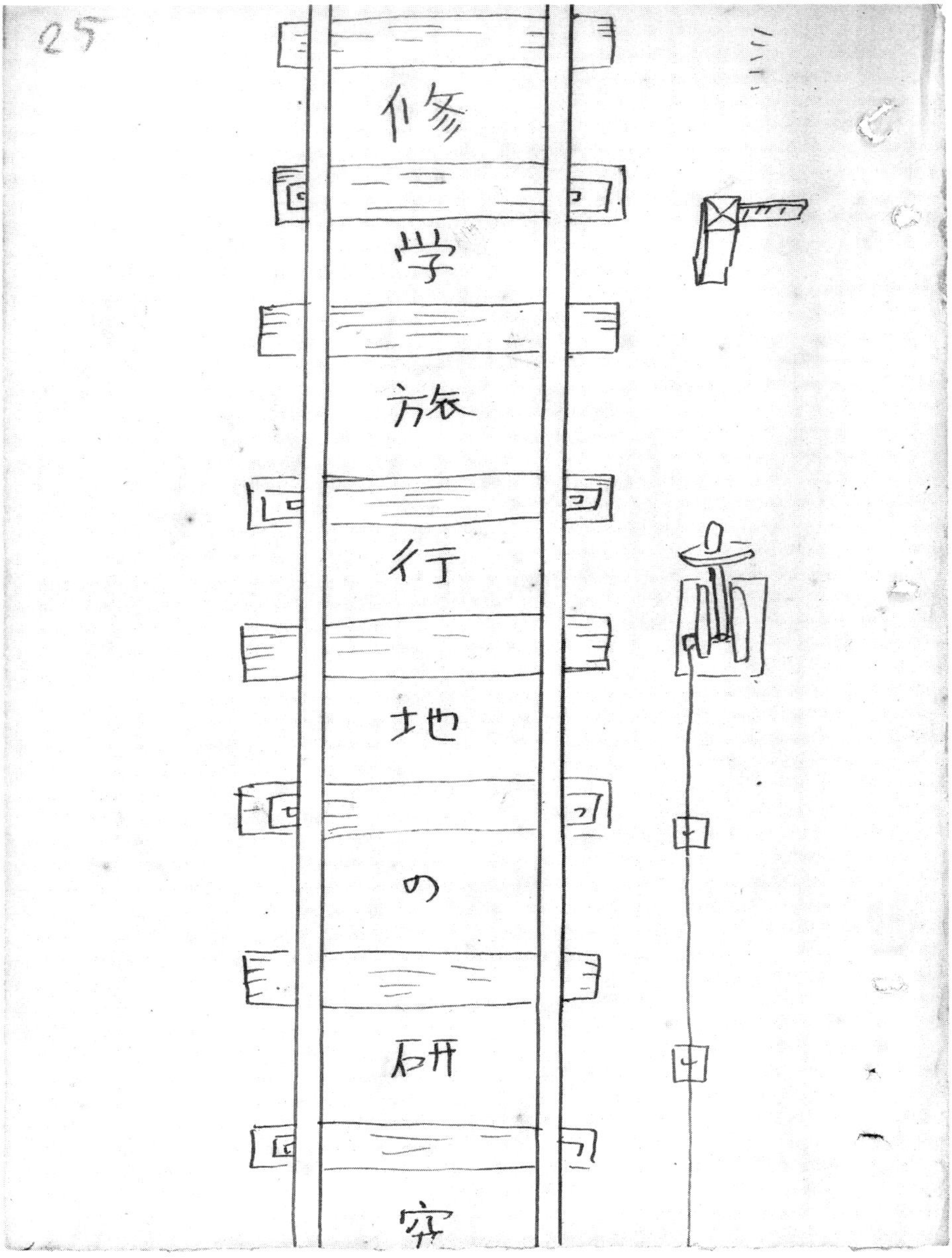
25
修学旅行地の研究

27

目次

1.29

1. 火口原湖デス
2. 弱塩類泉

一、熱海箱根山附近を描いてその自然人文を説明せよ。

A. 自然

富士火山脈が通ってゐて箱根山を起し、南走して、伊豆七島・小笠原諸島・硫黄列島を造ってゐる。

箱根は複式火山で有名であり、其外輪山は東部の一部をのぞく外は完全に存してゐる中央には中央火山丘である駒ヶ岳・神山・二子山等がある。その西麓には芦の湖[1]は風光明媚である。山中には温泉[2]が多く、就中湯本・塔澤

2

×箱根山切断面（高サハ平面ノ約三倍）

堂ヶ島・宮ノ下・底倉・強羅・仙石等は特に有名である。

又大湧谷には硫気孔から今尚盛に噴煙を上げてゐる。

熱海は伊豆半島の頸部にある間歇温泉である。

B 人文

箱根は東京に最も近く変化の多い趣味の深い火山である芦の湖・関所址及箱根八里の旧道等が有って而も数多の温泉を伴ひ理想的の休養地として見られる。

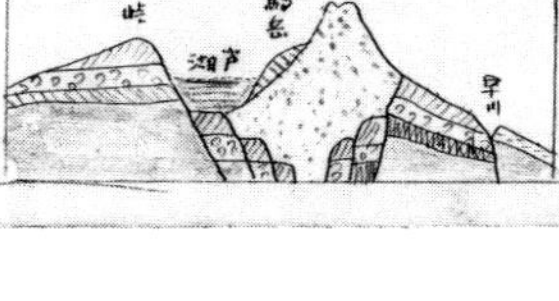

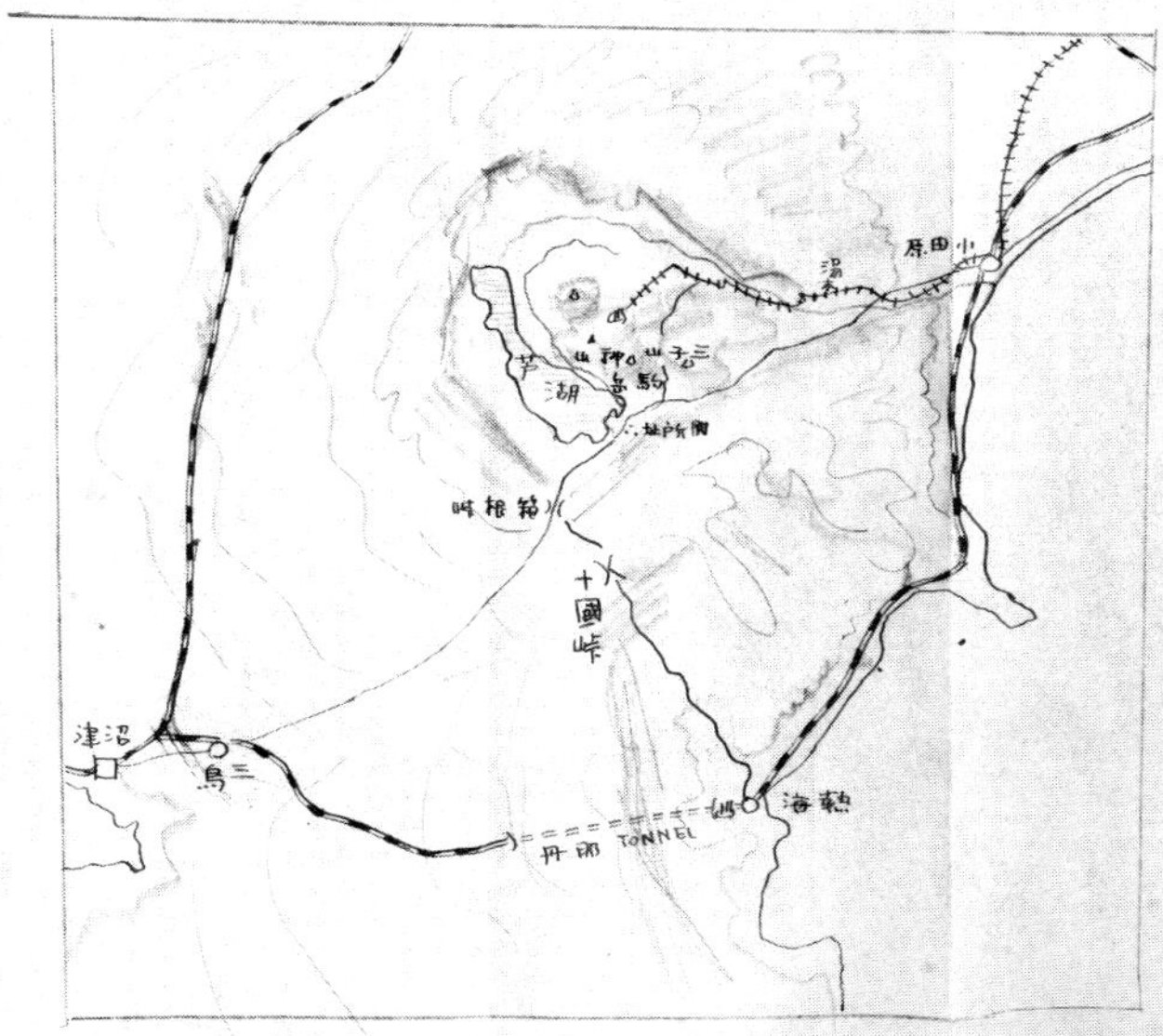

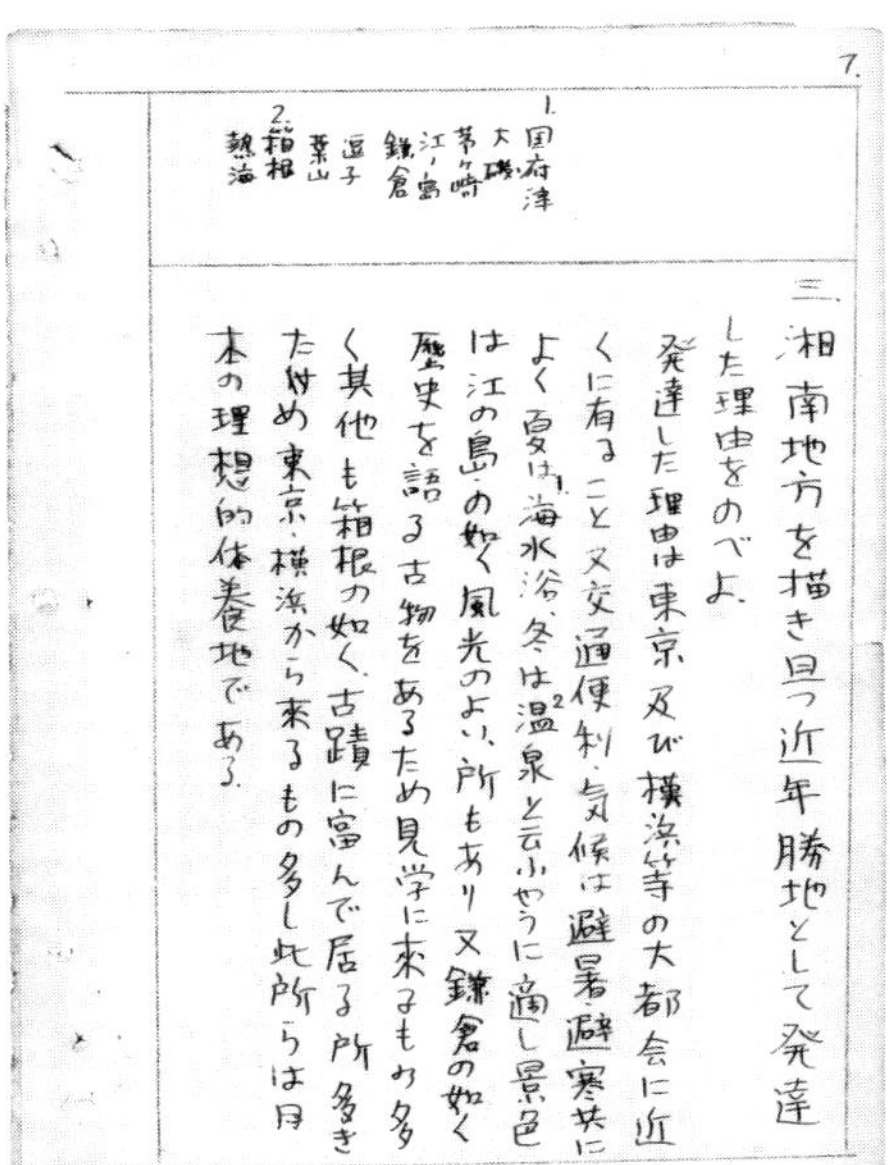
7.

1. 国府津 大磯 茅ヶ崎 江ノ島 鎌倉 逗子 葉山
2. 箱根 熱海

三、湘南地方を描き且つ近年勝地として発達した理由をのべよ。

発達した理由は東京及び横浜等の大都会に近くに有ることと交通便利、気候は避暑避寒共によく夏は1.海水浴、冬は2.温泉と云ふやうに適し景色は江の島の如く風光のよい所もあり又鎌倉の如く歴史を語る古物をあるため見学に来るものも多く其他も箱根の如く古蹟に富んで居る所多きため東京・横浜から来るもの多し此所らは日本の理想的体養地である。

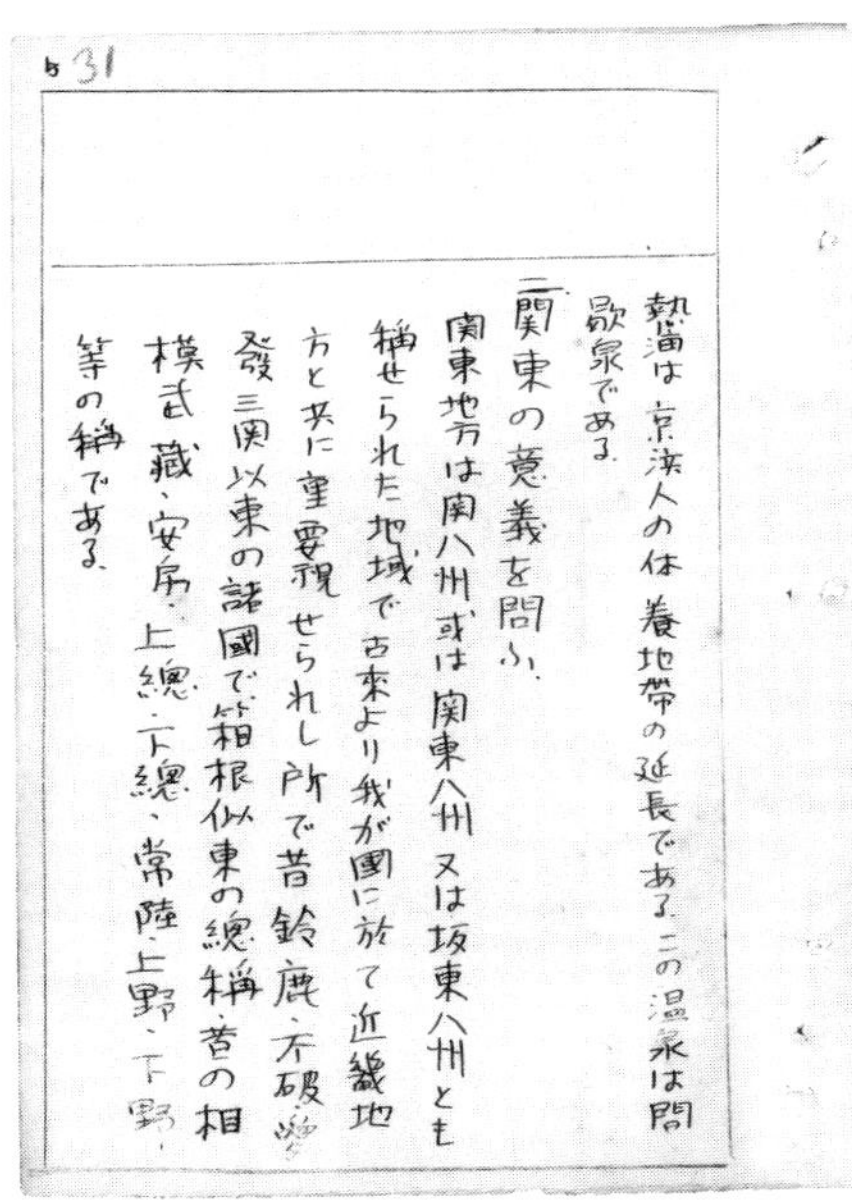
ち31

熱海は京浜人の体養地帯の延長であって、この温泉は間歇泉である。

二、関東の意義を問ふ。

関東地方は関八州或は関東八州又は坂東八州とも称せられた地域で古来より我が國に於て近畿地方と共に重要視せられし所で昔鈴鹿・不破・愛發三関以東の諸國で箱根以東の總稱。昔の相模・武藏・安房・上總・下總・常陸・上野・下野等の稱である。

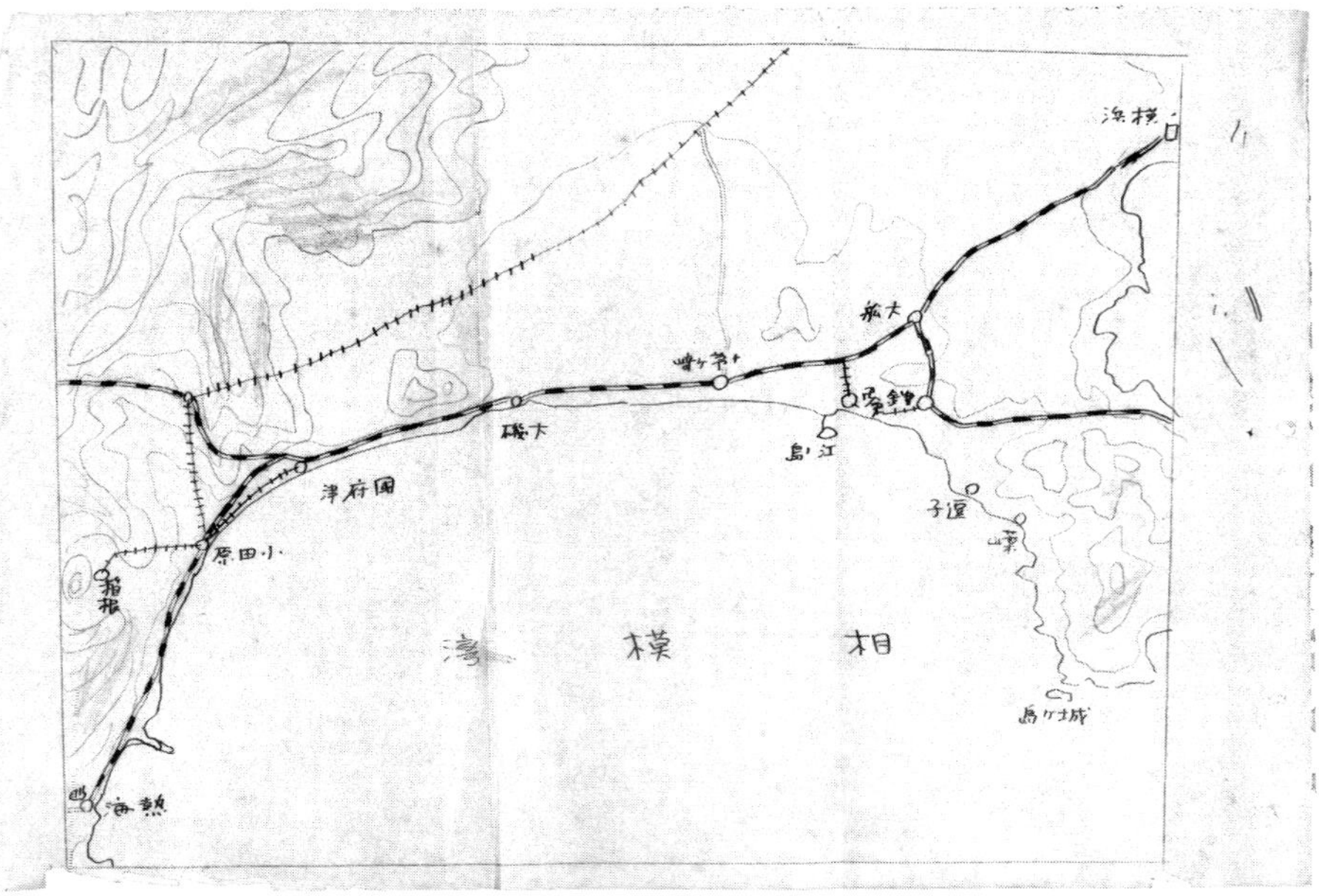

10 33

1. 海水と境川との関係にま
3.

四 江島につき其ノ成因と景観とを記せ、

江ノ島は陸繋島であって、元は島であったのが、海水のために出来た砂嘴によって半分繋がれてゐる、

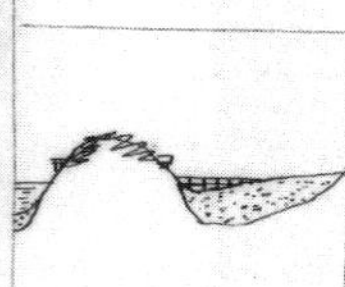

江の島は風光よく、江島神社有り、傳説もあり、京浜人の遊覧地であるので土産物店が[illegible]キをならべてゐる。

陸と繋がった所は潮が引くと現れ不断は橋がかかってゐる。

11

2 貝細工
生貝
魚

片瀬海岸より約六〇〇米の棧橋によって連絡してゐる。

島の周囲は約三五〇〇米、面積は約〇・六平方粁、最高點は約六〇米で台地状を呈し、四周は絶壁をなす。棧橋を渡れば土産物店、旅館、休茶屋等軒を並べて客を呼ぶ。急な石段を昇れば江の島神社がある。台地上よりの眺望は極めてよい。奥の宮より西に下れば傳説に名高い稚兒ケ淵に至る。ここは海浪の作用により平坦にされた岩石面が露出したもので五十米内外の幅を有し、怒濤その端をかみ、銭を海に投ずれば漁夫は波間に飛入みアワビを取って客をなぐさめる。稚兒ケ淵から岩閣を辿り或は岩石面上を歩いて東すれば龍窟がある。窟口高さ七間幅三間余。桟橋により洞内に入る。入口でローソクをかり少し進めば窟は金剛と胎蔵の二岐に分れる。洞奥に窟の弁天を祀る。この洞窟の天井を仰げば略々北西に走る岩石の烈罅が洞窟の方向に一致して通過するのを見ることが出来る。即ちこの弱線にそって海波がこの洞窟を掘ったものであることが知られる現在窟の内部まで海波が及ばないのは、土地が隆起したからである。かかる隆起原象は江の島の海岸到る所に見るのであって、稚児淵もその一例であるまた最近関東大震災に際

しては約一mの隆起をしたために、海水にあった蛎房が露出し、その殻が白く岩面に附着しているのを、海岸に認めることが出来る。江の島は、附近に流入する境川の土砂によって片瀬海岸に連結され、干潮時は砂浜傳に渡り得る。地理学上陸繋島の好例。

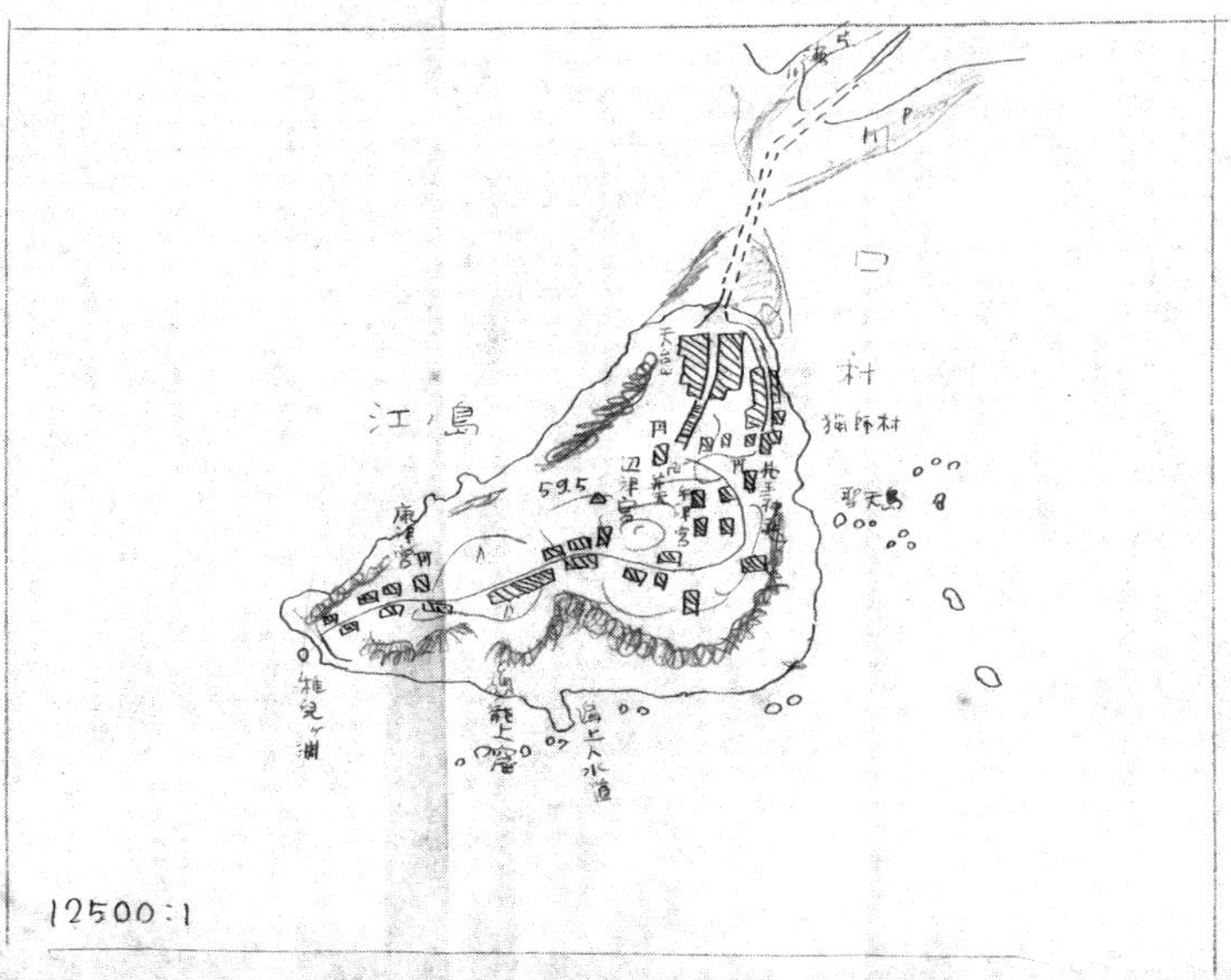

15 37

五　鎌倉は歴史上如何なる所か説明せよ。
鎌倉は今から約七百五十年前藤原氏の末期に源頼朝は平氏をほろぼして起ち幕府を此の地に開き征夷大将軍となった。補来源氏に浮いて北條氏起り、鎌倉はわが一頃武家政治の中心となり凡そ一五〇年間継続し此の期間を鎌倉時代と称し、建築、彫刻、絵画などに所謂鎌倉時代の文化のあとが今にものこってゐる。

16

六　鎌倉の地図を描き且つ稲村崎、鶴岡八幡宮、鎌倉宮に関する史実を略述せよ。

A.　稲村ケ崎

元弘三年五月二十一日新田義貞兵を挙げ鎌倉を攻むるに当り金の太刀を海に投じて退潮を祈ったと云ふ。南朝史実の一場面を演じた所である。

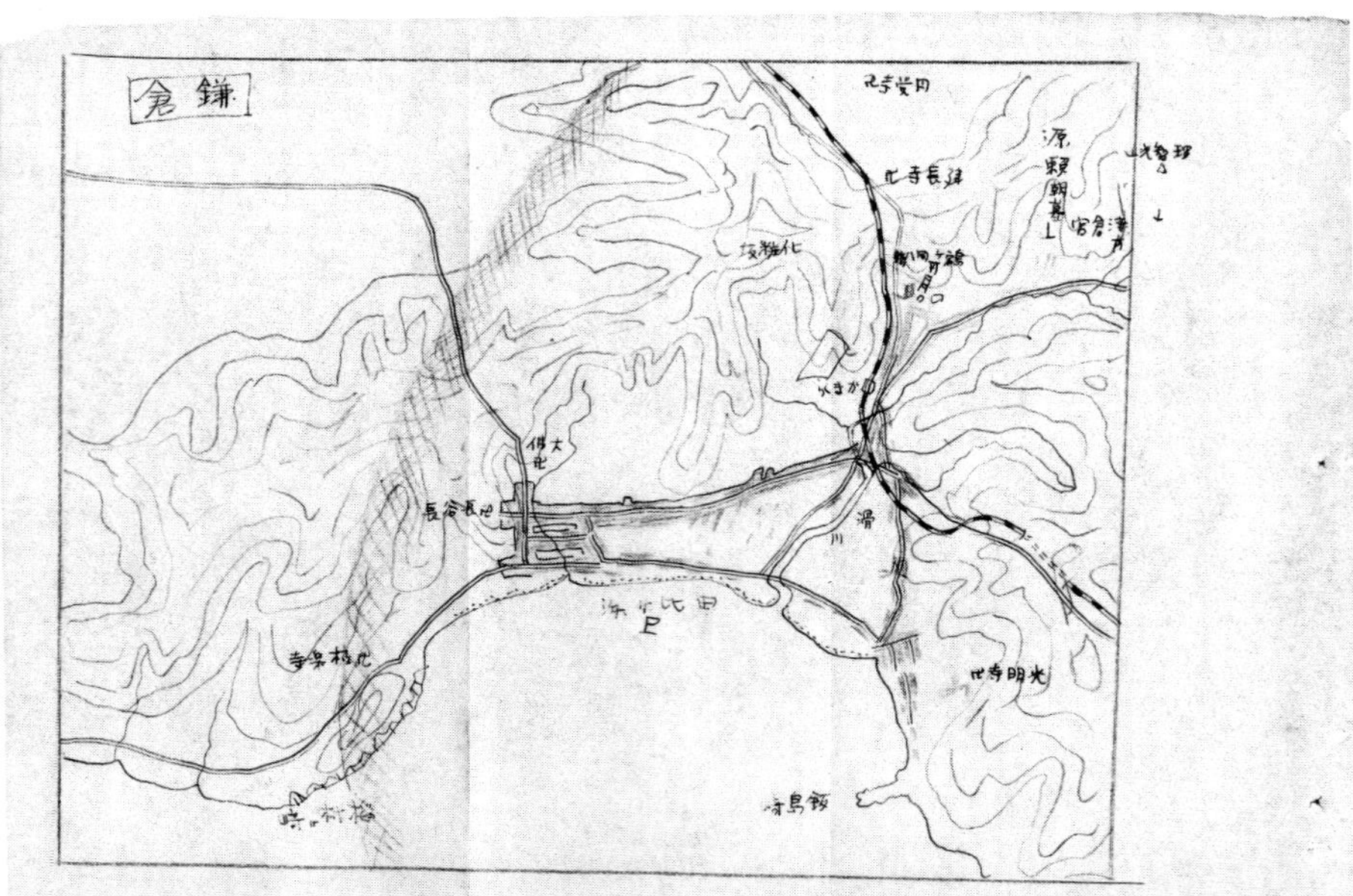

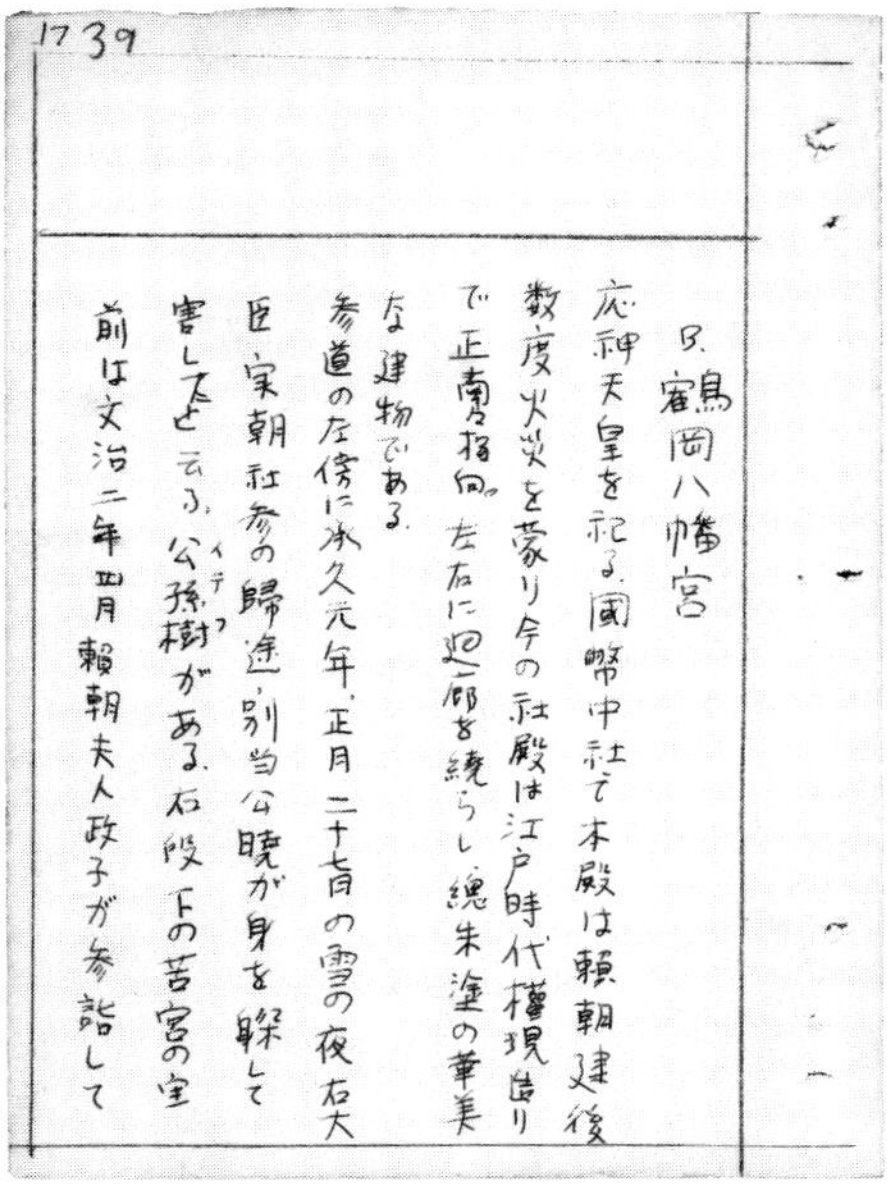
17 39

B. 鶴岡八幡宮

応神天皇を祀る。國幣中社で本殿は頼朝建後数度火災を蒙り今の社殿は江戸時代權現造りで正南指向。左右に廻廊を繞らし總朱塗の華美な建物である。

参道の左傍に承久元年、正月二十七日の雪の夜右大臣実朝社参の帰途、別当公暁が身を隠して害した（イチョウ）と云ふ公孫樹がある。石段下の若宮の宝前は文治二年四月　頼朝夫人政子が参詣して

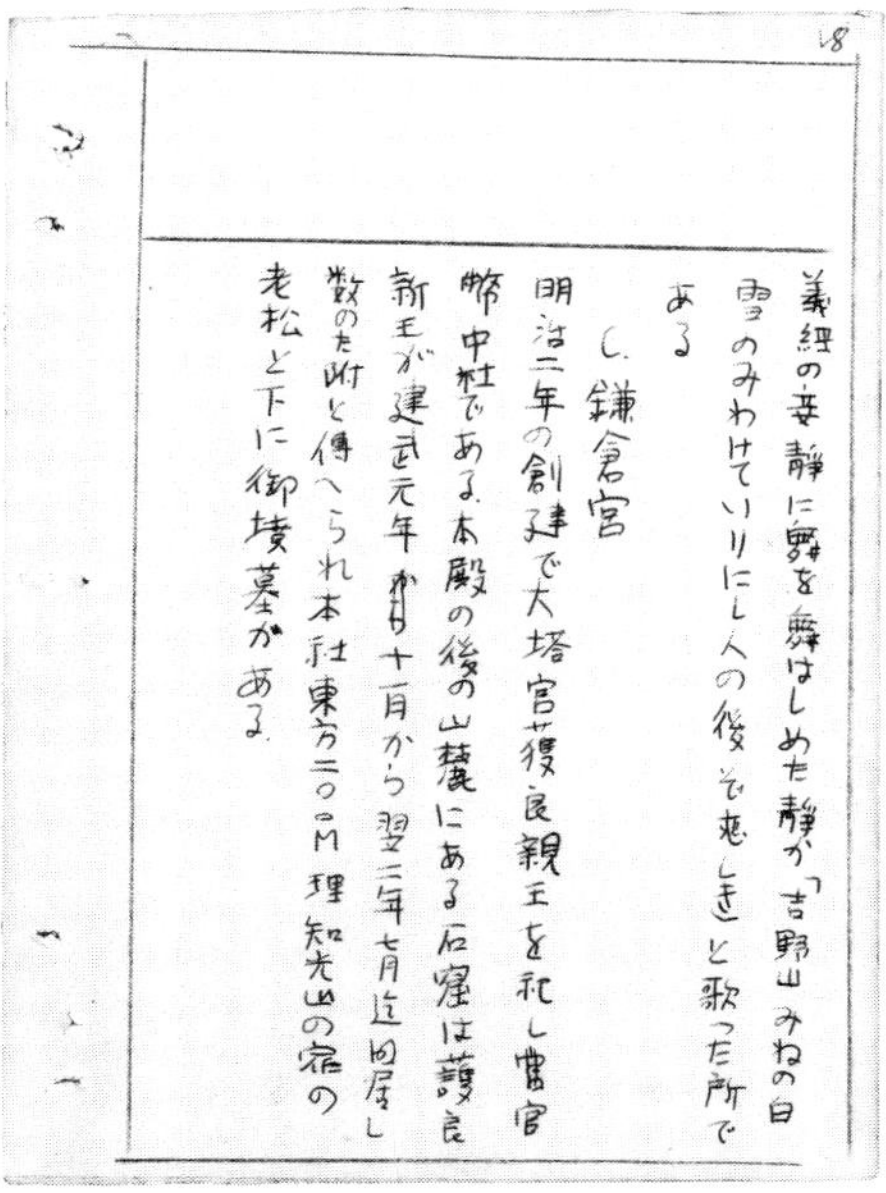
18

義経の妾静に舞を舞はしめた静が「吉野山みねの白雪のみわけていりにし人の後ぞ恋しき」と歌った所である

C. 鎌倉宮

明治二年の創建で大塔宮護良親王を祀し官幣中社である。本殿の後の山麓にある石窟は護良新王が建武元年から十一月から翌二年七月迄幽居し数のた附と傳へられ本社東方二〇〇M　理知光山の宿の老松と下に御墳墓がある。

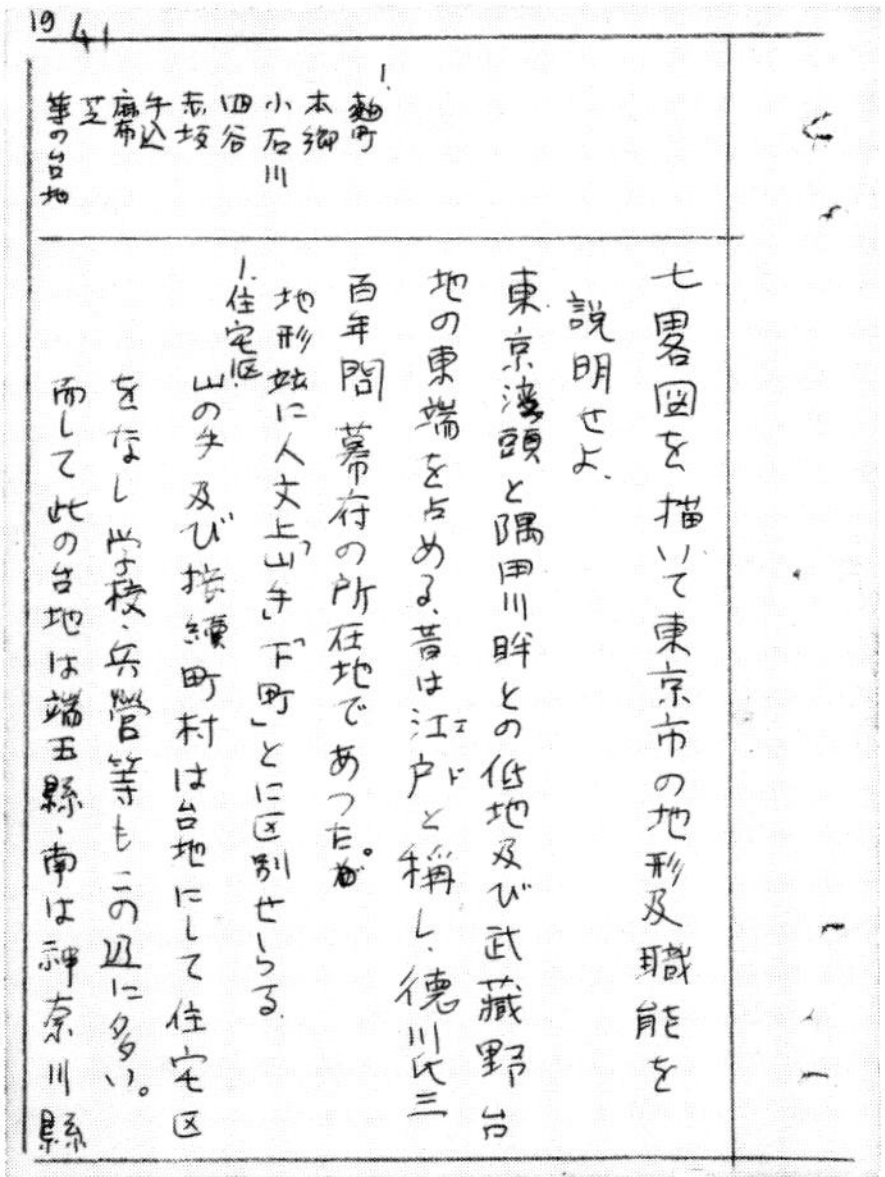
19 41

1. 麹町　本郷　小石川　四谷　赤坂　牛込　麻布　芝　等の台地

七、略図を描いて東京市の地形及職能を説明せよ。

東京湾頭と隅田川畔との低地及び武蔵野台地の東端を占める。昔は江戸と稱し、徳川氏三百年間幕府の所在地であった為地形的に人文上山の手、下町と区別せらる。

1. 住宅区

山の手及び接續町村は台地にして住宅区をなし学校、兵営等もこの辺に多い。而して此の台地は埼玉縣、南は神奈川縣

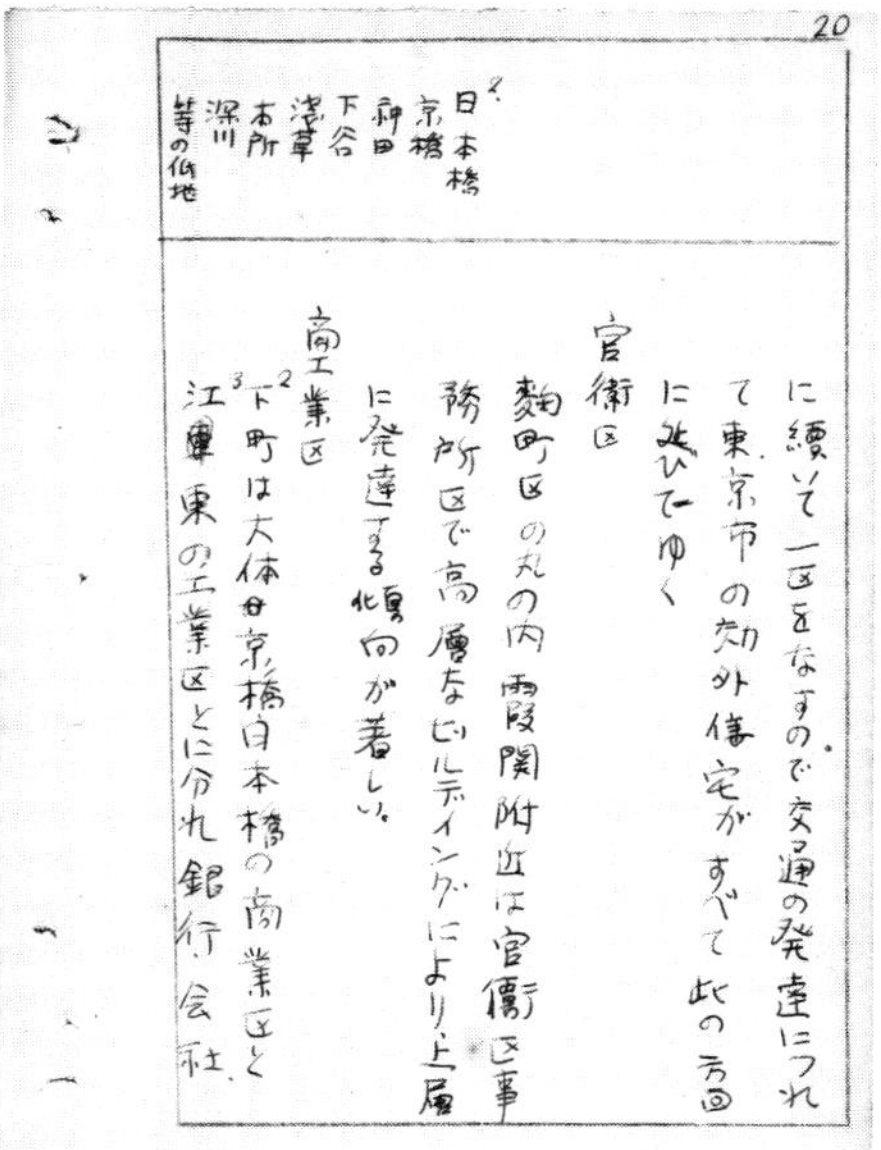
20

2. 日本橋　京橋　神田　下谷　浅草　本所　深川　等の低地

に續いて一区をなすので交通の発達につれて東京市の郊外住宅がすべて此の方面に延びてゆく

官衙区

麹町区の丸の内、霞ヶ関附近は官衙区事務所区で高層なビルディングにより上層に発達する傾向が著しい。

商工業区

[2][3]下町は大体日本橋京橋の商業区と江東の工業区とに分れ銀行会社

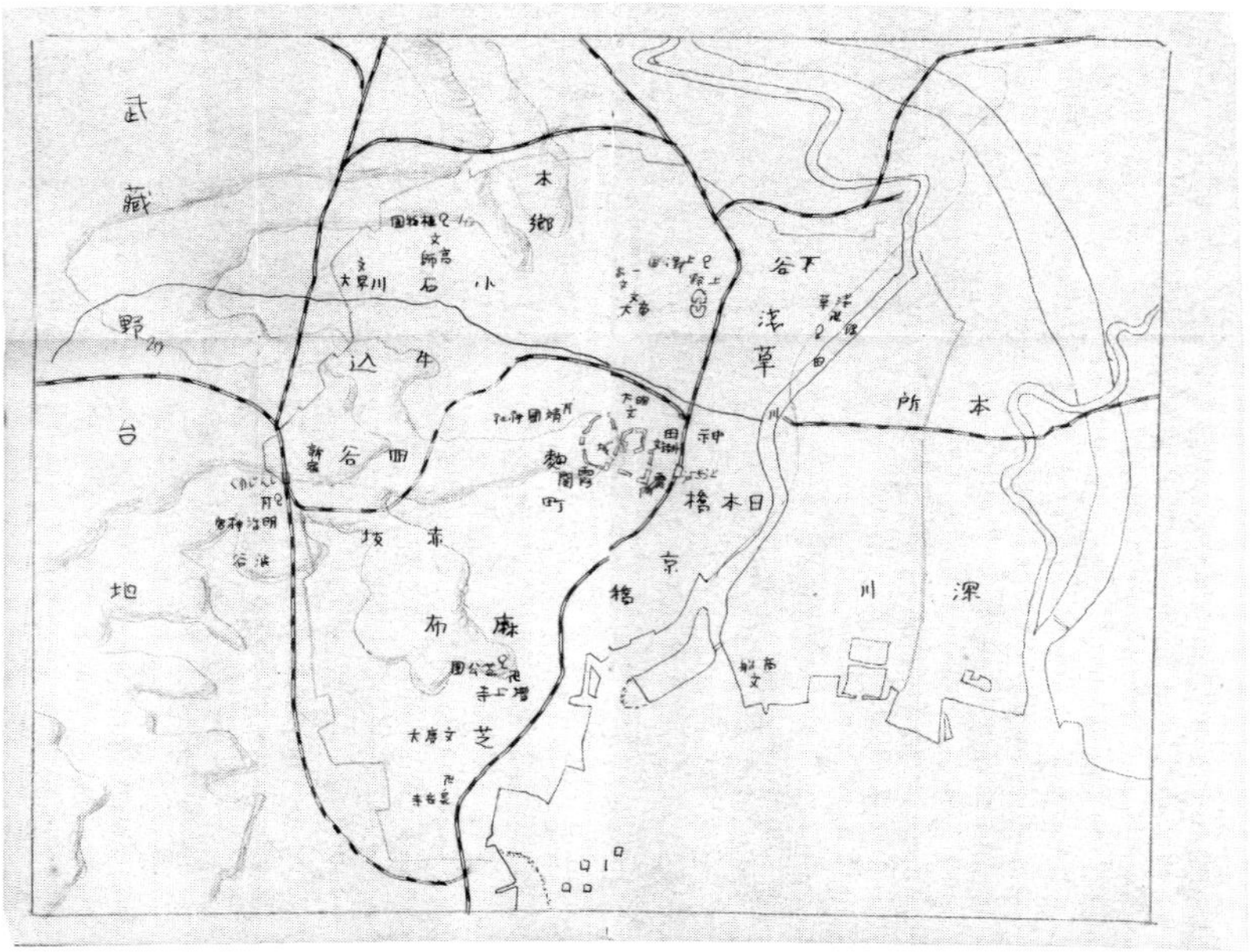

23 4 3

深川 本所　2

大商店工場等。

政治的都市、帝都の首都にして市の中央部には宮城及び内閣・十二省・帝國議事堂・外國大公使館大審院・控訴院・府廳等の諸官衙がある。

学芸的諸市、全國学芸の中心にして主な学校などは市の西北部閑静の地区に多い。帝國大学・文理科大学・商科大学・工業大学・女高師・一高・東京高等・高工芸・外語・音楽・美術・高船・慶大・早大その他・官公私立諸学校並に博物

24

館・図書館・動植物園・天文台・中央気象台等の諸機関をなはり又図書・シンブン・雑誌等の発刊が盛である。

軍事的都市、参謀本部・海軍々令部・近衛及第一師團司令部・陸軍大学・海軍大学・陸士等の諸学校あり。

商業的都市、市の南西部を主要商区とし日本銀行・勧銀・興銀その他の銀行及び会社・大商店が立しならんでゐる

工業的都市、市の東部及び近郊に数多の大

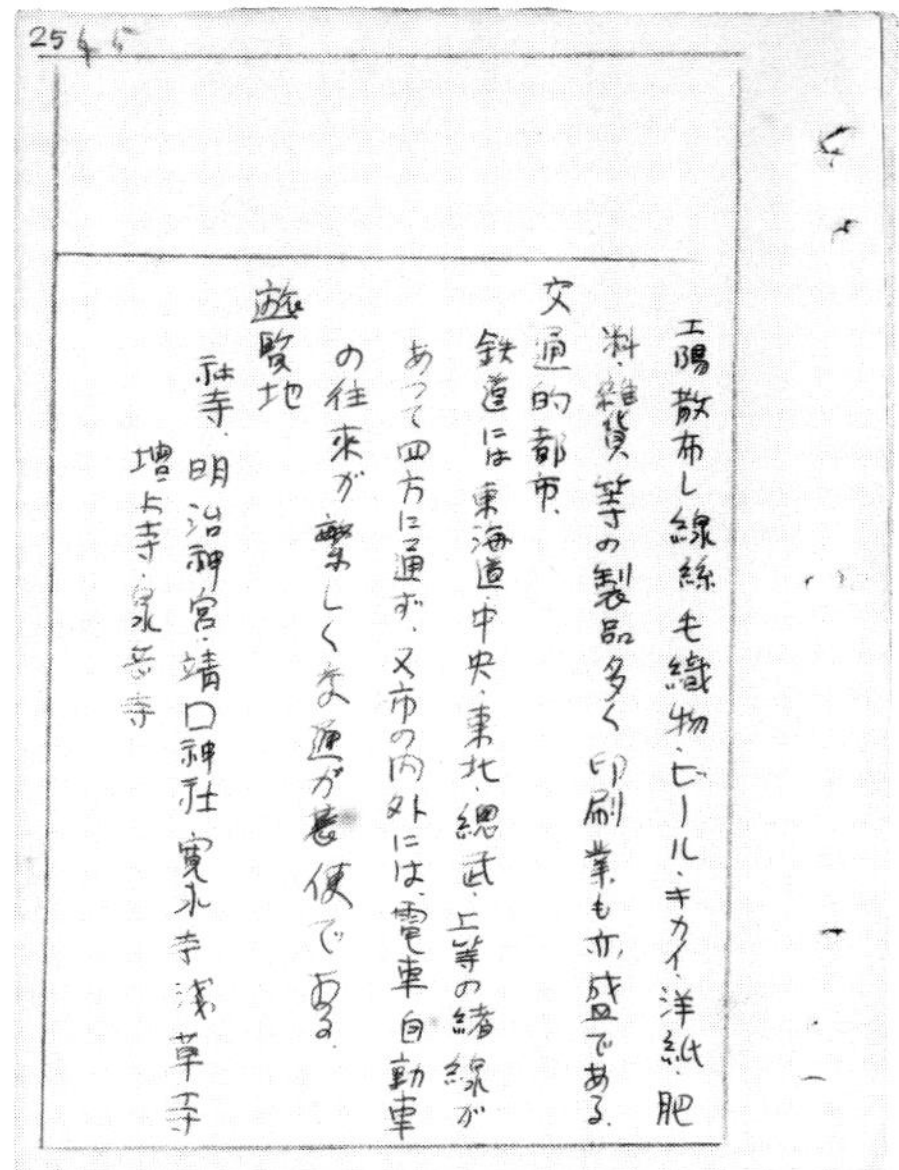

25

工場散布し綿絲毛織物・ビール・キカイ・洋紙・肥
料・雑貨等の製品多く印刷業も亦盛である。
交通的都市
鉄道には東海道・中央・東北・總武・上等の諸線が
あって四方に通ず。又市の内外には電車自動車
の往来が繁しく交通が甚便である。
遊覧地
社寺、明治神宮・靖国神社・寛永寺・浅草寺
増上寺・泉岳寺

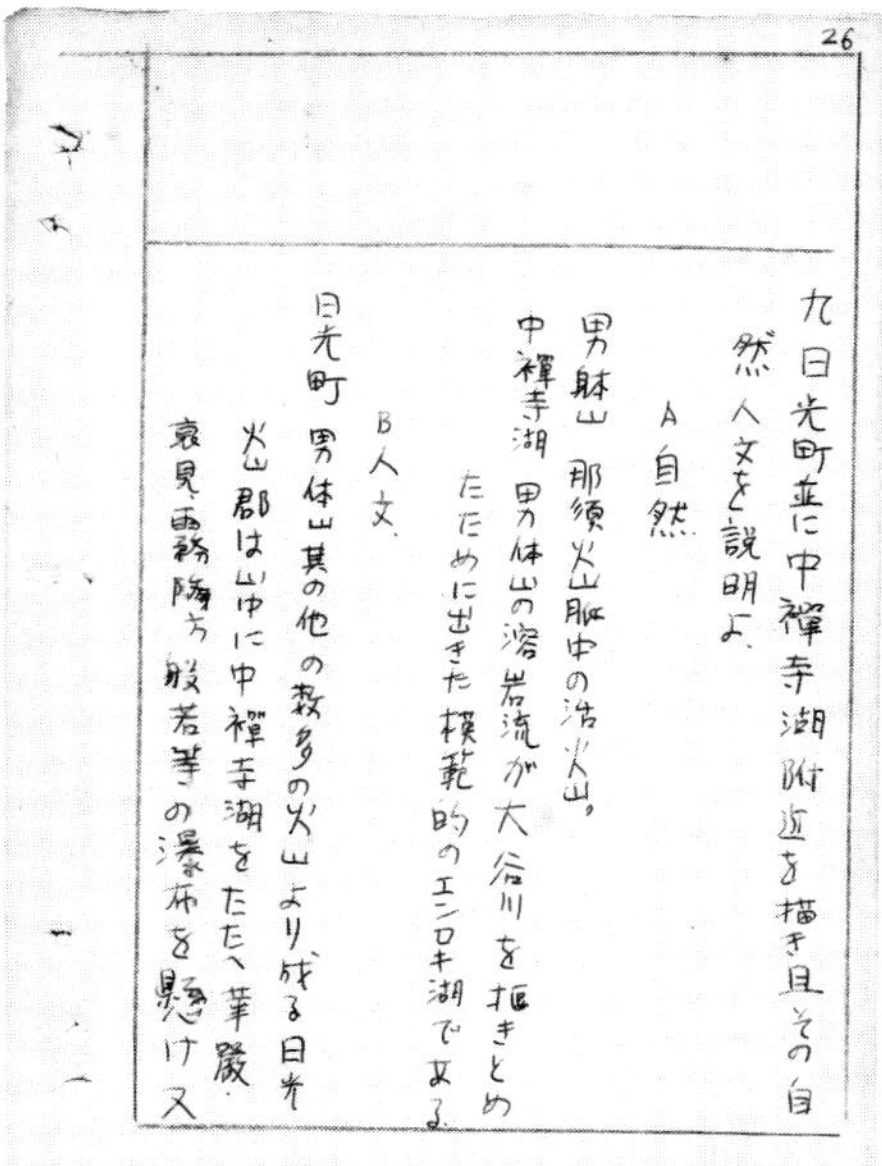

26

九日光町並に中禅寺湖附近を描き且その自
然人文を説明せよ。
A 自然
男体山 那須火山脈中の活火山。
中禅寺湖 男体山の溶岩流が大谷川を堰きとめ
たために出きた模範的のエンロキ湖である
B 人文
日光町 男体山其の他の数多の火山より成る日光
火山群は山中に中禅寺湖をたたへ華厳・
裏見・霧降・般若等の瀑布を懸け又

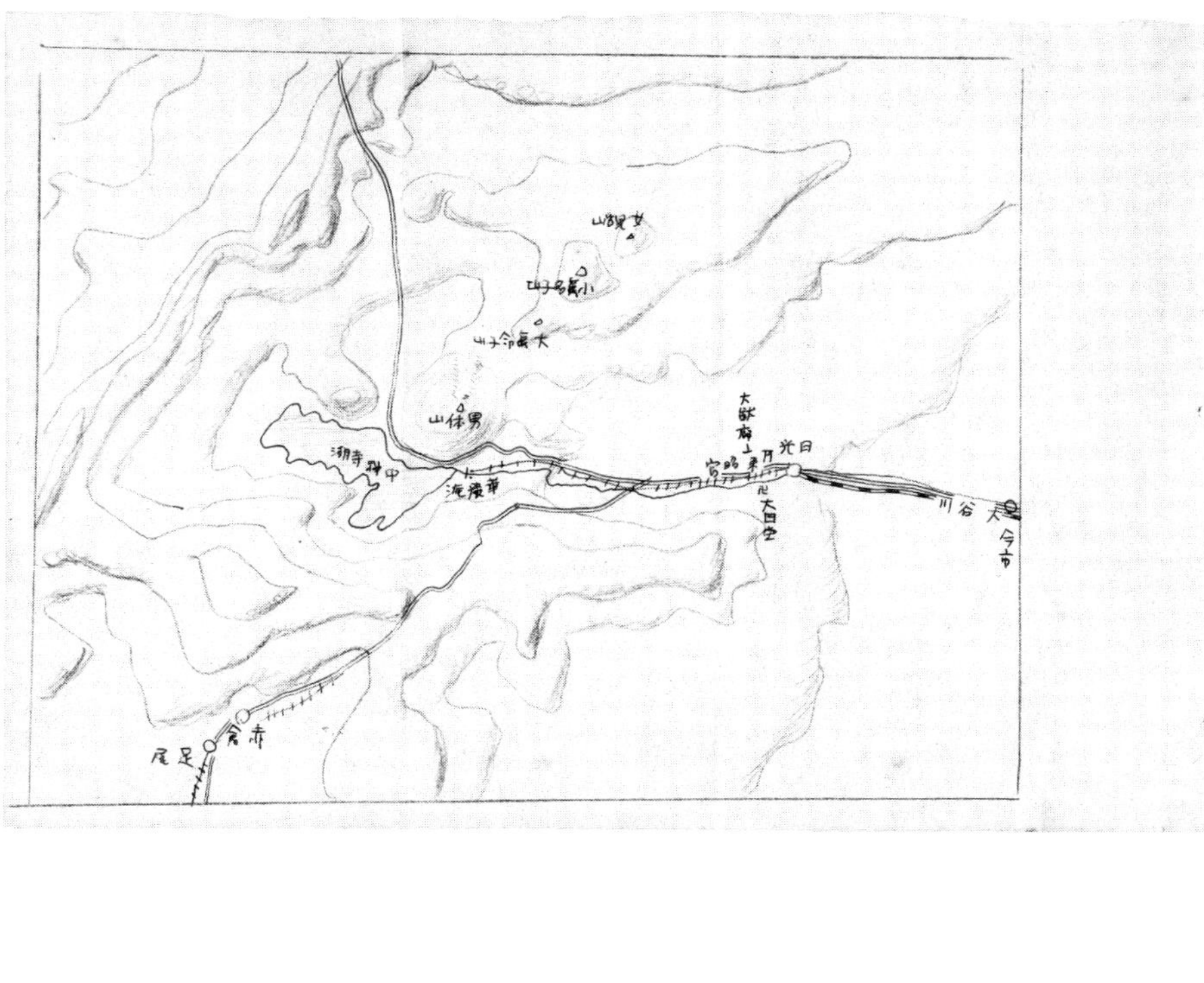

29

1. 別格官幣社

大谷川の岩端を導く、全山　夏は新緑を
装ひ秋は紅葉に彩られ、山河の風光が殊に
よい。
加ふるに、東照宮大猷廟等の社殿、壮麗を
極め観光遊覧の客が切時絶へない。
あらたうと、青葉若葉の日の光　芭蕉
町は純然たる門前町で大谷川の谷の口の
扇状地の軸にある今市から上り来る参拝
道には有名な杉並木がある
全長三十八料

30

本数一八〇〇〇本
寛永初年松平正綱の寄附による。

八関東平野の成因を考察せよ。
関東平野は利根川等のによって土砂の
タイ積によって出来たものである。
平野はおほむね第四紀層の　現世統　更新統
からできている。
所々に三月日湖がある。

31

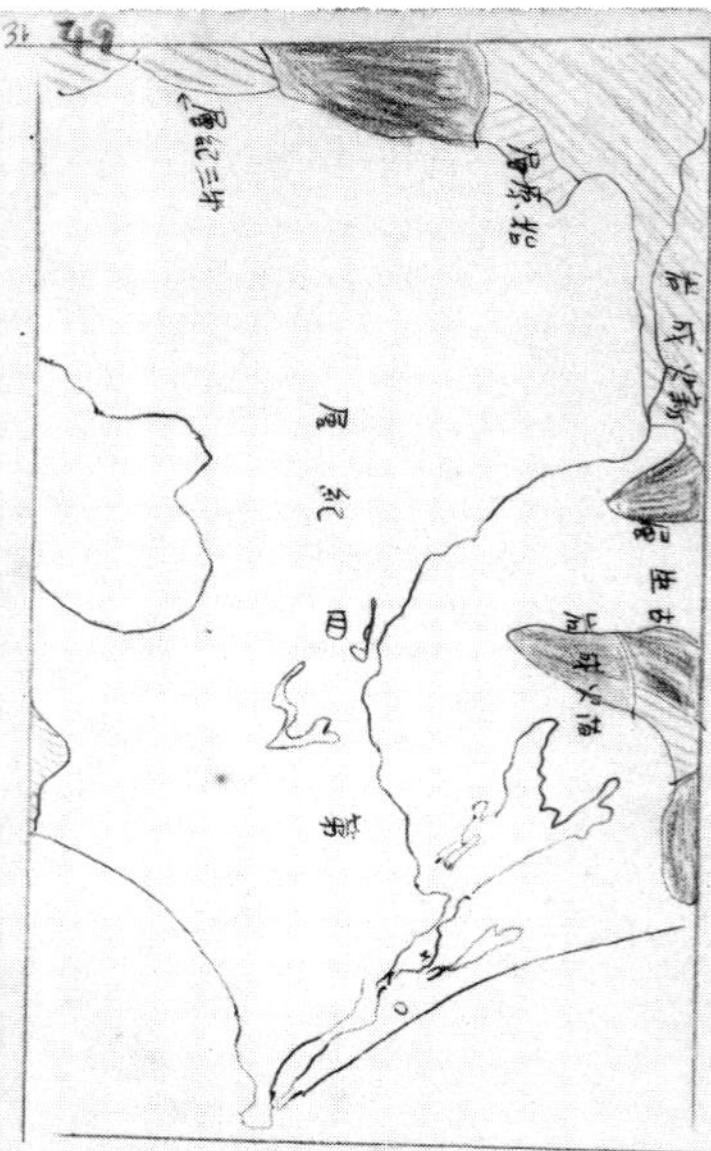

32

1. 藤原秀郷　別格官幣社

一〇両毛　信越中央各沿線の諸
都邑、諸名勝を挙げて説名せよ。
両毛線
小山—東北線両毛線水戸線の交点に発達
した交通の要地である。
佐野—絹綿交織を出す。
北方に唐沢山神社がある。
足利—関東屈指の機業地絹織、絹綿交
織の産夥しく、又北郊に名高き足利学

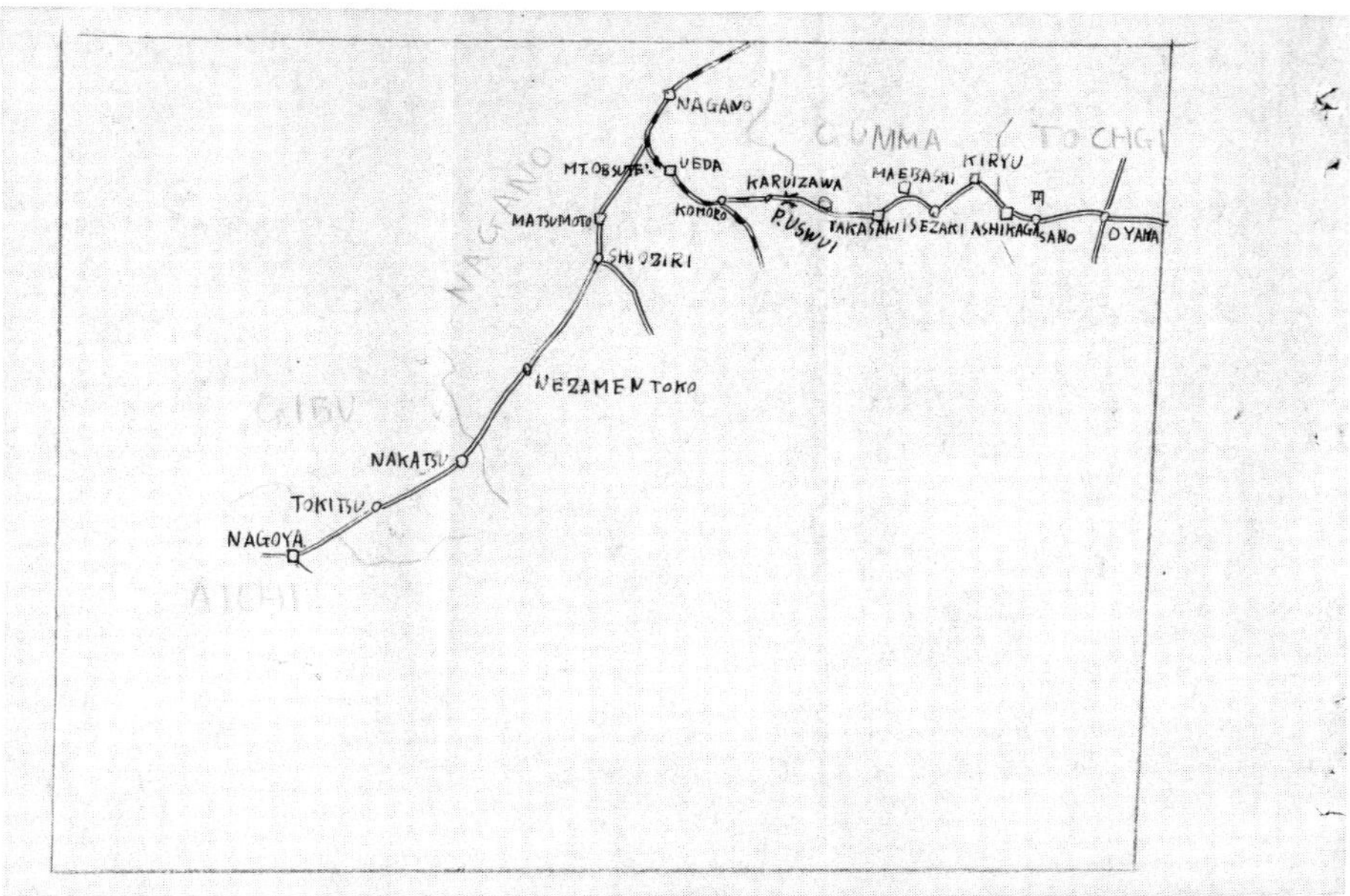

35

五三五、[2]

八五[3]

校の遺趾がある。金沢文庫と共に戰國時代の
文教を維持した所で現に古書を多く藏す。
桐生[2]ー関東第一の機業地にして、輸出向の絹織
物を産し、又御召、羽二重等は精巧京
都西陣織と並ぶ称せられる高等工業学
校あり。
伊勢崎ー銘仙太織の産地。
前橋[3]ー利根川に沿ひ県廳の所在地にして繭
生糸の大市場制糸工場がある。
信越線

36

六〇[3]

千分之六六[4]

高崎[3]ー高崎、両毛、信越本線、上越線等の結
合点にして交通の要点である。
繭、生糸の取引が盛である。
碓氷峠ー関東から信州に登る所にある碓
氷峠は往時中仙道中の難所であっ
たが大小二十六トンネル(TUNNEL)を穿って鉄道
を通ず勾配急なれば アプト式レー
ルを用ひ電気機関車を使用する
山上楓樹多く紅葉の勝地として
知られてゐる。

37 53

5 海抜九〇〇M

輕井澤ー亜地高燥空気清淡にして遥かに淺間の噴煙を望み内外の避暑者甚だ多く、多く高原避暑地として標式的のものである。

小諸ー製絲、養鯉を業とする。

上田ー上田盆地に位し養蚕の中心にして製絲及蚕種の製造が盛である蚕専校がある。

川中島ー千曲川犀川の合流点で武田信玄上杉謙信の鎬を削った所である。

38

㊀田毎の月。
どの田にも一度に月が寫ると云ふことはあり得ない。
(下の画はウソ)
歩きながら見ると田に寫るこ(と)とがある?

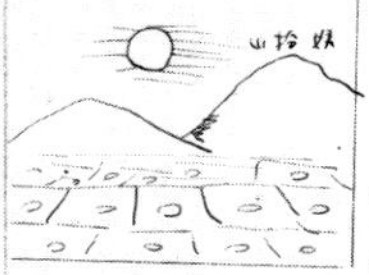

姨捨山ー觀月の勝地にして田毎の月の名が世に著はれてゐる。

信濃にも老が子はあり今日の月　其角

信濃では月と佛とおらがソバ

我が心慰めかねつ更科や
姨捨山の照る月を見て。　一茶

長野市ー見ヨ、一二両

中央線
塩尻ー鳥居峠
木曽谷ー木曽川上流一帯を指

39 55

6 花崗岩

森林多く、良材を出す福島はその中心寝覚の床ーある、木曽の溪间は水清く、岩白く寝覚の床木曽桟橋等奇勝が多い。
寝覚の床は木曽の清流、花崗岩の節理面に沿って浸蝕し、奇景百出幾多の瓯穴がある。

出づる岸入る山の端の近ければ
木曽路は月の影ぞおかしき
鴨長明

かけはしや命をかけむ蔦かづら　芭蕉

40

中津ー木曽谷の入口にあり、製絲業の中心であり又チオーチン、ウチワ等を持産とす。

土岐津ー
多治見ー ｝陶器を多く産す多治見焼なり。

瀬戸から多治見に至る地域は木曽山脈の花崗岩が風化された良質の陶土を産するため、愛知岐阜二県に跨る、我が日本一の窯業地帯をなし名古屋にはこれらを輸出向にする仕上工業が発達してゐる

名古屋：見よー第十四回。

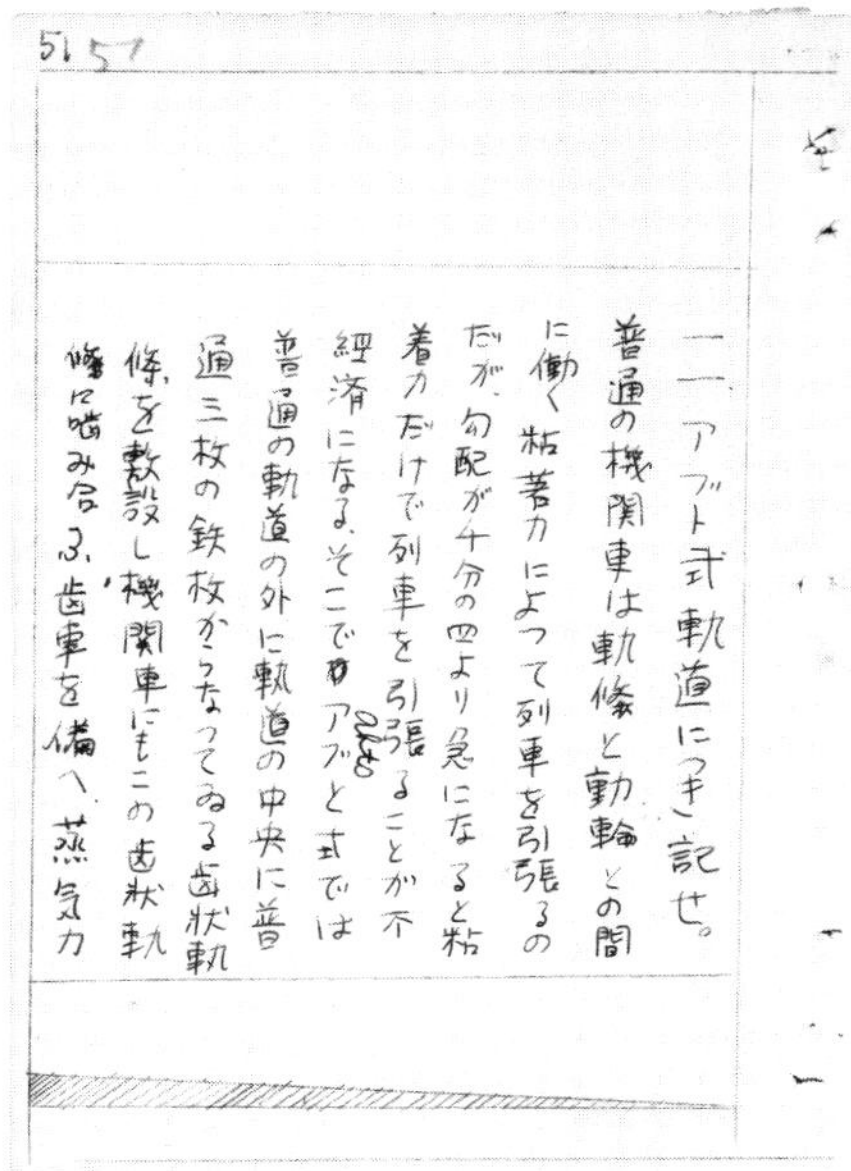

51 57

一、アプト式軌道につき記せ。

普通の機関車は軌條と動輪との間に働く粘着力によって列車を引張るのだが、勾配が千分の四より急になると粘着力だけで列車を引張ることが不経済になる。そこでアプト式では普通の軌道の外に軌道の中央に普通三枚の鉄板からなってゐる歯状軌條を敷設し機関車にもこの歯状軌條に噛み合ふ歯車を備へ、蒸気力

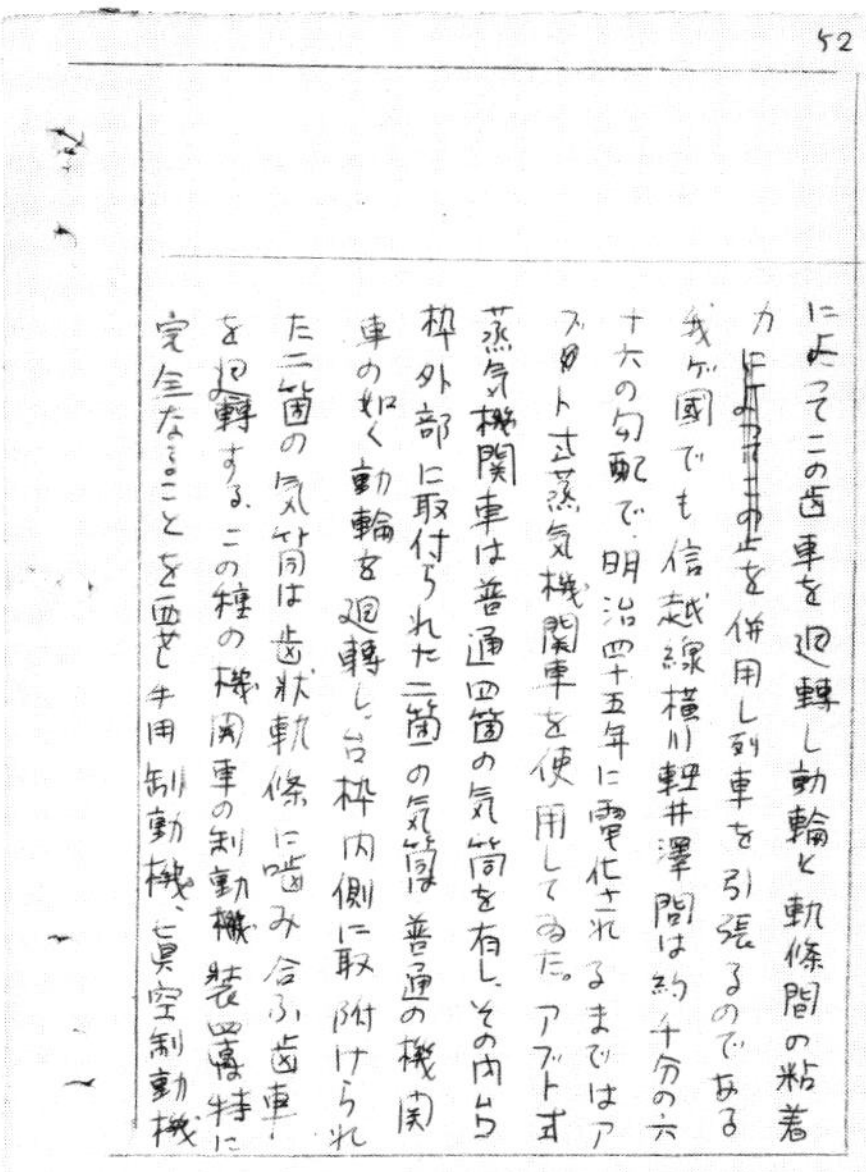

52

によってこの歯車を廻轉し動輪と軌條間の粘着力によってを併用し列車を引張るのである。我ケ國でも信越線横川軽井澤間は約千分の六十六の勾配で、明治四十五年に電化されるまではアプト式蒸気機関車を使用してゐた。アプト式蒸気機関車は普通四箇の気筒を有し、その内台枠外部に取付られた二箇の気筒は普通の機関車の如く動輪を廻轉し、台枠内側に取附けられた二箇の気筒は歯状軌條に噛み合ふ歯車を廻轉する。この種の機関車の制動機装置は特に完全なることを要し手用制動機、眞空制動機

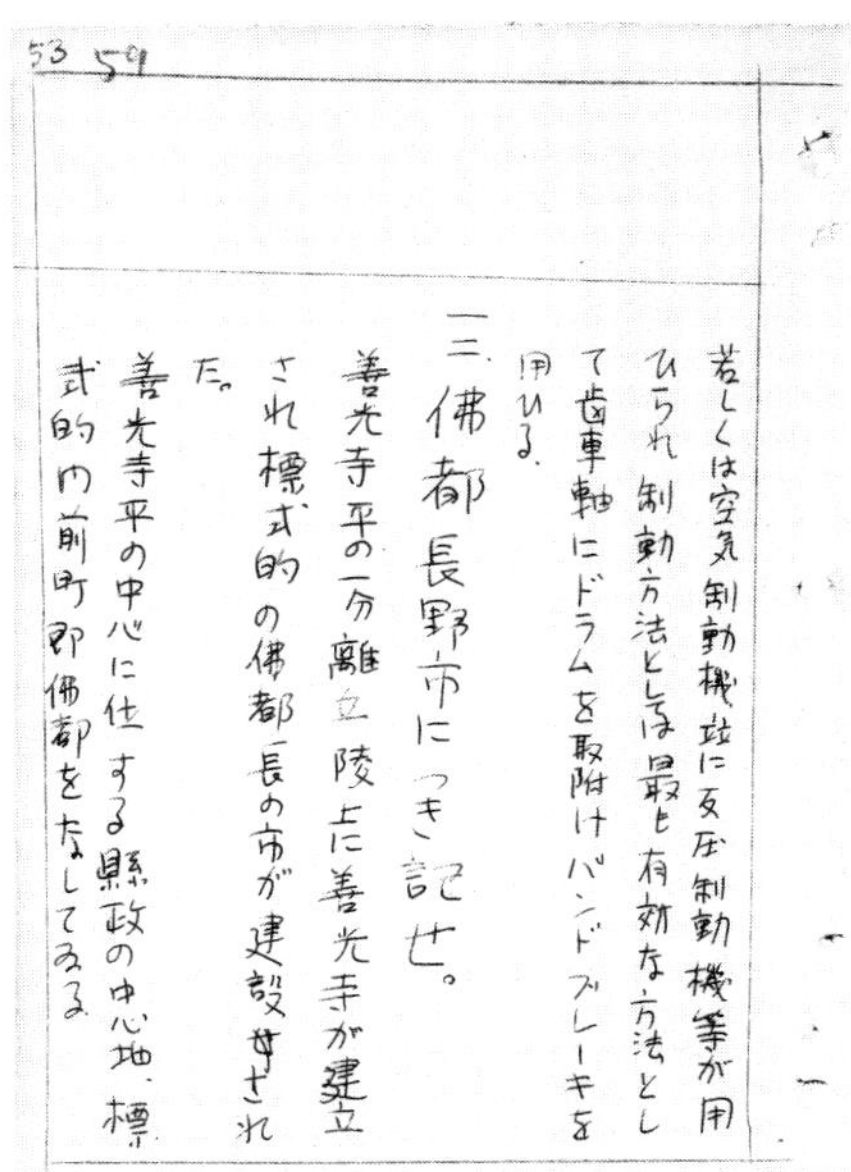

53 59

若しくは空気制動機並に反圧制動機等が用ひられ制動方法としては最も有効な方法として歯車軸にドラムを取附けバンドブレーキを用ひる。

二、佛都長野市につき記せ。

善光寺平の一分離丘陵上に善光寺が建立され標式的の佛都長野市が建設せされた。

善光寺平の中心に位する縣政の中心地、標式的門前町即佛都をなしてゐる。

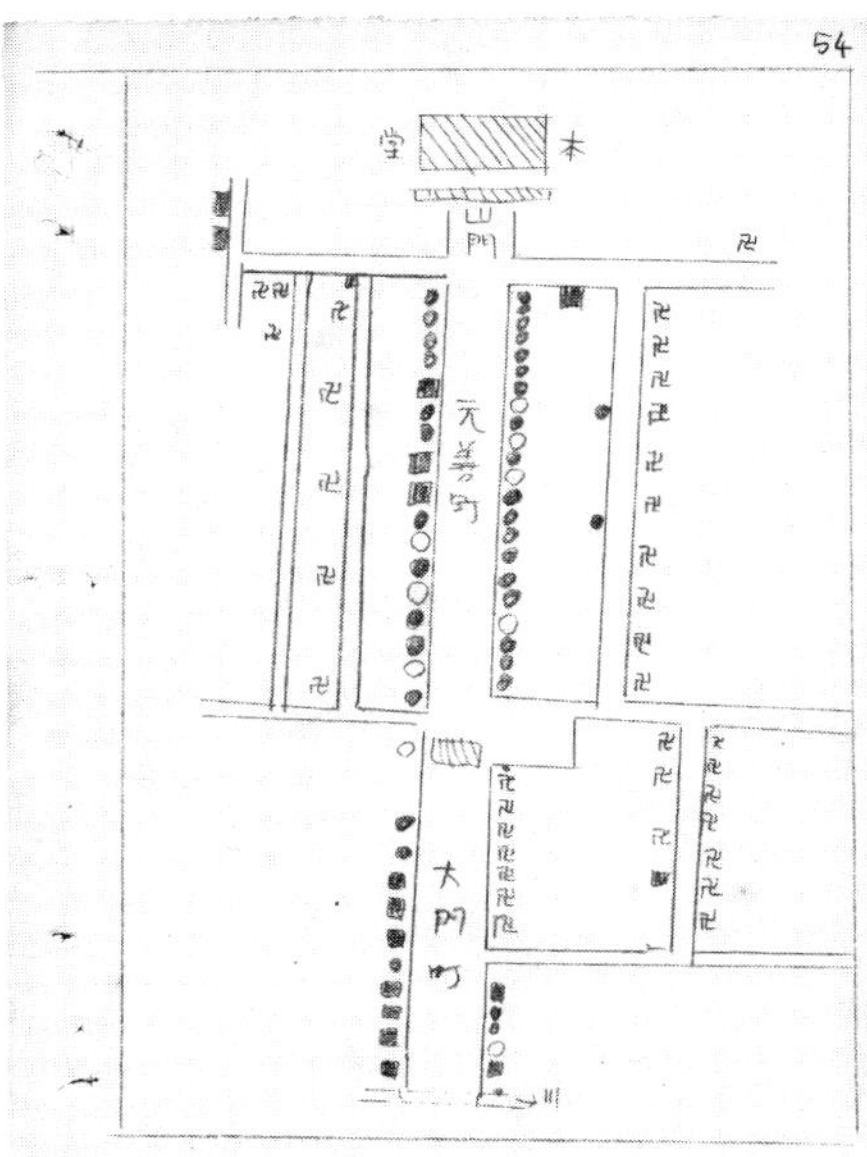

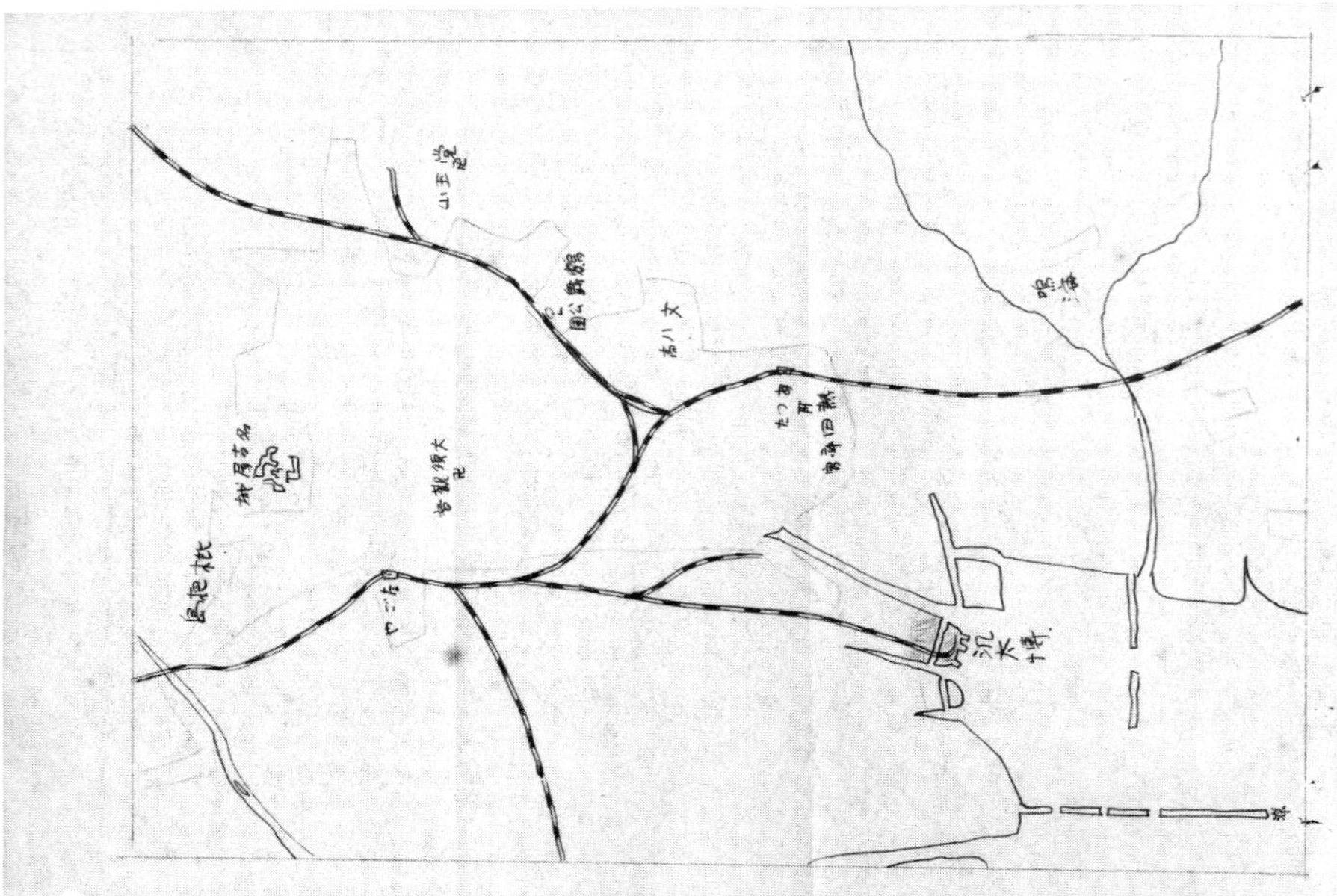

557 61

一三　熱田神宮につき記せ。

名古屋市南区熱田新宮坂町に鎮座。官幣大社にして勅祭に預る。草薙神剣を祀り、相殿に、一御前天照皇大御神、二御前建速素盞嗚命、三御前日本武尊、四御前宮簀媛命、五御前建稲種命を祀る。草薙神剣は畏も三種神器の一。

56

井上

一四　名古屋について説明せよ。

濃尾平野の中心市場、名古屋市は中京の称がある位で東京・大阪の間に勃興した新経済中心地である。各種の製造工業勃興し、中にも陶磁器・柱時計は特産である。本州島の地峡部に位する優秀の位置が東海道・中央・関西の三線を交叉せしめ商工業の発達を促したのである。

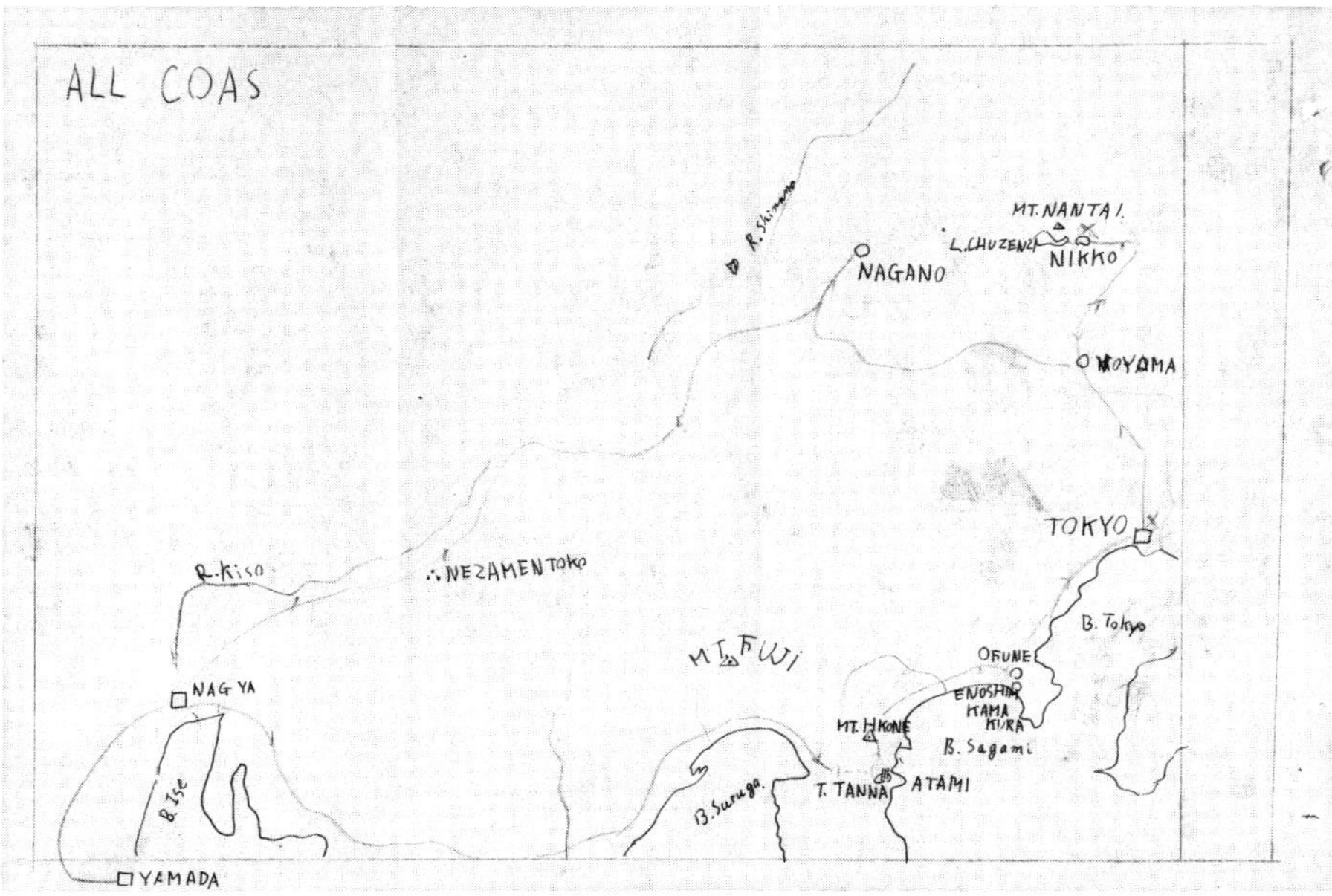

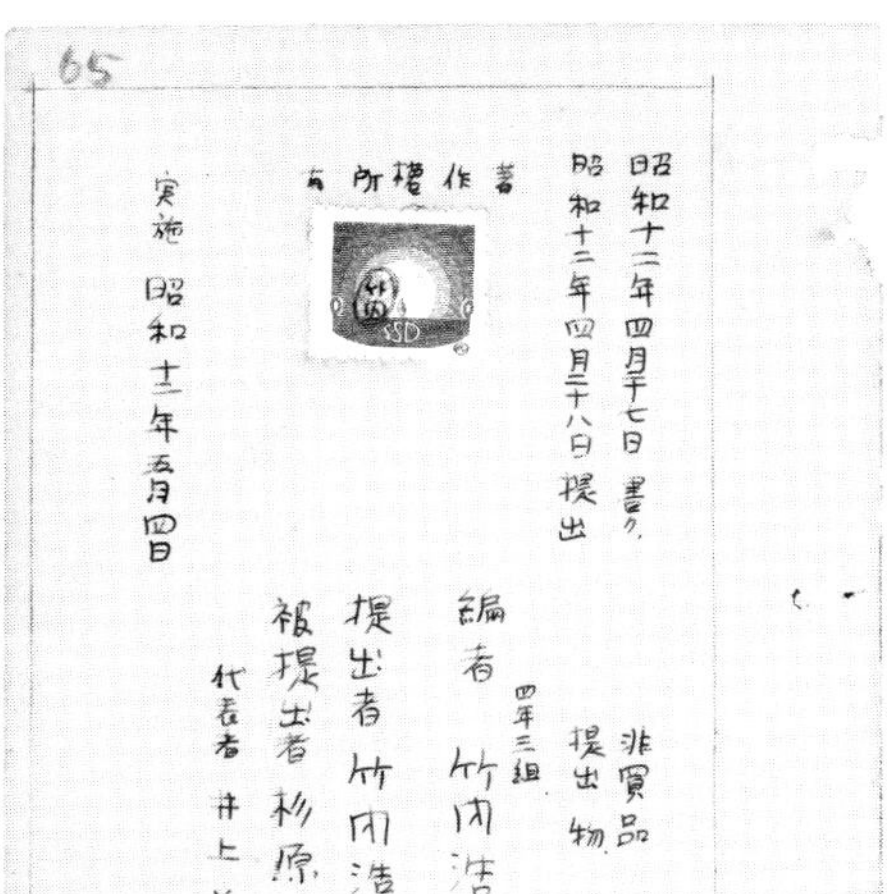
65

昭和十二年四月十七日 書ク。
昭和十二年四月二十八日 提出

有所權作著

実施 昭和十二年五月四日

非買品
提出物
四年三組
編者 竹内浩三
提出者 竹内浩三
被提出者 杉原靜。氏
代表者 井上義夫。

旅行注意
一、旅行手牒持参
一、午後五時山田駅集合
携帯品
1、弁当(三食分) フロ式
2、コーモリガサ、(名札)
3、クスリ。
4、土産ヲ含ム布紐エフ、
6 クツシタ。(二ソク)
ワシヤツ(肌着)。

A Diary of
A Travel

175

修学旅行日記。

第一日。火曜日。

大勢の見送の人人の顔と声が後へひざつて行つた。

第二日水曜日。

コウフンした眼・上気した顔。アイスクリイムとキヤラメルでねばつた口。そんな物を乗せた我々の汽車はひたすらに走りつづけ、丹那の大トンネルをくぐり。夕睡眠りきつた。熱海の街の燈を見下しながら熱海駅に轟とついた。駅を出ると温泉や・旅館やバスのカンバンのネオンがねむさうにまたたいてゐた。

2

東の方が少し白みかかつた海を見ながら海岸を歩いて万人風呂についた。途中紅葉山人の貫一・お宮の碑を案内人のチヨウチンで見た。万人風呂の二階でパンを噛つてから下の五十人も入れないだらうと思はれる万人風呂で泳いだりした。

万人風呂の図

少し熱海銀座をブラついたりホシヤツタアを切つたりしてからバスで十国峠を上りだした。四十五度もあらうと思はれる坂をバスがガーガーガアーとヒサウな音を出して登るのは気の毒になつて後を押してやりたいやうな気にもなつた。

77

熱海のギン[illegible]の図

4

自動車は誰がハツメイしたんか知らんがエライものやとツクヅく思つた。

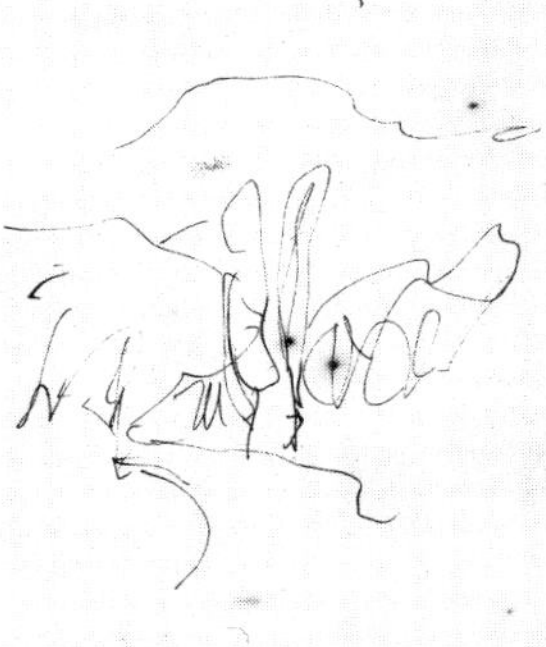

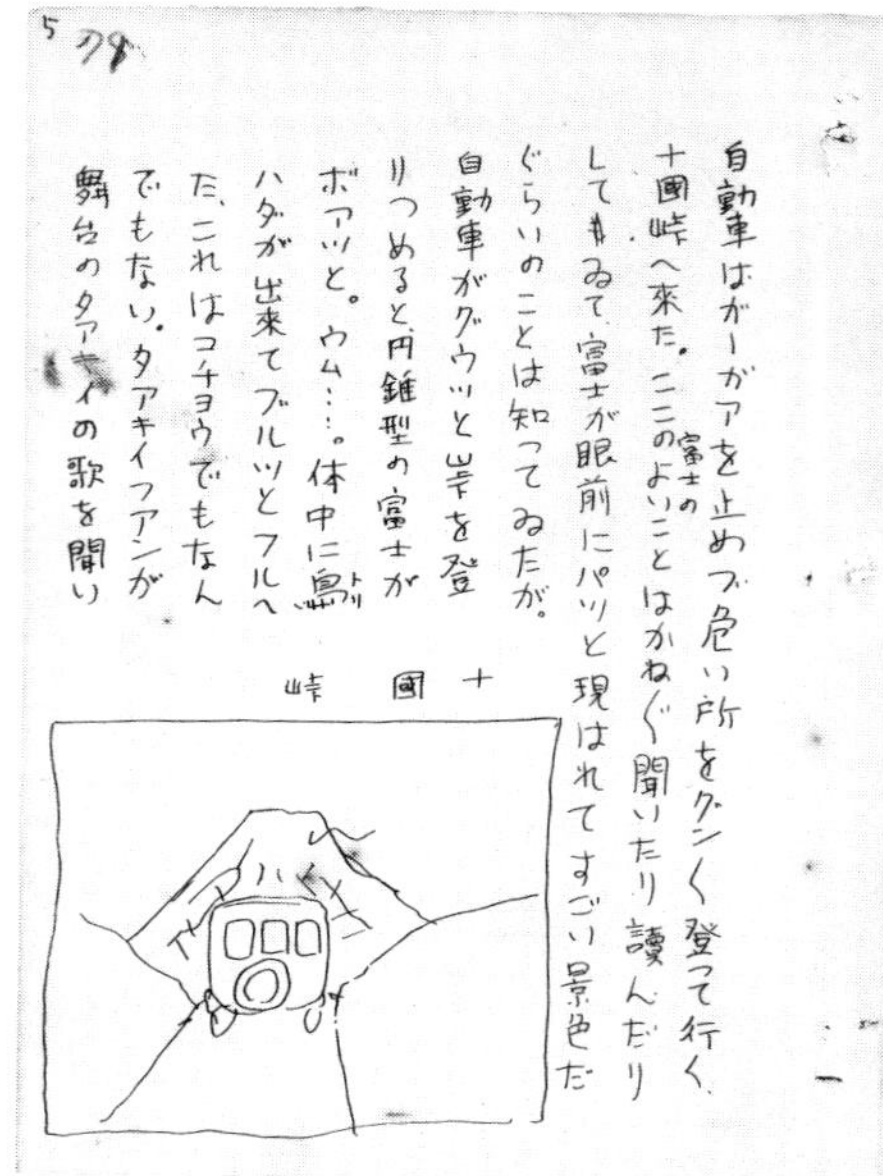

自動車はガーガアを止めづ危い所をグンく登って行く
十國峠へ来た。ここの富士のよいことはかねぐ聞いたり讀んだり
してゐて、富士が眼前にパッと現はれてすごい景色だ
ぐらいのことは知ってゐたが。
自動車がグウッと岸を登
りつめると円錐型の富士が
ボアッと。ウム……。体中に鳥
ハダが出来てブルッとフルへ
た。これはコチョウでもなん
でもない。タアキイファンが
舞台のタアキイの歌を聞い

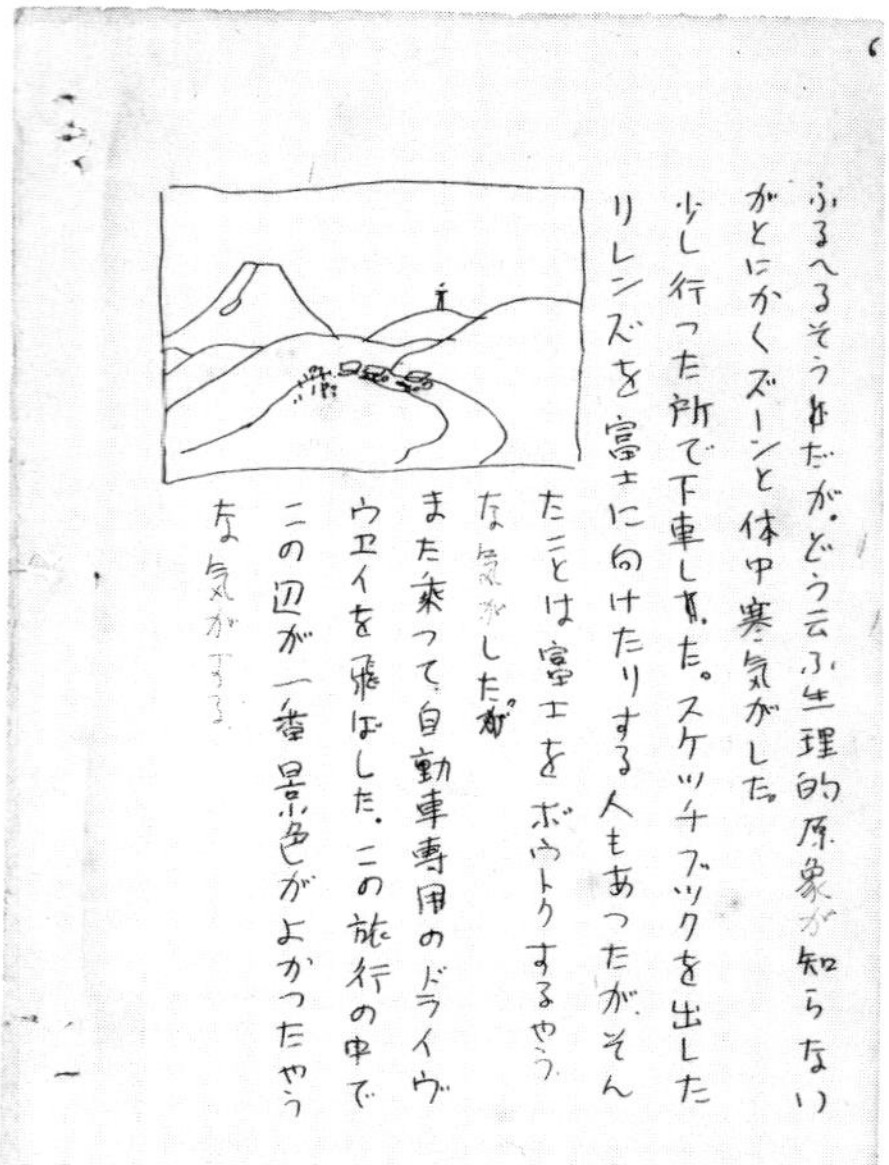

ふるへるそうだが。どう云ふ生理的原象が知らない
がとにかくズーンと体中寒気がした
少し行った所で下車した。スケッチブックを出した
りレンズを富士に向けたりする人もあったが、そん
なことは富士をボウトクするやう
な気がしたが
また乗って、自動車専用のドライヴ
ウエイを飛ばした。この旅行の中で
この辺が一番景色がよかったやう
な気がする。

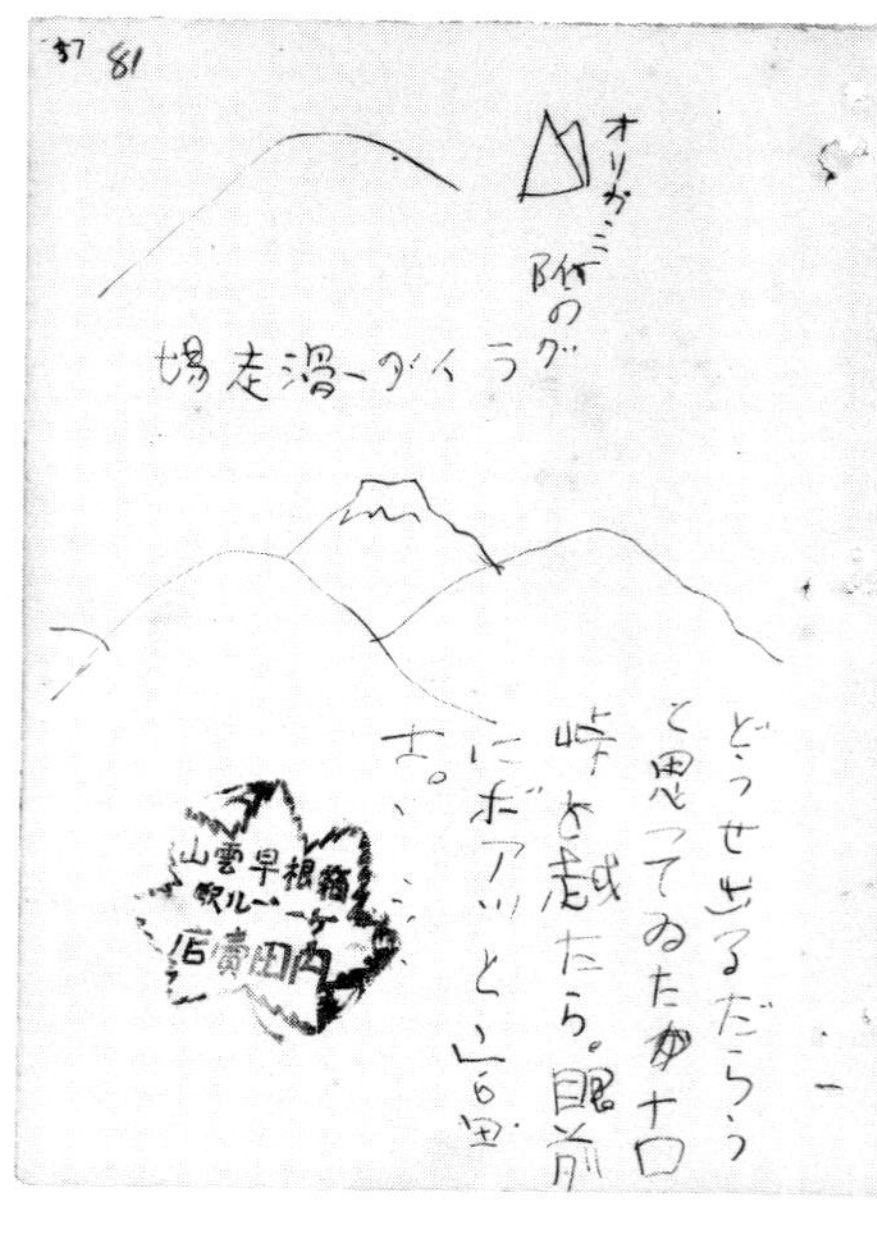

どうせ出るだらう
と思ってゐたが十国
峠を越たら。眼前
にボアッと富
士。

9　83

関所跡で下車してそれを見たが非常につまらなかった。朱塗リブリキ葺きの箱根神社にも参って芦の湖畔を時々歩いた。その間富士山も外輪山の間から顔を出してくれたが、あまり見てゐたので鼻について、なんとも思はなくなってもまった。単調な路を上ったり下ったりして湖尻駅と云ふ汽船の駅へついて一服した。又登って、途中で中食をして、大涌谷へ登った。ここは烟硫黄くさい煙ばかりてつまらない所であったが烟だけはつまりもせず湧いてゐた。

10

強羅公園へ下りて写真を撮った熱くて頭がボウとしてゐた。早川の沿って下って底倉の蔦屋へついて、夕食をし、温泉につかったりしてから、湯の町をぶらくして寝た。

第三日　木曜日

朝食後宿を出て、電車の駅から電車で箱根を下って小田原についた。そこから汽車と電車で江の島へ行った。長い桟橋の下で写真を撮った。江の島の山を越えて太平洋を望むと、大きな波が。

春の海ひねもすのたりのたりかなをしてゐた。

停留所へ帰って弁当を喰った。

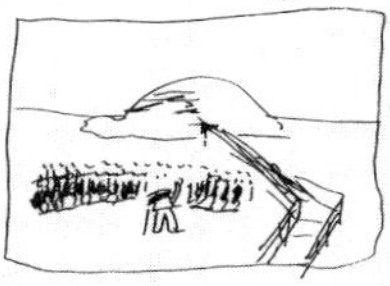

11　85

ゴトく電車で長谷へついて大佛を見た。これは思ってゐたよりも大きくはなかったが小さくもなかった。

又電車へ鎌倉へ行って神社寺を多く参ったが意識モウロウとしてゐて、ここへ書く程はっきり覚へてゐない。

汽車で、一電機機関車でピッピーと東京へ

東京はタイクツな町だ。

男もせも
笑はづに、
とぎった神経で
高いカガトで
自分の目的の外は何も考へず
歩いて行く。

12

東京は冷い町だ。
レンガもアスファルトも
笑はづに、
四角い顔で
冷い表情で
ほこりまみれで
よこたわってゐる。

東京では、
漫画やオペラが
ゐるはづだと
うなづける。

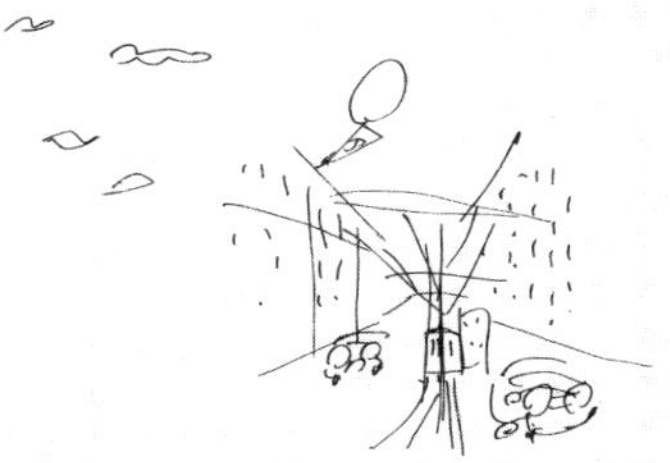

13 87

駅から直ちに宮城に行き揺拝をして記念撮影をした。省線で上野の宇仁館へ行き、夕食後自由行動になった。ので銀座を歩いて見た。

第四日、金曜日。

朝からバスで東京の主な所を廻って泉岳時でメシを喰ってまた廻って上野の松阪屋の前でカイサンした。のでさっそく松阪屋へ入ったら食料品部で面白いものを見、それは万引である。色シャツを着た男がパラフィン紙包みの菓子をいろってゐた手に視線が止った。するとその手がその包みを持ったまゝ、すうと下に動いた。オヤと思ってその顔を見たが涼しい顔をしてゐるまた視線をその手にも

14.

どすともはや包みはその手になくキモノを着た男の手袋に移されてゐてその包みはフトキモノの間にかくれた。もう一度その男の顔を見たら視線がパッと合ったのであはてて眼を女店員の顔へそらした。後で中井に云ったら中井も見たと云ってゐた。食堂でお茶を飲んだ。

夕食後ハイヤアで新宿へ行き、武野館でエートオエンの映画を見た。

第五日 土曜日、

上野の科学博物館を見てから汽車で日光へ向った。この汽車中が一番愉快らしかったと見えて一番よくチヨケてやった。

日光の長い門前町を歩いて赤い東照宮に参拝した

15 89

神々しいとはどうしても思へなかったがキレイなことはキレイであった。も一度ゆっくり見たいと思った。

バスで馬返しまで行きそこからケエブルカアで登ったら急に寒くなってシヤツを重ねたが、景色は若干よかった。

又バスでトンネルを二つもくぐって中禅寺湖へついた華厳滝を見に下りた。

宿へ着いてメシを喰て自由行動。

第六日、日曜日。

寒い〳〵でとび起きて、
寒い〳〵で歯を磨き、
寒い〳〵で顔あらひ、
寒い〳〵でメシを喰ひ。

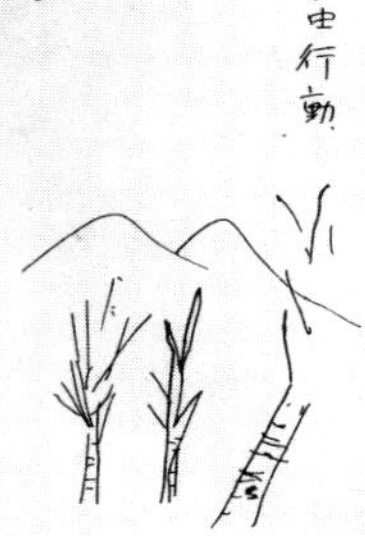

16

寒い〳〵で整列し、
寒い〳〵で山下り、
寒い〳〵の中禅寺、
寒い〳〵でサヨウナラ。

とよほど寒かったと見える。

グニヤ〳〵した道をグニヤ〳〵下って馬返しへつき、バスで日光駅へ行って汽車に乗った。汽車の中はヨホドタイクツしたと見え皆、双葉山の笑顔の表紙のスモウの雑誌を見たり、五つならべをしたり、タンカイを読んだり、モクギヨをたたいたり、サンデエ毎日を出したり、後の箱の女学生にかまったりした。中には授験旬報のページをめくるエケツのある人もあったりして、トニカク汽車はドン〳〵走って、アプト式の歯車を廻

17

して見たりして夜長野へ着いた。
長い門前町を通って暗の善光寺に参拝した帰りの自由行動の時イワユル信濃ソバを喰って見た。
又汽車に乗ったがまたも寝てしまった

第七日、月曜日
多治見だと云ふ声に目を開いて窓の外の線の中物を見た。
本当に目が覚めた時には汽車は屋根の中を走ってゐてすぐに名古屋駅へ着いた。一寸下車して顔を洗ったり弁当をたべたりして、又乗って熱田で下りて熱田神宮へ参拝しまたが境内で何やら買ってゐた。
長い!暑いアスファルトを歩かされて博覧会へついて、スピイドでグウと廻って見た。

18

會場から汽車で名古屋駅へ行き又汽車で山田へ。
山田驛へ着いた出迎の人人が窓越に見えた。出迎の中の知った顔と合ったら笑ってやるべく用意しながらブリッヂを下りた。

第八日、火曜日
十時頃學校へ行くと小黒板に大きくこんな事が書いてあった。
旅行気分を捨てよ。

ーをわりー

19

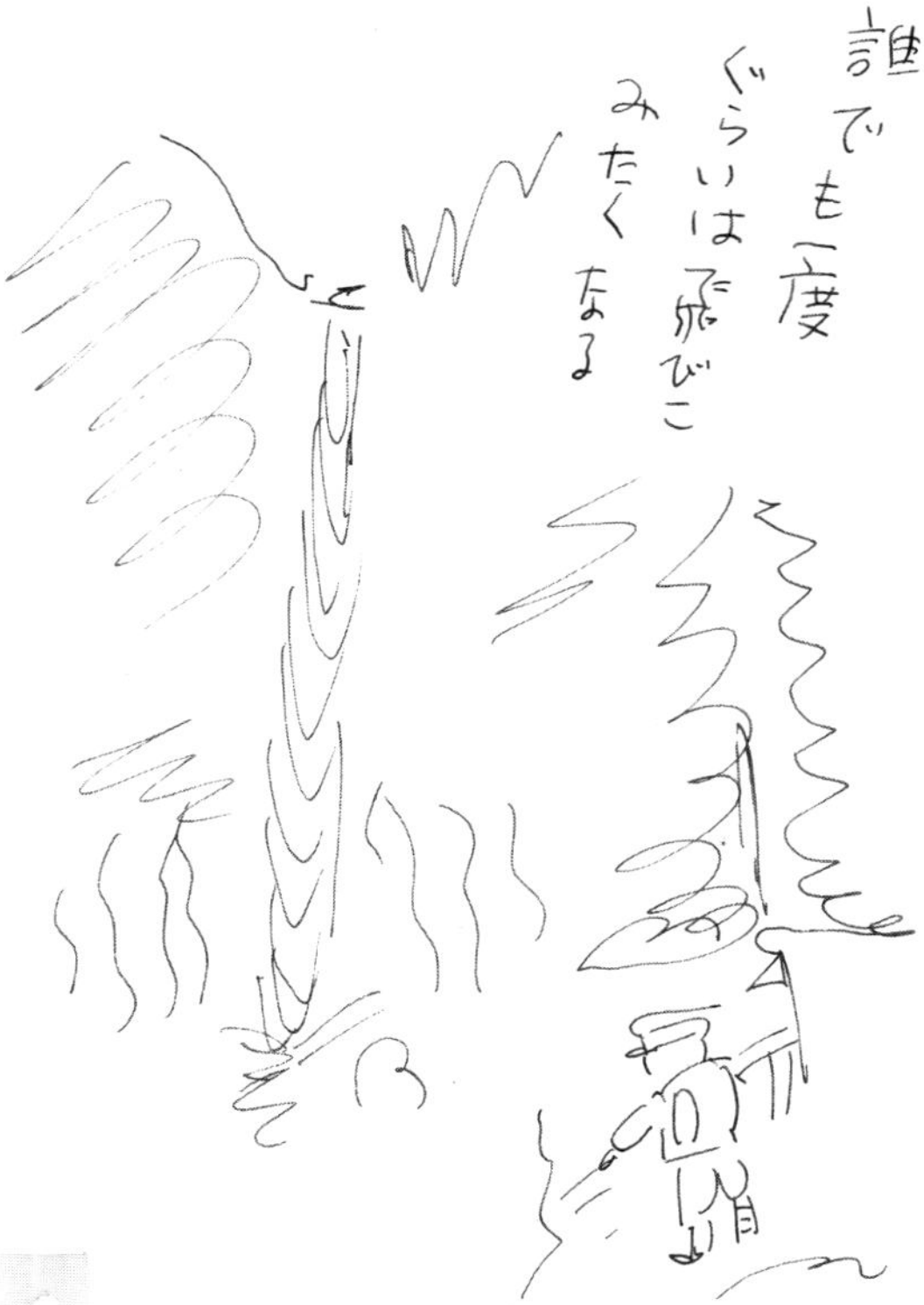
誰でも一度
ぐらいは飛びこ
みたくなる

人間はえら
いものだ

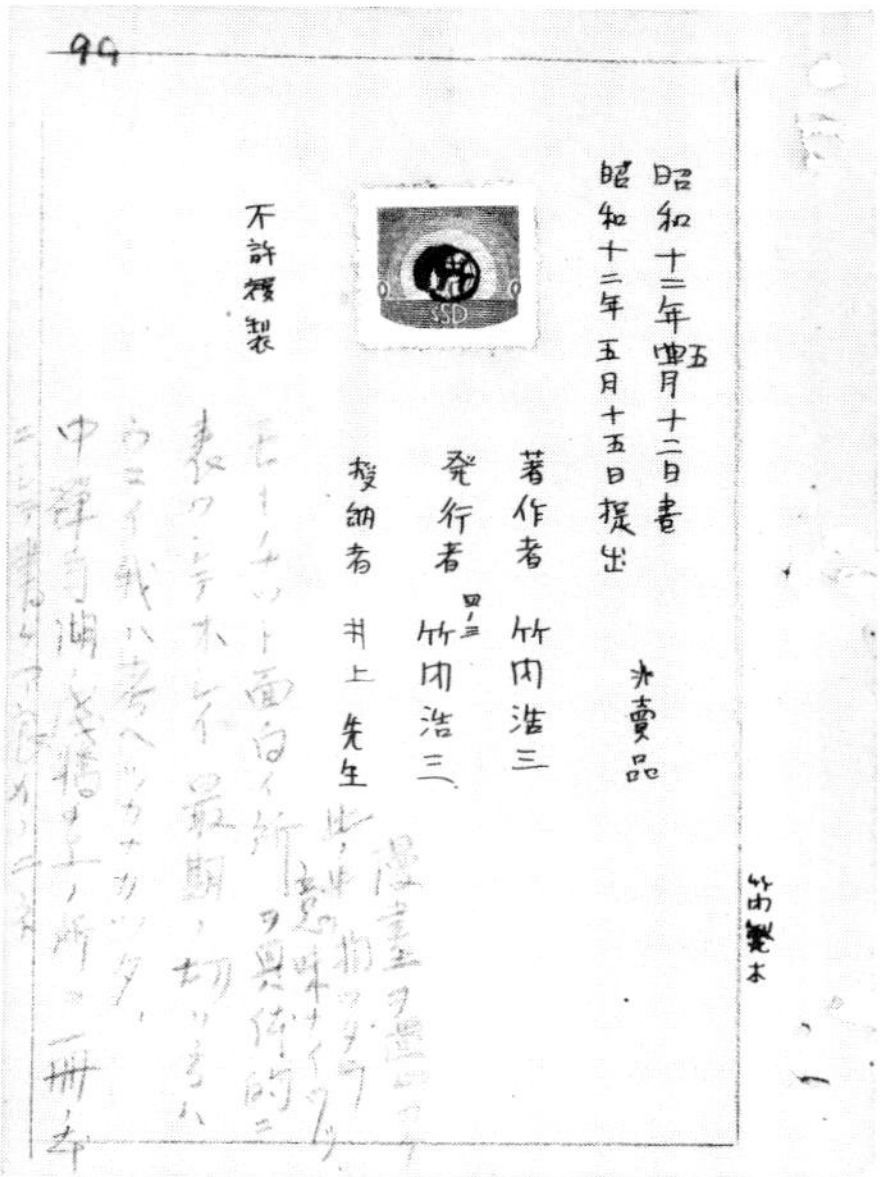

99

昭和十二年五月十二日書

昭和十二年五月十五日提出

非賣品

著作者 竹内浩三

発行者 竹内浩三

投納者 井上 先生

不許複製

竹内製本

京都駅
「シツカレヤレヨ」「アトカライクゾ」
「ガンバツテクレ」「バンザイ」
「オウ西村君かアリガトウ」
えとせとら、軍国物ノ芝居
のセリフのやうな云ふカン
ゲキして居るのでコエ
が上ブツて…「人間のカンジョウ」
ヲ無視した汽車はゴクンと
動きだした、ワアアイワンワアイ
ワンアアイ　ワンアアイ

境ミナトの雨
美ホノ関

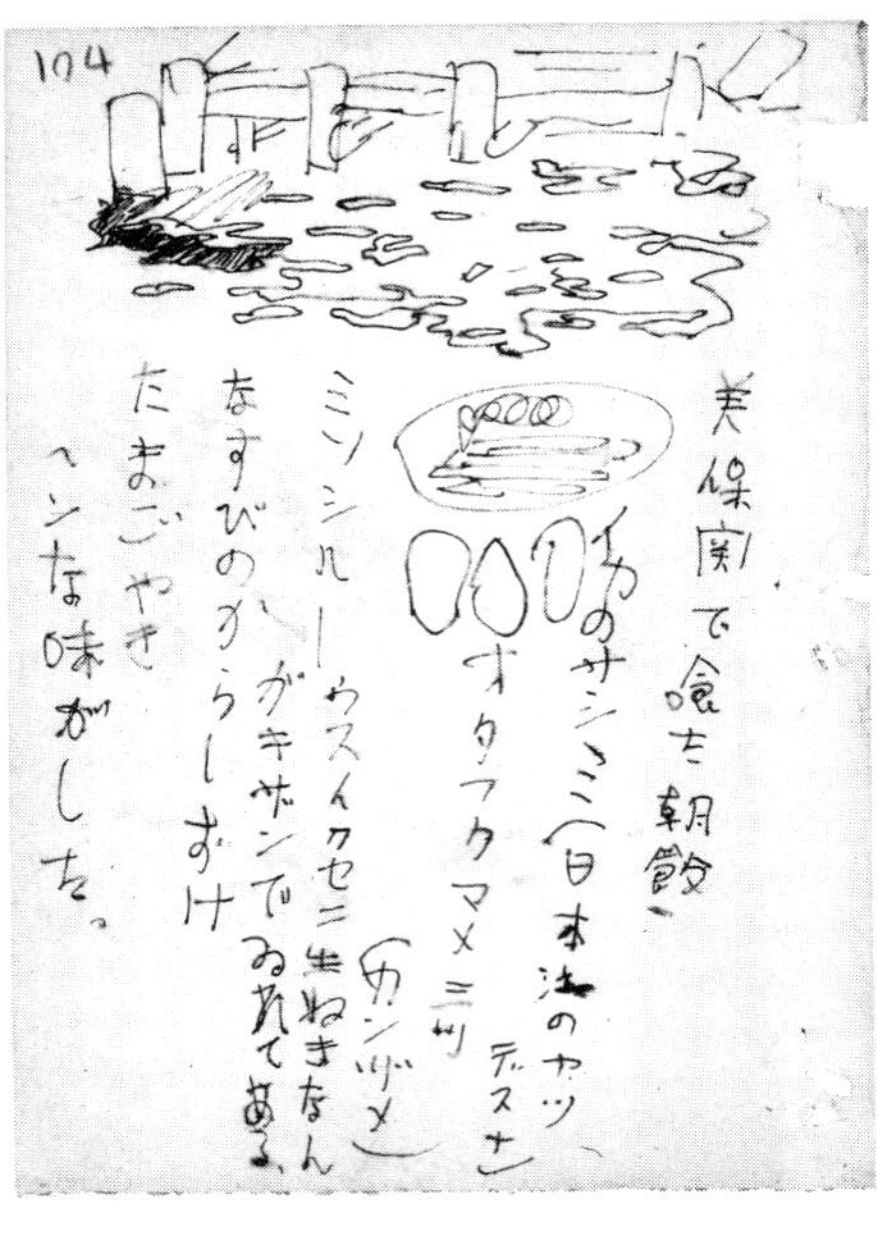
104
美保関で喰た朝飯
イカのサシミ（日本海のヤツデスナ）
オタフクマメ二ツ（カンヅメ）
ミソシル—ウスイクセニ生ねぎなんかキザンでゐれてある。
なすびのからしずけ
たまごやき
ヘンな味がした。

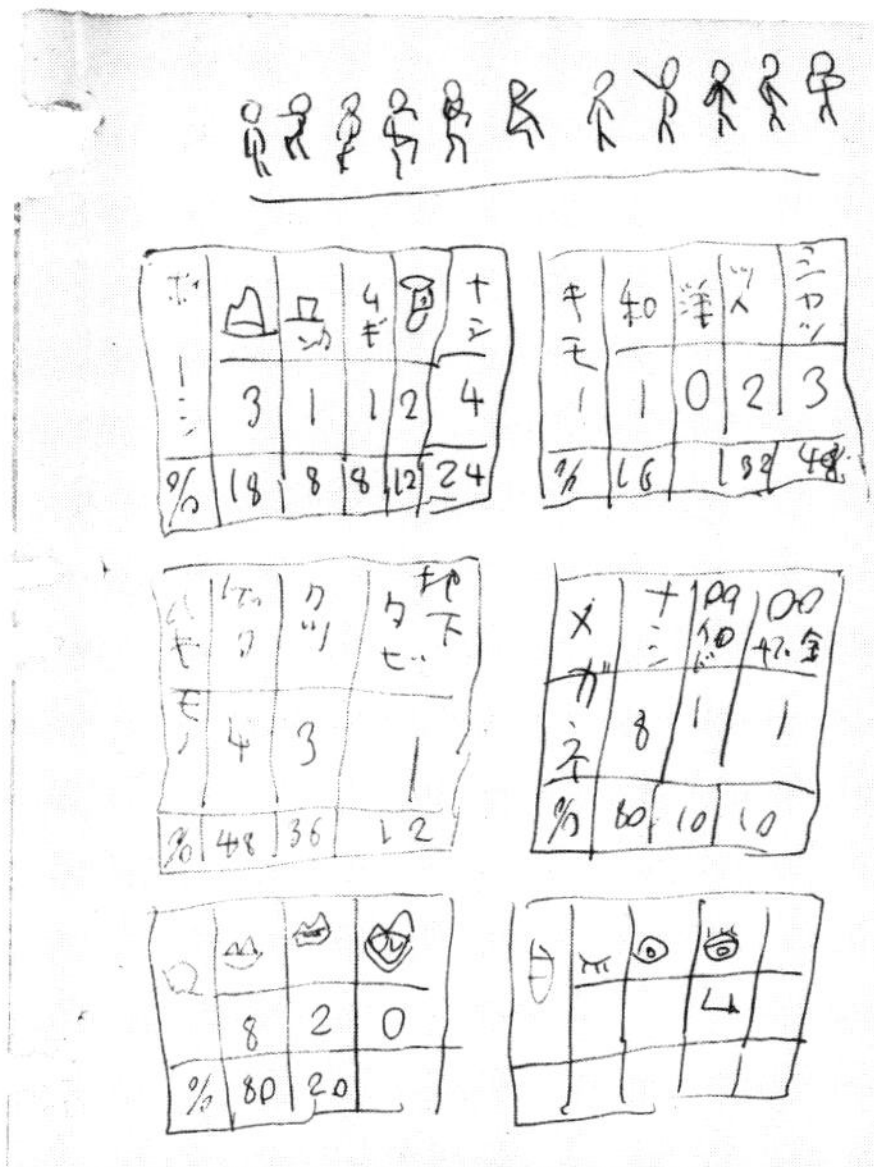
ボーシ
3 1 1 2 4
% 18 8 8 12 24
キモノ 和 洋
1 0 2 3
% 16 32 48
ハキモノ クツ 地下タビ
4 3 1
% 48 36 12
メガネ ナシ
8 1 1
% 80 10 10
口
8 2 0
% 80 20
目

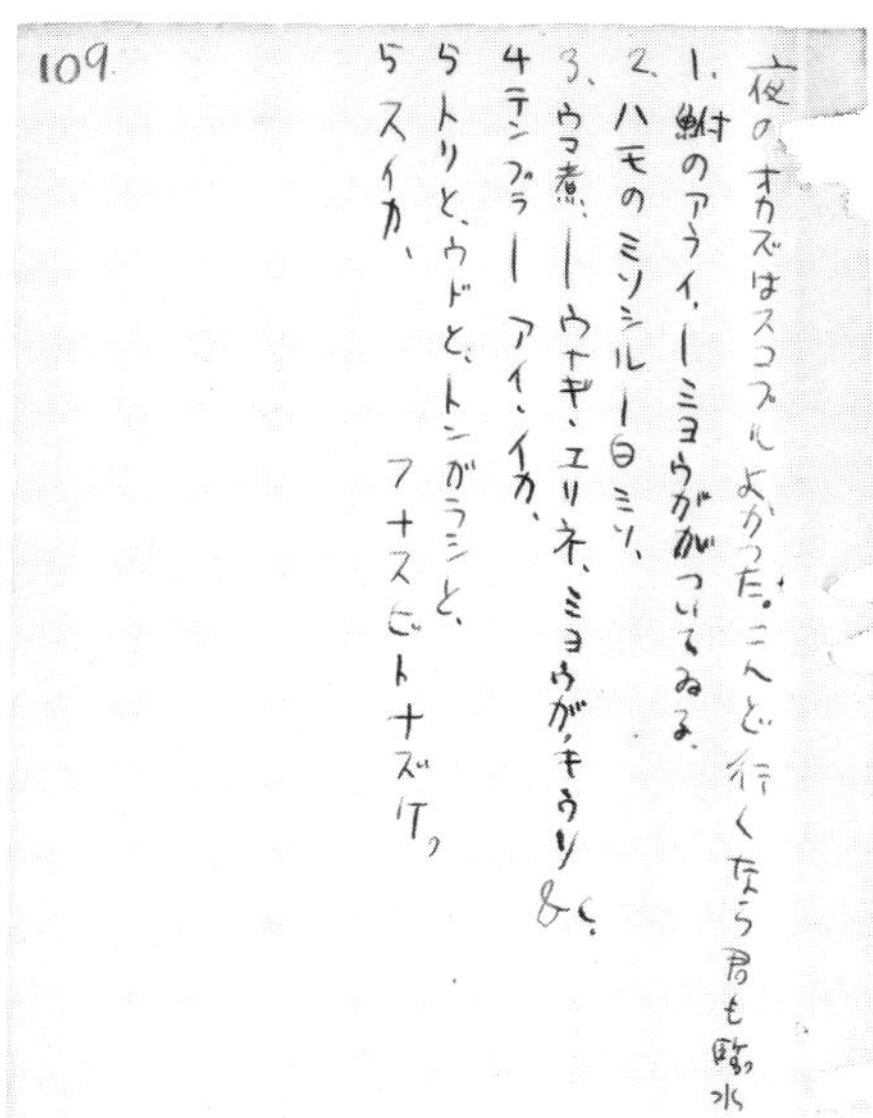
109.
夜のオカズはスコブルよかった。こんど行くなら君も駒水へ行き玉へ
1. 鮒のアライ ― ミヨウガがついてゐる。
2. ハモのミソシル ― 白ミソ、
3、ウマ煮、 ― ウナギ、エリネ、ミヨウガ、キウリ &c.
4 テンプラ ― アイ、イカ、
5 トリと、ウドと、トンガラシと、
5 スイカ、 ナスビトナズケ

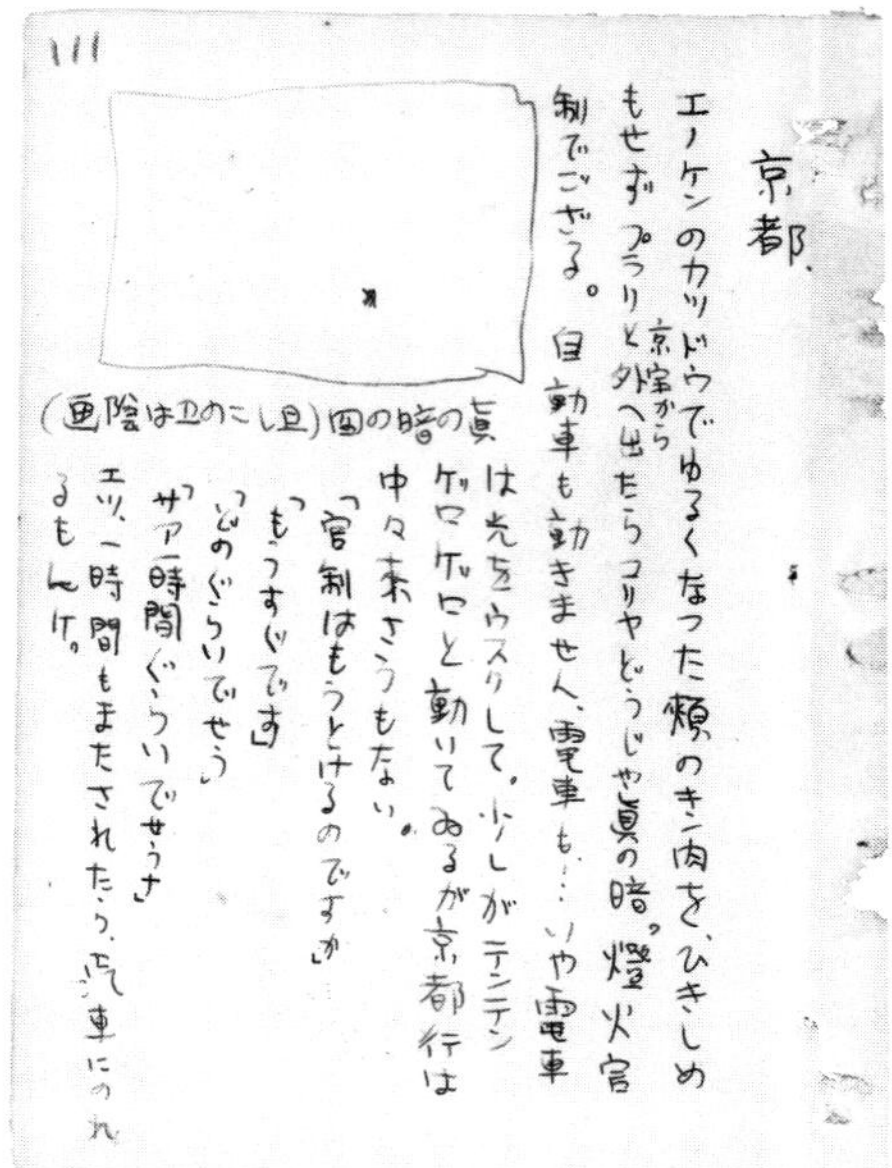

111

京都、

エノケンのカツドウでゆるくなつた頬のき肉を、ひきしめもせず京宿からプラリと外へ出たらコリヤどうじや真の暗。燈火官制でござる。自動車も動きません、電車も…いや電車は先をウスクして、少しがテンテンケロケロと動いてゐるが京都行は中々来さうもない。

「官制はもうとけるのですか」

「もうすぐです」

「どのぐらいでせう」

「サア一時間ぐらいでせうナ」

エツ、一時間もまたされたら、汽車にのれるもんけ。

（画陰は丑のこし旦）図の暗の真

112

京都駅

バンザイバンザイ。ワンワーイ。

ゴットン、ゲックンゴットン、ゴットン ゴットン、グーグー。ゲックン

まんがのよろずや

八月号・臨時増刊号

（一九三六年）

中学三年（十五歳）の夏休みには、竹内浩三の自己表現意欲が、「まんがのよろずや八月号」という雑誌の形をとって、炎のように吹き出した。手を替え品を替えてのまんが研究が、一挙に発表されている。「顔見本」などの分析的な方法からはじまり、学帽をかぶって敬礼する自画像を目をつぶって描き、足で描き、口で描くなど、旺盛な実験精神があふれ出ている。当時の少年が憧れた英雄やタレントの似顔絵や夏目漱石『我輩は猫である』のコマまんがなどは、友だちの間で回覧されて絶讃を博したらしい。それに気をよくした竹内は、一週間後にもう一冊「まんがのよろずや　臨時増刊号」を制作して、みなの回覧に供した。こちらは「旅」などのメモ帖を基にした四編の紀行文から成り、「志摩キャンプの記」第三日、第四日のようなすぐれた人間観察の文章が見られる。

（小林察）

7
まんがのよろづや
八月号

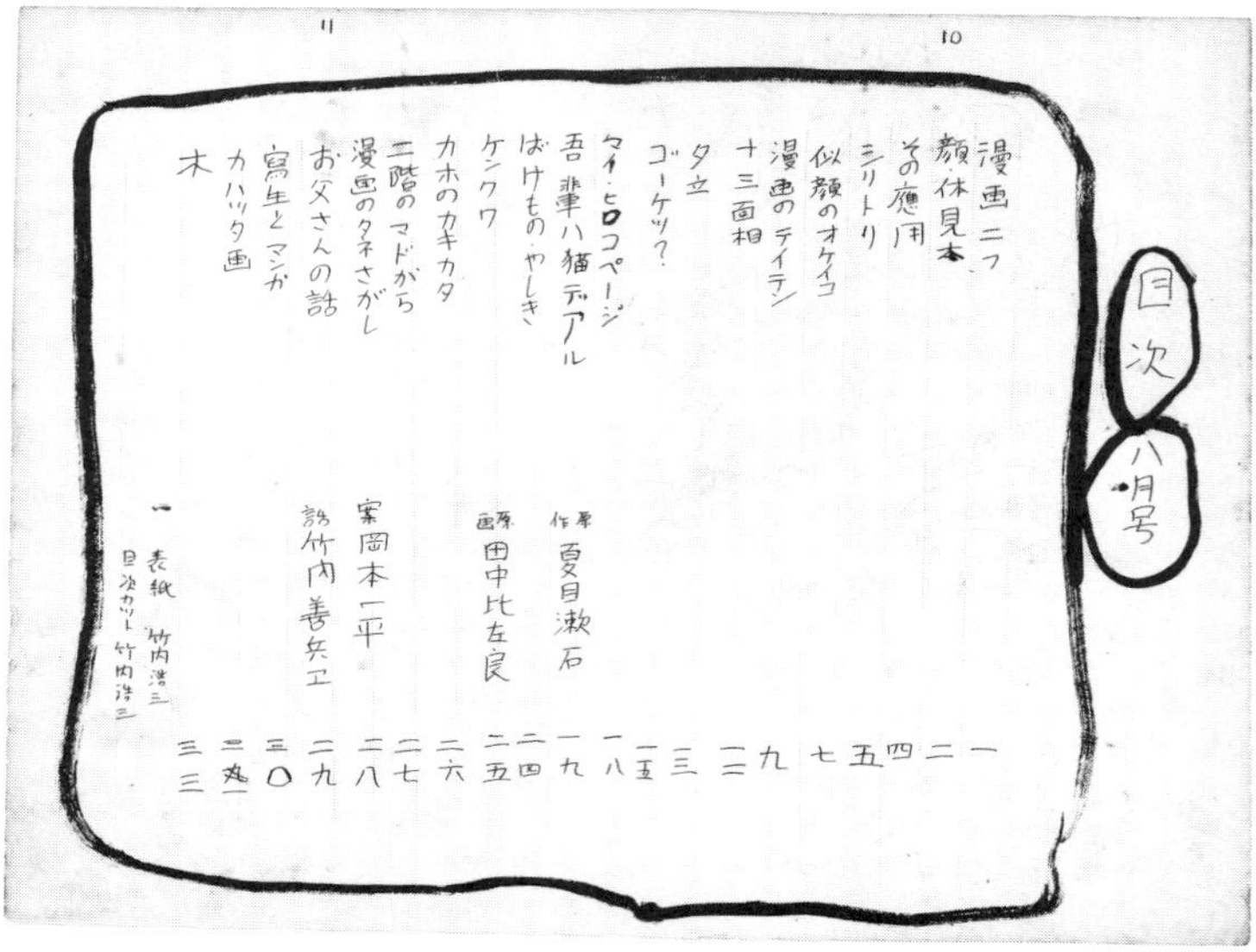
11　10

目次
八月号

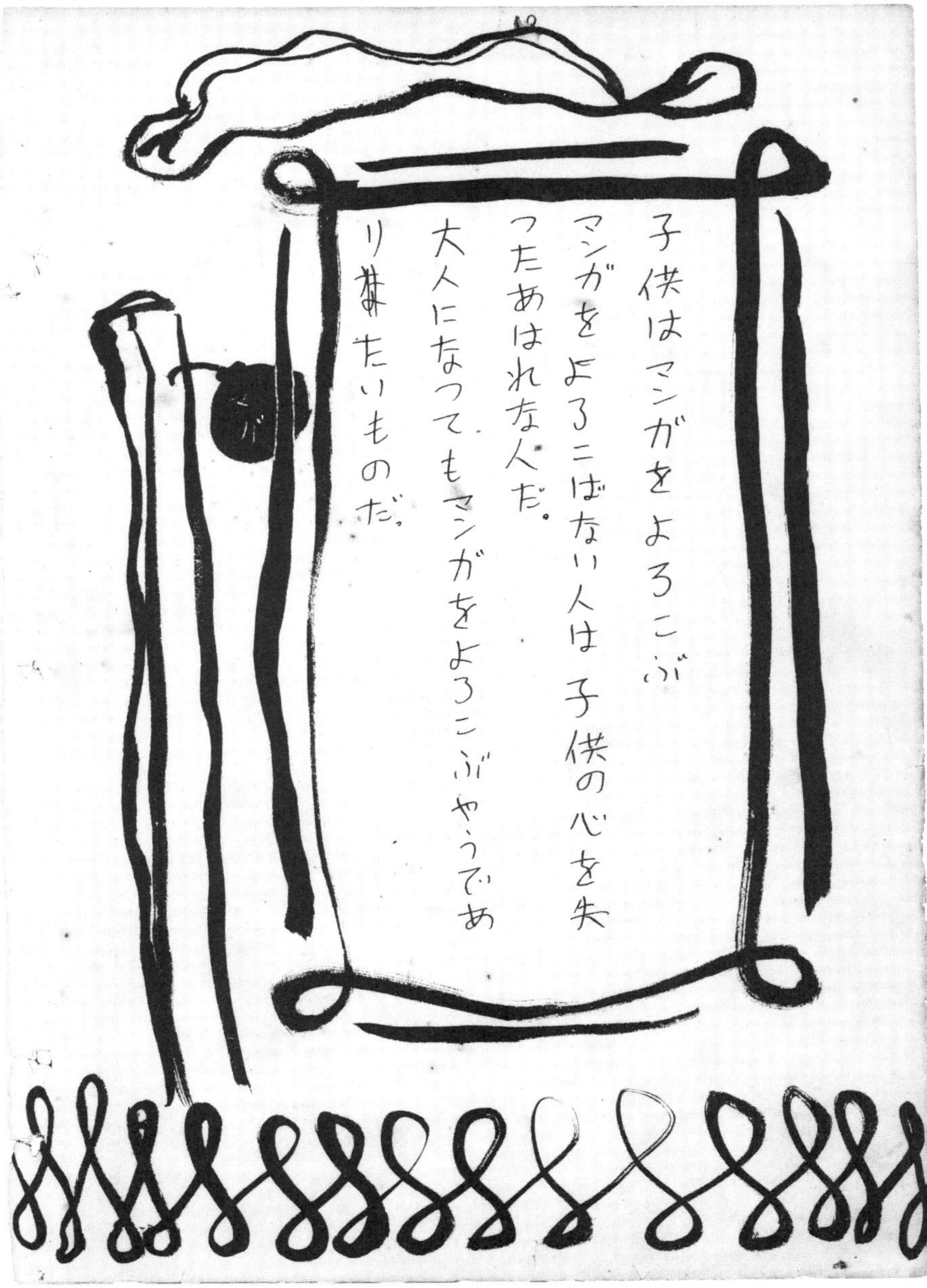
子供はマンガをよろこぶ
マンガをよろこばない人は 子供の心を失
つたあはれな人だ。
大人になつてもマンガをよろこぶやうであ
りたいものだ。

13
-1-

漫画ニツ
北國ニモ春が來タ
雪を融にしよう
き…
エントツもいらなく
なつたから

火難
1
アノ火ヲワタルト
火難ヲマヌガレん
ノジヤ
2
3
ワッ
シマッタ
4
コレハ火難ガ

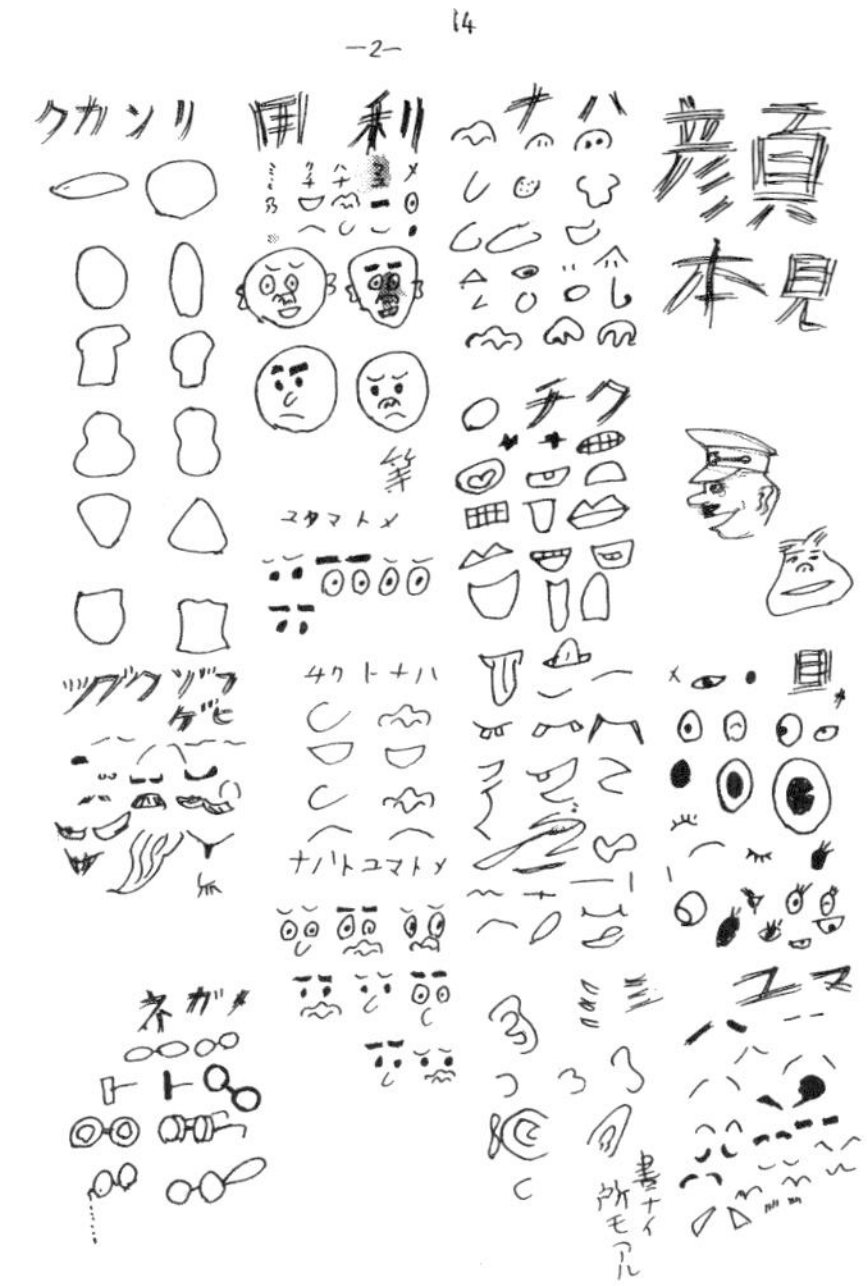
14
-2-
顔

15
-3-
体
手
足
胴

16
-4-

-5-
N
KO
CHI
MEN
LI
KI
MENSOL
SHI
MU
CHI
NEWS
room tolet
BUN
MO
I
SHO
SHA
MA
CHI
HAH
MA
YA
BA
GO
LI
SHIN
SHA

似顔ノオケイコ
佐藤紅緑
ハセ川伸
バイロン
島崎トウ村

ー8ー 20
ステラクソ
エトセトラ

エノケン
東海林太郎
呉泉
木村名人
大河内傳次郎
高杉早苗
柳家金語楼
緑の牧場
シユヴアリエの
流行児

注

「漫画のテイテン（帝展）」に並んだ額縁の中にはそれぞれ色がついている。土呂坊作「ウシミツドキ」が黒、「ロシヤ」が赤、「上にあるもの」が空色であることは当然である。その他は想像していただきたい。

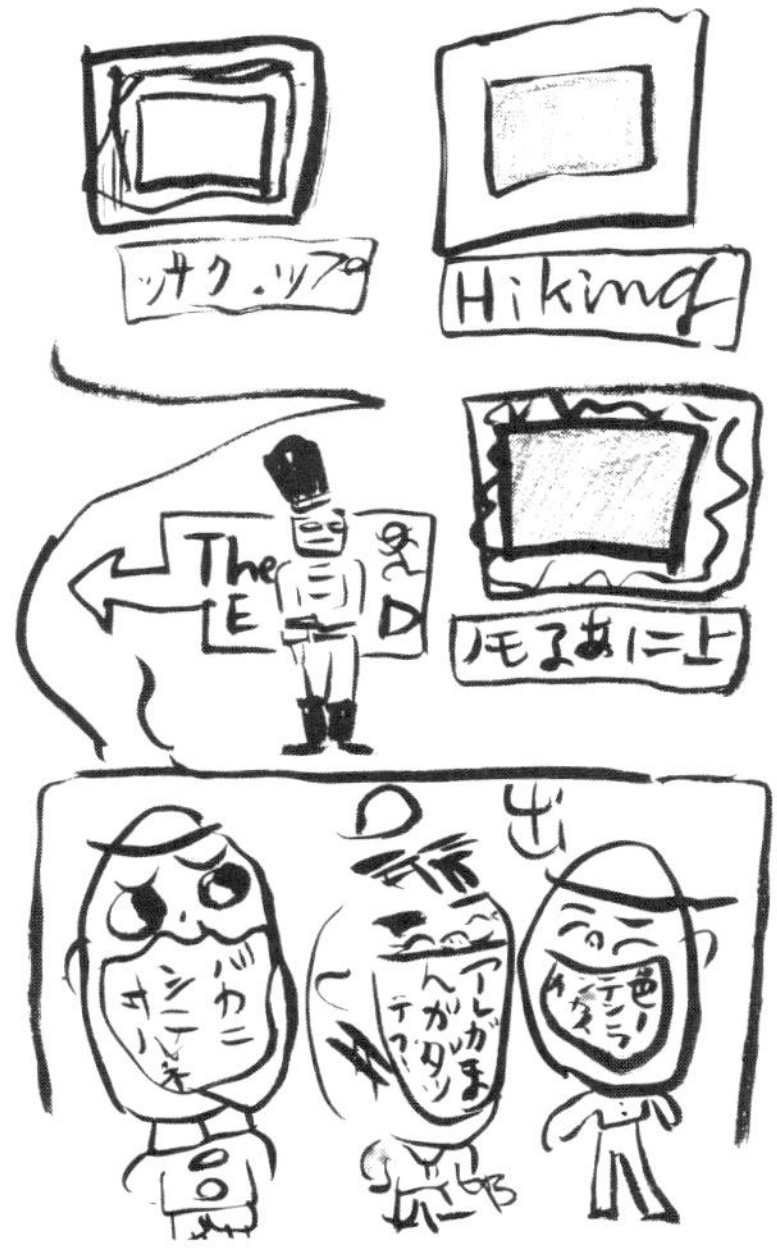

僕ハコンナカホノ男デアス
十六才

目ガ似テキナイ

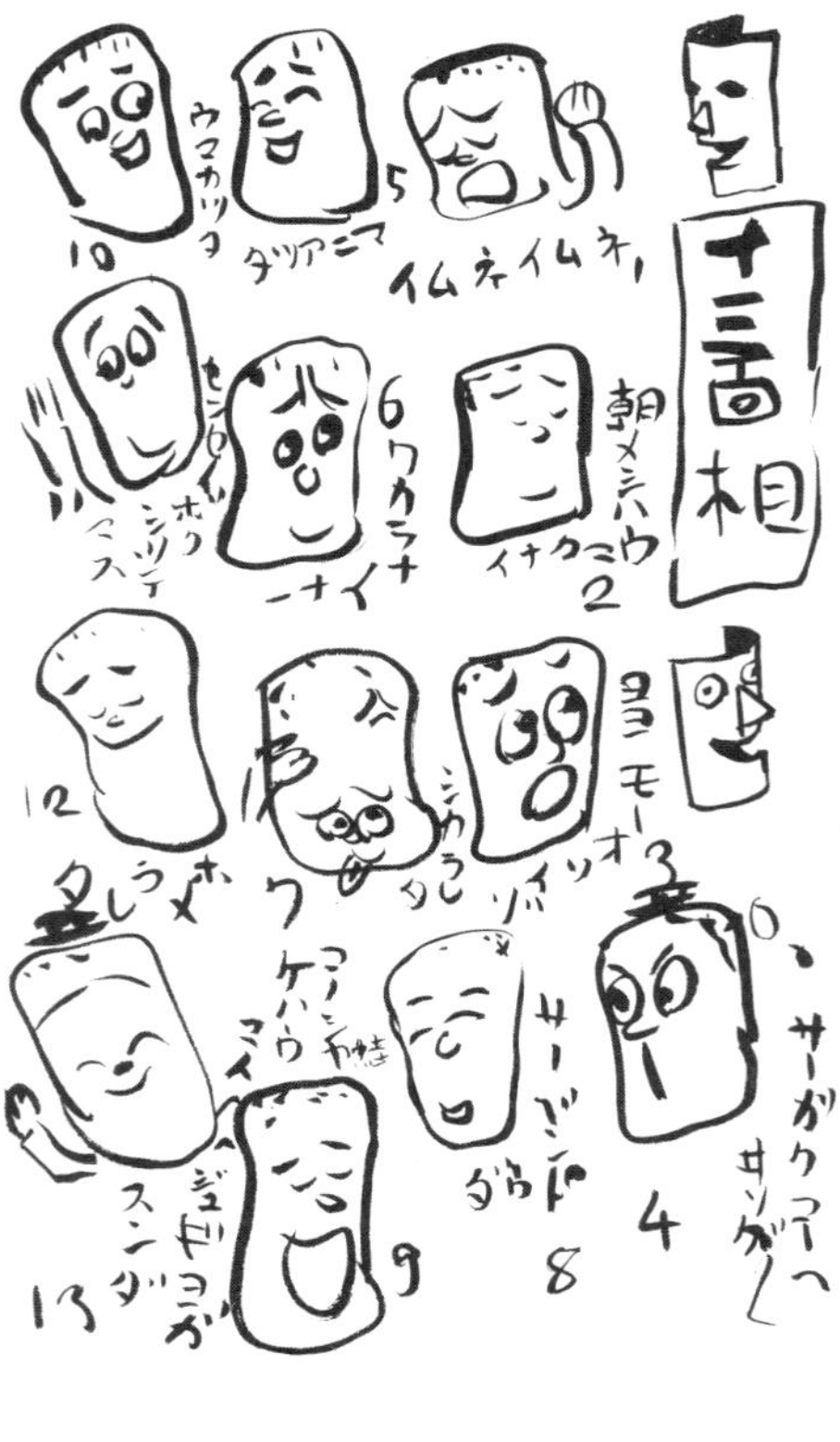

吾輩ハ猫デアル
原作 夏目漱石
画 竹内浩三
吾輩
鼻子夫人
東風君
寒月君

1
1
3
2
ニャー
ニャー
4
6
5

—21—

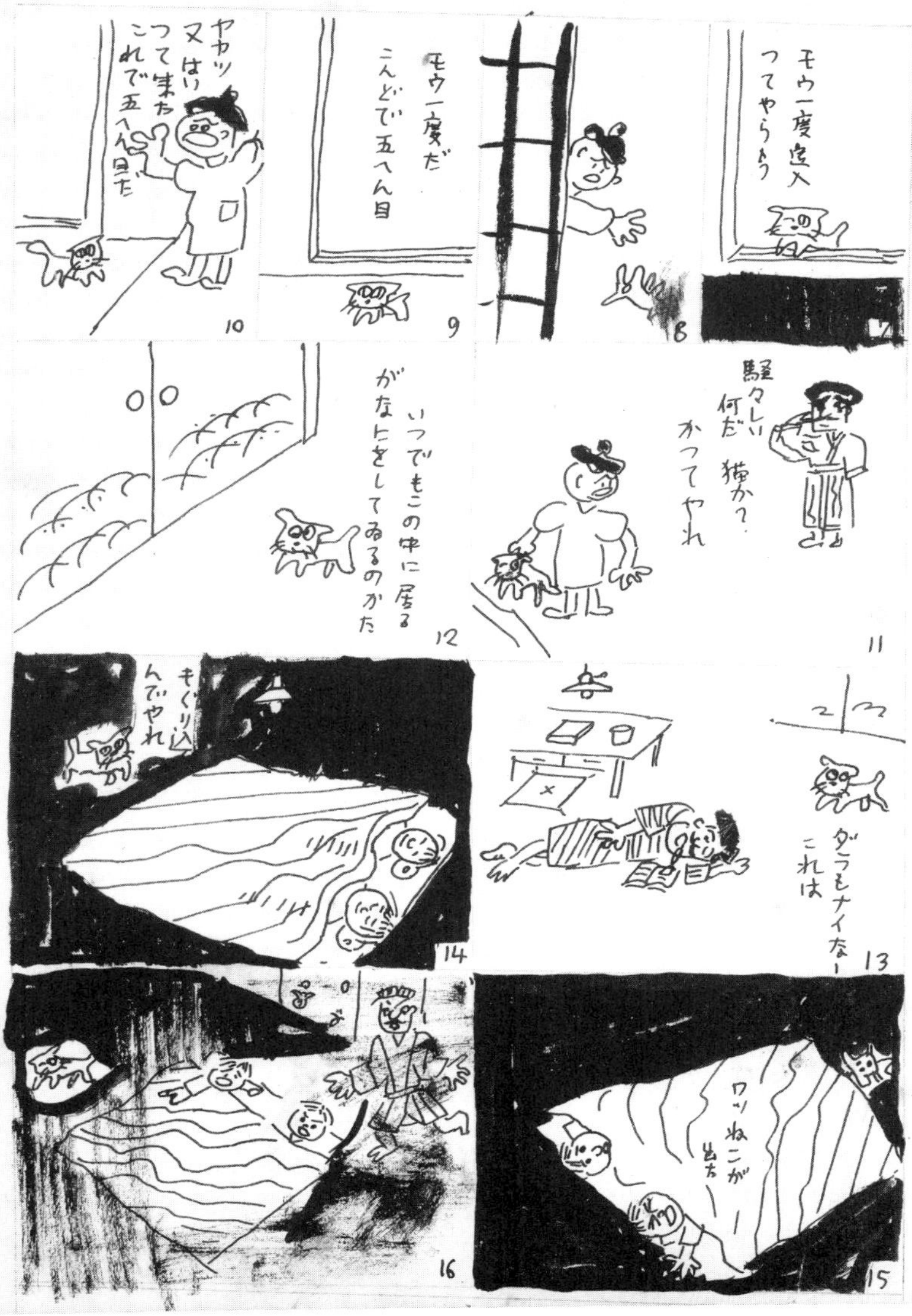

モウ一度進入
つてやらう
モウ一度だ
こんどで五へん目
ヤカツ
又はいつて来た
これで五へん目だ
騒々しい
何だ 猫か？
かつてやれ
いつでもこの中に居る
がなにをしてゐるのかな
ダラもナイなー
これは
もぐり込んでやれ
ワッねこが出た

17
猫会議
それで猫会議を開いた.
cat
18
白君の話
先日王のやうな子を産みました
19
それを池へすてられました
20
21
今から画を描から
22
画は人のを見ると何でもないやうだが自から筆をとって見ると今さらのやうにむつかしい
……イタリの大家アンドレアデルサルトが云ったことがある
画をかくなら……
云々と.
23
へえアンドレア!! がそんたヿをいつたヿがあるのかい
成程コリヤもつともだ

－23－
ヤーまたきました
ヤー
この间のアンドレア・デル・サルト
写生すると今迄で気がつかなかつた物の形や色の精細なへんが……
……さすがにアンドレア デル サルトだ
実はあれはでたらめだよ、自分で作ったことさ
2
謹賀新年
一月一日
ナンノ画だらう これは
わからないのかなー
HAPPY NEW
やっと気がついた
フフン
寒月さんがおいでになりました

ばけもの屋敷
ケヤ!

—28—
アタリマヘテナイぞ
漫画の夕ネさがし
ムジャキナシツパイヲミツケル
バカバカシイコト
ラツキヨノカワヲムイテヰタラ
ナクナツタ
コレハナンデスカ
ウソヲ見ツケル

―29―
お爺いさんの話
むかしく雷が
雲の上でおどつてゐますと
足をふみはづして
ドシン
腹がへつた
ところてんを呉れ
ヘーイ
ところてん
ウマイウマイ
ウマカッタ カンジヨウヲシテク
ヒイフウミイヨオ……ナハデ
九十センデゴザイマス
フンそうか。
所は天へ(トコロテン)
也
銭は
カリ
カリ
カリ
借り
借り
と云つて天へにげたとさ
カツテ、

足デ描イタ画（右）
小サク描イタ画
目ヲツブッテ描イタ画
口デ描イタ画
左手デ描イタ画
右手デ描イタ画

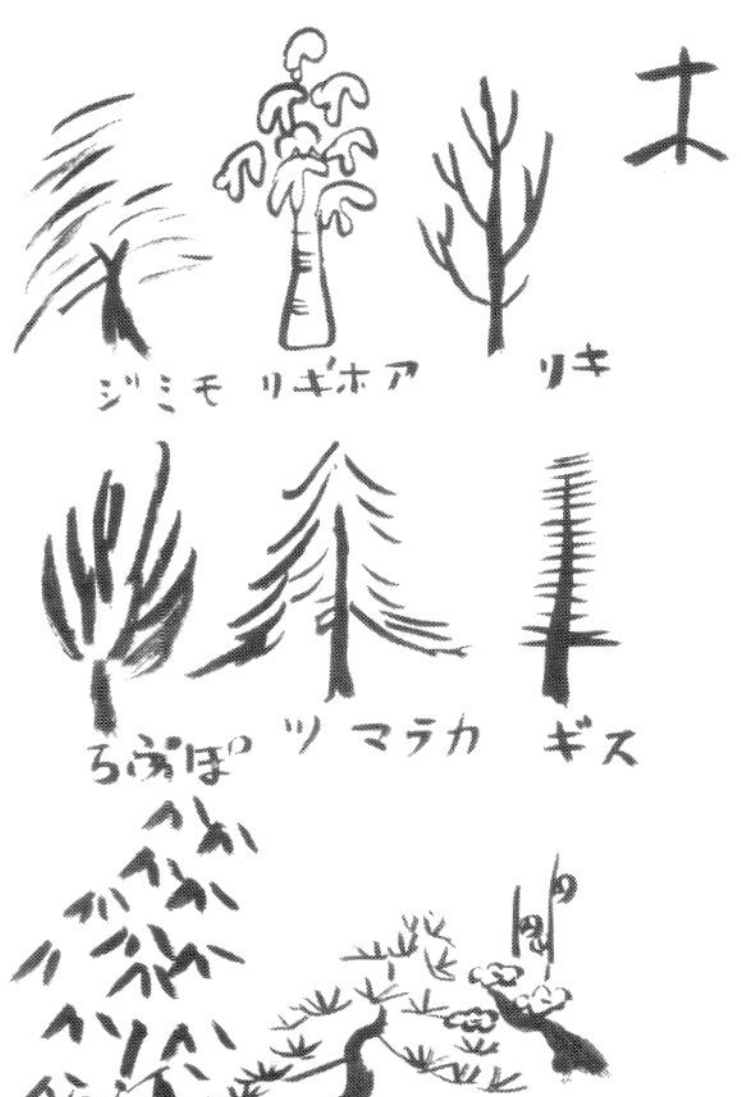

木
ジミモ
リギホア
リキ
ツマラカ
ギス
ケタ
ツマ
メウ

生寫
漫画

2596·8

まんがの
よろづや
臨時増刊号
紀行集
竹内飄三 個人雑誌

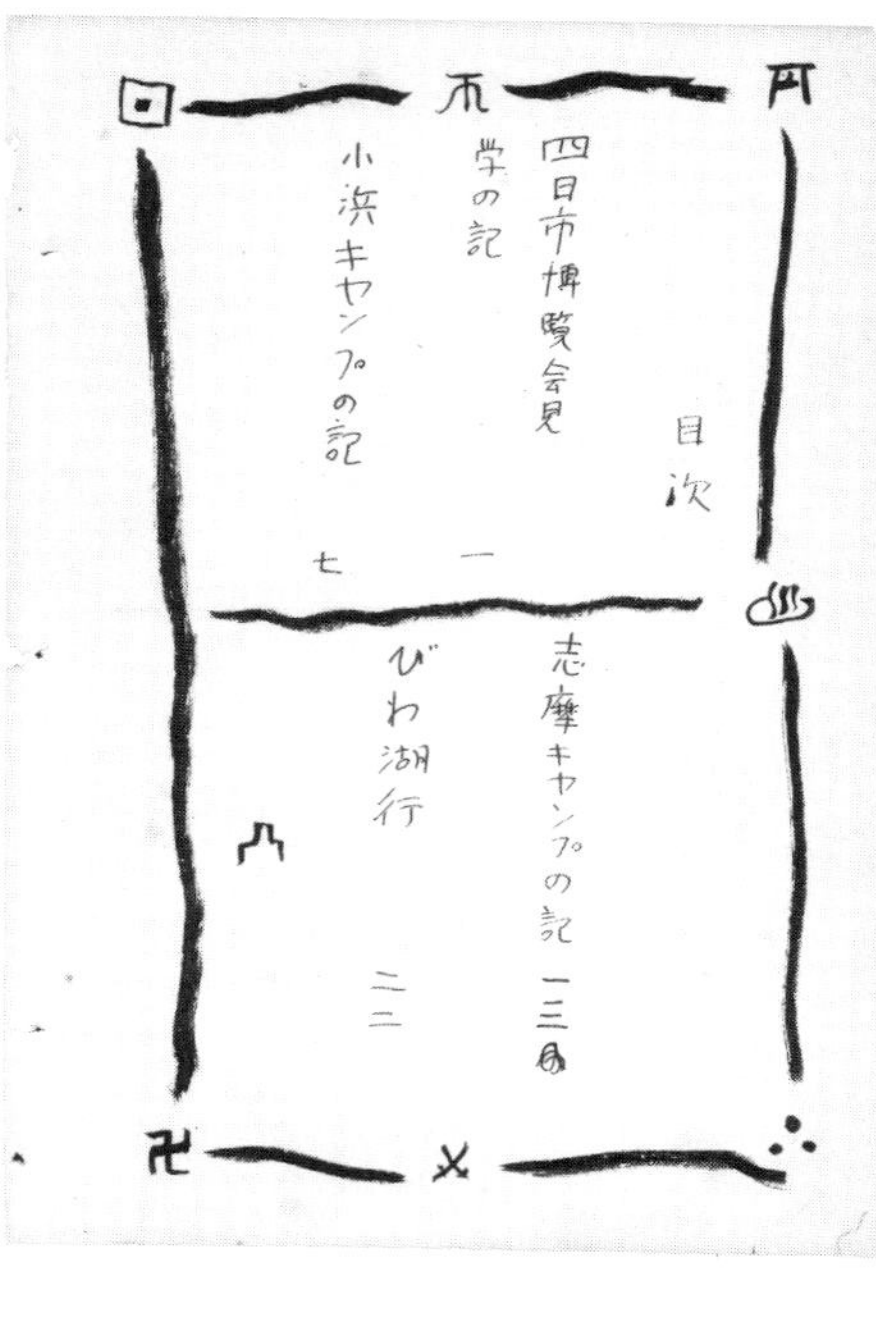
目次

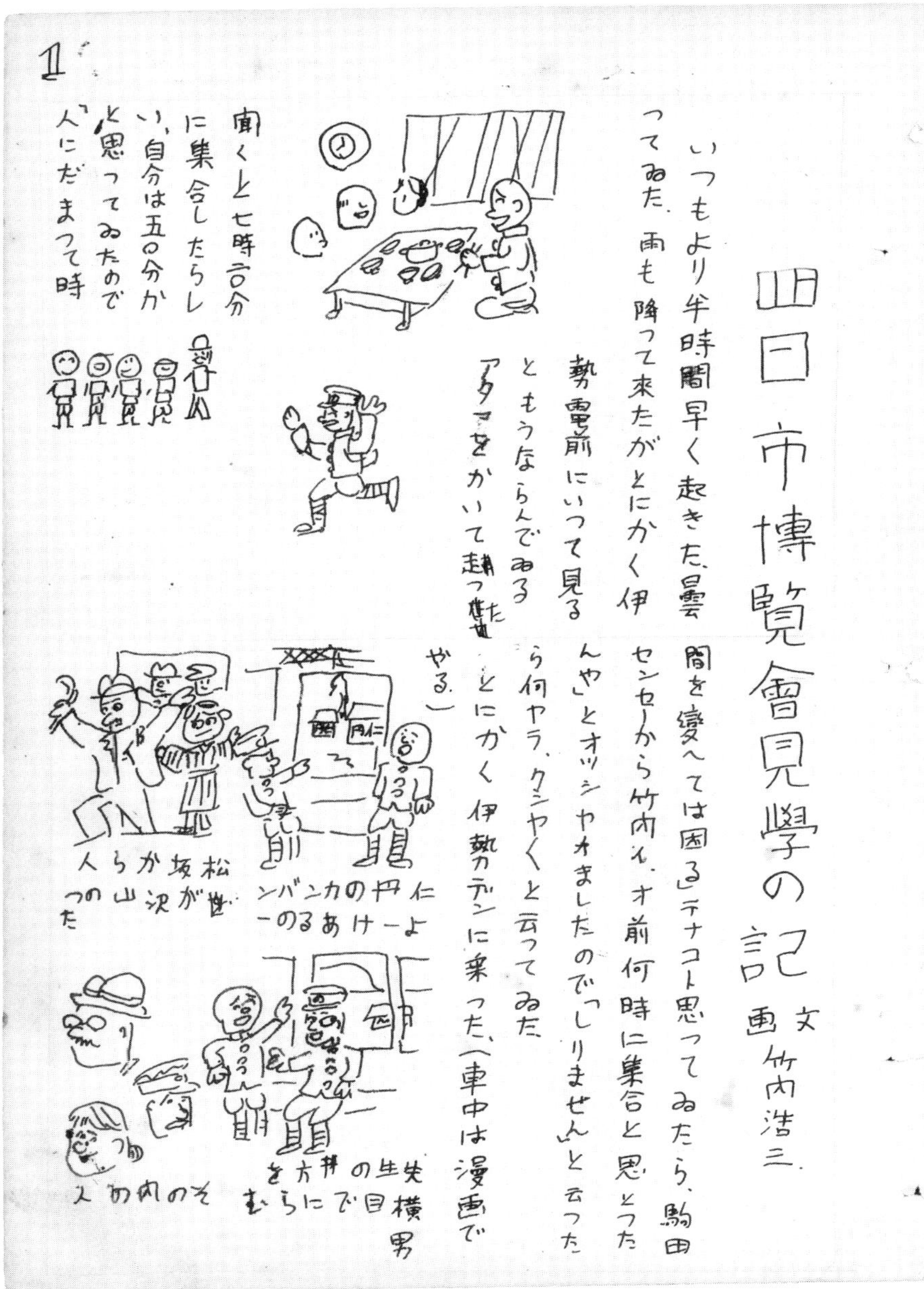

1
四日市博覧會見學の記
文 画 竹内浩三
いつもより半時間早く起きた、曇つてゐた、雨も降つて来たがとにかく伊勢電前にいつて見るともうならんでゐる
アタマをかいて
間を變へては困る」テナコト思つてゐたら、駒田センセーから竹内イ、オ前何時に集合と思とつたんや」とオッシヤオましたので「しりません」と云つたら何ヤラ、クシヤくと云つてゐた
とにかく伊勢カデンに乗った、（車中は漫画でやる。）
聞くと七時三〇分に集合したらしい、自分は五〇分かと思つてゐたので人にだまつて時

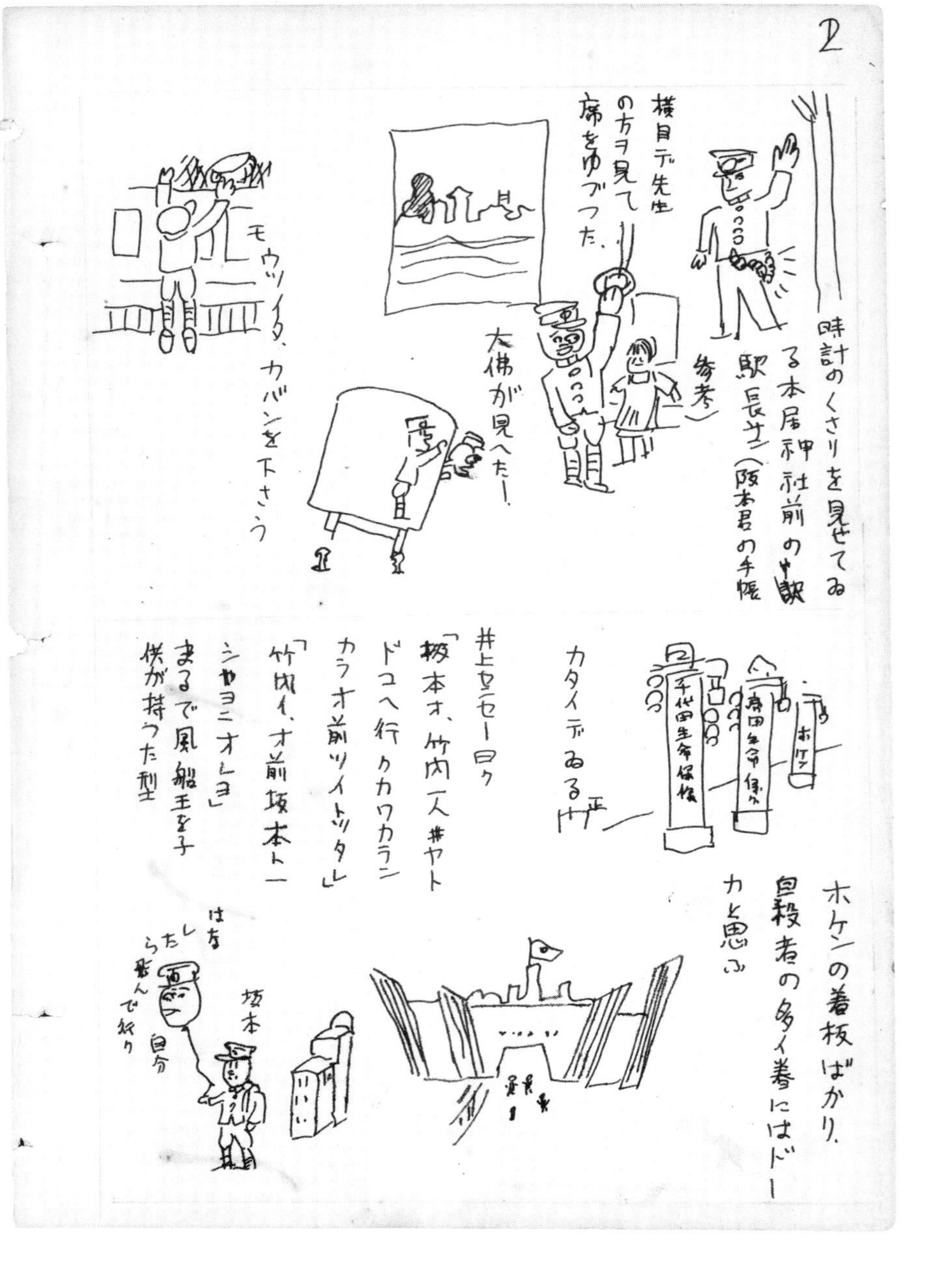
2
時計のくさりを見せてゐる本居神社前の中駅駅長サン（阪本君の手帳参考）
横目デ先生の方ヲ見て席をゆづつた、
大佛が見へた、
モウツイタ、カバンを下さう
ホケンの看板ばかり、自殺者の多イ拳にはドーカと思ふ
千代田生命保険
ホケン
カタイデゐる
井上セーセー曰ク
「坂本オ、竹内一人井ヤトドコへ行クカワカランカラオ前ツイトツタレ」
「竹内イ、オ前坂本トーシヤヨニオレヨ」
まるで風船玉を子供が持つた型
はなしたら飛んで行く
坂本
自分

はぢめは皆ならんで見物した。
通りぬけたらまう
見たことになる
アチラコチラでけんか
の声がすると思ったら
そこは國防館の中だった
ヤイッ！
オシタナー
呉れるモンならモラハな
ければソンだとばかり
廣告ビラをいっぱい持
ってゐる男がある
自由ニオトリ下サイ
自由行動二時間
上へヨーのぼ
らんので
下で食
た。
廣田裕夕がボーシを
海へ落した。
これも御自由に
お取下さいのビラ
かとおもったら
よその人のだ
った。

6
演藝館ヲ只デ見ル図
演藝館
アッコヘノボッテクルト見エルゾ
台湾館デ紅茶を待つ
紅茶
ウーロン
サンドイッチ
サカモト
饅まとうく食はずに出た
満州館デ、コーリヤン汁とコーリヤン茶、カボチヤの種半分づつ食った
着板の方が大きい鯨館
ミイラ館
ミイラ
仏教館
大佛ツアンを下から見ると
つばめ
ヤカマシイ機械館
のりたいがミツトムナイ
呆れ！

今カラ小学校のテンランカイを見に行く云々
テンランカイの中
ムーホトツラプ

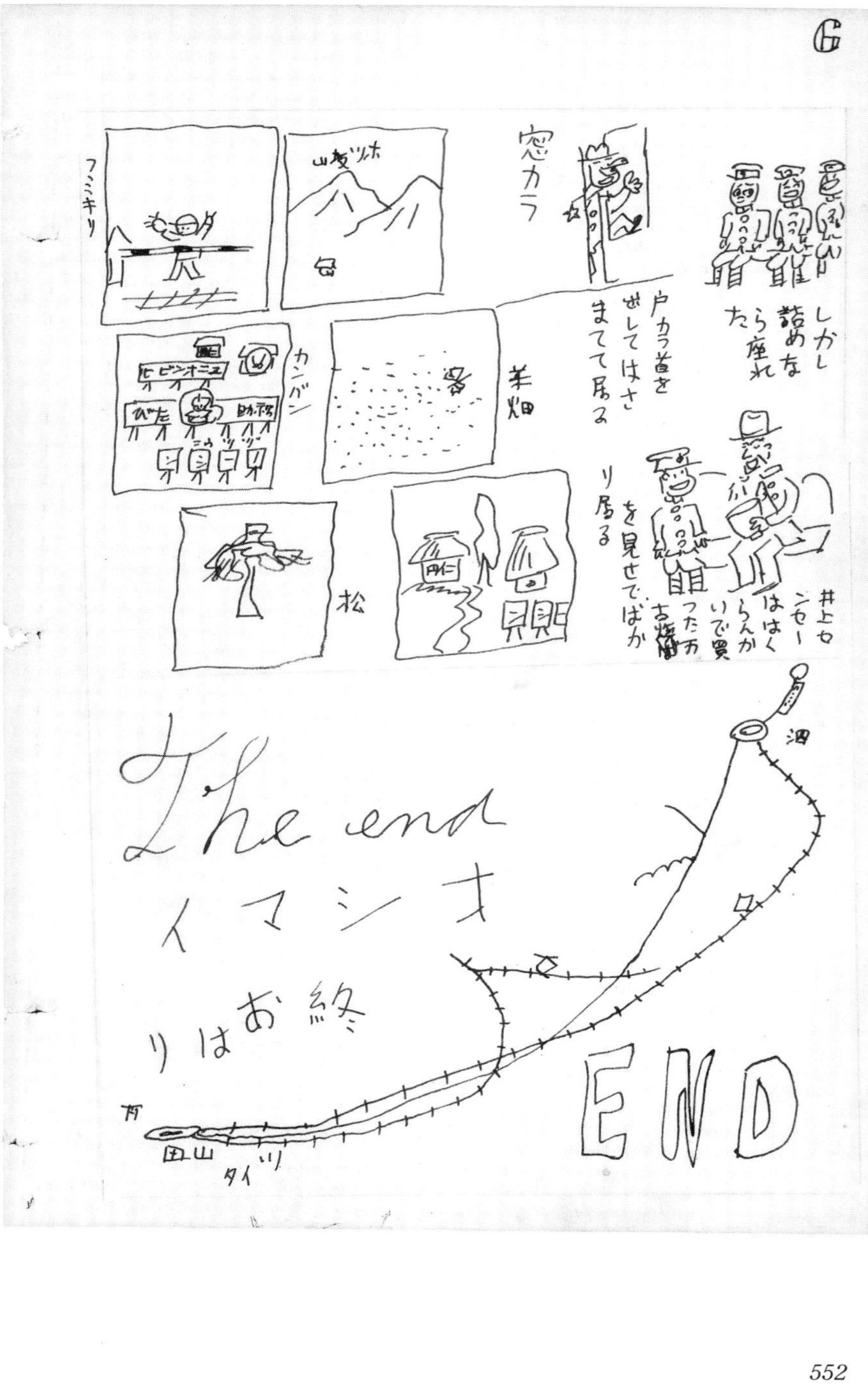
6
フミキリ
窓カラ
しかし
カンバン
松
The end
END

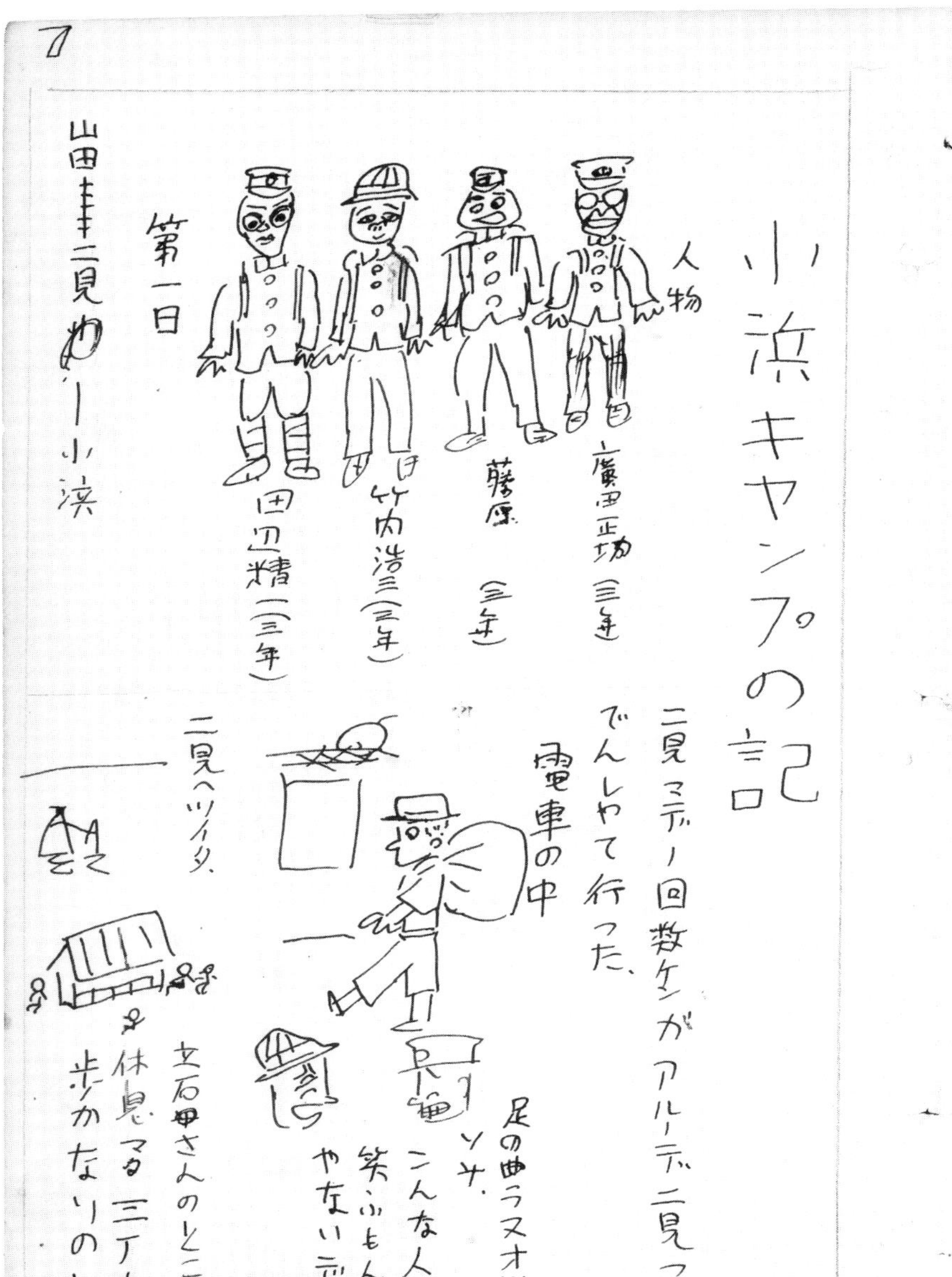
7
小浜キャンプの記
人物
廣田正功(三年)
藤原(三年)
竹内浩三(三年)
田辺精一(三年)
第一日
山田ー二見ーー小浜
二見マデノ回数ケンガアルノデ二見マデ
でんしゃで行った、
電車の中
足の曲ラヌオッ
ソサ、
こんな人は
笑ふもんぢ
やないデス
二見ヘツイタ
立石田さんのとこで
休息マタ三アも
歩かなりのに、

ケシキのよいトコでパンを食ベテ井タラ鳥が青いフンをペロンとパンの上へたれて行ったあーきたな。マサカこんなモンは食いません
カタ神の民家デ水ヲモラッタ
ウイッ
カンロ
小浜へついた、小浜の人は皆親切デス。
漁師の小屋のハタヘテントを張った。
テントの中は蟲がベッタコミ居タ
田辺ナンカハ明日コテ起きてガンバッテみると言った。
明日は家へ帰る話も出た。

9

あんまり虫がエライので小屋へ泊らしてもらったら田辺も寝た、

第二日

小浜——鳥羽——二見

ガラくと小屋の戸を開ける者あり起ると、ウアッ　クアッ　ワアアアアー…！…ダダダ…ダレヤー…と戸を開けた漁師氏ヨホドおどろいたの見えてアイウエオ五十音になりやうなヒメイを上げて二三間逃げたが僕等と云ふことがわかって「ナンジャお前らか」「あんまり虫がエライもんで泊らしてモータンや」テナわけで「舟へ乗したろかい」とも一人の方の漁師が云った。「ウン乗せてんかん」

舟はコールタールのやうな海をやぶって進むやがて網の張ってある所へ来たそこで網をまき揚げて中の魚を出して船へ入れた。

もう一所(ヒトトコ)網を周って舟はエンジンをかけた、スコスコくとクスンクスンくウウクク！…タンタンタン…舟は海をマルデ舟のやうに走る。

見よ！（と云ってもこれはムリだ諸君は見られないから）太陽は揚った。海の朝。オウー！（何がオウだ感動詞を用って見たいので）朝熊山は陽に照されて輝きはぢめた。タンリンタン・・・
舟は小浜半島を廻った。

オ゛ーキンナミ小漁で舟から上って且山を越へてテントへ帰った。

妻男から鳥羽へ向ふ。

11

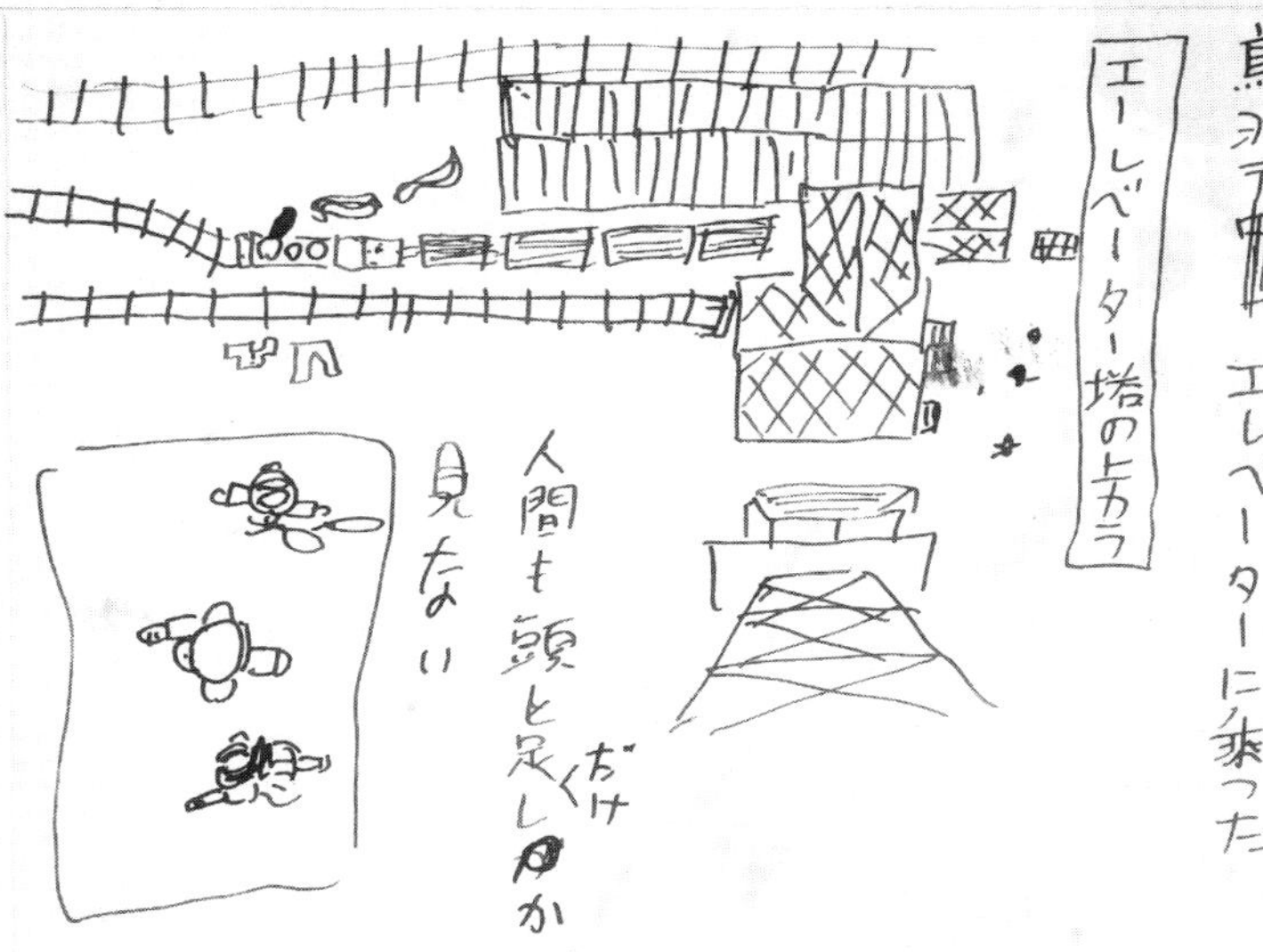

鳥羽デ エレベーターに乗った
エーレベーター塔の上カラ
人間も頭と足しだけか
見ない

⊕二見へ汽車で
二見の駅で下ると小学校の時に分れた
級友小田島寛が同ち汽車から下りて
ゐるではないか。感激のシーンがテン
カイした。(これはウソ)ボーイ最初の僕
の言葉がこれだあいかはらず白いカホして
る。こちらをむいて少し驚いて「……」
(何つと云ふたか忘れた)
テナわけで駅から赤福の角(カド)まで
つもる話をしたわけナーンテ。
赤福の角で分れて松原でテントを張つ
た。廣田と田辺とは泳ぎに行った。
藤原とボクとは中で本なんかよんでゐ
た。
夕方ゴロ三人デ泳いだリボートイングした

112
テンとの中でねた
第三日
中井トコへ
そして魚釣りで釣をしたand帰
スーコ 全
キャンプ地
二見
12セン
2セン
羽鳥
田山

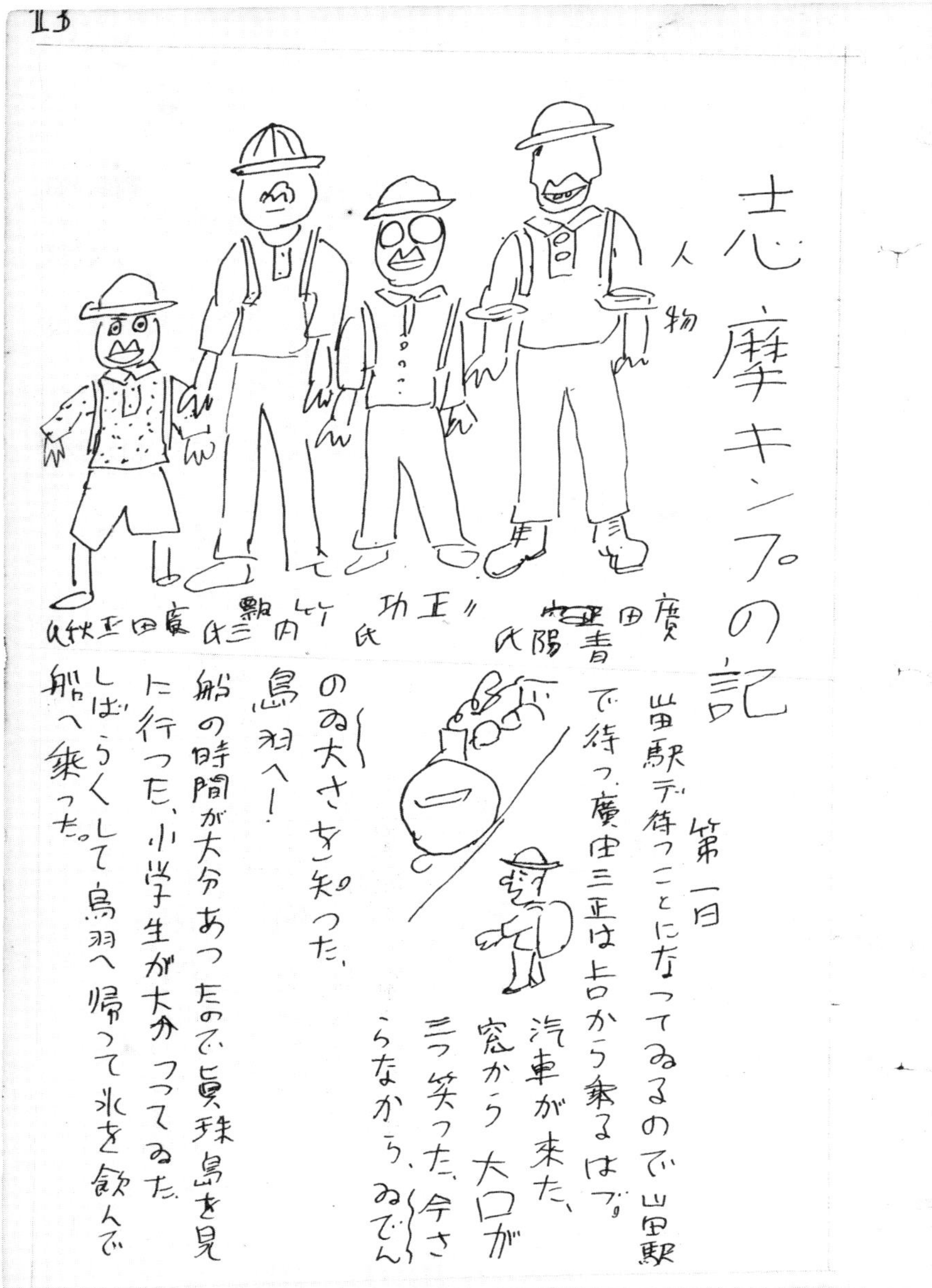

志摩キンプの記
人物
A 秋田廣正氏　三敷内竹氏　功正〃　廣田青陽氏
第一日
山田駅デ待つことになつてゐるので山田駅で待つ。廣田三正は上から乗るはづ。
汽車が来た、窓から大口が笑つた、今さらながら、ゐでんの大さを知つた、
鳥羽へ！
船の時間が大分あつたので真珠島を見に行つた、小学生が大分のつてゐた、
しばらくして鳥羽へ帰つて氷を飲んで船へ乗つた。

船の名は交運丸。やがて船内でベントウ。
トントントンポントントントン×二〇〇……単調なリズムで行く〱太平洋（パシフィクオウシャン）を、神島がだんだん遠くなってゐく。
青陽氏。
「神島はどっから見ても同ぢ形ですなァ」と側の人に話しかけるとその人「カミジマ」だけを聞いたと見えて「神島もこっから見るとだいぶ形が変りますナア」と合槌を打ったつもりですましてゐる。

そろ〱たいくつになって来た。そこらにあった。ザッシのペイジヲはぐったりした。

その内波が高くなって船がピッチングしはじめた。少し胸が悪くなって来たのでねころんでゐたらアラウレシヤ安乗へついて上った。

安乗ではどこの家も家より大きなエントツを立ててゐる。ヨードを焼くのださうだ。

安乗をすぎて波切りで又とまった。波切で上陸してカツヲブシ等買った。

やがて出帆いよ〱大王

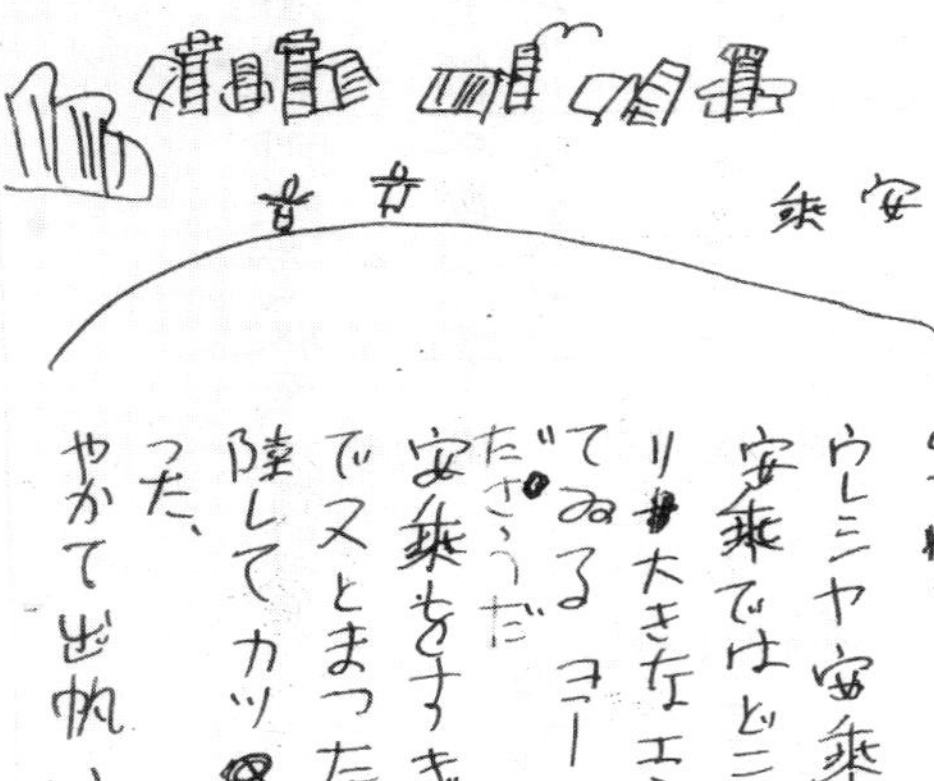

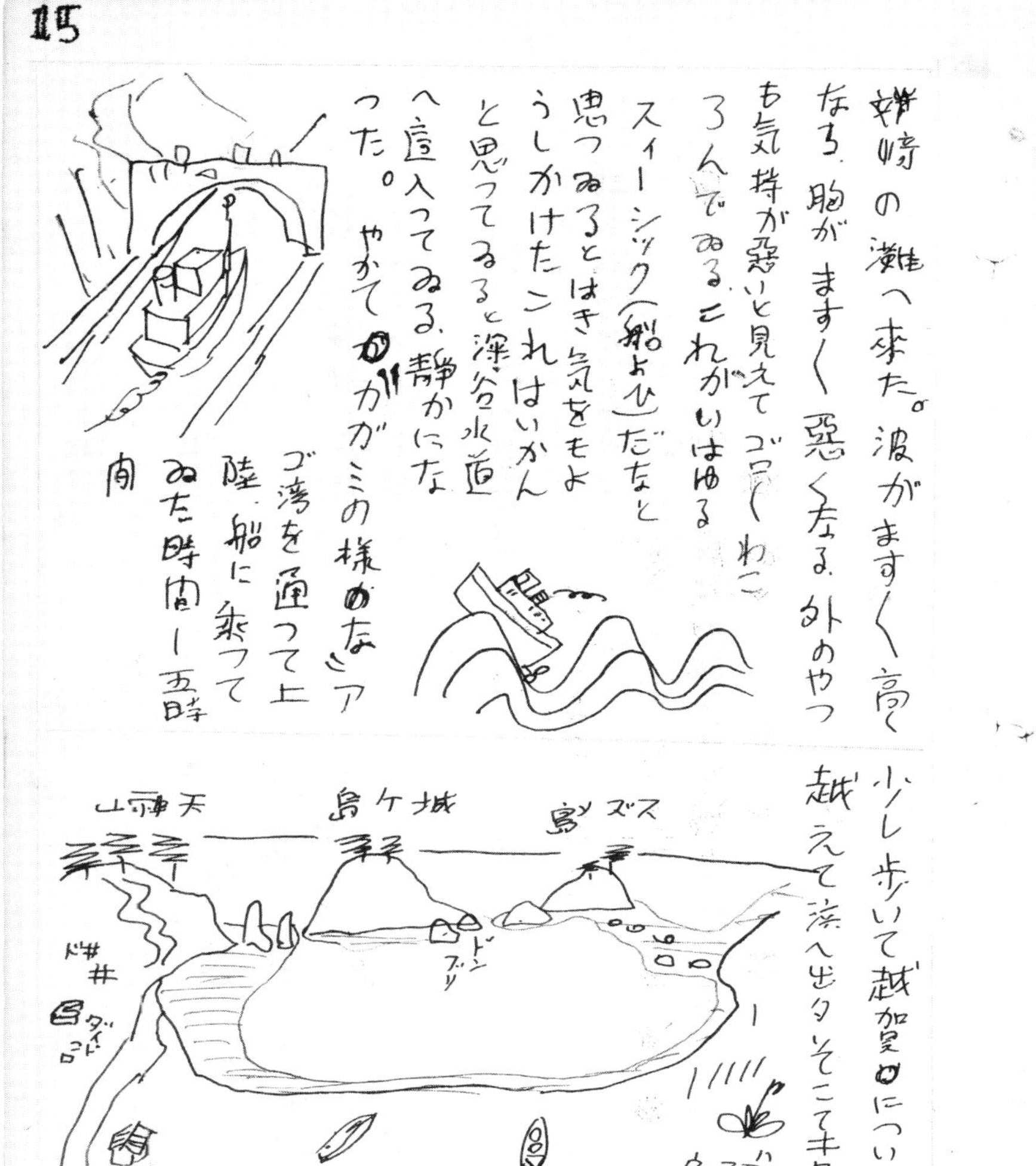
15
城崎の灘へ来た。波がますます高くなる。胸がますます悪くなる。外のやつも気持が悪いと見えてゴロゴロしわころんでゐる。これがいはゆるスィーシック（船よひ）だなと思つゐるとはき気をもよふしかけたこれはいかんと思つてゐると深谷水道へ這入つてゐる。静かになつた。やかてかがミの様のなアゴ湾を通つて上陸。船に乗つてゐた時間一五時間
少し歩いて越加賀についで、天神山を越えて浜へ出るそこでキャンプ
天神山
城ケ島
ドンブリ
アマ小屋
干潮

第二日

曇ツテ井テ風がハナハダ強いのでアマは来なかつた
することがないものだからしてタライ舟へ乗つたりした

第三日

風は少しあつたが海女が来た 朝はたらい舟へ乗つた 晝メシヲ海女の小屋で食オカヅはアワビー生きたやつ。
晝から海女してゐる所へ岸づたいに行つた半径ほど行つたらやつてゐた。舟へオーイと云つたら舟が出てのせてくれた
海には土用波のやうなのが立つてゐた昨日の風でまだ浪は荒い。
舟から海女するのを見学としやれた。
やがて海女も舟へ揚つて来た。今日は寒いので揚るのが早いのだそうだ
説明しておくが
海女なんて云ふものは、

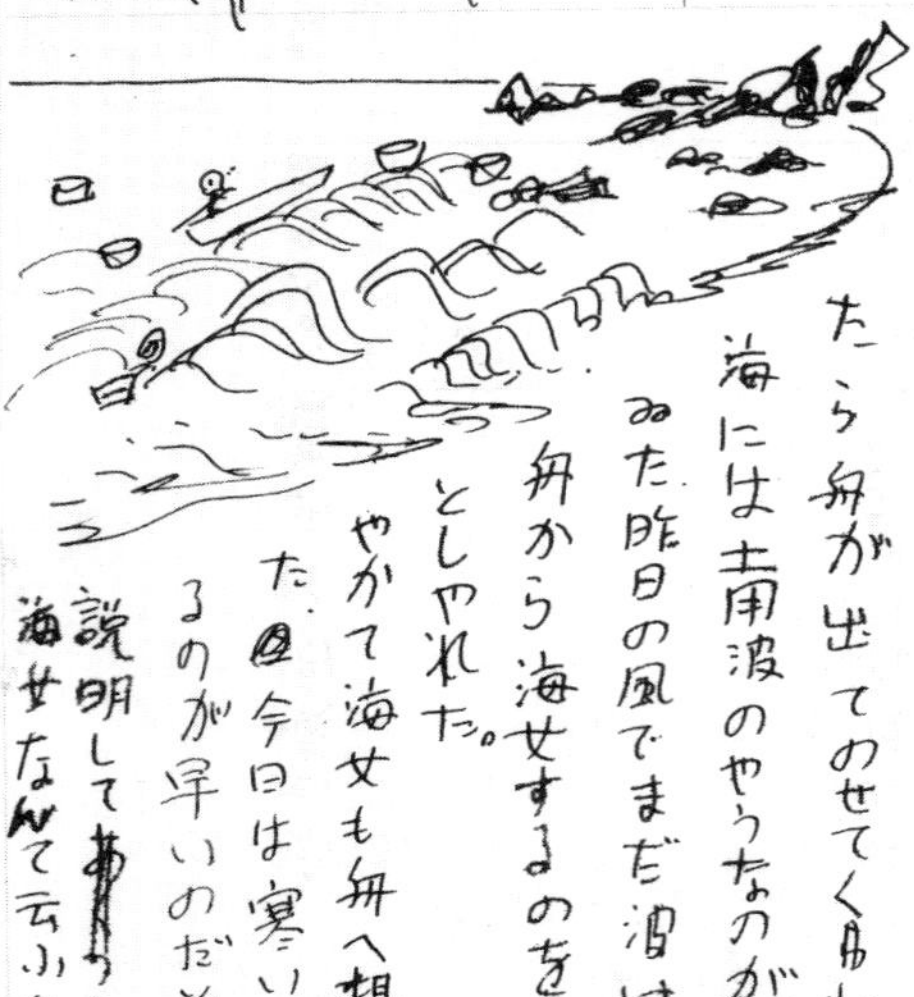

17

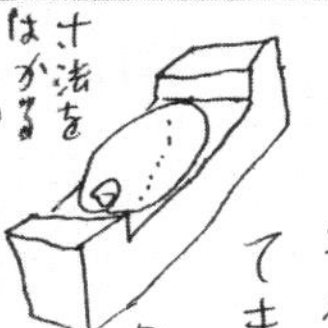

人間と云ふ感じが起らない なんとなれば半裸に成って水へもぐって上って来てヒーヒー鳴く。お目まけに一つ目玉の目鏡までかけてゐるんだからまるで海獣だ。しかし海獣はたうとい、働くのだから。

その海獣が舟へのたりのたりと揚って来た。眼鏡をはづし人間の顔(ツラ)を見せて話しながらすると人間の様にも思はれた。アワビの寸法をはかって寸法より少さいやつはくれる。とつたばかりのヤツをからをはつして呉れる。手を出してもらうと手の上てまだぐにゃぐにゃ蠢いてゐるのには面んくらってせつかくくれたんだから食はねばならんとカンネンしてガブリとやったらウマイ！

「もう一匹やろか」「うん」又食た。又ウマイ、五分之四位食ってしまった時殻の五分之一が手の上で動いたのには驚いた。気味が悪くなって海女の目を盗んで海へすてた。

「兄サ(アニ)、よはへんかてじ」「うんよはへん」「そうかえらいのオ」海女が一せいに笑って、僕のことで笑ったのかと思ってだまってゐた。海女も舟へ来るとよく語りよく笑ふ。さすがは海女もオンナだと思った。やがて小屋が見えて来た来た、そして上陸した。タコを貰ってもらって夜のおかずにした。夜山を二つ越へて越賀村へカツドウを見に行った。

第四日.

海女と一しよに飯をたき 一しよに飯へ食い話をした.から海女のことは大分わかった、

一海女は親切である.町の人間よりズッとよい.小浜の人間も親切であったやうに海の人は皆親切だ。

二海女はタンジユで言葉はあらぽく.歯ぐキ、を出して笑ふ.

三海女は心も大きく力も強い、

昼から城ケ島のドンブリと云ふ所へ小川昭政君にアンナイされて行った。ドンブリとはものすごく深い所だッそこで少女が二人藻を取ってゐた、富二と云ふ男の子がそのとう高い岩の上からそのツボへとび込んだボクもまねして岩の上へのぼったことはのぼってが下を見たらうわアーブルくくだ。岩と岩との間の深い所だから波が来ると岩の間から滝のやうに流れて来て滝のやうに

19
出て行く。もう落(オリ)ようと思ってもあぶな
くて落(オ)りられなり下からは
島の子供等十人位と廣田君などがヤン
やとさわぐ、八分十五秒位ぐずぐずして
ゐたがアキラメで飛びこんだ。
水面が非常な早さで近づいたと思つ
たらドブン。目の前が眞白になった。しば
らく沈んで行くと水面が上の方でチ
カチカ光ってゐた。水面へ浮び上るとパ
チパチ〳〵子供等がどう云ふつもりが
ハクシュをした。と書くと非常なボウケン
をしたやうだがただとびこんだだけです」
アフターサパー（夕食後）越賀の
カンヅメ製造工場を見学した
禁煙
安全第一

第四日

「ヌオイデのオ」「アリガトウゴサイマシタ」今日はいよくお別れだ。別れると云ふことはいつでも悪イものだ「兄サ、これもて来な」と袋に入れたものをもらった覗いて見たら芋のキリボシ。ポケットへ入れて道々食いながら行。

三里位い除中で氷を飲んだり飲まんだりして 船越につき、高原状の所を一里位 又歩いたら波切の燈台が見え波切着

大王崎の燈台見学

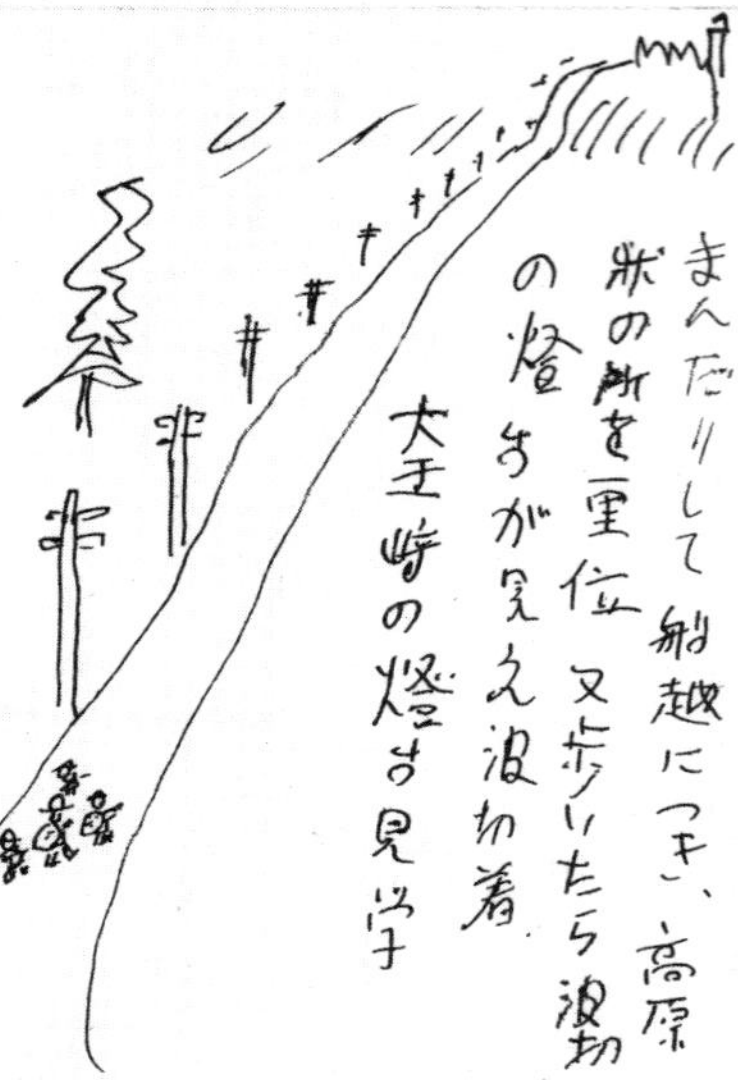

燈台の中

大王崎の山の松林へテントをはり 飯をたいて食い、風呂屋へ行って氷を飲んでテントを返ったら四日市の山岳部と称するのが テントを三つ位いはってゐた。ダラシナイのに驚いた 先生と生徒が西瓜のことでケンカしてゐるのだからアサマシイ。

第六日、

六時の巡航船に乗らねばならぬので五時頃起きた。日の出だ丸い赤い大きな、飯を食ひ、港へ行けって航巡船を持ったが、持てとくらせど来ない。事務所で電話で聞いて見ると船長がカゼを引いたので来なりとある。しかたないものだから他のハンマ食た人一行商人風の二人と一しょにハイヤーでブーと鵜方まで。鵜方から志摩電でガタく鳥羽まで。鳥羽から汽車でゴトゴト山田まで。山田駅から徒歩でテクテク家まで「ただいまー」

（終り）

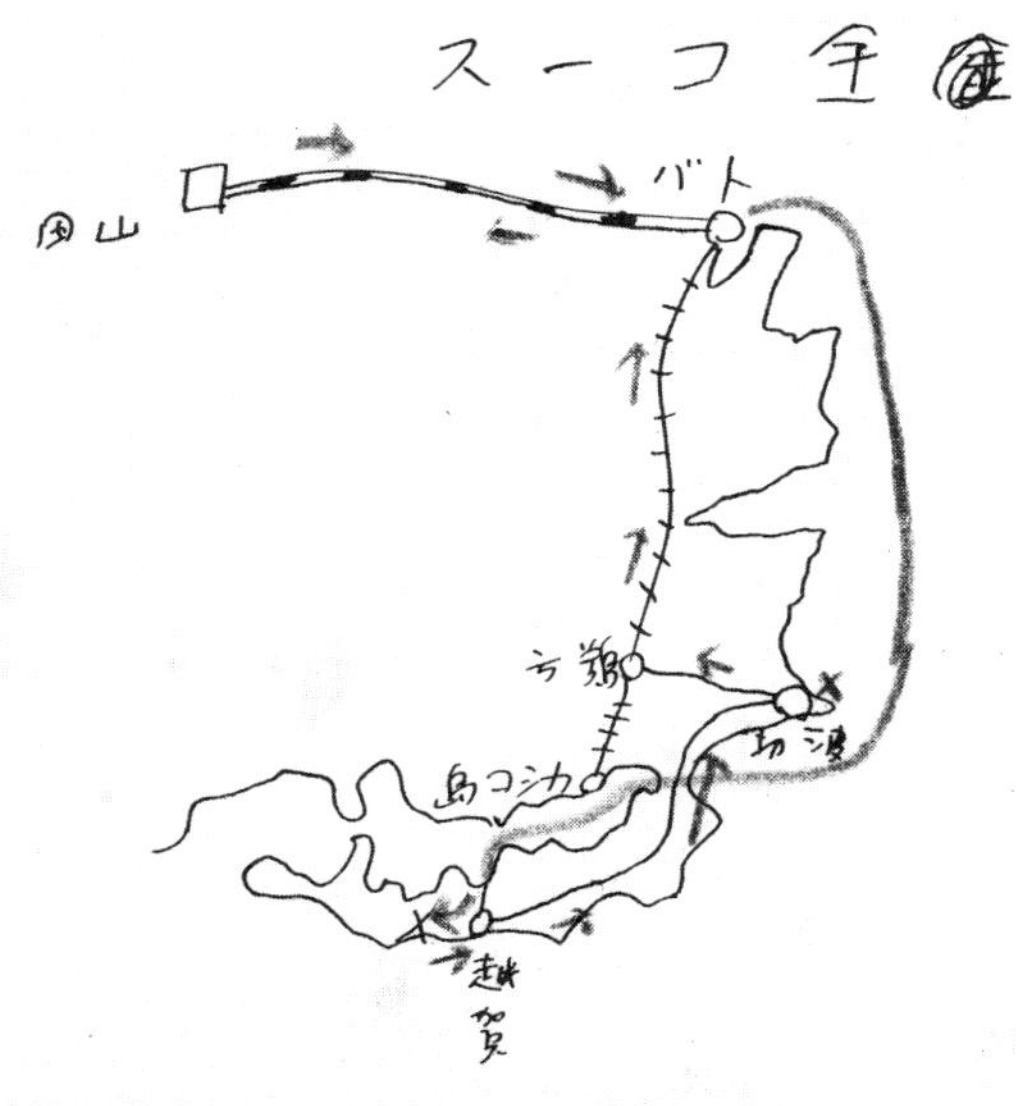

22

びわ湖行

人物

竹内善兵エ氏
松島博氏
竹内敏之助氏
竹内コウ子君
竹内浩三氏

七時宇治山田駅から参急が動いた、その中にボク等一行が乗つてゐた。山田駅からは笠をかむつた大峯登山の人ががヤがヤ乗りこんだ、小野先生も笠はかむらず色の濃い紫外線ヨケをから、ルックサックをおりの[illegible]ねてサッそーうと入つて[illegible]てニヤニヤと近ずいて「どこへ行くて?」「ビワ湖へ行……」。

川柳

蘊蓄(ウンチク)を皆な
かたむける
車(ハコ)の中

とび込んで
キョロ〱と
席さがし

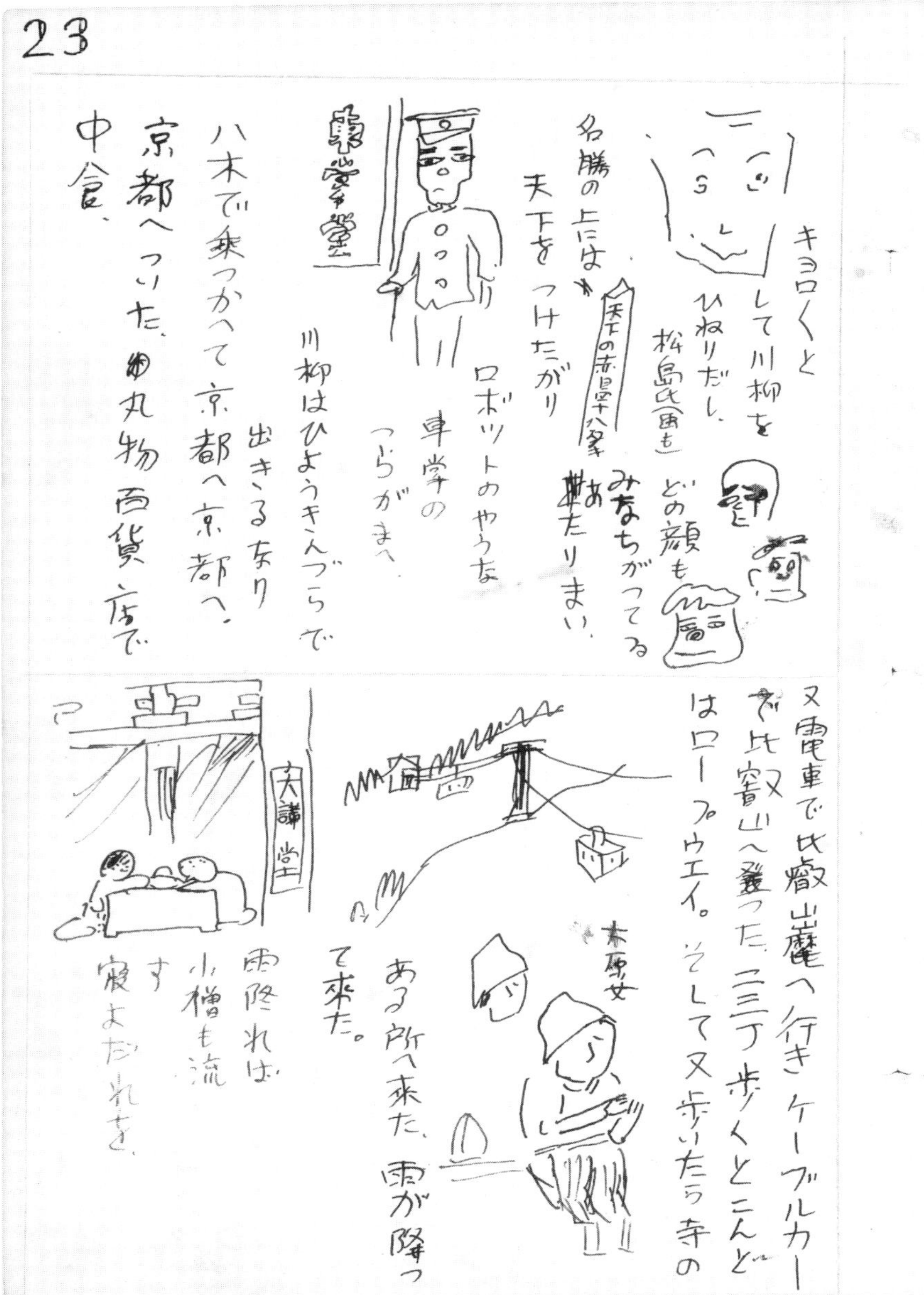
23
キョロくとして川柳をひねりだし、
松島氏(画も)
どの顔もみなちがってるあたりまい、
名勝の上には天下をつけたがり
天下の赤目四十八滝
ロボットのやうな車掌のつらがまへ
車掌室
川柳はひようきんづらで出きる友り
八木で乗つかへて京都へ京都へ、
京都へついた、丸物百貨店で中食、
又電車で比叡山麓へ行きケーブルカーで比叡山へ登った、二三丁歩くとこんどはロープウエイ。そして又歩いたら寺のある所へ来た、雨が降って来た。
木原女
大講堂
雨降れば小僧も流す寝よだれを、

根本中堂と云ふ寺を拝んだボンさんが説明してくれた「當山はエンレキ元年、傳教大師サマが……云々」その寺を去り、又ケーブルカーデ阪本へ下りて名物そばを食たが長く待された。ガタガタ電車でヒワ湖畔を行き大津を過ぎ石山寺へ着いて、宿屋へ行った。そこでボートに乗ったりした、

宿へ来るとお父さんが北はどっちやと聞いた。松島氏教チヤンも自分も、皆北はあっちさと北を指したらなんの北はこっちさ」と全然反対の方を指した、「アッチ」「なんのコッチヤ」「アッチヤコッチヤ……」とにかく女中に聞くと僕等の方であった。のたまだお父さんはオカミさんにも来き、そして明日の朝太陽が東からのぼって方がくがわかってやうやく、兜をぬいだガンコのオヤジさ。夕御飯後お父さんだけ宿へ残して「ぶらりく」と電車で石山町へ行帰りは歩いて帰った、

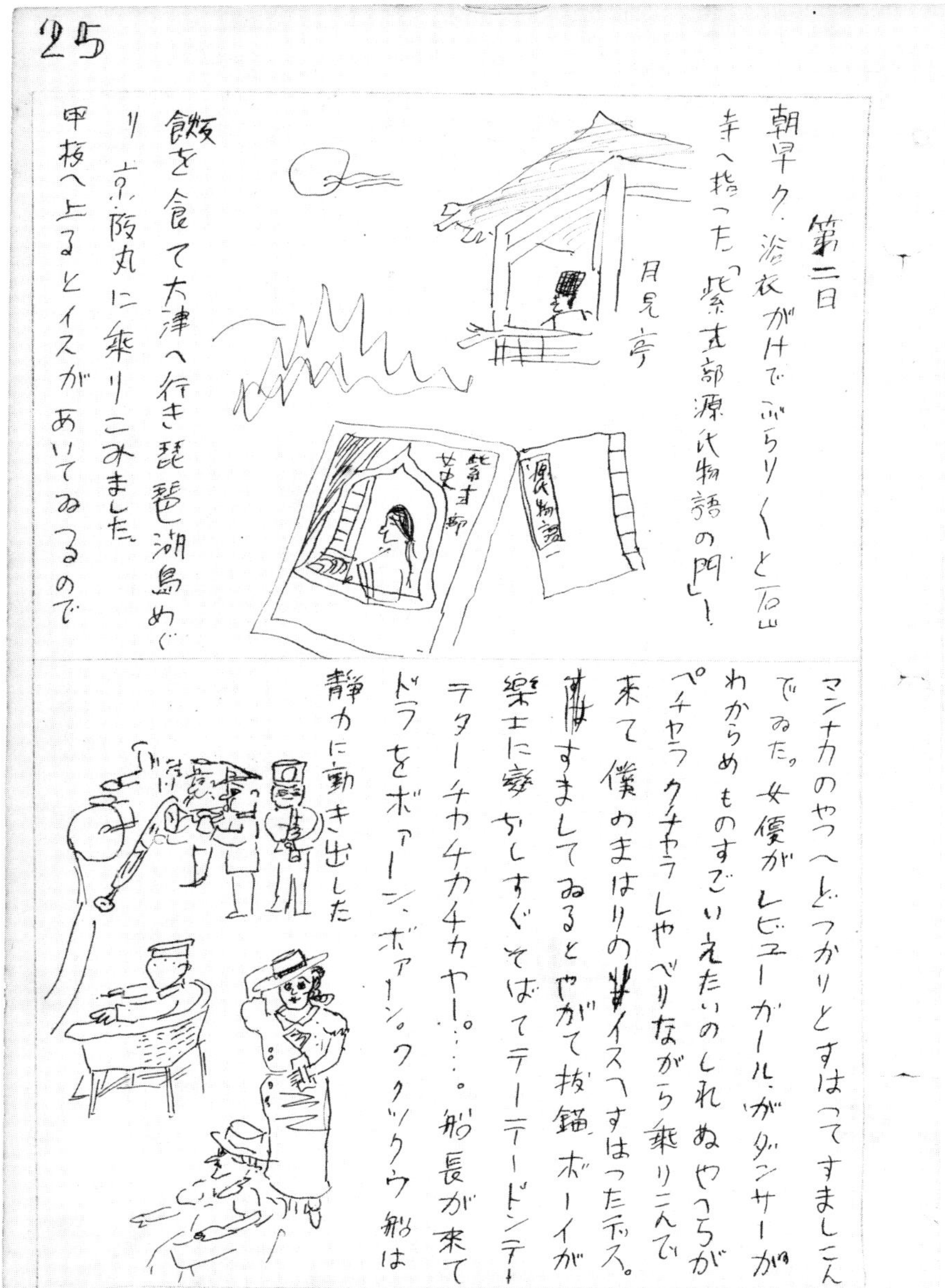
25
第二日
朝早ク、浴衣がけでぶらりくと石山
寺へ指った「紫式部源氏物語の門」！
月見亭
紫式部
女史
源氏物語
飯を食て大津へ行き琵琶湖島めぐ
り京阪丸に乗りこみました。
甲板へ上るとイスがあいてゐるので
マンナカのやつへどつかりとすはつてすましこん
でゐた。女優がレビューガール、がダンサーが
わからぬものすごいえたいのしれぬやつらが
ペチヤラクチヤラしやべりながら乗りこんで
来て僕のまはりのイスへすはつたデス。
すましてゐるとやがて抜錨ボーイが
楽士に変じすぐそばでテーテードンテー
テターチカチカチカヤー……。船長が来て
ドラをボアーン、ボアーン。ククックウ船は
静かに動き出した

「右に見ますするのは比叡山、昔……」日本一の名所説明者京阪丸の内豊事務長の声が(と書くと名前までしってゐていかにもくはしく見えるがちゃんと案内書に書いてあった)が聞えて聞た

やがて「砂と松と塩水と人間と水着とホッタテ小屋がコン然としてある「近江舞子へついて三十分自由上陸。

又船は水の上をテンテン拍く進んでゆく、たりくつなことく

水平線へ竹生島が点となり線となり面ととなって、そして体となって目前へ現はれたので上陸した。ベンテンさんを拝んだりして四十分過って船へ又乗って、又動いた。船は竹生島を廻り始めた。ここらがこの島めぐりのクライマックスださうだが一向。

又タイクツが続いたので船室の人物をスケッチしはじめた(これは別のノートにあり)があきて来た。側を見ると赤ん坊がスヤスヤとねむってゐたので何気なく、その子の鼻の下へ万年筆で1cm 太ゞ0.5cmの直線を三四本引いた所ス、さーたいへん姉さんがそのお母さんにあやまるやら油をしぼられるやらさんざん。

多景島

多景島も見て、島のフンで厚化粧した「沖の島」を過ぎて又タイクツシテ長命寺へ着いた八百八段の長命寺のダンをヒイフウミイヨオ……十一十二……百一百二……とカゾエながら汗ダクで上った。ダンの数は七九七ダンであった。

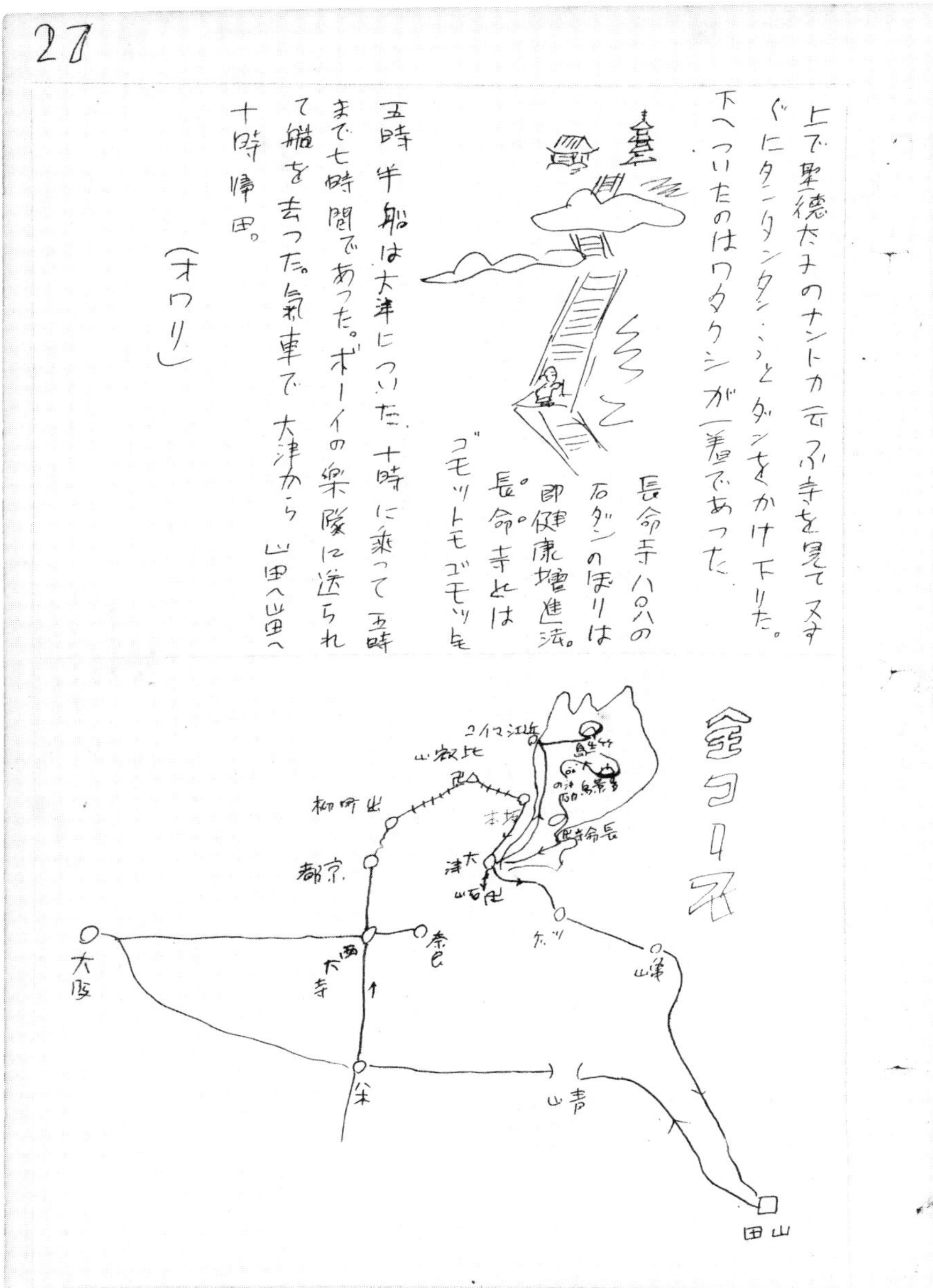
27
上で聖徳太子のナントカ云ふ寺を見てスぐにタンタンタンとダンをかけ下りた。
下へついたのはワタクシが一番であつた。
長命寺ハ八八の石ダンのぼりは即健康増進法。長命寺とは ゴモットモゴモットモ
五時半船は大津についた。十時に乗って五時まで七時間であった。ボーイの楽隊に送られて船を去った。汽車で 大津から 山田へ山田へ
十時帰田。
（オワリ）
比叡山
出町柳
京都
大阪
西大寺
奈良
大津
石山
長命寺
坂本
山田

まんがのよろづや
臨時増刊
定價 非賣品
タダデカシマス(返スコト)
(指ニツバをつけてめくる人はいけません)
送料 二セン五リン
外口 十四セン

昭和十一年八月二十七日書り
昭和十一年八月二十七日製本
編輯兼発行人 竹内浩三
宇治山田市吹上町二八九バンチ
発行所 竹内浩三

この本を読んだ人はこの欄へナマヘかシルシを書いて管さい

例 (揚)

印

マンガ

九月号・十月号

（一九三六年）

「まんがのよろずや」は九月号から「マンガ」と改題され、内容も充実してモダンになっている。全体としてペン画が多くなる。そして、竹内の個人雑誌ではなくなり、執筆同人として数人の親友が参加してくる。「我輩は猫である」の第二回分は阪本楠彦の手に委ねられ、竹内自身は「坊ちゃん」の新連載をはじめる。奥付には懸賞クイズと並んでマンガや川柳などの募集広告が入っている。十月号からは中井利亮作・竹内浩三画のユーモア小説「チョコチンの自叙伝」が加わる。あちこちに書き込まれた落書は、雑誌が学校の教室でも人気の的になってきたことを示している。ところが職員室では「靴下」や「軍艦見学の記」など風刺のきいた竹内の文章が問題になったらしい。父親が学校へ呼び出され、とうとう一年間の発行停止を申し渡された。世間では、すでに治安維持法が猛威をふるっていた。

（小林察）

ガンマ
マンガのきらいなヤツは
入るべからず

-2-
甲上
キレイニカケマシタ。
目次
画・景色 竹内浩三 五
連載 アタムソン (ドイツ)オー・ヤコブソン 五
家さがし 竹内浩三 六
知らない知己 (イギリス)フオーガツセ 六
連載 吾輩は猫である 原作 夏目漱石 画 阪本楠彦 七
漫画家とその描く顔 九人 一一
-3-
漫画テンランカイ 竹内浩三 一二
連載 坊っちゃん 原作 夏目漱石 画 竹内浩三 十三
苦噺 竹内浩三 二〇
連載 一セン銅貨 竹内浩三 二一
長編読切 魔法ビン 二四
うそくらぶ 三三
日記 三四
懸賞 八人アタル。 三八
一年セイ
竹内コウ三

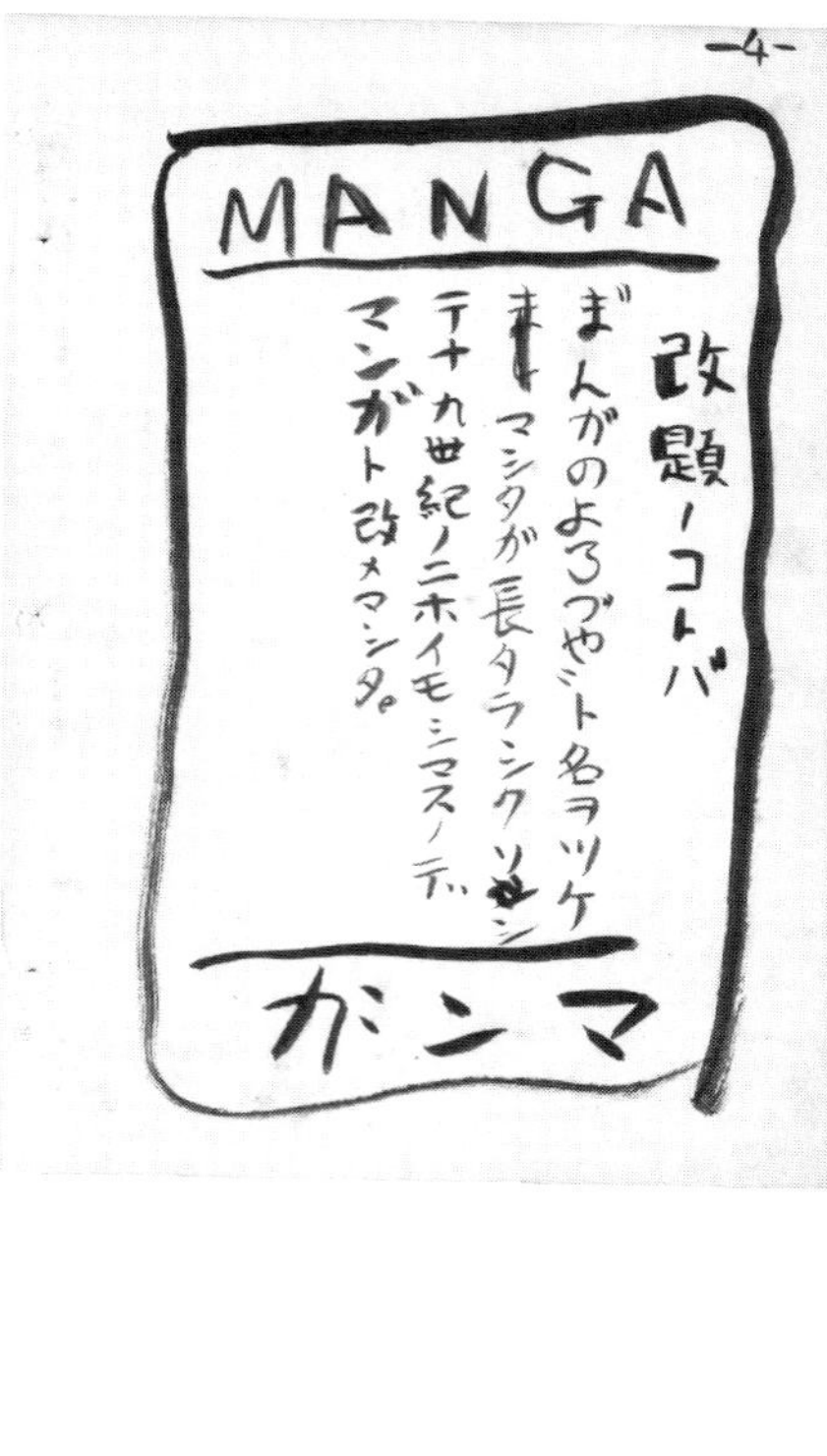
-4-
MANGA
改題ノコトバ
まんがのよろづやト名ヲツケマシタガ長タラシク
テ十九世紀ノニホイモシマスノデ、
マンガト改メマシタ。
ガンマ

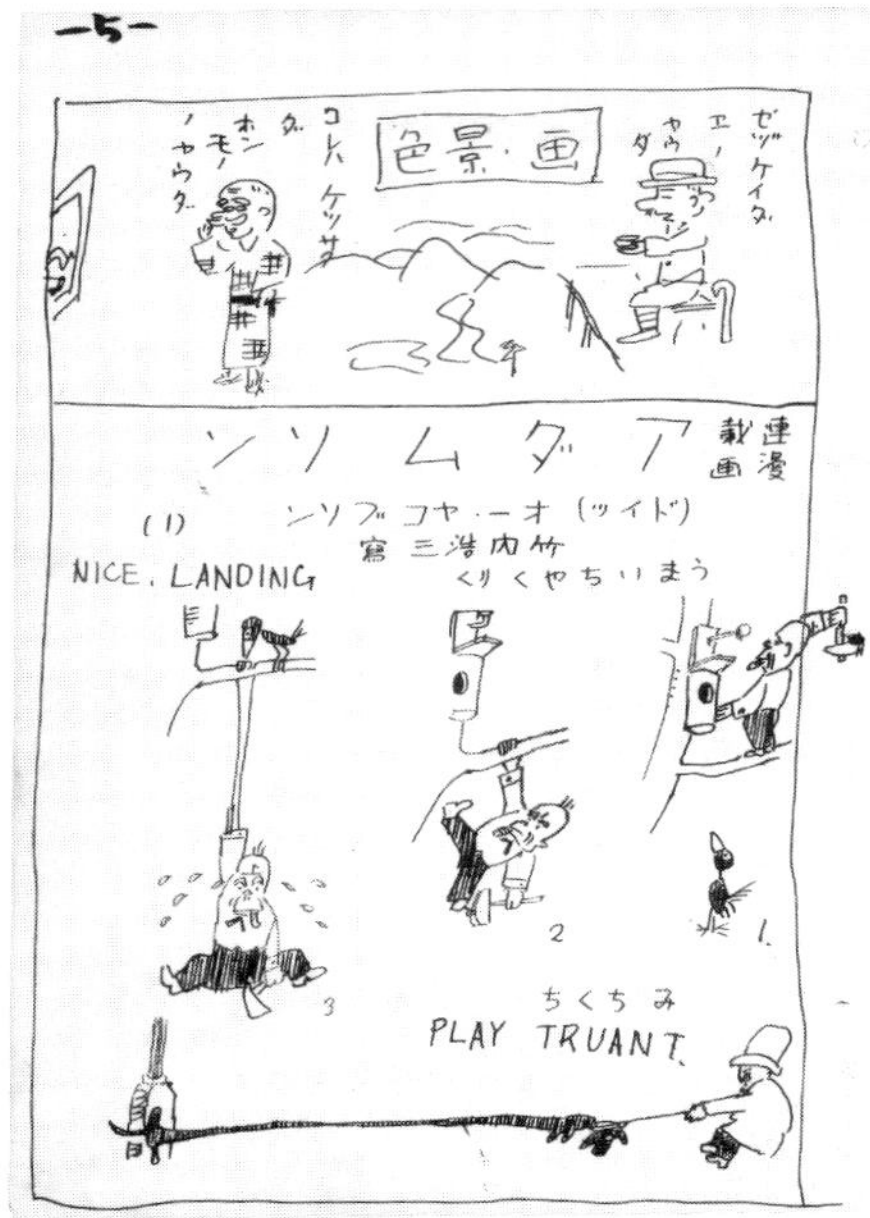
-5-
色景画
ゼツケイダ エ、ヤウダ
コレハ ケッサク ダ、ホンモノ ヤウダ
ンソムダア
載連 画漫
(1) ンソブコヤ・ーオ（ツイド）
寫三浩内竹
NICE. LANDING
くりくやちいまう
ちくちみ
PLAY TRUANT.

-12-
漫画テンランカイ

-6-

家さがし
ダイオゼエネス
知らない知己
「ヤア これはお久しう。もう すっかりお忘れでせう」

「どうして忘れるものですか 貴はどちらへお住ひで？ まだあの先のところ…」

「えー変りませんです。よく覚へておいでですな」

「勿論存じておりますよ。どうですみなさんお変はりも…」

「ありがとう。みなたっしやで、あなたが覚へているのを聞かせたら喜ぶでせう」

「そりやあなた覚へてゐるのが当り前でサア。あの時はーホラー例のところでーよかったですなー」

「さうさう素晴しくやりましたな」

「まるで昨日のやうな気がしますよよく忘れないもので—」

「まったく見の前にありくと残ってゐます」

「人生夢の如しといひますが忘れないことはよく記憶してゐることですなァ」

「ごもっとも〜」

「それそらーあのーほらーあれも忘れられないものですなァ」

「あーアレですか えー全く全く」

「もうまいりました 一体全体あなたはどこの誰でしたかー！」

イギリス
（ラオーガッセ）

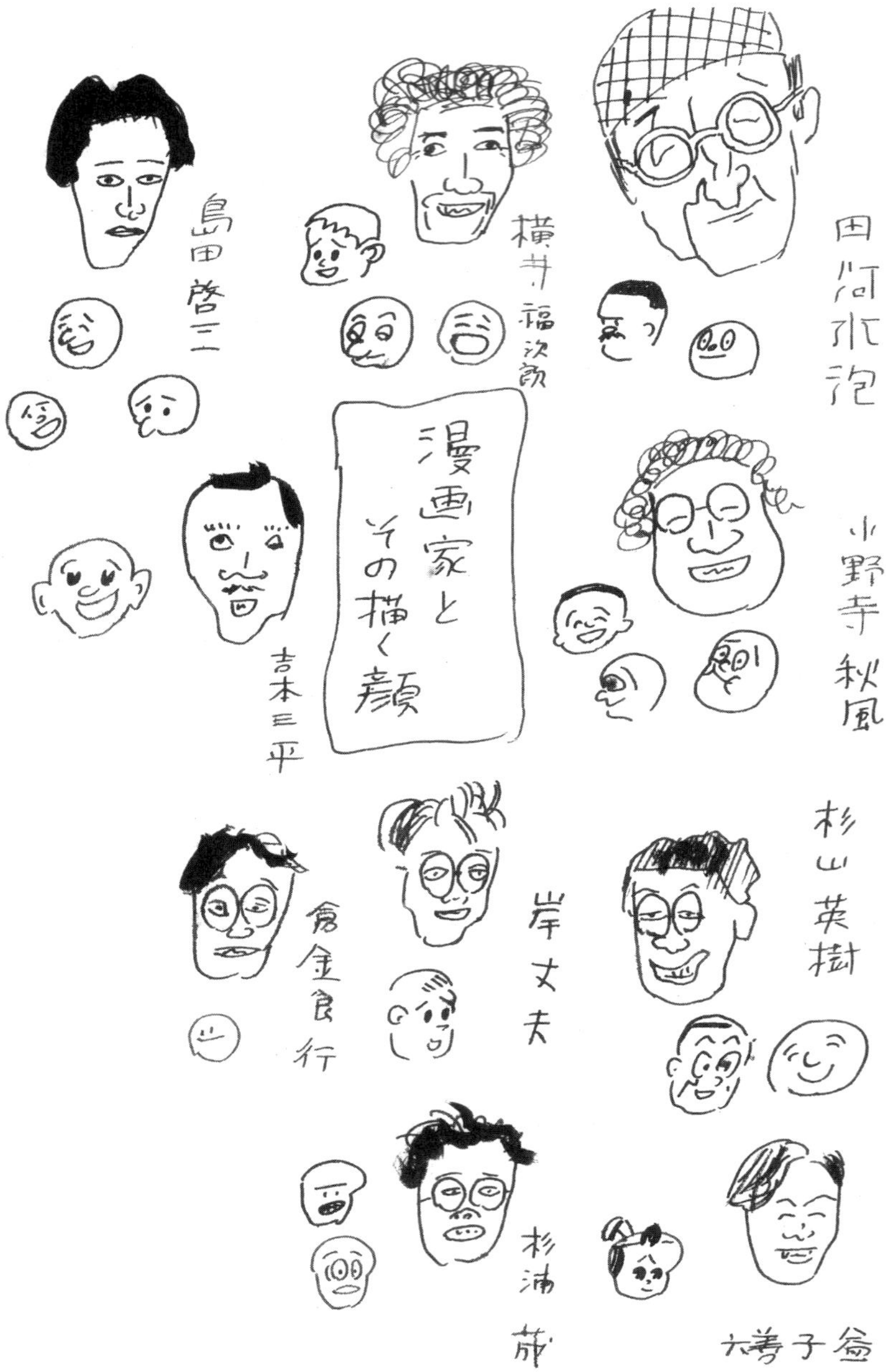
漫画家とその描く顔
田河水泡
横井福次郎
島田啓三
小野寺秋風
吉本三平
杉山英樹
岸丈夫
倉金良行
杉浦茂

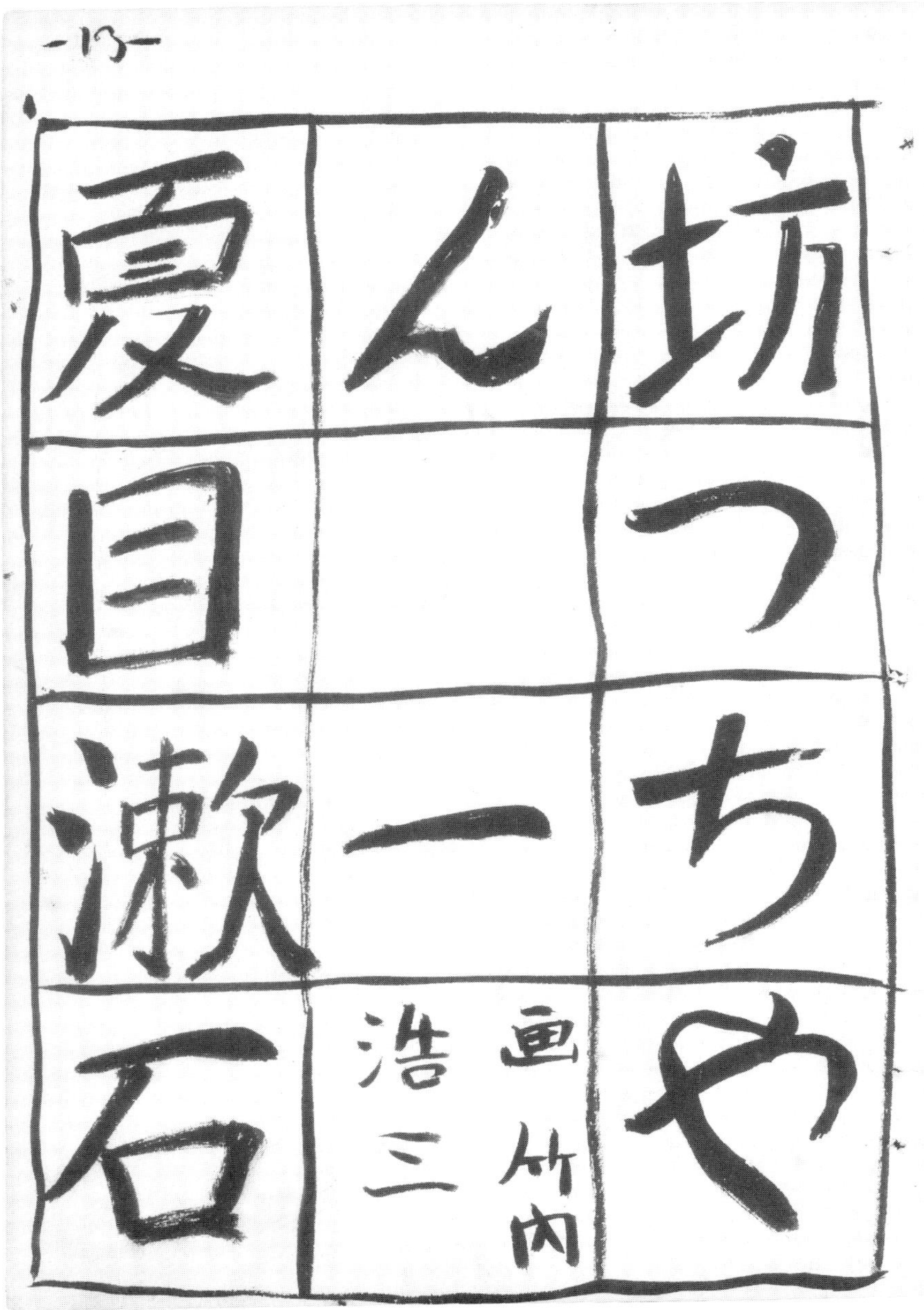
-13-
坊っちゃん
一
夏目漱石
画 竹内浩三

-14-
いくらいばっても
そこから飛び下る
ことはできまい
弱虫しやーい
オヤ飛んだ〳〵
トンダ子供だ
1
キウ
2
3
二階から飛降りて
こしを抜す
やつがある
か
この次抜かさずに
飛んで見せます
4
甚太郎の奴
栗をぬす
んでゐるな
5
ののの
6

-15-

7
8
こまった子だね
あやまってくるよ
9
10
アーイタ、
オ前の顔は…?
もう見たくもない
親類へでも行け
11
12
親類
オ母さんが死んだよ。

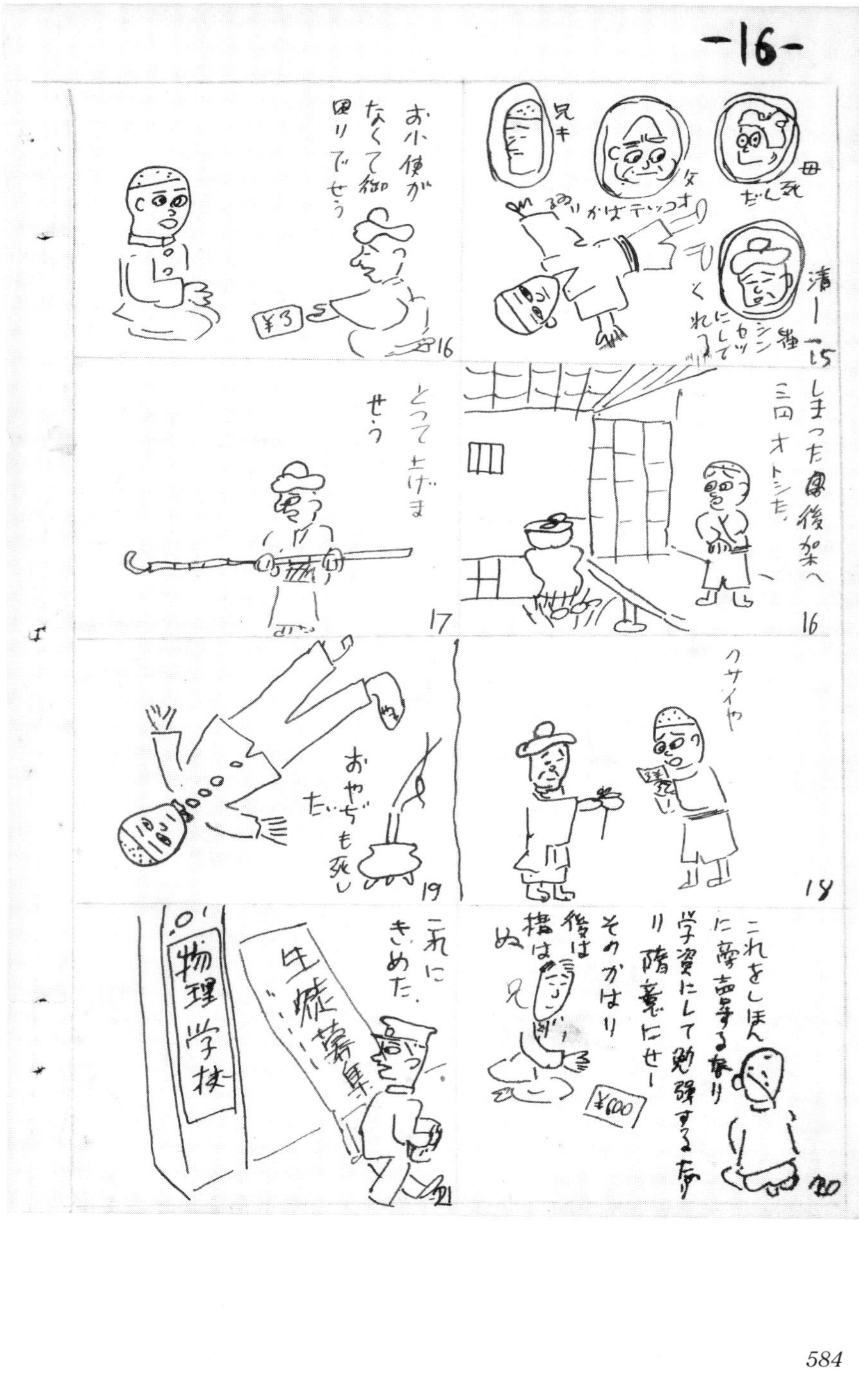
-16-
清一
母
だん死
父
兄キ
お小使がなくて御困りでせう
しまった後架へ
三円オトシた
とって上げませう
クサイや
これをしほんに商売する也
学資にして勉強するなり
隋意にせー
そのかはり
後は構はぬ
兄
¥600
これにきめた。
物理学校
生徒募集

-17-
物理学校
とうとう物理学校を卒業した
22
四国辺のある中学校に数学の教師がいる。月給四十円だが行ってはどうだね
校長
行きませう。
23
大阪行
3等
25967 ナハフ
23
12345
24
0000
せとうち丸
25
中学校はどこだ
しらんがの
26
こっちへこい
27

-13-
28
港屋
オ上リなさい
中学校を敎へ了
29
中学校は汽車で
二里……　オヤ？
屋
30
31
32
33
モウ放課後デス
34
山城屋
山城屋
35

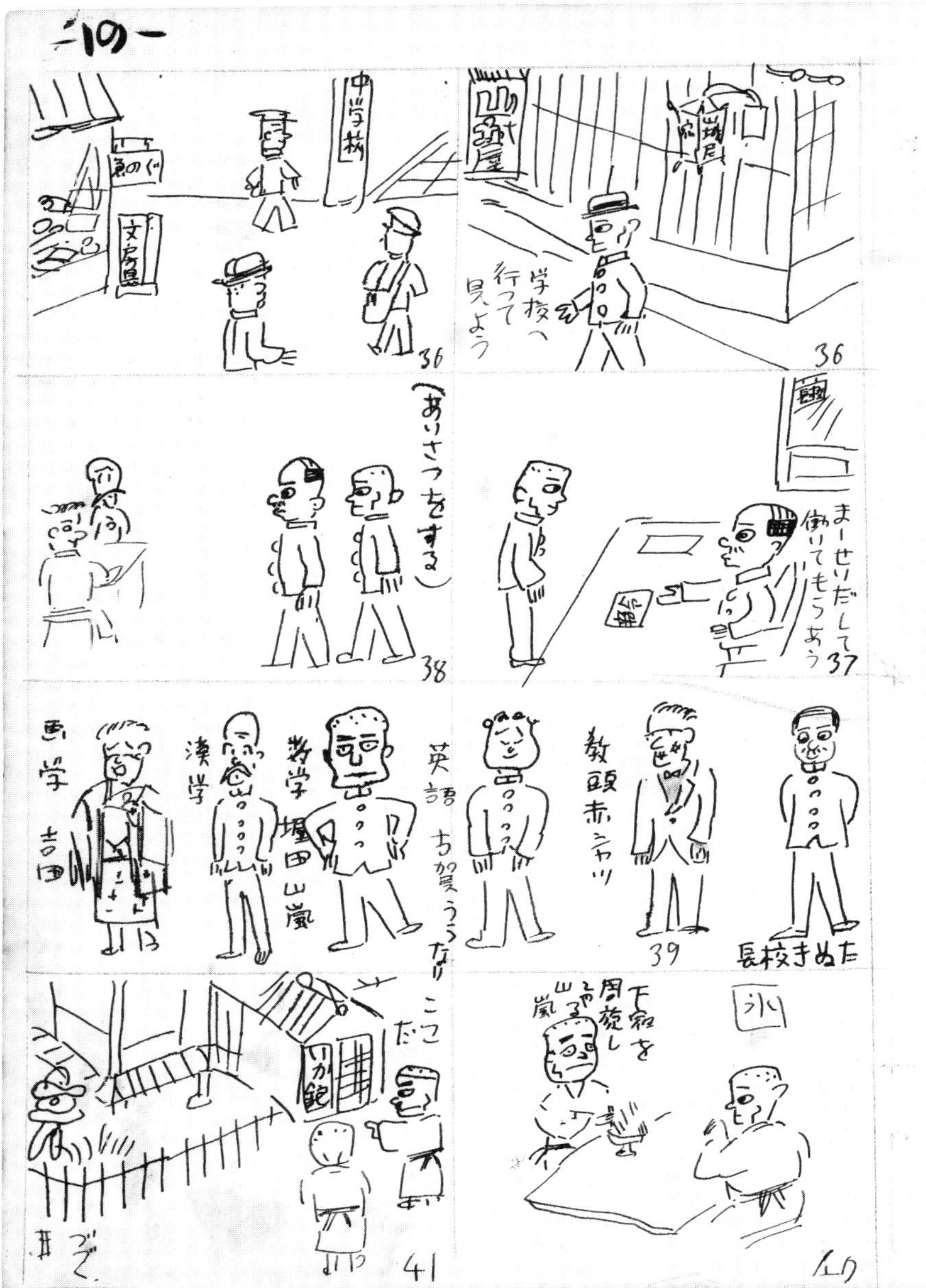

-10-
山城屋
学校へ行って見よう
中学校
文房具
ありさつをする
教頭赤シャツ
英語 古賀うらなり
数学 堀田山嵐
漢学
画学 吉田
下宿を周旋しやる山嵐
氷

連載漫画
一セン銅貨
オヤッ
こいつは、
エヘン
晝の一センドーカは
たしかこの辺だっ
たが

-22-
たばこ
バットヲ呉レ
ハイ
タバコ
又ツアン
六セン
タバコ
たばこ
タバコ
たばこ
交バン
一セン角のタバコヤの前で拾ヒマシタ。
正直に持って来たね
そのホービ
に君にやる
よ
ネーチヤン
一セン拾って
オマーリサン
にもらったよ
りっぱな凡太郎サンだこと

−23−
ナゼオ金を拾ふといけないのだらう
金持の子はオ金など拾ふものではありませんョ
ナゼ金持はオ金を拾ってはいけないのだらう
大人は時々変なことを云ふ
ワカラナイ、
ボクこれ拾ったのだけれど君に上るよ
アリがとうございます
ボッチャンアリがトーございます
?
ますくワカラナイ家へ持って行ったらしかられたのにコヂキにやったらあんなりよろこんでいた
わからない
つづく

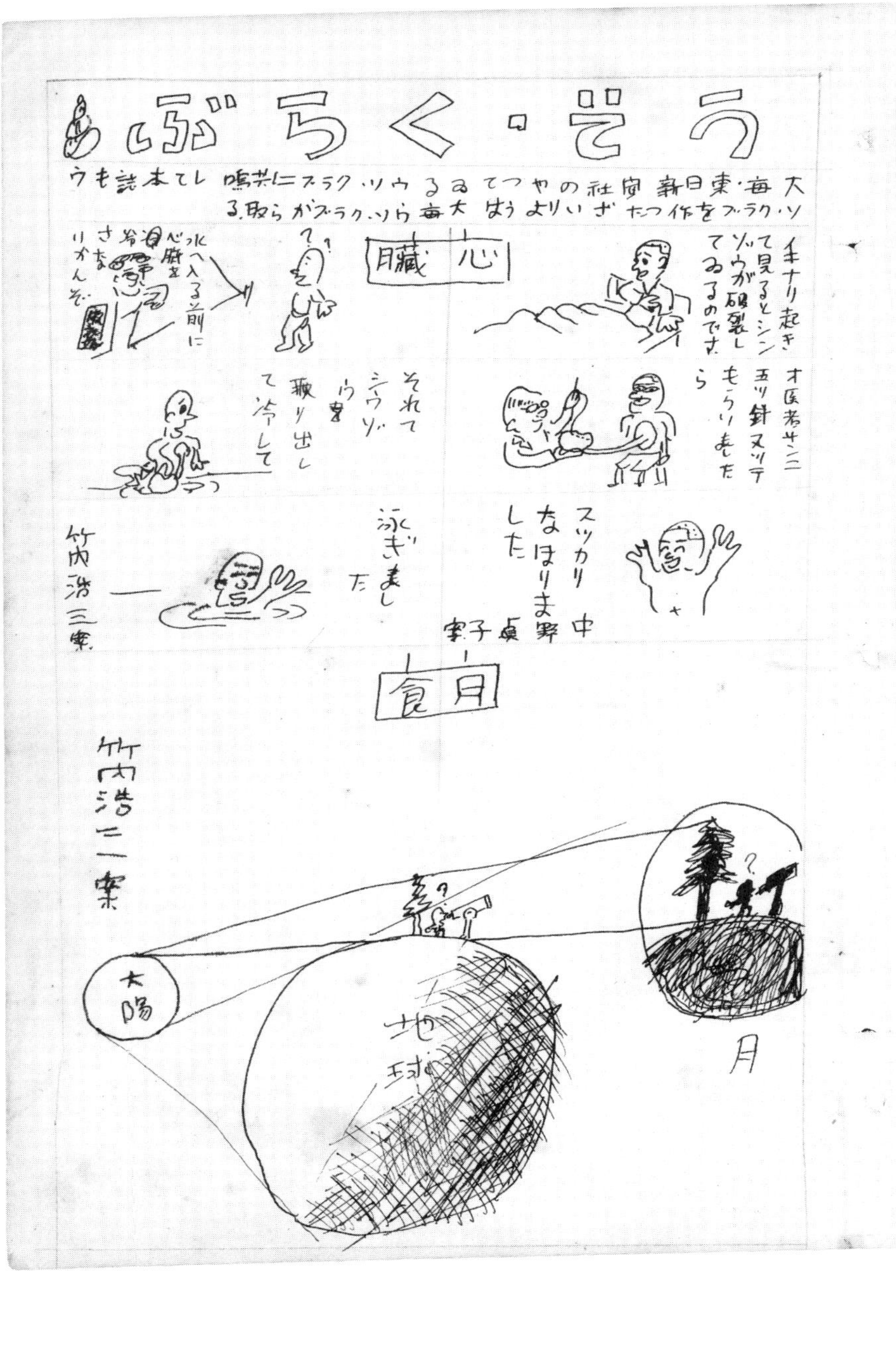

うぞ・くらぶ
大毎・東日新聞社のやつてるるウソ・クラブに共鳴して本読もウ
ソ・クラブを作つた ざいりようは大毎ウソ・クラブから取る。
心臓
水へ入る前に
イキナリ起きて見るとシンゾウが破裂してゐるのでしたら
オ医者サンニ五ツ針ヌッテもらいました
それでシンゾウを取り出して冷して
泳ぎました
スッカリなほりました
中野貞子案
竹内浩三案
月食
竹内浩三案
太陽
地球
月

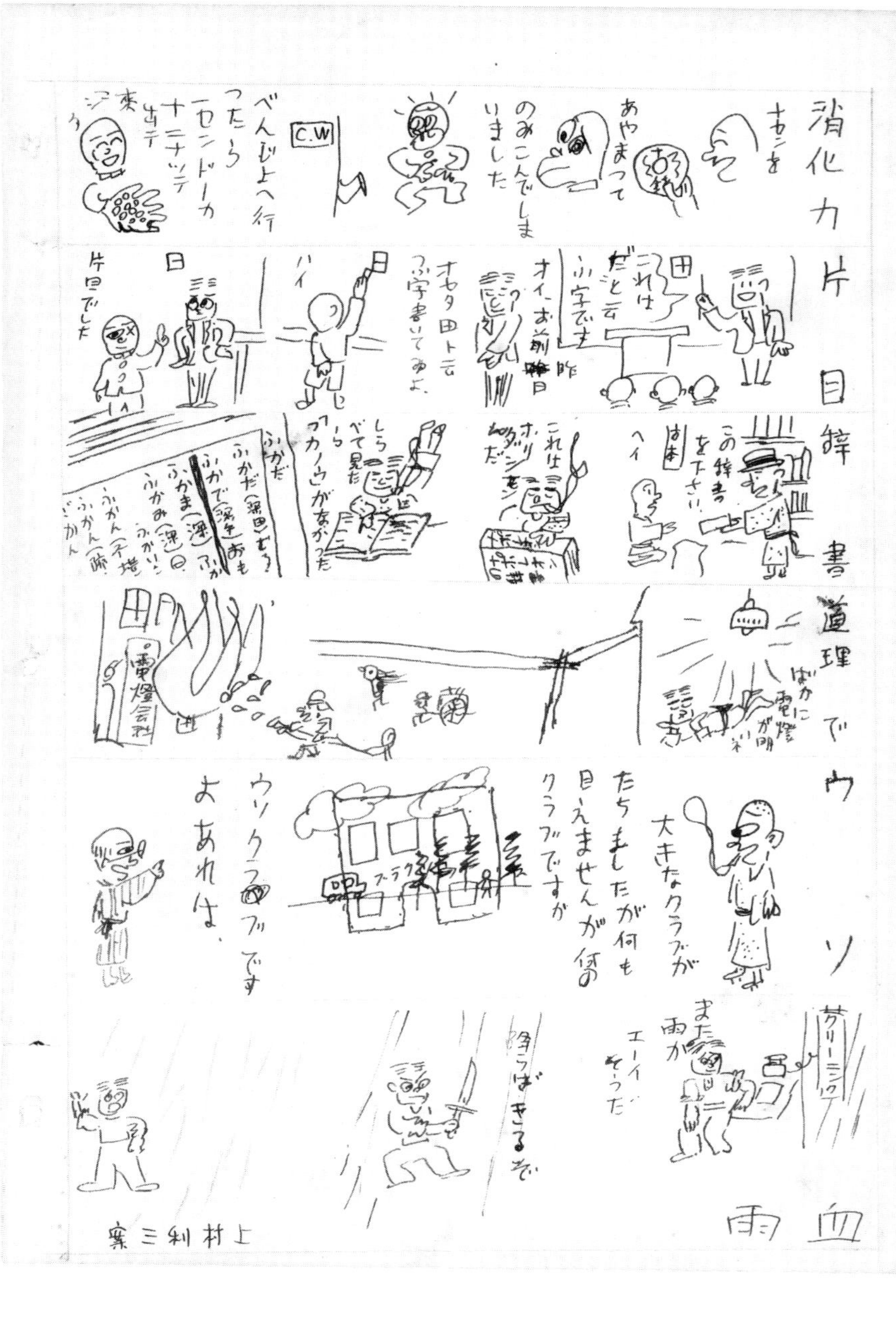
消化力
十セン玉
あやまってのみこんでしまいました
C.W
べんじょへ行ったら一センドーカナニナッテ出テ来タ
片目
これはふ字です
オイお前昨日オセタ田ト云ふ字書いてみよ
ハイ
片目でした
辞書
この辞書をください
ヘイ
しらべて見たらフカノウがなかった
道理で
ばかに電燈が明るい
電燈会社
ウソ
大きなクラブがたちましたが何も見えませんが何のクラブですが
ウツクラブですよあれは
クリーニング
また雨か
エーイそうだ
雨血
上村利三案

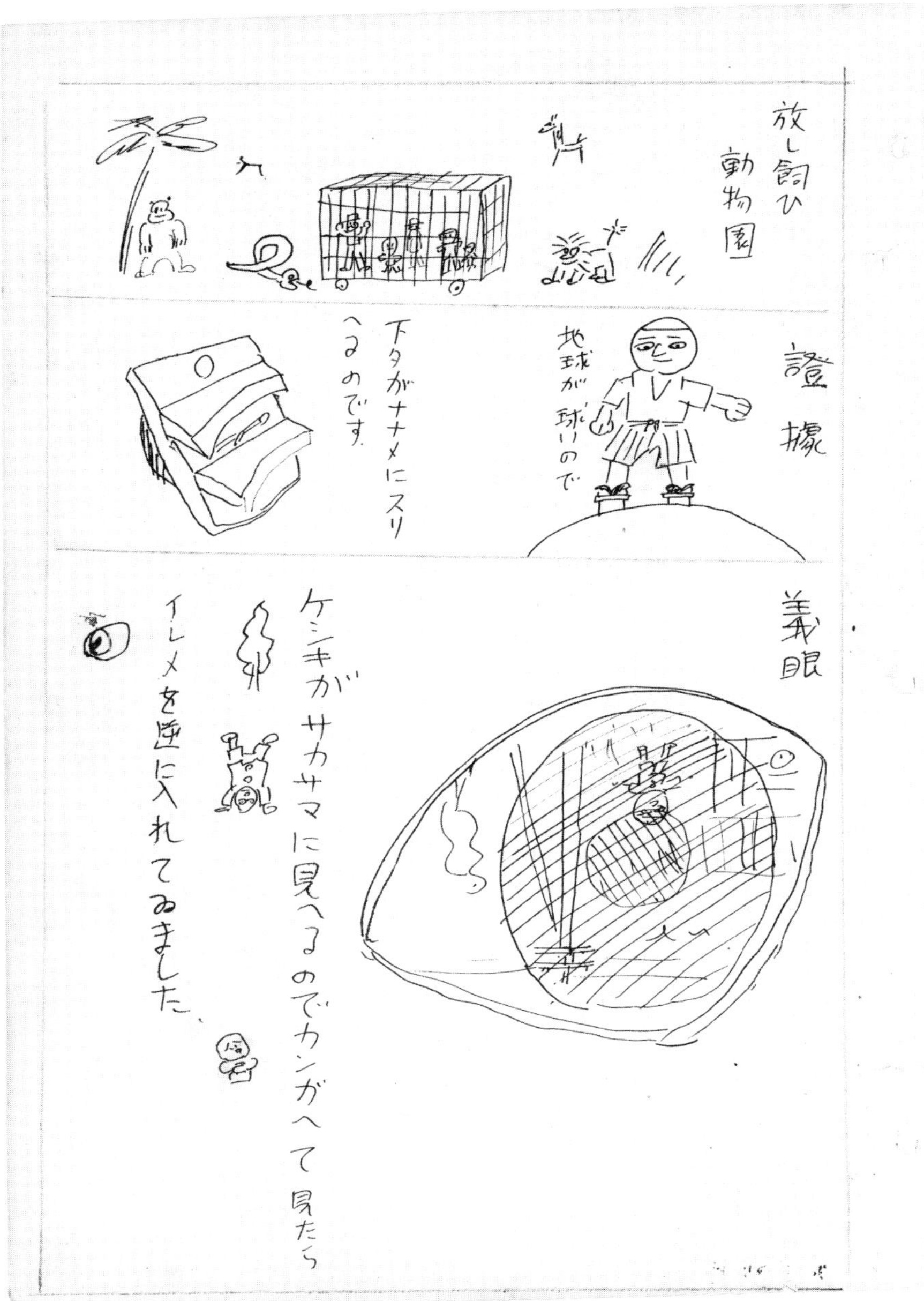
放し飼ひ動物園
證據
地球が球いので
下タがナナメにスリへるのです。
義眼
ケシキがサカサマに見へるのでカンがへて見たら
イレメを逆に入れてゐました。

日記

九月×日 晴. 日曜日.

朝ぶらぶら(アルイ)てゐますと(イヌ)が(ケンクワ)をしてゐましたので(ミ)てゐますと弱い方がまけて(ニゲ)て行きました。晝から川へ(ツリ)に行きました、(クヂラ)でも(ツ)らうと思つてゐましたのに、(カン)を(ツ)リ上げましたって(シヤクニサハ)って帰りました、

九月×日、晴 火曜

夜、變体の花火が残ってゐたのでたきました。が、はじめの(ハナビ)は(マッチ)をつけても(ツキ)ません。もう一度(ツケ)ようと思つつ近づいたらボカンと(ハレツ)したのでびっくりしました、二番目のは火は(ツキ)ましまが(ハネアガ)って(ヨソノウチ)の(ショウジ)の中へ(トビコンダ)ので(　)に行ったら(ハナビ)の(カス)を(カヘシテ)くれました。

大懸賞

一、は誰の顔か？ 問題

吾輩は猫である 参照

二、九月号デドレガ一番面白カッタカ。

方法

ハガキデ 表ニ 市内吹上町 竹内浩三

トカキ ウラニ 答 〇〇〇〇ト〇〇〇〇〇と

書ク シブンノ名モ書ケ、

賞品

一等マンガノ本（約一五〇頁アリ） 一人

二等肉筆マンガ ハガキ大 二人

三等似顔ケン 五人

八人

（コノケンヲ持ッテ来タ人ニ似顔ヲ描イタル）

マンガ 九月号

定價 非賣品

タダでかしま す。三四日間以 内に返すこと （指にツバをつ けてめくる人 はかしません）

送料二〇二五リン

外ロ十四セン

本雑誌掲載のもの は無断上演脚色或 は映画撮影轉載 を絶対に禁ズ。

著作者

昭和十一年九月十日書ク

昭和十一年九月十一日製本

編輯兼 発行人 竹内浩三

発行所 宇治山田市吹上町 竹内浩の三

廣告料（タダ）

廣告文ヌハ廣告画ヲ紙ニカイテ一頁又ハ半頁ト云ヘバソノ通ニシマス。

募集

ハイクーワカーセンリウー マンガーシー ヒトクチバナシ ーサクブンーソウサクードウワ 等ボシウします フルッテ投書をねがいます。

この本を読んだ人はこの欄へナマヘカシルシを書いて下さい

例

太毛打 紅兇 兇世崗祀日

逆元KUスひ子

矢間KU●血

火呂多磨佐加津

加喜茂戸田KO

他土ナロ盲見。

ON THE WILL

可TO手RU子

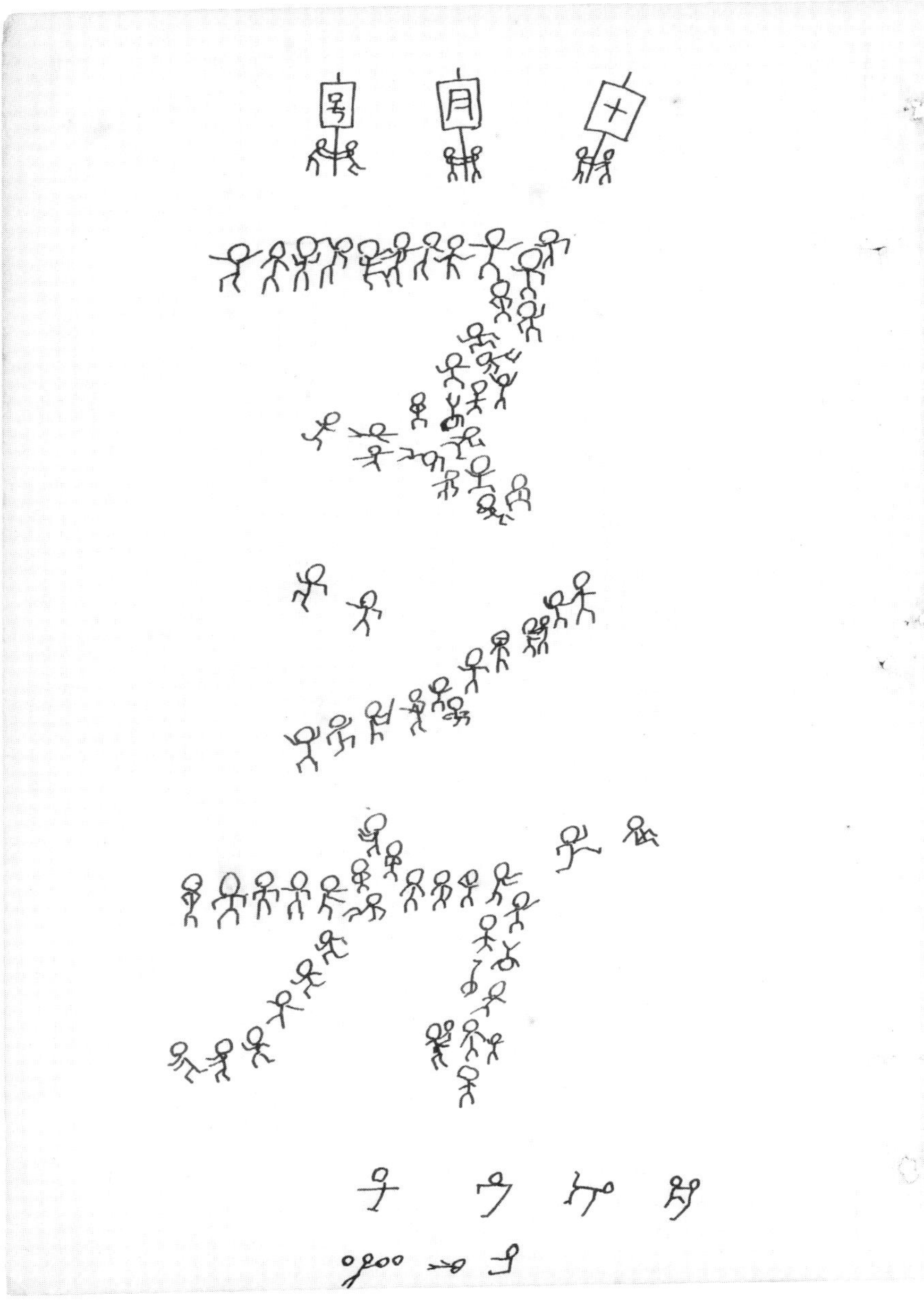

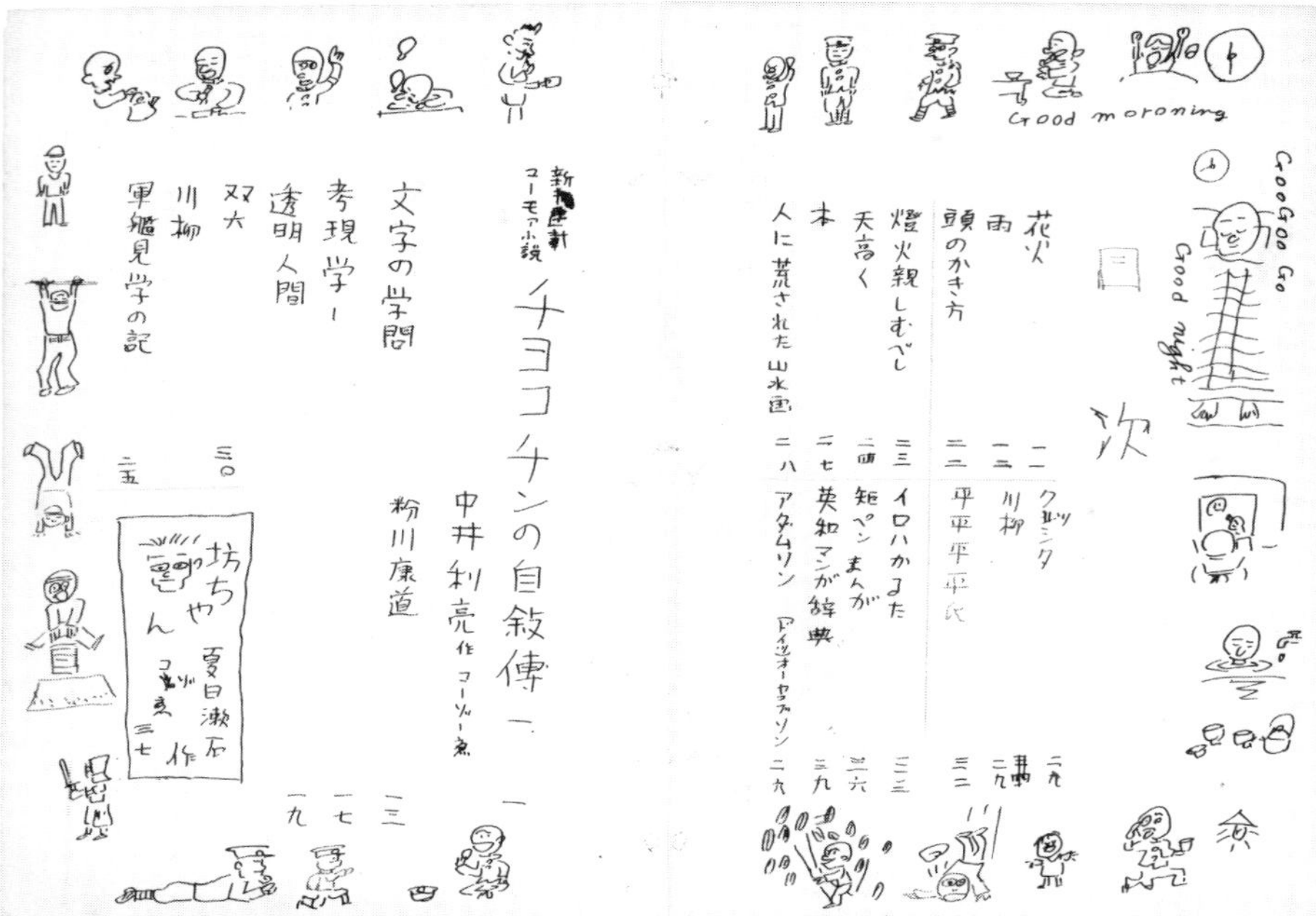
Good moroning
Good night
目次
花火 二一 クルシンタ 二九
雨 二二 川柳 二九
頭のかき方 二二 平平平平氏 三二
燈火親しむべし 三三 イロハかるた 三三
天高く 二四 矩ペンまんが 三六
本 二七 英和マンガ辞典 三九
人に荒された山水画 二八 アダムソン ドイツオーセンアブソン 二九
新趣新 ユーモア小説 チヨコチンの自叙傳 一
中井利亮作 コーゾー画
文字の学問 粉川康道 三
考現学 一七
透明人間 一九
双六 三〇
川柳
軍艦見学の記 二五
坊ちゃん 夏目漱石作 コーゾー画 三七
四

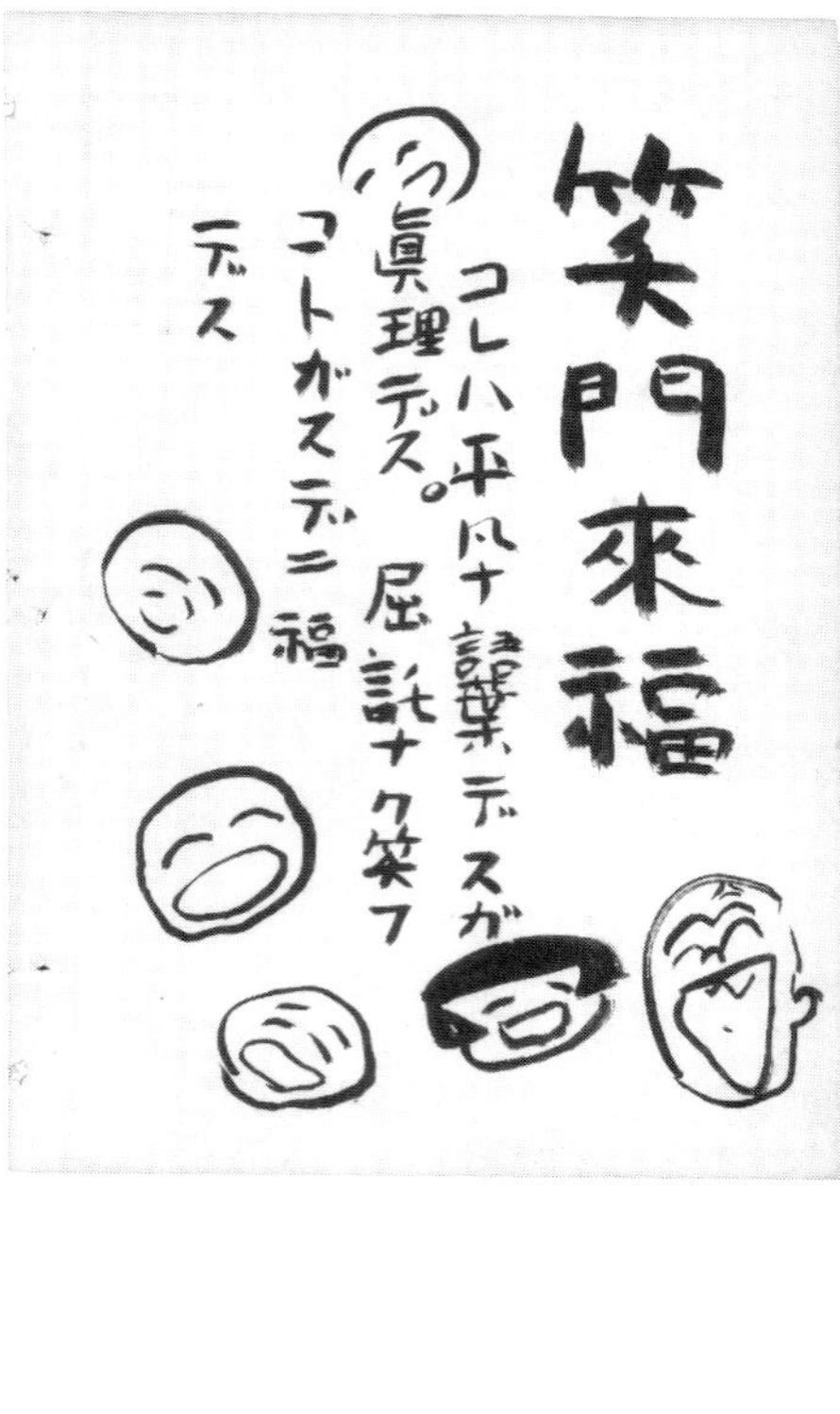
笑門來福
コレハ平凡ナ言葉デスガ
眞理デス。
屈託ナク笑フ
コトガスデニ福
デス

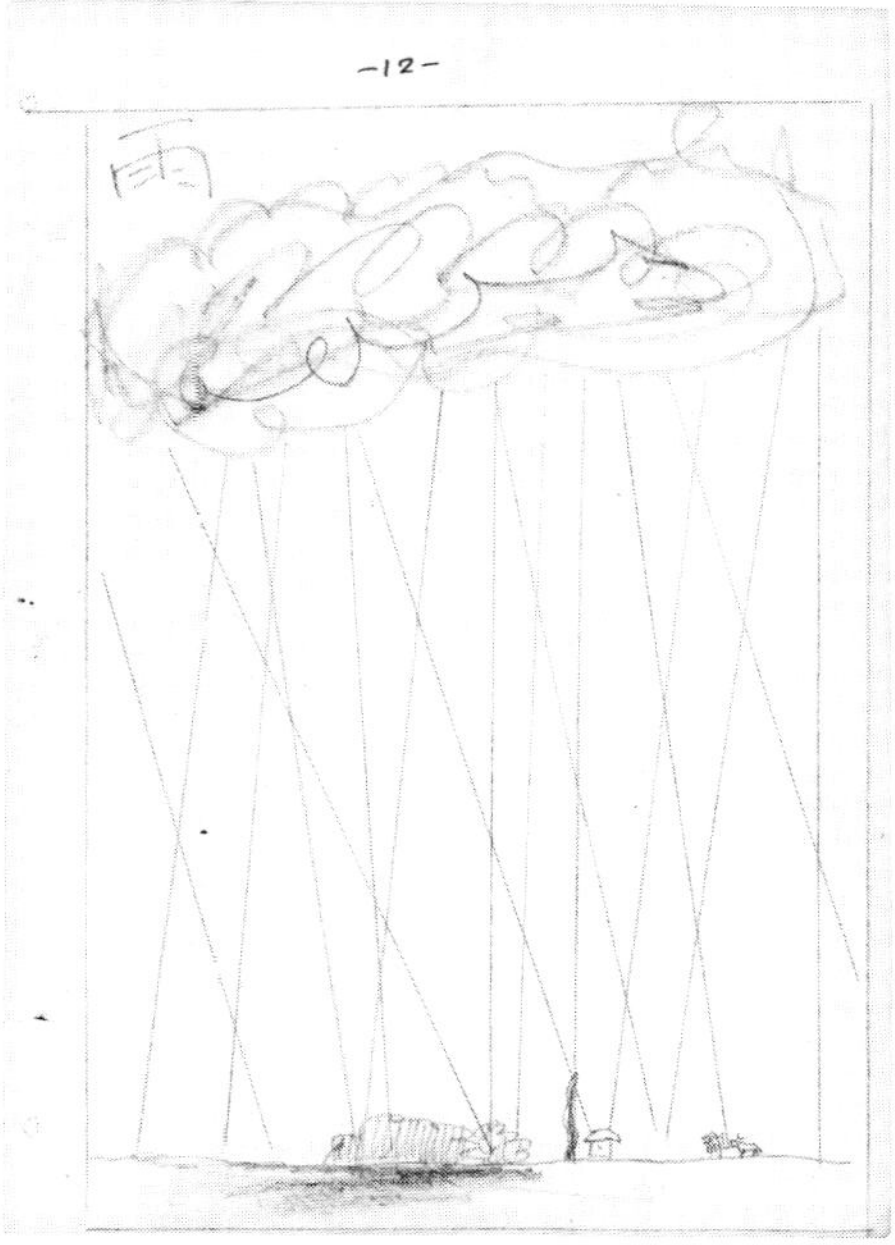
-12-
雨

-11-
花火

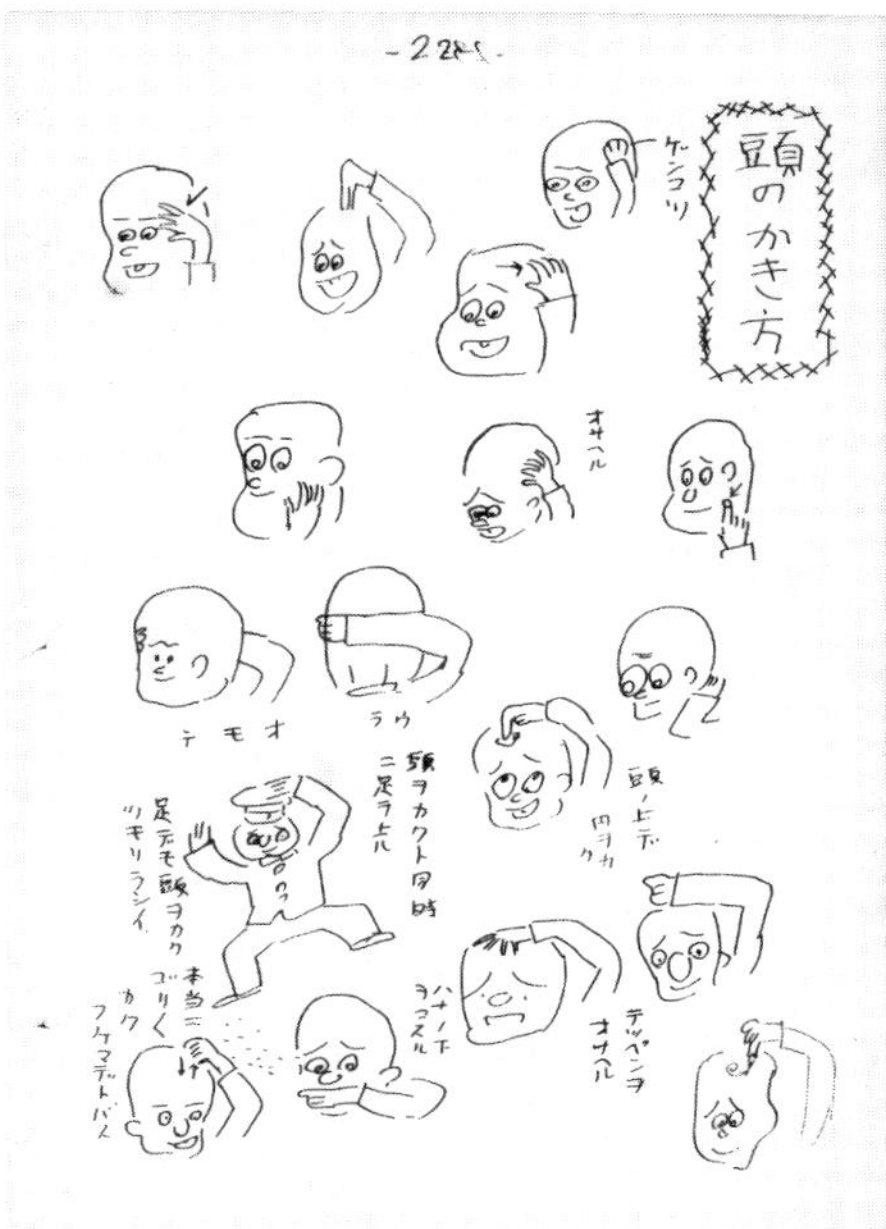
頭のかき方
ゲンコツ
オサヘル
テモオ
ラウ
頭ヲカクト同時ニ足ヲ上ゲル
足デモ頭ヲカク
頭ノ上デ円ヲカク
本当ニゴリゴリカク
フケマデトバス
ハナノ下ヲコスル
テッペンヲオサヘル

燈火親シムベシ

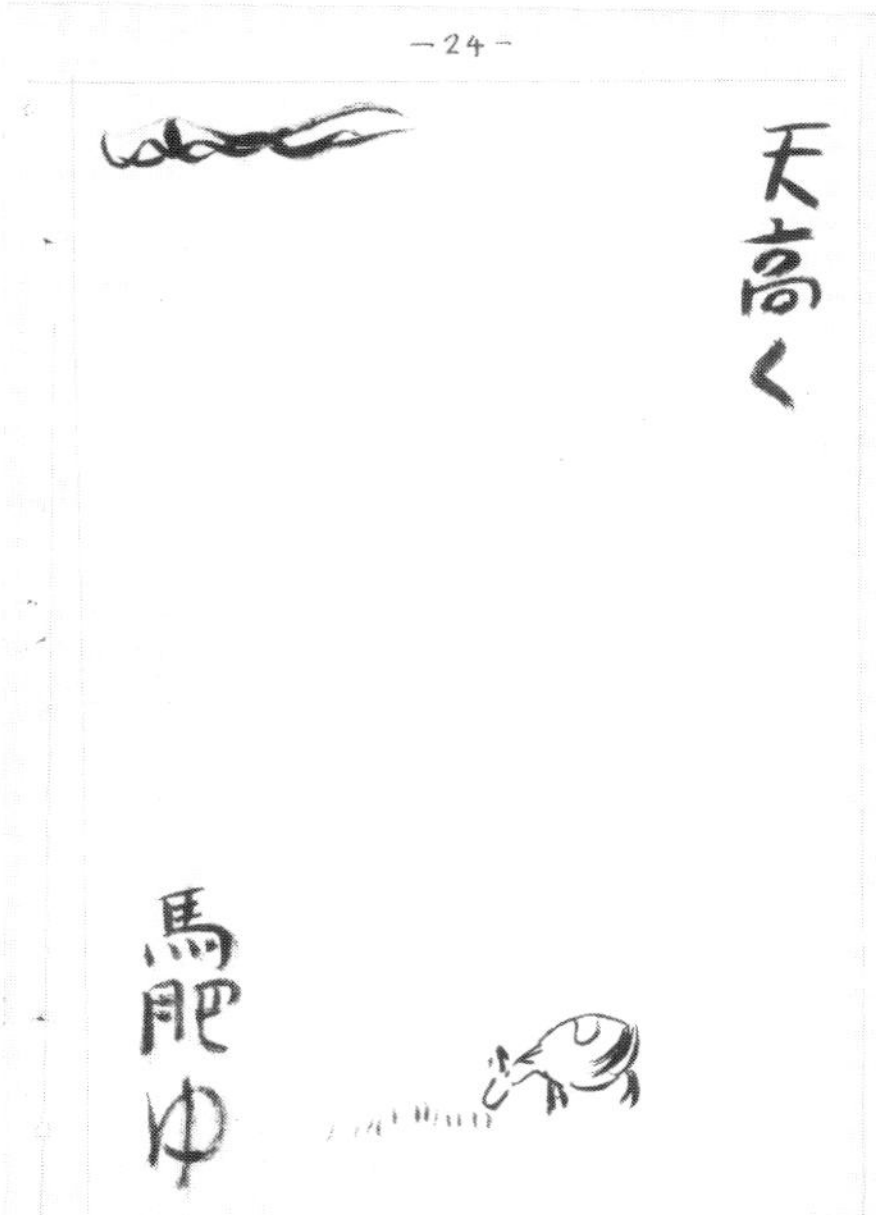
—24—
天高く
馬肥ゆ

-29-

靴下。

母「そのクツシタをはきなさい。」
子「このなのはいけないんだよ」
母「なぜいけないの」
子「学校でこんな赤や青のは華美だからいけないって先生が云ったよ」
母「だってお父さんのお古があるんですもの」
子「でもそんなのはシツジツガウケンでないん難ださうだもの」
母「ぢや、シツジツガウケンになるために新しく買いませう。」
シツヂツガウケンに見せやうと思ふとムダをせなければいかんらしい。

柳　川

蜂が来て引分となる辻角力　松太郎
先くしやみしてから怒る紙撚（コヨリ）　不二男
食ひ逃げは捕かまってまだ噛んでゐる　裕侍
蓄機曲に先生矢張自慢する　館雨

いろはカルタ
イヌもあるけば
ボにあなる
ハナより
ダンゴ
ロンヨリ
しょうこ
ニクマレッコよ日に
はばかる
ほねおり
ぞんの
くたぶ
わもうけ
ヘタのながだんぎ
トリヨリのヒヤミヅ

—1—
ユーモア小説
チョコチンの
自敍傳
き
CHOKCHIN
つくる
中井利亮
タケウチ・コーゾー、画がく

◎はしがき

之から連さいするにあたってはしがきをのべます。

ボクチンは白い耳のピンと立った日本犬だなんです。僕のスタイルのよいのには我ながら感心すると悪云ふわけなんで、ボクは忠犬ハチ公の親父の孫の兄貴の兄弟であるから僕も忠犬であ

るべきハズです。然り。ボクの体が小さいからとてチュウ犬ではないのです。僕は今を去ること一年三ヶ月と四日十三時間二十八分二秒に紀州の山奥にマヤーボクのオフクローカアサンの腹から「ワンキャン」と産(ウブ)の聲を発した、三月とたたない内に五〇センで今の僕の主人である「トンチャン」の所に売られて来た。その時は籠に入れられて忍術を用ひて、その時のお経「ドロンドロン、クシャクシャ、マツタケニナレエ」。マツタケに化けて車掌君の大きな目をごまかし

—3—
た。これは
列車安業
倹約法で
諸君も使
用してほ
しい—中井
ト云フ男アリ、
日悪イコト
ヲススメル。
—やはり
オフクロの主人は頭がよいわい。しかしそ
れはよりが。プラットゥホームにほりつ
けられまた痛さと云つたらボクは、
ハンニバルもあおとらぬ顔を一丁史ノ
本ヲ見ヨーした。「キャン」と泣かゆうと思
TRANSPORT
Kazo
つたが日本大同胞の名
にかかわるその上バレ
かたら共本大変だ。

◎散歩の出来事

あれでボクは頭にオデコ(原)こしらへた。それでトンチヤンに頼んでコウヤクをはつてもらつた。名前は小さい所からチヨコチンと名つけられた僕が此の家についた時もう犬小屋が出来てゐた。トンチヤンの服に水がついてゐる、さつきエキで車掌が「このマツタケはバカに重めえ」と云つたそこでトンチヤンが顔をしかめたのでボクが名案を考へて、少し

でもとオシツコをたれたのがそれだ。

明朝―今日は日曜日なのでトンチヤは学校に行かなくてもよいので大いに喜こんで「チヨコチ来オイ」と呼んだオヤツと僕も喜こんで行くとなんだ「ツイテ来オイ」僕は申しわけに尾を少し振つてやつた。すると「この犬は、もう僕になれちやった」だつて、馬河(原)にするな

しかし僕の主人だ。チビ主人だ。犬の憲法にも第一條主人ニハ絶対ニ服

従スデシとある。腹をかかへてついて行くと遂に車道に出た。オデコのコブが痛むと思ってゐたら僕はいきなり何やらにつきあたつ(原)て「キヤン」と、ひつくりかへつた。「エーしやくだ」「ワンワン」といきなりそいつに噛みついたら「アイタツ」(キヤン)「何んだ電信柱だ残念」「じれつたい」かん(原)、かんが立つ、コブがサボ(原)テンのやうになつた 複式火山だな、それ

どころでなり僕はテレかくしに片足上げてオツシコをひかけてやつた。一町も行かない内に十五回半もしてしまつた。後の燃料が切れさうだ。今度は片足を上げたら大人の足で驚いてやめたのだ。

黒ネコが屋根から下(原)とした ヨダレがボクの額に下ちた(原)。「しやくだ」と思つてゐると中学生が「黒猫」と云つたので、さつきの仇と「にらんだら、なんか洋物店の店先にフンドシがかかつてゐた。

ボクはサルマタもフンドシもズロースもし
てゐないが犬界(ケンカイ)では經濟上いらない。
「あゝくるしい」(キャン)トンチャンはヒモを
あまり引っぱりすぎる、何時の間にやら
対外に出てしまった。トンチャンは其處に
落ちてゐた椀泥(ドロ)だらけの板をボクに食
はへよと云ふのだ。犬だって衛生と云つも
のがあるボクは断然せん。「チヨロチン拾つ
て來い」

と小川の中へその板をなげこんだ
板はきれいになったかもしれんが
僕は山国育ちで金槌組だ足がふ
るへてよう行かない。益にトンチャン
が恐ってゲンコツをかためてなぐっ
た。
「いたいわよ」
ボクのコブは立方になっちまった。そ
の板を背中に乗せて丸太橋を渡れと
云ふのだ、僕等を苦手とする徳川
タヌキがかう云ったっけ人の一生は重
き荷を負うて坂道を行くが如し」
とされば。
「犬の一生はキタナキ荷をおうて丸
太橋を行くが如し」か、

「アッ！あぶない」
手ー足ー全身
とフルヒが廻って
来た。
「ザブーン」
とうとうはまっち
やった。ボクは夢中
で泳いだ。

「犬の一生はキタナキ
荷を負ふて
丸太橋を行
くが如し」
Kozo

「ハクション」

とうとう風を引いた。軍艦が浮ぶのだから犬は勿論鉄より軽いから浮かでるはずがだ。

「エヘン僕だって物理学なんぞ知ってるらア」

帰途電車道を丁度右にまがった四つ路でトンチャンの友達の三吉君がブルをつれてみるのにあった。すごい奴だ、僕の三倍もある
しかし私なんぞおそれず

そもそも日本犬だ。

キリストが「なんじの敵を愛せよ」と云われた、ボクはそれでぬれぬれたもで敵を撫でてやろうと、愛するつもりで近づいた。

「グワングワンウー」

と噛みつかれコブもブルチャンに食べられてしまった。しかし僕はおこらない。おこっても負るにきまってゐるが。

キルストの言を忘れてはゐない。けつまづいていのった。ーけつまづくとはこけるのではなくて、犬はヒザをつけ得ないから坐ることである。

「どうかあのコブが美味に食べられるよう アーメン」

（つづく）

ユーモア小説の大家中井利亮氏にたのんで本誌に執筆してもらいやいました。第一回目からこの様な面白さです。御キタイをこふ。

−18−
三 机の引出シを知らべると
右
左

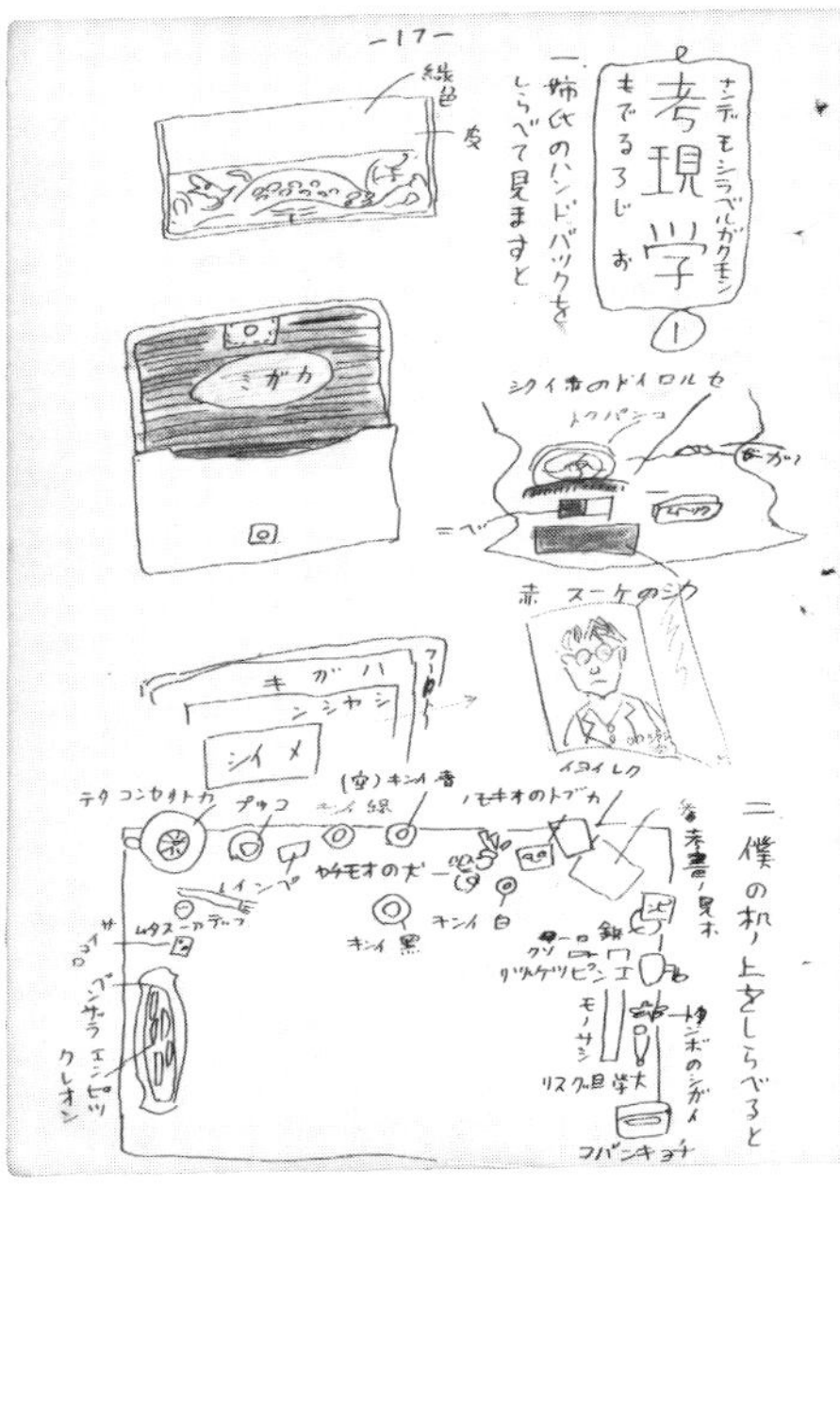
−17−
考現学 1
二 姉氏のハンドバックをしらべて見ますと
二 僕の机ノ上をしらべてると

双六(スゴロク)

竹内浩三

正月になると双六をやりますが近頃は子供があまりよろこばないと見へて雑誌なんかへもあまり附録につかない。

種類

一、廻り双六ーこれは一番カンタンデ一番面白くない。ただサイをふってその数だけ進んで行って上る。だけ。途中に二三箇所、"Fへもどる" "一回休ミ" "14へすすむ"等がある。

8	9	10	11	12
7	20	21	22	13
6	19	A	23	14
5	18	17	16	15
4	3	2	1	F

Fふり出　上り A

二、上り双六ーこれはオモチヤ屋等でうってゐるやつで、面白くない。

十位いの位置があてて、ふりだして四をふるとすると"⚃名古屋"とあるので名古屋の位置へ行くそこで五をむくと"⚄上り"とあるこれでしまいだ。まさかこんなりカンタンでもないが早いと手々には二三四回ふって上ることがある。

三、たどり双六ーこれが一番面白いが雑誌なんかもこんなのはめったにつけない。出世すごろく等と云って(二)上り双六や(一)廻り双六等を附録につけるかもしれぬ。"少女倶楽部"に五六年前についたねたみすごろく(四)ー名はあったのだがその名よりも"ねたみすごろく"の名でよく知られた。ーは最もケッサクである。

形式は廻り双六に似てゐるが駒が一〇〇も二〇〇もあって絵も面白い。

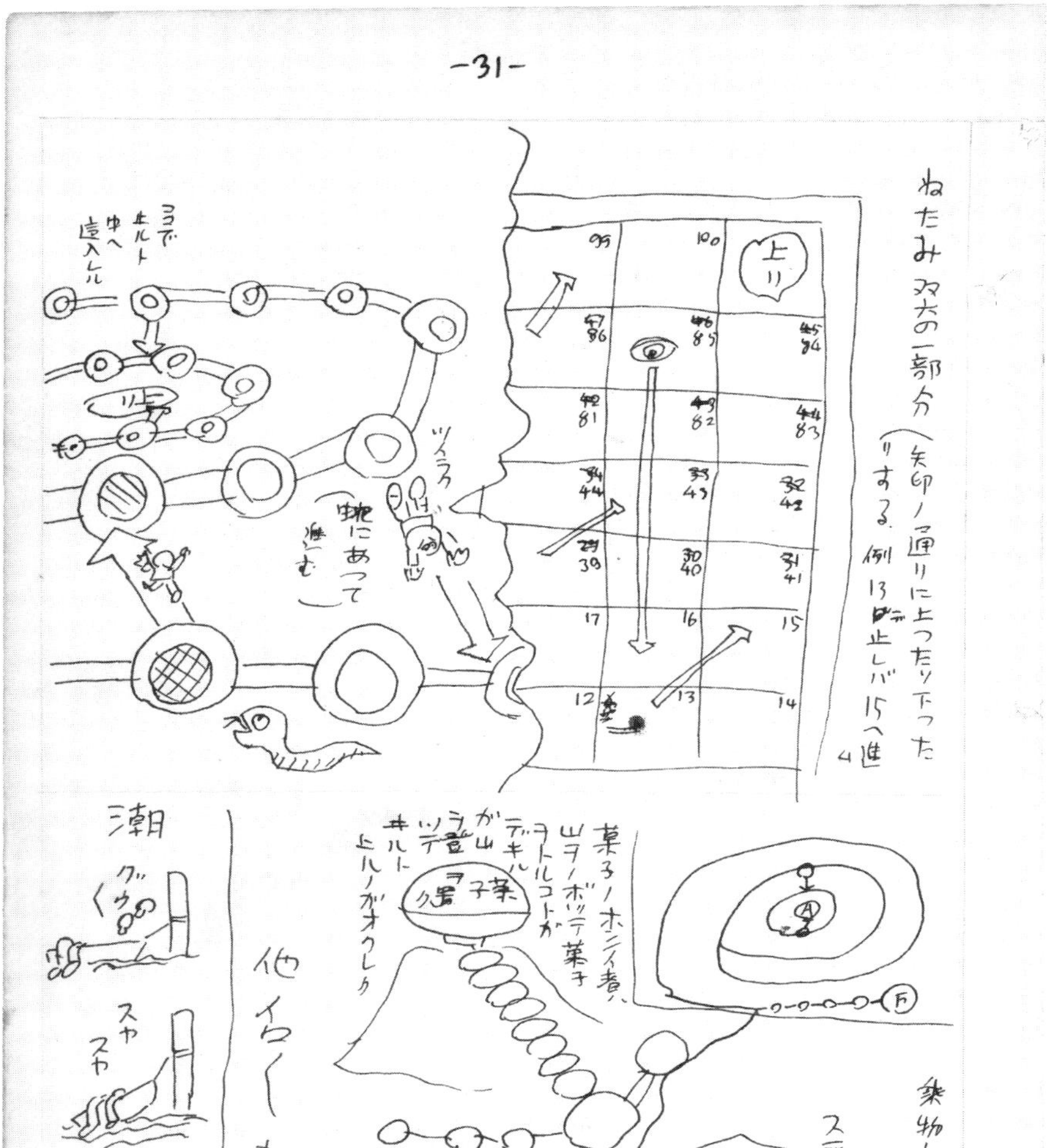
-31-
ねたみ双六の一部分
(矢印ノ通りに上ったり下ったりする。
上リ
ヨコデホルト中へ這入レル
ツイラク
潮
スヤスヤ
ムニャムニャ
他イロイロ考ルト面白い。
菓子ノホシイ者ハ山ヲノボッテ菓子ヲトルコトガデキル
乗物を用ひた例
ココデ一旦トマル

川柳
よっ引ひて
矢と放さぬ
案山子かな
(古川柳)
あの柿売奴と
大地へ叩きつけ
(古川柳)
小刀を持ちづめ
にして栗を食ひ
(古川柳)
ひよろ〱と
息子大人に
なりにけり
(五健)
掃除する人を
木の葉が呼び
戻し
(古川柳)
知ってるか
アハハと手
品やめに
する
(綱太)
湯帰りの子に
教へてる
北斗星
(美江)
湯の市は故障で
出ない洗面器
(司馬亭)

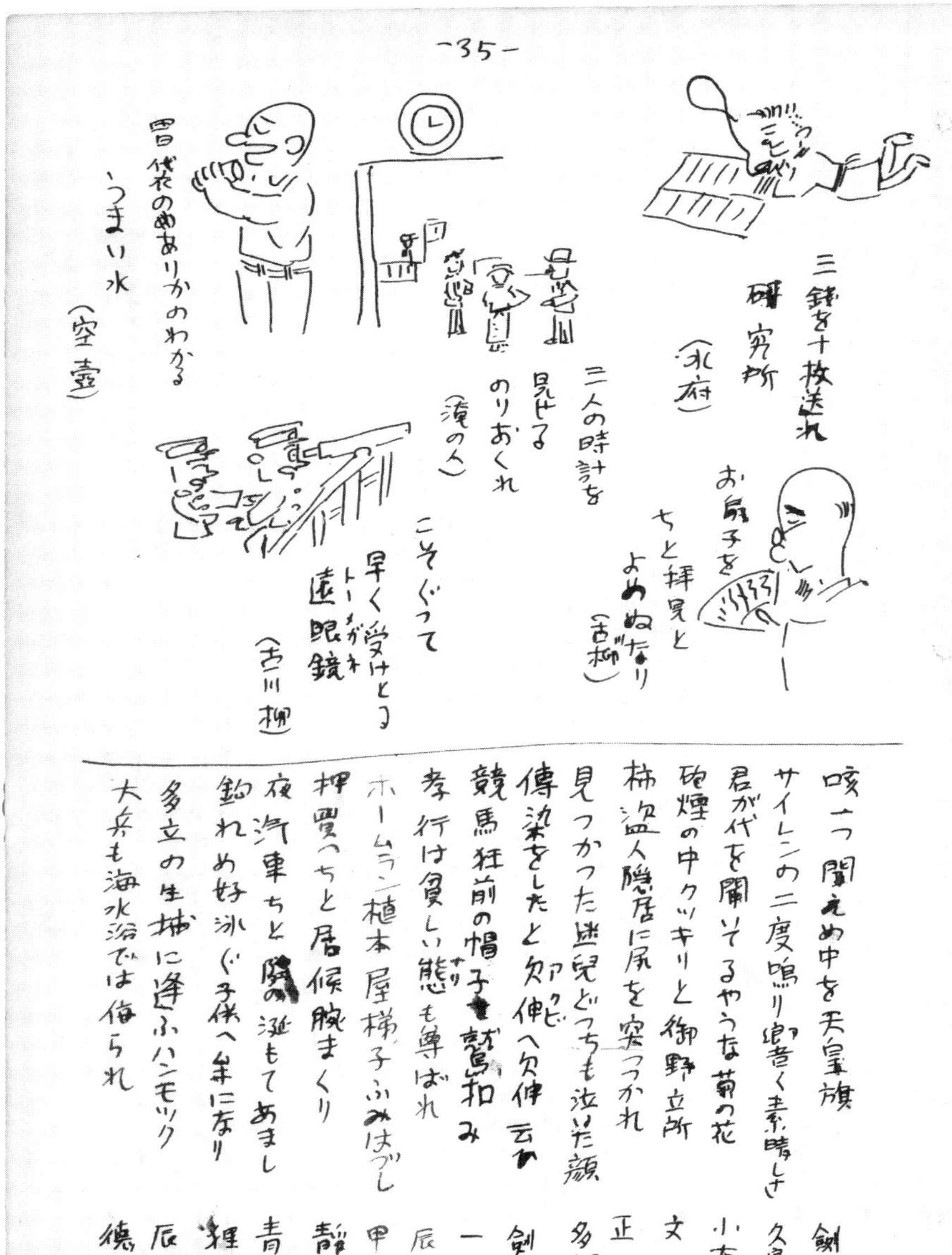
−35−
三銭を十枚送れ
研究所
(水府)
二人の時計を
見せる
のりおくれ
(滝の人)
胃袋のめありかのわかる
うまい水
(空壺)
お扇子を
ちと拝見と
よめぬなり
(古柳)
こそぐつて
早く受けとる
遠眼鏡
(古川柳)
咳一つ聞えぬ中を天皇旗　剣花坊
サイレンの二度鳴り響く素晴しさ　久良伎
君が代を聞いてるやうな菊の花　小太郎
砲煙の中クッキリと御野立所　文象
柿盗人隠居に尻を突つかれ　正治
見つかつた迷兒どつちも泣いた顔　多阿子
傳染をしたと欠伸へ欠伸云ひ　剣人
競馬狂前の帽子を鷲掴み　一呂
孝行は貧しい態も尊ばれ　辰郎
ホームランに植木屋梯子ふみはづし　甲山
押賣へちと居候腕まくり　静二
夜汽車ちと隣の涎もてあまし　青陽
釣れぬ好泳ぐ子供へ気になり　狸洞
夕立の生捕に逢ふハンモック　辰郎
大兵も海水浴では侮られ　德義

-19-
先月の一セン銅貨このバに少しあいが透明人間を載せました。
アツイ アツイ
暑イカラ山ヘ行カウ
11
コンナトコロニコンナ池ガアッタノカ
飛ビ込ムン デ
ヤレ
ドボン
涼シイナイ
モウ上ラウ

-20-
服を着テボーシヲカムリ
7
8
只今
??
9
何ゼアンナニオドロイタノダラウ鏡ニ写シテ見テヤラウ
ウワァ
10
アノ池デ泳イダノデ透明ニナッタノダ
ヨシ皆ヲ驚カシテヤラウ
ハダカニナッテ
シマッタ靴ヲハイテキタ
クツガ歩イテ行ク
クツヲヌイダカラモウワカルマイ

-21-
活動もタダダ
15
面白い
16
ギャフン
17
オシツブサレルトコロダッタ
18
おどかしてやれ
タ
ワ

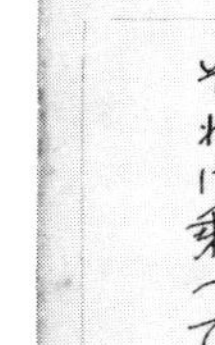

軍艦見學の記

画 文 竹内浩三

學校へ九時五十分に集まって神社へ行進した。少し曇ってゐたが降ってこなかった。

神社へ着くと海軍くさくなって来た。

鉄工所が土産物屋になったり八百屋が雑誌屋になったり、万屋がカケヂ(皇大神宮ノ軸)屋になったり、無織が菊一文字の出張所になったりしてゐる。

ハシケを四十分位い、ハトバで待った。

やがて喇叭と校旗をかかげてハシケが意氣揚々とやって来た。

それに乗ってドントントントントン——

軍艦長門ヲ見たが、おどろきもせず、泣きもせず、感激もせず、怒りもしなかった。

つまらなかっただけだ。

山岡先生が「竹内軍艦拜觀ノ感想を云ふて見よ」と云ったが、そのな気のきいたものの持合せがないので「忘れましたでごませ」かして置いた。

(ヲハリ)

川柳

居候よく満鮮の地野をとき　文象

牛かたのあきらめて行くにはか雨　古川柳

よく見れば手のとどくだけ渋い柿　〃

——。——。——

俳句

やれうつな蠅が手をすり足をする　一茶

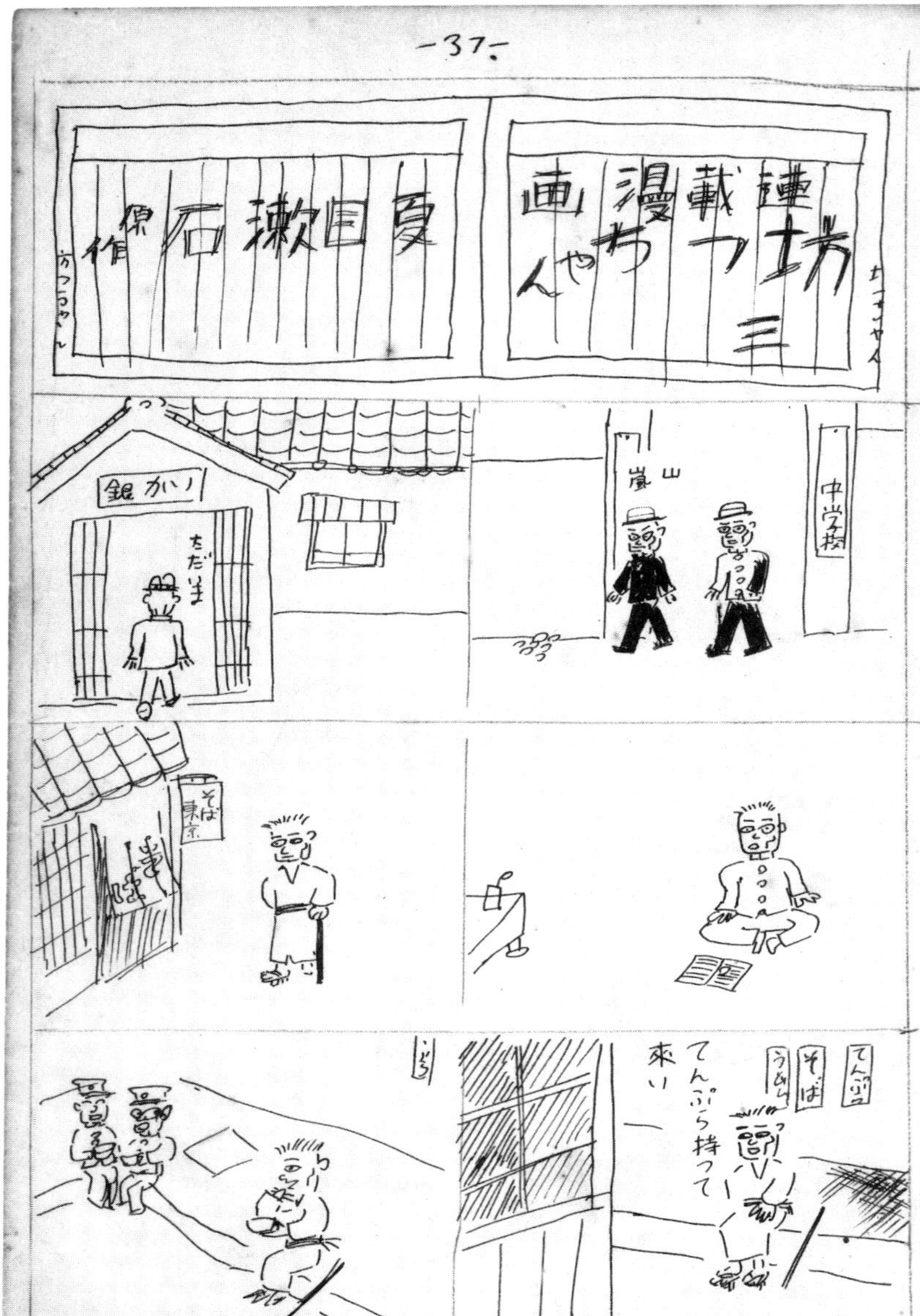
-37-
連載漫画
坊つちやん
三
夏目漱石原作
ただいま
山嵐
中学校
そば
東京
てんぷら
そば
うどん
てんぷら持って来い

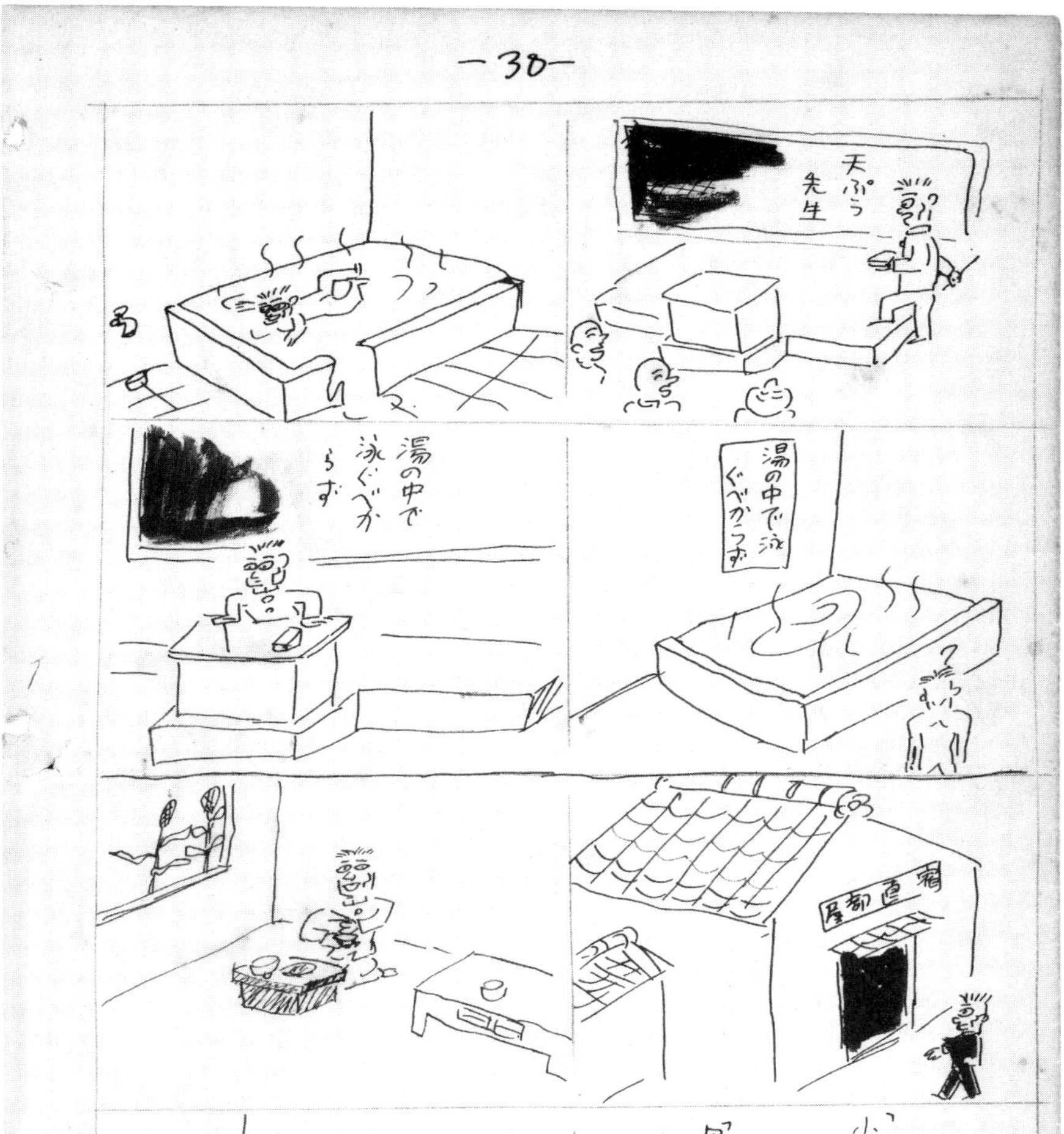
—30—
天ぷら先生
湯の中で泳ぐべからず
湯の中で泳ぐべからず
宿直部屋
「小使一寸出てくる」
「何か用ですか」
「用ぢゃない温泉へ這入るんだ」

まんが 十月号
第一巻
第四号

非賣品
百エンだしても
うりません
千エンだしたら
どうしよかな

送料
内地二七五リン
外国 十四セン

本誌掲載のものは無断にて上演脚色或は映画撮影轉載等絶対に禁ず

著作者

廣告料
一頁 只
二頁 一セン
商品商店ヲ明記の上 知ラセヨ。

募集
センリウーハイク
ソウサクーサクブン
ワカーコッケイワカ
ドウヨウードウワ
一ロバナシー二ロバナシ
ユーマー小説ーラクゴ
ナンセンスーエトセトラ

昭和十一年十月二十日印刷
昭和十一年十月二十日記
昭和十一年十月二十九製本
発行人 竹内浩三

（回）

サイン冊（棟）

タケウチコゾ　奈顔験象
姉氏
多士頃気代賓
八萬9000
埒丘婦家
愚坊.
繆文人隠士

ぱんち

おうたむ号・ういんた号・にういや号（一九三七～三八年）

一年間の中断の後、竹内浩三は「オヤジの説教ぐらいでやめるマンガではないワイ。」と、また「ぱんち」と改題して雑誌を復刊した。中学四年生の秋である。「おうたむ号」を見ると、そこには七月に始まった日中戦争が、もう色濃く影を落としている。「デ鱈眼ニウス」の記事がたちまち教師たちを刺激し、筆禍事件となったことは、東大教授を退官された時の阪本楠彦氏の回想記がくわしく伝えている（本書「竹内浩三を偲ぶ」所収）。そのうえ、「うゐんた号」では、新しい仲間たちが匿名で筆をふるい、愛読者の落書も急増する。「にういや号」になると、「四面軍歌」や「防共の人垣」（筆者の女性名は竹内の匿名）などいっそうパンチのきいた風刺まんがが教師たちをいらだたせる。昭和十三年四月、最終学年を迎えた竹内浩三は、柔道師範の家へ身柄預りとなった。

（小林察）

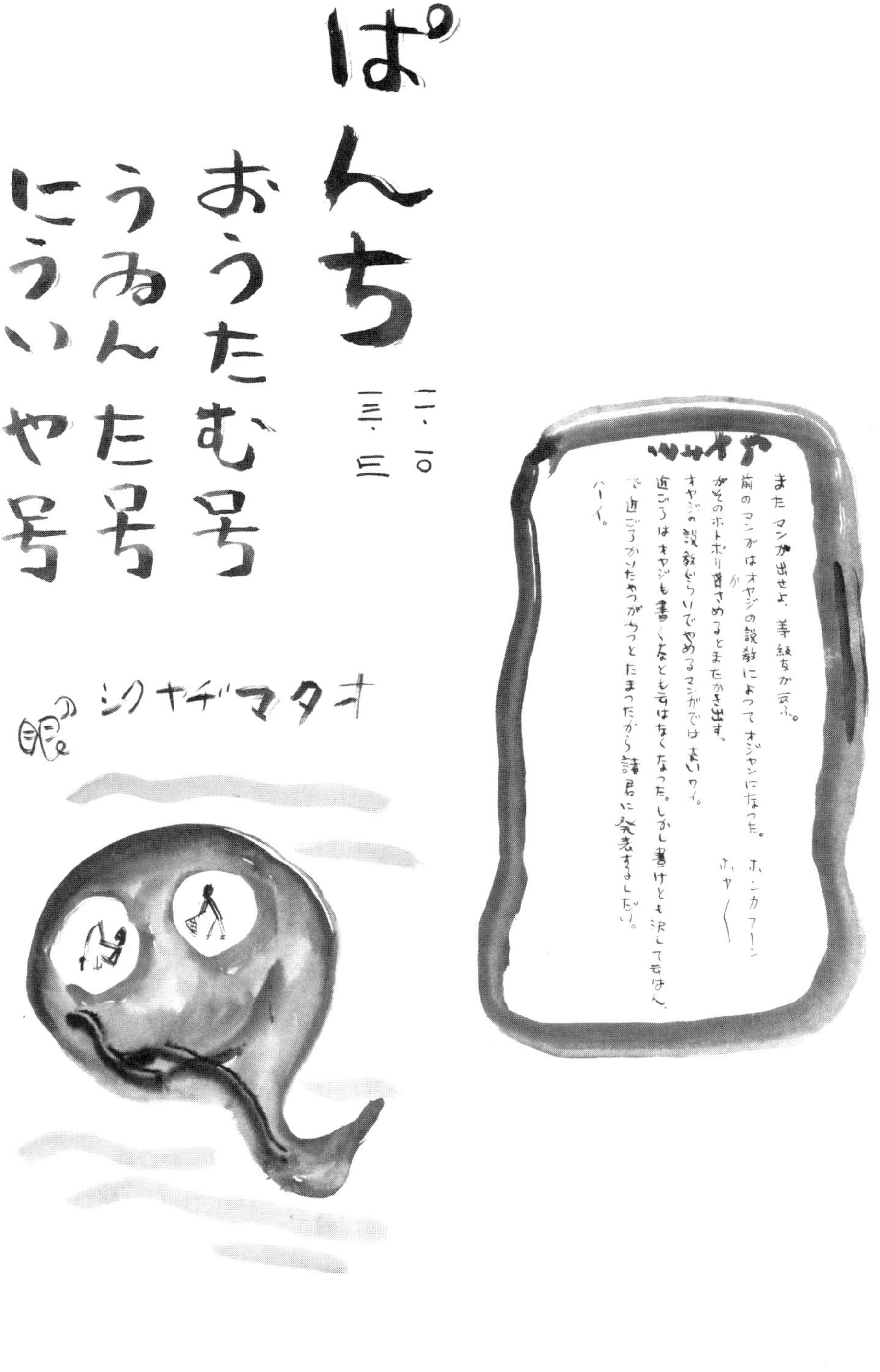
ぱんち
おうたむ号 二・一〇
うゐんた号 三・三
にういや号
眼の シクヤヂマタオ
またマンガ出せよ、等級友が云ふ。
前のマンガはオヤジの説教によってオジャンになった。ホンカフーン ホヤ〜
がそのホトボリがさめるとまたかき出す。
オヤジの説教ぐらいでやめるマンガではないワイ。
近ごろはオヤジも書くなとも云はなくなった。しかし書けとも決して云はん。
で近ごろかいたやつがちっとたまったから諸君に発表するしだい。
ハーイ。

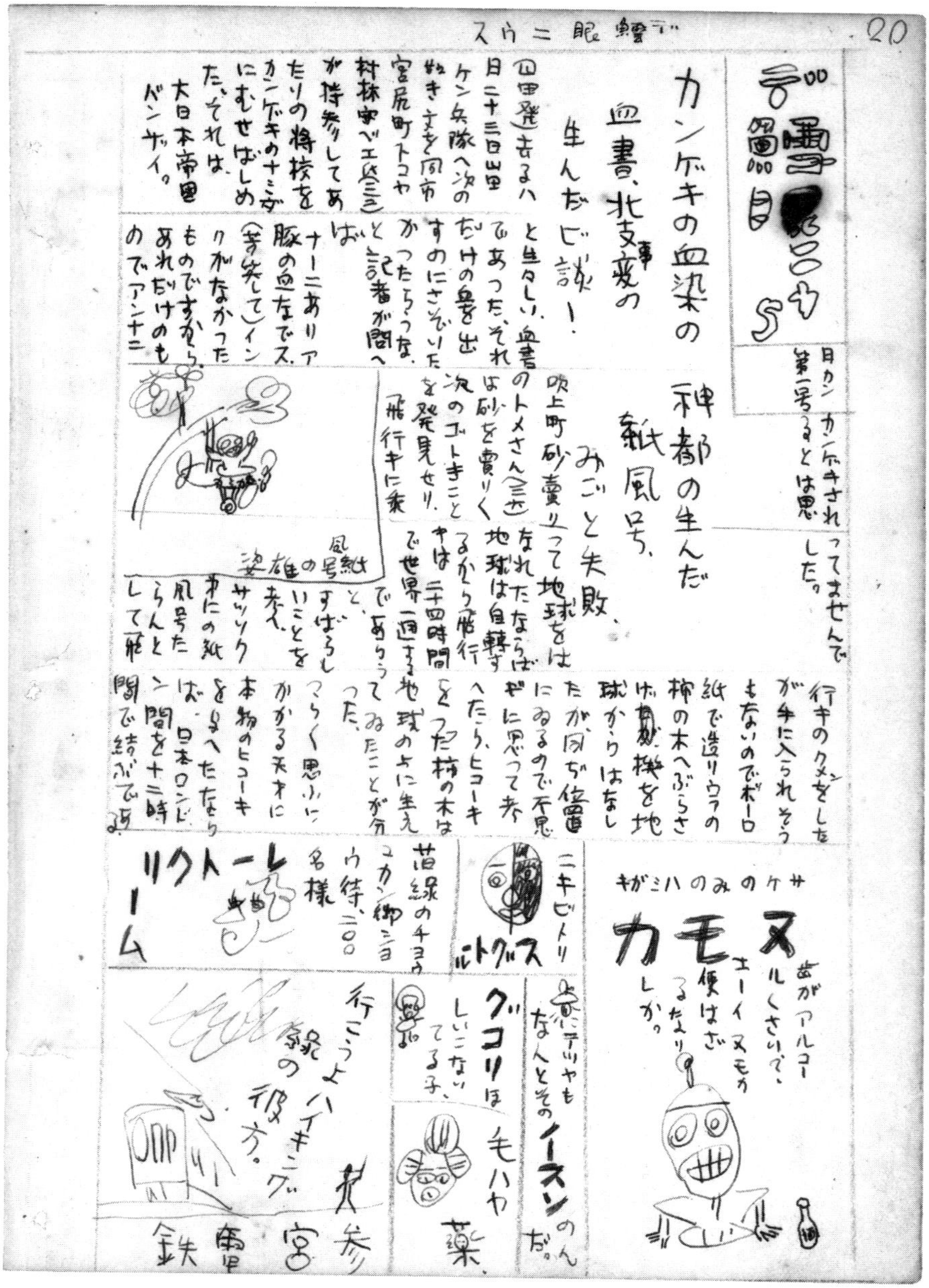

スウニ 眼鏡デ゛　20

日カン
カンゲキされってませんで
第一号るとは思 した。

カンゲキの血染の
血書、北支事変の
生んだビ談!

四田発 去る八日二十三日山田ケン兵隊へ次の如き文を同市宮尻町トコヤ村林安ベエ(三三)が持参してあたりの将校をカンゲキのナミダにむせばしめた、それは大日本帝国バンザイ。

と生々しい血書であった、それは砂だけの血書を出すのにさぞいたかったろうな、と記者が聞へば ナーニありア豚の血なでス。(笑失して)インクがなかったものですから、あれだけのものでアンナニ

神都の生んだ
紙風号、
みごと失敗、

吹上町砂賣リのトメさん(三六)は砂を賣リく次のゴトきことを発見せり。飛行キに乗って地球をはなれたならば地球は自轉するから飛行やは二十四時間で世界一週するであろうって

と、すばらしいことを考へ、サッソクオたの紙風号たらんとして飛

行キのクメンをしたが手に入られそうもないのでボーロ紙で造リウラの柿の木へぶらさげ飛行機を地球からはなしたが同ぢ位置にゐるので不思ギに思べって考へたら、ヒコーキをつた柿の木は地球の上に生えってみたことが分った。

つらく思ふにかかる天才に本物のヒコーキをあたへたならば、日本ロンドン間を十二時間で結ぶである。

姿雄の風号紙

リクトーレ
ーム

苗緑の千ヨウ
ユカン御ショ
ウ待、二〇〇
名様

ニキビトリ
ルトクグス

キがミハのみのケサ
カモヌ
歯がアルコー
ルくさいで、
ヨーイヌモカ
便はざ
るなより
しかっ

行こうよハイキングへ
銃の彼方。
鉄雷　宮参

グコリは
しいこない
てる子、

歯にテツヤも
なんとそのイースンのだ。

毛ハヤ
薬

23
コーフクヲウル オトコ
賣幸福仁。
十センだすと四つばのくろうばあが
出るまでさがさしてくれる、
サッポロビール

燈火親むべしの秋

スポオツの秋

秋の蟲
火の用心
ふきん
ねる前の歯みがきせむと
流しの下に鈴虫の

讀書
KO. TAK

まっくらがりになった。

65
Who is she?
She is G.S,
タイム
ネーサン
二十世紀
モガ

支那のあるケシキ

オイキサマッー！

シシツシ
シバラク
マタレイ

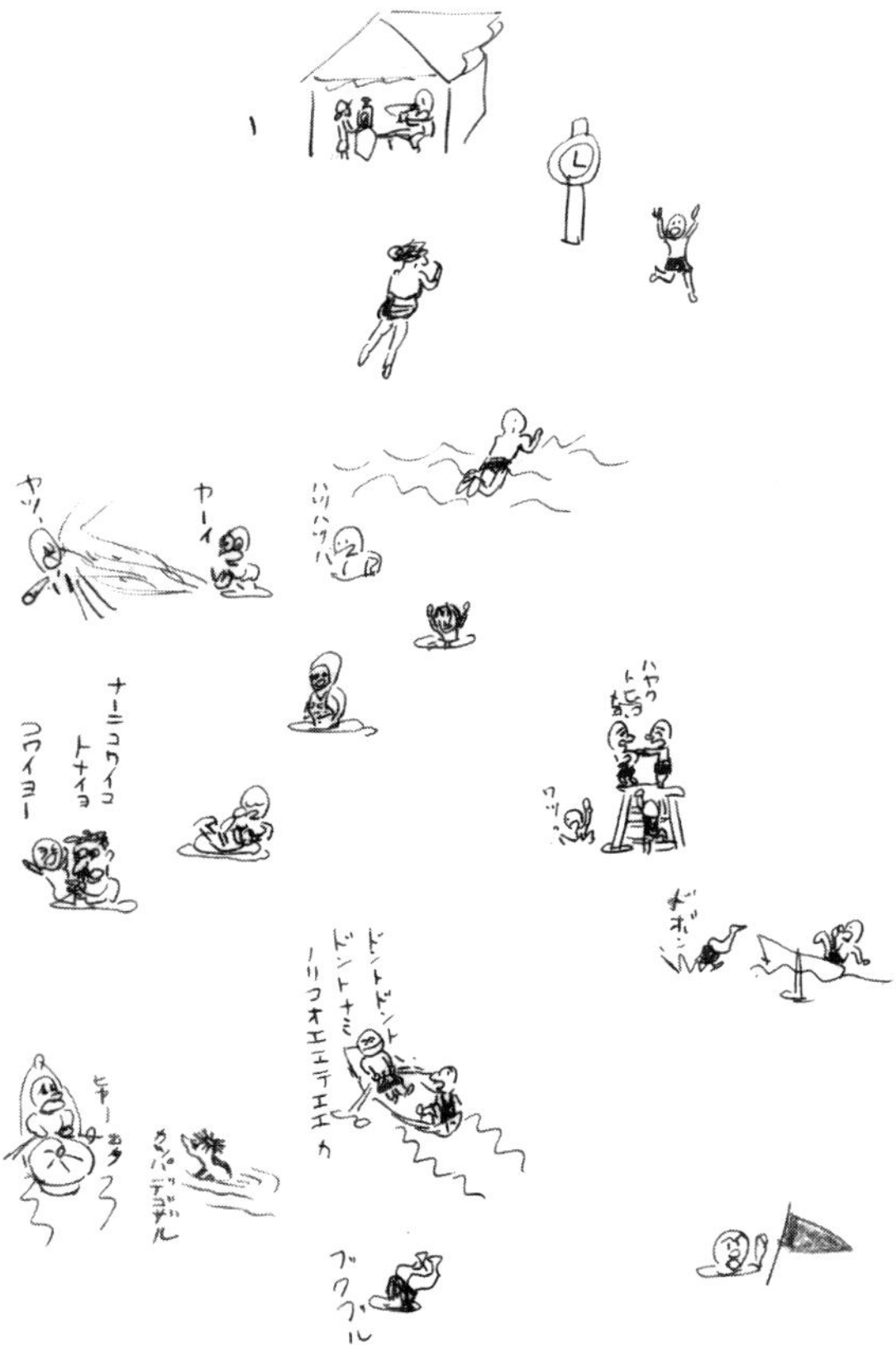
1
ヤッ
ヤーイ
ハッハッハ
ナーニコワイコトナイヨ
コワイヨー
ワッ
ブクブク

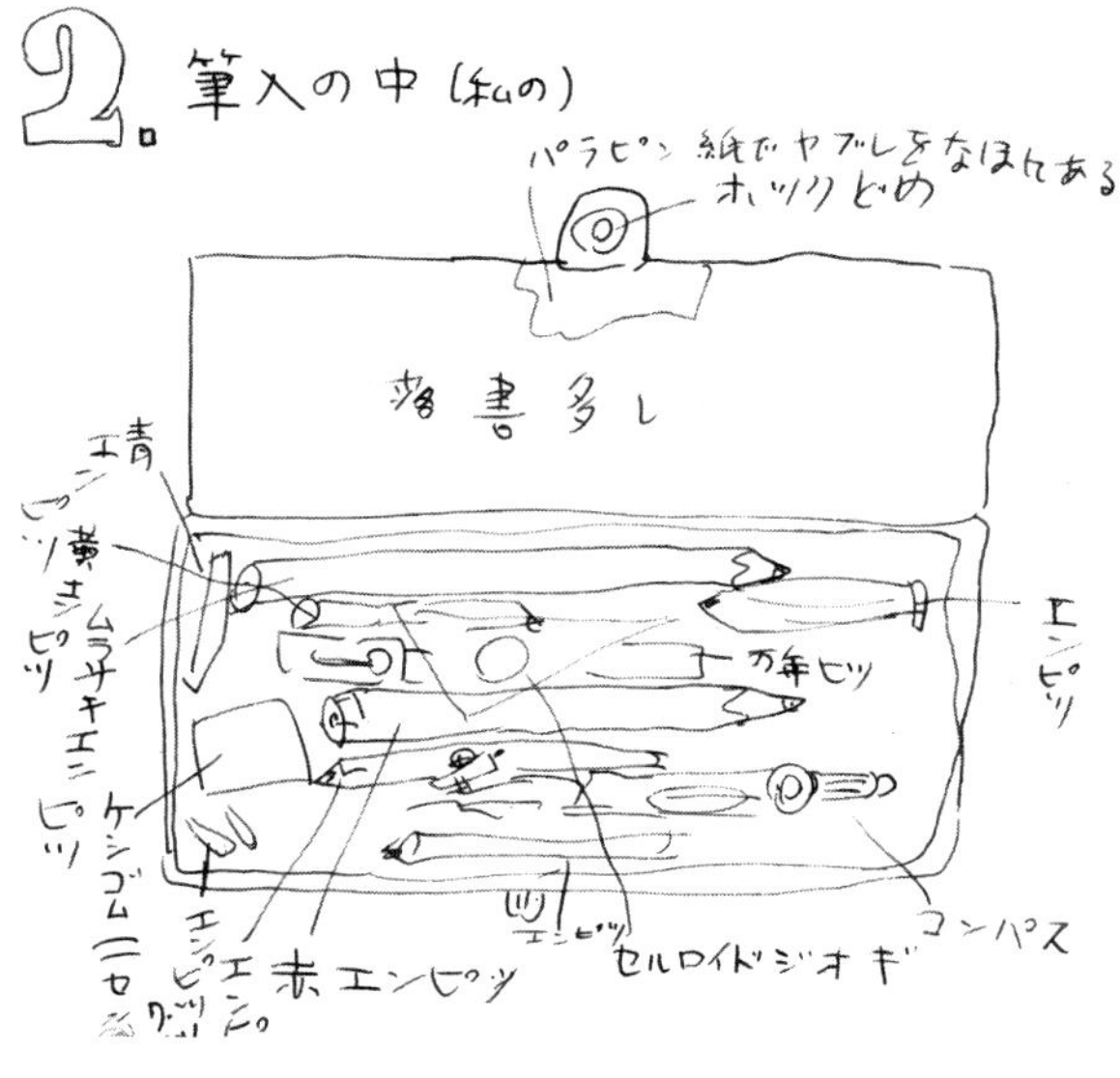
2。筆入の中（私の）
パラピン紙でヤブレをなほしてある
ホックどめ
落書多し
万年ヒツ
エンピツ
ムラサキエンピツ
ケシゴム
赤エンピツ
セルロイドジオギ
コンパス

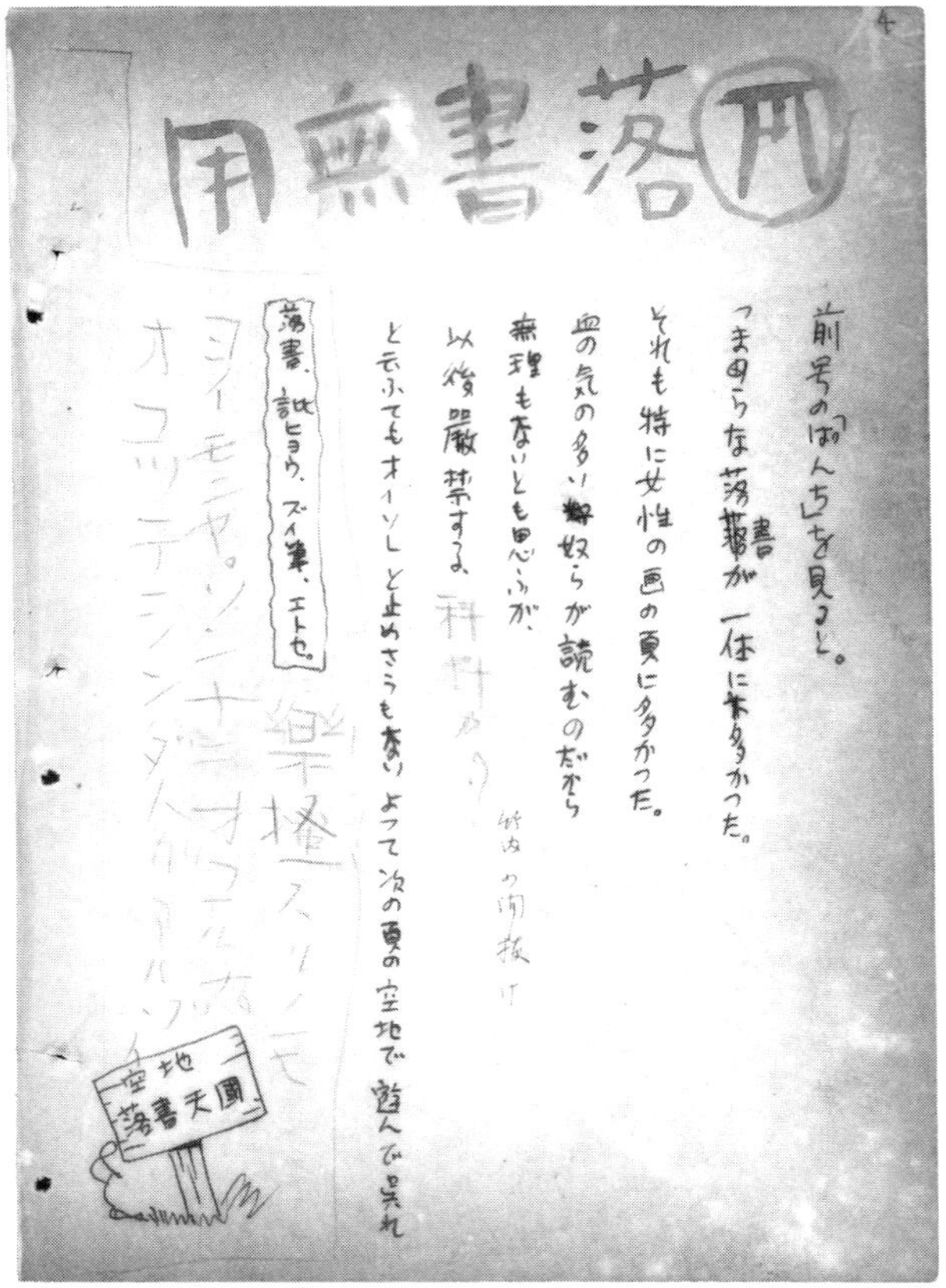
4

落書無用

前号のぱんちを見ると。
つまらな落書が一体に[illegible]多かった。
それも特に女性の画の頁に多かった。
血の気の多い奴らが読むのだから
無理もないとも思ふが、
以後厳禁する。
と云ふてもオイソレと止めさうも無い よって次の頁の空地で 遊んで呉れ

落書、批ヒョウ、ズイ筆、エトセ。

空地
落書天国

貴婦人
マーよろしいこと
さすがシャリアピン
ですね奥さま
そうですよほん
とに如
シャリ
ヤピンを
聞くと外のは聞
けませんよオホホ
シャリヤピンの人形
普通の人

ARA
AH WAGA NIKIBI
LOVE LETTER
GUGU
GU
KURASHI RAKUNI NARAZA RI JITTO KAKIDOME WO MATW
HATRA KEDO HARAKE DO WAGA

WHAT DO YOU MOTHER?
OH

記我落
人間類の図
生発古
ワシ
THE End

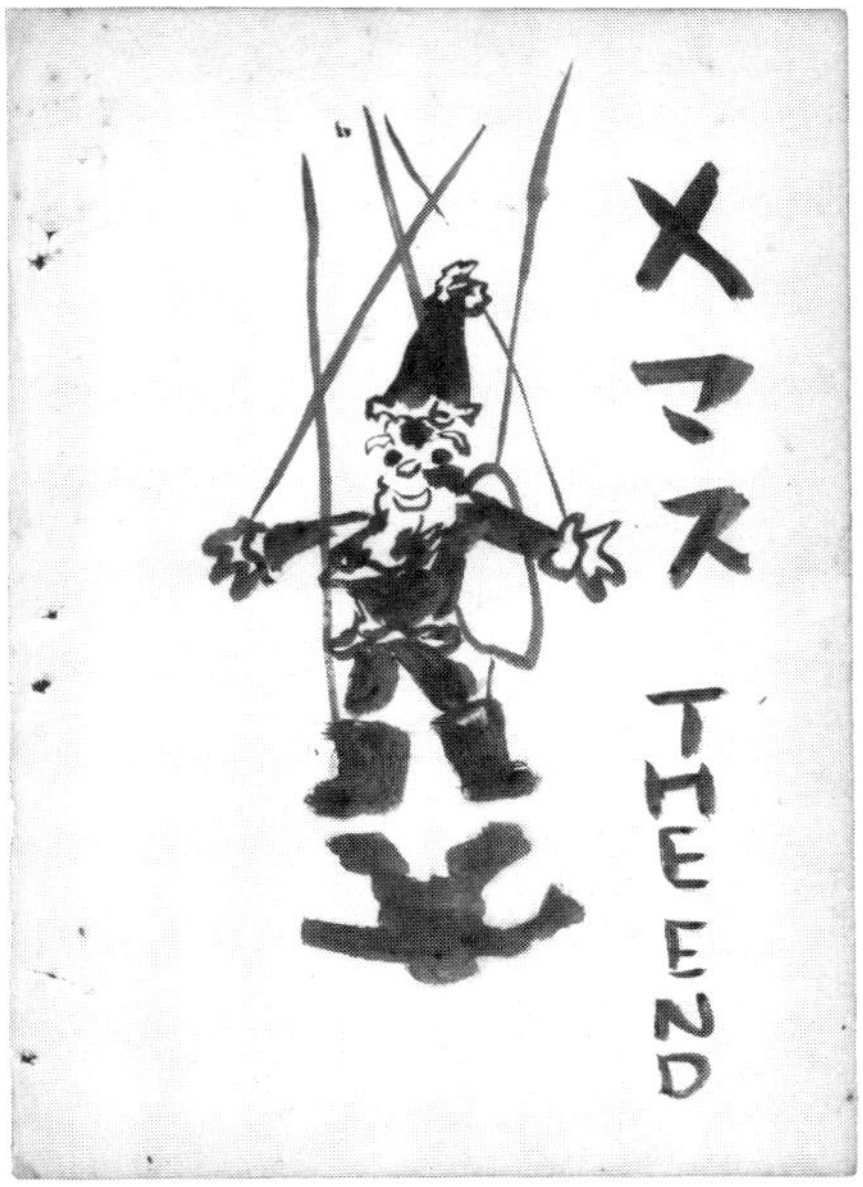
Xマス
THE END

ヨクバリ
キャラメル

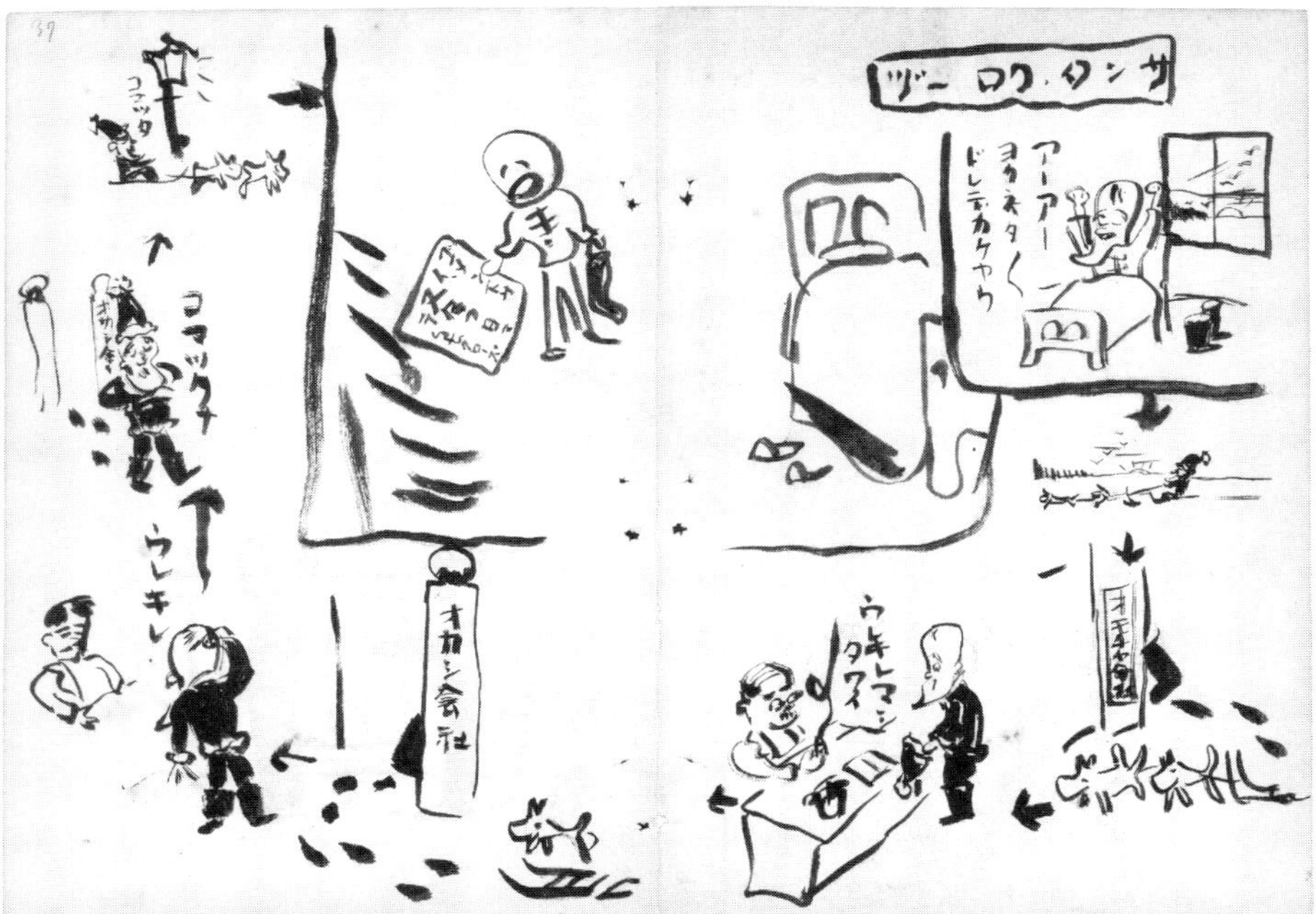
サンタ・クロース
アーアー
ヨクネタ
ドレデカケヤウ
コマッタ
オカシ会社
ウキレマシタワイ

或る毒薬自殺

或る首吊り

ある心中

ピストル自殺

或る自殺

落書きを禁ず
或る飛下り。

汽車から見えるカンバン

	田丸ー相可	相可ー徳和	徳和ー松阪	合計	9/7
仁丹	五	四	五	一四	七
神代モチ	二	二		四	七
生ガトウ	二		~~二~~一	三	一・五
ノーシン	一		二	三	一・五
花王石ケン	一	一		二	一
新高ドロップ		一	二	三	一・五
月タール		一	二	三	一・五
ボンテンインキ	一	一		二	一
グラン会		一		一	〇・五
中将湯	一		一	二	一・
太田イサン	一	一	一	三	一・五

松坂ー	
七	仁丹
三	ブルトーゼ
一	藤沢ショーノー
二	ノーシン
二	森永ミルク
二	グラン
一	月タール
一	中将湯

仁丹
神代モチ
生ガトウ
ノーシン
花王石ケン
新高ドロップ
月タール
ボンテンインキ
ハクラン会
中将湯
太田イサン
ブルトーセ
藤沢ショーノー
森永ミルク
マクニン

多木肥料
グリコ
白鹿
福助タビ
明治ミルクキャラメル
宮川脳病院
日医者
ホネツギ、
富士自転車
日立モートル
赤福
エトセ、

戦争
BAR
KURONEKO
スパイ
地球館

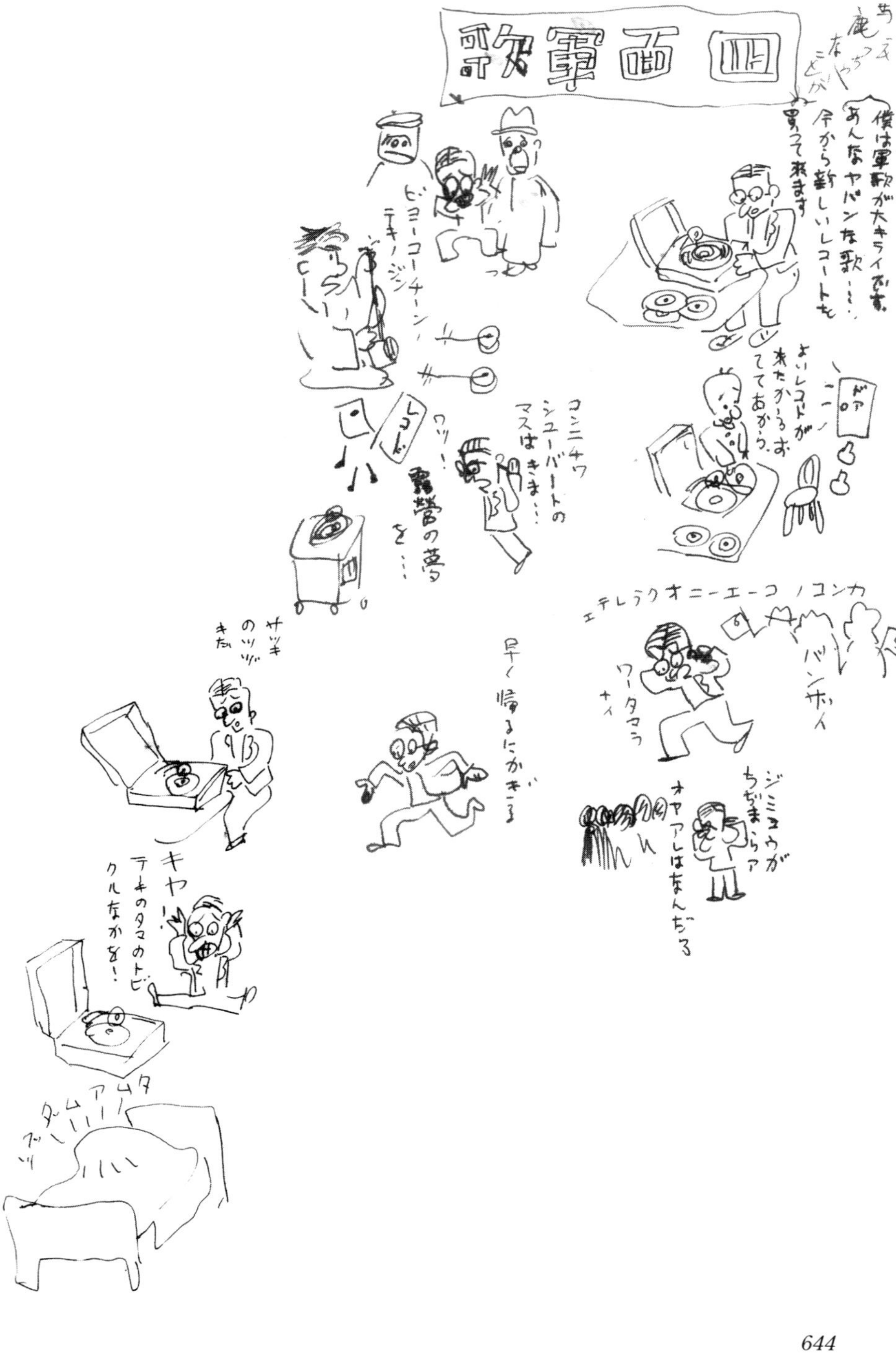
僕は軍歌が大キライです。
あんなヤバンな歌…。
今から新しいレコードを
買って来ます
ビヨーコーンチーン
テキノジジ
レコード
ワッ!
コンニチワ
シユーバートの
マスはきま…
露営の夢を…
ドア
サツキのツツジ
早く帰るにかぎーる
エテレラクオニーエーコノコンカ
バンザイ
ワータマラナイ
ジミユウが
ちぢまらア
オヤアレはなんだろ
キヤ!
テキのタマのトビクルなかを!
タムアムタ

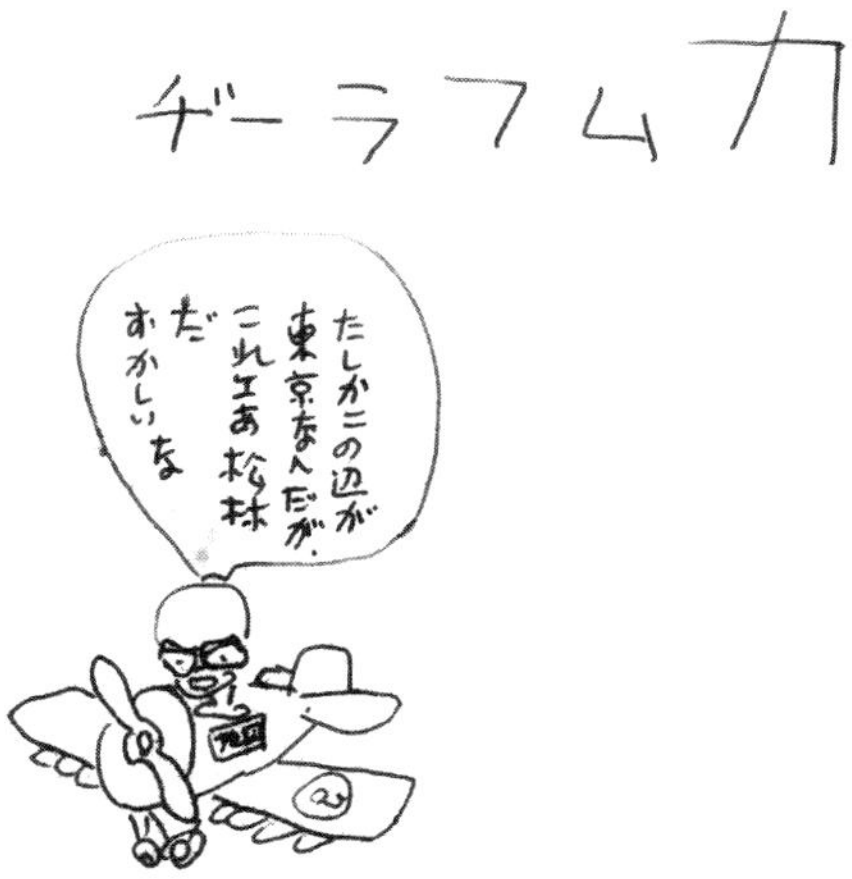
ヂーラフムカ
たしかこの辺が東京なんだが.これェあ松林だ おかしいな

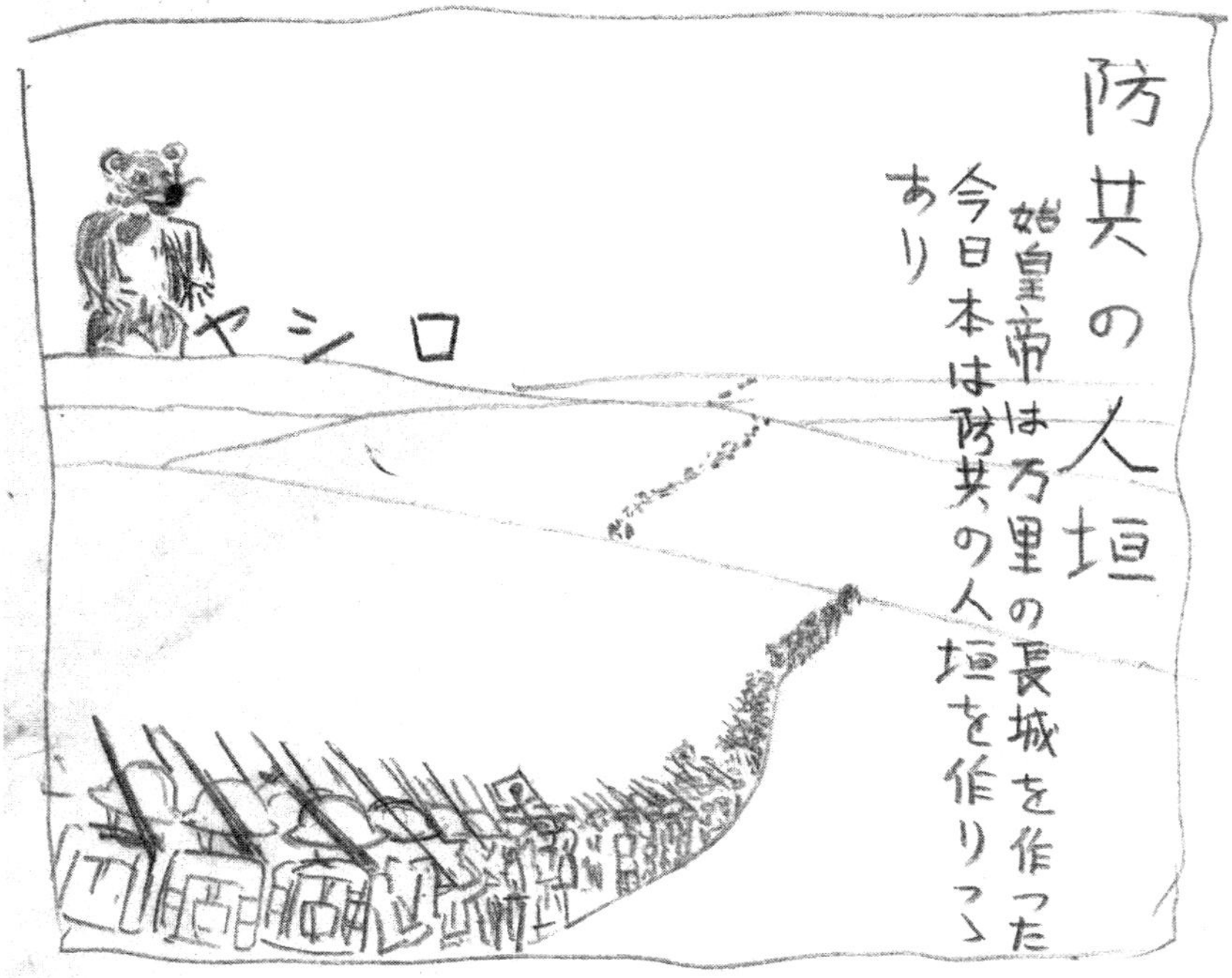
防共の人垣
始皇帝は万里の長城を作った
今日本は防共の人垣を作りつゝ
あり
ヤシロ

ルージュ
清三

火ドンド

ヂョヤの鐘
土管の中であの鐘を、
十三回もきいた。
オレも生れつきの
ルンペンじゃないのだが
ナー。

連載漫画
ヨーイドン太
ツクル 竹内浩三
アアー
ハナクソもなくなっちゃった。クソオモシロクもない
ムツカシイな。
△ABCが△CDQト合同ダトナ。
コンナときはマンガを書くにかぎる

ワが親愛なるドン太よナンヂは今は何をしつつあるか。ベンキヨウをしてゐるやいなや
さにあらず我は今マンガを
馬鹿野郎!! チヨット、こっちが芝居気を出してやると、チヨウシづいてやがる。ベンキヨーをせい
ヘヘー
されば我も今から再びベンキヨウを始めん。父ようれうるなかれ
三昧境
アアーーとベンキヨウ等そう続くもんではないよ。
マタマンガだ
馬鹿野郎!!! まだマンガを書いてやがる。
テヘー!
「まだじゃないよ
またダァー」

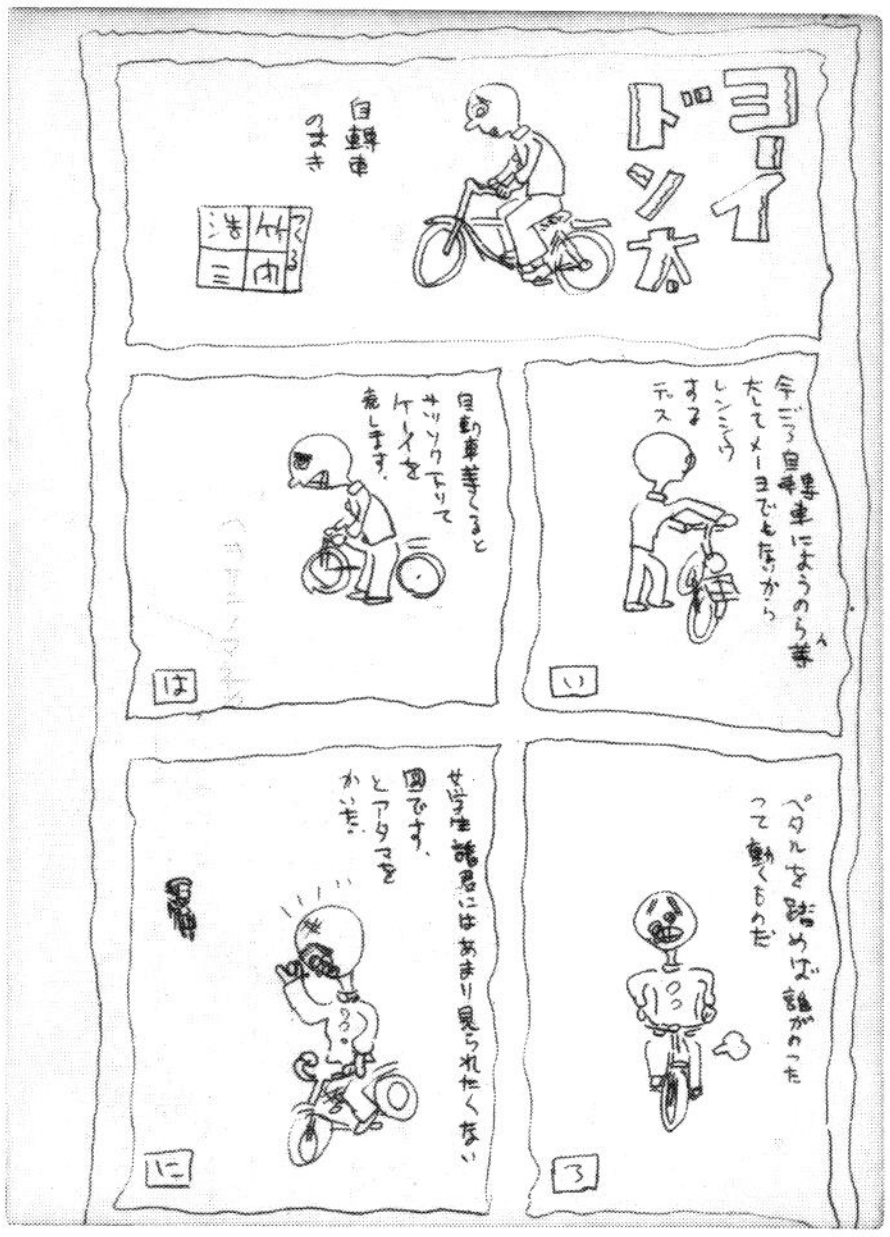
ヨーイドン太
自転車のまき
つくる 竹内浩三
今デハ自轉車にようのらん等大してメーヨでもないから
レンシウするデス
ペダルを踏めば誰がのったって動くものだ
自動車等くるとサッソクおりてケーイを表します。
女学生諸君にはあまり見られたくない図です、とアタマをかいた。

ので、手をはなしたら
かくのごとき
シウタイ、
誰かが助けてくれましたが、テイサイが悪いので人事不省に入ったマネをして見せてゐました。
人事不省の最中にうす目をあけて見るとサッキ居た人も見てゐたので赤くなったら人事不省のニセがバレました。
赤くなったのは熱が出たからだと云ったがかへってわらわれました
自轉車等習はうことにきめました。

躍る

二十世紀フオックス

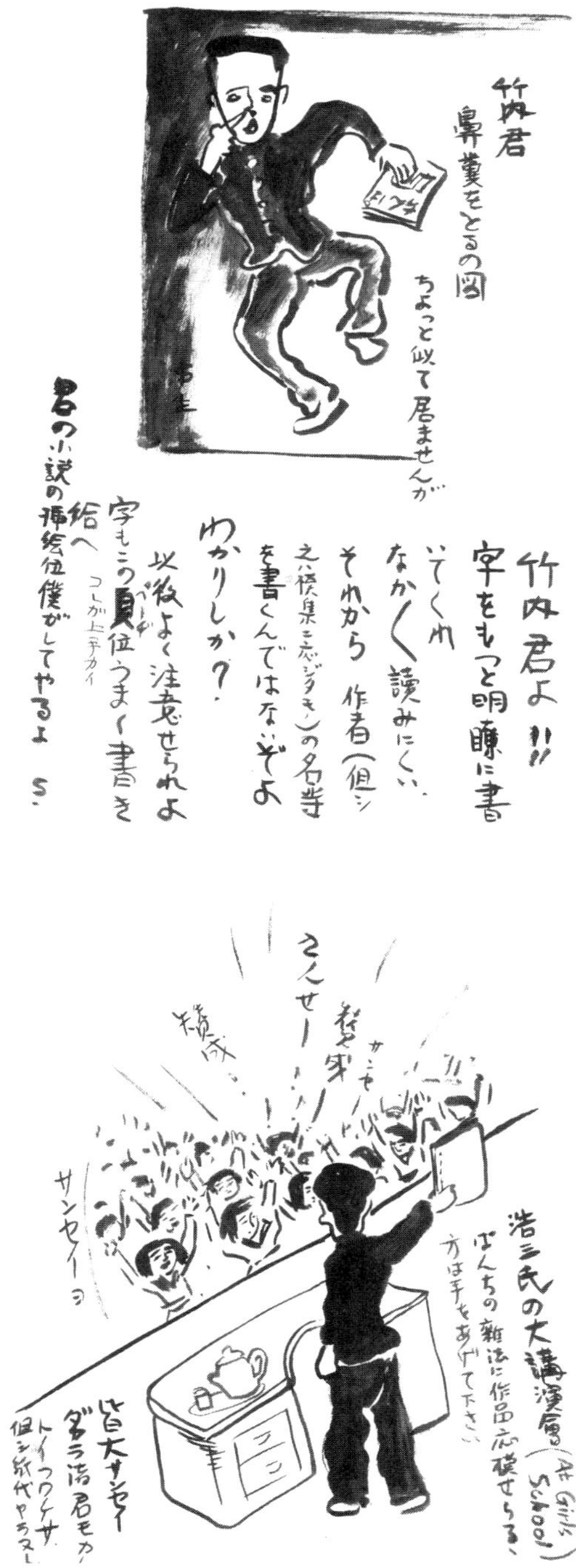

注　このページは巻末の「友だち作品」から採った。作者は、佐堀史郎という筆名である。

[補] 雑稿

故郷

二ノ四10　竹内浩三

僕の故郷は山田（注　現在の伊勢市）であって、今も山田に住んでいるので、故郷という感は少い。故郷といえば、田舎で水清く山青い自然にめぐまれた平和境の様な処と思っていたが、さて故郷の作文を書こうとすると、やはり故郷は山田より外にない。

山田は都会という程の町でもないが、田舎でもない。人口五万の一人前の市である。自慢といえば先ず第一に大神宮である。もったいないことであるが、馴れてしまって、あまりありがたいと思わなくなったような感もないことはない。他の地方の人が聞いたらうらやむであろうが。その他、自慢とする処はありすぎてないようである。山といえば朝熊山、海なら二見、川なら宮川といったように自然にめぐまれない土地ではない。では、市というものの、つまらない田舎かといえばそうでもない。そうとう文明も入り込でいる。交通なら省線、参急、伊勢電、バス。アスファルトの道路までがその仲間いりをしてる。と述べると山田よりよい所はないように聞こえるが、事実そうなのである。只それを我々が忘れていたのである。

我が学校

二年四組10　竹内浩三

白ペンキが外板にはげちょろけになっていて、鳩のふんが屋根に点々とサインをしている建物がある。その中に人間がいて、喜こんだり、泣いたり、笑ったり、怒ったり、わめいたり、悲観したり、手を挙げたり、考えたり、弁当を食べたり、けんかをしたり、説教をされたりしている。

これが我が山中（注　宇治山田中学校の略）である。その中の人間は、山中健児で、皆山中精神をもって動いている。

冬となれば伊勢平野を吹きまくった風が、謂ゆる高向（たかぼく）の大根おろし（颪）となって吹きつけて、山中の名物――あまり誇りとするほどでもない砂塵埃（ホコリ）――が運動場で乱舞する。

夏は、何もさえぎる物のない運動場をヂリヂリと太陽が焼きつける。しかし、誰もへこたれない。これが山中精神であろう。こんな処で五年間を過ごせば、大ていの者は人間になれるであろう。と書くと、山中は非常に厳しく又ひどい所の様に聞こえるが、そんなこともない。普通の学校であるつもりでいる。

伊吹登山

二年四組10　竹内浩三

「起きよ起きよ」「もう起るのかい、ねむたいのォムニャムニャ」等言って、十二時過ぎに起きた。がやがやと表を登山者が通って行く声がする。すぐに用意して、簡単な食事をして、外へ出た。ものすごい人出である。がやがや、ぞろぞろとならんで歩いて行く。僕等もその人の渦の中へ巻き込まれてぞろぞろと登った。森の神社の前などは、まるで祭か何かの様である。ラムネやアイスクリーム等も売っている。その森を出ると、眼前に広い曠野が現われた。伊吹の頂上と思われる所には点々と燈が見え、その下に燈火がつづいている。その燈火と燈火とをまた小さい燈の点線が結んでいる。小さい燈は上へ上へと動いている。その小さい燈は、皆人間が持った燈で、その動きは人間が登って行くのである。大きい方の燈は小屋の燈である。空には、星が無茶苦茶にばら散いた様に空一ぱいに散らばって光っている。

　皆はだまって歩きつづけた。小屋ではかんかんと燈をともして飲食物を売っている。それを横目でにらんで唯歩いた。中程で一回休息をした。下を見れば道の通りに燈が点々と続いている。琵琶湖は真暗な中に星の光を鈍く反射している。その手前に長浜の街の燈が一所にごちゃごちゃと集まって光っている。

　又歩き出した。木が少しも生えていないので風は吹き放題びゅうびゅうと吹きまくっている。薄の葉がさらさらと動く。道は少し急になった。間もなく星明（アカリ）に八合目の標識を見ることができた。やがて頂上についた。頂上は、なお寒く所々で火を焚いている。石室は、人で一ぱいで這入ることが出来ない。茶店ではストーブを焚いて、ガラス窓に湯気がついて、いかにも暖かそうである。這入って見ると、驚くなかれ這入代が二十五銭！　舌をまいて外へ飛びだした。

　　休み屋を追い出されたる寒さかな

等と言いながら、日本武尊の石像の下で寒さにふるえながら御来光を待った。

蛾

二年四組10　竹内浩三

代数の宿題をしていると「ぢぢぢぢぢ……」と音がした。見ると電球と傘との間で蛾がもがいてあばれている。そして、翅の粉がぱらぱらとノートの上に落ちた。僕は、それを吹いて払って、蛾を指の先でちょいとつまみ出してやると、ひらひらと部屋の中を飛び廻った。

時々電燈の側へ飛んできては、僕の頭へ当ったりする。少しうるさいほどになって来たが、しかたがないのでほうって置いた。すると、ひらひらと舞いもどって来て、僕の目と鼻の間に当った。手で払おうとすると、逃れて電燈の傘へ思いきり突き当った。そして、ヂーンとにぶい音がしてノートの端へぱったりと落ちて来た。大分弱っているらしい。翅がぴくぴくと時々動くだけでじーっとして動かない。全身赤みがかった褐色のこの小さい虫が、何だか気味悪くなって来た。それでノートのまま窓際へ持って行って、蛾を払い落とした。蛾は蘇生した様にひらひらと闇の中へ飲まれて行った。

説教

授業がすんだら
ちょっと来い
職員室へ
やって来い
おこって出てった
ドジョウヒゲ

国語ノートに
チョトかいた
ドジョウヒゲ氏の
似顔画を
見つけられたが
百年目

授業がすんだら
ちょっと来い
職員室の
ドア開けりゃ

ジロリと皆から
ながめられ

コンコン説教
一時間
ようやくすんだ
そのときは
ドジョウヒゲまで
潤(うる)んでた

かえうた

一、小山愿（スナヲ）（大山巌（イワヲ）のカエウタ）
怪頭天を衝くところ
　ほえてへをふるサクラボシ
サツマを喰える怪男子
　姓は小山　名は愿

十八シナイをひっさげて
　早くも割らかす窓ガラス
セッキョーうける教務室
　鼻はつぼみのダンゴバナ

二、ヒノクルマ（ヒノマル）
アカジニクロク（シロジニアカク）
ゼーキンアゲテ（ヒノマルソメテ）
アークルシイヤ（ア、ウツクシヤ）
ニホンノクニハ（ニホンノハタハ）

（以下略）

クロジニノボル（アサヒニノボル）
イキオイミセテ（イキオイミセテ）
アアイタマシヤ（アアイサマシヤ）
ニホンノクニハ（ニホンノハタハ）

戦死

コゾノロフ君は、ヤマンダムの中学校に通っていて、五年生であった。そして、ヤマンダム市に住んでいた。或る日、級友のワンタレスク君の兄さんがシベリヤの戦に戦死されて、今日はそのおくやみに、ボクやチウソニヤ君も行くのだから君も一緒に行かんか、と友達のリップレン君が言った。

しかし、コゾノロフ君のサイフには十五ルーブルしかなかったし、ワンタレスク君の家へ行くには汽車で駅を二つも越えねばならなかったので、カネがないと言ったら、リップレン君は交通量調査の報酬として今日百ルーブルもらったからシンパイするなと言う。

ところが、もう一つコゾノロフ君には行けないことが出来た。コゾノロフ君は、学校に提出すべきものを二日も遅れて出さなかったので、担任の井ル先生がおこって、放課後もってこいと言った。だから、それを放課後もって行ったら汽車にのれなくなる。

エーイ、なんとかなるさと思って、コゾノロフ君は行くことにした。すなわち、今日はそれを出さないことにした。エーイ、なんとかなるさというのは、コゾノロフ君の悪いクセである。

とにかく、その時間に駅へ行ったら、もうリップレン君やチウソニヤ君、そしてワンタレスク君と同じ町に居るモンテニキュー君が来ていて、そのモンテニキュー君が井ル先生も一緒に行くと言っていたと言った。

　コゾノロフ君は、コリヤ弱わったと思った。井ル先生に会うとグワイが悪い、もう帰ろうかと思ったが、エーイなんとかなるさと思いなおして、井ル先生が来ないといいがなあと思いながら汽車にのった。

　すると、井ル先生の姿がプラットホームに現われた。コゾノロフ君は、チェッと舌打ちをして、とりあえずトイレットへかくれることにした。しかし、そう長くトイレットに居るわけにもいかず、どうせ見つかるんだから、まアなんとかなるさと思って、汽車が次の駅で止まった時、何喰わぬ顔をして井ル先生等の乗っているハコへ行って、井ル先生にコンニチワをしたら、まアここへすわれと言う。まアなんとかなるさと思って、そこへすわった。コゾノロフ君のハートは小さいので、こんな時には、じきに赤くなる。自分でも赤くなって行くのがわかる。(書きたくなくなったから、この項終わり。)

早慶受験記

ハジマリ

高等学校はトテモダメだから、私大の予科を受けてみようというので、私大のうちではもっともよいらしい、ワセダとKOをえらんだ。その内でももっともやさしい、文科と法科をえらんだ。

汽車の中

かねて、ヤクソクのとうり、NとTとKが駅へ来た。

見送りの顔が後へずっとずさり——汽車が発車したのだ——駅の燈が後へすざり、新道のネオンが後へとび、田の中を走っている。

津から乗った歯医者の学校へ行っているという学生が、私達の話の中へ仲間入りして、チョコレイトを呉れたり、トランプをしたりした。

　そして、東京はとっても、やかましくなっているから、学生は遊べないと言い、チャップリンのモダンタイムスを見たが、あゝなれば映画も芸術ですねエと言ったのでこいつバカかなと思った。なぜって、この仁に言わすと、映画は芸術でなかったようなことであるから。すると、Nが「芸術映画はきらいや」と言った。

名古屋から、すこしもシャンでない、ダンパツの姉妹弟と母がのりこんだりした。

大船あたりからのりこんだ、ヨタモンの群にかこまれたりもした、があまりユカイでなかったからていねいには書かない。

メヤニのたまったメをこすっていると東京駅へついて、むかいに来て下されているはずのオバサンの姿をさがした。

東　京

現われるはずのオバサンが一向現われないので、ボクとNとはトホウにくれた。トホウにくれていたって、現われないものは現われないのだから、とにかく、トンネルをくぐって外へ出た。そして、おもむろに考えた。東京市明細地図を三〇センで買って、考えた。そんなときにはハイヤーにのればイイのかもしれんが、それではスリルがなくて面白くない。なら、地図を見ながらそこまで歩こうかとNが言った。そいつは面白かろうと思ったが、そこへ着くまで太陽が空にあるかどうかがあやしくなったので止めにした。

省線電車にのることにして、池袋で下りた。そして、武蔵野電車というのにのって、二つ目の駅の椎名町で下りて、魚屋で道を聞いて、晴風荘というアパートにたどりついた。

ペンネーム

ラ・デルタ

「なんか言えよ」と、おか・えいたろが言う。「又か、ナンネ」文公の奴、「北方の蜂」の批評書くんやと言うて、ゆんべから書いとるが、書きにくいところになると、「なんか言えよ」とSOS(たすけぶね)を言う。今、朝礼台のとこを書いている。「書きにくいのう」と、また言う。めんどうだから「ホウカイ」と、ぼけておく。こっちも今自分のペンネームを考えているのだからナ。

文公もだまって書いとる。ええ名はないもんかなァ。「あれ大阪やったのォ」また話しかけてくる。うるさいことオビタダシイ。「なんね、あれて」「キツオンガクイン」「えッ」

なにをまた書いてケッカンのねと思って、やつの原稿紙をのぞくと、「コッコッコッ……」オレのドモッたことを書いている。やなやつだネ、じっさい。

ええ名はないかなァ、と両手であごを支えたり、ハナクソをほぜったり、火鉢を吹いたりやってみる。こんな動作をする事によって、ペンネームが生ずることはないと気がつく。エライねむたなってきた。文公がゲタゲタ笑いだした。ウルサイナ。「ナンネ」と原稿紙をのぞいてやる。ええ気なもので、オレと文公のカツゲキを創作してよろこんでいたのだ。批評しにくいところになると、こんな事書いてごまかすんだから、ダマサレちゃいけませんぜ。しかし、創作した部分といやここぐらいのもので、外んとこは皆ほんとを書いているということを彼に代ってベンメイしておく。

いらんことに、じきに紙がつぶれる。ペンネームを考えねばならぬ。ええと、ええと、もうやめや。いいペンネームは、こんなことして出来るものではないだろう。いい空気でも吸ってゆっくり考えるとしよう。


(以下略)

(「北方の蜂」第二号(一九三九・四)より)

あとがき集

「北方の蜂」第二号　昭和十四年三月記

とにかく第二号が出ることになった。

もっと早く出すつもりだったが、おくれてしまってすまなかった。今後はもっと周期的に月に一回出すつもりでいます。

この「北方の蜂」発行は、思っていたより重大なことである。いつまでもいつまでも此誌を通して、「北方の蜂」の連中が団結して、仲よくやってゆこうや、だから重大だと言うのだ。

×　×　×

僕達はみんな若いんだ。

空はどこまでも青い。

前に広い広い野がひろがっているんだ。

仲間が、「北方の蜂」の仲間が、しっかりと肩くんで、胸をはって、「前へ!オイ」だ。

大股にぐんぐん歩いて行くんだ。(デルタ生記)

一人がけつまずいても、肩組んでいるからひっくりかえらない。

どこまでも、どこまでも前進。

僕達は若いんだ。

「伊勢文学」創刊号　昭和十七年五月記

ぐずぐずしていたので、出るのが、こんなにおくれてしまった。これからは、できるだけ、きちんきちんと、出すつもりだ。

見たとおり、この雑誌は、貧弱なものである。貧弱な方がいいとは言わないが、双葉山の描いた八十号の油絵より、マチスのデッサンの方が、いいとは言える。

活字にしたいと思うが、今のところ、ぼくたちのふところ具合がそれをゆるさないから、当分は、ガリ版でがまんすることにしよう。

ぼくたちは、もっともっと勉強して、この「伊勢文学」を、ますますいい雑誌にしよう。

ぼくたちは、若いんだから、なんでもできる。

「伊勢文学」第二号　昭和十七年六月記

予定の日にだすことができてうれしい。原稿がたくさんあつまって、創刊号の三倍くらいの内容になった。「妻」は、西山君が出征する前にかいて、土屋君のところへ郵送してきたものである。七十枚ほどあるので、すこしずつ、本誌の上に発表する予定である。

今、世の中は、ある方向にめまぐるしく進んでいる。我々は、じっくり腰をおちつけねばならない。ごまかさず、妥協せず、自分の生き方を大切にせねばならぬ。みんなが、自分を一番大切に生かすときは、今だと思う。

「伊勢文学」第四号　昭和十七年八月中井記

この第五号（注　この中井の誤記は第四号の発行の遅延を語っている）を竹内のための特輯といたします。兵隊の浩三からの手紙「伊勢文学をたのむ。ぜったいやめられぬ。ぼくたち、平素のことば――兵隊にいったあとに伊勢文学がのこされるということは、どんなに精神の安静であろう。マッチの情熱！　ポケット用の永遠の情熱！　一本の軸木を眺めなさい！　文化の青々とした大木！　ぼくたちは、いつでもマッチをとりだす。また、やつぎばやにそうして焔をあげる。伊勢文学のためにマッチを可愛がる意志はありませんか！　マッチのマーク。」

浩三がいってしまうと、ぼくたちの花は茎をなくしてしまった。この号は創作が一つもありませんし、カットの雲隠れとか、字体の嬰変調があります。ぼくたちには、ひたすらのきばりが必要となりました。

中井利亮

タンテイ小説　蛭

一、龍

たそがァれにわァがやの灯。
まどにィうつりィしころ
わがこォかえるゥひ（日）いのる。
おいしははのすがたァ…。
……。

バチバチと手をたたきながら、中山君が灌木の間から現われて、

「うまいうまいぞ。余餞会の時にぁ独唱をやれよ。ハハハ。」

と笑ったが、ギョッとしたように真顔になった。

歌を唱っていた安達君も、

「ハハハハ。君のハーモニカの伴奏でね」

と、くるりと後をむいたが、中山君の真顔にぶつかって、

「え、君どうかしたの？」

「いや、なんでもないんだ。しかし、ここはいやに気味の悪い所だね」

「もうかえろうか」

「ウン」


その前に私はここが何処であるか諸君に告げねばなるまい。

ここは松尾の二つ池の辺（ホトリ）なのだ。唱っている安達君の足元にペクペクと小波が岸の草をゆすっている。水の中に毒々しい緑色をした藻がブリヤブリヤゆれているのもうす闇（ヤミ）の中に見える。小松の交ぜった丘の中腹の流行病の流行った時だけしか使わないヒ病院の燈がポツンと熟したほほずきのように燈いている。その後の小山の稲荷様の赤旗がハタハタふるえているのも見える。その下の田ボの中の鳥羽街道を自動車がヘッドライトをパアと光らして通った。そのずっと向うにアツミ半島の航空燈台がチカと光ってすぐきえた。空はドロンとした黒と灰色の雲がむらを造って曇り、西のヂカヂカと一列の真赤な夕焼のなごりの雲が陰ウツさをひき立てようとしたがかえって不吉な色を表わしているように思われた。

「帰ろう」

中山君はせき立てるようにそう言ってスタスタ歩き出した。安達君は十歩ばかり前を後も見ずに行く中山君を見た。その時、恐怖が彼の体中にジーンと廻った。ワーッと泣き出した。異様な恐怖……。中山君の後を追おうと思っても、すぐには足が動かなかった。腰を抜かすというのもこのような現象だろう。

「ウヒァー！」

安達君は、アゴがガクガク動いて、顔が土のようになった。そして、ヘナヘナと坐りこみそうになったのを、やっと力を出して

起ち上り、中山君の後を追った。そこには、安達君の悲鳴を聞いた中山君がボー然とツッ立っていた。そして血の気のない顔で安達君を迎えた。

二人は、ただ走った。逃げた。

御幸道路のアスファルトを踏んだ時、初めて中山君は安達君の顔を見た。しかし二人は何も言わずに小走りに久世度の坂を登った。そこには、安達君の家があった。安達君はコーシ戸を開けながら、

「君も上り給え」

と、やっと言った。中山君は黙って後に続いた。

「どうしたの、大(ダイ)ちゃんも中山様(サン)もいやにこわい顔して？」

と安達君のお母さんが言ったが、二人は返事もせず部屋に入った。

安達君は、

「アハー」

と言ってボーシを畳の上へ投げ、ドスンと坐った。中山君もそれにつづいて坐った。十分ばかり沈黙が続いた。

「君も見たんだろ」

と中山君が、唇を舌で湿しながらひからびた声でやっと言った。

安達君も壁の角を見つめながら、

「フム」と言った。そして、

「君は何だって僕をほっておいて先へ行こうとしたんだい。……僕は君が居なくなると急にあたりから恐怖にしめつけられたような気がしたよ。君はひどい。僕は君を呼ぼうとしたが、シタがもつれて動かなかった。その時、思わず眼を水の中へ落したら、ゆらゆらした藻の中から……。」

「うん、そうだ。僕の見たのもそれだ。僕は君と冗談を言っていた最中にあれを見たんだ。あの時、僕の顔色は変りゃしなかったかい」

「うん変った。それで僕もギョッとしたんだ。その時から、こわいという気が体中まわったと思った。それに、君が前へどんどん行くんだから、僕はなきたいほどになった」

「そうだろう。しかし僕はあれを見てしまってからあそこに一時も居れなくなったのだ。それにそれを君に話そうかとも思ったんだが、君がかえって恐がるだろうと思って止めた。そして後も見ずに歩きだしたのだ」

二人とも沈黙にひたった。

安達君は手持不沙汰に万年筆なんかをひねくりながら、

「しかしあれは一体なんだろうな」と、半分独語(ヒトリゴト)のように言った。

「じゃ、君の見たあれとはどんなものだったんだい。僕の見たのとひょっとするとちがうかもしれないから。」と中山君がたずねた。

「じゃ、言うよ。僕の見たっていうやつはネ、まるでハンニャの面をぺしゃいだようなやつで頭には白髪のようなのが藻の間にゆらゆらしていた。そして、顔の色はちょうどあの藻のように真青だった。」

「そうか。じゃ、やっぱり僕の見たのと同じだ。しかし、僕の見た時には顔の色はなんだか赤いようだったよ」

「え、赤かった。じゃ、君の見たのは別のじゃないのかい。僕の見たのはたしかに青かった。」

「いや、しかし君の見たのと僕のとは位置がほとんど同じだったから同一のものだと僕は思うよ。そして、あれはきっと生きている物にちがいない。」

「そうだとするとますます気味のわるい話だね」

と、言いながら安達君は横にあったその日の夕刊に眼をやった。その眼が極端にギョッと変って、

「おい、君。ここを見ろ。なにかありそうだぜ」

と言いながらも新聞から眼をはなさなかった。

「え、何、何!?」

と中山君も安達君の視線を追って次の記事を発見した。そこには、

神都松尾山二つ池池畔で
謎(ナゾ)の死体発見。
他殺か自殺か。

という見出しで、「本日午前九時頃、農夫鹿海(カノミ)彦八(三十六歳)の宇治山田署への報告によると、松尾山の二つ池の西池のほとりに於て女学生の死体を発見し、直に署へ報告したのだという。署では警官二名を遣ってしらべたところその地にはそれらしいものがないので鹿海彦八を同行してしらべても彦八の見たという地点にはその死体はなかった。当局では目下慎重に捜索中。」とあった。

二人は思わず顔を見合せてツバをごくりと呑んだ。

「何かあれと関係ありそうだね、僕等の見たのと位置も同じらしいから」

「警察へとどけたらどうだろう」

「いや明日にしようよ」

「ときにもう何時だろう」

安達君はふりかえって机の上の置時計を見て、

「まだ八時十五分前だ」

「そうか、じゃ僕はもう帰るから」

と中山君が起ち上がった。そして、

「途中で又あれが出るかもわからないね、ハハハ」

と笑ったがかえってその笑が不気味に響いたので、ハッとした。

「じゃかえるよ。さいなら」

「さいなら」

バタバタと中山君の走る足音が聞こえて、やがて小さくなって消えてしまった。

安達君も又急におそろしくなった。立ち上ると足早に歩いて家族の皆が居る茶の間へ入った。そして中からパタンと戸をしめた。

「大ちゃんえらい顔色が悪いじゃないの」と言うお母さんの声が茶の間から聞こえ、

「うんそうだ、どうしたんだ大助風でも引いたのか」と言うお父

さんのらしい太い声も聞こえた。

「いやなんでもないんだよ」と安達君の声が聞こえた。

「そうかそんならよいがマア早くねるんだな」と又太い声がした。時計の音が耳につく程茶の間はしずかになった。戸外はとうとう雨になったらしく、ションション音がしだした。

「あら雨だわ。中山さんぬれていないかしら」

と女学校の二年の妹のエム子さんの声がしたが、また静けさが場をしめた。

風を交えたらしい雨の音が大きくなった。台所あたりで虫の声がした。

二、親友

「どうだい」と中山君は安達君に翌朝学校で先ずそう言った。

「どうだいって？」と安達君がそうたずね返さざるをえないような中山君の言葉である。

しかし、安達君の「どうだいって?」と言う返事はわざとそう言っただけで、その「どうだい」の意味を探求する意図はすこしもなかった。そして、

「あのこと、警察へなんかとどけずに僕らで解決してみようじゃないか」

安達君は、早く昨日の事件について話したかった。そして、本当に自分でそれを解決して見たかった。


付け加えておくが、安達君は大の探偵小説ファンで、自分の本箱に、「新青年」「ぷろふいる」等の雑誌や『小酒井不木全集』、『江戸川乱歩全集』はじめ大下宇宅児、甲賀三郎、木木高太郎、海野十三、森下雨村、夢野久作、小栗虫太郎、渡辺啓助等の本や外国の『樽』『赤い部屋』等までぎっしりつめて得意になり、自分も書いたりなどする熱中ぶり。

「しかし、事件なんてものは、小説見たいに行くものじゃないよ」

安達君のことをよく知っている中山君は、一寸ヒニクも交えてそう言った。——しかし、も一つの考えが中山の頭へ現われた。

それは、安達は頭はよいくせに探偵小説などに熱中していて学校の成績はかんばしくないから、この事件に当らせてみて、事件なんてものは小説みたいに行くものではないことを実際に彼に知らせて、探偵小説等から縁を切らせよう。そうしなくてはこいつは上級学校にも入れそうにもない。そうだ、こいつのためだ。

「ふん、じゃやってみようか」

「やってみるって何をさ？」

中山君の返事が急に変ったので、安達君はネンを押すためにこう言った。

「自分らであの事件を解決することをさ」と中山君は怒ったように言った。

諸君、持つべきものは良友である。中山君のような友人を持った安達君は、非常な幸福者であらねばならぬ。

諸君の中に、中山君の如き友人を持っているものが果して何人いるか。たいていは、冗談言ったりフザケたりする時だけの親友ではなかろうか。

三、校友会雑誌

中山君はバレーの練習をやっているので、帰りは、いつも中山君独りである。御幸道路のアスファルトが反射する六月のかなり暑い日光をクにもしないで、自分の力で解いてみるはじめての事件に胸をふくらませて、いろいろと想像をたくましうしてみた。この事件は誰の小説の型にあてはまるだろうか、あの二つ池の風景などは断然横溝バリだ。しかし、あの水中の顔などは乱歩にもよくあるな。久生十蘭にもよく似た点があるなどと、自分の知っている探偵小説家の名をならべてよろこんでいる。

× × × ×

どっかりと自分の机の前へ坐り込んで、オヤツのダラヤキを砂糖もつけずムシャムシャやりながら、ひとかどの探偵にでもなったつもりで、茶色のザラザラの布表紙の小酒井不木をパラパラやったりしたが、よい考えは浮びそうもない——はずもない。

そうだ、妹のやつに聞いてみよう、かの殺された女学生について手がかりが得られるかもしれないと妹のエム子さんの部屋の障子をサラッと開けて、「オイ」と言ったが、中にはエム子さんはいなかった。机の上には、鈴蘭を描いた古くさい図案の表紙の女学校の校友会雑誌「いすず」があった。事件の手がかりを得たいという心より、むしろ本能的にそれを取ってパラパラとくってみた。安達君の眼は、或る頁でハタと止った。その頁には、「二つ池」という題で、三年・馬組の谷田エル子が、——エル子というのは安達君や中山君の小学校時代の級友で、道で遇っても意味浅長な笑みをニヤッと交すぐらいの関係であった——その彼女が「私は、松尾の二つ池の風景、殊に夕方のが好きで、毎日ぐらいそこを夕方散歩して感傷にふけります。」というような意味の文章を書いていた。それを読み終わった安達君は、ボンヤリと妹の机にヒジをつきながら、そうだ、殺されたのはエル子にちがいない、もう一度読んで見よう！と最初の活字の上に眼を下した時、背中で、

「アラ、兄さん、イヤ、又何か私にいたずらしてんでしょ」とソプラノを聞いた。

「何言ってるんだ。いたずらしているだろうとも思わないくせに。」と、意味のあるような、ないようなことを言う。

「ダッテ兄イさんたら、いつも……」

「あのな、エム子。谷田のエル子さん学校へ出てる？」

「アラ、兄さんしらないの、エル子ったらこないだね殺されたじゃないの。それに、きのうの新聞にも出ていたじゃナイノ」

「しかし、あれにはエル子さんだってことは書いてなかったよ」

「エエそうよ。でもそれがエル子さんだってことはスグわかったワ。今日の新聞にはそうでているでしょう」

見てみるとなるほど今朝の新聞にはそう出ていた。

「チェッ」と安達君は言わざるをえなかった。なんとなれば、偶然に妹の「いすず」を見て殺されたのはエル子だということを推理して重大な誰も知らないであろう所の手がかりを得たと思っていたのに。しかし、殺されたのがエル子だということが分るのはあたりまえで、それを口惜しがっている安達君の方がどうかしている。


（未完）

ドモ学校の記

（一）

うどんの汁に湯を二倍位まわして、こうとうのネギを入れて呑むとドモ学校のオシ――でわからなけりゃオミオツケさ、でもわからんならミソシルさ、それでもわからにゃ君がバカさ――を思い出す。うどんの丼のようなワンにウスイウスイオシが半分ほど、長方形のとうふを四切れぐらいうかして入っている。それに生のネギがかけてあると言ったようなものを毎朝のましてくれる。

オシを思い出したついでにドモ学校の生活を全部思い出して見よう。

（二）

「あ、ここやここや、日本吃音学院と書いてある。」とオヤジをふりむいて私は言った。

「ふんそうか」とも言わず普通の顔で学院の玄関へヒョコヒョコと入って行く。

せいのひくい、オシみたいな顔をした男が出て来て、なったらムニャムニャ言って上らしてくれた。上ると玄関の前の部屋――

教室かとおもっていたら講堂だそうだ——から一種特有の音が発散している。その音は人間の声帯によって作られると言うことはわかった。また、それが人間の言語であることもおおむね推察がついたが、一体何国語だかはトンとわからない。

その音を聞いているらしい多勢の人がローカまではみでている。その間へ首をつっこんで見ると、ツメ襟を着た男がえたいの知れぬ語で語っている。こいつの言ってるのは朝鮮語だなと思った。というのはいつかアメを売りにきた朝鮮人がこんなような口調で言ってたのを思いだしたから、

おや、と思った。その語をよく聞いていると、

「ワタークーシーハア、ハラワタヲー、ターツーオーモイデーアーリマシタア。」

と、聞こえる。日本語だ。朝鮮人の言う日本語はこんなのだと独り合点して、その日本語を聞いた。次に壇上に立った男、明治維新の志士見たいな男も、朝鮮式日本語で、

「ワタークーシーワ、トクシマケン、トクシマーシ、ニヒシハツチヨ、ヤーマカワアサンタトモオシマハス。」

と、やりはじめたが、不思議なことにこの男は徳島県の山川三太と申しますと言う。ナラ日本人じゃネーか、ヘンなヤツだな。後から出るやつ出るやつ皆この朝鮮式でやる。ヘン、これが吃音矯正発音法てのか、ワラワセやがら、てなことになった。

× × × ×

「新入生の方はお集り下さい」と例のオシ見たいな顔の男が言うのでぞろぞろ後にしたがって二階の教室へ集ると、院長が現われた。この院長は、重役タイプのデップリ脂ぶとりし、頭はステップのような草原をなし、眼は好色的にやにさがり、チョッキから金ぐさりのパラボラを描いているといった男。

さて、おもむろに吃音に関する話を一チェン（くさり）やり、「本学院は」とやりだした。「絶対に禁煙禁酒をさせることになっていまして」と。私の横にこしかけていたオヤジが大声を上げてその語に大賛成であるといったふうのことをいったものだから、院長のやつギョロリと私を見たので、私もニラミかえしてやった。オヤジが妙な所で大賛成をやるもんだから、私がいかにもアルコールやニコチンをたしなむように見えてよわった。

× × ×

「あなたの名前は」

と院長が言った。

ドモリぐあいをためす口頭試問である。ここぞとばかり、

「タッタッタッタッターケウチ……」

とやってやったら、我が意を得たりといった風の顔をして、院長は帳簿へ何か書きこんだ。

（三）

ガツ、とガラス戸を開ける。冷い空気がホホに当る。

ドモ学校の朝だ。

窓から見下すと、下は庭になっていて、小松が沢山植えこまれて、小松林になっている。林の中に道があって道の奥にオイナリさんが祭ってある。庭の向うは小学校のグランウンドで、朝靄がそこらをぼかしている。窓の真下はタンやミカンの皮やカミクズ等がこびりついたきたない軒が出ている。

「ハァッ」とイキが白く口から出た。

まだ朝飯にはならないので、皆火鉢にあたったり、昨日買ったドモリの教科書を開けて見たりしている。私もすることがないので火鉢に当って手をこすったりした。誰も話もせず、「オ早う」を言ったきりだまりこくっている。それもそうだろう。皆が話しを始めたら大変だ。ドモリばかりなんだから。ケンカでもさせて見るなら面白かろうなどと考えて、独りニヤニヤやっていると、

「ゴハンデスヨオ」

と、先入生氏が言いながら廊下を通ったので、それを合図のように立ち上って廊下へ出た。

「ゴハンノマエニハ、イタダキマストイウンデスヨ。」

と、先入生氏がサッソク先入生ぶりを発揮してみせた。そんなことぐらい幼稚園でも教わる。

オカズはというと――いやしいな――前にのべたあのミソ汁。ミソ汁なら毎朝ウチでもすゝるからめずらしくもないが、ミソがちがう。大阪のミソはいやに甘い。おまけにそれがうすいときているんだから、ゴクゴクと一いきに呑んでしまえる。

別の先入生氏がそのミソ汁へタマリ――醤油のことだな――を入れて湯をまわし呑んで見せたので、私もそのマネをして、汁の分量をふやした。

飯がすんでから授業にまだ間があるので、DUNG(ダイベン)をしたりしていると、自宅から通っているドモリ連がぞろぞろ出院に及んで、授業も間もなくはじまった。

頭をテカッと安ポマード(かどうかは分らないが、たぶん安物なんだろう)で光らし、大きなグラスをかけた男が教壇に現われた。これが教師だ。朝のうちは、席をきめたり、ドモリの話をしたりして費した。

さて次は昼めしであるが、これは拍子木をチョンチョンやってはじめる。オカズはカツオの煮付けだけであったが、兎に角三杯喰った。

昼からは発音練習である。基本練習と称して、「ハヒハ」「ハヒフ」「ハヒヘ」等を百回ぐらい調子をつけてうたう。そんなことをやって三時になった。

三時になると授業は終りになるが、舎生はまだつづきを夕飯までやる。それが「ハヒハ」「ハヒフ」であるんだからウンザリする。

夕飯がすむとまあアソビさ。といっても何をしてあそぶというあてもなし、火鉢にあたって、ドモリの教科書をひっくりかえしたり、かえさんだりするだけである。仲間とも大分なれたが、二

言ぐらいで話のたねがなくなる。こんな時は早くねるにかぎる。

（四）

三日ぐらいたつと、大分馴れてくる。ドモリの仲間を紹介しよう。まず一緒の部屋に居る仲間は、

高木虎男＝私と大いに仲よしになった人で、二十四ぐらい。職業は木型師、といっただけではわからんだろうが、鋳物の元の型を造る商売だそうだ。趣味は漫才で、したがってシャレがうまい。『道徳の科学的研究』などという本を持っていて、むつかしいけど、読んでみるとエエことがかいてある等と言ったりする。チャキチャキの大阪ッ子である。

長井政男＝オトナシイ仁（ヒト）で、先の浦田謙藏君等のようなタイプ。それでいてこわいところがある。師範学校の生徒である。ドモリでヒカンして自殺しようとしたというハナシを三回もした。

小谷正一＝青年団服をきこんだ丹波の山のドモリ。

沢原豊＝この部屋ではこの人だけがセビロを着ている。

山本喜太郎＝和歌山県産のよく笑う仁である。

山浦光＝サージのツメエリを着、オーバーを着、マフラーをまいたりして外出するエタイの知れぬ仁。

他の部屋には、津中の柔道の宮田定光君やその舎弟、田辺中学の級長吉岡君や熊さんや角君等の愉快な連中がいる。その外朝鮮の人や台湾の人も来ていた。おしむらくは女性のドモリがなかったことである。

（五）

夜は実にタイクツになる。小説やカシを買い込んで、火鉢にあたったりする。

実は禁止されているのだが、一号室へぶらりと遊びに行く。ここには先入生の残していった雑誌が豊富だし、ユカイな連中が多くいるから。

その日も「今晩は」と入って、火鉢の中へ手をわりこます。「やい」と言って、小学校二年のチビの頭をチヨケてなぐったら、本当になきやがった。すると、

「竹内君、チッサイものをいじめてはいけません。」

と、小学校の一年生に言うようなことを、関と言う中学生が真面目で言いやがる。この男いやな男で、級長をしているのだそうだ。すると、

「こん晩は、また遊びに来ました」

と、私等の部屋へ移った、級長の吉川君がやってきた。火鉢の少しあけてやったついでに、私は、

「宮田君、活動見に行きませんか」と津中のデブさんに言った。

「君らも学校では見ちゃいかんとなっとるんでしょ」と宮田君がギコチない言いかたをする。

「そやよって、見に行こうと言うのです」

「こんな時に見ておかぬと見るキカイがないから」と中学二年の吉川君も言った。

「あす行きましょうか」

「で一体どこへ行けばよいんでしょう」

「それなら安達君に聞くとよく知ってますよ」

「オイオイ安達君、安達君、チョット来てくれませんか」と宮田君がとなりの壁をごつんごつんやってどなった。

「ハイ」と言うカワイラシ返事だったので一寸おどろいた。

安達君は先入生で中学の二年で常にヘイタイ色の制服を着ている。

「なんです？」と安達君が入ってくる。

「明日活動を見に行こうと言ってるんですが、どこへ行くのか教えて下さい」

「ボクも活動すきですからいっしょに行きましょう」

その時、「オイ、イイもの見せてやろうか」と熊さんが言った。

「何んですか」

「これさ」

とポケットから何を出したと思う。それはネ、エロ写真なのだ。こんなのはじめてのなのでいささかコーフンした。ホカの仁もコーフンしたらしく無言。

「どれ見せろ見せろ」と講談雑誌を読んでいた角君もいざりよって来た。

「フーム」と言う者。

「スゴイナ」と言う者。

それを得意そうに聞きながら「どうだすごいだろ」と熊さん。

と、とつぜんガラリと戸をあけたものがあった。そちらを見ると、チョツ！ダンス（これは若い方の教師のニックネエム）が立っていやがる。誰もがよくあるように、こんな時にはようかくしもせずうろうろする。

「それはなんです？」とホホエンデ見せるキザのヤツだ。そしてその写真をとりあげた。どんなカオして見るだろうと打ちながめたらニラまれたので、すぐに目を下げた。

「これはなんです」

とも一度言った。

「さアなんでしょうな」と言ったら面しろかろうと思ったが、またニラまれるとこわいのでやめた。

「これは誰のです」

と言いながらまだ見ている。熊さんが正直に頭をかいて見せたが、先生まだ夢中で見ているのでそれに気がつかなかったらしい。これだけながめたら十分だと思ったらしく、その場でそれをペリーッとやぶって見せた。そしてそれをポケットにネジ込んで出て行った。

（六）

ドモ学校で正月気分を味うなんてことはおよそワビシイものだ。例によって喰う話だが、朝喰わした正月らしいものというとモチだ。これは例のミソシルの中に直径三センチ位のが二つ。そしてカズノコ、これはチッポケなのが一切。それだけじゃ、メデタがってもはじまらねェよ。

さすがに、正月だけは授業はなしであった。

昨夜トオキイを見に行こうと言った連中、スナワチ吉川君、安達君小木曽君宮田君兄弟の六人で、ソレ行けッてのででかけた。全部中学生なんだからかなり愉快だ。

先ず省線電で大阪駅までとばした。なぜわざわざ大阪駅までとばしたりしたかというと、ガイドの安達君がまず大阪駅まで行かなくちゃ道がわからないと言ったからだ。そこから、チカテツで千日前まで行った。正月だけあって人間もかなり居る。まずニュース館へ入って見たのをカワキリに、和洋とりまぜ四つの常設館を見つくした。どうだ読者諸君うらやましいだろな。だれだこれを先生に見せたるというのは。ゴメンヨ、ゴメンヨ、ニウスやからゴメンヨ。

昼はどこでやったか忘れたが、川の見える二階の食堂であったことをおぼえている。日本（二本）の箸をくれえ等言って、ランチを喰ったことをキオクしている。夜は天どんと親子どんぶりだったとキオクしている。（このぐらいで、をわり）

竹内浩三を偲ぶ

わが青春の竹内浩三

中井利亮

竹内浩三が戦死してから、もう四十四年になるとのこと。万に一つ、彼が生きていたら、今ごろどんな男になっているだろうか。すでに学生時代からそのゆたかな天分がどのように実るだろうかと、大きな期待をかけられていたのに、わずか廿三歳の若さで、フィリッピンの山野に消えた。

「戦死やあわれ
兵隊の死ぬるやあわれ
とおい他国で　ひょんと死ぬるや」

と、歌った彼。また、友人の悲報を聞いて、「胃袋のあたりを、秋風がながれた。気持がかいだるくなった。一度も彼に便りをせんだ。貰いもしなかった。どこにいるかも知らなんだ。とんでいって、なぐさめたい。ところが、その彼はもういない。たよりをしても、返事はないのである」と、悲しんだ彼。その彼も、とっくに消えたきり戻ってこない。

人間の美しさは、ある抵抗にむかって、火花を散らすことだと云えよう。ところが、浩三にはそうした火花を持たぬ美しさがあった。彼は、生れながらにして円光をもっているような善人であり、生れながらの数少ない詩人の一人であった。呼吸をするように、詩が生れ、画ができた。そして、彼の目は、常識的などんな醜いものや、悪の中からでも、美や善や真実を見わけることができた。彼は軍隊に於ては、なかなか昇級しない兵隊であった。

「将集の当番であった。帰りたい。よくまあ、こんなところにいて発狂しないことだ」

と、言いながらも

「将集への出入はワルツを踊っているみたいだ」

とも言うのだ。

阿呆めとはがゆい思いをさせられそうな、また、神とでも呼びたいような、底なしに、人を信じ、女にも惚れた彼。こんな人間が生きていたこと自体が珍現象であった。

彼は大正十年五月、伊勢市吹上(ふきあげ)町の大きな呉服商の長男に生れ、幼くして母には死別したが本当になんの不自由もなく、のびのびと育った。明倫(めいりん)小学校を経て、宇治山田中学校へと、特大の頭に型通りの帽子をかぶり、だらしなく巻ゲートルをつけて通学を始めた。

学校の勉強は全くしないが成績は三分の一以内、手がつけられぬほど陽気でお人好しで、厳粛さになじめず、教練の時に「気をつけ」がかかっても突拍子に笑いだし、ひどい吃りで、運動会はいつもビリばかりだった。そして、幾何は天才と云われ、岩波文庫や新青年の愛読者であり、文芸雑誌の編集者で、漫画の上手な中学生であった。

しかし、また父の死が俟っていて、姉と二人きりになってしまう。商売人にはむくまいと、彼に家業を継ぐことを免じ、その当時に於ける莫大な資産を残してくれたのは、他界した父の愛情であり、姉は母のそれに似た愛情で、あたたかく彼を包んでくれた。

中学校を終えるや上京して、今の日大芸術学部映画科に入学し、彼の作品の大部分を、それから凡そ六年位の間に、矢つぎばやに戦時の夜空に開花する花火のように打上げ、消えたのである。——若くして逝ったラディゲのように。

「浩三さん。よく考えて下さい。今朝、姉さんはあんたが起きて来るまでに、口惜しいと言うか、情無いというか、もう胸が一杯になってしまって、涙がポロポロと流れて仕方がありませんでした。お父さんやお母さんがいらしたら、どんなに悲しまれる事でしょう。お父さんがあんたの為に残された財産は、決してそんな人の言う『ケッコウな身分』の為に残されたものではありません。十分学問して身を修める為の費用としてお残し下さったものです」

これは帰郷した彼の枕もとにおかれた姉の手紙。

彼はこの姉にどんな事柄も打明けて話したし、彼の作品の殆んどすべては、この愛する姉に捧げられたものとも云えよう。ところで、東京での彼の生活振りは、

「現状を申しますと、借金が三十円、手もとにある金、三円四十三銭、人に貸した金は十一円、それに下宿への払いはまだです。時計のガラスを演習でわらかし、そのままになっているし、明日は二円も出して新響の音楽会を聞きに行き、また築地へ『どん底』を見に行く約束もあるし、新日本文学全集、一円五十銭と、新世界文学全集、一円八十銭の新刊が出るし、ドイツ語の字引をもうそろそろ買っておきなされと、先生が云う」

といった有様で、映画は一日に一度は見、コーヒーも喫茶店で一杯飲み、レコードは買う、古本漁りに歩き廻るのだから「金がきたら」のような詩が生れた。江古田の日大芸術学部の近くにある下宿は十畳の広さだが、足の踏み場もなく、夥しい書物が取り散らかり、垢じみたシーツの万年布団はポッカリと大きな煙草穴をあけていた。

「非常に危ない状態になりかけて、またやっと今、もとに戻ったところです。たわいもない話ですが、『なんのために』と云うことからです。なんのために勉強するんだ。なんのためにえらい監督になるんだ。そう苦しんで、えらくなる必要があるか。ただ平和にのんびりと、暮らせばいいじゃないか、と云ったような考え方です。これには困った。もっともなことですから」

これは日大入学当時の手紙で、この「なんのために」が襲って来ると、寂しくなり、遊び廻って浪費し、友人の下宿を泊り歩いた。

しかし、他の事ならいざ知らず、彼と芸術の関係はぬきさしならぬ仲で、

「でも、オレはなんのためにやるのでもない。やらずにおれないから、やらずにすめばそれにこしたことはないが、不幸にしてやらずにおれないから、やらぬわけにはいかないじゃないか」

と、芸術という宿命を背負った人間は云っている。

「墨をすって半紙に『以二伎芸天一為二我妻一』とかいて壁にはった。そしたら涙がぽろぽろと出た。伎芸天とは芸術の神である」

彼にとって、芸術することが生活することであった。

軍隊と云う所が、こうした人間に対して冷酷であったことは想像に難くない。——特にその当初にあたっては。

「うたうたいは、うたうたえと、きみ云えど、口おもく、うたうたえず。うたうたいが、うたうたわざれば、死つるよりほか、すべなからんや。魚のごと、あぼあぼと、生きるこそ悲しけれ」

と、鉛のようなハガキがきたりした。

しかし、不動の姿勢や敬礼一つも完全に出来ず、真面目にやればやる程ふきだしたくなるような彼には、もって生れた暖かい愛される特質があった。

「筑波日記」は竹内一等兵が、軍隊を逃避しようとしたものではなく、もう胡座を組んだ姿勢での軍隊日記で、異様な明るさがある。彼は小さな手帖二冊に、ひそかにこの日記をつけ、便所の中などで眺めては「これがぼくのただ一つのクソツボだ」と云って大事にしていた。

「骨のうたう」は、彼が入隊する寸前、一種の抑鬱状態の中から生れたもので、戦後私家版の作品集『愚の旗』を編むときに、私が多少のアレンジをして発表したところ、それが巷間に流布されて、予想外の波紋をひきおこし、結果的には竹内浩三の存在を広く知らせることになった。入隊後も、いくつかの詩や、「花火」という短編で、ミシェル・モルガンらしき女を妻にするといった純空想的作品や「ハガキ小説」と称して、ハガキにごく短い話を書いて送って来たりした。

彼の全作品は第二次大戦のさ中に生れたものだが、彼にとって、戦争は「悪の豪華版」であり「傲慢でなかったら軍人にはなれない」その軍人が幅を利かした時代には見向こうとしなかった。

彼は、宮沢賢治を愛し、良寛にあこがれ、彼の詩の一節にあるような「温いものを求めてさまよう浩三さん」であった。それは、山下清が花火を求めて流浪するようにである。

彼ほど容易に作品を生み落し、また、よろこびの中で仕事をしたものは少ないだろう。彼には原稿の書き損じというものがなく、一気にペンが走って、その詩にはなんらの推敲も行われていない。

彼の作品は、素朴で素直、ユニークでユーモラス、楽天的でペーソスがあり、暖かくて明るく、人間浩三の体臭が滲んでいる。そして、その感覚の素晴しさは比類なく、伊勢の方言をよく消化し、

とぼけていて、しかもするどさがあるのだ。

私が、彼の姉松島こうさんの依頼を受けて、限定二百部の『愚の旗――竹内浩三作品集』を出してから、なんともう三分の一世紀が経過した。すでに竹内浩三は、私にとって過去の通過事項に属する。今日のマスコミが『骨のうたう』や『筑波日記』を繰り返し話題にのせてくれても、私には、遠いなつかしい鐘の音にしか聞こえない。こんな現象が竹内の才能の大きさを示すことかどうかも、知らない。そして、その間に竹内という人間を本当に愛していた理解者が、つぎつぎと点鬼簿に入っていった。ここ一年間に、竹内のためなら水火も辞せずといっていた野村一雄が他界し、浩三の後継として竹内姓を名乗ったこともある姪の松島実知代さんが急逝した。

「いつまでも生きていてくれ。すくなくとも、ぼくより早く死んでくれるな。おまえの死ぬることを考えることがあって、すると、ぼくは、泣いてしまう」

と云ってくれた竹内のために、こうしてふたたび私が筆を執ることになろうとは……。

（小林察編『竹内浩三作品集』（一九八九年、新評論）より）

友に

土屋陽一

お前は子供のままで大きくなった。
お前は生れながらの詩人。
お前は恰好のよい手を持っていた。
その手で美しい詩をたくさんかいた。

お前の悲しい知らせがきた。
この間のことだ。
一片の戦死という言葉が
見知らぬ異国の出来事のようだった。
お前はもう還らないのか
おれはそのことだけがわかった。

お前とおれは喫茶店「ルネッサンス」の前でわかれた。
チャイコフスキイが鳴っていた。
なんでもないように
またあいましょうと。

それが最後になってしまった。
お前はよく語ったものだ。
お前が嫁をもらったら
フランスへ行って
ネムの樹の茂った家に住んでみたいと。
おれや中井も行く筈だった。

あれからずい分時が経った。
なにも変ってはいない。
むかしの仲間もみんないる。
ただひとり　お前だけが還らない。
今日　お前の詩を読んでいると
わけもなく　熱いものが
おれの体の中をかけめぐる。

（「伊勢文学」第八号「竹内浩三特輯号」より）

「未来人」、竹内浩三

小林茂三

ボクがキミに手紙を書こうと思ったのは、平成六年十一月十九日付けの朝日新聞夕刊のコラム欄「きょう」に、キミのことが載ったからである。

文は

「戦死やあわれ／兵隊の死ぬるやあわれ」の竹内浩三は一九四三年十一月十九日、兵営から「姉ヨ」と手紙を書いた。「松ノ葉ガ散ッテイルノヲ、雪カト思ウホド寒イ日ガヤッテキタ」。翌年元日から夏にかけ彼は暗緑色の小さな手帳二冊にびっしり日記をつけた。ちびた鉛筆と手帳は肌身につけて離さなかった。貴重な軍隊記録は「ワガ優シキ姉ニオクル」と前書きされている。四五年比島に戦死。「遠い他国でひょんと死ぬるや／だまってだれもいないところで／ひょんと死ぬるや」（河）

というものであった。

もう一つの理由は、この間、古い書類を整理していたら、ボクに宛てたキミの手紙が出てきたからである。日付けは不明なのだが、中学校を卒業した直後と思われるものだ。キミが主宰していて、ボクも参加していた、自称文芸誌「北方の蜂」へのボクの投稿原稿について、「オマエの少女感覚の文章が好きだ。これからも続けようぜ」という内容のものであった。

ボクは久しぶりに本棚から、竹内浩三全集1・2を引っ張り出した。この本は一九八四年に小林察氏の編集で新評論社から出されたものである。実はこの全集の前にも、キミと「伊勢文学」を出していた、同級の中井、野村、土屋、それに東大名誉教授の阪本らの尽力で、キミに関する本が数冊出版されているのだ。

ところでこの全集をめくっていたら、偶然色褪せた一枚の新聞の切り抜きが出てきた。見ると朝日新聞の「ひと」欄の切り抜きである。「郷里に実弟の名をつけた、竹内浩三文庫を贈った松島こう子さん」とキャプションのついたキミの姉さんの大きな写真と記事が印刷してあった。

「浩三がフィリッピンの山中で戦死して四十年」という文字があるから、今から十年前の新聞ということになる。

さて、キミが念願の日大の映画科に入り、学徒動員で学園を去るまでの、およそ二年半のキミの文筆活動は、それこそ水を得た魚というべきか、満を持した豪快な仕掛花火のように一気に花咲いた感がある。詩・小説・シナリオ・随筆、どれをとっても驚くべきものであった。もうボクは、その才能は天賦のものだと信じている。ま、それは今は措いておくとしよう。ボクは、キミが昭和十九年一月一日から七月二十七日まで、一日の欠落もなく、うす汚れた手帳にちびた鉛筆で書きつけた「筑波日記」に感動する。エリート候補としての学徒兵の手記は他にもあるが、生涯最下級の一兵卒として、理不尽に抑えられ続けた学徒兵のそれは稀有のものである。それは自ら進んで一兵に甘んじて過したボクの軍隊経験と大きな部分で一致するものである。

他にも書きたいことは山ほどあるが、キミへの手紙はこれで終りにする。

十日間以上も私は竹内浩三全集を机の上に置いて、彼を理解する上でのキーワードを探しつづけた。そして、遂に探し当てた。キーワードは「未来人」である。

未来人なるが故に、彼は最も兵隊に似つかわしくない人間であった。故に彼は軍隊において迫害を受けつづけなければならなかった。そういえば彼の頭部は標準よりかなり大きめであった。脳が発達していた証左である。数学が得意で特に幾何は天才的であったが、何よりも発想・表現・価値判断の尺度が現代人離れしていた。例えば、軍事教練で「気を付け！」をしている時、突然「ウアッハッハッ！」と笑ってしまうのである。未来人の彼には「不動の姿勢」は現代人の、醜い偽善の姿と思えたのであろう。当然、配属将校や生徒監の教員からは不謹慎な生徒であるというレッテルをはられてしまった。

そんな彼が兵隊にされた。彼は動作緩慢で、てきぱきと要領よく行動することができないから、軍隊では進級と無縁であった。

一年ほどたってから彼は郷土の連隊から筑波の挺進滑空部隊に転属になった。この部隊は「バスのようなグライダー」に乗り、敵の上空まで爆撃機に曳航された後、切り離されて敵中に着陸し敵の重要拠点を制圧するという、今から考えれば荒唐無稽な漫画を連想させるような任務をもつものであった。

そこで彼は重機関銃分隊に配属され、三十キロもある重い銃身や弾薬箱を担ぎ、「オキタノガ二時、コンナ寒サハハジメテノ経験デアル。土ニ顔ヲアテテ、ヒウヒウ泣イテイタ」「しぼるような汗になり、くたくたになり、水を一升ものみ」「朝モ、ヒルモ、夜モ演習。キカン銃ノ銃身ヲ背オッテ坂ヲ行クトキ、十字架ヲ負ッタキリストヲ考エタ」「朝五時ニオキルト、銃剣術デ、メシガスムト銃剣術デ、ヒルカラモ銃剣術デ、ソレデオワリカト思ッタラ、月光デ又、銃剣術」という「内臓がとびちるほどの息づかい」の猛訓練に明け暮れする。

そして「ナベの中に入れられて、下から火を入れて、上から重いフタをされたかたち」の中で毎日を生活する。外出日には町に出て芋を食い、カルピスを飲み、レコードのクラシック音楽に聴きほれ、本を買って来る。帰れば便所の中で手帳に「骨のうたう」に代表されるような、愛や平和についての詩やエッセイを書いた。

やはり竹内浩三は未来人であったのだ。

中学生の筆禍

阪本楠彦

ウワハハハハと笑い出したら最後、もうしばらくは笑いが止まらぬという男が、宇治山田（いまの伊勢市）の中学の二年一組にいた。竹内浩三である。授業中でも、何でもないようなことに笑い出し、その笑い声を聞いていると、なるほどおかしいと思われてきて、ついには教室中が笑い出し、先生も釣られてニヤニヤ笑ってしまったあとで、

「竹内、お前は笑いすぎるぞ」と、たしなめるような始末。

マンガの乏しかった当時としては珍しく、マンガを書くのが好きな愉快な存在で、同じ組になってすぐ、私は彼と仲良くなってしまった。

忘れ物の多いことでは竹内がクラスで断然トップ、私が二位だった、というような共通点もあったからだろう。彼の家にしばしば立寄り、トルストイ全集を借りては感想を話しあったりしたものだ。

美濃部達吉博士が天皇機関説で右翼からの攻撃を受けて、道理も何もあらばこそ、強引に押し切られていった年でもある。三学期には二・二六事件があった。そして三年の二学期ともなると、

教練の森下先生が、あだ名通りの〝猫〟なで声で、

「来年は陸士を受けるんだよ」

と、しつこく、すすめるのに閉口するようになった。

「受けたくないんです」

とはいいにくかったのである。

竹内にはそんな心配がない。運動会でも私は四百メートルが得意で、一―二等をいつもとっているのに反して、竹内ときたら千五百メートルに出場、次の学年のレースが終ってもまだゴールに達していなかったほどである。運動は何をやらせてもダメで、したがって
「陸士を受けたくないんです」

という必要もない。うらやましいとさえ、思った。

誰がアホなのか

その頃、私の母は軽い脳溢血で倒れていて、お米さんという人が手伝いに来てくれていたのだが、そのお米さんから仕入れたお咲きさんという人の話を、竹内に受け売りしたことがある。

お咲きさんはお米さんの近所に住む有名な阿呆で、

「お咲きさん、あんた、ええ腰巻買(こ)うてもろたんやてな、見せてんか」

というと、さっとまくって太ももまで見せてくれることは、小学生の頃から知っていた。


ところで近頃の或る日、お米さんの近所のかみさんたちが集まり、

「あすこの子は、応召になるとすぐ満洲へ引っぱってゆかれたんやって、心配なこっちゃろなあ」

「××さんのとこのは、(兵隊)検査の半年も前からロクに食べんで一所懸命やせて、正油ばっかし飲んどったけど、ききめなしで、とられてしもて、体力が弱った分だけかえってつらい思いした、いうとったわ」

「内地だけにいてすむんやったら、そんな無理せんかて、ええけど、シナへやられて、白木の箱に入れられて帰るなんて、かなわんもんなあ」

といったふうの井戸端会議を開いていたのである。

そばで黙って聞いていたお咲きさんが、大声で話の中に割って入り、

「何や、あんたら、ふだんから、おたい(私)のことアホやアホやていうとんのに、自分の思とること、人にようしわんのかん。〝入営兵士万才〟たらばっかし、いうとって、あんたらこそよっぽどアホや。ほなら、おたいが代っていうたろ〝あの子、兵隊にとらんといて〟って」

ビックリしたのは、アホでないほうの一同である。寄ってたかって、

「いわんといて、いわんといて。ほんなこというて、憲兵の耳に

入ったら、おたいらもあんたも、みんな憲兵に引っぱられて、エライ眼にあわされるんやで」

と、おどしたり、すかしたりした。

「何やら、理屈はさっぱりわからんけど、みんなが、ほなにいうんなら」

と、お咲きさんに首を縦に振らせるまで、ずいぶん苦労したというのである。

その話を聞きながら、竹内は何度も大笑いした。あげくに、

「お、お、おもろい。その話は、おもろい」

といった。ここでもし私が、

「実は、おもろい、だけではすまん話が、おれにあるんやけど」

と、いいだせれば、気もすんだのに、と思う。だが私は、悩みを竹内に打ち明けられなかった。お咲きさんよりもアホだ、といえた。ただし、救いは意外なところから来た。

一年、二年のとき〇・九、三年のとき〇・八だった視力が、四年になると一挙に〇・六にさがったのである。陸士は〇・七以上でないとダメなのだ。

わかれ目

蘆溝橋事件がおきたのが、四年の一学期の期末試験の頃である。

そして或る日、私は担任の井上先生に職員室のそばの廊下まで、呼び出された。顔をこわばらせた先生の手には、竹内と私の二人が編集責任者となっていた回覧雑誌があった。紙の挟まれたところを開き、ページの隅っこを指さして先生は、

「阪本ォ、これをのせることは、二人で相談してきめたのか」

という。

「何を、ですか」

と私。

「何を、ですかって、読んで見ろ」

と先生。

雑誌を手にし、問題の部分を読んだとき、頭から血がサーッと引いてゆく思いがした。そこには小さく、

血書歎願

へへ、私もしましたよ。

屠殺場の男

というコラムがあったのである。

〝暴支膺懲〟を新聞がキャンペインし、陸軍が兵を動かすと、従軍を歎願する血書が続々と集まってきて、「愛国の至誠は諒とするが、お召のある日までは冷静に職務に励むように」と、陸軍省のおエライ人が諭す、といった報道がその頃は続いていた。見事なパンチになっていて、おもしろいには違いないが、まずい。いささか、まずい。

「これは、知りませんでした。きっと、方針をきめたあと、原稿を綴じているうちに、埋め草という軽いつもりで、ちょっと入れたんだろうと思います」

「そうか。よし、ゆけ」

私の言葉には嘘はなかった。俳句や和歌を含め、およそ文章的なものの編集には私が責任をもち、竹内はマンガの責任をもつほか、各人の持寄り原稿を綴じながら、イラストをつける、という分担になっていた。即興的にユーモラスな埋め草を書くのも、彼の得意とするところだったのである。

しかし、嘘であろうと、「私も知っています」と答えてもよかったのだ。竹内を裏切ったみたいで、教室へ戻る足取りが重かった。

今にして思えば、それが二人の運命の別れ道になったようである。

竹内のお父さんは学校に呼び出された。どんなにきつくしぼられたかを、私は聞いていない。学校当局から申し渡されたのは、回覧雑誌の発行停止ということだけで、二人の交際が禁止されたわけではないし、お互いに意識的に避けあい始めたわけでもない。

「阪本ォ。高等学校の入試まで、あと半年もないんだ。勉強以外のことは忘れろォ」

といわれたのもキッカケになり、高校を受けぬ竹内たちとの間で、生活のリズムがあわなくなってきていた。

四年の三学期は、高校を受験する者たちは、ほとんどが皆欠席である。そして四月、父が東京に転勤する列車に乗って、私は静岡高校の入学式に出た。その後、入営の直前までの五年半、二度しか伊勢を訪れていない。

のこされた詩

中学を卒業するとき、竹内は教練が不合格となった。まともな学校なら、入学を許可するはずがない。九年先輩で、中学始まって以来の秀才とうたわれた高木さんでさえも、教練不合格のためにどこへも入れず、やっと検定で教員資格をとっているのである。さいわい、竹内は日大専門部の映画科に入れてもらえた。それも、もっと〝堅気な〟学校でなくてはという、おやじさんが、ポックリ死んだあとのことだった。

本人は、なやみがあったなどとは露ほどもいわず、東京で開かれたクラス会では、あいかわらずにぎやかに騒ぎ、

「東京娘の　初恋は

パッと火を吐く　シャンデリア」

という流行歌の「初恋は」という部分をいい替えて歌ってみせ、ウワハハハと大笑いしていた。

繰上げ卒業となったのは昭和一七年一〇月で我々より一年早かった。幹部候補生にはなれず、普通の兵士として生き、運動神経が鈍いためにふだんは散々苦労しているが、いざ演芸会となると生れ変ったように大活躍して人気を集めている——という話を

その頃聞いている。
戦死したのは昭和二〇年四月九日、フィリピンのバギオ北方一〇五二高地であり、斬込隊員だったという。フィリピンに渡る直前、ひそかに軍隊の通信用紙に書いて郷里に送ったという詩がある。『愚の旗、竹内浩三作品集』（私家版、一九五六年）から、引用させていただくとしよう。

骨のうたう

戦死やあわれ
兵隊の死ぬるや　あわれ
遠い他国で　ひょんと死ぬるや
だまって　だれもいないところで
ひょんと死ぬるや

ふるさとの風や
こいびとの眼や
ひょんと消ゆるや
国のため
大君のため
死んでしまうや
その心や

白い箱にて　故国をながめる
音もなく　なんにもなく
帰っては　きましたけれど
故国の人のよそよそしさや
自分の事務や女のみだしなみが大切で
骨は骨　骨を愛する人もなし
骨は骨として　勲章をもらい
高く崇められ　ほまれは高し
なれど　骨はききたかった
絶大な愛情のひびきをききたかった
がらがらどんどんと事務と常識が流れ
故国は発展にいそがしかった
女は　化粧にいそがしかった

ああ　戦死やあわれ
兵隊の死ぬるや　あわれ
こらえきれないさびしさや
国のため
大君のため
死んでしまうや
その心や

〔追記〕以上、記憶に基づいて書いた。一九八二年四月、私が東京大学を定年退職したときに書いた文集『日傾きて途遠し』においてである。その年の夏、ひさしぶりに伊勢を訪れ、竹内のお姉さんに逢っておどろいた。マンガ雑誌は問題の「おおたむ号」のあとに、もう一度「ういんたあ号」が発行されている。しかもそれに私が書いている。共同編集者ではなくなったというだけで、私の記憶はとぎれてしまっていたわけだ。

「ういんたあ号」にのっている竹内のマンガがまた刺激的なのにもおどろかされた。題して「四面軍歌」。どこへいっても軍歌が聞こえてくる。耳を手でおおい、カヤの中、机の下、ふとんの中ともぐりこんでもまだ聞えてくる、といった内容のものだ。一九三七年一二月末、南京攻略の誤報(毎日新聞)があったり正報があったりして、チョウチン行列を二度もした。そんな情況の産物だったろう。

お姉さんの話によると、竹内は柔道の佐藤先生のお宅に一年近く、身柄を預けられたという。そういえばそうだったかな、という程度の記憶しか私にはない。受験勉強で学校を皆欠席した一九三八年一～三月の頃の事件だったせいだろう。

追憶

野村一雄

昭和十八年十二月一日、其れは学徒出陣の日、其の前夜、茨城の筑波の麓から、偶然に帰って来ていた竹内浩三一等兵と私と私に数日後れて海軍に入隊する中井君と、小生の書斎に三人枕を揃えて、夜更け迄、寝床の中で最後の別れを惜しんで、語り明した思い出が、今更の如く想い出される。

軍隊の徹底的に嫌いだった竹内は、新しく軍隊に入らんとしている小生等を、或る同情的な気持で、見守っていたに違いない。兎角、私は、此の与えられた峻厳な運命への挑戦の為に、全精神を集中させていた。学生生活が、思い懸けなく中道にして、ポッキリ切断させられ、全く違った世界に入らざるを得なくなった事実が、より以上に、ロマンチックな此の夏の最後の学生生活の思い出を無性に懐かしめた。その時、小生は、軍隊に入ってからの事を想像しての話は何にもしなかった。それよりも、私達三人の頭の中を、占領していたものは、学生時代の楽しい、健康な、青春の香り高き、思い出の数々だった。その翌日私は、出陣の途についたのである。

それから十数ヶ月、竹内は依然として、筑波の麓で、空艇隊の訓練を続けていた。中井は、海軍の航空隊に入った。私は、四国の香川県の豊浜という田舎で、幹部候補生として、船舶部隊の訓練を受けていた。

皆思い思いの宿命の道を、思い思いの気持で突き進んで行った。丁度、其の頃、八月も半ば過ぎ、突然、私達の学友でもあり、「伊勢文学」の同人でもある風宮泰生君の、満洲での戦病死の報を、私は風宮君の親戚の方から受け取った。彼は、広漠たる満洲の野に、青春の純潔のまま、死ぬとも明瞭に、最後まで、意識せずに散ってしまったとの事である。彼の母上と妹さんとが、取るものを取りあえず、困難をおかして、新京に急行せられたに拘らず、時既に遅かったとの事だった。

私は、其の夜、窓から射す月影、長く陰引く銃架の列を、喰い入るように、見詰めていた。秋を知らせる蟋蟀（こおろぎ）の声が、悲しみに、澄みきった私の魂に、沁み透って行くのを覚えた。何となく泪が流れて、枕覆を濡していた。彼は、私達の仲間の最初の犠牲者であった。私は、たまりかねて、この悲報を、筑波の竹内に知らせたら、彼から次の葉書がきたのである。

ハガキミタ。

風宮泰生ガ死ンダト。ソウカト思ッタ。胃袋ノアタリヲ、秋風ガナガレタ。気持ガ、カイダルクナッタ。参急ノ駅デ風宮ヲ送ッタ。手ニ、日ノ丸ヲモッテイタ。ソレイライ、イチドモ、カレニタヨリセンダシ、モライモシナカッタ。ドコニイルカモ知ラナンダ。トンデ行ッテ、ナグサメタイ。セメテ、タヨリデモ出シテ、ナグサメテヤリタイト。トコロガ、ソノカレハモウイナイ。消エテ、ナイノデアル。タヨリヲシテモ、返事ハナイノデアル。ヨンデモコタエナイ。ナイノデアル。満洲デ、秋ノ雲ノヨウニ、トケテシマッタ。青空ニスイコマレテシモウタ。

秋風ガキタ。

オマエ、カラダ大事ニシテクレ。

虫ガフルヨウダ。

頓首

彼の言葉は、一言一言、竹内らしい深い友情として、私の胸の中に沁みこんだ。おそらく、竹内は、人前も憚らず、大粒の泪を、ボタボタと流しながら、書いたものと思われる。竹内の祈りの如き、葉書は、悲哀に沈んでいた。私の魂を、心の底から暖めてくれる思いがした。〝風宮よ、私達の魂の中に、立派に生かしてゆくよ〟と云う決意にも似た気持が強く強く私の心に蘇ってきた。それから屢々冬近く迄、竹内から便りがあった。

暖かい四国の森や林が、黄ばみ、やがて落葉が、散りつくしてしまう頃、竹内から、ぱったり便りが断えてしまった。

彼は、それから、南方に出動、転戦した。其の後の事は何にも解らない。

傷ましい悲しい戦いの終末に不図も、生を得て、帰還した私、中井、土屋。先日三人会して、伊勢文学の再刊に就いて話した時、伊勢文学の生みの親の竹内の事が、涙ぐましい気持で、話しに上った。

私達は、全く生死不明で雲の如く姿を消した竹内に、限り無き友情を覚える。そして、竹内が風宮の死をいたんだ時の葉書のような気持を、今度はそれを書いた当人の竹内に対して、私達が持つような羽目になった運命の皮肉を悲しむ。竹内よ。一時も早く帰ってこい。私達三人の気持は、何時もこんな気持で待ちうけている。死んでいたとしても、私達のお互いの魂の内に、常に語りながら、彼は永遠に生きる、生かさねばならぬと言う気持が私達三人の気持を、つつんでしまった。

私達のこれからの前途は、生易しいものではない。限りなき困難が続くであろう。そして又各々異った運命の道が、展開されてゆくであろう。だが、私は、何時までも、相寄り相助けて、美しい世界を作ってゆきたいものと祈って止まない。

（「伊勢文学」第八号より）

〈対談〉浩三は生きている

山室龍人
小林　察

小林　山室さんは、日大専門部映画科時代、竹内浩三の同級生でいらっしゃいますが、現在のご職業は？

山室　映画とは全く関係がございません。横浜で石油関係の事業を営んでおります。私、今でもよく考えるし、人とも話すし、家内にも言うんですが、もし浩三が生きていたら、私の人生は全く変ったものになっていたろうと思うんです。ですから、戦地から帰還しまして、昭和二十二年に、こんな葉書を浩三に出しました。

小林　ああ、これでございますね。

山室　「浩三は未だ帰りませんか。彼は生きて居るのでせうか。或は何処にどうやって居るのでせうか。去年七月、浩三の学友であり、皆様の御記憶に残っているかどうか分りませんが、一度はそちらにもお伺ひしたこともある、山室龍人は、ジャワから帰還して以来、浩三の消息を待ち続けて居ます。若し、浩三にゆかりのある人でも有れば、御一報願上げます。」（三重県宇治山田市吹上町竹内呉服店あて、昭和二十二年七月二十日、熊本県阿蘇郡白水村　山室龍人）

そのころは映画のことを諦めておりませんでした。まして、浩三がいたらね。そりゃ心強いですからね。だから、あいつに会いたい。そういうことで、そんな手紙を出したんですが。そしたら、戦死ということで……あきらめて、いやそれでも諦めきれないでいましたけれど。

小林　九州の実家へお帰りになって。

山室　そう、戦地から帰ってきましたら、私の家の方も事情が変わっておりましてね。いわゆる地主でしたが、農地解放後でしたか、最大保有面積が四町歩に制限され、それも自分が耕さなければだめだということで、父が自分で百姓をしておりました。その父をほったらかして行くわけにはいかないという気持がありまして、五、六年田舎におりましてから昭和二十七年に上京しました。

小林　ぼくも、大学へ入ったのが二十七年で、そのとき初めて東京に来ました。まだ焼野原に掘立小屋が並んでいるという風景でしたね。

山室　私、なんとか映画会社へもぐり込めないかと、あちこち訪ねましたがね。どこも受けつけてくれない。就職難のころでしたからね。そのときも、浩三がいたらとしきりに思いました。彼は、松竹の小津安二郎とは親戚関係のような……。

小林　いや、親戚ではございません。でも、宇治山田中学の先輩ですし、やはり松阪の方の豪商の血筋ですから。

山室　とにかく、私ももう三十一歳でしたか、子供もおりましたし、収入を得なくちゃなりませんから、若干映画ともつながりのある会社へ就職しました。それから十七年過って、私、もともとサラリーマンは大嫌いでしたから、子供が高校を卒業すると同時に辞めまして、今の事業をはじめたわけです。

小林　山室さんと同じように、戦後まもなく竹内浩三の行方を探しておられた方がもう一人いられます。一緒に映画の仕事ができないかと。野上照代さんという女性ですが。

山室　知らない方ですね。

小林　じつは、伊丹万作のお弟子さんで、先生の遺稿集を編集なさった方ですが、現在、黒沢明監督のチーフ・スクリプターとして活躍をしておられます。生前の竹内とは一面識もないのですけれど、その方が昭和二十二年から何度も何度も姉さんあてに手紙で浩三の消息を訊ねておられます。伊丹万作の遺稿類の中に竹内の手紙が混っていて、その文面にあふれる才能に魅せられ、帰っていたらぜひ一緒に仕事がしたいと思われたようです。竹内は伊丹先生から軍隊時代に幾度か手紙をいただいて、それが『筑波日記』に出ていますが、竹内浩三と伊丹万作の出会いは、日大時代にあったのでしょうか。

山室　……そういうことは考えられませんね。伊丹先生は当時、われわれ学生にとって憬れの的でしたから、日大で講義でもされれば、私なども憶えているはずです。竹内が個人的に接触したのじゃないでしょうか。日大へ講師として来ておられたのには、新興映画の六車修(ろくしゃおさむ)監督がいました。映画概論だったと思います。演出論は、たしか原研吉(はらけんきち)でした。

小林　そうですか。ぼくは、ひょっとしたら伊丹先生のところへ手紙と一緒にシナリオ原稿なども送っているかもしれないと思って、野上さんや御子息の伊丹十三さんに探していただいたのですが、今のところ何一つ見つかっておりません。「助六のなやみ」とか「杉田玄白」とかいうシナリオを学生時代に書いたらしいし、相当の自信作だったらしいのですが、学校の雑誌に発表したということはございませんでしたか。日大の江古田校舎は昭和二十一年暮れの火災で全焼して、そちらには何も残っておりません。

山室　映画科では、雑誌はやっていなかったように思います。創作科というのが別にありまして、そちらの連中とも一緒に授業を受けて仲良くしておりましたから、あるいはそちらの雑誌に書いたことがあるかもしれませんが。

小林　シナリオで残っているのは、「雨にもまけず」という卒業制作のが一本だけです。信州にロケをして撮ったらしいですね。

山室　そのようですね。しかし、昭和十七年の夏ですから、私はそのころ長期欠席状態で学校を離れてしまって、一緒には行っておりません。そのまえに、竹内浩三と私と私の姉とその友だちの四人でガリ版刷りの小さな雑誌のようなものを出したことがありましたね。やっぱり浩三は、もう絶えず文章活動をしたいというようなものを常に持っていたのでしょうね。何号出したかも忘れましたが。姉は、日本自動車ってのが昔ありまして、そこに勤めていましたが、同僚の女性でなかなかの詩人がいまして、その人も誘ったんですよ。彼女が、「赤土の上に、一人の兵士が立っていた」というような詩の一節を書いていたのを覚えています。浩三が何を書いたかは、まったく……。

小林　それは初耳ですね。「伊勢文学」以前にそんなことをやっていた。

山室　好きなんですね。われわれとはちがって、自然に書かずにおれんというような、閃きみたいなものがたえずあって、だから彼には文章を推敲することが全くなかった。本当に書きっ放しですよね。

小林　書いたものは、よく見せてくれましたか。

山室　文章もいろいろと。マンガもよく書いていて見せてくれました。一時期は、毎日のように会っていましたから。

小林　お会いになって、どういうところへ。

山室　大淵諦雄(おおぶちあきお)と私と、三人であちこち出かけましたね。私、今横浜に住んでいて、孫を連れて埠頭なんかによく行きますが、あそこへ初めて行ったのも三人でした。真夜中で、誰もいなくて、外国船が碇泊していまして、彼が「いいなぁ、パリへ行きたいなあ」としみじみと言っていましたけど。

小林　芝居なんかには。

山室　築地小劇場にはよく行きました。英百合子ってのが活躍していたころです。そう、ムーラン・ルージュには一番よく行きました。あのころは、明日待子、小柳ナナ子、それから山口正太郎、左卜全。まだテレビなんかにも出ている千石規子、これなんかまだ若くて十六、七歳でしょうね。一週間ごとに変わるから、毎週行きました。それから、すぐ近くに「新聞とラジオの店」という喫茶店がありましてね。仕舞屋みたいな店でして、ムーランの連中がハネてから必ずやってくるというので、私たちも自然にそこへ入りましてね。

小林　喫茶店と映画は、毎日のことだった。

山室　そうです。映画は、武蔵野館をはじめあちこち行きました。喫茶店は、あの「高円寺風景」に出てくる店にはたいてい入っています。その他、江古田へ行くのに池袋で武蔵野線（現在の西武池袋線）に乗っていました関係で、池袋に紫薫荘という喫茶店がありましてね、そこの女の子に彼は夢中になりましてね。それこそ、もう大変な熱で……。

小林　高円寺の「サンキュー」の女の子にも夢中だったようですが、ほれっぽいんですね。

山室　彼は一途ですからね。本にも出ているように、そう長くはつづかなかったようですが、一時にぱっと燃え上りますんでね。とにかく慰めても慰めきれない。実に正直に、そのまま気持を出しちゃいますからね。……あいつには、こちらもえらい気の毒なことをしたことがありました。亡くなりました家内と知り合いましたころ、二人で江古田の下宿に泊めてもらったんです。十畳の部屋に大きな木のベッドを入れておりましてね。そこへ私たちを寝かせてくれました。自分は下に寝てくれたんです。眠れなかったでしょうがね（笑）。

小林　野村一雄さんから聞いた話ですが、その十畳の部屋へ訪ねていったとき、異様な臭いがする。浩三が新聞紙を拡げて、その上に自分の汚物を乗せていたんだそうです。女にふられたので癪にさわってしようがない、これを荷造りして送りつけてやる、と言うんだそうです。そんなことしたら、手が後にまわる、と言ってやっと止めさせたという話です。こんな行動も、他の人なら相当異常に思うでしょうが、浩三ならいかにもやりそうなことだという感じで聞いたものです。浩三なら自分の感情にそこまで正直になれるという気がするんです。

山室　本当に天衣無縫の性格でしたからね。おそらく、彼のそういう天衣無縫さは初めから姿形にあらわれていましたのでね、私もそれに惹きつけられていったんじゃないかと思います。夏休みに、私も一度伊勢へ行きましたが、彼も九州の田舎へ来てくれました。その後、東京へ戻ってから、彼が真面目な顔で「おまえの妹が好きになった」というようなことを言い出したんですよね。「そんなことはお前の勝手だから、好きなら自分でやれ。」と言ってやりましたがね（笑）。

小林　激しい感情家だったかもしれませんが、同時に楽天家でしたね。

山室　突然笑い出すかと思うと、もう本当に涙を流しちゃうしね。それでいて、非常にのん気な楽天的なところもあるんですよね。最初は、彼の言葉で言えば「けったいな奴」だと思いましたが、だんだん分かってきて、深くつき合っていったんです。私はいまでも、竹内浩三は私とは本質的にまったく異質なものの持主だと思っているんですが、それでもあの人間的魅力には参ってしまうんですよね。

小林　竹内らしい人間的魅力って、何でしょう。

山室　私、今度の全集を見ていて、これだと思ったところがあるんです。ほら、あの「勲章」という小説の中に、自分が上等の「さくら」というタバコを出したときに相手が安物の「きんし」を出したときの気恥しさを書いたところがあるでしょう。普通の人間なら自己満足を覚えるところで、逆に、他人を傷つけたという心の痛みを覚えるんですよ。その辺が、如実に彼らしい。もう、そうなるとカッコ悪くてしょうがない、どうしていいのかわからないっていう、そんな男なんですよ。

小林　生まれたままの人間のやさしさを失っていないんですね。だから、常に弱い者や小さい者の味方ができるし、権力とか威厳とかのウソが見抜けるんですね。そんな人間が軍隊に入れられて戦場へ引っぱり出されたんだから、たまらない。

山室　耳に残ってますね。死ぬのはいやじゃいやじゃと言っていた。そんな話になると必ず、死ぬのはいやじゃいやじゃと……。

小林　他の方からもよく聞くんですが、どんな時に言いましたか。

山室　当時は、戦争というのはそういう言葉が出る前提としてはあったんじゃないかと思いますよ。けれども、戦争とは無縁の話題の中でも、よく口に出しました。死ぬのが恐いというだけじゃない。今にして思えば、何かしたい、何かをするためには生きていなければならないんだということが、彼にはあったんだという気がしますね。彼はね、おそらく、どんなときでももうがむしゃらに生きていたかったんだと思いますよね。だから、この前姉さんから電話をいただいたとき、「竹内浩三さんのことでお電話です」って言われましてね。私は、どきっとして跳び上がったんです。「竹内浩三、生きていたか」って、いきなりそう思ったんです。あれだけ何度も戦死の公報があったと聞いているのに、私の心のどこかに、あいつは生きているかもしれないっていう気持がまだ残っていたんですね。後で、おれもよっぽどどうかしていると思いましたけれど。

小林　いや、ぼくも時々フィリピンの山の中でひょこっと生きているんじゃないかって気もしないじゃないんですよ。それぐらい、生きることへの執着が強かったですからね。

山室　それに、あの男だと、どんな異民族の中へ入っていっても、愛されるにちがいないと思います（笑）。それが一つあります。もう日本人なんてことすら忘れてしまって、それでも生きていける男ですよ。

小林　生きて帰ったら、どんな生き方をしているでしょうか。

山室　やっぱり、映画関係、芸術関係の仕事で一応の成功はしておりましょうね。彼は、生きていて何もしないということはありえない。それでも、あの彼独特のところは、変わっていないでしょうね。われわれのように時代環境で豹変するような男じゃないですし、あの軍隊の中でも、変わらなかったんだから。

小林　『筑波日記』が彼の代表作になったのが残念ですね。あれは彼のメモみたいなもので、それを素材にして、小説なりシナリオなりが書けたかもわかりません。

山室　しかし、あれはね、とにかく書かずにはいられない、その衝動の中で書いたんだと思いますよ。何かを書き残そうというようなことは考えずに。そんなことは結果ですからね。そういう形になっただけのことじゃないかと思いますよ。いやあ……この全集の中で、私もいろいろな名前で出てきまして、初めはYでしょ、ヤの字あり、ヤマムロタツトあり、最後は山室も、山室龍人も漢字になっています。あれもね、彼にとってはその時々で何か意味があってのことのような気がします。

小林　そういう気がしますね。だから、うかつに直せないんですよ。彼の文章には、一見無意味な饒舌のようなところもあるんですけど、じつは、その時々に必要なことだけをきちっと書いておくという態度なんですね。『高円寺風景』なんてのは、時間も紙もたくさんあって、果しなく書いていこうとして中絶しますが、最後に『ハガキ小説』ってのがあるでしょう。筑波の兵営ではハガキも乏しかったのですが、その一枚一枚の中に小説を書こうと企てたんですね。でも、そうした制限の中で書いた方が、文章は光ってきますね。『筑波日記』だって、全体がたいへんな制約の中で書いていますが、一日一日の演習とか当番の勤務状況によって、書く量と質が変わってきます。食物のことを一行しか書けない日があるかと思うと、うまいぐあいにゆとりを感じて戦争批判の書ける日もある。その臨機応変のところがすばらしい。

山室　自分のことをいろいろ書かれているわけですが、ルネ・クレールを神様みたいに思っている奴で、東京の下町情緒を描くのがこいつの夢だなんて書かれているでしょう。こういうところを読むと、私自身がすっかり忘れていた自分の青春の気持が生き返えってくるんですよ。自分でも十分に自覚しなかったものが、言要でぴしゃっととらえられているんですよ。

小林　人物の特徴を一言でぱっととらえるのが上手ですね。あれだけマンガを描いていたせいかも知れませんね。

山室　いわば花開かずに死んだ彼の才能を思うと、残念ですね。それでも、これだけの本になったんですから、彼は幸せな男ですよ。青春のままで、このとおり今も生きているんですから。

詩碑「戦死ヤアワレ」

松島こう子

朝熊嶺の緑に萌ゆる頂に今除幕する汝れが詩(うた)の碑
戦ひの最中に汝れが詠ひたる詩をば刻みし碑を除幕する
いま白布除かれし碑面に浮びくる二十三歳の汝れが面影
汝れの血につながる二人の少女にて雨に濡れつつ幕の綱引く
汝が逝きて三十五年今日ここに集ひし友ら白髪まじれる
わがねがひここに成りたり双腕に抱けるほどの小さき詩の碑
新芽たつえせびは雨に雫なすその下蔭の小さき詩の碑
戦ひのさ中に汝れが詠ひたる詩をば刻みぬ「戦死ヤアワレ」
戦ひに死せる兵士のかなしみを「骨のうたう」と浩三うたひぬ

バギオの土――竹内浩三最期の地

松島こう子

「皆様、間もなくバシー海峡を通過いたします。黙禱をお願い致します」機内アナウンスが、うつらうつらとまどろんでいた眠りを覚した。

昭和五十一年七月二十八日、三重県遺族会青年部主催の比島方面慰霊団に参加し、名古屋空港より一行八十余名は特別チャーター機で比島に向ったのである。丁度窓側の座席にいた私は、丸い窓から眼下を見下した。視界は一面の雲海で、僅かなその裂け目から紺青の海を見ることが出来た。嗚呼！　この深い藍色の海底に幾万幾十万の若い命が眠っているのかと思うと、溢れ来る涙をこらえる事は出来なかった。

それから間もなく機はマニラ空港に着陸。一行はマニラ市内のホテルに落着いた。

翌朝、レイテ方面。北部ルソン、バギオ、バターン方面。北部ルソン、バヨンボン方面。と三班に分れ、それぞれの目的地に向って出発した。

私達バギオ班三十二名は、空路、サンフェルナンドへ。眼下には皚々と聳える山岳地帯が続く。この様な峻境を、上陸と同時に敵の爆撃で、兵器、弾薬、食糧を失った日本の兵士達は、どのようにしてこの山岳を越え、又、迂回して敗走して行ったのであろうかと胸のつまる思いであった。一時間でサンフェルナンド着。バスでバギオに向う。畳なわる山々の側面に、へばり付いたようなかたちで、この地方特有の段丘水田（ライス・テラス）が処々に見られた。バギオは日本の軽井沢と云われる位気候のよい避暑地で、高官達の別荘地でもあった。まるで信濃路を旅するような思いもかけぬ四囲の風景のなか、難路を八時間の行程でバギオに到着した。

　山幾重越え来て夏を冷えびえとバギオの街は黄昏れゐたり

一行は先ず、バギオ市庁を恭敬訪問し、市長に感謝状と日本人形を贈呈した。その夜の宿舎は、小高い丘の上にある、ディプロマットホテル。かつて山下将軍が、参謀本部をおいていた処とのことで、教会であったらしく、玄関の屋根に十字架が光っていた。

弟、竹内浩三最期の地と戦死広報に記載されているバギオ北方一〇五二高地とは、私が考えていた高地の高さではなく、その当時呼ばれた陣地の名称番号であると云うことを初めて知った。一〇五二高地という現在地点を知る人は居なかった。

翌朝早く、私はホテルの後ろの丘に登った。

バギオの街を眼下に見下し、そこは赤松林で日本の風景そのままであった。探せば、松茸、しめじ、と茸狩りでも出来そうなこの丘に陣を敷き、一刻先も判らぬ生命の極限のなかに、遥かな故国の、父母、妻、子、兄弟、恋人に届かぬ思いを馳せていたであろう日本兵士達を思い、私は思わずその地に身体を投げ出し慟哭した。幾千幾万の若い血潮の凝るこの黒い土。バギオの丘の土。私はその土を両掌でかきよせ、双腕、頬に、なすりつけた。

　三十年胸奥に秘めし思ひもち汝が命終の丘に今立つ

　「姉さんはとうとう来たよ」と手をつきぬこの土バギオ一〇五二高地

　汝が名を呼べど谺も還るなし丘吹き過ぎるただ荒き風音

ホテルの庭園の後ろの小高い場所にマリア像がたてられていた。ホテルでシャベルを借り、私は、はるばる持って来た品をその像のうしろに埋めることにした。

竹内浩三遺稿集「愚の旗」一冊

中井利亮、野村一雄両氏と浩三の三人写しの写真。

大林日出雄氏より託されたご自身の写真と「交響曲悲愴」のレコード。短冊三枚

十字星小さき一つを汝とする　敏（竹内善兵衛）

詩に生きて異境の夏に耐えよかし　翡翠（松島博）

弟の魂よ今こそわが胸に憑きて帰れよふる里の地へ　こう子

小型スケッチブック。4Bの鉛筆。姉こうの写真。

私はそのスケッチブックの第一頁に返事の来ない手紙を書いた。

「浩三さん、姉さんとうとう来ました。あなたの最後の地であるというこの比島バギオへ――。三十年間この胸の奥に持ち

つづけた思いを抱き、今、バギオの風の中に佇っています。淋しがり屋のコウゾーが淋しくないように、姉さん、大林さん、中井さん、野村さんの写真を、あなたの眠るこのバギオの土に埋めます。さあ、今日から賑かになりますよ。ほんとうにご苦労様でした。こころ静かに眠って下さい。

姉　こう　昭五一・七・二九」

携へし故郷の水は汝が果てしバギオの丘の土にしみゆく

汝が眠るバギオの丘にわが写真「悲愴」のレコードと共に埋めぬ

バギオ市内の英霊追悼碑の前で慰霊祭が行われ、遺族各自が持参の故人の好物の品、煙草、酒、茶、伊勢名物赤福等供えられ、同行の僧侶の先達で、般若心経を唱和し冥福を祈った。集って来た原地の子供達に持参の供養菓（飴、パン、クッキー、チョコレート、せんべい等袋入）を配った。

子供好きの汝を思ひつつ集ひ来し現地の子等に供養菓配る

全滅の部隊と共に汝が消息（たより）この地に絶えて伝ふる人なし

私達一行は再びバスで、次の慰霊地、クラーク、バターン半島を経て、コレヒドール島へと向った。

もう再び訪うことはないであろうこのバギオの地。「姉ちゃん、姉ちゃん」と追いかけてくる幼い日の、浩三のあのベソをかいたような童顔が目の前から消えず、瞼を閉じたまま車の振動に身をゆだねていた。

八月一日

三班全員、慰霊地巡拝、遺骨収拾を了え、ホテルに集合、貸切バスで三時間の行程のカリラヤに向う。

日本政府建立の慰霊塔の前で合同慰霊祭執行。

「海ゆかば水漬く屍」と戦跡にむせび泣きつつ声あげ歌ふ

カリラヤの丘は夏の陽光が燦々と満ち溢れ、眼下に拡がる椰子の密林は果てしなく、遥かな空に融けこんでいた。この雲一つない真青な南国の空は、このカリラヤの激戦地、いいえ、比島、又、南方の島々の戦場で果てた人達が、恋いこがれた故国日本の空へとつづいていた。

握りしめ掌にあたたむる石一つ弟が果てしこの島の石

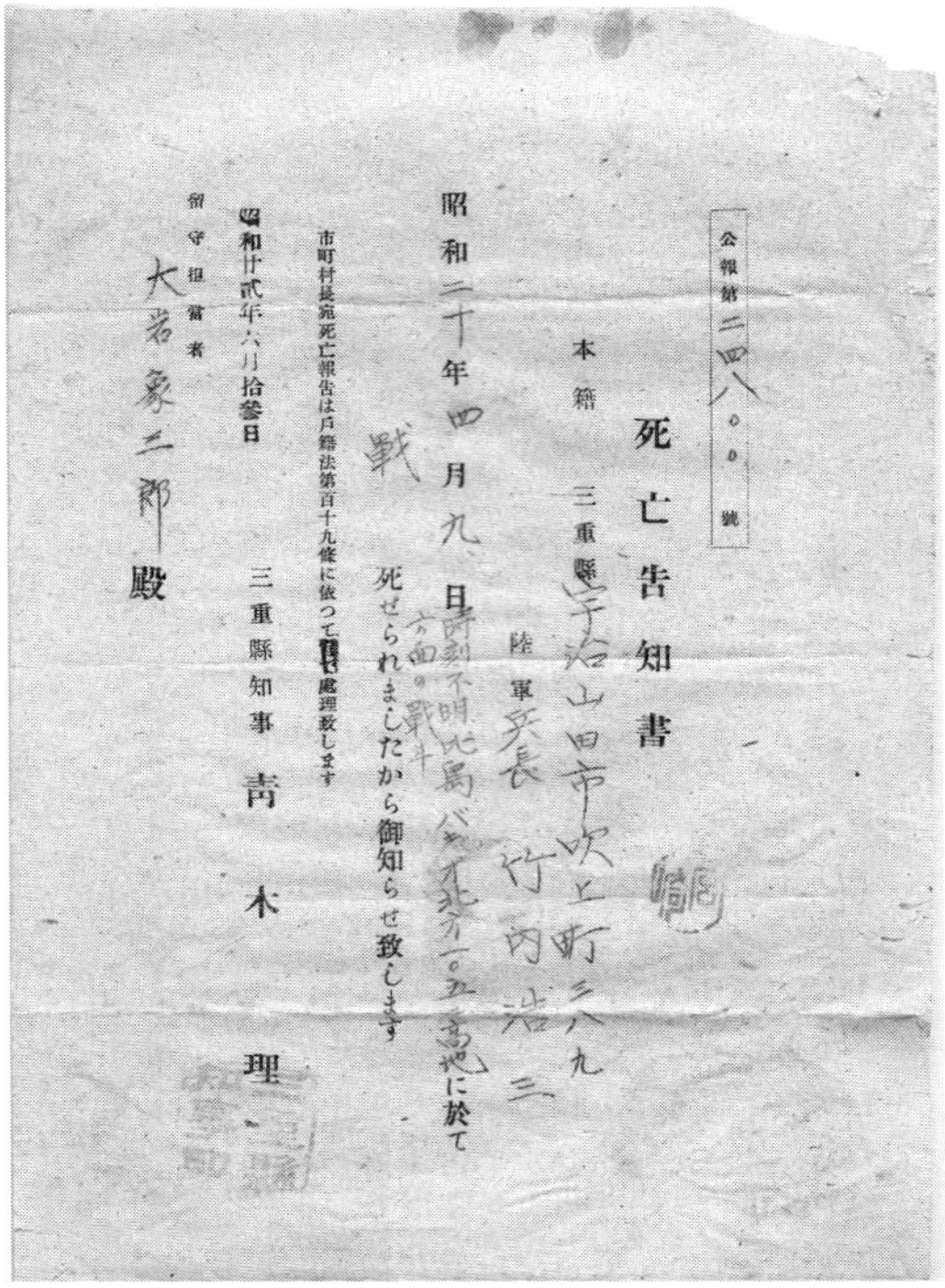

公報第二四八〇〇號

死亡告知書

本籍 三重縣宇治山田市吹上町三八九

陸軍兵長 竹内浩三

昭和二十年四月九日時刻不明比島バギオ北方一〇五二高地方面の戦斗に於て戦死せられましたから御知らせ致します

市町村長宛死亡報告は戸籍法第百十九條に依つて處理致します

昭和廿弐年六月拾参日

三重縣知事 青木理

留守担當者 大岩象三郎 殿

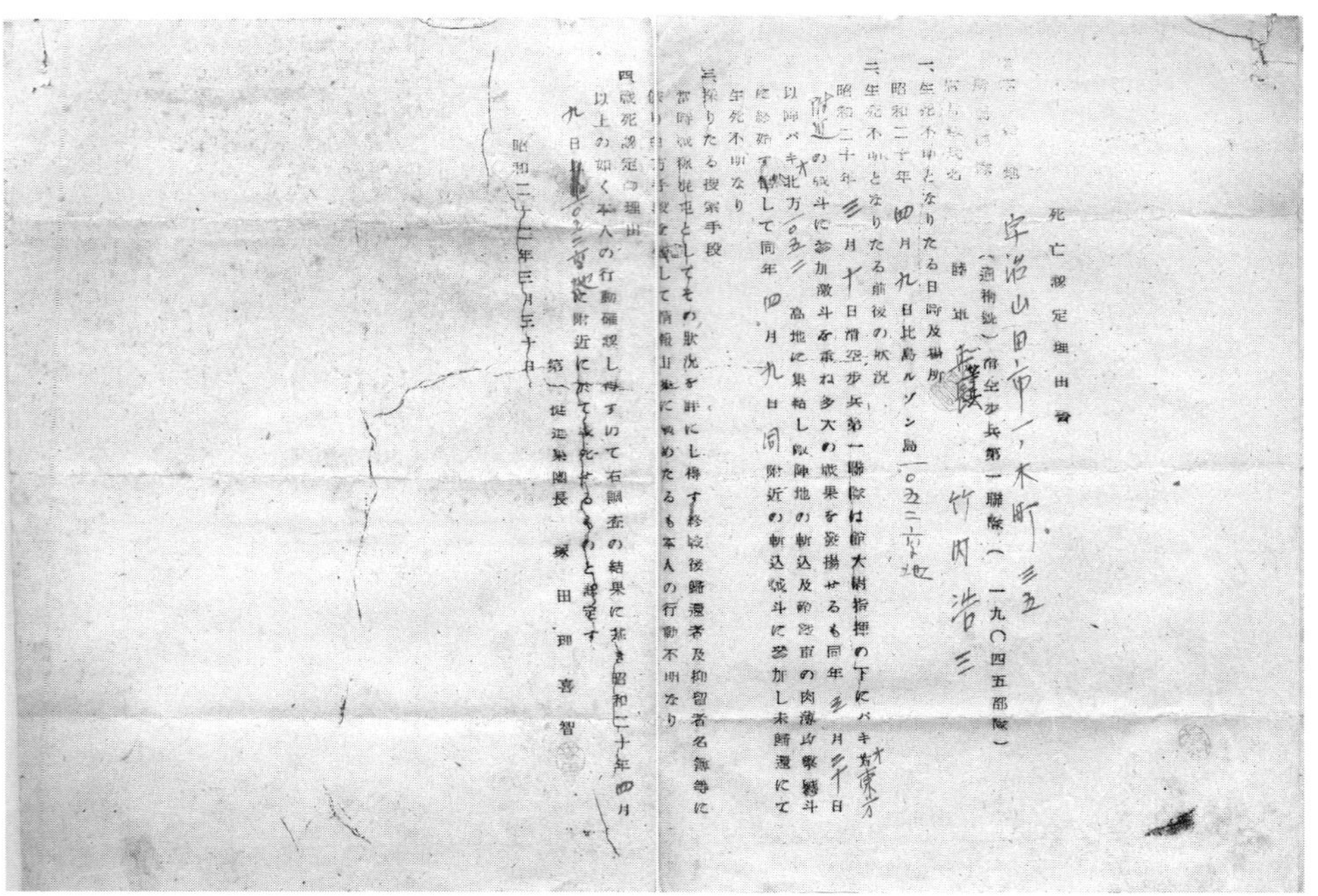

死亡認定理由書

本籍 宇治山田市一ノ木町三五

所属部隊（通称號）[illegible]歩兵第一聯隊（一九〇四五部隊）

階級氏名 兵長 竹内浩三

一、生死不明となりたる日時及場所

昭和二十年四月九日比島ルソン島一〇五二高地

二、生死不明となりたる前後の状況

昭和二十年三月十日滑空歩兵第一聯隊は師大樹指揮の下にバギオ東方附近の戦斗に参加激斗を重ね多大の戦果を挙揚せるも同年三月二十日以降バギオ北方一〇五二高地に集結し敵陣地の斬込及敵砲兵の肉薄攻撃戦斗に終始す同年四月九日同附近の斬込戦斗に参加し未歸還にて生死不明なり

三、採りたる捜索手段

當時戦線混乱としてその状況を詳にし得ず終戦後歸還者及抑留者名簿等に依り自己手段を盡して情報蒐集に努めたるも本人の行動不明なり

四、戦死認定の理由

以上の如く本人の行動確認し得ずして右調査の結果に基き昭和二十年四月九日一〇五二高地附近にて戦死せるものと認定す

昭和二十二年三月三十日

第一復員集團長 塚田理喜智

竹内浩三略年譜

一九二一（大正一〇）年　五月一二日、三重県宇治山田市（現伊勢市）吹上町一八四番地に生れる。父、竹内善兵衛。母、よし（芳子）。竹内家は竹内呉服店、丸竹洋服店などを手広く営む伊勢でも指折りの商家。父善兵衛は、先代善寿に見込まれて大北家より婿養子として竹内家に入るが、妻に早逝され、後添えとしてよしを大岩家より迎える。母よしの父大岩芳逸は、伊勢で医師を開業していたが、明治初年の荒廃した伊勢神宮の環境整備に私財を投げうって尽力し、その顕彰碑は、今も倉田山下の御幸街道添いに立っている。母よしは父に似て献身的な女性で、大岩家の家事を支えながら長く小学校教諭をつとめていた。結婚して、四歳上の姉（松島こう）と浩三をもうける。短歌の才に秀で、佐佐木信綱に師事。

一九二八（昭和三）年（七歳）　四月、宇治山田市立明倫小学校へ入学。小学校時代を通してとくに算数の成績が優秀であったが、その他に目立つところはなかった。

一九三三（昭和八）年（一二歳）　二月八日、母よし死亡。辞世「己か身は願もあらし行末の遠き若人とはにまもらせ」師佐佐木信綱の弔歌「志（し）もゆきに美（み）さをいろこきくれたけのちよをもまたてかれしかなしさ」

一九三四（昭和九）年（一三歳）　四月、三重県立宇治山田中学校入学。

一九三六（昭和一一）年（一五歳）　八月、同級の阪本楠彦、中井利亮等を誘って「まんがのよろずや」と題する手作りの回覧雑誌を作成。以来、「マンガ」「ぱんち」等と改題しつつ出しつづける。後に合本を自ら製本して残している。なお、この年、四日市市博覧会のポスターに応募して入賞する。担任の数学者井上義夫も驚くほど幾何学の成績抜群。ただし、教練の成績悪く、回覧雑誌の筆禍もあって、父はしばしば学校へ呼び出される。

一九三七（昭和一二）年（一六歳）　一一月、「竹内浩三作品集」と題する文集をつくる。学校への提出物が中心であるが、中にマンガ、日記、ユーモア小説等あり。

一九三八（昭和一三）年（一七歳）　四月、柔道教師の家に一年間身柄預りとなる。

一九三九（昭和一四）年（一八歳）　三月、宇治山田中学校卒業。上京して、浪人生活。日大と縁の深い第一外国語学校という予備校に通う。

一九四〇（昭和一五）年（一九歳）　四月、父善兵衛が前年死亡し、それまで父の反対でかなわなかった念願の日本大学専門部（現芸術学部）映画科へ入学。

一九四二（昭和一七）年（二一歳）　六月一日、在京中の宇治山田中学時代の友人、中井利亮、野村一雄、土屋陽一と『伊勢文学』を創刊。以後十一月までに五号を出す。九月、前年十月公布の勅令第九二四号にもとづき、日大専門部を半年間繰上げて卒業。一〇月一日、三重県久居町の中部第三十八部隊に入営。このころ、手紙を通じて、伊丹万作氏の知遇を得る。

一九四三（昭和一八）年（二二歳）　九月、茨城県西筑波飛行場に新たに編成された滑空部隊に転属。挺進第五聯隊（東部一一六部隊）歩兵大隊第二中隊第二小隊へ配属。

一九四四（昭和一九）年（二三歳）　一月一日、「筑波日記一　冬から春へ」執筆開始。七月二七日、「筑波日記二　みどりの季節」中断。十二月、斬り込み隊員として、比島に向かう。

一九四五（昭和二〇）年　四月九日、昭和二二年三重県庁の公報によれば「陸軍上等兵竹内浩三、比島バギオ北方一〇五二高地にて戦死」。

一九四七（昭和二二）年　八月一〇日、『伊勢文学第八号—竹内浩三特輯号』（中井利亮編）発行。

一九五六（昭和三一）年　一月二〇日、中井利亮編『愚の旗—竹内浩三作品集』（私家版、限定二百部）出版。

一九六六（昭和四一）年　松阪市戦没兵士の手紙集『ふるさとの風や』出版。巻頭に「骨のうたう」が掲載される。

一九七八（昭和五三）年　八月、桑島玄二『純白の花負いて—詩人竹内浩三の〝筑波日記〟』（理論社）出版。

一九八〇（昭和五五）年　五月二五日、伊勢市朝熊山上に「戦死ヤアハレ」の詩碑建立。

一九八二（昭和五七）年　八月五日、足立巻一『戦死ヤアワレ—無名兵士の記録』（新潮社）出版。八月一〇日、ＮＨＫラジオ夏期特集番組「戦死やあわれ」（構成・西川勉）放送。

一九八三（昭和五八）年　七月一五日、西川勉遺稿・追悼文集『戦死やあわれ』（新評論）出版。

一九八四（昭和五九）年　七月二五日、小林察編『竹内浩三全集』第一巻「骨のうたう」、第二巻「筑波日記」（新評論）出版。

一九八五（昭和六〇）年　八月一〇日、小林察『恋人の眼や　ひょんと消ゆるや』（新評論）出版。

一九八九（平成元）年　七月三一日、小林察編『竹内浩三作品集』（新評論）出版。

一九九八（平成一〇）年　七月三一日、松島新編『愚の旗』（成星出版）出版。

あとがき

竹内浩三にかかわる仕事をはじめてから、ぼくは、しばしば同じような質問を受ける。「もし、竹内が生きながらえて日本に帰還していたら、どんな人間になってどんな仕事をしているだろうか」ということである。彼が生きていたら、ちょうど八十歳になっている。どんな仕事をしていようと、今は、人生の最終幕（フィナーレ）を楽しく演じているにちがいない。中井利亮や土屋陽一など幼な友達と一緒に、そして彼らの子や孫もまじえて、にぎやかに。しかし、彼がどんな職業に就きどんな仕事をしたかとなると、ぼくには分からない。あまりにも多彩な才能を持っていたから、戦後日本の自由な世の中でどんな道を選んだかとなると可能性がありすぎて分からないのだ。第一に映画監督、シナリオ作家。それから詩人、小説家、漫画家。ひょっとしたら、音楽評論家や喜劇役者でも一家を立てたかもしれない。しかし、そんな想像を進めると、ひいきの引き倒しに終わりそうである。

彼が、わずか二十三歳で戦争によって紙片とエンピツをもぎ取られるまでに書き残していった仕事だけでも、こんなに分厚い一巻の書物が出来たのである。そして本書には収められなかったが、実際に彼が書いた作品や手紙が他にも多数あったことは周知の事実である。なにしろ、中学時代のまんが雑誌や大学時代の「伊勢文学」の作り方を見ても、彼の並はずれた集中力と持続力には圧倒されるばかりなのだ。

　ぼくは、「筑波日記」がついに彼のライフワークとなってしまったことを惜しむ。だが、それは最悪の情況の中で書かれた最も美しい作品の一つとして、現代日本文学の中で輝いていると信じている。第二次世界大戦末期に筑波山麓に新設された特殊部隊の日常を、まったく普通の人間の感覚を保ったまま二百九日間書きつづけることは、日本のどんな文学者にもできなかったことだと思う。その一冊目の手帖には、

「御奉公ト云ウ。コト、コノ御奉公ニ関シテハ、ドンナエライ思想家モ、小説家モ、マルデ子供ト同ジヨウナ意見シカハカナイ。ソレホド、コノコトハ、ネウチノアルコトデアロウカ。」と、知識人がだれひとり口にできなかったタブーに疑問を呈している。その手帖は、天長節の前日で終るが、裏表紙の片隅には、「赤子（セキシ）全部ヲオ返シスル。玉砕、白紙、真水、春の水。」と書かれている。謎の言葉であるが、ぼくは、これが竹内浩三の最期に到達した心境であり、日本の国体とその護持を至上命令とした権力への訣別の辞であると思う。

　学徒動員によって戦場に赴いたいわゆる「わだつみ世代」の中には、我身を捨て石として、日本の未来（戦後）に希望を託して散った若者が何人もいた。竹内浩三も「骨のうたう」や「日本が見えない」に表れているとおり、何よりも日本の行末が気がかりであった。しかし、彼は被害者意識とは無縁であった。大きらいな軍人となり、望みもしない最前線に駆り出されようとした時にも、「芸術の子」を自負する彼は、戦場に赴く積極的な目的を見出していた。

「ぼくのねがいは／戦争へ行くこと／ぼくのねがいは／戦争をかくこと／戦争をえがくこと／ぼ

くが見て、ぼくの手で／戦争をかきたい。」
彼がフィリピンの戦場でどんな地獄を見たか、どんな地獄絵を描いたか、すべては戦塵の中に消えて何ひとつ残っていない。しかし、彼は「一片の紙とエンピツ」を武器として、「悪の豪華版」である戦争そのものと最期まで戦ったにちがいない。ぼくは、これから二十一世紀を戦争の世紀でなく平和の世紀にするためにも、この竹内が示してくれた積極性が、今、日本の文学者やジャーナリストに要請されているのではないかと思う。

最後に本書の出版に当たって大変お世話になった、松島こうさんはじめ「竹内浩三を偲ぶ」に文章をいただいた中井利亮、土屋陽一、小林茂三の諸氏、こころよく資料を提供して下さった本居宣長記念館の高岡庸治館長はじめ郷里の諸先輩に心からお礼を申し上げる。また、竹内の親友で故人となられた阪本楠彦、野村一雄、山室龍人の三氏の御霊前にも本書を献げる。そして、生来怠惰な小生を励ましつづけて下さった藤原書店の藤原良雄氏、山﨑優子さん、装幀と口絵をお委せした久田博幸氏、まんがレイアウトで御協力いただいた松島新氏には感謝と敬意を表したい。

二〇〇一年十月

小林　察

著者紹介

竹内浩三（たけうち・こうぞう）

1921年、三重県宇治山田市に生れる。34年、宇治山田中学校に入学。「まんがのよろずや」等と題した手作りの回覧雑誌を作る。40年、日本大学専門部映画科へ入学。42年、中井利亮、野村一雄、土屋陽一と『伊勢文学』を創刊。同年10月に三重県久居町の中部第三十八部隊に入営、43年に茨城県西筑波飛行場へ転属される。44年1月1日から、「筑波日記一」の執筆を開始。7月27日に「筑波日記二」中断、12月、斬り込み隊員として比島へ向かう。45年4月9日、「比島バギオ北方一〇五二高地にて戦死」（三重県庁の公報による）。

編者紹介

小林　察（こばやし・さとる）

1932年、三重県度会郡玉城町生まれ。宇治山田高校を卒業後、東京大学文学部卒業。現在、大阪学院大学教授。1983年、同郷の親友西川勉の遺稿追悼文集『戦死やあわれ』（新評論）を編集。84年『竹内浩三全集』（全2巻）を編集、85年竹内浩三の評伝『恋人の眼や ひょんと消ゆるや』を書下し、89年『竹内浩三作品集』（以上、新評論）を編集する。

竹内浩三全作品集　日本が見えない　全1巻

2001年11月30日　初版第1刷発行©
2002年2月10日　初版第2刷発行

著　者　竹内浩三
発行者　藤原良雄
発行所　株式会社　藤原書店

〒162-0041　東京都新宿区早稲田鶴巻町523
TEL　03（5272）0301
FAX　03（5272）0450
振替　00160-4-17013

印刷・美研プリンティング　製本・河上製本

落丁本・乱丁本はお取り替えします
定価はケースに表示してあります

Printed in Japan
ISBN4-89434-261-8

*7　金融小説名篇集　吉田典子・宮下志朗 訳=解説
〈対談〉青木雄二×鹿島茂

ゴプセック——高利貸し観察記　*Gobseck*
ニュシンゲン銀行——偽装倒産物語　*La Maison Nucingen*
名うてのゴディサール——だまされたセールスマン　*L'Illustre Gaudissart*
骨董室——手形偽造物語　*Le Cabinet des antiques*

528 頁　3200 円（1999 年 11 月刊）◇4-89434-155-7

高利貸しのゴプセック、銀行家ニュシンゲン、凄腕のセールスマン、ゴディサール。いずれ劣らぬ個性をもった「人間喜劇」の名脇役が主役となる三篇と、青年貴族が手形偽造で捕まるまでに破滅する「骨董室」を収めた作品集。「いまの時代は、日本の経済がバルザック的になってきたといえますね。」（青木雄二氏評）

*8・*9　娼婦の栄光と悲惨——悪党ヴォートラン最後の変身（2分冊）
Splendeurs et misères des courtisanes
飯島耕一 訳=解説
〈対談〉池内紀×山田登世子

⑧448 頁 ⑨448 頁　各 3200 円（2000 年 12 月刊）　⑧◇4-89434-208-1 ⑨◇4-89434-209-X

『幻滅』で出会った闇の人物ヴォートランと美貌の詩人リュシアン。彼らに襲いかかる最後の運命は？「社会の管理化が進むなか、消えていくものと生き残る者とがふるいにかけられ、ヒーローのありえた時代が終わりつつあることが、ここにはっきり描かれている。」（池内紀氏評）

*10　あら皮——欲望の哲学　小倉孝誠 訳=解説
La Peau de chagrin
〈対談〉植島啓司×山田登世子

448 頁　3200 円（2000 年 3 月刊）◇4-89434-170-0

絶望し、自殺まで考えた青年が手にした「あら皮」。それは、寿命と引き換えに願いを叶える魔法の皮であった。その後の青年はいかに？「外側から見ると欲望まるだしの人間が、内側から見ると全然違っている。それがバルザックの秘密だと思う。」（植島啓司氏評）

*11・*12　従妹（いとこ）ベット——好色一代記（2分冊）　山田登世子 訳=解説
La Cousine Bette

嫉妬と復讐に燃える醜い老女、好色の老男爵……。人間情念の深淵を描き尽した晩年の最高傑作。

*13　従兄（いとこ）ポンス——収集家の悲劇　柏木隆雄 訳=解説
Le Cousin Pons
〈対談〉福田和也×鹿島茂

504 頁　3200 円（1999 年 9 月刊）◇4-89434-146-8

骨董収集に没頭する、成功に無欲な老音楽家ポンスと友人シュムッケ。心優しい二人の友情と、ポンスの収集品を狙う貪欲な輩の蠢く資本主義社会の諸相を描いた、バルザック最晩年の作品。「小説の異常な情報量。今だったら、それだけで長篇を書けるような話が十もある。」（福田和也氏評）

*別巻1　バルザック「人間喜劇」ハンドブック　大矢タカヤス 編
奥田恭士・片桐祐・佐野栄一・菅原珠子・山﨑朱美子=共同執筆

264 頁　3000 円（2000 年 5 月刊）◇4-89434-180-8

「登場人物辞典」、「家系図」、「作品内年表」、「服飾解説」からなる、バルザック愛読者待望の本邦初オリジナルハンドブック。

*別巻2　バルザック「人間喜劇」全作品あらすじ
大矢タカヤス 編　奥田恭士・片桐祐・佐野栄一=共同執筆

432 頁　3800 円（1999 年 5 月刊）◇4-89434-135-2

思想的にも方法的にも相矛盾するほどの多彩な傾向をもった百篇近くの作品群からなる、広大な「人間喜劇」の世界を鳥瞰する画期的試み。コンパクトでありながら、あたかも作品を読み進んでいるかのような臨場感を味わえる。当時のイラストをふんだんに収め、詳しい「バルザック年譜」も附す。

カラー写真とエッセイの融合

久田博幸写真集 GATI

チベット文化圏

（チベット・ブータン・ネパール）

久田博幸　序・岡田明憲

仏教を通じて日本とも深くつながりながら、未知の部分の多いチベット文化圏。国境をまたいで三つの国に広がるこの聖地の歴史、文化および人々の生活を、精選された数々の貴重な写真により、三国それぞれの独自性と相互関係の両側面から初めて紹介する。

カラー一二八点　モノクロ一六〇点

Ａ４横上製　一四四頁　五〇〇〇円

（一九九九年五月刊）

◇4-89434-137-9

真の勇気の生涯

「アメリカ」が知らないアメリカ

（反戦・非暴力のわが回想）

D・デリンジャー　吉川勇一訳

第二次世界大戦の徴兵拒否からずっと非暴力反戦を貫き、八〇代にして今なお街頭に立ち運動を続ける著者の、不屈の抵抗と人々を鼓舞してやまない生き方が、もう一つのアメリカの歴史、アメリカの最良の伝統を映し出す。

Ａ５上製　六二四頁　六八〇〇円

（一九九七年一一月刊）

◇4-89434-085-2

FROM YALE TO JAIL　David DELLINGER

絶対平和を貫いた女の一生

絶対平和の生涯

（アメリカ最初の女性国会議員ジャネット・ランキン）

櫛田ふき監修

H・ジョセフソン著　小林勇訳

二度の世界大戦にわたり議会の参戦決議に唯一人反対票を投じ、ベトナム戦争では八八歳にして大デモ行進の先頭に。激動の二〇世紀アメリカで平和の理想を貫いた「米史上最も恐れを知らぬ女性」（ケネディ）の九三年。

四六上製　三五二頁　三二〇〇円

（一九九七年二月刊）

◇4-89434-062-3

JEANNETTE RANKIN　Hannah JOSEPHSON

現代の親鸞が説く生命観

穢土（えど）とこころ

（環境破壊の地獄から浄土へ）

青木敬介

長年にわたり瀬戸内・播磨灘の環境破壊と闘ってきた僧侶が、龍樹の「縁起」、世親の「唯識」等の仏教哲理から、環境問題の根本原因として「こころの穢れ」を抉りだす画期的視点を提言。足尾鉱毒事件以来の環境破壊をのりこえる道をやさしく説き示す。

四六上製　二八〇頁　二八〇〇円

（一九九七年一二月刊）

◇4-89434-087-9

日本近代は〈上海〉に何を見たか

言語都市・上海

（1840–1945）

和田博文・大橋毅彦・真銅正宏・竹松良明・和田桂子

横光利一、金子光晴、吉行エイスケ、武田泰淳、堀田善衞など多くの日本人作家の創造の源泉となった〈上海〉を、文学作品から当時の旅行ガイドに至る膨大なテキストに跡付け、その混沌とした多層的魅力を活き活きと再現する、時を超えた〈モダン都市〉案内。

A5上製　二五六頁　二八〇〇円
（一九九九年九月刊）
◇4-89434-145-X

全く新しい読書論

奔放な読書

（本嫌いのための新読書術）

D・ペナック
浜名優美・木村宣子・浜名エレーヌ訳

斬新で楽しい「読者の権利一〇ヵ条」の提唱。①読まない②飛ばし読みする③最後まで読まない④読み返す⑤手当たり次第に何でも読む⑥ボヴァリスム⑦どこで読んでもいい⑧あちこち拾い読みする⑨声を出して読む⑩黙っている

四六並製　二一六頁　一四五六円
（一九九三年三月刊）
◇4-938661-67-5

COMME UN ROMAN　Daniel PENNAC

心理小説から身体小説へ

身体小説論

（漱石・谷崎・太宰）

石井洋二郎

遅延する身体『三四郎』、挑発する身体『痴人の愛』、闘争する身体『斜陽』。明治、大正、昭和の各時代を濃厚に反映した三つの小説における「身体」から日本の「近代化」を照射する。「身体」をめぐる読みのプラチックで小説論の革命的転換を遂げた問題作。

四六上製　三六〇頁　三二〇〇円
（一九九八年一二月刊）
◇4-89434-11-6

日本人のココロの歴史

敗戦国民の精神史

（文芸記者の眼で見た四十年）

石田健夫

あの「敗戦」以来、日本人は何をやり直し、何をやり直さなかったのか。文芸記者歴四〇年余の著者が、自ら体験した作家達の知られざるエピソードを織り込みながら、戦後日本の心象風景を鮮やかに浮彫りにした話題作。

四六上製　三二〇頁　二八〇〇円
（一九九八年一月刊）
◇4-89434-092-5

文化大革命の日々の真実

中国医師の娘が見た文革
（旧満洲と文化大革命を超えて）

張 鑫鳳（チャン・シンフォン）

「文革」によって人々は何を得て、何を失い、日々の暮らしはどう変わったのか。文革の嵐のなか、差別と困窮の日々を送った父と娘。日本留学という父の夢を叶えた娘がいま初めて、誰も語らなかった文革の日々の真実を語る。

四六上製　三一二頁　二八〇〇円
（二〇〇〇年二月刊）
◇4-89434-167-0

類稀な反骨の大学人

敗戦直後の祝祭日
（回想の松尾隆）

蜷川 譲

戦時下には、脱走した学徒兵を支え、日本のレジスタンスたちに慕われ、戦後は大山郁夫らと反戦平和を守るために闘った、類稀な反骨のワセダ人・松尾隆。その一貫して言論の自由と大学の自治を守るために闘い抜いた生涯を初めて公開する意欲作。

四六上製　二八〇頁　二八〇〇円
（一九九八年五月刊）
◇4-89434-103-4

最後の自由人、初の伝記

パリに死す
（評伝・椎名其二）

蜷川 譲

明治から大正にかけてアメリカ、フランスに渡り、第二次大戦占領下のパリで、レジスタンスに協力。信念を貫いてパリに生きた最後の自由人、初の伝記。ファーブル『昆虫記』を日本に初紹介し、佐伯祐三や森有正とも交遊のあった椎名其二、待望の本格評伝。

四六上製　三二〇頁　二八〇〇円
（一九九六年九月刊）
◇4-89434-046-1

日本人になりたかった男

ピーチ・ブロッサムへ
（英国貴族軍人が変体仮名で綴る千の恋文）

葉月奈津・若林尚司

世界大戦に引き裂かれる「日本人になりたかった男」と大和撫子。柳行李の中から偶然見つかった、英国貴族軍人アーサーが日本に残る妻にあてた千通の手紙から、二つの世界大戦と「分断家族」の悲劇を描くノンフィクション。

四六上製　二七二頁　二四〇〇円
（一九九八年七月刊）
◇4-89434-106-9